© Jerry Bauer

Elizabeth Arthur nahm 1990 als einzige Schriftstellerin am Programm der *Antarctic Artists and Writers* teil. Sie hat mehrere Sachbücher und Romane veröffentlicht. ›Eislandfahrt‹ ist ihr erster Roman in deutscher Übersetzung. Zusammen mit ihrem Mann, dem Autor Steven Bauer, lebt Elizabeth Arthur in Indiana und Vermont.

Eislandfahrt Seit ihrer frühen Kindheit ist Morgan Lamont von Schnee und Eis und Büchern über Polarexpeditionen fasziniert. 1962, am Todestag von Robert Scott, der im Rennen um den Südpol Amundsen unterlegen war, wurde sie geboren. Und Scott ist es auch, der noch fünfzig Jahre nach seinem Tod ihren Lebensweg bestimmt.

Morgans Großvater läßt sich von ihrer Begeisterung anstecken und erklärt sich bereit, eine Expedition in die Antarktis zu finanzieren. Nach jahrelanger Vorbereitung wird so ihr Traum Wirklichkeit. Sie stellt eine Crew zusammen, teils aus Freunden, die sie schon seit ihrer Kindheit kennt, wie dem Schulfreund Wilbur, der die Welt durch Gerüche erfährt, einen untrüglichen Sinn für die Seelenzustände von Hunden und für meteorologische Erscheinungen entwickelt hat, oder ihrem ersten Liebhaber Brock, der die Fähigkeit hat, das Magnetfeld der Erde direkt wahrzunehmen. Dazu kommen Freunde von der Universität, wie die Schlittenhundführerin Winnie, Gronya mit ihrem unübertrefflichen Talent für Organisation und Planung oder Thaw, der Greenpeace-Aktivist.

Die Geschichte der Eislandfahrt beginnt. Krisen und Stürme, physische und andere Gefahren müssen überstanden werden. Aber es ist vor allem ihre eigene Besessenheit, die Morgan auf die härtesten Proben stellt.

Elizabeth Arthur ist mit der Geschichte dieser Eislandfahrt »eine aufregende Mischung aus Sachbuch und Roman gelungen«. *Freundin*

Elizabeth Arthur

EISLANDFAHRT

Roman

Aus dem Amerikanischen
von Hans und Michaela Link

Fischer Taschenbuch Verlag

Veröffentlicht im Fischer Taschenbuch Verlag GmbH,
Frankfurt am Main, November 1997

Lizenzausgabe mit Genehmigung des
Wolfgang Krüger Verlags GmbH, Frankfurt am Main
Die amerikanische Originalausgabe erschien
unter dem Titel ›Antarctic Navigation‹
im Verlag Alfred A. Knopf, Inc., New York

Druck und Bindung: Clausen & Bosse, Leck
Printed in Germany
ISBN 3-596-13752-7

Gedruckt auf chlor- und säurefreiem Papier

Für Steven

Inhalt

Nach Süden

Geographische Gesellschaft

Terra Nova

NACH SÜDEN

Schlittenfahrt

Mein Name ist Morgan Lamont. Wenn ich nun endlich beginne, diese Geschichte zu erzählen, verweile ich an einem Ort, den nur wenige meiner Leser jemals besucht haben werden – es ist ein rauher Ort, ein schöner Ort. Soweit ich weiß, ist hier noch niemals ein Mensch zur Welt gekommen, denn bisher hat es auch nur wenige Frauen hierher verschlagen. Viele allerdings sind hier gestorben. Durch das Fenster meines Zimmers in Framheim sehe ich den Erebus unter dem Mond – Erebus, der für mich immer *mein* Vulkan sein wird. Er ist benannt nach einem der Schiffe, mit denen James Clark Ross 1840 in die Antarktis kam – das andere war die *Terror* –; sein Name geht also direkt auf die ersten Erkundungen dieses Kontinentes durch unsere Spezies zurück. In der klassischen Mythologie war Erebus der Ort, den die Seelen der Toten auf ihrem Weg zum Hades passierten. Sie setzten über von einem Leben zu einem anderen, und das gleiche ist mir widerfahren; ich habe das Eis der Antarktis durchmessen und bin dadurch eine andere geworden.

Auf jeden Fall will ich meine Geschichte von Anfang an erzählen, wenigstens, soweit dies möglich ist. Mir ist aufgefallen, daß viele Geschichten in der Mitte beginnen, wo sie am umfangreichsten sind. Aber in Wirklichkeit fangen die Dinge klein an und werden dann größer, bis sie schließlich wieder klein werden. So geht es mit allem Lebendigen und auch mit den meisten Dingen, die nicht lebendig sind. Wir alle gehen aus von einem einzelnen Atom, einem Samen oder einer Zelle, von einem einzelnen Elektron, einem einzelnen subatomaren Partikel. Und Geschichten fangen mit einem einzelnen Ausdruck an, »vor langer, langer Zeit«, »am Anfang«. Die Geschichte vom Eis begann mit den griechischen Vorsokratikern, die nicht nur vermuteten, daß die Erde rund sei, sondern auch annahmen, daß es eine südliche Landmasse gebe. Aristoteles nannte sie Antarktikos, das Land gegenüber dem nördlichen Sternbild Arktos – das Ding, der Ort, die Wahrheit, die dem gegenübersteht, was wir wissen oder zu wissen glauben.

Mein eigener Anfang – soweit es für diese Erzählung von Bedeutung ist – war das Datum meiner Geburt, der 29. März 1962, der Tag, an dem sich zum fünfzigsten Mal der Tod Robert Falcon Scotts in der Antarktis jährte. Zumindest glauben wir das; die letzte Eintragung in Scotts Tagebuch ist nicht datiert. Titus Oates und Edgar Evans waren bereits tot, Scott, Birdie Bowers und Bill Wilson seit zehn Tagen in einem Zelt auf der Großen Eisbarriere – wie sie sie nannten – eingeschlossen. Nur elf Meilen trennten sie vom Ein-Tonnen-Depot, das seinen Namen den zweitausendzweihundert Pfund Proviant und Brennstoff verdankte, die sie dort gelagert hatten, und wenn der Schneesturm nur für einen Vormittag nachgelassen hätte, wäre es ihnen gelungen, nach Kap Evans und von dort nach Neuseeland und schließlich zu ihren Familien nach England zurückzukehren. Aber der Schneesturm ließ nicht rechtzeitig nach. Scott hatte vor seinem Tod ausreichend Zeit, zwölf Abschiedsbriefe und eine Botschaft an die Öffentlichkeit zu verfassen. Er schrieb Briefe an Wilsons Frau und an Bowers' Mutter, die beide mit den Worten endeten: »Mein ganzes Herz wendet sich Ihnen in Mitleid zu.« In seinem Brief an J. M. Barrie, den Paten seines Sohnes, schrieb er: »Ich habe mich vielleicht nicht als großer Entdecker erwiesen, aber wir haben den längsten Marsch gemacht, der je zurückgelegt wurde, und standen dicht vor einem großen Erfolg. Leben Sie wohl, mein lieber Freund.« So dicht am großen Erfolg, aber jetzt nichts als den Tod vor Augen und ein Gefühl der Enttäuschung, daß er nicht weitermachen, ein Gefühl der Hilflosigkeit, daß er für diejenigen, die ihm am Herzen lagen, nicht mehr sorgen konnte. Nachdem Wilson und Bowers gestorben waren, schrieb er: »Es ist ein Jammer, aber ich glaube nicht, daß ich noch weiter schreiben kann. R. Scott. Letzte Eintragung. Sorgt um Gottes willen für unsere Angehörigen.«

Letzte Eintragung. Ich glaube, genau das hat zuerst mein Interesse erregt – daß er schrieb bis ganz zum Schluß, daß er das Ende mit Worten markierte, als richte er einen Wegweiser auf. Seine Finger waren blauweiß und kältestarr; wäre er am Leben geblieben, hätte er niemals mehr Finger zum Schreiben gehabt. Und er hatte nicht die geringste, aber auch nicht die allergeringste Vorstellung, ob man seine Tagebücher jemals finden würde, ob seine Geschichte den Moment des Erzählens überdauern würde. Aber er wußte, daß die Wahrheit seiner eigenen Erfahrung, die Bilder, die er mit eigenen Augen gesehen hatte, niemals aufs neue wieder erstehen würden, und wenn sie mit ihm zugrunde gingen, dann waren sie für immer verloren. Er wußte, daß die Einzelheiten das Leben sind, die einzelne Schneeflocke, das einzelne Wort, und er wußte auch, daß wir alle manchmal um Hilfe bitten müssen.

Wider alle Wahrscheinlichkeit wurden die Tagebücher gefunden. Im folgenden Frühjahr machte sich eine Suchmannschaft auf den Weg. Man fand einen Schneehügel, vielleicht mit einer kleinen Spitze; drei Fuß Bambus ragten himmelwärts, sonst nichts, aber es war das Zelt – Leichen, Fotografien, Gestein, Briefe und Tagebücher, alles war da. So kam es, daß Scotts Tod zwar das Ende seines Lebens, aber nicht das Ende seiner Geschichte bedeutete. Er kam zu mir, als ich selbst auf der Großen Eisbarriere war. Er erschien mir, weiß wie ein Albino, mit der Gürteltasche, in der er seine Tagebücher trug, wenn er mit dem Schlitten unterwegs war, und er stützte sich auf seine Skistöcke und sprach mit mir. »Du hast sie viele Male gelesen«, sagte er und klopfte mit behandschuhter Hand auf die Tasche. »Aber du hast sie nie wirklich verstanden, nicht wahr, Morgan?« Und er hatte recht, ich hatte sie nicht verstanden, nicht bis zu diesem Moment. Er sagte außerdem: »Du hattest früher einen Schlitten, einen Flexible Flyer. Du mußt jetzt selbst ein Flexible Flyer sein, wendig und pfeilschnell, Morgan. Sonst wird dich die Weite diesmal verschlingen.«

Und damit hatte er wieder recht. Ich habe keinerlei Zweifel, daß ich ihm mein Leben verdanke. Und es ist gar nicht so einfach, mit dem Anfang anzufangen, wie ich inzwischen feststelle. Aber ich werde es noch einmal versuchen. Es war der 29. März, und ich lag zusammengerollt in der Gebärmutter, Wasser überall, wohin ich mich auch streckte. Ich war warm und glücklich und eingelullt von warmen, glücklichen Träumen. Das wußte ich damals natürlich, aber ich vergaß es später, so daß ich jetzt höchstens versuchen kann, es mir vorzustellen. Meinen Daumen, denke ich, hatte ich im Mund, und mein ganzer Körper war schläfrig in sich zusammengerollt. Dann aber gab es plötzlich einen Stoß, der mich aus dem Schlaf riß; ich nahm sehr überrascht meinen Daumen aus dem Mund und merkte dann zu meinem Mißfallen und meiner Verwunderung, daß das Wasser, das meine Welt gewesen war, langsam verschwand. Ich griff danach, versuchte es aufzuhalten, aber alles, was ich schließlich in Händen hatte, war meine eigene Nabelschnur, und daran hielt ich mich fest wie an einer Leine, die von einem Schiff auf festes Land führt.

Es half jedoch nichts. Die Wände zogen sich zusammen, und ich hatte keine Möglichkeit, sie abzuwehren. Sie waren wie Zeltwände, die von der Wut eines Schneesturms gepeitscht werden. Wenn irgendwelche Geräusche die Bewegungen begleitet hätten, dann hätte es das Heulen eines Sturmes in der Antarktis sein müssen, das Brausen eines Strudels, der sich im Ozean auftut, oder das Bersten eines Schiffs, das von einem gewaltigen Wal gerammt wird. Die Wände quetschten mich zusammen und zwängten mich hinab zu einem Loch, das sich plötzlich auf dem Grund meiner Welt aufgetan hatte – auf dem Grund der einzigen Welt, die es gab. Nachdem jetzt das Wasser verschwunden war, wurde mir heiß; ich bekam Durst und dachte ständig, ich müßte mich im nächsten Moment übergeben. Ich wurde so gequetscht, daß ich mich am ganzen Leib wie zerstoßen fühlte. Ich hatte noch keine Stimme, sonst hätte ich geschrien – Hilfe! Wo bin ich? – wie ein im Zwielicht der Dämmerung Verlorener, der nicht mehr weiß, was Richtung überhaupt bedeutet. Nachdem ich erst einmal zum Ausgang hin gedrückt worden war, blieb mir freilich nichts anderes übrig, als mich weiterzubewegen. Ich konnte nicht mehr haltmachen, denn meine ganze Welt war jetzt in schnelle Drehung geraten.

Ich weiß nicht, ob Ihnen der Begriff Teleologie etwas sagt. Er verschwand ziemlich weitgehend aus dem allgemeinen Bewußtsein, nachdem die westliche Wissenschaft zum ersten Mal ein mechanistisches Bild der Wirklichkeit entworfen hatte. Teleologie bedeutet, daß die Erscheinungen nicht allein durch mechanische Kräfte bewirkt werden, sondern sich darüber hinaus auf bestimmte Ziele der Selbstverwirklichung zubewegen. Ein Stein fällt vom Berg und schlägt im Tal auf, weil der Stein und der Mittelpunkt der Erde sich nacheinander sehnen. Eine Wolke segelt zum Horizont, weil es sie zu sehen verlangt, was sich dahinter verbergen mag. Eisen bewegt sich zum Magneten, weil der Magnet und das Eisen einander lieben. Und wenn ein Vulkan schließlich ausbricht, nachdem er zwanzigtausend Jahre lang untätig war, dann deswegen, weil das Magma niemals aufgehört hat, sich nach dem zu sehnen, was über ihm ist.

Sehnsucht ist bei allen Geschichten von der Antarktis etwas sehr Wichtiges – aber nicht eine allgemeine Sehnsucht, sondern die Sehnsucht danach, drinnen zu sein, wenn man draußen ist, und draußen zu sein, wenn man drinnen ist. Das wird überall deutlich, schon bei Lovecraft, dann bei Poe, Verne und John Cleves Symmes, dem Verfasser der *Symmes-Theorie der konzentrischen Sphären*. Diese Theorie besagt, die Erde sei hohl, innen bewohnbar und habe an den Polen weite Öffnungen, hinter denen sich uns ein unterirdisches Paradies enthüllen werde, wenn wir erst einmal dorthin gelangten. Unter dem Pseudonym Kapitän Adam Seaborn schrieb Symmes einen utopischen Roman mit dem Titel *Symzonia: Eine Entdeckungsreise*, und diese unübertreffliche Zurück-in-den-Mutterschoß Phantasie gewann ihm in Jeremiah Reynolds einen Anhänger, der seinerseits eine *Denkschrift betreffend die Vermessung und Erkundung des Pazifischen Ozeans und der Südsee* einreichte; dieses Pamphlet und sein Verfasser waren die treibenden Kräfte hinter der ersten antarktischen Expedition der Vereinigten Staaten. Reynolds war es auch, der Poe zu seinem *Arthur Gordon Pym* inspirierte. Nach einer ganzen Reihe von Augenzeugen soll Poe im Sterben laut gerufen haben: »Reynolds! O Reynolds!« – so als begrüße er bei seinem Übertritt vom Leben in den Tod als seinen Führer einen, der seine Sehnsucht nach dem großen weißen Weltenschiff Antarktis teilte.

Eigentlich habe ich diesen Ausruf Poes früher immer für ein merkwürdiges letztes Wort gehalten. Jetzt allerdings nicht mehr. Nicht mehr nach der Expedition Neunzig Süd. Jetzt weiß ich, daß stets die Toten am Torweg menschlichen Schöpfergeistes stehen. Tatsache oder Erfindung, sie sind ihre Wächter: Pym, der auf den Katarakt zurast; Kapitän Guy, der von dem großen Magneten angezogen wird; Ahab, den die Leine seiner eigenen Harpune aus dem Leben reißt. Oder für mich Kathleen Scott mit einem Stück Ton in der Hand; Anthea Jacobs mit einer Kreidetasche am Gürtel; mein Vater, der in einem Handkoffer dem *Ehrlichen Haus* mitschleppt; Con, der sich auf seine Skistöcke stützt; meine Mutter, die mein Bild, das sie zusammen mit einer Hundemarke um den Hals trug, ans Herz drückt. Um ihretwillen, um ihrer aller willen habe ich den Rückweg hierher geschafft, zur Ross-Insel. Fidel und ich nannten sie die Insel der verlorenen Jungen. Wir nannten sie auch – und ich tue es immer noch – das Nimmerland.

Denn tatsächlich ist das Ungewöhnlichste im Eis nicht seine Orthaftigkeit, sondern seine Zeitlichkeit. In der Antarktis ist eine Nacht vier Monate lang, ein Tag vier Monate lang, und jetzt herrscht bereits seit Wochen Dämmerung. Hier vergeht alles so langsam, daß zehn Jahre weniger sind als eine Jahreszeit, und wenn es einen Ort auf der Welt gibt, wo nichts altert, dann heißt er Antarktis. Und einmal angenommen, Sie bedienten sich wissenschaftlicher Methoden, um hierherzukommen, visierten einen Stern an oder folgten der Anweisung »zweite rechts, dann geradeaus bis zum Morgen« wie in *Peter Pan* – ja selbst, wenn Sie Landkarten bei sich hätten, die Sie an windigen Ecken studieren könnten: Es würde schwierig sein, allein nach diesen Anweisungen Land zu sichten. Wie Peter und Wendy würden Sie für scheinbar ewige Zeiten weiterfliegen müssen, durch Dunkelheit und Sonnenschein, manchmal in großer Kälte, manchmal in zu großer Hitze und gelegentlich flach auf einen starken Wind gelegt, der in die richtige Richtung weht. Und selbst dann mag es viele Monde dauern, bis Sie herfänden, und Sie würden darauf hoffen müssen, daß das Land selbst – so wie in Barries Geschichte – kommt und nach Ihnen Ausschau hält. Wenigstens bei mir war es so. Die Rossinsel ist gekommen und hat nach mir gesucht, sonst hätte ich sie nie gefunden. Und erst als ich hierherkam, durchschritt ich eine Pforte in der Zeit, kam an einen Ort, an dem Zeit eine völlig andere Bedeutung hat. Scott hatte diese Pforte ebenfalls gefunden, und deshalb gaben er und Kathleen ihrem Sohn den Namen Peter und baten James Barrie, Peters Pate zu werden. Ich habe Peter Scott, dem echten Peter Pan, an seine Privatadresse nach England geschrieben, als Thaw, Brock, Gronya, Winnie, Wilbur und ich mit den Vorbereitungen für die Expedition Neunzig Süd begannen. Wir wollten keine offizielle Anerkennung oder Unterstützung von ihm oder von Großbritannien, aber wir hielten es für eine Frage der Höflichkeit, Scotts Sohn in unsere Pläne einzuweihen. Seine Antwort war sehr freundlich; er berichtete mir von seinen eigenen Reisen in der Antarktis und seinen zwei Besuchen auf Kap Evans und in der *Terra-Nova*-Hütte. Er schrieb mir, daß ich erstaunt sein würde, wenn ich dort hinkäme und sie selbst sähe. »Die Forschungsreisenden hätten sie ebensogut vor sechs Monaten statt vor über siebzig Jahren verlassen haben können«, schrieb er. Und er schrieb auch, daß man »darin bei aller Kälte immer noch etwas von Wärme und Geborgenheit spürt«.

Er hoffe, daß uns unsere Vorhaben gelängen. Und er fügte hinzu: »Wenn Sie zurückkommen, lassen Sie es mich wissen. Ich würde gern hören, wie es Ihnen ergangen ist.« Die Wahl seiner Worte in diesem Satz berührte mich tief.

Und obwohl er natürlich nicht meinte, daß ich ihm ein ganzes Buch schreiben solle, kann ich nicht umhin, jetzt, da ich damit anfange, an ihn zu denken; wenn er selbst an meinem Bericht nicht interessiert ist, dann sind es doch vielleicht seine Kinder oder Enkelkinder oder die Kinder oder Enkelkinder eines anderen Teilnehmers der *Terra-Nova*-Expedition. Das hoffe ich zumindest, denn jetzt, da ich einmal angefangen habe, möchte ich auch sehr gern mit meiner Geschichte fortfahren. Aber im Moment stecke ich ja wohl immer noch im Geburtskanal fest. Mir ist so heiß, ich bin so durstig, und die Welt hat sich in solch eine brennende Höhle verwandelt, daß sich meine Einstellung zum Abwärts und Vorwärts geändert hat. Ich glaube inzwischen, daß es vielleicht besser ist, zu versuchen, den Auslaß zu erreichen und aus dem Loch herauszukommen, denn – wer weiß? – möglicherweise ist die Welt auf der anderen Seite ja tatsächlich bewohnbar. Also kämpfe ich und kämpfe, um es zu schaffen, um aus diesem brennenden Innenraum herauszukommen, und ich mühe mich ab, Halt zu finden an den schlüpfrigen Wänden, die mich immer dichter umschließen. Zum ersten Mal in meinem Leben spüre ich: Es gibt etwas, das ich tun muß, da ist ein Ort, den ich erreichen muß, und nur meine Willenskraft kann mir dabei helfen. Ich sehne mich danach zu entkommen. Ich nehme den Kampf auf. Ich sehe die Welt. Sie verschwindet. Und wieder sehe ich sie.

Und dann bin ich heraus in einem einzigen Rutsch, und die Wohltat der plötzlichen Kälte ist wunderbar, als ich den Ort erreicht habe, den man auf den Landkarten zu beschreiben pflegte mit: »Hier ist das Gebiet der Ungeheuer.« Ich bin in Hochstimmung, weil es jetzt Platz gibt, weil hier Weiße herrscht und etwas Leuchtendes in der Luft zittert. Von oben nach unten, aus der Hitze in die Kälte, aus der Dunkelheit in die Helligkeit, vom Eingeschlossensein in die Freiheit. Ich habe meinen ersten Breitengrad erreicht; ich bin hier, bin auf der Welt angekommen, und ich finde es herrlich.

Für die folgende Zeit fehlt mir jede Erinnerung, selbst die bloß eingebildete, bis ich drei Jahre alt bin und zusehe, wie es schneit. Wir haben das Jahr 1965, und ich wohne in der Nähe von Quarry, Colorado. Mein Vater unterrichtet am College in Quarry Geschichte. Wir lebten in den Ausläufern der Rocky Mountains in einem Haus, das der Vater meines Vaters, William Lamont, meiner Mutter zur Hochzeit geschenkt hatte. Mein Großvater William ist der Eigentümer der Farbenwerke Lamont Paints, und er war schon damals ein außerordentlich reicher Mann, so daß ein Haus als Hochzeitsgeschenk seine Möglichkeiten durchaus nicht überstieg. Aber als ich älter wurde, erschien es mir nicht nur merkwürdig, daß William das Haus meiner Mutter geschenkt hatte und nicht meinem Vater, Colin, sondern auch, daß wir während meiner ganzen Kindheit nie von ihm hörten und ihn niemals zu Gesicht bekamen. Zum Geburtstag schickte er mir weder eine Karte, noch rief er an. Jedesmal, wenn ich meine Mutter danach fragte, nahm ihr Gesicht einen unbestimmten Ausdruck an, und sie sagte: »Ich weiß wirklich nicht, warum, Morgan.« Und meinen Vater habe ich nie danach gefragt, weil ich spürte, daß Colin die ganze Geschichte mit seinem Vater, dem Farbmagnaten, unangenehm war.

Etwas anderes aber fand ich schon recht früh heraus: Meine Mutter, Josephine, eine Halbrumänin, hatte einen englischen Vater und war in Kent zur Welt gekommen. Kurz nach ihrem siebten Geburtstag hatte sie während der deutschen Luftangriffe beide Eltern verloren. Irgendwelche Verwandten hatten sie bei sich aufgenommen und, da sie in London lebten, bald dafür gesorgt, daß meine Mutter per Schiff nach Amerika in Sicherheit gebracht wurde; und so wie mein Vater nicht gern über William sprach, erzählte meine Mutter nicht gern von dieser Seereise, von diesem gewaltigen Geleitzug, der sie über den Atlantik gebracht hatte. Einmal – ich war noch ein Kind – erwähnte sie die Wolfsrudel der deutschen U-Boote, die die Gewässer um sie herum unsicher gemacht hatten, und sie erzählte auch, wie sie sich an die Reling geklammert und auf den leeren Ozean hinausgeschaut hatte, in dem Wissen, daß unter seiner Oberfläche tödliche Feinde lauerten.

Als sie jedenfalls in Boston ankam und von Bord ging, wartete am Kai William mit seinem Sohn Colin auf sie. Colin war sieben, genau wie Josephine, und meine Mutter war froh, ihn kennenzulernen, froh, jemanden zu haben, der so alt war wie sie und mit dem sie reden konnte. William war damals um die dreißig – groß, ein hochgewachsener Amerikaner mit schwarzem Haar und außergewöhnlichen Augen, wie meine Mutter mir erzählte. Aber obwohl er so groß wirkte, machte er doch auch einen freundlichen Eindruck, und er beruhigte sie, während sie heimfuhren – zu einem Herrenhaus, das von acht Hektar Park umgeben war. Erst da begriff sie, daß William reich war. Seine Frau war vor kurzem verstorben; ein Kindermädchen hatte einige ihrer Aufgaben übernommen. Aber meine Mutter spürte von Anfang an, daß der Reichtum und die Bediensteten Colin in gewisser Weise nicht viel halfen, und das, obwohl William Lamont während des Krieges noch reicher werden sollte, da Lamont Paints einen Rüstungsauftrag von der Navy erhalten hatte.

Also wuchs meine Mutter in diesem Herrenhaus auf. Nachdem der Krieg vorüber war, blieb sie, und William wurde ihr immer mehr zugetan, je älter sie wurde. Er ermutigte sie, Malerin zu werden, und meinte im Scherz, daß ihr zumindest niemals die Farben ausgehen würden; später sorgte er dafür, daß sie auf eine Kunstakademie ging. Dort verlegte sie sich – mit Williams Zustimmung – von der Malerei auf die Bildhauerei, und als ich klein war, arbeitete sie mit Holz und Stein. Ich fand ihre Skulpturen gewaltig und ehrfurchtgebietend, und ich verstand, warum sie William gefallen hatten. Ich konnte allerdings nicht verstehen, warum er nicht gewollt hatte, daß Colin Geschichte studierte. Mein Vater sprach nur ein einziges Mal davon; William glaubte, Geschichte sei nichts als die Beschäftigung mit der endlosen menschlichen Dummheit, und er könne die Maxime nicht akzeptieren, daß diejenigen, die nicht aus der Vergangenheit lernten, dazu verdammt seien, sie zu wiederholen. Es seien vielmehr diejenigen, die zuviel von der Vergangenheit wüßten, die die Welt immer wieder in denselben alten Schlamassel ritten.

Ich weiß heute, daß William das selbst nicht glaubte, sondern andere Beweggründe hatte. Im Ergebnis änderte das nichts; er weigerte sich, meinem Vater das Studium zu bezahlen. Er sagte ihm, daß er ins Farbengeschäft einsteigen müsse, sonst werde er ihn nicht länger unterstützen; also schlug Colin sich an der Boston University mit Beihilfen und Forschungsstipendien durch. Als er in Geschichte promoviert wurde, enterbte William ihn, vielleicht mit dem Gedanken, daß dies Colins Einstellung zu Lamont Paints ändern würde; aber seine Pläne schlugen endgültig fehl, als mein Vater und meine Mutter heirateten.

Colin fand eine Anstellung am Quarry College, und er und meine Mutter zogen nach Colorado. Als eine letzte großzügige Geste schenkte William meiner Mutter das Haus.

Es war das Haus, in dem ich geboren wurde oder in das ich zumindest kurz nach meiner Geburt gebracht wurde, ein modernes Haus auf einem Vierzig-Hektar-Grundstück in den Ausläufern der Rocky Mountains. Es hatte hohe gewölbte Decken und große steinerne Kamine, viel Glas, und es gehörten eine Scheune dazu und ein Teich und ein Atelier für meine Mutter. Dort erwachte ich im Winter 1965 wie aus einem langen Traum, an den ich mich nicht mehr erinnern konnte, der aber ein guter Traum gewesen war. Ich wurde wach, während ich aufrecht sitzend aus dem Fenster schaute, die Nase gegen die Scheibe gedrückt, und den Flocken in einem Schneesturm zusah. Sie jagten auf die Erde hinunter, als hätten sie dort etwas außerordentlich Wichtiges zu erledigen. Ich fragte meine Mutter, ob ich hinausgehen dürfe, und staunte gleichzeitig darüber, daß ich sprechen konnte, da ich bis zu dieser Minute anscheinend gar nicht gewußt hatte, daß so etwas überhaupt möglich war. Aber meine Mutter war nicht überrascht. Sie nahm meinen Schneeanzug von einem Haken in der Eingangshalle, steckte mich hinein und zog die Reißverschlüsse zu. Der Anzug war marineblau. Dann saß ich auf dem Boden, so daß sie mir meine Stiefel anziehen konnte. Es waren rote Stiefel, und ich drückte die Füße mit meiner ganzen Kraft gegen die Hände meiner Mutter, die die Stiefel festhielten. Offenbar war ich stolz, daß ich zwei Füße hatte und beide ihren Weg in die Stiefel fanden, und meine Mutter lächelte über meinen Stolz, als könne sie ihn spüren.

Dann holte sie meine Handschuhe und meine Mütze. Ich zog beides an; dann flog die Tür auf, und es gab einen eisigen Windstoß, als ich wie ein Champion in die Welt mit ihrem Wind hinausmarschierte. Der Traum war sehr angenehm gewesen, aber ich merkte, daß ich zu lange Zeit geschlafen hatte, und jetzt, da mir die Augen geöffnet waren, sah ich Weiß, Weiß überall. Es herrschte Dämmerlicht, und das Blau meines Schneeanzugs, das Rot meiner Stiefel, das Grau meiner Handschuhe, alles verblaßte; es gab nur noch Weiß um mich herum. Im Quarrytal brannten Lichter, aber hier war nur Schnee, und es war wieder kalt, so wie es im Augenblick meiner ersten Geburt gewesen war.

Und ganz plötzlich wußte ich, daß in meinem Leben *alles* geschehen konnte. Ich konnte hierhin gehen, ich konnte dorthin gehen, ich konnte rückwärts gehen oder vorwärts. Ich ging vorwärts, den Hügel hinterm Haus hinauf, am Teich vorbei, der zugefroren war und matt glänzte, hin zu einem kleinen Hain von Espen, deren Wurzeln fast im Wasser standen. Die Bäume hatten wie eine Art Schneegitter gewirkt, und ich setzte mich in die Schneewehe, die sich unter ihnen gebildet hatte; ich genoß das Gefühl in meinem Po, als die Kälte durch meinen Schneeanzug drang. Und ich fand es herrlich, wie die Schneeflocken auf meinen Wangen schmolzen und sie naß machten, fast so, als weinte ich. Aber ich weinte nicht, ich lachte. Und der Schnee hatte mich zu einem Teil von sich gemacht, hatte seine Arme geöffnet, um mich aufzunehmen und sich selbst durch meine Hitze und mein Gewicht und meine Masse zu einem Sessel zusammendrücken zu lassen. Was würde als nächstes geschehen? *Alles* schien möglich zu sein, aber bald kam meine Mutter und suchte nach mir, denn die Dämmerung ging schon in den Abend über.

Jedenfalls hatte mein Leben zum zweiten Mal angefangen, und diesmal hörte es nicht wieder auf. Ich springe zeitlich vor zu einem Tag zwei Jahre später. Es war Februar, glaube ich, und Ende März würde ich fünf werden. Draußen tobte ein Schneesturm – zumindest kam es mir wie ein Schneesturm vor. Es schneite stark, und der Wind schien zu atmen und zu schmeicheln; dem Schnee kam es wohl genauso vor, denn er bewegte sich in erregten Stößen, in großen Wogen, er schien zu schwärmen wie ein Bienenschwarm aus Eis. Auf der Erde lagen bereits zwanzig Zentimeter Schnee. Rauch lag in der Luft, er stieg aus dem Kamin meiner Eltern und auch aus dem unserer Nachbarn, die weiter bergauf wohnten. Der Rauch vermischte sich mit dem süßen, frischen Geruch des Schneetreibens.

Manchmal gelang es mir, an einem Tag wie diesem meinen Vater zu überreden, mit mir Schlitten zu fahren, vor allem, weil mein Schlitten, ein »Flexible Flyer«, früher einmal ihm gehört hatte. Als er noch ein Kind war, nicht viel älter als ich jetzt, war er damit in Boston zum Beacon Hill gegangen und den Hügel dann auf seinen schmalen Metallkufen hinabgerodelt. Wir liebten diesen Schlitten also beide, den Schlitten persönlich, und ich war mir seiner langen Geschichte wohl bewußt, wenn ich mit Colin darauf saß und wir zusammen rodelten. Ich saß dann zwischen seinen Beinen, er schloß mich zwischen ihnen ein, und unsere vier Füße standen vor uns auf dem Steuerholz, so daß wir zusammen steuern konnten, wohin auch immer. Der Schlitten hatte in der Mitte das Bild eines Adlers, der offenbar genau den gleichen Schlitten fuhr wie den, auf dem er abgebildet war. Er trug ein rotes Banner im Schnabel, im Hintergrund war eine weiße Wolke abgebildet. Auf den beiden Latten links und rechts dieses Bildes stand in großen Buchstaben RENNER, RENNER, und durch das Ganze ging wie die Nadel eines Kompasses ein gewaltiger Pfeil.

Da ich also hoffte, mein Vater würde mit mir kommen, ging ich zu der Scheune, wo er sein Studierzimmer hatte. Dort hielt er auch Hühner, und ich hörte sie aufgeregt gackern. Eines von ihnen hatte gerade ein Ei gelegt, direkt neben dem Fuß meines Vaters, denn die Tür zu seinem Arbeitsraum stand offen und die Henne hatte ungehindert hereinspazieren können. Zu meiner Verwunderung hatte Colin kaum davon Notiz genommen, so konzentriert starrte er auf die gelben Blätter, die vor ihm lagen, Hunderte und Aberhunderte von gelben Blättern mit hingekritzelten Wörtern darauf. Aber er merkte, daß ich hereingekommen war, blickte auf und lächelte ziemlich matt. Sein schütteres braunes Haar hing ihm in die Stirn, und er winkte mir zur Begrüßung zu.

Aber ich sah schon, daß es nicht von Herzen kam, dieses Winken, und es ist komisch, aber wenn ich an diesen Tag denke, der jetzt fünfundzwanzig Jahre zurückliegt, dann macht es mich traurig, daß ich damals nicht mehr verlangt habe von meinem Vater. Wenn ich nur darauf bestanden hätte, daß er mit mir ins Freie kam, ihn an den Händen genommen und auf die Füße gezerrt hätte, dann wäre vielleicht alles, was später mit ihm geschah, vermeidbar gewesen. Ich weiß, daß dem nicht so ist, aber trotzdem bin ich traurig, daß ich an diesem Tag nicht mehr getan habe, um frische Luft in seine Lungen und wieder Farbe in sein Gesicht zu bringen. Aber ich war so erpicht darauf, wieder hinauszukommen, daß ich – nachdem ich ihn gefragt hatte, ob er Schlitten fahren wolle, und er »heute nicht« geantwortet hatte – bloß sagte: »Okay, Daddy.« Bevor ich ging, hob ich das Ei auf. Die Henne, die noch in der Nähe war, folgte mir zeternd in den Hühnerstall, wo ich ihr das Ei zurückgab. Dann sauste ich wieder hinaus in den Schneesturm, und auf dem Weg zu meinem Schlitten schaute ich kurz durch das Fenster in das Atelier meiner Mutter.

Da stand sie, meine Mutter, mit einer langen Lederschürze auf einem Gerüst und schweißte; die Funken wirkten gar nicht besonders heiß, aber dennoch schützte meine Mutter ihr Gesicht durch ein Schild. Sie sah nicht, daß ich zu ihr hineinschaute, so sehr war sie in ihre Arbeit vertieft; also holte ich mir den Schlitten von der Veranda hinter dem Haus, wo ich ihn abgestellt hatte, und zog ihn dann über die Straße zu einem Hügel in der Nähe.

Bis dahin hatten alle meine Schlittenfahrten eigentlich auf diesem Hang und auf dem Horseshoe Hill stattgefunden, und obwohl es auf beiden ganz gut ging, mit schönen Kurven und Senken, wurden sie natürlich nie geräumt, so daß ein Kufenschlitten wie der meine dort jetzt ziemlich stark in den Neuschnee einsinken mußte. Manchmal vereiste der Schnee aber auch und wurde zu *upsik* – so nennen die Inuit den Schnee, aus dem sie ihre Iglus bauen. In der Arktis und in der Antarktis wird der Schnee mitunter von Wind so sehr zusammengepreßt, daß er sich nicht mehr zertrümmern läßt, nicht einmal mit einer Stahlaxt. Ich habe diesen Schnee oft gesehen, als wir den Beardmoregletscher hinaufstiegen, aber bestimmt kein einziges Mal in Colorado; und dennoch ist der Schnee dort während meiner Kindheit einige Male so hart geworden, daß er mir wie Stahl vorkam. Der Wind wehte die Schneekristalle durch die Luft, transportierte sie, wie man es nennt, und trieb sie dann wieder mit erstaunlicher Gewalt zusammen, zementierte sie. Aber das passierte nicht besonders oft, und an diesem Februartag war der Schnee weich. Mit dem Kufenschlitten stand mir ein langsames, schwerfälliges Rodeln bevor.

Also dachte ich ganz plötzlich: Warum rodle ich eigentlich nicht auf der Straße? Auf der Straße war kurz vorher ein Schneepflug gefahren. Also zockelte ich mit meinem Schlitten los. Als wir die Straße erreichten, fuhr der Schlitten mir in die Hacken, so aufgeregt war er, drehte sich wie wild auf der schönen, vereisten, verführerischen Oberfläche. Ich dachte, ich fahre bloß ein kleines Stück, denn ich wußte, daß ich nicht den ganzen Weg von den Vorbergen, in denen wir wohnten, zur Wüste, die unter uns lag, hinunterfahren konnte. Natürlich war mir verboten worden, jemals auf der Straße zu rodeln, aber der Schnee fiel jetzt so dicht, daß ich dachte, es könne nichts passieren, wenn ich nur ein kurzes Stück führe.

Nicht, daß ich mir das alles so ausgedacht hätte. Ich setzte mich einfach auf den Schlitten, stellte meine Füße vorne auf die Kufen und hielt mir die Schnur fest vor die Brust, damit sie sich nicht verfing. Dann, mit den Füßen wieder auf der Oberfläche der Straße, stieß ich den Schlitten vorwärts, bis ich auf die Kuppe kam, an die sich die erste, lange Abfahrt anschloß. Bevor ich losfuhr, blieben die Kufen einen Augenblick lang auf dem Schnee hängen, wurden von ihm festgehalten, als wolle er sie nie mehr loslassen. Dann aber gab der Schnee den Schlitten frei, die Kufen glitten über die Kristalle, ich fuhr sehr schnell, und jetzt versuchte der Wind mich aufzuhalten, er stürmte auf ganzer Fläche gegen mich an.

Ja, das war mein erster Eindruck. Der Wind versuchte, mich aufzuhalten, schaffte es aber nicht, denn der Schlitten fuhr nun schneller und schneller. Und wenn eine Kurve kam, streckte ich meine Stiefel zum Lenkholz des Schlittens und drückte es zur einen Seite oder zur anderen. Ich kam um die erste Biegung der Straße herum, und die Bäume sausten an mir vorbei, während der beißend scharfe Wind mir die Tränen in die Augen trieb. Ich klammerte mich an die Schnur, so wie ich mich an meine eigene Nabelschnur geklammert hatte, obwohl ich damit nichts ausrichten konnte, und ich wurde schneller und schneller. Schneller und schneller und schneller. Für diese wilde Fahrt schien es kein Halten zu geben. Aber schließlich hieß es doch Halt, weil der Schlitten sich seitwärts überschlagen und mich auf die Straße geworfen hatte, wo ich auf der Seite weiter abwärts schlitterte – mit solcher Wucht, daß mein Schneeanzug aufriß und ich mir Knie und Schenkel aufscheuerte. Der Aufprall auf der Straße verschlug mir augenblicklich den Atem; ich wollte weinen, aber das ging erst, als ich endlich wieder Luft holen konnte. Dann stand ich auf – ich weinte und würgte meine erstickten Schluchzer in den fallenden Schnee hinaus –, um nach meinem geliebten Schlitten zu sehen. Ich hatte die eine, furchtbare Angst: Wenn der Sturz schon *mich* verletzt hatte, konnte der Schlitten ebenfalls Schaden genommen haben. Der Schlitten war heil. Ich stellte ihn wieder auf die Kufen, und er wollte gleich wieder los, den Berg hinunter. Ich mußte tatsächlich rennen, um ihn noch zu erwischen.

Ich hätte besser schon früher erwähnt, daß ich von Geburt an einen leichten Klumpfuß hatte, der in meiner frühen Kindheit gerichtet worden war. Während eines Teils der Zeit vor meinem Erwachen hatte mein linkes Bein in einem Gipsverband gesteckt und war langsam so weit gedreht worden, daß es mitsamt dem Fuß normal stand. Aber außerdem ist mein linkes Bein fast einen Zoll kürzer als mein rechtes – und das ließ sich nicht korrigieren. Deshalb mußte ich, seit ich gehen lernte, immer einen erhöhten Absatz tragen; trug ich ihn nicht, war mein Gang sehr merkwürdig, und meine Hüften beschrieben eine Art Kreisbewegung, wenn ich das längere Bein vorsetzte. Wegen meines Beines glaubten meine Eltern, ich ermüdete leicht, und sie nahmen mich nicht zu Spaziergängen mit, die sehr weit von zu Hause wegführten. Also war ich jetzt auf meinen eigenen zwei Beinen weiter von zu Hause fort als jemals zuvor.

Ich fing den Schlitten ein und stellte ihn auf die Böschung, wo ich seine Kufen sicher im tiefen Schnee festsetzen konnte, und dann blickte ich zurück, die Bergstraße hoch, die ich heruntergefahren war. Ich entdeckte, daß ich in einer Welt war, die ich niemals zuvor gesehen hatte, in einer Welt, in der die Häuser etwas Magisches, Mittelalterliches an sich hatten. Dort standen sie, eine Ansammlung von Wohngebäuden mit Schnee auf den Dächern und Schnee auf den Stufen; sie waren warm, und sie gehörten mir, aber ich gehörte nicht ihnen, nicht so, wie ich gedacht hatte. Ich konnte von ihnen weggehen. Ich hatte mich von ihnen losgelöst, ich war jetzt frei, und diese Tatsache erfüllte mich mit Freude, der gleichen Art von Freude, die ich an dem Abend empfunden hatte, als ich auf der Bank aus Schnee saß. Ich war Morgan; ich hatte mich auf einen Schlitten gesetzt und war die schneebedeckte Straße hinuntergefahren, und der Wind hatte versucht mich aufzuhalten, aber er war machtlos gewesen angesichts meiner Kraft. Und ich hatte mir meinen Oberschenkel und mein Knie aufgeschürft, ich hatte meinen Schneeanzug zerrissen, und ich hatte mich mit meinem Schlitten auf der Straße überschlagen, und jetzt, während ich mir mit meinen Handschuhen über das Gesicht strich, konnte ich nach Hause zurückgehen, wenn ich das wollte, oder ich konnte weiterfahren. Ich fuhr weiter. Und weiter und weiter. Die Straße schien gar kein Ende zu nehmen, und jedes Gefälle, jede Biegung, jeder Halt machten mich noch glücklicher.

Tatsächlich hatte ich das Gefühl, daß ich für alle Ewigkeit in einem schönen Schneesturm eine schneebedeckte Straße hinabrodeln konnte und daß besser niemand auf der Welt versuchen sollte, mich aufzuhalten. Aber dann wurde die Straße flach. Ich saß auf dem Schlitten und versuchte mich vorwärts zu stoßen, aber das brachte nichts. Ich war den ganzen Weg von den Vorbergen heruntergefahren, bis hinein in die Außenbereiche von Quarry, und ich sah die Häuser des Ortes vor mir. Ich hatte das Gefühl, ein ganz neues Land zu entdecken. Der Rauch, der aus den Schornsteinen emporstieg, sah aus wie eine Substanz, die ich nie zuvor gesehen hatte, das oxidierte Holz gab Materie ab und vermischte sich mit der Luft darüber; diese Dächer, die sich über ihre Häuser wölbten, waren Schilde gegen den Himmel. Alles war neu für mich, denn dies war eine Stadt, in die ich aus eigener Kraft mit meinem Schlitten gefahren war.

Aber alles war irgendwie stumpf, weil es noch Tag war und wegen des Schneesturms, und einen Augenblick lang saß ich einfach nur auf dem stillstehenden Schlitten und machte große Augen. Ich hatte keine klare Vorstellung, was als nächstes geschehen sollte. Ich wußte nicht, wie ich weitermachen sollte. Es war mir vorher nicht klar gewesen, daß ich am Ende dieser Fahrt wieder zurück nach oben laufen mußte.

Ich dachte eine Weile darüber nach. Zurückgehen, den Berg hinauf, mit meinem Schlitten? Wie sollte ich das schaffen? Ich war fünf; der Schlitten wog wahrscheinlich fünfzehn Pfund. Ich stieg vom Schlitten und versuchte ihn zu ziehen. Erst saß er fest, dann glitt er ein Stückchen, dann saß er wieder fest. Schließlich glitt er stetig, und ich hatte das Gefühl, daß ich den Dreh jetzt raus hatte. Aber nach wie vor war der Schlitten nicht gerade darauf versessen, bergauf zu fahren, und wenn ich sofort gemerkt hätte, wie hart mein Anstieg werden würde, dann hätte ich es vielleicht nicht geschafft. Der Schlitten nahm sich Zeit, es mir zu zeigen. Zuerst war er einfach schwer zu ziehen. Also ließ ich ihn eine Minute in Ruhe, legte dann all meine Kraft in den nächsten Ruck und ließ ihn danach wieder in Frieden.

Ich kam langsam vorwärts, während die Zeit verstrich, und ich wurde müde über jedes mir bekannte Maß hinaus. Nach einer Weile kam ich mir vor wie ein kleines Zugtier mit Handschuhen. Diese Straße war genau dieselbe, die ich erst vor ganz kurzer Zeit hinabgeflogen war, aber so herum, nach oben gekippt, schien es eine völlig andere Straße zu sein. Eine gemeine Straße, eine Straße, die ich zu hassen lernte, während aus den Minuten eine Stunde wurde und sich die Stunde zu seiner zweiten dehnte. Was war bloß los mit dieser Straße? Und was war mit dem Schlitten los und mit dem Schnee und mit der Welt und mit mir, Morgan?

Ich glaube, es gibt bestimmte Fragen, die sich zwangsläufig stellen, wenn man noch sehr jung ist, die man aber später möglicherweise vergißt, nur um irgendwann in seinem Leben aufs neue auf sie zu stoßen. Erinnert man sich jedoch an diesen ersten Anlaß, dann bleibt die Frage für immer mit dem Bild des Ortes und der Umstände ihres ersten Auftretens verknüpft. So war es jedenfalls bei mir, und ebenso, wie ich meine erste Erfahrung des Wunderns im Schnee hatte, erfuhr ich dort auch zum ersten Mal das Zweifeln. *Hatte* denn die Welt irgendeinen Sinn? Das Handeln? Mein eigenes Leben? War all das bloß Zufall, nur Wahrscheinlichkeit, nur bewegte Materie? Vielleicht bin ich deswegen in die Antarktis gekommen, um diese Frage noch einmal zu stellen. Im Eis gibt es keine Perspektive, von der man sich leiten lassen kann, und kein Gefühl für Größenverhältnisse, das einem hilfreich sein könnte; es gibt nichts außer dem Licht und einer Landschaft, die so gewaltig ist, daß sie sich aller Berechnung entzieht. Kleine Geschöpfe bewegen sich darin. Was wir ihr bringen, spiegelt sie wider. Allem wird dort seine Vielschichtigkeit genommen, aber dennoch bleibt alles vielschichtig. Denn das Eis gibt zwar nichts, aber es nimmt uns auch nichts. Es ist einfach und hart. Es ist oben und unten. Es ist vorne und hinten.

Jetzt also, während ich den Quarryberg hinaufstieg, so müde, daß mir nichts mehr half als schiere Willenskraft und die Entschlossenheit, meinen Schlitten keinesfalls zurückzulassen, stolperte ich über meine eigenen Füße und spürte, wie meine Beine immer mehr schmerzten, das linke schneller als das rechte. Ich konnte nicht einmal mehr meinen Kopf heben; alles, was ich sah, war das Weiß des Schnees und, wenn ich mich umschaute, das Rot meines Schlittens. Irgendwie ging ich immer weiter die Straße hinauf, eine Zeitlang, die zu aller Zeit wurde und völlig zeitlos war, die völlig außerhalb der Zeit lag. Es gab nur noch die Zeit, und der Raum war bloß noch etwas, in dem die Zeit ablaufen konnte, bis beide verschlungen waren oder beide die Person in sich verschlungen hatten. Der Schneesturm ließ etwas nach, aber der Schnee, der im Laufe des Tages gefallen war, lag jetzt sehr hoch, und es wurde Abend.

Schließlich jedoch, auf dem Berg, kamen mir mein Vater und meine Mutter entgegen, die mich suchten. Meine Mutter hatte den größten

Teil des Tages an ihrer Skulptur gearbeitet und war erst zur gemeinsamen Teestunde mit meinem Vater aus ihrem Atelier gekommen. Sie entdeckten, daß ich nicht da war, und weil die Straße seit jenem ersten Mal nicht mehr gepflügt worden war, liefen sie hinauf zum Haus eines Nachbarn, um sich einen Flachschlitten zu leihen. Sie tauchten über der Kuppe des Hügels auf wie zwei Erscheinungen, ihre Parkas weiß von Stürzen, die Spitzen ihrer Stiefel voller Schnee, und schweigend kamen sie mit einem Knirschen neben mir zum Stehen. Vernünftigerweise sagten sie sehr wenig, denn sie mußten mein Gesicht gesehen haben, verklebt von Tränen, und das Bein meines Schneeanzugs, zerrissen vom Knie bis zum Schritt. Mit Mühe lösten sie meine festgefrorenen Hände von der Schlittenschnur und stellten dann beide Schlitten, ihren und meinen, an den Straßenrand, um sie später abzuholen. Mein Vater nahm mich auf die Schultern, und ich klammerte mich mit meinen Händen an seinem Kopf fest und lehnte mich so weit über ihn, daß mein Gesicht auf seinen Wangenknochen lag. Aus dieser Position heraus versuchte ich ihnen beiden zu erzählen, wie weit ich gekommen war und wie anders Quarry ausgesehen hatte, weil ich mit dem Schlitten dorthin gefahren war. Aber sie schienen nicht zu verstehen, was ich sagte, denn ich wußte nicht, wie ich es sagen sollte. Ich sagte immer wieder: »Ich habe den Schlitten noch!«, aber was ich meinte, war: »Diesmal hat der Raum mich nicht verschlungen.«

Rotationssymmetrie

Vielleicht lag es an meinem Fuß und an einem unbestimmten Gefühl, das aus meiner frühesten Kindheit zurückgeblieben war, jedenfalls fand ich mich schon frühzeitig unattraktiv, ja sogar häßlich. Es half auch nichts, daß mir meine Mutter widersprach und, als ich älter wurde, einige Männer mir zeigten, daß sie sich zu mir hingezogen fühlten. Ich war groß, soviel stand fest, war immer ein wenig zu groß gewesen für mein Alter, bis ich schließlich mit achtzehn Jahren und einem Meter fünfundachtzig mein Wachstum einstellte. Mein Haar war sehr dunkel und lockig, mein Kinn kam mir zu eckig vor, und meine großen Augen standen zu weit auseinander – als seien sie stehengeblieben während des Versuches, gleichzeitig in verschiedene Richtungen zu blicken. Zu dem sehr dunklen Haar hatte ich eine weiße Haut und blaue Augen, und das wäre auch ohne mein eckiges Kinn und die weit auseinanderstarrenden Augen schon merkwürdig genug gewesen.

Meine Mutter dagegen verkörperte für mich immer den Inbegriff von Schönheit. Sie sah mir nicht im mindesten ähnlich; ihre Gesichtsfarbe war kräftig, ein Olivton. Und ihr Haar war glatt und fein, fiel ihr wie ein kastanienbraunes Tuch auf den Rücken und wippte, wenn sie lief. Die Farbe ihrer Augen war eine Art Blau-Nußbraun – mehr Nußbraun als Blau – und brachte ihre Hautfarbe gut zur Geltung. Und sie trug immer Kleider, selbst wenn sie an ihren Skulpturen arbeitete; sie zog dann einen Kittel darüber, der ihr bis auf die Knöchel reichte. Sie war ungefähr einsfünfundsiebzig groß und hatte große Hände mit breiten, starken Fingern und blauen Adern auf den Handrücken, über die ich immer meine Finger gleiten ließ, weil sie so weich und interessant waren.

Im Jahr meiner Schlittenfahrt überraschte meine Mutter mich eines Tages Anfang April – wir hatten einen späten Schneefall und waren zusammen auf dem Weg zur Scheune, um die Hühner zu füttern – damit, daß sie sich direkt vor der Scheune bückte, etwas von dem Schnee aufnahm, der an der Mauer etwas höher lag, und sich damit das Gesicht wusch. Ich fand das komisch, aber zugleich sehr einfallsreich, denn der Schnee schmolz auf ihrer Haut. Ihr Gesicht tropfte und glänzte schließlich in einem unverhofften Sonnenstrahl; sie hielt es einen Augenblick in die Sonne, drehte sich dann zu mir um und meinte, ich solle es ihr gleichtun. Nach einem alten rumänischen Volksglauben werde man schön, wenn man sich im April das Gesicht mit Schnee wasche.

Ich starrte sie erstaunt und erschrocken an. Ich war nicht schön und würde nie schön sein. Gerade daran haperte es ja bei mir, jedenfalls soweit ich es bisher verstand. Ich war neugierig und willensstark; es war zuviel verlangt, wenn ich dazu auch noch hätte schön sein wollen. Das mußte meine Mutter doch wissen. Außerdem war ich bestürzt, daß ihr, einer Bildhauerin, die Schönheit ihres Gesichtes wichtig erschien und daß sie tatsächlich glaubte, diese Schönheit könne dem bereits geformten Gesicht nachträglich aufgetüncht werden. Ich war beunruhigt, denn sie war ja schließlich meine Mutter, und ich nahm an, daß ich mich auf irgendeine mir noch rätselhafte Weise verändern müsse, um später einmal so zu werden wie sie.

»Nein«, sagte ich. »Das will ich nicht.«

»Willst du nicht schön werden?« sagte meine Mutter. »Oder willst du dein Gesicht nicht mit Schnee waschen?«

Nun war ich verwirrt. Ich wollte beides nicht, aber vor die Wahl gestellt, ob ich nun das eine oder das andere nicht wollte, erschien es mir das einfachste, die Sache schnell hinter mich zu bringen. Also sagte ich: »Oh, schon gut«, und bückte mich, um etwas Schnee aufzunehmen. Als ich aber meine Hände zu einer Schale zusammenlegte, konnte ich mich vom Anblick der Schneekristalle nicht mehr losreißen. Es ist selten, Schnee zu finden, der so leicht und flaumig ist, daß man bei genauer Betrachtung jede Schneeflocke einzeln erkennen kann mit ihren symmetrisch angeordneten, ebenen Oberflächen, die sich in bestimmten, charakteristischen Winkeln schneiden. Und auch, wenn man sieht, daß sie gerade wegen der Art und Weise, wie sich diese Winkel treffen und kreuzen, Schneeflocken sind und daß einige von ihnen ganz anders aussehen als ihre Nachbarn.

Ich hielt das Häufchen Schnee in meinen Händen. Die Schneeflocken würden schmelzen und nie wieder ihre jetzige Gestalt annehmen, wenn ich sie erst auf mein Gesicht legte. Diese echte Schönheit wegen irgendeines rumänischen Volksbrauches zu zerstören, erschien mir dumm, und ich legte den Schnee behutsam dorthin zurück, wo ich ihn weggenommen hatte. Meine Mutter schien zuerst beinahe gekränkt zu sein, aber dann lächelte sie, denn sie dachte wohl, ich hätte Angst, der Schnee würde auf der Haut brennen, und ich stellte mir vor, daß sie sogar eine gewisse Freude darüber empfand, daß sie etwas zu tun gewagt hatte, was ich nicht wagte. Ich erwiderte ihr Lächeln, und wir gingen weiter zu den Hühnern. Für mich war das der erste Hinweis darauf, wie unterschiedlich meine Mutter und ich nicht nur äußerlich waren.

Wenn ich jetzt darüber nachdenke, war es zugleich der erste Hinweis auf das Erscheinen von Dr. Jim, das mir ein Jahr später bevorstand und mein Leben vollständig ändern sollte. Im Augenblick allerdings war alles in Ordnung, mein Leben ging weiter, selig und ausgefüllt, und der nächste Winter nahte; Mitte November begann ich nach Schnee Ausschau zu halten. Wenn meine Mutter mich ins Bett gesteckt hatte, krabbelte ich unter meiner Decke hervor, legte sie mir um die Schultern und schleifte sie hinter mir her zu meinem Nordfenster. In Quarry kamen die Stürme von Norden oder von Nordwesten, aber in jenem Winter verging eine Woche nach der anderen, ohne daß es schneite. Das war selbst für ein Kind meines Alters sehr verwunderlich. Ich hatte mich an eine bestimmte Art von Winter gewöhnt, an ein bestimmtes Jahresmuster, und es verwirrte mich, dieses Muster verändert zu finden.

Außerdem machte es mich ziemlich traurig. Schnee gibt jeder Landschaft einen freundlichen Anstrich. Er läßt Entfernungen schrumpfen, zieht Ort näher zu Ort. Ich fand es schön, die Gesichtszüge der Erde neu abgemessen zu sehen. In diesem Jahr jedoch gab es zwar manchmal Nordwind mit Schauern, aber aus November wurde Dezember, und der Dezember neigte sich Weihnachten zu, und es gab immer noch keinen Schnee, der die Welt in ein neues, weißes Gewand gehüllt hätte. Der Weihnachtsabend kam, und es schneite immer noch nicht. Als es Mitternacht wurde, waren meine Mutter, mein Vater und ich noch auf und schmückten den Weihnachtsbaum. Solange mein Vater bei uns wohnte, bastelten wir jedes Jahr neuen Schmuck für den Weihnachtsbaum, der immer an der Fensterfront im Atelier meiner Mutter seinen Platz hatte.

In ihrem Atelier, eingehüllt von den Gerüchen von Farbe und Lehm, von Holz und Metall, von Stein und anderen Rohmaterialien, saßen wir also an einem großen Holztisch, auf den eine alte, mit den Jahren vergilbte Specksteinlampe durch einen gleichermaßen vergilbten Schirm ihr weiches Licht warf. Aus den Deckeln von Blechdosen wurden glänzende Silberringe, auf die wir mit Sternstaub bunte Muster streuten. Sie wurden an glitzernden Silberfäden in den Baum gehängt. Wir klebten Papierringe zu Ketten zusammen und fädelten Kranbeeren auf Schnüre, die später an die Sträucher vor dem Haus gehängt wurden, damit die Vögel sie abpicken konnten. Der Baum wurde immer prächtiger, aber von Zeit zu Zeit stand ich auf und drückte mein Gesicht ans Fenster; wenn es bloß geschneit hätte, wäre ich vollkommen glücklich gewesen.

Aber es wollte immer noch nicht schneien. Weihnachten ohne Schnee hatte es in Colorado noch nie gegeben, aber offensichtlich sollte es jetzt so kommen. Der noch offene Teich oberhalb des Ateliers kräuselte sich im Licht des aufgehenden Mondes, und ein warmer Wind umwehte uns, als wir gemeinsam zum Haus zurückgingen. In der Nacht hatte ich Mühe einzuschlafen, denn der warme Wind blies nicht von Norden, sondern von Süden, und er war heftig; er gab der Nacht etwas Wildes. Einzelne, besonders starke Böen ließen die Mauern des Hauses erzittern. Und am nächsten Tag war Weihnachten, und ich würde Geschenke bekommen. Ich denke, es gab Gründe genug, nicht einzuschlafen.

Nichtsdestoweniger kam ich nach und nach zur Ruhe, und unmerklich glitt ich von Quarry, Colorado, aus hinein in einen Zustand, der in meiner Vorstellung so etwas wie Nichtsein war. Ich träumte damals nur selten, denn ich war schließlich noch ein Kind, und der kindliche Geist ist noch nicht so beladen wie der des Erwachsenen. Die ausgeklügelte Anhäufung von Daten, die Mannigfaltigkeit von Bildern, das Abwägen und nochmalige Abwägen, das den Geist später formen wird, hatte noch nicht eingesetzt. Infolgedessen gibt es in der Kindheit Augenblicke echter Leere, Augenblicke, in denen kein Gedanke die Wahrnehmung trübt, und während ich in Schlaf versank, dachte ich an nichts und erwartete, daß ich ebenfalls von nichts träumen würde.

Aber ich träumte. Ich träumte, und der Traum erschreckte mich so sehr, daß ich ihn für immer im Gedächtnis behielt, obwohl ich ihn nicht noch einmal träumte, bis ich viele Jahre und viele Meilen hinter mich gebracht hatte. In meinem Traum war ich in den Bergen, in gewaltigen Bergen, viel größe als jene, die ich aus Colorado kannte. Ich stand am Grunde von Eis, zerbrochenem Eis, das dahinströmte wie ein Fluß. Es war ein Eisfall, aber das wußte ich damals noch nicht. Ich blickte hinauf, nach oben, wo sich über dem Fall Land und Himmel trafen; dort gab es weder Schatten noch direktes Licht, sondern nur die leuchtende Wahrnehmung Weiß. Das Weiß war sehr schön, es strahlte in überirdischer Freundlichkeit, und dann erschien ganz oben auf dem Eisfall ein schwarzer Punkt. Er war zunächst klein und an den Rändern unscharf, aber er wurde größer und kam herunter, kam zu mir, wurde größer und erschien schärfer umrissen, während er sich näherte.

Dann tauchten weitere Punkte auf; vier waren es, die dem ersten folgten. Alle fünf kamen auf mich zu, und während sie sich näherten, sah ich, daß es Menschen waren. Mein Blick richtete sich unwillkürlich auf den Mann, der sie anführte. Er trug einen altmodisch anmutenden Wollhelm, der sein Gesicht verhüllte, und Nase und Bart waren eisüberkrustet. Seine Augen bedeckte eine Schutzbrille, eine kleine, merkwürdige Schutzbrille, wie ich sie noch nie gesehen hatte. Um die Taille hatte er einen Ledergürtel geschlungen, an dem ein Beutel hing, und in den Händen hielt er Skistöcke. Er versuchte offensichtlich, mir etwas zu sagen, und ich ging auf ihn zu, um ihn zu bitten zu wiederholen, was er da gesagte hatte. Aber als ich näher kam, wich er zurück, und dann verschwand er einfach, genau wie die anderen auch. Inmitten der strahlenden Landschaft zerplatzten sie wie Blasen. Ich wachte für einen Augenblick auf, gerade lange genug, um mir zu merken, wovon ich geträumt hatte.

Am nächsten Morgen wachte ich früh auf. Ich erinnerte mich sofort an den Traum, und obwohl ich erst spät ins Bett gekommen war, fühlte ich mich ganz munter. Vielleicht hatte es in der letzten Minute doch noch geschneit! Vielleicht hatte ich sogar im Schlaf gemerkt, daß der Schnee kam! Aber kein Schneelicht fiel durch die Ritzen rings um meine Fensterläden.

Ich stand trotzdem auf, nahm meinen Teddybär an der Tatze und ging dann nacheinander in die Schlafzimmer meiner Eltern. Meine Eltern schliefen in getrennten Schlafzimmern, solange ich denken konnte; das hielt ich für normal. Sie hatten schließlich – wie bei vielen anderen Dingen, so auch bei ihren Zimmern – einen unterschiedlichen Geschmack. Meiner Mutter gefielen große Räume mit hohen Decken und großen Fenstern, während mein Vater kleine, irgendwie gemütliche Zimmer bevorzugte. Aber an jenem Morgen war das Zimmer meines Vaters leer, und ich fand ihn bei meiner Mutter. Sie waren beide angezogen und schauten in die schneelose Landschaft hinaus. Ich vermutete, daß sie gerade aus dem Atelier zurückgekommen waren, wo sie irgendwelche letzten Vorbereitungen getroffen hatten. Jetzt lächelten sie mir zu, und mein Vater breitete die Arme zu einer Weihnachtsumarmung aus.

Zusammen gingen wir wieder hinüber zum Atelier. Ich tanzte schon vor Aufregung, drehte aber noch weiter auf, als wir hineingingen. Im Atelier herrschten all die vertrauten Gerüche, aber an diesem Tag war noch ein anderer, schwer faßbarer Duft dabei. Es war der feine Hauch, der von dem Papier, den Bändern und Klebestreifen ausging, von all den Geschenken, die jetzt unter dem Weihnachtsbaum lagen. Ich sog den Geruch auf, und vor allem ein Paket ließ meine Augen leuchten – ein großes, in meinen Augen sogar ein enorm großes Paket. Es war in glänzend rotes Papier eingewickelt und mit ebenfalls glänzend rotem Klebeband verschlossen, ganz ohne Bänder. Ich lief sofort hin, um nachzusehen, ob es für mich war. Es war für mich; also nahm ich es auf den Schoß und fand, daß es viel leichter war, als ich nach seiner schieren Größe erwartet hätte.

Ich sah meine Eltern an, bat um Erlaubnis, es zu öffnen, und als sie nickten, riß ich das Papier auseinander und ließ das, was darin eingepackt war, in Kaskaden über meine Knie gleiten, über meine Beine, über den Boden. Ich konnte mir nicht erklären, was ich da wohl aufgemacht hatte; als ich irgendein Ende des Dinges in die Hand nahm, sah ich, daß es Falte über Falte in geometrischen Mustern aus glattem, weißem Stoff fest zusammengenäht war. Merkwürdig gekrümmte Rechtecke und fest verdrillte Schnüre, beinahe seilstark, hatten sich um den Stoff verheddert und waren mit großen, quadratischen Stoffstücken – Seide – festgenäht. Die Schnüre hingen überall an dem riesengroßen, offenbar völlig chaotischen Ding. Und die Seide fühlte sich anders an als alles, was ich vorher in Händen gehalten hatte.

Aber noch mehr als die Art, wie es sich anfühlte, hatte es mir die Form des Dings angetan. Wenn ich es ganz hätte sehen können, hätte es sich vielleicht als symmetrisch erwiesen, aber das war kaum sicher zu sagen, und ich mußte es erst auf dem Boden ausbreiten, um festzustellen, daß es irgendwie gerundet war. Es war aus Stoffrechtecken zusammengesetzt, die zur Mitte hin, wo sie schließlich mehr wie Dreiecke mit gestutzten Spitzen erschienen, immer verzerrter wirkten.

»Was ist das?« sagte ich. »Es ist großartig.«

»Es ist ein Fallschirm«, sagte mein Vater. »Er hat mal mir gehört.«

»Ein Fallschirm?«

»Zum Fliegen. Man springt damit aus einem Flugzeug und fliegt.«

»Aber nicht sofort«, sagte meine Mutter. »Vielleicht eines Tages. Jetzt könntest du ihn an deinem Schlitten befestigen. Vielleicht fährt der Wind hinein und zieht dich über die Weide.«

»Du bist damit geflogen?« fragte ich meinen Vater.

»Nur einmal. Damals im Osten. Ich konnte es nicht richtig.«

»Aber dann ist es ja so wie bei dem Schlitten!«

»Das haben wir auch gedacht. Und im letzten Winter, als du den Berg hinuntergefahren bist, waren wir so stolz auf dich«, sagte mein Vater.

»Daß du von so weit unten wieder heraufgekommen bist, ohne den Schlitten zurückzulassen. Und da es in diesem Jahr keinen Schnee gibt, dachten wir, du könntest vielleicht damit spielen.« Das hatte meine Mutter gesagt. Das war also die Vorbereitung in letzter Minute gewesen. Ich hatte nicht gewußt, daß sie stolz auf mich gewesen waren. Sie hatten damals nichts davon gesagt, wenigstens nicht, soweit ich mich erinnern konnte.

Verglichen mit dem Fallschirm sahen all meine anderen Geschenke eher uninteressant aus, und ich fragte, ob wir ihn nicht mit nach draußen nehmen könnten, wo der warme Chinook wehte und kein Schnee die Erde bedeckte, obwohl doch Weihnachten war. Meine Eltern sagten ja, und wir ließen die anderen Geschenke für später liegen. Ich zog mich an, und meine Mutter packte etwas zum Essen ein. Dann gingen wir mit dem Fallschirm hinaus in den Wind und stiegen auf den Gipfel des Horseshoe Hill. Das war ein kahler Hügel direkt hinter der Scheune, von dessen Spitze aus man einen Rundumblick hatte. Deshalb war der Hügel damals der eigentliche Gipfel meiner ganzen Welt. Wenn irgendwo in der Nachbarschaft Wind wehte, dann auf dem Horseshoe Hill. An jenem Tag gab es dort reichlich Wind.

Tatsächlich gab es beinahe mehr Wind, als wir gebrauchen konnten. Als wir den Gipfel erreichten, breitete mein Vater die Arme aus, um den Wind zu umarmen, genauso, wie er mich umarmt hatte. Seine Haare flogen nach hinten, und er lachte; ich machte es ihm nach und breitete ebenfalls die Arme aus, um den Wind zu umarmen. Dann legten wir den Fallschirm aus, soweit das bei dem Wind, der immer kleine Teile des Stoffes anhob, überhaupt möglich war; die Blasen liefen wellenförmig unter der Oberfläche entlang, so daß es aussah, als koche es unter der Seide. Der Stoff ließ sich nicht gut festhalten, aber schließlich hatten wir alle den Schirm irgendwo zu fassen bekommen und versuchten, ihn hochzuwerfen. Er sackte aber sofort wieder in sich zusammen, er war viel zu schwer für den Wind, und so ging es immer wieder, sooft wir es auch versuchten. Der Wind blies hier aus allen Richtungen gleichzeitig, aber doch überwiegend aus dem warmen Süden, und als wir schließlich atemlos aufgaben, hatten mein Vater eine bessere Idee. Er schlug vor, daß wir, statt uns an verschiedene Stellen des Fallschirms zu verteilen, uns lieber dicht nebeneinander stellen und die Leinen nach Süden hin halten sollten. Dann könnte der Wind dort unter den Fallschirm fahren, wo alle Seile zusammenliefen. Und als wir seine Idee in die Tat umsetzten, spielte der Wind mit. Eine gewaltige Böe blies, gerade als wir die Leinen hochwarfen, so daß ein Luftschwall an uns vorbei in die große Mündung fuhr und die Seide sich straffte.

Jetzt endlich konnte ich deutlich sehen, daß der Fallschirm rund war. Er zog meine Eltern und mich über den Boden, mit unwiderstehlicher Gewalt, die Seide prall und reines Weiß. Ich rannte, rannte jetzt hinter der weißen Wölbung her, und als mein Vater rief: »Okay, holen wir ihn runter!«, da wollte ich ihn nicht herunterholen, genausowenig, wie ich den Schlitten hatte anhalten wollen, als er an den Bäumen vorbei den Quarryberg hinunterschoß. Ich rannte weiter, aber mein Vater stolperte und riß auch meine Mutter mit um. Beide ließen die Leinen los, und der Fallschirm, befreit von einer Last von dreihundert Pfund, schnellte nach vorn. Er zog mich von den Füßen und ganz in die Luft – ich flog, obwohl der Flug nicht lange dauerte, weil der Fallschirm bald in sich zusammenfiel. Für einen Augenblick – einen langen Augenblick – schwebte ich über der Erde. Es ging nach Norden, und es ging schnell, und obwohl ich mich damals sicherlich nicht für das Zweite Newtonsche Gesetz interessierte, lernte ich bei dem wilden Flug irgendwie eine Menge darüber. Nur für zehn Sekunden von der Schwerkraft befreit zu sein, wie ein Schwanz hinter einem Drachen herzubaumeln: Es war ein Moment, den ich nie wieder vergaß, obwohl ich ihn auch niemals ganz wieder einfangen konnte. Die Gewalt des Windes war während meines Fluges um so vieles mächtiger als ich, daß es grotesk schien, lächerlich, großartig. Sich angesichts solcher Kraft so hilflos zu fühlen, so nebensächlich wie ich in diesem Moment, mitgerissen von der Strömung des Windes – es war das erste Mal in meinem Leben, daß ich meine eigene Bedeutungslosigkeit spürte. Ich blickte hinauf und sah einen Baldachin, der wie das Innere eines White-out, eines Schneenebels war. Meinen Namen vergessend, hing ich unter einer weißen Kugel.

Und dann sank die Seide zu Boden, eine knospende Masse seidigen Gewesenseins, und ich war unten. Ich stolperte, als meine Füße die Erde berührten, und verlor meinen linken Stiefel, so daß ich noch mehr ins Straucheln geriet, als ich zu laufen versuchte; meine Mutter kam angerannt, kreischte beinahe, und mein Vater fing mich in seinen Armen auf. Ich fand ihr Benehmen seltsam. Ich begriff nicht, daß mir wirklich etwas hätte zustoßen können.

Nachdem sich meine Eltern beruhigt hatten, breiteten wir den Fallschirm wieder auf dem Boden aus und holten unser Picknick hinter dem Stein hervor, wo mein Vater es abgestellt hatte. Es war der gleiche Stein, an dem ich Jahre später an einem Morgen im Januar meine Mutter fand. Aber das war noch eine ganze Welt entfernt. Jetzt machten wir uns einfach gierig über die Brote her. Und ich beäugte immerzu den Fallschirm, betrachtete sein Weiß auf dem Boden, und nach einer Weile sagte ich: »Warum ist Weiß so schön, Mutter?« Meine Mutter war Künstlerin, keine Wissenschaftlerin, aber als Künstlerin konnte sie mir diese Frage beantworten. Sie erzählte mir von gespiegeltem und gebrochenem Licht und dem Unterschied zwischen beiden.

Überraschend war, daß ich ihre Antwort beinahe verstand. Sie sagte, weißes Licht enthalte alle Wellenlängen des Spektrums und somit auch alle Farben, und es gebe uns, wenn es auf unser Auge treffe, diese Farben zurück. Sie sagte, Weiß sei wirklich die freigiebigste aller Farben und gestatte es dem Auge, soviel aufzunehmen, wie es fassen könne. Es ließe einen Schauer von Photonen durch die Hornhaut dringen, der das Gehirn erleuchte und den menschlichen Geist erfülle. Sie sagte, und ich erinnere mich noch daran, vor allem angesichts der Umstände ihres Todes: »Weiß ist die Farbe, die die Dinge erklärt. Welche andere Farbe dir auch immer fehlen mag, ohne Weiß kannst du kein Künstler sein, Morgan.«

Und da alle Fragen, die wir über die Farben im sichtbaren Universum stellen können – »Warum sind die Blätter im Frühjahr so grün?«, »Warum ist der Himmel blau?« und so weiter –, sich dadurch beantworten lassen, wie Photonen und Elektronen aufeinander einwirken, hatte sie in gewisser Weise ganz recht. Fraglos war für mich, bis ich ins Eis kam – oder genauer gesagt, ins Eis zurückkam, denn es war bei meiner zweiten Fahrt dorthin –, Weiß immer die schönste Farbe in der Natur. Jetzt gefallen mir Erdtöne irgendwie besser. Das Braun einer fliegenden Skua, die Farbtöne einer Weddellrobbe, das leuchtende Orange von Lava, das Schwarz des Vulkangesteins Kenyt. Aber jahrelang war mir das Licht der Sonne, vom Schnee reflektiert und zuvor schon durch Feuchtigkeit gebrochen, am liebsten. Mit seiner Mischung von Spiegelung und Streuung schien es mich eines sehr klar erkennen zu lassen: daß Einheit und Symmetrie die grundlegenden Prinzipien der Existenz sind und daß die Gesetze, die das Universum regieren, unveränderlich sind, ganz gleich, aus welchem Winkel man sie betrachtet. Und das bedeutet, daß das Universum rotationssymmetrisch ist.

Und als ich später in der Schule Physikunterricht hatte und lernte, daß das Universum sich ständig ausdehnt, nicht in einen bereits vorhandenen Raum hinein, sondern in einen, den es durch seine Ausdehnung erst schafft, half mir das ebenfalls ein wenig zu verstehen, warum nicht nur das Weiß mich nach Süden zog, sondern auch der Pol, an dem alles zu einer Geometrie der Vollendung reduziert sein mußte. Ja, am Pol würde alles reine Essenz sein, aber als meine Eltern und ich an jenem Tag den Horseshoe Hill hinunterstiegen, hatte ich noch nichts vom Südpol gehört und hielt gedankenverloren den Fallschirm in den Armen. Ich betrachtete den kahlen, harten Boden unter mir und dachte an meinen Flug, an die Rundung des Fallschirms, und da begriff ich, daß dort unten irgendwo ein Punkt sein mußte wie der, von dem ich herabgebaumelt war. Ja, irgendwo dort unten mußte, wenn die Welt wirklich rund war, ein Punkt sein wie unterhalb der großen Öffnung des Fallschirms, wo ich gebaumelt hatte und geflogen war, und wo ich beides gewesen war, sowohl mehr als auch weniger als Morgan. Eine Unterseite der Welt. Aber wie kam man dorthin? Und was tat man, wenn man sie fand? Würde es heiß sein dort oder kalt?

All das war noch zu entdecken.

Es war das Jahr, in dem ich sechs wurde. Ich war seit Anfang September im ersten Schuljahr, ich hatte Lesen gelernt, und die Vorstellung, sechs Jahre alt zu sein, gefiel mir. Tatsächlich kam ich mir ungemein erwachsen vor, wenn ich an meinen bevorstehenden Geburtstag dachte, der in genau einer Woche sein würde und für den ich vor kurzem eine neue Frisur bekommen hatte. Mein Haar war vorher mehr als schulterlang gewesen, und jetzt streifte es gerade noch meine Ohren und war zudem gescheitelt, so daß ein Teil mir schräg in die Stirn fiel. Meine Mutter und mein Vater würden mich mit nach Denver nehmen, zu meinem allerersten Theaterbesuch, in ein Musical, und meine Mutter hatte mir gesagt, daß wir in der Stadt sogar zum Abendessen ausgehen würden.

An jenem Tag, dem Samstag vor meinem Geburtstag, spielte ich am Vormittag im Atelier meiner Mutter; ich formte kleine Kanonenkugeln aus Ton und stapelte sie zu Pyramiden. Ich war ganz in meine Arbeit vertieft, stapelte mit Hingabe die Kanonenkugeln auf, aber gleichzeitig machte ich einen Plan für später. Nach dem Mittagessen würde ich meinen Vater fragen, ob er mit mir zum Teich gehen wollte, um mit mir Steine aufzustapeln, genauso wie diese winzigen Tonkugeln, aber zu großen Haufen. Und dann würden wir die Steine zusammen im Eis versenken. Es war ein warmer Tag; das Eis war ziemlich brüchig. Ich hatte schon einen Stein hineingeworfen – das hatte sehr schön funktioniert. Es hatte einen lauten Plumps gegeben, dann ein Platschen – das Eis war gebrochen und der Stein verschwunden. Ich dachte, meinem Vater würde das gut gefallen, und jetzt, mit fast sechs, hatte ich auch das Gefühl, daß ich Dinge finden mußte, die ich mit ihm zusammen tun konnte und die ihm genausoviel Spaß machten wie mir.

Eigentlich hatte ich das gleiche Gefühl auch bei meiner Mutter. Ich hatte schon versucht, sie für die Kanonenkugeln aus Ton zu interessieren, denn es war ja schließlich ihr Ton, aber sie hatte gesagt, sie sei beschäftigt, und mich außerdem aufgefordert, still zu sein, wenn ich weiter in ihrem Atelier bleiben wolle, während sie bildhauerte. Ich versuchte still zu sein, aber nach einer Weile wurde ich unruhig und wünschte, es wäre bereits Essenszeit und ich träfe meinen Vater, so daß wir meinen Steinwurfplan ins Werk setzen konnten. Also knetete ich lieber all meine Kanonenkugeln wieder zu einer großen Kugel zusammen, legte sie zurück auf den Arbeitstisch meiner Mutter und deckte ein feuchtes Tuch darüber. Dann zog ich mir einen Hocker vor die Gemäldegalerie – so nannte meine Mutter eine lange Wand, die fast vollständig mit Fotografien von Skulpturen bedeckt war, einige davon in Farbe, die meisten schwarzweiß.

Ich mochte diese Fotos wirklich. Die meisten waren Bilder von Dingen und nicht von Menschen, von Dingen in allen Größen und Formen und Farben. Aber es gab auch einige Bilder von Menschen, oft von außergewöhnlich muskulösen; sie waren manchmal nackt und wirkten immer angespannt, als dächten sie daran, sich jeden Moment in Bewegung zu setzen. Mit Gequietsche kletterte ich auf den Schemel, stellte mich auf die Zehenspitzen und betrachtete ein Bild nach dem anderen. Schließlich gelangte ich zu einem Bild, das ich vorher nie gesehen hatte. Ein nackter junger Mann, keineswegs muskulös, stützte sich auf einen Stein, stemmte seine Hände fest darauf, und über dem Gesicht hatte er eine dicke, seltsam aussehende Binde, die seine Augen vollständig bedeckte. Die ganze obere Hälfte seines Gesichtes verschwand darunter, aber er blickte trotzdem gen Himmel, als schaue er sich dort etwas an – obwohl er doch unmöglich etwas sehen konnte. Seinen rechten Fuß hatte er über den linken gekreuzt, so daß er eigentlich nur mit dem Ballen eines Fußes den Boden unter sich berührte. Er wirkte so hilflos, ja sogar schwächlich mit seinen hervorstehenden Rippen. Seine kaum erkennbaren Geschlechtsteile sahen seltsam weich und zusammengedrückt aus.

»Mutter«, begann ich, obwohl ich wußte, daß ich eigentlich still sein sollte – aber ich merkte wohl, daß sie weniger in ihre Arbeit vertieft war als gewöhnlich, daß sie eigentlich sogar abwesend wirkte, »warum hat dieser Mann eine Binde um die Augen?«

»Morgan.«

»Ich meine, war er böse oder so etwas?«

»Nein. Er war nicht böse.«

»Warum denn?«

»Um ihm zu helfen, nach innen zu sehen.«

»Was ist innen?«

»So heißt die Skulptur. *Das Reich liegt im Inneren.*« Dann legte meine Mutter ihr Werkzeug hin, kam herüber, lehnte sich von hinten gegen mich und betrachtete über meine Schulter hinweg das Foto, und obwohl ich gemerkt hatte, daß sie einen abwesenden Eindruck machte, hatte ich damit niemals gerechnet. Aber ich war hoch erfreut, denn ich fühlte mich seltsam zu ihm hingezogen, diesem jungen Mann, der so viel älter war als ich. Während ich dastand und ihn anschaute, war es fast so, als sei er ich, Morgan. Nicht ich, wenn ich ein Junge wäre, sondern ich, so wie ich gerade war. Ich stand in meinen Turnschuhen auf einem Schemel, aber irgendwo stützte ich mich auch nackt auf einen Stein. Jetzt, da meine Mutter direkt hinter mir stand, zog ich mir mein Haar mit der neuen Frisur über die Augen und hielt mir dann noch die Hände vors Gesicht, so daß die Augen mit verdeckt waren. Ich sah Dunkelheit mit Nadelstichen von Licht. Dann nahm ich meine Hände herunter und starrte meine Handflächen an. Sie waren klein und rosafarben und enthüllten mir nicht, was ich gern enthüllt haben wollte.

»*Das Reich ist im Inneren*«, sagte ich. »Das verstehe ich nicht.«

»Eines Tages wirst du es verstehen.«

Und sie hatte recht. Eines Tages verstand ich es. Aber damals nicht. Ich fragte meine Mutter, ob sie den Bildhauer kenne, und sie sagte nein, der Bildhauer sei tot, sei übrigens eine Frau gewesen, gestorben, als meine Mutter noch ein Kind war.

Dann sagte sie: »Ihr Name war Lady Scott. Aber später, als sie sich wieder verheiratete, hieß sie Lady Kennet.«

»Wieder verheiratete?«

»Das kommt vor.« Sie hielt inne und sah mich zweifelnd an; dann fuhr sie mir durchs Haar und strich es mir aus den Augen. »Komm, wasch dir die Hände. Ich habe da ein Buch, das du dir ansehen kannst.«

Ich wusch mir die Hände und trocknete sie mir an einem Handtuch ab. Ein Buch! Ich wußte jetzt alles über Bücher, da ich ja lesen konnte –

aber ich hoffte, daß dies nicht zu schwer sein würde, denn lange Wörter machten mir immer noch Mühe. Ich setzte mich auf den Boden, meine Mutter ging an ihren Bücherschrank, suchte ein Weilchen und kam dann mit einem Buch zurück, auf dessen Rücken die Worte standen: *Scotts letzte Reise. Betrachtet durch die antarktische Kamera von Herbert Ponting.* Einige von diesen Wörtern kannte ich, aber Ponting kam mir nicht wie ein Name vor, und ich hatte absolut keine Vorstellung, was eine »antarktische Kamera« war. Ich fragte meine Mutter, aber sie schien mich nicht zu hören, während sie die Seiten bis zu dem Bild umblätterte, das sie mir hatte zeigen wollen. Sie benutzte ihren Daumen als Lesezeichen und reichte es mir herunter.

»Das ist die Frau, die die Skulptur gemacht hat.« Sie ging zurück an die Arbeit und ließ mich allein. Ich sah ihr nach und schaffte es sogleich, die Seite mit dem Bild zu verblättern.

Als ich das Buch wieder aufschlug, konnte ich die Frau nicht mehr finden, nicht sofort jedenfalls, aber ich fand viele andere Bilder, alle in Schwarzweiß. Da gab es Eis, das auf einem Meer trieb, und ein voll aufgetakeltes Segelschiff. Es gab Ponys, die aus ihren Boxen im Laderaum herausschauten; einen Mann, der ihnen dampfendes Futter brachte; Hunde, die zusammengerollt an Deck lagen, und viele Männer in dunklen Pullovern und Wollmützen. Ich entdeckte ein Foto vom Bug, wie er sich durch das Packeis schob, und dann ein schönes Bild, aufgenommen von der zugefrorenen See aus, ein Blick zurück auf das Schiff, dessen große, rechteckige Segel sich im Wind blähten.

Danach kamen andere Bilder und schließlich eine Seite, auf der es hieß »Die Landung an Kap Evans«. Eine weite Bucht verlief im Bogen zu einem kleinen Berg hin, der schneebedeckt, weich und niedrig über dem Horizont lag. Es folgten Bilder von Pinguinen und Robben, von dem Berg, aus dessen Gipfel jetzt Rauch stieg, und von der Schiffsbesatzung, die jetzt am Ufer arbeitete. Die Männer bauten ein Haus oder eine Hütte, die schließlich auf dem schwarzen Sand fertig dastand, das einzige Ding in der ganzen Landschaft, das weder Meer noch Eis, noch Schnee, noch Stein war. Die Hütte stand da, wie ein Buch auf einem Bibliothekstisch liegt. Ich wünschte mir, ich könnte dieses Buch öffnen, und dann tat ich es, indem ich weiterblätterte und Bilder fand, die nach dem Einzug der Männer im Inneren der Hütte aufgenommen worden waren.

Auf einem Bild saßen alle an einem langen Tisch, der sich mitten durch die Hütte zog. Über ihren Köpfen hingen Fahnen, und vor ihnen standen Flaschen und Teller. Auf einem anderen knetete ein Mann Brotteig – in einer Art Küche mit einem altmodischen Herd; in den Regalen hinter ihm war Proviant gestapelt. Ein Mann stand auf einem Schemel, der fast identisch war mit dem, auf dem ich gestanden hatte, um mir den nackten Bronzejungen anzusehen. Ein Mann schien in der oberen Koje eines Etagenbettes etwas zu schreiben, während andere ringsum in ihren eigenen Kojen lagen. Das Atelier, in dem ich jetzt saß, war groß, mit hohen Decken und weiten Wänden, und die Hütte, die ich betrachtete, war sehr vollgestopft. Aber obwohl sie vollgestopft war, wirkte sie gemütlich und irgendwie sicher, und die Männer auf den Fotografien sahen zufrieden aus, während sie ihren Aufgaben nachgingen, mit Bunsenbrennern arbeiteten, mit Bechergläsern, Mikroskopen und Kameras.

Das Buch fiel zum zweiten Mal zu, als ich es mir bequemer machte und mich auf dem Bauch ausstreckte. Ich schlug es wieder auf und sah zum ersten Mal das Frontispiz. Es war das Porträt eines Mannes in einer höchst phantastischen Uniform. Er trug ein Kreuz am Hals und einen Orden auf der Brust. Der Kragen seiner Jacke war hoch und steif, der Verschluß des Gürtels mit einem Abzeichen des Empires versehen, und seine linke Hand ruhte auf einem Schwert. Aber trotz dieser großen, prachtvollen Uniform beeindruckte an dem Mann am meisten sein Gesicht, das sehr sanft wirkte. Es erinnerte mich ein wenig an das Gesicht meines Vaters. Das machten die Wangenknochen, die Stirn, aber vor allem die Augen; sie wirkten tapfer, aber ziemlich einsam. Es war komisch, aber ohne die Uniform hätte ich nicht vermutet, daß dieser Mann ein Soldat war. Unter dem Porträt stand ein Name. Robert Falcon Scott.

Ich blätterte das Buch durch auf der Suche nach einem weiteren Bild dieses Mannes und fand schließlich eins. Diesmal saß er in der Hütte, an die Wand gelehnt, eine Pfeife in seiner linken, einen Stift in der rechten Hand, und sein Gesicht war im Profil zu sehen. Er sah auf das Tagebuch hinunter, in das er gerade schrieb; diesmal trug er einen gerippten Rollkragenpullover und eine wattierte Baumwolljacke und wirkte viel ungezwungener und natürlicher als in der eleganten Uniform. Wieder erinnerte er mich an meinen Vater; im Profil war das

Gesicht nicht mehr schön im strengen Sinne, die Nase war ein wenig zu krumm, das Kinn nicht so stark ausgeprägt, wie es hätte sein können. Aber der ganze Mensch strahlte Ernsthaftigkeit und Aufmerksamkeit aus, die mich anzogen, und mir gefiel die Hand, die sich um den Stift gelegt hatte. Jetzt bemerkte ich auch, daß an der Wand hinter Scott sieben Fotos hingen. Vier von ihnen gehörten zusammen und steckten möglicherweise gemeinsam in einem einzigen Holzrahmen. Es waren alles Bilder von der Frau, die ich mir vorhin angesehen hatte; hier hielt sie ein großes, dickes Baby im Arm. Das Baby war ganz in Weiß, und die Frau trug Schwarz. Die Bilder waren so lebendig, daß ich mir beinahe vorstellen konnte, daß der Rand eines jeden in Wirklichkeit der Umriß eines Fensters war. Draußen vor diesen Fenstern saß die Frau mit dem Baby und schaute hinein. Auf dem ersten Bild sah die Frau erwartungsvoll aus und schien zu sagen: »Schau uns an! Schau deine Frau und dein Kind an!« Aber unfähig, die Aufmerksamkeit des Mannes zu erringen, war sie schon auf dem zweiten Bild entmutigt. Sie hielt das Baby im Arm, strahlte den Mann direkt an, der weiter auf die Seite hinabblickte, auf die er seinen Stift gesetzt hatte. Im dritten und vierten Fenster hielt sie das Kind mal so, mal so, aber der Mann blickte auch jetzt nicht von seinem Schreibtisch auf.

Ich blätterte weiter. Schließlich kam ich zu dem Bild, das meine Mutter mir hatte zeigen wollen; es war dieselbe Frau, Scotts Frau Kathleen, jetzt in einem Atelier. Es war ein Brustbild. Die Kamera hatte ihre Ärmel eingefangen, ihre Brust, ihren Hals und ihr Gesicht, das sie schräg hielt. An einer Halskette trug sie eine runde Brosche und auf der Brust eine leicht zerknitterte Satinschleife, die zu dem Gesicht der Frau ganz und gar nicht passen wollte. So wie die Uniform und das Schwert nicht zu Scott gepaßt hatten, schienen die Schleife und die Brosche nicht zu Kathleen zu gehören. Ihr Gesicht war ein starkes Gesicht. Sie hätte der Soldat sein können, dachte ich.

Ich wollte das Buch schon schließen – ich hatte Hunger bekommen –, als ein letztes Foto meine Aufmerksamkeit auf sich zog. Es war übel zerkratzt, wie ein Abzug von einem beschädigten Negativ, und zeigte vier Männer, die wie Hunde vor einen Schlitten gespannt waren und sich tief vornübergebeugt mühsam vorwärtskämpften. Die Männer erinnerten mich an den nackten Bronzejungen. Es schien fast, als würden sie ebenfalls bestraft. Dann war es Zeit fürs Mittagessen, meine Mutter nahm das Buch und stellte es zurück, und wir gingen in die Küche, um Brote und Suppe zu essen. Mein Vater, auf den ich wartete, kam nicht zum Essen. Ich fragte meine Mutter, wo er war, und sie sagte, sie wisse es nicht. Sie wusch die Teller ab, stellte sie wieder weg und ging dann zurück in ihr Atelier. Ich machte mich wieder auf die Suche nach meinem Vater, denn ich hatte immer noch den Plan mit den Steinen am Teich im Sinn. Ich war mir sicher, daß er in der Scheune sein mußte und an diesen langen gelben Papierbögen arbeitete; aber obwohl die Hühner gackerten und spektakelten, war mein Vater nicht dort.

Das war merkwürdig. Wo war er? Ich sammelte einige noch legewarme Eier ein und brachte sie in die Küche; dann ging ich zu dem Flügel des Hauses, in dem mein Vater sein Schlafzimmer hatte. Dort war er, und er war mit etwas Eigentümlichem beschäftigt. Er versuchte, einen sehr vollen Koffer zu schließen, indem er sich darauf stemmte und sich abmühte, die Schloßhälften einander näher zu bringen. Und er war zum Ausgehen angezogen, trug einen Mantel.

Ich war hereingerannt gekommen und hatte gerufen: »Papa, wo bist du?« Aber jetzt blieb ich stehen und bestaunte diese seltsame Unternehmung. Irgend etwas ließ mein Herz schneller und lauter schlagen als sonst.

»Papa«, sagte ich. »Wir wollten doch heute Steine in den Teich werfen.«

Ich vergaß völlig, daß ich ihm das noch gar nicht erzählt hatte.

Mein Vater sah mich traurig an.

»Ich gehe fort«, sagte er.

»Davon hast du mir nichts gesagt. Wo gehst du hin? Du bist doch zu meinem Geburtstag zurück?«

»Ich bin mir nicht sicher. Ich glaube nicht. Ich wollte es dir gerade sagen.«

»Mir was sagen? Was meinst du?«

»Deine Mutter will, daß ich fortgehe, Morgan.«

»Das tut sie nicht!«

»Doch, das tut sie. Sie sagt, ich gäbe ihr ein Gefühl der Leere.«

»Leere?«

»Leere«, sagte mein Vater und versuchte aufs neue, seinen Koffer zuzudrücken. »Könntest du dich vielleicht draufsetzen, während ich versuche, die Schlösser zuzukriegen?«

»Das werde ich nicht! Nein, das werde ich nicht!« schrie ich wütend, und dieser Schrei durchdrang die Umnebelung meines Vaters, glaube ich, denn er fuhr sich mit der Hand über die Stirn, die inzwischen von Schweißperlen bedeckt war. Er sah mich nicht nur traurig, sondern sogar entschuldigend an, und das war furchtbar. Also tat ich, worum er mich gebeten hatte, und ließ mich auf den Koffer fallen, wo ich ein wenig einsank. Als ich aber dort saß, fühlte ich mich noch elender, und als mein Vater sich vor mir bückte, um den Deckel herunterzudrücken, sah ich, daß meine Stiefel zwischen seinen Beinen steckten, und ich wollte gerne nach irgend etwas treten. Also trat ich, und zwar ziemlich fest für eine so kleine Person, wie ich es damals war. Mein Vater stöhnte und wich zurück, aber statt mich anzubrüllen, sagte er: »Es tut mir leid, Morgan.«

»Leid!« kreischte ich, während ich mich von dem Koffer herunterkämpfte. »Leid!«

»Deine Mutter hätte es dir erzählen sollen.«

»*Du* hättest es mir erzählen sollen! Ich hasse dich! Ich hasse dich!«

Danach rannte ich aus dem Haus, meine schweren Stiefel dröhnten auf dem Boden, aber es half nichts, ich konnte dem Gefühl, das mich plötzlich überwältigt hatte, nicht entkommen. Ich fühlte mich, wie ein Schneehase sich fühlen muß, wenn er einen winzigen Fehler gemacht hat und plötzlich wie aus dem Nichts ein Luchs auftaucht und auf ihn losspringt; das Gefühl war nicht Haß, obwohl ich es so genannt hatte, und es war auch nicht Wut, obwohl auch ein wenig davon mitspielte. Es war Verzweiflung, erstickend und blind, und sie enthüllte mir die ganze Welt plötzlich als einen Feind mit gewaltigen Klauen, gewaltigen Zähnen und hungrigen Augen.

Ich rannte den Hügel hinauf, an der Scheune vorbei zum Teich. Ich wollte allein sein in dieser Welt, die plötzlich so gefährlich war. Ich wollte ein Versteck finden, wo ich mich vielleicht wieder sicher fühlen konnte. Ich dachte zuerst an eine Fichte oben auf dem Horseshoe Hill, aber das war zu hoch, zu gut sichtbar und zu weit weg; ich wollte sofort irgendeinen Platz, einen kleinen Platz, geschützt und warm, wo niemand mich je finden würde. Die Luft roch streng und bitter, der Frühling stand bevor, und der Schnee war eine matschige, schmelzende Masse, in der es unmöglich war, noch eine einzelne Schneeflocke auszumachen. Die Espen waren kahl und weiß, unfreundlich, das Eis auf dem Teich gelblich und unsicher. Ich lief und lief, bis ich an einen gigantischen Felsblock kam, einen Eiszeitfindling, der an einer Seite einen Spalt hatte, in dem man, wie ich in späteren Jahren herausfand, hinaufklettern konnte. Aber auf der anderen Seite des Felsblocks gab es ein merkwürdiges Gebilde, eine Art Steinplatte, die in Bodennähe vorsprang. Ihre Oberseite war flach, und wenn man sich daraufsetzte, konnte man sich mit dem Rücken in eine schöne Kuhle lehnen. Diese Kuhle war sanft gerundet wie eine Meeresmuschel, und man konnte sich hineinsinken lassen; ringsum war alles dicht mit Beifuß bewachsen. Als mein Blick im Vorbeilaufen auf den Vorsprung fiel, dachte ich, ja, das ist der Platz, wenn es überhaupt einen Platz auf der Erde gibt, der dieses Gefühl beseitigen kann.

Also kletterte ich auf den Vorsprung hinunter, lehnte mich mit dem Rücken an den Fels und spürte, wie die Kälte der Steinplatte, auf der ich saß, durch meine Kleider drang; ich bedeckte meine Augen mit den Händen, so wie es der Bronzejunge getan hatte. Es war wieder dunkel, und ich war allein, und der Luchs ließ von mir ab, aber nicht sofort. Als er endlich verschwunden war, herrschte eine Weile große Stille. Was hatte der Junge gedacht, während er blicklos zum Himmel aufsah? Was hatte die Frau gedacht, als sie, das Baby im Arm, durch das Fenster starrte? Und was hatte der Mann gedacht, als er sich dort mit seinem Stift hatte fotografieren lassen, das Tagebuch vor und die Wand hinter sich? Von welcher Art war das Reich, das hinter den eigenen Augen lag? Ich drückte meine Handflächen fest gegen meine Augäpfel, und ich sah Lichter hervorplatzen, Muster von Lichtern, die fast so aussahen wie ein Feuerwerk. Aber der Raum war immer noch dunkel, und er war klein, und ich konnte nicht erkennen, ob es dort viel Platz gab. Bestimmt war es nicht genug, dachte ich, um ein ganzes Reich unterzubringen.

Ich hielt mir die Hände weiter vor Augen und bewegte den Kopf. Ich spürte, wie die Luft mich mit winzigen Fingern streichelte, wenn sich ihre Moleküle bewegten und die Nerven meiner Haut diese Bewegung wahrnahmen. »Leere«, hatte mein Vater gesagt. »Leere.« Er hatte behauptet, das sei es, was meine Mutter empfand. Wie konnte jemand einem anderen das Gefühl der Leere geben, wenn er da war, direkt neben ihm? Die Leere konnte doch erst kommen, wenn jemand wegging, dachte ich. Ich hatte vorgehabt, meinen Vater zu holen, und wir hatten zusammen Steine werfen wollen, und es hätte einen ungeheuren Lärm gegeben, wenn die Steine das Eis durchbrochen hätten, und es hätte uns gefallen, das Wasser wieder zum Vorschein zu bringen. Aber jetzt ging er fort. Seine Augen haben so traurig ausgesehen wie die Augen des Mannes auf dem Bild, der ebenfalls weit weg von seiner Frau und seinem Kind gewesen sein mußte, obwohl sie ihn gerne zurückgehabt hätten.

Und warum hatte ich ihn so getreten? Ich hatte es nicht gewollt, es war einfach passiert, und jetzt mußte er denken, daß ich ihn haßte, und vielleicht würde er mich ebenfalls hassen. Was war das echte Reich: die Dunkelheit in meinen Gedanken, die so finster und öde war und leer, oder die grell beleuchtete Welt, nach der ich mit meinen Stiefeln treten konnte? Angesichts all dieser Gedanken, all dieser Fragen war das einzige, was unverrückbar zu sein schien, die Kälte des Felsens, auf dem ich saß; seine Kälte, seine Härte und der Trost, den er mir merkwürdigerweise spendete. Ich hatte einen kleinen Platz, einen steinernen Platz, mein winziges Reich, und niemand konnte mich finden, auch nicht, wenn er wollte. Das erstickende Gefühl legte sich, und der Fels und ich waren Gefährten. Ich fragte mich, ob es möglich war, daß auch der Fels Gefühle hatte, wie ich sie kannte, wenn sie vielleicht auch langsamer waren und ruhiger? War es möglich, daß der Fels an irgend etwas dachte? Daß der Fels dachte, ein Mädchen sitzt auf mir?

Zuletzt öffnete ich die Augen und hielt Ausschau. Ich saß so tief unten, daß ich Quarry nicht sehen konnte; das einzige, was ich sah, waren die Espen, die noch nicht knospten, aber eines Tages wieder knospen würden. Und ich dachte, wie schön, hier ein Fels zu sein, an diesem schönen Fleck, mit den Espen, die im Sommer vor mir tanzen, und einem Mädchen, das im Winter oder im Sommer ab und zu herkommt und sich auf mich setzt. Ich habe das gern, weil ich das Mädchen gern habe, die Morgan. Sie hat eine neue Frisur, und bald wird sie sechs. Aber vor allem bin ich ein Fels, einfach ein Steinblock für mich allein, und das gefällt mir. Und von jenem Tag an bis zu der Zeit, da ich von zu Hause fort ins Tal auf die Coville Ranch zog, setzte ich mich auf diesen Felsen – der in gewisser Weise ich selbst war –, wann immer mich das Gefühl überwältigte, der Luchs sei mir dicht auf den Fersen. Wenn ich mir vorstellte, ein Fels zu sein, wurden alle meine Schwierigkeiten für einen Augenblick kleiner, und ich sah, daß es sich bloß um vorübergehende Dinge handelte, kurze Augenblicke in einer langen Zeitspanne. Das Mädchen Morgan wurde vom Leben verletzt, aber der Fels Morgan hatte immer seinen Frieden. Er war in mir, in dem unvergänglichen Reich.

Mein Vater ging zurück in den Osten. Er fand eine Stelle in Tipton, Vermont. Er hat nie mehr geheiratet, doch meine Mutter verheiratete sich sehr schnell wieder. Ihr neuer Ehemann war Chemieprofessor am Quarry College. Als meine Mutter meinen Vater fortschickte, traf sie sich schon seit sechs Monaten mit Dr. Jim, der bereits von ihrem ersten Zusammentreffen an eine geheimnisvolle Macht über sie auszuüben schien. Aber das fand ich erst später heraus. Dr. Jim war – nun, gutaussehend, nehme ich an. Ein großer Mann mit kantigem Gesicht, der eine Aura von Energie, Kraft und Macht um sich verbreitete. Er war kerngesund und – für meine Mutter – sexy; mein Vater dagegen war ein einfacher Mann, dem die äußere Erscheinung sehr wenig bedeutete. Aufgewachsen in einem Herrenhaus, hatte Colin die Versuchung kennengelernt, die von den Dingen ausging, von Gegenständen und ihrer Auswahl und ihrer Zusammenstellung, und er hatte dieser Versuchung den Rücken gekehrt. Er trug seine Kleider, bis sie abgetragen waren. Er kümmerte sich nicht darum, wie sauber sein Haar war. Er wollte mit meiner Mutter reden, nicht sie bewundern.

Dr. Jim war ganz anders. Er hatte für alles Vorschriften, und er wollte über die ganze Welt bestimmen, und wenn das nicht ging, wenigstens über all das, worauf er seine Hand legen konnte. Nachdem er meine Mutter kennengelernt hatte, hatte er sie als erstes ermuntert, Make-up zu tragen, und nachdem er bei uns eingezogen war, räumte er sofort das Wohnzimmer komplett um. Und ich war in seinen Augen eine ziemlich drastische Ungelegenheit in seinem neuen Leben, denn eigentlich wollte er meine Mutter und das Haus ganz für sich allein haben. Als ich ihn kennenlernte, saß ich im Atelier meiner Mutter auf dem Boden und malte in einem großen Skizzenblock; es war Mai, ich trug Shorts und war barfuß. Ich hatte meine Beine zu einem »V«

ausgestreckt, und der Skizzenblock lag vor mir auf dem Boden. Wenn man genau hinsah, konnte man feststellen, daß ein Bein kürzer war als das andere. Dr. Jim kam herein und sagte direkt hintereinander drei Dinge: »Ich will, daß du mich Dr. Jim nennst. Deine Mutter hat mir von deinem Bein erzählt. Aber ich denke, du wirst es wohl tun müssen.«

Die letzte Bemerkung machte er mit einem boshaften Lächeln – sie entsprach Dr. Jims Vorstellung von einem großartigen Witz. Ich stand völlig verwirrt auf. War dieser Mann mein neuer Arzt? Er hatte gesagt, ich solle ihn Dr. Jim nennen, und er hatte eine Bemerkung über meine Beine gemacht. Und was meinte er damit, ich würde es »tun müssen«? Wollte er, daß ich irgend etwas tat? Wie sich herausstellte, wollte er das wirklich. Er wollte, daß ich für immer verschwand. Aber wenn das schon nicht möglich war – selbst er sah das ein –, sollte ich wenigstens still sein, ihn nicht belästigen, nur sprechen, wenn ich gefragt wurde. Ich sollte mich an die Regeln halten; er glaubte, daß es für alles im Universum Regeln gebe. Außerdem – das glaube ich heute, damals wußte ich es bestimmt noch nicht – verübelte er mir die Tatsache, daß ich die Enkelin William Lamonts war, eines Mannes, der eine große Firma besaß, der reich und daher wirklich mächtig war.

Meine Verwandtschaft mit William Lamont war für Dr. Jim in der Tat viel realer als für mich; ich wußte natürlich, daß ich einen wohlhabenden Großvater hatte und daß ihm Lamont Paints gehörte. Aber die einzige Auswirkung, die das tatsächlich auf meine Kindheit hatte, war ein frühes und kurzlebiges Interesse für Farben. Ich hatte keine künstlerische Begabung – zur Unzufriedenheit meiner Mutter –, aber irgendwie mochte ich Farben, ich sammelte sie. Ich kaufte von meinem Taschengeld Öl- und Wasserfarben, die ich dann größtenteils unbenutzt in einem besonderen Schrank in meinem Zimmer hortete, im gleichen Schrank, in dem ich auch meine Teddybären aufbewahrte. Wenn wir in Quarry waren, ging ich in das Haushalts- und Eisenwarengeschäft, um mir die Farbvorräte dort anzusehen; der Laden führte Lamont-Farben, und ich faßte jedesmal die Kanister an und verspürte dabei einen entfernten Stolz, weil mein Name darauf stand. Aber es war die gleiche Art von Stolz, die man empfindet, wenn ein Nachbar erfolgreich an einem Skilanglaufwettbewerb teilnimmt und einen Preis gewinnt. Diese Verbindung war für mich eher weitläufig. Aber nicht für Dr. Jim. Nein, für ihn war meine Mutter eine mittellose Verwandte, um die er sich aus Nächstenliebe kümmerte, und infolgedessen blieb für mich die Position einer mittellosen Verwandten einer mittellosen Verwandten. Aber es gab einen Widerspruch in dieser Konstruktion, denn die Person, dessen mittellose Verwandte ich tatsächlich war, hieß William Lamont. Und das ärgerte meinen Stiefvater.

Dr. Jim fühlte sich mit keiner einzigen Faser seines Herzens zu mir hingezogen.

Natürlich hatte er vor der Hochzeit mit meiner Mutter erkannt, daß es vorteilhaft war, seine Gefühle zu verbergen und uns beiden vorzumachen, daß ihm kleine, neugierige Kinder gefielen. Er ließ sich sogar von mir dabei helfen, seine Chemieausrüstung in die Scheune zu schaffen; er hatte beschlossen, das Arbeitszimmer meines Vaters in ein kleines Labor umzuwandeln. Er bemächtigte sich der Scheune mit grimmiger Gründlichkeit, riß die alten, hölzernen Bücherregale herunter und ersetzte sie durch Stahlregale. Mit der Zustimmung meiner Mutter schleppte er den schweren Holzschreibtisch meines Vaters auf den Hof und verbrannte ihn, weil er zerkratzt und fleckig war. Er gab sämtliche Hühner weg, angeblich, weil er gegen sie allergisch war. Aber so grimmig das alles auch wirkte, Dr. Jim tat es auf eine fröhliche Art, die nahelegte, daß es ein großer Spaß sein mußte, wenn ihm kleine Hände bei alledem halfen. Nach der Hochzeit dauerte es keine Woche, bis mir verboten wurde, jemals wieder einen Fuß in sein Labor zu setzen, obwohl ich gelegentlich in die Scheune schlich, um zu lauschen, was er dort tat. Wenn das Telefon, das er dort angebracht hatte, läutete, hörte ich, wie er den Hörer hochriß und sich mit seinem Familiennamen »Rankin« meldete, ohne jeden einleitenden Gruß, ganz gleich, wer ihn anrief. Manchmal hörte ich auch, wie die Uhr dort schlug, ihre viertelstündliche Ermahnung abgab, und dann zog ich mich zurück, suchte mir einen Platz, irgendeinen Platz, an dem es keine Uhren gab.

Denn als Dr. Jim ins Haus zog, brachte er sieben Armbanduhren und drei Standuhren mit; er versuchte, sein Leben nach Uhr und Richtschnur zu ordnen. Meine Erinnerungen an die ersten Monate des Zusammenlebens mit meinem Stiefvater ranken sich größtenteils um diese Uhren, von denen eine dröhnte, eine blechern und eine wie gezupfte Drahtfasern klang. Die blecherne ging jeweils zur vollen und zur halben Stunde los und versprühte ein albernes Geklirre. Die mit dem Drahtfaserklang schnürte mir alle fünfzehn Minuten die Kehle zusammen, und die dröhnende schien stündlich meine Exekution anzukündigen. Wenn ich nachts wach lag – denn jetzt hatte ich zum ersten Mal in meinem Leben Schwierigkeiten einzuschlafen, Schwierigkeiten, die noch Jahrzehnte andauern sollten –, hörte ich oft, wie es Mitternacht wurde: das alberne Klirren, dann die Drahtfasern und schließlich das schwere Dröhnen der Hinrichtung.

Für mich war das alles zu plötzlich gekommen. Ich war nach dem Weggang meines Vaters sehr traurig und einsam gewesen, aber er rief manchmal an, und ich dachte immer noch, daß er zu uns zurückkehren müßte. Und dennoch hatte es am Ende des Sommers den Anschein, als sei Dr. Jim schon immer dagewesen und als gäbe es – sosehr ich auch versuchte, in meine eigene Vergangenheit zurückzublicken – bereits so viele Änderungen in meinem Leben, daß ich sie gar nicht mehr alle aufzählen konnte. Mit als erstes nach der Übernahme unseres Haushaltes und der Änderung des Namens und des Gesichtes meiner Mutter hatte Dr. Jim mir beigebracht, mein Bett mit akkuraten »Krankenhausecken« zu machen, und das täglich: Außerdem ernannte er mich zur Verantwortlichen für die Zeitschriften auf dem Couchtisch, die ich wöchentlich wechseln und auf dem Tisch ausrichten mußte wie eine gut gedrillte Marschkapelle. Zum Frühstück bekam ich Eier, obwohl die Hühner doch alle fortgegeben worden waren und ich morgens gar keine Eier mochte. Wenn ich es nicht schaffte, zu der von ihm festgesetzten Zeit zum Frühstück zu erscheinen – um sieben –, dann waren die Eier kalt, warteten aber immer noch auf mich, und ich mußte sie kalt essen, während meine Mutter mir teilnahmsvoll zusah.

Auf seine Art war Dr. Jim faszinierend, ein klassisches Beispiel für Retention. Er hatte gern, daß alles so lange benutzt wurde, bis es verbraucht war – Zeitschriften, Toastbrot, Eier, Bettlaken, Möbel. Er schien zu glauben, daß ihm alles ausgehen würde, womit er nicht sorgfältig haushielt, und ob ihm etwas nun gefiel oder nicht, er hielt vorsichtshalber so lange wie möglich daran fest – oder schüchterte es ein, machte ihm bewußt, daß er es im Auge hatte. In jenem Sommer, nur wenige Wochen nach seinem Einzug, holte er ein »Nähtäschchen« aus seinem Rasiertisch und faltete es auseinander, um es mir zu zeigen. Es enthielt einen Fingerhut, einen Streifen mit Stecknadeln und zehn Nähnadeln verschiedener Größen. Er erklärte mir, seine Mutter habe es ihm gegeben, als er zum College ging. Und seither, sagte er, habe er keine einzige Nadel verloren. Er wollte mir einschärfen, daß ich jetzt seinem Willen nach genauso leben sollte – so als gäbe es nie die Möglichkeit, etwas wiederzubekommen, es sich ein zweites Mal zu besorgen. Ich sah mir die Nadeln an, aber ich hatte Angst, sie zu berühren. Ich dachte an das Märchen von Dornröschen und daran, daß ein einziger Nadelstich und ein einziger Blutstropfen sie ins Unglück gestürzt hatten. Dr. Jim verstaute sein Nähtäschchen wieder in seinem Rasiertisch, und ich war froh, daß ich aus seinem Zimmer entkommen konnte. Aber unglücklicherweise gab es inzwischen keinen einzigen Raum mehr im Haus, dem Dr. Jim nicht seinen Stempel aufgedrückt hätte.

Denn um meiner Mutter und mir zu helfen, die neuen Prinzipien, die unser Leben regieren sollten, nicht zu vergessen, hatte er überall Schilder angebracht. Es gab ein Schild über dem Ausguß, das uns ermahnte, den Hahn *fest* zuzudrehen. Ein Schild über der Toilette erinnerte uns daran, am Abzug zu rütteln, wenn wir spülten – »ganz gleich, ob es nötig zu sein scheint oder nicht«. Auf dem Kühlschrank klebten unzählige Schilder, gekrönt von einem kleinen Klemmblock, auf dem täglich der Zustand verschiedener Speisereste festgehalten wurde. An den Türen zu allen Zimmern und auf vielen der Lampen selbst prangten Schilder mit der Aufschrift: »Vergiß nicht, das Licht auszuschalten.« Diese Schilder verwirrten mich zuerst, denn wenn ich in einem dunklen Zimmer ein Licht anmachte, war das Schild oft das erste, was ich sah.

Es war im Frühjahr 1969, und ich war inzwischen sieben Jahre alt und in der zweiten Klasse. Dr. Jim war bereits über ein Jahr mit meiner Mutter verheiratet. Ich hatte meinen Vater nicht mehr gesehen, seit er von Quarry fortgegangen war; er fehlte mir immer noch, aber dieses Fehlen hatte sich in einem Teil von mir eingenistet, der sprachlos war. Ich bin sicher, daß ich mich allem Anschein nach gut in die Verhältnisse geschickt hatte. Ich war gut in der Schule, bekam immer die besten Noten, und ich schrie nicht herum, hatte keine Wutanfälle, gab noch nicht einmal Widerworte. Ich brachte zwar viel Zeit auf meinem Felsen zu, aber das wußte niemand außer mir. Und dann kam der Zirkus nach Quarry, und alles Verborgene wurde vor aller Augen enthüllt – in einer Weise, die Dr. Jim mir niemals verzieh und die er auch nicht vergaß.

Es war die Idee meiner Mutter, in den Zirkus zu gehen. Sie wollte mich glücklich machen, soweit ihr das möglich war, ohne sich von Dr. Jim scheiden zu lassen, und sie glaubte, ein Zirkusbesuch sei das richtige, denn sie wußte nicht, wie verschieden sie und ich waren. Dr. Jim seinerseits pflichtete ihr bei; der Zirkus sei genau das, wohin man mit einem Kind wie mir gehen solle, und so stiegen wir alle ins Auto und fuhren los. Während der Fahrt entdeckte ich, daß er einen seiner besseren Tage hatte. Normalerweise wurde von mir erwartet, daß ich einfach still war, wenn wir irgendwohin fuhren, aber wenn Dr. Jim gute Laune hatte, fing er vielleicht ein Gespräch mit mir an. Das bedeutete, daß er mir irgend etwas Interessantes aus der Chemie erklärte und daß ich es ihm dann wiederholte – um zu zeigen, daß ich es begriffen hatte, daß ich aufmerksam gewesen war. Bei dieser Fahrt zum Zirkus erzählte er mir, daß Flüssigkeiten zu fester Form erstarren, wenn sie genügend gekühlt werden, und daß die Temperatur, bei der dies geschieht, Gefrierpunkt heißt. Er wartete eine Minute, damit ich Gelegenheit hatte, das Gelernte zu vergessen, und sagte dann: »Also, was ist der Gefrierpunkt, Morgan?« – »Wenn etwas erstarrt«, sagte ich. »Wenn etwas vorher flüssig war und dann fest wird.«

Ich hatte vor, den Zirkus zu genießen, aber als wir dort ankamen, erschreckten mich der Geruch und das Gedränge und der Lärm. Dr. Jim hatte keine Geduld mit meinem Unbehagen und erklärte meiner Mutter und mir, wir müßten »einen allgemeinen Treffpunkt ausmachen, an dem wir uns wiederfinden, wenn wir getrennt werden«. Er wählte das Zelt mit den Schlangen als Treffpunkt aus, und dann sagte er zu mir: »Also, verstehst du, Morgan? Wir vereinbaren das, damit du uns findest, wenn wir getrennt werden.«

Irgendwie war aus dem Pronomen »wir« ein »du« geworden – nur ein geringer Unterschied im Ausdruck, aber ein großer in der Bedeutung. Dr. Jim, das verstand ich, hatte nicht vor, sich von meiner Mutter trennen zu lassen. Nein, wenn irgend jemand in diesem Zirkus verlorenging, war ich es, und deswegen nahm ich mir vor, meine Mutter immer schön festzuhalten, denn ich hatte guten Grund, ein Verlorengehen zu vermeiden. Dr. Jim, der ein Buch mit dem Titel *Lehrreiche*

Geschichten besonders liebte, hatte mir nämlich jüngst mit großem Genuß ein Gedicht vorgelesen, in dem ein Junge, der in einem Zirkus davongelaufen war, schließlich von einem Löwen gefressen worden war. In jeder lehrreichen Geschichte fand ein ungehorsames Kind den Tod – als Folge seines Ungehorsams, weil es sich nicht an Befehle gehalten hatte. In einer anderen dieser Geschichten ging es um ein kleines Mädchen, das nur zum Spaß – aber eben ein Mal zu oft – die Feuerwehr gerufen hatte und schließlich bei lebendigem Leib verbrannte, als das Haus dann wirklich in Brand geriet.

Tatsächlich hatte diese Geschichte mir bis zur Zeit unseres Zirkusbesuches eine regelrechte Feuerangst eingeimpft. Meine Angst wurde zusätzlich genährt durch die Feuerübungen, die Dr. Jim kurz nach seinem Auftauchen bei uns eingeführt hatte. So, wie er mir beigebracht hatte, mein Leben nach Uhr und Richtschnur zu ordnen und nichts zu verschwenden, brachte er mir auch bei, als kleines Mädchen zwanghaft an Brände zu denken. Er ließ mich ungefähr einen Monat nach seinem Einzug im Wohnzimmer Platz nehmen und zeigte auf den ausladenden Steinkamin mit seinen großen Kaminböcken; er erklärte mir, was geschehen würde, wenn das Feuer jemals freigesetzt würde, über die Kaminplatte hinausgelangte und vom Teppich Besitz ergriffe. Er sagte, es würde die Vorhänge hinaufklettern und sie verzehren und danach die Wände, und er erklärte mir, daß ich selbst verbrennen könnte, wenn das jemals geschah. Das Haus war mir vorher immer so sicher vorgekommen, und jetzt erschien es mir mit einem Mal sehr gefährlich, als stünde es stets dicht davor, in Flammen aufzugehen. Es kam mir so vor, als seien die Flammen tatsächlich schon – für mich unsichtbar – in seinen Wänden verborgen. Bei unseren Feuerübungen mußte ich aus dem Bett springen und aus dem Fenster meines Zimmers klettern, das glücklicherweise im Erdgeschoß lag. Draußen stieß ich dann auf Dr. Jim mit seiner Stoppuhr, und er berichtete mir, wie knapp ich diesmal meiner Vernichtung entgangen war.

Aber jetzt waren wir im Zirkus, und ich war entschlossen, dicht bei meiner Mutter zu bleiben und alle Löwen zu meiden, was immer auch geschehen mochte. Dr. Jim erstand drei Karten und schlug vor, daß wir uns die Nebenvorstellung später ansehen und zunächst zum großen Hauptzelt gehen sollten, solange wir dort noch gute Plätze bekommen konnten. Dagegen hatte ich nichts einzuwenden; ich liebte das Riesenzelt, den Zeltbau selbst mit seinem bewunderswert komplexen Aufbau. Nach dem Programmheft, aus dem Dr. Jim laut vorlas, besaßen »Sanford and Wells« das größte Freiluftzelt der Welt. Das mochte ich wohl glauben. Das Zelt war ungefähr hundertzwanzig Meter lang und fünfundvierzig Meter breit, mit acht Stahlmasten in der Mitte, die es trugen, Spanndrähten, die an allen Seiten herabliefen, und Hunderten und Aberhunderten von kleineren Stützen ringsum.

Wir gingen durch das Zelt zur Tribüne. Im Nu waren wir mitten in einem Gedränge von Cowboys. Dr. Jim trug immer ein Sportsakko mit Krawatte und ein Hemd mit geknöpftem Kragen, und er fiel in diesem Meer von Männern, die Jeanshemden, Jeans und Cowboyhüte trugen, enorm auf. Alle um uns herum waren sehr ausgelassen. Diese Männer gingen sonst zum Rodeo, und dies hier war etwas Neues für sie; hier gab es nicht nur Pferde und Bullen, sondern Löwen und Tiger und – soviel hofften und wußten sie – jede Menge Mädchen in glänzenden Badeanzügen. Während Dr. Jim uns durch die Menge lotste, fragte ich mich, warum keiner von *diesen* Männern mein Stiefvater sein konnte, einer von diesen Männern mit ihren glücklichen Gesichtern, ihrer flotten Tracht und ihrem wiegenden Gang. Aber sie waren es eben nicht, und wir erreichten die Tribüne, wo wir uns einen Platz in der Mitte suchten, in der Nähe der Hauptmanege. Es roch intensiv nach Tieren und Futter, und es herrschte großer Lärm.

Schließlich ließ das Getöse nach, eine Kapelle spielte kurz auf und verstummte dann wieder, als ein Mann im Smoking direkt vor uns in die Hauptmanege trat. Er hatte ein Mikrofon. Mit einer Hand brachte er das Publikum zum Schweigen, und dann brach die Menge – auf seine Bitte hin – in Beifall aus für »die großartigste Kapelle, die jemals im Staate Colorado gespielt hat«.

Das überraschte mich, und ich wandte mich an meine Mutter, um zu fragen, ob dies wirklich die großartigste Band sei, die jemals hier gespielt habe, aber Dr. Jim brachte mich mit einem gezischten »Nein, nein, natürlich nicht« ziemlich gereizt zum Schweigen. Darüber verpaßte ich den Rest der Ansage des Zirkusdirektors und hörte nur noch seine abschließende Ankündigung, daß dem Publikum jetzt »ein zwerchfellerschütterndes Gelächter über unsere komischen Clowns« bevorstehe.

Anschließend erschienen einige Clowns, alle mit weißgeschminkten

Gesichtern, und fingen an, sich innerhalb der drei Manegeringe ins Sägemehl fallen zu lassen. Sie bespritzten einander mit Wasser, setzten sich auf Stühle, denen die Sitzfläche fehlte, und protzten mit gewaltigen Brüsten, die sich, wenn man hineinstach, in Wirklichkeit als Luftballons erwiesen. Dann waren die Clowns fertig und verschwunden, und einige schöne Frauen kamen in die Manege, alle, wie es die Männer gehofft hatten, in glänzende Satintrikots gehüllt. »Miss Carmen, Miss Oriana, Miss Frances, Miss Judith, Miss Tracey, Miss Lilly! Luftakrobatinnen!« Und diese Frauen kletterten plötzlich an Seilen hoch. Sie schienen das sehr gut zu können; als sie oben waren, hängten sie sich mit den Köpfen nach unten über ein Seil, wirbelten durch die Luft und schlangen ihre Beine um Taue, die neben den Seilen hingen. Ich sah ihnen gern zu, da sie flink und bunt waren und ihre Kostüme in den Lichtern des großen Zeltes glänzten, aber sie waren schnell wieder fort, und dann gab es ein furchtbares Durcheinander im mittleren Ring der Manege.

Der Zirkusdirektor kündigte wieder etwas an, während die Löwen in den gewaltigen Käfig einmarschierten, zu dem die Manege irgendwie geworden war. Durch einen Tunneleingang kam eine Frau in silbernen Hosen und mit langem, fast weißblondem Haar. »Die grazile Bezwingerin der zähnebleckenden, blutrünstigen nubischen Löwen, sibirischen Tiger und bengalischen Königstiger!« brüllte der Direktor. »Die wunderbare Meisterin der Raubkatzen!« sagte er, und die Frau ließ ihre Peitsche knallen. Sie schien große Macht über die Löwen zu haben; sie würde nie von ihnen gefressen werden – das hoffte ich wenigstens, während sie die Löwen auf große Drahtpodeste oder Tische springen ließ. Bis jetzt war alles sehr gutgegangen, und es sah so aus, als seien die Löwen nicht gar so gefährlich, wie ich befürchtet hatte. Dann aber ging die Frau zu einem der Löwen hin und steckte ihm ihren Kopf in den Rachen. Ihr Kopf verschwand vollständig, und die Kiefer des Löwen schlossen sich um ihren Hals; ich hielt vor Angst den Atem an, aber der Kopf der Löwenbändigerin tauchte wieder auf, und das weißblonde Haar war nicht einmal zerzaust. Der Löwe wirkte geradezu stolz wegen der Selbstbeherrschung, die er gezeigt hatte, und ich war ebenfalls stolz auf ihn, atmete erleichtert auf und dachte, daß die Löwen vielleicht doch nicht so schlecht waren.

In der Tat kamen sie mir jetzt schön und elegant vor und schienen nach allem, was sie geleistet hatten, eine Belohnung verdient zu haben.

Aber sie bekamen keine Belohnung, noch nicht einmal der Löwe, der es sich verkniffen hatte, der Frau den Kopf abzubeißen. Was sie statt dessen bekamen, war Feuer, brennende Reifen – Reifen, die hochgehoben wurden, dann angezündet, und durch die sie hindurchspringen mußten. Große, schlimme Feuerreifen, vor denen sie sich offensichtlich fürchteten. Aber sie mußten hindurch, sonst schlug die Frau sie mit der Peitsche, also fauchten sie und scheuten, aber sprangen schließlich doch, und während ich dem ersten und dann einem weiteren zuschaute, verkrampfte ich mich völlig. Das war schrecklich, das war grausam, wie konnte die Löwenbändigerin ihnen das antun? Obwohl die Reifen groß waren, waren sie für die Löwen keinesfalls zu groß, und wenn sie auch kein Feuer fingen bei ihrem Sprung durch den Reifen, schien es mir doch immer nahe daran zu sein.

Ich denke, wenn das noch viel länger so gegangen wäre, dann hätte ich meinen Anfall schon bei dieser Nummer bekommen, aber plötzlich war Schluß damit. Die Löwen wurden hinausgeführt und der Käfig abgebaut. Der Zirkusdirektor verkündete, daß es nun Zeit für die Elefanten sei. Oder, wie er es sagte, für die zwanzigtausend Pfund schauspielernder Dickhäuter. Ich war ganz aus dem Häuschen. Ich hatte noch nie echte Elefanten gesehen, aber auf Bildern hatten sie mir immer gut gefallen. Jetzt drängte sich ein Elefant durch den Eingang, und der nächste kam direkt hinter ihm her und hielt sich elegant mit dem Rüssel an dem ersten fest. Er faßte damit den Schwanz des Anführers, und der dritte Elefant machte das gleiche mit ihm und so weiter, bis alle zwanzig in das Zelt einmarschiert waren. Dann rückten sie in die Manege vor, wo sie schwerfällig einander auf den Rücken kletterten oder ihre Füße wie gewaltige Blüten auf Podesten balancierten. Sie legten sich auf die Seite, rollten sich auf den Rücken und hielten ihre großen Baumstümpfe von Beinen in die Luft. Als sie sich wieder aufstellten, waren ihre Knie zuerst gebeugt, als wären sie Bittsteller. Weil wir so weit vorn saßen, konnte ich ihre kleinen, traurigen Augen sehen, Brunnen tiefer Weisheit in diesen Gesichtern voller Runzeln, und da sich die Elefanten so langsam und mit solcher Bedachtsamkeit bewegten, schien es mir außer Frage zu stehen, daß ihnen das, was sie taten, keinen Spaß machte. Sie taten es, weil es von ihnen verlangt wurde. Nein, sie taten es, weil sie dazu gezwungen wurden – weil sie gar keine Wahl hatten.

Und als sie sich am Ende ihrer Vorführung alle in eine Reihe stellten, jeder wieder den Schwanz des Elefanten vor ihm im Rüssel, marschierten sie am Rand der Manege entlang, bis sie schließlich genau da vor der Tribüne haltmachten, wo wir saßen. Dann richteten sie sich alle auf und stellten ihre großen Füße sanft auf den Rücken des Elefanten vor ihnen. Einer der Elefanten war keine fünf Meter von mir entfernt, und er blickte mich mit einem Auge traurig an, und plötzlich, zu meiner eigenen Überraschung, stand ich auf und rief, was meine Lungen hergaben: »Laßt ihn laufen! Laßt ihn laufen, ihr gemeinen Kerle! Laßt ihn laufen, ihr seht doch, daß er das gar nicht machen will!«

Wenn ich überrascht war, war es meine Mutter noch viel mehr. Mein Stiefvater jedoch nicht. Dies war genau das, was er immer von mir erwartet hatte: daß ich ihn in der Öffentlichkeit derart in Verlegenheit bringen würde. Wenn er auch nicht überrascht war, wütend war er auf jeden Fall.

»Hör augenblicklich mit dieser öffentlichen Vorstellung auf«, sagte er. »Das ist ja bloß ein Trick, um Aufmerksamkeit zu heischen. Du weißt, daß diese Elefanten völlig glücklich sind.«

Die Elefanten waren inzwischen weitergegangen, und mein Elefant sah sich nicht um, sondern setzte seinen freudlosen Gang fort bis zu dem Eingang, durch den er die Manege auch betreten hatte. Dann war er verschwunden, und die Leute um mich herum klatschten Beifall, vielleicht weniger, als sie es getan hätten, wenn ich nicht geschrien hätte. Ich schluchzte und schluchzte und konnte nicht mehr aufhören. Meine Mutter versuchte vergeblich, mich zu trösten. Und als der Zirkus schließlich vorbei war und wir aus dem Hauptzelt herauskonnten, nahm sie mich mit dorthin, wo die Elefanten jetzt mit gefesselten Füßen standen. Meine Mutter sagte: »Siehst du? Sie sind nicht unglücklich.« Sie meinte, ich solle einmal eines der Elefantenbeine, das mir am nächsten stand, streicheln. Aber ich brach aufs neue in Tränen aus, und gerade in dem Moment erschien Dr. Jim, um mich nach Hause zu bringen. Er packte mich am Arm und sagte: »Halt die Klappe, du idiotisches Kind, du.« Das tat weh, aber der Schmerz war nichts verglichen mit dem Schmerz darüber, daß ich überhaupt nichts ausrichten konnte. Etwas Furchtbares in ihrem Inneren brachte die Menschen dazu, ihr Leben nach Uhr und Richtschnur abzumessen. Elefanten Fußfesseln anzulegen, sie zu stoßen und auf die Knie zu zwingen wie Bittsteller. Was immer es auch sein mochte, man konnte ihm nicht entkommen. Man konnte nirgendwo hin. Selbst ein eigener Fels konnte einen davor nicht wirklich schützen. Und doch wußte ich eines ganz genau: Selbst wenn man Angst vor Löwen hatte, blieb es etwas Entsetzliches, sie nur zum Vergnügen durch Feuerringe springen zu lassen.

Demonstrationen chemischer Verwandlungen

Im Herbst lernte ich Wilbur Coville kennen. Ich war inzwischen im dritten Schuljahr und kannte die meisten anderen Kinder meines Alters in Quarry. Wilbur war auch in Quarry aufgewachsen, hatte aber bis zu diesem Herbst Sonderschulen besucht; seine Mutter Iris hatte schließlich seinen Bitten nachgegeben, mit den »normalen« Kindern zur »normalen« Schule zu gehen, und lieferte ihn eines Tages mitten im Naturkundeunterricht bei uns ab.

Man hatte damals den Lehrer fürs dritte Schuljahr, der uns in einem einzigen Klassenzimmer in allen anderen Fächern unterrichtete, nicht für tauglich befunden, uns etwas so Schwieriges wie Naturkunde beizubringen. Das übernahm Mr. Leopold, der dreimal in der Woche zu uns kam. Wie ein Pastor, der mehrere Gemeinden betreut und mit seinem Gesangbuch von einer zur anderen wandert, hatte er immer seine Tasche mit Zauberkunststückchen dabei. Er machte faszinierende und verblüffende Experimente, die eigentlich gar keine Experimente waren, sondern nur Demonstrationen wohlbekannter Eigenschaften der Stoffe. Weil ich wußte, daß Dr. Jim Chemiker war, und weil er seine Angewohnheit der Befragung – die er Unterhaltung nannte – nicht aufgegeben hatte, versuchte ich diesen Experimenten so wenig Aufmerksamkeit zukommen zu lassen wie nur möglich.

Das war allerdings schwierig, denn manchmal waren sie wirklich interessant. Eines Tages brachte Mr. Leopold einen Toaster mit und etwas Brot und verbrannte den Toast, um uns die Bildung von Kohlenstoff zu demonstrieren. Er schloß alle Fenster, und als sich der Raum mit Rauch gefüllt hatte, mußte er den Feuermelder ausschalten, während er die geschwärzten Quadrate herumreichte. Und an dem Tag, an dem Wilbur kam, zeigte uns Mr. Leopold die Neutralisierung einer Lauge, oder, um genauer zu sein, er führte uns eine doppelte Ersetzungsreaktion vor; zwei Zusammensetzungen reagieren miteinander und bilden durch Austausch ihrer Teile zwei neue Zusammensetzungen. Er begann sein Experiment damit, daß er eine blasse, gelbe Lösung von Phenolphtalein anfertigte, die er in ein Nasentropfenfläschchen füllte.

Genau in diesem Augenblick kam Iris. Es gab ein geschäftiges Hin und Her an der Tür, und im Flur sah man den Rektor der Schule, der etwas zu unserem Klassenlehrer sagte. Er kam herein, sprach mit Mr. Leopold, ging dann wieder hinaus auf den Flur, holte Wilbur herein und ließ ihn sich auf einen Stuhl hinten im Klassenzimmer setzen. Das Ganze dauerte keine drei Minuten, dann ging die Vorführung weiter. Mr. Leopold erklärte der Klasse, daß Phenolphtalein in basischen Lösungen rot wird, in sauren Lösungen dagegen stets farblos ist. Aus diesem Grund sei die Farbe in dem Fläschchen ein gutes Hilfsmittel, um die Neutralisierung einer Lauge anzuzeigen; die Klasse war baß erstaunt, aber darauf schien es in Naturkunde ja gerade anzukommen. Nun gab er mit großer, dramatischer Geste ein paar Kristalle Ätznatron in ungefähr eine Vierteltasse Wasser und fügte einige Tropfen Phenolphtalein hinzu, die die Lösung sofort rot färbten. Danach fügte er, wieder sorgfältig inszeniert, mehrere Tropfen Essig hinzu und rührte ihn in die Natriumhydroxydlösung ein.

Schließlich war die Reaktion abgeschlossen, und die Lösung wurde wieder farblos. Die Klasse klatschte Beifall wie immer, wenn ein Experiment erfolgreich abgeschlossen war. Unsere Neugier war vollständig befriedigt worden, zuerst durch das Erscheinen und dann durch das Verschwinden der Farbe. Nun war es vorbei, und es wurde Zeit, etwas Neues anzufangen. Aber Wilbur applaudierte nicht. Ich hatte ihn links hinter mir beobachtet; er hatte während des ganzen Vorgangs bekümmert ausgesehen und nicht begeistert wie die anderen. Jetzt sprang er auf und eilte nach vorn, wo Mr. Leopold stand; ohne um Erlaubnis zu fragen, fing er an, an sämtlichen Utensilien zu riechen. Er roch an der Nasentropfenflasche mit dem Phenolphtalein, er roch an dem Behälter mit Ätznatron, er roch am Essig, und dann roch er an der wieder farblos gewordenen Lösung, und der bekümmerte Ausdruck auf seinem Gesicht verwandelte sich; es zeigte Zufriedenheit und sogar Glück, während er nachdrücklich zustimmend mit dem Kopf nickte. Mr. Leopold sagte: »Bitte, setz dich, bitte setz dich jetzt hin«, aber Wilbur nahm kaum war, daß er etwas sagte. Er schnüffelte und schnüffelte an den Flaschen, bis er zufrieden war, und sagte: »Danke, Mr. Leopold. Alles riecht gut«, worauf die ganze Klasse vor Lachen brüllte und der Lehrer Ruhe forderte.

Ich mochte Wilburs Gesicht von Anfang an. Ich wußte nicht, warum er an den Flaschen geschnüffelt hatte, aber irgendwie glaubte ich nicht, daß er versuchte, witzig zu sein. Später sah ich ihn während der Pause auf dem Schulhof; er hatte sich am Zaun hochgereckt und seine Nase auf die Verbindung von zwei Maschen gedrückt. Er schien an diesen Maschen zu schnüffeln, hielt inne, bewegte die Nase weiter zur nächsten und schnüffelte dort, und er war so in sein Tun vertieft, daß er nicht sah, wie ich näher kam, um ihm zuzuschauen. Schließlich drehte er sich um und bemerkte mich; erfreut lächelte er über das ganze Gesicht und sagte: »Hallo, ich bin Wilbur Coville.« Daraufhin sagte ich ihm meinen Namen, Morgan.

Dann sahen wir einander eine Weile schweigend an. Wilbur schien irgend etwas vorzuhaben, aber er brauchte einige Zeit, bis er schließlich sagte:

»Meine Mutter hat es mir verboten. Aber wenn ich jemanden kennenlerne, rieche ich gern sein Gesicht.«

»Du riechst sein Gesicht?« sagte ich, halb abgestoßen und halb geschmeichelt.

»Um ihn kennenzulernen. Ich bin sicher, daß du wunderbar riechst«, sagte Wilbur gewinnend.

Ich dachte ein Weilchen darüber nach, zuckte dann die Achseln und sagte: »In Ordnung«, schlug aber vor, daß wir uns zu diesem Zweck hinter einen Baum stellten. Dort sah Wilbur mich mit großer Freundlichkeit, sogar Zärtlichkeit an und kam schüchtern näher; als er ganz dicht bei mir war, hielt er inne, neigte seinen Kopf ein wenig und fing dann mit meinem Hals an. Er schnüffelte zart, nahm winzige kleine Züge. Er machte mit meinen Wangenknochen weiter und beschnüffelte sie etwas beherzter, mit tiefen Atemzügen. Er roch sogar an meinen Ohrläppchen und an meinen Augenlidern.

»Du riechst am allerbesten«, sagte er, als er fertig war. Er stellte es als Tatsache fest, als teile er mir lediglich irgendein Faktum mit. »Es ist der schönste Geruch, den ich jemals bei jemandem gerochen habe. Die ganze Welt hat einen süßen Duft. Aber nicht jeder riecht danach. Du tust es aber.« Nach diesem allerhöchsten Lob fühlte ich mich genötigt, nun meinerseits an Wilbur zu schnüffeln.

Wilbur und ich wurden Freunde. Die besten Freunde. Nach einem Jahr konnte ich mir ein Leben ohne ihn nicht mehr vorstellen. Meine Mutter fand die Freundschaft merkwürdig, und was Dr. Jim anbelangt – wenn er mich schon für ein idiotisches Kind hielt, kann man sich vorstellen, was er von Wilbur hielt. Aber Iris, Wilburs Mutter, begrüßte unsere Freundschaft.

»Um eurer beider willen«, wie sie mir klugerweise sagte. Iris unterrichtete alte Sprachen am Quarry College, hauptsächlich Griechisch; der Unterricht war ihre Leidenschaft. Ihr Kiefer sah von der Seite wie ein Fels aus, obwohl sie nur einsfünfundsechzig groß war und nicht viel mehr wog als hundert Pfund. Ihr graues Haar trug sie zu einem Pferdeschwanz gebunden, der bei ihr sogar elegant wirkte, genau wie ihre Jeans und ihr Sporthemd, ihre Uniform selbst im Klassenzimmer. Ich bewunderte Iris außerordentlich, weil sie zu allem ihre Meinung sagte, wann immer ihr danach war, auch wenn es im Laufe der Jahre viele Leute gab, denen es lieber gewesen wäre, sie hätte das nicht getan.

Nur zu Wilbur hat sie, soweit ich weiß, niemals ein unfreundliches Wort gesagt, war nie anders als liebevoll zu ihm. Nachdem Wilbur und ich uns angefreundet hatten, verbrachte ich viel Zeit bei den Covilles auf deren großer Ranch unten im Tal in Quarry. Die Ranch hatte ursprünglich Iris' Vater gehört. Iris hatte nie einen Ehemann gehabt – und Wilbur war 1962 zur Welt gekommen, im selben Jahr wie ich. Aber damals war Iris als Professorin bereits fest angestellt und konnte nicht mehr gekündigt werden, obwohl der Versuch gemacht wurde. Als Wilbur geboren war und als »zurückgeblieben« eingestuft wurde, dachten viele in Quarry, Iris hätte nur bekommen, was sie verdiente – ich bin mir sicher, sie waren weniger von der Tatsache schockiert, daß Iris ein außereheliches Kind hatte, als davon, daß sie keine Spur von schlechtem Gewissen deswegen zeigte.

Sie ließ sich auch nie davon überzeugen, daß Wilbur zurückgeblieben war. Sie sprach nie von oben herab mit ihm, sondern unterhielt sich mit ihm über alles, was sie interessierte, als sei er einer ihrer Kollegen oder vielleicht einer ihrer Schüler. Zum ersten Mal beobachtete ich das, als Wilbur und ich acht Jahre alt waren und Iris beschloß, uns H. D. F. Kittos Buch *Die Griechen* vorzulesen, jede Woche ein Stückchen, bis wir den ganzen Weg von »Die Formation des griechischen Volkes« bis zu »Leben und Charakter« zurückgelegt hatten. Zum Vorlesen kam sie zu uns in die Scheune, eine wunderbar runde, steinerne Scheune, die Wilburs und mein Lieblingsplatz war. Dort setzte sie sich auf einen Heuballen und las uns dann Sätze vor wie: »Xenophon erzählt eine unsterbliche Geschichte.« Wilbur stützte seinen Kopf auf die Hände und starrte sie an, hörte aufmerksam zu und stellte genaue Fragen. Aber manchmal hatte er Mühe, sich zu konzentrieren, weil es in der Scheune so vieles zu riechen gab.

Wilburs bemerkenswert scharfer Geruchssinn war in gewisser Weise der Fluch seiner Kindheit, denn er hatte nicht nur den Drang, an allem zu schnüffeln, sondern er fand auch, daß Dinge nicht wirklich real waren, solange er nicht an ihnen gerochen hatte. Als ich ihn kennenlernte, in der dritten Klasse, bezweifelte er die Realität aller Dinge hinter Glas oder unter Plastik, und das Fernsehen übte auf ihn die geringste Anziehung aus. Dem Fernseher fehlte das alles entscheidende olfaktorische Moment. Obwohl Wilbur bereits lange aus dem Kleinkindalter heraus war, versuchte er immer noch, die Dinge anzufassen, die er nicht riechen konnte. Während er heranwuchs, lernte er wenigstens, geschickter und flinker zu riechen, und entdeckte eine Vielzahl von Methoden, an etwas zu riechen, ohne daß offenkundig wurde, was er da tat. Jemandem, der ihn nicht kannte und nicht verstand, was er machte, mußten seine Methoden wie Zuckungen des Kopfes und der Schulter vorgekommen sein. Er wirkte also immer noch recht merkwürdig, aber bei weitem nicht so sehr – wie Iris und ich ihm erklärten –, als wenn die Leute bemerkt hätten, daß er an allem roch.

Jedenfalls schnüffelte er fortwährend und zwanghaft und schien als Folge davon zu glauben, die Welt sei voller Wunder; so unmittelbar, so reich, so konkret und so lebendig jedes kleine Teilchen davon, daß er sich meistens in einem Zustand gesteigerter Wahrnehmungsfähigkeit befand. Gelegentlich, wenn er eine Erkältung hatte und sein Geruchssinn für eine Weile abstumpfte, schien für ihn die ganze Welt ihren Glanz zu verlieren. Tatsächlich wurde sie dann fad und langweilig, fahl und undefinierbar, gewiß real, aber mit engen Grenzen, die ihn verwirrten. Auch andere Krankheiten konnten diese Folge für ihn haben, und seine größte Angst war deshalb, krank zu werden – nicht zu sterben, sondern seinen Geruchssinn zu verlieren.

Wahrscheinlich war es auch Wilburs Geruchssinn, der ihn zuerst zu den Hunden hinzog; vielleicht fand er sie verständlicher als viele menschliche Wesen. Nicht nur, weil sie ihre Nasen noch häufiger benutzten als er selbst, sondern auch, weil sie wie Wilbur nie die Unwahrheit sagen konnten. Hunde mögen ihre Fehler haben, aber Verlogenheit gehört nicht dazu. Für Hunde ist der Geruch die Wirklichkeit; als Folge davon ist Täuschung für sie etwas Unbekanntes. Sie riechen die Wahrheit, und die Wahrheit umgibt sie von allen Seiten. Sie leben noch mehr als Wilbur in einer von Duftsignalen durchwirkten Welt, die sie entzükken kann oder ängstigen, die ihnen aber niemals Verstellung beibringt.

Das war eines von Wilburs weiteren Problemen: die Tatsache, daß er es nicht lernte, sich manchmal zu verstellen – ein Problem, das noch verstärkt wurde durch seinen Hang zur Heldenverehrung. Er wirkte gar nicht wie jemand, der sich an ein Vorbild hängt, wirklich nicht, denn er hatte ausgeprägte, markante Gesichtszüge, die ihm ein selbstbewußtes Aussehen verliehen; schon als Kind sah er gut und ziemlich männlich aus. Er trug sein Haar kurz, seine Ohren standen ein wenig ab, er hatte hellbraune Augen, ein kantiges Kinn und, als er älter wurde, starke Muskelstränge am Hals; den Kopf hielt er vornehm erhoben. Wenn es ihm möglich gewesen wäre zu lernen, wie man sich verstellt, dann wäre er sicherlich sehr beliebt gewesen, stelle ich mir vor, aber seine Unfähigkeit zu lügen, verbunden mit seinem Verlangen, an allem zu riechen, wurde nicht ausreichend von seinem Aussehen aufgewogen.

Und weil er immer ein Idol verehrte, bekannte er sich ständig leidenschaftlich zu irgendwelchen Äußerungen, die eine von ihm bewunderte Person getan hatte, ohne jeden Gedanken daran, daß ihr das weitererzählt werden könnte. Das verschaffte ihm ständig Schwierigkeiten mit Leuten jeden Schlages, Leuten, die nicht verstehen konnten, daß Wilbur ihnen nur eine Ehre erweisen wollte.

Aber trotzdem mochte Wilbur seine Mitschüler. Was er nicht mochte, war die Arbeit in der Schule, denn er interessierte sich kaum für das, was an der Grundschule von Quarry gelehrt wurde. Es ging dabei meist um Reflexion und Abstraktion, und beides fand er in einer Welt voller Gerüche, die seine Aufmerksamkeit erzwangen, völlig unwirklich. Tatsächlich kam es Wilbur albern vor, eine Welt der Dinge –

und Menschen, die etwas fühlten, und Tiere, die etwas taten – durch eine Welt der Kategorien nicht riechbarer und ungesehener Dinge zu ersetzen, und so saß er dann über sein Schulbuch gebeugt neben mir, leckte an seinem Bleistift und roch dann daran. Ich war immer eine gewissenhafte Schülerin und bezweifelte bis zum ersten Semester meines Graduiertenstudiums niemals den Wert und die Nützlichkeit dessen, was ich auf der Schule und der Universität tat. Also machte ich meine Aufgaben und registrierte gleichzeitig, wie Wilbur, während wir buchstabieren lernten, verstohlen an seiner Fibel schnupperte, statt zu lernen, wie man die Worte darin buchstabiert, und ich zischte ihn dann an: »Nein, nein, du mußt die Worte lernen, Wilbur!«

Nachmittags, wenn die Schule aus war, versuchte ich ihm zu helfen. Ich hielt die Fibel so weit von ihm weg, daß er sie nicht mehr riechen konnte, aber dann konnte er sie auch nicht mehr richtig sehen. Es war hoffnungslos. Das Buchstabieren langweilte ihn genauso wie später das Multiplizieren, das schriftliche Teilen, die Satzdiagramme und die Tage, an denen wichtige Schlachten entschieden worden waren. Für Wilbur bedeutete die schulische Konzentration auf den Verstand und die Welt des Verstandes, wo alles sein Schubfach hatte und eingeordnet werden konnte, einen Gang durch ein Spiegelkabinett. Und noch vor Ende des dritten Schuljahres wurde er von dieser normalen Schule, mit der er erst vor so kurzem Bekanntschaft gemacht hatte, zu einer Sonderpädagogin geschickt. Iris ging mit ihm hin und erzählte mir später, diese Pädagogin habe ihn hauptsächlich aufgefordert, Ähnlichkeiten zwischen verschiedenen Dingen aufzuspüren: zwischen einem Schuh und einem Handschuh, einem Apfel und einer Birne, einem Auto und einem Flugzeug. Während sie die geruchlosen – oder doch nur nach Papier und Tinte riechenden – Abbildungen dieser Dinge hochhielt, verlor sich Wilbur in seinen Geruchserinnerungen an Schuhe und Handschuhe, Birnen und Äpfel. Er wollte gar nicht ihre Gemeinsamkeiten finden, sondern über ihre Unterschiede sprechen, und erfuhr zu seiner Enttäuschung, daß die Sprache keine Worte bereithielt, um Gerüche angemessen zu beschreiben, trotz der vielen Worte, die sie für äußere Erscheinungen hatte.

Also mußte er sich mit eigenen Wörtern behelfen, um zum Beispiel den Geruch von Handschuhen zu beschreiben, und Iris erzählte mir, daß die Pädagogin sich diese Wörter gewissenhaft notierte.

»Ein Schuh ist ein Lederschuh ist . . ., er ist säg-rass, er ist purganket, er hat einen Geruch mit Wuhnk oder vielleicht Hahg. Aber ein Handschuh ist ja aus Wolle. Und Wolle ist snuhs-häsch, pfunupfu, schälsig. Sie sind total verschieden. Möchten Sie meinen Schuh riechen?« Und dann beugte er sich zu ihr hinüber und hielt ihr seinen Schuh hin. Aber die Pädagogin sagte ruhig: »Nein danke, Wilbur.«

Es ging weiter mit den Bildkarten. Es kamen welche an die Reihe mit einem Klempner darauf, mit Diamanten, mit Bäumen. Immer ging es um Typen, um Klassen, und schließlich waren sie damit durch. Dann sollte Wilbur eine Geschichte erfinden. Oder vielmehr: Ihm wurde wieder eine Bildkarte gezeigt, und es hieß: »Also, Wilbur, erzähl mir, was auf diesem Bild nicht in Ordnung ist.«

Wilbur besah sich die Karte genau. Es gab nichts darauf, was seiner Meinung nach nicht in Ordnung war; das sagte er auch, aber er sollte sie sich noch einmal ansehen. Es war eine Bleistiftzeichnung von einer Küche; am Tisch saßen zwei Kinder, und auf dem Boden vor dem Herd hockte ein Hund. Am Herd stand eine Frau und rührte in einem Topf, der überkochte; die Flüssigkeit ergoß sich aus dem Topf über den Herd und lief schon an den Seiten herunter. Die drei Menschen auf dem Bild grinsten, und der Hund, der das verschüttete Zeug aufleckte, war ebenfalls glücklich.

»Es ist alles in Ordnung. Sie sind glücklich. Sie lachen gern, und der Topf ist lustig. Er kocht über, und sie alle finden das lustig.«

»Aber dann werden sie doch kein Abendessen haben, oder?«

»Ach, ich glaube, sie haben noch etwas im Schrank. Sie werden sich später etwas anderes machen«, sagte Wilbur.

Und die Pädagogin sagte: »Ich verstehe«, und schrieb schnell und heftig etwas auf ihren Block. Nach diesem langen Gespräch kam Wilbur in eine andere Klasse.

Er ging nach wie vor auf die normale Schule, und darüber war er glücklich, aber er war nicht mehr mit mir zusammen, und das machte ihn unglücklich. In der neuen Klasse allerdings beschäftigten sie sich mit allem möglichen, was Spaß machte, erzählte Wilbur. Sie malten, sie modellierten Figuren aus Ton, sie führten Stücke auf, sie sangen im Chor. Und einmal am Tag setzten sie sich einfach hin, und ihr Lehrer las ihnen eine Geschichte vor. Aber es gab dort auch weiterhin das, was Wilbur »dieses andere Zeug« nannte – dieses Gruppieren und Einordnen und Sortieren –, allerdings langsamer als bei uns, mit größeren Pausen. Die Lehrer schienen zu glauben, Wilbur würde sich damit anfreunden, wenn sie nur langsam genug vorgingen, aber bei normalem Tempo war es schon schlimm genug gewesen, und jetzt war es für Wilbur einfach unerträglich.

Also war er immer noch unzufrieden mit der Schule. Ein wenig half ihm, was Iris sich ausgedacht hatte. Sie gab ihm Nasenstöpsel, so wie man sie zum Schwimmen benutzt, für die Zeit, wenn er seine Hausaufgaben machte. Dadurch erstarb für ihn die wirkliche Welt so weit, daß er es ein wenig einfacher fand, sich umzusehen und aufzupassen, wenn er durch das Spiegelkabinett gehen mußte, das Verstand genannt wird. Aber selbst damit wurde er nie ein blendender Schüler; seine Mitschüler hielten ihn sogar für dumm und belegten ihn mit all den Namen, die mit diesem Urteil einhergehen – Idiot, Schwachkopf, Geistesgestörter, Schwachsinniger, Dummkopf. Das mußte er sich ständig anhören und ich mit ihm. Aber bei allem, was wir zusammen taten – Tiere beobachten, durch die Wälder streifen, uns über andere Leute unterhalten –, erschien er mir außerordentlich klug und scharfsinnig. In einer Welt, die von Zahlen regiert wird, von Einschränkungen und näheren Bestimmungen, mochte er vielleicht dumm wirken, weil ihn das alles immer verstummen ließ, aber in einer Welt der Formen und Gefühle, der Gerüche und Taten, der Klänge und faßbaren Strukturen blühte er auf und glänzte, zeigte, daß er sehr klug war.

Eines seiner bemerkenswerten Talente war seine Fähigkeit, bevorstehende Wetteränderungen zu spüren. Er war nicht unfehlbar darin, aber doch ziemlich gut, und lange bevor der Meteorologe von Quarry einen aufziehenden Sturm ankündigen konnte, hatte mir Wilbur schon davon erzählt. Einen Tag vor dem Schneesturm, unter einem Himmel, den man sich blauer nicht denken kann, sagte er mir, wir müßten darauf achten, daß die Tiere auf der Ranch mit allem versorgt seien; dann brachten wir frisches Stroh ins Hühnerhaus oder in die Schafhürde, obwohl die Vorräte dort noch ausreichend zu sein schienen. Wenn Dürre herrschte, was damals in Quarry im Sommer immer wieder der Fall war, ging Wilbur jeden Morgen zuallererst hinaus, um das Wetter zu beobachten. Bevor der ersehnte Regen dann schließlich kam, wußte Wilbur es schon und sagte es mir und Iris. »In fünf Tagen«, sagte er. »Nur noch fünf Tage.« Und er hatte recht, am fünften Tag verdunkelte sich endlich der Himmel und segnete die Erde mit Regen.

Ich war begeistert von dieser Begabung Wilburs. Er hatte einen sechsten Sinn, und das war für mich ein Rätsel. Ich selbst hatte nur fünf Sinne, und jeder einzelne davon war mir lieb und teuer. Wie mußte es wohl sein, fragte ich mich, über einen weiteren zu verfügen, der noch dazu so nützlich war und so weitreichend, daß er einen sogar mit den Bewegungen der Atmosphäre in Verbindung brachte? Als ich zum ersten Mal in der Antarktis war, als Fahrerin auf McMurdo, besuchte ich einmal Mac Center und sah dort das meteorologische Zentrum der Navy. Ich war beeindruckt; obwohl die Antarktis größer ist als die Vereinigten Staaten, gab es auf dem Kontinent nur vierunddreißig Wettermeldestationen, und trotzdem machten sie auf McMurdo eine ganz gute Wettervorhersage. Sie verfügten über zahlreiche Hilfsmittel, Barometer und Altimeter, Windmesser und Beobachter draußen. Wilbur hatte nichts von alledem, nur sein Gefühl, seinen außerordentlichen Geruchssinn und seine Unfähigkeit, in irgendeinem Punkt von der Wahrheit abzuweichen.

Wenn wir damals eine Wanderung oder einen Campingausflug planten, wußte er immer, wann wir losgehen mußten; und wann es geraten war, wieder heimzukehren, oder wann wir uns unterstellen mußten. Selten sagte er Stürme voraus, die nicht kamen, und noch seltener versäumte er es, einen Sturm anzusagen, der dann wirklich kam, und das brachte ihn jedesmal ganz durcheinander und machte ihm ein schlechtes Gewissen. Tatsächlich lud ihm seine besondere Fähigkeit auch eine besondere Last auf, eine Art Verantwortungsgefühl für alles, was ihn umgab. Er entschuldigte sich manchmal bei mir, wenn es regnete und er gehofft hatte, daß wir draußen spielen konnten, als sei es sein Fehler, wenn das Wetter nicht mitspielte.

Deshalb hatte ich wegen Wilbur auch nur die eine Sorge, als wir unsere Reise zum neunzigsten Grad Süd planten: daß er das Wetter der Antarktis viel zu persönlich nehmen würde. Aber ich hätte mich nicht zu sorgen brauchen. Inzwischen war Wilbur älter geworden und hatte eine Menge erlebt, und er hatte gelernt, wie man sich distanziert. Nicht zu sehr natürlich, denn er verstand sich immer noch hervorragend darauf, sowohl Sturm als auch Sonnenschein vorherzusagen, und war immer noch überzeugt, die ganze Welt sei voller großer Wunder. Schon bevor wir den McMurdo-Sund erreichten, hatte ihn die Antarktis in ihren Bann geschlagen. Was für eine fabelhafte Erscheinung war der Eisblink für ihn! Und als er seine erste Fata Morgana sah, die häufigste Luftspiegelung der Antarktis, rief er: »Eine Fata Morgana! Also wirklich, da steckt ja dein Name drin, Morgan!«

Ich lerne, was Ente und Nicht-Ente ist

Ich glaube, ich war neun Jahre alt, als Iris mir zwei Enten schenkte, damit ich, wie sie es ausdrückte, »etwas hatte, wo ich Futter reinstopfen konnte«. Meine Mutter hätte mir schon lange ein paar Kuscheltiere geschenkt, wenn es nach ihrem Willen gegangen wäre, aber Dr. Jim behauptete stets, er sei gegen Tiere aller Art allergisch. Iris mochte Dr. Jim nicht leiden – sie kannte ihn vom Quarry College besser, als ihr lieb war –, und ich bin sicher, daß sie mir das Geschenk deswegen mit doppelter Freude machte. Sie muß gewußt haben, daß Dr. Jim die von ihm so genannte »Menagerie« haßte, aber da die Enten draußen lebten, konnte er wenig dagegen tun.

Wie schon gesagt gab es auf der Ranch eine bemerkenswerte Scheune, die einzige dieser Art, die ich je gesehen habe, und nicht nur ihr äußerer Anblick setzte einen in Erstaunen, sondern ebenso das, was sich in ihrem Inneren verbarg. Iris hatte ein Faible für außergewöhnliche Tiere. Sie hielt dort Lamas und Zwergschweine und Ohnmachtsschafe. Diese Schafe waren eine seltene Züchtung und sehr komisch, weil sie jedesmal, wenn sie erschraken, umfielen und alle viere steif in die Luft streckten. Sie wirkten dann auf jedermann so, als seien sie vor Schreck gestorben, und es ist eigentlich – wenn man bedenkt, wie oft Wilbur und ich versucht haben, sie zu erschrecken – ein Wunder, daß das nie geschah. Wir kletterten auch auf den runden Heuboden, rannten dort im Kreis herum, um schließlich mit Absicht ganz zufällig durch ein Loch im Boden hinunterzupurzeln und auf dem Heuhaufen darunter zu landen. Als wir eines Tages wieder die Schafe erschreckten, rief uns Iris aus der Scheune heraus und überraschte mich mit zwei fiependen Flaumbällchen, an denen Beine hingen, die wie wild in der Luft herumpaddelten.

Als ich sie übernahm, beruhigten sie sich und ließen sich mit glasigem Blick auf meinen Händen nieder; jetzt sah ich, daß es Entenküken mit braungezeichneten, gelben Daunen und weichen, biegsamen Schnäbeln waren. Iris sagte mir, sie seien erst eine Woche alt, und sie wolle sie für mich auf der Ranch behalten, bis sie etwas größer seien. Dann würden sie, wie sie es ausdrückte, »ihre Residenz« an meinem Teich beziehen und im nächsten Jahr vielleicht Junge haben. »Sie werden viele Eier legen und sie einen Monat lang ausbrüten«, sagte sie.

»Und, Morgan«, sagte Wilbur, der sie bereits kannte, »sie gehen gern mit dir spazieren!« Er zeigte es mir, indem er sie neben unseren Füßen auf den Boden setzte. Dann machte er vorsichtig einen Schritt, stellte sich mit den Hacken genau vor ihre weichen, schwarzen Schnäbel und konnte sie tatsächlich, wenn er mit vorsichtigen Schritten ging, dazu bewegen, ihm zu folgen.

Mich beeindruckten zuerst ihre Füße. Sie waren damals an der längsten Stelle ein Zoll lang und bestanden aus drei biegsamen Zehen, zwischen denen sich die Haut straff spannte. Man sah die feine Äderung der Haargefäße, die sie durchzogen, ihnen Leben brachten, das rote Flechtwerk von Blut auf dieser einen Zoll großen Welt. Und wenn die Entenküken mir und Wilbur hinterherliefen, dann warfen sie ihre winzigen Körper hin und her, so mußten sie sich anstrengen, mit uns Schritt zu halten. Ihre Füße wirkten ja recht zweckmäßig und waren im Wasser kaum zu übertreffen, aber ein Landgang war einfach nichts für sie. Die Panik, die die Enten befiel, wenn sie zurückzubleiben drohten, ging mir nicht nur sehr zu Herzen, sondern erinnerte mich auch an mich selbst, genau wie ihre Art, beim Gehen hin und her zu wackeln, als seien ihre Beine und Füße eine Fehlkonstruktion. Wenn sie auf trockenem Grund – dieser gewaltigen, leeren Weite, in der es nirgends Wasser gab – unsere Füße aus den Augen verloren, erhoben sie ein großes Klagen, ein hysterisches, langgezogenes, lautes Flehen, bis wir wieder in Sicht waren und sie auf uns zugerannt kamen.

Mit der Zeit jedoch, als sie größer wurden, verloren sie dieses einseitige Interesse an uns, und es konnte sein, daß sie während eines Spaziergangs ohne ersichtlichen Grund einfach stehenblieben. Dann neigten sie ihre Köpfe zur Seite, starrten gen Himmel und verfielen dabei in eine merkwürdige Reglosigkeit. Sie konnten nicht blinzeln, weil sie ja keine Augenlider hatten, aber sie blickten dann lang und angestrengt auf einen entfernten Punkt, der ein Raubvogel sein mochte oder vielleicht nicht; das konnte man nicht sofort sagen. Erst wenn der Punkt sich so weit entfernt hatte, daß er für das menschliche Auge nicht mehr sichtbar war, richteten sie ihre Köpfe wieder auf und setzten ihren Weg fort.

Und natürlich liebten sie das Wasser, vor allem Pippin – ich hatte die Enten Merry und Pippin getauft, nach den beiden Hobbits –, und schon als sie erst faustgroß waren, ließen Wilbur und ich Wasser in die Spüle in der Küche laufen und setzten sie hinein, damit sie ein wenig schwimmen konnten. Zuerst hatte ich Angst, sie könnten ertrinken, weil sie in der Spüle nicht mehr stehen konnten, und wenn Pippin abtauchte und unter Wasser umherflitzte, rettete ich sie jedesmal. Aber sie sprang sofort wieder ins Wasser, legte den Kopf weit in den Nacken, reckte ihr Kinn in die Höhe und paddelte mit den Füßen so schnell sie konnte. Ganz offensichtlich fürchtete sie, daß diese riesengroße Wahnsinnige, die vor ihr stand, sie wieder ohne jeden vernünftigen Grund aus dem Wasser holen würde, wo sie doch nur schwimmen wollte.

Mit drei Monaten waren Merry und Pippin wunderschöne Vögel – Pippin in vielen Brauntönen mit einem grünpurpurnen Streifen auf ihren Flügelspitzen und Merry mit kastanienbrauner Brust, grünem Kopf mit weißem Halsband wie ein Eistaucher und dem gleichen schillernden Grünpurpur auf seinen Flügelspitzen. Jetzt wurden sie zum Teich verfrachtet, auf dem sie den größten Teil des Tages verbrachten – Pippin schoß wie ein Projektil durchs Wasser, während Merry majestätisch darüberglitt und immer wieder den Kopf ins Wasser tauchte, so daß ihm kleine Wasserperlen über den Scheitel und den Rücken hinabliefen wie vollkommene, runde Diamanten. Beide hatten eine sehr elegante Art zu gründeln, wenn sie unter sich irgend etwas entdeckten, das sie reizte; ihre Schwänze zuckten dann aufgeregt hin und her, während sie ihre Nachforschungen anstellten. Es schien, als seien sie im Wasser allezeit glücklich. An Land waren ihre Empfindungen komplexer. Manchmal kam eine Katze vorbei, um die Pippin dann herumstolzierte, den Hals zu einer gefährlichen Schlange gebogen.

Sie warf den Kopf allen Ernstes nach vorne, als sei er ein Sturmbock, und auf ihren unsicheren, inzwischen orangefarbenen Schwimmfüßen näherte sie sich der Katze langsam und stetig; offensichtlich hielt sie sich für unbesiegbar. Sie hatte sich selbst zum Verteidiger der Enten ernannt. Wenn sie an eine Katze geriet, die so unklug war, ihr Herumstolzieren nicht ernst zu nehmen, sie schlug mit den Schwingen nach ihr und zischte sie furchteinflößend an. Die Katze entfernte sich, und ich freute mich dann mit Pippin – und Wilbur, wenn er dabei war –, wie stark und mächtig eine Ente sein konnte. Meine frühere Furcht um Pippins Sicherheit war inzwischen völlig verschwunden; Pippin, dachte ich, konnte auf sich selbst aufpassen, was immer auch geschehen mochte.

Und tatsächlich konnte Pippin das auch in vieler Hinsicht. Denn sie wußte eins: daß der Hauptunterschied, der in ihrer Welt zählte, Ente oder Nicht-Ente hieß. Merry war sich darüber nicht so sehr im klaren, und deshalb saß er auch manchmal auf meinem Schoß oder ließ sich in einem Nest nieder, das ich für ihn aus meinem Körper geformt hatte. Er legte dann den Kopf in meine Ellbogenbeuge und schob seine Füße hin und her, bis sie bequem untergebracht waren. Er schloß zwar nie die Augen, beugte aber seinen Hals ganz tief und hielt die Flügel eng angelegt, während ich das ganze eiförmige Etwas streichelte; seine Augen waren klein, hell und wach, sehr lebendig. Während ich ihn im Arm hielt, pflegte Pippin in der Nähe zu schmollen, den normalerweise langen Hals eingezogen wie eine Schildkröte und die Wangen irgendwie streifenhörnchenartig aufgeblasen vor Unzufriedenheit darüber, daß es Merry gefiel, sich von jemandem so halten zu lassen, der eindeutig eine Nicht-Ente war. Denn das war für sie die Frage bei allem, was sich bewegte. Enten mochte sie, Nicht-Enten nicht, und während sie wartete, daß Merry herunterkam, nahm sie ein Bein hoch und streckte es nach hinten. Gleichzeitig breitete sie auf der gleichen Seite den Flügel aus. Danach wiederholte sie die ganze Prozedur mit dem anderen Fuß und dem anderen Flügel, den Hals immer noch eingezogen, immer noch mit aufgeblasenen Backen und immer noch schmollend.

An einem vollendet schönen Sommertag kam Wilbur für den Nachmittag zu mir herüber; wie trafen uns nur selten bei mir, sondern meistens auf der Coville Ranch. Ich hatte ihn gebeten, Dancer mitzubringen, den Border-Collie, einen von Iris' vier Hunden, ein lebhaftes, intelligentes und anhängliches Tier. Dancer hatte die Angewohnheit, ihren Rumpf so stark umzubiegen, daß er wie eine Mondsichel wirkte, die sich abwechselnd öffnete und schloß. Statt – wie es sich für einen Hütehund gehörte – den Schafen nachzujagen, lief sie lieber den Menschen hinterher und lag einem dann unbemerkt plötzlich zu Füßen. Dancer war schwarzweiß, ungefähr fünfunddreißig Pfund schwer, langhaarig und hatte zwei braune Flecken über den Augen. Wenn sie schlief, hatte Iris uns erklärt, dann blieben diese beiden braunen Flecken wach und hielten Ausschau nach allen möglichen Gefahren.

Ungefähr um halb zwölf setzte Iris Wilbur und Dancer bei uns ab, und meine Mutter schmierte Wilbur und mir Brote mit Erdnußbutter. Wilbur war sehr aufgeregt – er fühlte sich damals noch persönlich verantwortlich für das Wetter. Und jener Tag, sein Tag, war so vollkommen, daß er seine Begeisterung nicht mehr zügeln konnte. »Riech doch nur, riech doch nur, Morgan, ist es nicht wunderbar?« sagte er. Ich wurde von seiner Aufregung angesteckt, genauso wie Dancer, die bellend umherrannte; als wir eine Runde schwammen, versuchte sie uns nachzuschwimmen. Wir schickten sie zurück und schrien: »Nein, nein, Dancer!« Den Enten mißfielen das Geschrei und der Hund und sicherlich die ganze Situation, so daß sie unter lautem Gequake, mit dem sie ihre Gefühle zum Ausdruck brachten, zum anderen Ende des Teiches schwammen, ans Ufer watschelten und sich in einem Büschel Gras niederließen; Dancer folgte ihnen lautlos. Sie legte sich ein paar Meter von den Enten entfernt nieder, den Kopf auf die Vorderläufe gelegt, und schlief offensichtlich ein. Die Enten beäugten sie ein Weilchen, entschieden dann, daß alles in Ordnung sei, und vergruben die Köpfe zu einem kleinen Mittagsschläfchen im Brustgefieder.

Und wir, wir zogen Hosen und Schuhe an, nachdem wir vom Schwimmen genug hatten, nahmen unsere Brote mit und stiegen durch den Espenhain hinauf zu meinem Felsen, dem gewaltigen Eiszeitfindling mit der praktischen Kletterspalte. Von dort oben konnten wir auf den Teich und die Wiesen hinuntersehen. Wir konnten sehen, wie sich die Schafe eines Nachbarn wie Wassertröpfchen auf dem Hang verteilt hatten und wieder zusammenliefen, als sie von irgend etwas erschreckt wurden. Und von dem Felsblock aus konnten wir auch die Enten und Dancer sehen.

»Komm schon, Dancer, Essenszeit«, rief Wilbur den Hügel hinunter. »Wir haben Brote mit Erdnußbutter und Marmelade!« Aber Dancer hörte ihn nicht oder tat so, als höre sie ihn nicht. Also stiegen wir in dem Spalt hinauf und legten uns oben auf dem Fels auf den Bauch.

Von der Felsspitze aus war auch meine Felsplatte zu sehen, aber wenn Wilbur bei mir war, brauchte ich mich nie dort hinzusetzen; es war dann nicht nötig, an Morgan, den Felsen, zu denken und an das unvergängliche Königreich. Wenn ich mit Wilbur zusammen war, war ich nie einsam; wir verbrachten viele Stunden dort auf dem Felsen, taten nichts, als die Gerüche zu genießen, uns zu unterhalten und vielleicht noch den Vögeln zuzuhören, die manchmal scharenweise in den Espen landeten. Sie suchten dort nach den köstlichen Samen, die sie noch an Ort und Stelle unter knisternden Geräuschen verzehrten.

Und an diesem Tag, diesem vollendet schönen Sommertag – die Sonne schien gleichmäßig, aber nicht zu heiß – lagen wir, nachdem wir unsere Brote gegessen hatten, einfach da und genossen die Sonne, und ich erzählte Wilbur Geschichten. Meine Geschichten drehten sich immer um Helden, große Krieger mit glänzenden Speeren und Männer, die sich freiwillig auf Tretminen warfen oder in brennende Gebäude liefen. Ich verstand mich ganz gut darauf, solche Geschichten zu erfinden, und Wilbur war ein guter Zuhörer. Er sagte dann: »Hat er das wirklich getan, Morgan, hat er das wirklich getan?« und gab Laute äußerster Bewunderung von sich, als säße der Mann hier bei uns auf dem Felsblock, immer noch naßgeschwitzt von der Anstrengung.

Ich hatte Wilbur gerade eine Geschichte von einem Armeesanitäter erzählt, die ich in einem Buch aus der Schulbücherei gelesen hatte, als Wilbur rief: »O nein, Dancer.« Ich öffnete die Augen und folgte mit meinem Blick Wilburs ausgestrecktem, aufgeregtem Finger. Als sich meine Augen an das grelle Licht gewöhnt hatten, sah ich, daß Dancer nicht mehr schlief oder Schlaf vortäuschte, sondern Merry und Pippin umkreiste. Die beiden umkreisten ihrerseits die Hündin, sogar Merry, mit gerecktem Hals, unter wildem Zischen und Flügelschlagen. Wir waren hundert Meter von ihnen entfernt, aber wir konnten doch sehen, daß Pippin langsam in Schwierigkeiten geriet. Sie griff nämlich Dancer dort unten in den Binsen an, ein Manöver, das bei Katzen immer gut funktioniert hatte. Aber Dancer wirbelte herum und tauchte blitzartig an einer anderen Stelle wieder auf, so daß Pippin verwirrt war und nicht mehr mitkam. Merry reckte den Kopf vor und griff an, aber Dancer war nicht mehr da, wo sie hätte sein sollen. Pippin quakte unentwegt: »Keine Ente! Keine Ente!«, denn das war das einzige, was sie sicher wußte.

Von der Spitze des Eiszeitfindlings aus schrien wir beide auf Dancer ein. Aber Dancer beachtete uns nicht. Wir ließen uns hinuntergleiten, aber ich mußte mir erst meine Schuhe anziehen, damit ich besser rennen konnte, während Wilbur schon zum Teich vorauslief. Er machte gewaltige Schritte, Schritte, die selbst für seine langen Beine zu groß zu sein schienen; er rannte und rannte. Er versuchte die Kluft zwischen dem Felsblock und dem Teich zu schließen, aber es ging einfach nicht schnell genug. Merry bemühte sich, Dancer abzulenken, aber die Hündin hatte es jetzt auf Pippin abgesehen und ging, Mord im Sinn, auf die Ente los. Für die Hündin war es natürlich kein Mord. Sie wollte einfach nur Pippin beißen, bis Pippin Ruhe gab.

Wilbur sah das alles und lief schneller, als ich ihn je hatte laufen sehen; in einem verzweifelten Spurt warf er sich vorwärts und stolperte dann über einen vorspringenden Fels. Ich sah, wie seine Beine hinter ihm in die Luft flogen und wie er seine Arme vor den Kopf riß, um sich vor dem Aufprall zu schützen, der mit einem furchtbaren Krachen und Knirschen einherging. Als ich ihn endlich erreichte, weinte er, aber nicht, weil der Sturz ihm weh getan hatte, sondern aus schierer Enttäuschung, daß er nicht rechtzeitig sein Ziel erreicht hatte. Als Dancer ihn fallen sah, nutzte sie den Augenblick, um nach Pippin zu schnappen, und erwischte eine ihrer Schwingen. Der Flügel war jetzt gebrochen und baumelte lose an Pippins Flanke herab, wie schlampig aufgehängte Wäsche. Merry stand ganz still da und starrte Pippin an, die sich unablässig im Kreis drehte. Ihr gebrochener Flügel ließ sie völlig das Gleichgewicht verlieren. Um sich überhaupt aufrecht zu halten, mußte sie sich anscheinend rundherum und rundherum drehen wie ein Kreisel auf seiner Achse.

Für mich war am merkwürdigsten, daß sie in absolutes Schweigen verfallen war; sie zischte nicht mehr, quakte nicht, öffnete nicht einmal ihren Schnabel. Sie reckte ihren Kopf seitwärts und sah gen Himmel. In dessen Blau gab es nichts zu sehen, aber es schien, als beobachtete sie dort einen Raubvogel. Ihr Blick war ruhig und verständnislos, und gleichzeitig funkelte er wie in furchtsamem Bewußtsein. Dancer duckte sich inzwischen vor Bedauern, aber Pippin merkte das gar nicht; sie wartete auf den Gnadenstoß, der – dessen war sie sich sicher – von oben kommen würde.

Wilbur, dessen ganze Brust erst schwarz und blau, dann gelb und grün werden und noch wochenlang schmerzen sollte, sagte immer wieder: »Es tut mir leid, es tut mir so leid.«

Er weinte und rang die Hände. Er schien zu glauben, das Unglück sei seine Schuld. Das war Wilburs Bürde; in einer Welt, die so real war wie seine, in der der Verstand nur einen kläglichen zweiten Platz hinter den Gefühlen einnahm, steckte er immer mittendrin, war immer mitten in der Klemme. Er war das Schild, das den Schwertarm schützte, der Baum, den der Blitz traf, das Segel, das vom Sturm zerrissen wurde. Er weinte und weinte, aber ich konnte nicht mit ihm weinen, während ich sah, wie Pippin sich im Kreise drehte und in die Sonne starrte, als sei die Sonne das Raubtier, das sich hungrig auf sie herabstürzen wollte.

Pippin überlebte. Ihr Flügel verheilte einigermaßen, und im nächsten Sommer baute sie ein Nest und zog vierzehn Küken groß, die alle zu Enten heranwuchsen. Aber sie war nie wieder dieselbe. Sie war nicht mehr Verteidiger der Enten. Sie hielt sich nicht mehr für unbesiegbar. Der Flügel lag fest an ihrer Flanke an, es fiel ihr schwer, schnell zu laufen, und für den Rest ihres Lebens gelang es ihr auch nicht mehr, tief unterzutauchen. Als ihre Entenküken groß waren, konnte sie nicht mehr mit ihnen mithalten. Aus meiner Sicht noch schlimmer war, daß sie auch nicht mehr schmollte, wenn ich Merry auf den Schoß nahm, und eher verängstigt als gekränkt wirkte, wenn ich mich ihr näherte. Sie hatte entdeckt, daß sie ein Beutetier war, und daß Hunde nicht schlafen, mögen sie auch den Anschein erwekken, und daß man nichts und niemandem auf Erden wirklich trauen kann.

Ich blickte nach diesem Unfall mit einer neu entdeckten Trauer von unserem Felsblock – der an seinem Grund zugleich mein Fels war – auf die Welt hinunter. Als ich zum ersten Mal unten auf dem Felsvorsprung gesessen und gedacht hatte: Wie schön ist es, ein Fels zu sein, hatte ich noch nicht gewußt, wie weit verbreitet das Gefühl der Gefährdung ist. Jetzt blickte ich hinab ins Tal und sah die Schafe, die Enten, gelegentlich einen Koyoten, und ich wußte, daß all diese Tiere ihre Gefühle hatten. Manche von ihnen waren Räuber, und manche waren die Beute, manche fraßen Gras, und manche fraßen andere Tiere. Aber alle hatten sie eine Persönlichkeit, und alle strebten sie nach Glück. Wenn es einen Gott gab – was ich nicht glaubte –, dann mußte er wohl böswillig sein, daß er die Geschöpfe einander zu Feinden gemacht hatte.

Damals wußte ich jedenfalls noch nicht, daß auch ich im großen Plan der Dinge ein Hund oder ein Koyote war – ein Beutegreifer jedenfalls, und zwar ein guter. Ich glaubte noch, daß die Fähigkeit zu Gewalt auf Dr. Jim und seinesgleichen beschränkt sei, Leute, die Elefanten abrichteten, Menschen, die Wilbur für einen Schwachkopf hielten. Dann aber entdeckte ich am ersten Schultag in der sechsten Klasse – ich war damals zehn –, daß wieder ein Neuer zu uns in die Klasse gekommen war. Es war kein Junge aus Quarry, nicht einmal einer aus Colorado. Er kam aus jener unbestimmten Region »hinten im Osten«, wo auch mein Vater lebte; bei näherer Befragung ergab sich, daß er aus Massachusetts stammte.

Es war Ende September, und da es heiß war, waren die Fenster in unserem Klassenzimmer, unserem neuen Klassenzimmer der sechsten Klasse, weit geöffnet. Ein Rest von Sommerduft strömte in den Raum, vom Gras und von den großen Pappeln draußen am Feldrand. Aber obwohl die Fenster offenstanden, war es im Zimmer ziemlich heiß, und der Neue trug ein weißes, durchgeknöpftes Hemd, auf dem sich graue, feuchte Flecken ausbreiteten. Er hatte einen großen, rechteckigen Kopf, gekrönt von einem Stoppelschnitt, und seine Augen quollen aus seinem rosafarbenen Gesicht leicht vor. Seine braune Hose wölbte sich über einem zu feisten und zu runden Bauch. Seine Schultern waren sehr gerade und schmal, wodurch die enormen Ausmaße seines Kopfes und die merkwürdig eingedrückte, schwache Brust noch betont wurden. Ich beäugte ihn von der Seite, während ich mich hinsetzte, und wandte meinen Blick dann leicht angewidert ab; außerdem war ich durch das Wiedersehen mit all meinen alten Klassenkameraden zu sehr abgelenkt, um von dem Neuen wirklich viel wahrzunehmen.

In der ersten Stunde hatten wir Englisch bei Mr. O'Leary, einem der

Lehrer, die nicht fest zu unserer Schule gehörten. Er kam von der Mittelschule und hatte etwas Furchteinflößendes an sich; es hieß, er habe im Zweiten Weltkrieg gekämpft. Jedenfalls hatte er ein lahmes Bein, was auf irgendein tragisches Ereignis hindeutete. Momentan hielt er einen Klemmblock in der Hand, von dem er die Namen der Schüler ablas. Adams und Douglas, Hendrickson und Lamont, Lockridge, dann Susaman und Wiley. All diese Namen waren vertraut, und irgendwo mußte wohl ein Fehler gemacht worden sein, denn Mr. O'Leary war schließlich mit der Liste durch, ohne den Neuen genannt zu haben. Er zählte noch einmal ab, legte dann den Klemmblock beiseite und fragte, ob irgend jemand in der Klasse sei, dessen Namen er noch nicht aufgerufen habe.

Daraufhin schoß die Hand des Neuen in Richtung Decke – er stützte sie nicht mit der anderen ab, sondern hielt sie einfach gerade nach oben gereckt, vollkommen parallel zu seinem Kopf ausgerichtet, so daß sein Ellbogen direkt an sein Ohr stieß.

»Ja?« fragte Mr. O'Leary und machte mit seinem Stock einen Schritt nach vorn. »Dein Name?«

»Mark Manly«, sagte der Neue. Seine Stimme war tief und von einem Unterton erfüllt, über den ich mir nicht klar wurde. Vielleicht Selbstgefälligkeit.

»Mark Manly«, sagte Mr. O'Leary und schrieb den Namen auf einen besonderen Block. Erst als das geschehen war, senkte Mark Manly seine Hand wieder, und als er das tat, verdeckte er wenigstens wieder einen Teil der großen, runden Schweißflecke, die bei gehobener Hand nur allzu deutlich sichtbar gewesen waren.

Jetzt legte er seine Hände vor dem Körper zusammen und ließ sie dann wie einen vollendeten Satz auf dem kleinen Vorsprung seines Bauches ruhen. Nach den Blicken zu urteilen, die sie ihm zuwarfen, schienen einige meiner Klassenkameraden Mark Manly bereits jetzt abstoßend zu finden. Und ich empfand dasselbe, als ich ihn mir zum ersten Mal richtig ansah. Er hatte sich genauso wie ich entschlossen, in der ersten Reihe zu sitzen, und er saß mir gleich links gegenüber in »meinem« Gang. Von meinem Platz aus hatte ich ihn so dicht vor Augen, daß ich sah, wie blaß seine Haut unter dem Schweißglanz war, und auch die große, braune Schorfkruste über seinem rechten Ohr gut erkennen konnte. Seine Hände waren feist und weiß, und alles, was man von seinem Fleisch sah, wirkte so weich wie ein frisch gebackener Kuchen. Nur seine Stimme und sein Name paßten überhaupt nicht, waren mit dem Körper, zu dem sie gehörten, nicht recht vereinbar. Er sah, daß ich ihn anblickte, und lächelte mir vorsichtig zu.

Aber ich erwiderte sein Lächeln nicht. Mr. O'Leary holte inzwischen Bücher aus einem Karton, der an der Tafel stand. Er stapelte sie in mehreren Stößen auf seinem Schreibtisch auf. Ich konnte erkennen, daß die Bücher mit dem orangefarbenen Einband *Die Mythen der Menschheit* hießen. Das klang recht interessant.

Als alle Bücher ausgepackt waren, fragte Mr. O'Leary die Klasse, wer von uns ihm helfen wollte, die Bücher zu verteilen. Wieder schoß Mark Manlys Hand in die Höhe, und auf Mr. O'Learys Nicken hin stieß er seinen Stuhl zurück und erhob sich schwerfällig von seinem Platz. Im Stehen sahen seine Arme fast wie Flossen aus, zu kurz für seinen Rumpf, und er bewegte sich mit einem merkwürdigen Gang durch die Klasse. Ich hatte mich nicht zum Verteilen der Bücher gemeldet, wie ich es normalerweise getan hätte, sondern beschränkte mich darauf, mein Exemplar von Mr. O'Leary entgegenzunehmen und dann meinen Namen, das Datum und Die Mythen der Menschheit auf ein brandneues Heft zu schreiben.

Als alle Bücher verteilt waren und in der Klasse wieder Ruhe herrschte, begann Mr. O'Leary den Unterricht, indem er »Altnordische Mythologie« an die Tafel schrieb. Ich übertrug das in mein Heft und machte mir fortlaufend Notizen, während der Lehrer sprach; Mark jedoch saß ruhig neben mir und schrieb kein Wort. Er hatte seinen Stift in der Hemdtasche, seine Hände lagen wieder auf dem Bauch, und ich zog daraus den Schluß, daß mit ihm als Schüler nicht viel los sein konnte. Ich dachte nicht weiter an ihn, während wir von Mr. O'Leary erfuhren, daß wir den alten nordischen Legenden nicht nur unsere Götter und Helden verdanken, sondern daß sie uns in der Tat noch viel weitergehend beeinflußt hatten. Ihr Einfluß erreiche uns »jeden Tag«, sagte er und gluckste dabei über seinen kleinen Scherz, während er durch das Klassenzimmer ging und seinen Stock auf den nackten Boden knallen ließ.

»Die Wochentage«, erklärte er, »leiten sich von den Namen der nordischen Götter ab. Donnerstag war ursprünglich Thors Tag – Thor, der Gott des Donners und Blitzes. Wer kann mir den Namen eines anderen nordischen Gottes nennen? Wer den Namen eines nordischen Gottes kennt, der im Englischen einen Wochentag bezeichnet, meldet sich bitte.«

Ich kritzelte ein wenig auf dem Rand meines Heftes herum, zeichnete zwei Sterne und dann einen Stengel mit Blättern. Wir hatten nie zuvor nordische Mythen durchgenommen, und es schien mir unmöglich, daß irgend jemand die Antwort wußte.

Aber neben mir schoß zu meiner Überraschung wieder Mark Manlys Hand in die Höhe, und als Mr. O'Leary ihm zunickte, ergriff er das Wort. »Ich glaube«, sagte er, »daß *Wednesday* ursprünglich Odins Tag oder Wodins Tag war, obwohl das Wort natürlich inzwischen ernstlich korrumpiert ist.«

Statt seine Hand wieder herunterzunehmen und sie über dem Bauch zusammenzufalten, hielt Mark Manly diesmal die Hand auf Kopfhöhe, als er zu sprechen aufhörte. Dann kratzte er nachdenklich an der großen braunen Schorfkruste über seinem rechten Ohr. Und während ich und die halbe Klasse ihm zusahen, hob er sorgfältig mit seinem langen Fingernagel, der sich bei solch genauerer Betrachtung als schmutzig erwies, den Rand des Schorfes ab. Nachdem er das rings um den ganzen Schorf herum getan hatte, schob er den Fingernagel unter die hochgedrückte Kante und hob mit beständigem Druck die Kruste ganz ab. Wo sie gesessen hatte, blieb ein nässender Fleck zurück. Ich konnte deutlich das saugende Geräusch hören, mit dem sich die Kruste löste, und ich sah genau, wie das Blut in die Vertiefung einsickerte. Und dann steckte Mark, ohne sich meiner oder der anderen Aufmerksamkeit bewußt zu sein, die Kruste in den Mund und schluckte sie hinunter wie eine Mandel mit Schokoguß.

Mr. O'Leary bemerkte nichts davon. Er hatte Marks Beitrag ohne Überraschung hingenommen und machte jetzt weiter mit Seite drei des Buches *Die Mythen der Menschheit*. Ich bekam nicht alles mit, was er sagte, da ich ganz von meinem Ekel in Anspruch genommen war, und als ich mich wieder auf den Unterricht konzentrierte, sprach Mr. O'Leary über ein Wesen, das der Fenriswolf genannt wurde. Er durchschritt wieder das Klassenzimmer, donnerte mit seinem Stock auf den Boden und erzählte dabei der Klasse, daß ein Orakel die Götter vor dem gigantischen Wolf Fenris gewarnt habe, der einer ihrer gefährlichsten Feinde sei und den sie am besten gefangensetzen oder vernichten sollten. Die

Götter entschlossen sich, ihn nicht zu vernichten, denn das hätte bedeutet, geheiligten Grund zu besudeln. Statt dessen wollten sie ihn anketten, so daß er sich weder bewegen noch beißen oder sprechen konnte, aber bereits das zweite Mal hatte der riesige Wolf die von ihnen geschmiedeten, starken Ketten ohne weiteres zerrissen. Schließlich, sagte Mr. O'Leary, hatten die Zwerge, die mit der Aufgabe betraut waren, die Kette herzustellen, eine glänzende Idee und beschlossen, die Kette aus einem anderen Material als Metall herzustellen. Sie sollte angefertigt werden aus dem Miauen einer Katze, dem Bart einer Frau, den Wurzeln eines Berges, den Sehnen eines Bären, dem Speichel eines Vogels und dem Atem eines Fisches. Nun, sagte Mr. O'Leary und schmetterte seinen Stock regelrecht über den Schreibtisch, eine Geste, die er besonders liebte, was sollte das bedeuten? Was für eine Art Kette war das?

Ich saß vor ihm und hielt den Atem an, warf Mark Manly von der Seite einen Blick zu und war mir ekelhaft sicher, daß er die Antwort kannte; wenn er alles darüber wußte, daß Wodins Tag »ernstlich korrumpiert« war, dann würde er auch bestimmt die Antwort auf diese Frage wissen. Aber Mark Manly rührte sich nicht, blickte interessiert in die Luft und ließ leichtes Erstaunen erkennen. Er saß unbeweglich da wie eine große, unförmige Schweißmaschine, die zwischen einzelnen Anfällen von Schorfproduktion stillsteht.

Niemand wußte etwas über diese Kette zu sagen. Mr. O'Leary gab uns auf, darüber nachzudenken; in der nächsten Stunde wollte er noch einmal fragen, was diese Kette unserer Meinung nach zu bedeuten hatte. Dann erzählte er uns, daß diese magische Fessel den Fenriswolf auch nur kurze Zeit hatte halten können, nur ein wenig länger als all die anderen Ketten zuvor. Unglücklicherweise bewahrheitete sich das Orakel jedenfalls. Fenris kam beim Kampf der Götterdämmerung frei, der mit der Zerstörung nicht nur der Götter, sondern aller Dinge auf Erden endete. Der Fenriswolf selbst verschlang Odin, den mächtigsten der Götter, bevor das Ende kam und Dunkelheit sich über alles senkte.

Irgendwie bewältigte ich die Stunde und den folgenden Vormittag. Als wir endlich zum Mittagessen hinauskonnten, gesellte ich mich zu einigen Freunden, Jungen und Mädchen. Wir erzählten uns, was wir den Sommer über getrieben hatten, und sprachen über das Feuer, das in den Rockies wütete; wir konnten alle den Rauch riechen, so daß das Feuer natürlich allgemeiner Gesprächsgegenstand war. Wir redeten auch über Mr. O'Leary, ob er wirklich im Krieg gekämpft hatte, und darüber, wie es uns in der sechsten Klasse als den ältesten Schülern unserer Schule wohl gefallen würde.

Während wir uns unterhielten, kam Mark Manly herüber, stellte sich einfach zu uns und hörte dem Gespräch vom Rand der Gruppe her zu. Nach einer Weile drehte sich einer der Jungen zu ihm herum und sagte: »Was willst du denn?« Mark sagte: »Ich will euch kennenlernen. Du bist Peter, richtig? Und du Morgan?« Warum er gerade mich herauspickte, konnte ich mir nicht erklären, und es gefiel mir auch nicht, aber ich nickte und versuchte ihn dann zu ignorieren. Ich unterhielt mich mit einem der Mädchen, aber gleichzeitig war mir bewußt, daß im Hintergrund Peter und Mark immer noch miteinander sprachen. Die Unterhaltung endete damit, daß Peter sagte: »Weißt du, vergiß es, Fettsack. Fette Kerle, die Schorf fressen, sind nicht unsere Freunde.« Mark schien darüber traurig zu sein, aber nicht überrascht. Es war offensichtlich nichts Neues für ihn.

Tatsächlich wandte er sich ab, um wegzugehen. Aber er drehte sich noch einmal um, als könne er einfach nicht anders. Und aus irgendeinem Grund wandte er sich an mich, als glaubte er, ich würde mich als die Stimme der Vernunft erweisen und ihn in seiner wissenschaftlichen Feststellung unterstützen:

»Aber Schorf ist doch gesund, nicht wahr, Morgan? Er enthält vitale Baustoffe, die der Körper mit der Zeit einbüßt, und wenn man ihn ißt, führt man sich diese Baustoffe wieder zu.«

Er konnte den Satz gerade noch zu Ende bringen, bevor ich ihn schlug, selbst überrascht über den jähen Zorn meiner Attacke; ich schlug ihm mit der flachen Hand auf die Schulter, und es gefiel mir, wie er zurückwich, so daß ich ihn noch einmal fester schlug, diesmal auf die Brust. Ich hatte nie zuvor eine Prügelei gehabt und hatte keine blasse Ahnung, was ich als nächstes tun sollte, aber Mark hielt sich die Hände vors Gesicht, und das nahm ich zum Anlaß zu versuchen, ihn dort zu treffen. Aber Mark war genauso groß wie ich und wehrte mich ab, so daß ich nicht nahe genug herankam, um ihn mit der Faust auf den Mund zu schlagen, sondern statt dessen wieder seine Schulter traf oder vielleicht seinen Oberarm.

Dann zogen mich einige meiner Freunde weg. Ich glaube, es war ihnen peinlich, mit anzusehen, wie ein Mädchen einen Jungen schlug oder es versuchte, und außerdem wollten sie auch nicht, daß ich mich in Schwierigkeiten brachte. Sie hielten mich fest, bis der rote Schleier wieder verschwunden war, und als ich mich beruhigt hatte, war ich ebenfalls sehr verlegen, weil ich mir früher nicht im entferntesten hätte vorstellen können, daß ich zu einer solch unprovozierten Attacke überhaupt fähig war. Weil ich mich immer mit den Helden irgendwelcher Geschichten identifizierte, hatte ich mir vorgestellt, ich selbst könne ebenfalls nur heldenhaft sein. Es war mir einfach nie in den Sinn gekommen, daß ein solcher Zorn aus dem Nichts über einen kommen konnte, Besitz von einem ergreifen konnte wie ein Anfall und einen dazu bringen, daß man jemandem weh tun will.

Es war schrecklich. Ich schüttelte meine Kameraden ab und ging weg von ihnen, setzte mich allein auf einen betonierten Gehsteig. Der war nicht zu vergleichen mit meinem Felsen zu Hause, aber das Beste, das ich an der Grundschule von Quarry finden konnte. Ich aß mein Mittagessen, das ich mitgebracht hatte, und warf jedem, der sich mir zu nähern versuchte, so unfreundliche Blicke zu, daß mich alle für eine ganze Stunde allein ließen. Das gab mir etwas Zeit zum Nachdenken. Und merkwürdigerweise kreisten meine Gedanken um den Fenriswolf und die Kette aus dem Atem der Fische und so weiter. Es fiel mir plötzlich auf, daß es außer den Sehnen des Bären keine von den Zutaten für die Kette wirklich geben konnte, jedenfalls nicht in der materiellen Welt; es konnte sie nur im Reich der Phantasie geben.

Und nicht lange, nachdem ich das begriffen hatte, kam Mark Manly zu mir herüber und sagte:

»Ich würde immer noch gern Freundschaft mit dir schließen, Morgan.« Ich merkte, wie ich einen Arm ausstreckte und unbeholfen aufstand.

Wir schüttelten einander die Hände. Das wirkte merkwürdig und gestelzt, und Marks Hand war klamm und klebrig, schweißnaß und seltsam, ziemlich unangenehm – und er wurde mir körperlich niemals angenehmer. Aber tatsächlich wurden wir in gewisser Weise Freunde, denn wir waren beide gute Schüler, und die Entdeckung meiner eigenen Grausamkeit war so erschreckend für mich und so unheimlich, daß ich nie wieder eine solche Wut empfinden wollte.

Natürlich spürte ich diese Wut noch öfter, aber nie wieder gegenüber Mark Manly. Ich empfand sie für Menschen, die Befehlsgewalt und

Macht hatten, deren sie mir nicht würdig zu sein schienen. Ganz bestimmt empfand ich diese Wut ein Jahrzehnt später bei meinem ersten Aufenthalt in der Antarktis, nachdem ich lange Monate auf der Basis McMurdo festgesessen hatte und dann endlich ausgerissen war. Es war ein schöner Tag im Dezember, dem Höhepunkt des Sommers auf dem Eis, und ich war in der Südbucht, und bis dahin hatte alles perfekt geklappt. Ich hatte haltgemacht und meinen Rucksack abgenommen, damit ich in die Knie gehen und mich mit einer Weddellrobbe unterhalten konnte, die sich träge die trockene Salzkruste auf ihrem Bauchfell kratzte. Die Robbe roch nach Fisch, stark nach Fisch – einen fischigeren Atem hätte man sich gar nicht denken können. Sie gab zarte, grunzende Laute von sich, und ihre Flossen wirkten wie Hände mit langen Nägeln in schwarzen Samthandschuhen.

Ich löste den Blick von den runden Augen der Robbe, sah direkt vor mir das vulkanische Gestein des Nordkaps und wußte, daß ich dahinter Kap Evans und die *Terra-Nova*-Hütte finden würde. Endlich würde ich dort hinkommen. Um mich herum waren nur Stille und Eis, bis plötzlich ein Höllenlärm hereinbrach und ein Hubschrauber in der Luft über mir schwirrte. Ich sah, wie er landete, und wußte, daß er gekommen war, um mich zu holen, weil ich die Regeln verletzt hatte, Regeln, die man aufgestellt hatte, ohne mich zu fragen. Ich spürte ein gewaltiges, erstickendes Aufkeimen von Zorn und den Impuls, mich in den Eishöhlen zu verstecken, und ich erfuhr aufs neue, warum Fischatem den Fenriswolf nicht lange zurückhalten kann.

Eines Tages – ich war elf und immer noch in der sechsten Klasse – begegnete ich in der Bibliothek von Quarry nach langer Zeit Robert Falcon Scott wieder. Das letzte Mal hatte ich ihn gesehen an dem Tag, als mein Vater uns verließ und ich in dem Buch meiner Mutter auf die Fotos von ihm gestoßen war; das hatte ich inzwischen, als ich ihn jetzt nach Jahren wiederfand, fast vergessen gehabt. Und nun geschah das, was meine Geschichte so kompliziert machte. Denn Con wurde für mich so wichtig wie jemand, mit dem ich sprechen, der meine Hand halten oder mit dem ich mich zum Essen treffen konnte – aber er war fünfzig Jahre vor meiner Geburt gestorben, eine halbe Welt entfernt auf der Großen Eisbarriere, und die Welt, die er gekannt hatte, war nicht die Welt von Quarry. Aber wenn man elf ist oder jedenfalls ein gewisses Alter erreicht hat und ein Buch über einen Menschen liest, der gestorben ist, dann merkt man plötzlich, daß Ontologie schon seit sehr langer Zeit existiert. Man findet heraus, daß die Fragen nach der Natur des Seins, die man für sein persönliches Problem gehalten hat oder vielleicht das Problem seiner allerbesten Freunde, vor einem selbst zumindest schon ein anderes menschliches Wesen heimgesucht haben. Und dessen Leben und das eigene Leben verschmelzen dann in außerordentlicher Weise, so daß es danach den Anschein hat, als habe es niemals ein Leben ohne dieses andere menschliche Wesen gegeben. Aber weil ich ordnungsgemäß von Con, seinem Leben und seiner Zeit berichten will, muß ich zugestehen, daß im Gegensatz zu den Fragen nach der Natur der Existenz, die immer dieselben bleiben, die Erinnerung sich verschiebt und verändert; was ich jetzt über Con weiß, ist mehr, als ich mit elf Jahren erfuhr.

Aber zurück zur Bibliothek von Quarry. Es war eine Carnegie-Stiftung, ein hoher und prächtiger Bau. Eine große Steintreppe führte hinauf zum zweiflügeligen Eingang, der an beiden Seiten von Greifen bewacht wurde. In der Bibliothek reichten die Bücherregale hinauf bis zur Decke, und es gab kleine Leitern aus Eichenholz mit Messingbeschlägen, um die Bücher in den oberen Fächern zu erreichen. Die Fenster waren tief in die dicken Sandsteinwände eingelassen. In tiefen Fensternischen bedeckten Teppiche den Parkettboden, und dort standen auch bequeme Sessel, die zum Sitzen und Lesen einluden. Seit ich lesen konnte, hatte ich zumindest einen Teil jedes Samstags in der Bibliothek verbracht, während meine Mutter den wöchentlichen Einkauf tätigte, und alle Bibliothekare kannten mich gut, ließen mich in Ruhe gewähren und Bücher aus sämtlichen außer einer verbotenen Abteilung ausleihen.

Es war eine Folge ihrer Liberalität und auch ihrer Politik, mich mehr Bücher auswählen zu lassen, als es strenggenommen für ein Kind von elf Jahren erlaubt war, daß es mir nicht schwerfiel, gelegentlich auch in die Kinderbuchabteilung zu gehen und manchmal den ganzen Nachmittag dort herumzuschmökern. Ich liebte nicht nur die Klassiker, sondern hatte auch die Abteilung Wissenschaft ganz gern, und ich mochte die Biographien, obwohl deren Titel meistens schon erkennen ließen, daß man an mich als Leser nicht gedacht hatte. Diese Biographie bildete da keine Ausnahme. Sie hieß *Ein Jungenleben – Robert Falcon Scott*, und der Buchumschlag zeigte Robert Falcon Scotts Gesicht, das ich sofort erkannte. Obwohl ich es fünf Jahre lang nicht gesehen hatte, sorgten die Umstände, unter denen ich Scott damals kennengelernt hatte, dafür, daß ich sein Gesicht nicht so leicht wieder vergaß. Hier war er also. Er war es. Ich hatte vergessen, daß er Scott hieß, aber diese einsamen Augen hatte ich nicht vergessen, auch nicht die schwarzen Augenbrauen, die Wangenknochen und die Stirn, die mich an meinen Vater erinnert hatte. Nach der Scheidungsvereinbarung meiner Eltern war es meinem Vater gestattet, mich während der Sommerferien zu besuchen, wenn er wollte, aber da Dr. Jim mir die Reise nach Vermont nicht bezahlte und mein Vater nicht genug Geld hatte, um nach Westen zu kommen, hatte ich ihn in den letzten fünf Jahren nur einmal gesehen. Allerdings telefonierten wir zwei- oder dreimal im Monat, und ab und zu schickte er mir Bilder.

Ja, da war es also, dieses Bild, das gewisse Etwas von Robert Falcon Scotts Stirn. Oder von Cons Stirn, wie sich herausstellte, als ich das Buch aus der Kinderabteilung mit in eine jener mit Teppichen ausgelegten und mit bequemen Sesseln bestückten Fensternischen nahm. Ich zog die Füße hoch und schlug *Ein Jungenleben* auf, um zu entdecken, daß Scotts Spitzname Con gelautet hatte. Kein großer Unterschied zu Colin, dachte ich. Aber als ich dann anfing zu lesen, trat die Bedeutung der Tatsache, daß Scott eine gewisse Ähnlichkeit mit meinem Vater hatte, gegenüber etwas anderem zurück, das weitaus merkwürdiger war. Es war der Umstand, daß seine Geschichte mir vertraut vorkam, weil – ja, weil wir manches gemeinsam hatten.

Ich erfuhr, daß sein Vater, John Scott, ihn als kleinen Jungen »old Mooney« genannt hatte, »alter Träumer«. Welche Würde verlieh das dem Kind, das sich glücklich schätzen durfte, so genannt zu werden! Ich selbst fühlte mich mit meinen elf Jahren durchaus schon groß und alt, aber das schien noch niemand bemerkt zu haben. Ich fand, daß John Scott ein kluger Mann gewesen sein mußte, seinen Sohn »alt« zu nennen, und »Mooney« – mit »Mooney« hatte es auch etwas Besonderes auf sich. Ich liebte den Mond, sah ihn gern nachts über der Kette der Rockies stehen und fand es schön, wie er seine dunkle Fläche umschlossen hielt, wenn er ganz neu war. Ein Mooney zu sein mußte bedeuten, den Mond zu bewundern; tatsächlich aber kam Cons Kinderspitzname von seiner Angewohnheit, herumzu»moonen«, etwas, das wir heute als Tagträumerei bezeichnen würden. Diese Angewohnheit galt zu Cons Zeit den meisten Erwachsenen als eine Sünde, als ein Beweis für üble, unheilbare Faulheit; nur sein Vater, John Scott, hatte sie für ein Kind akzeptabel gefunden – vielleicht ein wenig verrückt, aber doch eine Eigenschaft, die seinen Sohn liebenswert machte.

Und abgesehen von seiner Angewohnheit, in den Tag hinein zu träumen, zeigte das Kind Con vielversprechende Ansätze, wie der Verfasser der Jungenbiographie meinte. Zum Beispiel ritt er mit einem Pony von seinem Zuhause – das Outlands hieß – zur Schule, und auf dem Heimritt stieg er eines Tages ab, um eine besonders schöne Aussicht zu bewundern. Er verfiel in eine nachdenkliche Stimmung, und während er in Gedanken irgendwo unterwegs war, entschloß sich das Pony Beppo, ohne ihn nach Hause zu traben. Als Scott wieder in die Wirklichkeit zurückkehrte und merkte, daß sein Pony fort war, mußte er elf Kilometer zu Fuß zurücklegen, aber »er zeigte vielversprechende praktische Veranlagung« und machte »an jeder Polizeistation« halt, um den Verlust seines Ponys anzuzeigen. Das haute mich um. Er hatte an jeder

Polizeistation haltgemacht? Wie viele Polizeistationen konnte es denn auf elf Kilometern geben? Ich wußte, daß England anders sein mußte als Quarry, aber dennoch! In meinem Buch gab es auch eine Geschichte, die der Verfasser mit der Feststellung einleitete, Con sei »zimperlich« gewesen, weil er »sowohl Blut als auch jede Art von tierischem Leiden haßte«. Und trotzdem schrie er nicht und erzählte es auch niemandem, als er sich mit seinem ersten Taschenmesser böse geschnitten hatte, sondern steckte einfach die Hand in die Tasche, bis die ganze Hose voller Blut war.

Aber das wichtigste war, daß Con kein starkes Kind gewesen war. Er war nicht nur ein Träumer, der Blut haßte und Tiere nicht leiden sehen konnte; er hatte darüber hinaus körperliche Mängel, vor allem Schultern, die zu schmal waren, und eine »Hühnerbrust«. Man glaubte, wegen dieser Hühnerbrust sei er nicht in der Lage, im Leben jemals irgend etwas Bemerkenswertes zu vollbringen. Der Doktor, der ihn untersucht hatte – ich hätte gern seinen Namen gekannt –, meinte, daß man sich nicht mehr erhoffen dürfe, als daß Con am Leben bliebe. Daß er die Aufgaben eines Mannes erfüllen könne – oder daß er zum Beispiel in die britische Marine eintreten könne und »etwas aus sich machen« – das war völlig undenkbar.

Ja, diesen Doktor, den kannte ich gut. Aber in das Haus, in dem Con mit seinen Eltern, seinen vier Schwestern, seinem Bruder, verschiedenen Verwandten und einer Anzahl Bediensteter lebte, kam er wenigstens nur gelegentlich. Outlands war ein großes Haus mit vierzehn Zimmern, mehreren großen Flügeln und ausgedehnten Gartenanlagen, zu denen drei Gewächshäuser gehörten oder, wie sie damals genannt wurden, Glastreibhäuser. Das Haus war ein Wunder an Luxus, angefüllt mit den letzten Erfindungen, vollgestopft mit bequemen Möbeln mit Sprungfedern. Es gab Sessel und Sofas und Ottomanen, alles mit dicken Polstern überzogen, und in der Eingangshalle stand ein großartiger neuer Dielenständer, der die Funktionen eines Spiegels sowie eines Garderoben- und Schirmständers in sich vereinigte. Außerdem hingen überall Spiegel mit geschliffenen Rändern, es gab Messingbetten, Stühle mit gußeisernen Gestellen und italienische Marmortische. Die Polsterschoner waren scheinbar ohne Zahl, und alles war mit Troddeln und Fransen behangen. Das Haus war vollgestopft mit *Zeug*, und Con zog es vor, sich draußen aufzuhalten, in den Gartenanlagen.

Bis er acht wurde, erzog ihn eine Gouvernante zu Hause zusammen mit seinen beiden älteren Schwestern. Nach seinem achten Geburtstag schickte man ihn nach Exmouth House, auf eine Dorfschule. Aber selbst da hatte er noch viel Zeit, um nachzudenken, mit seinem Hund zu spielen und sich in einem alten Kahn auf dem Fluß treiben zu lassen, der den tiefergelegenen Teil der Gärten von Outlands durchfloß. John Scott war ein freundlicher, nachsichtiger Vater, und Hannah Scott wurde anscheinend von ihren Kindern über alle Maßen geliebt.

Solange es ging, erlaubten seine Eltern Scott, seinen Interessen für Literatur, Geschichte und die Künste nachzugehen. Aber mit dreizehn Jahren, also als er genau zwei Jahre älter war, als ich es damals war, schickte man ihn auf ein Institut namens Stubbington House in Fareham, wo er sich auf die Kadettenprüfung der Royal Navy vorbereiten sollte. Er wurde der HMS *Britannia* zugeteilt, einem alten Dreidecker, der nur noch als Schulschiff diente und auf dem er zusammen mit anderen Dreizehnjährigen in Hängematten schlief. Er lernte, in die Takelage hinaufzuklettern, wurde für Vergehen mit Schlägen bestraft und in Navigation, Seemannschaft, Geometrie und Astronomie unterrichtet; obwohl die Navy damals von Segeln auf Dampf umstellte – Dampf mit Kohlenfeuerung –, lernte er noch von der Pike auf alles, was man beherrschen muß, um auf einem schnellen Segler zu fahren.

Und an dieser Stelle muß ich Morgan, das Kind, in dem Alkoven der Carnegie-Bibliothek in Quarry hinter mir lassen und mehr berichten, als ich damals wissen konnte; *Ein Jungenleben* bot schon von der Konzeption her eine für seine Zwecke bereinigte Fassung und zögerte nicht, alles zu verheimlichen, was diesen Zwecken nicht diente. Dieses Buch über Scott verheimlichte den Umfang der Ängste und Zweifel, unter denen er sein Leben lang litt, Probleme, die sich nach dem jähen und vollständigen Ende seiner Jugend einstellten; das Buch verheimlichte, daß es ihm an dem typischen edwardianischen Fortschrittsglauben mangelte, daß er Autorität und unkritischen Patriotismus in Frage stellte und daß es ihm unmöglich war, an eine göttliche Gewalt zu glauben. Es ist mir selbst heute noch unklar, warum Scotts Eltern wollten, daß er zur Navy ging, obwohl sein Vater zu jener Zeit, 1881, vermutlich schon wußte, daß es mit dem Familienvermögen der Scotts nicht mehr allzu gut bestellt war und eine Zeit kommen könnte – die dann tatsächlich kam –, da das Vermögen ganz dahin sein würde.

Um jedenfalls bei der Marine zu überleben, um ein Leben voller Härten durchzustehen, in dem Pflicht und Gehorsam vor allem anderen kamen, hätte jedes Kind lernen müssen, seine natürlichen Impulse und Sehnsüchte zu unterdrücken. Con tat es. 1883 bestand er die Abschlußprüfung mit Auszeichnung erster Klasse in den Fächern Mathematik und Seemannschaft; er war der siebtbeste in einer Klasse von sechsundzwanzig, und mit fünfzehn bekam er sein erstes Offizierspatent auf der HMS *Boadicea*. Aber der Übergang von Outlands zur Navy flößte Scott für sein ganzes Leben die unerschütterliche Überzeugung ein, von Natur aus ein »Drückeberger« zu sein und ein »Faulenzer« mit einer Neigung zur Untätigkeit sowohl des Geistes als auch des Körpers, vor der er ständig auf der Hut sein mußte. Sein Leben war für ihn zu einer Herausforderung geworden. Er durfte sich nie gestatten, »nachzulassen« oder zu vielen seiner Wünsche nachzugeben. Während er sich auf sein Kommando der *Discovery* vorbereitete, hielt er sich in London einen großen Hund, dessen Bewegungsdrang ihm helfen sollte, in guter Form zu bleiben. Er war nicht nur von seiner Faulheit überzeugt, sondern sah seinen eigenen Charakter zutiefst kritisch. Er hielt sich für halsstarrig und unglücklicherweise wenig »brillant«.

Alledem zum Trotz – trotz seines träumerischen Wesens, trotz seiner eigenen Zweifel an seinen Kräften und trotz des Systems, zu dessen Teil er sowohl im Großen als auch im Kleinen wurde – war Scott in der Lage, wie ich inzwischen weiß, die *Discovery*-Expedition zu leiten, die im Jahre 1902 die größte wissenschaftliche Expedition aller Zeiten war, und diese Aufgabe mit Bravour zu bewältigen. Er war in der Lage, in England Segel zu setzen, gen Süden in ein fremdes Land zu segeln, ein fremdes, fernes Land, das noch niemand bereist hatte, und er erwies sich als fähig, seine Wissenschaftler dazu anzuregen, angesichts der Fragen, die sich ihnen dort stellten, ihr Bestes zu geben. Fragen, so dachte ich als Kind, wie vielleicht: Wer bin ich? Wo gehe ich hin? Warum besitzen die Schneeflocken eine solch wunderbar symmetrische Flächenstruktur? Fragen wie: Warum schwimmt Eis auf dem Wasser? Warum wollen Menschen anderen Menschen weh tun, und warum dreht sich die Erde so ordentlich um ihre eigene Achse? Und um diese letzte Frage zu beantworten war Scott, wie ich nun ebenfalls herausfand, noch ein zweites Mal in die Antarktis gefahren und hatte eine Gruppe von Männern zum südlichen Pol der Erde geführt; als er zum untersten Punkt der Welt aufbrach, war noch niemand jemals dort gewesen, und ich fand es sehr mutig von ihm, den Versuch zu unternehmen, ohne sicher zu wissen, daß der Pol auch wirklich dort sein würde.

Aber noch tapferer fand ich, daß er während der gesamten Expedition Tagebuch geführt hatte, daß er jeden Abend, nachdem er in sein kaltes Zelt gekrochen war, das Tagebuch hervorgeholt und mit einem kalten Stift in dessen kalten Seiten geschrieben hatte; ich fand es außergewöhnlich, daß er das fast bis zum Augenblick seines Todes getan hatte, denn er war doch, so wie ich es sah, zuerst ein ganz gewöhnliches kleines Kind gewesen, ein Kind, das mir in vielem ähnlich war. Er war ein Träumer gewesen, körperlich leicht behindert, und hatte einen liebevollen Vater gehabt, von der Art, die sich mal hier und mal da zu schaffen macht, hatte diesen Vater dann verloren, zusammen mit seinem bequemen Zuhause, und war in ein System geworfen worden, das für ihn sinnlos war und dazu angetan schien, seine ganze Wesensart zu vernichten. Statt sich von alledem zum Schweigen bringen zu lassen, hatte er weitergeschrieben, obwohl er nicht wissen konnte, ob das, was er schrieb, jemals gelesen werden würde; als er achtzehn Kilometer vom Ein-Tonnen-Depot entfernt vom Schneesturm eingeschlossen wurde, litt er an Skorbut, hatte Erfrierungen und war dabei zu verhungern, und seine Finger waren so hart wie Holz. Und trotzdem schrieb er weiter, weil ihn selbst in dieser extremen Lage etwas dazu antrieb, seine Geschichte in die ihn umgebende Leere hinauszuschleudern. Er spürte vielleicht, daß alles verloren ist, wenn man seine Erfahrungen nicht bezeugt, daß es dann keine Geschichte gibt, keine Geschichte, die dazu beitragen kann, daß die menschliche Welt besser wird. Er glaubte, daß die Wahrheit, seine persönliche Wahrheit, die große Anstrengung wert sei.

Es gab noch andere Gründe für mich, ihn zu lieben. Zum einen war er, wie ich entdeckte, an meinem Geburtstag gestorben. Aber zum anderen, und das war viel wichtiger, hatte er es abgelehnt, Hunde mit zum Südpol zu nehmen. Wenn er sie weiter als bis zu einem bestimmten Punkt mitgenommen hätte, wäre es ihm nicht erspart geblieben, einige der Tiere zu töten, um die anderen mit deren Fleisch zu füttern. Dem konnte und wollte er nicht zustimmen. Wenn man »den Menschen als Zugtier« – die Methode, die er grundsätzlich benutzte –, mit den herkömmlicheren Mitteln des polaren Reisens verglich, dann konnte man, so schrieb er, »diese Art und Weise, Hunde einzusetzen, nur widerstrebend akzeptieren. Man kann nicht leichthin den Mord von Tieren in Erwägung ziehen, die solche Intelligenz und Individualität besitzen, die oft so liebenswerte Eigenschaften haben und die man sehr wahrscheinlich als Freunde schätzen gelernt hat.« So äußerte er sich in *Die Fahrt der »Discovery«*, einem Buch, das ich später noch gut kennenlernen sollte. Scott hatte seine starke Aversion gegen das Leiden der Hunde auf der Expedition mit der *Discovery* entwickelt; auf ihrem ersten Vorstoß nach Süden waren ihm, Wilson und Shackleton alle ihre Hunde verendet, einer nach dem anderen. Scott war nicht willens, es noch einmal soweit kommen zu lassen, und so beschloß er, auf der Expedition mit der *Terra Nova* die Schlitten von den Männern ziehen zu lassen. »Meiner Meinung nach«, schrieb er, »kann keine Fahrt mit Hunden ein solch hohes Ideal erreichen, wie es realisiert wird, wenn eine Gruppe von Männern sich aufmacht, um alle Härten, Gefahren und Schwierigkeiten aus eigener Kraft zu meistern.«

Ja, sagte ich dazu, ja – in Gedanken an Pippin, die sich im Kreis drehte und zum Himmel emporblickte, in Erinnerung an die Löwen, die durch die Feuerringe sprangen, und die Elefanten, die ihre Knie beugen mußten. Ja, sagte ich, und las dann, daß Scott, Wilson, Bowers, Oates und Evans den Pol erst einen Monat nach Amundsen erreicht hatten, der neunzig seiner Hunde umgebracht hatte auf seiner Jagd, als erster den neunzigsten Grad südlicher Breite zu erreichen. Neunzig Hunde – welch eine merkwürdige Übereinstimmung, so als hätte er für jeden Breitengrad einen Hund geschlachtet. Hunde wie die von Iris und Wilbur, nur daß sie nicht Dancer hießen, sondern Lassesen und Thor und Lurven, Rasmus und Camilla. Daß sie einen Namen hatten, rettete sie nicht; sie waren doch geschlachtet worden. So gewann man also ein Rennen in der Antarktis; man mußte skrupellos sein, und das war Scott nicht gewesen. Er hatte nicht eines Tages vierundzwanzig Hunde beiseite genommen und sie hinter einem Eishügel erschossen.

Und infolgedessen, so schien es mir, war Scott selbst gestorben. Er war auf seinen eigenen zwei Beinen zum Südpol gegangen, so wie er als Junge nach Hause gegangen war an dem Tag, als ihm sein Pony weglief. Als sein Zelt ein Jahr später wider alle Wahrscheinlichkeit gefunden wurde, entdeckte die Suchmannschaft darin nicht nur Scotts Tagebücher, sondern auf einem der Schlitten auch fünfunddreißig Pfund Gesteinsbrocken. Diese Steine hatte Wilson auf dem Beardmoregletscher gesammelt; ihre Beschaffenheit ließ die Geschichte des Kontinents erkennen, sie waren der erste Hinweis darauf, daß Gondwanaland tatsächlich einmal existiert hatte. Sie waren auch der erste Beweis für die Bewegung tektonischer Platten. Und Scott hatte darauf bestanden, diese Steine mitzunehmen bis zuletzt, für den Fall, daß wie durch ein Wunder jemand sie finden sollte, denn auch bei ihnen, so glaubte er, handelte es sich um eine Wahrheit, auf die es ankam.

Selbst mit elf Jahren erkannte ich, wie wichtig das war. All die anderen Umstände, die die Polmannschaft umgebracht hatten, die unzureichende Ernährung, der Ölverlust in den Depots, die Stürme, die außergewöhnlich niedrigen Herbsttemperaturen, das allein hätte nicht ausgereicht; die Polmannschaft war zugrunde gegangen wegen all dieser Umstände im Verein mit den fünfunddreißig Pfund Gesteinsbrocken und Scotts Weigerung, in der Antarktis Hunde umzubringen. Und selbst mit elf Jahren erkannte ich, daß Scott versucht hatte, auf seiner Fahrt etwas besser zu machen. Besser, als den Gedanken des Wettlaufs übermächtig werden zu lassen, besser, als in einem neuen Universum alte Methoden anzuwenden. Und die Antarktis war ein neues Universum und ist immer noch ein neues Universum, weil sie keine Entsprechung hat; sie ist wie der Mond oder der Mars eine Welt, auf der unsere Spezies nie gelebt hat und wo unser Streben keinen Lebensraum findet. In der Antarktis kann kein Getreide geerntet, kann keine einheimische Zivilisation ausgebeutet oder erobert werden. Ist man dort, so wird es immer nur wenige Orte auf dem Kontinent geben, die anders sind als der, an dem man sich gerade befindet, und die aufzusuchen sich lohnt. Es gibt Eis dort, Eis in rauhen Mengen, und alles ist unermeßlich weit, man sieht Weddellrobben und Pinguine, Skuas brüten dort und machen ihre Sturzflüge. Die weite Ebene des Landes und des Himmels zieht sich ins Unendliche. Und alles dort ist schön, schön und neu, rein und sauber.

Als ich elf war und Scott und dieses Land für mich zum ersten Mal miteinander verschmolzen, dieses Land, in das er gereist war, was er dort geschrieben hatte, die Person, die er dort gewesen war, die Dinge, die er getan und gesehen hatte, da hatte ich das Gefühl, es deutlich vor mir zu sehen, dieses weiße Land, wo alles einfach war, dieses »Outland«, Außenland, das der menschlichen Welt nicht bedurfte. Die Polsterschoner lagen hinter ihm, die Troddeln und Fransen der Viktorianer, die versklavten Elefanten und die Löwen, die durchs Feuer springen; die Gewehre blieben ebenfalls zurück und die Uhren und Richtschnüre und die Doktoren mit ihren Nadeln. Die weiße Ebene und ein Zelt. Willenskraft und der Mut durchzuhalten. Und ganz am Schluß das Tagebuch, das von einer Person voller intellektueller Neugier berichtet, die einen natürlichen Hang zur Faulheit überwinden mußte und der plötzlich bewußt wurde, daß sie eigenhändig einen Schlitten durch zweitausendeinhundert Kilometer Eis gezogen hatte, weil sie nicht willens gewesen war, andere intelligente Lebewesen dafür umzubringen. Es hätte in Scotts Macht gestanden, aber er hatte sich entschlossen, diese Macht nicht zu benutzen, sondern statt dessen selbst eins zu werden mit der brutalen Realität der Materie und einen Schlitten zu ziehen, so wie ich meinen Schlitten gezogen hatte. Aber bei ihm ging es nicht nur darum, den Quarryberg hinaufzukommen.

Tatsächlich hatte Scott die reine körperliche Arbeit mit den tiefsten Träumen verschmolzen, zu denen ein einsichtiger Geist fähig sein konnte, und für mich war seine Geschichte die Geschichte des Aufeinandertreffens von Geist und Materie. Die schiere Landschaft der Antarktis und der Geist, der darüber hinwegzieht wie ein Pinsel über die Leinwand, bis der Pinsel beiseite gelegt wurde und der Schnee ihn begrub.

Chinesische Dosen

Con war jetzt zu einem Teil meines Lebens geworden. Einen viel größeren Teil davon beherrschte allerdings Dr. Jim, und das sollte noch viele Jahre so bleiben, zumindest so lange, bis ich als Studentin mein Elternhaus verließ. Zu Hause fühlte ich mich ständig seinen Blicken ausgesetzt; er starrte mich heiß, verletzend und herablassend an, denn nach seiner Sicht der Dinge war es ohne weiteres gerechtfertigt, daß es auf der Welt Mächtige und Machtlose gab. Die Mächtigen hatten Macht, weil sie keine Gefühle hatten, glaubte er – oder weil sie es jedenfalls nicht zuließen, daß Gefühle eine Rolle spielten. Die Ohnmächtigen hatten keine Macht, weil sie ihre Gefühle nicht verleugnen konnten. Dr. Jim selbst hatte natürlich sehr viele Gefühle, aber er war nicht in der Lage, das zu erkennen, und stellte sich vor, daß seine Stimme, bloß weil er sie nur selten erhob, die Stimme der Vernunft sei.

Er brauchte seine Stimme auch gar nicht zu erheben, um mich seine Feindseligkeit spüren zu lassen. Das schaffte er schon sehr schön durch Tonfall und Satzbau. Er sprach eine Art Englisch, in der sich wissenschaftliche Methoden der Gefühle bemächtigt und sie über einem Bunsenbrenner geröstet hatten. Zum Beispiel nannte Dr. Jim alles »ein Arrangement«, und zwar wirklich alles, vom Decken eines Tisches, dem Einrichten eines Labors bis hin zu jeder Form von menschlichem Umgang. Wenn er eine Besprechung mit einigen Fachkollegen hatte, dann sagte er nicht: »Ich fahre heute abend nach Denver«, sondern: »Das Arrangement sieht vor, daß ich nach Denver fahre.« Er sprach vom Arrangement der Meißel, die über der Werkbank meiner Mutter hingen, aber er sprach ebensogut von dem »Arrangement«, daß ich den ganzen Abend mein Zimmer nicht verlassen durfte.

»Nun, Morgan«, sagte er dann in gewichtiger Art, »du erinnerst dich an unser Arrangement? Du bleibst in deinem Zimmer. Komm unter keinen Umständen heraus.« Und er schien wirklich zu glauben, daß das zwischen uns »arrangiert« war, nicht einfach nur von ihm vorgeschrieben. Er benutzte noch andere charakteristische Phrasen, zum Beispiel: »Das war ja eine schöne kleine Vorstellung«, und zwar jedesmal, wenn ich irgendwelche Gefühle gezeigt hatte. Dann gab es natürlich noch das allgegenwärtige »Das ist doch nur ein Mittel, um Aufmerksamkeit zu heischen«, ein Spruch, den er bei jeder Gelegenheit zum besten gab, wenn ich in der Nähe war. Ich dachte oft über das Wort »Mittel« nach. Er sprach das Wort so wohltuend sanft aus – zumindest im Vergleich zu den folgenden Wörtern – und schien zu glauben, daß jedes Mittel, sei es ein Telefon oder ein Auto oder ein Computer, seinen Nutzen habe, aber genausogut mißbraucht werden konnte. Und Menschen wie ich mußten diese Mittel zwangsläufig mißbrauchen, die von Leuten wie ihm ersonnen worden waren – das heißt von Wissenschaftlern. Ein Jammer, daß wir überhaupt Zugang dazu hatten. Sie sollten reserviert bleiben für solche Menschen, bei denen man sich darauf verlassen konnte, daß sie sich niemals auf eine unmittelbare Beziehung mit der Realität einließen.

Denn eine unmittelbare Beziehung zur Realität war per Definition unkontrollierbar, und wer wußte schon, was passieren konnte, wenn man die Kontrolle aufgab? Dementsprechend hatte er auch eine Vorliebe für Worte wie »Rahmen« und »Einrichtung«, und er beschrieb auch alle Gefühlszustände mit derartigen Ausdrücken. Ganz offensichtlich entzog sich ihm der Unterschied zwischen dem, was man mit Absicht herbeiführt, und dem, was sich einfach von selbst entwickelt. Bei ihm hieß es, »Ärger ausbrüten«, als seien Ärger oder Zorn Eier, auf die man sich, wenn sie erst einmal gelegt waren, nach freier Entscheidung setzen konnte, um sie auszubrüten, oder nicht. Ein anderer Vorwurf lautete, ich »münzte mir Ausreden für mein Benehmen zurecht«; dabei mußte ich immer an ein kleines Kind denken, das an einer Metallpresse sitzt und Münzen prägt mit verschiedenen Aufschriften wie: »Mir war nicht gut.« Bei ihm wurde »Liebe hergestellt«, »Missetaten« wurden »angefertigt«. »Zusammenbrauen« war eins seiner Lieblingswörter. Wenn ich von einem Spaziergang heimkam, glücklich und aufgewühlt vor mich hin summte, dann sagte er vielleicht: »Du hast dir also ein wenig Glück zusammengebraut? Schön für dich, Morgan. Aber hör jetzt auf zu summen.«

Wenn ich sage, daß ich meinen Stiefvater haßte, so ist das etwas untertrieben, denn mit zwölf Jahren hatte ich bereits mit eintöniger Regelmäßigkeit wiederkehrende Phantasien, in denen ich ihn umbrachte. Und nachts, wenn ich den Uhren zuhörte, die meine Exekution ankündigten, oder auf eine Feuerübung wartete, dann beschäftigte ich mich mit der genauen Ausführung meines Vorhabens. Ich hatte meine furchteinflößende Erfahrung mit Mark Manly, diesem angehenden kleinen Wissenschaftler, noch nicht vergessen. Aber, ich dachte mir jetzt, daß die Erkenntnis, zur Gewalt fähig zu sein, es erleichterte, tatsächliche Gewaltanwendung zu vermeiden. Also lag ich in meinem Zimmer unter der Daunendecke, im Licht des aufgehenden Mondes, der durch das Fenster auf den Sessel fiel, und überlegte mir, ob ich ihn erschießen sollte. Aber das ginge zu schnell und wäre zu einfach gewesen. Ihm die Kehle durchschneiden? Sehr schön, aber ebenfalls zu rasch. Ihn von einem Kliff stürzen, ihn vor ein Auto stoßen, all das bedachte ich und verwarf es wieder. Schließlich kam ich darauf, ihn langsam zu vergiften, mit etwas aus seinem eigenen Labor. Das würde ihm reichlich Zeit lassen, eine letzte Rede darüber zu halten.

Selbst heute noch wünschte ich mir, ich könnte verstehen, warum Dr. Jim so war, wie er war, warum es ihn so daran beängstigte, eine körperliche Gestalt zu haben und damit verwundbar zu sein; warum er die Sprache der Objektivität, die die Sprache wissenschaftlicher Darlegungen ist, zu seiner persönlichen Sprache gemacht hatte, ohne die er keine eigene Stimme hatte. Bei allem, was er tat, ging es darum, sich zu distanzieren. Und bei allem, was er sagte, ging es ebenfalls darum, einen Abgrund zu schaffen zwischen sich selbst und seinem Gegenstand, seinem Zuhörer, seiner Frau oder seinem Stiefkind. Dr. Jim war ein vollkommenes Beispiel für die wahnhafte Leere des rein Intellektuellen; ich glaube, man hätte ihn aufschneiden können und doch nie sein Herz gefunden.

Tatsächlich glichen Dr. Jims Vorstellungen wuchernden Zweigen, denen die Wurzeln fehlten. Er glaubte wirklich, menschliche Gefühle würden aus den Gedanken der Menschen hergestellt, so wie Plastik aus Öl hergestellt wird. Und nachdem er alles hin und her gewendet und auf den Kopf und wieder auf die Füße gestellt hatte, war er unglücklich – daran gibt es für mich keinen Zweifel –, und das ist vielleicht der Grund, warum er versuchte, auch alle anderen in seiner Umgebung unglücklich zu machen. Meine Mutter litt ebenfalls darunter, wie mir ungefähr zur gleichen Zeit klar wurde, aber im Gegensatz zu mir wehrte sie sich nicht. Wenn man eine Reihe von Bildern eines bestimmten Motivs betrachtet, die von einem an fortschreitender Schizophrenie Erkrankten im Laufe der Zeit gemalt worden sind, dann wird einem in geradezu herzzerreißender Weise vor Augen geführt, in welchem Umfang der Geist von einer verständlichen Form und von der Einheit der Vorstellung abhängig ist. Wenn die geistigen Kräfte nachlassen, dann verlaufen die Bilder zu den Rändern hin, und später detonieren sie, als seien sie auf eine Mine geraten. In gewisser Weise zeigen sie, daß der Geist zu hilflos geworden ist, um Bilder zu beherbergen und die grundlegenden körperlichen Formen festzuhalten, deren er bedarf, um im Chaos Sinn zu stiften. Und wenn die Verbindung zum Körperlichen verloren ist, wenn Geometrie und Geographie der Vergangenheit angehören, dann bleibt im Geist nur noch Schrecken zurück.

Ich hatte den Eindruck, daß das, was mit meiner Mutter geschah, als ich selbst an der Schwelle zu meiner Teenagerzeit stand, nicht weniger schrecklich war. Allerdings verlief bei ihr die Entwicklung genau entgegengesetzt. Vor ihrer Hochzeit mit Dr. Jim hatte meine Mutter mit Ton gearbeitet, mit Marmor und Granit. Ihre Skulpturen waren groß gewesen, kühn, abstrakt und stark. In den Jahren ihrer Ehe mit Dr. Jim wurden sie kleiner und kleiner. Und nicht nur das; sie ging dazu über, hauptsächlich mit Holz und Speckstein zu arbeiten, weil diese Materialien gefügig waren und in gewissem Maße »radiert« werden konnten – ein Vorgang, der notwendig wurde, als ihre Zweifel an ihrem eigenen Schaffen immer mehr zunahmen und ihre Skulpturen immer gegenständlicher wurden. Am Ende ihrer Zeit mit Dr. Jim arbeitete sie mit Balsa-Holz und schnitzte Tiere. Aus ihrer Kunst war ein Hobby geworden. Aber schon damals, als ich zwölf war, regte sie sich nicht mehr darüber auf, wenn ich sie bei der Arbeit unterbrach. Oft schien sie sogar erleichtert zu sein.

In welcher Weise Dr. Jim zu dieser Änderung beigetragen hatte, war schwer festzustellen; ich hatte das Gefühl, daß es mit seiner wissenschaftlichen Methode zusammenhing, der Methode, die er in seinem Labor und im Klassenzimmer und in seinem Leben anwendete und in der ein Schritt unweigerlich den nächsten zur Folge hatte. Nach Dr. Jims Vorstellung konnten und sollten organische Ganzheiten analysiert werden, indem man sie in elementare »Einheiten« zerlegt und die Eigenschaften dieser mikroskopischen Einheiten benutzt, um makroskopisches Verhalten vorherzusagen. Seiner Meinung nach hatten auch alle Ereignisse und Objekte nachprüfbare Ursachen, und Kunst war deshalb eine ärgerliche Störung der großartigen Verhältnisse. Es war genausowenig möglich, die Schritte nachzuvollziehen, die zu einer bestimmten Skulptur geführt hatten, wie man die Form einer vulkanischen Explosion vorhersagen konnte. Deshalb kritisierte er die Arbeit meiner Mutter, vor allem ihre abstrakte Form, als seien sie eine Verkörperung der Leere oder des kosmischen Raumes oder der Anarchie. Sie paßte sich nicht nur als Künstlerin seiner Kritik an, sondern entwickelte plötzlich, als ich zwölf war, auch eine Obsession, das Haus, in dem ich wohnte, sauberzuhalten.

Es war unheimlich. Das Haus war mir immer sauber vorgekommen, sauber genug und viel zu ordentlich und aufgeräumt; aber nachdem Dr. Jim eingezogen war, schien aus der Wohnung eine Art Museum zur Unterbringung von Gegenständen geworden zu sein. Dr. Jim war der Typ, der mit Hingabe ein Bild ausrichtet, wenn er sieht oder zu sehen glaubt, daß es schief hängt; er war die Art von Mann, die versucht, dem Badezimmer und der Medikamentensammlung im Wandschrank Methode und Ordnung aufzuzwingen. Er betrachtete das als einen Erfolg, die totale Herrschaft über die Umgebung; ob die Umgebung freundlich wirkte oder nicht, war ihm gleichgültig. Erfolg war für Dr. Jim eine Kathodenstrahlröhre mit ihrem gebündelten Elektronenstrahl; der Endpunkt des Strahls, der in dieser Vakuumröhre erzeugt wurde, war als Lichtpunkt sichtbar. Um zu erscheinen, brauchte dieser Lichtpunkt nur einen einfachen Schirm, der bereit war, ihn zu empfangen und Bilder hervorzubringen, die losgelöst waren von der größeren Welt außerhalb der Röhre – Bilder von Illustrierten, die in einer sauberen Reihe auf dem Couchtisch lagen, von Messern, die mit der Spitze nach unten in einem Messerblock aus Holz steckten, und von Bildern, die exakt horizontal zur Schwerkraft ausgerichtet waren.

Das Haus war in der Tat so ordentlich, daß ich Angst hatte, mich darin aufzuhalten. Alle früher so sanften und freundlichen Gegenstände waren während der Amtszeit von Dr. Jim von einer Habseligkeit in einen Besitz verwandelt worden, in seinen Besitz. Der Prozeß war langsam fortgeschritten, ganz langsam, genau so, wie es mit der Kunst meiner Mutter ging. Es war damals bereits soweit, daß ich das Haus haßte, in dem ich wohnte. Und meine Mutter entwickelte plötzlich ein verzehrendes Interesse an der Reinigung dieses Hauses, in die sie mich vergeblich mit einzubeziehen versuchte. Sie führte jedes Vierteljahr eine Großreinigung durch und einen kleinen Hausputz zweimal die Woche; ihre besondere Vorliebe galt dem Aufräumen von Kleider- und Geschirrschränken. Merkwürdigerweise hatte Dr. Jim zur gleichen Zeit einen finanziellen Zuschuß von einer kleinen Chemiefirma im Westen bekommen und beschäftigte sich vor allem mit der Entwicklung neuer Haushaltsreiniger; vielleicht lag eine gewisse Logik in der Tatsache, daß meine Mutter damals mit dem Saubermachen anfing, weil sie nicht zugeben wollte, daß sie mit dem Krampf, zu dem Dr. Jim unser Leben gemacht hatte, nichts zu tun haben wollte.

Jedenfalls konnte ich zweimal in der Woche damit rechnen, meine Mutter irgendwo auf Händen und Knien vorzufinden, wenn ich aus der Schule kam. Sie wachste und fegte, staubte ab und polierte, räumte die Geschirrschränke aus, wusch irgend etwas ab, trocknete es und stellte es dann wieder dort hin, wo sie es hergeholt hatte. Ungefähr zur gleichen Zeit entschloß sie sich, alle Lebensmittel in der Küche zu beschriften beziehungsweise die Regale mit einer Aufschrift zu versehen und alles alphabetisch anzuordnen. »Apfelsaft«, »Bete, Rote«, »Cornflakes«. Mir erschien das eine extrem sonderbare Art, Essensvorräte zu ordnen – zumal es von der alphabetischen Ära an unmöglich war, etwas zu finden. Aber Dr. Jim war erfreut, daß meine Mutter offensichtlich versuchte, in der Küche wissenschaftliche Methoden anzuwenden. Also lebten wir damit, und als Hilfe für meine Mutter wurde Gronya Hellyer engagiert.

Gronya war zwei Jahre älter als ich, außerordentlich wortkarg und schweigsam. Ich redete auch nicht viel, aber verglichen mit Gronya war ich ein Plappermaul. Sie stammte aus Colorado, ebenso wie ich, vermutlich, nur daß die Familie Hellyer schon seit 1880 in Quarry lebte. Das hatte damals, als wir heranwuchsen, noch etwas zu bedeuten, denn zu jener Zeit ergoß sich in einem für die »Alteingesessenen« erschreckenden Tempo eine Flut von »Zugezogenen« nach Quarry. Und Gronyas Eltern gehörten zu denjenigen, die das erschreckend fanden. Sie waren ebenfalls wortkarg und mißtrauten den meisten der Collegeprofessoren, die viel über Dinge redeten, an denen niemand wirklich interessiert war.

Allerdings sah Gronya gar nicht aus wie ein Kind aus Colorado. Vielmehr wirkte sie selbst wie eine der Zugereisten, hoch aufgeschossen und dünn, mit langem, blondem Haar und blasser, weißer Haut, die von allerfeinsten kleinen Sommersprossen überzogen wurde. Ihre Hände waren groß für ihren schlanken Körperbau und wirkten knochig und vertrauenerweckend, auf interessante Art und Weise leer, so als sollten eigentlich viele Ringe an den Fingern stecken. Aber da dem nicht so war, stellten sie die stumme Frage, warum keine Ringe an den Fingern steckten. Die einzige Antwort konnte sein, daß die Besitzerin dieser Hände Prinzipien hatte. Sie trug keine Ringe, und damit basta. Und ihr Haar, das sie in einem dicken Zopf trug, war angefangen von der Art und Weise, wie es sich anfühlte, bis hin zu seiner Farbe ebenfalls ein einziges politisches Bekenntnis. Die meisten ihrer Klassenkameraden in Quarry hätten ihr wahrscheinlich nicht geglaubt, wenn sie ihnen erzählt hätte, sie stamme aus Colorado.

Da sie über fast alles diskretes Schweigen bewahrte, war sie an ihrer Schule, der High School, für die ich noch nicht alt genug war, eines der beliebtesten Mädchen. Sie hatte allerdings nicht viel von dieser Beliebtheit, weil ihre Eltern ihr nicht erlaubten, sich mit Jungen zu verabreden; vor allem ihr Vater paßte gut auf seine Tochter auf. Er war ein Schreiner der alten Schule, ein Mann, der, obwohl er an seiner Arbeit viel Freude hatte, nichtsdestotrotz das, was er tat, nicht um seiner selbst willen, sondern für seinen Lebensunterhalt tat. Er war so sehr damit beschäftigt, als Schreiner an den Häusern anderer Leute in Quarry zu arbeiten, daß er nie genug Zeit gefunden hatte, sich um sein eigenes Haus zu kümmern, und infolgedessen klebte auf einer der Außenwände immer noch Teerpappe, fehlten den Geschirrschränken die Türen und waren die Kleiderschränke nur mit Stoff verhängt – so war es schon, solange Gronya sich entsinnen konnte.

Die Tatsache, daß sie sich nicht mit Jungen verabreden durfte, störte Gronya nicht, aber die Teerpappe und das Fehlen der Türen sehr wohl, und nachdem sie drei oder vier Monate bei uns im Hause gearbeitet hatte, tauschten sie und ich uns vorsichtig über die Probleme mit unseren Eltern aus. Das Versprechen, das Gronyas Vater der Familie immer wieder gegeben hatte – »Sobald ich etwas Zeit habe, bringe ich dieses

Haus auf Vordermann; ihr werdet es nicht wiedererkennen« –, blieb unerfüllt, denn Mr. Hellyer war eigentlich eher ein Zimmermann, und er mußte viel arbeiten, um seine Kinder zu ernähren. Die Hellyers hatten für ihre große Familie nur ein kleines Haus mit drei Schlafzimmern, einer Küche und einem Zimmer zum Wohnen und Essen; es gab nur ein paar große Kleiderschränke und viele offene Regale, in die alles hineingestellt wurde, und das nicht nur auf dem engen Raum der Küche. Dort allerdings war es am schlimmsten, denn die nackten Regale gaben den Blick frei auf Gewürze und Backtreibmittel, auf Zucker und Kaffee, und Gronya, die zwar in einigen der Häuser der »Zugereisten« gesehen hatte, daß offene Regale in Mode waren, hatte dafür einfach kein Verständnis.

Nein, für Gronya war eigentlich schon seit Jahren die ordnungsgemäße Lagerung die wahre Probe auf das Erwachsensein, und sie sah nicht, wie sie in einem Haus, wo dies ein solch endloses Problem war, jemals wirklich erwachsen werden sollte. Sie hatte eine Vorliebe für saubere, einfache Linien, so wie die Linie ihres Zopfes eine war, die Linien ihrer langen, ringlosen Finger. Ihr mißfielen die Stapel von Tellern, das Gedränge nicht zueinander passender Tassen, die Gemüsedosen, mit denen die Küche bei ihr zu Hause vollgestopft war. Ihr mißfiel ebenso der Zustand, der in den anderen Zimmern des Hauses vorherrschte; zog man dort die Vorhänge vor den türlosen Kleiderschränken beiseite, dann legte man eine Ansammlung von ganz unterschiedlichen Pappschachteln frei, alle vollgestopft mit Sachen wie Schuhen und Pullovern, und alle ohne Deckel. Unten im Keller, den sie selten betrat, herrschte ein entsprechendes Durcheinander von Werkzeugen, Gartengeräten, allerhand altem Schnickschnack, und das Wohnzimmer war definitiv ein Dschungel, denn dort hatte ihre Mutter ihren Nähplatz, es gab noch mehr offene Regale, aus denen einem diesmal eine wilde Mischung von Nähuntensilien entgegenquoll.

Für die vierzehnjährige Gronya war das kein gemütliches, trautes Heim. Es war schmerzlich, schwer zu ertragen, und als sie und ich anfingen, uns miteinander zu unterhalten, ließ sie mich an ihren Phantasien teilhaben, in denen sie wartete, bis ihre Eltern außer Haus waren, und dann allein durchs Haus ging und alles herunterriß. Sie würde sich eine Seekiste beschaffen, die größte, die sie finden konnte, und alles hineinpacken, was ihr Auge beleidigte, und wenn sie damit fertig wäre, würde das meiste, was sich im Haus befand, im Bauch dieser Seekiste ruhen.

In ihren Augen war der einzige Besitz der Hellyers, der es wert war, erhalten zu werden, ein Satz schöner, lackierter chinesischer Dosen; ihr Vater hatte sie ihr zu Weihnachten geschenkt, als sie fünf Jahre alt war, und sie besaß sie noch, völlig unversehrt und ohne jeden Kratzer. Gronya erzählte, daß man sie eine nach der anderen aufmachen konnte, um endlich einmal festzustellen, daß die Dinge in diesem Fall ordentlich gemacht und untergebracht waren. Jedes Teil befand sich in einem anderen, das es verhüllte, und jedes Teil enthielt etwas, das kleiner war als es selbst. Daß diese lackierten chinesischen Dosen nur Aufbewahrungsort waren und sonst nichts, solange sie nicht benutzt wurden, störte Gronya nicht, denn in die innerste Dose hatte sie ihr wertvollstes Andenken gesteckt, eine Perle an einer Goldkette, die einst ihrer Großmutter gehört hatte.

Eines Tages, als Gronya mit dem Saubermachen und ich mit meinen Hausarbeiten fertig war, gingen wir zusammen an den Teich. Dort erzählte mir Gronya, während wir den Enten beim Schwimmen zusahen, schüchtern von ihren Lagerkatalogen. Sie hatte sie unter ihrer Matratze versteckt, wo sie aller Wahrscheinlichkeit nach nicht entdeckt wurden; sie hatte das für nötig gehalten, weil sie sie aus den Häusern mitgenommen hatte, in denen sie saubermachte. Abends, wenn sie zu Bett ging und ihre Schwester bereits schlief, machte sie das Licht an, zog einen ihrer Kataloge hervor und blätterte ihn voller Genuß durch. Es war fast ein umgekehrter Voyeurismus – denn sie betrachtete nicht nackte Körper, die normalerweise bedeckt sind, sondern stellte sich vor, daß die abgebildeten Lagersysteme im Katalog etwas verbargen, das im Augenblick nackt war.

Da gab es zum Beispiel das »klassische Hutschachtelset«, das aus vier Schachteln verschiedener Größe bestand. Für Gronya war die Vorstellung, daß eine ganze Schachtel speziell dafür entworfen war, einen Hut zu beherbergen, aufregend. Sie selbst besaß einen Cowboyhut aus Stroh mit einer außergewöhnlich breiten Krempe, und sie hatte ihn an seinem Band an einen Nagel in ihren Wandschrank gehängt. Diesen Strohhut in eine Schachtel zu legen, eine runde Schachtel, die sie dann mitnehmen konnte – nun, das würde aus diesem Hut einen *Hut* machen, so dachte sie wenigstens. Dann gab es einen Wäschekorb aus

Weidengeflecht und Behälter für Socken, starke, durchsichtige Platikbehälter für jeweils sechs oder zwölf Paar, aus denen man sie dann herausnehmen konnte, wann immer man Lust hatte. Die Behälter für Wolle waren aus Satin. Dann gab es Kästen für Pullover und ganze Schrankeinrichtungen. Diese Schrankeinrichtungen waren so atemberaubend, daß sie Gronya sprachlos machten. Mit den Porzellan- und Silber-»Schonern« war es ebenso; ein ganzes Porzellan- oder Silberservice konnte man, sicher geschützt vor Kratzern und Staub, in blaue und weiße Reißverschlußhüllen stecken.

Und während ich am Teich saß und den Enten, die vor lauter Lebensfreude mit ihren Schwänzen in der Luft wackelten, beim Fressen und Gründeln zusah, konnte ich all diese Porzellanschoner und Hutschachteln so deutlich vor mir sehen, als studierte ich selbst in diesem Augenblick die Kataloge, in denen sie angepriesen wurden. Und merkwürdigerweise hatte ich trotz meiner Unzufriedenheit mit der alphabetischen Ordnung in unseren Vorratsschränken, wie meine Mutter sie betrieb, und trotz meiner Furcht vor Dr. Jims zehn Nadeln für diese Sache Verständnis. Nicht für die samtbezogenen Kleiderbügel, nicht für die Hutschachteln selbst, sondern für den Wunsch, die Dinge ordentlich unterzubringen. Solange dieser Wunsch nicht pervertiert war, solange er nicht grausam wurde, solange es nicht nur darum ging, Macht auszuüben, entsprang er dem Drang, die Dinge wirklich zu versorgen und zu verwahren. Es war der Impuls, die Dinge davor zu erretten oder davon zu befreien, in gefährlicher Weise einer gefährlichen Welt ausgesetzt zu sein.

Als sie dann erwachsen war, was nicht mehr lange dauerte, wurde Gronya als Bürovorsteherin eine absolute Hexenmeisterin, und später wurde sie Filialleiterin eines der größten Geschäfte von Quarry. Sie ging mit dem »Ordnungssystem Standardserie« oder mit der »verschließbaren Stahlkastenkartei« mit der gleichen Leichtigkeit um, mit der sie einst meiner Mutter geholfen hatte, unser Haus in Ordnung zu halten. Sie war in ganz Quarry gesucht, weil jedes Büro, in dem sie arbeitete, von Stund an ordnungsgemäß funktionierte und die unterschiedlich ausgeprägten Konfusionen, die vorher dort geherrscht hatten, durch Harmonie ersetzt wurden. Gronya wußte, wo die Dinge waren und warum sie dort waren. Organisation hieß für sie, die Einheit zu begreifen, und nicht, Einheit zu erzwingen. So war es nur natürlich, daß Gronya schließlich unsere Lagerhalterin wurde, als wir die Expedition Neunzig Süd endlich in Angriff nahmen. Sie gehörte unserem Planungskomitee an; das war schließlich bei all unseren Gesprächen am Teich herausgekommen.

Ich wußte, wenn es irgend jemanden gab, der die Antarktis in die Tasche stecken konnte, dann Gronya.

Das große Knarren

Obwohl ich inzwischen zwölf war, bald ins Teenageralter und in die Pubertät mit all ihren Schrecken kommen würde, hatte ich kaum Schwierigkeiten, sogenannten Gruppenzwängen und der ganzen Teenagerkultur, bei der es ja eigentlich nur um Anpassung geht, zu widerstehen. Ich hatte zu jener Zeit bereits einen solchen Widerwillen gegen Autorität – Autorität, wie sie mir Dr. Jim vorexerzierte –, daß es für mich gar nicht in Frage kam, mich freiwillig einer der weltgrößten Institutionen auszuliefern, die die Menschen dahingehend indoktrinieren, daß sie in den Begriffen »wir« und »die anderen« denken. Bücher und Wälder waren meine Bezugspunkte. Bücher waren zwar wunderbar, aber man konnte sie nur allein lesen; die Welt der Natur dagegen ließ sich in Gemeinschaft mit einem Freund genießen. Wilbur und ich verbrachten viel Zeit damit, in den Vorbergen oder in der Wüste herumzulaufen und nichts zu tun, als den Wind und das Wasser und die Felsen von Quarry zu erkunden.

Wilbur war auch mit zwölf Jahren – wie seit jeher – groß für sein Alter, hatte sehr kurzes Haar und abstehende Ohren. Sein ernster und gleichzeitig lieber Gesichtsausdruck war etwas ganz Einmaliges; sein Anblick beruhigte mich jedesmal, was immer auch bei uns zu Hause gerade vorging. Wilbur war noch ein großer Heldenverehrer; er liebte jedermann, sogar den Postboten, der jeden Nachmittag die Post zur Coville Ranch brachte und einen Wagen fuhr, der das Steuerrad auf der rechten statt auf der linken Seite hatte. Das war Wilbur unerklärlich.

»Wie machen Sie das bloß?« fragte er den Postboten oft voller Bewunderung.

»Nicht weiter schwierig«, erwiderte der Postbote knapp und fuhr dann in einer Staubwolke davon, aber das hielt Wilbur nicht ab, beim nächsten Mal wieder genau die gleiche Frage zu stellen.

Aber jetzt, mit zwölf Jahren, gab es doch etwas Neues in Wilburs Leben; er fing an, mit Hunden zu arbeiten. Er entdeckte, daß er die Fähigkeit besaß, die Gründe für ein Verhaltensproblem eines Hundes herauszufinden und ihm zu helfen, es zu überwinden. Es fing an mit dem Hund eines Nachbarn, der aus irgendeinem Grund immer in seine Trinkschale pinkelte, zur Verzweiflung seiner Besitzer, die ihm diese Gewohnheit nicht austreiben konnten. Wilbur war zufällig dort, als sie einmal darüber sprachen. Er ließ sich in der Küche auf die Knie nieder, nahm den Kopf des Hundes in seine Hände und starrte ihn an. Dann nahm er ihn mit zu einem Spaziergang, und als sie wiederkamen, stellte er die Wasserschale an einen anderen Platz und bat um eine blaue Stoffmatte als Unterlage; der neue Platz oder die Matte oder beides zeigten Wirkung, und der Hund pinkelte nicht mehr in die Schale. Die Sache sprach sich herum, und bald riefen Leute aus ganz Quarry bei Iris an.

»Glauben Sie, Sie könnten Wilbur mal herbringen? Ich hätte so gern, daß Rufus mit diesem Gebell aufhört.« Oder: »Ist Wilbur vielleicht an diesem Wochenende frei? Unser Dobermann hat geworfen und steckt die Welpen immer in einen Schrank oben im Badezimmer.«

Iris war hocherfreut und Wilbur sehr stolz darauf, so nützlich zu sein. Ich sah ihm manchmal bei der Arbeit mit den Hunden zu. Und ab und zu konnte ich ihn soweit bringen, die Hunde Hunde sein zu lassen und mit mir auf einen unserer Erkundungszüge zu gehen. In jenem Jahr, unserem zwölften Lebensjahr, verbrachten wir ungewöhnlich viel Zeit zusammen in der Wüste, in den Wäldern und in den Bergen. Als Folge davon sahen wir in einem einzigen Jahr drei außergewöhnliche Ereignisse, die unser Bild von der Natur vielleicht für immer prägten. Zumindest weiß ich, daß sie bei mir diese Wirkung hatten, und aus dem, was Wilbur seither gesagt hat, glaube ich, daß es ihm nicht anders ergangen ist; jedenfalls hat er diese drei Begebenheiten nie vergessen.

Das erste dieser Vorkommnisse ereignete sich im Frühjahr. Es war ein extrem warmer Frühling in Quarry, aber der Winter hatte sehr lange gedauert, und das Frühjahrshochwasser nach der Schneeschmelze hatte noch nicht eingesetzt. Deswegen waren die Wetterverhältnisse außergewöhnlich. Die Bäume schlugen aus, aber es war kein Grundwasser da.

Das Vieh konnte kaum Wasserstellen finden. Und wegen des harten Winters waren viele Rinder und Schafe eingegangen, ein Schaf nicht allzuweit von der Coville Ranch entfernt; als wir von dort loszogen, konnten wir den Gestank schon riechen. Für Wilbur war der Geruch schrecklich, deshalb beeilten wir uns, in die Wüste zu kommen, um ihn schnell hinter uns zu lassen. Wir beeilten uns so sehr und machten uns so wenig Gedanken um die Hitze, daß wir schon fünf Kilometer vom Haus entfernt waren, bevor uns auffiel, daß wir überhaupt kein Wasser mitgenommen hatten. Als wir das feststellten, bekamen wir natürlich sofort großen Durst und hielten deshalb Ausschau nach einem bestimmten Bach, der meist Wasser führte; aber unglücklicherweise war er als eine Folge des Winters noch trocken. Trotzdem setzten wir uns ans Ufer, um uns eine Weile in der Sonne auszuruhen, bevor wir uns durstig auf den Rückweg zur Ranch machen würden. Der Tag war so heiß und ruhig, daß wir beide etwas schläfrig wurden, als wir erst einmal saßen.

Wir blieben schließlich eine ganze Weile dort. Mit geschlossenen Augen lagen wir auf einem Hügel und dachten über unseren Durst nach, stellten uns vor, wie es wohl wäre, ohne Wasser durch die Wüste zu irren. Als wir dann ein merkwürdiges Geräusch hörten, machten wir unsere Augen erst gar nicht auf; wir dachten, es sei ein weit entferntes Flugzeug. Aber das Geräusch wurde lauter, wurde zu einer Art Rauschen, wie von Wind, der an einem Herbstabend durch die Kiefern streicht, obwohl es hier keine Kiefern gab und kein Wind wehte und es ganz sicher nicht Herbst war. Das Geräusch kam plötzlich näher, noch näher, und nun öffneten wir beide die Augen, richteten uns auf und sahen uns um. Aber außer dem Bachbett vor uns war nichts zu sehen.

In dem völlig ausgetrockneten Bachbett lagen die üblichen abgerundeten Kiesel und einige größere, flache Steinbrocken völlig farblos im hellen Sonnenschein. Es wirkte keineswegs so, als hätte es für den Tag noch irgendwelche besonderen Pläne. Aber als wir bachaufwärts Ausschau hielten, die Hände zum Schutz über den Augen, hörten wir, wie das merkwürdige Geräusch näher und näher kam, und sahen schließlich einen Wall von Wasser, einen halben Meter hoch, das Bachbett herunter auf uns zukommen. Diese Wand schob eine Front von weißem Schaum vor sich her, und als sie an uns vorbei war, hatten wir unseren frischen, klaren Bach, und das Wasser funkelte im Sonnenlicht, als hätte es nie etwas anderes getan. Die runden und die flachen Steine in diesem so klaren Gewässer hatten jetzt sowohl Farbe als auch Glanz bekommen und spiegelten das Sonnenlicht wider. Die Geschwindigkeit, mit der die Wasserwand von den Bergen herabgekommen war, ließ sich angesichts des friedlichen Baches, den sie hinterlassen hatte, nicht mehr erahnen.

Wir hatten aber nicht etwa an der Rinne eines Arroyo gesessen und waren auch nicht Zeuge einer plötzlichen Flut in der Wüste gewesen. Es war ein normaler, ausgetrockneter Bachlauf, der jeden Sommer Wasser führte. Es war auch kein Eisaufbruch, kein Eisgang eines Flusses; es war einfach der Augenblick im gleichmäßigen Ablauf der Zeit, in dem das Wasser von den Bergen herabfloß, weil der Schnee dort endlich geschmolzen war, und zwar auf einen Schlag. Als das Wasser wie ein Güterzug an uns vorbeidonnerte und in seinem Gefolge den Bach hinterließ, war die Luft parfümiert mit Ozon und Kühle, Wassertropfen spritzten bis ans Ufer hoch, und kleine, helle Wellen funkelten.

Wilbur und ich stießen beide einen Freudenschrei aus. Wer hätte das ahnen können? Es war einfach zu erstaunlich. Wir waren durstig gewesen, und es hatte kein Wasser gegeben, und nun hatten wir ein ganzes Flüßchen, aus dem wir trinken konnten. Wir warfen uns bäuchlings ans Ufer, legten die Hände zusammen, schöpften Wasser und tranken. Nie zuvor hatte Wasser uns so kalt, so frisch, so bergwürzig geschmeckt.

Später im Jahr, vielleicht im Mai, fand das zweite erstaunliche Ereignis statt. Wir hatten uns entschlossen, zum Biberteich zu gehen, um nachzusehen, ob es dort bereits Biberjunge gab – vor allem Wilbur war ganz verrückt nach Tierbabys. Wenn wir keine zu sehen bekamen, war es aber auch gut, da wir den Teich so oder so ganz schön fanden; vielleicht entdeckten wir ja auch einen erwachsenen Biber, der ärgerlich mit dem Schwanz in unsere Richtung schlug, bevor er wieder untertauchte. Wilbur war mir voraus und stieg gerade den letzten steilen Hügel vor dem Teich hinauf; plötzlich fiel er auf die Knie und brach in unartikulierte Laute der Begeisterung und des Staunens aus.

»Kröten«, sagte er schließlich. »Morgan, da sind *Kröten.*« Ich kletterte zu ihm herauf und dachte, ich würde zwei Kröten sehen oder vielleicht drei. Eigentlich hatte ich bis dahin nie mehr als eine Kröte auf einmal gesehen. Jedenfalls mochte ich Kröten, angefangen von den großen, dicken, warzigen bis hin zu den kleinen, die nicht größer waren als mein Daumennagel; ich hielt sie gern auf meiner Hand, obwohl sie dazu neigten, aus Angst zu pinkeln, und obwohl ihre winzigen Herzen dabei bestimmt aufgeregt pochten. Wenn hier wenigstens zwei Kröten waren, dann konnten Wilbur und ich jeder eine nehmen.

Es waren zwei Kröten da, o ja, natürlich, tatsächlich. Es waren auch vier Kröten da, alle in einer Reihe. Es waren sechs Kröten da. Es waren zwanzig Kröten da. Es waren hundert da. Es war eine lange Folge von Kröten, die in einfacher und doppelter Reihe hintereinander herhoppelten und alle am Biberteich zusammenströmten, als ob man sie dorthin bestellt hätte. Ich ließ mich neben Wilbur auf die Knie fallen, und dann hockten wir beide in schweigendem Staunen einfach da und hörten, da es ein windstiller Tag war, überall um uns herum ein leichtes Rascheln. Es war das Rascheln von Hunderten und Aberhunderten von Kröten, die über Zweige und Blätter hoppelten und mit ihren kleinen, aber entschlossenen Schwimmfüßen auf Humus und trockenes Holz traten.

Wir waren ganz still, aber die Kröten waren ohnehin zu sehr damit beschäftigt, voller Konzentration auf den Teich zuzuhoppeln, um unsere Anwesenheit wahrzunehmen. Benommen vor Staunen standen wir auf und folgten ihnen. So etwas wie diese Krötenversammlung hatten wir beide noch nie gesehen und auch nie von etwas ähnlichem gehört. Die Masse der Körper all dieser eifrigen Kröten sonderte einen merklich sauren Krötengeruch ab. Und als wir den Teich erreichten, sahen wir, daß überall vom Ufer die Kröten hineinplumpsten, und weil sie nicht alle gleichzeitig hineinkamen, gab es vor dem Wasser einen Krötenstau. In sechs und acht Reihen hintereinander warteten die Kröten, bis sie an der Reihe waren. Im trüben Wasser des Teiches waren die Kröten schließlich am Ziel und gruppierten sich, wie wir vermuteten, nach Männchen und Weibchen.

Zwischen den beiden Geschlechtern zu unterscheiden war allerdings angesichts des Auf und Ab dieser umstürzenden Krötentürme im Wasser, die von Wolken gallertiger Eier umgeben waren, schwieriger, als man glauben mochte. Ein Männchen konnte sich glücklich schätzen, ein Weibchen für drei oder vier Sekunden für sich allein zu haben, aber sobald es sich in Position gebracht hatte, kam schon der nächste Kröterich und versuchte mit allen Mitteln, den zu besteigen, der schon auf einer Kröte saß. Vier, sogar fünf fanden sich übereinandergetürmt. Der höchste Turm war sieben Kröten hoch, bevor er umkippte. Wilbur und ich müssen die Kröten wohl zwei Stunden lang beobachtet haben, fasziniert von deren elektrisierender Intensität. Während der ganzen Zeit ging der Zuzug der Kröten unablässig weiter. Sie kamen von nah und fern, aus ganz Colorado, so schien es. Warum heute, dachte ich die ganze Zeit. Warum gerade jetzt, während wir da waren, um uns das alles anzusehen, so wie wir zur Stelle waren, als das Bachbett sich mit Wasser füllte? Ich kannte die Antwort nicht, aber ich hatte das Gefühl, vom Glück begünstigt zu sein, und war sehr beeindruckt von den Kröten, die alles, was sie hatten, genau für diesen Augenblick aufgespart zu haben schienen.

Ich glaube, es war im August oder September des gleichen Jahres – wahrscheinlich September, denn ich weiß noch, daß ein erster Geruch nach Winter in der Luft lag –, als wir einen anderen Ausflug machten, diesmal von unserem Haus aus. Wir wollten hinauf in die nächstgelegenen Vorberge der Rockies; wir hatten Wasserflaschen und etwas zu essen dabei und trugen beide einen Rucksack. Die Rucksäcke fühlten sich schwer an, vor allem, nachdem wir eine Route eingeschlagen hatten, die wir nie zuvor gegangen waren, hinein in tiefe, alte Wälder. Wir wanderten unter großen Kiefern, auf Humus, der in einer dicken Schicht unter den Bäumen lag wie eine weiche Decke. Die Luft war erfüllt von der reichen, erinnerungsschweren Brise der Berge.

Wenn Wilbur und ich zusammen unterwegs waren, redeten wir nicht viel, und an diesem Tag sprachen wir noch weniger als gewöhnlich, denn wir waren entschlossen, unser Ziel, einen Felsvorsprung, noch vor der Essenszeit zu erreichen. Es würde wunderbar sein, auf diesem Sims zu sitzen, wo die Bäume den Blick nach Süden freigaben, und auf die Welt hinabzusehen, während wir unsere Brote aßen. Aber zweimal stießen wir auf Steilwände, wo wir keine erwartet hatten. Zweimal blieb uns nichts anderes übrig, als umzukehren und einen Umweg zu machen, der uns aber nicht wie geplant an den Vorsprung führte. Wir stellten vielmehr fest, daß wir zu hoch gestiegen waren und uns jetzt über unserem Ziel befanden. Als wir den Vorsprung endlich fanden, blickten wir von oben auf ihn herab. Wir entschlossen uns, an Ort und

Stelle zu essen, und machten es uns auf einem dicken Bett von Kiefernnadeln bequem.

Es war sehr still in dem Wald, lautlos. Wir aßen unsere Brote, tranken etwas Wasser und schauten auf den Vorsprung hinunter, dorthin, wo wir eigentlich sein wollten und wo eine einzige Kiefer stand, die etwas überhing. Es war ein junger Baum, vielleicht dreißig Jahre alt. Ich blickte gerade nicht hin, als das Geräusch einsetzte, ein Geräusch, das ganz anders war als das des Baches, der sich selbst neu erschaffen hatte. Nein, dieses Geräusch war zum Fürchten; ein gewaltiges Knarren, das Gefahr verhieß und von unten kam, von dem Felssims mit der guten Aussicht. Wir standen auf und blickten angestrengt hinunter, aber es war nichts zu sehen. Da war nur dieses zerreißende Geräusch, das von irgendwoher kam. Aus einem Baum, so mußte es wohl sein, aber wir konnten nicht feststellen, aus welchem. Es klang am ehesten so, als stöhne jemand. Allerdings hatte dieses menschlich klingende Stöhnen eine Lautstärke, die keinem Menschen möglich gewesen wäre; es klang wie das Stöhnen der Erde selbst, das Stöhnen des unter uns liegenden Felsens. Als es eine fast unerträgliche Intensität und Lautstärke erreicht hatte, gab sich der Verursacher zu erkennen, indem er langsam umfiel; es war der einzelne Baum auf dem Felsvorsprung, der in diesem Moment durch die Luft donnerte.

Man muß wissen, daß es vollkommen windstill war. Es hatte nicht geregnet. Es war Herbst, und seit dem letzten Winter hatte es keine Stürme mehr gegeben. Und der Baum schien, als wir ihn uns später ansahen, vollkommen gesund zu sein, in seinem Inneren weder von Insekten noch von Fäulnis angefressen. Warum war er umgestürzt? Er war gewachsen und gewachsen, ein gesunder Baum, der sich nach der Sonne streckt, und dann war er eines Tages, während wir zusahen, einfach umgefallen. Vielleicht hatten seine Wurzeln nicht so tief gereicht, wie sie hätten reichen sollen, aber selbst wenn dem so war, warum hatte er sich für seinen Fall ausgerechnet diesen Tag ausgesucht? Eine unendlich kleine Zunahme seines Gewichtes hatte sein Wurzelsystem um einen unendlich kleinen Betrag zu sehr belastet, und das war das Ende gewesen, der Baum war dahin, er war tot und war doch gerade noch lebendig gewesen. Ich brauchte nicht lange, mich daran zu erinnern, wie sich das Bachbett gefüllt und wie sich die Kröten versammelt hatten, und zu erkennen, daß diese drei Ereignisse etwas Gemeinsames hatten. Alle waren sie plötzlich eingetreten und hatten uns in außerordentlicher Weise überrascht. Die Wahrscheinlichkeit, daß so etwas genau dann passierte, wenn wir an Ort und Stelle waren, schien enorm gering, und den Zeitpunkt vorauszusagen, war völlig unmöglich. In jedem dieser Fälle hätte man lange, lange warten müssen, um Zeuge eines Geschehens zu werden, dessen Zeitpunkt selbst der beste Wissenschaftler nicht mit einiger Genauigkeit vorhersagen könnte; es schien so, als folgten gewisse Ereignisse in der Natur ihrer eigenen inneren Logik.

Wilbur und ich unterhielten uns darüber. Er sagte mir, er glaube, das alles habe etwas zu bedeuten. Er habe den Baum nicht gerochen, bevor er umstürzte. Er habe nicht erwartet, daß sich die Kröten versammelten, und habe nicht gespürt, daß der kleine Fluß anschwoll. Und er glaube, daß dies etwas bedeute, obwohl er nicht genau sagen könne, was. Aber ich konnte es. Ich war der Meinung, daß es bedeutete, daß die Welt nicht vorhersagbar sei, selbst für Menschen wie Wilbur nicht, die über die schärfsten und reichsten Sinne verfügen. Eines Tages paarten sich die Kröten. Aber an welchem Tag? Eines Tages mußte sich der Fluß füllen. Aber an welchem Tag? Selbst wenn man sein ganzes Leben damit zubrachte, den entscheidenden Moment vorherzusagen, schaffte man es vielleicht nicht, weil das Leben dazu nicht ausreicht. Und seither habe ich, wann immer ein Wissenschaftler argumentierte, die Regenerationsgeschwindigkeit der Natur sei einfach unglaublich und ein Ökosystem könne jederzeit wiederhergestellt werden, solange es nur existiert, gedacht, ja, das mag so sein, die Natur ist bestimmt unverwüstlich. Aber sie verblüfft uns auch – selbst ein Wilbur kann überrascht werden. Wie können wir jemals wirklich wissen, wir Menschen, wann plötzlich das große Knarren einsetzt?

Die Dinge regenerieren sich. Bis sie eines Tages untergehen.

Gefrorene Musik

Das dreizehnte Lebensjahr brachte für Wilbur und mich einige Änderungen mit sich; nicht die unbedeutendste davon war, daß Wilbur wieder auf eine Sonderschule mußte. Er hatte nach und nach Schwierigkeiten mit seinen Lehrern bekommen, weil er die Mätzchen der Halbstarken an der Schule nachmachte, und Iris hatte ihn – in dem Versuch zu vermeiden, was sie kommen sah – auf eine andere Schule geschickt. Und ich fühlte mich, je älter ich wurde, immer mehr als Außenseiterin, und das nicht nur wegen Dr. Jim und seiner wohlerwogenen Meinung, daß ich schwachsinnig sei und aus mir nichts anderes werden könne als eine Niete. Nein, es war vielmehr eine Desillusionierung, die weit über meine Familie hinausging und sich auf die gesamte amerikanische Kultur erstreckte, und zum ersten Mal in meinem Leben war ich froh, daß meine Mutter in England geboren worden war. Ich erzählte jedem, der danach fragte, daß ich »zu einem Viertel britisch« sei, und ich begann auch, mehr über die Antarktis zu lesen. Ich war auf das Buch *Endurance* gestoßen, Alfred Lansings Darstellung von Shackletons denkwürdiger Transantarktisexpedition, und ich hatte außerdem Apsley Cherry-Garrards *Die schlimmste Reise der Welt* gelesen. Zum ersten, aber kaum zum letzten Mal las ich Kapitän Scotts *letzte Fahrt*, und es fiel mir schwer zu verstehen, warum nicht jeder von Scott und dem Eis so fasziniert war wie ich.

Aber wenn ich versuchte, jemandem in der Schule davon zu erzählen, vom Wunder des antarktischen Kontinents, davon, was dort in den letzten zweihundert Millionen Jahren vor sich gegangen war, dann hieß es – mit einem einmaligen Mangel jeglichen Interesses: »Ist das am Südpol oder am Nordpol?«, und wenn ich dann sagte, es sei am Südpol, dann hieß es: »Na, dann nimm dich vor den Eisbären in acht.« Und wenn ich dann erklärte, daß es in der Antarktis keine Eisbären gebe, war es ganz vorbei.

Die anderen interessierten sich für Rodeos, Reiten und Cowboyhüte. Mehr noch, für das ganze Cowboygehabe, so zu tun, als kenne man keine Gefühle und gehe fest davon aus, die Natur sei auf alle Fälle ein Feind. Sie hielten viel aus, diese heldenhaften Cowboys, die Hüte draußen im Regen vom Wind gepeitscht in die Stirn gezogen, wenn die unerfahrenen Kälber sich mal wieder verlaufen hatten. Doch sie ertrugen es schweigend. Darauf kam es an, wenn man ein Cowboy sein wollte, aber mir kam es falsch und verrückt vor, denn in meinem eigenen Leben gab es, nachdem Colin uns verlassen hatte, nur zwei Orte, an denen ich glücklich war – die Welt der Bücher und die Welt der Natur. Die normale Gesellschaft, das Leben in Häusern, das Leben in der Stadt, das war es, wo alles in Schrecken endete. Draußen in den Bergen oder in der Wüste, wo die Cowboys hingehörten, war alles klar und einfach. Warum kam es den Cowboys nie in den Sinn, das zu erwähnen?

Zwei Jahre vergingen. Ich war fast vollständig in der Welt meiner Bücher versunken, und obwohl ich eigentlich den Tagesereignissen, wie zum Beispiel den Nachwirkungen Watergates und der Ölkrise, wenig Aufmerksamkeit schenkte, hatte ich immer mehr den Eindruck, Amerika sei irgendwie auf den falschen Weg geraten. Damals, mit dreizehn und vierzehn, fing ich auch an, öfter meinen Vater anzurufen. Ich hatte ihn in den Jahren davor nur gelegentlich gesehen, und er war mir gänzlich ein Rätsel geblieben. Ich wußte, daß er an einem Buch arbeitete, seit fast zehn Jahren inzwischen, und darauf konnte ich stolz sein. Ein Buch! Mein eigener Vater! Das war wundervoll; er war so etwas wie meine private Antarktis. Und in dem Sommer, als ich fünfzehn war, konnte ich endlich meine Mutter überreden, mir das Geld für eine Busfahrt zu geben, damit ich meinen Vater für ein oder zwei Monate besuchen konnte. Ich versprach mir von der Fahrt in diesem Sommer sehr viel, glaubte, daß mir dies endlich meinen Vater zurückbringen würde. Ich stellte mir auch vor, daß er mich einladen würde, bei ihm zu bleiben, und daß ich nie wieder nach Quarry zurückkehren würde. Aber die Fahrt nach Tipton wurde nicht das, was ich mir erhofft hatte. Mein Vater war anscheinend immer noch ganz derselbe Mann, der einst an einem späten Wintermorgen seinen Koffer gepackt hatte und aus meinem Leben verschwunden war, ohne einen besseren Grund dafür zu haben als den, daß meine Mutter es ihm gesagt hatte.

Als ich nach einer langen Busfahrt über Land, die ich faszinierend fand, weil es meine erste war – die Weite des nordamerikanischen Kontinents war einfach beeindruckend –, in Tipton ankam, wartete mein Vater am Busbahnhof auf mich. Ich war erstaunt, wie alt Colin wirkte und wie müde. Er war schon damals krank, aber das konnte ich nicht wissen, und ich war trotz seines angegriffenen, abgehärmten Äußeren so glücklich, ihn nach all der Zeit wiederzusehen, daß ich anfing zu weinen. Das schien ihn ein wenig zu überraschen. Er klopfte mir auf die Schulter und nahm mich dann mit zu dem kleinen Haus, das er sich gemietet hatte, einem Bauernhaus, das einst einem Pächter gehört hatte. Damals sparte er immer noch für sein eigenes Haus im Kolonialstil, das er sich schießlich anderthalb Jahre vor seinem Tod kaufte. Er nahm mich also mit nach Hause, setzte mich irgendwo hin, gab mir etwas zu essen und zeigte mir mein Zimmer. Was er als nächstes mit mir anfangen sollte, war ihm völlig schleierhaft. Worüber konnte er mit diesem fünfzehnjährigen Mädchen sprechen, das plötzlich aus dem Bus heraus direkt in sein Leben hineingetorkelt war?

Ich sage »torkeln«, weil ich mich mit fünfzehn mitten in einem unglaublichen Wachstumsschub befand, der mich ziemlich ungelenk machte und mir manchmal sogar Schmerzen bereitete. Außerdem wuchs aus irgendeinem Grund mein linkes Bein langsamer als das rechte, so daß meine Behinderung eine ganze Zeit lang selbst mit Ausgleichsschuhen deutlich sichtbar war. Ich war inzwischen einen Meter dreiundsiebzig groß und hatte die Körpergröße meines Vaters fast erreicht; das, glaube ich, machte ihm die Sache auch nicht gerade leichter. Ich ertappte ihn immer dabei, wie er mich fast ungläubig betrachtete, als erinnerte ich ihn an jemanden, mit dem ein Wiedersehen ihn nicht übermäßig erfreut hätte.

Aber nach einigen Tagen, die angefüllt waren mit Schweigen und peinlichen, stockenden und schließlich gescheiterten Versuchen, mich wie einen Teenager zu behandeln, entschloß sich Colin, mich einfach zu unterrichten, so wie er seine Studenten am Tipton College unterrichtete; er erzählte mir von Vermont und von seinem Buch und davon, was es bedeutete, Historiker zu sein. Als Historiker, erklärte er mir, mußte er immer mit den Mehrdeutigkeiten und Widersprüchlichkeiten jedes gegebenen Zeitalters leben. Dies sei ihm aber immer schwerer gefallen, je älter er wurde, und fast gegen seinen Willen sei er dahin gelangt, nach absoluten Werten zu suchen. Das Buch, an dem er arbeitete und das er *Das ehrliche Haus* nannte, war eine Untersuchung über die Wechselbeziehung zwischen den Häusern, die die Menschen sich bauten, und ihren Glaubenssystemen. Er sagte, alle Architekten sprächen von Häusern in moralischen Begriffen – sie bezeichneten sie als »trügerisch«, »entlarvend«, »bescheiden« oder »zu dreist«, um nur einige Beispiele zu geben.

Colin war nur an der speziellen Eigenschaft der Wahrhaftigkeit als innerem und äußerem Wert interessiert. Eitelkeit, Furcht, Verfolgungswahn . . . oder der Wunsch, sich einzufügen, all diese Eigenarten interessierten meinen Vater nicht im geringsten. Das Leben in Vermont war zu seiner Inspiration geworden, denn die Bürger Vermonts waren bekannt für ihre Aufrichtigkeit, und sie waren außerdem berühmt für ihre klassischen, einfachen Landhäuser im Kolonialstil. Nein, es konnte einfach kein Zufall sein, daß die Häuser dieser ehrlichen Menschen eine schöne Anordnung der Fenster aufwiesen, Zurückhaltung und Einfachheit in allen Linien zeigten. Davon war er überzeugt.

Und deswegen war es mehr als entsetzlich, was mit dem Staat Vermont geschah. Wir schrieben den Sommer 1977, und vor allem in Tipton war damals gerade der Bauboom ausgebrochen. Immobilienmagnaten aus Massachusetts kauften Bauernhöfe auf, alte Höfe, die schon seit über hundert Jahren bestanden, und rissen sie dann restlos ab, um an ihrer Stelle Eigentumswohnungen oder Wohnsiedlungen zu bauen. Die neuen Siedlungen nannten sie dann Maple Sugar Estate oder Old Farm Plaza, und die Straßen bekamen Namen wie »Zu den Fünf Kühen«. Meinen Vater bestürzte das mehr als der Hunger in der Welt; besser gesagt: für ihn war es der Hunger in der Welt. Ich glaube, er sah den Zusammenhang zwischen beidem sehr, sehr deutlich. Als wir eine Fahrt über Land machten und man überall die neuen Bauten wie Pilze aus dem Boden schießen sah, sagte er: »Morgan, wo kommen bloß all diese Leute her?« Oder: »Das war früher ein Obstgarten. Ich habe dort jeden Herbst Äpfel gepflückt. Schneeäpfel. Jetzt nennen sie die Siedlung Schneeapfel. Es ist zum Verzweifeln.«

Eines Tages sagte er zu mir, ich könne mich glücklich schätzen, in Colorado zu leben, wo die Rocky Mountains es nicht so leicht machen würden, den gesamten Staat zu parzellieren. Und ein anderes Mal sagte er, die einzige Lösung sei, Frauen dafür zu bezahlen, keine Kinder zu bekommen, und ihnen für jedes Jahr, das sie durchhielten, mehr Geld zu geben. Abgesehen von solchen Anlässen, bei denen er sich sehr ereiferte, war mein Vater in diesem Sommer meistens sehr niedergeschlagen. Ich nehme inzwischen an, daß er damals bereits von seiner Krankheit wußte, mir aber nichts davon erzählte. Er schwieg oft lange Zeit. Nur wenn es um *Das ehrliche Haus* ging, blieb er länger bei der Sache.

Er versuchte durchaus, sich für mein Leben und meine Probleme mit Dr. Jim zu interessieren, auch für meine Berichte darüber, was mit meiner Mutter geschah. Aber wenn er mir dann eine Weile sein Mitgefühl gezeigt hatte, erlahmte sein Interesse, schweifte ab, und ich ertappte ihn schließlich dabei, wie er verstohlen etwas in ein großes Spiralheft notierte, das er immer im Wohnzimmer liegen hatte. Ich ging, wohl zutreffenderweise, davon aus, daß diese Notizen nichts mit mir zu tun hatten, und mein Vater war jedesmal sichtlich erleichtert, wenn ich nicht darauf bestand, daß er mir weiter zuhörte, sondern mich in einem Sessel zurücklehnte und ihn statt dessen bat, mir etwas zu erklären. Er benutzte mich als Versuchsauditorium für seine neuentdeckte Erforschung der Werte.

So erzählte er mir zum Beispiel, daß er inzwischen keinen Gefallen mehr an viktorianischen Häusern mit ihren verspielten, nutzlosen Verzierungen, ihrer Überfülle und ihren Überraschungen fände. Waren sie nicht irgendwie trügerisch, mit all ihren Türmchen und Erkern und so weiter? So wie bei diesem hier, sagte er und hielt mir ein Bild hin. Es war das William Carson McKenzie Mansion, und hundert Handwerker hatten daran mehr als zwei Jahre lang gebaut. Was war das Ergebnis gewesen? Die Spitze des Turms war im Stil des Second Empire gehalten, das Dach war mansardenartig, und der Sockel des Turmes war wieder an einen anderen Stil angelehnt. Ich sah mir das Bild an und mußte ihm zustimmen. Das Haus war unglaublich häßlich. Er nahm das Foto wieder an sich und betrachtete es grübelnd. Seiner Meinung nach hielt er da ein böses Geheimnis in der Hand, das Geheimnis von allem, was in der Welt schiefgegangen war, seit menschliche Wesen aus der letzten Eiszeit hervorgekrochen waren. Immer trieben sie alles zu weit. Aus Ehrlichkeit wurde Unehrlichkeit, aus Wahrheit Falschheit, und Schönheit verirrte sich in den Bereich des Grotesken.

»Kein Wunder, daß Krebs eine Krankheit des Menschen ist«, sagte er. »Und gleichzeitig die Krankheit unserer Zeit. Sie verkörpert in vollendeter Weise alles Wuchernde, aus den Fugen Geratene.«

Das also war der Sommer mit meinem Vater, und so unbefriedigend, wie er in fast jeder Hinsicht war, hatte Colin sich doch wenigstens mit mir unterhalten, als hielte er mich für intelligent. Das machte es mir schwerer als je zuvor, Ende August nach Quarry zurückzukehren und wieder mit Dr. Jim und meiner Mutter zusammenzuwohnen. Aber schlimmer, weit schlimmer als die Anwesenheit von Dr. Jim – an die ich mich damals bereits gewöhnt hatte – traf mich, daß Wilbur sich während meines Sommers in Vermont mit Halbstarken von der Quarry High School herumgetrieben hatte und zusammen mit ein paar anderen Jungen bei einem Einbruch in ein Haus im besseren Viertel der Stadt erwischt worden war. Er hatte der Polizei erklärt, daß er das Haus nur hatte riechen wollen – aber trotzdem wurde er natürlich ins Jugendgefängnis geschickt.

Ich konnte es nicht fassen, aber es schien sich nicht verhindern zu lassen. Iris hatte alle ihre Freunde am College zu Rate gezogen, einschließlich der Soziologen und Psychologen und aller anderen Sozialwissenschaftler, die sie kannte. Der Staat war davon nicht beeindruckt; Iris war verzweifelt. Da das Jugendgefängnis in der Nähe der Grenze zu Wyoming lag, ließ sie sich für ein Jahr beurlauben, verpachtete die Ranch und mietete sich ein Haus in der Nähe des Gefängnisses. Bevor sie aufbrach, versprach sie mir, daß wir drei, wenn Wilbur wieder zu Hause war und ich vielleicht meinen Abschluß an der High School gemacht hatte, zusammen eine Reise ins Ausland unternehmen würden. »Wir werden zusammen nach Griechenland fahren und die Wurzeln der westlichen Zivilisation erkunden«, sagte sie. Und um mir zu zeigen, daß sie es mit ihrem Versprechen ernst meinte, schenkte sie mir eine gebundene Ausgabe der *Griechen*, aus denen sie mir und Wilbur vorgelesen hatte, als wir noch jünger gewesen waren.

Ich vermißte Iris und Wilbur furchtbar; es wurde ein sehr schweres Jahr, vor allem, da es meiner Mutter immer schlechter zu gehen schien. Mir kam es so vor, als ob sie jetzt nicht mehr bloß versicherte, ihr ganzes Leben sei wunderbar, sondern es auch wirklich zu glauben schien, wenigstens soweit ich das beurteilen konnte. Nachdem sie neun Jahre lang versucht hatte, es nicht zur Kenntnis zu nehmen, wenn sie von Dr. Jim verletzt oder ignoriert oder herablassend behandelt wurde, hatte sie das Nicht-zur-Kenntnis-Nehmen in eine Art Kunstform verwandelt. Wenn in ihrem Kopf irgendwo ein Gedanke auftauchte, der ihr weh tat oder sie traurig machte, dann nahm sie diesen Gedanken, hielt ein Streichholz an die Lunte und schoß ihn wie eine Rakete in den weiten Raum ihres Unterbewußtseins.

Mir kam es so vor, als müsse meine Mutter, falls es Wettbewerbe in willentlichem Vergessen gegeben hätte, in allen Disziplinen das Blaue Band gewinnen, denn wenn ich sie an etwas erinnerte – gewöhnlich etwas, was Dr. Jim getan hatte –, dann pflegte sie mich verwundert anzuschauen und zu sagen: »Ach, das ist nicht wahr, Morgan.« Und wenn sie etwas mehr Ehrgeiz verspürte, dann stritt sie nicht einfach alles ab, sondern neigte zunächst ihren inzwischen ergrauten Kopf zur Seite. Dann schüttelte sie leicht den Kopf, als versuche sie, eine widerspenstige Erinnerung aus einer Windung ihres Gehirns, wo sie festgeklemmt war, zu befreien, aber sosehr sie sich auch bemühte, es kam nichts ans Tageslicht. Ich wußte, daß das keine Schauspielerei war, auch wenn es stark diesen Eindruck machte. Es sah so aus, als fehle ihren Gefühlen jede Tiefe.

So lagen die Dinge also in dem Jahr, in dem ich mich dazu entschloß, das »Große Abenteuer« mitzumachen, eine dreiwöchige Wanderung in den winterlichen Rocky Mountains. Die Exkursion war eine Alternative zum Sportunterricht und fand direkt nach Weihnachten statt, noch bevor im Januar die Schule wieder anfing. Beim Großen Abenteuer lernte ich Anthea Jacobs kennen. Sie war eine der waghalsigsten Bergsteigerinnen Colorados und kam später – noch keine dreißig Jahre alt – im Yosemite-Nationalpark ums Leben. Ich habe sie nach den drei Wochen, die wir zusammen in den Bergen waren, nie wiedergesehen. Als ich sie in der Sporthalle der High School beim ersten Treffen meiner Gruppe kennenlernte, wollte ich sofort so sein wie sie. Sie hatte den effizienten Gang einer Tänzerin, ihr schwarzes Haar war kurz – sehr kurz für die damalige Zeit – und stand hinten ab. Auch ihr Pony war ganz kurz geschnitten, ließ die Stirn frei, und genauso kurz kaute sie auch ihre Nägel ab, wie ich bemerkte, als sie auf ihrer Runde zu mir kam, um meine Ausrüstung zu überprüfen und mir zu helfen, mich passend auszustaffieren. Und wenn ich nicht so sein konnte wie sie, dann wollte ich wenigstens, daß sie meine Freundin wurde.

Unglücklicherweise entwickelten sich die Dinge aber nicht in diese Richtung; alle meine Versuche, Anthea während der nächsten drei Wochen auf mich aufmerksam zu machen, führten zu nichts anderem, als daß ich unzählige Male mit meinem schweren Gepäck auf dem Rücken stürzte. Ich hatte immer noch Probleme mit meinem letzten Wachstumsschub. Außerdem hatten sich offenbar sämtliche männlichen und weiblichen Sportkanonen aus Quarry für diese Exkursion eingetragen, um dabei ihre athletischen Fähigkeiten unter Beweis zu stellen. Wir taten genau das, was bei all diesen Wanderungen getan wird, liefen bei stürmischem Wetter Ski, gruben uns Schneehöhlen, kletterten auf Berge, und ich hätte das auch alles sehr genossen, wäre ich nicht so befangen gewesen und die ganze Zeit davon überzeugt, Anthea müsse mich für unfähig halten. Aber mit diesem Gefühl war es schwer, etwas zu genießen; deswegen freute ich mich auch sehr auf mein »Solo«, zu dem man sich nach zwei Wochen Gruppenleben für drei Tage von den anderen trennte. Man wurde ohne feste Nahrung weggeschickt, auch sonst nur kärglich ausgerüstet, und man mußte die Zeit in einem kleinen Gebiet von ungefähr zwei Hektar Größe verbringen. Man durfte Bücher und Notizblöcke mitnehmen, und man konnte sein kleines Gebiet nach Belieben durchstreifen. Die Grundidee dabei war, daß man zum ersten Mal entdecken sollte, was es bedeutete, wirklich allein zu sein. Ich glaubte zu wissen, was es hieß, wirklich allein zu sein, und freute mich wie gesagt sehr darauf. Es würde eine Erleichterung bedeuten, allein zu sein statt ignoriert zu werden.

Am ersten Nachmittag meines Solos schneite es, ein leichter, zarter Schneefall – für Januar war es recht warm in den Rockies –, und all die einzelnen Schneeflocken trieben gedankenschwer herab, als wären sie kleine Staubkörnchen. Langsam übersäten sie den Boden, summierten sich zu einem sanften, gleichmäßigen Flausch, der auf den bereits vorhandenen drei Metern Schnee zu liegen schien wie eine feine Politur auf Silber. Dann hörte es auf zu schneien, aber weitere Schneefälle waren zu erwarten.

Ich hängte meinen Parka an einen Ast und fand schließlich einen Platz, an dem der Schnee weniger hoch lag als überall sonst, weil ein Fels wie eine Art Schneeschutz gewirkt hatte. Dort grub ich ein Loch für eine Feuerstelle, das bis auf die Erde hinabreichte, und legte auf beiden Seiten dieser Vertiefung eine Bank aus Schnee an; es war wichtig, daß ich diese Bänke jetzt formte, denn über Nacht würde der Schnee in der Grube hart werden und so bleiben, bis es wieder taute. Ich klopfte die Bänke zurecht, bis sie perfekt waren, und brachte dann einige Stunden damit zu, Holz zu sammeln. Schließlich hatte ich an der Feuerstelle eine gewaltige Menge von Holzstücken und Zweigen aufgehäuft. Unsere Kursleiter hatten uns speziell angewiesen, immer nur ein bißchen Holz auf einmal zu suchen, denn der Zwang, regelmäßig einer Arbeit nachgehen zu müssen, konnte einem helfen, die Langeweile fernzuhalten. Ich hatte diesen Rat herablassend belächelt. Langeweile? Im Wald? Ich? Niemals. Also stapelte ich das Holz hüfthoch und baute mir außerdem ein großes Dreibein aus Holz.

Als meine Vorbereitungen abgeschlossen waren, entzündete ich ein gewaltiges Feuer, das auch gut in Gang kam und fröhlich vor sich hin prasselte, während ich meine Schlafstatt noch ein wenig vergrößerte. Als eine ausgewachsene Liege daraus geworden war, legte ich meine Unterlage und meinen Schlafsack darauf und schlug dann die eine der beiden Plastikplanen, mit denen man mich ausgestattet hatte, als Schutzdach an. Einige meiner Kommilitonen gruben sich Schneehöhlen, aber das wollte ich erst tun, falls das Wetter deutlich kälter wurde. Ich füllte etwas Schnee in meinen Topf, hängte den Topf an den Dreifuß und zog dann mein Schreibzeug und meine Bücher aus dem Rucksack. Merkwürdigerweise war ich irgendwie rastlos. Gab es noch etwas zu tun, das ich versäumt hatte?

Ah! Ich hatte mir noch keine Latrine gegraben! Froh, daß ich meine Stiefel noch nicht ausgezogen hatte, sprang ich wieder auf die Füße und ging hundert abgezählte Schritte in den Wald hinein. Dort grub ich ein kleines Loch – es mußte ja diesmal nicht bis auf den Erdboden reichen. Dementsprechend war ich schon nach fünf Minuten wieder zurück an meinem Lagerplatz. Ich füllte noch etwas Schnee in den inzwischen brutzelnden, geschwärzten Topf. Das Feuer prasselte jetzt gewaltig, und als ich genug kochendes Wasser hatte, machte ich mir eine einzige Tasse Kakao – jeder bekam für sein Solo einen Vorrat für sechs Tassen. Der Kakao war sehr schnell getrunken, und jetzt wollte ich lesen, bevor es dunkel wurde und man nur noch mit der Taschenlampe etwas erkennen konnte.

Als ich mich auf meine Schlafunterlage legte und nach den *Griechen* griff, einem der Bücher, das ich mitgebracht hatte, merkte ich auf einmal, daß ich gar kein Kopfkissen hatte; also warf ich das Buch zur Seite und sprang wieder auf – diesmal, um mir eine Nackenrolle aus dem Schnee zu schneiden. Aber diese Aufgabe nahm noch weniger Zeit in Anspruch, als ich für das Graben der Latrine gebraucht hatte. Als ich wieder in meine Koje kletterte und auf die Uhr schaute, war es erst halb sechs. Die Dunkelheit würde bald hereinbrechen, aber ich war immer noch voller Energie; deshalb beschloß ich, ein wenig in mein Notizbuch zu schreiben und mir die *Griechen* für den nächsten Tag aufzuheben. Morgen würde es mir leichter fallen, mich zu konzentrieren. Ich schrieb ungefähr zehn Minuten lang und beschrieb detalliert alles, was ich bisher getan hatte. Aber merkwürdigerweise fingen meine Gedanken bald an abzuschweifen.

Tatsächlich beschäftigte ich mich immer weniger mit dem, was ich schrieb, und mehr und mehr mit den verschiedenen Kurven der Buchstaben, die ich malte. Mit Staunen beobachtete ich, wie sich meine Hand wellenartig bewegte und Buchstaben hervorbrachte, die wie eine Raupenbahn über die Seite liefen und außerdem, sofern es sich um *l* oder *h* oder *b* handelte, mit dramatischen langen Schleifen in die Welt des Daseins eintraten. Manchmal verschmierten die Buchstaben, wenn etwas Schnee gerade vor der Stelle auf das Papier gefallen war, an der ich den Stift aufgesetzt hatte. Also legte ich den Stift schließlich weg, packte das Notizbuch in seine Plastikhülle und beschloß zu schlafen. Aber dann blieb ich doch noch eine Weile wach und hörte dem Prasseln des Feuers zu.

Den größten Teil des nächsten Tages über hielt mich ein Schneesturm in Atem; der Schnee wehte so schnell in mein Feuerloch, daß es schwierig wurde, ein Verlöschen der Flammen zu verhindern. Vielleicht hätte ich mir doch eine Schneehöhle graben sollen. Das Holz war mir inzwischen ausgegangen, aber das war ganz gut so, denn so hatte ich wieder etwas zu tun, während ich auf Anthea wartete – die Kursleiter sahen jeden Tag nach den Schülern. Zwischen diesen Anfällen von Aktivität kletterte ich in meine Koje und versuchte, etwas zu lesen, blätterte ziellos in den *Griechen* herum, da es mir während des Schneesturms ziemlich vergeblich erschien, am Anfang des Buches zu beginnen. Ich las über die Polis, darüber, wie sehr den olympischen Göttern an der Verteidigung der Ordnung in den Stadtstaaten gelegen war. Und ich las, daß Aristoteles' berühmter Satz gar nicht lautete: »Der Mensch ist ein politisches Wesen«, sondern: »Der Mensch ist ein Lebewesen, das in einer Polis lebt«, und wieder begannen meine Gedanken zu wandern, diesmal zu Iris, die weit weg war, an der Grenze zu Wyoming, und zu Wilbur im Jugendgefängnis.

Aber zurück zu den Griechen. Ich blätterte weiter und las an einer anderen Stelle, daß die Klarheit und Strenge, die sich in der klassischen griechischen Kunst finden, ihre Wurzeln in der griechischen Sprache haben, die es nicht nur erlaubt, mit außerordentlicher Genauigkeit die Beziehungen zwischen Ideen, sondern ebenso genau die subtileren Beziehungen zwischen Ideen und Emotionen auszudrücken. Immer wieder stieß ich auf die Erörterung der *»arete«*, die nicht als Tugend, sondern als Vortrefflichkeit definiert war und von der behauptet wurde, daß ihr in der griechischen Konzeption des Lebens die höchste Hingabe galt. Für einen modernen Amerikaner mochte es ein Unterschied sein, ob eine Person »gut« ist oder ob sie sich »gut« auf etwas versteht, aber für die Griechen war das im großen und ganzen dasselbe, denn ebenso, wie das politische und das religiöse Denken zusammengehörten, so auch die Ästhetik und die Moral. Wenn einem etwas ästhetisch mißfiel, dann war die Wahrscheinlichkeit groß, daß man es auch moralisch verwerflich fand. Während des Lesens hatte ich nicht achtgegeben und mir ein kleines Loch in meinen Schlafsack gebrannt, und als Anthea am Nachmittag schließlich kam, hatte ich das Buch bereits beiseite gelegt.

Ich glaubte inzwischen sowieso, alles über das alte Griechenland zu wissen, was man wissen mußte, und als der Schneesturm langsam nachließ, war ich aufgestanden, um pinkeln zu gehen. Anthea kam, während ich noch damit beschäftigt war. Genauer gesagt, zog ich mir gerade die Hosen hoch; der Reißverschluß war vom Schnee durchnäßt, ich spürte den bitterkalten Wind auf meiner nackten Haut und war vollauf in Anspruch genommen von meinem klemmenden Reißverschluß. Als ich im Schneetreiben aufblickte, stand Anthea da, auf ihre Skistöcke gestützt, und betrachtete mich durch ihre Brille. Sie fragte mich, wie es mir bei meinem Solo erginge, und ich lief rot an und murmelte: »Gut.« Daraufhin holte sie mit den Skistöcken aus und glitt wieder davon.

Am dritten Tag meines Solos schneite es nicht. Der Himmel klarte zu einem ungetrübten Blau auf, und überall um mich herum schien die Sonne durch die dichten Bäume. Der vollkommen weiße Schnee glänzte und funkelte. Die Temperatur fiel unter null Grad, aber es war trocken, und mir kam es fast warm vor. Ich hatte inzwischen über sechzig Stunden lang keine Nahrung mehr zu mir genommen außer etwas Kakao, meine Sinne waren geschärft, und mein verkrampfter Magen schien zu vibrieren. Ich hatte den Eindruck, als spiele sich alles um mich herum in Zeitlupe ab.

Mir war nicht länger nach Lesen zumute, und es gab auch nichts, das ich hätte aufschreiben mögen. Aber zu meiner eigenen Verwunderung wollte ich einen großen Schneemann bauen. Eigentlich keinen Schneemann, sondern eine Schneeskulptur, und zwar einen vorwärtsstürmenden Elefanten. Ich hatte mich immer gescheut, etwas mit meinen eigenen Händen zu formen. Aber jetzt verbrachte ich Stunden im Sonnenschein und arbeitete an meiner Skulptur, die niemand je sehen würde und für die ich mich nicht würde schämen müssen. Ich baute vier mächtige Beine, drei davon am Knie etwas gebeugt, das vierte gerade nach hinten gestreckt. Nachdem ich diese Beine ein Weilchen bewundert hatte, kamen der Rumpf und dann der Kopf mit zwei gewaltigen Ohren an die Reihe – ich verstärkte sie mit Kiefernzweigen und versuchte, sie an den Rändern etwas zu biegen und abzuschaben. Der Rumpf bekam eine gefällige Wölbung. Und jede meiner Bewegungen war langsam und voller Würde und ging in die Bewegung des Elefanten ein. Ich machte ihm Stoßzähne aus Holz und Augen aus Steinen und gab ihm sogar Nägel für seine vier großen Füße. Inzwischen war ich natürlich ganz benommen vor Hunger. Es war eine kolossal sinnliche Arbeit, und je länger ich arbeitete, desto weniger nahm ich mich selbst wahr, desto weniger war ich mir bewußt, daß ich es war, die dies alles machte. Es gab mich und den Elefanten, es gab nur den Elefanten, es gab den Elefanten und den Schnee. Ich hielt in der Arbeit inne, um den Geräuschen des Waldes zu lauschen.

Aber eigentlich war es eher so, daß ich innehielt und die Geräusche von mir Besitz ergriffen, das Plip-plop der kleinen Klümpchen von Schnee, die auf den Boden fielen, der Triller eines Wintervogels, das Schnalzen eines Eichhörnchens, das schwache Rufen eines weit entfernten Rauhfußhuhnes. Es waren keine lauten Geräusche, ich hörte keine Schreie, kein Gebell, kein Brummen, sondern nur diese feinen, zarten Laute. Sie gaben mir das Gefühl, um mich herum würde eine Sinfonie gespielt, während ich an meinem Elefanten arbeitete. Es gab ein Thema mit Variationen, ein Wechselspiel zwischen dem Boden und den Zweigen. Die Musik hatte ihr Leitmotiv, ihre Tempi, ihre thematischen Wiederholungen. Alle Teile waren zu einem Ganzen vereinigt. Und ich war glücklich, diese Sinfonie zu hören, und höhlte die Ohren meines Elefanten ein wenig tiefer aus, damit er sie ebenfalls hören konnte.

Ich hatte den Elefanten fertig und saß im Schnee, hörte auf die Geräusche und dachte an nichts, als Anthea auf ihren Skiern wieder herankam und mich ein zweites Mal überraschte. Sie trug ein königsblaues Windhemd, eine Hose aus feiner grauer Wolle mit königsblauen Gamaschen bis zu den Knien und einen magentaroten Rollkragenpullover, der oben aus ihrem Windhemd herausschaute. Sie trug keine Mütze, und ihr kurzes Haar glänzte. Sie hatte auch keine Handschuhe an, so daß ich ihre abgekauten Fingernägel sehen konnte. Sie schwang ihre Skistöcke etwas nach vorn und lehnte sich dann darauf, ein wenig vornübergebeugt, während ich schweigend zusah, wie sie meine Schneeskulptur betrachtete.

Anthea sah sich den Elefanten an, und dann sah sie mich an, und ich hatte das Gefühl, daß diese Frau mich gerade eben zum ersten Mal wirklich gesehen hatte.

»Das ist ein schöner Elefant«, sagte Anthea.

»Danke«, sagte ich. Dann sah ich zu, wie Anthea auf ihren Skiern wieder davonfuhr.

Die Zeit verging, und es war fast Abend. Ich hatte Hunger wie nie zuvor. Ich erledigte alle meine Aufgaben und sah dann zu, wie die Sonne in einem Ausbruch von Pracht unterging. Ich hatte eigentlich vorgehabt, an diesem Abend noch einmal über die zurückliegenden drei Tage nachzudenken, aber als ich in meinen Schlafsack kroch, mußte ich voller Mißvergnügen feststellen, daß ich an nichts anderes denken konnte als ans Essen, nicht einmal an meinen Elefanten, nicht einmal an Anthea. Ich legte mich zurück, die Sterne standen hell am Himmel, Polaris im Norden, das Feuer brannte rotglühend fast ohne Rauch, und da war es plötzlich – nicht die Griechen, nicht die Polis, sondern das erste Geburtstagsessen, an das ich mich erinnern konnte, eine wundervolle Geburtstagsmahlzeit, die ich verspeist hatte, als ich fünf wurde. Meine Mutter hatte Hähnchen gebraten mit Kartoffelbrei und Limabohnen, alles wurde mit einem dünnen Bratensaft übergossen, und es hatte Erdbeertörtchen gegeben, wunderbarerweise Erdbeeren im März, und M&Ms anstelle der Pfefferminzschokolädchen, die es sonst nach dem Essen gab.

Was für ein Festmahl das gewesen war! Aber damit noch nicht genug. Nein, jetzt, da ich erst einmal angefangen hatte, gab es kein Halten mehr, und mein Gehirn führte mir ein endloses, köstliches Menü vor, Geburtstage, Osterfeste, Thanksgivings und Weihnachtsfeiern, alle diese Festessen mit ihrem Duft fanden sich vom ersten bis zum letzten Gang mit allen Einzelheiten auf dem Festtisch, der jetzt mein ganzes Denken ausfüllte. Jede von mir jemals verspeiste Mahlzeit war anscheinend dort verzeichnet. Und es gab hundert verschiedene Möglichkeiten, auf diese Erinnerungen zurückzugreifen. Wenn ich es müde geworden war, mich besonderer Mahlzeiten zu entsinnen, dann überschwemmte mein Gehirn mich großzügig mit Bildern einzelner Speisen, geordnet nach Grundstoff oder Zubereitung. Es gab Brote mit gebutterter Kruste und mit trockener Kruste; Kartoffeln wurden gebacken, gestampft und gekocht. Käse schmolz auf dem Teller oder war in papierdünne Scheibchen geschnitten. Gedämpftes Gemüse, Kurzgebratenes und in Kasserolen Geschmortes. Alles war da, alles, was ich jemals gegessen hatte, und alles war fein säuberlich abgelegt und gespeichert.

Und während ich mit meinem Hunger dalag, gewann ich bald die Überzeugung, daß mein Verstand ursprünglich genau für diesen Zweck gemacht war, Speisen zu verwalten, sie in die vier Grundtypen einzuteilen oder in gekochte und rohe oder sie zu verschiedenen Speisefolgen zu arrangieren. Das ließ sich auf vielerlei Weise bewerkstelligen, aber das Ergebnis war immer das gleiche, und da ich damals schon Alfred Lansings Buch *Endurance* gelesen hatte, glaubte ich jetzt zu wissen, was er mit dem »sechsmonatigen Regiment des Hungers« meinte, das Shackleton und seine Leute auf der Elefanteninsel erdulden mußten. George Marston hatte auf der Elefanteninsel – welch merkwürdiger Zufall – ein einfaches Kochbuch dabeigehabt und jeden Abend einer anderen Gruppe seiner Kameraden ausgeliehen, die sich daraus imaginäre Mahlzeiten zusammenstellten, die sie dann gemeinsam verspeisten. Brombeer- und Apfeltorten, Pudding, Aprikosenknödel mit Sahne, das waren die Speisen, um die ihre Gedanken kreisten, während Fett von Robben und Adeliepinguinen in sehr kleinen Mengen ihre Mägen füllte.

Als ich am nächsten Tag mein Solo hinter mir hatte und wieder zur

Gruppe zurückgeholt wurde, mit der ich ein Frühstück aus Haferschleim, braunem Zucker und Milch teilte, lächelte ich ständig vor schierem Glück, endlich wieder mit anderen Menschen zusammenzusein, selbst solchen, die mir vorher nicht viel bedeutet hatten. All meine Gefährten bei diesem Großen Abenteuer kamen mir plötzlich so schön und so klug vor, und wir lachten miteinander über die einfachste Bemerkung und den simpelsten Witz. Wir hatten alle das gleiche durchgemacht, denke ich – jeder hatte es auf seine Weise gelernt, aber die Lektion war sicherlich dieselbe, die sie seit Anbeginn der menschlichen Geschichte gewesen war.

Mein Leben, das menschliche Leben, jedes Leben vielleicht schien hin- und hergerissen zwischen zwei grundsätzlichen Bedingungen, zwei grundsätzlichen Instinkten, zwei grundsätzlichen Seinsweisen. Man mag sie Vision und Verlangen nennen, aber wie auch immer man sie nennt, sie begleiten uns ständig, und selbst wenn wir drei Tage allein sind, bleiben wir ihr Spielball. In meinen drei Tagen hatte ich nicht einfach dasitzen und nichts tun können. Ich mußte selbst im kleinsten Zeitnest noch Sinn schaffen. Ich mußte meine Feuerstelle bauen und meinen Dreifuß, meinen Elefanten, der durch den Schnee stürmte, mußte die Worte in mein Notizbuch schreiben, mir meine Gedanken über die Griechen und über Aristoteles machen. Ich war sogar gezwungen gewesen, die Objekte der Begierde, auf die sich mein Hunger gerichtet hatte, zu kategorisieren und einzuteilen, zu sortieren und in eine Rangfolge zu bringen, so wie es die Menschen seit undenklichen Zeiten taten. All diese Aktivitäten waren verursacht von dem Verlangen, nicht nur zu überleben, sondern sich selbst nach außen auszudehnen, zu etwas Größerem zu werden.

Und damit stand ich nicht allein. Der Mensch stand damit nicht allein. Auch die Eichhörnchen wurden vom Verlangen angetrieben. Sie transportierten Nüsse, liefen über Zweige, schnalzten und keckerten, und auch sie taten all das, weil sie es mußten, weil sie es wollten, weil es bedeutete, ein Eichhörnchen zu sein. Man könnte sagen, daß das Verlangen mit Gewalt zu tun hat, aber es ist der Gewalt nicht untergeordnet. Es verursacht sie lediglich, und das ist etwas ganz anderes. Verlangen ist der Kern von allem, was wächst. Es ist schön, furchtbar und verführerisch. Es bringt gute und schlechte Kunst hervor, gute und schlechte Wissenschaft, gute und schlechte Architektur. Ihm verdankt das klassische Griechenland ebenso sein Dasein wie die neuen Wohnsiedlungen; es wirkt in Jos Skulpturen und in Colins merkwürdigem Manuskript. Aber wenn man das Verlangen hinter sich läßt, dann merkt man, daß man auch über Visionen verfügt, und das Innewerden der Vision allein führt zur Vortrefflichkeit.

Ja, ich halt es für ausgemacht, daß die Vision das Verlangen abschneidet. So war es bei den Klängen des Waldes, mit den Schneeflokken, die ins Feuer trieben, dem Anblick eines Baumstammes. Die Unart der griechischen Sprache besteht darin, scharfe Trennlinien zu ziehen, wo es keine gibt, und die Unart des menschlichen Lebens ist es, die Mannigfaltigkeit des Verlangens als einen Vorwand für die Trennung des Untrennbaren zu verwenden. In Griechenland galt die höchste Hingabe des einzelnen nicht einem bestimmten Ort oder einer bestimmten Tätigkeit oder einem bestimmten menschlichen Wesen. Nein, sie galt der Vortrefflichkeit. Diese Eigenschaft wurde *arete* genannt und war nicht Tugend, sondern der sehende Samen, der seit jeher mitten im Herzen der Begierde schlummert.

Es braucht auch nicht den Verstand, um das Gute in der Welt zu entdecken. Die Fürsprache des Intellekts ist dazu nicht nötig. Die Vision verhilft uns dazu, mit einem Blick zu erkennen, ob etwas vorzüglich ist. Ich wußte zum Beispiel in dem Augenblick, als Anthea unsere Sporthalle in Quarry betrat, daß sie etwas Besonderes war. Sie sah meinen Elefanten und fand ihn ausgezeichnet, und es war sicherlich kein Zufall, daß sie mich erst zur Kenntnis nahm, nachdem ich vergessen hatte, daß ich genau darauf aus war. Die alten Griechen hatten recht. Wenn etwas aus ästhetischen Gründen mißfällt, zum Beispiel schlecht gebaute Wohnsiedlungen, dann erregt es sehr wahrscheinlich auch moralisch Anstoß – und sei es nur deswegen, weil es sich anheischig macht, alles zu egalisieren, das ganze Leben auf den kleinsten gemeinsamen Nenner zu bringen. Schelling nannte die Architektur »gefrorene Musik«, ein Ausdruck, der auch auf die Rocky Mountains im Winter zutrifft. Wohnsiedlungen dagegen lassen es einem kalt über den Rücken laufen wie ein langer Kratzer auf einer Schallplatte. Was war geschehen? In der Welt, in der wir leben, ist das Verhältnis zwischen Vision und Verlangen hoffnungslos, vielleicht unwiederbringlich aus dem Gleichgewicht geraten.

Wenn man die Welt mit Menschen bevölkert, mit Milliarden überzähliger Menschen, so daß Tag und Nacht Menschen um einen herum hungern, und wenn man die Welt mit Häusern zubaut, mit kitschigen, nichtssagenden Häusern voller überflüssiger, nutzloser Verzierungen und anderem Müll, wenn man die Welt anfüllt mit Frauen, die nicht so sind wie Anthea Jacobs mit ihrem kurzen Haar und ihrem gelenkigen Körper und ihren abgekauten Nägeln, nun, dann wird es – bei solch einem Durcheinander und angesichts all dieser Produkte des Verlangens – immer schwerer werden, das Gute und das Wahre zu finden. Zum Leben braucht man Zeit und Raum, Tage im verschneiten Wald, damit man lernen kann, nichts zu tun, sondern einfach zu sein. Hat man diese Tage nicht, dann wird man wie meine Mutter, die ihren Kopf verwirrt zur Seite neigt und versucht, eine einzelne Wahrheit aus dem hoffnungslosen Durcheinander in ihrem Innern herauszuschütteln.

Vielleicht ist »Tatsachen« das falsche Wort; vielleicht müßte es eher »voll auf dem Posten sein« heißen

Nachdem das Große Abenteuer vorbei und ich wieder zu Hause und in der Schule war, fühlte ich mich dort fremder als je zuvor. Andere Mädchen in meinem Alter kauften Kleider, schminkten sich und probierten verschiedene Diäten. Viele von ihnen schliefen mit ihren Freunden, wenn es stimmte, was sie selbst erzählten. Ich war zwar an Jungen interessiert, aber schüchtern, und ich traute ihnen nicht über den Weg, es sei denn, sie hießen Wilbur – und der war immer noch im Jugendgefängnis. Also vergrub ich mich in Bücher, in Schularbeiten, lernte alles mögliche und begann mich sogar – trotz der Entmutigung durch meinen Stiefvater – für Naturwissenschaften zu interessieren. Damals lernte ich auch Autofahren – meine Mutter brachte es mir durchaus vergnügt bei – und fand Gefallen an dem Gefühl von Macht und Unabhängigkeit, das mir das Autofahren gab.

Und tatsächlich bekam ich im Sommer, mit sechzehn, nach meinem ersten Jahr an der High School einen Job als Fahrerin auf einer Touristenranch ungefähr fünfzig Kilometer außerhalb von Quarry. Ich war ziemlich jung für diesen Job, aber Iris hatte mir geholfen, die Stelle zu bekommen; ich mußte Geld für das College sparen, da Dr. Jim sicherlich kein Studiengeld für mich bezahlen würde. Ich hätte mich wahrscheinlich am Quarry College einschreiben können, aber das war mir nie in den Sinn gekommen, und ich wußte, daß ich auch ans Tipton College gehen konnte, wo mein Vater unterrichtete. Aber das war nur eine winzig kleine Universität, und ich wollte lieber an der University of Vermont studieren, wo ich nicht allzuweit von meinem Vater entfernt sein würde und ebenfalls nur die verminderten Studiengebühren für Studenten, die in ihrem Heimatstaat studieren, bezahlen mußte.

Ich war eine gute Fahrerin und kam auf der Touristenranch bestens zurecht. Ich hatte immer ein wenig Angst vor Pferden gehabt, da ich niemals richtig reiten gelernt, sondern immer nur gelegentlich auf einem Pferd gesessen hatte. Auch in diesem Sommer lernte ich, was das Reiten anbelangte, nichts dazu. Dennoch erwies sich der Job als eine gute Sache für mich, denn jetzt lernte ich zum ersten Mal die Cowboykultur aus der Nähe kennen; danach erschien sie mir nicht mehr so fremdartig. Eines Tages bat mich Harland Johnson, der Vormann, zu einem zur Ranch gehörenden Cowboylager am Spruce Rim zu fahren; auf der Ranch waren ein paar zusätzliche Gäste eingetroffen, für die jetzt noch Packtiere herbeigeschafft werden müßten. Also hängte ich den großen Pferdetransporter an meinen Ein-Tonnen-Pickup und fuhr Richtung Westen in die kühlere Luft der Berge. Dort fand ich das Cowboycamp und darin Winnie Blaise, die sich für mich als so wichtig erweisen sollte.

Winnie war mir auf den ersten Blick sympathisch. Obwohl sie Anthea in absolut nichts ähnelte, hatte man auch bei ihr sofort den Eindruck, jemanden vor sich zu haben, der wußte, was er tat. Außerdem hatte sie sich vollkommen – so glaubte ich wenigstens – mit der Cowboykultur arrangiert, hatte gelernt, damit zurechtzukommen, einfach indem sie ihre Sache sehr gut machte. Als ich unangekündigt am Spruce Rim erschien, waren Winnie und ihr Freund, Grant Madden, mit dem sie zusammenarbeitete, kurz zuvor vom Brandmarken zurückgekehrt. Sie saßen in ihrer Blockhütte und putzten Kalbshoden, auch Prärieaustern genannt, und Winnie öffnete mir die Tür mit Händen, die voller Blut und Fleischfetzen waren, ein Anblick, bei dem mir normalerweise schlecht geworden wäre. Aber irgendwie wurde mir nicht schlecht, während ich Winnie ansah, die immer noch ein Messer in der Hand hielt und Grant über die Schulter etwas zurief; die blutigen Hände wirkten ebenso unschuldig wie ihr rundes Gesicht, das von der Sonne gerötet war, ihre beiden blonden Zöpfe, die von einem einfachen Gummiband gehalten wurden, und ihre sehr direkten blauen Augen. Als sie feststellte, daß ich eine Fremde war, schien ihr das peinlich zu sein, und sie versuchte, das Messer wegzustecken und sich irgendwie die Hände abzuwischen. Dann gab sie eine Erklärung ab: »Ach Gott, wir dachten, es wäre *Nelson.* Wir haben heute nachmittag niemanden erwartet, deswegen sagte Grant, als es klopfte: ›Es muß *Nelson* sein‹, denn bei Nelson weiß man nie, wann er auftaucht.«

»Wer ist Nelson?« fragte ich, inzwischen neugierig geworden.

»Oh, er ist bloß so überdreht. Er ist ein *Freund*, ein kleiner *Junge*, könnte man fast sagen. Er kommt aus dem Süden, und er ist so versessen darauf zu lernen, wie man alles *macht*, daß er gar nicht mehr aufhören kann, ob er nun etwas richtig macht oder nicht, und ganz egal, was auch passiert, er hat immer den gleichen Spruch dafür. ›Das gehört eben dazu, wenn man ein Cowboy ist‹, sagt er dann. Er schlief einmal in einer Blockhütte in den San Juans, und das Dach leckte, und er hatte nicht einmal einen einfachen Schlafsack. Wir betrachteten alle den Sternenhimmel und irgend jemand sagte: ›Nelson, willst du nicht wenigstens eine *Decke* haben oder so etwas?‹ Und er sagte: ›Nein, ich hab's schön. Sie machen es immer so. Das gehört eben dazu, wenn man ein Cowboy ist.‹«

An dieser Stelle brach Winnie in Lachen aus, und ich lächelte ebenfalls, obwohl ich mir nicht sicher war, ob ich den Witz richtig verstanden hatte. Ich brachte eine Erklärung für meine Anwesenheit zustande, worauf Winnie sich sichtlich freute und sagte: »Ah, gut, dann können wir ja gemeinsam die *Pferde zusammentreiben*. Grant muß in die Stadt.«

»Ich komm nicht besonders gut zurecht mit Pferden«, sagte ich.

»Ach, das macht nichts, wir suchen dir ein nettes heraus. Aber komm doch erst mal rein und iß etwas mit uns.«

Ich ging hinein, obwohl die Sache mit dem »netten Pferd« mein Herz mit Furcht erfüllte; verschiedene Pferde, die mir als »nett« vorgestellt worden waren, hatten mich abgeworfen. Davon sagte ich Winnie aber nichts, da sie so offensichtlich ein Cowboy war. Sie hatte immer noch ihre Reithosen an, ihre spitzen Stiefel und ein Rodeohemd. Sicher würde sie mich für einen Feigling halten, wenn sie wüßte, daß ich mich vor Pferden fürchtete, und ich wollte genau wie bei Anthea wirklich, daß sie mich mochte. Und diesmal war ich sehr viel erfolgreicher. Winnie schien mich schon zu mögen, als sie mich nach meinem Namen, meinem Job und danach fragte, was ich zum Essen trinken wollte. Die Blockhütte war eher bedrückend, ein Verschlag mit abblätterndem Linoleum auf dem Boden, aber auch mit einem absolut phantastischen Ausblick auf den Fisherman Creek und die Rocky Mountains. Grant, der, die Hände ebenfalls bis zu den Gelenken blutverschmiert, am Küchentisch saß, nickte einmal relativ freundlich und sagte »Hallo« – mehr nicht. Er beeindruckte mich ungeheuer: Hier war ein Cowboy, wie er im Buche stand; schlank und gutaussehend, mit breiten Schultern und breiten Händen, und wenn er vom Tisch aufstand, ging er mit weit ausholenden, wiegenden Schritten. Er half das Essen zuzubereiten, aber in fast vollständigem Schweigen. Es gab Prärieaustern – die mir widerwärtig waren, die ich aber nicht zurückweisen wollte, denn ich glaubte, das hätte mich in Winnies Augen herabgesetzt.

Während des Essens stellte sich heraus, daß Winnie eine große Erzählerin war. Wenn man sie bat, eine Geschichte zu erzählen, war sie sofort Feuer und Flamme. Sie hatte eine einzigartige Weise zu reden, sehr gedehnt und mit eigenartiger Betonung, so daß sie bestimmte Wörter mit ihrer Stimme unterstrich, wodurch alles, was sie erzählte, noch interessanter wurde. Außerdem vermittelte sie damit den Eindruck, daß die Pointe ständig unmittelbar bevorstand. Die Pointe kam zwar, aber nicht unbedingt dann, wenn man sie erwartete. Ich fragte sie zum Beispiel, ob sie wirklich so gerne Cowboy war, wie es den Anschein hatte; sie dachte kurz darüber nach und antwortete schneller, als man es für möglich halten könnte: »Also, ich bin mal für ein Jahr auf dem College gewesen. Ich war in Laramie in Wyoming. Ich fand das Leben in der Stadt nicht besonders schön, der ganze Dreck, all die Menschen. Und eines Tages ging ich an die Tür, genau wie heute, aber damals stand Nelson draußen. Er hatte kein Hemd an, und die Hose, die er trug, war zu groß für ihn. Er war den ganzen Weg von Colorado per Anhalter gekommen, um mich zu besuchen, und auf seinem Weg durch den Süden von Wyoming ist er von ein paar total Wahnsinnigen mitgenommen worden. Die haben ihm eine Pistole an den Kopf gesetzt und gedroht, ihn zu töten, aber schließlich haben sie ihm nur alles weggenommen, was er hatte, und ihn zurückgelassen, nackt. Natürlich sagte Nelson: ›Das gehört eben dazu, wenn man ein Cowboy ist‹, aber für mich reichte das, ich packte meine Sachen und bin hierher zurückgekommen.« Sie schwieg einen Moment, nahm das Ende ihres Zopfes in den Mund und kaute darauf herum.

»Nein, ich finde es nicht immer schön. Es kommt darauf an, welches Pferd ich reite. Und es gibt Tage, weißt du, da will ich einfach nicht tapfer sein. Ich mache die Arbeit gern, und ich unterwerfe mich nicht gern, bügle niemandem gern seine Sachen, außerdem will ich nichts Kosmetisches tun. Aber eigentlich gefällt mir, daß man bei dieser Arbeit gefordert wird, daß man gut sein muß und daß es darauf ankommt, was man macht, auf die Tatsachen. Aber vielleicht ist ›Tatsachen‹ das falsche Wort; eigentlich müßte es eher ›voll auf dem Posten sein‹ heißen. Bei allem, was man tut, ist man voll gefordert. Denn alles geht sehr schnell, und wenn es erst einmal vorbei ist, ist es vorbei. Ende. Dann läßt sich nichts mehr daran ändern. Es ist ganz anders als die Arbeit mit Büchern, bei der man Pause machen und ein Weilchen nachdenken kann. Ich liebe dieses agile Gefühl. Außerdem gibt's bei den Cowboys kein Kastensystem.«

»Kein Kastensystem?«

»Du weißt schon, wo die Menschen anders sind wegen Dingen, an denen sie einfach nichts ändern können, zum Beispiel wie stark sie sind oder wieviel Grips sie haben oder wie reich sie sind oder sonst was. Solange man wirklich hart arbeiten will, kriegt man normalerweise den Job, den man will. Man muß nur die richtige Einstellung haben. Ich habe mal einen Sommer auf der Bar Cross gearbeitet, und da rief jemand an aus Livingstone, Idaho – das habe ich behalten, living stone, lebender Stein, das fand ich stark – und sagte: ›Hey, Süße, ich bin Schauspieler, aber hier gibt's keine Aufführungen, und ich hab mit ein paar Freunden geredet, und sie sagten nur: Weißt du, du solltest irgendwo als Cowboy anfangen. Also sagte ich: Jooh, gute Idee, und deswegen rufe ich an.‹

Ich sagte ihm, daß der Boß gerade nicht da sei und daß er am nächsten Tag noch einmal anrufen müsse. Er sagte: ›Aber Süße, mir ist so langweilig, ich will jetzt sofort etwas zu tun haben.‹ Ich sagte ihm, er solle am nächsten Tag vor sieben anrufen, und er darauf: ›Sieben Uhr morgens? Süße, du machst bestimmt Witze. Das ist unmöglich.‹ O je, den Job hast du gehabt, Mann, dachte ich. Ich konnte ihn mir direkt vorstellen, ein Tourie mit einem silbernen Cowboyhut, einem schweren Gürtel und einem blonden Schnurrbart.«

Wir räumten den Tisch ab, und dann beschloß Grant, ein anderes Mal in die Stadt zu fahren und die Pferde selbst einzufangen – soweit ich es sehen konnte, hatte er das Kommando, und Winnie war seine Hilfskraft. Er ging hinaus zur Koppel, um dort alles vorzubereiten, und als er zurückkam, sagte er Winnie, daß sie ein paar Salzblöcke für das Vieh verteilen solle. Er meinte, ich ritte vielleicht gerne mit, und merkwürdigerweise war das auch so; ich wollte Winnie bei der Arbeit zusehen. Ich war erleichtert, daß Grant bereits zwei Pferde gesattelt und für mich ein zahmes ausgesucht hatte. Er half mir sogar hinauf, mit ganz erwachsenem Ernst, und sorgte dafür, daß ich in der richtigen Richtung zum Fisherman Creek davonritt. Winnie war schon losgeritten, trieb ihr Pferd lässig an und hielt mit lockerem Griff die Leine des Packpferdes, das die Salzklötze trug. Es war ein riesiger Schimmel, in der Farbe ähnlich wie Winnies gelblich-weißer Hut, dessen Krempe vorn herabhing und hinten hochgerollt war. Winnie ritt voraus bis zum Flußufer, sprang dann hinein, beide Pferde dicht neben sich, und ihre Hand mit der Leine des Packpferdes schwebte über dem Wasser wie ein fliegender Vogel. Ich selbst durchquerte den Fluß, indem ich am einen Ufer hineinkletterte und auf der anderen Seite wieder heraus. Winnie wartete auf mich, nahm ihren Kautabak heraus und schob sich etwas davon in den Mund.

Dann ging es richtig los, ein Ritt durch staubige Wüste, und zum ersten Mal in meinem Leben schien es mir möglich, das Reiten zu genießen. Ich entspannte mich im Sattel, ich hielt die Zügel locker, und das Pferd entspannte sich ebenfalls, so daß ich, als wir an die erste Stelle kamen, wo Winnie einen Salzblock hinterlassen mußte, genug Selbstvertrauen hatte, um auf meinem Pferd zu bleiben, während Winnie abstieg. Sie sprang in einer einzigen flüssigen Bewegung vom Pferd, löste dann die Gurte des Packpferdes und ließ den Block mit einem mächtigen Wumm zu Boden fallen. Ein paar Kühe schauten zuerst interessiert zu, bis sie dieses Wumm hörten, das sie sofort in die Flucht schlug. Winnie lachte, und dann waren wir schon wieder unterwegs, um den anderen Block zu einem Espenhain oberhalb eines langen Arroyos zu bringen. Das meiste Vieh stand unten am Fluß, aber in einigen Tagen würde es dort hinaufgetrieben werden. Der zweite Block fiel mit dem gleichen Schwung wie der erste, und Winnie stieg wieder auf mit den Worten: »Also, das war's.« Aber weil es jetzt von seiner Last befreit war, drängte sich das Packpferd dicht hinter Winnie. Ein Knoten in seiner Führleine verfing sich hinter dem Schweif ihres Pferdes, das augenblicklich durchging, buckelte, sich in wilden Kreisen drehte und Winnie dadurch in die Führleine verwickelte. Ich war entsetzt, wußte aber nicht, wie ich ihr helfen sollte; aber das war nicht weiter schlimm, da sie sich selbst durch einen Sprung befreite. Sie landete im weichen Sand, aus dem sie sogleich lachend wieder aufstand.

»Das ist einer der Vorteile, wenn man in der Wüste abgeworfen wird«, sagte sie. »Hier gibt es nicht so viele Steine wie in den Bergen. Ich finde die Berge sehr schön, aber eigentlich gefällt mir freier Raum noch viel besser. Nicht nur, weil der Boden weicher ist, wenn man abgeworfen wird. In der Wüste zu reiten ist einfach viel dynamischer.« Sie stieg wieder auf, beruhigte ihr Pferd und ritt auf dem Weg zurück zur Blockhütte voran.

Als wir dort eintrafen, war Grant bereits zurück und hatte die sechs Pferde zusammengetrieben, die ich mitnehmen sollte; sie liefen in der Koppel umher. Aber Winnie bestand darauf, daß ich zum Abendessen blieb und mich erst danach auf den Rückweg zur Touristenranch machte. Vor dem Essen nahmen wir jeder einen Drink, Bier für Winnie und mich, Scotch mit Wasser für Grant, und das brachte Winnie auf einen anderen ihrer Freunde, Walter, der gerade aus einer Entziehungsanstalt zurückgekommen war. Die suchte er einmal im Jahr auf, ein Ritual, das nicht viel brachte, wie Winnie meinte, da er jedesmal sofort wieder anfing zu trinken.

»Aber er tut mir so leid«, sagte Winnie. »Denn ich weiß, warum er trinkt, warum er so abscheulich wird. Er ist der Typ, der einem mitten ins Gesicht springt, weißt du, er ist richtig streitsüchtig. Aber das macht mir nichts, weil er immer über Schönheit redet. Er wird sehr streitsüchtig, wenn es um Schönheit geht. Die Schönheit der Erde, die Schönheit der Hügel und Berge. Er ist zu leidenschaftlich, das ist sein Problem. Er empfindet die Schönheit der Erde so stark, aber er ist nicht künstlerisch begabt, so daß er überhaupt nichts dafür tun kann. Die Berge sind da, er kann sie nicht machen, sie sind schon fertig. Und er kann sie auch nicht bewegen, weil sie einfach zu groß sind. Er kann also faktisch überhaupt nichts mit ihnen tun, außer sie zu genießen. Aber das reicht ihm nicht, und er ist so agil, so daß ihn das ganz verrückt macht. Kein Wunder, daß der Bursche trinkt. All diese aufgestaute Leidenschaft.«

Wir aßen zu Abend, und nach dem Essen, bei dem wir drei kaum redeten – ich hatte ganz schönen Appetit bekommen bei dem Ritt durch die Wüste –, zog Grant ein kleines Büchlein aus seiner Hosentasche, eine Art Mini-Almanach voller nützlicher Fakten und Zahlen, die auf ihn allesamt eine tiefe Faszination ausübten. Er suchte die Wochentage heraus, an denen Winnie und ich zur Welt gekommen waren, und er fand heraus, was der Durchschnittscowboy im Erscheinungsjahr des Almanachs in die Sozialversicherung eingezahlt hatte. Er erklärte uns, wie man Teerflecken aus Stoffen entfernt, »das macht man mit Schweinefett«, des weiteren, wie man einen Fettflecken aus Stoff entfernt – mit Talkumpuder, so wollte es seine Quelle. Er berichtete, daß eine Tasse sechzehn Eßlöffel und ein Teelöffel sechzig Tropfen enthält. Winnie zeigte sich von all dem höflich überrascht. Aber mir war völlig klar, daß diese kleinen Tatsachen und Zahlen nicht das waren, woran ihr Herz hing, überhaupt nicht. Grant war eine Art Cowboytechniker; Winnie war eine Cowboykünstlerin.

Als ich an jenem Abend ziemlich spät aufbrach, war es noch hell; der Pferdeanhänger war voller Pferde, die Wildblumen schlossen ihre Blüten vor der anbrechenden Nacht, obwohl der Beifuß immer noch süß duftete. Die trockene Luft der Wüste wehte herauf ins Vorgebirge, und das Licht der Sonne, die im Westen langsam unterging, spiegelte sich auf dem Fluß wider. Es war ein vollkommener Abend, und es war ein vollkommener Tag gewesen, und es tat mir leid, daß ich fort mußte. Ich fuhr langsam die staubige Straße hinunter, den Pferdeanhänger hinter mir und die Seitenfenster weit geöffnet. Ich fühlte mich ungewöhnlich aufgekratzt, und als ich mich noch einmal umblickte, sah ich, daß Winnie und Grant Händchen hielten und mir nachwinkten. Cowboy und Cowboy.

Nun, das warf ein neues Licht auf die Dinge.

Gedankenschatten

An mein letztes Jahr auf der High School, 1978/79, erinnere ich mich mit einem gewissen Vergnügen. Iris war inzwischen wieder auf ihre Ranch zurückgekehrt, aber Wilbur saß immer noch für den größten Teil des Jahres in einer staatlichen Schule irgendwo in der Nähe von Rock Springs fest. Das war schlecht, und schlecht war außerdem, daß Dr. Jim wegen der allgemeinen Rezession in den USA all seine Zusatzeinnahmen verloren hatte und nur noch von seinen Bezügen am College lebte. Er geriet dadurch in übelste Laune und betrachtete mich mehr denn je als mittellose Angehörige. Doch die beiden Tatsachen zusammengenommen wirkten sich auf mein Leben sehr vorteilhaft aus; ich gewöhnte mir nämlich an, die Wochenenden bei Iris auf der Coville Ranch zu verbringen, und sie richtete mir dort einen Schuppen zum Wohnen her. Es war ein wunderbarer Schuppen mit großen Fenstern, einem rauhen Holzfußboden und einem hinreißenden Ausblick auf die Rokkies, der zu meinem wahren Zuhause wurde. In jenem Jahr besuchte ich Iris zwar nur an den Wochenenden, aber jedesmal, wenn ich dort war, erfüllte mich ein Gefühl großer Freiheit, als halte das Leben jetzt Dinge für mich bereit, die ich mir noch gar nicht vorstellen konnte.

Meiner Mutter schien es nichts auszumachen, daß ich an den Wochenenden nicht da war. Und Iris, die ohne Wilbur sehr einsam war, begann von mir als ihrer Tochter zu sprechen, einer adoptierten Tochter allerdings. Ich half ihr manchmal mit dem Vieh, ich half ihr, Zäune auszubessern, und während wir arbeiteten, erzählte sie oft von Griechenland. Sie war nur einmal dagewesen, und sie versprach mir, daß wir, sobald die Zeit gekommen sei, ihren Plan verwirklichen würden, Wilbur und mich zur »Wiege des westlichen Denkens« zu bringen. Manchmal sprach sie mit mir auch über Sex; ich hatte langsam das Gefühl, daß mit mir etwas nicht stimmte, weil ich noch nie einen Freund gehabt, geschweige denn mit jemandem geschlafen hatte.

Zu meiner Bestürzung schnaubte Iris nur und gab mir zu verstehen, daß mit mir alles in Ordnung sei, und eigentlich könne mir nichts besseres passieren, als daß ich meine Unschuld mit einem Mann verlöre, den ich danach nie mehr wiedersehen würde. Als ich sie fragte, warum das so sei, sagte sie: »Weil er dir dann dein Leben nicht versauen wird. Der Geschlechtstrieb ist der große Fluch unserer Spezies, vor allem für die Frauen. Wenn er nicht wäre, glaubst du, deine Mutter würde sich dann von Jim so behandeln lassen?«

»Ich weiß es nicht«, sagte ich.

»Aber ich weiß es«, sagte sie. »Sie würde sich sein Benehmen nie und nimmer gefallen lassen. Jetzt komm und faß hier mit an.« Und sie mühte sich ab, eine große Drahtrolle auf deren Achse zu wuchten, das Gesicht verzerrt unter dem gewaltigen Gewicht.

Nachdem ich im nächsten Sommer meinen Schulabschluß gemacht hatte, ging ich wieder auf die Touristenranch, teils, weil ich dort gut bezahlt wurde, aber vor allem, weil ich hoffte, Winnie Blaise wiederzusehen. Aber wie der Zufall es wollte, erfuhr ich erst, nachdem ich den Job bereits angetreten hatte, daß Winnie und Grant nicht mehr auf der Ranch arbeiteten; daher mußte ich mich mit Laurie Thompson als Freundin begnügen, einer der besten Reiterinnen auf der Ranch; sie war schon Anfang Dreißig, ein Gutteil älter als ich also.

Nach der Arbeit saßen Laurie und ich gewöhnlich zusammen in der Sonne, redeten über den Klatsch, der auf der Ranch gerade die Runde machte, plauderten über Leute, die wir kannten, und über Pferde. Eines Tages Mitte Juli überraschte sie mich mit der Frage, ob ich Lust hätte, mit ihr zusammen »ein wenig Peyotl zu nehmen«. Cowboys sind wohl anfällig für Drogenkonsum, aber Peyotl gehört normalerweise nicht zu den Mitteln ihrer Wahl. Ich fragte sie danach, und sie gab mir zur Antwort, daß sie durch ihren Freund Robert Louis, einen Navajoindianer, dazu gekommen sei. Im Reservat konnte er das Zeug nicht mehr nehmen, weil die älteren Leute dort etwas dagegen hatten, also nahm er es irgendwoanders, und genauso machte sie es, und vielleicht würde ich es auch so machen, meinte sie.

Peyotl. Das war keine schlechte Idee. Ich hatte nie Drogen genommen und auch Bier oder Wein nur selten getrunken, aber Peyotl, das klang nicht schlecht. Ich hatte noch sieben Wochen, bevor ich zum College aufbrach, zur University of Vermont, und ich war in der richtigen Stimmung, etwas zu tun, das ein bißchen aus dem Rahmen fiel. Also schlug ich ein, und wir verabredeten uns für unseren freien Samstag in Lauries Wohnung. Da ich meine Wochenenden normalerweise bei Iris verbrachte, war das kein Problem. Ich fuhr mit einem der Pickups von der Coville Ranch in das älteste Viertel von Quarry, und als ich in Lauries Wohnung ankam, war ihr Freund Robert Louis bereits da.

Robert Louis sah aus wie ein Indianer – oder besser, wie ein amerikanischer Ureinwohner –, obwohl ich natürlich nicht hätte beschwören können, daß er ein Navajo war. Ich wußte, daß die amerikanischen Ureinwohner das, was seit Columbus geschehen war, inzwischen als »die Invasion« bezeichneten, und fühlte mich deswegen auf etwas verschwommene Weise beschämt, als wäre ich persönlich dafür verantwortlich. Aber als Robert Louis mir ernst die Hand schüttelte, ließ er keine Anzeichen dafür erkennen, daß er mich für die Geschichte der Eroberung verantwortlich machte, und er schlug vor, wir sollten in den Garten gehen und dort unter einer gigantischen Pappel den Peyotl zu uns nehmen.

Mir wurde so übel, daß ich mich nur noch übergeben wollte. Meine beiden Gefährten drängten mich, das nicht zu tun, und erklärten mir, daß ich der Droge Gelegenheit geben müsse, meinen Blutkreislauf zu erreichen. Ich tat mein Bestes. Ich würgte und schluckte recht lange, glaube ich. Die Zeit verging, und es gelang mir, nicht zu erbrechen, während wir über das Wetter redeten und ich den gewaltigen Baum über mir anstarrte. Er mußte über ein Jahrhundert lang gewachsen sein, dachte ich; das Gras im Hof war sehr trocken, aber die Pappel fand offenbar irgendwo tief in der Erde Feuchtigkeit. Nach ungefähr einer halben Stunde, als ich allmählich davon überzeugt war, daß der Peyotl, was immer er auch bei anderen bewirken mochte, bei mir nichts ausrichten würde, blickte ich zufällig zu Robert Louis hinüber und sah, daß er sich in den letzten dreißig Minuten irgendwie von einem recht gewöhnlich aussehenden Mann zu einem völlig atemberaubenden Exemplar seiner Spezies entwickelt hatte. Ich sah ihn an und konnte meinen Blick nicht mehr von ihm losreißen, von der Wolke schwarzer Haare, die sich um seinen Kopf kräuselte, von dem Purpur seiner Augen und den goldenen Pünktchen, die darin wie Sonnenlicht aufschienen, konnte meinen Blick nicht abwenden von seiner Haut, die sanft geröstet war von Sonne und Wind. Seine Lippen waren rosa – ein sattes Rosa – und bildeten einen schönen Kontrast zu seinen Wangen.

Ich sah ihn an, und er erwiderte eine volle Minute lang meinen Blick, bis ich unter Schwierigkeiten wegschaute, mich fragte, ob der Peyotl wohl jemals wirken würde, und feststellte, daß ich Durst hatte. Offensichtlich war ich nicht die einzige, denn Laurie sagte, sie wolle etwas Wasser, und so standen wir alle drei auf und gingen hinein. Mir fiel auf, daß die Farben in Lauries Wohnzimmer mit den Indianerteppichen auf dem Boden und einer alten grünen Samtcouch besonders satt und schön waren. Eigentlich waren sie strahlender als alle Farben, die mir seit langem vorgekommen waren. Mir schien, als sei ein Schmutzschleier von den Blau-, Purpur-, Grün- und tiefen Rottönen fortgezogen worden. Jetzt waren sie lebendig und erregend, reiner als die unvermischten Farben auf der Palette eines Künstlers, und alles im Zimmer schien schreiend die ungeteilte Aufmerksamkeit meiner Augen zu fordern. Ich stand wie angewurzelt da, während Laurie für uns alle Wasser holte. Als ich mein Glas bekam, trank ich es in einem Zug aus.

»Ich mache mal das Radio an«, sagte Laurie von irgendwoher, aus weiter Ferne, und Robert Louis antwortete: »Wollen wir nicht zum See gehen?« Beide Male kamen die Worte mir fremdartig vor. Ich konnte sie gar nicht richtig verstehen. Sie waren wie diese weißen Bälle, die Lichtzeiger, die in einem Kinofilm mit Untertiteln von Buchstaben zu Buchstaben springen. Die Worte liefen bis zum Rand des Bildschirms, prallten dort ab und waren verschwunden, und obwohl ich sie tatsächlich verstand, hatte ich das Gefühl, sie eigentlich nicht zu verstehen. Also lächelte ich bloß und besah mir meine Hände, hielt mir die Handflächen vor die Brust, erstaunt über die komplizierten Wirbel der Linien.

Sie sahen aus wie die Hände einer Fremden, aber wesentlich interessanter, weil sie zufällig meine waren, Morgan Lamonts Hände; und weil es eine Beziehung zwischen mir und diesen Händen gab, die ich vor mir ausgestreckt hielt, empfand ich ein spezielles Interesse an der Art und Weise, in der die Linien auf der Haut ganz besondere Muster formten. Sie liefen von einem Punkt an ihrer äußeren Kante strahlenförmig nach außen; ich fand es überraschend, daß mir das nie zuvor aufgefallen war. Meine Hand war von einem strahlenförmigen Muster vertiefter und erhöhter Linien durchzogen, und das Muster erstreckte sich bis hinein in die dritte Dimension. Ich setzte mich, um es mir näher anzuschauen, und registrierte, daß sich Robert Louis und Laurie ebenfalls gesetzt hatten.

»Rosafarbener Mann. Sonnenbad. Liegestuhl«, sagte jemand – oder ich glaubte, daß es jemand sagte. Ganz klar konnte ich mir darüber nicht werden, denn die Töne erreichten meine Ohren wie unregelmäßiges Getröpfel. Ich schaute aus dem Fenster von Lauries Wohnzimmer, das auf einen kleinen Garten hinausging, und erwartete, dort einen rosafarbenen Mann beim Sonnenbad zu sehen. Nein, kein rosafarbener Mann. Doch, da war er. Er ging gerade um die Ecke, ein großer, rosafarbener Mann in Shorts mit einem Liegestuhl in der Hand. Er stellte den Stuhl auf dem trockenen Gras auf und sah dabei irgendwie vernebelt, fast immateriell aus. Weitere Klangtropfen drangen an mein Ohr; ich sah weg, und als ich wieder hinschaute, war der rosafarbene Mann verschwunden.

Und dann verkündete eine tiefe Stimme irgendwoher sehr bedeutungsvoll: »Sie hören den täglichen Bericht vom Viehmarkt.« Ich versuchte den Sprecher auszumachen, aber die Stimme war offenbar körperlos. Die Worte klangen sinnlos und erschreckend und versetzten mich in Panik. Zum Glück setzte jetzt wieder eine andere Stimme ein, eine echte Stimme.

»Robert«, sagte Laurie, »du hast recht. Wir sollten zum See gehen.« Wieder hüpften die Worte wie Gummibälle.

Robert schaltete das Radio aus, und ich sah zu, wie er aufstand. Er war immer noch so schön wie vorhin, mit diesen goldenen Sprenkeln von Sonnenschein in den Augen. Ich folgte ihm und Laurie zur Tür, hinter der ich eine völlig neue Welt entdeckte, die Welt der Straße, die Welt der schmalen Gäßchen, die Welt des Pickup-Trucks. Jeder Szenenwechsel brachte neue Empfindungen mit sich, eine Überfülle physischer Wahrnehmungen, und jeder neue Schauplatz erschreckte mich so, daß ich erst einmal stehenbleiben mußte, bevor ich versuchen konnte, näher heranzugehen. Ich entdeckte, daß ich mich, um überhaupt gehen zu können, auf meine eigene Bewegung konzentrieren mußte, und sobald ich das tat, bewegte ich mich wie eine Tänzerin auf den Wagen zu. Auf dem Gehsteig schwang ich mein rechtes Bein nach vorn, und dann schwang ich es zurück, links und rechts abwechselnd; ich wurde richtiggehend davongetragen von den beschwingten Bewegungen meines Körpers.

Wir fuhren in die Hügel, wo der von Espen umgebene See lag; unsere Ankunft dort kam so plötzlich, daß die Fahrt gar keine Zeit in Anspruch genommen haben konnte. Wir kletterten aus dem Wagen, in den Sommer hinein, wo die kleinen Blätter an ihren Stielen hin und her wippten, wo sich die Sonne auf dem Wasser riffelte wie die Takte einer Melodie. Eine Weile standen wir da und schauten nur, dann schlug jemand vor, auf die andere Seite des Sees zu gehen. Den ganzen Weg am Ufer entlang machte ich die gleichen ausschwingenden Bewegungen mit meinen Beinen, die gleichen Schnitzbewegungen, und als wir auf der anderen Seite ankamen, konnte ich mir gar nicht mehr vorstellen, wie es sein würde, wieder zu sitzen. Ich hatte sogar etwas Angst, es auszuprobieren, aber schließlich holte ich tief Luft und setzte mich, und augenblicklich erfüllte mich übergroße Freude und Erleichterung. Ich wurde mir meines Körpers auf völlig neue Weise bewußt, ich verstand, daß er froh war, nicht mehr laufen zu müssen. Jeder Muskel und jede Sehne entspannte sich unabhängig von den anderen, klar voneinander geschieden wie in einer Anatomiestunde, während mein Körper dankbar zu Boden sank.

Ich lächelte Robert an, der neben mir saß, und während ich das tat, wurden mir meine Kiefer bewußt, die schlimm schmerzten, weil ich die Zähne so lange fest zusammengebissen hatte.

»Man muß gut zu seinem Körper sein«, sagte ich zu Robert, ganz angetan von meiner Fähigkeit, diesen ganzen Satz zu formen.

»Ja«, sagte er und verstand mich offensichtlich falsch. Er zog sein Hemd aus.

Ich betrachtete seine Brust, die wie alles übrige an ihm sehr schön war. In gewisser Weise streng, aber genauso sanft, von einer Lieblichkeit der Form, die es geradezu herausforderte, daß ich meine neuen Hände ausstreckte und sie streichelte; aber ich verfügte noch über genügend Hemmungen, um meine Hände zu lassen, wo sie waren, denn Robert Louis war ja ein Fremder, und seine Brust zu streicheln wäre sehr dreist gewesen. Also starrte ich weiter auf seine Brust, lange, und prägte mir jede ihrer Wölbungen und Linien ein, und mit einer Freiheit, die mir selbst neu war, streckte ich schließlich doch die Hand aus und berührte – ganz sanft – Roberts Hand. Er nahm meine Hand, drehte sie herum und ließ dann seine Hand auf meiner liegen, während wir beide hinaus auf den See starrten.

Ganz in meiner Nähe fiel mir dabei etwas Merkwürdiges auf, ein großes Metallding, rostbraun und riesenhaft. Es sah aus wie ein der Länge nach durchgeschnittener Boiler, und ich fragte Robert und Laurie, was das sei.

»Ein Boot.« Es war Laurie, die antwortete.

»Wie kann das ein Boot sein?«

»Doch, siehst du nicht den Staken?«

Ich war noch nicht davon überzeugt, daß es ein Boot war, aber dann tauchte plötzlich ein Junge von zehn oder zwölf Jahren auf. Er stand einfach vor uns, wie aus dem Nichts gekommen. Er schenkte uns keine Beachtung und schien die unverwandten Blicke, mit denen wir seinen kleinen Körper musterten, gar nicht zu bemerken. Er hatte immer noch nichts gesagt, nicht einmal zu uns herübergeschaut, als er ein großes Netz in das Boot legte, sich dann dagegenstemmte und es vorwärtsschob, bis das Boot auf dem Wasser schwamm. Ich war schon einmal Opfer meiner Einbildung geworden, als der rosafarbene Mann mit seinem Liegestuhl aufgetaucht war, und ich sagte mir, daß dies ebenfalls eine Halluzination sein müsse. Es war völlig klar, daß dieses Metallding nicht schwimmen konnte. Aber Laurie sah das ganz anders, stand auf und rief: »Warte! Kann ich mitkommen?«

»Wozu?« sagte der Junge.

»Was hast du vor?«

»Frösche fangen.«

»Dann zum Fröschefangen.«

Der Junge musterte sie gelassen. Dann sagte er: »Du bleibst da, wo ich es dir sage?«

»Ja«, sagte Laurie.

»Also gut.« Er nahm Lauries Hand und half ihr in das Boot. Ich beobachtete Laurie mit einer Mischung aus Neid und Bewunderung; sie hatte gewußt, daß dieser Junge und dieses Boot echt waren, und jetzt ging sie Frösche fangen, während Robert und ich ans Land gefesselt blieben.

Nach einer Weile verschwand das Boot aus unserer Sicht. Robert Louis sagte: »Warte, ich komme zurück«, und verschwand ebenfalls. Ich war inzwischen müde, als hätte ich gerade eine große Anstrengung hinter mir. Genaugenommen fühlte ich mich, als wäre ich schon tagelang wach gewesen; darüber hinaus machte sich ein eigentümlicher Druck in meinem Körper bemerkbar, den ich aber zuerst nicht näher bestimmen konnte. Dann begriff ich, daß er von meiner Blase kam. Also ging ich zwischen die Bäume, zog meine Hose herunter und forschte dann in meinem Hirn nach dem Befehl für das Entleeren der Blase. Ich brauchte eine ganze Weile, um ihn zu finden, aber schließlich glückte es mir, und etwas Flüssiges rauschte in einem Sturzbach aus meinem Körper heraus auf den Boden.

Als ich wieder meinen Platz am Ufer des Sees erreicht hatte, schaute ich zum ersten Mal seit langer Zeit auf die Uhr und entdeckte, daß es vier Uhr war; fünf Stunden waren vergangen, seit ich den Peyotl genommen hatte. Ich legte mir meine Uhr auf den Schoß und studierte die Zeiger, fest entschlossen herauszufinden, wo all diese Zeit geblieben war. Nachdem ich mich ein wenig konzentriert hatte, stellte ich fest, daß ich sehen konnte, wie sich die Zeiger bewegten.

Sie legten den ganzen Weg von vier Uhr bis halb fünf zurück, und ich war durchaus zufrieden, denn während ich sie beobachtete, hatte ich nachgedacht. Ich, das waren meine Hände und meine Beine und meine Blase, und ich, das waren auch meine Gedanken und Visionen. Der Körper beeinflußte natürlich den Geist, und der Geist beeinflußte den Körper; es waren zwei verschiedene Dinge, die aber doch zusammengehörten, wie Partner, und wenn man die Welt durch diese Partnerschaft beobachtete, dann gab es gewisse Punkte, auf die man aufmerksam wurde.

Zum einen fanden sich überall Muster. Die Bäume waren in Reihen angeordnet, in ungleichmäßigen Reihen zwar, aber man konnte doch sehen, daß sich eine Linie hindurchzog. Das Haar auf meinem Kopf fiel in einer Welle nach unten, und die kleinen Steine am See bildeten ebenfalls komplizierte Muster. Jedes Muster bildete ab, was hinter ihm stand. Und in dieser Welt, wo alles in Mustern geordnet war, hatte der Geist einen besonderen Zweck, nämlich, den Entwurf zu erkennen, die Verbindungen zusammenzufügen; der Zweck des Körpers bestand darin, den Geist zu füttern, ihn mit der reichen Nahrung der fünf Sinne zu versehen. Fünf Sinne. Warum hatte man nur fünf?

Als ich in meinen Gedanken soweit gekommen war, kehrte das Boot zurück, aber ohne Laurie; der Junge stieg aus und sagte: »Sie ist am anderen Ufer ausgestiegen«, und dann zog er das Boot aufs Ufer. Er hatte keine Frösche, soweit ich sehen konnte. Ich hörte mich plötzlich sagen: »Ich habe nicht geglaubt, daß du echt bist.«

Der Junge sah mich an und sagte ziemlich höhnisch: »Alles, was man sieht, ist echt.« Er klarte das Boot auf und ging.

Bald danach kam Robert Louis zurück. Er stand über mir, sah schön aus, irgendwie indianisch, sehr indianisch sogar, ohne Hemd. Dann hob er sein Hemd auf, das immer noch dort lag, wo er es hatte fallen lassen, streckte die Hand aus und sagte: »Komm mit.« Seine Stimme war nicht fragend, sondern von einer ruhigen Sicherheit.

Ich nahm seine Hand, die warm war und fremd, und folgte ihm dahin, wo er mich hinführte, und das war ein geschützter Espenhain. Dort legte er sein Hemd auf den Boden und lud mich ein, mich daraufzusetzen. Er setzte sich neben mich und zog seine Schuhe aus. Wir sagten nichts, aber wir sahen einander an, erforschten einander mit den Augen. Schließlich streckte er die Hände aus, um mich zu berühren, mein Hemd über meinen Brüsten zu berühren, und dann ließ er seine Hand zu meinem Hosenbund gleiten, zog mein Hemd heraus und hob meine Arme hoch, damit ich das Hemd ausziehen konnte. Jetzt saßen wir beide mit nacktem Oberkörper unter den Espen; ich streckte die Hand aus, um seine Haut zu berühren, so wie ich es vorher schon gern getan hätte. Diesmal konnte mich nichts zurückhalten.

Ich war immer noch so müde von der Wirkung, die der Peyotl in meinem Körper entfaltet hatte, daß ich das Gefühl hatte, einen Monat lang pausenlos marschiert zu sein. Und in dieser tiefen Müdigkeit geschah das Unvermeidliche. Robert Louis war mir in gewissem Sinne nicht fremder, als ich mir selbst war. Alles, was er tat und was ich tat, geschah wie in Zeitlupe. Nichts war in irgendeiner Weise eilig, und in jeder Phase hielt ich inne, um zu bedenken, was genau ich als nächstes tun wollte. Ich befragte mein Gehirn, damit es meinem Körper Anweisungen gab. Schließlich war ich nackt und Robert Louis ebenfalls, und wir beide lagen rücklings im Gras, beide beschäftigt mit dem scheckigen Muster des Sonnenscheins.

Ich fand mich schön, und es war das erste Mal, daß ich mich so empfand. Es lag an Robert Louis' Augen, wenn er mich ansah, es lag an seiner Hand, daran, wie es sich anfühlte, wenn es sie über meinen Körper gleiten ließ. Ich war schön und schlank, und ich streckte meine

Hände hinter mir aus und lud Robert ein, näher zu kommen, was er auch tat; er bedeckte mich mit seinem Körper, und dann senkte er seinen Körper in mich hinein.

Es tat weh, aber sehr weit entfernt in einem anderen Land, während in dem Land, in dem ich jetzt in Gedanken weilte, die Wahrnehmung ganz wunderbar war, das Ausgefülltsein, das Umschlossenhalten. Ich verspürte eine körperlose Freude, die weniger in mir war als um mich herum. Es war so etwas wie die Sonne, die überall hinschien, durch nichts aufzuhalten. Robert Louis und ich waren im Fleisch verbunden, in der Sonne verbunden, verbunden durch den See, der unter uns lag. Und trotzdem fühlte ich mich, als genug Zeit vergangen war und wir beide uns wieder angezogen hatte, als ich langsam begriff, was geschehen war, sehr fremd, sehr beschämt. Nicht, weil ich mit dem Freund einer anderen geschlafen hatte. Auch nicht, weil er mindestens fünfzehn Jahre älter war als ich. Sondern weil ich es jetzt getan hatte, ohne es geplant zu haben; weil es mich überrascht hatte. Alles, was man sieht, ist echt, hatte der Junge gesagt, es ist real, und er hatte recht. Aber alles, was man *tut*, ist ebenfalls real. Wenn die Visionen die Schatten der Taten sind, dann sind die Taten die Schatten der Gedanken.

Das war im Juli. Ich hatte noch vier Wochen auf der Touristenranch vor mir, und ich beschloß, meinen Job dort auch zu Ende zu bringen, obwohl es mir jedesmal ziemlich peinlich war, wenn ich mit Laurie sprach. Sie hatte allerdings keine Ahnung, was vorgefallen war. Ich hatte es niemandem erzählt, nicht einmal Iris, die es wohl verstanden und der es auch gefallen hätte, denke ich. Aber Iris hatte damals schon genug um die Ohren, denn während meines letzten Jahres an der High School – das eigentlich auch Wilburs letztes Jahr hätte sein sollen – war er in den offenen Strafvollzug nach Rock Springs in Wyoming gekommen. Er hatte sich im Jugendgefängnis für ein Sozialprogramm qualifiziert; Colorado und Wyoming kümmerten sich damals gemeinsam um ihre Problemjugend, angefangen von den »Lernbehinderten« bis hin zu den »Lernunwilligen«. Iris versuchte das System zu unterlaufen, aber dabei wollte Wilbur nicht mitmachen. Das Jugendgefängnis hatte ihm nicht gefallen, aber das hier war etwas ganz anderes. Eine richtige Aufgabe! Der Gedanke daran erregte ihn über alle Maßen. Er hatte bis dahin zwar schon viele Hunde ausgebildet, aber das hier war etwas ganz anderes. Bei einer richtigen Arbeit hatte man seine regelmäßige Arbeitszeit. Man hatte eine Frühstücksdose und eine Thermoskanne für Kaffee.

Also sagte er seiner Mutter, nein, er wolle in diesen halboffenen Vollzug, wenigstens eine Zeitlang, und er wollte einen richtigen Job, wenn er einen bekommen konnte. Und in jenem Winter, der in den Rocky Mountains sehr kalt war, hatte ihn bei seiner Arbeitssuche die Aussicht erwärmt, endlich genauso zu sein wie alle anderen auf der Welt. Wie ich später erfuhr, als er wieder zu Hause war und mir die Geschichte in allen Einzelheiten erzählte, war er nur ein wenig entmutigt gewesen, als er am vierten Tag seiner Arbeitssuche in Rock Springs immer noch nichts gefunden hatte. Das Ganze hatte ihm noch Spaß gemacht, als er zu einer Firma kam, die Wohnmobile baute, und dort auf eine Frau traf, die ihm mit steinerner Miene erklärte, es wäre sinnlos, es bei ihnen auch nur zu versuchen.

»Wir haben schon eine kilometerlange Warteliste«, sagte sie. »Wir würden ohnehin nicht zurückrufen.«

»Aber ich sollte auf jeden Fall meinen Namen und meine Adresse hierlassen.«

»Ich schlage vor, Sie versuchen es woanders«, sagte die Frau.

»Aber wo?« sagte Wilbur.

»Irgendwo«, sagte die Frau, so daß Wilbur sich schließlich umdrehte, um wieder dem kalten Februarwetter ins Auge zu sehen.

Als er gerade gehen wollte, stürmte ein Mann aus der Fabrikhalle ins Büro; die Wut stand ihm ins Gesicht geschrieben.

»Dieser verdammte Jack hat einfach gekündigt«, sagte der Mann. »Was soll ich jetzt machen? Die Installationsarbeiten müssen weiterlaufen.«

»Darf ich Ihnen meinen Namen geben?« sagte Wilbur mit für ihn ungewöhnlicher Schläue.

»Wer sind Sie?« fragte der Mann. »Wollen Sie Arbeit?«

Wilbur nickte.

»Haben Sie irgendwelche Erfahrung? Irgendwo Montage gemacht? Schon mal in einer Fabrik gearbeitet?«

»Nein«, sagte Wilbur. »Aber ich bin stark.«

Das konnte der Vorarbeiter sehen.

»Sie sind eingestellt«, sagte er. »Ich heiße Frank.«

Wilbur füllte ein Einstellungsformular aus, trug die Buchstaben mit peinlicher Sorgfalt ein und bekam dann seine brandneue Zeitkarte, drückte die Stechuhr, und Frank nahm ihn mit in die Fabrik. Wilbur war vom ersten Moment an in die Fabrik verliebt. Er hatte das Gefühl, ein Reich zu betreten, in dem alles möglich war, ein Reich, das ganz aus berauschender Aufregung und verzaubernden Düften bestand. Der vorherrschende Geruch war, wie er später herausbekam, der nach Fiberglasharz, einem wunderbaren, ganz besonderen Klebstoff, aber es gab noch andere Düfte, die sich mit dem des Harzes mischten und zu einem wahren Sinnesrausch führten – Sägemehl, Maschinenöl, Kitt, Edelstahl, Ammoniak und eine Prise verbrannten Gummis. Für Wilbur war diese Kombination wie ein belebender Drink.

Jeden Morgen vor dem Glockensignal zum Arbeitsbeginn stand Wilbur mit den anderen draußen und trat dann durch das große Tor in die Halle mit der Zeituhr. Er drückte seine Karte, steckte sie in ihr Fach und drängte dann weiter mit den anderen in die Fabrikhalle, die noch einmal acht Stufen tiefer lag. Auf dem Absatz dieser Stufen blieb Wilbur stehen, während alle anderen sofort an ihre Arbeitsplätze strömten. Er stand einfach da, atmete die Luft ein und ließ seinen Blick über das noch stillstehende Fließband gleiten, das bald zum Leben erwachen würde. Dann klemmte er sich sein Frühstückspaket unter den Arm und marschierte quer durch die Fabrik zu seiner eigenen Abteilung, der Installationswerkstatt, die nur aus ihm, zwei anderen Männern und einem Vorarbeiter bestand.

Durch schieres Glück hatte Wilbur einen der besten Arbeitsplätze bekommen. Der größte Teil der Belegschaft arbeitete direkt am Fließband, mußte einen einzigen Handgriff wiederholen, wieder und wieder – tackern, nageln, einbauen, Blech schneiden. Bei Wilburs Arbeit dagegen gab es sehr viel Abwechslung. Er mußte die Installationsarbeiten vorbereiten, zu denen der Einbau der Kochherde, der Ausgüsse, der Toiletten, der Duschen und der Heizungen gehörte, und meist blieb seine Arbeit höchstens sechs oder sieben Stunden lang dieselbe. Wenn er Kupferrohre für den Propangastank zuschnitt, dann hatte er nach sechs Stunden einen Vorrat für eine Woche zusammen, und sein Vorarbeiter, Frank, wies ihm eine andere Arbeit zu. Vielleicht mußte er als nächstes Dichtmasse in den Ausgüssen auftragen, bevor die Abflußrohre eingesteckt wurden, und konnte sich daran erfreuen, daß der weiße Kringel wie die Dekoration auf einer Geburtstagstorte aussah; danach prüfte er die Abflußrohre auf Lecks, wozu er Wasser in jeden Ausguß gießen mußte.

Wilbur gewann den Eindruck, daß die Fabrik in gewisser Weise ihn schuf, und das war ein schönes Gefühl. Wenn er morgens hereinkam und oben auf den Stufen stand, auf den glatten Betonfußboden hinabschaute, sah, wie sich die Arbeiter auf ihre Plätze begaben, daß einige der Maschinen schon in Gang gesetzt waren, dann erschien ihm die Fabrik ganz offensichtlich als ein lebender, atmender Organismus. Es gab drei Hauptfließbänder mit jeweils einer bestimmten Anzahl von Arbeitsplätzen, aber nur ein einziges von ihnen entließ fertige Fahrzeuge; das Fließband verlief zwar schnurgerade, aber man hatte dennoch den Eindruck, daß es sich wand; es war eine S-Kurve aus Lärm und Energie. Und alle Teile zusammen waren atemberaubend komplex, die Teile eines wunderschönen, kinetischen Wesens. Der Organismus bestand aus beidem, dem Weichen wie dem Harten, und das Weiche waren die menschlichen Wesen.

Diese Menschen handhabten ihre Preßlufthämmer, ihre Stichsägen und Rundschleifer, schien es Wilbur, mit der natürlichen Anmut eines gesunden Körpers. Diese große, wundervolle Maschine, halb Metall und halb Fleisch, brachte immer das gleiche Ding hervor, und dennoch war jedes von ihr geschaffene Ding anders als alle vorherigen. Und wenn Wilbur auf seine Fabrik hinabschaute, die Fabrik, die ihn schuf, dann wußte er, daß er selbst ersetzbar war, austauschbar durch einen anderen Arbeiter, der genau das gleiche tun würde, was er getan hatte, einen Kringel von Dichtmasse in den Ausguß spritzen, das Abflußrohr hineinstecken und es mit einer schönen Drehung festziehen. Und trotzdem wußte er jeden Tag, daß er hier ein lebenswichtiges Element war, eins der lenkenden Teile dieses Wesens, und er fühlte sich vollkommen in seinem Element, spürte, daß er endgültig normal geworden war. Im Spiegel sah er einen neuen Wilbur, einen zähen, einen tüchtigen Wilbur, der mit der Schleifmaschine und der Fettspritze umgehen konnte und der das gern tat. Er war auch ganz vernarrt in seinen ledernen Werkzeuggürtel und in seine Spaltsäge, und wenn er ins Lager ging und sich die Teile bestellte, die er benötigte, dann strahlte er, während er einen Anforderungsschein ausfüllte, dann mit der flachen Hand auf die Klingel drückte, sich vorbeugte und über den Schalter in das Lager spähte, aus dem ihm die Teile geliefert werden würden.

Und sowohl in den kurzen Pausen als auch in der großen Essenspause – es gab zwei Pausen von fünfzehn Minuten und mittags eine von einer halben Stunde – nahm er seine Thermoskanne und seine Frühstücksbox, ging hinaus und setzte sich irgendwo auf einen Stapel Sperrholz, vor allem, als es draußen etwas wärmer geworden war. Dadurch hatte er das Gefühl, auch in den Pausen noch ein Teil seiner Fabrik zu bleiben, sich nicht zu trennen, indem er in den Frühstücksraum ging. Jeden Tag hatte er das gleiche dabei für die kurzen Pausen – einen Apfel und eine Tasse Kaffee – und das gleiche für die große Pause, zwei Thunfischsandwiches, ein Stück Käse und einen Erdnußbutterkeks. Das, so überlegte er, war sein Treibstoff. So wie die Wohnmobile mit Diesel liefen – wenn sie fertig waren, hinausgestoßen in die Welt, die jenseits lag –, so lief er selbst mit Äpfeln und Kaffee und Thunfischsandwiches und Käsestückchen und Erdnußbutterkeksen.

Wilbur hätte vielleicht noch jahrelang für diese Firma oder auch einen ähnlichen Betrieb in der Umgebung von Quarry gearbeitet, wenn nicht die Fabrik im Juli ihre Vorarbeiter gewechselt und Wilbur schließlich seinen Boß in der Installationswerkstatt verloren hätte. Sein neuer Chef, Chuck, war einer von den Idioten, die Wilbur für zurückgeblieben hielten, und er betrachtete es als Teil seiner neuen Autorität, Wilbur bei jeder sich bietenden Gelegenheit zu peinigen. Also kam er vielleicht in den Installationsraum gestürmt mit einer Kiste voller Plastikteile, die, wie sich herausstellte, für einen ganz anders bemessenen Ausguß bestimmt waren als den, der gerade eingebaut wurde. Dann machte er sich einen Spaß daraus, Wilbur einzuschärfen, daß er die Plastikteile in einer Stunde zusammensetzen und dabei alles verbrauchen mußte, was in dem Kasten war. Oder er kam überraschend herein, wenn Wilbur gerade die Flanschen einer Kupferleitung aufweitete, und brüllte: »Wilbur, Baby!«, so daß Wilbur erschrank, zuviel Kraft einsetzte und das Rohr abriß.

Nun hatte sich Wilbur im Jugendgefängnis mit seinen langen Korridoren, wo in den vielen Zellen Jungen voller Zorn steckten, daran gewöhnt, ein gewisses Maß an Quälerei zu erdulden; dort hatte er einfach gelächelt, wenn die anderen Jungen über ihn gelacht hatten, denn er sah keinen Sinn darin, sich gegen dergleichen aufzulehnen. Aber bei Chuck lag die Sache anders. Es war seine ureigene Fabrik, der Chuck etwas zuleide tat. Es war die Fabrik, die ihn, Wilbur, hervorbrachte, und es war nicht fair von dem Mann, ihm das Gefühl zu geben, dort nicht willkommen zu sein. Nun waren Wilburs Mittel, sich zu wehren, nie sehr wirksam gewesen, und er hatte auch nur selten Gebrauch von ihnen gemacht. Als sich deshalb für ihn die Möglichkeit ergab, als Fahrer zu arbeiten und endlich aus der Installationswerkstatt fortzukommen, entschloß sich Wilbur traurig, die Gelegenheit zu greifen.

Von da ab war seine Arbeit ziemlich eintönig. Er fuhr einen kleinen Pickup, mit dem er andere Fahrer zu einem Händler brachte. Von dort bezog die Fabrik die Pritschenwagen, aus denen Wohnmobile werden sollten. Eines Tages – er hatte diese geistlose Arbeit erst eine Woche lang getan – kam er zum Fabrikgelände zurück, als ein fertiges Wohnmobil plötzlich direkt vor ihm anhielt. Wilbur summte gerade ziemlich trübsinnig vor sich hin und dachte darüber nach, ob er nicht doch wieder nach Hause zurückkehren sollte.

Das Summen verstummte auf der Stelle, als Wilbur sah, daß er das Wohnmobil direkt vor der Stoßstange hatte, und obwohl er die Bremse voll durchtrat und nicht schneller gefahren war als fünfzehn Stundenkilometer, wurde das Wohnmobil, als er ihm in die Seite fuhr, regelrecht zusammengeknüllt, fiel in einem Regen von zerschmettertem Metall und Fiberglas in sich zusammen. Wilbur saß bloß da und glotzte, ein wenig benommen von dem Zusammenstoß, aber weit stärker erschüttert von dem, was er da direkt vor sich sah, ein Wohnmobil, das er mit einem kleinen Schubser seiner vorderen Stoßstange vollständig zerstört hatte.

Obwohl Wilbur fünfeinhalb Monate lang in der Fabrik gearbeitet und gesehen hatte, wie die Fahrzeuge zusammengebaut wurden, hatte er sie doch niemals, wie ihm jetzt bewußt wurde, wirklich gesehen; denn er hatte die Fabrik so sehr geliebt und sich so sehr als eines ihrer weichen Teile gefühlt, daß ihm gar nicht in den Sinn gekommen war, daß es Teile gab, die noch viel weicher waren als er. Die Firma produzierte Schrott. Klebstoff und Klammern hielten die Wohnmobile zusammen. Nägel und Schrauben waren Raritäten. Die Metallhülle, die das Skelett des Wohnmobils überzog, war ungefähr so stark wie Tesa-Film oder Alufolie. Der Aufbau bestand aus Latten – einen Zoll dick, zwei Zoll breit –, die jetzt in der Mitte durchgebrochen waren und unter denen die denkbar dünnste Isolierfolie zum Vorschein kam. Wilbur fühlte sich verraten angesichts der Minderwertigkeit dessen, was er da vor sich sah.

Das war es, woran er sein Herz gehängt hatte? Das war es, was er so geliebt hatte? Zum ersten Mal in seinem Leben erfuhr er, was Wut bedeutet, und er hatte nur noch das eine Ziel, mit der Zerstörung fortzufahren. Er setzte seinen Wagen zurück und rammte das Wohnmobil noch einmal und dann noch einmal, bis nichts mehr davon übrig war als ein Haufen zusammengeknautschten Blechs, und während er das tat, keuchte er mit verzerrtem Gesicht. Um ihn herum wurde geschrien, Männer sprangen hin und her, schwenkten die Arme, damit er aufhörte, aber er konnte nicht aufhören, nicht, bis er anfing zu weinen. Und als seine Wut sich schließlich in Tränen auflöste, war sein Pickup ebenfalls schwer beschädigt, die vordere Stoßstange war abgerissen, die Motorhaube stand weit auf, und die Scheinwerfer waren in tausend Stücke zerschlagen. Er drehte den Schlüssel herum, die Maschine erstarb, und Wilbur legte den Kopf auf die Arme und schluchzte und schluchzte. Dann stieg er aus, ging durch die Fabrik, zog seine Zeitkarte und steckte sie ein letztes Mal in die Zeituhr.

So kehrte Wilbur also in diesem Sommer – bevor ich wieder nach Osten ans College ging und ungefähr zwei Wochen, nachdem ich den Peyotl genommen hatte – schließlich in mein Leben zurück, nach mehr als zwei Jahren, und es war für uns beide ein großes Wiedersehen. Iris fuhr allein nach Rock Springs, um Wilbur abzuholen, denn es war eine lange Fahrt, und sie fiel nicht auf ein Wochenende. Ich konnte mir aber den Tag freinehmen, an dem die beiden zu Hause zurückerwartet wurden. Ich lieh mir einen der Pickups von der Ranch und fuhr zu den Covilles. Dort ging ich in die Küche, machte mir ein Sandwich und überlegte, wie Wilbur wohl aussehen würde und worüber er wohl reden würde, jetzt, da wir beide älter waren. Aus irgendwelchen Gründen war ich ängstlich, fürchtete, daß Wilbur mich vielleicht nicht mehr mochte, oder, besser gesagt, daß sich etwas zwischen uns geändert haben könnte. Als ich den Wagen auf den Hof fahren hörte, ging ich nicht sofort hinaus, sondern stellte erst meinen Teller in die Spüle; währenddessen war Wilbur ausgestiegen und blickte sich enttäuscht und erstaunt um.

»Sie ist nicht da, Mutter, sie ist nicht da!« hörte ich ihn zu Iris sagen.

»Oh doch, sie ist da, Schatz, beruhige dich.« Aber er lief sofort los in Richtung Scheune, also rannte ich ebenfalls los, um ihn abzufangen. Ich schoß aus der Tür heraus und rief: »Ich bin hier, Wilbur!« Sofort machte er kehrt und lief das ganze Stück zurück, das er schon bewältigt hatte, und ich rannte auf ihn zu, und plötzlich lagen wir uns in den Armen. Es war so schön, es war genau wie früher, er war immer noch wie ein Bruder für mich, mein lieber, komischer Bruder, und ich war seine Schwester, und wir waren viel zu lange getrennt gewesen. Wilbur war jetzt siebzehn und voll ausgewachsen, einen Meter neunzig groß und kräftig; er sah gut aus und gesund und war bis zum Bersten voll mit seinen neuen Erfahrungen.

Er sagte: »Ach, ich bin so froh, daß ich wieder zu Hause bin, Morgan! Und ich habe dir so viel zu erzählen! Weißt du noch, wie dieser Baum im Wald umgefallen ist? Wir wußten doch, daß es etwas zu bedeuten hatte, daß er einfach so umfiel? Also, ich habe herausgefunden, daß die Welt wirklich eine Membrane hat.«

Iris sagte: »Ich lasse euch beide allein. Wilbur hat mir die Geschichte schon erzählt.« Aber nichts konnte ihn davon abhalten, sie jetzt auch mir zu erzählen. Und als er bei dem Anblick des zerknautschten Wohnmobils angelangt war, sagte er: »Für mich sah es so aus wie die Membrane der ganzen Welt. Und ich habe begriffen, daß man vorsichtig sein muß, sich an nichts heranwagen darf, was nicht wirklich massiv ist, was keine Wurzeln hat.«

Ich lächelte, und er verstand mich falsch. Ich dachte an das Große Abenteuer, das ich mitgemacht hatte, als er nicht da war. Aber er wußte nichts davon und fragte ängstlich: »Verstehst du, was ich meine?«

»Natürlich. Ich dachte nur gerade, daß ich genauso empfinde.« Und außerdem dachte ich, daß für Wilbur die Vortrefflichkeit leicht zu erreichen war. Daß ich wieder mit ihm zusammen war, gab mir einen Teil meiner selbst zurück.

Das Tor

Als ich im Herbst aufs College kam, war mir der Osten sehr fremd – ich kam mir umstellt vor, eingeschlossen wie in einem Kessel –, aber in vieler Beziehung unterschied sich das Land nicht so sehr vom Westen, wie ich es mir erhofft hatte. Auch der Osten hatte seine Cowboys. Colin war auf seine Weise einer von ihnen, denn nur ein paar Wochen, bevor ich kam, bot sich ihm eine Fluchtmöglichkeit in Form einer Spezialbibliothek von Architekturtexten an der University of California in Berkeley. Er war gerade noch lange genug in Tipton, um mich zu begrüßen und mir beim Einzug ins Studentenheim zu helfen, und dann verschwand er für zehn Monate nach Kalifornien; er sah schlecht aus, soweit ich das so schnell beurteilen konnte, und ich war enttäuscht und verletzt, daß er sich entschlossen hatte, Vermont gerade in dem Moment den Rücken zu kehren, in dem ich dort ankam. Nur die Hoffnung, daß er früher zurückkommen würde, hielt mich während meines ersten Semesters aufrecht, das ansonsten sehr verwirrend für mich war.

Was mich im zweiten Semester antrieb, als er schließlich doch nicht früher kam, war etwas viel Handfesteres als Hoffnung – die Einladung, die ich von Iris zu Weihnachten geschenkt bekommen hatte. Sobald ich im Mai freihatte, wollte sie mit Wilbur und mir für sechs oder sieben Wochen nach Griechenland fahren. Wegen Iris hatte ich am Anfang des ersten Semesters mit dem Gedanken gespielt, Altphilologie als Hauptfach zu wählen, aber ich hatte absolut keine Begabung für Sprachen. Eigentlich hatte ich überhaupt keine Vorstellung, was ich studieren sollte, keine Vorstellung, was ich einmal werden wollte. Ich wußte nur eins: keine Naturwissenschaftlerin. Manchmal dachte ich, ich sollte es ruhig einmal mit Englisch probieren, und auch Philosophie kam mir in den Sinn, aber meistens dachte ich, nun gut, bleibe ich bei Geschichte. Und ich freute mich auf die Reise nach Griechenland; es war die erste

Gelegenheit in meinem Leben, außerhalb Amerikas lebendige Geschichte zu erleben.

Wir wollten von New York nach London fliegen und dann weiter nach Belgrad, weil Iris von dort aus mit dem Zug durch Jugoslawien fahren wollte. Sie und Wilbur kamen mit dem Flugzeug von Denver, und ich traf sie in New York zur ersten Flugreise meines Lebens. Bevor es soweit war, mußte ich immer wieder an den Fallschirm denken, den ich an jenem weit zurückliegenden Weihnachtsfest bekommen hatte, und den Flug, den ich damit gemacht hatte, unter der seidenen Wölbung baumelnd. Ich dachte, mit dem Flugzeug zu fliegen würde so ähnlich sein, aber statt dessen erwies es sich als furchteinflößend; das Flugzeug machte großen Lärm, bewegte sich unvermittelt und schien überhaupt zu schwer dafür, in der Luft zu bleiben. Aber noch erschreckender war, daß ich keine fünf Minuten nach dem Abheben völlig meinen Orientierungssinn verloren hatte. Ich hatte keine Vorstellung mehr, ob wir nach Osten flogen, nach Westen, Norden oder Süden – oder nirgendwohin, auf direktem Weg in den Weltraum vielleicht. Mein Leben lang war ich an die Erde gebunden gewesen, wo es möglich war, meine Schritte, falls nötig, dahin zurückzuverfolgen, woher ich gekommen war.

Nach der beunruhigenden Erfahrung des Fluges war die Zugfahrt von Belgrad nach Athen wunderbar; es war heiß, aber klar, genauso, wie es oft in Colorado war. Dunkelhäutige Jungen ohne Hemd und in schmutzigen Hosen liefen am Zug entlang und sammelten die Zigaretten ein, die unsere Mitreisenden ihnen aus den Zugfenstern zuwarfen. Während die Stunden verflogen, in denen wir immer weiter nach Süden fuhren, bekam ich ein gutes Bild vom Tagesablauf eines jugoslawischen Bauern. Am Morgen mähten sie gemächlich und in langen Reihen mit ihren Sensen den immer noch feuchten Weizen; mittags streckten sie sich unter den Bäumen aus und tranken aus ihren Wasserkrügen. Und am Abend wurden die Ziegen und Schafe zusammengetrieben, von alten Männern in türkischer Tracht mit roten Kappen, die auf ihren Rädern die Straße an den Bahngleisen entlangfuhren. Für mich war all das neu und wundervoll. Für Wilbur natürlich auch. Er sagte immer wieder: »Ach, Morgan, schau dir das an, schau dir das an«, und winkte allem und jedem heftig zu. Zu seiner großen Freude wurde sein Winken erwidert. Manche der Bauern trugen Körbe auf ihren Schultern, und ein alter Mann trieb seine Kühe mit einem Hirtenstab vor sich her. Der alte Mann winkte besonders begeistert, als wäre sein Arm – seinem Alter zum Trotz – jung geblieben.

Wir waren schätzungsweise sechs Wochen lang in Griechenland, und es waren interessante sechs Wochen, mit Iris als orts- und sachkundiger Führerin – angefangen von den prähellenischen Religionen über die Arten griechischen Marmors bis hin zu den einzelnen heiligen Stätten der Götter und Göttinnen. Wir fuhren nach Delphi, wir fuhren nach Olympia, wir besuchten Epidaurus und Sounion, und Iris bestand darauf, daß wir alle diese Fahrten mit öffenlichen Verkehrsmitteln unternahmen; sie sagte, wir sollten Griechenland mit den gleichen Augen sehen wie die Griechen selbst, und deshalb warteten wir frühmorgens auf Omnibusse oder schauten den Losverkäufern zu, wie sie ihre Lose verkauften. Auf unserer Fahrt nach Delphi kamen wir an Bergen von herrlicher Einsamkeit vorbei, und Delphi selbst strahlte Magie aus, es war eine Stätte von außerordentlicher Ruhe. Iris erzählte uns, daß die alten Griechen Delphi »den Nabel der Erde« genannt hatten, und als wir es durchquerten, sagte Wilbur immer wieder: »O ja, ich kann die Geister spüren, Mutter.«

Nachdem wir den Peloponnes hinter uns hatten, wollte Iris als nächstes nach Kreta und machte deshalb mir und Wilbur einen überraschenden Vorschlag. Sie sagte, sie selbst habe die Kykladen bereits bei ihrer letzten Reise durch die Ägäis gesehen, aber wir wollten vielleicht einige der Inseln kennenlernen. Vielleicht wäre es deshalb das beste, uns für eine Woche zu trennen. Sie würde nach Kreta fahren und in Knossos auf uns warten. Wir konnten währenddessen hinfahren, wo wir wollten. Sie an unserer Stelle würde nach Naxos fahren. Naxos war die älteste ohne Unterbrechung bewohnte Stadt des ganzen Mittelmeeres, und Byron hatte sie »das Juwel der Kykladen« genannt. Wir seien inzwischen achtzehn, und es gebe überhaupt keinen Grund, warum wir nicht ohne Erwachsenenbegleitung reisen sollten. Mir war ein wenig unwohl bei dem Gedanken, daß wir uns von Iris trennen sollten; was, wenn irgend etwas passierte, mit dem wir einfach nicht fertig wurden?

Aber wie dem auch sei, einige Tage später standen wir an den Hafenanlagen von Piräus, mitten in den Auspuffgasen der Autos und Schiffe, rafften unser Gepäck zusammen, umarmten Iris zum Abschied und gingen an Bord unserer Fähre. Das Schiff war ziemlich schmutzig, die Mannschaft ein rauher Haufen, und die See erwies sich als aufgewühlt, nachdem wir den Hafen erst einmal verlassen hatten. Trotzdem wollte ich mir ein Urteil über diese Expedition erst bilden, wenn wir wenigstens in Naxos angelangt wären. Und als unser Schiff dann in den Hafen dampfte, nach einer Fahrt, bei der wir beide ganz grün im Gesicht geworden waren, sahen wir zuerst das, was wir zu sehen erwartet hatten, und was, nehme ich an, auch Byron gesehen hatte: eine schöne Stadt auf einem Hügel mit weiß getünchten, in der Sonne gleißenden Häusern und unter ihnen das Tor zum heiligen Bezirk des Apollotempels.

Dieses Tor, diese Portera, war eine der beeindruckendsten hellenistischen Ruinen, die ich in ganz Griechenland sah – das Relikt eines offensichtlich unvollendet gebliebenen Tempels. Die Ruine war ziemlich genau westöstlich ausgerichtet, und wir hatten gelesen, daß die Sonne im Sommer genau im Torweg selbst aufging – wie eine Kompaßnadel aus rotem und goldenem Feuer.

»Was für ein Riesentor«, sagte Wilbur, inzwischen nicht mehr ganz so grün, als wir im Hafen ankamen. »Es sieht aus wie ein Zaubertor, Morgan. Wie aus dem Märchen oder so etwas.«

Aber das Schiff drehte sich, und das Tor geriet außer Sicht, und bald standen wir wieder auf festem Land. Eine ganze Rotte von Hotelbesitzern begrüßte die Neuankömmlinge und pries ihre Unterkünfte an. Wir hielten uns schließlich an eine freundlich wirkende Frau von ungefähr dreißig Jahren. Nachdem wir ihr zugenickt hatten, ja, wir würden mit ihr kommen, isolierte sie uns vom Rest der Passagiere und zeigte auf den Fahrer eines Lieferwagens, der sich bisher im Hintergrund gehalten hatte. Er verfrachtete erst unsere Taschen auf seinen Wagen, dann uns und die freundliche Frau, drückte das Gaspedal durch und steuerte in rücksichtsloser Fahrt durch die Stadt Naxos. Und wir entdeckten rasch, daß das Juwel der Kykladen viel von seinem Liebreiz eingebüßt hatte, daß die Touristenkultur viele seiner Facetten verschmutzt hatte. Bei Licht betrachtet versank es in Unrat. Das ist die einfachste Weise, es zu beschreiben. Plastikflaschen übersäten die Strände im Verein mit Papier, Blech und verwesendem Abfall. Ganze Brotlaibe trieben im Hafen, und überall wurden Hotelburgen, dieser Müll der Moderne, hochgezogen. Die giftigen Düfte überwältigten Wilbur schier. Unser Hotel lag außerhalb der Stadt, in Richtung der Berge. Zuerst fand ich das ganz schön, bis ich entdeckte, daß wir jedesmal ein Elendsviertel durchqueren mußten, wenn wir zum Wasser wollten. Dort türmte sich der Unrat in den Straßen, wurde Müll, der aus Tüten herausquoll, vom Wind vor sich hergetrieben oder lag einfach da und stank zum Himmel.

Wir richteten uns in unserem Zimmer häuslich ein – es war ein schönes Zimmer mit Marmorfußboden – und gingen dann zu Fuß zum Hafen zurück. Dort aßen wir ein Eis und entschlossen uns, ein Stück am Meer entlangzugehen, um zu sehen, wie es außerhalb der Stadt aussah. Zuerst war dieser Spaziergang sehr angenehm, aber nach ungefähr drei Kilometern drehte der Wind, und es stank immer schlimmer nach Abfall. Außerdem fuhren ständig Lastwagen an uns vorbei, die eine Fahne kräftigen Gestanks hinter sich herzogen und deren griechische Fahrer uns heftig gestikulierend zuwinkten und uns, wie es schien, verwundert ansahen; den Grund dafür entdeckten wir, als wir das Ende der Straße erreichten und feststellten, daß wir es fertiggebracht hatten, einen Spaziergang zur Müllkippe der Stadt Naxos zu unternehmen.

Wilbur fand das komisch. Er lachte und lachte und lachte. »O Morgan«, sagte er, »es muß doch irgend etwas anderes auf dieser Insel geben.« Also schauten wir nach einem Mittagessen in einer Taverna wieder in unseren Kykladenführer und versuchten herauszufinden, was Naxos noch zu bieten hatte. Es gab ein Museum, das sehr empfohlen wurde; also gingen wir am nächsten Morgen hin. Das Museum lag im Castro, dem alten venezianischen Teil von Naxos. Nachdem wir am Eingang vierhundert Drachmen bezahlt und uns hatten einschärfen lassen, daß wir keine Fotos machen durften, stiegen wir hinab zu den Glaskästen im Kellergeschoß, wo wir vor Tausenden, wirklich Tausenden alter Tongefäße standen. Wilbur mochte diese Töpfe sehr gern, weil sie frei zugänglich waren und er ohne weiteres an ihnen riechen konnte.

Mich reizten eher die Glaskästen, in denen, wie der englische Text auf dem Glas mich belehrte, »kykladische Fruchtbarkeitsgöttinnen« lagen, ebenfalls zu Tausenden. Sie hatten die Arme vor ihren flachen Brustkörben verschränkt, so daß sie für mich keineswegs wie Fruchtbarkeitsgöttinnen aussahen. Ihre flachen, ovalen Köpfe waren zurückgeneigt, und sie wirkten wie menschliche Opfer, die auf ihren Tod warteten. Ihr Aussehen deutete viel eher auf eine Hungersnot oder auf einen Genozid hin, ebenso ihre Haltung und die Aura von Verzweiflung, die sie umgab. Und in ihrer Anzahl, in ihrer furchtbaren Menge, waren sie so etwas wie der Müll einer vergangenen Zivilisation, Müll, den man ausgegraben und dann absurderweise als Kunst ausgestellt hatte.

Am Abend schlugen wir wieder in unserem Führer nach, was es sonst noch zu sehen gab, und wir beschlossen, am nächsten Tag mit dem Bus hinauf in die Bergdörfer zu fahren. Dort wollten wir versuchen, eines von Naxos' berühmtesten alten Kunstwerken zu finden, einen Kuros des Apoll aus dem fünften Jahrhundert, der in einem privaten Garten lag. Wir nahmen einen ziemlich überfüllten Bus und stiegen an einer Stelle aus, von der es hieß, sie sei »üppig und fruchtbar«; in der Tat zirpten dort die Grillen in einem ohrenbetäubenden Chor, und es wuchsen tatsächlich zwei Oliven- und fünf Feigenbäume auf dem trockenen Fels. Die »bekannte Stadt«, die unser Ziel sein sollte, erwies sich als erstaunlich schwer zu finden. Wir gingen zunächst in die eine Richtung, dann in die andere, um uns jedesmal in den allgegenwärtigen Olivenhainen wiederzufinden. Wir liefen meilenweit und fanden schließlich eine Straße, die uns immer weiter hinaufführte. Wir hatten unsere Wasserflaschen inzwischen leergetrunken und den Kuros immer noch nicht gefunden. Aber es machte Spaß, dort herumzuspazieren, in dieser Wüste, die ganz anders war als die, die wir aus Colorado kannten, anders und doch gleichzeitig so vertraut mit ihrer Hitze und Trockenheit. Schließlich kamen wir zu einem Schild, auf dem in Englisch stand: »Zum Kuros hier entlang«, und folgten dem Pfeil in einen schönen Garten mit Obstbäumen. Als wir dessen Herzstück erreicht hatten, ein kleines Haus mit einer Steinterrasse, hatten wir eigentlich nur den Kuros im Sinn, aber die Hausbesitzerin, eine Witwe, begrüßte uns mit der Frage: »Mineralwasser oder Limonade?« Wir waren durstig und nahmen etwas Limonade, und danach ging es dann zum Kuros. Dessen Anblick verschlug mir fast die Sprache, denn was ich da sah, war nichts als ein großes, graues und von kleinen Kratern überzogenes Ding, das aussah wie ein unheimlicher und sehr primitiver Steinklotz. Der Kopf lag zuunterst, und die Füße waren nach oben gestreckt wie bei jemandem, der gestürzt war und noch unter Schock stand. Die ganze Figur war von einem Riß durchzogen. Die Gesichtszüge waren nicht mehr deutlich erkennbar, statisch und formlos.

Hätte ich Wilbur nicht bei mir gehabt, wäre ich sehr enttäuscht gewesen, aber da er Laute der Bewunderung ausstieß, freute ich mich immerhin an seiner Freude. Wir tranken noch eine Limonade und traten dann unter der brennenden Sonne den Rückweg an, bis wir schließlich den Bus erreichten, der uns wieder zurück in die Stadt Naxos bringen sollte. Ich schlief fast ein, während der Bus die Berge hinunterratterte; ich war nicht direkt unzufrieden, aber doch ausgesprochen enttäuscht von unserem Aufenthalt auf Naxos. Mit dem modernen Müll, den es hervorbrachte, und dem alten Müll, den es bewunderte, konnte das wohl kaum der Höhepunkt unserer Griechenlandfahrt sein.

Aber Naxos sollte in Kürze noch viel tiefer sinken. Wilbur schlug vor, im Norden der Stadt auszusteigen, damit wir nicht vom Hafen aus wieder hinauf zum Hotel laufen mußten. Der Busfahrer war sehr hilfsbereit und ließ uns mitten in dem uns schon vertrauten Slum aussteigen, wo sich, wie gewöhnlich, überall Abfall türmte. Auf unserem Weg nahm ich plötzlich ein furchtbares Geräusch wahr, das meine Schläfrigkeit schlagartig durchdrang. Es war ein gequältes Wimmern, und ich blieb mitten auf der Straße stehen, vom Schrecken überwältigt. Die Stimmen klangen völlig hoffnungslos, Stimmen aus dem Abgrund, voller Entsetzen, Jammer und Schmerz, es war die reine Essenz des Leidens.

Aber was das für Wesen waren, die da wimmerten, hätte ich nicht sagen können. Vielleicht Vögel oder Ziegen, möglicherweise sogar Menschen. Man hörte nur, daß es mehrere waren, die in gemeinsamer Todesangst flehten. Sie brachten mich sofort zum Weinen, ich fing an zu schluchzen, die Tränen liefen mir übers Gesicht. Ohne nachzudenken war mir klar, daß jemand lebendige Tierkinder in den Müll gesteckt hatte. Ich habe wohl unter Schluchzern irgend etwas hervorgestoßen, aber Wilbur stand schon vor dem Müllhaufen, bahnte sich seinen Weg durch die Kisten, riß Säcke mit verfaulten Früchten auf, warf Papierfetzen hinter sich. Autos fuhren unter schrillem Gehupe dicht an uns vorbei, aber er ignorierte das und grub sich tiefer und tiefer in den Müllhaufen, bis er einen blauen Plastikbeutel gefunden hatte.

Der Beutel war mit einem Knoten fest verschlossen. Wilbur legte ihn in eine Kiste und lief damit hinüber zu einem kleinen Fleckchen Schatten, wo er die Kiste ins Gras setzte und versuchte, den Knoten zu lösen, während ich mit einem Gefühl des Schreckens neben ihn trat. Was konnte in diesem Beutel sein? Welche abscheulichen, verunstalteten, ausgemergelten Monster würden jetzt ans Tageslicht kommen? Es schien einleuchtend, daß hier etwas Furchtbares verborgen war, denn was außer einer mißgestalteten oder monströsen Kreatur hätte einen Menschen so ängstigen können, daß er jedes Mitleid vergaß? Doch mir blieb wenig Zeit, mich zu fürchten, denn Wilbur ließ von seinen Versuchen mit dem Knoten ab und riß den Beutel auf. Herausgetaumelt kamen vier kleine, winselnde und nach Luft schnappende Tiere.

Es waren junge Hunde. Welpen. Ihre Nabelschnur war von einer Mutter säuberlich abgeleckt und abgekaut worden, die nicht gewußt hatte, was geschehen würde. Ihre Ohrmuscheln waren perfekte kleine Dreiecke. Die Augen hatten sie fest geschlossen, weiche, zarte Mandeln, und drei von ihnen hatten einen schwarzen, das vierte einen goldenen Pelz.

Sie streckten sich, immer noch winselnd, aber sie jammerten nicht mehr, sondern stupsten einander, um sich zu trösten, stemmten sich mit ihren winzigen Vorderbeinen gegeneinander. Als der Beutel aufgegangen war, hatten sie ihre zweite Geburt erlebt, und jetzt war alles gut. Kurz darauf erstarb das Winseln ganz, und sie lagen im Schatten auf dem Gras und atmeten die Luft ein, und als sie sich zu einem kleinen Haufen zusammendrängten, hatten sie, so schien es, alles erreicht, was sie wollten. Wir strichen ihnen den Staub aus dem Pelz, so gut wir konnten, und steckten sie dann wieder in die Kiste, in der wir sie das kurze Stück bis zu unserem Hotel trugen.

Als wir dort auf unser Zimmer kamen, war ich immer noch ganz schwach vor Entsetzen, aber Wilbur war voller Zuversicht. Er ging ins Bad, holte ein paar Handtücher und legte sie quer über das Bett. Dann legte er die Welpen darauf; sie bildeten ein Nest in der Mitte, schnupperten die schöne, abendliche Seebrise, die jetzt ins Zimmer wehte, und schienen so zufrieden, wie man es sich nur wünschen konnte. Dann machte Wilbur die Welpen mit einem angefeuchteten Handtuch sauber, putzte sie von ihren kleinen Schnauzen bis hin zu ihren Schwanzstümmelchen. Sie wedelten begeistert mit diesen Stümmelchen, wenn das Handtuch kam, das wie die Zunge einer Mutter war. Als sie sauber waren, wirkten sie noch vollkommener. Sie strotzten vor Gesundheit; sie streckten sich auf ihrem freundlichen Handtuch aus, drängten sich wieder zusammen und schliefen sofort ein.

»Also gut, jetzt brauchten wir etwas Milch«, sagte Wilbur. »Willst du das erledigen? Einer von uns sollte bei ihnen bleiben.«

»Wilbur, was sollen wir denn nur mit ihnen machen?« fragte ich.

»Ein Zuhause für sie finden. Die Leute lieben junge Hunde.«

»Aber sie brauchen eine Mutter. Sie brauchen Hundemilch. Und wir sind in Griechenland. Wir sprechen doch nicht einmal die Sprache.«

»Wir brauchen auch nicht Griechisch zu sprechen, Morgan. Diese Hunde sprechen Welpensprache, oder nicht? Willst du hier bei ihnen bleiben oder die Milch für sie besorgen?«

»Ich werde die Milch holen«, sagte ich und ging. Die Milch war kein Problem, aber es war unmöglich, eine Saugflasche zu finden, die klein genug war. Ich war in mehreren Apotheken und suchte unzählige, winzige Drogerien auf, aber ich konnte nichts Passendes finden, noch nicht einmal einen normalen Augentropfer. In meiner Verzweiflung kaufte ich eine Plastikflasche Ketchup, die wir dann leeren mußten und mit der es vielleicht gehen würde, wenn man den Verschluß weitete. Es war schon nach der Abendessenszeit, und als ich wieder in unser Zimmer kam, schliefen die Hündchen noch, und Wilbur saß neben ihnen, die Knie unters Kinn gezogen und den Blick liebevoll auf die Welpen gerichtet. Er schaute kurz auf, als ich eintrat, und sah dann wieder die Welpen an; er überließ es mir allein, die Flasche vorzubereiten. Ich säuberte sie ungefähr zwanzigmal und war selbst danach noch nicht ganz sicher, daß auch der letzte Rest Ketchup entfernt war. Den Verschluß zu weiten war schwieriger, als ich geglaubt hatte, und das Ergebnis war alles andere als vollkommen, aber schließlich konnte ich Wilbur die Flasche geben. Er nahm sie und versuchte es zunächst bei dem goldenen Hündchen.

Er balancierte dessen Hinterteil auf dem Handtuch und hielt ihm gleichzeitig das Kinn hoch. Dann drängte er sanft seine Lippen auseinander und gab ihm zu trinken. Zuerst wollte der kleine Hund nicht. Sonst hatte er die Milch auf andere Weise bekommen.

Es war ein wunderschöner Welpe mit pinkfarben umrandeten Augen in einem flaumig weißen Gesicht, mit rosafarbener Nase und Schnauze. Auch die Innenseiten der Ohrmuscheln waren rosa, ebenfalls die Pfoten und ein lustiger Flecken mitten auf dem Schwanz; wenn Wilbur den Welpen dazu brachte, das kleine Maul zu öffnen, erschien der nächste rosafarbene Teil, und dort hinein tröpfelte Wilbur vorsichtig die Milch.

Die Zunge kringelte sich, bildete einen winzigen Löffel und beförderte die Milch in den Magen. Der Welpe stieß auf, dann kam die Zunge wieder, und er wollte mehr. Wir lachten vor Freude.

Wilbur fütterte den goldenen Welpen noch ein paar Minuten lang, bis er ihm die Milch etwas zu schnell gab, so daß er sich dran verschluckte; daraufhin hielt Wilbur ihn am Hinterteil hoch und schüttelte ihn ein wenig, und obwohl das Husten sofort aufhörte, war das Tier von dem Zwischenfall ganz außer Atem, so daß Wilbur ihn wieder auf das Handtuch legte und sich als nächstes einen der schwarzen Welpen vornahm. Einer nach dem anderen lernte so, wie man die Flasche nimmt, und als sie alle gefüttert waren, erledigten drei von ihnen ihr kleines Geschäft, womit sie Wilbur eine große Freude machten und auch mir etwas Mut gaben. Vielleicht würde es doch möglich sein, sie zu retten. Wilbur wischte ihre Hinterteile mit einem großen Blatt Kreppapier ab und sagte:

»Ah, genauso muß es sein. Diese Welpen sind völlig in Ordnung!«

Dann schliefen die kleinen Tiere wieder ein, aber nicht alle auf einmal und etwas unruhig, und sie versuchten zuerst noch, aneinander zu saugen, an den Bäuchen ihrer Geschwister. Anschließend gingen sie einander an die Ohrmuscheln, was einiges Gefiepe zur Folge hatte, bevor sie schließlich alle richtig schliefen.

Inzwischen war es acht Uhr abends. Ich hatte keine Ahnung, wie das Telefonsystem von Naxos funktionierte, aber mir schwante, daß nun die Zeit gekommen war, es einfach auszuprobieren. Wenn wir einen Tierarzt fanden, der Englisch sprach, dann konnte er uns vielleicht sagen, wo wir eine Ziehmutter für unsere Welpen finden würden, die noch vier Extrahündchen gebrauchen konnte, vielleicht, weil sie ihre eigenen verloren hatte. Aber als ich schließlich einen Tierarzt erreichte, stellte sich heraus, daß er weder Ausländer mochte noch Leute, die sich einmischten, und daß er Hunde ohnehin nicht ausstehen konnte. Er sagte, er könne die Welpen vielleicht in ein oder zwei Tagen töten, wenn ihm zwischen wichtigeren Dingen mal ein oder zwei Minuten Zeit blieben, aber bis dahin sollten wir ihn nicht weiter mit solchem Kleinkram belästigen.

Während dieses Telefongesprächs fing ich wieder an zu weinen, und in der Nacht schlief ich so gut wie gar nicht, da Wilbur alle zwei Stunden aufstand, um die Welpen zu füttern, und ich jedesmal wach wurde, wenn er barfuß über den Boden tapste. Der Boden war aus weißem Marmor, die Wände waren ebenfalls weiß, die Fensterläden dunkel und die Glasfenster ziemlich hoch; letztere hatten wir aufgelassen, so daß die warme Seebrise die ganze Nacht ins Zimmer wehen konnte. Wegen eines Konstruktionsfehlers des Hotels fielen sämtliche Türen mit lautem Krachen ins Schloß. Im trüben Mondlicht konnte ich Wilbur recht deutlich sehen, wie er bei den Welpen kniete, die jetzt mit ihrer Kiste in einer Ecke des Zimmers standen. Er nahm jedes Tier vorsichtig auf, murmelte ihm leise etwas zu, streichelte es und wischte es sauber.

Beim Anbruch des nächsten Tages erschien mir die Situation sehr trostlos. Den Tierarzt hatten wir schon probiert. Wenn die Hunde etwas größer gewesen wären, hätten wir uns mit ihnen an die Straße stellen können. Aber sie waren so klein, daß sie nur mit ständiger Pflege überleben konnten, und jeder hier in Naxos, jeder, den wir kennengelernt hatten, war vollauf damit beschäftigt, die Touristen zu verwöhnen. Vom Schlafmangel entkräftet und immer noch niedergedrückt von den Nachwirkungen des Schreckens, den mir das Jaulen der kleinen Welpen eingejagt hatte, sah ich keine Möglichkeit, unser Problem zu lösen. Die Hündchen würden getötet werden müssen. Ich nahm an, daß ich sie ertränken mußte. Man sagte, Ertränken sei ein leichter Tod, aber war denn jemals einer aus dem Jenseits zurückgekehrt, um das zu bestätigen?

Und Wilbur, wie sollte ich es Wilbur nur erklären? Als er merkte, daß ich wach war, wirkte er erleichtert, weil er noch mehr Milch holen gehen wollte. Es war so heiß, daß die Milch von gestern bereits sauer geworden war, und die Welpen brauchten gute, frische Milch, wenn sie groß und stark werden sollten; und wenn er schon einmal unterwegs war, wollte er für uns beide auch gleich ein Frühstück besorgen. Also zog er sich an und ging weg, während ich die Fensterläden zum Balkon hin öffnete, hinaustrat in die Morgensonne; mein ganzer Körper war erfüllt von einer gewaltigen Leere. Wenn ich die Welpen ertränkte, dann nicht im Ausguß. Ich würde sie mit ans Meer nehmen und sie unter Wasser halten und dann zusehen, wie die Flut sie forttrieb.

Und dann kam Wilbur zurück. Er brachte ein Tablett mit und sah ein wenig müde aus, hatte aber nicht nur ein Frühstück dabei und eine frische Flasche Milch, sondern auch einen Augentropfer und ein Puppentrinkfläschchen. Er hatte fertiggebracht, was ich nicht geschaff-

hatte, und der Augentropfer funktionierte wunderbar, nur für die Puppenflasche mußten die Welpen noch ein wenig wachsen. Wir frühstückten und fütterten die Hündchen, und ich fühlte mich etwas stärker und hoffnungsvoller nach dem guten Frühstück und angesteckt von Wilburs Optimismus. Wilbur schlug vor, daß wir, wenn die Welpen wieder saubergemacht waren, mit der Frau sprechen sollten, die das Hotel betrieb, der Frau mit dem freundlichen Gesicht, die wir uns unter allen anderen ausgesucht hatten. Wenn wir ihr erklärten, was geschehen war, könnte sie vielleicht ein Zuhause für die Welpen finden; sie hatte sicherlich Freunde und Verwandte, vielleicht sogar welche mit Tieren.

Allerdings erwies sich nach einigen Minuten der Gebrauch eines griechischen Sprachführers als ungeeignetes Mittel, um die Situation zu erklären. Also ging Wilbur noch einmal hinauf und brachte die Welpen in ihrer Kiste hinunter in die Hotelhalle. Die Frau, Eleni, betrachtete sie und streichelte sie und lächelte dabei. Sie kitzelte einen nach dem anderen am Bauch. Dann fragte sie durchaus verständlich mit Augen und Gesten, wo die Welpen herkamen. Ich suchte wieder im Sprachführer und fand: »Wir fanden sie in . . .«, das war alles. Es gab in dem Buch kein griechisches Wort für »Abfall«.

Das konnte doch nicht möglich sein! Ich suchte noch einmal. Ich schlug nach unter »Müll« und »Unrat« und »Mist«. Nichts. Eleni lächelte weiter ermutigend. Sie hatte offenbar den Eindruck, Wilbur und ich hätten gestern irgendeine Tierhandlung aufgesucht, aus irgendeinem unerklärlichen und sehr amerikanischen Grund, den sie sich nicht vorstellen konnte.

»Ersticken« gab es auch nicht in dem Buch. Ich fand »Baby« – *to moro* – und »Hund« – *o skilos* –, aber das war ja ohnehin bereits offenkundig. Schließlich schlug ich unter »Plastikbeutel« nach. Das war aufgeführt, *i plastiki sakoola*, also zeigte ich auf die Welpen, sagte diese Vokabel auf und fügte dann »Weinen« oder »Schreien« hinzu – *kleo*.

Eleni dachte offenbar, ich erklärte ihr, daß ein Plastikbeutel geweint habe, denn sie sah mich verwirrt und ein wenig erschüttert an. Wilbur sagte jetzt: »Haus. *To spiti*. Sie brauchen ein *to spiti*, in dem sie leben können, und wir haben gehofft, Sie könnten uns helfen, eins zu finden. Vielleicht können Sie die Welpen nehmen.«

Aber Eleni verstand immer noch nichts, und ich wußte, die Sache war hoffnungslos. Ich würde mich schließlich doch noch überwinden müssen, die Welpen zu ertränken. Aber jetzt war Wilbur zum ersten Mal, seit diese Sache mit den Hündchen angefangen hatte, so enttäuscht, daß er selbst anfing zu weinen, und das war der Durchbruch; griechische Männer weinen nicht. Wenn sie es doch tun, bedeutet es eine Katastrophe.

Und Eleni dachte ganz sicher, daß jetzt, da Wilbur mit *kleo* beschäftigt war, fraglos eine Katastrophe bevorstand, denn sie rannte davon, um irgendwelche Familienmitglieder zusammenzurufen, von denen einige besser Englisch sprachen als sie. Bald drängten sich alle gemeinsam in der Hotelhalle, fragten und gestikulierten. Es dauerte eine Weile und war mit viel Aufregung verbunden, aber schließlich war die Geschichte heraus, und die ganze Familie starrte in äußerstem Entsetzen die Welpen an. Jemand hatte sie in einem zugebundenen Plastikbeutel liegenlassen. In der heißen Sonne, auf einem Abfallhaufen, lebendig? O nein, nein, nein, das war einfach zu schrecklich. Es war ungriechisch, es war unannehmbar. Von da an war der Tag wie verzaubert. Wilbur, ich und die Welpen wurden in zwei Sessel in der Nähe des Telefons verfrachtet, und Eleni tätigte Anruf um Anruf. Eine Stunde verging, und sie wurde böse. Zwei Stunden vergingen, und sie wurde müde.

Aber sie dachte nicht daran aufzugeben. Für Eleni stand in diesem Augenblick die Ehre ihrer Insel, ihrer ganzen Kultur auf dem Spiel; ein amerikanischer Mann hatte hier in ihrer Hotelhalle geweint, weil ein griechischer Mann versucht hatte, ein paar Welpen zu ersticken. Was es auch kostete, sie war entschlossen zu beweisen, daß dieser Grieche krank gewesen war, ein Verirrter – und schließlich hatte sie Erfolg. Jemand war bereit, die Welpen zu nehmen. Sie wandte sich mit einem Lächeln an uns beide. »Ja ja«, sagte sie. »Ihr kommen. *To spiti.*« Sie bestellte ein Taxi, und als es kam, kletterten wir drei hinein. Dann ging es hinaus aufs Land auf einer Straße, die in die Berge hinaufführte, aber in einer anderen Richtung als derjenigen, die wir zum Kuros eingeschlagen hatten; als wir am Ziel eintrafen, setzte sich der Zauber fort, denn das Haus war von einem ummauerten Garten umgeben und überwuchert von leuchtend bunten Blumen, Gemüsen und Obstbäumen.

Eidechsen sonnten sich auf den Gehwegen. Katzen und Hunde lagen faul herum, die Köpfe auf die Pfoten gelegt, und beobachteten uns mit mildem, leidenschaftslosem Interesse. Eine angepflockte Ziege graste, eine Kuh mit dickem Euter stand in der Nähe, und einige Hühner pickten nach Körnern und schritten wieder von dannen. Ein Mann und eine

Frau erschienen auf der Terrasse und begrüßten uns, als seien wir königlicher Besuch; sie kamen uns entgegen und warfen einen Blick in die Kiste, in der die Welpen schliefen. Nachdem er einige Male ernst genickt hatte, als wolle er sagen, es seien sehr schöne Welpen, nahm der Mann die Kiste und stellte sie an einen schattigen Platz, lud uns ein, auf der Terrasse Platz zu nehmen, um etwas zu essen und zu trinken. Seine Frau holte Datteln, Kaffee und Johannisbeerlikör und bestand darauf, daß wir ihre Köstlichkeiten probierten. Da die Frau etwas Englisch sprach, war sie sogar in der Lage, uns mitzuteilen, daß sie und ihr Mann keine Kinder hatten. Deswegen liebten sie die Tiere so sehr, sagte sie; sie hätten eben genug Zeit gehabt, die Tiere verstehen zu lernen. Sie fragte uns auch, ob Wilbur und ich verheiratet seien. Ich schüttelte den Kopf, lächelte und sagte: »Nein, er ist mein Bruder.«

»Oh, der Bruder«, sagte die Frau. »*O atelfos, i atelfi*. Ja, schön, gut. Das ist auch gut.«

Am Abend, nach einem Essen in einer schönen Taverna, die uns von Eleni empfohlen worden war und in der außer uns nur Griechen saßen, gingen Wilbur und ich zum Meer, um uns den Sonnenuntergang anzuschauen. Wir gingen über den künstlichen Damm, die Grotta, zu der winzigen Palatia hinüber, um dort festzustellen, daß viele andere Touristen die gleiche Idee gehabt hatten. Die meisten von ihnen warteten, die Kamera im Anschlag, bereit, die Sonne zu fotografieren, wenn sie genau in der Mitte des mächtigen Tors zum Tempel des Apollo stand. Wir hatten keinen Fotoapparat; wir waren dort, um uns den Sonnenuntergang anzusehen, und nicht, um für die Nachwelt aufzuzeichnen, wie er sich abspielte; also schlenderten wir hinauf zum Tor, zur großen Bestürzung der schußbereiten Touristen. Wir bewunderten die unglaublichen Ausmaße der zwei marmornen Torsäulen und des Marmorsturzes, der auf irgendeine geheimnisvolle Weise oben auf sie heraufgesetzt worden war, wir befühlten den Stein, der gleichzeitig kühl und warm war. Ich empfand einen Augenblick großen Friedens, hörte die Touristen hinter uns und wünschte, sie verschwänden zusammen mit allem anderen aus dem zwanzigsten Jahrhundert und wir beide könnten dort stehen, am Tempel des Apollo, zweitausend Jahre früher, als Apollo noch lebendig gewesen war.

Dann gingen wir weiter durch das Tor, hinunter zu einem Kliff, das über dem Meer aufragte. Wir setzten uns auf einen Stein. Das Meer war grün und der Himmel darüber blaupurpurn. Ich war immer noch verwirrt und aufgebracht wegen der vorangegangenen Geschehnisse. Aber immerhin hatten die Welpen jetzt eine Chance, und bestimmt hatten Eleni und das Paar in dem vor Leben strotzenden Garten etwas wegen des Tierarztes und der Person unternommen, die die Hündchen in den Abfall gesteckt hatte. Aber wenn Griechenland, wie Iris mir gesagt hatte, die Wiege der westlichen Zivilisation war, was war es dann bloß für ein Kind, das in dieser Wiege lag?

Es wurde allmählich kühler und sehr klar. Die Sonne war ein großer Feuerball, verschmolz mit dem Meer und hinterließ einen Teich von Licht, der sich auf dem Wasser ausbreitete. Wilbur und ich saßen dort, bis der letzte Strahl verschwunden war; Wilbur war genauso schweigsam wie ich und schien ebenfalls traurig zu sein. Nach einer Weile ergriff er meine Hand und hielt sie fest. Wir saßen dort und hielten uns an den Händen, gerade so, wie wir es als Kinder getan hatten. Wir blickten auf eine Welt, die – jetzt in der Dämmerung – so freundlich schien. Und dort, am Tempel des Apollo, dessen Portera sich hinter mir erhob, die Welt von Quarry gleichzeitig unendlich weit entfernt und direkt neben mir, hatte ich die tiefe Empfindung, daß sich in mir irgend etwas für immer verändert hatte, als ich zusammen mit Wilbur durch dieses gewaltige Tor schritt.

Und ich schwor, daß ich eine andere Welt hinterlassen würde als die, in die ich hineingeboren war.

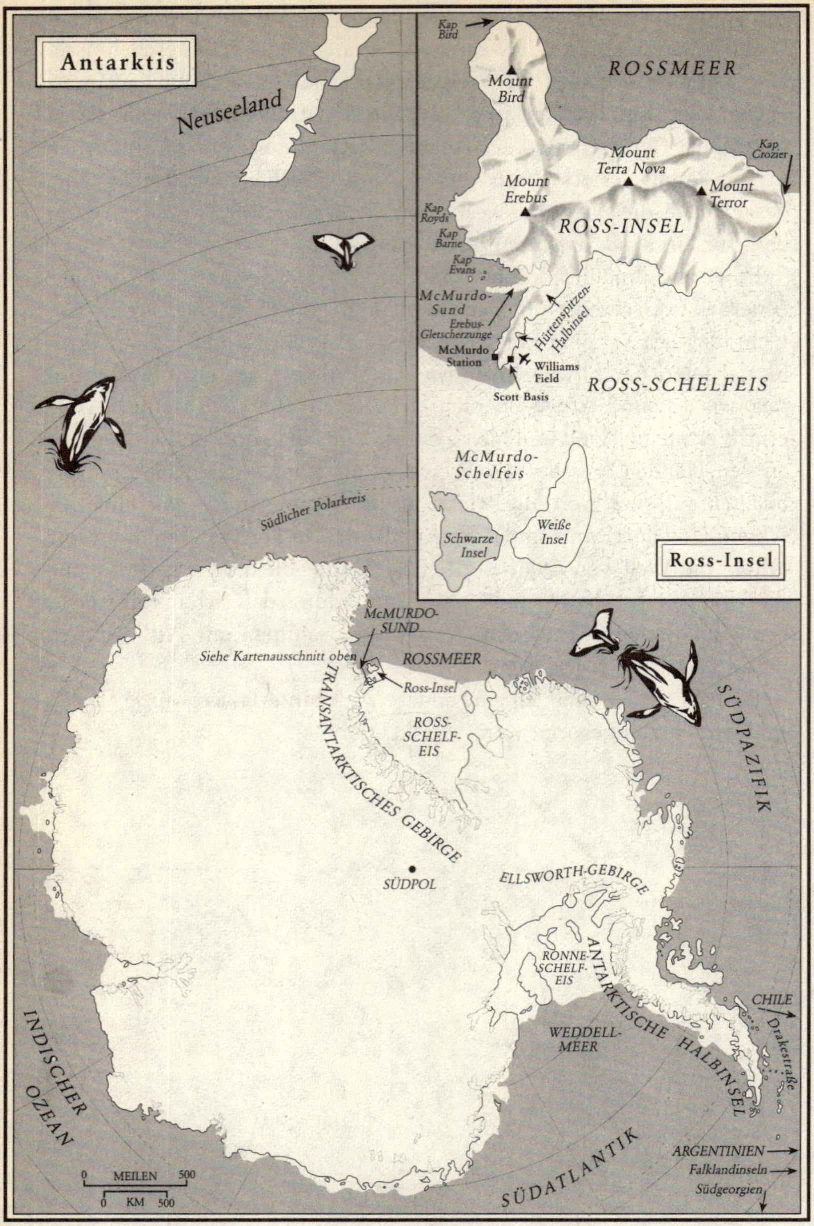

Antarktis
Neuseeland
Südlicher Polarkreis
Kap Bird
Mount Bird
ROSSMEER
Kap Crozier
Mount Terra Nova
Mount Erebus
Mount Terror
Kap Royds
Kap Barne
ROSS-INSEL
Kap Evans
McMurdo-Sund
Erebus-Gletscherzunge
Hüttenspitzen-Halbinsel
McMurdo Station
Williams Field
Scott Basis
ROSS-SCHELFEIS
McMurdo-Schelfeis
Schwarze Insel
Weiße Insel
Ross-Insel
McMURDO-SUND
Siehe Kartenausschnitt oben
ROSSMEER
Ross-Insel
TRANSANTARKTISCHES GEBIRGE
ROSS-SCHELF-EIS
SÜDPAZIFIK
SÜDPOL
ELLSWORTH-GEBIRGE
RONNE-SCHELF-EIS
ANTARKTISCHE HALBINSEL
WEDDELL-MEER
CHILE
Drakestraße
INDISCHER OZEAN
SÜDATLANTIK
ARGENTINIEN
Falklandinseln
Südgeorgien
0 MEILEN 500
0 KM 500

Selbst Iris kehrte verändert aus Griechenland zurück. Ihre erste Reise dorthin hatte sie noch vor Wilburs Geburt als die brillante junge Tochter eines Viehzüchters aus Colorado unternommen. Sie war wie ich ein Einzelkind, aber im Gegensatz zu mir war sie der Liebling ihres Vaters gewesen, und nach ihrem Collegeabschluß 1952 nahm er sie und ihre Mutter mit auf eine große Europareise. Sie wohnten in den besten Hotels, fuhren mit dem Zug in Wagen erster Klasse, und die ersten Chefköche Europas kochten für sie. Die Spuren des Krieges waren auch sieben Jahre nach seinem Ende noch allenthalben und deutlich sichtbar. Damals befand sich Europa im Schwung des Wiederaufbaus, und Reisende waren willkommen. Die Covilles waren besonders willkommen, nicht nur, weil sie Geld mitbrachten, sondern auch, weil sie aus Amerika kamen und man in jenen Jahren Amerika fast überall in der Alten Welt liebte. Iris hatte gerade in Wellesley mit Altphilologie als Hauptfach und wildem Leben – schnelle Pferde, schnelle Wagen und schnelle Männer – als Nebenfach ihren Abschluß gemacht hatte. Ihr kam Europa damals ziemlich traurig vor, denn die Gesichter der Menschen waren von Schmerz gezeichnet. Es war schwieriger, unter den Augen ihres fürsorglichen Vaters ein wildes Leben zu führen als in sicherer Entfernung von ihm am College im Osten der Vereinigten Staaten. Auch bestürzte es sie, wieviel Schreckliches ihr verborgen geblieben war. Sie hatten den ganzen Kontinent bereist und zum Schluß einen Zug nach Griechenland genommen, und in Griechenland hatte Iris etwas Unerwartetes gefunden. Schmerz hatte es auch dort gegeben, und die Erinnerung an den Krieg, die Realität seiner Spuren, aber unter alledem hatte sie bei den Menschen dort einen tiefen Frieden gefunden.

Das hatte sie wenigstens geglaubt mit einundzwanzig. So hatte sie es empfunden, mit ihrem frischen Abschluß in Altphilologie. Daß es – obwohl die modernen Griechen nicht die Nachfahren der Hellenen waren – eine Art von kollektivem Gedächtnis gab, das viel, viel weiter zurückreichte als der Krieg, als das zwanzigste Jahrhundert und als selbst die Türkenzeit. Es war verwoben mit dem Land, mit den weißen, weißen Häusern und mit dem blauen, blauen Himmel; immer noch lag hier ein Hauch von Großartigkeit in der Luft. Und es war dieses kollektive Gedächtnis, das es ihr ermöglicht hatte, das Parthenon und Mykene und den Wagenlenker und den Tempel von Sounion auf eine Art zu sehen, die mir bei meinem Besuch einfach nicht zu Gebote stand. Mir hatte Delphi gefallen, es war magisch, aber ihr hatte alles gefallen, und sie hatte alles magisch gefunden, und so, wie sie es erlebte, würde sie es nie wieder erleben; eines Tages, als sie mit ihrem Vater und ihrer Mutter durch das Tor in das große Museum von Athen kam, hatte sie angesichts des bronzenen Poseidon angefangen zu weinen. Da stand er auf einer großen Sandfläche, ohne Augen, denn seine Augen fehlten ihm seit langem, und starrte mit leeren Augenhöhlen in die Ferne der Vergangenheit. Dort stand er, das Gewicht seines großen Bronzekörpers auf dem Ballen eines Fußes balancierend, den anderen Fuß gehoben, den Arm weit zurückgestreckt, so daß er seinen Speer losschleudern konnte. Ja, er stand da, als wolle er jeden Augenblick vorwärtsstürmen, losspringen, loslaufen, weil sein Schöpfer ihm Leben eingehaucht hatte.

Und nach diesem bronzenen Poseidon und dieser Fahrt nach Griechenland hatte sich Iris entschlossen, ihr Studium fortzusetzen und das für die Tochter eines Viehzüchters Unerhörte zu tun, nämlich einen Doktortitel zu erlangen; sie war verliebt in den Geist der *arete*, dem die griechische Kunst ihre Existenz verdankte, und außer diesem Geist und dieser Kunst zählte damals nichts für sie. Jetzt, nach der Rückkehr von ihrer zweiten Reise dorthin, wo das Land der alten Griechen gelegen hatte, sagte sie mir, das neue Land in seiner neuen Zeit habe etwas Hungriges und Grausames. Sie sagte es ganz plötzlich – sie hatte an die hungrige und grausame Seite des alten Athen denken müssen, die sie zuvor so gern verdrängt hatte. Athen galt als die erste Demokratie der Welt, aber natürlich war es nicht wirklich eine Demokratie gewesen, nicht für die Sklaven, nicht für die Fremden, nicht für die Frauen. Und die Athener hatten tatsächlich ein eigenes Wort gehabt – ein eigenes

Wort, *andrapodismos* – für einen politischen Akt, der in der Exekution aller erwachsenen Männer und der Versklavung aller Frauen und Kinder eines eroberten Stadtstaates bestand.

Nun, soweit es mich betraf, so kümmerte ich mich um dergleichen nicht weiter. Ich kehrte Griechenland mit einem Gefühl echter Erleichterung den Rücken und beschloß, ab sofort nur noch Länder zu bereisen, die kalt und voller Schnee waren. Als ich im Herbst wieder zum College ging, nahm ich alle meine Bücher über die Antarktis mit; ein neues Interesse an diesem Eisland war erwacht, an einem Land, in dem menschliche Wesen nie eine Herrschaft errichtet hatten. In Griechenland hatte ich von Iris gelernt, daß die Größe und die Existenz eines südlichen Kontinents schon für die frühesten Zivilisationen ein Gegenstand großen Interesses gewesen waren. Und die griechischen Vorsokratiker hatten nicht nur vermutet, daß die Welt rund war, sondern auch die Existenz einer südlichen Landmasse postuliert. Diese südliche Landmasse mußte nach Ansicht der alten Griechen das Gewicht all der Ländereien ausbalancieren, die man im Norden des europäischen Kontinents bereits kannte. Und da der Norden unter dem Arktos lag – dem Sternbild des Bären –, gab Aristoteles persönlich dem südlichen Land den Namen Antarktikos.

Er hatte genauso wie Parmenides, der vor ihm gelebt hatte, geglaubt, daß es eine frostige Zone sei, wo kein Leben bestehen könne. Der ägyptische Geograph Ptolemäus hatte es sich dagegen, wie ich entdeckte, als fruchtbar und volkreich vorgestellt und durch die zugängliche Welt getrennt von einer Zone des Feuers. Er zeichnete eine Karte der Terra Australis Incognita, und als ich aus Griechenland zurück war, beschaffte ich mir eine Reproduktion dieser Karte, die nicht nur schmuck aussah, sondern auch eine beachtliche Wirkung gehabt hatte; Ptolemäus' Karten und seiner Theorien wegen hatte man lange geglaubt, daß die Antarktis, eine heiße Zone voller Ungeheuer, Entdeckungsreisen nicht lohne. In den nächsten zwölfhundert Jahren war niemand allzuweit nach Süden vorgedrungen, und die erste Landung auf dem Südkontinent selbst fand erst 1895 statt; schon lange vorher allerdings gab es andere Karten, von denen ich mir ebenfalls Reproduktionen besorgte. Auf einer von ihnen, der Antwerpener Karte von 1579, gezeichnet nach Magellans Reise, lag die Terra Australis auf der Unterseite der Erde wie ein mißgestalteter Pfannkuchen. Eine andere, die holländische von

1620, zeigte bloß ein paar Wellenlinien unten im Süden, die verloren im südlichen Ozean schwammen. Nach den Reisen von David, Gerritzs, de la Roche und Bouvet de Lozier wurde 1793 eine weitere Karte gezeichnet, auf der der Südpol ganz von einem Meer voller Eis umgeben war.

Ich besaß diese vier Karten nun in schönen Farbreproduktionen und heftete sie in meiner Studentenbude mit Klebeband über meinen Schreibtisch; ich sah sie ständig vor mir, wenn ich – inzwischen vor allem für das Fach Geschichte – arbeitete. Wenn ich sie ansah, hatte ich immer das Gefühl, daß es in der Antarktis nur ein Augenaufschlag war von Ptolemäus über Scott bis in die Gegenwart. Anders als in Griechenland, wo es so viele Schichten gab, die das Leben hinterlassen hatte, wo es in der Sammlung, die wir im Museum von Naxos gesehen hatten, Objekte aus der mykenischen, der geometrischen, der archaischen, der klassischen, der hellenischen und der römischen Periode und dazu noch aus der Bronzezeit gab, mußte man sich in der Antarktis nicht durch solche Schichten hindurchgraben, und obwohl zweihundert Millionen Jahre vergangen waren seit der Zeit, da das Eis noch ein Teil des Gondwanalandes gewesen war, hatte die Evolution in der Antarktis doch eine bemerkenswerte Einfachheit bewahrt. Der größte Teil des Kontinents war einst, bevor es zu dem gewaltigen Auseinanderbrechen kam, subtropisch gewesen, der größte Teil des Landes sumpfig und flach, mit Baumfarnen und Bärlapp und wenig anderer Vegetation. Es hatte während des Trias auch Reptilien dort gegeben, die Vorfahren der Dinosaurier, die ausgestorben waren, als die Erde anfing, sich zusammenzuziehen, Vulkane aufzuwerfen, Berge und Flüsse auszuspeien, Sümpfe ins Meer zu schütten und, das wichtigste von allem, Gondwanaland auseinanderzureißen. Seine Überreste sind die südlichen Kontinente. Danach erfaßte eine Eiszeit die Antarktis, ließ sie nie wieder los und machte sie für die Spezies Mensch unbewohnbar. Und gleichzeitig so verführerisch für alle, die von ihr geträumt hatten, die versucht hatten, ihre Küsten zu erreichen. Sie war fast die gesamte Menschheitsgeschichte hindurch ein wirkliches Niemandsland gewesen.

Mein zweites Jahr am College begann ganz anders als das erste, denn inzwischen war mein Vater wieder in Vermont. Er hatte sich an der University of California in Berkeley zehn Monate lang Notizen gemacht und versuchte jetzt, *Das ehrliche Haus* zu vollenden. Aber er schien mit der Arbeit an seinem Buch immer unzufriedener zu werden. Im Sommer hatte er sich ein Haus gekauft, ein echtes Haus in Tipton, für das er schließlich genug Geld zusammengespart hatte; mit seinem Vater hatte er immer noch keinen Kontakt. Offenbar gefiel Colin dieses reale Haus, dessen Besitzer er nun war, viel besser als das Haus, das er in seiner Vorstellung zu errichten versuchte. Das wirkliche Haus war im achtzehnten Jahrhundert in Massachusetts erbaut worden, in einer im Jahre 1900 wegen der Anlage eines Stausees aufgegebenen und verlassenen Stadt, aus der dann viele Häuser nach Vermont geschafft worden waren, stückweise auf Züge verladen. Jedes Stück war eingepackt, etikettiert und in eigens angefertigte Holzkisten und Schachteln verpackt worden; jede einzelne Schindel, jedes Dielenbrett, jede Tür und jedes Fenster und natürlich jeder einzelne Ziegel hatten hierher nach Tipton gebracht werden müssen.

Dann war es zum zweiten Mal gebaut worden, ein klassisches Kolonialhaus aus dem achtzehnten Jahrhundert. Mir kam es kalt und dunkel vor, und ich hatte ein wenig Angst vor den vier riesigen Kaminen, die sich in seiner Mitte wie mächtige Baumstämme in die Höhe zogen. Das Haus stand zwar auf dem Gipfel eines Hügels, war umgeben von Äckern und Weiden, aber seine Decken waren niedrig, und die gewaltigen, handbehauenen Deckenbalken hatten sich im Laufe der Jahrhunderte schwarz verfärbt. Die Fenster waren nicht groß, und die Fensterflügel klemmten, so daß im Haus immer ein Mangel an frischer Luft herrschte. Die breiten Dielenbretter aus Kiefernholz waren mit großen, klobigen Holzdübeln befestigt; das Treppenhaus war eng und die Treppen so furchtbar steil, daß sie nur unter Lebensgefahr benutzt werden konnten.

Aber Colin liebte das Haus, weil er kleine, enge Räume liebte, und für ihn waren die Zimmer im Obergeschoß der Inbegriff der Gemütlichkeit; eins davon war sein Schlafzimmer, eins sein Arbeitszimmer und ein weiteres das Gästezimmer, in dem ich schlief, wenn ich ihn besuchte. Tatsächlich zog auch ich dieses kleine Zimmer alles in allem dem »großen Raum« vor, der das Erdgeschoß beherrschte und in dem der gewaltige zentrale Kamin wie ein aufgerissener Rachen lauerte. Eine Person hätte mit Leichtigkeit darin Platz zum Schlafen gefunden, denn er war groß genug, ein ganzes Kalb darin zu braten. Ebenso hätte natürlich auch ein Mensch darin geröstet werden können.

Jedenfalls saß ich im Oktober jenes Jahres – einem kalten, aber schönen Oktober, typisch für Vermont – mit meinem Vater in dem großen Raum dieses Hauses, und im Kamin brannte ein kleines Feuer. Er saß in einem Schaukelstuhl und hatte sich eine Decke über die Schultern gelegt und um die Brust gezogen. Seine Füße steckten in grauen Lederpantoffeln, und ich konnte seine dicken Wollsocken mit den Löchern an der Ferse sehen. Seine Hände waren mit Tinte beschmiert; er hatte an seinem Manuskript gearbeitet. Er sah alt aus, sein graues Haar wurde weiß, und um seine Lippen glänzte ein leichter Schimmer von Speichel – dabei war er tatsächlich nicht älter als fünfundvierzig.

Wir saßen da und tranken Kräutertee. Ich erzählte Colin von meiner Woche am College, von den Kursen, die ich besuchte, von den Leuten, die ich an der Universität kennenlernte. Dann sagte er: »Morgan, ich habe dir etwas zu sagen. Ich hätte es dir wahrscheinlich schon vor langer Zeit sagen sollen. Ich habe Knochenkrebs. Man gibt mir noch sechs Monate.«

Ich ließ meine Teetasse nicht fallen. Ich tat zuerst überhaupt nichts, bewegte mich nicht einmal; mir war, als erführe ich etwas, das ich schon immer gewußt hatte. Mein Vater hatte Krebs, und er mußte sterben, und deswegen war sein Leben so traurig gewesen. Ich würde ohne Vater erwachsen werden.

Ich versuchte ihn zu trösten, ohne zu wissen, wie, und sagte, dumm genug, er werde vielleicht nicht sterben, könne vielleicht geheilt werden, die Ärzte hätten sich möglicherweise getäuscht. Aber der Krebs, so schien es, war gar nicht das Thema, war nicht wichtig für Colin, nicht mehr. Wichtig war das Buch, an dem er so lange gearbeitet hatte. Sechs Monate, er hatte nur noch sechs Monate, und am Vorabend hatte er ein verstörendes Erlebnis gehabt, war ihm etwas furchtbar Beunruhigendes widerfahren. Er wußte nicht, wie er damit fertig werden sollte. Er hatte etwas Kaffee auf der Titelseite seines Manuskriptes verschüttet und war gerade dabei gewesen, diese Seiten noch einmal neu zu tippen, als seine Gedanken sich an den drei kurzen Worten *»das ehrliche Haus«* verfingen. Das ehrliche Haus. Was war ein ehrliches Haus eigentlich? Er hatte die drei Worte angestarrt, deren Bedeutung sich ihm plötzlich entzog; der Artikel, das Adjektiv und das Nomen hatten sich getrennt, hatten sich selbständig gemacht, und so war er gezwungen gewesen, der Reihe nach jedes dieser Wörter für sich zu bedenken.

Gut, das erste war in Ordnung, damit konnte er leben, so hoffte er wenigstens, obwohl vielleicht eigentlich im »das« das ganze Problem lag. Vor dem Oberbegriff »Haus« wirkte es einschränkend, im Gegensatz zum generalisierenden Charakter des unbestimmten Artikels. Und wenn er es ernst meinte mit der Ehrlichkeit, dann war es vielleicht das ehrlichste, den Titel mit dem Wort »ein« beginnen zu lassen. Es würde die ganze Bedeutungsstruktur verändern und implizieren, daß ehrliche Häuser nicht über eine Art absoluter, eine Art abstrakter Qualität verfügten, die sich von ihren Bestandteilen, den Wänden und Dächern, den Fenstern und Türen, der Mansarde und dem Keller trennen ließen. »Das« ehrliche Haus bedeutete, daß es ein platonisches Ideal eines Hauses gab, das besser war als jedes reale Haus, in dem man wirklich leben konnte.

Dann hatte er über das »Haus« nachgedacht. Zuerst fand er an »Haus« nichts auszusetzen, denn ein Haus war ja einfach eine Struktur, die bewohnbaren Raum umschloß. Obwohl es natürlich auch selbst von bewohnbarem Raum umgeben sein sollte, von einem Garten, ein paar Bäumen und Sträuchern und so weiter. Es wäre als Haus nicht viel wert, wenn es so hermetisch dicht wäre wie der Mantel einer Bombe, ja, es gab also auch mit dem Wort »Haus« ein Problem, denn die Straße, die Bäume und die Hügel in der Ferne gehörten auf jeden Fall zu diesem größeren Haus, desgleichen die Luft und das Ausmaß ihrer Verschmutzung: »Ich habe ein Haus in Tipton, Vermont.« – »Ich habe ein Haus in Detroit.« Auch wenn es genau das gleiche Haus wäre, war es sicherlich eine ganz andere Behausung. Als sein Haus noch in Massachusetts gestanden hatte, vor seiner Umsetzung wegen des Stausees, konnte es gar nicht wirklich das gleiche Haus gewesen sein, in dem wir beide, mein Vater und ich, jetzt saßen. Und damit nicht genug. Wie ist das Haus eingerichtet? Wohnt Glück darin oder Unglück? Stirbt der Bewohner an Krebs, oder wird oben im Schlafzimmer jemand geboren? Wenn ein Kind zu seinem Freund sagt: »Komm, ich zeig dir mal, wie es bei uns zu Hause ist«, und ihn stolz mit nach Haus bringt, dann will es ihm ja nicht die Wandverkleidungen oder die Kamine zeigen, sondern die Menschen, die Tiere, die Gefühle – aber was war dann ein Haus?

Aber selbst das hatte ihm noch nicht gereicht. Er hatte als nächstes das Wort »ehrlich« angestarrt, das nun ganz allein vor seinen Augen schwamm, sich voll Wasser saugte, eine Salzkruste bekam und sehr schwer wurde. Es war drauf und dran, unter seinem eigenen Gewicht zu versinken, und doch war gerade dies ein so leichtes Wort gewesen, ein einfaches Wort, das echt und ungekünstelt bedeutete – damals, als er die Arbeit an seinem Buch aufgenommen hatte. Gut, die allererste Bedeutung, die es für ihn gehabt hatte, war Aufrichtigkeit gewesen, aber er hatte schnell eingesehen, daß dies in der Geschichte der Architektur nicht seine primäre Bedeutung sein konnte. Also war es ihm tatsächlich um ein Haus gegangen, in dem nichts vorgetäuscht war, in dem die Form immer für die Funktion stand und die Materialien sie selbst waren und nichts anderes, das vorzutäuschen sie hergestellt waren.

Aber jetzt sah er, daß die Hauptbedeutung des Wortes »ehrlich« in der Tat »ehrenwert« war, ehrenwert in den Absichten und Handlungen. »Echt« und »ungekünstelt« kamen in der langen Liste der Bedeutungen erst viel später; ganz oben stand eine Person, die die Wahrheit sagte. Aber waren nicht alle Häuser, so betrachtet, ehrlich? Sagten sie nicht alle einfach die Wahrheit? Ein Haus war doch eigentlich gar nicht in der Lage zu täuschen. Man mochte Treppen hineingebaut haben, die nirgendwo hinführten, es mochte Geheimgänge geben, in denen sich Priester verstecken konnten, das ganze Haus mochte eine einfache grüne Lagerhalle mit Wellblechwänden sein. Wie auch immer, es sagte die Wahrheit, in welcher Form auch immer, selbst wenn die Wahrheit hieß: »Hier stehe ich. Ein Lügner.« Und warum, sagte mein Vater traurig, hieß es immer »die Wahrheit sagen«, aber »eine Lüge verbreiten«? Handelte es sich da nicht um eine Art Betrug der Sprache selbst?

Ich saß am Feuer und hörte den weitschweifigen Ausführungen meines Vaters zu, die er von Zeit zu Zeit unterbrach, um sich vorzubeugen und den nächsten Scheit ins Feuer zu legen oder die Flammen zu schüren. Ich wurde unglaublich traurig, und er tat mir unendlich leid. Als ich ihn mit fünfzehn besucht hatte, im Sommer vor dem Großen Abenteuer, hatte er gesagt, die Menschen übertrieben immer alles, aus Ehrlichkeit würde Unehrlichkeit, aus Wahrheit Falschheit, und die Schönheit verirre sich in die Gefilde des Grotesken. Damals hatte er auch etwas über Krebs gesagt. Krebs war ein menschliches Leiden, die Krankheit unserer Zeit. Und jetzt, da er nur noch sechs Monate zu leben hatte, war er immer noch mit dem Versuch beschäftigt, dieses Problem zu lösen. Würde man jemals Regeln aufstellen können, die Bestand hatten? Gab es wirklich eine Ethik, die für jeden gegebenen Ort und jede gegebene Zeit Gültigkeit beanspruchen konnte? Bist du ein Gesetzgeber oder ein Anarchist? Bist du ein Künstler oder ein Wissenschaftler? Oder kannst du beides sein? Vielleicht mußte man als Historiker beides sein.

Ich hatte keine Ahnung, was ich dazu sagen sollte, denn ich konnte ihm sicher nicht helfen, mit diesen Fragen fertigzuwerden. Deswegen sagte ich so tröstend, wie es mir möglich war, lediglich: »Ich meine, *Ein ehrliches Haus* wäre ein großartiger Titel.« Danach verbrachte ich jedes Wochenende bei ihm, und im Verlauf der folgenden Monate ging es ihm zunehmend schlechter. Im Januar schließlich stand er fast ständig unter der Wirkung von Morphinen. Und eines Tages Anfang Februar rief er mich mitten in der Woche an und bat mich, abends zu kommen, denn er fürchte, er müsse jetzt ins Krankenhaus. Normalerweise fuhr ich mit dem Bus nach Tipton, aber jetzt lieh ich mir einen Wagen von einer Kommilitonin und fuhr durch leichten Schneefall zu seinem Haus auf dem Hügel; als ich dort ankam, stand mein Vater bereits auf der marmornen Schwelle, in einem schweren schwarzen Überzieher und mit dem gleichen alten Lederkoffer neben sich, auf den er mich einst gesetzt hatte. Der Geruch von Holzrauch lag in der Luft, aus dem Kamin stoben Funken, und ich fragte Colin, ob ich nicht das Feuer löschen solle, bevor wir fuhren. Er lächelte freudlos. Dann sagte er, er glaube, es sei schon gut so; also nahm ich seinen Koffer, half ihm in den Wagen und fuhr dann mit ihm durch die schöne, schneetrunkene Nacht.

Als wir am Ende der Garteneinfahrt angekommen waren, warf mein Vater noch einen Blick zurück auf das Haus hinter uns und kurbelte sogar die Scheibe herunter, so daß er seinen Kopf hinausstrecken und den Rauch riechen konnte. Dann waren wir auf dem Weg nach Burlington, um Colin dort ins Krankenhaus einzuliefern; er wurde bereits erwartet und sofort auf die Krebsstation gebracht. Und während wir uns an diesem Abend durch die Formulare kämpften, dafür sorgten, daß Colin in sein Krankenhausnachthemd kam und den Inhalt seines Koffers auf die Schubladen in seinem Zimmer verteilte, brannte sein Haus nieder bis auf die Grundmauern, brannte aus, bis nichts mehr stand als die vier riesigen Feuerstellen, die mächtigen Kamine. Da das Haus auf einem Hügel stand, leuchtete das Feuer weit in die Nacht; die Nachbarn sahen es und riefen die Feuerwehr, aber bis die Feuerwehrwagen eintrafen, loderte das Feuer schon aus allen Fenstern. Die geschwärzten

Balken der Decke waren nicht mehr schwarz, sondern rot, glühende Kohlen, die in den Nachthimmel ragten. Die breiten Kiefernbretter, sehr breit, sehr kiefrig, hatten bereits die Erde versengt. Niemand wußte damals, ob mein Vater noch im Haus war; wäre es der Fall gewesen, hätte man jedenfalls ohnehin nichts tun können. Zehn Minuten nachdem der zweite Löschzug eintraf, brach das Dach zusammen.

Es brach nicht nur über Colins Bett zusammen, nicht nur über Colins Schreibtisch, sondern auch über der einzigen Kopie seines Manuskripts. Er hatte nicht ein einziges Kapitel mitgenommen. Er hatte keine einzige Seite mitgenommen. Er hatte das ganze Buch, zehn Jahre Arbeit, einfach mit dem Haus verbrennen lassen. Er hatte sich von seinem eigenen Haus abgewendet, und zwar in dessen geistiger und materieller Form, und hatte es so vollständig zerstört, wie er konnte. Dessen war ich mir ganz sicher, denn mir fiel wieder ein, wie er da in seinem schwarzen Überzieher gestanden und sein schwaches Lächeln gelächelt hatte, als ich ihn fragte, ob ich das Feuer ausmachen solle.

Nein, das hatte er nicht gewollt. Er hatte ein großes Feuer gemacht, endlich einmal ein mächtiges Feuer, wie es jenen mächtigen Feuerstellen angemessen war, und er hatte Stapel von Zeitungen davor ausgebreitet und die Kamingitter nicht aufgestellt. Wir sprachen nicht über das, was er getan hatte. Ich sagte ihm bloß, daß das Haus nicht mehr da sei. Und er lächelte wieder dieses Lächeln und sagte: »Ich hoffe, du findest in deinem Leben mehr Antworten auf die Fragen, die du stellst, als ich es getan habe, Morgan.« Er sagte außerdem: »Es war alles einfach zwecklos«, aber als er dann schlafen ging, machte er einen friedlichen Eindruck; das Problem, das ihn gequält hatte, zählte nicht mehr. Die Zeitungen hatten wahrscheinlich schon Feuer gefangen, bevor wir aufbrachen, und als wir am Ende der Auffahrt waren und Colin das Fenster herunterkurbelte, hatte bereits der Boden des großen Zimmers in Flammen gestanden; bis wir das Krankenhaus erreichten, brannten die Deckenbalken lichterloh, und das Haus, das mehr als zwei Jahrhunderte überdauert hatte, war im Begriff, zu Asche zu werden. Während ich Colin in seinen Schlafanzug half, verbrannten die Seiten seines Buches. Jetzt gab es kein Problem mehr. Jetzt gab es keinen Titel mehr. Und zehn Tage später gab es keinen Colin mehr. Ich wurde aus dem Krankenhaus angerufen, aber ich war nicht bei ihm, als er starb.

Das Frühjahr war furchtbar. Von Zeit zu Zeit fuhr ich hinaus zu dem Hügel, auf dem das Haus gestanden hatte, und betrachtete die Überreste. Ich hatte nach dem Brand zwanzigtausend Dollar bekommen, die einzige Hinterlassenschaft meines Vaters, der für das Haus eine Versicherung abgeschlossen hatte. Sein Grab besuchte ich öfter, erst um einen Grabstein auszusuchen, dann, als der Boden auftaute, um es in Ordnung zu bringen und einen gelben Rosenbusch zu pflanzen. Aber ich hatte monatelang ernsthafte Depressionen und konnte manchmal morgens kaum aufstehen. Der weite Raum des Intellekts langweilte mich maßlos.

Dennoch brachte ich es irgendwie fertig, weiter zu meinen Kursen zu gehen, und so saß ich eines Tages im April in der Bibliothek und versuchte mich auf einen Physiktest über die einheitliche Feldtheorie vorzubereiten. Ich fragte mich, warum um Himmels willen ich bloß Physik belegt hatte, und hatte schon Angst, daß ich in diesem Kurs vielleicht durchfallen könnte, so schwer fiel es mir, mich zu konzentrieren. Nachdem ich eine Stunde lang auf mein Lehrbuch gestarrt und vergebens versucht hatte, irgend etwas von dem zu verstehen, was darin stand, ließ ich es schließlich liegen und streifte durch die Bibliothek, um die Zeit totzuschlagen. Als ich – nicht zum ersten Mal – an einem Raum vorbeikam, an dessen Tür *Sonderbestände* stand und darunter in kleinen Worten die Buchstaben »Raritäten«, ging ich hinein. Die Glastür ließ sich nur schwer öffnen und schloß sich pneumatisch wieder; ich war in einen geheiligten Bezirk der Ruhe gelangt, wo eine Bibliothekarin mit abweisender Miene hinter einer hohen Theke residierte. Hinter ihr, dem Zugriff gemeiner Sterblicher entzogen, befanden sich die Sonderbestände und die Regale mit den seltenen Werken. Um ein Buch daraus zu erhalten, mußte man sich an die abweisende Bibliothekarin wenden.

Ich hatte etwas Vergleichbares bisher nicht gesehen. Die Bibliothek von Quarry war auf ihre Weise großartig, aber eher einladend und warm mit ihren hohen Regalen und den messingbeschlagenen Leitern. Hier dagegen standen elegante Holztische, an denen man arbeiten konnte, und elegante gepolsterte Holzstühle, aber an diesen Tischen arbeitete niemand, und auf den Stühlen saß niemand. Der Plüschteppich war so tief, daß ich Fußspuren hinterließ, als ich ihn überquerte. Die hohen Fenster waren mit kunstvollen Draperien behangen, die auch in einem französischen Schloß nicht fehl am Platze gewesen wären. Alles in allem schien der Raum hauptsächlich darauf ausgerichtet zu sein, einen einzuschüchtern.

Ich ging aber trotzdem an die Karteikästen des Katalogs und zog eine Schublade auf und dann eine weitere. Ich durchforstete die Buchstaben A und B, D und E, F und G. Aber schließlich sah ich den Buchstaben S durch und suchte dann nach Robert Falcon Scott, den ich auch fand, weil die Bibliothek eine zweibändige Erstausgabe der *Fahrt der »Discovery«* besaß. Ich notierte mir die Signatur, hinterließ wieder eine Reihe Fußabdrücke auf dem Teppich und gab der Bibliothekarin meinen Studentenausweis und die Signatur. Sie prüfte meinen Ausweis mißtrauisch; dann mußte ich ihr meine Hände hinhalten, damit sie feststellen konnte, ob diese sauber waren.

Sie waren sauber. Die Frau schien leicht enttäuscht zu sein, verschwand aber zwischen den Regalen, und als sie wieder erschien, schleppte sie zwei schwere Bände, jeder so dick wie das Telefonbuch einer Großstadt. Als sie mir die Bände übergab, strauchelte ich fast unter dem Gewicht, aber ich schafft es, sie sicher bis zum nächsten Tisch zu bringen, wo ich sie vorsichtig auf das glänzende Mahagoni legte. Die Bücher waren blau, eine Art tiefes Himmelblau, und vorne auf dem Buchdeckel befand sich, teils erhaben, teils eingeprägt, eine silberne Strichzeichnung von vier Männern, die einen Schlitten hinter sich herzogen. Das ganze Buch und diese Zeichnung waren wunderschön; ich hatte mir zwar vorher nie Gedanken über Erstausgaben gemacht, aber irgendwie sprach mich die Tatsache an, daß diese Bände noch vor Scotts Tod erschienen waren. Schon der Anblick der Landkarten, die über meinem Schreibtisch hingen, hatte mich eins über die Antarktis gelehrt: Dort lag nur ein Augenblick zwischen Ptolemäus und Scott, zwischen Scott und der Gegenwart. Und jetzt hielt ich hier in meinen Händen die allererste Ausgabe von Scotts erstem Buch, eine Ausgabe, die ich 1905 hätte in Händen halten können, hätte ich damals bereits gelebt. Ich hatte das Buch nie gelesen, sondern nur *Kapitän Scott: Letzte Fahrt*, das leichter erhältlich und öfter nachgedruckt worden war. Eine Erstausgabe der *Fahrt der »Discovery«* war etwas ganz anderes.

Ich schlug das Buch auf und blätterte darin herum. Ich fand Abschnitte über das Schlittenziehen, Abschnitte über Hunde, Passagen über das Schiff und lange Abhandlungen über die antarktischen Wissenschaften. Ich konnte nicht auf der Stelle das ganze Buch lesen, aber immerhin interessierte ich mich zum ersten Mal seit dem Tod meines Vaters wieder für etwas und ließ mich mit wachsender Begeisterung von Kapitel zu Kapitel weiter mitreißen. Ich las, wie die *Discovery* Ende Juli 1901 aus dem Londoner Hafen auslief und am 1. August Spithead erreichte. Dort fand das »Rundschwojen« der brandneuen *Discovery* statt; das Schiff wurde langsam geschwojt, im Wasser herumgedreht, um die Deviation des Kompasses zu kompensieren. Dieser Vorgang dauerte vier Tage, so lange, daß das Schiff danach den Hafen von Cowes gerade rechtzeitig zur alljährlichen Segelregatta erreichte. Die *Discovery* war das erste in England speziell für wissenschaftliche Erkundungen gebaute Schiff; bei seinem Entwurf war man vom Riß eines Walfängers ausgegangen; es bekam kurze Masten, kurze Rahen und eine wuchtige Takelung. Scott mit seinem ausgeprägten Sinn für Schönheit war die *Discovery*, dieses Arbeitspferd, unter all den schnittigen Jachten, die sich in Cowes für das Rennen versammelt hatten, ebenso peinlich, als wäre das Schiff sein eigener Körper gewesen; er hatte es eilig fortzukommen, irgendwohin, wo es sich in etwas besserem Lichte zeigte. Aber bevor er auslaufen konnte, wurde bekanntgegeben, daß der König und die Königin der *Discovery* einen Besuch abstatten wollten. Sie zeigten großes Interesse und Verständnis auch für die kleinsten Details der Mission und für die Ausstattung des Schiffes, aber trotzdem wand Scott sich die ganze Zeit in qualvoller Peinlichkeit.

Ich hatte beim Lesen das Gefühl, daß es nicht allein die Unförmigkeit seines Schiffes war, die Scott von dannen streben ließ, sondern auch seine Angst, irgend jemand könnte entdecken, daß er für eine Aufgabe ausgewählt worden war, für die er keine wirkliche Eignung besaß. Er hatte Angst, so schien es, daß er als eine Art Schwindler entlarvt werden könnte, und er schrieb an einer anderen Stelle in der *Fahrt der »Discovery«*: ». . . und gleichermaßen muß ich zugeben, daß ich für die Polarforschung keinerlei Neigung besitze.«

Keinerlei Neigung! Das war doch merkwürdig, dachte ich. Aber doch nicht so merkwürdig vielleicht, denn es entsprach ja auch gewiß nicht seiner Neigung, daß er in der Navy war. Und irgend etwas an Scotts Zweifeln rührte mich tief damals im Handschriftenlesesaal der University of Vermont, während die abweisende Bibliothekarin irgendwo außer Sicht war. Der einschüchternde Raum, in dem ich mich dort befand, war vielleicht ein wenig wie diese schicken Segeljachten in Cowes, von denen ich gerade las, und meine eigenen Hände, eigens auf ihre Sauberkeit geprüft, so etwas wie die *Discovery*. Und ich hatte Angst davor, in meinem Physikkurs durchzufallen, und wußte nicht, was ich dagegen tun sollte. Angesichts der Depression, in der ich jetzt seit Monaten steckte, waren Zweifel mir vertraut, und auch die letzte Bemerkung meines Vaters über sein Leben und seine letzte Tat steckten mir noch in den Knochen. Colin hatte nicht geschafft, was er sich zu tun vorgenommen hatte, und ehe er den Beweis dafür hinterließ, hatte er alles, was zu dem Unterfangen gehörte, vernichtet, hatte es verbrannt, es wieder zu Kohlenstoff werden lassen. Aber Scott, der von Ängsten durchdrungen war, ob er geeignet sei, ob er der Richtige sei, ob er es schaffen würde – und er hatte diese Ängste nicht für sich behalten, sondern der Öffentlichkeit mitgeteilt –, Scott hatte sich durchgebissen, hatte weitergemacht und war ausgelaufen mit Ziel Antarktis, der Führer der ersten großen wissenschaftlichen Expedition dorthin, obwohl er keine besondere Neigung für die Polarforschung empfand. Und darüber hinaus hatte er dieses Buch geschrieben, dieses wunderschöne Buch, das ich jetzt in Händen hielt, obwohl er fürchtete, daß seine Begabung als Schriftsteller ebenfalls bescheiden sei. Später hatte er die Tagebücher geschrieben und war damit zu Recht berühmt geworden. Er hatte Zweifel und Ängste, aber er hatte gekämpft, und als er zum letzten Mal die Zeltklappe zuband, hatte er hinter sich die Tür eines ehrlichen Hauses geschlossen.

Als ich jetzt weiter in der *Fahrt der »Discovery«* blätterte, stieß ich auf einen kurzen Abschnitt über eine Episode, die sich ein Jahr nach der Abfahrt des Schiffes von England ereignet hatte. Die *Discovery* lag inzwischen seit über sechs Monaten im McMurdo-Sund, festgefroren im Packeis vor einer Landzunge der Rossinsel namens Hüttenspitze, auf der man eine Hütte errichtet hatte. Die Hütte beherbergte Ausrüstung und jeweils den Teil der Mannschaft, der gerade an Land war. Hauptquartier der gesamten Mannschaft blieb nach wie vor das Schiff, und dort hatten die Offiziere reihum Nachtwache. Den ganzen Winter hindurch beobachtete der jeweils Wachhabende in zweistündigen Abständen das Wetter und den Himmel; Scott hatte sich überdies angewöhnt, während seiner Nachtwache in der Offiziersmesse seine Wäsche zu waschen. Auch für den 21. Juli hatte er sich eine große Wanne heißen

Wassers besorgt und mühte sich mit der Schmutzwäsche von einigen Wochen ab; und während er damit, wie er berichtete, bei seinen Taschentüchern, seinen Unterhemden, seinen Socken und seinen Unterhosen recht erfolgreich war, blieb er unzufrieden mit dem Ergebnis seiner Bemühungen bei der dicken Wollweste und den Schlafanzügen. Eine Stelle nach der anderen seifte er ein und rieb daran herum, ohne irgendeine Wirkung zu erzielen. Die Kleidungsstücke schienen immer genauso schmutzig zu bleiben, wie sie es von Anfang an gewesen waren. Es schien ihm bei dieser Arbeit kaum vorstellbar, daß es so viele Kleider brauchte, um seinen verhältnismäßig schmächtigen Leib zu bedecken.

Um Mitternach war er immer noch nicht fertig, aber er beschloß, das zu ignorieren, und ging trotzdem hinaus, um die alle zwei Stunden fälligen Beobachtungen anzustellen. Als er zurückkehrte und vor der Aufgabe stand, seine Sachen auszuwringen, stellte er fest, daß das noch schwieriger war als das Waschen, und er quälte sich eine ganze Weile damit ab, bis zur totalen Erschöpfung. »Ich bin erstaunt festzustellen, daß dieses Wringen keine leichte Aufgabe ist«, schrieb er. »Wenn man ein Ende auswringt, scheint das Wasser zum anderen Ende zu fließen. Dann hänge ich so ein schweres Teil auf einen Haken und wringe es, bis ich nicht mehr wringen kann; aber selbst dann fängt es nach ein paar Minuten auf der Wäscheleine in der Offiziersmesse an, fröhlich auf den Boden zu tropfen, und ich muß es noch einmal mit ihm aufnehmen. Ich werde in Zukunft immer großen Respekt vor aller Wäschereiarbeit haben.«

Ich mußte lächeln, als ich das las. Ich hatte das gleiche Gefühl wie damals, als ich mit elf Jahren in dem bequemen Sessel in einem Alkoven der Bibliothek von Quarry *Robert Falcon Scott: Ein Jungenleben* las, das Gefühl, daß dies ein Mann war, mit dem man gut Freund sein konnte, ein Mann, mit dem man reden konnte, den man gern haben konnte. Er sah alle Dinge als Zeichen auf einer großen Leinwand an, und obwohl er sich nicht immer sicher war, was diese Zeichen bedeuteten, glaubte er, daß keine Beobachtung nichtssagend sei, solange sie nur ehrlich war. Er war erstaunt, einfach erstaunt über die Mengen von Wasser, die ein Kleidungsstück aufnehmen konnte, und er schämte sich nicht, das zu sagen. Und als sich »die Dinge gegen ihn gewendet hatten«, einige Jahre später, auf seiner Rückkehr vom Pol, und er seine Botschaft an die Öffentlichkeit niederschrieb, sorgfältig und mit blauweißen, vollkommen steifgefrorenen Fingern, da erstaunte ihn die gleiche Sache noch einmal. Er fragte, was man denn wirklich zu erwarten habe, wieviel Feuchtigkeit denn noch von diesem schweren Kleid, das von seinem Haken am antarktischen Himmel herabhing, heruntertropfen würde. All dieser Schnee und noch mehr Schnee und vielleicht noch mehr? Diese Kälte, und dann sollte es immer noch kälter werden? Wer hätte gedacht, daß der Stoff des Himmels so saugfähig sein würde? Und tatsächlich war auch das Leben selbst genauso aufnahmefähig – man konnte es wringen und wringen, und es würde immer noch tropfen. Und wenn man mit dem einen Ende fertig war, dann würden sich die Fragen aus dem anderen Ende ergießen.

Ich las ungefähr zwei Stunden lang, bis ich auf meine Uhr sah und entdeckte, daß ich einen Kurs versäumt hatte, und mich widerstrebend entschloß, der Bibliothekarin das Buch zurückzugeben. Als ich es zuklappte, fiel mir eine Kartentasche auf, gefaltet und intakt, die so aussah, als sei sie bisher kein einziges Mal geöffnet worden; ich zog eine Karte heraus und faltete sie auseinander. Und während ich sie betrachtete, weiß mit schwarzen Markierungen, fing ich an zu weinen, mit einem lauten Schluchzer, der mir ohne jede Vorwarnung herausrutschte. Ich hatte das Gefühl, mir hätte jemand ins Herz gestochen, und ich schluchzte, weil es so weh tat; die Karte kam mir so wunderschön vor, ein vollendetes Kunstwerk, das meine Reproduktionen der alten Karten von Terra Australis weit in den Schatten stellte. Und doch war sie so einfach, so außerordentlich einfach, eine »Karte des antarktischen Ozeans zwischen 66 und 83° Süd, 150° Ost und 150° West mit dem Land südlich von 74° Süd, von Kapitän R. F. Scott, Kommandant der *Discovery*, Nationale Antarktis-Expedition 1901–1902-03-04«. Die Karte zeigte den Kurs der *Discovery*, Lotungen in Faden, Höhen über Meeresspiegel und Linien, die den Verlauf der fünf großen Schlittenreisen der Expedition darstellten. Eine der Linien vor allem nahm mein Auge gefangen, diejenige von Scotts Schlittenreise nach Süden. Es war eine Linie, nur eine Linie, schwarz auf weiß, aber das Weiß leuchtete, das Schwarz war wie Tinte und das Papier unberührt, genauso wie die Landschaft, die das Papier darstellte. Eine meiner Tränen fiel auf die äußerste Kante der Karte, nicht auf die Antarktis, sondern viel weiter oben in den salzigen südlichen Ozean, und ich wischte sie weg, besorgt, daß die Bibliothekarin sie gesehen haben könnte.

Warum weinte ich? Ich hatte monatelang nicht geweint. Ich hatte nicht geweint, als mein Vater starb, als ich zu den Überresten seines Hauses ging und als ich an seinem Grab stand. Und dennoch schluchzte und schluchzte ich jetzt, ging mein Atem schnell, denn in dieser Darstellung eines Ortes, eines einfachen Ortes enthüllte sich mir das Herzzerreißende, das in allen Bemühungen liegt. Solange wir Fragen stellten, würden wir immer wieder solche Fragen stellen, die nicht beantwortet werden können, nach solchen Orten aufbrechen, die nicht erreicht werden können, und Reisen antreten, die wir niemals würden beenden können. Und dennoch, selbst während ich diese Gedanken dachte, während ich an die Vergeblichkeit dachte, an die Karten, an die Art und Weise, in der sich Länder und Wahrheiten ständig ändern, dachte ich gleichzeitig, daß den Süden zu sehen etwas sei, das auch ich wollte. Dort auf dem Eis kam es gar nicht wirklich darauf an, ob man eine Neigung für die Polarforschung hatte oder nicht, ob man sein Buch beenden konnte oder nicht, ob man das Problem der einheitlichen Feldtheorie lösen konnte oder nicht. Dort auf dem Eis, wo einst Kapitän R. F. Scott die Forschungsreise der *Discovery* angeführt hatte, dort gab es einen Ort, an dem man herausfinden konnte, wer man war, welche Art von Haus man sich bauen wollte und was man vor den Fenstern dieses Hauses sehen wollte. Ich sah die Karte an und wischte meine Tränen fort. Ich spürte, wie mich ein Gefühl von Schicksal, von Schicksalsbestimmtheit überwältigte. Es war fast so, als wenn ich schon früher dort gewesen wäre, genau dort, wo diese Linien waren. Und wenn ich dort gewesen war, konnte ich wieder hingehen. Eigentlich mußte ich. Irgendwie war es das, worauf es ankam. Irgend etwas mußte vollendet werden. Oder vielleicht angefangen.

Als ich in den Sommerferien nach Colorado fuhr, trauerte ich immer noch um meinen Vater, aber nicht so sehr seines Todes als seiner Kapitulation wegen, seines Impulses, sich selbst am Ende durch eine große Verbrennung auszulöschen; ich konnte außerdem nicht fassen, daß sein Vater, William Lamont, weder zur Beerdigung erschienen war noch geschrieben noch meine Mutter, die doch immerhin seine Pflegetochter gewesen war, angerufen hatte. Und als ich daheim in Quarry ankam, tat ich schließlich das, was ich bisher nur halb fertiggebracht hatte: Ich zog ganz zu Iris und Wilbur, packte meine Habe zusammen und schaffte sie vom Haus meiner Mutter zur Ranch der Covilles. Iris hatte mich dazu ermuntert. Sie meinte, es würde mir schwer werden, ständig bei meiner Mutter zu sein – obwohl sie meine Mutter *blieb* und ich das niemals vergessen solle –, weil meine Mutter damals darauf bestand, daß es nichts zu trauern gab, auf der ganzen Welt nicht. Außerdem sagte Iris, sie fürchte, Dr. Jim werde jetzt, da ich wirklich vaterlos sei, noch grausamer sein als je zuvor, da er vielleicht fürchtete, ich könne etwas von ihm verlangen, das er mir nicht geben konnte oder wollte.

Daß dieser zweite Punkt zutreffend sein sollte, konnte ich mir kaum vorstellen. Nichts auf der Welt hätte mich dazu gebracht, unter gar keinen Umständen, etwas von Dr. Jim zu wollen, außer, ihn nie wiederzusehen. Und ich war mir sicher, daß er das wußte. Aber was die erste Überlegung von Iris anbelangte, so war sie richtig. Meine Mutter wurde immer merkwürdiger und immer wirrer im Kopf. Es war eine Erleichterung für mich, ein für allemal bei ihr auszuziehen, und ich war froh, ein neues Zuhause gefunden zu haben. Iris übergab mir jetzt ganz offiziell die Hütte auf der Ranch als Wohnplatz. Es war ein großer Schuppen, ungefähr vier Meter fünfzig mal sechs Meter, mit fließendem Wasser und einem Plumpsklo ungefähr zwanzig Meter dahinter.

Der Schuppen hatte zwei große Türen, eine Vordertür nach Süden und eine Seitentür, die sich zum Sonnenaufgang hin öffnete. Geheizt wurde mit einem Holzofen, den man öffnen konnte, so daß man das Holz darin brennen sah. Unter dem Bett lag ein großer, dicker Teppich auf den ziemlich splitterigen Dielen, auf denen man nur mit großer Vorsicht barfuß gehen konnte.

Ich liebte die Hütte. Iris hatte von ihren Cowboys neue Fenster einbauen lassen, gewaltige Fenster mit Mehrfachverglasung, und sie half mir, aus einem sehr leichten weißen Musselin Gardinen zu nähen. Sowohl das Sonnenlicht als auch die Dunkelheit wurden durch den leichten Stoff etwas abgemildert, und obwohl ich die Gardinen manchmal zurückzog, hatte ich sie doch oft vor dem Fenster, damit sie der Welt einen etwas sanfteren Anstrich gaben. An kalten Abenden kam Wilbur gewöhnlich herüber und setzte sich zu mir vor das Feuer, und es wurde mir bald klar, daß Iris nicht nur um meinetwillen gewollt hatte, daß ich zu ihnen auf die Ranch zog, sondern ebenso Wilburs wegen, der – genau wie ich, aber aus ganz anderen Gründen – eine schwierige Zeit durchmachte.

In Wilburs Fall gab es mannigfaltige Gründe, aber ausschlaggebend war doch, daß er mit seinen neunzehn Jahren nur sechs Monate lang eine richtige Anstellung gehabt hatte, nämlich bei Roc Rec. Er war in Griechenland gewesen und war jetzt wieder hier, und obwohl er seine Mutter liebte und sein Zuhause und mich und die Hunde, mit denen er sich hier und da beschäftigte, wußte er doch, daß es draußen die große Welt gab, und hätte gern eine Möglichkeit gefunden, ein Teil von ihr zu werden. Seit er auf Naxos die Welpen gerettet hatte, wurde er das Gefühl nicht mehr los, daß er etwas mit seinem Leben *anfangen* sollte; er wußte nur nicht genau, was. Iris hatte recht. Dieses Problem hatten wir zur Zeit beide. Aber wahrscheinlich war Wilbur etwas näher daran zu wissen, was er empfand und was er wollte. Manchmal meinte er, das beste sei, aus der Arbeit mit den Hunden einen vollen Beruf zu machen. Wenn er Hunde ausbildete, würde ihn das vielleicht befriedigen, ihm das Gefühl geben, daß er eine Aufgabe hatte, daß er ein normaler Mensch war. Aber manchmal hatte er auch das Gefühl, es wäre einfach nicht genug, mit Hunden zu sprechen und sie zu verstehen, und sein eigentlicher Wunsch sei, sie zu *retten*. Er hatte die Welpen gerettet, und das war wundervoll gewesen, hatte ihm ein Gefühl der Zufriedenheit verschafft mit dem, was er tat. Aber wie konnte man die Rettung von Welpen oder Hunden zur Ganztagsbeschäftigung machen? Das ging nicht, und darüber war er traurig. Aber wenigstens war ich jetzt hier, und wir konnten miteinander reden. Wir redeten wirklich, redeten viel miteinander, denn es war der erste Sommer seit langem, in dem ich nicht zu arbeiten brauchte.

Und das war schön so, denn neben meinen Gesprächen mit Wilbur konnte ich von Scott und der Antarktis lesen, für die ich jetzt ein ganz neues Interesse empfand. Mein Erlebnis im Handschriftenlesesaal hatte eine gewisse Ähnlichkeit mit dem überwältigenden Eindruck, den der bronzene Poseidon auf Iris gemacht hatte. Es war machtvoll gewesen, magisch und unerklärlich, und ich hatte sofort gewußt, daß es mein Leben ändern würde. Jetzt, in diesem Sommer, bekam ich neue Bücher über die Antarktis, Bücher, die ich vorher nicht gelesen hatte. Ich las Amundsens *Mein Leben als Forschungsreisender* und sein Buch *Die Eroberung des Südpols.* Ich las Pontings *Der große weiße Süden* und Lashlys Tagebuch. *Unter Scotts Kommando.* Lansings *Endurance* las ich zum wiederholten Male und zum ersten Mal *Süden*, Ernest Shackletons eigene Darstellung seiner Expedition von 1914 bis 1917. Ich las außerdem eine vergleichende Biographie von Scott und Amundsen, die im Jahr zuvor erschienen war und die ich so bizarr fand, daß ich es kaum beschreiben kann.

Sie war bizarr, weil der Verfasser Amundsen nicht mochte, aber Scott noch viel weniger, und offenbar entschlossen war, den Leser mit allen Mitteln, ganz gleich ob fair oder unfair, zu überzeugen, daß Scott weder ein großer Führer noch ein großer Entdeckungsreisender gewesen war. Aber wie konnte man vernünftigerweise annehmen, daß er das war? Warum ein ganzes Buch schreiben, um mit großer Entrüstung zu beweisen, daß Scott sich weniger gut auf das Reisen in der Antarktis verstand als einige der anderen Männer, die sich während des jetzt so genannten heroischen Zeitalters der antarktischen Entdeckungsreisen in das Eis gewagt hatten? Meiner Meinung nach hieß das, das Pferd von hinten aufzuzäumen. Ganz offensichtlich war Scott als Antarktisfahrer nicht so gut gewesen wie einige der anderen, denn sonst wäre er wahrscheinlich nicht auf dem Eis ums Leben gekommen. Herausragende Fähigkeiten waren es ja nicht, die ihn und die *Terra-Nova*-Expedition so faszinierend machten; er hatte selbst in seinem Brief an J. M. Berry zugegeben, daß er sich nicht als großer Entdeckungsreisender erwiesen habe, und bereits in der *Fahrt der »Discovery«* geschrieben, er müsse bekennen, daß er sich nicht für polare Forschungsreisen geschaffen fühle. Tatsächlich hatte Scott niemals für sich in Anspruch genommen, für die Aufgabe besonders geeignet zu sein, die das Schicksal ihm auferlegt hatte; was ihn so wunderbar machte, war, wie gut er sich mit dem, was ihm gegeben war, behauptete.

Denn Scott war ein verträumtes Kind gewesen, und wenn er etwas hatte werden sollen, dann Schriftsteller, und trotzdem hatte er als Junge zur Navy gehen müssen. Ich wußte schon seit meiner Lektüre von *Ein Jungenleben,* daß er als Kind gern gute Bücher gelesen hatte, auch über Geschichte und Kunst. Er hatte sich gleichermaßen zu den alten Sprachen und zur Naturgeschichte hingezogen gefühlt. Was immer ihn interessierte, es wurde in den Lehrgängen der britischen Marine nicht unterrichtet, und er seinerseits hatte nicht das geringste für Sport und anstrengende körperliche Aktivitäten übrig. Und dennoch hatte er sich mit dreizehn Jahren plötzlich in der Navy wiedergefunden, zusammen mit anderen britischen Jungen, die größtenteils sowohl körperlich als auch vom Temperament her viel besser für das geeignet waren, was sie dort taten, als Robert Falcon Scott.

Und das war erst der Anfang einer der gewiß merkwürdigsten Überschneidungen eines einzelnen Lebensweges mit dem Ethos einer kulturellen Bewegung, die im zwanzigsten Jahrhundert stattfand. Um diese Überschneidung zu verstehen, muß man etwas über Clements Markham wissen, den ehrenamtlichen Sekretär und späteren Präsidenten der Königlichen Geographischen Gesellschaft. Markham, ein enttäuschter Entdeckungsreisender, verfügte dort über großen Einfluß, und die Nationale Antarktisexpedition, die von 1901 bis 1904 stattfand, war schon seit 1884 sein Traum gewesen. Er arbeitete vierzehn Jahre daran, sie auf den Weg zu bringen, und stemmte sich gegen die Hauptströmung des öffentlichen Interesses in Großbritannien, das zu jener Zeit Afrika galt. Aber Markham interessierte sich für die Pole, und sobald er Präsident der Königlichen Geographischen Gesellschaft wurde, verkündete er, daß »die Ausrüstung und Aussendung einer antarktischen Expedition das wichtigste Kennzeichen« seiner Amtszeit werden solle. Für ihn war der ganze antarktische Kontinent der letzte Prüfstein der Männlichkeit, insbesondere der britischen Männlichkeit, und noch näher spezifiziert, für genau diejenige Spielart davon, die vom britischen Militär ausgebildet worden war. Mit seinen breiten Koteletten, seiner kräftigen Physis und seinem Lebensweg, der die ganze Regierungszeit Königin Victorias umfaßte, war Markham ein echter Victorianer/Edwardianer, und als er erst einmal den Entschluß gefaßt hatte, die große britische Tradition in die Antarktis zu tragen, war er unbeirrbar in seinen Anstrengungen, diesen Plan auch in die Tat umzusetzen.

Ständig beschäftigte ihn der Gedanke, wer der Anführer dieser großen Expedition sein sollte, die er auf den letzten unentdeckten Kontinent schicken würde. Er wäre es natürlich am liebsten selbst gewesen, aber er war inzwischen zu alt für so etwas. Er hielt die Auswahl des Mannes, der an seiner Stelle gehen sollte, für entscheidend. Eines Tages im Jahre 1887 besuchte er, dieses Problems immer gewärtig, seinen Vetter, der zufällig Scotts Geschwaderkommandeur war, und war dort Zuschauer der Regatta einiger Leutnants zur See, die ihre Beiboote eine Meile weit bis zur Wendemarke segelten und von da aus zum Start- und Zielpunkt zurückruderten.

Erstaunlicherweise gewann Scott das Rennen, jedoch nur um Haaresbreite. Jahre später, als alter Mann, bestätigte Markham, daß er noch am selben Abend, nachdem er darum gebeten hatte, Scott nach dem Rennen kennenzulernen, entschieden hatte, daß dieser Mann dazu bestimmt war, auf der Fahrt der *Discovery* das Kommando zu übernehmen. Er kam aus wirklich völlig absurden Gründen zu dem Schluß, Scott sei ein großer militärischer Führer, und einen großen militärischen Führer wollte er für die Fahrt, von der er träumte. Als er sich für Scott entschied, wimmelte es beim britischen Militär von Männern, wie er einen suchte; es gab wahrscheinlich fünftausend Leute, die Markham zur Wahl standen und sich im Polargebiet als bessere Entdeckungsreisende erwiesen hätten. Einer davon war Ernest Shackleton, der die Fahrt der *Discovery* mitmachte, jedoch als rangältester Kapitänleutnant und nicht als Fregattenkapitän.

Shackleton war ganz fraglos einer der größten Führer, die das zwanzigste Jahrhundert erleben sollte, und die Geschichte der *Endurance*, der vom Unglück verfolgten transantarktischen Expedition Shackletons, ist sicherlich eine der größten Abenteuergeschichten, die sich jemals zugetragen hat. Irgendwie kam ich auch immer auf Shackleton zu sprechen, wenn vor meiner Reise in die Antarktis jemand etwas über mein

Vorhaben wissen wollte; mein Impuls war dann, den Fragesteller am Revers zu nehmen und zu sagen: »Weißt du, was passiert ist? Du wirst es nicht glauben!« Und der erste, der das erlebte, war natürlich Wilbur. Eines Tages in diesem schönen Sommer erinnerte er mich während eines Gespräches daran, daß wir als Kinder oft auf den Felsen oberhalb des Teiches gesessen hatten und ich ihm Heldengeschichten erzählt hatte. Ich hatte gerade *Süden* ausgelesen, und wir gingen hinaus, fanden in der Nähe auch einen Felsen als Sitzgelegenheit, und Wilbur hörte mir mit glänzenden Augen zu und fragte von Zeit zu Zeit: »Haben sie das wirklich, Morgan? Haben sie das wirklich getan?«

Im Jahre 1911, lange nach jener ersten Fahrt nach Süden, die Scott und Shackleton gemeinsam als Freunde unternommen hatten, erfuhr Shackleton in England, daß Roald Amundsen mit einer Mannschaft von Norwegern Scott beim Rennen zum Südpol geschlagen hatte, und sogleich begann er die Vorbereitungen für eine weitere britische Expedition, die diesmal von ihm geführt werden sollte. Er wußte damals genausowenig wie sonst jemand auf der Welt, daß Scott, Wilson, Bowers, Oates und Evans auf dem Rückweg zur Rossinsel umgekommen waren. Und selbst wenn er es gewußt hätte, wäre sein Entschluß dadurch nicht ins Wanken geraten. Das Ziel seiner Expedition war die Durchquerung des gesamten antarktischen Kontinents; er wollte mit der *Endurance* in das Weddellmeer fahren, auf die südamerikanische Seite der Antarktis. Dort wollte er mit siebzig Hunden und nur sechs Mann an Land gehen, während ein zweites Schiff, die *Aurora*, gleichzeitig in den McMurdo-Sund segeln sollte, auf die gegenüberliegende Seite des Kontinents. Diese Rossmeer-Abteilung sollte Vorratslager auf der Großen Eisbarriere anlegen, die für die den Kontinent überquerende Abteilung bestimmt waren.

Selbst die Rossmeer-Abteilung wurde vom Pech verfolgt; die *Aurora* riß sich los und wurde aufs Meer hinausgetrieben, so daß die Männer, die an Land Vorratslager angelegt hatten, bei Kap Evans abgeschnitten waren. Sie blieben dort fast zwei Jahre und warteten darauf, daß jemandem die Fahrt durchs Packeis gelang und sie rettete. Aber das, was die Rossmeer-Abteilung mitmachte, war nichts im Vergleich zu dem, was die Männer von der *Endurance* erdulden mußten. Die *Endurance* war das stärkste Holzschiff, das in Norwegen jemals gebaut worden war, mit der einzigen Ausnahme der *Fram*, die Fridtjof Nansen Amundsen zur Verfügung gestellt hatte. Die *Endurance* war eine Schonerbark mit drei Masten, einem Kiel aus massiver Eiche, aus vier Schichten übereinander, die zusammen über zwei Meter dick waren. Die Seiten des Schiffes waren aus norwegischer Gebirgsfichte, die Beplankung darüber aus »Greenheart«, einem so harten Holz, daß zu seiner Bearbeitung Spezialwerkzeuge nötig waren. Und darüber hinaus war jeder Bugspant aus einer einzelnen Eiche hergestellt worden, deren natürlicher Wuchs mit der Kurve der Schiffsform übereinstimmte. Kurzum, es war ein großartiges Segelschiff – zwar das letzte seiner Art, aber nichtsdestoweniger eins der besten. Das Schiff fror im Packeis des Weddellmeeres am 19. Januar 1915 ein, bevor es auch nur einen Mann auf dem antarktischen Kontinent anlanden konnte.

Eine ganze Zeit lang sah es so aus, als würde das Schiff den Beanspruchungen standhalten. Es trotzte neun Monate lang dem Druck des Packeises, und seine Besatzung überlebte Temperaturen, die ständig weit unter fünfundvierzig Grad lagen. Aber schließlich brach am 24. Oktober das Schiff auseinander, zermalmt durch die Bewegungen des Packeises, nachdem es während der Nacht bereits nach Backbord gekrängt hatte. Es wurde vom Eis zu Kleinholz zerrieben. Das Schiff war massiv gewesen, wie Wilbur es genannt hätte. Es hatte Wurzeln, es war das beste gewesen, was der Mensch hatte schaffen können. Und in der Gewalt des Eises war es einfach zerborsten. Der Verlust der *Endurance* wäre an jedem Platz der Welt traurig genug gewesen, aber mitten im Weddellmeer, dreihundertfünfzig Meilen vom Land entfernt, hätte es eine totale Katastrophe bedeutet, wenn nicht Shackleton gewesen wäre. Zuerst müssen sich sogar seine Leute, die ihn doch kannten, gefragt haben, ob sie nicht besser daran getan hätten, in England zu bleiben und in den Krieg zu ziehen, der am gleichen Tag erklärt worden war, an dem König George Shackleton den Union Jack überreicht hatte.

Aber jetzt waren sie hier, und daran ließ sich nichts mehr ändern. Achtundzwanzig Mann und eine Rotte Hunde, gestrandet mitten auf dem Packeis während des frühjährlichen Eisaufbruchs in der Antarktis. Weil es drei Tage gedauert hatte, bis das Schiff vollends zerstört war, hatten die Männer es geschafft, eine große Menge von Nahrungsmitteln und Ausrüstungsgegenständen zu retten, darunter auch drei Beiboote, die sie bis zur offenen See hinter sich herziehen würden. Shackleton beschloß, zur Paulet-Insel zu gehen, wo Otto Nordenskjölds norwegische Expedition 1903 ein Vorratslager und eine Hütte hinterlassen hatte. Das Ziehen der Boote in kniehohem Schnee war eine mörderische Arbeit, und manchmal schafften sie nur fünf Kilometer am Tag, aber das Ziehen der Boote war nur der Anfang einer der schwierigsten Expeditionen, die je unternommen wurden.

Diese Reise dauerte fast ein Jahr, und fünf Monate davon verbrachten die Männer auf dem Eis, schlugen jeden Abend an einem Platz, der ihnen sicher erschien, ihr Lager auf, nur um immer wieder von Spalten überrascht zu werden, die sich direkt unter ihnen öffneten. Am 9. April sah sich Shackleton angesichts des weit fortgeschrittenen Auftauens des Eises und einer Eisscholle, die direkt unter seinem Zelt auseinandergebrochen war, schließlich zu der Entscheidung gezwungen, mit seinen Leuten in die Boote zu gehen. Er steuerte aber nicht die Paulet-Insel an, die jetzt, da die Meeresströmung sie von ihrer ursprünglichen Richtung abgebracht hatte, zu weit südlich von ihnen lag, sondern die Elefanteninsel, wo sie weder Vorräte noch eine Hütte finden würden. Sie lag nordnordwestlich jenseits eines Meeres, das Eisberge, Orkane und meterhohe Wellen für sie bereithielt. Sie schafften es bis zur Elefanteninsel – die ganze Mannschaft lebte noch – und kampierten dort unter ihren Booten, wo die meisten von ihnen noch sehr lange Zeit bleiben sollten. In einem der Boote, der *James Caird*, brach Shackleton mit fünf Mann nach Südgeorgien auf, einer Insel, an deren jenseitigem Ufer bei Gritviken eine Walfangstation lag.

Die meisten der achtundvierzig Mann von der *Endurance* meldeten sich zu dieser verzweifelten Fahrt – verzweifelt, weil die nur sechs Meter lange *James Caird* achthundert Seemeilen bewältigen mußte. Zwar hatte der Schiffszimmermann notdürftig eine Persenning als Verdeck angebracht, so daß das Boot nicht mehr völlig offen war, aber was bedeutete das schon, wenn es durch ein Meer ging, das ihnen mit dreißig Meter hohen Wellen zusetzen konnte. Wenn die *James Caird* es allerdings nicht bis Südgeorgien schaffte, dann würden die auf der Elefanteninsel Zurückgelassenen langsam verhungern, und dem war der schnelle Tod durch Ertrinken sicher vorzuziehen. Shackleton wählte die besten Leute aus; die Fahrt dauerte zwei Wochen, während derer keiner der Männer, wie sie sich später erinnerten, auch nur ein Auge zutat. Sie waren ständig durchnäßt, von Eis und Reif überzogen, durstig und kamen fast um vor Hunger und Kälte. Sie versuchten, in einem Sturm nach dem anderen ihren Kurs zu halten. Die Stürme tobten tagelang und machten jede Peilung unmöglich. Oftmals waren sie dem Tod näher als dem Leben, aber schließlich erreichten sie Südgeorgien, wenn auch zwei von ihnen inzwischen nicht mehr gehen konnten. Und ihr Endziel war noch weit entfernt, die Walfangstation auf der gegenüberliegenden Seite der Insel.

Da es unmöglich sein würde, entlang der Küste um die halbe Insel herumzugehen, beschloß Shackleton, die Berge zu überqueren. Diese Berge sind das Rückgrat von Südgeorgien, sie sind hoch und stark vereist. Und die drei Männer, die sie überquerten, waren nicht nur zu Tode erschöpft, sondern sie besaßen auch weder Karten noch Eispickel, keine vernünftigen Seile, hatten nur noch wenig zu essen, und ihre Stiefel waren kaum noch brauchbar. Zu allerletzt, kurz vor dem Erfrieren, nach Rettungen aus verzweifelten Notlagen, rutschten sie mit voller Absicht sechshundert Meter einen unbekannten Gletscher hinunter, in Dämmerung und Nebel, ohne jede Vorstellung, was sie unten vorfinden würden, aber mit dem festen Wissen, daß sie sterben müßten, wenn sie es jetzt nicht schafften, und daß sie keine andere Wahl hatten. Als sie das Lager bei Gritviken erreichten und Shackleton sich vorgestellt hatte – er war für den Leiter der Basis, der ihn gut kannte, nicht wiederzuerkennen –, fragte er als erstes: »Wann war der Krieg zu Ende?« Die Antwort: »Der Krieg ist nicht vorbei. Millionen Menschen werden abgeschlachtet. Europa ist verrückt geworden. Die ganze Welt ist verrückt geworden, Shackleton.«

Das also ist es, was ich mit einem bemerkenswerten Zusammentreffen bezeichne. Es gab einen Shackleton, den Markham ebenso gut mit der Leitung der *Discovery*-Expedition hätte betrauen können und der all die Qualitäten als Führer und als Entdeckungsreisender besaß, über die Robert Falcon Scott nicht verfügte. Und hätte Shackleton das Kommando bei der Expeditionsfahrt der *Discovery* gehabt, dann hätte er wahrscheinlich auch die Expedition der *Terra Nova* angeführt, und irgendwie ist es schwer vorstellbar, Shackleton könnte in einem Zelt gestorben sein. Aber obwohl Shackleton mit der *Nimrod* wieder ins Eis fuhr und sich dem Südpol im Jahre 1909 bis auf siebenundneunzig

Meilen näherte, hatte er bei dieser ersten eigenen Expedition nicht den Reichtum Großbritanniens hinter sich; und als er dann wieder ins Eis zurückkehrte und noch einmal bewies, daß Markham wenigstens in einem Punkt recht gehabt hatte – die Antarktis war in der Tat ein großes Testgelände für das reine Überleben –, war Britannien in einen Krieg verwickelt, den nicht einmal Markham gewollt haben konnte, und niemand schenkte den Vorgängen auf dem Kontinent so tief im Süden viel Beachtung. Die einzige Verwendung, die Großbritannien für die transantarktische Expedition hatte, war, deren Mannschaft in die Schützengräben Europas zu schicken. Die gesamte Besatzung der *Endurance* war mit dem Leben davongekommen, hatte zwei Jahre auf dem Eis überlebt. Jetzt kamen viele von ihnen zum Militär, kamen in die Schützengräben und starben. Sie erstickten im Matsch. Sie wurden mit Gas vergiftet und würgten sich die Lunge aus dem Leibe. Aber auch die Nachricht von Scotts Tod in der Antarktis erreichte die übrige Welt in dem geistigen Klima, das in den Tagen vor Kriegsausbruch herrschte, im Februar 1913. In jener Zeit, da der Welt großer Schrecken bevorstand, erfuhren die Menschen in Europa von dem Ausgang des Rennens zwischen Scott und Amundsen und von der Tatsache, daß es Scott nicht nur nicht gelungen war, als erster den Südpol zu erreichen, sondern auch, daß er auf dem Rückweg umgekommen war. Und trotzdem feierten sie ihn als einen Helden. Das konnte wohl kaum daran gelegen haben, daß seine Zeitgenossen Scott für einen Helden im herkömmlichen Sinn hielten, so wie Shackleton einer war, sondern mußte völlig andere Gründe haben, Gründe, die für mich schwierig zu verstehen waren. In der Anerkennung, die sie ihm nach seinem Tod zollten, lag etwas Unausgesprochenes, die Tiefe einer verborgenen Bedeutung und verborgener Gefühle, die ich nicht nachvollziehen konnte. Ich wußte, warum ich ihn bewunderte: weil er aus dem, was ihm gegeben war, das beste gemacht hatte, weil wir einiges gemeinsam hatten, weil er sich entschieden hatte, seine Hunde nicht abzuschlachten, und vor allem, weil er fast bis zum Augenblick seines Todes nicht aufgehört hatte, Tagebuch zu führen. Das Beispiel meines Vaters – der genau das Gegenteil getan hatte – immer vor Augen, hielt ich Scott allein um dieser Tatsache willen für bewunderungswürdig.

Aber ich spürte, daß es für seine britischen Zeitgenossen noch irgend etwas anderes gegeben haben mußte oder daß etwas gefehlt hatte. Vielleicht hatte es damit zu tun, daß er größtenteils wegen ihrer Irrtümer gestorben war, weil sie ihn dazu ausersehen hatten, eine Entdeckungsreise in die Antarktis anzuführen, obwohl er dafür nicht geeignet war, weil sie ihn im Alter von dreizehn Jahren gezwungen hatten, zum Militär zu gehen. Vielleicht lag es auch daran, daß sie eine Welt – das britische Empire –, in der Wettkampf das Grundelement aller Existenz war, geschaffen und dann ihre Männer in die Antarktis geschickt hatten, wo echter Wettkampf einfach nicht möglich war und das Überleben, das blanke Überleben, für jedermann Wettkampf genug sein sollte. Und dennoch erhielt Shackleton achttausend Bewerbungsschreiben, als er seine Transantarktisexpedition in einer Londoner Zeitung inserierte: »Männer für gefährliche Reise gesucht. Geringer Verdienst, bittere Kälte, lange Monate vollständiger Dunkelheit. Ständige Gefahr. Sichere Heimkehr zweifelhaft. Ehre und Ruhm im Falle des Erfolges.« Ich bezweifle, daß diese achttausend Männer auf die Verheißung des letzten Satzes hin geantwortet hatten. Nein, es schien mir viel wahrscheinlicher, daß sie auf die Sätze davor reagierten und daß sie dorthin gehen wollten, wo es nichts zu besiegen gab als ihre eigenen Ängste und wo »Erfolg« einfach bedeutete, es durchzustehen.

Aber Scott hatte es nicht durchgestanden – nicht einmal das. Und dennoch hatten seine Zeitgenossen in Britannien das, was ihm zugestoßen war, viel ergreifender und irgendwie wichtiger gefunden als Amundsens erfolgreiche »Eroberung« des Südpols. Fast als einziger in der Geschichte der Antarktis, wenigstens bis in jüngste Zeiten hinein, hatte Amundsen genau das getan, was er sich vorgenommen hatte. Er hatte eine schnelle Fahrt zum Pol und zurück unternommen und neunzig Hunde geschlachtet, um diese Fahrt zu ermöglichen. Na und? Was bedeutete das in bezug auf die Antarktis? Was hatte es zu bedeuten, wenn man es mit der Geschichte von Robert Falcon Scott verglich, der weder wie Amundsen ein großer Entdeckungsreisender noch wie Shackleton eine große Führungsfigur gewesen war, der aber auf seiner ersten Schlittenreise im Süden Tabak und Socken geopfert hatte, um seine Lieblingsbücher, den *Ursprung der Arten* und *Die Abstammung des Menschen*, mitnehmen zu können.

Ich wußte nicht, was bei all dem herauskommen würde. Ich wußte nur, daß es mir half, über die Trauer um meinen Vater hinwegzukommen. Ich beschäftigte mich den ganzen Sommer über mit den Entdekkungsreisen in die Antarktis. Mich faszinierte die Vorstellung, daß Männer den Schlitten zogen, das Bild von diesen Gespannen aus vier Männern und ihren Schlitten. Wieder und wieder hatte Scott das Schlittenziehen als eine »Konzeption« bezeichnet, und Cherry-Garrard hatte geschrieben, daß es »der körperliche Ausdruck einer intellektuellen Leidenschaft« sei. Mir erschien das Schlittenziehen wie eine Art Schneetanz. Es ging nicht um die Eroberung eines Ortes, sondern eher um eine Art Konzeptkunst auf einem Kontinent, der sich vom Rest der Welt unterschied, den man aufsuchen konnte, um sich einfach umzuschauen, statt irgend etwas zu tun. Schlittenziehen als Performance Art. Sicherlich erfüllte es die essentiellen Voraussetzungen, um als Kunst zu gelten. Es diente keinem offensichtlich nützlichen Zweck, es gab keine Verwendung dafür, und es verlangte keine größeren Veränderungen der Umgebung. Es war Schlittenziehen um des Schlittenziehens willen, fast so etwas wie die Sandmalereien der Navajos. Nach getaner Tat blieb nur noch die Erinnerung daran zurück, aber das reichte vielleicht als Rechtfertigung aus.

Das also war mein Sommer. Ich las vom Tanzen auf der Unterseite der Erde. Versuchte herauszufinden, was Scotts Leben und Tod bedeuteten, nicht nur für mich, sondern für seine Zeit und für die Welt, deren Teil er gewesen war. Ich erzählte Wilbur Geschichten über Helden, und manchmal unterhielt ich mich mit ihm darüber, was er mit seinem Leben anfangen würde. Und ich blickte aus dem Fenster in Richtung New Mexico, ein Land, das Eroberer kennengelernt hatte.

Der klare Blick

Als der Sommer zu Ende ging, fiel es mir sehr schwer, den Covilles den Rücken zu kehren und wieder zurück nach Vermont zu fahren – es gab ja jetzt, nach dem Tod meines Vaters, eigentlich keinen triftigen Grund mehr, ausgerechnet dort zu studieren. Eine Weile dachte ich darüber nach, die Universität zu wechseln und mich in Boulder einzuschreiben, aber schließlich erschien es mir doch einfacher, dahin zurückzukehren, wo ich mit den Gegebenheiten vertraut war. Und da Iris mir einen der Pick-ups der Ranch schenkte, konnte ich ein Stückchen Colorado mit mir nach Osten nehmen, und als ich in diesem Wagen, den ich Tiny nannte, auf die Autobahn fuhr, hatte ich zumindest das Gefühl, daß ich ja jederzeit wieder zurückkommen konnte.

Im Herbst entschied ich mich dann endgültig für Geschichte als Hauptfach, ohne mir indes über die Richtigkeit meiner Entscheidung ganz im klaren zu sein. Ich fürchtete, es handele sich vielleicht nur um den Versuch, meinem Vater näherzukommen. Vielleicht hatte ich gar kein besonderes Interesse an der Geschichte im allgemeinen, sondern lediglich an der Geschichte der Antarktis. Aber gleichwohl begann ich das Wintersemester etwas weniger deprimiert, als ich mich im Frühjahr gefühlt hatte. Ich hatte eine kurze Affäre mit einem Professor, einem Mann, der vielleicht zwanzig Jahre älter war als ich und verheiratet, wenn er auch stets betonte, daß er sich von seiner Frau scheiden lassen werde. Im November war das schon wieder vorbei, und ich fuhr über die Weihnachtstage zu den Covilles. Ich jagte mit Tiny Richtung Colorado, was das Zeug hielt, und es war wunderschön, Iris und Wilbur wiederzusehen. Aber im Januar war ich schon wieder zurück an der University of Vermont.

Und dort, im Zeitschriftensaal der Bibliothek, stieß ich eines Tages beim Herumstöbern auf die *High Country News.* Ich nahm mir ein paar

Nummern mit an einen Tisch und las sie von der ersten bis fast zur letzten Seite durch. Diese Zeitschrift aus dem Westen war mir vorher nie aufgefallen, und es war schön, etwas aus der Heimat zu lesen. In einem Heft stand unter der Überschrift »Klarer Blick« ein Beitrag von einem gewissen John Thaw.

In diesem Beitrag, einem Essay, ging es um die Weite und das Licht des Westens, eine Meditation über den Raum und das Sehen, und in einem Satz erwähnte der Autor auch die Antarktis. Diese Lektüre hatte nicht nur zur Folge, daß ich Heimweh nach den Rockies bekam und nach den Abenden mit klarem Licht und hundert Meilen weiter Sicht, sondern auch, daß in mir der Wunsch erwachte, mich einmal mit seinem Autor, John Thaw, zu unterhalten. Ich schickte ihm einen Brief an die Adresse der Herausgeber, vergaß mein Schreiben dann im Verlauf des Winters, und es wurde März, die trübste Zeit des Jahres in Neuengland. Eines Tages kam ich von einer Skifahrt im Schneematsch zurück und fand einen bemerkenswerten Umschlag in meinem Briefkasten. Auf der Rückseite des Umschlags stand in schöner, aristokratischer Schrift die Botschaft »Zen-Umschlag. Zu öffnen an der dafür nicht vorgesehenen Seite«. Und tatsächlich war die Adresse verkehrt herum geschrieben, zeigte die Oberseite der Buchstaben in die der Lasche auf der Rückseite des Umschlags entgegengesetzte Richtung. Ich riß den Brief auf und zog drei Blatt dickes, cremefarbenes Büttenpapier heraus, elegant und mit kostbar wirkenden Wasserzeichen, beschrieben mit der gleichen hinreißenden Schrift, die so regelmäßig war wie das Kursiv einer Schreibmaschine.

Oben, am Kopf der ersten Seite, wo normalerweise die Adresse des Absenders steht, fand sich nichts dergleichen, sondern lediglich die Zeile mit dem Datum, die lautete: »2. März. Südwestwind. Schneeschmelze.« John Thaw oder einfach Thaw, wie er genannt wurde, dankte mir für meine freundlichen Worte zu seinem Essay, ließ dieses Thema dann aber völlig fallen und beantwortete eine der Fragen meines Briefes – die nach seinem Beruf – mit einer ausführlichen Selbstdarstellung. Er beschrieb sich als »ein großes (barfuß 1 Meter dreiundneunzig) männliches Exemplar der Spezies Mensch mit blauen Augen und strohblondem Haar, weder schön noch häßlich.« Dann hieß es weiter: »Ich habe letzten Herbst meinen M. A. an der Utah State University gemacht und lebe im Augenblick in einer Blockhütte außerhalb von Elk

City in Wyoming. Geboren bin ich 1949 in Laramie, eine Minute nach Mitternacht. Meine Vorfahren sind mit Brigham Young nach Westen gekommen. Zwischen meinen Kämpfen am College war ich Cowboy, Schafhirte, Zureiter, Packarbeiter und Berater für Wehrdienstverweigerer und indianische Studenten. Nicht der schlechteste meiner früheren Jobs war es, Arbeitsplätze für Planierraupenmechaniker zu schaffen. Ich habe einen Schnurrbart, aber keinen Vollbart, und dürre Beine. Ich spreche ein wenig Navajo und Spanisch, und wenn ich mal groß bin, will ich entweder Krieger oder Philosoph werden. Momentan arbeite ich für den Forstzirkus. Außerdem schreibe ich Gedichte.«

Als erstes beeindruckte mich an dieser interessanten Beschreibung, daß Thaw dreizehn Jahre älter war als ich; er war dreiunddreißig, ein Mann, der die sechziger Jahre erlebt hatte. Und außerdem, daß sein ein wenig sprunghafter, lockerer Stil einer Absicht entsprang, nicht zufällig zu sein schien. Ich schrieb ihm noch einen Brief, den ich diesmal direkt nach Elk City schickte. Und für den Rest des Semesters korrespondierten wir wöchentlich. Je mehr Briefe wir austauschten, desto stärker wurde meine Überzeugung, daß Thaw der Mann war, auf den ich schon so lange gewartet hatte. Auf meine Bitte hin schickte er mir ein Foto von sich, auf dem ich sah, daß er, wie er schon geschrieben hatte, über einen Meter neunzig groß war und tatsächlich dürre Beine hatte. Außerdem trug er eine Brille, die groß war und irgendwie extrem wirkte, weil sie nach unten bis zu seinen Nasenlöchern reichte und oben über seine Augenbrauen. Er hatte ein starkes Kinn, struppiges, dunkelblondes Haar und einen gepflegten Schnurrbart. Seine Arme waren kräftiger, kürzer und muskulöser, als man es bei seiner Größe erwartet hätte. Er war kein Astheniker, sondern ein sehr groß geratener athletischer Typ.

Auf dem Bild nicht zu sehen war, daß Thaw gewöhnlich einen Hut trug, einen Cowboyhut, wenn er zu Pferde war, und eine Baseballkappe in der Elk City Bar; und weil sein Kopf groß war, wirklich sehr groß, konnte er so eine Schirmmütze aus Polyester tragen, ohne auszusehen, als habe er einen mißgebildeten Kopf. Thaws Stimme paßte – das entdeckte ich, als ich ihn persönlich kennenlernte – nicht ganz zu seiner Größe. Nicht, daß sie leise gewesen wäre, schüchtern oder zurückhaltend, aber ihre Tonlage war höher, als man bei seiner Größe erwartet hätte. Und wenn er sprach, machte er oft eine kurze Pause in der ersten

Silbe, eine Pause, die einem den Eindruck vermittelte, daß Thaw sorgfältig darauf achtete, nichts zu sagen, was er nicht meinte. In der Tat stand der vorläufige Charakter all dessen, was er sagte, in einem merkwürdigen Gegensatz zu der Sicherheit, mit der er zu seinen Meinungen stand. Obwohl sie höher war, als ich erwartet hatte, fand ich Thaws Stimme angenehm und warm, und seine Sprechweise war so moderat, daß selbst die Flüche, die er regelmäßig benutzte, so, wie er sie herausbrachte, fast nett und freundlich und kaum anstößig klangen.

Thaws Körper und seine Stimme waren wahrhaftig die physischen Korrelative zur Komplexität seines Charakters, wie ich entdeckte, als ich ihn näher kennenlernte. Er war von Hause aus Mormone, und seine beiden Urgroßväter väterlicherseits waren freudig praktizierende Polygamisten gewesen. Eine seiner Urgroßmütter mütterlicherseits dagegen war mit einem Schlachtermesser auf ihren Mann losgegangen, als der versucht hatte, ein schwedisches Mädchen als Frau Nummer zwei heimzuführen. Er kam mit dem Leben davon, trennte sich von dem Mädchen und versuchte nie mehr, eine andere mit nach Hause zu bringen. Im Gefolge jener Ahnin von eisernem Charakter war dieser Zweig seiner Familie fortan monogam geblieben.

Der andere Zweig allerdings blieb polygam, selbst nachdem die Polygamie verboten worden war; die Männer legten zwischen den Häusern ihrer verschiedenen Frauen Tunnel an, so daß sie ihre Teilfamilien durch diese unterirdischen Gänge besuchen konnten, die ihnen im Notfall, wenn das Gesetz ihnen auf den Fersen war, auch eine Fluchtmöglichkeit boten. Für Thaw waren diese Vorfahren eine ausreichende Erklärung für die Widersprüche seines eigenen Charakters und seines Lebens, das zwischen zwei Extremen hin und her schwankte. Mir schien das eine sehr poetische Erklärung zu sein, und ich fand es wahrscheinlicher, daß Thaws Komplexität mit seiner persönlichen Geschichte zu tun hatte. Seine Eltern waren nicht nur Mormonen gewesen, sondern nichttrinkende, nichtrauchende Mormonen, und sein Vater hatte Thaw hinausgeworfen, als er mit zwanzig den Wehrdienst verweigerte. Das war auf dem Höhepunkt des Vietnamkriegs gewesen, und Thaw trug damals bereits sein Haar lang; dann fing er an zu rauchen und zu trinken und nahm einen Job in einem von Quäkern betriebenen Zentrum für die Beratung von Wehrdienstverweigerern an.

Da Thaws erste Briefe voller Kommentare und Anspielungen zum

Zen waren, fragte ich ihn gleich anfangs danach und bekam die folgende Antwort, datiert »5. April, Nordwind, heller Sonnenschein«. Der Brief lautete:

»Liebe Morgan Lamontovna,

herzlichen Dank für Deinen Brief. Ich würde sagen, daß ich ein Student des Buddhismus bin im gleichen Sinne, wie man ein Student der Philosophie sein könnte, ohne jemals eine Universität besucht zu haben. Autodidakt zu sein hat seine Grenzen, aber immerhin habe ich eine Reihe der klassischen Werke gelesen, unter anderen die *Diamantsutra*, die *Sutra des Hui Neng* und das *Mumon Kōan*. Ich habe versucht, deren Lehren bei allem, was ich tue, anzuwenden, ganz gleich, ob beim Aufstellen von Zäunen, bei der Waldbrandbekämpfung oder beim Gedichteschreiben. Es gibt eine Art Zen des Grundgesteins, das vom Land selbst ausgeht und das ein Cowboy so gut verstehen kann wie jeder *rōshi*, jeder geistige Führer einer Mönchsgemeinschaft.

Für mich ist am interessantesten am Zen, was die Japaner durch das Überstülpen von Regeln und strenger Disziplin aus dem hermetischen chinesischen Buddhismus gemacht haben. Regeln und strenge Disziplin sind ein Zug der japanischen Kultur, und es mag für einen Japaner gut möglich sein, den Geist zu befreien, indem er ihn mit Disziplin zügelt; aber ich frage mich, ob das bei Amerikanern auch geht. Die amerikanische Tradition ist so individualistisch, und der Kontinent ist, verglichen mit dieser winzigen kleinen Insel Japan, so gewaltig und offen. Für mich macht es mehr Sinn, den Geist durch das Körperliche zu befreien.«

Als ich Thaw später einmal fragte, ob er je etwas von seinen Gedichten veröffentlicht habe, bekam ich die folgende Antwort, die er offenbar spontan noch am gleichen Tag niedergeschrieben hatte, an dem mein Brief in Elk City eingetroffen war:

»Liebe Morgan Le Fey,

Dein Brief erreicht mich an einem sehr guten Tag, direkt nach meiner Rückkehr von der Ranch, wo ich etwas gearbeitet habe. Wir haben dort einen milden, sonnigen Nachmittag damit verbracht, zu Pferde die Kühe auszusondern, die kurz vor dem Kalben stehen, und als wir die Tiere dann zur Ranch trieben, kam die ganze Pferdeherde herangetrabt und wollte sehen, was wir da machten. Sie stürmten mitten durch die Kühe das flache Tal hinab – die Kühe machten sich in alle Himmelsrichtungen auf und davon, und es gesellten sich auch ein paar Bullen dazu, die mit ihnen anbändeln wollten, so daß wir vierzig Minuten lang einen wirklich wilden Ritt hatten. Mein Pferd geriet ganz aus dem Häuschen und ging durch, bevor wir endlich die Bullen aussondern und die Kühe durchs Gatter treiben konnten. Es war ein unglaublicher Spaß. Ich bin vollkommen begeistert.

Wie Du weißt, habe ich ein paar Essays geschrieben, aber hauptsächlich schreibe ich Gedichte; ein kleines Bändchen wird von einem kleinen Hinterzimmerverlag herausgebracht werden. Ich werde Dir ein paar Exemplare schicken. Oder eins geben, falls Du im Sommer zu Besuch kommst. Das solltest Du tun. Meine Blockhütte steht auf der New Fork, und wir könnten ein bißchen herumfahren, ein wenig reiten oder was immer Du möchtest. Oder einfach reden. Reden ist mir noch lieber als Schreiben, wie Du noch merken wirst – vielleicht bin ich so dankbar für einen Zuhörer, weil ich so viel Zeit in den Bergen verbracht habe. Ich war einmal zweieinhalb Monate in den Bergen am Salt River und habe dort für eine Schaffarm Vorräte hinaufgeschafft, ohne ein einziges Mal wieder ins Tal zu reiten. Das bringt einen dann dahin, daß man Gesellschaft ganz gern hat.«

Thaws Gedichtsammlung erschien im Mai, und er schickte mir das Bändchen nach Vermont, wo ich es unmittelbar vor Ende des Semesters erhielt. Ich hatte bereits beschlossen, nach Semesterende nach Wyoming zu fahren und ihn zu besuchen. Von dem Geld der Versicherung war noch eine Menge übrig, und mir stand der Sinn nach einem Abenteuer. Thaws Gedichte gefielen mir gut; viele davon handelten von Koyoten, aber es gab auch ein paar über alternde Cowboys und echte Indianer aus Fleisch und Blut. Als ich meine Prüfungen hinter mir hatte, belud ich Tiny und fuhr los, fest überzeugt, daß meine lange Einsamkeit bald vorüber sein würde.

Ich fuhr mit ungefähr achtzig Meilen pro Stunde durch Wyoming und war schließlich am Ende der ersten Juniwoche in Elk City. Thaws Blockhütte stand in einem Kiefernwäldchen am New Fork River. Die Hütte war ungefähr hundert Jahre alt und damit, wie Thaw sagte, nur wenig älter als sein VW. Als ich vorfuhr, kam Thaw sofort heraus; er sah genauso aus wie auf den Bildern.

Ich nahm an, daß ich ebenfalls so aussah wie auf den Fotos, die ich ihm geschickt hatte. Dennoch brachte unser erstes Zusammentreffen etwas Unerwartetes; als wir uns umarmten, fehlte jede körperliche Anziehung. Etwas, was man weder aufgrund von Fotos noch von Briefen und ebensowenig aufgrund der Stimme voraussagen kann. Wir umarmten uns noch einmal, nur um ganz sicher zu gehen, aber es war wieder das gleiche. Wir konnten nichts daran ändern.

Glücklicherweise berührte dieser Mangel an körperlicher Anziehung nicht die Art und Weise, wie wir sonst füreinander empfanden. Als Freunde verstanden wir uns prächtig, und ich konnte mich mit Thaw über die Antarktis unterhalten, wie es mir nie zuvor mit jemand anderem möglich gewesen war. Und Thaw redete, ganz wie er mir angekündigt hatte, wirklich gern; in der Elk City Bar schwang er bis in die frühen Morgenstunden seine Reden. Er sprach in seiner Bockhütte, und er übertönte mit seiner Stimme den Lärm seines lautstarken VW, wenn wir unterwegs waren. Das war oft der Fall, da Thaw mir Wyoming zeigen wollte, den Green River, die Wind River Mountains, die Tetons und die »Snobs und Arschlöcher« von Jackson. Der VW-Bus, den er sich in den Sechzigern zugelegt hatte, schien nur noch von Klebeband und Maschendraht zusammengehalten zu werden. Er vibrierte gefährlich auf seinen Fahrten über die Schlaglochpisten, die Thaw meist bevorzugte. Eine Camel ohne Filter angezündet, den Cowboyhut nach hinten geschoben, das Gesicht überzogen mit dem Staub, der durch die Risse im Boden ins Innere drang, so thronte Thaw in seinem Gefährt, trat das Gaspedal durch, hielt das Lenkrad mit einer Hand und brachte seine Stimme auf volle Lautstärke, wenn er seine Vorlesung, bei der es um jedes Thema gehen konnte, begann.

»Natürlich«, sagte er. »In allen indianischen Kulturen auf der Welt verbindet die Indianer ein emotionales Band mit allem, womit sie zu tun haben; Amerika dagegen und inzwischen beinahe die gesamte Welt behandelt alles und jedes als Ware. Alles kann gekauft werden, im Tausch erworben oder gestohlen. Die Zeremonie der ›ersten Früchte‹ bei den Nordwestindianern am Pazifik macht sehr schön deutlich, wie alle Indianer das Leben betrachtet haben. Der erste Lachs des Jahres wurde als Häuptling und Ehrengast behandelt. Nachdem er von allen gemeinschaftlich rituell verspeist worden war, wurden seine Gräten zurück ins Meer geworfen. Dort, so hoffte man, würden sie sich wieder vervollständigen; die Indianer glaubten, daß es so lange reichlich Lachs geben werde, wie man die Fische mehr als Seelen denn als Waren behandelte.

Und deshalb gefallen mir die indianischen Kulturen so gut – wegen der Geschenkwirtschaft, die sie meist betreiben. Ein ›Indianergeschenk‹ ist für die Weißen etwas sehr Zweifelhaftes, aber in Wirklichkeit geht es dabei um Tugend. In den indianischen Kulturen hat man einen klaren Blick dafür, daß alle Nahrungsmittel und sonstigen Dinge, die in Bewegung sind, im Umlauf bleiben müssen, daß man selbst nur so lange Geschenke erhält, wie man sie an andere Menschen weitergibt. In den meisten indianischen Kulturen wurde, wenn man ein Geschenk erhielt, erwartet, daß man auch ein Geschenk zurückgab, nicht unbedingt an den Spender, aber vielleicht an jemanden, der ihm nahestand. Die großen Persönlichkeiten in solchen Kulturen waren diejenigen, von denen die meisten Geschenke ausgingen. Bei uns liegen die Verhältnisse genau umgekehrt: Der große Mann ist derjenige, der den ganzen Fluß zum Erliegen bringt.

Einer der Unterschiede zwischen einer Geschenkwirtschaft und einer Marktwirtschaft besteht darin, daß in einer Marktwirtschaft der Reiche alles auf ein Bankkonto trägt. Der andere Unterschied besteht darin, daß ein Geschenk immer eine Bindung zwischen den Menschen schafft. Selbst wenn das Geschenk nur ein Stück Kaugummi ist, das dir jemand anbietet, weil du ein wenig nervös wirkst. Aber der Verkauf oder der Erwerb einer Ware schafft keine Gefühlsbindung. Du kaufst jemandem ein Haus ab, du fällst tot um, was interessiert ihn das? Ein Geschenk hat, anders als eine Ware, eher einen ideellen als einen meßbaren Wert. In einer Marktwirtschaft dagegen kann alles gekauft werden, und Gefühle sind unnötig. Alles kann gestohlen werden. Heute ist alles eine Ware, und die Spezies Mensch ist der große Konsument.«

Thaw zündete sich die nächste Zigarette an, machte eine Dose Bier auf und legte einen niedrigeren Gang ein, weil wir einen besonders schlechten Straßenabschnitt erreicht hatten; ich fragte mich unterdessen, wie er es bei dem Röhren des VW noch fertigbrachte, nicht nur zu denken, sondern sogar zu sprechen. Aber wenn jemals jemand zwei Sachen gleichzeitig tun konnte, dann war es Thaw, und im Augenblick entführten ihn seine Gedanken über die Waren in die Canyonlands, wo früher die Anasazi lebten. Anasazi bedeutet »die, die alt sind«; es hatte einmal ungefähr fünfundzwanzigtausend von ihnen gegeben, aber sie waren über Nacht – über Nacht zumindest nach historischen Maßstäben – aus den Canyons verschwunden. Sie ließen Wohnhöhlen zurück, Töpfe und Vorratsgefäße, die noch voll Mais waren; vielleicht hatte es eine Dürreperiode gegeben, vielleicht auch Überfälle von den Vorfahren der Navajos und Apachen. Aber zuvor hatten sie sich dramatisch vermehrt, möglicherweise, weil sie plötzlich auch Bohnen angebaut hatten und Bohnen und Mais sich hinsichtlich ihrer Proteine ergänzten. Die Anasazi domestizierten den Truthahn, errichteten komplexe Siedlungen, fertigten ihre Umhänge aus Kaninchenhaaren und Yucca, und dann waren sie plötzlich verschwunden, einfach so; sie hatten die Canyons verlassen.

Und Thaw, der mir das alles erzählte, sagte: »Ich frage mich wirklich, warum sie gingen. Vielleicht eine Dürre, vielleicht eine rapide Verschlechterung der Umwelt. Aber vielleicht waren sie auch einfach zu erfolgreich. All die Bohnen und der Mais und die Umhänge aus Yucca und all die Babys, die dann kamen, vielleicht war es das, was sie umbrachte. Das gab es auch vorher schon, an vielen Stellen, zum Beispiel auf den Osterinseln. Man glaubt, daß die untergegangene Kultur dort, die diese großen Granitstatuen geschaffen hat, geradezu rücksichtslos erfolgreich war. Sie vermehrten und vermehrten sich, sie rodeten ihre einst riesigen Waldbestände, schlugen den letzten Baum, machten ihre Insel vollkommen kahl. Sie betrieben Ackerbau nach der Methode der Brandrodung, bei der die Nährstoffe ganz aus dem Boden gewaschen werden, und obwohl sie sich ausgezeichnet auf den Gebrauch von Werkzeugen verstanden, bewundernswerte Ingenieure waren und sogar eine Schrift besaßen, vergaßen sie die Sache mit dem Geschenk einfach, vergaßen, die Bäume um Rat zu fragen, vergaßen den Boden zu fragen, was er zu alledem meinte.

Die Osterinseln sind heute, das muß man sich einmal vor Augen halten, die Landebasis für den amerikanischen Space Shuttle im Westpazifik. Die meisten der bisher ausgestorbenen Kulturen und Arten sind nicht daran zugrunde gegangen, daß sie geistig zu schwerfällig waren, sondern daran, daß sie erfolgreicher waren, als sie es vertragen konnten. Manche sind natürlich auch durch Katastrophen ausgestorben, wie die Dinosaurier, die hundert Millionen Jahre lang die Erde bevölkerten, eine unglaublich erfolgreiche Spezies; allein die Tatsache ihrer erstaunlichen Langlebigkeit spricht dafür, daß sie ihre eigene Umwelt nicht ruiniert haben. Sie waren wohl kaum ›zum Untergang verurteilt‹, wie die Wissenschaftler so gern behaupten; übrigens waren sie wahrscheinlich auch nicht wechselwarm, und sie bewegten sich auf dem Lande schnell und kraftvoll, wahrscheinlich in Herden und schneller als ein Wolfsrudel. Einige von ihnen zogen ihre Jungen in einem Nest auf, denn in Wirklichkeit waren sie gar keine Reptilien. Sie glichen eher Vögeln, und wie die Vögel wanderten sie auch von Ort zu Ort.

Aber das Leben ist nicht gerecht, denn obwohl sie sich nicht dumm angestellt hatten – wie die Ingenieure auf den Osterinseln –, starben sie dennoch aus, wahrscheinlich durch den Zusammenstoß der Erde mit einem riesengroßen Meteoriten, der die Erde praktisch in Flammen setzte. Die Naturwissenschaftler glauben inzwischen, daß der Feuersturm so viel Asche produzierte, daß kein Sonnenstrahl mehr die Erde erreichte und daß in den nächsten zwei Jahrhunderten die Hälfte aller terrestrischen Arten ausstarb. In den Ozeanen war es noch schlimmer. Dort wurden zwei Drittel allen Lebens ausgerottet. Und jetzt kommt das Erstaunlichste. Das Ausmaß des Artensterbens heute ist genauso groß wie in der Katastrophenzeit der Dinosaurier. Eine Spezies pro Tag. Genau wie damals.

Nur, diesmal ist es der *Homo sapiens*, der die Sache mit dem Geschenk vergessen hat, der nicht mehr daran denkt, den Lachs, der uns einen Besuch abstattet, als einen Häuptling zu betrachten, und wir sind es, die die Erde wie eine brennende Kugel getroffen haben. Wir sind wie lebende Meteoriten, Morgan. Und wenn wir die Welt vernichten, keine Frage, dann gehen wir mit ihr unter. Natürlich werden immer noch eine Menge Kohlenstoff, Käfer und Bakterien übrigbleiben, und die können dann das Ganze noch einmal von vorn anfangen, wenn sie wollen. Nur komisch, daß das irgendwie gar nicht so beruhigend ist, wie ich es gern hätte.«

Ich blieb zehn Tage bei Thaw. Zum Abschied umarmten wir uns noch eimal, und er schenkte mir einen Freundschaftsarmreif, den er aus Mariengras geflochten hatte. Das sei bei den Indianern so Brauch, sagte er, lächelte sein eigenwilliges Lächeln und meinte, ich solle einmal darüber nachdenken, ob ich nicht in seiner Truppe mitmachen wolle, wenn er als Vorarbeiter beim Forstdienst anfinge. Ich sagte, das wolle ich gern, und fuhr dann heim nach Quarry, froh, daß ich gekommen war, froh, daß Thaw jetzt zu meinem Leben gehörte. Wenn ich zurückdenke, ragt Thaw in meiner Erinnerung hervor als einer jener Menschen, die mir halfen, diese Phase meines Lebens durchzustehen. Er glaubte, daß ich letzten Endes doch ins Eis finden würde, denn, wie er sagte: »Warum zum Teufel nicht, Morgan? Es ist ja immer noch da, es ist nicht geschmolzen. Und du hast noch ein ganzes Leben vor dir, um es zu finden.«

Bis dahin sollten allerdings noch Jahre vergehen. Jahre des Träumens, des Planens und des Hoffens. Größtenteils des Träumens; ich träumte von Kap Evans, als sei ich schon einmal dort gewesen. Ich träumte von dem Eisfuß, den die See mit kurzen Wellen bearbeitete, von den Flanken des Erebus, die sich darüber erhoben, und ich sah im Geiste die beiden Buchten vor mir, die sich links und rechts an das Kap anschlossen.

In der Nordbucht brach das Eis auf, während die Südbucht noch vollkommen zugefroren war. Der Barnegletscher und die Eiszunge des Erebus ragten in die See hinein. Das Meer war blau, und die Eisberge schimmerten unter den gewaltigen Gipfeln der Royal-Society-Kette. Zu jener Zeit hatte ich noch keine Vorstellung vom Ross-Schelfeis oder vom mächtigen transantarktischen Gebirge.

Der Pol dagegen war mir gegenwärtig, so windgepeitscht und nackt und kalt, daß sein Frosthauch mich noch weit im Norden erreichte. Die Gletscherspalten ebenfalls, so wie Scott sie beschrieben hatte – *die Fallen, die die Natur für die Dummen und die Unvorsichtigen aufgestellt hat.* All diese Träume teilte ich in vielen Briefen mit Thaw. Später teilte ich mit ihm auch den Traum – den zu träumen jetzt die Zeit noch nicht gekommen war –, eine private Expedition anzuführen, die die britische von 1910 wiederholen sollte. Und sie sollte – ich bemerkte damals den Widerspruch nicht – beweisen, daß Scott erfolgreich hätte sein können, daß er nicht zwangsläufig versagt hatte. Aber das war nicht das, was ich damals wirklich wollte. Eigentlich wollte ich einen Tag im März finden – ungefähr siebzig Jahre vor meiner Zeit – und die Klappe des Zeltes, hinter der Scott saß und schrieb. Ich wollte mich über ihn beugen und ihn hochheben – das sollte möglich sein, da ich eine große Frau war und er dünn und ausgezehrt sein mußte. Ich wollte ihn auf den Rücken nehmen und ihn dort herausholen, über die Große Eisbarriere bringen, den ganzen Weg bis ans Ufer von Kap Evans tragen, bis an das Gestade der Antarktis.

Aber das erzählte ich Thaw natürlich nicht. Ihm gab ich die kürzere Fassung, was die Expedition anbetraf, und Thaw war selbst verrückt genug, mir nicht zu sagen, daß er mich für verrückt hielt. Vielleicht verstand er sogar, was wirklich dahintersteckte, daß ich irgendwie ein Tor in der Zeit finden und es durchschreiten wollte, in die Vergangenheit hinein, so leicht, wie Wilbur und ich einst die Portera durchschritten hatten.

Ich würde in die Antarktis fahren. Das hatte ich inzwischen beschlossen. Aber man fährt nicht einfach in die Antarktis, von wo auch immer, noch nicht einmal von Neuseeland aus. Die Antarktis der Gedanken ist leicht zu erreichen, aber auf dem Eis selbst an Land zu gehen ist wesentlich schwieriger. Auch heute noch zählen die Menschen, die den sechsten Kontinent wirklich gesehen haben, nach Tausenden, und dorthin zu gelangen ist stets eine Frage vieler Anläufe; das mag nicht immer besonders lustig sein, gehört aber einfach dazu, und meine eigene Wanderschaft bildete da keine Ausnahme. Ich jedenfalls war auf dem Weg zu einem Standort, der mir wenigstens begreifbar machen sollte, warum das Eis so wichtig für mich war. Entgegen allen Binsenwahrheiten wiederholt sich die Geschichte nicht; die Welt ist ständigem Wandel unterworfen, und das Eis ist immer gegenwärtig am Tor zur menschlichen Vorstellungskraft.

Mein letztes Studienjahr war sehr merkwürdig. Ich schloß mein Hauptfach Geschichte mit einem B. A. *summa cum laude* ab, besuchte aber gleichzeitig einige naturwissenschaftliche Kurse, die mich vielleicht an der Weisheit dessen, auf das ich mich konzentrierte, hätten zweifeln lassen, wenn sie nicht so schrecklich gewesen wären. Ich ärgerte mich darüber, daß ich mich zu den Naturwissenschaften hingezogen fühlte, denn irgendwie schien ich mich damit dem unausgesprochenen Befehl meines Stiefvaters zu beugen, meine Zeit nicht mit Nebensächlichkeiten zu verschwenden. Wobei Nebensächlichkeiten nach Ansicht von Dr. Jim alles umfaßten, was nicht linear war, alles, worin sich nicht jede Wirkung auf eine gegebene Anzahl von Ursachen zurückführen ließ. Für Geschichte hatte er wenig mehr als Verachtung übrig, es sei denn, es handelte sich um Wissenschaftsgeschichte. Der zollte er widerwillig ein gewisses Interesse, aber nur, weil sie »die langsame

Entwicklung der Wahrheit« zeige, und nicht etwa, weil sie zeigte, auf welche Weise »Wahrheiten« in ständiger Änderung begriffen sind.

Unglücklicherweise stellte sich heraus, daß die Professoren der Naturwissenschaften an meinem College Dr. Jim nicht unähnlich waren, Männer und Frauen, die sich aus gleichem Grund den Naturwissenschaften widmeten wie er, die ihr Fach als eine sichere Zuflucht vor Zweideutigkeiten betrachteten; man mußte nur die Regeln finden, und schon saßen alle Zweifel in der Falle. Das war ihre Vorstellung. Für echte Wissenschaftler sind Widersprüche natürlich anregend, aber ich hatte nicht das Glück, echte Wissenschaftler kennenzulernen. Ich habe es sicherlich in Zusammenhang mit Dr. Jim schon erwähnt; die meisten Naturwissenschaftler glaubten bis vor kurzem, daß man organische Ganzheiten durch Zerlegung in grundlegende »Einheiten« analysieren könne und solle; sie glaubten, daß die Eigenschaften dieser Einheiten, wie mikroskopisch klein sie auch sein mögen, sich verwenden lassen, um das makroskopische Verhalten der organischen Ganzheiten vorherzusagen.

Außerdem glaubten die meisten Naturwissenschaftler während des größten Teils des zwanzigsten Jahrhunderts, alle Dinge und alle Ereignisse hätten erklärbare Ursachen, und so überraschte es mich nicht, daß meine naturwissenschaftlichen Lehrer sich hinter völlig starren Denkweisen verschanzten. Ich hatte in jenem Jahr einen Professor, dessen Lieblingsantwort an die Studenten zu sein schien: »Diese Frage können Sie nicht stellen, Herr.« Oder: »Fräulein.« Er war dünn und sah verkniffen aus. ein Blick von ihm reichte aus, um die meisten Studenten einzuschüchtern, und er sagte kein einziges Mal: »Ich weiß die Antwort nicht.«

Die geistige Unbeweglichkeit derjenigen, die mit den Mitteln der modernen Naturwissenschaften arbeiteten, war mir mittlerweile vertraut. Aber damals verstand ich noch nicht, daß diese Leute überhaupt keine Wissenschaftler waren, sondern genau wie Dr. Jim lediglich Techniker, Spezialisten, die nichts tun, als bestimmte Prinzipien und Techniken auf ihre besonderen Gegebenheiten anzuwenden. Ich kehrte jedenfalls entmutigt zur Geschichte zurück und bewarb mich an verschiedenen Universitäten fürs Graduiertenstudium. Alle meine Bewerbungen wurden angenommen; ich entschied mich schließlich für die University of Michigan – wegen der Skilanglaufmöglichkeit auf dem See.

Im Sommer nach meinem Collegeabschluß lernte ich Brock Callahan kennen – auf dem Rückweg von Vermont nach Quarry, ungefähr eine halbe Fahrstunde vor der Ranch der Covilles. Mir war sehr heiß, ich war verschwitzt und hungrig, und als ich an einem Schild vorbeikam, auf dem Baguettesandwiches angepriesen wurden, beschloß ich, anzuhalten und eins zu essen, damit ich nicht hungrig bei Iris eintraf. Neben dem Schild mit den Sandwiches hing noch ein Schild, das ich schon oft gesehen hatte, ohne mich jedoch dafür zu interessieren. Die Aufschrift lautete: *Das Haus des Geheimnisses der Rocky Mountains! Wasser, das bergauf fließt! Keine optische Täuschung!*

Ich parkte am Imbißstand, kaufte mir ein ellenlanges Sandwich mit allen denkbaren Zutaten und ging damit an einen Picknicktisch im Schatten der Bäume; auf dem Weg dorthin fiel mir ein Mann auf, der aus dem Eingang zum Haus des Geheimnisses kam. Er sah aus, als sei ihm schlecht, aber er fiel mir nicht deswegen auf. Er fiel mir auf, weil er einer der bestaussehenden Männer war, die ich je gesehen hatte; er strotzte von ungebändigter Energie, die selbst über die Entfernung wie elektrisierend wirkte. Er trat an einen anderen der Picknicktische, setzte sich hin und atmete, die Hände auf die Knie gestützt, tief durch. Wenn ich seine Herkunft hätte erraten sollen, hätte ich auf Griechenland getippt; dort hatte ich viele Männer mit der gleichen schönen, dunklen Haut und einem ähnlich strengen, beinahe klassischen Gesicht gesehen. Die griechischen Männer aber hatten mich stets abschätzend betrachtet; Brock dagegen würdigte mich keines Blickes. Er sah auf seine Hände, auf den Boden und auf die Bäume, die vor ihm standen.

Brock war glatt rasiert, hatte auch nur – wie ich später herausfand – spärlichen Bartwuchs und keine Haare auf der Brust. Dadurch wirkte er extrem jungenhaft, obwohl seine muskulösen Arme und Beine so hart waren wie Holz. Seine Hände waren kurz und breit mit kräftigen, sehr runden Fingern, und er hatte eine schöne, gesunde Hautfarbe. Aber vor allem hatte er Augen, die ich, nachdem ich sie einmal kurz gesehen hatte, nie mehr vergessen konnte.

Seine Augen waren braun. Sie waren strahlend hell, wirklich brillant. Als er endlich aufblickte und mich ansah, wahrscheinlich, weil er gemerkt hatte, daß ich ihn anstarrte, fesselten mich seine Augen sofort; es lag nichts Freundliches in ihnen, und sie schienen mir eine Frage zu stellen. »Wie kannst du das ertragen?« oder: »Wundert dich das nicht?«

Was »es« genau war, konnte ich damals nicht wissen. Aber was immer es auch sein mochte, mich hatte es umgehauen, und obwohl ich versuchte, etwas zu essen, merkte ich, daß mein Appetit dahin war. Ich blickte wieder auf und stellte fest, daß Brock mich immer noch anstarrte. Ich nickte und sagte: »Hallo«, und er gab ein »Hallo« zurück. Als ich seine Stimme hörte, spürte ich, wie sich mein Herz zusammenzog. Aber was sollte das schon? Ich war auf dem Weg nach Hause, und im Sommer wollte ich in Thaws Kolonne arbeiten. Dieser Mann an seinem Picknicktisch hatte für mich nichts zu bedeuten. Entschlossen nahm ich mir wieder mein Riesensandwich vor.

Drüben, am anderen Tisch, erlangte Brock langsam seine Fassung wieder, und nach weiteren zwei Minuten, während ich so tat, als äße ich, stand er auf und zog einen Rucksack unter dem Tisch hervor. Dann ging er zur Straße, ohne mir auch nur zugenickt zu haben. Ich sah ihm nach, völlig hingerissen von seinem Anblick; als er die Straße erreicht hatte, befreite er sich mit einem Schulterzucken von seinem Rucksack, stellte ihn neben sich und hob den Daumen, um einen eben vorbeifahrenden Wagen anzuhalten. Ich sah ihm zu. Also gut. Er wollte per Anhalter nach Quarry. Falls er noch da sein würde, wenn ich mein Sandwich aufgegessen hatte, könnte ich ihm vielleicht anbieten mitzufahren, vielleicht aber auch nicht. Ich wickelte in Papier ein, was noch übrig war von diesem Imbiß, nach dem ich so geschmachtet hatte, warf es in die nächste Abfalltonne und rannte dann förmlich zu meinem Wagen, sprang hinein und ließ den Motor an.

Beim Gedanken daran, er könnte vielleicht schon weg sein, schlug mir das Herz bis zum Halse, so daß es mir nicht einmal peinlich war, mit Vollgas zu starten und eine Riesenstaubwolke zu hinterlassen. Mit quietschenden Bremsen hielt ich neben Brock an, der immer noch an der Straße stand und mich nun ansah, als hätte er trotz seines ausgestreckten Daumens nicht erwartet, jemals mitgenommen zu werden. Trotzdem warf er dann seinen Rucksack auf die Ladefläche und kletterte neben mich ins Fahrerhaus. Er nickte brummig und sagte dann: »Ich will gleich sagen, daß mir im Auto manchmal schlecht wird. Wenn ich ›Halt‹ sage, dann muß ich schnell an die frische Luft.«

Ich hörte mir das erstaunt und schweigend an und fuhr dann auf den Highway, wo es keine zwei Minuten dauerte, bis Brock »Halt« sagte, ausstieg, als ich auf dem Seitenstreifen gehalten hatte, ein paar Schritte in die Wüste tat und sich dort übergab. Danach richtete er sich auf, nahm ein paar tiefe Atemzüge, kam wieder zum Wagen zurück und holte seine Zahnbürste und eine Flasche Wasser hervor. Er putzte sich die Zähne und stieg dann wieder ein.

»Es tut mir sehr leid«, sagte er. »Es wäre wahrscheinlich nicht passiert, wenn mir nicht schon in der schiefen Welt schlecht geworden wäre.«

»In der schiefen Welt?«

»Also, so ist es mir dort vorgekommen. Warst du schon mal da?«

Ich gab zu, daß ich noch nie dort gewesen war, und plötzlich schien es für uns beide leichter geworden zu sein, miteinander zu reden. Ich fragte Brock, wo er herkam und wo er hin wollte und was es mit dem Haus des Geheimnisses auf sich habe. Er erzählte mir, er komme aus Maine, sei aber nicht den ganzen Weg per Anhalter gefahren, sondern erst ab Kansas, wo sein Wagen liegengeblieben sei. Da er ihn nicht hatte reparieren können, habe er ihn dort einfach an der Straße stehenlassen. Er habe nicht viel Geld, denn den Großteil seiner Ersparnisse habe er seiner Frau und seinen Kindern in Maine hinterlassen – da er sich von Sarah getrennt hatte, fand er das nur gerecht –, aber heute morgen habe er auf einem Campingplatz eine Fünf-Dollar-Note gefunden, und deswegen habe er sich entschlossen, diese Sehenswürdigkeit an der Autobahn zu besuchen. Er interessiere sich nämlich für Merkwürdigkeiten aller Art, für Dinge, die sich nicht erklären ließen. Vor allem liebte er Stürze und Schwärme, sagte er. Dinge, die plötzlich vom Himmel fielen, oder Tausende von Tieren, die sich plötzlich zusammenfänden und auf Wanderschaft gingen. Ich hätte mich für das letztere vielleicht ebenfalls interessieren können, wegen der Kröten, denke ich, aber ich war immer noch in Maine mit Sarah und den Kindern beschäftigt; dieser Mann hatte seine Frau und seine Kinder verlassen. Er sah so aus, als wäre er ungefähr so alt wie ich. Wie konnte er da eine Frau und Kinder zu verlassen haben?

Ich ahnte auch: Wenn es irgend etwas Gefährlicheres gab als diesen Mann, der so hinreißend und voll brennender Energie war, dann war es dieser Mann, nachdem er gerade seine Frau und seine Kinder verlassen hatte. Wie viele Kinder? Was für eine Frau? Und warum? Aber Brock sprach nicht mehr davon, sondern vom Erbrechen und von der Tatsache, daß er von Kind an außergewöhnlich empfindlich gewesen sei. Er war überempfindlich gegen Bewegung. Er fuhr nie mit dem Bus, versuchte, das Fliegen zu vermeiden, und wurde oft schon im Auto reisekrank. Ein einziges Mal war er mit einem Riesenrad gefahren und hatte sich den Rest des Tages hinlegen müssen, weil sich die ganze Welt immer weiterdrehte, als wäre er betrunken gewesen.

Mich hatte die Bombe mit der Frau und den Kindern überwältigt, und wie ich später herausfand, war Brock ebenfalls überwältigt worden. Er war für gewöhnlich nicht redselig, schon gar nicht Menschen gegenüber, die ihm völlig fremd waren. Als Anhalter zog er es vor, stark und schweigsam zu sein, und trotzdem enthüllte er sich mir jetzt auf beispiellose Weise. Er vermutete, daß die Erfahrung in der schiefen Welt ihn so vollständig aus dem Gleichgewicht gebracht hatte, daß er einfach mit jemandem reden mußte. Er entschied sich zunächst einmal dafür, nicht zur Kenntnis zu nehmen, daß er mich attraktiv fand.

Er entschied sich, es nicht zur Kenntnis zu nehmen, denn er hatte sich erst vor einer Woche von Sarah getrennt, und es war nicht Sarahs Schuld gewesen, was immer da passiert sein mochte, und er war sicherlich nicht bereit, sie in irgendeiner Weise zu betrügen. Er war bereit gewesen, sie zu verlassen, ohne ihr viel Geld zu hinterlassen und ohne Vorwarnung, denn sein eigenes Leben hatte auf dem Spiel gestanden, wie er meinte, aber noch weiter wollte er nicht gehen.

Aber es war ja nichts dabei, mir von der schiefen Welt zu erzählen oder davon, wie er als Kind, wenn seine Familie mit dem Auto unterwegs war, auf dem Rücksitz gesessen hatte, direkt neben einem vollständig heruntergekurbelten Fenster. Ihm war damals im Wagen ständig schlecht geworden, und als er neun war, hatte ihm jemand gesagt, sein Innenohr sei dafür verantwortlich, er habe ein ungewöhnlich empfindliches Trommelfell. Von da an hatte er an seiner Krankheit sogar Gefallen gefunden, weil niemand sonst, den er kannte, sich so oft übergab oder so ein empfindliches Innenohr hatte. Er fand, daß diese Dinge ihn irgendwie zu etwas Besonderem machten.

Dann erzählte er vom Haus des Geheimnisses der Rocky Mountains, das er besichtigt hatte, nachdem er am Drehkreuz – dort, wo ich ihn wieder hatte herauskommen sehen – seine zwei Dollar bezahlt hatte. Das Haus sei ein ziemlich planloser Bau auf Stelzen, mit ganz offensichtlich nicht lotrechten Wänden. Der Grund unter dem Haus war durch den Bau nicht verändert worden. Es gab sogar Baumwurzeln darunter und große Felsblöcke, die ihre Nasen himmelwärts streckten, und das ganze Gelände ringsum sah nach Urwald und Wüste aus. Schon auf dem Weg zum Haus hin, während ihn noch wehmütige Gedanken an seine zwei Dollar beschäftigten, hatte ihn eine Welle von Übelkeit überwältigt.

Diesen Vorgang erklärte er mir sehr sorgfältig. Er hatte die Hütte nicht angesehen, als es geschah, sondern sich gerade mit einem Fettholzbusch zu seiner Linken beschäftigt. Er war nie zuvor in Colorado gewesen, und es gefiel ihm, jetzt hier zu sein, denn bevor seine Kinder zur Welt gekommen waren, war er ein guter Felsenkletterer gewesen. Das war der Grund, weshalb er jetzt nach Colorado gekommen war. Also besah er sich dieses Fettholz und ein paar Felsblöcke dahinter, und das, was dann geschah, konnte deswegen nicht als die Auswirkung einer optischen Täuschung angesehen werden. Beim Gehen hatte er nämlich plötzlich das Gefühl zu schaukeln, und wenn er nicht schnell etwas unternommen hätte, dann wäre er ohne Zweifel gestrauchelt und zu Boden gefallen.

Rings um ihn drängten sich die Leute an ihm vorbei, um rasch zu dem schiefen kleinen Haus zu gelangen, und indem er sich selbst weiterzwang, konnte Brock seine Beine irgendwie dazu bewegen, weiter ihren Dienst zu tun. Aber sie waren beide wie Blei – aber nicht nur wie Blei, sondern wie flüssiges Blei, sehr schwer und gleichzeitig labil und unsicher –, und während er weiterging, sah er das Wasser, das in einer Röhre bergauf floß. Oben kam nur ein winziges Rinnsal heraus. Er blieb wie gebannt stehen. Auf dem Rohr lag eine Wasserwaage, deren Blase zeigte, daß das Rohr tatsächlich nach oben führte. Andere Besucher gingen an ihm vorbei, amüsiert von dem, was sie für einen offensichtlichen Trick hielten. Brock nahm die Wasserwaage und ging damit zurück zu der Stelle, wo er gestanden hatte, als ihm übel geworden war. Soweit er sehen konnte, handelte es sich um eine sehr genaue Wasserwaage.

Er brachte sie zu dem Rohr zurück. Ja, das Wasser floß nach oben. Nur ein ganz klein wenig, aber genug, um Brock zu überzeugen, daß hier etwas Seltsames vor sich ging. Dann torkelte er in das Haus hinein, wo ungefähr zehn andere Besucher immer noch sehr amüsiert das Spektakel genossen. In der hinteren Ecke des Baus hing eine große Eisenkugel an einer Kette. Sie hing schief, und ein Schild an der Wand forderte die Besucher auf zu versuchen, sie wieder zurück an ihren Platz zu drücken. Das taten jetzt einige der Besucher. Aber ohne Erfolg. Mit enormen Anstrengungen versuchten sie die Kugel dahin zu drücken, wo sie eigentlich hätte hängen sollen, wenn alles mit normalen Dingen zuginge, aber wenn sie losließen, schwang sie sofort wieder in ihre Schieflage zurück.

An eine andere Wand waren hölzerne Fußabdrücke genagelt, die eine Art Pfad bildeten, und ein Schild ermunterte dazu, dort hinaufzulaufen. Ein Kind tat das gerade, marschierte sehr zur Erheiterung seiner Eltern die Wand hinauf – sie waren ihren Augen und Ohren zum Trotz davon überzeugt, daß es ein Trick sein *mußte*. Wenn es kein Trick war, dann war es unmöglich, und das Unmögliche war unmöglich; ganz einfach. Niemandem schien schlecht zu sein, nur Brock hatte das Gefühl, sich übergeben zu müssen. Er klammerte sich an einen Handlauf, mußte sich regelrecht über den Boden ziehen und kam schließlich auch von der Stelle, aber – so sehr er es auch anders versuchte – nur dann, wenn er sich weit zur Seite beugte; der Boden unter ihm kippte weg wie ein Schiffsdeck. Die Decke schien vorzuspringen, die Wände lagen fast, und jeder Balken im Haus schien seitlich umgelegt zu sein.

Schließlich erreichte er die andere Seite des Raumes. Er stürzte über die Türschwelle und fiel wieder zu Boden. Wie war dieses Haus wohl gebaut worden? Hatte man vielleicht Schiffszimmerleute dafür kommen lassen? Aber tatsächlich schien er der einzige zu sein, der die offensichtlich abweichende Wirkung der Schwerkraft an diesem Ort spürte, und er kam zu dem Schluß, daß dieses schiefe Haus mit seinen lächerlichen Vorrichtungen gebaut worden war, um die Aufmerksamkeit der Leute auf dieses Schwerephänomen zu lenken. Brock selbst brauchte dazu keine Hütte, keine Schilder und keine Fußspuren. Er hätte die gleichen Wahrnehmungen gehabt, wenn er allein durch den Wald gestreift wäre; und so war es sicherlich ursprünglich auch gewesen. Vielleicht war ein Trapper hier auf seinem Weg in die Berge vorübergekommen und hatte plötzlich gemerkt, vor hundert Jahren vielleicht, wie er vornüberkippte. Die Schwerkraft, die normalerweise von unten wirkte – die eigentlich durch ihr Unten erst bestimmte, wo unser Oben war –, entfaltete ihre Wirkung hier mit Winkelversatz, und dadurch wurde alles anders. Brock versuchte später noch viele Male, Leuten aus Quarry, die nie dort gewesen waren, das Haus des Geheimnisses der Rocky Mountains zu erklären, aber ich glaube nicht, daß ihn das so befriedigte wie jenes erste Mal, als er es mir erzählte – denn ich glaubte ihm.

Ich weiß nicht, warum, aber ich glaubte ihm; ich tat es einfach. Vielleicht hatten die Kröten und das Flüßchen in der Wüste und der Baum, der im Wald umgefallen war, damit zu tun. Vielleicht lag es an Wilbur, der Wetteränderungen viel eher spürte, als die Meteorologen davon wußten. Später dagegen, als Brock versuchte, es anderen Leuten zu erklären, begegnete er Spott oder Unglauben, Reaktionen, die in vielen unterschiedlichen Formen bedeuteten: »Ach, hahaha! Was für ein Spinner!« Man mußte ein Spinner sein, wenn man auf so etwas »hereinfiel«, und Brock konnte erzählen, wie es ihm ergangen war, soviel er wollte, und Erklärungen über optische Täuschungen und sein Innenohr abgeben, und trotzdem glaubte ihm bis auf wenige Ausnahmen niemand. »Dein Innenohr? Ach, das steckt doch sicher voller Schmalz.«

Aber Brock war ein anderer, als er die schiefe Welt verließ. Er war ein anderer, so wie man durch jede Offenbarung ein anderer wird. Er war fünfundzwanzig, als ich ihn kennenlernte, fünfundzwanzig, als er seine Familie verließ; ihm waren in seinem anscheinend schon langen Leben bereits viele merkwürdige Dinge zugestoßen. Aber nach der schiefen Welt, die er ab und zu wieder aufsuchte, verging kaum eine Woche, ohne daß er daran dachte. Für ihn war es der Anfang der Reise, die ihn zum Südpol führen sollte, zur Besteigung des transantarktischen Gebirges. Der Ort verwob sich mit seinem Leben wie ein einzelner, unzerreißbarer Draht, nicht aus Gold oder Silber, sondern aus festem, biegsamem Stahl. Schon bevor er in die schiefe Welt gekommen war, hatten ihn Geheimnisse fasziniert, aber er war sich nicht sicher gewesen, ob er wirklich an die Magie glauben sollte. Nachdem er dort gewesen war, entdeckte er überall Magie. Sie war überall, die Wirklichkeit des Seltsamen, das Gewebe der Wirklichkeit unter der Oberfläche; er wußte, daß entgegen allem Anschein immer die Möglichkeit bestand, daß etwas Überraschendes geschah.

Und die Frage, die ich in seinen Augen gelesen hatte, hatte deswegen nicht gelautet: »Wie kannst du das aushalten?«, sondern: »Verwundert es dich nicht?« Denn Brock selbst war verwundert. Er wußte jetzt, daß es einen Platz gab, an dem die Dinge schief waren, und daß man dort hingehen konnte – er wußte, daß unter der Oberfläche ein gegengeneigtes Universum wartete. Seit seiner Erfahrung mit der schiefen Welt hielt ihn nichts mehr davon ab, sich seinem Interesse für Merkwürdigkeiten hinzugeben. Er war ein unersättlicher Leser und sammelte Berichte über merkwürdige atmosphärische Phänomene, über magnetische Störungen oder auffälliges Verhalten von Tieren. Große Schwärme hatten ihm immer gefallen, aber jetzt gefielen sie ihm noch besser: Murmeltiere, die man auf dem Marsch in den Cotswolds beobachtet hatte, eine Parade von Fröschen, eine halbe Meile lang, in Delhi. Er schnitt die Artikel aus den Zeitungen aus, legte sie vor sich auf den Tisch und faltete dann die Hände, fast als bete er. Und mit den Stürzen war es das gleiche; er sammelte Nachrichten von Dingen, die plötzlich vom Himmel gefallen waren. Eine Stadt in der Sierra zum Beispiel war von Hunderten von Steinen getroffen worden, eine Stadt in Süd-Dakota von Tausenden von Fischen, die alle noch lebten und nach Luft schnappten. *»Unerklärlicher Zwischenfall. Erschrockene Fische fallen auf Akkerland«*, lautete die Schlagzeile. Brock lachte darüber, aber gleichzeitig fand er es einfach wunderbar.

Seiner Ansicht nach teilte man die Leute vernünftigerweise in zwei Gruppen, je nachdem, wie sie auf solche Nachrichten reagierten. Es gab diejenigen, die, wenn sie mit etwas konfrontiert wurden, was nicht nur außerhalb ihrer Erfahrung, sondern außerhalb zulässiger Erfahrung überhaupt lag, trotzdem sagten: »Ich glaube das tatsächlich, und du?« Das waren die Menschen, zu denen sich Brock hingezogen fühlte; die anderen waren die, die in der gleichen Situation unweigerlich sagten: »Mensch, du glaubst das doch nicht etwa, oder?«

Wenn es Brock nicht möglich gewesen wäre, an diese Dinge zu glauben, dann hätte er das Jahr nach unserem ersten Zusammentreffen – er arbeitete als Automechaniker – nicht durchgestanden, er hätte die Trennung von seinen Kindern nicht ausgehalten. Er hätte die Trennung von Sarah nicht durchgestanden und seine eigene Geschichte nicht verkraftet, denn in der profanen Welt gab es für Brock, der immer noch verbittert war, nur Arbeit und nichts als Arbeit, eine endlose Wiederholung. Das Leben, so wie es die meisten Menschen leben, glich einer großen industriellen Nähmaschine, die Fäden in einen Stoff sticht, der doch schließlich zerrissen und zerfetzt wird. Selbst die Glücklichen, diejenigen, die Arbeit und Geld haben, können nicht mehr erwarten als endloses Herumflicken, endlose Reparaturen, am Auto, am Haus, an

Geist und Körper. Und die Unglücklichen, die nicht so viel zu reparieren haben, können das als ihren einzigen Segen betrachten, und deshalb dachte Brock immer, wenn diese Unglücklichen, die oft seine Gesellschaft waren, sagten: »Mensch, du glaubst das doch nicht etwa, oder?«, sie müßten wohl bereits hirntot sein. Steine, die vom Himmel fielen, ganze Herden von Murmeltieren, das waren Zeichen. Sie zeigten, daß es unter der flachen, glatten Oberfläche der Welt, auf der alles stets den gleichen Abstand zu dem hat, was ihm ähnelt, und die parallelen, vorhersagbaren Überzeugungen parallel zueinander der Unendlichkeit zustreben, daß es unter dieser Oberfläche eine schiefe Welt des Auges und des Geistes gibt, in der diejenigen, die beide Organe funktionsfähig erhalten haben, außerordentliche Dinge zu sehen bekommen – eine Welt von Wundern.

Die Furchtbaren

In jenem Sommer floh ich vor Brock trotz der Leidenschaft, mit der ich mich zu ihm hingezogen fühlte; ich setzte ihn dort ab, wo er abgesetzt werden wollte, am Nordrand von Quarry. Dann fuhr ich weiter, ohne die geringste Vorstellung zu haben, ob ich ihn jemals wiedersehen würde und ob er überhaupt vorhatte, in Quarry zu bleiben; ich hatte noch nicht einmal erfahren, wie er hieß.

Ich war auf den Vorschlag eingegangen, den Thaw mir im letzten Juni bei unserem Abschied in Elk City gemacht hatte, nämlich einmal darüber nachzudenken, ob ich nicht eine Weile für den Forstdienst von Wyoming arbeiten wolle, und da ich mich dazu entschlossen hatte, würde ich Colorado ohnehin bald wieder verlassen und mich einer Zaunbaukolonne am Green River anschließen. Die zwanzigtausend Dollar Versicherungsprämie für das Haus meines Vaters waren inzwischen beinahe verbraucht, und obwohl ich an der University of Michigan ein Stipendium bekommen hatte, würde ich noch Geld für meinen Lebensunterhalt brauchen und für Bücher, und die Arbeit für den Forstdienst bot eine gute Gelegenheit, etwas zu sparen. Am Green River würde ich praktisch keine Ausgaben haben, und darüber hinaus freute ich mich darauf, Thaw wiederzusehen. Also ließ ich Brock an der Autobahn aussteigen, nickte ihm zum Abschied zu, konnte kaum glauben, wie froh ich war, ihn los zu sein, und mußte doch feststellen, wie leer die Fahrerkabine wirkte, nachdem er ausgestiegen war.

Auf der Ranch erwartete mich Wilbur, und wie immer war es eine Freude, ihn wiederzusehen.

»Ah, Morgan, schau dir doch mal die Ziege an, die Iris und ich bekommen haben!« Das tat ich, streichelte ihr die langen Ohren und ihre erstaunlich pinkfarbene Nase. Iris kam heraus, in Jeans, das Haar zu einem Pferdeschwanz gebunden, und empfing mich mit einer Umarmung und Glückwünschen: »Schön. Wie fühlt man sich denn so als Collegeabsolventin?«

Es war eigentlich nichts Besonderes, dieses Gefühl, aber ich sagte irgend etwas Passendes, da ich sah, daß Iris mir ein Geschenk zum Collegeabschluß besorgt hatte. Es war ein erst vor kurzem erschienener Band mit Fotografien aus der Antarktis von Eliot Porter, und ich freute mich, daß Iris auf diesen Titel gestoßen war. Ein Foto – von einem Eisberg, der im Rossmeer schwamm – begeisterte mich so, daß ich es aus dem Buch herausschnitt und einrahmte; die Aufnahme war in der Nähe der Stelle gemacht worden, wo bei Ross' Expedition vom Mastkorb der *Erebus* aus zum ersten Mal Land gesichtet worden war. Das Blau der Eismasse im blauen Wasser und dahinter das Blau des Berges waren ein schier unglaublicher Anblick. Wilbur empfand es ähnlich, denn als er in meine Hütte kam und das Bild sah, sagte er: »O Morgan. Wie schön. Würdest du da nicht gern hingehen?«

»Ja«, sagte ich. »Gerne. Vielleicht gehen wir eines Tages zusammen.«

Ich blieb zwei Wochen bei den Covilles, packte dann alles auf meinen Wagen, was ich den Sommer über brauchen würde, und fuhr in Richtung Norden, nach Wyoming, nach Elk City und von dort weiter zum Green River. Meine Mutter hatte ich kurz gesehen und Dr. Jim gar nicht; ich hatte für meinen Besuch einen Tag gewählt, an dem er meines Wissens nicht im Hause war. Meine Mutter hatte sich anscheinend sehr gefreut, mich zu sehen, fand es aufregend, daß ich einen Platz in Michigan bekommen hatte – sie verstand nicht, daß der Hauptgrund für meine Bewerbung dort die guten Skilanglaufmöglichkeiten waren –, und war noch genauso mit Dr. Jim verheiratet wie je und noch ebenso stolz auf alles, was er erreicht hatte. Soweit es mich betraf, hing die Beziehung zu meiner Mutter so lange in der Schwebe, bis Dr. Jim ein für allemal verschwunden sein würde.

Ich kann nicht sagen, daß ich mich auf alles, was ich im Sommer am Green erwartete, gleichermaßen freute, denn ich hatte den Verdacht, daß die Arbeit sowohl anstrengend als auch stumpfsinnig sein würde. Dennoch war ich außerordentlich froh über die Gelegenheit, mit John Thaw zusammenzuarbeiten und von seinem Alter und seiner Erfahrung profitieren zu können. Es schmeichelte mir, daß er es der Zeit und Mühe wert hielt, mir buchstäblich alles, was er wußte, beizubringen, denn ich war ja mit meinen einundzwanzig Jahren ein junges Ding, und er war inzwischen vierunddreißig. Er war an einem Punkt angelangt, an dem ihm dieses merkwürdige westliche Phänomen, bei dem er noch vor kurzem selbst mitgemacht hatte, plötzlich zum Halse heraushing. Dieses Phänomen bestand darin, daß eine Menge Ex-Hippies, die festgestellt hatten, daß sie es leid waren, arm zu sein, nun ordentliche Jobs angenommen hatten, bei denen es ihre Aufgabe war, Umweltverträglichkeitsgutachten zu erstellen. Dabei fanden sie zum Beispiel heraus, welche Auswirkungen der Übertagebau haben oder wie im einzelnen die MX-Raketen Wyoming ruinieren würden, wenn sie dort produziert werden sollten. Statt nun damit weiterzumachen, hatte Thaw beschlossen, die moralisch weniger zweifelhafte Aufgabe auf sich zu nehmen, mit einer Arbeitskolonne Holzzäune zusammenzunageln.

Als ich schließlich dort ankam, war es großartig, ihn wiederzusehen. Er sah immer noch genauso aus wie im letzten Jahr, der gleiche Schnurrbart, die gleiche Brille, die gleichen Kappen, die er tragen konnte, ohne daß sie ihn zum Zwerg machten. Allerdings ging die Arbeit nur allzu bald los, und für mich war der Sommer in erster Linie anstrengend. Ich war ständig müde, morgens vom Aufstehen an bis abends, wenn ich wieder ins Bett fiel. Ich war müde, wenn wir an unseren freien Tagen in den Tetons kletterten, und ich war müde, als wir den Gannett Peak in den Wind-River-Bergen bestiegen. Großer Gott, ich war niemals zuvor so müde gewesen, aber trotzdem war mir die ganze Zeit bewußt, daß die Erfahrung, die ich in jenem Sommer machte, sehr wertvoll für mich sein würde. Zum einen lernte ich damals von Grund auf das Klettern auf Eis, so daß ich mir sicher auch die Bewältigung des Beardmoregletschers zutrauen konnte, wenn die Zeit dazu gekommen war. Zum zweiten kam ich körperlich immer besser in Form. Und das dritte schließlich war, daß ich in einer kleinen Gruppe arbeitete, zusammen mit Menschen, die teilweise ganz anders waren als ich – und anders als alle, die ich vorher gekannt hatte.

Zum Beispiel Mike, der achtzehn Jahre alt war und noch nie eine Freundin gehabt hatte. Ich konnte zwar einigermaßen nachempfinden, wie ihm das zu schaffen machte, aber die Art und Weise, wie er damit fertigzuwerden versuchte, war urkomisch. Soweit ich es ausmachen konnte, bestand sein einziges Lebensziel darin auszubaldowern, wie er es anstellen sollte, in jenem Sommer mit einer Frau zu schlafen. Um seinem Ziel näherzukommen, hatte er sich eine unglaubliche Sammlung von Türkisschmuck zugelegt. Er besaß einen Türkiscowboy, der auf einem Türkisbullen ritt, und einen Adler aus Türkisen mit ausgebreiteten Schwingen; das eine war eine Halskette, das andere ein Gürtelschloß, aber beides schien ihm nicht weiterzuhelfen. Der Rest unserer Mannschaft hänselte ihn gnadenlos, wenn wieder einer seiner Versuche, in einer Bar in Pinedale eine Frau aufzugabeln, fehlgeschlagen war. Sie schlugen ihm dann andere Bars vor, als sei die Bar das Problem an der Sache.

»Die Cowboy Bar ist gut«, sagte Thaw dann, nur zum Spaß. Aber Mike nahm den Vorschlag ganz ernst und fragte: »Wirklich? Gibt's da massig Miezen?« Seine Ausdrucksweise rief großes Gelächter hervor, aber das konnte ihn nicht im mindesten erschüttern. Niemand von uns konnte ihn davon überzeugen, daß es nicht ganz dem letzten Stand entsprach, Frauen Miezen zu nennen. Er zeichnete sich außerdem durch eine außergewöhnliche Ahnungslosigkeit aus. Zum Beispiel wußten fast alle, die für den Forstdienst arbeiteten, daß ein *juggie* jemand ist, der in einem seismischen Erkundungstrupp eine geophysikalische Sonde bedient. Nur Mike wußte es nicht. Und niemand sagte es ihm. Und als er eines Abends geknickt aus der Cowboy Bar heimkehrte, die ihm doch nicht die erhoffte reiche Anzahl an Miezen beschert hatte, sagte Dave, der ebenfalls zu unserer Kolonne gehörte: »Das nächste Mal solltest du es vielleicht bei Stockman's versuchen. Als ich das letzte Mal dort war, hatte ich viel Spaß mit einem netten *juggie*.«

»Mit einem *juggie*«, sagte Mike mit weit aufgerissen Augen. »Ich würde gern mal einen *juggie* kennenlernen.« Die anderen lagen auf dem Boden vor Lachen.

Es war auch ein Mann bei uns, ein Cowboy etwa Ende dreißig, der Frauen gegenüber so schüchtern war, daß er nur unverständliches Gemurmel hervorbrachte, wenn er mit mir oder einer der beiden anderen Frauen unserer Kolonne sprechen mußte. Er starrte dann zu Boden und murmelte etwas in seinen Schnurrbart, während alle anderen riefen: »Sprich lauter! Sprich lauter, Josh!« Ich mochte ihn ganz gern, denn eigentlich war er ein Schatz. Er war schlank wie die meisten Cowboys, aber er hatte nicht den typisch wiegenden Gang, und trotz seines Alters hatte er kaum eine Falte oder Furche im Gesicht. Außerdem hatte er einen sehr trockenen Humor; er verhalf der »Aktion Plastik-Lächeln«

zu ihrem Namen, als wir zum ersten Mal die Rundschreiben des Forstdienstes bekamen. Den Leuten aus Washington waren Beschwerden zu Ohren gekommen, daß einige Zaunkolonnen und berittene Ranger nicht nur weniger freundlich zu Touristen gewesen waren, als sie es hätten sein sollen, sondern geradezu rüde. Wir wurden strengstens ermahnt, freundlich zu sein, und wir fanden das außerordentlich witzig. Während die Bürokraten des Systems die Wälder verwüsteten, sollten wir für viereinhalb Dollar die Stunde Zäune aufstellen *und* dazu auch noch lächeln.

Für mich war der Sommer schwierig wegen der schweren Arbeit und der endlos langen Tage, für Thaw dagegen, glaube ich, aus einem anderen Grund. Er begriff um vieles besser als ich oder irgend jemand sonst, der damals zu unserer Kolonne gehörte, warum wir eigentlich die Zäune aufstellten. Er wußte, daß das domestizierte Vieh anders als die Bisone, die auf der Suche nach Futter Hunderte von Meilen durchstreift hatten, dazu neigte, am gleichen Platz zu bleiben, bis es dort kein Gras mehr gab, und daß es anders als die Bisons nicht für sich selbst sorgen konnte. Das Hausrind brauchte Heu und Wasser und Cowboys, die es beaufsichtigten, und es brauchte vor allem Zäune, um es dort zu halten, wo es war, oder um es weiterzutreiben, wenn es ein Gebiet kahlgefressen und entwertet hatte. Indem wir Zäune bauten, selbst diese Holzzäune, die eigentlich ganz schön waren und das Vieh zurückhielten, ohne die Wapitis, Elche und Springböcke zu stören, leisteten wir einen Beitrag zur Aufrechterhaltung des Systems, das den Westen ruiniert hatte. Außerdem quälte Thaw der Gedanke an eine neue Straße mitten durch das Land am Green River, die genau dort gebaut wurde, wo wir arbeiteten. Jahrelang hatte die Forstverwaltung zum großartigen Preis von zwei Dollar das Stück Bäume an die Holzgesellschaften verkauft. Und obwohl das, wie man es auch rechnete, einen Verlust für die Forstverwaltung bedeutete, machte sie ungerührt weiter damit, offensichtlich besessen von dem Glauben, daß es ihre Aufgabe sei, den Tod so vieler Bäume wie möglich herbeizuführen.

Thaw und einige andere, die bei der Forstverwaltung arbeiteten, hatten lange versucht, diese Organisation von innen zu verändern, aber Thaw war inzwischen zu dem Schluß gekommen, daß das nicht möglich war. Genau wie die »Aktion Plastik-Lächeln« kam auch alles andere aus Washington, und die Entscheidungen über Zäune und Wälder wurden von Menschen getroffen, die in Städten lebten und Wyoming noch nie gesehen hatten. Jetzt wurde also die neue Straße gebaut, die genau dort hindurchführen sollte, wo wir arbeiteten. Die Planierraupen und Erdhobel, ein großer Radlader und ein schwerer Hinterkipper rumpelten jeden Morgen auf dem Weg zur höher gelegenen Baustelle an uns vorbei. Die Zaunkolonne arbeitete in jenem Sommer am Hang eines Hügels oberhalb des Hauptlagers der Cowboys. Gewöhnlich zwängten wir uns nach einem zeitigen Frühstück in die hellgrünen Mammut-Trucks der Forstverwaltung und fuhren dann über Straßen, die so tief zerfurcht waren, daß sie unpassierbar schienen, zu unserer Zauntrasse. Schon die Erosion durch die bereits bestehenden Straßen war furchtbar, und was die Bulldozer anbetraf, so mähten sie oberhalb von uns alles nieder, was in ihrem Weg stand, gewaltige Werkzeuge der Zerstörung – das konnte wirklich jeder sehen, dachte ich, sogar die Bürokraten.

Eines Abends, ungefähr fünf Wochen nach Beginn der Saison, kam Thaw nach dem Essen mit einer Flasche Whiskey und zwei Gläsern zu mir. Er lud mich ein, mit ihm hinunter zum Fluß zu gehen und dort einen Drink zu nehmen. Ich zog mir einen Pullover über, und dann kletterten wir über eine wilde Wiese zu einem Vorsprung über dem Green, wo die ganze Mannschaft gelegentlich grillte. Thaw machte ein kleines Feuer, schüttete Whiskey in die Gläser und sagte dann: »Habe ich dir schon einmal etwas vom ›Sand im Getriebe‹ erzählt?«

Ich konnte mich nur vage daran erinnern. Irgend etwas war da in Canyonlands gewesen, als es darum ging, dort eine Giftmülldeponie zu verhindern. Ich war nicht nur müde, sondern schon schläfrig, und das Feuer und der Whiskey taten ein übriges. Aber ich sagte ja, ich meinte mich an etwas zu erinnern. Warum? Nun, das will ich dir sagen, erwiderte Thaw. Und schon versank er in Thawsche Nostalgie, in Erinnerungen aus der Zeit, als er in Kansas gelebt hatte.

»Ich war bloß ein Jahr dort. Habe dort Wehrdienstverweigerer beraten. Und ich habe herausgefunden, daß die Leute, die im Mittelwesten leben, gerne alles rechteckig haben möchten; sie halten Rechteckigkeit für eine wichtige Sache. Du weißt ja, daß sie früher geglaubt haben, die Erde sei rund, und daß es die Priester des Mittelalters waren, die die Vorstellung, die Erde sei flach, aufrechterhalten haben, weil sie sich sonst einigen schwierigen theologischen Fragen gegenüber gestellt gesehen hätten. Sie fanden einen befriedigenden Ausweg, indem sie die Vorstellung, die Erde sei rund, für Ketzerei erklärten, und glaub mir, ich hatte den Eindruck, daß meine Nachbarn in Kansas am liebsten das gleiche getan hätten. Es waren verständige, praktische Leute, aber in ihrem Innersten waren sie fanatische Scheibenweltler. Eigentlich sollte man glauben, daß passive Solaranlagen im Mittleren Westen gut ankommen. Denkste! Passive Solaranlagen sind trapezförmig oder rhombisch. Aber die Leute dort wollen nur Rechtwinkliges und nichts als Rechtwinkliges. Gerade Linien gefallen ihnen, gerade Linien, wo immer sie möglich sind, und das Gittermuster der Landvermessung lieben sie geradezu.

Natürlich besteht die einzige Möglichkeit, eine gerade Linie auf einer gekrümmten Oberfläche zu ziehen, darin, einen Graben auszuheben, einen echt tiefen Graben; die Linien gleicher Länge und gleicher Breite auf der Oberfläche der Erde sind nicht gerade. Sie sind gekrümmt, und wenn sie große geometrische Formen bilden, sind sie trapezoid. Aber im Mittleren Westen sagen offensichtlich alle: ›Und wenn schon, scheiß doch was drauf, du Idiot. Wir wollen, daß unsere Landvermessung mit Rechtecken arbeitet, wir wollen, daß bei uns die Linien parallel laufen.‹ Und diese Methode der Landvermessung mit dem klassischen Gittermuster haben sie im gesamten Nordwestgebiet angewendet. Bevor die Gebiete geöffnet wurden, verabschiedete der Kongreß ein Gesetz, nach dem alles Land in Sechs-Meilen-Quadrate eingeteilt werden sollte. Diese wiederum sollten unterteilt werden in Quadrate von einer Meile; das waren dann die ›Sektionen‹.

Es muß Leute gegeben haben, die darauf hinwiesen, daß die Grenzen der Quadrate, wenn man so schematisch vorging, kreuz und quer durch Täler und über Bergketten verlaufen würden. Aber wen kümmerte das? Die Linien wurden einfach gezogen. Selbst in Kansas, das ja recht eben ist, gibt es sanfte Hügel und unberührtes Land, Wiesen, schöne Wäldchen und blumenbestandene Flußufer. Aber mit der Landvermessung verschwanden viele dieser schönen Landschaften. Denn wenn dein Quadrat mitten durch einen Birkenhain ging oder das deines Nachbarn am Hang eines Hügels lag, nun, dann mußte man eben damit zurechtkommen. Die alte Methode der Landverteilung war ein ganzes Stück besser, die, die sie in den Kolonien angewendet haben – wie sie es, wenn ich richtig informiert bin, in Neuengland immer noch machen.«

Ich war inzwischen ein wenig betrunken. Ich fand das alles sehr interessant und war mir sicher, daß Thaw damit auf irgend etwas hinauswollte, aber ich wußte nicht, auf was, und so beließ ich es dabei, noch etwas Holz aufs Feuer zu legen. Ich wußte, daß ich längst ins Bett gehörte, weil wir am nächsten Morgen wieder früh aufstehen, wieder in den Truck und hinauf zu unseren Zäunen mußten, aber ganz offenkundig würde ich nirgendwo hingehen, bevor nicht Thaw mit seiner Geschichte zu Ende war. Er schüttete noch etwas Whiskey in unsere Gläser und starrte dann mit finsterem Blick in die Flammen.

»Neuengland?« sagte ich.

»Nein, nein, nein, vergiß Neuengland. Kansas. Oder besser das ganze Land im Westen bis zu den Rockies. Das Land hätte diese imaginären Linien auf einer Karte überleben können, wenn nicht Leute gekommen wären, die aus den Strichen auf der Karte wirkliche Linien machten. Sie legten einfach Straßen dorthin, wo Linien auf der Karte waren, überall. Sie ließen keine einzige Sektionsgrenze aus. Diese Straßen sind jetzt Wirklichkeit, sie sind da. Die Männer, die sie bauten, waren die Vorläufer des Ingenieurcorps der Army. Wußtest du, daß sie in Vietnam für diese Burschen einen besonderen Namen hatten, der sie von allen anderen Amerikanern unterschied? Er ist schwer zu übersetzen, wurde mir gesagt, aber eine ungefähre Wiedergabe wäre ›die Furchtbaren‹. Die Furchtbaren. Das sagt doch alles, Morgan. Ich meine, diese gottverdammte, beschissene Ignoranz, auf jede einzelne Sektionsgrenze der Karte eine Straße zu legen, ohne auch nur einmal daran zu denken, was diese Straße vielleicht alles zerstört. Es gibt Plätze, wo eine gerade Linie angebracht ist. Aber in anderen Fällen ist sie einfach eine Katastrophe. Und Euklid hin oder her, man kann dann eine solche Straße doch nicht einfach bauen. Wenn du im Mittleren Westen nachts Auto fährst, mußt du aufpassen, daß du nicht einschläfst, weil du mit Sicherheit schließlich in etwas hineinknallst, was sie eine ›Korrektur‹ nennen. Die Straße knickt ganz plötzlich zur Seite ab. Manchmal ist das so wegen irgendwelcher Fehler, die ein Magnetkompaß verursacht hat. Auch Kompasse haben ihre Schwierigkeiten mit geraden Linien.

Ich brauche wohl nicht zu sagen, daß ich froh war, aus Kansas herauszukommen. Aber als ich vor ein paar Jahren bei der Forstverwaltung anfing, entdeckte ich dort das bürokratische Äquivalent der Gitterlinien, als ich nämlich anfing, Umweltgutachten zu schreiben. Diese mußten ›UGs‹ genannt werden, und das UG führte zu einem FAU – Feststellung der Auswirkungen auf die Umwelt –, und in neunzig Prozent aller Fälle, ganz gleich, was man in seinem UG ausgeführt hatte, war schließlich ein KSAF die Folge. Das bedeutete ›keine signifikanten Auswirkungen festgestellt‹. Das KSAF wurde als Bescheid registriert, und man hatte seine Arbeit getan.

Und die Sache ist die, daß ich es war, der das UG für diese verdammte Straße geschrieben hat, die sie da oberhalb von uns bauen, und die Planung bekam nicht nur ihr KSAF, obwohl ich ziemlich energisch von der Straße abgeraten hatte, sondern ich wurde außerdem noch angeschissen wegen der Sprache, die ich in meinem Bericht gebraucht hatte. Man sagte mir doch tatsächlich, das KSAF sei möglicherweise das Ergebnis meiner ›unprofessionellen Sprache‹. Ich hatte die Wörter ›schön‹ und ›großartig‹ verwendet, dazu noch ›lieblich‹, und so etwas durfte im UG nicht vorkommen. Man darf ›Erhabenheit‹, ›schrecklich‹ oder ›sublim‹ nicht verwenden. Wie soll man denn beweisen, daß irgend etwas ›schrecklich‹ ist? Man sagte mir, ich könne meinen Bericht umschreiben, wenn ich den Ausdruck ›visuelle Ressource‹ überall dort einsetzte, wo ich zuvor etwas mit stärker gefühlsbetontem Inhalt benutzt hatte.

Das tat ich dann. Ich schrieb ihn um. Das ganze Ding war übersät mit dem Ausdruck ›visuelle Ressource‹. Aber es gab trotzdem das KSAF, und jetzt bringt mich diese Straße, die sie hier bauen, regelrecht um. Ich habe das Gefühl, daß ich sie hätte verhindern können, wenn ich gelernt hätte, das System richtig zu benutzen. Ich weiß, daß ich es in Wirklichkeit nicht gekonnt hätte, weil es eben ›das System‹ ist, und einer der zutreffendsten Ausdrücke aus den sechziger Jahren über das System lautete Rechtwinkligkeit. Das sagt alles. Diese Bürokraten, die in das, was sie ›wissenschaftliche Methoden‹ nennen, nur deshalb verliebt sind, weil diese Methoden ein Mittel sind, Entscheidungen zu vermeiden, diese Bürokraten sind quadratisch, und sie sind gefährlich, weil sie *per definitionem* Aussitzer sind. Sie erkennen nicht, was gut ist, selbst wenn sie es direkt vor der Nase haben. Sie finden sich mit allem ab, was kommt. Sie fragen nie: ›Was ist das beste?‹ Sie fragen: ›Was mache ich als nächstes, Boß?‹ Und ich bin es leid. Wie sieht es also aus, Morgan?«

Ich war jetzt mehr als nur ein wenig betrunken. Ich war es ohnehin nicht gewohnt, Whiskey zu trinken, und meine Gedanken waren zu

Brock gewandert, damals noch einfach ein Mann, den ich in Quarry aufgelesen hatte. Die Intensität seiner Augen ging mir durch den Sinn und die kräftige Farbe seiner Wangen, und dann die merkwürdige Zeremonie, mit der er sich nach dem Erbrechen die Zähne geputzt hatte, bevor er wieder ins Fahrerhaus einstieg. Thaws Frage ließ mich zusammenfahren, und ich sagte: »O ja«, aber zurückhaltend und in der Hoffnung, daß Thaw näher erläutern würde, wovon er sprach. Das tat er.

»Ich will diese beschissenen D-8 abstellen. Eines Tages fangen sie sonst noch an, sie auch nachts zu benutzen.«

Ich kam mir noch dümmer vor, als der Whiskey allein mich gemacht haben konnte, und sagte: »Ja, sicher. Aber was genau würden wir denn mit ihnen machen?«

»Das übliche. Darum werde ich mich schon kümmern, wenn du mir nur ein wenig hilfst.«

»Würden sie denn nicht andere herschaffen?«

»Das werden sie wahrscheinlich nicht können, nicht mehr in diesem Jahr. Und wenn wir sie aufhalten, bevor die Saison vorüber ist, dann bleibt ein ganzes Jahr zu hoffen, daß irgend jemand wütend genug ist, Einspruch zu erheben oder Klage einzureichen oder so etwas. Außerdem machst du dir ja keine Vorstellung, wieviel Papierkram nötig ist, wenn sie ein paar neue Raupen brauchen.«

Also standen Thaw und ich und überraschenderweise auch Josh eine Woche später um ein Uhr in der Frühe auf und schulterten unsere Rucksäcke, in die Thaw die nötigen Hilfsmittel gepackt hatte. Wir fuhren mit meinem Truck, der weniger Lärm machte als die der Forstverwaltung, das Vorgebirge hinauf. Es war furchtbar, welche Schläge der Wagen auf den ausgewaschenen Straßen aushalten mußte. Als wir das Ende der neuen Straße erreichten, diese frisch in der Landschaft klaffende Wunde, fanden wir dort drei gelbe Raupen vor, zwei D-8 und eine D-6. Der große Radlader und der schwere Muldenkipper standen ebenfalls dort, aber Thaw wollte, daß wir uns auf die Bulldozer konzentrierten. Zuerst kippten wir Sand in die Treibstofftanks und in die Ölbehälter; dann schütteten wir noch vier, fünf Liter Salzwasser in alle Tanks und schaufelten Schmutz in die Lufteinlässe. Thaw hatte Carborundum dabei, ein Schleifmittel, mit dem er die Getriebe versorgte. Es ging alles ziemlich schnell, und um halb vier waren wir wieder zurück in unserem Blockhaus, so daß wir noch etwas schlafen konnten, bevor wir mit den anderen zur gewohnten Zeit aufstanden. Aber der nächste Tag war für uns kein normaler Arbeitstag, denn als sie die Bulldozer anließen, die sich prompt überhitzten, noch ein wenig spotzten und dann ausgingen, brach dort oben die Hölle los. Ich hatte keine Vorstellung gehabt, wie die Behörden reagieren würden.

Man hatte den Eindruck, daß jeder, der in Wyoming wohnte und eine Uniform besaß, vor Ablauf des Tages oben war, um sich den Schaden anzusehen. Die Leute des Sheriffs kamen, die Polizei von Pinedale, das FBI und sogar die Freddie Cops – viertklassige Agenten der Forstverwaltung mit schweren Fünfundvierzigern. Sie jagten zum Tatort, als sei der Teufel hinter ihnen her, und ich muß zugeben, daß ich Schiß hatte, sie könnten herausfinden, wer für die Sabotage verantwortlich war. Aber sie schienen die Sache unbedingt den Hippies von Jackson in die Schuhe schieben zu wollen. Und sie kamen wieder, Tag für Tag, maßen Reifenspuren aus, nahmen Proben von dem Sand, der von unserer Aktion zurückgeblieben war, und sie waren ständig damit beschäftigt, sich gegenseitig und ihre weit entfernten Büros mit ihren Funkgeräten auf dem laufenden zu halten. Thaw hatte ganz recht gehabt. Die Straßenbauarbeiten kamen für diesen Sommer zum Erliegen. Und sie erwischten uns nicht, keine Spur. Thaw wurde sogar beordert, den Leuten von der Forstverwaltung zu helfen, die Planierraupen auf große Tieflader zu ziehen. Was er mit dem größten Vergnügen tat.

Im Herbst zog ich nach Ann Arbor in Michigan und wußte vom ersten Tag an nicht, wie ich es dort aushalten sollte. Ann Arbor war überfüllt und eng, die Universität riesig, fünfzigtausend Studenten. Es gab eine Anzahl ausgezeichneter Bibliotheken, aber das war auch der einzige Lichtblick. Irgend etwas dort bedrückte mich derart, daß mich nur noch der eine Gedanke beherrschte, zurück nach Colorado zu fliehen. Vielleicht machte es der Sommer, den ich am Green River verlebt hatte, vielleicht die Wochenenden in den Tetons oder die dem Training des Gletscherkletterns gewidmeten Tage. Vielleicht war es meine Erfahrung mit der Sabotage an den Bulldozern, vielleicht auch das zweite Treffen mit Brock Callahan. Wie auch immer, ich fühlte mich in Ann Arbor völlig deplaziert, und ich wußte auch gar nicht, was ich in meinem Graduiertenstudium überhaupt tun sollte. Ich hatte irgend etwas im Sinn gehabt, als ich mich darum bewarb, das war klar, aber was war das gewesen?

Nachdem ich in Wyoming meinen Wagen beladen, mich von unserem Trupp und von Thaw verabschiedet und meinen letzten Lohnscheck vom Büro der Forstverwaltung in Pinedale abgeholt hatte, war ich zurück nach Quarry gefahren, um Iris und Wilbur kurz zu besuchen, bevor das Semester anfing. Diese Visite war schöner als all die längeren Besuche, die ich ihnen vorher abgestattet hatte. Zum einen war ich großartig in Form und hatte erstmals Vertrauen in meine Hände und meine Muskeln und meinen Körper gefaßt. Und zum anderen machte Wilbur einen reiferen Eindruck und hatte ebenfalls mehr Selbstvertrauen entwickelt.

Er betrieb das Hundetraining jetzt professionell, mit Anzeigen in der *Quarry Times*, und unterhielt Beziehungen zu allen Züchtern am Ort; sie zogen ihn zu Rate, wann immer sie mit einem besonders widerspenstigen Hund zu tun hatten oder meinten, nur er könne einem Hund noch helfen. Beim Tierschutzverein war er ebenfalls bekannt, und auf der Ranch selbst war auch ein kleiner Zwinger eingerichtet worden. Dort nahm er streunende Hunde auf, bildete sie aus und suchte dann ein Zuhause für sie. Er hatte einige der Tierärzte am Ort dafür gewonnen, diese Bemühungen unentgeltlich zu unterstützen; sie sterilisierten oder kastrierten die Tiere, gaben ihnen Spritzen und untersuchten sie. Zu wissen, daß er gebraucht wurde und anerkannt war, schien Kräfte in Wilbur geweckt zu haben, von denen selbst ich, die ihn gut kannte, nichts geahnt hatte.

Ich mußte bei diesem Besuch wieder daran denken, wie er damals die Tüte mit den Welpen aufgerissen hatte und wie die kleinen Hündchen herausgetaumelt waren, diese vollkommenen, winzigen Wesen. »Wir brauchen nicht Griechisch zu sprechen, Morgan. Diese Hunde sprechen Welpensprache«, hatte er gesagt, und jetzt sprach er selbst die Welpensprache, das war offensichtlich. Ich sah ihm zu, wie er mit einem deutschen Schäferhund arbeitete, der ihm als hoffnungsloser Fall übergeben worden war. Wilbur war seine letzte Chance, bevor der Hund eingeschläfert werden würde, ein Hund, der fünf Menschen gebissen hatte und als völlig unbeherrschbar galt. Der Hund, Butch, trottete mit der Leine im Maul zu Wilbur hinüber. Dann ließ er sich direkt vor Wilbur nieder, die Vorderpfoten akkurat nebeneinander; so wartete er, um beim kleinsten Kommando loszuspringen und aktiv zu werden. Oder besser gesagt, bei der kleinsten Frage, denn Wilbur schien keine Befehle zu erteilen, sondern den Hunden Fragen zu stellen. »Möchtest du vielleicht mal herkommen, guter Junge?« mochte er fragen. Und der Hund kam auf der Stelle, als sei es seine eigene Idee gewesen, und wenn Wilbur sagte: »Wie wär's, wenn du dich ein Weilchen hinlegst?«, dann streckte Butch sich lang am Boden aus, legte den Kopf auf seine Pfoten und blieb so liegen, den Blick liebevoll auf Wilbur gerichtet, bis dieser ihm wieder eine Frage stellte.

Es war also wunderschön gewesen, Wilbur und Iris zu sehen. Es war sogar schön gewesen, meine Mutter zu treffen, die ich auf Iris' Anordnung hin jedesmal besuchte, wenn ich in Quarry war. Während Iris mich wie eine Tochter behandelte, schien ich für meine eigene Mutter so etwas wie eine ehemalige Klassenkameradin zu sein, die sie schon seit langem kannte. Tatsächlich verhielt sie sich, wenn wir zusammen waren, als wäre ich ein Kind und sie, Jo, ebenfalls. Jo spielte mit ihrer Freundin Morgan, und zwar so unauffällig wie möglich, denn Dr. Jim hatte unmißverständlich klargestellt, daß er diese Freundschaft mißbilligte.

In jenem Sommer jedoch, bevor ich nach Michigan zog, hatte meine Mutter mich enthusiastischer empfangen als gewöhnlich. Sie war mir entgegengelaufen, als ich vorgefahren war. Sie trug einen Kittel, der ihr bis auf die Knöchel reichte, und ihr Gesicht strahlte vor Glück, vielleicht, weil Dr. Jim am College war und sie selbst gerade in ihrem Studio gearbeitet hatte. Sie trug ein Päckchen unter dem Arm – ich sah auf den ersten Blick, daß es ein Buch war –, und es fiel auf die Erde, während sie mich langes Ende von Tochter umarmte. Wie jemand, der sich an eine Rettungsleine klammert, so umarmte und küßte sie mich. Ich konnte mich nur mit Mühe losmachen, halb verlegen und halb geschmeichelt.

Dann hob sie das Paket vom Boden auf und schlug vor, in ihr Studio zu gehen; sie sagte, sie bildhauere wieder. Ich besah mir ihre neusten Arbeiten mit gemischten Gefühlen. Eines stand fest: Es waren keine Tiere aus Balsaholz. Es waren überhaupt keine gegenständlichen Arbeiten, sondern abstrakte Skulpturen, und sie bestanden aus Müll. Rein theoretisch hatte ich nichts dagegen, Abfall als eine Quelle der Inspiration zu benutzen, aber als ich das Ergebnis jetzt sah – Milchflaschen aus Plastik, alte Pappschachteln, zerbeulte Dosen, ja sogar Haare und Knochen – war ich nicht mehr so begeistert. Das ganze Zeug war zusammengeleimt, so daß es ein wenig wie eine Hand oder ein Mund oder ein menschlicher Kopf auf einem Sockel aussah. Es hatte eine tief verstörende Wirkung, die, wie ich annahm, so gewollt war – aber ich war mir nicht ganz sicher, und darin lag die Schwierigkeit. Es war beinahe eine Aussage über Kunst und über Künstler, aber nicht ganz. Meine Mutter stolzierte durch ihr Studio, und ihr langer Kittel raschelte.

Sie zeigte mir etwas, das aus Stecknadeln, Kiefernnadeln, Staubfusseln und Knöpfen bestand.

»Das habe ich alles aus dem Rasenmäher«, sagte sie. »Als ich den Teppich gemäht habe.«

»Den Teppich gemäht?« fragte ich. »Du meinst gesaugt.«

»Ja, gesaugt, als ich den Teppich gesaugt habe. Ich habe hinterher den Staubbeutel geleert und alles verwendet. Ich mag diesen Effekt. Es ist so gezackt. Es sagt etwas über die ganze Putzerei aus. *Reinigen auf eigene Gefahr* – so werde ich es nennen.«

»Ein guter Name«, sagte ich, und etwas später: »Großartige Sachen, Mom.« Ich war mit ihr durch das Atelier gegangen und hatte *Gehirne ganz allein* und *Reich mir deine Hand, bitte* gesehen. Meine Mutter strahlte, nahm dann das Buch wieder zur Hand, das sie irgendwo abgelegt hatte, und ich folgte ihr zum Teich, an dem damals eine Bank stand. Im Wasser gründelten die Enten, jagten einander und schüttelten sich, so daß das Wasser über ihren Rücken perlte; ihre Schar war inzwischen auf fünfundzwanzig oder dreißig angewachsen. Was das anbetraf, war meine Mutter wohl immer einem Teil ihrer selbst treu geblieben, Dr. Jim zum Trotz. Sie hatte sich dafür entschieden, Merrys und Pippins Abkömmlinge zu behalten. Sie hinterließen Spuren im Schlamm, zernarbten den Boden mit ihrem Gestocher, und ihr Gequake erfüllte den ganzen Tag über die Luft. Aber sosehr Dr. Jim sich auch beschwert hatte, meine Mutter war standhaft geblieben. Sie liebte das schöne, irisierende Grün auf ihren Schwingen, sagte sie.

Jetzt, da wir auf der Bank saßen, gab meine Mutter mir, offenbar ganz aufgeregt, das Päckchen und sagte, ich solle es auspacken.

»Es ist ein Abschiedsgeschenk, Morgan. Ich habe es in einem Antiquariat gefunden. Ich hoffe, es gefällt dir. Ich dachte – nun, an den Tag, an dem Colin ging.«

So stellte sie es dar, »der Tag, an dem Colin ging«, und einen Augenblick lang war ich versucht zu erwidern: »Du meinst den Tag, an dem du ihn hinausgeworfen hast«, aber als ich das gerötete Gesicht meiner Mutter sah und die Freude, mit der sie mir dieses Geschenk machte, nickte ich nur. Dann riß ich das Papier auf und entdeckte als erstes, daß das Buch blau war, und *Selbstportrait einer Künstlerin* hieß; darunter stand: »LADY KENNET (Lady Scott)«. Also erinnerte sich auch meine Mutter noch an *Das Reich liegt im Inneren*. Aber das lag bereits, ja, mindestens fünfzehn Jahre zurück.

»Danke, Mutter. Danke schön. Du bist . . . es ist . . .«, und dann fing ich an zu weinen, obwohl ich mich in Wirklichkeit sehr über dieses Geschenk freute. Sie weinte nicht, aber als ich sie umarmte, klammerte sie sich wieder an mich und sagte: »Ich wünschte, du kämst öfter nach Hause, Morgan.«

All das wäre Grund genug gewesen, Heimweh zu haben – der Green River, die Tetons, Wilbur, Butch, *Reinigen auf eigene Gefahr.* Aber unmittelbar bevor ich nach Ann Arbor aufbrach, war ich außerdem noch zum zweiten Mal Brock begegnet, an der Tankstelle, wo er als Mechaniker arbeitete. Ich wußte gar nicht, daß er noch in Quarry war, und es war reiner Zufall, daß der Junge, der normalerweise an den Zapfsäulen stand, gerade Pause hatte – die Tankstelle war eine von den altmodischen, an denen es noch keine Selbstbedienung gab. Wie auch immer, als ich den Motor abgestellt, das Fenster heruntergekurbelt und dem Mann gesagt hatte: »Ganz voll bitte«, sah ich, wer der Mann war. Und ich sah, daß er sich ebenfalls an mich erinnerte.

»Sie sind die Frau von der schiefen Welt.«

»Morgan Lamont.«

»Brock Callahan.« Er tankte, und als er das Geld von mir entgegennahm, zögerte er, sah mir in die Augen und sagte: »Gehen wir einen Kaffee trinken?« Da es ein glühend heißer Tag war, mußte ich lächeln, aber ich nickte trotzdem. Darauf sagte Brock: »Oder vielleicht etwas Kühleres. Ich will mir nur eben die Hände waschen.« Ich nickte noch einmal – seine Hände waren schwarz von Maschinenöl, so wie seine Arbeitshose, aber sein Gesicht war sauber. Er verschwand, während ich mit dem Truck ein Stück von den Zapfsäulen wegfuhr. Als er zurückkam, setzte er sich mit einem Sechserpack Coca-Cola auf den Beifahrersitz; ich ließ den Motor an und fuhr zum Stadtpark, und wieder einmal blieb mir fast der Atem weg, nur weil ich mit ihm auf engem Raum zusammen war.

Diesmal mußte er sich nicht übergeben. Er machte eine Coladose auf und trank während der Fahrt, und als wir am Park waren, schlug er vor, ans Ufer des Flusses zu gehen. Dort setzten wir uns nebeneinander, zogen unsere Stiefel aus, um die Füße im Wasser zu kühlen, und tranken eine Cola nach der anderen. Ich glaube nicht, daß ich auch nur ein einziges Wort von dem vergessen habe, was Brock damals sagte; jedes einzelne brannte sich in mein Gedächtnis ein durch die Intensität, mit der er direkt neben mir saß, und die Intensität, mit der ich mir dessen bewußt war. Gelegentlich sah ich ihn von der Seite an oder bewegte meine Füße im Fluß, um es mir bequemer zu machen, aber die längste Zeit über blickte ich stur geradeaus aufs Wasser. Ich stellte ihm Fragen, wenn er mit seiner Geschichte ins Stocken geriet, aber ich hatte das

Gefühl, der Faden würde reißen, wenn ich mich zu sehr bemerkbar machte. Und ich wollte alles über ihn wissen, was es zu wissen gab. Brock selbst war wieder überrascht, wie sehr ihm plötzlich nach Reden zumute war, so wie es damals gewesen war, als ich ihn als Anhalter mitgenommen hatte; aber inzwischen verstand er, warum er so empfand, und jetzt, nachdem drei Monate mehr ihn von Sarah trennten, war er willens, sich einzugestehen, daß er mich attraktiv fand. Wäre ich nicht gerade auf dem Sprung nach Michigan gewesen – das erzählte ich ihm bei unserer ersten Cola –, dann hätte er vielleicht etwas nachhaltiger versucht herauszufinden, was die Zukunft zu bieten haben mochte. Aber so war das Schicksal, und daran konnte er nicht viel ändern. Schon mit zehn Jahren war er zu der Überzeugung gelangt, daß das Schicksal es schlecht mit ihm meinte. Tatsächlich war er bereits mit zehn, wie er mir erzählte, von dreierlei überzeugt gewesen – daß er in die falsche Familie hineingeboren worden war, in das falsche Jahrhundert und daß er in seinem früheren Leben ein Abenteurer gewesen sein mußte.

Er hatte natürlich schon mit zehn Jahren gewußt, daß sein Glaube an ein früheres Leben etwas merkwürdig war, aber es war ihm die einzige Erklärung für seine spezielle Situation gewesen. Brocks Vater war Polizist, seine Mutter Krankenschwester, und sie verausgabten sich beide völlig in ihren Berufen. Sie waren Katholiken, und sie gingen davon aus, daß die katholische Kirche sich um Brocks emotionale Bedürfnisse kümmern würde; um das zu fördern, mußte er Meßdiener werden.

Die Riten der Kirche hatten seinem Leben, wie er zugab, lange Zeit einen Sinn gegeben und ihm gut gefallen. Doch konnte er sich nicht dazu durchringen, an Gott zu glauben, und da er von lauter Menschen umgeben war, die das für sich in Anspruch nahmen, erschien ihm das immer problematischer. Jeden Sonntagmorgen ging er nach einem Bad mit strahlendem Gesicht und lockigem braunen Haar die fünf Häuserblocks weit nach St. Marien, wo er durch die Hintertür in die Sakristei schlüpfte und die anderen Meßdiener traf, mit denen zusammen er sich umkleidete, Chorhemd und schwarze Robe anlegte.

Brock gefiel es, sich so zu kleiden. Das Gewand schien ihn um vieles älter und würdiger zu machen und war weder den Launen des modernen Amerika im allgemeinen noch denen seiner Familie unterworfen. Er spürte, daß er in der Kleidung ein wenig mehr zu der Person wurde, die er, wie er wußte, wirklich war – nicht das Kind, als das er nach außen hin wirkte, sondern der Erwachsene, den die anderen nicht sahen und der die Bürde eines Erwachsenen trug. Nicht daß er sich wie ein Priester oder ein Mönch gefühlt hätte, nicht einmal wie ein Christ – das war es nicht, was die Robe und das Chorhemd für ihn darstellten. Er kam sich eher wie ein fahrender Ritter vor, gekleidet in ein Flechtwerk filigraner Kettenpanzermaschen, das einst silbern gewesen war, jetzt aber, geschwärzt von der Zeit, steif an ihm herabhing. Vielleicht war er aber auch ein römischer Soldat, der mit reicher Beute aus den Kriegen heimkehrte und dem man in den Straßen zujubelte, während er in seiner nagelneuen Toga hindurchschritt. Wenn er in sein Meßdienergewand schlüpfte, dann streifte er sich gleichsam zweitausend Jahre über, zweitausend Jahre, die er auf der Suche nach seiner Identität durchstreifen konnte. Einmal stellte er sich zum Beispiel vor, ein verwegener französischer Priester zu sein, der im achtzehnten Jahrhundert Nordamerika durchstreifte.

Von seinen Aufgaben als Meßdiener mochte Brock das Auslöschen der Kerzen besonders gern. Es war viel befriedigender als das Anzünden. Eine Flamme zu tragen und an einen Docht zu halten, das war schön und gut, aber es war nicht faszinierend. Aber eine Kerze auszulöschen, darin lag etwas Geheimnisvolles. Denn man berührte die Flamme ja nie, um sie zu löschen, sondern stülpte nur einen kleinen Messingkegel darüber, und sie verlöschte dann, ohne daß man es sehen konnte. Ein naiver Mensch hätte vielleicht geglaubt, die Flamme sei in den kleinen Kegel gekrochen. Brock wußte, daß sie dort nicht war, sondern daß sie den Bereich der Existenz verlassen hatte. Und vielleicht war das seine Lektion, daß die Dinge sich so davonmachten, wie man eine Kerze auslöscht. Vielleicht gab es irgendwo ein paralleles Universum, wo all diese Kerzenflammen hinkamen, wenn sie ausgelöscht wurden. Nach der Messe ging Brock zum Altar, trug seinen Kerzenlöscher vor sich her wie eine römische Fahne in einer Prozession nach einem großen Sieg, blieb stehen, sammelte seine Gedanken und senkte langsam das Glöckchen über die Flamme. Puff. Sie war verschwunden. Ob sie irgendwo anders wieder auftauchte?

Abgesehen von diesen kleinen Freuden wurde der Katholizismus für ihn immer entsetzlicher. Als Brock zum ersten Mal zur Beichte gegangen war, mit sieben, hatte er es spaßig gefunden. Es war gar kein Problem gewesen, seine kleinen Sünden dieser körperlosen Stimme auf der anderen Seite des Eisengitters zu beichten. Er hatte etwas Zucker stibitzt und seine Schwester verhöhnt, weil sie nicht richtig einen Ball werfen konnte. Kein Problem, einfach vergeben und danach Gebete. Aber als er älter wurde und sich immer lebhafter vorstellte, jemand zu sein, der er nicht war, wußte er immer weniger, was er dem Priester bei der Beichte sagen sollte.

Inzwischen war Brock etwa zwölf Jahre alt und las Geschichten von einsamen Wanderern und gebrochenen Helden. Er identifizierte sich so sehr mit diesen Wanderern, die keine enge menschliche Bindung an einem Ort festhielt, daß er zu dem Schluß kam, irgendwo müsse ein Fehler gemacht worden sein. Biber in Fallen fangen, sie abziehen und die Häute trocknen. In Birkenrindenkanus gefährliche Flüsse hinunterzufahren. Konnte es ein besseres Leben geben als das? Aus einer Welt zu entkommen, die von Polizisten und Krankenschwestern beherrscht wird. Aber wo konnte er dieses Leben finden? Sicherlich nicht dort, wo er lebte, und das war auf Long Island.

Warum gerade Brock? Schwer zu sagen. Genauso wie wir damals nicht wußten, warum es Pippin früher auf sich genommen hatte, Verteidiger der Enten zu sein. Man wird in die Welt hineingeboren, und bevor man noch »ich« sagen kann, sind die zwei größten Entscheidungen schon gefallen: Am anderen Ende stirbt man, und an diesem wird man nach seiner Geburt sofort Fremden übergeben, mit denen man entweder zu einer Gemeinsamkeit findet oder sich ein Leben lang fremd bleibt. In jedem Fall hat man selbst dabei keine Stimme.

Brock hatte durchaus gewußt, daß er seinen schon lange vor der Teenagerzeit gefaßten Beschluß, seiner Familie, die eigentlich gar keine so schlechte Familie war, den Rücken zu kehren, hätte beichten müssen. Sein Vater war sehr beschäftigt und schlug seine Kinder manchmal mit einem Gürtel, aber nur, wenn sie ihn während einer Nachtschichtwoche tagsüber aufweckten. Und seine Mutter, ja, sie war nach einem langen Kliniktag mit sterbenden Babys immer zu müde, um sich um ihren gesunden, heranwachsenden Sohn zu kümmern, den sie zwei Monate vor ihrer Hochzeit empfangen hatte und der ihr deswegen nicht ganz so ans Herz gewachsen war wie ihre drei anderen Kinder. Aber nichtsdestotrotz keine so schlechte Familie. Sie hatten ihre sommerlichen Grillpartys im Garten, und die Kinder bekamen Fahrräder, wenn sie Fahrräder brauchten. Und natürlich lagen jede Woche jede Menge sauberer weißer Socken aufgestapelt auf der Waschmaschine. Leben bedeutete dienen. Im Himmel hatte man noch genug Zeit, mit den Kindern zu reden.

Nicht aber in diesem Leben, und Brock hätte bei der Beichte die beste Gelegenheit gehabt, die sich ihm je geboten hatte, einfach mit jemandem zu sprechen und dem Priester zu sagen, was in ihm vorging, über sein Gefühl zu sprechen, daß er schon einmal gelebt hatte, und über sein Gefühl, daß es ein furchtbarer Fehler gewesen sein mußte, daß er auf Long Island zur Welt gekommen war. Jede Woche, wenn er in der Kirchenbank saß und wartete, schwor er sich, daß er diesmal alles sagen würde. Und jede Woche sah er sich, wenn er an der Reihe war und die Tür sich hinter ihm geschlossen hatte, von neuem mit diesem schwarzen Gitter konfrontiert. Auf dessen anderer Seite, in einem parallelen Universum, befand sich eine schattenhafte Gestalt mit rauher Stimme; die Schiefe, die Brock später in dem Schiefen Haus entdeckte, wo sie eine Variante des universellen Gesetzes war, trat hier nirgends offen zutage. Der Priester auf der einen Seite und der Junge auf der anderen. Und welches Recht hatte er schon zu sagen: »Pater, ich habe nicht gesündigt«? Gar kein Recht, und er sagte es auch nicht. Seine Beichten wurden einfach immer wortkarger, wie auch seine Äußerungen bei anderen Gelegenheiten; bereits auf der Unterstufe der High School hatte er es sich angewöhnt, seine Meinung für sich zu behalten.

Doch Brock war intelligent, sehr intelligent sogar. Er schnitt in allen standardisierten Tests hervorragend ab und hatte – nach dem Stanford-Binet-Verfahren – einen I.Q. von 160. Er erzielte überall Bestnoten, ohne sich dafür anzustrengen, und so schafften seine Eltern es, ihn auf einer erstklassigen High School unterzubringen, die in erster Linie für die Ausbildung von Jesuiten gegründet worden war. Die Schule nahm nur Jungen auf und lag über eine Stunde von seinem Zuhause entfernt; also brachte er jeden Morgen eine Stunde reisekrank im Bus zu und jeden Abend eine weitere. Er lernte keine Mädchen kennen und beteiligte sich an keinerlei Aktivitäten, die nicht zum Unterricht gehörten. Er wurde zum Jesuitenpater ausgebildet. Er sprach Latein. Daß er gar kein Jesuitenpater werden wollte, war niemandem aufgefallen.

Und während er groß und stattlich wurde, kräftig, sportlich und gesund war und in jeder Hinsicht hervorragendes Priestermaterial abzugeben schien, trat eine neue Entfremdung allmählich an die Stelle jener alten. Jetzt fühlte er sich tatsächlich wie ein Kind, ein Kind, das zu feige war, den Regeln den Gehorsam zu verweigern, die ihm gesetzt wurden, selbst wenn er sie von ganzem Herzen haßte. Er haßte seine High School mit ihren Laienbrüdern und Patern, er haßte es, jeden Tag so weit zur Schule und wieder zurück nach Hause fahren zu müssen, und er haßte es, daß es an der Schule kein vernünftiges Labor und keinen vernünftigen naturwissenschaftlichen Unterricht gab. Er haßte außerdem die Arschkriecher, mit denen er zusammen zur Schule ging, und all die Mädchen, die er von weitem sah, an die er aber nicht herankam. Am allermeisten haßte er eine Religion, der es nie in den Sinn kommen würde, einmal zu fragen, wie seine Gefühle waren, die im Gegenteil davon ausging, daß er ihre Mythen einfach hinnahm. Auch Jesus mußte sich wie ein Sonderling vorgekommen sein, jemand, der nun wirklich in die falsche Familie hineingeboren worden war, in diese ganze wahnsinnige Familie des *Homo sapiens*. Doch die oberflächliche Identifizierung mit ihm, die Brock als Konsequenz dessen empfunden haben mochte, wurde völlig überschattet von all den furchtbaren Dingen, die in Jesu Namen verübt worden waren.

Während dieser Zeit las Brock weiterhin viel und vielerlei – immer Geschichte und Naturwissenschaften, niemals Romane –, und seine Lektüre führte ihn zur Parapsychologie, zur Erinnerung an vergangene Leben. Er fand diese Ausführungen sehr tröstlich, um so mehr, als die Situation zu Hause sich weiter verschlechtert hatte, nachdem sein Vater im New York Police Department zum Abteilungsleiter befördert worden war. Im Keller wurde eine Bar eingerichtet, und Frank, Brocks Vater, saß dahinter und servierte wie ein Barkeeper Drinks, hauptsächlich sich selbst. Brock konnte wegen seiner Innenohrprobleme nicht viel trinken, obwohl er es manchmal gern getan hätte. Er lag auf seinem Bett, machte seine Hausarbeiten und las, bis ihm die Augen schmerzten. Er las über die Kreuzzüge, die Pest, über Galileo. Immer war er auf der Suche nach den Einzelgängern. Jeden Sonntag und Donnerstag ging er zur Messe, und als er die High School abgeschlossen hatte, bewarb er sich an nur einer einzigen Hochschule, und zwar an der State University of New York in Binghamton.

Es gab einen regelrechten Aufruhr zu Hause, als Brock diese Tatsache eines Abends beim Essen bekanntgab, denn Brock sollte der Priester der Familie werden, und man ging davon aus, daß er auf eine Universität der Jesuiten und von da aus ins Priesterseminar gehen würde. Brock sagte seinen Eltern zum ersten Mal, daß er nicht an Gott glaube. Er sagte sogar: »Warum steckt ihr euch euren Gott nicht sonstwohin?« Er fand das komisch, aber Frank, der ziemlich betrunken war, war anderer Meinung und versuchte, seinen Sohn mit einem Gürtel zu verprügeln, wie er es getan hatte, als Brock noch ein kleiner Junge war. Es gab einen Kampf, und schließlich fällte Brock seinen Vater mit einem einzigen Schlag ins Gesicht. Damit war vieles zu Ende, und Brock war im wesentlichen froh darüber.

Aber er hielt es in Binghamton keine zwei Jahre lang aus, da er sich, von der katholischen Kirche befreit, zwei Interessen hingeben konnte, die lange unterdrückt, aber nicht ganz erstickt worden waren: dem Felsklettern und den Frauen. Vor seinem High-School-Abschluß hatte er kein einziges Rendezvous gehabt, und jetzt befand er sich an einem Ort, an dem er ständig von Frauen umgeben war. Das war berauschend, ablenkend und phantastisch. Aber es war schließlich auch fatal, und Brock fing mit dem Felsklettern zum Teil deswegen an, weil er dabei der körperlichen Verlockung durch die Frauen entgehen konnte. Er stürzte sich wie ein Besessener darauf, aber er konnte ja nicht gut in die Berge ziehen oder für immer in einer Steilwand bleiben. Er mußte schließlich doch zurück nach Binghamton.

Und dort lernte er eines Tages in der Bibliothek Sarah Savours kennen, die schlank und rothaarig war, eine Stupsnase und einen süßen kleinen Mund hatte und ein durchstochenes Ohr, an dem sie einen langen silbernen Ohrring trug. Er hatte die Form eines Balkens mit einem Haken, und er kitzelte Brocks Gesicht, wenn er sie küßte, und das tat er so oft wie möglich. Der Schmuck, der da so einsam an ihrem Ohr baumelte, wirkte wie eine verlorene Häkel- oder Stricknadel, und sie stach Brock einmal ganz kurz, kurz und schmerzlos, so daß er fast nichts davon merkte – bis er während der Ferien im Frühjahr in die Smoky Mountains fuhr. Dort entdeckte er, daß er an dem Ohrring hing wie an einem Angelhaken und daß Sarah die Angelrute in Händen hielt. Er kehrte vorzeitig nach Binghamton zurück aus Angst, sie könnte während seiner Abwesenheit jemand anderen gefunden haben. Er fuhr per Anhalter zu ihrer Familie nach Hause, wo er ihr auf der Veranda einen Antrag machte. Sie willigte sofort ein und war schwanger, noch bevor Brocks zweites Studienjahr um war.

Das war der Teil von Brocks Geschichte, von dem ich die wenigsten Einzelheiten erfuhr; im Oktober jedenfalls kehrte Brock der Universität den Rücken, um seine junge Familie zu ernähren. Er fand einen Job in einer Fabrik, die Kraftfahrzeugteile herstellte. Er hatte ein Kind und eine Frau, er war zwanzig, und er hatte das Gefühl, daß sein Leben vorüber war daß er niemals sein Ziel erreichen würde, was immer das auch gewesen sein mochte. Er drückte es nicht ganz so aus, aber das war es, was er meinte, und ich konnte seine Traurigkeit spüren und die große Sehnsucht, die er immer noch nach seiner Familie hatte. Wenn ich dumm genug wäre, mich auf ihn einzulassen, würde Sarah immer dabei sein und neben mir stehen, und ich würde nichts daran ändern können, überlegte ich mir. Ich hatte nicht vor, das zuzulassen.

Ich war ohnehin im Begriff abzureisen. Wir schüttelten einander die Hände, ich brachte Brock zur Tankstelle zurück und fuhr dann los. Und dennoch blieb alles, was er erzählt hatte, bei mir, die Angst, die er anscheinend empfunden hatte, und sein Respekt und seine Ehrfurcht vor der Geschichte. Geschichte, die er für sich zurückgewonnen hatte, gegen alle Wahrscheinlichkeit, wenn man in Rechnung stellte, wer er war, wo er herkam und in welcher Zeit er lebte. Ich hatte den Eindruck, daß er sich nicht um seiner Gegenwart willen der Vergangenheit zugewendet hatte, sondern aus einer Liebe zur Schönheit heraus, einer Schönheit, die uns den unendlichen Kreislauf des Lebens offenbart. Ich glaubte zwar nicht wirklich daran, daß ich in einem vergangenen Leben schon einmal in der Antarktis gewesen war, aber ich verstand, was Brock mit seiner Theorie von den früheren Leben meinte. Im unendlichen Kreislauf des Lebens gab es endlose Variationen, es gab Muster, aber es gab auch Wechsel. »Ich habe früher schon einmal gelebt«, das sagt man, wenn einem die Worte fehlen. Wenn man kein Griechisch spricht, aber vielleicht die Welpensprache.

Es ist auch eine Form, Butch, diesen guten Jungen, zu fragen, ob er nicht herkommen wolle.

Das war im Sommer gewesen, und jetzt hatten wir Herbst. Ich hatte im Herbst stets die Schulbank gedrückt, und ich tat es auch jetzt wieder. Das war in diesem Jahr nicht anders als in jedem anderen. Aber etwas war trotzdem anders, und zwar nicht nur, weil ich Heimweh hatte und mir Ann Arbor nicht gefiel, sondern auch, weil ich – zum ersten Mal in meinem Leben – eine schlechte Schülerin war.

Ich hatte zusammen mit einer anderen Studentin ein kleines Haus in der Cross Street gemietet. Sie hieß Shannon Burch und studierte Anthropologie; ich hatte sie durch ihre Zeitungsannonce »Mitbewohnerin gesucht« gefunden, und wir hatten keine fünf Minuten miteinander gesprochen, als wir uns entschlossen zusammenzuziehen. Shannon war klein und kräftig und verfügte über ein bemerkenswertes Selbstbewußtsein und eine erstaunliche Zielstrebigkeit. Sie befaßte sich mit Stadtplanung und mit der Erforschung von besonderen Sozialstrukturen, die in verarmten und von Gewaltausbrüchen bedrohten Gemeinden herrschten. Ich wohnte gern mit Shannon zusammen. Sie war fröhlich und stark, und wenn sie sich nicht gerade in Detroit oder Ann Arbor aufhielt, dann war sie zum Bergsteigen in den Rocky Mountains. Sie mußte eine gute Bergsteigerin sein. Ich war ein wenig eifersüchtig, weil sie so sehr von dem überzeugt zu sein schien, was sie tat, und ich in dem Augenblick, als ich nach Michigan gekommen war, so viel von meinem Selbstvertrauen eingebüßt hatte. Jetzt, im Graduiertenstudium, wurde von mir erwartet, daß ich für alles und jedes eine Theorie hatte und sie in meinen Referaten vorstellte, als handele es sich um die »Wahrheit«. Aber je älter ich wurde, desto mehr verwirrte mich die Frage, was genau »Wahrheit« war. Mein Vater hatte recht gehabt, als er von dem *Ehrlichen Haus* sprach. Es war merkwürdig, daß wir von »der Wahrheit« sprechen, aber von »einer Lüge«, so daß jede einzelne Lüge nur eine von einer unendlichen Anzahl möglicher weiterer ist. Wenn es aber viele verschiedene Lügen geben konnte, dann traf das gleiche gewiß auch für die Wahrheiten zu; Interessen spielten bei der Interpretation von Fakten eine Rolle, und verschiedene Menschen betrachteten die Dinge ganz unterschiedlich.

Und nicht nur das; selbst ein und dieselbe Person mochte eine Sache in den verschiedenen Phasen ihres Lebens ganz unterschiedlich betrachten; ich selbst zu Anfang meines ersten Semesters war dafür das beste Beispiel. Ich belegte einen Kurs über die edwardianische Zeit, für den ich bis Dezember eine größere Arbeit abgeben mußte. Ich beschloß schon bald, daß ich über Kathleen Scott schreiben würde. In den Biographien von Con, die ich gelesen hatte, war sie als eine Frau beschrieben worden, die ihrer Zeit weit voraus war. Sie war von mütterlicher Seite her griechischer Abkunft; ihr Urgroßvater war ein griechischer Prinz gewesen, dessen Tochter – Kathleens Großmutter – einen Schotten geheiratet hatte. Offensichtlich hatte Kathleen ihr griechisches Erbe als ihre Stärke betrachtet und geglaubt, es habe sie zu einem freien Geist und einer Künstlerin gemacht. Sie hatte es genossen, barfuß die Berge am Mittelmeer zu durchstreifen, und sie war – wiederum Scotts Biographen zufolge – eine treibende Kraft hinter Scotts Entscheidung gewesen, seine zweite Reise in die Antarktis anzutreten. Er hatte ihre Leidenschaft und ihren Enthusiasmus geliebt, weil er selbst ein Soldat war, der, wie er es formulierte, unter »der abstumpfenden Wirkung einer mechanischen Existenz« litt, und obwohl das nicht der Scott war, den ich kannte, hatte er doch offensichtlich sich selbst als Erde und Kathleen als Luft, sich als Schatten ihres Sonnenscheins angesehen.

Ich begann die Vorarbeiten für mein Referat mit der Lektüre des Geschenks meiner Mutter, *Selbstportrait einer Künstlerin*, und war, als ich mir das Buch vornahm, ganz darauf eingestellt, Kathleen sympathisch zu finden. Aber je mehr ich von ihr las, desto weniger war das der Fall und desto weniger verstand ich sie. Vielleicht war ich auch nur überrascht, wie vollkommen sie auf manche Weise ihre eigene Zeit zu verkörpern schien. Großbritannien zur Zeit der Jahrhundertwende war für mich damals die fremdartigste aller Kulturen seit dem Beginn aller Geschichtsschreibung; in gewisser Weise fiel es mir leichter, mir die Kultur vorzustellen, die Stonehenge hervorgebracht hatte, das alte Ägypten oder das mittelalterliche Spanien, als mir auszumalen, wie das

Leben im imperialen England wohl ausgesehen hatte. Das Land selbst hatte nur eine Bevölkerung von einer Million Menschen gehabt, jedoch dreihundertvierzig Millionen andere regiert. Privilegierte Edwardianer hatten offenbar mit Erkenntnissen gelebt, die man sich, im Rückblick betrachtet kaum beschränkter vorstellen kann. Der enorme Reichtum, den Britannien dank der Eroberung und Ausbeutung der bekannten Welt genoß, wurde nur für ein zufälliges Nebenprodukt der Bürde gehalten, die der weiße Mann zu tragen hatte, und die meisten Briten hatten offenbar geglaubt, am Tor zu einem goldenen Zeitalter zu stehen – überzeugt nicht nur davon, daß ihr System das beste war, das die Welt je gesehen hatte, sondern auch, daß es göttlichem Wollen entsprach.

Aber nicht alle hatten das geglaubt. Und in diesem Punkt, meine ich, habe ich in jenem Herbst anders auf Kathleen reagiert, als ich es früher getan hätte. Am Green River hatte ich eine Biographie von Edward Wilson gelesen, Scotts bestem Freund, einem Arzt, Naturwissenschaftler und Mystiker. Wilson hatte sowohl die Expedition mit der *Discovery* als auch die mit der *Terra Nova* mitgemacht, und er war im Zelt auf der Großen Eisbarriere zusammen mit Scott gestorben. Aus der Lektüre anderer Bücher, insbesondere des Berichts von Cherry-Garrard, war mir bereits bekannt gewesen, daß alle, mit denen er je zusammengearbeitet hatte, ihn tief verehrten, und aus seiner Biographie hatte ich auch erfahren, warum das so war. Er war nicht nur ein Mystiker gewesen, sondern auch ein Franziskaner und Freidenker. »Onkel Billie«, wie alle ihn nannten, lebte in einer Welt, deren Mittelpunkt die Natur bildete; lange bevor es den Ausdruck gab, war er ein überzeugter Ökologe. Von Beruf war er sowohl Arzt als auch Biologe mit dem Spezialgebiet Ornithologie. Unter Naturfreunden seiner Zeit war es üblich, Vogelzeichnungen nach toten, ausgestopften Tieren anzufertigen. Er fand das unglaublich. »Niemand würde auf die Idee kommen, gepreßte Pflanzen zu zeichnen!« schrieb er. Er fertigte Studien von lebenden Uhus, Rauhfußhühnern und Sperbern an und ließ jedem Vogel seine individuellen Züge. Und mehr noch, er zeichnete die Vögel in ihrer natürlichen Umgebung; er fand, daß er die toten Blätter und die Wurmlöcher im Wattenmeer einfach mit abbilden mußte, um den Vogel wirklich darzustellen.

Es lag natürlich nicht einzig hieran, daß man ihn so liebte. Geliebt und verehrt wurde er, weil er so durch und durch freundlich war, jedermanns Ratgeber wurde, dem alle ihre Probleme anvertrauen konnten. Seine Freundlichkeit schien einer allumfassenden Liebe zum Leben zu entspringen, und das erlaubte ihm, sich von allgemein akzeptierten Auffassungen seiner Zeit zu lösen. Zum Beispiel war für ihn Sport – er schrieb es immer mit bestimmtem Artikel, »der Sport«, als gebe es nur einen Sport, und der sei immer ein und derselbe, ganz gleich, um welche Art von Sport es sich dabei handelte – »ein Relikt des Barbarentums« und »dazu verurteilt, bald auszusterben«, zumindest bei den zivilisierten Völkern, »ein Ende, auf das wir nur ergebenst hoffen können«. Als er diesen Gedanken auf der Fahrt mit der *Discovery* einmal der Mannschaft gegenüber zur Sprache brachte, fand er zu seinem Mißfallen, daß viele der Männer nicht seiner Meinung waren. Scott allerdings schloß sich ihm an. Auch Scott fand, daß organisierter Sport letzten Endes nur die Ermutigung zu unerwünschter Gewalt bedeutete.

Wilson war auch davon überzeugt, daß das Klassensystem Großbritanniens große ethische Probleme mit sich bringe. »Welche gewaltige Verantwortung gehen wir ein, wenn wir Diener für uns arbeiten lassen ... Durch sie haben wir freie Zeit, die wir nach Belieben verwenden können, sinnvoll oder nicht, geschäftig oder müßig. Daß wir sie bezahlen, ändert nichts an der Tatsache – es ist eine Frage der Zeit und nicht des Geldes ... Jeder von ihnen übernimmt einen Teil meiner lästigen Arbeiten und gibt mir dadurch Zeit für anderes. Sie erfüllen ihren Teil des Handels; sie placken sich Tag für Tag von früh bis spät ab ... Köche, Hausmädchen, Schuhputzer, Gärtner, Hilfsarbeiter, Milchmänner, Müllmänner, Postboten, Büroangestellte, Vertreter – Hunderte und Aberhunderte, die ihr Leben hingeben, um einigen wenigen Zeit zu ersparen; und einer nach dem anderen werden wir, die wenigen, vor ihr Angesicht gebracht und gefragt werden, was wir mit unserem Leben getan haben, mit der Zeit, die sie uns gegeben haben, damit wir die Welt besser machen.«

Wilson hielt auch nichts von Krieg. Er schrieb über den Burenkrieg: »Jetzt, da ich weiß, welches im Kriege die Pflichten eines Soldaten sind, würde ich mich eher selbst erschießen als andere. Ich könnte es einfach nicht. Der bloße Gedanke daran ist inzwischen ein schrecklicher Alptraum für mich, hauptsächlich als Resultat einer sehr realistischen Darstellung unserer entsetzlichen ... Greueltaten bei der Bombardierung von Kronje am Modder. Da habe ich geweint wie ein Baby und die Zeitung angewidert weggeworfen. Eine Nation sollte nach genau den gleichen Kriterien beurteilt werden wie ein Individuum. Als Nation haben wir uns der übelsten Sünden schuldig gemacht, die von jedermann als der Triumph des Imperialismus gepriesen werden. Eines Tages wird dieser Teil unserer Geschichte in seinem rechten Licht gesehen werden.«

Ich fand Wilson wunderbar. Und ich fand auch die Klarheit, mit der er seine eigene Zeit gesehen hatte, wunderbar; bei Scott war es das gleiche gewesen, aber er war mit dem, was er schrieb, wesentlich vorsichtiger. Kathleen allerdings – nun, sie war eine Künstlerin, so wie Wilson ein Künstler war, aber das war ihre einzige Gemeinsamkeit.

Kathleen mochte zwar Künstlerin sein, aber ihr *Das Reich liegt im Inneren*, von dem ich vor so langer Zeit eine Fotografie gesehen hatte, war in ihrem Werk eine Ausnahme, war eine ihrer sehr wenigen phantasievollen Skulpturen. Größtenteils hatte sie öffentliche Denkmäler angefertigt, Köpfe von Männern wie König Georg V., Neville Chamberlain, George Bernard Shaw und so weiter. Tatsächlich ließ sich kaum ein berühmter Engländer jener Zeit nennen, den Kathleen nicht skulptiert hätte; sie fertigte nur Köpfe an und stellte diese nicht auf Körper, sondern auf Sockel. Sie schrieb über ihre »Porträts«, daß sie das Glück gehabt habe, niemals mit dem Porträtieren eines Mannes beauftragt worden zu sein, von dessen Persönlichkeit sie nichts wußte. Sie sagte, daß es beim Porträtieren wichtig sei zu entdecken, »wofür ein Mann stand«, »was seine Ziele waren«, und so die Hauptzüge seines Charakters zu erkennen. Sie schrieb außerdem, daß es für einen Bildhauer wichtig sei, einige Züge des Modells hervorzuheben und andere zu vernachlässigen, und daß sie persönlich immer dazu geneigt habe, jene Züge besonders herauszustellen, die sie bewundernswert fand.

Und welche Qualitäten fand sie bewundernswert? Stärke und Entschlossenheit, Selbstkontrolle, Willenskraft, Durchsetzungsvermögen und Mut. Krankheit und körperliche Gebrechen waren ihr zutiefst zuwider. Sie schien zu glauben, Behinderungen, gleich welcher Art, seien ein Ausdruck moralischer Schande, und sie haßte Zweifel wie auch Menschen, die zweifelten, ganz gleich, worum es dabei ging. An einer Stelle ihrer Autobiographie schrieb sie, Geschichte sei »langweilig«, und über die Zukunft denke man ebenfalls viel zuviel nach. Das Glück des Augenblicks war es, wonach sie immer strebte; sie hatte einen messerscharfen Verstand, der in keiner Weise durch Mitgefühl oder dergleichen aufgeweicht wurde. Und zu alledem haßte sie Frauen; sie schrieb, daß Frauen ihr »völlig wesensfremd« seien und daß sie gewöhnlich nur die eine Furcht habe, »daß sie von ihnen geküßt werden könne«. Babys gegenüber konnte sie wohl ziemlich gefühlvoll werden, aber ihr gefielen nur kleine Jungen. Für Mädchen empfand sie nur Mitleid.

Das alles war in gewisser Weise noch verständlich, wenn man bedenkt, in welchem Zeitalter sie lebte, genauso wie die Tatsache, daß sie von sich selbst durchweg wie von einem Mann schrieb, zum Beispiel: »Ich nahm es auf wie ein Mann«, und so weiter. Sie schrieb auch, daß ihr George Bernard Shaw einmal gesagt habe, sie sei so maskulin, daß die Gefühle, die er für sie empfinde, der Homosexualität näherkommen müßten als alles andere, was er je zuvor gefühlt habe. Davon abgesehen schien Kathleen Scott in jungen Jahren einzig von dem einen Gedanken beseelt gewesen zu sein, einen Sohn zu gebären und dadurch die Macht zu erlangen, die ihr selbst vorenthalten worden war, weil sie kein Mann war. Auf gewisse Weise war auch dies verständlich. Und trotzdem nicht liebenswert, wenigstens nicht für mich, denn wenn ich auch nicht anders konnte, als mit der wilden Entschlossenheit zu sympathisieren, mit der Kathleen das Weibliche zurückwies, konnte ich es andererseits, selbst weiblich, doch auch nicht anders als sehr persönlich nehmen.

Ich weiß, daß es sich verrückt anhört, aber es ist wahr. Es erinnerte mich sehr an Dr. Jim, sie ähnelte Dr. Jim um so mehr, je näher ich sie kennenlernte. Während sie auf der Suche nach dem »richtigen, dem perfekten Vater« für ihren Sohn war – von ihrem achtzehnten Lebensjahr an, bis sie schließlich mit dreißig Jahren Scott heiratete –, blieb sie Jungfrau. Während dieser Zeit hatte sie viele Verehrer, darunter durchaus beachtliche Männer, aber sie wies alle zurück, weil sie nicht ihrer Vorstellung von dem vollkommenen Mann entsprachen, den sie suchte; jener vollkommene Mann sollte all das verkörpern, was sie bewunderte und was sie in ihren Skulpturen hervorhob, und keine der anderen Eigenschaften, die sie nicht schätzte. In dem Bild, das sie malen wollte, hatten Wurmhäufchen und tote Blätter nichts zu suchen, gab es kein Bestreben, die Dinge in ihrer Umwelt zu erfassen. Stärke und Entschlossenheit, Selbstkontrolle, Willenskraft und Mut, das war es, wonach sie bei diesem Mann suchte, der als Vater »großartig geeignet sein würde«.

Auf einer Nachmittagsgesellschaft bei Mabel Beardsley lernte sie Scott im Jahre 1907 flüchtig kennen; zehn Monate später traf sie ihn wieder auf einer Teeparty, zu der auch Henry James und Ernest Thesiger gekommen waren. Ihnen widmete Kathleen ihre ganze Aufmerksamkeit; sie fand Scott »eher häßlich« – und dennoch hatte sie sich zwei Wochen später entschieden, ihn zu heiraten. Sie schrieb, daß »dieser gesunde, frische, anständige, ehrliche, wie aus Stein gemeißelte Marineoffizier unverkennbar genau das war, was ich mir als Kontrast zu meinen Künstlerfreunden vorgestellt hatte«, und daß sie jetzt glaube, endlich »den Vater« gefunden zu haben. Sie heirateten, bevor das Jahr um war. Scott liebte sie bestimmt, aber nach der Lektüre ihrer Autobiographie glaube ich nicht, daß Kathleen Scott liebte. Das konnte sie gar nicht, nicht wirklich, denn sie hatte absolut keine Vorstellung, wer er war; es war mir unmöglich, ihre Aufzeichnungen zu lesen, ohne daraus den Schluß zu ziehen, daß sie ihn ausgewählt hatte, wie ein Pferdezüchter einen Deckhengst aussucht. Scott war berühmt. Er war ein Mann mit ausgewiesenen Führungsqualitäten. Er mußte gesund sein, wenn er die Fahrt der *Discovery* überlebt hatte. Und er mußte Willensstärke und Mut und alle anderen Eigenschaften eines Imperialisten auf sich vereinigen.

Kathleen hatte nach ihrer Hochzeit reichlich Gelegenheit zu entdekken, daß Scott kein »wie aus Stein gemeißelter Marineoffizier« war. Seine Briefe an sie, geschrieben in Zeiten der Trennung, strotzten von Ausdrücken wie: »Ich bin blödsinnig ängstlich ... Ich mache mich selbst lächerlich ... Ich habe Angst vor dem, was ich für dich sein soll ... Du wirst einen dummen Menschen inspirieren müssen ... Ich bin traurig heute abend ... Es ist feige von mir, dies zu schreiben ... Hab Geduld mit all diesen Dummheiten.« Aber nichts davon konnte ihre Meinung über das Wesen des Mannes, den sie geheiratet hatte, beeinflussen oder ändern, und als sie zwölf Monate nach der Hochzeit von ihrem Sohn entbunden worden war, schrieb sie: »Sehr groß, sehr gesund, richtig vollkommen war mein kleiner Junge; und dann ist etwas Merkwürdiges mit mir geschehen. Ich empfand zum ersten Mal leidenschaftliche, wilde Liebe für meinen Mann. Ich wußte nicht, daß diese Liebe mir vorher gefehlt hatte, aber jetzt wußte ich es. Er wurde mein Gott. Der Vater meines Sohnes und mein Gott. Bis jetzt war er ein Novize gewesen, ein Mittel zum Zweck. Und nun war all meinem Wünschen reichlich entsprochen worden. Ich betete beide an, Vater und Sohn, gab mich selbst auf und widmete mich glücklich diesem Gottesdienst.«

Allerdings fand sie den Gottesdienst nicht befriedigend genug, um Scott nicht schon im Herbst – Peter war im September zur Welt gekommen – zu einer weiteren Expedition in die Antarktis zu drängen; sie hatte im Juli mit ihrer Überredungsarbeit begonnen, als sie im siebten Monat schwanger und von ihm getrennt war, und er hatte ihr geschrieben, er bezweifle, daß er ausreichend trainiert sei, um zum Südpol zu gehen. »Schreibe mir, daß du zum Pol gehen wirst«, sagte sie. »Ach, Liebling, wozu hat man denn Energie und Unternehmungsgeist, wenn nicht, um eine solche Kleinigkeit zu bewältigen? Es muß getan werden, also beeile dich und setze alles Nötige in Bewegung.« Im nächsten Jahr reiste er in die Antarktis ab, und sie schrieb später darüber: »Es folgte eine lange, erzwungene Trennung von Con. Es machte mir nichts aus; meine Verehrung für ihn blieb unverändert.«

Es hatte ihr in der Tat nichts ausgemacht, und mir schien, daß ein wichtiger Grund für ihre Wahl Scotts als »dem Vater« die besondere Art seiner Tätigkeit war, die mit sich brachte, daß er den größten Teil seiner Zeit von ihr getrennt sein würde; jeder andere Mann, den sie in Betracht gezogen hatte, hätte wohl die unerwünschte Neigung gezeigt, zu Hause zu bleiben, und sie im Laufe der Zeit dazu gezwungen anzuerkennen, daß er kein Gott, sondern ein menschliches Wesen war. Kathleen war per Schiff nach Neuseeland unterwegs, um Scott nach seiner Südpoleroberung in Empfang zu nehmen, als der Kapitän der *Aorangi* über Funk die Nachricht erhielt, daß die Polmannschaft auf der großen Eisbarriere umgekommen sei; er bat Kathleen in seine Kabine und reichte ihr mit zitternder Hand das Telegramm. Er befürchtete, Kathleen würde versuchen, sich umzubringen.

Eine völlig gegenstandslose Befürchtung. Kathleen setzte all ihre Aktivitäten fort und schrieb am selben Abend die folgende Passage in ihr Tagebuch: »Es war die Zeit, zu der ich manchmal Spanischunterricht habe. Heute waren es anderthalb Stunden, und ich schlug mich ganz gut. Danach ging ich hinunter zum Mittagessen und unterhielt mich über amerikanische Politik. Ich hatte den Kapitän gebeten, den anderen Passagieren nichts zu sagen; die Mannschaft wußte bereits Bescheid. Ich las in einem Buch über den Untergang der *Titanic* und beschloß, meine Gedanken so lange von dem Thema abzulenken, bis ich sicher sein konnte, mich ganz unter Kontrolle zu haben. Es war zu heiß, um in meiner Kabine zu bleiben; also verbrachte ich den Rest des Tages an Deck. Mein Gott ist göttlich. Ich brauche ihn nicht zu berühren, um das zu wissen. Ich werde weiterhin in tiefer Bewunderung frohlocken und die Schatten der Sorge von mir fernhalten. Im Innern werde ich jubilieren. Mein Gott ist glorreich und wird es immer sein. Angst vor Einsamkeit habe ich nie gekannt. Wäre er gestorben, bevor ich von seiner Glorie wußte oder bevor er der Vater meines Sohnes wurde, hätte ich vielleicht einen Verlust empfunden. So aber hat es für mich keinen gegeben. Wird irgend jemand das verstehen können? – Wahrscheinlich nicht.«

Dieser Abschnitt war keineswegs ungewöhnlich für Kathleen. Der einzige Schmerz, den sie angesichts des Todes ihres Mannes in der Antarktis empfunden zu haben schien, war der »Gedanke an das furchtbare seelische Leid, das ihn bei dem Gedanken an seine unerfüllten Verpflichtungen erfüllt haben muß«. Mit anderen Worten, ihr tat es leid, daß er, wie sie sich ganz richtig vorstellte, ein Schuldgefühl empfand zu sterben, ohne für ihre Zukunft und die ihres Sohnes vorgesorgt zu haben. Sie schrieb das auf dem Schiff, lange bevor sie Scotts Tagebücher erhielt, also auch bevor sie erfuhr, daß seine letzte Eintragung lautete: »Sorgt um Gottes willen für unsere Angehörigen.« Also kannte sie ihn doch ein wenig; hätte sie allerdings länger als die paar Monate, die es zusammengerechnet waren, mit ihm zusammengelebt, dann wäre sie seiner sicher überdrüssig geworden, denn seine düsteren Stimmungen, Zweifel und Befürchtungen würden ihr zweifellos zugesetzt haben.

Mir erschien also – in den achtziger Jahren – Kathleen als eine typische Vertreterin ihrer Klasse und ihrer Zeit, so wie ihr Mann und Edward Wilson atypisch waren. Obwohl sie offenkundig Künstlerin gewesen war und Scott ebenso offensichtlich Soldat, war ihre Art von Kunst unverkennbar soldatisch. Ich hatte den Eindruck, daß Kathleen auf dem Höhepunkt eines von einem Männerkult beherrschten Zeitalters gelebt hatte, in dem einzelne Männer zu leuchtenden Vorbildern für das Konzept Mann erkoren wurden – Männer, die den Pol eroberten und beherrschten, in Stein gehauene Männerskulpturen, Männerporträts, makellos, abgehoben, nicht auf einem Körper, sondern auf einem Sockel thronend. Und ich hatte das bestimmte Gefühl, daß Kathleen

Scott eine Aussage, auf die ich kürzlich gestoßen war, spontan unterstützt hätte – daß nämlich der Mensch es am Ende schaffen werde, »die Arbeit alles Lebens auf der Erde – der gesamten Biosphäre – seiner eigenen Spezies zunutze zu machen«. Weit davon entfernt, darauf mit Schrecken zu reagieren, hätte sie wahrscheinlich gesagt: »Laßt es uns in Angriff nehmen! Wozu haben wir unsere Energie und unseren Unternehmensgeist, wenn nicht, um eine solche Kleinigkeit zu bewältigen?« Und was Genmanipulationen anbelangt, die manche auch den »zweiten Urknall« nennen, hätte Kathleen zweifellos als erste in der langen Schlange von Interessenten gestanden, wenn irgendwo verbesserte Modelle von Söhnen angeboten worden wären.

Mein Referat blieb für immer ungeschrieben. Ich behandelte schließlich ein anderes Thema. Ich hatte es einfach nicht geschafft, hier zu einer Wahrheit zu gelangen. Kathleen Scotts Selbstbild und mein Bild von ihr waren zu verschieden voneinander. Aber wenn ich sie zu dem machte, was ich in ihr sehen wollte, tat ich dann nicht das gleiche, was sie getan hatte? Wenn ich sie so darstellte, wie ich sie sah, als jemanden, der hatte dominieren wollen, dessen größter Wunsch gewesen war, die Welt nach ihrem Gefallen zu formen, wo blieb dann der Unterschied zu ihren Köpfen? Ich war ja kein Edwardianer; ich konnte nicht nachvollziehen, was für Kräfte das waren, die auf sie eingewirkt hatten, obwohl ich wünschte, ich könnte es.

Aber wenn Wilson über seine eigene Zeit hatte hinaussehen können, sollte meine Aufgabe ebenfalls nicht unlösbar sein. Es schien vernünftig anzunehmen, daß einige Wahrheiten wahrer waren als andere. Ich war froh, Kathleens Buch gelesen zu haben, denn wenn es mich auch nicht dazu brachte, sie zu mögen, erhöhte es doch mein Verständnis für das Besondere an Robert Falcon Scotts Geschichte. Insoweit sie in Scott den Mann gesehen hatte, den sie hatte sehen wollen, hatte Kathleen große Ähnlichkeit mit Clements Markham gehabt. Es hatte so viele andere, geeignetere Männer gegeben, für die sich sowohl Markham als auch Kathleen hätten entscheiden können. Aber sie hatten sich Scott ausgesucht, »den alten Träumer«, und ihn dann in die Antarktis geschickt, um ihre Ziele und Träume und Wünsche zu verwirklichen. Markham war nach Scotts Tod auf der Barriere niedergeschlagen gewesen, während Kathleen keinen Schmerz empfunden hatte. So oder so lastete auf ihren Reaktionen etwas für mich schwer Greifbares. Und diese lastende

Ungreifbarkeit war ebenfalls in der Reaktion der Gesellschaft zu spüren, zu der sie gehörten und für die sie beide so vollendete Beispiele waren. Vor dem Untergang der Polmannschaft war die Expedition stark verschuldet gewesen, mit fast dreißigtausend Pfund; Scotts gesamter persönlicher Besitz war belastet gewesen. Nachdem die Nachricht vom Tod im Eis Britannien erreicht hatte, wurden die Schulden sämtlich durch Spenden der Öffentlichkeit getilgt, und auch Scotts letzter Wunsch wurde erfüllt: Für alle Angehörigen wurde gesorgt. Aber was verbarg sich denn nun hinter dieser Nachricht, die das britische Weltreich genau ein Jahr vor dem Kriegsausbruch im August erreichte, was war es, das den Briten im nachhinein solch eine Freude bereitete, sie in solch tiefer Bewunderung frohlocken ließ? Was war das? Ich wünschte, ich wüßte es. Und ich wünschte auch, ich könnte – so wie es Brock Callahan offensichtlich möglich war – glauben, daß man sich aus der gesamten Unendlichkeit des Lebens seine eigene Zeit und seinen eigenen Wohnort aussuchen kann.

Schlittenzug in die Geschichte

Im ersten Semester in Michigan war ich eine bemerkenswert schlechte Studentin und schaffte es nur knapp, nicht aus meinem Studienprogramm hinausgeworfen zu werden. Ich dachte viel ans Schlittenziehen, und sobald der erste Schnee fiel, war ich draußen im oberen Seengebiet, wo Skilauf schon immer Skilanglauf bedeutet hatte. Ich kaufte mir meinen ersten Schlitten, einen aus England importierten Kaybo Kevlar, und ich lernte, im Geschirr Ski zu laufen, zuerst mit einem leeren Schlitten hinter mir, dann mit einem leicht beladenen, bis ich halbwegs überzeugt war, daß ich mit ihm umgehen konnte; dann packte ich hundert Pfund auf den Schlitten, dann hundertundfünfzig, bis ich schließlich bei zweihundert angelangt war. Damit ließ ich es vorläufig gut sein, denn die Seen waren noch nicht zugefroren, und ich mußte deshalb hügelauf und hügelab laufen. Manchmal war ich zusammen mit Clint Wiseman unterwegs, einem Kommilitonen vom Fach Geschichte – ein Mann, der schöne, flüssige, leidenschaftliche Essays schrieb.

Ich schätze, es war Anfang oder Mitte November, nicht lange nach dem Beginn der Schlittensaison jedenfalls, als ich eines Tages in die Bibliothek ging, um dort etwas zu eben diesem Thema zu finden. Ich suchte technische Informationen über die verschiedenen Schlittentypen, historische und moderne, und die Materialien, aus denen sie hergestellt wurden. Ich schaute unter »Schlitten« im Stichwortkatalog nach und fand zur Technik absolut nichts, statt dessen ein Buch mit dem Titel *Schlittenzug in die Geschichte*; es war in Neuseeland erschienen und von einem Mann verfaßt, der der Stiftung Antarktisches Erbe angehörte. Zweck dieser Stiftung war es, Geld für die Restauration und Erhaltung der historischen Hütten in der Antarktis aufzubringen. Es ging dabei vor allem um die historischen Hütten in der Ross-Dependency, einem großen, tortenstückförmigen Teil der Antarktis, der von

Neuseeland »verwaltet« wurde. Bei der Lektüre dieses Buches erst wurde mir klar, daß die beiden Hütten, die unter Robert Falcon Scotts Führung erbaut worden waren, noch standen.

Und sie standen nicht nur, sondern sie befanden sich immer noch in einem ausgezeichneten Zustand. Die *Discovery*-Hütte, gebaut während der Nationalen Antarktis-Expedition von 1902, lag mitten in der amerikanischen Station am McMurdo-Sund, und die *Terra-Nova*-Hütte, gebaut 1910 für die britische Antarktis-Expedition, stand zweiunddreißig Kilometer weiter nördlich auf Kap Evans, war aber von der Station McMurdo aus auf dem Luft- und Wasserweg oder über das Meereis erreichbar. Das Buch enthielt viele Bilder, auf denen zu erkennen war, daß die *Discovery*-Hütte nur etwa zehn mal zehn Meter maß. Sie schien symmetrisch zu sein, hatte ein nicht besonders steiles Walmdach und einen hölzernen Vorbau um das ganze Gebäude herum. Sie war im Jahre 1902 in Australien gekauft worden; es handelte sich um eine frühe Form des Fertighauses oder, wie Scott schrieb, »einen einigermaßen geräumigen Bungalowtyp, wie er von Siedlern außerhalb der Städte verwendet wird«. Man hatte sich dafür entschieden, weil diese Hütte billig war und leicht in die Antarktis transportiert werden konnte. Sie hatte ursprünglich nur als Quartier für die kleine Gruppe dienen sollen, die den Winter über auf der Rossinsel bleiben sollte; zu jenem Zeitpunkt hatte die Planung der Expedition noch vorgesehen, daß die *Discovery* selbst nach Neuseeland zurücksegeln und erst im Frühjahr wiederkommen sollte.

Dann aber hatte Scott am Ende des McMurdo-Sundes einen idealen Ankerplatz für die Überwinterung seines Schiffes gefunden, und er hatte beschlossen, die gesamte Mannschaft dazubehalten, auf dem Schiff. Obwohl sie sie also nicht länger als Unterkunft benötigten, bauten sie die vorgefertigte Hütte dennoch auf, und zwar an einer Stelle, die man Hüttenspitze taufte, ungefähr zweihundert Meter vom Schiff entfernt. Falls das Schiff von seinem Liegeplatz loskommen oder das Eis brechen und das Schiff auf den Sund hinausgetrieben werden sollte, würde die Hütte den eventuell noch an Land befindlichen Schlittenmannschaften Schutz bieten können. Die Hütte brauchte aber diesen Zweck nie zu erfüllen und blieb infolgedessen unbewohnt. Sie wurde später für andere Zwecke genutzt: Edward Wilson präparierte dort Vogelbälge, und es wurden Schwereexperimente durchgeführt. 1907 machte Shackleton auf seiner *Nimrod*-Expedition dort kurz halt. Seine eigene Hütte hatte er am Kap Royds, aber er machte in der *Discovery*-Hütte sowohl auf dem Weg zum Pol als auch bei seiner Rückkehr Station. Von der *Terra-Nova*-Expedition wurde die *Discovery*-Hütte als Postlager benutzt – dort wurden für die verschiedenen Mannschaften, die mit Schlitten unterwegs waren, Briefe in einem Postsack hinterlegt –, außerdem diente sie ungefähr einen Monat lang einer Schlittenmannschaft dieser zweiten Expedition Scotts als Unterkunft. Die Männer hatten das Meereis zur *Terra-Nova*-Hütte hin unpassierbar gefunden.

Aber wie ich aus der *Fahrt der »Discovery«* wußte, war die Hütte doch für eines regelmäßig genutzt worden, nämlich für die Theatervorstellungen, die man während des langen antarktischen Winters aufführte. Scott schrieb darüber: »Heute abend um sieben fahren wir alle hinüber zur Hütte, kämpfen uns durch ziemlich beißenden Wind und leichtes Schneetreiben dorthin. Das Theater in der Hütte wirkt hell und fröhlich, aber da es außer den Lampen keine Einrichtung zum Heizen gibt, ignoriert man den ersten Impuls, seinen Überzieher und seine Kopfbedeckung abzulegen, und kommt zu dem Schluß, daß es weise sei, diese Kleider während der Vorstellung anzubehalten. Am einen Ende des großen Raumes befindet sich die Bühne, ungefähr einen halben Meter hoch. Ihre Vorderkante ziert eine Reihe von Rampenlichtern, und unmittelbar dahinter hängt der Vorhang mit einem Bild des Schiffes und des Erebus in strahlenden Farben und der kühnen Aufschrift ›Royal Terror Theatre‹.

Ich hatte von dieser Hütte vor Jahren das erste Mal gelesen. Aber bis zum *Schlittenzug in die Geschichte* hatte ich nicht gewußt, daß eben diese Hütte, von der Scott schrieb, immer noch existierte. Sie hatte immerhin einundachtzig Jahre in der Antarktis überdauert, wenn sie auch inzwischen leer und nur der nackte Bau mit einer langen Kette darum übrig war. Offensichtlich waren viele Dinge, die sich in der Hütte befanden, als die Station McMurdo eingerichtet wurde, von Besuchern entweder gestohlen oder beschädigt worden. Infolgedessen hatte Neuseeland, das die Verantwortung für die Hütte übernommen hatte, sie vollständig ausgeräumt und alle noch vorhandenen Einrichtungsgegenstände in die Antarktisabteilung des Canterbury Museums in Christchurch, Neuseeland, gebracht. Deshalb und wohl auch, weil die

Hütte niemals im eigentlichen Sinne bewohnt gewesen war, verspürte ich kein dringendes Verlangen, die *Discovery*-Hütte zu besuchen, nachdem ich von ihr gelesen hatte.

Ganz anders verhielt es sich mit der *Terra-Nova*-Hütte auf Kap Evans. Sie existierte noch, und es hieß, sie befinde sich noch fast in ihrem ursprünglichen Zustand. Und diese Hütte war bewohnt gewesen, und wie bewohnt sie gewesen war! Sie hatte ungefähr zwei Jahre lang fünfundzwanzig Männern als Quartier gedient. Diese Männer hatten die Hütte komplett eingerichtet zurückgelassen, Lebensmittel und Kleider, wissenschaftliche Apparate, ihre Schlittenausrüstung, ja sogar Fotografien und Bücher. Im Laufe der Zeit war allerdings einiges aus der Hütte entfernt und einiges zerstört worden, denn jahrzehntelang war kein Mensch dort gewesen, und während dieser Zeit war der Holzbau innen vollständig vereist. Aber in den sechziger Jahren waren Freiwillige aus Neuseeland nach Kap Evans gekommen und hatten das Innere der Hütte vom Eis befreit. Sie hatten große Stücke herausgehackt und gewaltige Blöcke hinaus in die Sonne getragen, wo das Eis verdampfen konnte. Alles, was in den Eisblöcken eingefroren gewesen war, trocknete und konnte danach wieder in die Hütte gebracht werden. Nach wochenlanger Arbeit, zu der auch die Reparatur des Daches und der Fenster gehörte, war die *Terra-Nova*-Hütte wieder sie selbst. Die Freiwilligen, die alles wieder hergerichtet hatten, sagten übereinstimmend, es sei eine der erstaunlichsten Erfahrungen ihres Lebens gewesen, sich nach vollendeter Restauration in der Hütte aufzuhalten. Sie berichteten ohne Ausnahme von einer ehrfurchtgebietenden Atmosphäre und von dem überwältigenden Gefühl, daß unmöglich fünfzig Jahre vergangen sein konnten, seit die Hütte von ihren Erbauern bewohnt worden war. Sie sagten, sie hätten den Eindruck gehabt, es könne höchstens ein Jahr vergangen sein, seit die Expeditionsmannschaft zusammengepackt, die Türen hinter sich geschlossen und den McMurdo-Sund und ihre Toten auf der Großen Barriere zurückgelassen habe.

Mich nahmen diese Berichte sofort gefangen, und die Vorstellung, ich selbst könne eines Tages Kap Evans und die *Terra-Nova*-Hütte besuchen, berauschte mich geradezu. Er war also immer noch da, der Bau, in dem Herbert Ponting die Fotografie von Scott gemacht hatte, auf der er sich über eine Tischplatte beugte und schrieb, den Stift in der Hand – das Bild, das ich seit meiner Kindheit kannte. Es gab sie noch, die bewußte Stelle, von der aus Kathleen und Peter ihn von der Wand aus angesehen hatten, so als blickten sie durch ein weit entferntes Fenster. Sie stand noch, die Hütte, in der sie gelebt hatten. Scott und Wilson, Bowers, Cherry-Garrard, Debenham und Oates hatten alle dort gelebt und geschrieben – ihre Tagebücher, ihre Berichte und Briefe. Von dieser Hütte aus, die immer noch angefüllt war mit Einrichtungsgegenständen aus einer früheren Ära der Antarktis, waren Cherry-Garrard, Bowers und Wilson zu ihrer Winterreise nach Kap Crozier aufgebrochen. Und zu dieser Hütte, die immer noch in der Antarktis stand, waren sie mit ihren drei Kaiserpinguineiern zurückgekehrt, nach fünf Wochen bei Windkälten unter fünfundsiebzig Grad minus, in einem Maße gealtert, das alle menschliche Vorstellung übertraf. Und natürlich war die Südabteilung von dieser Hütte aus aufgebrochen, um den Pol zu erreichen – und zu dieser Hütte waren diejenigen, die überlebt hatten, zurückgekehrt. Die Hütte stand noch, mit ihrer Kombüse und der Achterwache – dem Tisch aus der Offiziersmesse –, der Dunkelkammer, den »Wohnblocks«, der Apotheke, Scotts kleinem Schapp und der Ecke für die wissenschaftlichen Arbeiten.

Wenn es möglich gewesen wäre, hätte ich sicher irgendwie etwas Geld zusammengekratzt und noch im gleichen Herbst ein Schiff in die Antarktis genommen, um die Rossinsel und die *Terra-Nova*-Hütte zu besuchen. Aber wie ich durch einige Telefonanrufe bei Anbietern von Erlebnisreisen erfuhr, gab es keine Möglichkeit, mit öffentlichen Verkehrsmitteln in das Rossmeer zu gelangen, ganz gleich, wieviel Geld man auch dafür zu zahlen bereit war. Mountain Travel hatte die Antarktis in ihrem Programm, aber nur die andere Seite des Kontinents, die von einem argentinischen Versorgungsschiff mit Namen *Bahia Paraiso* angesteuert wurde. Die einzigen Schiffe, die den McMurdo-Sund befuhren, waren ein Eisbrecher der Küstenwache, ein Frachter und ein Tanker, die McMurdo einmal im Jahr mit Proviant und anderen Gütern versorgten. Und die einzigen Flugzeuge, die die Ross Dependency anflogen, waren Regierungsmaschinen der USA von Christchurch aus. Bis 1979 hatte es einen Flug – ohne Landung – der Air New Zealand über die Rossinsel gegeben, der aber inzwischen gestrichen worden war.

Es fiel mir, soweit ich mich erinnere, selbst nach vielen, vielen Telefongesprächen – und selbst, nachdem ich erfahren hatte, daß der Grund für die Einstellung der Air-New-Zealand-Flüge der Absturz einer DC-10 am Erebus gewesen war, bei dem alle zweihundertsiebenundfünfzig Insassen umgekommen waren – schwer, zu akzeptieren, daß man als Student oder einfacher Bürger nicht auf die Rossinsel kam, daß man dazu zum antarktischen Forschungsprogramm Neuseelands oder der USA gehören mußte. Es gab zwar Jobs dort, soweit ich es verstand, und zwar bei dem zivilen Versorgungsunternehmen, das der National Science Foundation (NSF) in McMurdo Arbeitskräfte zur Verfügung stellte. Doch an diese Jobs war schwer heranzukommen, wenn man keine Kontakte in der Organisation hatte, und man mußte sich für die ganze Saison von fünf Monaten im voraus verpflichten. Ich war damals einfach nicht bereit, mein ganzes Graduiertenstudium abzubrechen, das ich gerade angefangen hatte – und ohnehin hatte in Neuseeland der Sommer bereits begonnen. Aber ich lieh mir *Schlittenzug in die Geschichte* aus der Bibliothek, fotokopierte sämtliche Bilder daraus und hängte sie mir in der Cross Street in mein Arbeitszimmer.

Und vor diesen Bildern saß ich oft tief in Gedanken versunken. Ein Bild der Kombüse mit den Lebensmittelregalen, ein Bild von den Ställen mit den sauberen Boxen, ein Bild von den Heuballen, die aufgestapelt unter dem Anbau des Stalls lagerten. Eines Tages würde ich dorthinkommen, und was immer ich auch in der Antarktis tun würde, sie würde mein Ausgangspunkt sein, diese Hütte auf Kap Evans, von der aus ich losziehen würde, um die Welt zu erkunden, durch die die Männer, die in der Hütte gelebt hatten, einst ihre Schlitten zogen – jene Welt der Weiße und des Eises, jene Welt der Kälte und der Stille. Es war ein Jammer, daß ich anscheinend nicht die gleiche Energie für mein Studium aufbringen konnte wie für die Betrachtung dieser Bilder und die Lektüre von Büchern, die zu lesen niemand von mir verlangte. Aber ich konnte nicht anders, und jedesmal, wenn sich die Gelegenheit bot, fuhr ich mit meinen Skiern und meinem Schlitten nordwärts, und ich war begeistert, als die Seen endlich zufroren und ich auf ihnen laufen konnte. Ich hatte meine eigene Methode, meinen Schlitten in die Geschichte zu ziehen; ich wachste meine Ski und dachte an die *Terra-Nova*-Hütte, wenn ich loslief.

Über Weihnachten fuhr ich nach Hause, wohnte bei Wilbur und Iris, besuchte meine Mutter und überlegte, ob ich versuchen sollte, mich mit Brock zu treffen, den ich in der Zwischenzeit nicht vergessen hatte. Aber ich entschied mich dagegen. Und im Frühjahr, wieder zurück in Michigan, begriff ich, daß ich mir Mühe geben mußte, endlich wieder eine gute Studentin zu werden. Ich schrieb mich für einen Kurs über »die sozialen Auswirkungen Darwins« ein und lernte Darwin bald lieben, genau wie Scott und aus genau den gleichen Gründen – wegen der glänzenden Schönheit seiner Prosa, wegen seines überfließenden Mitgefühls und der großen Komplexität seines Denkens. Ich war erstaunt, als ich entdeckte, daß es keineswegs Darwins Schlüsselthese ist, daß »nur die Stärksten überleben«. Bevor ich zum ersten Mal etwas von ihm selbst las, hatte ich geglaubt, dies sei seine Hauptaussage, und bei den meisten seiner Theorien gehe es um die individuelle Selektion – ich hielt es sogar für völlig ausgemacht, daß es um nichts anderes ging. Daß Evolution das Ergebnis individueller Selektion über Jahrtausende hinweg war und für die Natur bei der zufälligen Kombination genetischer Variationen und bei der natürlichen Selektion das, was gut für das Ökosystem oder gar gut für die Spezies war, keine Rolle spielte.

Aber Darwin hatte darauf bestanden, wie mir bei der Lektüre seiner Kapitel »Geistige Kräfte« und »Gespür für Moral« aufging, daß die individuelle Selektion, so mächtig sie auch sein mochte, weit davon entfernt war, im Plan der Evolution allmächtig zu sein. Vielmehr sei oft der Instinkt zu gegenseitiger Hilfe entscheidend, hatte er argumentiert und darauf hingewiesen, daß allen Tieren nicht nur die Fähigkeiten der Neugierde, des Nachahmens, der Gedächtnisleistung, der Vorstellungskraft, des Verstandes und der allmählichen Vervollkommnung eigen seien. Darüber hinaus sei vielmehr die Verstandeskraft vieler Tiere erstaunlich hoch entwickelt und reiche an diejenige des Menschen heran. Er vertrat außerdem unmißverständlich die These, daß »Mitgefühl einen wesentlichen Teil des sozialen Instinkts ausmacht und in der Tat dessen Basis bildet«, und er schrieb weiter, daß das Gefühl des Mitleids – auf welch komplexe Weise es auch entstanden sein mochte – von höchster Wichtigkeit sei für all jene Tiere, die sich gegenseitig verteidigten. In der Tat, so schrieb er, »wird es durch die natürliche Selektion noch gesteigert worden sein, denn diejenigen Gemeinschaften, die über die größte Anzahl mitleidfähiger Glieder verfügten, konnten besonders gedeihen«. Und im *Ursprung der Arten* deutete er an, daß die sozialen Organisationen der Tiere als Gruppen einer fortschreitenden Entwicklung und Vervollkommnung fähig seien. Gruppen, die Regelsysteme entwickelten, nach denen einzelne Individuen die eigene, individuelle Reproduktion dem Wohl der Gruppe opferten, mochten auf diese Weise überlebt haben. Und darüber hinaus schien die Hilfsbereitschaft, obwohl vielleicht ursprünglich als Überlebensmechanismus entwickelt, inzwischen stärker geworden zu sein als der individuelle Überlebensinstinkt. Darwin schrieb außerdem, daß Hunde nach seinen Beobachtungen »ein Gewissen« hatten, wie er es glaubte nennen zu dürfen.

All das war sehr verwunderlich und zugleich erfreulich für mich, denn selbstverständlich war von den Sozialdarwinisten das »Überleben der Stärksten« hundertfünfundzwanzig Jahre lang als eine willkommene Ausrede für jede Art von Greueltaten mißbraucht worden, und selbst heute noch machten viele Verhaltensforscher geltend, daß Tiere nicht in der Lage seien, zu denken oder sich an ihre eigenen Erfahrungen zu erinnern. Darwin dagegen hatte die Meinung vertreten, daß der *Homo sapiens* sich von den anderen Tieren, mit denen er die Welt teilt, nicht so sehr durch die Gefühle oder die intellektuellen Fähigkeiten und auch nicht durch die Verknüpfung beider unterscheide, sondern lediglich durch deren Entwicklungsgrad. Und er stellte die These auf, daß es die komplexe Sprache sei und nichts als die Sprache, die dafür bestimmend sei.

Meine anderen Kurse begeisterten mich nicht in gleicher Weise, so daß ich meinen Vorsätzen zum Trotz weiterhin viel Zeit mit Skilaufen zubrachte – bis zur Schneeschmelze. Danach ging ich zum Dauerlauf über, bis das Ende des Semesters kam und ich meinen Pick-up belud, um für die Semesterferien nach Quarry zu fahren. Diesmal brauchte ich die lange Fahrt aber nicht allein anzutreten, sondern hatte drei Mitfahrer. Ich hatte Teresa Allen, einer Kommilitonin aus meinem Darwin-Kurs, zugesagt, sie mit ihren Kindern nach Colorado mitzunehmen, wo ihre Schwiegereltern lebten. Ich befürchtete, daß das Fahrerhaus meines Wagens mit mir, Teresa, David und Katherine zu eng werden und daß die Kinder uns sehr aufhalten würden mit ständigen Wünschen. Aber Teresa war eine so nette Frau, daß ich es ihr einfach nicht abschlagen konnte. Sie war Köchin in einem Restaurant in Ann Arbor und drückte noch einmal die Schulbank, weil sie mit dreißig Jahren gerade Witwe geworden war. Sie hatte ein kleines, zartes Gesicht, winzige Hände und schweres, langes Haar, das vorzeitig ergraut war und offen ihre hohen Wangenknochen umspielte.

Die Fahrt war heiß, und der Wagen hatte keine Klimaanlage, so daß wir mit geöffneten Fenstern fahren mußten, wodurch eine Unterhaltung schwierig wurde. Doch die Kinder saßen an der Beifahrertür und Teresa direkt neben mir, so daß wir uns verständigen konnten, wenn wir nur laut genug sprachen. Trotz des Lärms in der Kabine und der Hitze war es eine schöne Fahrt. Es war angenehm, mit Teresa zu reden. Manchmal öffnen sich die Menschen ja Fremden gegenüber und erzählen Dinge, die ihre nächsten Freunde nicht zu hören bekommen, und so erzählte Teresa mir vom Tod ihres Mannes. Er war bei einem Lawinenabgang in Silverton ums Leben gekommen, wo die beiden zum Skilaufen gewesen waren. Ich hätte sie nicht für eine Skiläuferin gehalten, und als sie von dem Unfall erzählte, sagte sie auch, daß sie noch eine ganze Weile danach gefürchtet habe, vielleicht nie wieder Ski laufen zu wollen. Aber dann hatte sie überlegt, wenn es ihm und ihr zusammen soviel Freude gemacht hatte, daß es am Ende sein Leben wert gewesen war, nun, dann hätte er sicherlich auch nicht gewollt, daß sie es deshalb aufgab. Sie war jetzt auf dem Weg zu seinen Eltern; es sei gut, wenn die Kinder sie zweimal im Jahr besuchten, und manchmal blieben sie auch die Weihnachtsferien über bei den Großeltern.

Ich glaube, es war irgendwo in Kansas, als zum ersten Mal die Schilder auftauchten, die auf das *Präriehunddorf* aufmerksam machten, eine Attraktion am Wege, an der ich zuvor immer achtlos vorbeigefahren war. Diese Serie von Schildern, die in wohlabgemessenen Abständen aufgestellt waren, kündigte an, daß es in diesem Bau *die größten Präriehunde der Welt* gebe und daß die normalgroßen Präriehunde dort *weder heulen noch knurren. Schlangen Schlangen Schlangen* wurde versprochen. *Hirsche und Kojoten* ebenfalls. Und *eine sechsbeinige Kuh*! Es schien nichts zu geben, was es in diesem Präriehunddorf nicht gab. David und Katherine waren sieben und neun Jahre alt, und natürlich lockten sie diese unübersehbar angepriesenen Vergnügungen. Ich selbst begann mich ebenfalls dafür zu interessieren, weil, soweit ich mich von früheren Fahrten erinnerte, die sechsbeinige Kuh neu dazugekommen war. Irgendwie war eine sechsbeinige Kuh ungewöhnlich genug, um eine Besichtigung zu rechtfertigen. Ich stellte sie mir vor, wie sie rasch ausschritt und ihre sechs Beine in schönem Gleichmaß schwang. Normalerweise, dachte ich, bedeutete Abnormität bei Tieren nämlich, daß etwas fehlte.

Aber sechs Beine! Also, diese beiden Extrabeine sollten der Kuh ganz allgemein einen Vorteil verschaffen im täglichen Leben, wenn sie weidete und wiederkäute und so weiter. Wenn andere Kühe müde oder erschöpft waren, dann konnte diese Kuh auf ein paar Extrabeine bauen. Ich wußte, daß meine Vorstellung ausgesprochen dumm war, aber ich war trotzdem ziemlich neugierig. Ich war entschlossen, haltzumachen und herauszufinden, ob diese Kuh wirklich so prächtig war, wie ich sie mir ausgemalt hatte. Eine Kreuzung zwischen einem Guernsey-Rind und einem Hundertfüßler. Wirklich vornehm. Und eine Gelegenheit, die Evolution, die zufällige genetische Variation, am Objekt zu studieren.

Also stimmte ich sofort zu, als Teresa mich fragte, ob wir der Kinder wegen am Präriehunddorf haltmachen könnten. Ich fuhr von der Autobahn ab, parkte, und dann gingen wir durch das Andenkengeschäft, wo es für die Voreiligen Souvenirs zu kaufen gab. Kuhfladen aus Gummi zum Beispiel, Erbrochenes aus Plastik, kleine Präriehunde aus Gips. Die Kinder bewiesen einen hervorragenden Geschmack, indem sie nichts von alledem wollten, obwohl ein Briefbeschwerer mit einem Kojoten in einem Schneesturm es ihnen angetan hatte; der Kojote hatte den Schwanz flach ausgestreckt und die Nase hochgereckt, als wolle er heulen. Teresa überzeugte sie, erst die Tiere selbst anzuschauen und dann zu entscheiden, ob sie etwas aus dem Laden brauchten. Wir bezahlten unseren Eintritt und gingen durch ein Drehkreuz an der Hinterseite des Gebäudes wieder hinaus.

Hier war die erste Attraktion eine große Kiste, deren Deckel offenstand, mit einem Schild darüber und einem Schriftzug darauf, schwarz auf weißem Grunde: *Schlangen nicht reizen.* Ich warf einen Blick in die Kiste, die so hoch war, daß die Kinder nicht hineinsehen konnten. Zum Glück, denn darin ringelten sich dreißig oder vierzig Klapperschlangen, alle noch mit ihren Giftzähnen und alle zusammengerollt wie Gartenschläuche; ich hatte bis dahin weder Angst vor Klapperschlangen gehabt noch sie besonders gemocht, aber dieser Anblick erschien mir denn doch furchteinflößend. Und plötzlich ging mir auf, daß in diesem Zoo die Tiere vielleicht zusammengepfercht waren, grausam in Käfige gezwängt – ich war seit meinem Erlebnis mit den Zirkuselefanten nie mehr in einem Zoo gewesen. Ich hatte natürlich öfter Tiere in Käfigen gesehen, aber es hatte mir nie gefallen, und jetzt wurde ich richtig ängstlich. Diese Klapperschlangen wirkten keineswegs glücklich. Wobei ich natürlich keine Ahnung hatte, wie glückliche Klapperschlangen aussahen – jedenfalls wandten Teresa und ich der Kiste einträchtig den Rücken zu.

Als wir aber die Hintertür des Gebäudes hinter uns gelassen hatten und uns in der Anlage selbst befanden, die um eine Präriehundkolonie herum angelegt worden war – eine Kolonie, die die Präriehunde überraschenderweise daraufhin nicht aufgegeben hatten –, war ich erleichtert festzustellen, daß mindestens die Hälfte der Tiere frei herumlief. Ziegen, Hirsche, Enten, Ponys, Gänse und sogar Schweine liefen friedlich umher. Die Tiere, die eingesperrt waren, hatten geräumige, sonnige und sehr saubere Quartiere mit großen Mengen frischen Futters und frischen Wassers. Seltene Fasane, Pfauenhennen und Kanadaschnepfen bewohnten eine Reihe von Käfigen links am Zaun; Dachse, Füchse, Kojoten und Rotluchse hatten ihre Käfige auf der anderen Seite. Die Enten und Gänse scharten sich um einen Teich. Überall liefen Ziegen umher und stubsten die Menschen gegen die Beine in der Hoffnung, etwas Freßbares zu erbetteln. Teresa hatte in dem Laden einige Tüten Futter gekauft, die sie jetzt David und Katherine gab. Ich bekam auch ein wenig ab und ließ die Ziegen aus meiner Hand fressen.

Es war schön, aus dem Wagen herauszusein und für eine Weile herunter von der Autobahn. Und es war interessant, ein echtes Präriehunddorf zu sehen. Die Erdoberfläche sah dort, wo die Präriehunde sie bearbeitet hatten, wie eine Mondlandschaft aus, aber in Miniatur, mit Kratern von ungefähr einem halben Meter Höhe und einem Durchmesser von zwei Metern. Die lustigen kleinen Murmeltiere hockten an den

Zugängen zu ihrer unterirdischen Stadt, piepsten, wenn man näher kam, verschwanden dann, um sofort wieder aufzutauchen und einen fragend anzuschauen.

Obwohl es so heiß war, ging eine leichte Brise. Die Berührung einer Ziege, die mich mit ihren weichen, feuchten Lippen küßte, hatte etwas sehr Sinnliches. Ich bat Teresa, mir noch etwas Ziegenfutter zu geben. Die Kinder waren ganz außer sich vor Freude und versuchten, die Ziege zu schubsen, aber die war freundlich genug, sich nicht zu revanchieren, und so wandten die Kinder ihre Aufmerksamkeit dem Schwein zu, einer großen, fetten Sau, die behäbig und freundlich war und der es nichts auszumachen schien, daß die Kinder einfach auf ihren Rücken kletterten.

Es war nicht weiter verwunderlich, daß meine Gedanken, während die Ziege mir weiter aus der Hand fraß und ich überlegte, ob ich noch mehr Futter kaufen sollte, zu Brock Callahan schweiften, den ich an einer anderen Sehenswürdigkeit am Rand des Highways kennengelernt hatte. Ich hatte gehört, daß er nicht mehr als Automechaniker arbeitete, sondern in einem Skigeschäft in Quarry. Als ich Weihnachten zu Hause gewesen war, hatte ich überlegt, ob ich dort vorbeischauen sollte, um mir etwas Wachs oder dergleichen zu kaufen. Ich hatte es dann zwar nicht getan, ihn aber genausowenig aus meinen Gedanken verbannen können. Und während ich nun die Ziegen fütterte, mußte ich unwillkürlich auch an Teresas Mann denken, der keine dreißig Jahre alt gewesen war, als er starb. Die Zukunft war so unvorhersehbar, der Tod konnte so plötzlich kommen, und jetzt arbeitete Brock in einem Skigeschäft in Colorado. Wer wußte schon, wie lange er dort bleiben würde? Vielleicht war er längst über alle Berge.

Während ich in der Sonne stand, mir solcherlei müßige Gedanken durch den Kopf gingen und ich den gedämpften Geräuschen der kauenden Tiere lauschte, da näherte sich mir schüchtern und hungrig und sehr vorsichtig ein Hirsch und nahm sich ganz zart den Rest des Ziegenfutters aus meiner Hand. Er stand auf spindeldürren Beinen, und er war noch sehr jung. Er sah mich so sanft fragend an, daß ich wirklich noch einmal in den Andenkenladen ging und eine weitere Tüte Futter kaufte. Ich ließ den jungen Hirsch die ganze Tüte leerfressen. Normalerweise war ich sehr angespannt, wenn ich nach einer langen Fahrt aus dem Auto stieg, aber hier war alles so friedlich, daß selbst das Gekreisch der Kinder mich nicht störte, während ich dem Hirsch beim Fressen zusah.

Schließlich wandte sich der Hirsch ab und stolzierte davon; ich folgte ihm zu einem großen Gehege, in dem einige ältere Exemplare seiner Art standen. Es handelte sich um die hier in Kansas beheimateten Maultierhirsche mit langen Eselsohren. Einige der Männchen waren in Bast. Ich wußte nicht, ob das normal war, daß sie Anfang Juni in Bast waren, aber sie waren es eben, und ihr Geweih war nicht nur mit Fleisch überzogen, in dem das Blut pulsierte und den Knochen ernährte, sondern zusätzlich mit einer dünnen Schicht flaumigen Pelzes, die sehr schön war. Ich streckte meine Hand nach einem dieser Tiere aus; es kam neugierig an den Zaun, blieb dort stehen und schaute mich an, während ich die Hand durch den Zaun schob und es anfaßte oder, besser gesagt, sein Geweih anfaßte. Es hatte erst eine Sprosse, und während ich meine Hand ausstreckte, senkte der Hirsch den Kopf und legte mir das Geweih gewissermaßen in die Hand. Ich streichelte es und spürte seine Hitze, denn der Bast war so dünn, daß ich das Netzwerk der Kapillaren direkt darunter pulsieren fühlte.

Der Hirsch ging nicht weg. Er ließ sich das Geweih von mir streicheln, und ich staunte über dessen Wärme. Diese Wärme hatte selbst in der heißen Sonne ein eigenes Leben. Es war eine fast fiebrige Hitze, oder, wenn schon nicht fiebrig, so doch durchdrungen von Begierde, Blut und Leben, und ich streichelte das Geweih in einem fort und schlief dabei fast im Stehen ein. Die Kinder kamen und fragten mich, was ich da tue. Eine Ziege kam und stupste mir gegen das Bein in einem erfolglosen Versuch, meine Aufmerksamkeit zu erregen. Aber ich war wie in Trance, denn wenn ich meine Hand um das Geweih schloß, spürte ich das Pochen des Blutes auf seinen Wegen durch den Körper des Hirsches; ich hatte die Illusion – vielleicht war es ja auch wahr –, daß sich mein eigenes Herz dem Herzschlag des Hirsches angepaßt hatte und daß es jetzt ein zweifaches, gleichzeitiges *bom bom bom* gab.

Ich muß eine Viertelstunde dort gestanden haben; der Hirsch war zwar mehrfach fortgegangen, aber immer wieder zum Zaun zurückgekehrt. Er schien genauso glücklich darüber zu sein wie ich, daß sein Geweih in meiner Hand lag – wahrscheinlich begann der Bast langsam zu jucken. Bald würde er zerrissen sein und in Fetzen herabhängen; die Kapillargefäße würden nicht mehr da sein, das Geweih würde unter dem Schutz des weichen Fleisches zu Horn geworden sein und so das Fortschreiten des Jahres markieren. Und wenn ich in einem Monat wiederkäme, würde ich nichts mehr finden, das ich festhalten konnte, nichts, auf dem ich meine Hand emporklettern lassen könnte wie auf einem Fels. Hier fand ein Zusammentreffen des Unerwarteten und des Vertrauten statt, und alle Befremdlichkeit meines ersten Jahres im Graduiertenstudium verschwand einfach, sie schmolz dahin in der Hitze, die das Geweih dieses Hirsches ausstrahlte.

Schließlich nahm ich meine Hand weg, und der Hirsch hob den Kopf und trabte davon. Ich gesellte mich wieder zu Teresa, David und Katherine, die inzwischen die Enten fütterten. Teresa nahm Katherine an die Hand, ich David, und zusammen schritten wir die Reihe der Käfige ab, hielten bei jedem an und schauten hinein.

Wir sahen Kojoten mit ihren scharfen, kleinen Nasen, die seitlich hingestreckt gemütlich im Schatten lagen und die Menschen mit ihren gelben Augen registrierten, jedoch nicht weiter beachteten. Da waren ganz zarte Füchse mit Beinen, die so dünn waren, als könne ein Windstoß sie zerbrechen; sie nippten an dem Wasser in ihrer Schale und hielten gleichzeitig alles, was um sie herum vorging, wachsam im Auge. Wir sahen Dachse mit ihren kräftigen Vorderläufen und ihren Klauen, die so stark waren wie die eines Bären; damit kratzten sie energisch auf dem Boden ihrer Holzkäfige herum. Es gab auch Waschbären, die ihre eigenen Klettergerüste hatten und mit ihren Menschenhänden ähnlichen Pfoten die Stangen umklammerten, während sie aus breiten Gesichtern in die Gegend glotzten. Und wir sahen keifende Präriehunde.

Wir schienen alles gesehen zu haben – den zotteligen Büffel, dem gerade ein neues Fell wuchs, und den Luchs, der es offensichtlich vorgezogen hätte, ganz woanders zu sein –, aber uns fehlte noch die Kuh, die angekündigte sechsbeinige Kuh, die am Ende der Reihe ihren Käfig hatte. Ich empfand immer noch ein Gefühl der Gelassenheit, gerührt und verwandelt durch meine Begegnung mit dem Maultierhirsch, und es schien mir gar nicht mehr notwendig, jetzt noch die sechsbeinige Kuh zu sehen. Und in Anbetracht dessen, wie gesund und zufrieden die meisten Tiere hier zu sein schienen, war ich sicher, daß auch die Kuh gesund und zufrieden sein würde. Aber ein einziger Blick auf das Tier strafte diese angenehme Erwartung Lügen.

Nein, die Kuh bot einen zutiefst traurigen Anblick, und sie war auch nicht sauber wie alle anderen Tiere hier. Sie hatte dicke Mistkrusten auf ihren Beinen, auf ihren vier Beinen, um genau zu sein. Denn die anderen beiden Anhänge konnten nicht wirklich Beine genannt werden; eins hing an einem Vorderbein, ein Stückchen Knochen mit einem Huf, das wie ein aus den Höhlen getretenes Auge vom Kugelgelenk des Vorderbeins herabhing. Das andere war länger – zu lang – und schleifte wie ein Stück Gedärm über den Boden, ein langer Knorpel, der mit Fleisch und Fell überzogen war. Der vordere Auswuchs, das Stückchen Knochen und Huf, war ringsum aufgekratzt, als verbrächte die Kuh den größten Teil ihrer Zeit damit, es sich am Zaun aufzuschrammen. Das andere Ding, hinten, war ihr zuviel, um sich damit auch noch abzugeben, und so zog sie es einfach hinter sich her wie einen losen Zaunpfahl und wurde dadurch in ihren Bewegungen behindert. Sie bewegte sich langsam, sehr langsam für eine Kuh.

Ich war entsetzt. Noch vor zwanzig Minuten, als ich das Geweih des Hirsches hielt, hatte ich mich so wohl gefühlt wie seit langem nicht mehr, und jetzt, beim Anblick der Kuh und der beiden Auswüchse, die sie mit sich herumschleppte, wurde mir ganz anders, und ich fragte mich, wie die Kuh sich wohl in ihrer Haut fühlen mußte. Zuerst, als sie noch ein Kalb gewesen war, hatte sie bestimmt gedacht, daß es einmal besser werden würde, daß in einer Welt voll von saftigem Gras und köstlichen Düften ihr Elend ein Irrtum sein mußte; zuerst, als kleines Kalb, hatte sie sich sicher oft umgedreht, um dieses Gekröse anzustarren, das sie hinter sich herzog, und sich zu fragen, wenn es denn endlich abfallen würde. Inzwischen hatte sie aufgehört hinzuschauen und fragte nicht mehr; sie hatte sich in ihr Schicksal ergeben. Beim Anblick der Kuh war mir, als hätte ich nie verstanden, was Fleisch eigentlich bedeutete, hätte niemals das richtige Verhältnis dazu gefunden und sei immer zu den falschen Schlüssen über den Körper gelangt. Eins allerdings war sicher. Es war nicht recht, diese Kuh so zum Leben zu zwingen und sie mitsamt ihrem Elend in einen Käfig zu stecken, damit die Leute sie angaffen konnten. Wenn es auch nur ein Fünkchen Anstand auf der Welt gab, dann mußten diese Dinger, die sie mit sich herumschleppte, chirurgisch entfernt werden.

Aber wenn es schon diesen Anstand nicht gab, dachte ich, konnte ich zumindest meinen Protest kundtun, und in einem plötzlichen Ausbruch von Zorn stürmte ich davon und suchte den Mann auf, dem der Zoo gehörte. Bevor ich bei ihm noch zwei Sätze hervorbringen konnte, unterbrach der Mann mich schon und stimmte mir zu. Er sagte, ich habe recht, es sei entsetzlich, und jeden Tag empfinde er tiefe Schuld beim Anblick dieser Kuh. Er sagte, er habe sich wirklich oft gewünscht, sie getötet zu haben, bevor er sie hierher und sich selbst in diese Schwierigkeiten brachte. Es sei nämlich eine schwierige Situation, denn jetzt könne er nicht mehr zurück. Er erzählte mir, daß kaum jemand an seinem kleinen Zoo gehalten habe, bevor er das Schild mit der SECHSBEINIGEN KUH aufgestellt habe – jetzt dageben kämen die Leute zu Hunderten, busweise.

Die Kuh allein war sein Geschäft. Und die meisten Tiere auf der Farm, eigentlich alle außer den Enten, den Gänsen und dem Büffel, waren entweder als Waisen, krank oder verwundet oder als Opfer menschlicher Grausamkeit in das Präriehunddorf gekommen. Es sei jetzt zwar nichts mehr davon zu sehen, wie er jedenfalls sehr hoffe, aber jeder der Hirsche sei mit offenen Wunden und Bindehautentzündung angekommen. Die Vögel waren krank gewesen, die Dachse dem Tode nahe, die Kojoten hätte man totgeschlagen, wären sie nicht zu ihm gebracht worden, und die Waschbären waren gerade eine Woche alt, als irgendein Schwachkopf ihre Mutter erschoß. Mit wenigen Ausnahmen wäre keines der Tiere mehr am Leben, wenn es nicht hierhergebracht worden wäre. Und gegen ihre Gesundheit und ihr Leben müsse der dumme Kram in dem Andenkenladen, die Grube mit den zischenden Schlangen und das Elend der sechsbeinigen Kuh abgewogen werden.

Ich hörte mir das alles erschüttert an, denn natürlich fiel mir plötzlich wieder ein, was ich bereits vergessen hatte, als ich die armselige Kuh sah – daß auch mich das Schild, das Busladungen anderer Touristen herlockte, dazu gebracht hatte hierherzukommen, den Bitten von Teresas Kindern nachzugeben. Mir fiel wieder ein, welche phantastischen Vorstellungen ich von der Kuh gehabt hatte und von ihrem vielbeinigen Glück; ich hatte sie in meiner Vorstellung einherstolzieren sehen, eine bessere Kuh als jede andere. Ich hatte mir ausgemalt, daß sie ausdauernder sei als ihre Artgenossen, und vielleicht hatten die anderen Leute, die hier hielten, insgeheim das gleiche gedacht; und dieser Wunsch hatte vier Waschbären ein Zuhause gegeben, zwanzig Enten einen Teich, sieben Ziegen fett und glücklich gemacht, und er hatte bestimmt den Maultierhirsch gerettet, den jungen Hirschbock, der jetzt im Bast war und der seinen Kopf gesenkt und mir seinen Herzschlag geschenkt hatte.

Während der Heimfahrt, während des gesamten Wegs zurück nach Quarry konnte ich dieses Erlebnis nicht abschütteln, konnte ich weder die Kuh noch das Gefühl, dieses pochende Hirschgeweih in meiner Hand zu halten, vergessen; und wenn ich nicht daran dachte, dann dachte ich an etwas anderes – nicht an Ann Arbor, nicht an Kathleen Scott und ihr Frohlocken in tiefer Bewunderung. Nein, ich dachte an Brock Callahan und sein Gesicht, das Blut, das in seinem Körper pulsierte, das seine Augen so leuchtend und herausfordernd machte. Und ich dachte an Waisen, an Geschöpfe ohne Mütter und Väter und an Teresas Mann, der gestorben war, an Darwin, der über Mitleid geschrieben hatte. Als ich, nachdem ich Teresa und ihre Kinder in Denver abgesetzt hatte, zu Hause eingetroffen und von dort zur Ranch der Covilles weitergefahren war, machte ich mich gleich am nächsten Morgen, nach erholsamem Nachtschlaf, mit meinem Truck auf den Weg zu dem bewußten Sportgeschäft in Quarry, das im Sommer Bergsteigerausrüstung verkaufte. Brock, so sagte man mir, arbeite noch dort, hatte aber gerade seinen freien Tag, und soweit es im Geschäft bekannt war, war er oben in der Blockhütte, die er am Eingang des Quarry Canyon gemietet hatte; man sagte mir, wie ich hinfände, und ich fuhr noch am selben Nachmittag hinauf und fand Brock vor seiner Hütte mit seinem Angelzeug beschäftigt. Ich stellte den Motor ab und stieg aus dem Wagen. Brock sagte: »Morgan Lamont. Ich habe mich schon gefragt, ob ich dich jemals wiedersehen würde.«

»Ich bin diesen Sommer als Fahrerin auf einer Touristenranch.«

»Ich werde auch hier sein«, sagte Brock.

»Tatsächlich?« Ich wußte nicht, was ich mit meinen Händen anfangen sollte, also strich ich mir nervös das Haar zurück. Nachdem ich das dreimal gemacht hatte, legte Brock sein Angelzeug beiseite und sagte: »Wie wär's mit einem Spaziergang in den Quarry Canyon?«

»Oh, gerne«, sagte ich. »Großartig.« Und als wir uns auf den Weg machten, Brock neben mir, da wußte ich, daß ich auf diesen Moment gewartet hatte, seit wir uns an der schiefen Welt kennengelernt hatten, seit ich ihn durch das Drehkreuz hatte kommen sehen. Es war bloß ein

Jahr vergangen seither, aber es war das längste Jahr meines Lebens gewesen, und ich war froh, daß es jetzt vorüber war. Wir gingen ungefähr eine Meile weit in fast vollständigem Schweigen. Wir sahen einen Maultierhirsch, sahen uns an und lachten. Wir sahen einige Hasen, von denen einer noch ganz weiß war; er schien sich nicht bewußt zu sein, daß er vergessen hatte, sein Kleid der Jahreszeit gemäß zu wechseln. Wir stiegen höher hinauf, und die ganze Zeit über waren wir stumm, abgesehen von ein paar Bemerkungen über die Hitze oder die Trockenheit oder die Möglichkeit einer Dürrekatastrophe in diesem Sommer, und dann kamen wir an einen Kiefernwald mit einem dicken Nadelbett und würziger Luft. Hier erlaubte ein kleines Fenster einen Ausblick auf die Wüste jenseits des Canyons, und hier, schlug Brock vor, wollten wir uns setzen und rasten. Hier liebten wir uns zum ersten Mal, und ich verlor mich in Brock. Ich hatte das Gefühl, daß sein Blut jetzt durch meine Adern floß.

Der Sommer war heiß und trocken, und ich erlebte zum ersten Mal die Liebe. Ich glaubte, das würde bedeuten, ich könne endlich die Antarktis mit jemandem teilen. Sie wirklich teilen, meine ich. Aber Brock hatte kein Interesse an der Antarktis. Das störte mich; ich meinte, wenn man sich liebte, müßte man alles aneinander lieben.

Wenn das schon nicht ging, sollten wir uns doch wenigstens für alles interessieren, was den anderen interessierte; ich begeisterte mich schließlich auch für Schwärme und Stürze, für Zeitreisen und Wiedergeburtstheorien. Ich hörte Brock aufmerksam und genau zu, wenn er von Sarah erzählte, und obwohl das selten der Fall war, war mir doch schnell klar, daß seine Frau etwas getan haben mußte, das ihn sehr verletzt und ihm keine Wahl gelassen hatte, als sie zu verlassen. Ich drängte ihn nicht, mir zu sagen, was sie getan hatte, aber aus den wenigen Bemerkungen, die er dazu machte, schloß ich, daß es mit einem anderen Mann zu tun hatte – er erwähnte einen Vormittag, an dem er unerwartet von der Arbeit nach Hause gekommen war. Was auch immer da gewesen sein mochte, es hatte ihn mißtrauisch gemacht und ziemlich streitsüchtig, und, wie mir schien, argwöhnisch den Gefühlen anderer Menschen gegenüber.

Aber obwohl ich ihn zu verstehen glaubte, fand ich sein Verhalten ziemlich lästig. Er sagte mir, daß ich niemals genug Geld haben würde und daß das, was ich vorzuhaben schien, ein Vermögen koste. Er sagte mir, daß es dumm von mir gewesen sei, nicht in die Antarktis zu fahren, als ich die Gelegenheit dazu hatte, dumm, nicht die zwanzigtausend Dollar, die mein Vater mir hinterlassen hatte, genommen und mich Richtung Süden eingeschifft zu haben. Er blieb unbeeindruckt, als ich ihm erklärte, daß alle auf kommerzieller Basis fahrenden Schiffe die falsche Seite des Kontinents ansteuerten.

»Wie kann eine Seite die falsche sein? Da muß es doch auf beiden Seiten gleich aussehen, würde ich annehmen.«

»Die Schiffe fahren von Südamerika aus. Sie durchqueren die Drakestraße. Sie laufen nur die Westseite der Halbinsel an.«

»Na und? Da gibt's doch auch Pinguine, oder? Pinguine, Eis und Schnee?«

»Das ist nicht das Entscheidende. Die Expeditionen sind alle von der Ross-Insel aus unternommen worden. Dort steht die *Terra-Nova*-Hütte.«

»Ja? Na ja, es war ja dein Geld. Aber jetzt wirst du lange warten müssen, bis du hinkommst, Morgan. Es sei denn, du wolltest einen Job beim Staat annehmen.«

Das stimmte. Aber ich mochte es nicht, wenn er so darauf herumritt; daß er wie selbstverständlich davon ausging, besser als ich zu wissen, wie es in der Welt zuging, das war damals typisch für seine Haltung; dadurch wurde unsere Beziehung ziemlich ungestüm. Inzwischen glaube ich, daß Brock einfach eifersüchtig darauf war, daß ich schon eine leidenschaftliche Liebe hatte, bevor ich ihn kennenlernte – daß er in gewisser Weise gar nicht meine erste Liebe war, nicht mehr jedenfalls als ich die seine. Außerdem vertraute er mir immer noch nicht ganz; er wollte noch nicht soweit gehen, nicht nur mich zu lieben, sondern auch die Dinge, die ich liebte. Das war ein zu großes Risiko, eine zu große Blöße. Es wäre vielleicht naheliegend gewesen, daß ich aus meiner persönlichen Geschichte heraus die gleichen Befürchtungen gehegt hätte, verletzt zu werden, aber Brock war für mich absolut vertrauenerweckend gewesen, seit wir uns das erste Mal unter den Bäumen im Quarry Canyon geliebt hatten. Ich spürte, daß er mich niemals absichtlich verletzen würde, sooft es auch durch Zufall geschehen mochte – daß er mich zum Beispiel niemals mit einer anderen Frau betrügen würde –, und wenn ich sah, wie ritterlich er zu Iris war und wie sanft er mit Wilbur umging, dann wußte ich, daß dies wichtiger war als seine Sprüche über das Eis.

Jedenfalls lagen wir eines Tages in diesem Sommer des Jahres 1984, als die Hitze bereits alle Rekorde gebrochen und aus der Trockenheit eine Dürre geworden war, frühmorgens in meiner Hütte auf der Coville-Ranch im Bett. Bald würden wir zur Arbeit müssen, er in das Sportgeschäft und ich zur Ranch, wo ich wieder als Fahrerin arbeitete.

Eine Saison am Green hatte mir gereicht. Das Fahren war zwar stumpfsinniger als das Zäunebauen, aber eben auch viel einfacher, und das einzige, was ich von dem ganzen Forstzirkus wirklich vermißte, war John Thaw. Gerade am Tag zuvor hatte ich einen schönen Brief von ihm bekommen. Der Zeitungsartikel, den er ausgeschnitten und beigefügt hatte, war allerdings weniger schön; es ging um das Antarktisprogramm der Vereinigten Staaten und die Station am McMurdo-Sund, die, wie es in dem Artikel hieß, schon seit vielen Jahren beträchtliche Umweltschäden in der Winterlagerbucht verursachte. Die National Science Foundation habe zusammen mit der US Navy seit 1957 Pentachlorphenole, Schwermetalle und andere giftige Abfälle in den Sund geleitet; inzwischen sei die Winterlagerbucht biologisch umgekippt. Weiterhin führte der Artikel aus, daß die offene Verbrennung und Deponierung unverarbeiteten Mülls, Praktiken, die in Amerika seit langem verboten waren, auf den Stationen der USA in der Antarktis immer noch gang und gäbe seien. In seiner schönen, flüssigen Handschrift hatte Thaw diesen Zeitungsausschnitt überschrieben: »Vielleicht ist es doch besser, wenn du bald fährst, Morgan.«

Dieser Artikel und Thaws Kommentar lagen mir auf der Seele. Ich erzählte Brock davon, während wir im Bett lagen und den Enten beim Gründeln in dem Teich zusahen, den Iris vor einem Jahr angelegt hatte. Ich wußte bereits, daß Brock sich nicht für die Antarktis interessierte, aber ich dachte, daß diese rücksichtslose Umweltverpestung der letzten Wildnis auf unserem Planeten eigentlich jeden interessieren müsse. Ich hatte ihm schon von Naxos erzählt, von der raubgierigen Zivilisation, die Wilbur und ich dort erlebt hatten, in unmittelbarer Nachbarschaft des Tors zum Tempel des Apollo, und er schien verstanden zu haben, warum das so furchtbar war. Jetzt dagegen, als ich ihm erklärte, daß die Halbinsel mit der Hüttenspitze – wo die *Discovery* im Eis überwintert und Scott zum ersten Mal in der Antarktis Land betreten hatte, wo immer noch die Hütte stand, die das Royal Terror Theatre beherbergt hatte –, daß ausgerechnet dieser Platz verpestet wurde, daß in meinen Augen heiliger Grund entweiht wurde, schien Brock sich für die ganze Angelegenheit nicht im geringsten zu interessieren. Wir hatten gerade miteinander geschlafen, aber ihm stand der Sinn nach einem zweiten Mal. Er sagte: »Jesus, Morgan, was hat das schon zu bedeuten? Das ist die andere Seite der Erde. Und ich bin gerade hier.

Und ohnehin wird die ganze Welt in Sekundenschnelle zum Teufel gehen.«

Ich hatte mich schon vorher oft über Brock geärgert. Aber diesmal wurde ich ernsthaft böse. Ich konnte mir plötzlich gar nicht mehr erklären, was ich überhaupt an ihm fand. Ich schrie ihn an, warf dann die Decke zurück, sprang aus dem Bett und zog mich an, so schnell ich konnte, und dabei sagte ich zu ihm, daß es besser wäre, wenn er nicht mehr da wäre, wenn ich von der Arbeit zurückkäme. Ich stürmte davon, stieg in meinen Truck, ließ die Maschine aufheulen, warf einen Gang ein und donnerte die lange Auffahrt hinunter und dann weiter zur Ranch. Als ich dort ankam und den Wagen abgestellt hatte, erfuhr ich, daß ich sofort in die Stadt mußte, um Waren abzuholen, und als ich zurückkam, war es schon Mittag. Also machte ich Mittagspause, setzte mich auf einen Zaun und trank Limonade.

Weil der Brunnen ausgetrocknet war, wurde das Wasser jetzt mit Tankwagen gebracht. Der Wasserwagen traf ein, während ich noch auf dem Zaun saß, und ich sah zu, wie er seinen Inhalt in den Wassertank pumpte, während ich ständig mit den Stiefeln gegen den Zaun trat und wegen Brocks Kommentar immer noch kochte. Ich war so in Gedanken versunken, daß ich zwei Cowboys – einer von ihnen eine Frau –, die in einer dichten Staubwolke vom Fluß heraufgeritten kamen, nur einen flüchtigen Blick zuwarf. Doch plötzlich scheute eins der Pferde vor dem grellen Glitzern der Sonne auf dem Tankwagen und bäumte sich direkt vor mir auf, eine jähe Bewegung, die mich so erschreckte, daß ich rücklings vom Zaun fiel, die Limonade über mich verschüttete und erst einmal nach Luft schnappte. Alle Gedanken an Brock waren schlagartig verschwunden, ich war auf einem Häufchen Stroh weich gelandet und, wie sich herausstellte, als ich wieder Luft bekam, unverletzt geblieben. Der weibliche Cowboy hatte gesehen, wie ich stürzte, und obwohl es das Pferd des Mannes gewesen war, das gescheut hatte, riß sie nun ihr Pferd herum, sprang ab und kam zu mir herüber. Ich rang immer noch nach Luft, aber als ich diesen weißen Hut sah, dessen Krempe vorne und hinten herunterhing, und die Zöpfe und die rosafarbenen Wangen, keuchte ich: »Mein Gott! Winnie Blaise!«

Winnie wirkte einen Augenblick lang verwirrt und verzog ihr Gesicht dann zu einem breiten Grinsen.

»Bist du in Ordnung?« sagte sie. »Diese Pferde. Ich hatte ganz vergessen, wie verrückt sie werden können wegen der einfachsten Dinge. Ich weiß noch, Grant und ich dachten, du seist Nelson, aber du warst nicht Nelson, nicht wahr? Wie war noch dein Name?«

Ich sagte es ihr. Sie half mir auf und staubte mich dann ab, so daß wir bald in einer Wolke aus Stroh und Staub standen und würgen mußten. Dann fingen wir an zu lachen. Jetzt rief Winnie ihren Begleiter.

»Tom, komm her. Dies ist eine Freundin von mir. Morgan, ich möchte dir meinen Bruder vorstellen, Tom Blaise. Morgan Lamont.«

Wir kannten uns bereits, aber ich hatte nicht gewußt, wie er mit Familiennamen hieß, und selbst wenn ich es gewußt hätte, wäre ich nicht darauf gekommen, daß er Winnies Bruder sein könnte. Winnie erzählte mir, daß sie von Alaska hergekommen sei, um ihn zu besuchen. Sie erzählte mir kurz – während Tom geduldig dabeistand und wartete, als sei Winnies Eigenart, an den entlegensten Orten Freunde zu treffen, nichts Ungewöhnliches –, daß sie jetzt seit mehr als drei Jahren in Alaska lebe, daß sie nicht mehr als Cowboy arbeite, sondern als Schlittenhundführerin, und daß sie im letzten Winter am Iditarod teilgenommen hatte. Sie und Grant hatten sich vor vier Jahren getrennt, und augenblicklich lebte sie mit einem Mann namens Tennis zusammen – »Tennis, kannst du dir vorstellen, daß jemand so heißt?« Tennis kümmerte sich um ihre Hunde, während sie im Süden war, um verschiedene Familienangehörige zu besuchen und noch einmal mit eigenen Augen zu sehen, wie glücklich sie sich schätzen konnte, jetzt in Alaska zu leben.

Nach einem Weilchen ritt Tom Blaise davon, weil Winnie einen Ausritt mit mir machen wollte. Sie wollte hinauf zu einem See, den sie kannte und in dem wir bei der Hitze schwimmen wollten. Tom seinerseits wollte angeln gehen, aber sie machte sich nichts mehr aus Angeln. »Nicht in Colorado. Ich habe mich oben in Alaska an große Fische gewöhnt. Alaska ist so etwas wie der Fanclub der Fischfreunde. In Alaska lieben alle Fisch, die Menschen, die Seeottern, die Bären, die Adler. Aber schwimmen kann man nur selten da oben. Das Wasser ist so kalt. Wann hast du frei?« Ich sollte eigentlich in zweieinhalb Stunden Feierabend haben, aber ich fragte, ob ich eher gehen könne, und da der Vorarbeiter der Ranch einverstanden war, waren wir bald unterwegs, ich auf einem braven Pferd, das Winnie für mich gesattelt hatte.

Selbst in den Vorbergen war es heiß. Und während ich mich inzwischen – wir schrieben die erste Augustwoche – an die Rekordtemperaturen dieses Sommers gewöhnt hatte, war Winnie eben erst aus kälterem Klima gekommen und fand die Hitze höchst bemerkenswert. Sie konnte kaum aufhören, darüber zu reden.

»O Gott, diese Hitze, Morgan«, sagte sie. »Was geht bloß vor hier? Diese Hitze ist schlimmer als alles, was ich bisher erlebt habe. Meinst du, daß sie recht haben mit diesem Treibhauseffekt? Daß es alles kommt, weil wir Öl verbrennen? Die Menschen scheinen in den letzten hundert Jahren aus ihrem Leben eine Art Maschine gemacht zu haben, die soviel Benzin verbraucht wie möglich. Nachdem ich mich 1981 von Grant getrennt hatte, stellte mich so eine Art Ausrüster für Abenteuerreisen den Sommer über als Köchin an. Ich habe den Sommer am Prinz-William-Sund zugebracht. Die Öltanker dort kommen und gehen, als könne dieser endlose Appetit niemals gestillt werden.«

Inzwischen waren wir mitten in den Vorbergen und scheuchten ein paar Gabelböcke auf. Wir zügelten unsere Pferde, um die leuchtenden Augen, die weißen Schwänze und das plötzliche Wegspringen der Gabelböcke zu beobachten; dann ritten wir weiter. Es wäre auch sonst schön gewesen, Winnie wiederzutreffen, aber an jenem Nachmittag kam es mir ganz besonders wundervoll vor. Angesichts meines Streits mit Brock konnte ich die Frage nicht unterdrücken, warum sie und Grant sich getrennt hatten. Sie hatten so glücklich gewirkt, als ich sie zusammen sah. Cowboy und Cowboy, hatte ich gedacht.

»Oh, Grant«, sagte Winnie. »Also, das ist vielleicht eine Geschichte. Im Frühjahr, nachdem wir uns kennengelernt hatten, wurde ich schwanger; heute ging es mir noch gut, und wir paßten auch auf und nahmen Verhütungsmittel und alles, und am nächsten Tag blieb meine Periode aus, und damit hatte sich's. Grant wollte, daß ich das Baby bekam.

Ich habe Grant geliebt, wirklich. Aber es ging alles nur um sein Baby, das meinte er nämlich, er wollte, daß ich sein Baby bekomme; ich sollte die Alaska-Pipeline sein und eine endlose Anzahl von Babys auf eine Welt bringen, die davon noch nicht genug hatte. Das war dumm. Ich wollte kein Baby. Und es war auch überhaupt kein Baby, es war ein kleines Stückchen Materie mit dem Potential, eines Tages ein Baby zu werden. Aber ich war kurzatmig, mir war schlecht, und ich mußte mich übergeben, und das Ganze schien mir wie eine Lektion in einer einfachen Sache zu sein, daß nämlich die Beziehung zu einem Fötus prinzipiell antagonistisch ist. Ich meine, jede Beziehung zwischen zwei lebenden Dingen – oder selbst zwischen zwei unbelebten Dingen, wenn man es sich richtig überlegt – birgt einen Widerspruch, weil nur begrenzter Platz zur Verfügung steht. Es gibt nur eine begrenzte Menge Luft und Wasser und Unterkunft.

Ich zögerte also nicht lange und ließ es abtreiben; die Fortpflanzung ist zwar für unsere Gene beschlossene Sache, aber die Evolution hat uns diese schönen, großen Gehirne gegeben, und mir schien die Zeit gekommen, daß wir Frauen davon Gebrauch machen. Aber Grant war böse. Er schien zu denken, ich hätte versucht, ihn zu verletzen. Ich schätze, wir waren sehr verschieden – er liebte Tatsachen und Zahlen und Statistiken und Sachen wie ›woraus besteht ein Hufeisen‹. Jedenfalls war ich bestimmt verletzt, als ich dann herausfand, daß Grant sich nach dieser Geschichte zu einer Affäre oben im Cowboylager entschlossen hatte.

Ich war in dem Sommer in Golden und arbeitete dort in der Bücherei, da ich mir im vorangegangenen Herbst böse das Knie verletzt hatte; es gefiel mir nicht besonders, an einem Schreibtsich zu sitzen, aber ich verdiente mehr Geld als jemals als Cowboy. Dann fand ich heraus, daß Grant diese Affäre hatte mit der Köchin des Cowboycamps, einem ganz hysterischen Weib. An dem Abend bin ich nach der Arbeit wie eine Wahnsinnige nach Hause gefahren. Ich ging mit quietschenden Reifen in die Kurve, ließ dazu Musik laufen auf einem Kassettenrecorder auf dem Beifahrersitz und war einfach unendlich wütend. Es war eigentlich ein schöner Abend mit einem großen, runden Sommermond und schwerem, süßem Beifußduft. Ich kurbelte das Fenster herunter und jagte um noch ein paar Kurven, und dann knallte der Kassettenrecorder auf den Boden, und ich beugte mich hinunter, um ihn aufzuheben. Als ich mich wieder aufrichtete, war ich auf der falschen Straßenseite.

Doch nicht nur das. Ich schob mich gerade auf einen Zaun. Ich landete gerade darauf, und die Zaunpfähle brachen. Ich konnte unter mir hören, wie sie den Boden des Trucks aufrissen, und es war völlig klar, daß ich über die Kante segeln würde, die Böschung hinunter, denn die Straße machte dort eine Rechtskurve. Ich wollte aber nicht hinunterstürzen, glaub mir, denn es war ein langes, langes Ende hinunter bis zur Wüste, wo ein paar Rinder grasten, und ich wollte bestimmt nicht

Grants hysterischer Köchin wegen sterben, und das muß ich sagen, für die nächsten dreißig oder vierzig Sekunden war ich vollkommen und absolut lebendig, ich hatte mich selbst im Raum lokalisiert, um es so zu formulieren. Wenn du ein Kind bist, dann kritzelst du es vielleicht in dein Notizbuch. Aber an jenem Abend war es in meinem Kopf. Ich war Winnie Blaise, Fahrerin eines Ford-Pick-up, thronte auf einem Haufen abbrechender Zaunpfosten, befand mich im Staat Colorado, Kontinent Nordamerika, Erde, Solarsystem, Milchstraße. In diesen dreißig oder vierzig Sekunden, als ich leicht hätte sterben können, weil ich so wütend gewesen war, war ich plötzlich Winnie Blaise, Erdfrau.

Der Truck raste die Böschung hinunter, knapp an einem Strommast vorbei, und während er durch die Luft flog, zwang ich mich durch Willenskraft zum Leben, zum Teil wohl deshalb, weil ich es nicht ertragen konnte, zornig zu sterben. Das führt zu nichts. Man muß etwas tun. Den Kerl wechseln, die Situation ändern, herauskommen. Ich klammerte mich am Steuerrad fest, als sei es ein Teleskop, das ich scharf einstellen mußte, um den Rest meines Lebens zu sehen. Es funktionierte. Ich landete, und der Truck fiel fast völlig auseinander. Die Motorhaube löste sich mit einem Knall, die Achsen brachen, und der Kühler explodierte. Eine Minute lang konnte ich überhaupt nichts sehen, bis sich der Dampf verzogen hatte. Und dann sah ich die Gesichter dieser Kühe, nur ein paar Zentimeter von den Lampen auf dem Dach entfernt. Sie sahen aus wie weiße Ballons, ihre Gesichter schienen in der Luft zu treiben; dann erschraken sie und trabten davon, und mir gelang es, die Tür zu öffnen. Der Beifuß roch besser als alles andere, das ich je zuvor gerochen hatte. Ich hätte tot sein müssen, und jetzt lag ein ganz neues Leben vor mir.

Den nächsten Tag verbrachte ich im Bett, hatte überall blaue Flecken, und Grant rief aus einer Bar an, wo er sich einen genehmigte. Er klang schon recht angeheitert, und mit einem wirklich seltsamen Sinn für den passenden Zeitpunkt nahm er die Gelegenheit wahr, mir zu sagen, daß er diese andere Frau liebte, diese Kreische. Ich sagte ihm, daß ich bei dem Unfall hätte ums Leben kommen können. Er hörte zu und sagte dann: ›Also, es ist schön, daß das nicht passiert ist. Aber wie auch immer, ich denke, ich werde Charlene heiraten.‹ Dieses ›wie auch immer‹ war das Entscheidende. Ich habe nicht einmal geweint.«

Während Winnie erzählte, kaute sie ständig Tabak, spuckte ihn aus, schob sich den Hut zurecht und achtete auf den Weg. Jetzt schwieg sie eine Weile, während der See in Sicht kam. Es war ein See voller Sonnenschein, mit seichten Stellen, an denen man stehen und baden konnte, und flachen Felsen, von denen aus man angeln konnte. Es gab auch Wiesen voller wilder Bergblumen, und Winnie und ich stiegen von den Pferden und machten ihnen die Zügel hinter den Köpfen fest, so daß sie sich frei bewegen konnten. Wir gingen am Ufer entlang, bis wir einen guten Platz zum Schwimmen gefunden hatten, und zogen uns dann verlegen kichernd aus. Wir stürzten uns ins Wasser, rannten sofort wieder heraus und legten uns nackt auf die Felsen. Ich fragte Winnie, wie es gekommen sei, daß sie beim Iditarod mitgemacht habe.

»Nach Grant beschloß ich, nach Alaska zu gehen, also verkaufte ich mein Pferd und meinen Sattel, packte meine Sachen zusammen und nahm die Fähre hinauf nach Alaska. Ich bekam eine Stelle bei einem Ausstatter für Abenteuerreisen, und da war ich dann, am Prinz-William-Sund. Dort strotzt alles vor Leben. Für einen Cowboy aus Colorado ist der Wechsel hinreißend, denn Colorado heißt Kargheit, und Alaska heißt Reichtum. Es ist wie ein gewaltiger Naturschatz. Als ich diese Tiere am Sund sah – sie waren so neugierig, so freundlich und so höflich; die Wale tauchten niemals direkt unter uns auf, die Seelöwen starrten uns nicht an, die Seeotter kamen uns zwar nahe, taten dabei aber immer so, als wenn sie etwas ganz anderes machten –, da spürte ich, daß alles noch seine Ordnung hatte, daß die Welt immer noch im Gleichgewicht war und daß wir mit allem anderen klarkommen würden, solange nur Alaska sicher war. Ein Bursche, den ich im Sommer kennenlernte, lud mich in seine Blockhütte in der Nähe des Mount McKinley ein, und ich besuchte ihn dort im Dezember nach einem merkwürdigen Herbst als Kellnerin. Ich fuhr gern hinaus in die Natur, und es war wirklich warm für einen Winter. Eines Tages saß ich draußen vor der Hütte, als ich von weitem ein gewaltiges Gebell hörte, das immer lauter wurde. Dann kamen diese riesenhaften Hunde mit einem Schlitten um die Kurve. Es waren Schlittenhunde, und sie zogen Versorgungsgüter zu einer anderen Hütte. Sie kamen herangestürzt, zerrten an ihrem Geschirr, der Schlittenlenker zog einmal an den Zügeln und machte Errr, und die Hunde hielten sofort an. Sie ließen sich fallen und schliefen auf der Stelle ein, als hätten sie dieses Nickerchen schon seit langem eingeplant. Ich ging hinüber und begrüßte den Leithund, der sofort wach wurde.

Er war so aufgeregt, daß er mir das Gesicht ableckte, mich regelrecht schrubbte, und er leckte mir immer wieder mit seiner Zunge übers Gesicht, so daß ich mich geradezu verführt fühlte. Der Hundeführer ließ uns allein, ging in die Hütte, und ich sah mir seine Hunde an. Sie waren hundeartig, aber mit dicken Mänteln aus Pelz und breitem Kinn, mit dicken Zungen und dicken Ohrmuscheln. Sie waren so groß, daß sie auch winzige Pferde hätten sein können. Ich komme gut mit Pferden zurecht, und jetzt fragte ich mich unwillkürlich, ob es mit Hunden vielleicht nicht noch einfacher sei, da sie so viel klüger sind und Vorschlägen besser zugänglich. Als der Hundeführer zurückkam, rappelten sich die Hunde aus ihren Schneenestern auf, schüttelten sich und hängten sich dann in ihr Geschirr, bis es wieder gespannt und straff war.

Eine Minute lang oder zwei bewegte sich der Schlitten nicht. Nur die Hunde fingen an zu rennen, auf der Stelle zu treten, sich in den Schnee zu drücken, so wie Tänzer auf Zehenspitzen. Sie liefen auf schönen, großen Pfoten, und die Sonne stand schräg über ihnen, denn die Abenddämmerung nahte bereits, und es sah fast so aus, als gehöre die Sonne zu der Ladung, die sie zogen. Für einen Moment schien es so, als würden sie es nie schaffen. Die Schwerkraft, der Schnee, die Reibung und natürlich die Sonne, die noch oben auf ihre Last drückte. Doch dann kam der Schlitten ganz plötzlich los, die Hunde stürmten vorwärts, und die Kufen des Schlittens schnitten in den Schnee. Ich mußte weinen, Morgan, weil die Hunde so lebendig waren. Sie hatten diese Aufgabe zu ihrer persönlichen Herausforderung gemacht, zu ihrer Fahrt, und man sah, daß sie ganz bei der Sache waren. Wie sie sich so in Bewegung setzten, war genauso großartig anzusehen wie ein prachtvoller Sprung im Ballett. Man sah hier den Willen der Welt offenbart, sie waren wie Pegasus, der die Sonne zieht, und sie waren wie ich an jenem Abend, als ich meinen Truck zerlegte und Winnie Blaise wurde, Erdfrau. Aber sie waren Erdhunde, und wir waren auf der Erde, und ich kam zu dem Schluß, daß ich ihretwegen hier war. Um Hunden zu helfen, ihre Herrlichkeit zu finden. Um ihnen zu helfen, die Welt zu sehen.«

Ich erzählte ihr natürlich von der Antarktis. Davon, daß dieser Kontinent für mich das gleiche war wie Alaska für sie – ein unendlicher

Naturschatz, in mir selbst immer präsent, immer ein Rückhalt. Ich erzählte ihr von Scott und seinem Entschluß, keine Hunde umzubringen, und ich erzählte ihr vom vierhundert Meilen breiten Ross-Schelfeis und daß es dort eine Menge Welt gebe, die ein paar Hunde eines Tages vielleicht gern kennenlernen würden. Ich erzählte ihr, daß Brock, den ich nur beiläufig erwähnte, sich nicht sehr für die Antarktis zu interessieren schien, aber daß sie und ich vielleicht eines Tages zusammen dort hingehen könnten; aber während ich das sagte, spürte ich, daß ich ihm bereits vergeben hatte nach der Geschichte, die Winnie von Grant und seiner hysterischen Köchin erzählt hatte. Das hatte mir ins Gedächtnis gerufen, daß Brock mich niemals auf diese Weise verletzen würde.

Dann stürzten wir uns wieder ins Wasser. Da uns inzwischen heißer geworden war, schien das Wasser diesmal kälter zu sein, und so kletterten wir noch schneller wieder hinaus und legten uns ein weiteres Mal auf die heißen Felsen, ließen uns trocknen und setzten unser Gespräch fort.

Winnie sagte: »Weißt du, man muß ja in diesem Sommer von der Antarktis träumen. Alle schwitzen, und alle fragen sich, ob diese fossilen Brennstoffe das wirklich wert sind.« Sie sagte, sie würde sehr gern in die Antarktis gehen, wenn sich die Gelegenheit böte, aber zuerst wolle sie beim Iditarod gewinnen. »Für meine Hunde, sage ich dir, für meine Hunde. Sie werden toll aussehen mit all diesen Blumen. Und sie werden es so richtig genießen, weißt du, denn Hunde laufen richtig gerne.« Ich drehte mich auf den Bauch, sehr glücklich und davon überzeugt, daß Winnie das Rennen würde gewinnen können. Was sie sich einmal in den Kopf gesetzt hatte, das schaffte sie auch.

Im folgenden Winter gewann Winnie beim Iditarod. Ich sah sie im Fernsehen und schickte ihr einen Glückwunsch. Ich schrieb ihr, daß die Hunde wirklich sehr schön ausgesehen hätten mit ihren am Kopf befestigten Lampen und den Blumenkränzen; sie selbst habe zwar erschöpft gewirkt, aber trotzdem glücklich. Sie antwortete, daß ich ganz recht habe, daß es die Hunde gewesen seien, nur die Hunde, die die Aufgabe zu ihrer eigenen Herausforderung gemacht und dieses Mal den Mond gezogen hätten, den ganzen Weg von Anchorage nach Nome.

In diesem Winter, meinem zweiten in Michigan, kam Brock nach Ann Arbor, um mich zu besuchen, aber der Besuch verlief nicht besonders erfreulich, und ich war froh, als er wieder nach Quarry zurückkehrte und mich allein ließ. Fast von dem Augenblick an, da ich mich in Brock verliebt hatte, versuchte ich, wie mir jetzt klar ist, von ihm fortzukommen, versuchte Entschuldigungen zu finden, um nicht bei ihm sein zu müssen. Das aber war nicht leicht, denn es durften keine trivialen Ausreden sein, weil meine Gefühle für ihn sehr stark waren; ich benötigte eine hieb- und stichfeste Entschuldigung und hatte noch keine gefunden. Also war ich weiterhin mit ihm zusammen und traf ihn in den Ferien und während des Sommers in Colorado. Unterdessen ging mein Graduiertenstudium weiter.

Es ging weiter, und ich kam auch immer besser damit zurecht, ohne indes zu glauben, daß ich jemals eine besonders gute Historikerin sein würde. Dazu war ich zu sehr von merkwürdigen, schon fast exzentrischen Ideen besessen. Zum Beispiel schrieb ich in einem meiner Kurse – über Historiographie – ein Referat über das Telegramm, das Scott von Amundsen erhielt, als er am 12. Oktober 1910 in Melbourne eintraf. Es war das Telegramm, mit dem Amundsen Scott darüber in Kenntnis setzte, daß er jetzt einen Mitbewerber um die Ehre habe, als erster den

Südpol zu erreichen. Vor Antritt seiner Reise hatte Scott nicht geahnt, daß Amundsen ebenfalls in die Antarktis unterwegs war. Amundsen war an Nansen herangetreten, um dessen Schiff, die *Fram*, zur Verfügung gestellt zu bekommen, mit der erklärten Absicht, eine wissenschaftliche Expedition in die Arktis zu unternehmen. Anschließend hatte er nicht nur seine Männer und Hunde versammelt und laut und öffentlich verkündet, das Nordpolarmeer erforschen zu wollen, sondern er war sogar so weit gegangen, polare Rivalitäten anzuprangern. Er hatte der Norwegischen Geographischen Gesellschaft erklärt, daß »ein Rennen zum Nordpol« keineswegs das Ziel seiner Expedition sei. Kurz darauf allerdings erhielt er die Nachricht, daß Peary und Hansen den Nordpol erreicht hatten, und das löste bei ihm einen abrupten Sinneswandel hinsichtlich der wissenschaftlichen Forschungen aus, und er entschloß sich, unverzüglich in die Antarktis zu segeln.

Er kann nicht besonders stolz auf diesen Sinneswandel in letzter Minute gewesen sein, denn er hielt seine Richtungsänderung äußerst geheim. Er erzählte nicht einmal seinen eigenen Leuten, daß sie zur Unterseite der Weltkugel segelten statt nach oben. Einmal unterwegs, nahm er sich allerdings die Zeit, Scott ein Telegramm zu schicken, das dieser nach Erhalt vernichtete; als Folge dieser Vernichtung fanden mindestens vier verschiedene Versionen dieses Telegramms ihren Eingang in zeitgenössische Aufzeichnungen. »Laufe nach Süden« war eine dieser Fassungen – die unwahrscheinlichste von allen vieren, denn Amundsen war zwar hart, aber weder rüde noch geizig. Bestimmt hatte er dem Mann, der plötzlich zu seinem Rivalen geworden war, einige zusätzliche Worte für ein paar zusätzliche Pfennige gegönnt. »Erlaube mir, Ihnen mitzuteilen, daß wir nach Süden laufen«, heißt es in den meisten der Tagebücher und: »Darf mir erlauben, Ihnen mitzuteilen, daß wir Richtung Antarktis laufen« in einigen anderen. Beide Fassungen waren wohl denkbar, obwohl »Süden« mehr für sich hatte als »Antarktis«. »Süden« sagte schon alles in dem Club, zu dem diese Männer gehörten.

Aber meine Lieblingsfassung lautet: »Erlaube mir, Ihnen mitzuteilen, daß die *Fram* nach Süden läuft.« Ich konnte mich in meiner Hausarbeit bei der Analyse dieser Fassung gar nicht mehr bremsen. Der Wortlaut dieser Version implizierte, so schien mir, daß die *Fram* selbst der Urheber der ganzen Reise war und Amundsen nur ein hilfloses

Opfer; als habe die *Fram* sich eines Nachts ohne die geringste Vorwarnung entschlossen, in die Antarktis zu segeln. Wahrscheinlich hatte Amundsen gerade fest geschlafen und dann am nächsten Morgen feststellen müssen, daß seine Kompasse alle verrückt spielten, weil das Schiff über den Bug gegangen war. Der arme Amundsen hatte einfach nicht gewußt, was er dagegen tun sollte, da das Schiff ein ergrauter Veteran war, mit dem man sich besser nicht anlegte; statt dessen hatte es sich ins Unvermeidliche gefügt und Scott ein Telegramm geschickt, um ihn von der plötzlichen Entscheidung des Schiffes zu unterrichten. Meine Arbeit wurde in der Tat eine Abhandlung über Teleologie, und ich weitete die Betrachtung nicht nur zu einer Abhandlung darüber aus, daß alle Dinge, selbst Schiffe, vielleicht von mehr als nur mechanischen Kräften gelenkt werden, sondern berührte auch noch die wissenschaftlichen Theorien der Kausalität. »Was um Himmels willen hat das mit Historiographie zu tun?« hatte mein Professor unter die Arbeit geschrieben, als er sie mir zurückgab, damit ich sie noch einmal völlig neu schreibe. Ich schien mich einfach nicht daran gewöhnen zu können, eine angehende Historikerin zu sein. Ich war in eine Flaute geraten – auch durch die Liebe.

Ein Jahr verging. Wir schrieben Weihnachten 1985, ich verbrachte mein drittes Jahr in Michigan, und mit Brock war ich jetzt anderthalb Jahre zusammen. Soviel ich wußte, hatte er während dieser Zeit kein einziges Mal Kontakt zu seiner Frau aufgenommen. Er gab immer noch Unterricht, Skilaufen im Winter und Bergsteigen im Sommer, und ganz langsam begann er mir zu vertrauen; ebenso langsam ließ er zu, daß sein Interesse an der Antarktis wuchs. Er las viele der Bücher, die in meiner Hütte auf der Ranch der Covilles standen, unter anderem *Die schlimmste Reise der Welt*, Wilsons Tagebuch der *»Terra Nova«-Expedition in die Antarktis* und Richard Byrds großartiges Buch *Allein*. Brock war ungeheuer gefesselt von dem Bericht über Byrds viereinhalb einsame Monate auf der vorgeschobenen Wetterstation Bolling mitten auf dem Ross-Schelfeis, der ersten Inlandstation, die jemals für die Dauer eines antarktischen Winters besetzt blieb.

Ich glaube, was Brock am meisten daran faszinierte, war die Sache mit Byrds schleichender Kohlenmonoxydvergiftung; Brock selbst hatte sich einmal eine solche Vergiftung zugezogen. Und eines Abends, eine

Woche vor Weihnachten – Brock und ich waren in meiner Hütte damit beschäftigt, ein gewaltiges Feuer zu schüren, damit es endlich warm wurde –, fragte er mich träge, ob er erzählen solle, wie er sich vergiftet habe. Draußen fror es, in der Wüste lag der Schnee einen halben Meter hoch und oben in den Bergen noch viel höher. Der Abend war so kalt, daß uns das Feuer besonders warm vorkam, und wir hatten gerade miteinander geschlafen. Gift schien ein sehr entlegenes Thema zu sein, und ebenso träge wie Brock meinte ich, er solle seine Geschichte hören lassen. Als ich es mir zum Zuhören gemütlich machte und Brock endlich anfing zu erzählen, hatte ich keine Ahnung, daß es bei der Geschichte in Wirklichkeit darum ging, wie er seine Frau und seine Kinder verlassen hatte.

Brock hatte damals irgendwo in Maine in einer Mietwohnung am Stadtrand gelebt und in einer Sägemühle gearbeitet. Eines Tages – er hatte Tagschicht – hatte er nach dem Aufstehen einen tropfenden Ausguß abgedichtet und sich dann auf die halbstündige Fahrt zur Mühle gemacht. Als er dort ankam, war ihm schwindlig und übel; er erfuhr, daß seine Schicht gestrichen war und der Vorarbeiter vergeblich versucht hatte, ihn telefonisch zu erreichen, offensichtlich nur wenige Sekunden, nachdem er das Haus verlassen hatte. Sarah war zu dem Zeitpunkt ebenfalls bereits unterwegs gewesen, da sie die Kinder in die Schule brachte und dann halbe Tage bei einem Zahnarzt am Ort arbeitete. Brock stieg also wieder in seinen Wagen, der immer Benzindämpfe freisetzte und keinen Auspufftopf mehr hatte, ließ den Motor an und fuhr wieder Richtung Heimat. Er war ungefähr zehn Minuten gefahren, als ihm schlecht wurde.

Gut, er war es gewohnt, daß ihm in Autos schlecht wurde. Aber diesmal handelte es sich nicht um eine gewöhnliche Übelkeit, denn ihm war auch schwindlig, er bekam zu wenig Luft, und in jeder scharfen Kurve wurde ihm noch schlechter. Er kurbelte das Fenster herunter und steckte seinen Kopf hinaus in die reine, kalte Luft, aber auch die frische Luft, die ihm als Kind immer geholfen hatte, brachte keine Besserung. Er beschleunigte.

Als er zu Hause angekommen war und den Wagen geparkt hatte, war ihm erstaunlicherweise immer noch schlecht, obwohl er wieder auf festem Grund stand. Er fühlte sich, als sei er vergiftet worden. Eigentlich war das völlig unmöglich; doch er hatte nur noch den einen Wunsch, flach auf dem Rücken zu liegen und völlig reglos zu verharren. Der Boden kam ihm beim Gehen entgegen, so daß er Angst hatte zu stürzen. Die ganze Welt war plötzlich ein Gewirk aus kippenden, torkelnden Flächen, bösen Flächen, und Böses war überall rings um ihn her. Ihm war so schlecht, daß jede Faser seines Körpers von Übelkeit durchdrungen schien; er wollte sich davon befreien, indem er erbrach, aber er konnte sich nicht übergeben, sosehr er sich auch bemühte; ihm wurde nur noch schlechter, wenn er es versuchte.

Er fummelte eine Weile mit den Schlüsseln herum, bevor er schließlich die Hintertür aufbekam. Er ging dann in seine Wohnung und taumelte ins Schlafzimmer; dort legte er sich wie ein Betrunkener auf den Rücken und hatte das Gefühl, das Bett triebe unter ihm auf dem Wasser; sein Magen schmerzte, und alles, alles um ihn herum kippte. Er schien klar zu sehen – unnatürlich klar sogar, als hätten Drogen seine Sehfähigkeit gesteigert. Und was er unter Einwirkung dieser Droge sah, war eine Welt, die sich zum Bösen gewendet hatte. Der Fernseher sah böse aus, dort drüben in seiner kalten Ecke. Aber es war nicht nur der Fernseher, auch die Lampen, die Kommoden, der Boden, die Fenster, die hinausstarrten auf die diabolischen Felder. Alles war teuflisch, und er spürte in dieser entsetzlichen Übelkeit, daß nun alles endgültig und wahrhaftig entlarvt war. Er befühlte seine Wangen; sie waren heiß, als seien sie gerötet, und er schaffte es, aufzustehen und zum Spiegel zu gehen. Auf seinen Wangen brannten rote Flecken wie Zielscheiben. Er war vergiftet worden; er mußte vergiftet worden sein! Als er in sein Gesicht starrte, begriff er, daß dies die schlichte Wahrheit war.

Er sagte sich, daß er ruhig bleiben müsse. Er sagte sich, daß es das wichtigste war herauszufinden, was ihn vergiftet hatte. Es mußte das Frühstück gewesen sein, die letzte Mahlzeit, die er zu sich genommen hatte. Es hatte Schinken als besonderen Leckerbissen gegeben; es mußte der Schinken gewesen sein. Und jetzt würde er daran sterben, dessen war er sich sicher, und es erschien ihm furchtbar ungerecht, daß die Welt ein Ort solch grausamer Bösartigkeit sein sollte. Er begann laut zu schluchzen, und die Tränen liefen ihm übers Gesicht. Er war vergiftet worden und mußte jetzt sterben, und alles wegen eines Stückes Schinken.

Er weinte eine ganze Weile. Warum war Sarah nicht zu Hause? Wahrscheinlich wollte sie, daß er starb; Tatsache war, daß wahrscheinlich sie ihn vergiftet hatte. Vielleicht gab sie ihm schon seit Jahren Gift, mit jeder Mahlzeit ein kleines bißchen. Dann mußte es Arsen sein, und jetzt war die tödliche Dosis erreicht. Er versuchte sich hinzusetzen, während er begriff, daß Sarah ihn haßte und daß er blind dafür gewesen war, ein kompletter Trottel; sie sollte ihm nur in die Hände kommen ... Nicht, daß das jetzt noch eine Rolle spielte. Es war einfach so furchtbar, daß all dies gerade jetzt geschah, während er starb.

Ja, es reichte wohl aus, daß er mit dieser Übelkeit und vor Schmerzen gekrümmt starb. Er mußte nicht auch noch die totenkopfähnliche Visage der Welt entdecken, das Gift und die Grausamkeit, die überall lauerten, und den Verrat. Wo war Sarah? Sie sollte wenigstens so tun, als liebe sie ihn!

Als Sarah zum Mittagessen nach Hause kam, taumelte Brock in die Küche, immer noch knallrot im Gesicht, und schrie sie an: »Jetzt weiß ich es also!«

»Mein Gott, Brock, du siehst ja schrecklich aus.«

»Nun, du solltest es doch wissen, du solltest es doch wissen, oder?« Dann stürzte er zu Boden, barg sein Gesicht in den Händen und weinte wieder.

»Brock, wir fahren ins Krankenhaus. Steh auf, du mußt mitkommen.«

»Ja, sicher!« O Gott, dies war die grausamste Schauspielerei. Er warf sich auf den Rücken und lag schließlich neben der Spüle. Dann ging ihm auf, daß Sarah ihn gar nicht vergiftet hatte; es mußte die Dichtmasse gewesen sein, mit der er den Ausguß repariert hatte.

»Ich bin vergiftet worden, Sarah. Es muß die Dichtmasse gewesen sein.«

»Steh auf! Steh auf!« Sie schrie jetzt auf ihn ein.

»Ich sterbe! Ich kann nicht aufstehen, du Hexe!« Er wälzte sich auf dem Boden herum. Halt, halt. Vielleicht war es doch nicht die Dichtmasse gewesen. Jetzt hatte er es. Die Farmer mußten es gewesen sein. Das Zeug, das sie auf die Felder fuhren, die Felder hier am Stradtrand. Wie hieß es noch? Scheiß-Organophosphate! Sie brachten ihn mit ihrem Getreide um, aber störte sie das? Natürlich nicht. Sie wollten ihn umbringen, wollten alle umbringen. Vielleicht würde Sarah auch daran sterben, an dieser Essenz des Bösen, die er zu sich genommen hatte und die er jetzt noch nicht einmal auskotzen konnte. Er lag auf dem Boden, randvoll von Haß auf die Farmer, während Sarah versuchte, ihn hochzuziehen, schließlich von ihm abließ und zum Telefon lief. Er hörte sie sagen: »Ist dort der Giftnotruf?«, und dann ging ihm ein Licht auf. Er war in der Tat vergiftet worden. Aber durch Gas. Durch Kohlenmonoxyd.

Die Giftnotrufzentrale konnte nicht helfen, bestätigte aber Brocks letzte Selbstdiagnose. Die Kohlenmonoxydmoleküle hatten sich an seine roten Blutkörperchen geheftet und hinderten auf diese Weise das Hämoglobin daran, ausreichende Mengen von Sauerstoff aufzunehmen. Was er durchmachte, war eine Art Sauerstoffentzug. Wenn er jetzt noch lebte, dann würde er es auch überleben, sagten die Experten, aber es dauere Stunden, bis die erste Übelkeit nachlasse, und der Schwindel halte sogar noch länger an. Noch schlimmer als die körperlichen Auswirkungen der Vergiftung – die erst nach Wochen ganz überwunden sein würden – seien allerdings die psychischen Auswirkungen.

Brock konnte einfach nicht vergessen, daß er Sarah als eine Art Dämon betrachtet hatte, wie absolut sicher er sich gewesen war, daß sie ihn vergiftet hatte. Wenn sie ihn jetzt berührte, zuckte er unwillkürlich zurück, und wenn sie mit ihm schlafen wollte, war er dazu kaum noch in der Lage; immer ausschließlicher beschäftigte er sich mit seiner Arbeit. Nicht, daß diese Arbeit besonders interessant gewesen wäre. Er arbeitete inzwischen in der Nachtschicht, stand um vier Uhr nachmittags auf, frühstückte, wenn die Kinder ihr Abendbrot bekamen, und machte sich dann gegen Viertel nach acht auf den Weg zur Arbeit, froh, die Familie hinter sich lassen zu können, froh, daß sie ihn so selten sahen.

Sein Auto hatte natürlich inzwischen einen neuen Auspufftopf, eine komplette, neue Auspuffanlage, und er legte den Weg ganz gemächlich zurück, kam zehn Minuten zu früh an, so daß ihm, wenn er Frühstücksbox, Thermoskanne und Jacke verstaut hatte, immer noch etwas Zeit blieb, den Anblick der Sägemühle auf sich wirken zu lassen. Er mochte den Geruch brennenden Holzes und den Anblick der Funken, wenn sie in den Nachthimmel stoben, und auch die Art und Weise, wie das Feuer die Holzstöße durchglühte. Und obwohl seine Arbeit stumpfsinnig war, freute er sich auf die Neun-Uhr-Sirene als Zeichen, daß er seine Karte stempeln und seinen Platz am Fließband einnehmen konnte.

Wenn der Vorarbeiter den Schalter umlegte, geriet das Sperrholz in

Bewegung, und er und die anderen Arbeiter am Band zogen jede Platte, die gut aussah und einem bestimmten Standard entsprach, vom Band und stapelten sie hinter sich auf Paletten, die von einem Gabelstapler abgeholt wurden, wenn sie voll waren. Wenn eine Platte zu viele Nüsse hatte, nicht richtig zusammengeleimt war oder verzogen, dann blieb sie auf dem Band liegen und wurde erst am anderen Ende heruntergenommen. Brock liebte diese Arbeit, weil sie sein Gehirn nicht beanspruchte und er die ganze Schicht über Zeit zum Nachdenken hatte. Er war weder besonders freundlich zu seinen Kollegen noch besonders unfreundlich. Alles ging gut, bis er an den Platz neben dem Albino umgesetzt wurde.

Zuerst war er sich nicht einmal sicher, daß der Bursche wirklich ein Albino war, denn die Mühle war von einem gelblichen Licht erfüllt, und natürlich trug der Kerl einen Helm. Aber seine Haut wirkte sehr blaß und seine Augen sehr rötlich, und Brock hatte das Gefühl, daß der Mann ihn oft ansah. Während sie – natürlich parallel zueinander – in gleichem Abstand vor dem Band standen, schien der Mann gelegentlich ein Stück näher an Brock heranzurücken. Doch Brock war sich dessen nicht ganz sicher, weil der Mann jedesmal, wenn er zu ihm hinüberschaute, ganz in seine Arbeit vertieft schien, vor sich hinsah oder gerade eine Platte Sperrholz vom Band nahm. Aber wenn Brock nicht hinschaute, dann spürte er ihn, diesen befremdlichen Blick zu sich herüber, und es dauerte nicht lange, da genoß er seine Arbeit nicht mehr, sondern fürchtete sie; eines Abends legte er es darauf an, dem Mann in der Pause zu folgen und dabeizusein, wenn er seinen Helm abnahm, so daß er ihn richtig sehen konnte. Ja, sein Haar war weiß, seine Haut so dünn wie Reispapier, und das Blut darunter pulsierte wie das einer unheimlichen Wasserpflanze. Brock wollte etwas sagen, aber der Mann starrte ihn aus halb geschlossenen Augen an, fast spöttisch, und so sagte Brock nichts, sondern nahm nur das netzartige Muster der Äderchen zur Kenntnis.

Von da an war er fest davon überzeugt, daß es keine Einbildung war, sondern daß der Mann ihn tatsächlich immerzu von der Seite anstarrte, und er versuchte sich anders ans Band zu stellen, um nicht angeglotzt zu werden oder sich dessen wenigstens nicht ständig bewußt sein zu müssen. Das bedeutete, daß er nicht mehr fest mit leicht gespreizten Beinen dastand, sondern vor dem Band hing wie ein verbogener Querträger. Er schaffte das erstaunlich gut und konnte für Stunden seinen weißen Beobachter vergessen, aber der Preis dafür war, daß er eines seiner Beine überanstrengte. Das Bein begann manchmal unwillkürlich auf und ab zu zucken wie die Nadel einer Nähmaschine. Das Schlimmste daran war, daß er schlecht einschlafen konnte, wenn er morgens heimkam. Er kam ungefähr um halb sechs Uhr morgens nach Hause, noch bevor Sarah und die Kinder wach wurden, und sie kamen gewöhnlich in die Küche, wenn er sich gerade etwas zu essen gemacht hatte.

Er verbrachte vielleicht dreißig Minuten mit ihnen und ging dann zu Bett. Im Bett, wo er noch die Wärme von Sarahs Körper spürte, fühlte er sich wohl, aber er konnte nicht gleich einschlafen; immer wenn er fast eingenickt war, weckten ihn die Krämpfe seines Beines wieder auf.

Nach einigen Wochen machte ihm der Schlafmangel ernsthaft zu schaffen. Er fühlte sich immer ausgelaugter, fast wie nach einer anstrengenden Schlacht. Er wußte nicht, was er tun sollte. Er wollte seinen Job aufgeben und wäre bereit gewesen, fast alles zu tun, nur um von diesem Albino wegzukommen. Inzwischen befürchtete er, daß er überall an diesem Band und in dieser Halle der Beobachtung durch dieses weiße Etwas ausgesetzt sein würde, daß dieser Beobachter überall im Dunkeln lauerte. Ihm hätte also eine Umsetzung am Band oder innerhalb der Mühle nicht mehr viel geholfen. Er sprach darüber mit Sarah, die ihm sagte: »Du kannst nicht kündigen, Brock.«

Sie hatte recht, er konnte nicht kündigen. Aber es half ihm nichts, daß sie das sagte, und an diesem Morgen ging er sowohl erschöpft als auch erbost zu Bett und fiel in einen tiefen, traumlosen Schlaf, doch nach ein paar Stunden ließ ihn ein lautes Geräusch mit Herzklopfen im Bett auffahren. Er war völlig desorientiert und immer noch wütend, diesmal über den neuerlichen Adrenalinstoß. Mit dem Gefühl, daß er irgend jemanden schlagen müsse, wälzte er sich über die Matratze. Er hielt inne, als er feststellte, daß irgend etwas bei ihm im Bett lag; es war warm und groß und fleischig, und als er die Decke zurückwarf, entdeckte er, daß es ein menschliches Bein war. Brock nahm das Bein nicht als seines wahr. Es war von der Hüfte an bis zu den Zehenspitzen eingeschlafen, offensichtlich endgültig erschöpft von den Krämpfen und den langen Tagen, an denen es die Nähmaschine war. Und Brock, plötzlich hellwach, erschöpft und verängstigt und gleichzeitig wütend, mit einem Bein ohne Gefühl, zog daraus eine Schlußfolgerung, die er damals für vernünftig hielt. Irgend jemand – natürlich Sarah – hatte ihm dieses Ding ins Bett gelegt, dieses tote Ding, das ihm, wenn er mit der Hand darüberfuhr, eine Gänsehaut über den Rücken jagte. Er packte das Bein und warf es aus dem Bett.

Als es zu Boden fiel, riß es Brock mit sich. Jetzt lagen sie beide neben dem Bett. Brock stöhnte laut; er war jetzt deutlich wacher als zuvor. Aber das Bein schlief immer noch, und es lag immer noch fremd neben Brock, so daß er einen Augenblick Zeit hatte, seiner grimmigen Phantasie nachzuhängen. Diese verdammte Sarah. Verdammt sei sie! Sollte das alles ein Witz sein? Sie hatte sich nicht nur ein fremdes Bein besorgt, sondern sich auch noch die Mühe gemacht, es an seinem Körper anzubringen! Immer wieder starrte er das Bein an und bemerkte schließlich, daß es genau da saß, wo sein richtiges Bein sein sollte. Als er so weit war, begann ihm die Wahrheit zu dämmern. Wurde er verrückt? Er mußte den Verstand verloren haben, dachte er.

Als das Bein schließlich aus seiner Taubheit erwachte, fuhr Sarah zur Arbeit. Brock lag im Bett, unfähig, wieder einzuschlafen. Sarah war eine gute Frau, und seine Kinder waren gute Kinder, aber er erkannte plötzlich, daß er sie verlassen mußte. Erst die Kohlenmonoxydvergiftung und jetzt diese Sache mit dem Bein – beides waren Zeichen dafür, was mit seinem Leben geschehen war, seit er geheiratet hatte. Er hatte sich immer mehr entfremdet, nicht nur Sarah, nicht nur seinen Eltern, sondern seinem eigenen Körper, seinem eigenen Leben, Brock selbst, wer immer zum Teufel Brock sein mochte. Er wußte nicht, wie das bei anderen Männern war, was andere dazu brachte, ihre Familien im Stich zu lassen, aber bei ihm war es dieses Gefühl der Selbstentfremdung gewesen. Selbst wenn sein Bein verbrannt wäre, hätte er nichts davon gespürt. Sein Bein war tot und nicht einmal fähig, Schmerz zu empfinden. Wenn er sich ein Messer ans Knie gesetzt hätte, hätte er darin herumschneiden können. Und was würde ihm das gesagt haben? Nichts. Er kam sich vor wie eine befremdliche Ansammlung von Organen, die mit einer anderen verheiratet war.

Und beide starben sie langsam ab. Zuerst sein Bein und dann ein anderer Teil. Er mußte jetzt gehen, bevor er nirgendwo mehr etwas spürte. Und das tat er. Er kündigte den Job, packte ein paar Sachen zusammen, während Sarah bei der Arbeit und die Kinder in der Schule waren, nahm den Wagen und fuhr los, Richtung Westen. Und er fühlte sich schuldig, durch und durch schuldig, aber mehr noch traurig und manchmal zornig, und schließlich gelangte er zur schiefen Welt, wo ihm sein Bein wieder den Dienst versagte und er mich kennenlernte. Aber diesmal, meinte er, sei alles in Ordnung, er habe inzwischen etwas gelernt und würde nie wieder vergessen, daß das Außergewöhnliche überall lauert und nicht immer nett und freundlich ist. Natürlich hatte er den Albino nie wiedergesehen, und er dachte inzwischen auch mit einer gewissen Zuneigung an ihn, überzeugt, daß dieser dünnhäutige Beobachter in gewisser Weise sein Schutzengel des Möglichen gewesen war. Mit seinem Helm und seinem Netzwerk von Äderchen, die wie Gedanken pochten, war er ein lebendes Abbild des Anomalen gewesen, wenn er Brock – stets wortlos – von der Seite angestarrt hatte. Und das Anomale, glaubte Brock jetzt, war – wie sich herausgestellt hatte – das Beste, was die Welt zu bieten hatte, das Mysterium, das seine katholischen Priester so vollständig übergangen hatten. Es war wie eine Art Blut oder Lymphflüssigkeit der Realität, die der auszehrenden Krankheit, der Gleichförmigkeit, mit heilenden Infusionen der Phantasie entgegenwirkte.

Damals fiel es mir schwer, die Wirkung ganz zu verstehen, die Brocks Geschichte auf mich ausübte, obwohl ich inzwischen ganz gut weiß, warum sie mich so wütend machte. Damals aber, als er mir diese entsetzliche Geschichte erzählte, war ich froh, die große Entschuldigung gefunden zu haben, die ich schon so lange gesucht hatte. Und auch er war froh; dies war sein großes Geheimnis, seine große Bürde, etwas, das er mir nie zuvor zu erzählen gewagt hatte. Es war wunderbar, davon befreit zu sein und zu wissen, daß ich ihn verstehen würde, denn ich war, wie er mir sagte, anders als andere Frauen. Seiner Meinung nach verstand ich Dinge wie das Phänomen der propriozeptiven Wahrnehmung und auch, wie eigenartig die Welt aussehen konnte, wenn sie durch einen einzigen Zwischenfall neu geschaffen wurde. Mir zu beichten war besser, als einem Priester zu beichten es je gewesen war, und während er erzählte, spürte er, wie sich etwas in ihm entwirrte. Ich nahm den Milchtopf vom Herd und machte Kakao.

Er sah, daß meine Hände zitterten, und wunderte sich, daß ich so blaß war, aber er konnte sich nicht bremsen; er mußte seine Geschichte zu Ende bringen. Wenn ihm das alles nicht passiert wäre, hätte er mich ja schließlich nicht kennengelernt, und ich mußte doch glücklich sein, daß wir uns kennengelernt hatten, glücklich, daß er nicht länger mit Sarah zusammen war. Was er nicht verstand und nicht verstehen konnte, war, daß mich diese Geschichte mehr verletzte und noch wütender machte, als hätte er mir erzählt, daß er eine andere Frau liebte. Während er erzählte, dachte ich immer wieder: *Aber es war doch gar nicht Sarahs Schuld.* Ich hatte immer angenommen, daß es irgendwie Sarahs Schuld gewesen war, daß Brock sie verlassen hatte, und als ich jetzt das Gegenteil hörte, kam mir Brock wie ein Ungeheuer vor. Ich identifizierte mich vollständig mit Sarah und sympathisierte weder mit Brock noch mit seinen Kniescheiben oder seiner krankhaften Konformität.

Aber davon sagte ich ihm an diesem Abend nichts. Ich war so sehr verletzt und völlig fassungslos, tief im Innersten jedoch gleichzeitig unendlich froh, daß er mir die Freiheit zurückgegeben hatte, mein Schiff in der Dunkelheit zu wenden. Darum sagte ich ihm kein Wort davon, sondern sah nur zu, daß ich die Weihnachtsferien irgendwie überstand und mehr Zeit mit Wilbur als mit Brock verbrachte. Und sogar in Wilburs Gesellschaft fühlte ich mich plötzlich verloren. Ich dachte mehr an meinen Vater als in den beiden letzten Jahren, und die Erinnerungen an ihn gefielen mir nicht, weil immer wieder das Bild vor meinem geistigen Auge erschien, wie er in seinem alten Wintermantel auf der Schwelle seines Hauses stand. Ich besuchte meine Mutter und blieb sogar über Nacht bei ihr, in dem Zimmer, in dem ich als Kind geschlafen hatte. Das Zimmer war schon vor langer Zeit umgeräumt worden, meine Bücher und sonstigen Sachen längst nicht mehr da, so daß es mir dunkel und eng, ja sogar fremd vorkam. Und meine Mutter war schrullig geworden; anders konnte man es nicht bezeichnen. Als sie am Tag meines Besuchs morgens zum Frühstück herunterkam, trug sie einen Schlips, und als Dr. Jim sie mit gequälter Stimme fragte, was das solle, blickte sie ihn ehrlich erstaunt an und sagte: »Was meinst du, Jim, Liebling?«

Das war Anfang Januar, und es tobte ein wilder Sturm, so daß ich eine zweite Nacht dort bleiben mußte. Nach dem Abendessen ging ich an den zugefrorenen Teich, setzte mich ans Ufer, sah den Enten zu, die dort kauerten, und spürte, wie die Kälte meinen Rücken hinaufkroch. Ich dachte an das erste Mal, als ich mit fast drei Jahren so dagesessen hatte, daran, wie sicher ich mich gefühlt hatte und wie behütet durch meine Mutter, als sie mir half, meine roten Gummistiefel anzuziehen. Ich hatte mit meinen Füßen gegen die Hände meiner Mutter gedrückt und sie erst nach einem anstrengenden Kampf in die kleinen Stiefel bekommen. Und danach war ich in die große, weite Welt hinausgegangen und hatte gedacht: Ich bin Morgan. Ich bin stark. Ich kann diesen Weg immer gehen.

Ich wußte immer noch nicht, was ich tun sollte – außer an die Universität zurückzukehren. Ich hatte keinen anderen Plan als den, mich von dem einzigen Mann zu trennen, den ich je geliebt hatte, und ich hatte mir noch nicht einmal vorgenommen, ihm das zu sagen. Es stand etwas bevor. Irgend etwas wartete – das mußte so sein, denn die Dinge können nicht ewig so bleiben, wie sie sind –, aber ich wußte nicht, was es war, und ich wußte nicht, wie ich es herausbekommen sollte. Die Schneeflocken schmolzen auf meinen Wangen, und ich betrachtete meine Hände, die in Handschuhen steckten.

O Gott, wie groß sie inzwischen waren. Und auch ich war groß, ein Meter fünfundachtzig, und schwer, hundertsechzig Pfund, und hier hatte ich einst als kleines Mädchen gesessen. Wenn ich jetzt den blauen Schneeanzug von damals hätte, in dem ich mich einst so erwachsen gefühlt hatte, hätte ich ihn mir vor die Brust halten können, mit der Kapuze am Kinn, und die Hosenbeine hätten mir gerade bis zum Bauch gereicht. Es war nicht so, daß ich mir selbst unverändert vorgekommen wäre, aber es fiel mir plötzlich schwer zu glauben, daß ich erst ein so kleines Stück vorwärtsgekommen war, obwohl ich mir doch eine so gewaltige Reise vorgenommen hatte. Und der Gedanke an meinen Vater mit seiner Aktentasche, an seinen Tod, an sein Haus, das hinter ihm in Flammen aufging, war genauso furchtbar wie der Gedanke an Brock und sein Bein, mit dem er auf dem Boden seiner Wohnung kämpfte.

In Wirklichkeit hatte ich längst verstanden, was er getan und warum er seine Frau und seine Kinder so plötzlich verlassen hatte. Ich verstand es nur allzu gut, ich, die ich meine größten Momente gehabt hatte, wenn ich allein gewesen war, allein im Schnee, allein in der Kälte, allein im Universum. Nach jenem Abend am Teich – ich glaube, ich saß dort einige Stunden, bis ich von den Zehenspitzen bis zum Brustbein taub war – entschied ich, daß es nur fair wäre, wenn ich Brock sagte, daß ich mich von ihm trennen wolle. Alles andere würde mich genauso schlecht machen, wie er es war. Ich konnte ihn nicht einfach verlassen, weggehen, meine Sachen mitnehmen. Ich mußte wenigstens sagen: »Du gibst mir ein Gefühl der Leere.« Aber das wäre nicht die Wahrheit. Er gab mir das Gefühl, erdrückt zu werden, und das wollte ich ihm sagen. Er sollte in der Lage sein, das zu verstehen. »Du gibst mir das Gefühl, erdrückt zu werden. Denk daran, wie es der *Endurance* ergangen ist, Brock.«

Am 8. Januar – am nächsten Morgen wollte ich nach Michigan aufbrechen – fuhr ich hinauf zu Brocks Hütte im Quarry Canyon. Ich hatte den Motor noch nicht abgestellt, da erschien er schon in der Tür, um mich zu begrüßen. Sein Gesicht war gerötet von der Hitze des Feuers, das in seinem Ofen loderte, und vom Holzhacken; ich hatte oft zugesehen, wie er Holz spaltete, stark und aufrecht stehend, die Beine breit, das Gesicht ruhig. Ich hatte gesehen, wie die Axt tief ins Holz fuhr, einen sauberen Spalt öffnete und dann steckenblieb und wie Brock daraufhin die Axt mit dem Holzklotz daran hob und zu einem weiteren kurzen Schlag ausholte. Eigentlich nicht mehr als ein kleiner Klaps, so schien es, und doch spaltete er damit den Holzklotz vollständig. Entweder fielen die beiden Hälften durch die Wucht das Schlages vom Hauklotz herunter, oder sie blieben liegen und wurden dann von Brock beiseite geschoben, bis auf beiden Seiten des Blocks ein großer Haufen Holz lag, an den frischen Bruchstellen rosa und feucht, duftend.

Heute trug er Hosen und einen weiten Pullover mit V-Ausschnitt, weich und fein und eigentlich dazu bestimmt, über einem Hemd getragen zu werden. Darunter war seine nackte Haut zu sehen, ebenfalls gerötet. Brock breitete seine Arme aus, so daß mein Gesicht, als er sie um mich schloß, genau auf dem V seiner Haut im Ausschnitt des Pullovers lag. Ich roch seine Haut, und sie roch wundervoll.

»Mir war nicht klar, ob du kommen würdest. Ich habe gedacht, du wärest aus irgendwelchen Gründen böse auf mich.«

»Ich bin nicht böse«, sagte ich.

Ich ging mit ihm ins Bett.

Am nächsten Tag begleitete er mich, um noch etwas für meine Fahrt einzukaufen, und wir klebten aneinander, unsere Körper waren schier unzertrennlich, was selbst Fremden auffiel. Sie lächelten scheu und anerkennend angesichts dieses Beweises, daß es in unserer Welt noch Menschen gab, die sich wirklich und wahrhaftig lieben. Sie waren glücklich über diese Fremden, weil sie ihnen die Hoffnung gaben, daß auch sie vielleicht eines Tages etwas Ähnliches erleben würden, oder weil es sie vielleicht an einen kurzen Augenblick erinnerte, in dem ihr eigenes Leben vom Zauber des Verlangens verwandelt worden war, und daran, wie dieser Zauber alles andere unwichtig gemacht hatte.

Wieder zurück in Michigan, tat es mir zwar ein wenig leid, daß ich nicht stark genug gewesen war, Brock etwas zu sagen – ihn zu verlassen –, aber im großen und ganzen war ich froh, daß die Dinge zunächst einmal so blieben, wie sie waren. Ich wurde ohnehin sehr weit von Brock abgetrieben, während ich mich dem Ende des dritten Studienjahres näherte. Nachdem ich sämtliche Prüfungen bestanden hatte, wurde es Zeit, dem Vorsitzenden meines Prüfungskomitees einen Vorschlag zu Thema und Konzept meiner Abschlußarbeit vorzulegen, und das bereitete mir natürlich einiges Kopfzerbrechen. Nur zum Spaß und um einmal etwas anderes zu machen, schrieb ich mich für einen Anfangskurs in moderner Physik ein, bei einem Mann, der als glänzender Lehrer bekannt war.

Und in der Tat erwies er sich als geradezu elektrisierender Denker und Lehrer. Zu Beginn der Vorlesung sprach er nicht über Physik, sondern über kürzlich angestellte Experimente zur Hirnhälftenforschung. Von Dr. Sloane erfuhr ich zum ersten Mal, daß die beiden Seiten des Gehirns, die linke und die rechte Hemisphäre, verschieden funktionieren, daß die linke Seite des Gehirns alle Sinneswahrnehmungen, die sie aufnimmt, linear verarbeitet. Sprache ist linear und gehört zu den Dingen, die von der linken Gehirnhälfte gesteuert werden. Diese Hälfte regiere auch alle Gedanken, die uns rational und logisch erschienen. Dr. Sloane sagte, daß es hier auf das »erschienen« ankomme. Das sei auch der Grund, warum die Sprache so unglaublich gut dazu benutzt werden könne, zu verdrehen und zu verzerren, und warum Sprache uns so oft zu beherrschen scheine. In der Tat, sagte Dr. Sloane, unterscheide den Menschen von den anderen Tieren nicht nur die komplexe Verwendung der Sprache, sondern auch die Tatsache, daß wir uns von ihr einzwängen lassen.

Aber die rechte Hirnhälfte – und Gott sei's gedankt, sagte Dr. Sloane, daß wir sie hätten – betrachte die Welt und empfange ganzheitliche Muster. Sie nehme einfach, was ihr gegeben werde, und frage nicht, aber gleichzeitig sei es auch niemals wirklich möglich, sie zu hintergehen. Sie kontrolliere die linke Körperhälfte und gelte traditionell als die weibliche Seite, mystisch, intuitiv und empfänglich. Wenn man es wie Aristoteles sehe, müsse man die rechte Hirnhälfte für »schwach« halten, aber wenn man sich nicht an den alten Griechen hielt, dann war diese Hirnhälfte das stärkste Bataillon, über das man verfügte. Ihre Stärke läge darin, Ehrfurcht und Staunen hervorzubringen, darin, den Verdrehungen des Verstandes und der Sprache entgegenzuwirken und uns zu helfen, das Universum wirklich zu verstehen.

Und um überhaupt einen Zugang zur neuen Physik, namentlich der

Quantenmechanik – innerhalb derer die Newtonsche Pyhsik schlicht und einfach vernachlässigt werden müsse – zu finden, sei es nötig, wie nach Dr. Sloanes Worten leicht einzusehen war, die rechte Hirnhälfte zu benutzen. Die Newtonsche Physik sei alles in allem ein Modell des Universums, das auf den gewöhnlichen Sinneswahrnehmungen aufbaue, und es ermögliche Aussagen über zukünftige Ereignisse auf Grund von Erfahrung und der Verarbeitung von Erfahrung in linearer – das heißt kausaler – Weise. Die Newtonsche Physik setze immer voraus, daß es eine objektive Realität gebe, die »dort draußen« irgendwo existiere, und sie setze außerdem voraus, daß man diese objektive Realität beobachten könne, ohne sie zu verändern. Sie nehme für sich in Anspruch, auf einer objektiven Wahrheit zu beruhen, und die Funktionsweise der Atome und Moleküle in der Newtonschen Physik seien für den menschlichen Geist leicht vorstellbar.

Und die Quantenmechanik? Die, sagte Dr. Sloane, könne man sich nicht mehr bildhaft vorstellen. Man könne höchstens einen flüchtigen Blick darauf werfen. Sie nehme nicht für sich in Anspruch, auf Wahrheit zu beruhen oder die Natur so darzustellen, wie sie »wirklich sei«. Ganz im Gegenteil, das einzige, was sie für sich in Anspruch nehme, ist, daß sie mit der Erfahrung korreliere. Und darüber hinaus räume sie ein, daß nichts beobachtet werden könne, ohne durch die Beobachtung verändert zu werden. Es würde ihr nicht im Traum einfallen, Ereignisse vorherzusagen, und darauf lege sie großen Wert. Sie sage lediglich Wahrscheinlichkeiten voraus. Aber das Wichtigste sei, daß sie nicht von der Annahme einer objektiven Realität ausgehe, die unabhängig von unserer Erfahrung dieser Realität existiere.

Das bedeutete, daß wir zurückgehen und versuchen mußten, uns der Quantenmechanik zu nähern, indem wir wenigstens einen Teil ihres wissenschaftlichen Hintergrunds kennenlernten. Sloane begann mit Thomas Young, der 1803 die Frage nach der Natur des Lichts zu lösen versuchte und sich ein Experiment ausdachte, von dem er annahm, es würde diese Frage beantworten. Um dieses Experiment durchzuführen, bringt man einen Schirm mit zwei vertikalen Schlitzen vor eine Lichtquelle. Auf der gegenüberliegenden Seite des Schirms steht eine weiße Wand, auf die das Licht durch die Schlitze fällt. Aber zunächst einmal werden die Schlitze verschlossen. Wenn man nun einen Schlitz öffnet, stellt man fest, daß auf der Wand ein Lichtkreis erscheint wie vom

Strahl einer Taschenlampe. Wenn man aber beide Schlitze öffnet, dann bilden sich auf der Wand Bänder von Licht und Dunkelheit in unterschiedlicher Intensität. Das ist merkwürdig. Es ist merkwürdig anzusehen, und es ist schwer zu verstehen, und selbst wenn es einem erklärt wird, bleibt es schwierig, es wirklich zu begreifen. Weil nun die Interferenz in der Wellenmechanik eine wohlbekannte Erscheinung ist, schloß Young aus den aufeinanderfolgenden Bändern von Licht und Dunkelheit, daß Licht eher etwas Wellenartiges als Partikelartiges sei. Wenn die Lichtwellen die Schlitze passieren, wird der Lichtstrahl gebeugt; das gebeugte Licht, das aus einem Schlitz austritt, verbreitet sich von dort aus fächerförmig und trifft auf das gebeugte Licht, das aus dem anderen Spalt kommt. Wo sich die Wellenberge überschneiden, wird das Licht stärker. Wo ein Wellenberg auf ein Wellental trifft, wird das Licht ausgelöscht, und es entsteht ein dunkles Band.

Nach Youngs Doppelschlitzexperiment stimmten für ein Jahrhundert alle Wissenschaftler darin überein, daß das Licht eine Welle sein müsse, denn sie sahen keinen anderen Weg, das Experiment zu erklären. Dann aber entdeckte Max Planck 1900, fast genau hunderte Jahre später, daß die Natur auf elementare Weise »unstetig« ist. So nennen es die Physiker. Man könnte auch sagen, sie sei korpuskular. Das bedeutet, daß Energie immer nur in separaten Stößen von einem Objekt abgegeben oder aufgenommen werden kann, und Planck prägte dafür die Ausdrücke »Energiepakete« und »gequantelte Oszillatoren«. Einstein entwickelte nach Plancks Entdeckung der Quanten die Theorie, daß Licht keine Welle, sondern ein Strom winziger Partikel sei, kleinsten Kügelchen vergleichbar. Diese Partikel nannte er Photonen, und er vertrat den Standpunkt, daß nicht nur der Vorgang der Energieabgabe, sondern die Energie selbst gequantelt sei. Um das zu beweisen, führte er Experimente mit dem photoelektrischen Effekt durch und richtete einen Lichtstrahl auf eine Metalloberfläche. Dabei wurden, wie er feststellen konnte, Elektronen aus dem Metall gelöst und in den Raum geschleudert. In diesem Falle agierte das Licht eher als Billardkugel denn als Welle; Einstein hatte offenbar bewiesen, daß das Licht aus kleinen Teilchen besteht. Allerdings hatte er nicht bewiesen, daß das Licht *keine* Welle ist, so daß sich die Wissenschaftler jetzt mit etwas konfrontiert sahen, das sie ein Wellenteilchen nannten. Es entsprach keiner der Regeln der Newtonschen Physik und führte zu Einsteins spezieller Relativitätstheorie, die so gewaltig ist, daß sie die menschliche Welt geradezu auf den Kopf stellte.

Die spezielle Relativitätstheorie kommt uns inzwischen einleuchtend vor. Ihr liegt die Vorstellung zugrunde, daß zwei Ereignisse, die sich für einen bestimmten Beobachter gleichzeitig abzuspielen scheinen, für einen anderen zu verschiedenen Zeiten stattfinden. Entscheidend ist die relative Bewegung der beiden Beobachter zu den beiden Ereignissen. In dem berühmten Gedankenexperiment mit dem Glaskasten stellt man sich vor, in einem Glaskasten zu sitzen, der sich schnell vorwärts bewegt; in der Mitte des Kastens blitzt regelmäßig ein Licht auf. Für einen stationären Beobachter außerhalb des Kastens nun scheint das Licht die Rückseite des Kastens eher zu erreichen als die Vorderseite. Die Hinterseite scheint dem Licht entgegenzujagen, die Vorderseite vor ihm zu fliehen. Deshalb sind »vorher« und »nachher« und »jetzt« so lange bedeutungslose Begriffe, wie man sie nicht in einen bestimmten Bezugsrahmen stellt. Und daraus folgt dann logischerweise, daß Vergangenheit, Gegenwart und Zukunft keine getrennten Bereiche sind. Tatsächlich ist es nicht ausgeschlossen, daß das Raum-Zeit-Kontinuum statisch und Kausalität völlig bedeutungslos ist.

Aber Einsteins wichtigste Erkenntnis war, daß Raum und Zeit keine getrennte Existenz zuzubilligen ist und daß Masse und Energie nur verschiedene Ausdrücke der gleichen Sache sind. Und daraus leitete sich – sehr zu Einsteins Mißfallen – ein ganz neuer Zweig der Physik ab, die Quantenmechanik und Werner Heisenbergs Unbestimmtheitsrelation, die »Örtlichkeit« für »unbestimmbar« ansah. Das hieß, man kann entweder den Ort oder die Geschwindigkeit eines Partikels bestimmen, nicht aber beides, und je mehr man über das eine weiß, desto weniger weiß man über das andere. Nach der Newtonschen Physik war es zumindest theoretisch möglich gewesen, genau vorherzusagen, wie sich ein beliebiges Ereignis entwickelte, wenn man nur über ausreichende Kenntnis seiner Ursachen verfügte. In der neuen Physik dagegen war es auch prinzipiell nicht mehr möglich, die Zukunft vorherzusagen. Im Bereich des Subatomaren konnten Atome also ihre eigene Wahl treffen.

Ja, das war das Erstaunlichste daran. Als die Physiker wieder bei der Dualität Welle–Partikel angelangt waren und zu erklären versuchten, warum das Licht sich unter verschiedenen Voraussetzungen unterschiedlich verhält, wiederholten sie Youngs Experiment noch einmal, nur daß sie diesmal einzelne Lichtquanten statt eines unkontrollierten Stroms von Licht aus einer Lichtquelle verwendeten. Dabei entdeckten sie, daß die Photonen irgendwie miteinander zu kommunizieren schienen, denn sie wußten anscheinend, wann einer der Schlitze verschlossen war. Die Physiker kamen zu diesem Schluß, weil die Photonen sich bei einem offenen Schlitz anders verhielten als bei zwei offenen Schlitzen. Wenn ein Photon bei geschlossenem zweiten Schlitz durch den offenen Schlitz geschickt wurde, landete es auf einer anderen Fläche, als wenn beide Schlitze geöffnet waren. Atome, so zeigte sich, waren vielleicht tatsächlich in der Lage, Informationen zu verarbeiten.

Und mehr noch, sie schienen nicht nur auf Informationen zu reagieren, sondern möglicherweise auch auf dieser Grundlage Entscheidungen zu treffen, und das hatte die bemerkenswerte Konsequenz, daß es keinen qualitativen Unterschied zwischen Gedanken und Materie mehr gibt, daß die Unterscheidung zwischen Organischem und Anorganischem ein Denkfehler ist. Und schließlich bedeutete es das Ende des klassischen kausalen Denkens, das Ende der Vorstellung vom Universum als einer Art großen Maschine und das Ende der Idee, daß Ergebnisse zu berechnen seien, wenn wir nur alle Ausgangsbedingungen eines Ereignisses kennten. Bei dem Doppelschlitzexperiment kann man die Ausgangsbedingungen vollständig kennen, und es ist trotzdem unmöglich, die Bewegung eines einzelnen Photons vorherzusagen. In gewisser Weise gibt das dem Universum seinen freien Willen zurück. Nicht nur alles Lebendige, sondern auch alles, was traditionell als nicht lebendig angesehen wurde, also Felsen, Wasser, Eis, Sterne und Vulkane, das alles und wir alle haben die Fähigkeit, unsere eigenen Entscheidungen zu treffen. Und allen steht es frei, uns bestimmten Zielen der Selbstverwirklichung anzunähern. Und genau das hatte ich in meiner Arbeit über Amundsen und die *Fram* geschrieben.

Ich fand meinen Physikkurs so faszinierend, daß ich mich ihm ausschließlich gewidmet hätte, wäre nicht der Abgabetermin für den Plan meiner Abschlußarbeit näher gerückt. Schließlich setzte ich mich fünf Tage hintereinander an meinen Schreibtisch und zwang mich, etwas zu Papier zu bringen. Meine Arbeit sollte den Titel haben: »Unbestimmtheitsrelationen: Robert Falcon Scott und der Geist des neunzehnten Jahrhunderts.« Ich hatte nicht vor, irgendwelche Thesen aufzustellen und zu beweisen. Vielmehr wollte ich eine Art Geschichte schreiben, eine Geschichte von der Wahl, die jedem offensteht, und davon, wie man sich selbst treu bleibt; es sollte um die Freiheit gehen, Informationen unterschiedlich zu verarbeiten. In meiner Geschichte würde Robert Falcon Scott in der *Terra-Nova*-Hütte sitzen. Es wäre Winter, und er wartete darauf, im Frühjahr seine Schlittenreise antreten zu können. Während der langen antarktischen Nacht las er Marx und Einstein, Darwin, Freud und Schopenhauer, vielleicht sogar Nietzsche. Einige dieser Autoren hatte er gelesen, soviel ich wußte, einige wahrscheinlich nicht. Aber darauf kam es nicht an. Wichtig war, daß er sie gelesen haben könnte. Es kam darauf an, daß er eine geistige Auseinandersetzung mit ihnen hätte führen können, wenn er sich dazu entschieden hätte. Und ich fragte mich, wie sie auf ihn gewirkt hätten, diese Männer, deren Denken – das sich qualitativ nicht von Materie unterschied – zu einem radikalen Umbau der Welt, in der er lebte, führen sollte.

Unbestimmtheitsrelationen. Das gefiel mir. Wir konnten wissen, daß Scott sich in der Hütte befand, auf dem Hausstrand von Kap Evans, auf der Ross-Insel; über seine Lage im Raum konnte man absolute Gewißheit erlangen. Aber was war mit seiner Bewegung? Was war mit dem Ziel, nach dem er strebte in seinem Denken, das nicht zur Ruhe kam, bis er schrieb: »Es ist ein Jammer, aber ich glaube nicht, daß ich noch weiter schreiben kann«? In der Hütte schrieb man das Jahr 1911, und ein Danach würde es für Scott nicht geben. Er würde auf der Polebene den Beginn des Jahres 1912 erleben und dann auf dem Schelfeis sterben. Er konnte nicht wissen, daß in zwei Jahren die Welt in den furchtbarsten Krieg ihrer Geschichte eintreten würde, so wenig wie er ahnen konnte, daß etwa ein Jahrzehnt später Heisenberg die erste wissenschaftliche Begründung für die Tatsache liefern würde, daß nur so wenige den Krieg vorhergesagt hatten. Wohin wäre Scott gelangt, als Denkender und Handelnder, wenn er in jenem Sommer nicht gestorben wäre? Welchen Unterschied hätte das für einen kleinen Ausschnitt der Geschichte gemacht?

Und welchen Unterschied würde es jetzt machen, wenn ich in Gedanken zurückging und ihn rettete?

Nach fünf Tagen war mein Plan fertig. Fünf Tage mit wenig Schlaf und voll echter Begeisterung – die ich verspürte, obwohl ich genau wußte, daß der Betreuer meiner Abschlußarbeit, Dr. Crowell, niemals damit einverstanden sein würde. Ich gab ihm meine Zusammenfassung trotzdem. Er sagte, er würde mich anrufen, wenn er alles durchgesehen habe. Und während ich auf seinen Anruf wartete, bekam ich wieder Nachricht von Winnie Blaise. Sie hatte nur meine Adresse in Colorado, so daß mir der Brief nachgeschickt werden mußte und eine Woche länger als üblich unterwegs war. Ich wußte schon, daß Winnie wieder beim Iditarod gewonnen hatte, aber in ihrem Brief schrieb sie etwas noch viel Interessanteres: Sie hatte sich entschlossen, mit ihrem Freund Schluß zu machen und Alaska für eine Weile zu verlassen. Sie bewarb sich um eine Stelle in der Antarktis und fragte, ob ich das nicht auch wolle. Sie habe nämlich Verbindung zu dem Arbeitgeber dort hergestellt, Antarctic Services (ANS), und sie versprach, diesen Kontakt soweit möglich in meinem wie auch in ihrem eigenen Interesse zu nutzen. Sie habe gehört, daß es dort im Eis wenig Frauen gebe, und sie wäre daher froh, eine Freundin mitnehmen zu können. Ob ich Interesse habe? Sie hoffe sehr, daß ich mich dazu entschließen könne.

Natürlich hatte ich Interesse. Ich war sofort Feuer und Flamme. Wie gesagt, ich wußte genau, daß Dr. Crowell den Themenvorschlag für meine Arbeit nicht annehmen würde. Und selbst wenn er es täte, wann würde sich mir wieder so eine Gelegenheit bieten? Es war jetzt zwei Jahre her, daß ich *Schlittenzug in die Geschichte* gelesen hatte, und obwohl ich in diesen zwei Jahren hauptsächlich mit meiner Liebesgeschichte beschäftigt gewesen war, hatte ich die Bilder von der *Terra-Nova*-Hütte nicht von der Wand genommen. Es wäre mir lieber gewesen, ohne ein staatliches Programm auf die Ross-Insel zu kommen, aber im Augenblick hatte ich keine Wahl. Es gab nur eine Möglichkeit, zu meinem plötzlich wiederentdeckten Ziel zu gelangen, und da ich immer noch mit den »Unbestimmtheitsrelationen« schwanger ging, wollte ich mehr denn je die *Terra-Nova*-Hütte sehen. Selbst wenn aus dieser Geschichte nie eine fertige Arbeit werden sollte – ich war nach wie vor fasziniert von der ganzen Sache, und ich war mir ganz sicher, daß Kap Evans immer noch sauber und prachtvoll sein würde.

Also antwortete ich Winnie mit einem Ja. Ja, ich würde mich für eine Stelle beim USAP, dem United States Antarctic Program, bewerben, und Winnie schickte mir daraufhin Formulare, Namen, Adressen und Telefonnummern, einfach alles, was ich brauchte. Inzwischen hatte mich auch Dr. Crowell angerufen und mir, so wie ich es erwartet hatte, mitgeteilt, daß das, was ich da schreiben wolle, vollständig außerhalb der Grenzen des Akzeptablen liege und einen untragbaren akademischen Präzedenzfall schaffen würde. Ich war einerseits traurig, weil ich Dr. Crowell mochte, und auch, weil ich drei Jahre in diese Sache investiert hatte, nur um jetzt festzustellen, daß sie mir letzten Endes doch nicht genug bedeutete. Aber ich konnte andererseits auch nicht allzu traurig sein, weil mich die Aussicht, in die Antarktis zu kommen – nicht irgendwann in ferner Zukunft, sondern noch in diesem Jahr, vielleicht in weniger als sechs Monaten –, sehr beflügelte. Als mich Winnies zweiter Brief erreichte, hatte sie bereits einen Job als Überlebenstrainerin am Berg Field Center – eine der besten Stellen, die es auf McMurdo gab. Für mich war so etwas unerreichbar. Ich hatte keine Felderfahrung, ich hatte nicht in Alaska gelebt, und ich hatte nicht das Iditarod gewonnen. Was ich aufzuweisen hatte, war lediglich Erfahrung als Fahrerin auf einer Touristenranch, und so bot man mir einen Job als Fahrerin eines Pendelbusses zwischen McMurdo und Williams Field an, der Eisrollbahn auf dem Ross-Schelfeis. Ich würde diese Route täglich fahren, sechs Tage in der Woche, und fünf Monate dort bleiben, von Anfang Oktober bis Ende Februar. Es war eine anstrengende Arbeit, aber immerhin kam ich endlich in die Antarktis, und ich nahm an, daß ich an den Sonntagen nach Kap Evans fahren konnte; es war nur zweiunddreißig Kilometer von McMurdo entfernt, und irgendwie ließe sich sicher ein Motorschlitten auftreiben. Mit einem Motorschlitten wäre es bestimmt in weniger als zwei Stunden zu erreichen. Also würde ich mich jeden Sonntag – und das waren zwanzig Tage in den fünf Monaten – für die sechs vorangehenden Tage mit einem Ausflug zu der Hütte, die Scott bei Kap Evans gebaut hatte, belohnen und dort meinen Gedanken nachhängen. Vielleicht würde ich schließlich doch noch die »Unbestimmtheitsrelationen« schreiben, nur für mich selbst, vielleicht aber auch nicht. Wie auch immer, jedenfalls wäre ich endlich dort. Für dieses Privileg war mir jedes Opfer recht.

Also wartete ich ungeduldig auf die nächsten Schritte, wartete auf die Formulare und Fragebögen und was sonst noch anfiel und mich offiziell zu einem Teil des United States Antarctic Program machte, und träumte währenddessen ständig von Kap Evans. Ich hoffte, daß ich dort Windstille und strahlenden Sonnenschein erleben würde; das war Scotts Lieblingswetter in der Antarktis gewesen, und er hatte einmal bei Kap

Evans darüber geschrieben: »Dieses Wetter an diesem Orte kommt der Erfüllung meiner Vorstellung von Vollkommenheit näher als alles andere, was ich bisher erlebt habe. Der warme Glanz der Sonne, die schneidende Kälte der Luft, das hat etwas ungemein Stärkendes und Beruhigendes. Das goldene Licht auf dieser wundervollen Berg- und Eislandschaft vermag auch die höchsten Ansprüche an die Großartigkeit einer Szenerie zu befriedigen.« Ja, es würde wunderbar sein, das Licht würde in die Hütte scheinen, wo ich am Tisch sitzen und über die Freiheit nachdenken würde, die mir geschenkt worden war.

Der sichere Umkehrpunkt

Jetzt hatte ich zwar eine Stelle in Aussicht, aber ob ich sie wirklich bekommen würde, hing von den medizinischen und zahnmedizinischen Untersuchungen ab, die die US Navy vorschrieb. Ich blieb noch bis zum Semesterende an der University of Michigan eingeschrieben, hauptsächlich, um meinen Kurs in neuer Physik abzuschließen, aber auch, damit ich die nötigen Untersuchungen in der Universitätsklinik vornehmen lassen konnte. Ich erhielt jetzt fast wöchentlich Post von Antarctic Services: einen *Persönlichen Leitfaden*, ein Buch *Überleben in der Antarktis*, ein dünnes Heftchen mit dem Titel *Ihr Aufenthalt auf der Station McMurdo*. Mit jeder Sendung, die mich erreichte, wurde die Antarktisfahrt realer. Eines der ersten Dinge, die mich beeindruckten und gleichzeitig ängstigten, war der Abschnitt über militärische Luftreisen. Mir war durchaus bewußt gewesen, daß ich – Flugangst hin oder her – nur auf diesem Wege in die Antarktis gelangen konnte. Fliegen und »militärischer Lufttransport« jedoch schienen noch mal zwei völlig verschiedene Dinge zu sein. Fliegen bedeutete einfach, sich mit einem Flugzeug in die Luft zu erheben; militärischer Lufttransport dagegen hieß gewissermaßen, der Navy beizutreten. Wir ANS-Angestellten würden mit Fracht- und Truppentransportern von Neuseeland nach McMurdo geflogen werden, mit Flugzeugen, die, wie es hieß, »nicht für die Bequemlichkeit von Passagieren gebaut seien«. Ich würde sehr wahrscheinlich mit einer LC-130 fliegen. Das war eine umgebaute, mit Skiern ausgerüstete Hercules, die der NSF gehörte, aber von der sechsten antarktischen Entwicklungssquadron der US Navy geflogen und gewartet wurde. Man warnte uns, daß ein Flug in der Antarktis etwas anderes bedeute als ein Flug irgendwo sonst auf unserem Planeten.

Zunächst einmal waren die mit Kufen bestückten LC-130 alt. Viele von ihnen stammten noch aus den sechziger Jahren. Es gab regelmäßig

Pannen. Des weiteren fehlte den Maschinen eine Ausrüstung zur Satellitenkommunikation, und das schuf für die Antarktisflüge extreme Bedingungen. Und schließlich faßten die Tanks der Flugzeuge ausreichenden Treibstoff für nur eine Strecke. Das alles zusammen führte dazu, daß jeder fünfte Flug, der von Neuseeland aus gestartet wurde, nach einer Kehrtwendung irgendwo über dem Pazifik wieder nach Neuseeland zurückführte, ohne die Antarktis erreicht zu haben. Es gab einen sogenannten sicheren Umkehrpunkt, einen unsichtbaren Flecken über dem südlichen Ozean. Dieser Punkt war erreicht, wenn die Treibstofftanks der LC-130 nur noch die Hälfte des Treibstoffs enthielten, mit dem die Maschine von Neuseeland aus gestartet war. Nach ungefähr vier Stunden Flug, je nach Windverhältnissen, versuchten die Piloten von VXE6, Kontakt mit der Station McMurdo zu bekommen, und das war ohne Satellitenkommunikation ein unsicheres Unterfangen. Normalerweise schafften sie es, aber manchmal war es einfach nicht möglich, Funkkontakt mit Mac Center herzustellen. Es konnte an Sonnenflecken, am Wetter oder an sonstigen Störungen liegen, jedenfalls mußte die Maschine umkehren, wenn kein Kontakt zustande kam.

Denn es war in diesem Fall nicht auszuschließen, daß in McMurdo extrem schlechte Witterungsverhältnisse herrschten und eine Landung unmöglich war. Wenn das Flugzeug dann keinen Treibstoff mehr hatte, bedeutete das eine Landung auf Teufel komm raus. Da die Navy das vermeiden wollte, bestand sie darauf, Funkkontakt herzustellen, bevor der Weiterflug Richtung Antarktis freigegeben wurde. Wenn aber den Piloten am sicheren Umkehrpunkt von Mac Center durchgegeben wurde, die Sicht sei gut, und sie sollten ihren Flug Richtung Süden fortsetzen, so war das nicht unbedingt eine Erfolgsgarantie für die Landung, da die antarktischen Stürme innerhalb von fünfzehn Minuten völlig unvermittelt lostoben konnten. Nach dem sicheren Umkehrpunkt, dem SUP, gab es jedoch kein Zurück mehr. Die Hercules hatte nun nicht mehr genügend Treibstoff, um anderswo als in der Antarktis zu landen, und zwei Stunden nach Passieren des SUP kam der antarktische Kontinent in Sicht. Erst wenn die Maschine über dem Rossmeer war, erfuhr der Pilot, in welchem Wetter er würde landen müssen. Aus diesen und weiteren, nicht genannten Gründen, sagte ANS, müßten die Zivilisten sich auf diesen Flügen haargenau an die Anweisungen der Navy halten.

Das war der erste Hinweis darauf, daß auf McMurdo zu arbeiten etwas ganz anderes sein würde als jeder andere Job, daß es nicht einfach harte Arbeit war und auch nicht einfach irgendeine Arbeit im Staatsdienst, sondern im Grunde militärische Arbeit. Der zweite Hinweis darauf war ein Brief vom zuständigen Stabsarzt der Marine, der nicht an mich, sondern an meinen Arzt gerichtet war, wer immer das auch sein mochte. Er lautete:

Sehr geehrter Herr Kollege,

die Antarktis ist der höchste, trockenste und kälteste Kontinent der Erde. Jeder Teilnehmer des Antarktisprogramms der Vereinigten Staaten (USAP) muß unter der Last von fünfzehn Kilogramm Kälteschutzkleidung bei Temperaturen von minus fünfzig Grad Celsius und in einer Höhe von bis zu dreitausend Metern noch zu körperlichen Tätigkeiten in der Lage sein. Als logistische Unterstützung der USAP ist die US Naval Support Force Antarctica für den medizinischen Bereich verantwortlich. Sie, der Arzt, der die erforderlichen Untersuchungen durchführt, spielen eine wichtige Rolle für das Gelingen des Programms. Ihre persönliche Einschätzung ist uns eine außerordentliche Hilfe, wenn wir über die Eignung des Bewerbers für den Dienst in der Antarktis befinden.

In dem Brief wurden die erforderlichen Untersuchungen und diejenigen Befunde angeführt, die eine Verwendung in der Antarktis ausschlossen. Diese waren: koronarsklerotische Herzleiden, chronisch obstruktive Lungenkrankheiten, Asthma, Diabetes mellitus Typ eins oder zwei, alle endokrinen Störungen, die hormonell behandelt werden mußten, entzündliche Darmerkrankungen, Anfallsleiden, akute oder chronische Hepatitis, alle psychiatrischen Befunde der Achsen eins oder zwei, Schwangerschaft, chronische Rückenschmerzen im Lendenwirbelbereich, rekurrierende Nierensteine, Aids oder HIV-Antikörper und schließlich Bluthochdruck, zu dessen angemessener Regulierung Medikamente erforderlich waren.

Mit anderen Worten, alle Asthmatiker, Diabetiker, Schilddrüsenkranken und Epileptiker kamen für die Antarktis nicht in Frage, ohne Wenn und Aber. Ebenso alle HIV-Positiven, ganz gleich, ob bei ihnen die Krankheit ausgebrochen war oder nicht. Und jeder mit Rückenschmerzen im Lendenwirbelbereich. Doch Asthma, Diabetes, Funktionsstörungen der Schilddrüse und sogar Epilepsie waren inzwischen medikamentös gut einstellbar, und bei Rückenschmerzen im Lendenwirbelbereich konnte jeder Geplagte seine eigene Entscheidung treffen. Was also konnte ein Epileptiker machen, der sich möglicherweise sein Leben lang mit Skuas oder Trilobiten beschäftigt hatte und jetzt einmal die Nistplätze der Skuas kennenlernen oder vielleicht Dinosaurierfossilien in den Trockentälern suchen wollte? Wenn er sein Leben lang ein Thema verfolgt hatte, zu dessen konkreter Bearbeitung er in die Antarktis mußte? Was war mit ihm? Er konnte es vergessen. Hier hatte er es mit der US Navy zu tun. Und die US Navy regelte die Dinge auf ihre Weise und hatte ihre Entscheidung in Sachen Epilepsie getroffen, der sich alle würden beugen müssen.

Es war verrückt, aber es wurde wirklich so gehandhabt, und in McMurdo hörte ich die reinsten Schauergeschichten über diese medizinischen Tests. Ich lernte zum Beispiel eine auf Seevögel spezialisierte Verhaltensforscherin kennen, die Ende November nach Kap Bird fuhr. Sie war Projektleiterin, und die Fahrt zu ihrem Beobachtungsstandort hatte sich zwei Monate verzögert, weil die US Navy sich geweigert hatte, ihren Gesundheitszustand für unbedenklich zu erklären. Irgendeine namenlose Person irgendwo in der Militärhierarchie war zunächst einmal zu dem Schluß gekommen, daß sie nicht in die Antarktis könne, weil sie Asthma habe – obwohl sie nur Asthmaanfälle bekam, wenn viele Katzen in der Nähe oder viele Pollen in der Luft waren. Als dann geklärt war, daß beides in der Antarktis selten vorkam, verweigerte ihr die gleiche Person wiederum ihr Okay – dieses Mal, weil ihr Abstrich irgendwo auf dem Weg durch die Labors verlorengegangen war. Es war schierer Wahnsinn: Eine Wissenschaftlerin und Projektleiterin wurde daran gehindert, rechtzeitig an ihren Beobachtungsstandort zu kommen, an dem sie die Vögel, die sie erforschte, beim Brüten beobachten wollte – und das nur, weil ihr Abstrich zwischen den Instanzen auf der Strecke geblieben war. Das mag einem ungewöhnlich erscheinen, aber nur solange, bis man von der Technikerin erfuhr, die für nur eine Woche ins Eis gekommen war und sich alle vier Weisheitszähne hatte ziehen lassen müssen, bevor ihr das gestattet wurde. Dann war da noch ein Projektleiter mit Diabetes, den man überhaupt nicht in die Antarktis ließ, obwohl er zuvor ein Projekt über dreihundertfünfundfünfzigtausend Dollar von der National Science Foundation bewilligt bekommen hatte. Als Folge seines plötzlichen Ausschlusses – der erfolgt war, obwohl er bereits seit zwanzig Jahren auf seinem Gebiet arbeitete und obwohl jeder in seinem Team genau wußte, was im Falle eines diabetischen Komas zu tun war – wurde er in letzter Minute durch einen Techniker ohne jede Felderfahrung ersetzt, der dann das Beobachtungslager so weit von McMurdo entfernt aufschlug, daß eine Versorgung über Hubschrauber unmöglich war.

Aber ich greife mir selbst vor. Im Augenblick war ich immer noch in Michigan und unterzog mich zunächst einmal den zahnärztlichen Untersuchungen, die mir eine Spur weniger furchteinflößend vorkamen als die internistischen. Das Schreiben mit den Instruktionen des Truppenzahnarztes – diesmal an meinen Zahnarzt gerichtet – erschien mir etwas humaner als der Brief des Internisten, vielleicht, weil es bei den Zähnen nur eines gab, was einen wirklich für die Antarktis disqualifizierte. Die »funktionslosen dritten Molaren« waren hier das Thema eingehender Betrachtung. »Kann die Krone eines nicht durchgebrochenen Zahnes mit einer Sonde im Zahnfleisch ertastet werden, so sollte dieser gezogen werden. Wenn Blutungen oder mangelhafte Mundhygiene im Bereich distal vom zweiten Molar evident sind und ein dritter Molar impaktiert ist, besteht die Indikation zu extrahieren.« Dem Stabszahnarzt zufolge war die Antarktis der höchste, trockenste und kälteste Kontinent der Erde, und wegen ihrer Isolierung und ihres Mangels an zahnärztlichen Behandlungsmöglichkeiten mußten die Teilnehmer des Antarktisprogramms in »bester dentaler Verfassung« sein, bevor sie die Vereinigten Staaten verließen. Glücklicherweise wurden meine Weisheitszähne für akzeptabel befunden, so daß sich die nötigen zahnärztlichen Arbeiten hauptsächlich auf eine Röntgenaufnahme des gesamten Gebisses beschränkte; dazu drehte sich ein Röntgenapparat um meinen Mund herum, bis alle meine Zähne in einer langen Reihe abgebildet waren. Der Zahnarzt in der Klinik in Michigan, der selbst beim Militär gewesen war, betrachtete das Bild mit den Worten: »Sie wissen ja, wozu das eigentlich gemacht wird, nicht wahr?« Ja, plötzlich wußte ich es. Es wäre schön gewesen, wenn er mich nicht darauf hingewiesen hätte.

Nun waren die militärmedizinischen Tests an der Reihe. Ich mußte dreimal in die Universitätsklinik. Anamnese und körperliche Untersuchung, Blutsenkung mit Zählung der roten Blutkörperchen, der Thrombozyten und der Blutplättchen, Urinanalyse mit mikroskopischer Untersuchung. Syphilisserologie. Blutgruppe und Rhesusfaktor. Röntgenaufnahme der Brust frontal und lateral. EKG, Gebärmutterhalsabstrich, Cholesterol und Triglyzeride im Serum. Augeninnendruck. Hämoglobinelektrophorese, Blutzucker nüchtern, Belastungstest, Test auf HIV-Antikörper und großes Blutbild. Zum HIV-Antikörpertest hieß es in einem besonderen Paragraphen, daß in der Antarktis keine Blutbank unterhalten werde und man sich auf die »lebendige Blutbank« verlassen müsse. Das militärische Personal werde zwar vorrangig als Spender herangezogen, aber im Falle eines Massenunglücks könne eine ausreichende Versorgung mit Blut durch das Militärpersonal allein nicht garantiert werden. Allerdings wurde diese Erklärung etwas relativiert durch die Tatsache, daß ein positiver HIV-Befund ohnehin ein Ausschlußgrund war. Bei mir stellte sich während der langwierigen Prozedur langsam die Überzeugung ein, daß irgend etwas bestimmt nicht in Ordnung war, was dann entdeckt werden und meine Teilnahme am antarktischen Programm der Vereinigten Staaten verhindern würde.

Und es war mit mir ja auch etwas nicht in Ordnung – eines meiner Beine war kürzer als das andere, aber dieser Punkt fand sich zum Glück nicht auf der Liste der Navy. So bestand ich also die medizinischen Tests und wurde für den Club zugelassen – den Club der harten Burschen, die nichts hatten, nichts, was in wissenschaftlichen Tests gefunden werden konnte. Während dieses umständlichen Verfahrens hatte ich viel Zeit, darüber nachzudenken, wie ansteckend Verfolgungswahn war; die Navy litt darunter, die NSF hatte sich damit infiziert, und ich war jetzt auch davon befallen.

Jedenfalls hatte ich bestanden. Ich schickte die Befunde und meine Röntgenaufnahmen und alles andere, was dazugehörte, an die zuständigen Stellen, und nachdem alles für gut befunden worden war, erhielt ich einen Brief von ANS, in dem es hieß: »Willkommen an Bord.« Inzwischen hatten wir Mitte Juni, und ich war wieder in Colorado. Winnie hatte mir aus Alaska geschrieben, daß sie mit »Winflug« nach McMurdo fliegen sollte. Winflug war der »Winterflug in die Antarktis« und wurde immer Ende August durchgeführt. Mit ihm wurden wichtiges Personal und dringend erforderliche Versorgungsgüter mit den ersten Lichtstrahlen rechtzeitig vor der beginnenden Saison aufs Eis gebracht. Die Sonne ging zum ersten Mal am 23. August wieder auf, nach einer Nacht von vier Monaten. Es dauerte nur ein paar Tage, dann blieb die Sonne schon vier Stunden am Himmel, so daß man Flugzeuge schicken konnte, die dieses Lichtfenster zum Landen nutzten, und da Winnie Überlebenstrainerin war – eine der ersten Frauen, die auf McMurdo für diese Arbeit angestellt wurden –, zählte sie zum wichtigen Personal und würde vor mir von Neuseeland abfliegen.

In dem Brief, in dem es »Willkommen an Bord« hieß, war mir als vorläufiger Abflugtermin der 2. Oktober genannt worden. Ich hatte also noch mehr als drei Monate vor mir und noch keine Pläne für diese Zeit. Ich hatte daher nichts dagegen, als Brock, der schon auf meine Rückkehr gewartet hatte, vorschlug, wir beide sollten schon früher nach Neuseeland fliegen, möglichst bald, und uns dort noch ein paar schöne Tage machen, bevor ich weiter in die Antarktis flog. Brock hatte drei Jahre lang gespart, und ich, so meinte er überzeugend, könne mir ja etwas Geld auf meinen Vertrag leihen, denn in der Antarktis würde ich ja doch nichts ausgeben können. Warum sollten wir also diese Reise nicht machen? Er sagte, er habe schon immer einmal nach Neuseeland gewollt.

Das war natürlich nicht wahr. Er hatte Neuseeland nie erwähnt, und ich glaube nicht, daß er jemals im Leben einen Gedanken an dieses Land verschwendet hätte, wäre es nicht meine nächste Station gewesen. Ich erkannte auch nicht sofort, daß dies nichts anderes bedeutete, als daß Brock, während ich mein Schiff bei Nacht gewendet hatte, ebenfalls die Richtung geändert hatte. »Erlaube mir, Ihnen mitzuteilen, daß die *Fram* nach Süden läuft«; das war das Telegramm, das ich geschickt hatte oder versucht hatte zu schicken, oder das zu schicken ich wenigstens erwogen hatte. Brock jedenfalls – so meine Rekonstruktion – hatte beschlossen, mir seinerseits ein Telegramm zu senden. »Ich liebe dich«, lautete der Text. Er wußte inzwischen, daß ich ganz und gar mißbilligte, wie er Sarah im Stich gelassen hatte. Paradoxerweise führte meine Mißbilligung dazu, daß er mich noch mehr liebte, weil er das, was er getan hatte, selbst nicht guthieß.

Und da er kaum zu Sarah zurückgehen konnte und davon überzeugt war, daß dieser Schritt unmöglich war, und außerdem dachte, das sei mir ebenfalls klar – aus diesen Gründen liebte er mich um so mehr, obwohl ich meinte, daß er eigentlich hätte zurückgehen sollen. Aber für ihn war, wie er mir später erzählte, das Erlebnis mit seinem Bein lediglich Ausdruck eines Unbehagens gewesen, das sich schon lange vorher eingestellt hatte. Es war die Fleischwerdung seiner Erkenntnis, daß man sich seinen besonderen Fremden selbst aussuchen muß. Und ich war der Fremde, den er jetzt wollte und der dabei war, ihn zu verlassen und an einen Ort zu gehen, den mit mir zu teilen er sich niemals erhoffen konnte. Und selbst wenn ich wie durch ein Wunder zu ihm zurückkommen sollte – seine Befürchtung war, daß ich dort jemand anderen kennenlernen könne –, würde er niemals wirklich wissen, was ich in der Antarktis erlebt und erfahren hatte. Für ihn war das Eis kein Traum aus einem vergangenen Leben und keine Hoffnung für ein zukünftiges und auch kein Ort der Überschneidung. Für ihn war es lediglich ein Ort, den vollständig zu ruinieren die Spezies, zu der er gehörte, bisher noch nicht in der Lage gewesen war.

Vielleicht war die Antarktis, hatte ich ihm gegenüber einmal gemutmaßt, die ultimative schiefe Welt, das Versprechen, daß es auch unter der Oberfläche der Bedeutung noch etwas gibt; und vielleicht war sie sogar, wie ich ihm vor sehr langer Zeit einmal erklärt hatte, die gegengeneigte Welt, nach der er so lange gesucht hatte. Und wenn sie das war, ich dort hinging und er in Quarry blieb, dann verpaßte er die Gelegenheit seines Lebens. Und wenn er schon nicht den ganzen Weg mit mir gehen konnte, würde er mich doch wenigstens ein Stück weit begleiten; dazu brauchte er nur bei mir zu bleiben, bis ich den Sprung in die Antarktis wagte. Er spürte, daß er von mir abtrieb, während ich glaubte, über Brocks Anziehungskraft zu triumphieren, indem ich diesen Job machte. Nun mußte ich einsehen, daß ich nicht triumphierte, sondern mich unterwarf, wenn ich so weit von ihm fortging – und zwar jedesmal, wenn ich das tat. Nicht ihm persönlich mich unterwarf, sondern seiner Welt, einer Welt, in der alles in seltsamer Weise außer Kontrolle geraten zu sein schien, weil alle Menschen, die dort die Macht hatten, stets die falschen Entscheidungen trafen.

Brock hätte sich allerdings sehr gewundert, wenn ich ihm gesagt hätte, er sei deshalb verführerisch, weil er nicht daran glaubte, daß es sich zu kämpfen lohne, daß mit der nötigen Anstrengung alles erreicht, alles gefunden, alles zumindest in Sichtweite gebracht werden konnte. Daß jemand, der so klug war wie er und einen ausgeprägten Sinn für

Gerechtigkeit und Treue besaß, einfach sagte: »Ich werde es gar nicht erst versuchen; ich werde es nicht einmal versuchen, ist das klar?«, das war verführerisch, und manchmal stellte ich mir vor, Brock könnte ein Verbrecher sein, der irgendwann auf seinem Weg, bevor er anfing zu klettern, vor Sarah, vor Quarry, gesagt haben mochte: »In Ordnung, du wolltest es so, also sollst du es so haben.« Und dann möglicherweise einen Lebensmittelladen ausgeraubt oder den Kassierer einer Bank mit einer Pistole bedroht haben. Danach hätte er sich vielleicht entschlossen, seine eigenen Regeln aufzustellen und, falls diese nicht von A bis Z befolgt wurden, die Strafen vollstreckt, die ihm gerecht und vernünftig erschienen. Etwas in seiner Seele, in diesem verschlossenen Ort, in den ich niemals wirklich Einlaß fand, war so dunkel, daß es geradezu nach Licht schrie. Aber man konnte sich selbst verlieren, wenn man versuchte, einen so trüben, dunklen Ort zu erleuchten.

Denn Brock hatte vor langer Zeit gesagt: »Das Leben ist sinnlos. Es hat keinen Sinn. Die Menschen streben nach Macht, weil sie die Macht genießen. Aber um nichts auf der Welt lohnt es sich, zu kämpfen oder um einen Sieg zu ringen.« Dieses »nichts« schloß natürlich Sarah ein, von der er so kaltschnäuzig davonspaziert war, weil er sich vorstellte, daß sie sein eigenes Bein an seinem Hüftknochen befestigt hatte. Dieses »nichts« meinte auch Morgan Lamont, und das machte ihn so anziehend wie ein Schneetreiben, das glitzernd verspricht, daß du dich in ihm verlieren und nie wieder auftauchen wirst. Die Verführung lag darin, das Leben laufen zu lassen, sich nicht mehr um eine bestimmte Form zu bemühen, sondern es wie Sand durch die Finger rieseln zu lassen und zuzusehen, wie es sich im Sand verlor. Es war der Wunsch, von der Verantwortung, die ich gefühlt hatte, so weit ich mich zurück erinnern konnte, befreit zu werden, von der Verantwortung dafür, meinen Schlitten den Berg wieder hinaufzuziehen und die Wahrheit über die Dinge herauszufinden.

Aber ich stimmte zu, so wie ich Winnie zugestimmt hatte. Laß uns zusammen nach Neuseeland fahren. Wir brauchten einige Wochen, um uns vorzubereiten, Wochen, in denen wir Reiseführer besorgten, unsere Ausrüstung vervollständigten, Briefe schrieben. Ich brauchte auch einige Wochen, um ANS zu überreden, mir mein Flugticket nach Christchurch sofort zu schicken und nicht erst im September zum offiziellen Termin. Mein Flugticket war Teil der Leistungen, die mir vertraglich zustanden; ich hatte Anspruch darauf, seit ich vom vorläufigen Status, genannt »Willkommen an Bord«, durch einen Stempel auf meinem Vertrag in die Klasse »Einsatz genehmigt« befördert worden war. Aber es schien bei den Entscheidungsgewaltigen doch einigen Widerstand zu geben, mich schon so früh nach Neuseeland reisen zu lassen. Ich vermutete, daß dahinter Furcht stand, ich könne in Neuseeland beim Skilaufen oder Klettern tödlich verunglücken. Tot wäre ich für das Antarktisprogramm der USA nutzlos und hätte lediglich für nichts und wieder nichts eine Menge Scherereien verursacht. Tatsächlich hatte ich damals den Eindruck, daß das USAP wahrscheinlich eine Kernfrage hatte, auf die hin dort alles überprüft wurde: Hat dies Tod zur Folge? Oder – wenn es trotz all unserer Vorsichtsmaßnahmen doch zum Tod führt – hilft es wenigstens auf irgendeine Weise, das Durcheinander zu entwirren, das uns dann erwartet?

Da sie letzten Endes nicht glaubhaft nachweisen konnten, daß der frühere Reisetermin nach Neuseeland meinen Tod zur Folge haben würde, bekam ich schließlich das Ticket. Brock buchte ebenfalls einen Flug, und am 30. Juli flogen wir Richtung Neuseeland ab. Wilbur und Iris brachten uns in Denver zum Flughafen. Meine Mutter bot sich ebenfalls an mitzukommen, aber als ich ihr sagte, ich glaubte, es sei für sie zu anstrengend, war sie sichtlich erleichtert. Sie erzählte mir, daß sie sich dieser Tage oft verfuhr oder verlief und Angst habe, von Denver aus nicht wieder nach Quarry zurückzufinden. Aber sie würde mir bestimmt schreiben, wenn ich in der Antarktis sei, und sie drückte mich lange und fest an sich. Eine Welle warmer Gefühle schwappte über mich hinweg, als ich mich von ihr verabschiedete.

Ich versuchte, den Flug ohne Angst zu überstehen, aber das war schwierig, da ich das Gefühl hatte, das Flugzeug in der Luft halten zu können, wenn ich mich nur ständig konzentrierte. Brock amüsierte sich darüber, und der Flug verlief ereignislos.

Wir erreichten Auckland ohne Zwischenfall und gingen dort von Bord, um uns vom Zoll und der Einwanderungsbehörde Neuseelands abfertigen zu lassen. Ich wußte noch von Griechenland her, was das für ein Tollhaus bedeuten konnte – Geschrei und Verwarnungen, Menschenmengen und Vorwürfe –, so daß ich auf allerhand gefaßt war, und dennoch sog ich mit Genuß diesen großartigen Duft ein, die Luft Neuseelands, zum ersten Mal. Sie roch kalt und feucht und irgendwie frei, und das hatte ich nicht erwartet. Ich erinnere mich noch an das Gefühl, das mich überkam, als mein Fuß zum ersten Mal den Boden der südlichen Hemisphäre berührte: Wie außerordentlich seltsam ist das doch. Es fühlt sich gar nicht an wie die Unterseite der Erde, überhaupt nicht. Es fühlt sich an wie der alleroberste Teil der Erde. Und gerade in diesem Moment sagte jemand: »Einen allerschönsten Morgen wünsche ich Ihnen!«

Der allerschönste Morgen, das war es allerdings. Und selbst, als wir in der Schlange standen und die Tonnen für landwirtschaftliche Abfälle sahen, die überall in Reichweite standen, verließ mich mein Gefühl des Staunens nicht; ich war noch keine zehn Minuten in Neuseeland und liebte es bereits. Es waren nicht nur die Luft und das Licht und der allerschönste Morgen. Die Tonnen für landwirtschaftliche Abfälle hatten Aufschriften, die die neu angekommenen internationalen Reisenden aufforderten, alle Erdreste, Knochen und Federn in ihrem geräumigen Inneren zu versenken. War dies getan, so gaben die Schilder zu erkennen, dann würde kein weiteres Aufhebens um diese Sache gemacht werden. Der kleine Fauxpas, mit Erde, Knochen oder Federn eingereist zu sein, wäre vergeben und vergessen. Außerdem gab es Schilder mit der Aufschrift *In Neuseeland gibt es keine Trinkgelder*, und alles war sauber, sauber, sauber; eine Atmosphäre großer Ruhe herrschte sogar auf diesem geschäftigen internationalen Flughafen. Als Brock und ich beim Zoll und der Einwanderungsbehörde an der Reihe waren, wurden wir mit einer Höflichkeit behandelt, von der ich angenommen hatte, sie sei bereits vor hundert Jahren ausgestorben.

Wir stellten zum Beispiel Fragen zu den Tonnen für landwirtschaftliche Abfälle, und statt uns wie Idioten zu behandeln, weil wir nicht wußten, daß die neuseeländische Wirtschaft völlig auf der Schafzucht beruht, wurden wir freundlich über die Maul- und Klauenseuche aufgeklärt und darüber, daß Neuseeland wahrscheinlich vollständig zugrunde gehen würde, wenn sie jemals hier ausbräche. Ob denn einer von uns beiden in letzter Zeit auf einer Farm gewesen sei? Und während ich normalerweise auf solch eine Frage unter solch offiziellen Umständen einfach mit »Nein« geantwortet hätte, sagte ich diesmal: »Hm. Nicht auf einer Farm, aber auf einer Ranch in Colorado.« Wenn es nun auf der Ranch der Covilles die Maul- und Klauenseuche gab und ich sie in dieses Land einschleppte, das ich bereits liebte? Höflich wurde ich gefragt, welche Schuhe ich dort getragen hätte, und als ich auf die Stiefel zeigte, die ich anhatte, wurden sie mir höflich abgenommen und zur Desinfizierung in eine Maschine gesteckt, während ich in meinen roten Wollsocken wartete, bis ich sie zurückbekam.

Das war der Zoll. Nun ging es weiter zur Einwanderungsbehörde. Dort fragte mich der Mann, der meinen Paß inspizierte, höflich, wie lange ich in Neuseeland zu bleiben gedenke. Als ich ihm erklärte, das sei etwas kompliziert, ich wolle in ungefähr zwei Monaten weiter in die Antarktis, hellte sich sein Gesicht auf, und zwar nicht, weil er glaubte, eine Kriminelle dingfest gemacht zu haben. Nein, sein Gesicht hellte sich auf, wie er mir während der Überprüfung meiner Papiere und unter unablässigem Gestempel meines Passes erklärte, weil er schon immer selbst gern einmal ins Eis gegangen wäre. Das war der Traum seines Lebens. Ich hätte solches Glück, dorthin zu kommen; ob ich wisse, wie sehr das Glück mir hold sei?

Für mich war es schlicht erstaunlich zu entdecken, daß dieser Traum, den ich in Amerika entwickelt hatte, wo ihn nur sehr wenige andere zu teilen schienen – wo er mich fast zur Verrückten gestempelt hatte –, hier in Neuseeland von einem Mann geträumt wurde, der für die Einwanderungsbehörde arbeitete. Im Laufe unserer zweimonatigen Reise in Neuseeland merkte ich dann, daß die große Mehrheit der neuseeländischen Bevölkerung das Eis liebte. Aber damals auf dem Flughafen war ich bereits so aufgeregt und so verliebt in dieses Land, daß ich mich nach Kräften bemühte herauszufinden, wie ich diesem Land sonst noch zu Diensten sein könne. Mir fiel unser Zelt ein. Konnte noch Erde im Zelt sein? Die Zollbeamten prüften es, sagten dann aber: »Gar kein Problem.«

Das war Neuseeland. Wenn dort jemand einem half, dann sagte er gewöhnlich dazu: »Gar kein Problem«, oder: »Gar kein Problem, Kumpel«, und dieses kleine bißchen Mehr an Worten über »kein Problem« hinaus sagte etwas über die Muße und darüber, wie die Neuseeländer über das Leben dachten. Meine einzige Auslandserfahrung zuvor war Griechenland gewesen, wo sich alles als Problem erwiesen hatte, angefangen damit, einen Bus zu bekommen, bis hin zur Entsorgung von Abfall. Hier in Neuseeland hieß es: Gar kein Problem. Worum auch immer es sich handeln mochte, sie bekamen es in den Griff. Man war gesund hier. Neuseeland war ein gesundes Land. Wenn man erst einmal hineingelangt war, vorbei an diesen Tonnen für landwirtschaftlichen Abfall, und akzeptiert als jemand, der keine Bedrohung der neuseeländischen Wirtschaft darstellte, dann wurde man behandelt, als könne einem vertraut werden, und zwar absolut und ohne weitere Fragen. In Neuseeland wurden sogar die Zeitungen auf der Straße auf Vertrauensbasis verkauft.

Das entdeckten wir an unserem ersten Tag, als wir in Christchurch durch den Regen spazierten und an einem Zeitungsautomaten vorbeikamen, wie es sie auch in Amerika gibt, bloß daß hier statt der Lasche, die die Zeitungen festhielt, bis man zwei Vierteldollars in den Schlitz geworfen hatte, eine Tasse stand, in die man sein Geld legte, nachdem man sich eine Zeitung genommen hatte. Brock war besonders verwundert darüber und anfangs überzeugt davon, daß es sich bei der Zeitung um ein Parteiorgan handeln müsse. Aber dem war nicht so, und auch er verstand im Laufe unserer ersten Woche auf der Südinsel, daß Neuseeland uns statt mit Argwohn mit echter Gastfreundschaft begegnete. Zum Beispiel stand jeden Tag eine Flasche frischer Milch in jedem Kühlschrank in jedem Motel, und Kühlschränke auf den Zimmern waren dort Standard. Die Milch war ein Geschenk, und außerdem standen Bier und Wein und Zucker und abgepackter Käse bereit, die allesamt – wie die Zeitungen – auf Vertrauensbasis angeboten wurden. Einmal am Tag füllte man einen Zettel aus und kreuzte an, welche Getränke und welche Speisen man im Verlauf des letzten Tages tatsächlich konsumiert hatte; und die Betreiber des Hotels hätten diese Aufstellung niemals in Frage gestellt. Die Fernsehgeräte in den Zimmern waren nicht mit Bolzen gesichert, sondern man konnte sie hinstellen, wo man wollte, und Handtücher und Bettwäsche waren nicht eigens als Hotelbesitz gekennzeichnet; sie waren einfach aus schöner weißer Baumwolle.

Neben dem Wunder des Vertrauenssystems gab es da noch das Wunder der echten Freundlichkeit, das noch weit erstaunlicher war; die Menschen scheuten keine Mühe, um einander auf zuvorkommendste Weise zu helfen. Niemand in Neuseeland wußte, was ein Sandwich war, aber wenn wir jemandem erklärten, was wir wollten, dann versuchte er etwas zustande zu bringen, was der Beschreibung entsprach. Das Ergebnis hatte mit einem Sandwich nicht die geringste Ähnlichkeit und schmeckte auch nicht wie ein Sandwich. Daß wir diese Sandwiches liebten, lag einzig daran, daß sie mit dem Wunsch gemacht worden waren, uns etwas besonders Gutes zu tun. Es gab auch keinen Kakao in Neuseeland; die Neuseeländer glaubten, Kakao sei das gleiche wie Milo. Milo war ein Getränk, das so lange sehr merkwürdig schmeckte, bis man sich schließlich daran gewöhnt hatte. Wo immer Brock und ich auch hinkamen, wurde uns Milo angeboten und dazu gesagt, es sei »das gleiche, was ihr trinkt, Kakao«. Es war himmlisch. Das Land war eine einzige große Überraschung, denn wir waren beide aufgewachsen in einer Gesellschaft, in der der Verfolgungswahn fröhliche Urstände feierte und fast allem seinen Stempel aufgedrückt hatte. Ein Land ganz ohne Verfolgungswahn! Wo die Menschen darauf vertrauten, daß alles schon gutgehen werde! Wo sie nicht in jedem Augenblick mit dem Schlimmsten rechneten! Es war wunderbar. Nicht nur das, es war auch unglaublich; es war, als entdeckten wir plötzlich, daß wir unser ganzes bisheriges Leben in einer Wolke giftigen Gases verbracht hatten und dieses Gas jetzt weggeweht war.

Neuseeland war außerdem geradezu unvorstellbar sauber. Es war so sauber wie die Welt zu Zeiten, als sie noch neu war. Man konnte aus jedem Wildbach trinken. Man konnte sich auf den Bauch legen und sein Gesicht hineinhängen. Und es war nicht nur sauber dort, es war auch schön. Es gab Berge, die steil aus dem Meer emporragten, und Wasserfälle, die voller Diamanten zu sein schienen, so blitzten und glitzerten sie. Neuseeland war das Paradies auf Erden, ein Paradies voller Schafe. Brock und ich kamen schnell zu dem Schluß, daß Schafe die nächste dominante Spezies unseres Planeten sein würden. Wir besuchten Schaffarmen, wir gingen Skilaufen, wir stiegen auf den Mount Cook. Ich zog mir während unseres Aufenthalts eine Grippe und einige schlimme Erkältungen zu und durfte feststellen, daß die neuseeländische Medizin ihre Patienten wie mündige Erwachsene behandelte – wie Menschen, heißt das, denen man die Wahrheit über ihre Gesundheit sagen durfte, Menschen, die man nach ihren Symptomen fragen durfte und denen man gestattete, Medikamente über den Ladentisch zu kaufen, die in Amerika nur auf Rezept erhältlich gewesen wären. Ich sagte meinem Lieblingsarzt bei den Kiwis, Guy Random, der in Queenstown eine Praxis hatte, ich glaubte über keinerlei Resistenz gegen die Viren der südlichen Hemisphäre zu verfügen, und er kicherte gutmütig. Seine Viren waren nicht bösartig. »Es sind diese Yankee-Viren, die euch umbringen werden, habe ich gehört. Und hüten Sie sich vor diesen antarktischen Viren. Die Yankee-Eisvögel schleppen sie dort unten ein. Aber ernsthaft, machen Sie sich keine Sorgen. Bis zu Ihrem Abflug wird es Ihnen wieder gutgehen. Gar kein Problem.«

Obwohl es Winter war, kampierten wir oft draußen, denn in Neuseeland durfte und konnte man wild zelten – wo man wollte –, ohne umgebracht oder ausgeraubt oder einfach auch nur angeschrien zu werden. Es gab in diesem gesunden Land an jeder Straße ungefähr alle acht Kilometer einen Rastplatz, und manchmal schlugen Brock und ich einfach dort unser Zelt auf. Wenn sich jemals ein Polizist sehen ließ, dann war er unbewaffnet, und seine einzige Sorge war, ob wir ein Problem mit unserem Wagen hätten. Wir bedankten uns jedesmal, und der Polizist verabschiedete sich freundlich. »Gar kein Problem, Kumpel.«

Möglicherweise waren diese beiden Monate in Neuseeland die beiden glücklichsten, die ich jemals erlebt hatte. Es gab etwas in mir, das vorher wie eingefroren gewesen war – erstarrt in einem Zustand ständiger Vorsicht. Seit dem Jahr, da Colin aus Colorado fortging und Dr. Jim mit seinen Uhren und seinen Feueralarmübungen einzog, war ich nicht mehr in der Lage gewesen, mich richtig zu entspannen. Aber jetzt, während unserer Reise durch Neuseeland, hatte ich das Gefühl – nicht etwa die verlorene Unschuld wiederzugewinnen, sondern zum ersten Mal überhaupt Unschuld zu erleben. Es war in Ordnung, einen Liebhaber zu haben, es war in Ordnung, daß wir Spaß hatten, es war in Ordnung, den Menschen zu trauen und sich freuen zu dürfen, ein Mensch zu sein.

Als ich in Neuseeland ankam, hatte ich, sosehr es mir auf Anhieb auch gefiel, Schwierigkeiten zu verstehen, warum die Menschen, die hier lebten, sich selbst Kiwis nannten. Kiwis sind flugunfähige Vögel, die es nur in Neuseeland gibt, kleine Vögel mit stämmigen Beinen und einem merkwürdig kurzsichtigen Blick. Tagsüber bleiben sie im Unterholz, und nachts stolzieren sie umher, schnüffeln mit ihren Nasenlöchern, die sich an der Spitze ihrer langen Schnäbel befinden, auf der Erde umher und wirken wie Blinde, die mit ihrem Stock den Boden abklopfen, bevor sie den nächsten Schritt tun. Ich kam aus einem Land, in dem jeder Ballsportverein sich Namen wie Bullen und Tiger und Löwen gab und in dem Autos Kobra und Mustang und Viper hießen. So war es nicht verwunderlich, daß ich etwas Zeit brauchte, um zu verstehen, wieso man sich freiwillig Kiwi nannte. Doch nach einigen Wochen in Neuseeland verstand ich und wünschte, ich könnte selbst ein Kiwi sein. Kiwi – was für eine würdevolle Bezeichnung! Ein Kiwi, ein kleiner Vogel, freundlich, neugierig, unschuldig, voller Hoffnung. Verwundbar, aber gastfreundlich. Als sich unser Aufenthalt in Neuseeland seinem Ende näherte, schien mir, daß mein sicherer Umkehrpunkt aus der Antarktis hier in Neuseeland lag, daß ich hierher zurückkehren sollte, um herauszufinden, was ich noch alles lernen konnte.

Auch Brock wurde durch Neuseeland verändert. Als die Zeit unseres Abschieds für wenigstens fünf Monate und möglicherweise – wer wußte das schon? – für immer näherrückte, wurde Brock immer beflissener und war immer eifriger darauf bedacht, mir zu zeigen, daß er nicht mehr der gleiche war wie bei unserer ersten Begegnung. Er fertigte eine Liste der Dinge an, die ich im Eis benötigen könnte, und bestand darauf, daß wir alle diese Dinge zusammen kauften. Obwohl ich jede Art von Sonnenschutz besaß, kam er zwei Tage vor seinem Rückflug in die Staaten plötzlich zu der Überzeugung, daß ich außerdem noch Zinkoxid benötigte. Er nahm mich mit in eine Apotheke und erklärte dem Apotheker, daß er Zinkoxid wolle, »und zwar viel«, woraufhin der Apotheker eine dicke Glasflasche von fast vierzig Zentimeter Höhe aus dem Regal holte. Sie war randvoll mit einem feinen, weißen Pulver, ziemlich trocken, reinem Zinkoxid also, und ich merkte, daß Brock versucht war, die ganze Flasche für mich zu kaufen. Aber ich fragte den Apotheker, ob es nicht vielleicht ein gebrauchsfertiges Mittel gebe, und schließlich erwarben wir eine kleine Flasche mit Schraubverschluß. In der Apotheke bestand Brock außerdem darauf, Tabletten gegen Luftkrankheit zu kaufen und Hustenbonbons für den Fall, daß ich mir eine Halsentzündung zuzog, und auch einige sonstige Notwendigkeiten. Ich erklärte ihm immer wieder, daß es auf McMurdo einen Laden gab, wenigstens meinem persönlichen Leitfaden zufolge, aber das beeindruckte ihn nicht. Er wollte persönlich für mich sorgen.

Ich fand Brocks plötzliche Sorge um mich rührend, süß und erschrekkend zugleich. Es war, als müsse ich mit ansehen, wie jemand, der fast blind war, mit numerierten Malstiften und nach einer ebenfalls mit Nummern versehenen Malvorlage aus einem Spielwarengeschäft ein schönes Bild zu malen versuchte. Er hatte meine Befürchtungen immer als übertrieben abgetan, meine Zweifel für überflüssig gehalten, meine Anstrengungen für zu groß, und nun erschien ihm die Antarktis plötzlich als ein gefährlicher Ort – ein Ort, an dem ich verlorengehen oder sterben oder schlicht von etwas Machtvollerem als ihm absorbiert werden könnte. Bevor ich abflog, mußte er mir beweisen, daß ich guten Grund hatte, zu ihm zurückzukehren. Bevor er mich kennenlernte, war er zwar nicht davon überzeugt gewesen, daß er niemanden brauchte, wohl aber davon, daß es niemanden gab, der ihn wirklich verstehen könnte; jetzt, da er das Gefühl hatte, da sei nun doch jemand, der das konnte, war sein Widerstand gegen die Welt plötzlich nicht mehr so groß. Als er noch allein gelebt hatte, nur um zu beweisen, daß er es schaffen konnte; als er noch am Band gestanden hatte und von dem Albino beobachtet worden war, war ihm das Leben wie eine auszehrende Krankheit erschienen, so fade und reizlos wie eine Welt hinter Glas und gleichzeitig so beängstigend wie ein plötzliches Bremsversagen. Er hatte hin und her geschwankt zwischen dem Gefühl, die Welt könne zerreißen wie dünnes Papier, und dem, er befände sich spät nachts auf einer kleinen Straße und ein Schwerlaster käme auf ihn zugerast. Und in Neuseeland hatte er jetzt – wie ich – wirkliches Glück erfahren, und all diese Ungereimtheiten waren plötzlich verblaßt, und er war sich sicher, alles würde gut werden, wenn nur . . . nun, wenn ich ihn nur heiratete.

Aber er hatte solche Angst, daß ich nein sagen könnte, daß er buchstäblich bis zum letzten Moment auf dem Flughafen von Christchurch wartete, wo ich ihn um acht Uhr abends verabschiedete, um mir zu erklären, er wolle daheim in den Staaten versuchen herauszufinden, ob Sarah sich jemals von ihm hatte scheiden lassen. Selbst da sagte er es nicht direkt, sondern meinte lediglich, daß er sich darum kümmern wolle, falls sie es noch nicht getan habe, und dann, nun ja, ich wüßte ja schon, was er meinte . . . Ich wußte, was er meinte, aber ich war froh, daß er es nicht ausgesprochen hatte, und ich war auch froh, als er fort war, denn ich hatte keine Ahnung, was ich geantwortet hätte, wenn er mich wirklich gefragt hätte.

Das war am Abend des 30. September. Ich hatte noch einen Tag, bevor ich mich bei Operation Deep Freeze, »Unternehmen Tiefkühltruhe«, melden mußte oder zumindest bei einem ihrer Subunternehmen, der Kleiderausgabe. Ich hatte mir für diesen Tag zwei Dinge vorgenommen, die ich allein unternehmen wollte. Zunächst einmal würde ich mir Scotts Denkmal ansehen, das am Avon stand, und dann wollte ich in die Antarktisabteilung des Canterbury Museums. Am 1. Oktober stand ich auf und nahm in der Pension, in der ich wohnte, ein kaltes Frühstück zu mir; draußen fiel ein feiner Nieselregen. Ich zog Pullover und Stiefel an, packte ein paar Kleinigkeiten in meinen Rucksack, warf eine bequeme Jacke über und machte mich auf den Weg zum Avon; dort gab es eine Menge Enten, die durch den Park watschelten oder mit zusammengelegten Flügeln am Flußufer saßen. Es waren kleine Enten – ursprünglich wohl Wildenten –, und abgesehen von ihrer Größe und den helleren Füßen und Köpfen hätte es sich um Merry und Pippin handeln können. Ich saß eine Weile auf einer Bank und sah ihnen zu, wie sie hierhin und dorthin watschelten und sehr zufrieden mit ihrem Leben schienen. Hier gab es keine Kojoten, keine Beutegreifer.

Dann ging ich weiter, und obwohl ich es recht kühl fand, trug die Hälfte der Leute, die mir begegneten, Shorts. Die Neuseeländer lieben ihre Shorts. Alle lächelten und nickten mir zu. Es war Frühling. Draußen auf dem Land lammten die Schafe. Hier in der Stadt blühten die ersten Blumen. Ich lächelte ebenfalls und erwiderte das Nicken und fragte einige Male nach dem Weg. Kathleen Scott hatte diese Statue nach dem Tode ihres Mannes angefertigt; es gab zwei Exemplare davon, eines in Bronze in England und das andere, aus weißem Marmor, hier in Christchurch. Mir hatte die Skulptur auf Fotografien nie besonders gut gefallen, weil sie, ganz im Empire-Stil, vieles zu repräsentieren schien, das Scott nicht war, aber als ich nun davorstand, fand ich sie zarter und trauriger als erwartet. Darum herum hatte man einige Büsche gepflanzt, und in den Sockel war eine Inschrift aus Scotts Botschaft an die Öffentlichkeit eingehauen: »Ich bereue diese Reise nicht, die gezeigt hat, daß Engländer Schweres erdulden, einander helfen und dem Tod mit ebenso großer Festigkeit entgegensehen können wie je in vergangenen Zeiten.« Ich hatte mich mit dieser Botschaft nie anfreunden können, aber als ich sie jetzt unter Scotts Statue las, hier in Neuseeland, wo die Menschen einander halfen und das Nationalsymbol der Kiwi war, fand ich sie bewegend; ich streckte die Hand nach dem Marmor aus, ließ meine Finger über Scotts Pelzstiefel gleiten und wünschte mir, daß das Standbild auf einer Klippe im Meer stände, mit Blick nach Süden, Richtung Antarktis.

Ich ging weiter zum Canterbury Museum. Es war ein schönes Museum, nicht zu groß, nicht zu klein, und man konnte sofort sehen, daß man sich hier mit jedem Ausstellungsstück große Mühe gegeben hatte. Anders als das Museum auf Naxos, das mehr den Eindruck eines Lagerhauses erweckt hatte, gab es hier jedes Exponat nur in einfacher Ausfertigung, nicht zu Hunderten, und das in aufwendigen Schaukästen. Es gab eine schöne Ausstellung viktorianischer Kleidung und eine andere über die Besiedlung von Christchurch und Lyttelton im 19. Jahrhundert. Ich verbrachte lange Zeit in der Abteilung für neuseeländische Geschichte, die in der Steinzeit begonnen hatte und bis in die Gegenwart hineinreichte. Vor allem faszinierten mich die Exponate über die Maoris, die Neuseeland von den Fidschiinseln und den Inseln des Südpazifiks her besiedelt hatten. Sie waren bereits fünf- oder sechshundert Jahre auf Neuseeland, als die weißen Siedler in ihren großen Schiffen und mit ihren technisch weit überlegenen Waffen landeten. Aber auch die Maoris hatten ihre Waffen gehabt, haben in den Tagen vor der Ankunft der Briten in befestigten Dörfern gelebt und einander regelmäßig angegriffen. Neuseeland war schon damals paradiesisch gewesen, und es hatte bestimmt keinen Mangel an natürlichen Reichtümern gegeben – und dennoch hatten die Maoris den Krieg geliebt und einander mit einer Vielzahl von Waffen umgebracht, die sie mit schier unerschöpflichem Erfindungsreichtum hergestellt hatten. Es gab Gerätschaften mit langen Stacheln, die an Ketten hingen, Speere und Schneidwerkzeuge aller Art und verschiedene paddelähnliche Stangen, die sie offenbar verwendet hatten, um einander die Schädel einzuschlagen.

Es war sehr eigenartig; Brock und ich hatten einige Maoris kennengelernt, durchweg großartige Menschen – und deren Vorfahren waren, wie ich dieser Ausstellung entnehmen konnte, Experten darin gewesen, Unheil zu stiften. Sie hatten nicht nur ein Faible für den Krieg gehabt, sondern auch die Moas ausgerottet, Verwandte der Kiwis und ebenfalls flugunfähige, sehr friedliche Vögel, die fast so groß wurden wie kleine Ponys. Bevor die Maoris kamen, hatten die Moas ein ruhiges Leben geführt, waren auf ihren zwei langen, kräftigen Beinen umhergestreift, hatten Blätter gefressen und fußballgroße Eier gelegt. Sie waren von der Natur mit keinem Mittel zu ihrer Verteidigung versehen worden, und die Maoris hatten sie lediglich als eine bequeme Nahrungsquelle betrachtet. Nie wieder würde ein riesenhafter Moa gutmütig aus dem Unterholz spähen, denn es hatte nur wenige Jahrzehnte gedauert, bis die Moas ausgerottet waren. Jedenfalls hatten die Maoris einander wohl schon seit Jahrhunderten umgebracht, als die Ankunft der Briten ihnen Gelegenheit gab, sich mit etwas anderem zu beschäftigen.

Es war ein widerlicher Gedanke, daß menschliche Wesen vielleicht von Natur aus Mörder und Rohlinge waren – die es liebten, zu töten und zu zerstören, weil es ihnen einfach Spaß machte –, aber gleichzeitig war es auch ermutigend zu sehen, wie schnell sich die Dinge ändern konnten, wenn nur die richtigen Umstände am richtigen Ort mit der richtigen Grundeinstellung zusammentrafen. Heute lief niemand mehr auf Neuseeland herum und schlug anderen Menschen mit Paddeln den Schädel ein, und alle flugunfähigen Vögel und andere gefährdete Arten wurden gut behütet. Selbst die Enten, die ich am Fluß gesehen hatte, wilde Enten, schienen das Gefühl zu haben, daß hier die Welt in Ordnung sei. Die Abteilung für neuseeländische Geschichte des Canterbury Museums deprimierte mich nicht, sondern stimmte mich sehr hoffnungsvoll.

Als nächstes ging ich die Treppe hinauf und um eine Ecke, hinter der die Antarktisabteilung liegen sollte; ich war sehr aufgeregt, weil diese Ausstellung in aller Welt als die umfangreichste Sammlung historischer Exponate aus der Antarktis galt. Ich wußte, daß Scott selbst nach der Expedition mit der *Discovery* dem Museum einiges gestiftet hatte, als Dank für die Hilfe, die er von den Menschen in Christchurch und Lyttelton erfahren hatte – nicht nur bei der Ausstattung seines Schiffes und der geschäftlichen Betreuung der Expedition, sondern auch bei seiner Sorge um das seelische und körperliche Befinden der Expeditionsteilnehmer.

Ich stand in der Tür des Ausstellungsraumes, sog die Luft ein, den Geruch des Bodens, von Staub und von Glas, und ließ meinen Blick über die erste Vitrine gleiten, in der ausgestopfte Pinguine ausgestellt waren. Es rührte mich seltsam an, eine inzwischen geschützte Spezies ausgestopft und hinter Glas zu sehen, fand die Tiere aber zugleich interessant, denn sie waren sehr gut arrangiert. Die Pinguine wurden in allen möglichen Körperhaltungen gezeigt, sie schlitterten auf ihren Bäuchen kleine Eishügel hinab, schwammen in Tümpeln umher, hüpften auf Felsen und fraßen Krill. Sie verbeugten und verrenkten sich in den höfischen Ritualen ihrer Balzzeremonien, und einer der Pinguine verbeugte sich sogar in Richtung Betrachter.

Ich ließ mich von dieser Verbeugung einladen und ging zur nächsten Vitrine, um mir die Überreste eines Motorfahrzeugs anzusehen, das Shackleton 1908 bei seiner Antarktisexpedition mit der *Nimrod* gefahren hatte. Es war aus Holz gefertigt – gütiger Himmel, ausgerechnet Holz –, und es war mit Flecken und Kerben übersät, als habe jemand die gesamte Oberfläche mit einem Taschenmesser bearbeitet. Aber das Taschenmesser war der Wind gewesen, ein Wind, der Eisstückchen vor sich hertrieb und offensichtlich mit unglaublicher Gewalt gegen das Gefährt angestürmt war. Auf mich wirkte das Ding ein bißchen wie ein riesiger Kinderwagen oder wie die Karre eines Straßenverkäufers, aus der in den Londoner Straßen vielleicht heiße Maronen verkauft worden sein mochten. Daß das Gefährt im Eis so lange standgehalten hatte, daß es heute noch selbst seine Geschichte erzählen konnte, war ein Wunder. Und dennoch konnte ich kein Gefühl dafür entwickeln; das soll heißen, es ließ mich an seinen Erinnerungen an die Antarktis nicht teilnehmen, ich spürte nicht, wie der Kontinent sich direkt auf jedem Quadratzentimeter seiner Oberfläche eingeprägt hatte. Es ließ keine Spur mehr von dem Südlicht ahnen, von dem es einst erhellt worden war, oder von dem Wind, der versucht hatte, es zu zerstören, oder von dem Eis, über das es mit seinen primitiven, gewaltigen, mit Trittbrettern versehenen Kufen geschlittert war.

Und dieses Gefühl erstreckt sich auch auf die meisten anderen Ausstellungsstücke. Da stand ein Nansenschlitten, den Amundsen auf seiner *Fram*-Expedition mitgeführt hatte. Er war mit in der Walfischbucht gewesen und mit Zinkblech ausgekleidet, massivem Zinkblech, das man angebracht hatte, damit kein Schnee an die Ladung kam. Ich berührte den Schlitten, seine Kufen, die Leine, die am vorderen Ende befestigt war, und spürte dabei nichts, absolut nichts von Amundsens Hand, die einmal darauf gelegen hatte. Es gab noch weitere Schlitten, es gab Skier, lang und dick und mit einer Zunge an der Spitze, aber wieder fragte ich mich, wo das Eis darauf wohl geblieben war.

Dann ging ich weiter zu den Glasvitrinen, von denen einige nur Abbildungen und Text enthielten, andere dagegen – diejenigen, die sich mit der jüngeren Geschichte beschäftigten – auch Fotografien und Gebrauchsgegenstände. Die erste Vitrine handelte von den frühen Seefahrern und Robbenjägern und von James Cook, die nächsten von James Weddell, den Gebrüdern Enderby und Dumont d'Urville, außerdem von Charles Wilkes, James Clark Ross und der Fahrt mit der *Challenger*. Aber obwohl dies alles sorgfältig dargestellt und, soweit nötig, mit Karten illustriert war, merkte man doch deutlich, daß es den Gestaltern des Museums weniger um diese Vorgeschichte des heroischen Zeitalters ging, sondern um die Heroen selbst. Deshalb machten sie denn auch einen gewaltigen Geschichtssprung bis zu Carsten Borchgrevink und seiner Landung auf dem Kontinent im Jahre 1895 und von dort weiter zur Fahrt der *Discovery*, für die es eine eigene Vitrine gab mit einem Porträt von Scott als Marineoffizier. Es war nicht das gleiche Porträt, auf dem ich als Kind Scott das erste Mal gesehen hatte, aber er trug die gleiche Uniform, die gleichen Epauletten, die gleichen Kreuze und das gleiche Schwert, und auch sein Gesichtsausdruck war der gleiche. Unter dem Porträt stand ein echter Dreispitz. Ein Union Jack hing an der Wand, und unten in der Vitrine stand ein weiterer Nansenschlitten, diesmal ein kleiner, auf dem ein Paar Skier lag.

Außerdem enthielt die Vitrine, mit der ich mich eine Weile beschäftigte, eine Dose mit Medikamenten, die, wie zu lesen war, Edward Wilson gehört hatten, ferner ein Paar Handschuhe aus Wolfspelz, einige Landkarten und Navigationsinstrumente, ein Modell der *Discovery* mit gesetzten Segeln, eine Gaslampe aus der Offiziersmesse sowie ein Schwert, Trinkbecher und ein Fernglas. Ich sah mir alles genau an, doch so, wie Wilbur es als Kind getan hatte, zog jetzt ich die Existenz dieser Dinge hinter dem Glas in Zweifel, obwohl sie ja für jedermann sichtbar dort lagen. Wenn schon die frei aufgestellten Ausstellungsstücke, der Motorschlitten, der mit Zinkblech ausgeschlagene Schlitten und die Skier mir leicht unwirklich vorgekommen waren, um wieviel mehr traf das dann auf diese anderen Objekte zu, die ich lediglich betrachten, nicht aber berühren oder beschnuppern konnte.

Es war merkwürdig, wie fremd mir alles erschien. Ich betrachtete eine Vitrine, die der *Fram* gewidmet war, und eine andere, die die *Endurance* zum Thema hatte. Sie waren beide auf ihre Art interessant, aber irgend etwas daran war wie bei den ausgestopften Pinguinen; sie schienen nicht dort hinzugehören, wo sie sich jetzt befanden, sondern an einen ganz anderen Ort. In der *Terra-Nova*-Vitrine befand sich allerdings ein Ausstellungsstück, das mich ansprach, ein Diorama von vier

Männern, die einen Schlitten zogen, den ein fünfter von hinten schob. Eine Notiz darunter teilte mit, daß es einer von Scott selbst aufgenommenen Fotografie nachempfunden war. Das Glasnegativ war zusammen mit den Leichen und den Tagebüchern in Scotts Zelt gefunden worden. Obwohl ich eine solche Darstellung des Schlittenziehens niemals gesehen hatte, überwältigte mich sofort die Erinnerung an Pontings Fotografie, die ich als Kind betrachtet hatte, an dem Tage, als mein Vater uns verließ. Sie beschwor für mich auch den Sommer nach dem Tod meines Vaters herauf, den ich mit Iris und Wilbur zusammen auf der Ranch verbrachte. Ich hatte viel gelesen und war zu der Schlußfolgerung gelangt, daß das Schlittenziehen eine Art Schneetanz ist. »Der körperliche Ausdruck einer intellektuellen Leidenschaft.« So hatte es Cherry-Garrard formuliert. »Eine schöne Konzeption.« Das war Scott gewesen. »Performance Art.« Und das war ich, mit neunzehn. Aber ein Blick auf dieses Diorama, aus Scotts Blickwinkel betrachtet, zeigte mir, daß es – neben allem anderen – vor allem harte Arbeit gewesen war. Mehr als harte Arbeit – eine unglaubliche Schinderei.

Mit den anderen Dingen, die unter dem Foto in der *Terra-Nova*-Vitrine standen, hatte ich die gleichen Schwierigkeiten wie mit den Ausstellungsstücken zur *Discovery*, zur *Fram* und zur *Endurance*. Es handelte sich um den Schneeschuh eines Ponys, ein weiteres Paradeschwert und Wilsons Mikroskop, und nichts davon war für mich mehr als eben irgendein Schneeschuh, irgendein Schwert und ein beliebiges wissenschaftliches Instrument. All diese Dinge hatten einst zu ihren Besitzern gehört, sie hatten einst in deren Umgebung gelebt und geatmet, aber jetzt waren sie von all dem losgelöst; sie sollten etwas Besonderes sein, aber sie waren nur etwas Allgemeines. Und als allgemeine Objekte schienen sie bedeutungslos. Auch sie lagen unter Glas, wodurch sie von allem abgeschnitten waren, hinter einer polierten Mauer, an der selbst die Zeit zersplittern konnte.

Nun gut, es war eine Enttäuschung, aber es war keine große Enttäuschung, denn ich wußte ja, daß ich im Eis die *Terra-Nova*-Hütte sehen würde. Außerdem gab es hier in einer Nische noch eine letzte Vitrine, aus Glas wie alle übrigen auch, sonst aber völlig anders. Sie zeigte die typische Ausrüstung, die man bei antarktischen Expeditionen zwischen 1900 und 1915 benutzt hatte. Es gab keinen Hinweis darauf, wem diese Dinge gehört hatten oder wann und wo sie benutzt worden waren. Es war einfach eine repräsentative Auswahl von Gegenständen, ein Schlafsack aus Rentierfell, ein Breibecher und eine Tagesration einschließlich Tabak. Außerdem gab es einen Nansenkocher, einige Handschuhe und Rentierpelzstiefel, einen Beutel mit Salz und eine Kanne Öl. Diese Dinge faszinierten mich.

Warum nur? Wenn ich zum Beispiel den Schlafsack aus Rentierfell betrachtete, den man mit der Pelzseite nach innen oder nach außen benutzen konnte – je nachdem, wie man es bevorzugte –, dann konnte ich mir vorstellen, abends in ihn hineinzuschlüpfen, und ich spürte, wie er im Laufe der Wochen schwerer und eisiger wurde. Ich konnte mir auch vorstellen, daß ich morgens in meinem Frühstücksnapf Haare fand, weil der Schlafsack die schlechte Eigenschaft hatte, zu haaren oder ganze Pelzstückchen zu verlieren. Dann gab es da eine Windschutzweste und Socken, und da hatte ich sofort das Bild vor Augen, daß ich in meinem Rentierfellschlafsack schlief und vergessen hatte, meine Socken, die naß waren vom langen Tag des Schlittenziehens, mit in den Schlafsack zu nehmen. Das war ärgerlich, denn am Morgen würden sie bretthart gefroren sein, und ich würde einige Mühe haben, sie soweit zu bearbeiten, daß ich sie wieder anziehen konnte. Das gleiche galt natürlich für die Stiefel aus Rentierfell, die triefnaß waren, wenn ich sie auszog; es war wichtig, daß ich sie mit den Händen richtig formte, bevor sie steiffroren. Anderenfalls würden sie vielleicht flach wie ein Pfannkuchen zusammenfrieren, und ich hätte keine Chance, am Morgen auch nur einen Zeh in die Stiefel zu zwängen.

Ja, das alles konnte ich mir gut vorstellen. Und was das Kochen anbetraf, hier war ein Nansenkocher, von dem ich so oft gelesen, aber niemals ein gutes Bild gesehen hatte. Der Nansenkocher war aus Aluminium, und Nansen hatte ihn eigens konstruiert, um die Hitze, die ein einziger Primuskocher abgab, optimal zu nutzen. Die Unterseite bestand aus einer großen Metallplatte, die ich direkt auf den Zeltboden stellen würde und darauf dann, nachdem ich mich versichert hatte, daß sie gerade stand, den Primuskocher. Dann würde ich Brennspiritus in den Behälter unter dem Brenner füllen und ihn anzünden, damit der Brenner erwärmt wurde. Bis es soweit war, würde ich den Rest des Kochgeschirrs auseinandernehmen, der aus vier Doppelnäpfen, vier Löffeln, einem Teesieb und den dazugehörigen Deckeln bestand. Und wenn der Primus endlich summte, würde ich ein Aluminiumgestell darüberstellen, auf das zuerst die äußere Hülle des Kochgeschirrs kam, die einer flachen Pfanne ähnelte. Äußeres und inneres Kochgeschirr wurden mit Schnee gefüllt, mit dem gekocht wurde. Beide hatten Dekkel, und über das Ganze kam noch ein weiterer Deckel wie ein großer Wärmeverschluß.

So funktionierte das also. Wenn genug Schnee im inneren Kochgeschirr geschmolzen war, würde ich dem kalten Schnee und Wasser Pemmikan zufügen, bis es Zeit zum Frühstück war. Ich würde auch Tee zubereiten und fast kochend trinken wollen; ich würde ihn mir in einen Aluminiumtopf schütten. Und da Aluminium ein sehr guter Hitzeleiter war, würde ich mir die Lippen verbrühen, wenn ich nicht aufpaßte; so stellte ich mir das vor. Aber diese Ration, wie um Himmels willen sollte ich davon leben? Die gesamte Tagesration bestand aus acht Schiffszwiebäcken, einigen Stückchen Zucker, ein paar Teelöffeln Kakao, einer Dose Pemmikan und einem Stück Butter; dazu gab es etwas Tabak und vielleicht Tee oder Rosinen oder ein oder zwei Riegel Schokolade, je nachdem, um was für eine Schlittenfahrt es sich handelte. Die Männer, die davon gelebt hatten, konnten nichts über Vitamine gewußt haben oder über den Fettstoffwechsel, und sie hatten sicherlich auch keinerlei Kenntnisse über den Mindestkalorienbedarf erwachsener Menschen bei bestimmten Aktivitäten. Irgendwie hatten sie es trotzdem geschafft, das fast Unmögliche fertigzubringen.

Während ich so dastand und diese Ration anstarrte, die Breinäpfe, den Kocher und die Schlafsäcke, kam mir eine Idee, die sich erst langsam herausbildete und dann doch ganz plötzlich da war. Es war eine Idee, die ich in gewisser Weise schon immer gehabt, vor diesem Augenblick in der Antarktisabteilung des Museums jedoch weder zu Ende gedacht noch richtig begriffen hatte. Sie war vorher nur in Bruchstükken vorhanden gewesen, Gedanken über Scott, über Edward Wilson und über Kathleen, Gedanken über Menschen, die ihrer Zeit verhaftet oder ihr weit voraus waren. In Michigan hatte ich mich bemüht zu verstehen, was es bedeutet haben mußte, ein Edwardianer zu sein, und die britische Kultur war mir als eine der fremdartigsten der ganzen Geschichte erschienen; ich hatte Brock anfangs beneidet, weil er zu glauben schien, daß man innerhalb des Kreislaufs der Wiedergeburten seinen eigenen Augenblick auswählen konnte, seinen eigenen Platz. Und dann hatte mich auch die Art verwirrt, wie der Tod der Polmannschaft, wie die Nachricht von ihrem Ende daheim in England aufgenommen worden war. Ich hatte mich gefragt, was Cherry-Garrard mit dem körperlichen Ausdruck einer intellektuellen Leidenschaft genau meinte, und ich hatte geweint, als ich im Handschriftenlesesaal jene Landkarte in Händen gehalten hatte. Es war mir so traurig erschienen, daß die Menschen immer wieder Fragen stellen würden, auf die es keine Antwort gab, daß sie Orte aufsuchen wollten, die unerreichbar waren, und Reisen antreten, die sie nie würden beenden können. Und auch die »Unbestimmtheitsrelationen«; es mußte dabei zum Teil um die Freiheit gegangen sein, die wir alle besitzen, Informationen auf verschiedene Weise zu verarbeiten und dadurch die Welt zu verändern – weil wir sie auf unterschiedliche Weise betrachten.

Und jetzt kam all das zusammen. Eine klassische Polarexpedition, eine Expedition, bei der als Haupttransportmittel Menschen dienten, die ihre Schlitten selbst zogen – gab es eine bessere Methode, zu einem Verständnis der Kräfte zu gelangen, die jemanden geformt hatten, als so zu leben, wie er selbst gelebt hatte, wenigstens eine Zeitlang die gleichen Geräte zu benutzen, die gleiche Nahrung zu sich zu nehmen, die gleiche Landschaft zu sehen? Ein Objekt zu bewundern, nur weil es einmal einer berühmten Persönlichkeit gehört hatte, war eher lächerlich, wenn man nicht die Hand dieser Person noch darauf spürte. Dagegen ein Leben zu wiederholen, wie es gelebt worden war, und es damit neu zu schaffen, das würde einen zweifellos dem Menschen, der es gelebt hatte, näherbringen. Und besser als alles andere auf der Welt ließ sich eine klassische Polexpedition sicher genauestens und detailgetreu wiederholen; wenn ich es tun würde – darauf bestand natürlich nicht die geringste Aussicht angesichts der gewaltigen Kosten eines solchen Vorhabens, aber falls –, würde ich mich für die *Terra-Nova*-Expedition entscheiden. Sie war umfassend dokumentiert, weil fast alle ihre Teilnehmer gebildete Leute gewesen waren und bereits während der Expedition oder danach über ihre Erfahrungen berichtet hatten. Aber es gab noch einen weiteren Gesichtspunkt – die Tatsache, daß es sich dabei um eine wichtige Demonstration handeln würde. Wenn ich oder irgend jemand anders eine Expedition durchführte, bei der alles genauso gemacht würde, wie Scott es gemacht hatte – die gleichen Transportmethoden, die gleiche Kleidung, die gleichen Essensrationen –, und die Polmannschaft würde es schaffen, sie würde die Ross-

Insel wieder erreichen, vollzählig und lebend, dann würde das beweisen, daß Scotts Fahrt zum Pol möglich gewesen wäre. Anders als Amundsen hatte er sich dazu entschieden, keine Hunde umzubringen, um andere Hunde mit ihrem Fleisch zu füttern. Hätte es nicht dieses Jahrhundert ein ganz klein wenig verändert, wenn er es geschafft hätte? Hätte es uns nicht eine Welt mit mehr Kiwis – die immer noch lebten – und weniger Moas – die für immer ausgestorben waren – geschenkt?

Das war es also. Das war die Idee. Ich blieb noch in der Antarktisabteilung, um mir einige Notizen über die Nansenkocher und die Breinäpfe zu machen, und ging dann über die hintere Treppe wieder hinunter. Ich war in Gedanken schon wieder in meiner Pension, als ich mich unversehens in einem weiteren Ausstellungsraum wiederfand, der den Vulkanen gewidmet war. Obwohl es bereits nach Mittag und ich hungrig war, ließ ich mir diese Ausstellung mit ihren sehr eindrucksvollen Bildern und Diagrammen von Schloten, Calderen und Dampfspalten nicht entgehen. In Neuseeland gab es noch fünf tätige Vulkane – auf der Nordinsel, die Brock und ich nicht gesehen hatten, was mir jetzt leid tat, als mich die Bilder dieser Ausstellung immer mehr fesselten. Ich erfuhr, daß es viele verschiedene Arten von Ausbrüchen gab – fließende Ausbrüche, bei denen extrem heißes, silikatarmes Magma in zähflüssigen Lavaströmen aus der Erde gedrückt wird; Dampfexplosionen und unterseeische Ausbrüche und den Stromboli-Typ, bei dem der Druck eingeschlossenen Gases geschmolzene, dünnwandige Geschosse und glühende Felsblöcke herausschleudert. Außerdem gibt es die Pliniusschen Explosionen wie den Ausbruch des Vesuvs im Jahre 79 n. Chr., bei dem der römische Naturforscher Plinius der Ältere ums Leben gekommen war, und katastrophale Explosionen wie diejenige des Krakatau und die von Santorin, wobei letztere möglicherweise das Ende der minoischen Kultur bedeutet hatte. Zwei ganze Wände waren dem Ausbruch einer glühenden Lawine gewidmet, einer *nuée ardente*, der sich vor langer Zeit auf der Insel Martinique ereignet hatte, wo bis 1902 dreißigtausend Menschen in der Stadt St. Pierre gelebt hatten.

Diese Stadt lag am Fuße eines tätigen Vulkans, des 1397 Meter hohen Mont Pelé; sie war im siebzehnten Jahrhundert gegründet worden, und in den beiden Jahrhunderten danach hatte der Vulkan nur zweimal Anzeichen von Aktivität gezeigt. Zweimal hatte er einen Ascheregen ausgestoßen, dessen einzige Folge im nächsten Jahr eine Steigerung der Ernteerträge gewesen war und die infolgedessen an der freundlichen Einstellung der Pierrotins zu ihrem Vulkan nichts geändert hatten. Sie gingen ihren Geschäften nach, lebten in steinernen Häusern, exportierten Zucker und Rum und freuten sich ihres Reichtums. Als sich dann im Februar 1902 plötzlich starker Schwefelgeruch in den Straßen bemerkbar machte, benutzten sie lediglich essiggetränkte Taschentücher als Atemschutz und ignorierten den Berg und dessen unheilverkündende Aktivitäten auch in den nächsten drei Monaten, obwohl es Ascheregen gab, große Dampfaustritte aus den Schloten und sogar ein kleines Erdbeben. Am 25. April ereignete sich ein kleiner Ausbruch; diesmal wurden zusammen mit der Asche Felsblöcke aus der Caldera geschleudert. Die Pierrotins reagierten, indem sie ihre Picknickkörbe packten und auf den Berg stiegen. Mrs. Thomas Prentiss, die Frau des amerikanischen Konsuls, schrieb einen Brief an ihre Schwester in Amerika, in dem es hieß: »Wir sehen den Mont Pelé von den Fenstern unseres Hauses aus, und obwohl er vier Meilen entfernt ist, hören wir sein Gebrüll. Die ganze Stadt ist von Asche bedeckt. Der Schwefelgeruch ist so stark, daß die Pferde auf den Straßen stehenbleiben und schnauben. Aber mein Mann versichert mir, daß keine unmittelbare Gefahr drohe.«

Woher ihr Mann das wußte, ist unklar. Auf jeden Fall versicherten auch die anderen einflußreichen Einwohner der Stadt, allen voran der Herausgeber der Lokalzeitung, daß kein Anlaß zur Sorge bestehe. Offenbar sollten am 11. Mai die Nationalwahlen stattfinden, und der Herausgeber der Zeitung war außerordentlich erpicht darauf sicherzustellen, daß die konservativen Wähler von St. Pierre auch zur Stelle waren, um den Ausgang der Wahl zu entscheiden. Dessenungeachtet verließen einige Menschen die Stadt, doch die meisten Einwohner blieben, selbst nachdem in der Nacht des 2. Mai der Mont Pelé mit derartig lauten Detonationen ausbrach, daß die ganze Stadt wach wurde. Die Menschen sahen eine gewaltige Wolke über dem Vulkan, wie ein schwarzes Becherglas voller Blitze. Jetzt schrieb Mrs. Prentiss: »Wir hatten das Gefühl, am Abgrund der Hölle zu stehen. Ständig durchblitzten elektrische Flammen von blendender Intensität die schwarzen und purpurfarbenen Wolken und warfen ihren grellen Schein über die Dunkelheit, die die Erde einhüllte.« Jetzt bekamen die Menschen

Angst, aber nicht genug, um ihre Häuser zu verlassen, selbst als ihre Tiere begannen, »verzweifelt zu blöken, zu wiehern und zu bellen«.

Sie verließen die Stadt auch nicht, als drei Tage vor dem großen Ausbruch Schwärme von Ameisen und Tausendfüßlern den Berg herabkamen; sie gingen auch nicht, als Hunderte von Schlangen sich in den Straßen der Stadt tummelten, Giftschlangen, denen Pferde, Schweine und Kinder zum Opfer fielen, und sie gingen auch nicht, als die Straßen langsam in Asche und der Hafen in Schlamm, abgestorbenen Pflanzen und Vulkanasche erstickten. Eine Schlammlawine hatte sich den Berg herab ergossen, nachdem sie einen See auf dem Gipfel zum Kochen gebracht und über die Ufer hatte treten lassen. Dabei waren mindestens dreißig Menschen ertrunken. Und immer noch versuchten die Besatzungen der zwölf Schiffe im Hafen, ihren gewöhnlichen Geschäften nachzugehen, Stoffballen auszuladen, Zucker und Rum zu verladen, während der Berg glühte wie ein Hochofen. Ein Kapitän, mit Namen Le Boffe, der in Neapel geboren und aufgewachsen war, teilte den Hafenbehörden am 7. Mai mit, daß er die Anker jetzt lichten werde. Sie drohten, ihn in Arrest zu nehmen, da sein Schiff erst zur Hälfte beladen war, aber er sagte: »Ich kenne euren Mont Pelé nicht. Aber wenn der Vesuv so aussähe, wie euer Vulkan heute morgen aussieht, dann würde ich Neapel sofort verlassen.«

Am nächsten Morgen explodierte der Mont Pelé. Le Boffe befand sich bereits in Sicherheit und konnte das Schauspiel aus der Ferne beobachten. Der Berg hatte in jeder erdenklichen Weise vor dem Kommenden gewarnt, und jeder, der Augen hatte zu sehen, hätte es wissen müssen. Das stark gashaltige Magma hatte sich unter der Kuppe angereichert, die jetzt durch den Druck vollständig abgesprengt wurde. Es gab drei oder vier gewaltige Explosionen, und zwei riesige schwarze Wolken schossen aus der Caldera in den Himmel. Sie bestanden aus Auswurf jeglicher Art und noch mehr Asche und noch mehr Gas. Eine Wolke stieg senkrecht in die Höhe und löschte die Sonne fast vollständig aus, während die andere sich über den Hang des Berges direkt in Richtung Stadt ergoß, vorwärtsgetrieben von der Schwerkraft mit einer Geschwindigkeit von dreihundert bis fünfhundert Stundenkilometern. Es war eine überhitzte, glühende Welle aus Dampf, die alles mit sich riß und in genau einer Minute die alte, steinerne Stadt unter sich begraben, die Schiffe versenkt und die gesamte Bevölkerung von St. Pierre getötet hatte. Ein paar Mann von den Schiffsbesatzungen überlebten und konnten der Welt von dem Vorfall berichten, aber in der Stadt selbst gab es nur zwei Überlebende – von ursprünglich dreißigtausend Bewohnern.

Man würde es nicht glauben, wenn es sich nicht so abgespielt hätte.

Aber selbst so konnte ich kaum glauben, daß angesichts all dessen, was der Mont Pelé tat, trotz all seiner Warnungen, dreißigtausend Menschen aus Ignoranz ums Leben gekommen waren. Vor der großen Explosion hatten die Pierrotins erfahren, daß auf der nahegelegenen Insel St. Vincent ein anderer Vulkan ausgebrochen war und zweitausend Menschen den Tod gebracht hatte. Statt dies nun als Anzeichen dafür zu nehmen, daß auch ihnen etwas Schreckliches bevorstand, waren sie erleichtert, weil sie annahmen, daß der Mont Pelé gerade dann nicht ausbrechen würde, wenn der Mont Soufrière es tat. Sie argumentierten, daß der Ausbruch auf St. Vincent den Druck auf ihren eigenen Vulkan gemildert haben mußte; also liefen sie durch ihre schwefelverpesteten Straßen und vergaßen, daß die Kräfte der Natur mit Argumenten nicht gezähmt werden können.

Und als ich es von dieser Warte aus betrachtete, konnte ich es plötzlich glauben. Denn war es nicht das gleiche, was wir selbst im Augenblick taten, wir, die Spezies Mensch – ein Picknick zu veranstalten, zu konsumieren und Handel zu treiben und uns selbst zu versichern, daß alles in bester Ordnung war, einfach wunderbar – während die Erde unter uns erzitterte? Schwärme von Ameisen und Tausendfüßlern waren aus den Bergen gekommen, Giftschlangen wanden sich durch die Straßen unserer Städte, und elektrische Flammen von blendender Intensität blitzten durch die schwarzen und purpurfarbenen Wolken. Wenn wir dies alles ignorierten, all das, was um uns herum vorging, dann wären wir diejenigen, denen es danach am meisten leid tun mußte. Aber gleichzeitig mit diesem Gedanken kam mir auch in den Sinn, daß die Kräfte der Natur etwas Großartiges waren. Ein Vulkan war ein großer Nansenkocher, einer, der keinen Schnee schmolz, sondern massiven Fels, Fels aus dem Herzen der Erde, aus dem Dunkel, das unter uns lag. Von welchem Sehnen mußte das Magma getrieben sein, daß es schließlich den Durchbruch in die Luft über sich schaffte; die Erde war bestimmt nicht hohl und bewohnbar, wie Symmes geglaubt hatte, und gelegentlich öffnete sie sich, um uns daran zu erinnern, was sie in ihrem Inneren verbarg. Und auch, um uns daran zu erinnern, daß sie jederzeit explodieren konnte, ganz gleich, ob wir unser Leben damit zubrachten, anderen Menschen mit Paddeln die Schädel einzuschlagen oder ihnen freundlich zu sagen: »Gar kein Problem, Kumpel.« Wir konnten absolut nichts machen. Wir hatten nur die Wahl, in diesem speziellen Fall so oder anders zu reagieren. Für den nächsten Vulkan aber war es unbedeutend, wo *wir* in *unserer* Evolution standen; für ihn spielte es keine Rolle, ob wir die Herausforderungen des Lebens annahmen oder nicht. Der nächste Vulkan wurde von seinen eigenen Gesetzen regiert, und wenn wir Menschen darauf bestanden, auf seinen Hängen Städte zu bauen und ihn dann zu ignorieren, dann konnte er kaum dafür verantwortlich gemacht werden, wenn auch wir den Weg der Moas gingen.

McMurdo-Sund
MOUNT EREBUS
ROSS-INSEL
Kap Royds
Shackletons Nimrod-Hütte
Hinter-tür-bucht
Flaggenmast-spitze
Kap Barne
Williams-felsen
BARNE-GLETSCHER
NORDBUCHT
Scotts Terra-Nova-Hütte
Kap Evans
Inaccessible Island
SÜDBUCHT
Tryggves Spitze
Türkenkopf-grat
Kleine Finnwalinsel
Türkenkopf-bucht
Türken-kopf
EREBUS-GLETSCHER
Große Finnwalinsel
Zeltinsel
EREBUS-GLETSCHERZUNGE
EREBUS-BUCHT
Abstiegs-felsen
Hutton-felsen
Schildkröteninsel
HÜTTENSPITZEN-HALBINSEL
McMURDO-SUND
Fels-kegel
Burg-felsen
Steil-hänge
ROSS-SCHELFEIS
Ankunfts-höhen
Die Schlucht
Williams Field
Scotts Discovery-Hütte
McMurdo Station
Scott Basis (NZ)
Beobachtungshügel
Kap Armitage
0 MEILEN 2
0 KM 2

EISROLLBAHN

Der höchste, trockenste und kälteste Teil der Erde

1

Es ist viel geschehen, seit ich mich damals bei der Kleiderausgabe meldete – pünktlich um sieben Uhr morgens, wie es in meinen Anweisungen stand –, und es fällt mir jetzt etwas schwer, mich an diesen Oktobermorgen zu erinnern. Aber ich weiß noch genau, wie schön die ersten Frühlingstage in Neuseeland waren. Die Luft roch sauber, und ich frühstückte in einem kleinen Café am Avon und sah dabei den Enten zu. Dann kehrte ich in mein Zimmer zurück, holte meine Taschen und ließ ein Taxi kommen, das mich zum »Unternehmen Tiefkühltruhe« brachte. Ich weiß noch, was für ein merkwürdiges Gefühl es war, das Gebäude zu betreten, denn es war wie ein Schritt von Neuseeland zurück nach Amerika. Endlich war der Tag gekommen, an dem ich in die Antarktis fliegen sollte, und entsprechend aufgeregt drückte ich die großen Glastüren auf und trat in die Wartehalle ein, in der sich schon eine Menge anderer Leute eingefunden hatten. Sie verhielten sich seltsam ruhig, und in einem unbehaglichen Schweigen setzte ich meine Kameratasche, meine Reisetaschen und meinen Rucksack ab; ich hatte plötzlich wieder das Gefühl, auf meine Ausrüstung achtgeben zu müssen, spürte einen Stich des alten Verfolgungswahns – ich hatte plötzlich Angst, jemand könnte meine Sachen stehlen, wenn ich wegging und sie stehenließ.

Das erinnerte mich genauso an Amerika wie das Schild an der Wand. Es war groß, mit roten Buchstaben darauf – wie Blut auf Eis –, die uns mitteilten: ANTARKTIKA IST DER HÖCHSTE, TROCKENSTE UND KÄLTESTE TEIL DER ERDE. Darunter hing eine Pinnwand, an der verschiedene Kleidungsstücke aufgehängt waren, mit einem weiteren Schild, das diese als NOTAUSRÜSTUNG auswies. Ich betrachtete diese Kleider, die dort hingen, als seien sie gekreuzigt worden. Die Unterwäsche war mit so langen Nadeln festgesteckt, daß man sie schon Nägel nennen konnte, und der rote Parka mit pelzgesäumter Kapuze streckte die Ärmel zu den Seiten aus, als kapituliere er. Auch der Rest der Kleidungs- und Ausrüstungsstücke sah, jedes auf seine Weise, regelrecht eingeschüchtert aus – als habe man den Wollhandschuhen, den Lederhandschuhen und den Skihandschuhen gerade zugerufen: »Hände hoch, Fremder!« Und den Handschuheinsätzen, Röhrenstrümpfen, einem Hut, den Überhandschuhen aus Pelz, den Stiefeleinsätzen, den Hosenträgern und einem Paar Windschutzhosen aus schwarzer Baumwolle schien es auch nicht anders zu gehen. Die Stiefel – ein Paar Moonboots und ein Paar Pelzstiefel – spähten über die Kante des Regals, auf dem sie standen, als hielten sie nach den Füßen Ausschau, an die sie gehörten.

Wegen des anhaltenden Schweigens und wegen einer gewissen Beklommenheit, die ich dort im Raum wahrnahm, sah ich mir diese Sammlung so lange an, bis ich mit jedem einzelnen Stück davon vertraut war – mit den Ohrschützern, der Gesichtsmaske, der Weste, dem Schal, dem Gürtel, den Wollhandschuhen und Handschuheinsätzen und den Garnituren langer Unterwäsche aus Baumwolle und Polypropylen. Als nichts geschah, begannen einige der Anwesenden, sich zu unterhalten, und ich wandte meinen Blick von der Pinnwand ab und meinen Mitreisenden zu.

Ein paar von ihnen waren eindeutig als Wissenschaftler zu erkennen – sie hatten Koffer dabei, in denen sich ihre Instrumente befinden mußten, und sie sahen so aus, als fragten sie sich, wie sie in diese Szene hineingeraten waren. Viele von ihnen trugen kurzärmlige, durchgeknöpfte Hemden und leichte Baumwollhosen. Doch nicht diese Uniform, sondern eine atmosphärische Kluft trennte sie von den anderen Anwesenden. Dann gab es – für mich, die ich ja vor kurzem selbst noch zu ihnen gehört hatte, auf den ersten Blick zu erkennen – einige Studenten in höheren Semestern. Und auch die Bürokraten waren unverkennbar. Sie schienen unglaublich stolz zu sein auf ihren Platz in diesem großen Plan der Dinge.

Das Fußvolk bestand aus einer bunten Mischung: Handwerker, Fahrer, Bauarbeiter, Sekretärinnen und Köche. Sie boten ein vielfältiges Spektrum sowohl an äußeren Erscheinungen als auch an zur Schau gestellten inneren Einstellungen. Da ich selbst zum Fußvolk gehörte, befaßte ich mich besonders mit dieser Gruppe, bis schließlich ein Mann mit einem Notizblock erschien und um unsere Aufmerksamkeit bat. Er trug ein weißes Hemd und eine staubverschmutzte, graue Hose, und nachdem er uns ungefähr drei Minuten lang etwas vorgenuschelt hatte, kam ich zu dem Schluß, daß man ihn eigens deswegen dazu ausersehen hatte, uns etwas über unsere Ausrüstung vorzutragen, weil er fast völlig unverständlich sprach. Wenn wir nicht verstehen konnten, was er sagte, war es vermutlich leichter, uns wohlbehalten an der erschreckenden Pinnwand vorbei in die Umkleideräume zu treiben. Und dort, in den Umkleideräumen, würden wir nicht nur unsere Kleider austauschen, sondern auch unsere Persönlichkeiten. Wir würden empfänglich werden für alles, was uns danach erwartete. Wie dem auch sei, jedenfalls wurde schießlich gefragt: »Was haben Sie gesagt? Ich kann Sie nicht verstehen. Können Sie etwas lauter sprechen, bitte?« Und der Mann mit dem Notizblock fügte sich ins Unvermeidliche.

»Nun«, sagte er, »zunächst einmal geht es um Ihre Hundemarken.«

Hundemarken? Ich blickte auf. Das war mir neu, und ich sah, daß es für die meisten anderen ebenfalls neu war.

»Das Metall, aus dem die Marken sind, hält Temperaturen bis zu tausend Grad Celsius stand. Darüber brauchen Sie sich also keine Sorgen zu machen. Sie werden in den Umkleideräumen Reisetaschen mit Ihrer Kleidung vorfinden, außerdem die Hundemarken in einem Umschlag, zusammen mit Ihren Bordpässen. Denken Sie bitte daran, die kleine Kette an der großen zu befestigen, indem Sie sie hindurchziehen. Diese Marken dienen im Falle eines Unglücks zu Ihrer Identifizierung, und Sie sollten sie direkt auf der Haut tragen, noch unter der Unterwäsche.«

Alle bemühten sich, unbeeindruckt zu wirken und sich von diesen Worten nicht entmutigen zu lassen, während der Mann mit seiner inzwischen verständlicheren Einweisung fortfuhr. Alle bemühten sich, aufmerksam zu bleiben, während wir über die einzigartigen Eigenschaften der verschiedenen Kleidungsstücke belehrt wurden. Was sie vor allem auszuzeichnen schien, waren ihre Taschen, jede Menge von Taschen. Der rote Daunenparka allein, wurde uns gesagt, hatte fast zwanzig; es gab Taschen in den Ärmeln, Taschen auf dem Rücken und versteckte Innentaschen in Brusthöhe direkt neben dem Reißverschluß. Wir würden auch bald feststellen, daß die Windschutzhosen aus schwarzer Baumwolle, die wir bei jedem Flug mit einem militärischen

Luftfahrzeug tragen mußten, so viele Taschen hatten, daß man sie scherzhaft auch »Vieltäschler« nannte.

Ich war innerlich noch mit den Hundemarken beschäftigt, sonst hätte ich diese Taschengeschichte vielleicht erheiternd gefunden, bestimmt aber das, was unser Einweiser anschließend sagte. Er wollte nämlich, daß wir, wenn wir in die Umkleideräume gingen, dort jedes einzelne Kleidungsstück anprobieren sollten, bevor wir es mit in die Antarktis nähmen, um sicherzustellen, daß es uns wirklich paßte. Es sei sehr wichtig, betonte er, daß unsere Kleider nicht nur groß seien, sondern auch groß genug blieben, falls wir planten, während unseres Aufenthalts in der Antarktis an Gewicht zuzunehmen. Nun, das war auf jeden Fall ein Gesichtspunkt.

Aber ich kam mit meinen Gedanken gar nicht von den Hundemarken los, und mir war nicht zum Lachen zumute. Das änderte sich im weiteren Verlauf unserer Einweisung auch nicht mehr. Wir erfuhren, daß wir alles umtauschen konnten, was uns nicht paßte, und alles hierlassen, was wir nicht haben wollten. Nur ein Teil der USAP-Ausrüstung war obligatorisch; jedem von uns wurde ein Blatt ausgehändigt, auf dem diese Dinge aufgeführt waren. Alles andere konnten wir nach eigenem Ermessen wieder abgeben. Die Teile auf der Liste allerdings waren unsere »Notausrüstung«, und davon mußten wir jedes Stück entweder am Körper tragen oder als Gepäck mit an Bord der Hercules nehmen. Diese beiden Posten – das, was wir am Körper trugen, und der Inhalt unserer »Nottaschen« – waren alles, was wir dabei hätten, wenn das Flugzeug abstürzte oder notlandete.

Mit anderen Worten, wenn das Flugzeug verunglückte, sei es über Land oder über See, würde diese »Notausrüstung« uns warm und trokken halten müssen, bis Hilfe eintraf. Es konnte lange dauern, bis der Seenotrettungsdienst uns erreichte, und deshalb kam es darauf an, die richtige Ausrüstung selbst dabei zu haben. Und wenn wir an Bord gingen, mußten wir unsere lange Baumwollunterwäsche tragen und nicht die aus Polypropylen. »Das ist eine Bestimmung der Marine«, wurde uns gesagt. »Falls mal ein Feuer an Bord des Luftfahrzeuges ausbricht, möchte die Navy nicht, daß Sie alle in Plastik eingeschweißt werden. Ist zu viel Arbeit für die Pathologen von der Navy.« Unser Einweiser wollte damit offensichtlich einen Scherz machen, aber mir fehlte im Augenblick das rechte Verständnis für seinen Humor. Langsam keimte in mir das Gefühl, daß ich heute doch nicht in die Antarktis fliegen würde.

Denn, soweit ich es jetzt beurteilen konnte, drohten einer Person, die ins Eis flog, hauptsächlich drei Gefahren. Bei zweien davon hatte man eine Überlebenschance, bei der dritten nicht. Wenn das Flugzeug auf dem Meer notlanden mußte oder auf Land, entweder in den Bergen oder auf dem Meereis, dann mochten die Chancen, den Absturz zu überleben, nicht besonders groß sein, aber solange das Flugzeug nicht explodierte, gab es zumindest die Möglichkeit. Und wenn man es in einer solchen Situation schaffte, ein Floß zu erreichen, oder sich zu Fuß vom Flugzeug entfernen konnte, dann war das einzige, was einen am Leben halten konnte, bis Hilfe kam, die richtige Kleidung. Die richtige Kleidung, das hieß: keine Baumwolle. Filz oder Wolle oder Polypropylen oder sonst irgendein Stoff, der gleichzeitig warm hielt und Feuchtigkeit aufnehmen konnte. Es war aber die dritte Möglichkeit, die, daß während des Fluges ein Feuer ausbrach, auf die unsere Kleidung an Bord ausgelegt war. Dabei schien es mir sonnenklar, daß es bei einem Feuer während des Fluges ohnehin keine Überlebenden geben würde. Die perverse Logik, die den Asthmatikern den Zugang zur Antarktis verwehrte, die Rückenschmerzen und Sodbrennen für große Gefahren hielt, war hier offenbar wieder am Werk und feierte fröhliche Urstände.

Die Organisation dieser Unternehmung war irrational genug, ihrem Personal genau die Kleidung zu verbieten, die seine Rettung bedeuten konnte, wenn es überhaupt eine Überlebenschance gab. Sie war gleichzeitig rational genug, darauf zu bestehen, daß jeder einzelne Teilnehmer eines Flugs für den Fall seines Todes – und es war klar, daß bei dieser Herangehensweise jeder Unfall auf jeden Fall zum Tod der Flugreisenden führen würde – rechtzeitig vorher mit einer Hundemarke gekennzeichnet wurde. So zumindest schien es mir. Und daher würde es das beste für mich sein, nicht zu fliegen. Als ich diese Entscheidung getroffen hatte, war ich in der Lage, die ganze Prozedur mit einem gewissen Maß an Toleranz über mich ergehen zu lassen.

Aber selbst dann noch fühlte ich mich im weiteren Verlauf des Morgens und des Nachmittags, als habe ich mich in einen Kreis der Hölle verirrt, von dem Dante noch nichts gewußt hatte. Dieser Kreis, der das »Unternehmen Tiefkühltruhe« umfaßte, war wohl der gleiche, in dem sich auch totalitäre Regimes und Geheimgesellschaften tummelten. Es war der Kreis der Geheimdienste, ein Bereich, in dem willkürliche Vorschriften das Leben regierten und nichts einen Sinn ergab, weil die wirklichen Ereignisse alle woanders stattfanden, die Entscheidungen anderswo getroffen wurden und Informationen darüber nie verfügbar waren. Diejenigen, die sich zum »Transport« in die Antarktis »meldeten«, wurden offenbar für irgendwelche entsetzlichen, aber inzwischen vergessenen Übertretungen bestraft.

Als ich später auf McMurdo war, erfuhr ich, daß es für die United States Navy in der Antarktis drei Wetterbedingungen gab. Wenn wir Bedingung drei hatten, durften wir uns innerhalb oder, soweit wir dazu befugt waren, auch außerhalb McMurdos frei bewegen. Bedingung drei konnte allerdings einen sehr hohen Windkältefaktor bedeuten, so daß man stets eine Notausrüstung bei sich haben sollte. Wenn das Wetter sich verschlechterte und Zustand zwei verkündet wurde, sollten wir uns auf unseren eigenen Arbeitsbereich beschränken, und wenn jemand irgendwo hinwollte, wurde das nur in einem mit einem Funkgerät ausgestatteten Fahrzeug gestattet. Im Zustand eins herrschte bei Windgeschwindigkeiten von mehr als fünfundfünfzig Knoten eine Windkälte von minus fünfundsiebzig Grad Celsius, und die Sicht betrug weniger als hundert Meter. Während der Dauer von Zustand eins hatte man zu bleiben, wo immer man sich gerade aufhielt. Überall wurden die Anwesenden gezählt und das Ergebnis per Funk ans Hauptquartier weitergegeben.

»Unternehmen Tiefkühltruhe« hatte seine eigene Version von einem Zustand eins.

Denn von dem Augenblick an, in dem ich mich definitiv entschlossen hatte, doch nicht in die Antarktis zu fliegen, bis zu dem Augenblick, in dem das Flugzeug abhob, durften wir uns praktisch nicht vom Fleck rühren. Ständig hielt ein Offizieller sein wachsames Auge auf uns gerichtet. Und das machte die Dinge schwierig – schwierig herauszufinden, was wir wirklich fühlten, schwierig zu wissen, was wir wirklich wollten, und schwierig, unsere Wünsche schließlich durchzusetzen, wenn wir uns ihrer erst einmal bewußt waren. Der Redner beendete seine Anweisungen mit dem Hinweis, wir dürften unsere Nottaschen nur bis zu einer bestimmten Grenze vollpacken – keiner Gewichtsgrenze, so wie bei den anderen Taschen, sondern einer Begrenzung des

Volumens. Da es für uns schwierig sei, die Kubikzentimeter selbst auszurechnen, werde der Terminaldienst das für uns erledigen. Der Terminaldienst sei aber keine Abteilung der Navy, sondern der Army. Die Army war für alle Frachtbewegungen in der Antarktis zuständig. Wenn wir also aufs Achterdeck kämen, würde der Terminaldienst unsere Nottaschen für uns vermessen; sie würden dafür in eine Holzkiste gesteckt.

»Wenn Sie nicht wollen, daß dabei etwas in die Brüche geht, dann sollten Sie versuchen, es in Ihre Taschen zu stecken oder es unter der Kleidung zu verbergen. Diese Leute vom Terminaldienst können etwas grob sein.«

Dann ging es weiter in den Umkleideraum, in meinem Falle in den Umkleideraum für Frauen. Nur sechs der ungefähr vierzig an jenem Tag für den Flug vorgesehenen Passagiere waren Frauen. Auf dem Weg zum Umkleideraum stellte sich plötzlich heraus, daß vier davon sich kannten, weil sie von der gleichen Universität kamen. Sie unterhielten sich miteinander – ich hörte etwas heraus wie »eine Einweisung für die, die ohne Furcht sind« –, jedoch nicht mit mir. Ich war allerdings ohnehin nicht in der Stimmung für ein Gespräch. Im Umkleideraum fand ich zwei orangefarbene Stofftaschen vor, auf denen mein Name stand, und außerdem zwei Briefe. Einer davon war von Winnie, der andere von meiner Mutter. Winnie schrieb im wesentlichen, daß McMurdo »seltsam« sei, und daß sie, Winnie, mich am Williams Field erwarten werde, ganz gleich, wann mein Flug ankommen und wie sehr er sich verspäten würde. Sie schrieb: »Halte durch, Morgan. Bevor dieser Tag um ist, wirst Du Dich noch fragen, wie diese Organisation überhaupt dahin kommen konnte, wo sie jetzt offenbar ist. Nimm Dir eine Flasche Wasser mit an Bord.« Der Brief von meiner Mutter lautete:

»Liebe Morgan, ich möchte gerne einen Stein haben. Kannst Du mir einen Stein besorgen? Aus der Antarktis? Einen weißen Stein natürlich. Ich nehme an, daß es dort keine anderen gibt. Dr. Jim sagt mir jetzt, daß ich schlimm sei. Ich fühle mich wie eine zitternde Sklavin. Du hattest recht, ich hätte ihn niemals heiraten sollen. Kannst Du mir einen Stein besorgen? Ich möchte ihn für meine Skulptur haben. Ich arbeite an einer großen Skulptur aus Steinen und anderen Materialien. Ich würde gerne Schneeflocken dafür verwenden, aber die schmelzen ja. Ich weiß noch, wie Du als kleines Mädchen nicht wolltest, daß all die Schneeflocken schmelzen. Mit lieben Grüßen, Deine zitternde Mutter.«

Dieser Brief war, wie ich an der Handschrift sah, durchaus nicht in Eile hingekritzelt, sondern wahrscheinlich nach einer Vorlage noch einmal ins reine geschrieben. Er machte mich traurig und glücklich zugleich. Meine Mutter schien Dr. Jim endlich als den zu sehen, der er war, und dafür durchströmte mich eine Welle der Liebe für sie; auf diesen Augenblick hatte ich insgeheim lange gehofft. Und ich war traurig wegen der Sache mit dem weißen Stein und vor allem, weil sie sich noch daran erinnerte, daß ich die Schneeflocken so gern gehabt und nicht hatte opfern wollen, um dadurch schön zu werden. Ich machte mir außerdem Sorgen, was es mit der zitternden Sklavin auf sich hatte. Wie merkwürdig, so etwas zu schreiben. Was würde sie dagegen unternehmen können? Ich legte die Briefe beiseite und wandte mich meinen Kleidern zu.

Es war der Gedanke an meine Mutter – die mir, wie versprochen, geschrieben hatte –, der mir über die nächsten zehn oder fünfzehn Stunden hinweghalf. Und Gedanken an Brock und Thaw, an Iris und Wilbur, die ich alle enttäuschen würde, wenn ich jetzt aufgab, und die alle ihre eigenen Schwierigkeiten mit den Behörden durchgestanden hatten. Denn ich fühlte mich plötzlich wie ein Wesen aus einer Polis, ein politisches Tier, als ich mich von Neuseeland aus zurück in dieses System geworfen fand, das mir so sinnlos vorkam. Ich fühlte mich politisiert, will ich damit sagen, denn ich sah, daß jetzt der Augenblick gekommen war, da das Antarktisprogramm der Vereinigten Staaten mir offensichtlich die Freiheit für meine eigenen Entscheidungen nahm. Ich hatte das nicht ausreichend bedacht, dieses Sicheinlassen auf dieses Programm, indem ich mich in sein Fußvolk einreihte, und ich erkannte jetzt, daß es eine verrückte Idee gewesen war.

Ich hatte wenig Erfahrung mit großen Institutionen, hatte weder für sie etwas übrig noch dafür, Ziele zu verfolgen, die von Leuten aufgestellt worden waren, ohne mich zu fragen. Am ehesten hatte ich das Funktionieren innerhalb eines Systems noch während meiner Studentenzeit erlebt, aber als Studentin waren mir Freiheiten in meinem Denken und Tun und in meinen Urteilen zugestanden worden. Und dennoch hatte ich selbst als Studentin meine Schwierigkeiten gehabt.

Wie ich dies hier hatte für sinnvoll halten können, war mir jetzt nachgerade ein Rätsel, wenn ich an meine Hundemarke, die Segeltuchtaschen und meinen Bordpaß dachte.

Was die Dinge weiter komplizierte, war die Tatsache, daß ich auf Winnies Vorschlag hin, auch in die Antarktis zu kommen, gedacht hatte, sicher, warum nicht; Geschichte ist für mich so oder so zur Sackgasse geworden. Aber nach den Wochen in Neuseeland und meinem Besuch im Canterbury-Museum war Geschichte für mich auf völlig neue Weise lebendig geworden. Meine Idee einer Expedition trieb mich um, und der Gegensatz zwischen einer klassischen Polarexpedition und dem Empfang einer Ausrüstung durch die Navy der Vereinigten Staaten konnte krasser nicht sein. Nachdem ich für nur zwei Stunden ein Rädchen im Getriebe dieses Programms gewesen war, schien mir klar, daß ich in jeder Hinsicht denkbar schlecht geeignet war, mich ausreichend anzupassen, und die an jenem Tag oft wiederholte Mahnung unserer Einweiser, »Wir lieben keine Überraschungen«, jagte mir kalte Schauer über den Rücken. Wahrscheinlich war ich genau eine jener Überraschungen, die sie nicht besonders liebten.

In der Tat wurde ich, je mehr Zeit verstrich, immer ängstlicher, daß man mich als Schwindlerin entlarven könne. Eine Schwindlerin? Vielleicht auch eine Spionin. Eine Schwindlerin, weil ich mehr wußte, als diese Leute ahnten. Ich war nicht Lamont, M., ANS-Fahrerin, wie es in meinen Papieren stand. Und eine Spionin, weil mich die Organisation, für die ich arbeiten sollte, so befremdete, daß ich gar nicht anders konnte, als überempfindlich auf ihren Verfolgungswahn zu reagieren. Natürlich würde ich sowieso nicht fliegen – das sagte ich mir jedenfalls immer wieder –, aber wenn ich es täte, dann nur mit dem Gefühl, irgendwie dazu gezwungen worden zu sein. Ich wurde gezwungen, gegen meinen Willen in einer Art zivilmilitärischen Bürokratie zu dienen, für die der Name »die große Eisarmee« angemessen gewesen wäre.

Da ich ohnehin nicht fliegen wollte, konnte ich ja getrost – nur so zum Spaß – meine Sachen anprobieren, meine Segeltuchtaschen durchstöbern und entscheiden, welche der eher optionalen als obligatorischen Dinge ich benötigen würde. Ich achtete darauf, daß mir alles richtig paßte, tauschte verschiedenes in der Kleiderausgabe um und zog dann die weißen Moonboots an, die an jeder Seite ein Ventil hatten. Wie wir belehrt worden waren, sollten sie verhindern, daß unsere Füße während des Flugtransports zermalmt wurden. Ich fand, daß sich die Moonboots schön anfühlten, warm und steif, wie Skistiefel. Auch meine Einlage paßte hinein. Dann probierte ich die anderen Stiefel an, blaue Eskimostiefel, die mir aber weniger gut gefielen. Nach einer kleinen Beratung mit einer antarktiserfahrenen Wissenschaftlerin beschloß ich, nur die Moonboots mitzunehmen.

Auch der rote Parka gefiel mir. Er war schwer, extrem schwer, viel schwerer als irgendein anderer Mantel, den ich jemals getragen hatte. Er sollte auch bei Windkälten von sechzig Grad unter null noch warm halten.

Und wie angekündigt hatte er überall Taschen, sogar auf den Ärmeln, ebenso wie die Hosen, mit denen ich mich anschließend beschäftigte. Sie waren so unglaublich blöd, saßen so schlecht und waren aus einem für die Antarktis so völlig ungeeigneten Stoff, daß man sie einfach lieben mußte. Sie waren wie ein seltenes Tier, das zu viele Ohren hat, dafür aber kein Fell, und gerade seinen Kopf aus dem Bau steckt, um einen neugierig zu mustern.

Ich kann mich nicht mehr genau entsinnen, aber ich glaube, man gab uns ungefähr zwei Stunden für all das Anprobieren, Austauschen und Zusammenpacken. Ich machte alles, was ich mitnehmen wollte, fertig und legte zum Schluß einen Teil meiner eigenen Sachen, die ich im Eis nicht benötigen würde, beiseite, um sie einlagern zu lassen. Es blieben mir noch fünfzehn Minuten. Meine Reisetaschen waren geschlossen, meine Wasserflasche lag Winnies Anweisungen gemäß gefüllt in der Nottasche, und ich konnte mich nun endlich mit meiner Hundemarke beschäftigen, die immer noch in ihrem Umschlag steckte. Als ich den Umschlag in die Hand nahm, machte sie darin ein zischendes, reibendes Geräusch wie eine winzige Klapperschlange. Ich riß das Papier auf und ließ die Marke auf meine Hand gleiten, wo sie dann mit ihren Ketten lag, jeder Teil gestempelt mit »Lamont, M. ANS.« Die lange und die kurze Kette hingen aneinander, und ich fädelte sie nun durch die Löcher in der Marke und befestigte die kurze Kette an der langen. Langsam zog ich sie mir über den Kopf und legte sie mir um den Hals; ich wollte nur einmal wissen, wie sich das anfühlte. Leicht und klimperig, viel leichter, als ich es mir vorgestellt hatte. Für einen Moment vergaß ich, welchem Zweck sie diente; sie war nur noch ein Schmuckstück und gab mir das

Gefühl einer Zugehörigkeit, aber durchaus nicht zum USAP. Nein, sie gab mir das Gefühl, zu all den Menschen zu gehören, die im Lauf der Geschichte entdeckt hatten, daß sie keine zitternden Sklaven waren und daß der höchste, trockenste und kälteste Teil der Erde nicht die Antarktis war.

Der Rest des Tages verging mit dem Versuch, mich von meiner eigenen Identität abzutrennen, so wie man eine Walnuß aus ihrer Schale löst. Nachdem ich mir die Hundemarke um den Hals gehängt hatte, zog ich die Baumwollunterwäsche und die verrückte Hose an, dazu meine Moonboots. Den roten Daunenparka trug ich über dem Arm. Ich hatte es geschafft, alles andere, was zu meiner »Notausrüstung« gehörte, in meine Nottasche zu stopfen. Ich steckte auch Brocks Tabletten gegen die Luftkrankheit hinein, ein Notizbuch und den *Untergang der Dynastien* von Edmund Taylor, aber nichts zu essen, weil ich nichts dabeihatte. Natürlich war mir ziemlich heiß an diesem schönen, warmen Frühlingstag in Neuseeland, aber das ging allen anderen um mich herum genauso.

Wir machten es uns bequem und warteten, was als nächstes passieren würde. Wir redeten jetzt ungezwungener miteinander als vor der ganzen Kleidergeschichte. Ich selbst unterhielt mich ein wenig mit der Wissenschaftlerin, die schon einmal in der Antarktis gewesen war. Susan Reynolds unterrichtete an der University of Washington. Sie war Geophysikerin und wollte in der Antarktis Experimente mit einem Gravimeter durchführen. Dieses Instrument führte sie in einer Reisekiste mit sich, und sie legte immer wieder beschützend die Hand darauf, während wir miteinander sprachen. Mir gefiel ihr schmales Gesicht, das meist einen ironischen Ausdruck zeigte. Sie war es gewesen, die gesagt hatte: »Eine Einweisung für die, die ohne Furcht sind«, und jetzt sagte sie: »Mach dich auf Wahnwitz gefaßt«, als ein Offizier der Navy in den Raum stürmte.

Er trug, so schien es, seine Galauniform, und daraus schloß ich, daß er nicht auf dem Sprung in die Antarktis war, und tatsächlich sahen wir ihn auch nur dieses eine Mal. Er blieb gerade lange genug im Raum, um seine Anweisungen zu geben, ungefähr dreißig Sekunden, und verschwand dann wieder dorthin, woher er gekommen war. Der Mann, der uns über die Kleidung ins Bild gesetzt hatte, war ebenfalls im Raum und hätte uns wahrscheinlich das gleiche auch selbst sagen können, aber es gab offenbar irgendein Protokoll, nach dem es jemand von der Navy sein mußte, der uns mitteilte, daß unser Flug für ein Uhr vorgesehen war und daß wir das »Taschenschleppen« jetzt in Angriff nehmen konnten. »Bringen Sie Ihre Taschen aufs Achterdeck«, befahl die Navy, und dann verschwand der Mann. Wir sprangen auf, als hätte man uns Stromschläge verpaßt. Tatsächlich brach jetzt totale Panik aus. Jeder packte seine Taschen und rannte Richtung Achterdeck, das unter zivilen Verhältnissen schlicht und einfach das Terminal genannt worden wäre. Wir stolperten regelrecht übereinander in unserer Eile, schnell dorthin zu gelangen. Auch ich wurde von dieser Panik angesteckt, rannte zusammen mit den anderen los, hatte keine Vorstellung, wohin der Lauf ging, gleichzeitig aber das Gefühl, daß ich verloren wäre, wenn ich nicht lief, was das Zeug hielt. Wir rannten um eine Ecke, dann durch eine Halle, durch eine weitere Halle, durch das nächste Paar Doppeltüren, und als wir endlich an unserem Ziel anlangten, erwartete uns dort die Militärpolizei.

Der Anblick der Polizisten beendete schlagartig unsere Panikattacke, und wir bewegten uns etwas verhaltener; es standen nicht nur vier MPs da, sondern außerdem zehn Armeesoldaten in eingeübter militärischer Haltung. Zwei der MPs hatten ihre Hände hinter dem Rücken zusammengelegt; dieser Versuch, nicht stramm, sondern lässig zu stehen, hatte auf alle, die ihn beobachteten, eine beruhigende Wirkung, und widerspruchslos stellten wir uns mit unseren Taschen in einer Doppelreihe auf, so wie man es von uns verlangte.

So standen wir fünf oder zehn Minuten lang. Warum hatten wir uns in einer Doppelreihe aufgestellt? Niemand schien es zu wissen. Schließlich wurde die Sache aufgeklärt. Am Ende der Halle, geführt von einem weiteren MP, erschien in Brustgeschirr und an einer gewaltigen Kette ein riesiger, schwarzer Labrador. Sein Führer ließ uns wissen, daß wir von unseren Taschen »zurücktreten« sollten. Der Hund, Mac, würde alles nach Drogen durchsuchen und, so wurde uns gesagt, die betreffende Tasche in Stücke reißen, falls er etwas fände. Das traf, glaube ich, nicht nur mich, sondern auch alle anderen wie ein Schock. Wir hatten kaum Zeit, Luft zu holen, als Mac auch schon heranstapfte und sorgfältig jede einzelne Tasche beschnupperte, die auf dem Boden stand. Inzwischen beschäftigte mich nicht mehr die Frage, ob ich in die Antarktis reiste oder nicht, sondern vielmehr, wie ich es anstellen sollte, aus diesem Bau zu entkommen. Er schien von Militärpolizisten umstellt zu sein, von wilden Hunden, Armee- und Marineoffizieren, und an meiner Tasche blieb Mac natürlich lange stehen, um sie recht gründlich zu beschnüffeln.

Er fand Gefallen an meiner Tasche. Tief und mit einem leichten Rasseln zog er die Luft ein. Ich hatte etwas Kräutertee darin; vielleicht war es das, was ihn interessierte. Jedenfalls schnüffelte und schnüffelte er, und ich hatte das Gefühl, alle seien erleichtert, daß endlich ein Übeltäter entdeckt worden war und der Hund endlich das Vergnügen haben würde, eine Tasche, und zwar die eines anderen, in Stücke zu reißen. Aber da Mac sich dann doch nicht zu irgendwelchen Taten aufraffen konnte, zerrte der MP ihn weiter, und schließlich hatte Mac seinen Dienstgang beendet, ohne Drogen entdeckt zu haben.

Trotzdem hatte er eine wichtige Wirkung erzielt. Er hatte die vierzig Menschen, die an jenem Tag ins Eis fliegen sollten, noch formbarer und gefügiger gemacht, als sie es nach den Unterweisungen am Morgen ohnehin schon waren. Das war wichtig, denn sonst hätten wir vielleicht Fragen gestellt. Und das galt es unter allen Umständen zu vermeiden, denn – wie ich später begriff – das militärische Personal auf dem Achterdeck hatte größtenteils selbst keine blasse Ahnung, was eigentlich los war. Wo befand sich das Flugzeug jetzt? Wer weiß! War irgend etwas damit nicht in Ordnung? Würde es längere Zeit am Boden bleiben müssen, weil etwas repariert werden mußte? Würde plötzlich zusätzliche Fracht auftauchen? Wie war der Wetterbericht? Wo steckte der Pilot? Wer weiß, wer weiß, wer weiß! Es war schon besser, wenn die Passagiere in einem Zustand passiven Schweigens verharrten.

Der Terminaldienst beschäftigte sich jetzt mit dem nächsten Schritt. Das war das Wiegen unserer erwiesenermaßen drogenfreien Taschen. Wir Verdammten standen wieder in einer Reihe, defilierten dann an der glänzenden Stahlskala einer Waage vorbei und an einem Mann mit einer Liste, einem Bleistift und einem Taschenrechner. Vor unserem Abflug aus den Vereinigten Staaten war uns mitgeteilt worden, daß jeder genau fünfundsiebzig Pfund an persönlichem Gepäck mitnehmen durfte – unsere Nottaschen und uns selbst nicht eingerechnet. Die Wissenschaftler erhielten Extragenehmigungen für Dinge wie etwa Susans Gravimeter. Ich hatte mir wegen meiner eigenen Taschen etwas Sorgen gemacht, bis ich herausfand, daß sie, bis zum Bersten gefüllt, selbst mit Büchern, zusammen nur ungefähr sechzig Pfund wogen. Tatsächlich hatte sich herausgestellt, daß es unmöglich sein dürfte, diese beiden orangefarbenen Segeltuchtaschen so vollzupacken, daß sie mehr wogen als die erlaubten fünfundsiebzig Pfund.

Das allerdings hielt den Mann vom Terminaldienst nicht davon ab, jeden einzelnen von uns mit tiefstem Mißtrauen zu mustern, als hätten wir monatelang Pläne geschmiedet, wie wir zusätzliches Gewicht an Bord schmuggeln könnten. Er stellte unsere Taschen auf seine Waage und glich dann mit der Vorsicht eines Handwerkers, der in der Nähe von stromführenden Freileitungen arbeitet, so lange die Gewichte ab, bis er mit dem Ergebnis zufrieden war. Diese Taschen wogen zweiundsechzigeinhalb Pfund und diese dort fünfundsechzig, und der Unterschied von zweieinhalb Pfund war offenber jetzt das Wichtigste in seinem Leben. Ängstlich knabberte er an seinem Bleistift, während er sich damit abquälte, die Gewichte genau aufzuschreiben. Endlich war er mit dem letzten Gepäckstück fertig, und dann wurden alle achtzig Taschen mit einer plötzlich ausbrechenden Rabiatheit zusammengesammelt, um sie von der Frachtanlage auf einen Wagen zu verladen.

Die Leute vom Terminaldienst fielen über die Taschen her, wie ein Rudel rasender Wölfe im tiefen Pulverschnee über ein Elchkalb herfällt. Die Taschen wurden auf den Lastwagen geworfen; dann stürmte der Fahrer, um nur keine Sekunde zu verlieren, ans Lenkrad, und der Lastwagen raste wie wild los, als seien ihm alle Hunde der Hölle auf den Fersen.

Wir, die wir das alles mit angesehen hatten, nahmen das als sicheres Anzeichen dafür, daß unser Flugzeug inzwischen eingetroffen war und daß wir selbst bald an Bord gehen würden. Aber nein, nichts dergleichen geschah. Nicht nur war das Flugzeug noch gar nicht gelandet, sondern die Leute vom Terminaldienst standen, wie wir später erfuhren, noch nicht einmal in Kontakt mit der Funzentrale, die sich im gegenüberliegenden Gebäude befand. Tatsächlich war die Hercules, die uns nach Süden bringen sollte, noch einige Flugstunden weit draußen über dem Pazifik, als man unsere Taschen in einem Tempo fortschaffte, als hinge die Sicherheit der freien Welt davon ab.

Und ich, die das nicht wußte, aber vermutete – zumindest vermutete, daß der Terminaldienst gar nicht wußte, ob unser Flug an jenem Tag noch von Christchurch aus abgehen würde –, fragte einen der Soldaten in meiner Nähe, warum wir unsere Taschen nicht bei uns behalten konnten, nachdem sie gewogen worden waren. Dann hätten wir die Taschen wenigstens bei uns, wenn der Flug sich ein oder zwei Tage verzögerte, und sie würden nicht noch ein zweites Mal gewogen werden müssen.

Der Mann, ein einfacher Soldat der Armee, blickte mich ungläubig an und sagte: »Sie meinen, die Taschen mitnehmen und dann wieder hierher *zurückbringen*? Und wir würden sie nicht noch einmal wiegen? Die Leute würden ihre Taschen neu packen! Nach dem Auswiegen mehr Gewicht hineinstecken!«

»Aber warum sollten sie?« fragte ich.

»Warum? Weil sie damit davonkommen könnten! Niemand könnte sie davon abhalten! Sie könnten an Gewicht hineinstecken, was sie wollten!« Das war meine erste Lektion nicht in militärischer Logik, sondern in der Überzeugung der Militärs, daß man niemandem trauen kann. Militärische Logik, so glaubte ich, hatte ich schon am Werk gesehen im Zusammenhang mit den medizinischen Prüfungen, die für die Antarktis erforderlich waren. Dies hier war wieder etwas anderes. Niemandem konnte man trauen. Jeder war ein Idiot. Jeder mußte kontrolliert werden, ständig. Die Menschen, die in die Antarktis flogen und die wußten, daß ihr Leben von einem Flugzeug abhing, das in den sechziger Jahren gebaut worden war, und denen man außerdem in jeder erdenklichen Weise erklärt hatte, daß dieses Flugzeug abstürzen könnte – diese Leute würden ihre Segeltuchtaschen überladen. Sie würden Blei hineinstecken oder Steine oder vielleicht die *Encyclopaedia Britannica*, und weil sie derartig idiotisch waren, war all dies notwendig – daß sie die ständigen Unschlüssigkeiten und Unsicherheiten des militärischen Systems ertragen mußten, in dem alles immer erst im nachhinein erklärt wurde.

Es dauerte noch eine halbe Stunde, bis man uns sagte, das Flugzeug sei noch nicht da, wir sollten uns auf eine längere Wartezeit gefaßt und es uns bequem machen. Während der Wartezeit war uns gestattet, die Schilder an den Wänden des Terminals zu studieren, auf denen die militärischen Abläufe in Not- und Gefahrensituationen erklärt wurden. Es gab Poster für die C-141, die größeren Frachtmaschinen, die man sich von der Air Force auslieh, und solche für die LC-130, mit der wir fliegen würden. Auf den Plänen waren alle gefährlichen Winkel der Flugzeuge mit einem großen, roten X bezeichnet, und dicke rote Pfeile markierten die Fluchtwege. Aber in erster Linie gab es lange Aufzählungen mit Anweisungen, unter denen eine immer wiederkehrte: »Beachten Sie die Toten nicht. Kümmern Sie sich um die Verwundeten.« Wenn ich den Flug wirklich noch hätte mitmachen wollen, hätten diese Plakate ausgereicht, um meine Meinung zu ändern. Aber so, wie die Dinge lagen, konnte ich sie mit einer distanzierten Ungläubigkeit zur Kenntnis nehmen. Dem Militär zufolge waren die Menschen nicht nur einfach Idioten – wenn ein Flugzeug in den Pazifik stürzte und Menschen dabei getötet wurden, dann würden Überlebende sich natürlich als erstes darum bemühen, die Leichen aus dem Wasser zu fischen und sie bequem in den Schlauchbooten unterzubringen –, sondern es war in jedem Fall auch angeraten, sie so gut es ging in Furcht und Schrecken zu versetzen. Jawohl, wenn sie ein Flugzeug bestiegen, sollten sie sich in einem Zustand lähmender Angst befinden, denn das würde sie relativ lenkbar machen. Vielleicht jedenfalls. Andererseits könnte es auch eine Situation schaffen, in der totale Panik die Antwort auf alles war, was auch nur wie ein Notfall aussah.

Nach schätzungsweise anderthalb Stunden kam die Besatzung des Flugzeugs in unseren Wartesaal. Die Männer trugen eine außerordentlich zweckmäßig wirkende Kluft aus grünem Satin, warm und bequem, in der man sich sicher gut bewegen konnte; cool und wohlgelaunt setzten sie sich auf den Boden. Dann gab uns ein Offizier, der sich selbst als der Navigator vorstellte, eine Einweisung zum bevorstehenden Flug. Sie erwies sich als außerordentlich langatmig. Und für diejenigen von uns, die genau zuhörten, war sie entsetzlich. In seiner Ansprache wimmelte es von Worten wie »Blut« und »Tod«. Monate später, bei einer ähnlichen Einweisung – für meine Rückbeförderung –, aber unter ganz anderen Umständen, begriff ich, daß dieses erste Mal wahrscheinlich einer der sadistischsten Offiziere in der Marine der Vereinigten Staaten am Werk gewesen war.

»Also, das erste, auf das Sie achten müssen, ist, daß Sie nicht vom Propeller in zwei Teile gehackt werden. Das ist häßlich, und ich habe es schon einmal mit ansehen müssen. Der Bursche war ein wenig sorglos, hielt sich nicht an die Anweisungen, und ratsch. Der Kopf des Burschen wurde sauber vom Rumpf getrennt. Überall jede Menge Blut, überall. Also achten Sie darauf.«

Weiter erklärte der Offizier, daß die Chancen neunundneunzig zu eins standen, daß jeder der Anwesenden, wenn er erst einmal an dem gefährlichen Propeller vorbei war, nichtsdestotrotz dazu verurteilt war, sich mit Blut zu besudeln, indem er sich den Skalp an der Eingangstür der Hercules aufschnitt:

»Sie erreichen die Maschine, Sie steigen die Stufen hinauf, Sie dukken sich, und dann schwenken Sie nach rechts. Ich sage es Ihnen jetzt, ducken Sie sich. Aber wenn Sie sich geschnitten haben, gehen Sie einfach weiter. Wir haben Verbandszeug an Bord, melden Sie sich einfach beim Lademeister, er wird versuchen, die Blutung zu stillen, bevor wir losfliegen.«

Nun, das war nur der Anfang. Wir erfuhren, daß zum Flug zwei Lademeister gehörten, ein Flugingenieur, ein Navigator und zwei Piloten, außerdem zwei Ersatzmänner, also eine Mannschaft von acht Leuten. Wir erfuhren, daß »die Sauberkeit des Luftfahrzeugs sehr wichtig« sei, und das bedeutete, »daß Sie alles selbst saubermachen. Sie kotzen, aber niemand macht es für Sie sauber. Wenn Sie eine Frau sind, und Sie treffen beim Pissen den Honigtopf nicht, zu dumm. Sie machen es sauber.« Schlimmer aber war es zu erfahren, daß unser Flug voll besetzt war, sehr voll besetzt, und das bedeutete, daß der nächste Teil unserer Einweisung, bei dem es um Verhaltensmaßregeln im Notfall und bei Evakuierungen ging, gegenstandslos war; wenn das Flugzeug abstürzte, würden wir alle sterben.

»Ja, ich weiß auch nicht, warum sie uns das antun. Wir hatten schon ohne euch Jungs eine volle Maschine. Die Verantwortlichen bestehen aber darauf, daß alles mitgenommen wird. Die Fracht ist noch im Rahmen des Möglichen, aber nur, wenn wir den Sauerstoff ablassen, den wir normalerweise für Notfälle dabeihaben. Es wird also kein Sauerstoff dasein, und das bedeutet, daß wir bei einer Dekompression sofort auf zehntausend Fuß heruntergehen müssen, um wieder halbwegs normalen Druck in der Kabine zu bekommen. Sie tun gut daran, auf die roten

Lichter über den Türen zu achten; wenn eins davon angeht und Sie sind nicht angeschnallt, dann sind Sie der erste, der aus dem Flugzeug fliegt.

Was Ihre Ohren angeht – wenn wir den Druck senken, können Ihnen die Trommelfelle platzen. Versuchen Sie das zu vermeiden, kauen Sie Kaugummi oder dergleichen. Und nehmen Sie Ohrstöpsel mit auf den Flug, Sie sind in Schapp 245. Als nächstes Evakuierung: Wir haben vier Rettungsflöße in der LC-130, und ein langes Läuten über die Wechselsprechanlage bedeutet ›Evakuierung, folgen Sie dem Lademeister‹; es sind rote Beutel da mit Hummeranzügen drin, und Sie müssen dann in ungefähr dreißig Sekunden heraus aus Ihren Kleidern und in diese Trockenanzüge und Rettungswesten schlüpfen – die Sie aber bitte nicht aufpumpen, bis Sie draußen sind, sonst kommen Sie nicht heraus, so einfach ist das.

Wie auch immer, eins muß ich Ihnen jetzt schon sagen. Es gibt keine Möglichkeit, in die Trockenanzüge zu kommen, ohne sie dabei aufzuschlitzen, denn es gibt keinen einzigen Platz in der Hercules, wo nichts Scharfkantiges hervorsteht, an dem Sie sich schneiden können, und wenn die Anzüge erst einmal aufgeschnitten sind, sind sie nichts mehr wert. Ach, und wenn wir übrigens eine Evakuierung auf festem Boden haben, dann nehmen Sie um Gottes willen nicht ihre Nottaschen mit. Es wird sich jemand darum kümmern, sie für Sie herauszuholen. Wenn Sie Ihre Tasche haben, dann ziehen Sie so schnell wie möglich diese dämliche Baumwollwäsche aus, die Sie alle tragen.«

Die Einweisung war vorüber. Es war nun drei Uhr nachmittags, und man hatte uns gesagt, daß die Zeit, die wir noch am Boden zubringen mußten, »nicht kalkulierbar« sei. Eins allerdings war vorhersehbar gewesen: Zusätzlich zu allem anderen Unglück waren wir inzwischen völlig ausgehungert. Aber im Terminal gab es nichts zu essen, und der Ausgang aus unserem Wartesaal war »gesichert«, und das bedeutete, daß vor jeder Tür zwei Militärpolizisten standen, aus Angst, daß einer von uns sich noch einmal entfernte, um doch noch Drogen einzustecken. Wir hatten unsere Nottaschen bei uns, und einige Arbeiter mit Antarktiserfahrung waren so vorausschauend gewesen, für den Fall der jetzt eingetretenen Möglichkeit etwas Eßbares in ihrem Notgepäck unterzubringen. Sie aßen jetzt das, was sie sich mitgebracht hatten, während der Rest von uns ihnen neidisch zusah.

Aber der Anblick der geöffneten Taschen schien den Terminaldienst an etwas erinnert zu haben. Sie hatten vergessen, die Nottaschen zu vermessen! Hatten vergessen, sie in ihre Holzkiste zu stecken! Die Holzkiste, deren Innenmaße genau dem zulässigen Rauminhalt entsprach! Da fast alles, was in diesen Beuteln war, sich auf direkte Anordnung der Navy darin befand, war mir das ohnehin als eine denkbar überflüssige Prozedur erschienen. Aber die Navy war eins, so hatte es den Anschein, und die Army etwas anderes. Die Navy konnte Regeln aufstellen, wie sie wollte; aber die Army bestand darauf, daß alles vermessen wurde, wenn es sich um Fracht handelte. Und die Leute von der Army schienen es jetzt zu genießen, jeden der Anwesenden vortreten zu lassen, sich dann jeden Beutel zu packen und ihn grob in diese kleine Holzkiste zu quetschen, mit beiden Händen von oben nachstopfend. Wenn man natürlich das Unglück hatte, seine Kamera oder ein Fernglas in diesen Beutel gesteckt zu haben, ein Instrument, das man vielleicht schon einmal rund um die Welt geschleppt hatte, dann konnte es jetzt, in diesem Augenblick, bevor man zum antarktischen Kontinent abflog, leicht irreparabel zerstört werden.

Nun gut. Das war erledigt. Dann wieder Warten. Gegen vier Uhr wurde gesagt, das Flugzeug sei endlich gelandet. Und plötzlich kam wieder Hektik auf, gab es ein von Panik diktiertes Getrampel zu dem Ausgang hin, der aufs Rollfeld führte. Aber nun bestand ein pedantisch wirkender Armeesoldat zunächst einmal darauf, die blauen Bordpässe mit dem schwarzen Stempel »Unternehmen Tiefkühltruhe« darauf einzusammeln – obwohl wir jetzt alle seit vier oder fünf Stunden im gleichen Raum eingesperrt gewesen waren. Überflüssig zu erwähnen, daß viele der anwesenden Passagiere inzwischen vergessen hatten, daß sie Passagiere waren, nachdem sie eine Zeit, die nach Monaten zu zählen schien, in diesem Kreis der Hölle zugebracht hatten. Sie hatten vor langer, langer Zeit ihre Bordpässe in irgendwelchen Taschen versenkt, an die sie nie wieder gedacht haben würden, wäre jetzt nicht eine wilde Suche nach dem blauen Papierfetzen losgegangen. Obwohl wir uns alle wie bei einem Gefangenentransport vorkamen und das Gefühl hatten, daß es kein Entkommen gab, ohne erschossen zu werden, schien der pedantisch wirkende Soldat es für außerordentlich wahrscheinlich zu halten, daß irgend jemand versuchen könnte, sich für diesen Flug zum Hades als blinder Passagier einzuschmuggeln. Es gab also wieder eine

Verzögerung, und einige setzten schon wieder ihre Taschen ab, während nach und nach die Pässe gefunden und dem mißtrauischen Soldaten überreicht wurden. Selbstgefällig sammelte der Mann sie ein, zählte sie und entließ uns dann mit unseren Nottaschen in Richtung Bus, der uns zum Flugzeug bringen sollte.

Und als wären wir nicht schon gebeugt genug unter unseren Parkas, der sonstigen Kleidung, den Moonboots, den Taschen und der Hitze des wunderbaren Frühlingstages in Neuseeland, erschien der Army dies der geeignete Zeitpunkt, uns unser Mittagessen auszuhändigen – das seit fünf Stunden in einer Kiste auf dem Achterdeck gestanden hatte, während wir hungerten. Aber jetzt, auf den Stufen, die in den Bus führten, während wir versuchten, den Handlauf zu fassen und uns selbst und all unser ungewohntes Gewicht die sieben Zentimeter breiten Stufen hinaufzuhieven, drückte eine Army-Soldatin mit Sonnenbrille jedem von uns eine braune Papiertüte vor die Brust, die wir also auch noch tragen mußten, während wir in den Bus stolperten und uns dort auf einen der schmalen Sitze zwängten.

Der Busfahrer hatte kaum die Türen geschlossen, und viele von uns saßen noch nicht, als er die Maschine aufheulen ließ wie den Motor eines Rennwagens und dann mit Höchstgeschwindigkeit einen abgelegenen Bereich auf dem Flughafen von Christchurch ansteuerte; offenbar war jetzt, was immer auch geschehen sein mochte, keine Sekunde mehr zu verlieren. Die Reifen quietschten, während der wahnsinnige Fahrer die Passagiere durcheinanderschleuderte und dann durch das Sicherheitstor schoß.

Und plötzlich waren wir da, neben einem winzigen, antiquierten Flugzeug, das absolut flugunfähig aussah. Es lag auf der Rollbahn wie ein Felsblock, ohne Luft zwischen seinem Bauch und dem Betongrund. Wenn alles gutging, kam es zehn Meter hoch, bevor es wieder absackte. Wir kämpften uns aus dem Bus heraus, und um mich herum setzte ein lautes Gemurmel ein. Irgend jemand sagte: »Versuch's mal mit 'ner Gabel, das Baby ist getoastet.« Aber noch erhielt niemand von uns Gelegenheit, sich allzuviel Gedanken zu machen, denn jetzt kam jemand in Uniform auf den Busfahrer zugeeilt und sagte ihm, daß wir noch gar nicht hier sein sollten. Die Paletten mit der Fracht waren noch nicht einmal verladen! Der Busfahrer bellte: »Alles zurück in den Bus«, und so kämpften wir uns wieder die winzigen Stufen hinauf; diesmal wartete der Fahrer nicht, bis die Türen des Busses geschlossen waren, sondern ließ den Motor vorher schon aufheulen und raste durch das Sicherheitstor wieder zurück. Wieder am Ausgangspunkt angelangt, stiegen wir aus und beobachteten durch einen Maschendrahtzaun das wenige, das sich an der Hercules tat; wir hatten gerade zwei Minuten dort gestanden, als die Paletten auch schon verladen waren, und dann hieß es wieder zurück in den Bus und noch einmal durch das Tor.

Aber auch jetzt kamen wir nicht einfach an Bord des Flugzeuges. Zuerst mußten wir uns mit unseren Nottaschen und den braunen Lunchpaketen in der Sonne aufstellen, und dann wurde von irgendwoher der drogensuchende Labrador geholt, um uns noch einmal zu überprüfen. Er nahm seine Aufgabe wieder genauso ernst wie beim ersten Mal, denn er war ein Marinehund, und er hatte begriffen, daß seine Herren vollkommen davon überzeugt waren, daß irgend jemand von uns es geschafft hatte, sich Drogen zu organisieren, während wir auf dem gesicherten Achterdeck von Militärpolizisten umzingelt gewesen waren.

Geschafft. Er fand keine Drogen. Ein gelbes Licht auf dem Flugzeug drehte sich jetzt blitzend. Aber die Maschinen waren noch nicht gestartet worden, so daß auf unserem Weg zum Flugzeug niemandes Kopf in Gefahr war, von einem Propeller abgeschlagen zu werden. Wir schafften es auch alle, ins Flugzeug zu gelangen, ohne daß sich jemand den Skalp am Eingang abgezogen hätte, und hatten es bereits bis in die Kabine des Flugzeuges geschafft, als etwas Überraschendes geschah: Der Lademeister, der uns dort erwartete, entriß uns rüde unsere Nottaschen und warf sie nach hinten in den Laderaum des Flugzeuges, wo sie für uns völlig unerreichbar sein würden. Es erhob sich schwacher Protest seitens der Gefangenen. Wir hätten Bücher und Wasser in unseren Beuteln, sagten wir. Und kam es außerdem nicht gerade darauf an, daß diese Beutel erreichbar waren? Aber der Lademeister duldete keinen Unfug. Jetzt war er für alles verantwortlich. Und er wollte nicht, daß irgend jemand in die Nähe unserer sogenannten Nottaschen kam.

Indes, in einem hatte der Navigator recht gehabt. Das Flugzeug war voll belegt. Die Navy hatte vierzig Menschen dicht an dicht in den vorderen Teil der Maschine gepfercht. Dieser Teil war so groß wie ein Schlafzimmer in einem durchschnittlichen amerikanischen Reihenhäuschen, und er hing jetzt voller roter Netzsitze, die von verschiedenen scharfkantigen Haken über unseren Köpfen herabbaumelten. Es gab vier Längsreihen für jeweils zehn Personen, und als wir uns setzten, saßen wir Knie an Knie mit unserem jeweiligen Gegenüber. Die hintere Hälfte des Flugzeugs war beladen mit Bergen von Taschen und Kisten und Fracht, die auch den Zugang zum Notausgang im Dach blockierten. Die sogenannten Nottaschen lagen uns zwar am nächsten, aber da der Lademeister gerade dabei war, sie mit vielen Metern von Netzwerk – Netzwerk mit der Aufschrift EIGENTUM DER REGIERUNG DER VEREINIGTEN STAATEN. BITTE BEIM NÄCHSTEN LUFTWAFFENSTÜTZPUNKT ABLIEFERN – zu sichern, würden wir bestimmt nicht an sie herankommen, falls wir sie jemals brauchten. Der Lademeister machte währenddessen den Eindruck, von allem gründlich angekotzt zu sein. Nachdem er schließlich alles mit Netzen fixiert hatte, klemmte die hintere Frachtraumtür. Eine Lasche verhakte sich, und die Tür sprang immer wieder auf. Als er es endlich geschafft hatte, saßen wir also alle in der Maschine gefangen, wir alle.

Das Innere des Flugzeuges war grün und düster. Es gab vielleicht fünf Bullaugen auf jeder Seite, alle fast blind vor Staub und Dreck, so daß es schier unmöglich war, hinauszusehen. Gesteppte grüne Isolierung, alt und zerrissen, bedeckte die Wände, daneben elektrische Kabel, die teilweise mit morschem, in Fetzen herabhängendem Isolierband umwickelt waren. ACHTUNG, HOCHSPANNUNG leuchtete es uns von besonders gefährlichen Bereichen entgegen. Die Kabel selbst lagen kreuz und quer, der Alptraum jedes Installateurs, und daneben gab es noch Kupferrohre und eine Menge elektrischer Leitungen. Manche der Rettungswesten zu unseren Häupten waren mit Warnblinklichtern versehen und über und über mit Taschen besetzt, die mit allerlei Dingen vollgestopft waren; diese Westen waren im Falle einer Katastrophe offenbar für die Mannschaft bestimmt. Auf dem Boden befanden sich Metallrollen, um Fracht im Flugzeug hin und her zu schaffen; sie waren für den, der nicht achtgab, eine ernste Gefahr. Aber meine Augen wanderten immer wieder zu den allgegenwärtigen Nylonnetzen mit dem Aufdruck BITTE BEIM NÄCHSTEN LUFTWAFFENSTÜTZPUNKT ABLIEFERN. Damals begriff ich nicht, daß die Navy damit vielleicht meinte, daß man das, was in die Netze eingewickelt war, einer Regierungsstelle zurückgeben sollte. Ich glaubte, die Netze selbst würden für so wichtig gehalten, daß sie über eine Art eigene Hundemarke verfügten und daß die Navy die Netze zurückhaben wollte, falls das Flugzeug im transantarktischen Gebirge abstürzte. Ich hatte auch das Gefühl, daß man genausogut mich mit den Netzen hätte einwickeln können – jetzt, da ich auf dem Weg ins Eis war, schien sich mir gleich eine gute Gelegenheit zu bieten, dort zu sterben.

Bevor wir abhoben, hatten wir noch reichlich Gelegenheit zu warten. Es war heiß im Flugzeug, außerordentlich stickig, und kaum jemand sagte etwas. Die meisten meiner Sitznachbarn hatten es irgendwie geschafft, Bücher oder Zeitschriften an Bord zu bringen; links von mir las ein Techniker etwas aus der Virago-Serie, und zu meiner Rechten war eine Wissenschaftlerin in Louis L'Amour vertieft. Ich selbst hatte den *Untergang der Dynastien* in meiner Nottasche, aber die war ja inzwischen unerreichbar, so daß mir viel Zeit zum Nachdenken blieb. Als die Maschinen schließlich angeworfen wurden, merkten wir, daß es unmöglich sein würde, sich bei ihrem Lärm zu unterhalten. Es hörte sich an, als arbeiteten vierzig Kettensägen direkt unter uns und stießen alle zehn Sekunden auf irgendwelche Stahlseile. Zwar gab es zur Milderung des Lärms Ohrstöpsel, die wir jetzt herausnahmen und uns in die Ohren steckten, aber sie machten es natürlich um so schwieriger, die Durchsagen des Piloten zu verstehen.

»Unsere linke Kufe hängt etwas durch. Es wird eine kleine Verzögerung geben, Leute. Wir brauchen fünf Minuten, um sie zu reparieren.« Das verstand ich immerhin durch lautes Krachen und Krackeln hindurch. Dann folgten keine weiteren Ansagen, und man hörte zehn oder fünfzehn Minuten lang nur noch die Kreissägen auf den Stahlseilen. In der Kabine wurde es etwas kühler, da die Motoren auch die Klimatisierung in Gang brachten.

Der linke Ski war repariert worden, das schlossen wir daraus, daß es eine nächste Durchsage gab, derzufolge es jetzt eine Druckstauung im rechten Motor gab. Dann folgte ein Problem mit der hinteren Frachtraumtür, die während der Reparatur der Maschine wieder aufgesprungen war. Danach war es ein Leck in einer Treibstoffleitung, und dann fielen zwei Lampen auf der Instrumententafel aus. Der Pilot teilte uns höflich jedes neue Problem mit, ohne indes jemals eine erfolgreiche Reparatur zu melden. Die Motoren liefen währenddessen ununterbrochen, meine Mitpassagiere fingen an, an ihren Hundemarken herumzufingern, und schließlich flüchteten sie sich in Galgenhumor. Die Wissenschaftlerin stieß mich in die Seite und rief: »Nichts Großes. Eine kleine Verzögerung. Die linke Tragfläche ist gerade abgebrochen, aber wir haben schon jemanden losgeschickt, Sekundenkleber zu besorgen.« Und der Techniker schrie ein wenig später in die Runde: »Als sie auf dem Grunde des Pazifiks gefunden wurden, waren sie alle noch angeschnallt!«

All das dauerte so lange, daß ich bereits etwas schläfrig geworden war, als sich das Flugzeug plötzlich ohne jede Ankündigung in Bewegung setzte. Das merkten wir aber weniger an der Bewegung selbst – für diese Art Wahrnehmung waren unsere Sinne durch die ständige Vibration bereits zu abgestumpft –, als vielmehr daran, daß sich dem Geräusch der Kettensägen auf den Stahlseilen jetzt dasjenige von Preßlufthämmern auf Beton hinzugesellte. Das Flugzeug bewegte sich, das Flugzeug neigte sich, und dann stieg das Flugzeug. Plötzlich hatten wir keinen Boden mehr unter uns. Wir konnten natürlich nichts sehen, aber das Flugzeug neigte sich jetzt in so steilem Winkel, daß nur eine Schlußfolgerung möglich war: Wir hatten endlich abgehoben. Wahrscheinlich konnten sie oben vom Cockpit aus, das eine gewisse Ähnlichkeit mit den Augen einer Kröte hatte, die Dächer und Türme von Christchurch sehen, die Gärten, die fruchtbare Ebene von Canterbury. Aber bei uns im Inneren der Kröte war nichts zu sehen als die Wände des Bauches, grün und vorgewölbt und jetzt in einem steilen Winkel geneigt.

Während das Flugzeug an Höhe gewann, wurde es kühler, aber der Lärm ließ nicht nach, und mit etwas Glück würden wir die nächsten acht Stunden in diesem Lärm zubringen, während das Flugzeug nach Süden flog, acht Stunden, in denen ich weder schreiben noch lesen, noch mich unterhalten konnte. Der Lärm war so penetrant, daß er sich wie ein Leichentuch über alle Aktivitäten und Höflichkeiten legte, die unter Reisenden normalerweise üblich sind. Gleich nachdem das Flugzeug abgehoben hatte, gab es allerdings eine gemeinsame Aktivität, an der wir uns alle beteiligten – den Freßrausch. Er begann damit, daß wir uns für den Inhalt unserer Lunchbeutel interessierten. Wir wühlten darin herum, zogen die eßbarsten Dinge hervor, taten uns an Sandwiches und Obst und Müsliriegeln gütlich und machten es uns dann für die lange, lange Flugzeit bequem. Hier und da wurde Schach oder Backgammon gespielt. Ein paar Leute lasen in ihren Büchern, ein paar kletterten in die Kojen über unseren Köpfen, und wieder andere öffneten ihre Gurte und machten es sich auf den Frachtpaletten bequem. Wir übrigen schlossen die Augen, ließen uns tief in unsere Sitze rutschen, öffneten die Augen wieder. Jeder versuchte es sich bequem zu machen und hatte doch immer nur für kurze Zeit Erfolg damit.

Auf dem Flughafen, noch auf dem Achterdeck, hatte man uns gesagt, daß jeder Passagier einmal das Cockpit besuchen dürfe. Viele von uns machten davon jetzt schon Gebrauch, erst eine Flugstunde von Christchurch entfernt – vielleicht fanden sie es notwendig, sich mit eigenen Augen zu vergewissern, daß wir wirklich flogen. Ich hatte mir unsere Abflugzeit gemerkt und sechs Stunden dazugezählt; ich wollte versuchen, meinen Besuch im Cockpit so einzurichten, daß ich oben war, wenn die Antarktis in Sicht kam. Das bedeutete eine Wartezeit von vielen Stunden, während der ich nichts anderes zu tun hatte, als mich an einem zweiten Freßrausch zu beteiligen. Dieser galt den weniger attraktiven Speisen in unseren Lunchpaketen. Und während ich mit deren Verzehr beschäftigt war, wurde mir plötzlich bewußt, daß wir möglicherweise tatsächlich die Antarktis erreichen würden. Natürlich war es genausogut möglich, daß wir noch kehrtmachten, denn der sichere Umkehrpunkt lag noch vor uns, der Augenblick, in dem der Pilot Verbindung mit McMurdo aufnehmen und erfahren würde, welches Wetter dort herrschte. Man hatte uns gesagt, daß im Jahre 1986 einer von drei Flügen hatte umkehren müssen – wegen des Wetters oder, was häufiger der Fall war, weil keine Verbindung hatte hergestellt werden können. Dann schlief ich ein, und als ich wieder aufwachte – mit einem Ruck, weil mir das Kinn auf das Brustbein gefallen war –, sah ich auf die Uhr und stellte fest, daß die sechs Stunden irgendwie vergangen waren. Ohne daß eine Ansage dazu gemacht worden wäre, hatten wir vor zwei Stunden, während ich schlief, den sicheren Umkehrpunkt passiert. Wir waren unterwegs in die Antarktis.

Wir waren unterwegs in die Antarktis? Es ging wirklich ins Eis? Ja, wirklich. Ohne Zweifel. Und plötzlich fand ich es toll, in einer mit

Kufen ausgerüsteten Hercules zu sitzen und über den Pazifik zu fliegen. Tatsächlich hatte ich zum ersten Mal, seit ich in dem Flugzeug saß, das Gefühl, mich orientieren zu können. Befreit von der Schwerkraft der Erde flog ich mit Rückenwind nach Süden, und die Kräfte, die um mich herum arbeiteten, waren so viel gewaltiger als ich, daß es einfach großartig war. Und die sechs Stunden waren um! Das bedeutete, der Kontinent lag vor uns. Ich sprang auf und entschuldigte mich unbekümmert bei all denen, die ich aufweckte oder anstieß, während ich mich an ihnen vorbeidrängte. Manche grunzten, sahen überrascht auf oder versuchten einfach, ihre Knie so weit aus dem Weg zu bringen wie möglich. In meinen Moonboots war es schwierig, nicht auf die Metallrollen am Boden zu treten. Es war natürlich immer noch sehr grün und sehr dunkel im Bauch der Kröte, aber dennoch schien alles verändert, denn dies war eine Kröte auf dem Weg in die Antarktis.

Ich hatte ein gutes Gefühl, als ich die drei Metallstufen erreichte, die zum Cockpit hinaufführten und auf denen der Lademeister saß. Er hatte Kopfhörer aufgesetzt, die ihn mit dem geheimen Nachrichtensystem des Flugzeugs verbanden und die an einem Draht hingen, den er immer mit sich herumschleppte. Als ich mich zu ihm hinunterbeugte und ihn fragte, ob ich jetzt nach oben könne, zog er seine Kopfhörer herunter – aus denen Rockmusik erklang. Er nickte, lächelte und wies mit dem Daumen in Richtung Cockpit; ich verstand das als ein Ja und ging die Treppe hinauf.

Die Flugmannschaft ignorierte meine Ankunft, abgesehen von dem Bordingenieur, der mich ebenfalls anlächelte und in einer Begrüßungsgeste seine Kaffeetasse hob. Kaffeegeruch füllte das enge Cockpit. Wie sich hier fünf Männer gleichzeitig aufhalten konnten, war mir völlig unbegreiflich. Zwei saßen in den Pilotensesseln, einer am Tisch des Navigators, einer auf dem Sessel des Bordingenieurs, und der fünfte lag in einer Koje. Ich erfaßte das alles mit einem Blick – und dann sah ich hinaus und nahm das in mich auf, wofür ich um die halbe Welt gefahren war, das, worauf ich mein Leben lang gewartet hatte.

Da lag sie vor mir, die Antarktis. Wir hatten Rückenwind, und die Luft enthielt keinerlei Feuchtigkeit. Ich war ins Cockpit gekommen, als die Maschine gerade das Packeis hinter sich ließ. Das feste Küsteneis lag vor uns und dahinter der Kontinent, der sich in die Unendlichkeit erstreckte, rein und ätherisch. Nichts konnte ihn berühren, nichts würde ihn je erschüttern können, er war vollkommen, und er war gewölbt, wie die Kugel, auf der er geboren war. Ich konnte tatsächlich sehen, daß die Erde rund war, wenn ich den antarktischen Kontinent betrachtete; da lag er endlich vor mir, und er ruhte wie in einer mächtigen Hand. Er schien nicht von dieser Welt zu sein, sondern war eher die Welt selbst, ihre Essenz in wunderbarem Gleichgewicht und in einem strahlenden Spiel von Licht und Schatten, von Dunst und Klarheit. Bewegung und Ruhe zugleich strahlte er aus, und ich spürte, wie mich ein großartiger, heiliger Friede überkam. Alles war gut in diesem Teil der Erde, auf den ich wie gebannt hinunterstarrte.

Wie in Trance ging ich zum Piloten und hockte mich neben ihn an die Frontscheibe. Er lächelte mir kurz zu und kümmerte sich sofort wieder um seine Instrumente. Vielleicht noch eine Minute lang sah ich unter uns das im Packeis erstickte Meer, das mit einem Netz feiner Striche überzogen – den Resten offenen Wassers – wie ein großes, weißes Puzzle wirkte. Die einzelnen Puzzleteile waren behutsam aneinandergelegt worden, damit man sah, ob auch jedes Stück am richtigen Platz lag, bevor sie endgültig zusammengefügt wurden. Das feste Küsteneis dagegen war massiv, abgesehen von den gewaltigen Quadern, die darauf lagen und aussahen, als seien sie ausgeschnitten und auf das Eis gelegt worden, nachdem das Meer zugefroren war. Ich versuchte mir vorzustellen, wie diese gewaltigen Brocken wohl dorthin gelangt waren. Erst später, nachdem ich das Cockpit schon lange wieder verlassen hatte, kam mir der Gedanke, daß es sich dabei um Eisinseln handeln mußte. Dabei hatte ich oft von diesen Eisinseln gelesen, die man anderswo Eisberge nennen würde und die hier geradezu furchteinflößend groß waren, manche fast zehn Kilometer lang, gewaltige Bruchstücke der Riesengletscher, die das Eisschild über dem gesamten Festland der Antarktis bildeten. Aber obwohl ich das wußte, erkannte ich diese Eisinseln nicht, als ich sie zum ersten Mal aus der Luft sah. Das war typisch: So erging es einem in der Antarktis immer wieder.

Jetzt lag das Packeis hinter uns und auch das feste Küsteneis, und ich blickte auf den Rand des Kontinents, über dem Wolken lagen, Wolken, die sich neuntausend Meter unter uns befanden. Mit ihren Wülsten sahen sie genau so aus, wie ein frohes und zufriedenes Kind Wolken malen würde. Sie trieben über einem Streifen offenen Wassers. Von hier oben aus wirkte das Wasser schwarz, schwarz wie Obsidian. Der antarktische Kontinent jenseits der Wolken war weiß, mit schwarzen Felsen, die wie weitere Inseln aus der weißen Masse emporragten. Und diese Inseln trieben auf einem Meer von Wolken. Wenigstens schien es so; natürlich war das Weiß nicht das Weiß der Wolken. Es war das Weiß des Schnees und des Eises. Und die Felsen waren keine Inseln. Es waren die Gipfel der Berge, die aus dem Eis hervorlugten. Die Felsen waren messerscharf und warfen harte, düstere Schatten auf den Schnee, nach Norden, weil die Sonne von Süden her schien; und inmitten dieser Inseln, die in Wirklichkeit Berge waren, und inmitten dieses Schneemeeres gab es Flüsse aus Eis, die Gletscher.

Dieser vollkommene Anblick dehnte sich in die Unendlichkeit. Er füllte die ganze Welt aus, er wurde von keiner Linie durchtrennt, und keine Grenze war darauf zu erkennen. Und was ich sah, war kein Stillstand, sondern gemächliche Bewegung; mein Auge aber, das darüber hinwegschweifte, bewegte sich nicht gemächlich, sondern eher schnell von einer Erscheinung zur nächsten. Hier war eine Wolke, da war ein Berg und dort ein besonders gleißender Lichtstrahl. Hier war ein Gletscher und dort der nächste. Aus unserer Flughöhe konnte ich diese Gletscher im Ganzen sehen, von ihren gefrorenen Quellen bis zu ihren Mündungen. Sich das Zeitmaß des Eises vorzustellen, ein Zeitmaß, in dem ein Eisfluß sich pfeilschnell Richtung Ozean ergießen kann, das erhöhte mein Gefühl tiefen Friedens. Dieses Zeitmaß war so gewaltig und zugleich so eindeutig, und mein Leben, jedes menschliche Leben, dauerte in diesem Zeitmaß nur einen Augenaufschlag, eine Sekunde auf der Uhr des Eises. Hier konnte nichts jemals entgleisen, denn die Antarktis gehorchte einer eigenen Logik, vor der keine menschliche Aktivität mehr sichtbar war.

Und die Gletscher waren so schön. Einer war in der Mitte wie von einem Messer zerschnitten. An anderen Stellen sah es aus, als sei das Eis mit einer Glasur überfrostet wie eine köstliche Süßspeise. Wo auch immer ich hinschaute, nirgends sahen zwei Eispressungen völlig gleich aus. Eine bestand aus langen, breiten Bändern, die immer breiter wurden, bis sie schließlich einen Fächer bildeten, einen echten Fächer, dem sogar der Griff nicht fehlte. Andere sahen aus wie ein Füllhorn, das mitten auf einem Tisch steht. In einem dritten sah ich Blütenformen; er war eine große Narzisse oder vielleicht eine Trompetenblume. Er hatte sogar Nebenkämme, die die Blätter einer Lilie hätten sein können. Es gab Spalten, deren Größe mir den Atem nahm. Nicht alle Gletscher sahen schön aus. Manche wirkten rauh und geröllbedeckt, als habe jemand das Eis mit überdimensionalen Autoreifen aufgerissen. Ein Gletscher zeigte Spuren, wie sie hätten entstehen können, wenn ein Riese ihn mit Steigeisen erklommen hätte, und ein anderer sah aus wie nach einer Bombenexplosion.

Inzwischen befanden wir uns über dem antarktischen Festland. Der Ozean war hinter uns verschwunden. Das Licht wurde immer fremdartiger und ätherischer. Über einer Stelle lag dünner Nebel genau von der Art, wie er sich in Horrorfilmen über den Boden wälzt, obwohl die Schatten in diesem Nebel hier noch dunkler waren. An einer anderen Stelle fühlte ich mich an den Effekt erinnert, der in der japanischen Kunst erzielt wird, indem man Papier verschiedener Dicke zuschneidet, durch das das Licht verschieden stark hindurchscheint. Wo das Papier am dünnsten war, hoben sich die dunklen Felseninseln – die Berge also – deutlich durch das Papier ab, das Papier, das in Wirklichkeit die Atmosphäre war. Wo es dicker war, war der Nebel weniger durchsichtig, obwohl dieses halbe Durchscheinen auch sehr reizvoll war. All diese verschiedenen Schattierungen von Licht erfaßte man mit einem einzigen Bild.

Ich war immer noch im Cockpit. Niemand nahm Anstoß daran, daß ich mich an der Wölbung der winzigen Frontscheibe zusammengekauert hatte. Ich hatte zwar das Gefühl, daß ich eigentlich langsam jemand anderem hätte Platz machen sollen, aber ich vermochte mich nicht von der Stelle zu rühren. Je weiter wir nach Süden kamen, um so mehr setzten mich die Lichteffekte in Erstaunen. Ein Regenbogen schwebte in der Luft; keins seiner Enden berührte die Erde. Auch er schien jede Logik hinter sich gelassen zu haben. Er entsprang wie aus dem heiligen Gral; Licht in Form dieses Grals hielt den Himmel in seiner gewaltigen Schale, und aus seiner Tiefe stieg ein Regenbogen auf. Das andere Ende des Regenbogens kam fast dem Diadem einer Krone gleich und strahlte in solchem Glanz, daß es wie ein Heiligenschein dem darüberliegenden Teil des Bogens seine Wirkung nahm. Als Rahmen dieses außerordentlichen Bildes hatten zwei Wolkenbänke sich besonders verdunkelt und sahen aus wie zwei Flügel, die die ganze Erscheinung nach oben in den Himmel trugen.

Dies war die Welt, wirklich die Welt, und man konnte tatsächlich hierherkommen. Mir war, als wäre ich in den Bergen oberhalb von

Quarry umhergewandert und dort auf ein grasendes Einhorn gestoßen. Die Antarktis war schöner und begeisternder als alles, was ich in meinem Leben bis dahin gesehen hatte; sie verhalf mir zu einer neuen Definition dessen, was möglich ist. Was ich hier sah, war Schönheit und Reinheit und Wildheit in einem Maße, das ich mir nie hätte träumen lassen. In der Antarktis waren Raum und Weite schier unendlich, das Licht einfach beispiellos, und angesichts des Eises fielen mir nur noch Vergleiche ein. Ich konnte weder die Entfernung noch die gewaltigen Dimensionen dessen, was ich sah, wirklich abschätzen, und selbst die Formen erschienen mir mit Bekanntem kaum vergleichbar. Das da sah aus wie ein Gral, das dort wie ein Halo und dies da wie mächtige Flügel. Diese Berge wirkten wie Burgen und diese Felsen wie die Türme von Orthanc. Weit dahinter lag etwas, das Shangri-La hätte sein können, ein grünes Tal, verborgen hinter hohen Bergen. Und wenn ich versuchen wollte, die Farben zu beschreiben, dann müßte ich mich einer gewaltigen Palette bedienen oder vielleicht sogar, wie Edward Wilson feststellte, meine Zuflucht zur Sprache der Chemie nehmen. Bis zum Ende seiner zweiten Saison in der Antarktis hatte Wilson über zweihundert Aquarelle gemalt und daneben ein bemerkenswertes Tagebuch geführt, aus dem die folgende Passage stammt: »Der blaue Himmel wurde jetzt aufgehellt durch Pink und ein leuchtendes Lila und begann dann an einem Ende in einem Licht zu erstrahlen, das man nur mit dem Licht in einer Vakuumröhre vergleichen kann, durch die ein Strom prasselt, oder vielleicht noch genauer mit der Farbe, die entsteht, wenn man Barium in eine Gasflamme hält. Es scheint weit hergeholt, auf Einzelheiten der Chemie einzugehen, um die Farben des Himmels zu beschreiben, aber weder Lila noch Amethyst entsprechen genau dem, was ich hier als Lila bezeichnet habe.«

Und das ist das Problem. Weder Lila noch Amethyst. Weder Halo noch Gral, weder Fächer noch Lilie. Etwas anderes, in dem all diese Dinge aufgehoben sind. Den Vergleichen, um die sich der Geist bemüht, wenn er lernen will, Neues zu erfassen, liegt ein neues Gefühl zugrunde, die Freude am Neuen. Man muß sich vorstellen, ein Haus zu betreten, wo alles – Stühle, Wände, Tische – nach den Maßstäben eines Riesen bemessen ist, so daß man wieder mit den Augen eines Kindes sieht. Ich meine, man muß sich wirklich einmal vorstellen, wie es wäre, ein solches Haus zu betreten. Man streckt sich auf Zehenspitzen nach dem Türknauf, der so groß ist wie ein Fußball, und irgendwie schafft man es, ihn herumzudrehen. Die Tür, sieben Meter fünfzig hoch, öffnet sich knarrend, man tritt ein und steht in der Küche, in deren Mitte der Küchentisch in die Höhe ragt. Zum ersten Mal im Leben sieht man, daß der Tisch von unten nicht verschmutzt ist und daß das Holz dort nicht versiegelt wurde, so daß es noch brandneu aussieht. Die Linoleumquadrate sind riesengroß, und man wird schwindelig, wenn man versucht, darüberzusteigen, ohne in die Spalten zu treten, die sich zwischen ihnen auftun. Man muß so große Schritte machen, wie man kann. Den gleichen Effekt hat die Antarktis. Sie gibt einem den Blick eines Kindes zurück. Alles ist hier überraschend, alles ist wunderbar. Alles ist wieder neu.

Ich blieb wahrscheinlich über eine Stunde im Cockpit, und niemand störte mich oder bat mich, an meinen Platz zurückzukehren. Ich wäre am liebsten bis zur Landung geblieben, aber als das Rossmeer in Sicht kam, gab der Pilot mir zu verstehen, daß ich jetzt wieder in den Passagierraum gehen solle. Ich solle mich anschnallen, denn wir könnten in Luftturbulenzen geraten; ich bedankte mich bei ihm und trat den Rückweg in die Kabine an. Dort hatte sich während meiner Abwesenheit wenig geändert. Noch mehr Passagiere schliefen, noch mehr hatten sich auf die Frachtpaletten gelegt, und die Unordnung in den Gängen war größer geworden. Ich erreichte meinen Platz, zog meinen Parka über und schnallte mich dann an. Meine Sitznachbarn mußten etwas zur Seite rücken, um mir Platz zu machen, weil sie von links und rechts ein Stückchen auf meinen Sitz gerutscht waren, aber das ging unter dem Brüllen der Maschinen mit freundlichem Nicken vonstatten. Nach einer Weile stieg der Lademeister die Stufen zum Cockpit hinauf, und das Flugzeug neigte sich zur Seite und beschrieb dann einen großen Kreis.

Dadurch wachten alle auf. Die letzte Schläfrigkeit vertrieb der Pilot durch seine Lautsprecherdurchsage: »Ein kleiner Sturm« sei aufgekommen, nachdem wir bereits den sicheren Umkehrpunkt passiert hatten. Wir würden in diesem Sturm landen. Es bestehe kein Grund, sich zu ängstigen, aber wir sollten uns und unsere Habseligkeiten gut anschnallen. Überall wurden nun die Gurte überprüft, und jeder machte sein Gepäck fest. Dann kam der Lademeister zurück und überprüfte die

Frachtpaletten, zurrte am BITTE BEIM NÄCHSTEN LUFTWAFFENSTÜTZPUNKT ABLIEFERN, sammelte noch letzte Gepäckstücke ein und überprüfte die Frachtraumtür, während das Flugzeug seine Warteschleife zog. Dann setzte er sich selbst, schnallte sich ebenfalls an und gab dem Piloten etwas über seine Sprechleitung durch. Das Flugzeug verlor an Höhe, erst langsam, dann immer schneller.

Ich war ruhig, durch und durch ruhig, friedlich, glücklich, sicher und immer noch in einem Zustand der Ehrfurcht befangen, in dem mir nichts etwas anhaben konnte. Wir setzten zur Landung an, und unten stürmte es ein wenig, aber das machte nichts, denn wir waren endlich angekommen. Ich war endlich angekommen, und danach spielte zunächst einmal nichts anderes mehr eine Rolle. Ich sah mich um, lächelte unentwegt und lächelte sogar noch, als das Flugzeug in so heftige »Turbulenzen« geriet, daß dieses harmlose Wort der Sache gar nicht mehr gerecht zu werden schien. Ich wurde aus dem Sitz hochgerissen und schien in der Luft zu schweben, wie alle anderen zu beiden Seiten des Gangs auch, soweit ich sehen konnte.

Ich lächelte nicht mehr, als ich den schweren Druck auf meinen Bauch spürte und – bei einem Blick auf meine Füße – entdeckte, daß der Boden des Flugzeugs sich in regelrechten Wellen wölbte und senkte. Hinten, wo die Frachtpaletten standen, schlug der Rumpf des Flugzeugs so heftig aus, daß die Kojen, die dort an den Wänden hingen, immer wieder von selbst auf- und zuklappten. Das Flugzeug schien zusammenzuklappen wie ein Taschenmesser und wurde dann wieder durchgerüttelt wie bei heftigem Seegang; ich preßte meine Arme fest an mich, als versuchte ich, mich selbst zu krümmen. Mir war schlecht, aber das Flugzeug setzte seinen Sinkflug fort, und ich wußte, daß es nicht mehr lange dauern konnte. Mein Körper bekam ein paar blaue Flecken ab, aber meine Geist schwebte frei umher. Ich dachte an Brock, an seinen Gleichgewichtssinn, daran, wie er in mein Leben getreten war aus jener schiefen Welt heraus, die er jenseits der flachen Oberfläche der Erde entdeckt hatte, auf der alles gleich weit voneinander entfernt lag. Ich dachte an Wilbur nach seinem Erlebnis bei Roc Rec, als er heimkam und sagte: »Morgan, die Welt hat eine Membrane.« Ich dachte an Peter Pan, der ins Nimmerland kam, indem er einen starken Wind nahm, der in seine Richtung wehte. Ich dachte auch an John Cleves Symmes, der geglaubt hatte, die Erde sei hohl und im Inneren bewohnbar, und ich dachte daran, wie die Welpen ausgesehen hatten, nachdem Wilbur den Beutel aufgerissen hatte und sie herausgetaumelt waren, schwarz und golden, schmutzig und vollendet mit ihren winzigen Ohrmuscheln. Ich dachte an meine eigene Geburt, daran, wie ich im Schoß zusammengerollt gelegen hatte, warm und glücklich und mit warmen, verschwommenen Träumen. Das Wasser um mich herum war plötzlich verschwunden, ich hatte danach gegriffen, versucht, es zurückzuhalten, aber alles, was ich in Händen hielt, war schließlich meine eigene Nabelschnur gewesen.

Jetzt steckte ich wieder im Geburtskanal fest, und wieder versuchte ich nach unten zu gelangen – hinab, hinab, hinab, aufs Eis, das unter mir lag –, und der Lärm wurde noch schlimmer, als wir aufsetzten. Das Flugzeug ging in Stücke, daran war überhaupt nicht zu zweifeln; jedes einzelne Teil der Maschine wurde abgerissen, die Tragflächen, die Nase, der Bug, das Heck. Welches Metall und welches Fleisch konnten so etwas aushalten? Es gab ein Mahlen, ein Krachen und Kreischen, ein langanhaltendes Reißen direkt unter unseren Füßen. Die Maschinen brachen zum letzten Mal in ohrenbetäubendes Preßlufthämmern aus. Plötzlich wie aus dem Nichts das Gefühl, wieder auf ebener Erde zu sein. Eine Änderung. Keine Stille, weil der Sturm nicht aussetzte und das Flugzeug weiter geschüttelt wurde. Aber wir waren gelandet, ich war dort, wo die Träume geboren werden.

Weiße Dunkelheit

Selbstverständlich konnten wir das Flugzeug nicht sofort verlassen. Draußen tobte immer noch der Sturm, und ohnehin waren die meisten von uns für eine ganze Weile nicht in der Lage aufzustehen. Selbst dem Lademeister schien schlecht zu sein, er war genauso grün wie die hervorquellende Isolierung, die unter ACHTUNG HOCHSPANNUNG zum Vorschein kam und sich von den Wänden des Flugzeugs löste. Es folgte eine Zeit allgemeinen Vergessens und Vergebens; wir hingen alle in unseren Netzsitzen und dachten, ich lebe, ich lebe. Die Jungs im Cockpit haben das Ding heruntergebracht. Danach wurde überall saubergemacht, und dann teilte man uns mit, daß draußen Zustand eins herrsche mit ungefähr einem halben Meter Sicht. Wir würden noch eine Weile bleiben müssen, wo wir waren.

Das Flugzeug schaffte es irgendwie, bis zu einigen Treibstofftanks in ein paar hundert Meter Entfernung zu rollen. Wir benötigten Treibstoff, um die Maschine während der Wartezeit weiter beheizen zu können. Draußen herrschte, wie wir durch die Bullaugen sahen, tatsächlich ein vollkommenes White-out oder, wie es manchmal genannt wird, eine weiße Dunkelheit. Weiße Dunkelheit ist eine merkwürdige Sache. Es gibt sie in vielen Variationen, und ein einfaches White-out wie das, in dem wir uns jetzt befanden, ist keineswegs besonders interessant. An anderen Tagen scheint in der Antarktis die Landschaft vollständig weiß zu sein, der Himmel, die Erde, ohne daß etwas wie ein Horizont erkennbar wäre. Wenn man unter diesen Umständen hinter jemandem hergeht, der weiß gekleidet ist, dann sieht man ihn nicht mehr. Man hört ihn, man weiß, daß er vor einem hergeht, und wenn man ihn dann endlich entdeckt, scheint er in der Luft zu schweben, ein oder zwei Meter über der Stelle, wo er eigentlich sein sollte. Dieser Eindruck entsteht durch die mehrfache Reflexion; das Licht wird vom

Schnee reflektiert und fällt dann auf die enorm dicke, weiße Wolkenschicht. Die macht aus dem Ganzen eine Art Treibhaus, reflektiert das Licht wieder zur Erdoberfläche, und das Ergebnis ist das, was der Physiker Paul Thibbe »den vollkommenen Gegensatz zur Dunkelheit« genannt hat. In einem White-out, wenn überall Schneetreiben herrscht und jede Schneeflocke als Reflektor wirkt, muß man mit diesem Effekt rechnen.

Jeder, der sie einmal erlebt hat, weiß, daß es viel schwieriger ist, sich durch die weiße Dunkelheit – in welcher ihrer Varianten auch immer – zu bewegen als durch die uns bekannte Dunkelheit. Nachts erzielt man immerhin eine gewisse Sicherheit dadurch, daß man im Dunkeln anderen Sinnen vertraut als den Augen. In der weißen Dunkelheit dagegen vertraut man seinen Augen und wird gnadenlos von ihnen betrogen. Es paßte also ganz gut, daß ich in einem White-out auf McMurdo ankam. Vom Zeitpunkt meiner Ankunft an fühlte ich mich dort etwas aus dem Gleichgewicht gebracht, so als suchte ich nach Schatten, die eigentlich hätten dasein sollen, aber tatsächlich nicht zu finden waren. Auf McMurdo war alles schwarz oder weiß, war alles extrem. Ich passierte ein Minenfeld starker Emotionen ohne jede Abtönung – Freude, Wut, Kummer, Sehnsucht –, die mich beherrschten. Es gab Menschen, zu denen ich mich sofort hingezogen fühlte, und Menschen, die ich nicht leiden konnte, eine Person, die ich haßte, und es gab Tage, da dachte ich, ich könnte die Häßlichkeit von McMurdo keine Stunde länger ertragen. An anderen Tagen, wenn ich mich mit bestimmten Wissenschaftlern unterhielt, hatte ich das Gefühl, daß hier alles im Dienste einer edlen Sache stand – das war der Versuch, der verzweifelte Versuch, die Suche nach Wahrheit vom Dienst unter einer Tyrannei zu trennen.

Wir mußten am Abend unserer Ankunft noch ungefähr eine Stunde im Flugzeug ausharren. Dann erstarb der Sturm von einem Augenblick auf den nächsten. Das Rütteln hörte auf, und das Flugzeug stand zum ersten Mal seit Neuseeland wieder ruhig da. Der Pilot verkündete, Zustand eins sei aufgehoben, und wir alle standen auf, zogen unsere Parkas an, setzten die Mützen und die Schutzbrillen auf. Trotz Erschöpfung und Hunger war es aufregend, als das Kommando zum Verlassen des Flugzeuges kam und uns vom Lademeister unsere Nottaschen ausgehändigt wurden. Ich stolperte über die Metallrollen auf dem Boden, stieß mir den Kopf am Türrahmen und trat dann in meinen Moonboots auf die Metallstufen hinaus, die auf das Ross-Schelfeis hinunterführten, auf Scotts Große Eisbarriere. Bei meinem ersten Schritt wäre ich beinahe ausgerutscht und gestürzt, konnte mich aber noch am Geländer festhalten. Umgeben vom Glanz des Eises, hatte ich noch größere Mühe, nicht innerlich den Halt zu verlieren, als ich zum ersten Mal aufblickte und den Erebus sah.

Auf dem Eis standen Menschen, die uns erwarteten. Ich mußte weitergehen, sonst wäre ich von meinen Hinterleuten beiseite gestoßen worden, aber als ich dann endlich die letzte Stufe hinter mir hatte und meine Stiefel auf dem Schnee knirschen hörte, vergaß ich beinahe, daß Winnie eine derjenigen sein mußte, die dort warteten. Vor mir lag der gewaltige Fuß des Erebus, östlich davon Mount Terror, dazwischen ein kleiner Hügel, der Mount Terra Nova. In den Bergen hatte sich das Unwetter zwar noch nicht ganz verzogen – in der Antarktis können die schlimmsten Stürme sehr rasch vorübergehen –, aber Mount Erebus war unter seinem nicht ganz geschlossenen Wolkenkranz trotzdem deutlich zu erkennen. Eine Rauchfahne stieg aus dem Vulkan und wurde stürmisch nach Norden geweht. Ich hatte wohl gewußt, daß Vulkane manchmal Rauchwolken entließen, aber jetzt, da ich selbst auf dem Eis stand und den südlichsten noch tätigen Vulkan der Erde betrachtete, verblüffte mich der Anblick dieser Rauchfahne und des ganzen Berges über die Maßen. Mein Gott, er sah so heiß aus, heiß, heiß unter dieser Kälte – einer Windkälte von ungefähr minus fünfunddreißig Grad. Der Berg wirkte wie eine bodenlose Tasse Kakao in einem endlosen Winter; er strahlte die Art von Behaglichkeit aus, die man dort empfindet, wo man gelabt wird, wenn man Labsal benötigt.

Nur mit größter Mühe riß ich meinen Blick vom Erebus los. Ich war trotz allem, was ich gelesen hatte, nicht darauf vorbereitet gewesen, daß die Ross-Insel der Mount Erebus war, daß die ganze Insel aus Lavaströmen bestand, die sich aus seinem qualmenden Zentrum ergossen hatten, und daß die Halbinsel mit der Hüttenspitze nur ein komisches, kleines Lavarinnsal war. Ich riß meinen Blick los und merkte dann, daß viele meiner Mitpassagiere bereits in vollem Tempo über das Ross-Schelfeis rannten. Ich stand immer noch da, in meine Betrachtungen versunken, und blickte mich jetzt nach Winnie um, die sich aus der Menge der Wartenden löste und auf mich zukam. Sie trug ihre Schutzbrille und hatte die Kapuze auf, und als sie bei mir war, rief sie laut: »Morgan! Bist du es? Mein Gott, wir wußten wirklich nicht, ob ihr es schaffen würdet.« Dann umarmte sie mich, lachte vor Freude und nahm die Schutzbrille ab, so daß ich ihr Gesicht sehen konnte und ihre zwinkernden Augen. Ihr Gesicht war schlanker geworden, als ich es in Erinnerung hatte, und auch etwas strenger, ihre Augen größer, nur ihre Wangen schimmerten genauso rosig wie immer. Sie wirkte älter, und das Merkwürdigste daran, sie hier zu treffen, war, daß es daran überhaupt nichts Merkwürdiges gab.

»Also«, sagte sie. »Wie findest du das? Du bist in der Antarktis, Morgan! Ich höre, ihr hattet gar keine einfache Landung. Du mußt Hunger haben, wir gehen nachher zum Mittfraß. Zuerst mußt du zu einer Einweisung, und du wirst den Kaiser kennenlernen.«

Ich war sehr glücklich, Winnie wiederzusehen; alle anderen eilten hierhin und dahin, einige begrüßten Freunde und Bekannte von früheren Aufenthalten, während andere, die offenbar nicht von Freunden erwartet wurden, ein wenig verloren wirkten.

Ich sah mich um, den Erebus im Rücken, in die Richtung der Schwarzen und der Weißen Insel; in der Lücke zwischen den beiden Inseln war Minna Bluff zu erkennen – Minna Bluff, ein Ausläufer, ein Rinnsal des Mount Discovery. Mount Discovery war ebenfalls ein Vulkan, der aber nicht mehr tätig war; er entzog sich jetzt hinter einer der Inseln dem Blick. Die eine Insel war ganz mit Schnee bedeckt, die andere bestand aus nacktem Fels. Aber welches war die Schwarze Insel, und welches die Weiße? Ich brachte sie irgendwie durcheinander.

»Winnie«, fragte ich. »Welches ist die Weiße Insel?«

»O Morgan!« Sie brach in Gelächter aus, ein explosives Hahaha, das hier auf dem Schelfeis sehr merkwürdig wirkte. »Mußt du da wirklich fragen?« Und wie es mir in der Antarktis noch sehr oft passieren sollte, erkannte ich ganz plötzlich, was vor mir lag. Die Weiße Insel war weiß, und die Schwarze Insel war schwarz. Was sollten sie auch sonst sein?

Ich stand inzwischen als letzter Fluggast neben der Hercules. Die anderen waren zu einer Reihe von Gebäuden gegangen, die auf Kufen standen. Da das Ross-Schelfeis ein riesiger Gletscher war, wurde Williams Field pro Jahr ungefähr um eine Meile weitergeschoben, und diese Schlittenbauten konnte man dann einfach von Zeit zu Zeit an ihren ursprünglichen Standort zurückschleppen.

»Komm schon, Morgan, sie würden nicht zögern, uns hier zurückzulassen. Hier überleben nur die Stärksten.« Sie nahm meine Tasche, und ich versuchte, hinter ihr herzuhasten, aber es sah nicht so aus, als sei das zu schaffen. Meine Stiefel taten einfach nicht, was sie eigentlich sollten, und ich kam mir mit all meinem Gepäck schwer und plump vor und hatte den Wind gegen mich. Aber vor allem war ich müde, so müde, daß ich kaum wußte, wie ich mich aufrechthalten sollte. Ein Teil von mir war hier und ging über einen dreißig Meter dicken Gletscher, der auf dem antarktischen Ozean trieb. Aber ein Teil von mir war überhaupt noch nicht angekommen.

»Komm, alle sind schon am PAX. Wir versuchen, einen der Vordersitze im *Delta* zu ergattern. Das ist eine Riesenmaschine. Hinten ist es immer so voll und heiß, du denkst, du mußt ersticken. Es gibt zwar eine Luke im Dach, durch die man entkommen kann, aber damit soll man eigentlich warten, bis das Ding sinkt. Und außerdem werden sie immer von diesen hinreißenden Kiwis gefahren.«

Wie ich schon sagte, gab ich mein Bestes, hinter ihr herzuhasten, aber ich schaffte es nicht. Da, wo ich jetzt ging, waren einst die Ponys mit ihren Schlitten auf dem Rückweg vom Ein-Tonnen-Depot entlanggetrottet. Auf ihren Ponyschneeschuhen, die Bowers mit so viel Mühe für ihre Hufe angefertigt hatte. Aber die Schneeschuhe hatten ihnen nicht mehr viel geholfen, als sie Kap Armitage umrundeten. Dort brach das Packeis unter ihnen, und einige ertranken im Meer oder wurden von Killerwalen gefressen, die dort scheinbar auf sie gewartet hatten. Und hierher war die Mannschaft gekommen, die in der winterlichen Dunkelheit die Expedition nach Kap Crozier unternommen hatte und die auf ihrer Suche nach den Eiern des Kaiserpinguins um zwanzig Jahre gealtert war. Und hier hatte auch der Weg der Suchmannschaften vorübergeführt, genau hier, wo ich gerade ging. Ich sah mich immer wieder um, fast, als müßten sie noch irgendwo in der Nähe sein. Irgendwie schaffte ich es schließlich doch, hinter Winnie herzukommen, und wir krochen in die Kabine des *Delta*, der in der Tat, wie sie angekündigt hatte, von einem hinreißenden Kiwi gefahren wurde.

Der *Delta* stand allerdings so hoch auf seinen Ketten, daß die Kabinentür mehr als einen Meter über der Schneeoberfläche lag; ich brachte kaum noch die Kraft auf, die Leiter hinaufzukommen. Winnie mußte von hinten schieben und warf mir dann meine Nottasche in die Kabine nach. Dann kletterte sie selbst mühelos hinterher, landete halb auf meinem Schoß, halb auf meinem Gepäck, schlug die Tür hinter sich zu und mühte sich ab, das Fenster herunterzukurbeln, damit wir etwas frische Luft bekamen. Halb eingequetscht und halb erstickt, jedenfalls durch und durch verwundert, lauschte ich Winnies ununterbrochenem Geplapper, fragte mich, woher sie die Energie dazu nahm, ob ich wohl jemals wieder schlafen würde und was um alles in der Welt der Mittfraß war.

Mit einem Ruck setzte sich der Delta in Bewegung, langsam und mit unsäglichem Gerumpel, um schließlich stolze acht Stundenkilometer zu erreichen. Der Kiwi lächelte freundlich und grunzte, während er einen Gang einlegte, nahm schweigend Kurs über das Schelfeis in Richtung Burgfelsen, der zu beiden Seiten von einigen Skilangläufern flankiert wurde.

»Das Schelf ist dreißig Meter dick, weißt du, und die Luft in der Antarktis ist so trocken – Morgan, du mußt hier viel trinken –, daß du viel weiter sehen kannst als jemals zuvor in deinem Leben. Dort hinten ist der Mount Discovery. Er ist achtzig Kilometer von hier entfernt, Morgan. Achtzig Kilometer! Und sieht er nicht so aus, als könne man ihn innerhalb eines halben Tages erreichen? Also, man kann es nicht. Und der Mount Erebus, sieht er nicht so aus, als sei er leicht zu besteigen? Er ist es nicht. Nicht, daß du hier überhaupt die Gelegenheit dazu erhieltest. Der Kaiser meint, er sei Gott oder so etwas.«

Ich hatte einige Mühe, Winnies Redeschwall zu folgen, weil ich immer noch in den Anblick der Landschaft ringsum versunken war. Der Delta fuhr fast den gleichen Weg, den so viele Schlittenzüge der *Terra Nova* früher genommen hatten, und ich konnte ungefähr ausmachen, wo das Ecklager und das Sicherheitslager gewesen sein mußten. Und alles, was tatsächlich sehr weit entfernt sein mußte, wirkte sehr nahe, und zwar nicht allein wegen der Perspektive oder der Lufttrockenheit oder der besonderen Wirkung des Lichts in der trockenen Luft. Es war eine Summe all dessen; eine ganze Reihe der Lichteffekte, die ich in McMurdo – oder besser gesagt, von McMurdo aus – sehen sollte, ähnelten nichts so sehr wie dem, was man in einem Opiumtraum sieht. Der Delta fuhr nun einen Hügel hoch, passierte die Übergangszone und war schließlich auf der Insel; dann kroch er langsam auf die Schlucht zu, vorbei an der Scott Base, der neuseeländischen Forschungsstation. Anders als auf McMurdo, wo sich im Sommer, dem Höhepunkt der Saison, über tausend Menschen aufhielten, waren es auf der Scott-Station nicht einmal hundert, und so war es auch von der Größe her ein überschaubarer Gebäudekomplex, der durch einige Tunnel und überdachte Gänge verbunden war.

Dann waren wir auf dem Hügel und auch schon über die Kuppe hinweg, und es ging wieder abwärts. Und ich sah vom Vordersitz des Delta aus zum ersten Mal McMurdo. Seine Häßlichkeit traf mich wie ein Windstoß, und selbst Thaw, der sich so gut auf Beschreibungen versteht, wäre vielleicht um die passenden Worte verlegen gewesen. Ich kann nur Details wiedergeben. Eine Art Rezept für die Phantasie, mit dessen Hilfe sich der Leser selbst ein Bild zusammenbasteln muß. Man nehme den lautesten LKW-Rastplatz an einer überlasteten Autobahn, auf den man jemals geraten ist, füge ein gewaltiges Quantum an vergossenem Diesel hinzu, eine ganze Phalanx von Hinterwäldlern und mehrere Militärkonvois in Bataillonsstärke auf dem Weg zu irgendeinem naheliegenden Standort. Das alles verpflanze man in die Mitte einer Kiesgrube, durch die in alle Richtungen Fahrbahnen verlaufen und in der oben, unten und an allen Seiten Ölleitungen verlegt sind. Dem füge man noch einige Telefonmasten mit elektrischen Leitungen hinzu und niedrige, grün gestrichene Metallbrücken, nur einen halben Meter über der Erde – als Gehwege, damit man nicht ständig durch Schlammpfützen waten muß. Dann bereichere man das Bild durch weitere Pipelines und eine Menge häßlicher Gebäude, viele davon braun, einige auch blau und wenige grünlich, aber allesamt entworfen von jemandem, der sein Leben in einem geschlossenen Sack verbracht haben muß. Wenn man all das gut mischt, dann hat man die grundlegenden Elemente beisammen, aus denen die Station McMurdo besteht. Einige weitere Zutaten kommen hinzu: So zum Beispiel der Beobachtungshügel, ein Hügel, der aussieht wie ein Haufen Kiesel, ebenso die Giftmüllkippen und die offenen Müllverbrennungsanlagen.

Nicht zu vergessen die Sendeanlagen und die Sprengstoffe, die in einer Sperrzone bei den Ankunftshöhen lagern, und die riesigen, glänzenden, überirdischen Brennstofftanks. Dann gibt es noch eine Funkerbude, das Aquarium, einen Reifenladen und den Hangar für die Hubschrauber und den Hubschrauberstartplatz dicht an der Übergangszone zum Meereis. Ferner einen Abfallzerkleinerer, das Pumpenhaus für die Meerwasseraufnahme, eine Dekompressionskammer und einen Turm zum Aufpumpen der Ballons. Das Hydrokulturlabor, das Berg Field Center, das Thiel-Institut für Geowissenschaften und das Chalet, vier Bars, die am Ende jeder Schicht von Zechern bevölkert werden. All das zusammengenommen ergibt dann McMurdo, im Verein mit der traurigen »Schneekapelle«, dem Fotolabor, dem Eklund-Institut für Biologie und der winzigen Bibliothek. Die letztere befindet sich in Haus Nr. 155, in dem außerdem zwei Messen stattfinden, eine für die Offiziere und eine für die Mannschaften. Wir vom einfachen Fußvolk durften sowohl in der Offiziersmesse als auch in der Mannschaftsmesse essen. Wenn man all diese Dinge zusammenfügt, dann fehlt nur noch das Licht, das im Sommer den Tag vierundzwanzig Stunden lang erhellt, und der Wind, der vom Ross-Schelfeis her ständig durch die Schlucht weht. Er treibt einen feinen, mit der Vulkanasche des Mount Erebus angereicherten Staub vor sich her.

Als der Delta angehalten hatte und wir alle ausgestiegen waren, sagte man uns, im Chalet warte ein Vertreter des NSF bereits seit Stunden auf uns. Er wolle uns einweisen und dann schlafen gehen, und je eher wir uns dort einfänden, desto besser. Winnie begleitete mich bis zum Chalet, wollte aber nicht mit hineingehen.

»Ich warte lieber hier, Morgan.«

»Aber es friert.« So war es, obwohl der Wind sich gelegt hatte.

»Ich weiß. Aber dieser Kerl – er heißt John Brutus Carnady – wir nennen ihn alle den Kaiser des Eises. Es geht das Gerücht, daß er ein Axtmörder war, bevor er seinen Job beim Polarprogramm bekam. Die meisten von uns versuchen ihm nicht öfter zu begegnen, als unvermeidlich nötig.« Also ließ ich Winnie draußen im Wind zurück, wo sie meine Notasche bewachte, während ich das Chalet betrat.

Der Grundriß des Baus war A-förmig. Aber selbst für einen solchen Bau waren die Linien ungewöhnlich streng und unnatürlich. Auf beiden Seiten lagen Büros, auch im hinteren Teil, und in der Mitte gab es einen zentralen Versammlungsraum, in dem dreißig oder vierzig Stühle auf dem Holzfußboden standen. Dort setzten wir uns jetzt. An beiden Wänden hingen zusammen sechsundzwanzig Fahnen, die für alle Staaten standen, die den Antarktisvertrag ursprünglich unterzeichnet hatten oder ihm später beigetreten waren. Vorn standen ein Sony mit einem Videorecorder darauf und ein Bild von Präsident Reagan. Daneben hing eine Karte der Antarktis – des gesamten Kontinents –, und darüber waren zwei hohe Fenster, zwischen denen die Wand holzvertäfelt war. Nachdem ich all das in mich aufgenommen hatte, machte ich in dem Raum einmal die Runde. Eine Tür führte, wie das Schild darauf besagte, ins NSF-SEKRETARIAT. Auf der zweiten Tür stand VERTRETER DER NATIONAL SCIENCE FOUNDATION FÜR ANTARKTIKA. Und auf der dritten Tür: ERSTER VERTRETER DER VEREINIGTEN STAATEN FÜR DIE ANTARKTIKA. Diese Tür führte, wie mir ein neugieriger Blick verriet, in eine eigene Welt. In John Brutus Carnadys privates Reich. Ich hatte Glück, daß John Brutus Carnady sich im Moment nicht selbst dort aufhielt.

In einem Haus, in dem man sich glücklich schätzen konnte, auch nur durch eine kleine Glasscheibe nach draußen schauen zu können und einen Holzstuhl zum Sitzen zu haben, bestand dieses Büro aus nichts als glänzendem Glas und Leder. Zwei Seiten des Raumes wurden ganz von riesigen Fenstern eingenommen, die den Blick auf den McMurdo-Sund und den Mount Discovery freigaben. In der Mitte des Büros stand ein Schreibtisch, der groß genug war, um von ihm aus ein Reich zu regieren. Dahinter ein Chefsessel aus schwarzem, feinem Leder, ein Sessel, in dem Carnady, wie ich später entdecken sollte, mit seinem siebenfachen Feldstecher gerne müßig zu sitzen pflegte. Wenn er sich zurücklehnte und sein Fernglas auf die Royal-Society-Kette richtete, sah er nichts als die Berge und den Kontinent. An den beiden Wänden, die nicht aus Glas waren, hingen einige unglaublich schöne, großformatige Fotografien von antarktischen Vögeln und Säugetieren.

Ich wandte mich wieder um, ging zurück in den Versammlungsraum und setzte mich dort auf einen der Stühle. Der Kaiser ließ nicht lange auf sich warten. Er kam von der Empore, stampfte die Stufen hinunter und nahm dann seinen Platz auf dem Podium ein, in der Nähe des Sony; dann forderte er uns auf, Platz zu nehmen, und zwar sofort. Er war vielleicht so groß wie ich oder ein wenig kleiner. Er hatte sehr kurzes, sehr drahtiges, rotes Haar und einen roten Vollbart, und er war schlank, mit schmalen Hüften, schmaler Taille und schmalen Schultern. Seine hellblauen Augen sahen aus, als seien sie unter starkem Druck rissig geworden; sie wirkten wie in einem Keramikofen glasiert, in dem sie aber entweder zu heiß oder zu lange gebrannt worden waren, denn ihr Blau war heller, als es eigentlich sein durfte. Diese Augen suchten niemals, wie ich noch erfahren sollte, den Blick anderer, sondern sahen statt dessen zu Boden, an die Wand, zur Decke oder, wenn Carnady sich draußen aufhielt, zum Horizont hin. Selbst wenn er jemanden zurechtwies, sah er ihm dabei nie in die Augen, obwohl er bei solchen Gelegenheiten näher dran war als sonst. Immerhin heftete er den Blick seiner rissigen blauen Augen dann auf das linke Ohr seines Gegenübers und schrie auf dieses Ohr ein, als sei es stellvertretend für den ganzen Menschen.

Jetzt stand er also im Chalet hinter dem Pult und knallte ein Buch darauf, um für Ruhe zu sorgen, und wir, die wir die Kleiderausgabe und das Taschenschleppen, unser langes Ausharren auf dem Achterdeck, die bösartige Flugeinweisung, dann den Flug selbst und die Landung überlebt hatten, wir mußten uns nun dem Kaiser stellen. Es war vom ersten Augenblick an klar, daß er jeden von uns für eine Schande hielt, daß er den Motiven, die uns hergeführt hatten, mißtraute und daß er es für ein jämmerliches Versagen des Programms hielt, uns angeheuert zu haben. Oder – was diejenigen von uns betraf, die nicht als Arbeiter, sondern als Wissenschaftler hier waren – daß wir die Stipendien, die wir bekommen hatten, nicht wert waren und die Chance nicht verdienten, hier in der Antarktis Daten zu sammeln. Die Wissenschaftler allerdings hatten inzwischen genug von dem Theater, und man sah ihnen an, daß ihnen der Sinn nach Meuterei stand, während Carnady daranging, uns zu erklären, wie wir uns zu verhalten und was vor allem wir zu unterlassen hätten.

Es seien Bauarbeiten im Gange, wurde uns gesagt. Das hätten wir ja selbst gesehen, auf dem Weg durch McMurdo. Wir hätten auf den Baustellen nichts zu suchen, es sei denn, wir würden dort eingesetzt. Wir sollten uns von den Hubschrauberlandeplätzen fernhalten, es sei denn, wir flögen irgendwohin. Wir hatten uns von den Sprengstofflagern und den Sendern fernzuhalten. Wir sollten uns nicht an leeren Ölfässern zu schaffen machen, weil sie vielleicht tödlich giftige Chemikalien enthielten. Wenn wir nicht gerade zu den Wissenschaftlern gehörten, hätten wir in den Labors nichts zu suchen. Und wenn wir Vertragsarbeiter seien, dann hatten wir die Wissenschaftler nicht zu belästigen, denn die hätten schon genug zu tun mit all den verdammten Journalisten, die sich in dieser Saison hier breitmachten. Und was die Journalisten anginge, um die sollten wir ebenfalls einen Bogen machen, denn die hätten Wichtigeres zu tun, als sich mit uns abzugeben. Und den Blick starr auf die Reihe der Fahnen gerichtet, kam der Kaiser nun zum wichtigsten Punkt, dem Höhepunkt, auf den er seit zehn Minuten zusteuerte.

Und das war es: Absolut jeder Ausflug, jede Fahrt, wann und wohin auch immer, war untersagt. Wir durften auf Skiern hinaus zum Williams Field fahren oder den Burgfelsen hinauf, aber nur, wenn wir vorher einen »Routenplan« einreichten. Das waren die beiden einzigen zulässigen Ziele, sonst hatte niemand sich vom Fleck zu rühren. Wir hatten weder auf dem Meereis noch auf dem Schelfeis, noch auf den Hängen des Erebus etwas verloren. Wenn wir mit dem Gedanken hierhergekommen waren, wir könnten uns ein Schneemobil leihen oder in einem Hubschrauber mitfliegen, wenn noch Platz war, dann konnten wir uns das jetzt aus dem Kopf schlagen, ein für allemal. Die NSF-Politik war: *Niemals McMurdo verlassen.*

Für die Dauer unseres Aufenthaltes hier blieben wir in McMurdo, es sei denn, wir seien Wissenschaftler und genehmigte Feldstudien ständen auf unserem Programm. Wir seien nicht hier, um uns zu vergnügen, obwohl wir uns natürlich »erholen« könnten. Es gebe vier ausgezeichnete Bars auf McMurdo, und im Gebäude Nummer 63, das die Sonderdienste der Navy beherberge, gebe es auch eine Reihe von Freizeitangeboten für nichtmilitärisches Personal. Man könne dort Gewichtheben trainieren, den Fitneßraum benutzen, es gebe eine Bowlingbahn, eine Lederwerkstatt und eine Töpferei. Wir könnten uns dort auch Musikinstrumente ausleihen, wenn wir das wünschten. In Gebäude Nummer 75 befinde sich eine kleine Sporthalle, in der Aerobic angeboten würde, und außerdem gebe es noch verschiedene Sonderveranstaltungen, an denen wir teilnehmen könnten. Dazu gehörten zum Beispiel ein gemeinsames Chilikochen, eine Halloweenparty und Bingoabende.

Aber wenn wir bei unerlaubten Tätigkeiten erwischt würden, werde man uns unverzüglich zurückschaffen und unsere Verträge kündigen. Erwische man uns auf dem Meereis, auch wenn es nur fünf Meter sein sollten, würden wir ausgeflogen; darauf könnten wir uns verlassen. Das wiederholte er wieder und wieder. Wir würden weggeschafft, wir würden einfach weggeschafft werden. Jeder, der glaubte, er könnte ungeschoren davonkommen, würde bald feststellen, daß er damit völlig schieflag und daß er, John Brutus Carnady, recht behielte.

Als ich aus dem Chalet kam, war ich erschüttert. Winnie wartete noch auf mich.

»Mach dir nichts draus, du mußt ihn ja nicht dauernd sehen«, tröstete sie mich; dann nahm sie mich mit zur Mannschaftsmesse, wo wir eine mitternächtliche Mahlzeit zu uns nahmen, Mittfraß. Nach dem Essen war es ein Uhr morgens. Winnie wollte noch etwas schlafen, da sie am nächsten Morgen mit einer Gruppe von Wissenschaftlern zum Schneetraining ins Gelände gehen wollte.

Die Sonne war untergegangen, während wir aßen, aber es war nicht dunkel, nur dämmerig, und die Sonne würde bald wieder aufgehen. Winnie ging also zum Mammutberg-Heim, wo sie wohnte, und ich in mein Wohnheim. Ich teilte mir ein Zimmer mit drei anderen Frauen, die aber alle schliefen, als ich ankam. Ich war ganz froh darüber, denn es war ein sehr langer Tag gewesen.

Ich versuchte zu schlafen, aber ich war sehr aufgedreht. Die rauhe Landung, die Häßlichkeit von McMurdo, John Brutus Carnady, all das wirkte noch nach, aber das war nicht das Entscheidende. Die Tatsache, daß ich jetzt hier war, in der Antarktis, auf der Ross-Insel, das war es, was mich nicht schlafen ließ. Durch mein Fenster konnte ich die *Discovery*-Hütte sehen, und obwohl es nicht in erster Linie diese Hütte war, die ich sehen wollte, war sie doch besser als nichts. Irgendwo dort draußen, nur zweiunddreißig Kilometer entfernt, lagen die *Terra-Nova*-Hütte und der Sand von Kap Evans. Ich ging zu Bett, konnte die Gedanken daran aber nicht vertreiben und konnte mir, ungeachtet dessen, was Carnady gesagt hatte, vor allem nicht vorstellen, daß ich nicht in Kürze dort sein würde. Und dann hörte ich zum ersten Mal die Musik, die meinen Aufenthalt in McMurdo begleiten sollte. Es war zwei Uhr in der Frühe, wer mochte da Musik machen? Es war wie klassische oder vielleicht eher wie Sphärenmusik. Sie schwoll an und ab und an und ab, ohne daß sich die Tonhöhe sehr änderte. Die Lautstärke und die Intensität variierten stärker als die Tonhöhe. War das eine akustische Halluzination? Hervorgerufen durch extreme Erschöpfung? Ich kam schließlich zu dem Schluß, daß es die Generatoren sein mußten und die Anlage zur Destillation von Meerwasser und die Hochspannungsleitungen. Aber selbst nachdem ich zu dieser nüchternen Erklärung gelangt war, blieb diese Musik von McMurdo geheimnisvoll, wunderbar und bezaubernd. Der hohe, wilde Ton riß nicht ab. Es war, als sänge der ganze Ort; in meinen Ohren klang es wie das Lied einer Panflöte.

Wie war nun das Leben auf McMurdo? Unglaublich eintönig, unglaublich aufregend, und das alles überflutet vom Licht des Südens und dem pausenlosen Lärm startender und landender Hubschrauber. Ich schlief von Anfang an weniger, als ich es normalerweise gewohnt war, stellte aber fest, daß das Licht selbst im Körper zusätzliche Kräfte weckte und mir eine besondere Art von Energie verlieh. Trotzdem war ich gewöhnlich ein wenig nervös, ein wenig zappelig. Morgens stand ich auf, plauderte mit meinen Zimmergenossinnen, von denen ich eine – Tara Crane – besonders gut leiden mochte, und zog mich dann an, Polypropylen-Unterwäsche, Straßenkleidung und Turnschuhe. Darüber meinen Parka, und dann ging es hinaus in den Wind, hinüber zu Gebäude Nr. 155, und auf dem bequemsten Weg, durch die Unterkunft der Marinesoldaten, in die Messe.

Morgens waren viele der Matrosen noch in Unterwäsche, auf dem Weg hin zur Dusche oder zurück. Sie senkten den Blick und ignorierten mich, wenn ich vorüberging. Die etwas kühneren – und bereits angekleideten – Matrosen sagten: »Hallo, wie geht's?«, nickten und lächelten mich so strahlend an, als ob sie damit beweisen wollten, daß sie durchaus in der Lage wären, ihren Platz in der Gesellschaft wieder einzunehmen, wenn sie erst einmal die Navy hinter sich hatten. Ich gewann den Eindruck, daß die meisten Matrosen den Dienst in der Antarktis nicht besonders schätzten und daß er ihnen auch nicht besser gefallen haben würde, wenn sie dort nicht hätten mit Zivilisten zusammenleben müssen. Das Zusammenleben mit den Zivilisten war für die meisten von ihnen dennoch das Unerfreulichste an der Sache. Es schien sie daran zu erinnern, daß nicht jeder Befehlen zu gehorchen hatte; daß nicht jeder sich auf die unterste Stufe einer militärischen Hierarchie gestellt hatte. Nicht jeder kam aus Verhältnissen, die zu dieser Wahl führten.

Die Flure im Matrosenheim waren immer von Hitze und Gestank erfüllt. Es gab nur wenige Fenster, und die Luft für das ganze Gebäude wurde von einem antiquierten Filtersystem wiederaufbereitet. Die Klimaanlage verbreitete Keime ebenso effizient wie Sauerstoff, und infolgedessen litten die Männer ständig unter irgendwelchen Infektionskrankheiten. Glücklicherweise befanden sich die Apotheke und die Krankenstation direkt gegenüber auf der anderen Seite des Weges. Ich selbst versuchte immer, den Atem anzuhalten, wenn ich durch diesen Bau ging, vorbei an dem »Laden«, der vor allem Navy-Sweatshirts und Whiskygläser mit Pinguinen darauf verkaufte. Dann ging es wieder einige Stufen hinauf und nach links in die Messen. Vor den Messen befand sich eine weitläufige Halle, in der Hunderte roter und grüner Parkas hingen. Ich fand einen freien Haken, quälte mich aus meinem Parka und hängte ihn zu den anderen. Ich überflog den Wetterbericht, der auf einem Videoterminal gezeigt wurde. Dann mußte ich mich entweder für die Offiziersmesse oder die Mannschaftsmesse entscheiden; bis vor einigen Jahren hätte ich mit den Matrosen essen müssen, weil alle ANS-Angestellten von der US Navy als ziviles Fußvolk betrachtet worden waren.

Aber diese Verfahrensweise hatte so unangenehme Folgen gehabt, die Moral bei ANS war so tief gesunken und die Ausfallraten waren so hoch gewesen, daß die NSF schließlich ein Einsehen gehabt und von der Navy verlangt hatte, daß alle Zivilisten frei wählen durften, wo sie essen wollten. Die Militärs hatten sich gewehrt; es ging gegen alle Regeln militärischen Protokolls, daß ein Offizier sich beim Essen mit einem Bauarbeiter am gleichen Tisch wiederfand. Aber schließlich hatte die Navy nachgeben müssen, und jetzt aßen viele ANS-Arbeiter genau wie ich meist in der Offiziersmesse. Ich frühstückte regelmäßig dort; der Lärm in der Mannschaftsmesse raubte einem morgens fast die Besinnung. Gewöhnlich traf ich Winnie in der Halle; wenn wir dann gemeinsam unsere Tabletts vollgeladen hatten, setzten wir uns an einen kleinen, quadratischen Tisch in einer Ecke. Gewöhnlich gesellten sich noch einige andere Mitarbeiter des Berg Field Center oder des Unternehmens Pinguin zu uns.

Winnie schien an McMurdo kaum Anstoß zu nehmen. Sie hatte in Alaska gelebt und dort jede Menge »Goldgräberstädte« gesehen; daran erinnerte McMurdo sie noch am ehesten. Und als ich mich einmal beim

Frühstück über McMurdo beklagte, meinte sie, daß sie es hier erträglicher finde als in Alaska, weil man dort Bäume wegschaffe und Kohle und Öl. Hier würden nur Informationen geerntet; ja, natürlich sei McMurdo häßlich, und natürlich verschmutze man hier alles, aber wenn ich jemals gesehen hätte, wie diese Cowboys über Alaska herfielen, würde ich auch zu dem Schluß kommen, daß diese Burschen auf McMurdo nur ein paar große Miezekatzen wären. »Ich meine«, sagte sie, »wenn du ins Eklund-Institut für Biologie oder ins Thiel-Institut für Geowissenschaften oder zur Scott-Station kommst, dann spürst du, daß die Menschen doch irgendwo ein Gehirn in ihren Köpfen haben. Und ich sage dir, Morgan, in Alaska hast du diesen Eindruck nicht, keine Sekunde lang. Du hast manchmal das Gefühl, daß die klügsten Wesen im ganzen Staat meine Hunde Nanushka und Queen Catherine sind. Natürlich habe ich Glück, daß ich am Berg Field Center arbeite. Mein Boß ist ein Idiot, aber alle anderen sind nett. Es gibt da ein Fenster mit Blick auf den Mount Discovery. Und da wir eine Küche haben, können wir Plätzchen backen. Es ist wichtig, Plätzchen backen zu können. Und eine Couch zu haben.«

Ich sagte Winnie nie, wie sehr ich sie um ihren Job beneidete. Das Berg Field Center war der einzige Platz auf McMurdo, wo man meiner Meinung nach glücklich sein konnte. Die Belegschaft dort setzte sich hauptsächlich aus Bergsteigern zusammen, aus Leuten, die bereits für Outward Bound und das Große Abenteuer gearbeitet hatten und die in die Antarktis gekommen waren, weil sie eine Wildnis ist. Das traf überraschenderweise nicht auf die Mehrheit der Menschen zu, die sich hier aufhielten. Die meisten Wissenschaftler waren wegen ihrer Arbeit hier. Und ein großer Teil der Zivilisten war in der Antarktis, weil man hier in fünf Monaten genügend Geld sparen konnte, um ein Jahr lang davon zu leben. Selbst wenn der Fahrer einer großen Maschine vielleicht aus dem Norden von Minnesota kam und viel über die Beanspruchung von Metallen bei Temperaturen unter dem Gefrierpunkt wußte, folgte daraus keineswegs, daß ihn irgendeine Landschaft außerhalb der geheizten Kabine seines D-6-Caterpillars interessierte. Aber die Leute am BFC mußten ins Gelände, das heißt, richtig in die Antarktis. Sie fuhren in Gruppen von McMurdo aus acht Kilometer zum Überlebenstraining. Dort wurden ihnen die grundlegenden Kenntnisse der Rettung aus Gletscherspalten, des Gletscherkletterns und der Sicherheitsmaßnahmen auf dem Meereis beigebracht. Und dort verbrachten sie die Nächte in Schneehöhlen oder in Scott-Zelten und kochten auf Primuskochern.

Meine Arbeit beim Unternehmen Pinguin war ganz anders. Nach dem Frühstück holte ich meinen Kleinbus, mit dem ich dann den ganzen Tag lang zwischen McMurdo und Williams Field hin und her pendelte. Ich war normalerweise für die Tagesschicht eingeteilt mit einer Pause zum Mittagessen. Meine Strecke hatte eine Reihe von Haltestellen, an denen ich wieder und wieder hielt. Die Geschwindigkeitsbegrenzung im Ort betrug vierundzwanzig Stundenkilometer, und es galt Rechtsverkehr, obwohl viele der Fahrer aus Neuseeland das mitunter vergaßen und einem dann im letzten Augenblick ausweichen mußten. Ich hatte ein Radio mit Kassettendeck im Bus, das ich meist einschaltete, wenn ich allein fuhr. Hatte ich Passagiere im Wagen, hörte ich immer ihnen zu. Und während die Fahrerei natürlich eintönig und gelegentlich todlangweilig war, fand ich die Unterhaltungen meiner Passagiere sehr interessant. Meine Anwesenheit hielt offenbar niemanden davon ab, ungeniert zu sprechen, wie man es in der Station nicht konnte. Und weil die Menschen sich in meinem Bus so unbekümmert äußerten, wurde mir bald klar, daß ich nicht die einzige Person auf McMurdo war, die sich wie ein Betrüger vorkam – und kaum die einzige, die das Gefühl hatte, daß irgend etwas mit dem System ganz und gar nicht stimmte.

Tatsächlich schien jeder vollkommen verinnerlicht zu haben, daß es auf McMurdo drei Grundregeln gab. Die erste lautete natürlich: UNTER KEINEN UMSTÄNDEN DIE STATION MCMURDO VERLASSEN. Die zweite: VERLANGEN SIE NICHT, INFORMIERT ZU WERDEN und die dritte: KRITISIEREN SIE NICHT DIE ART UND WEISE, WIE DIE DINGE HIER GEHANDHABT WERDEN. Man konnte diese drei Regeln auch zusammenfassen zu: GEHORCHE DEN AUTORITÄTEN. Diese Regeln, die sich wie Stahlseile um unser Leben legten, hatten zur Folge, daß die Kommunikation zwischen vielen der Menschen, die auf McMurdo lebten, völlig unmöglich wurde. Die Offiziere konnten den Offizieren trauen, und die Matrosen den Matrosen, die Wissenschaftler den anderen Wissenschaftlern – vielleicht jedenfalls –, nur die ANS-Angestellten, die ja ein kunterbuntes Gemisch waren, durften einander unter keinen Umständen trauen, und niemand hatte Grund, John Brutus Carnady zu trauen.

Aber aus bestimmten Gründen reichte die Atmosphäre gegenseitigen

Mißtrauens, die über dem größten Teil von McMurdo hing – die Atmosphäre eines Arbeitslagers voller Denunzianten –, nicht ganz bis in die letzten Winkel. Es gab kleine Freiräume innerhalb der Station, und einer davon war der Kleinbus, den ich für das Unternehmen Pinguin fuhr. Ich fand schnell heraus, daß mir unter allen Gruppen in McMurdo die der Marineoffiziere am besten gefiel. Das hatte ich nicht erwartet, da ich bei meiner Flugeinweisung in Christchurch irrigerweise davon ausgegangen war, der sadistische Navigator sei typisch für seinen Rang und seine Stellung. Vielmehr war er das genaue Gegenteil dieser Männer, die von einer heiteren und intelligenten Freude an ihrem Dienst in der Antarktis gekennzeichnet waren. Im Gegensatz zu den einfachen Soldaten der Navy und der Army, die schlicht dorthin geschickt wurden, wo man sie gerade brauchte, füllten die Marineoffiziere alle drei Jahre »Traumblätter« aus; der Wettstreit um einen Aufenthalt in der Antarktis war groß, und so kam es, daß nur die besten Offiziere hierher abkommandiert wurden. Die meisten von ihnen waren in der einen oder anderen Weise ungewöhnliche Menschen. Wenn sie hier die Truppe nur für den Sommer verstärken sollten, kehrten sie im Winter wieder nach Kalifornien zurück, und das drei Jahre hintereinander, bis sie anderswo eingesetzt wurden; wenn sie das ganze Jahr in der Antarktis zubrachten, zählte das als Härteeinsatz zeitlich doppelt soviel wie Dienst auf See, und der Wechsel zu einem neuen Einsatzort erfolgte bereits nach Ablauf eines Jahres.

Ich schätzte an den Offizieren, die ich in McMurdo kennenlernte, besonders, daß sie ihr Leben dort als eine Art Navigationsaufgabe ansahen. Ihnen war klar, daß ein Aufenthalt in der Antarktis, wo die Marine nur zur Unterstützung anderer da war und es ihr außerdem nicht gestattet war, Waffen zu tragen, einen zu Kriegszwecken ausgebildeten Mann aus dem Gleichgewicht bringen mußte. Ich fand gut, daß ihnen das gefiel; sie fanden es faszinierend, es war für sie eine neue Herausforderung. Außerdem waren sie viel weniger paranoid als die Zivilisten, viel eher bereit zu sagen, was sie wirklich dachten. John Brutus Carnady konnte zwar über die Marineunternehmungen entscheiden, hatte aber kein Mitspracherecht bei den Personalentscheidungen der Navy, konnte also, was auch immer geschehen mochte, keinen Soldaten feuern.

Also freute ich mich immer besonders, wenn ich eine Gruppe in grünen Parkas hinaus nach Williams Field zu fahren hatte – eine der

Kuriositäten von McMurdo war, daß man die Leute dort farblich gekennzeichnet hatte. Das Zivilpersonal trug rote Parkas, und das Militär trug grüne, so daß man schon auf den ersten Blick sah, wohin jeder gehörte. Ich chauffierte auch gerne Wissenschaftler, aber diese Gruppe war nicht homogen; einige davon schwiegen verbissen, andere waren ungeheuer freundlich, aber alle waren sie intelligent und unglaublich neugierig, was die komplexe Funktionsweise der Welt um sie herum betraf. Einige von ihnen hatten auch nichts dagegen, ihre Beobachtungen mit mir zu teilen. Größtenteils waren sie auf dem Weg zu Feldstudien im freien Gelände und behielten daher ihre Gedanken über McMurdo für sich; wenn sie es bloß schafften wegzukommen, wenn sie nur hier herauskamen, dann konnten sie ja endlich sagen, was sie dachten, ohne daß sich das nachteilig auf ihre Forschungen auswirken würde.

So leicht war es allerdings auch für sie nicht, McMurdo zu verlassen. Das wurde mir schon bald klar. Viele Forschungsgruppen saßen wochenlang in der Station fest und warteten darauf, endlich zu ihren Feldarbeiten aufbrechen zu können. Die Gründe für diese Verzögerungen waren vielfältig, aber ich erinnere mich an eine Geschichte, die ich eines Tages hörte, als der Wagen liegenblieb und ich per Funk einen anderen bestellen mußte, der dann mehr als eine halbe Stunde auf sich warten ließ. Da saß ich also mit einer Gruppe von Wissenschaftlern, einem Forschungsteam und seinem Leiter, in unmittelbarer Nähe der Übergangszone zum Ross-Schelfeis. Da ein längerer Aufenthalt abzusehen war, stellten sie sich mir nach einer Weile vor. Der Leiter – der Mann mit den Forschungsmitteln – hieß Philip Mitchell, ein kleiner, energiegeladener Mann mit pechschwarzen Augen. Er erklärte mir, er und sein Team versuchten seit fast drei Wochen, zu ihrem Lager zu gelangen, das etwa 400 Kilometer weit draußen auf dem Ross-Schelfeis lag. Sie untersuchten die Plattengrenze zwischen der östlichen Antarktis und der Ross-Ausbuchtung und wollten mit Hilfe von Seismographen eine Karte des Meeresbodens unter dem Ross-Schelfeis erstellen.

Aber es hatte nur Probleme gegeben. Drei Wochen hatten sie festgesessen, weil sich die Marine weigerte, die benötigten Sprengstoffe zum Lager zu fliegen. Die Entfernung dorthin war zu groß, und die Sprengstoffe waren viel zu schwer für die Helikopter. Aber ohne Sprengstoffe ging es nicht – sie sollten durch Bohrungen im Eis hinuntergelassen und dann gezündet werden, und aus den vom Meeresboden zurückgeworfenen Schallwellen würden sich die für das Projekt relevanten Rückschlüsse ziehen lassen –, aber die Marine stellte sich auf den Standpunkt, das Projekt sei zwar von der National Science Foundation bewilligt worden, aber die Marine habe sich nie einverstanden erklärt, eine Hercules voller Sprengstoff auf einer nicht entsprechend vorbereiteten Rollbahn auf dem Ross-Schelfeis zu landen. In dieser Situation war es Philip Mitchell als das beste erschienen, sich nicht weiter mit der Marine herumzuschlagen und statt dessen zu versuchen, die Sprengstoffe mit einem D-6 Cat zum Lager transportieren zu lassen. Unglücklicherweise war dieser D-6 kurz vor meiner Ankunft unweit der Weißen Insel in eine größere Eisspalte gestürzt, und eine großangelegte Rettungsaktion war nötig gewesen, um den Fahrer zu bergen.

Der Sprengstoff lag immer noch in McMurdo. Die Marine hatte sich mittlerweile bereitgefunden, den Flug landeinwärts zu wagen, ohne jedoch im voraus eine Landung garantieren zu wollen; das wollten sie von den Bedingungen vor Ort abhängig machen. Philip Mitchell wäre damit vollauf zufrieden gewesen – alles, was er wollte, war, daß sie es wenigstens versuchten –, aber John Brutus Carnady wollte alles oder nichts.

»Natürlich war das Ganze von Anfang an eigentlich seine Schuld«, sagte Philip. »Wenn Carnady die Genehmigung von der Naval Support Force in Kalifornien eingeholt hätte, wäre nichts von alledem geschehen. Wir wären schon seit Wochen an Ort und Stelle. Ich bin sicher, daß die Maschine, wenn sie nur endlich flöge, auch landen würde, aber der befehlshabende Offizier wollte nichts garantieren, und Carnady in seiner Selbstherrlichkeit ist es ziemlich egal, ob das Projekt zum Teufel geht oder nicht. Das einzige, was ihn interessiert, ist sein Recht, die Marine zu zwingen, ihm zu gehorchen. Die läßt sich das natürlich nicht gefallen, und damit haben wir den Schlamassel.

Nicht, daß es uns allein so ergeht. Jeder, der hierherkommt, kennt den offiziellen Standpunkt und weiß, was für ein harter Kontinent das ist. Jeder akzeptiert, daß alles mögliche schiefgehen kann, daß man machtlos ist, daß es einfach Schicksal sein kann, aber das meiste davon wäre vermeidbar. Im Grunde lassen sich die meisten Pannen auf Kommunikationsmängel zurückführen. Aber die Sache ist die, daß die Leute hier diesen Mangel an Kommunikation mögen; sie sind geradezu verliebt in ihn.«

»Mangel an Kommunikation ist die entscheidende Voraussetzung für jedes totalitäre System«, sagte ein anderes Mitglied der Gruppe.

»Ist das Ihre erste Saison?« fragte mich jemand, dem aufgefallen war, daß ich ernsthaft zuhörte.

»Und meine letzte.«

»Da haben wir's mal wieder«, sagte Philip Mitchell. »Für mich ist das die fünfte Saison in der Antarktis, und manchmal scheint es mir, daß ich mein ganzes Leben damit zubringe, irgendwelche Projekte zu planen, nur um hierherzukommen und mich dann im Netz der Bürokratie zu verfangen. Angeblich geht es hier immer um die Wissenschaft, Wissenschaft, Wissenschaft. Aber nur zehn Prozent von dem, was hier läuft, haben wirklich etwas mit Wissenschaft zu tun. Der ganze Rest dreht sich nur darum, auf dem Eis präsent zu sein. Politik und Macht und Geopolitik. Und John Brutus Carnady ist der erste Mann hier, weil er all das verkörpert, und er hält die Leute hier so klein, damit nicht eine einzige Klage jemals bis nach Washington dringt.«

Genau in diesem Augenblick erschien unser Ersatzfahrzeug, und die Wissenschaftler stiegen um; vorher fragte ich Philip Mitchell aus reiner Neugier noch, ob er zum Beardmore-Gletscher unterwegs sei. Er starrte mich an, als würde er mich zum ersten Mal wirklich sehen, und sagte: »Nein, wir haben die Luftaufnahmen gesehen und uns dagegen entschieden. Wir wollten keinesfalls in die Fußstapfen von Socks treten. Sie wissen, wer Socks war?«

»Shackletons letztes Pony.« Und jetzt sah Philip Mitchell mich wirklich an und sagte: »Wieso arbeiten Sie hier eigentlich als Fahrerin? Ach, na ja, hat keinen Sinn, das zu fragen. Vielleicht sehen wir uns ja ein anderes Mal wieder.« Mit diesen Worten stieg er in den Wagen. Und eines Tages sahen wir uns tatsächlich wieder.

Die dritte größere Gruppe, die ich chauffierte, war das Fußvolk; das gab's beim Militär genauso wie bei den Zivilisten. Die Seeleute sprachen für gewöhnlich nicht mit mir, sondern allenfalls untereinander. Oft ging es dabei um Klagen über das Essen oder über die letzten Aufgaben, die man ihnen zugewiesen hatte, oder um ihre Vorfreude auf das nächste Saufgelage. Die zivilen Arbeiter waren ganz anders. Sie sprachen von ihren vielen, meist vergeblichen Versuchen, ihre Familien anzurufen – über die einzige Telefonleitung für zwölfhundert Menschen. Sie waren frustriert, niemals informiert zu werden, niemals einen Spaziergang über das Meereis machen zu dürfen, niemals etwas von der wirklichen Antarktis zu Gesicht zu bekommen. Von einer Gruppe von ANS-Arbeitern erfuhr ich, daß die italienische Antarktisstation jedem zivilen Arbeiter vertraglich fünfundvierzig Minuten Hubschrauberzeit zusicherte; die Arbeiter legten ihre Stunden zusammen und flogen mehrmals während jeder Saison in kleinen Gruppen mit dem Hubschrauber an entfernte Orte, um sich den Kontinent anzusehen. Sie kletterten, machten Fotos oder saßen einfach nur da und schauten sich die Gegend an. Die sowjetischen Antarktisarbeiter genossen ähnliche Vergünstigungen, obwohl sie sich statt in Helikoptern in riesigen, mehrrädrigen Ungetümen über Land bewegten. Auf der Scott-Station, nur knappe drei Kilometer von McMurdo entfernt, konnten sich die Neuseeländer in jeder Saison auf Ausflüge ins Gelände freuen, und sie fuhren ziemlich regelmäßig hinaus nach Kap Royds, Kap Bird und in die Trockentäler.

Aber in McMurdo war das alles undenkbar. Das System interessierte sich einfach nicht für seine Arbeiter. Und diese Tatsache schien zweierlei Auswirkungen auf die Menschen zu haben – entweder brachte es sie auf die Barrikaden, oder es schüchterte sie völlig ein. Die Eingeschüchterten versuchten die Gründe für ihre Machtlosigkeit zu rechtfertigen: »Nun, es ist eben ein harter Kontinent, nicht wahr? Ziemlich gefährlich da draußen.« Oder es hieß: »Ja, aber ich habe gehört, sie müssen das so handhaben.« Und die Leute, die so sprachen, schienen daraus eine echte Befriedigung zu gewinnen.

Meist sah es allerdings so aus, zumindest nach meinen Beobachtungen, daß den Arbeitern eine einfache Tatsache sehr bewußt war: McMurdo war eine Firmenstadt, und man hatte die Wahl zwischen zwei Dingen. Man konnte die vorgefundenen Bedingungen akzeptieren oder seinen Job aufgeben und aus der Antarktis verschwinden. Die Arbeiter hier hatten nicht das geringste Mitbestimmungsrecht. Und das brachte so viele ANS-Arbeiter auf die Barrikaden, weil sie diese alte, im Grunde vertraute Erfahrung hier auf drastische Weise wiederbelebt fanden. Sie kannten das Leben in einer angeblichen Demokratie, in der sie angeblich viele fundamentale Freiheiten besaßen, und doch hatte sich auch dort niemand wirklich für ihre Meinung interessiert. Sie lebten schon immer in einer Kultur, in der einige wenige die Macht hatten und die große Masse die Arbeit tat. Aber hier draußen – und das machte einen großen Unterschied – lag das alles offen zutage, nackt und unverhüllt.

So also standen die Dinge. So sah mein Tag aus. Ich fuhr Marineoffiziere, Seeleute, Arbeiter und Wissenschaftler von Scott und von McMurdo aus zum Williams Field und zurück. Sechs Tage pro Woche das gleiche Programm, und wenn ich mit der Arbeit fertig war, ging ich zum Abendessen in die Mannschaftsmesse, weil ich nicht die geringste Lust hatte, das Risiko einzugehen, John Brutus Carnady über den Weg zu laufen. Für gewöhnlich aß ich mit Tara Crane zu Abend. Sie war etwas zehn Jahre älter als ich und würde den Winter über hierbleiben. Sie machte sich eifrig Notizen über die Umweltsünden, die damals in McMurdo gang und gäbe waren, und wollte diese Notizen nach ihrer Rückkehr in die Vereinigten Staaten Greenpeace übergeben. Manchmal saßen Tara und ich mit einer Gruppe von Seeleuten zusammen, häufiger jedoch mit ANS-Arbeitern oder Wissenschaftlern. Eines Abends lernte ich einen schwarzen Geophysiker kennen, Gary Meekins; Schwarze waren in McMurdo noch seltener anzutreffen als Frauen.

Manchmal gab es kleine Unterbrechungen der Routine. Ab und zu fanden in der Wartungshalle für die Fahrzeuge Partys statt, oder, was allerdings noch seltener vorkam, ein Wissenschaftler hielt einen Vortrag, zu dem auch ANS-Arbeiter als Zuhörer zugelassen waren. Die Flugzeuge von Christchurch brachten Post mit. Post wurde immer vorrangig behandelt, aber trotzdem brauchte das Postbüro der Marine drei oder vier Stunden, bis alles sortiert war. Dann wurde über Gebäude Nr. 175 ein Postsack gehißt, als Zeichen für alle in McMurdo, daß wieder Post angekommen war. Ich erhielt nicht sehr viele Briefe, aber ganz zu Anfang war ein recht umfangreicher von Brock für mich dabei. Er war sicher in die Staaten zurückgekehrt und hatte für den Winter einen Job oben in Jackson Hole angenommen, wo er bis zu meiner voraussichtlichen Rückkehr aus der Antarktis einen Vertrag hatte. Ich schrieb Briefe an Thaw und Wilbur, an Iris, an Brock und an meine Mutter. Ich dachte sogar daran, an Gronya Hellyer zu schreiben; ich mußte oft an unsere Gespräche über Lagerhaltung denken, und ich hatte noch nie in meinem Leben erlebt, daß Lagerhaltung so wichtig war wie hier in McMurdo, wo die Leute anscheinend nicht die geringste Ahnung davon hatten. Sie brachten die Menschen in fensterlosen, viel zu engen Gebäuden unter. Sie lagerten Öl in undichten Rohren und gefährliche Chemikalien in Gefäßen, die in der Kälte jederzeit bersten konnten.

Abends nach dem Essen ging ich oft zum Joggen hinaus. Manchmal fuhren Winnie und ich auf Skiern hinüber zum Burgfelsen, aber nur bei gutem Wetter, denn wir waren abends viel zu müde, um uns noch dem Kampf mit dem schneidenden Wind auszusetzen. Ab und zu machte ich auch einen Besuch in der Bibliothek. Meistens aber ging ich sofort ins Bett, wo ich noch las, schrieb oder einfach stundenlang wachlag. Dann grübelte ich zu der Musik von McMurdo darüber nach, wie ich nach Kap Evans kommen konnte. Es mußte doch eine Möglichkeit geben, wenn ich sie bisher auch noch nicht entdeckt hatte. Nur zweiunddreißig Kilometer; es waren nur zweiunddreißig Kilometer. Die Schlittentrupps der *Terra-Nova*-Expedition waren manchmal binnen weniger Stunden dort gewesen, wenn sie das Meereis der Südbucht zwischen Hüttenspitze und Kap Evans überquerten.

Aber ich war bisher nicht einmal in der *Discovery*-Hütte gewesen. Es war ein Sonntag, drei Wochen nach meiner Ankunft, ein herrlich warmer, sonniger Morgen, als ich fand, die Zeit dazu sei jetzt reif. Ich packte meine Kamera ein, einen Stift und ein Notizbuch, ließ mir in der NSF-Hauptverwaltung den Schlüssel zur Hütte geben und ging die Straße entlang, die von meiner Unterkunft zur Winterlagerbucht führte. Bevor ich aufbrach, las ich mir noch einmal den Absatz in *The Voyage of the Discovery* durch, in dem Scott die extravaganten Theater-Aufführungen beschrieb, die an Winterabenden in der Hütte stattfanden, nachdem der Vorhang – auf dem die Worte Königliches Terror-Theater prangten – sich gehoben hatte. Scotts Kritiken der dort aufgeführten Stücke waren einfach köstlich, da er das schauspielerische Talent der Akteure auf traurige Weise mangelhaft gefunden, aber nichtsdestotrotz großes Vergnügen an den Aufführungen gehabt hatte. In einem Absatz hieß es: »Dank Mr. Clarkson und seiner Make-up-Schachtel waren die Masken hervorragend, und es wird schon bald offensichtlich, daß die Schauspieler sie für den wichtigsten Teil des Stückes halten und es als Zeitverschwendung erachten, eine Rolle auswendig zu lernen, wo sie doch einen guten Souffleur mit kräftiger Stimme zur Verfügung haben.

Im weiteren Verlauf des Stückes sollte es eigentlich so etwas wie eine Handlung geben, die indes nicht ganz leicht zu entwirren ist. Im Augenblick klärt sich die Situation jedoch ganz offensichtlich: Der Held, oder vielleicht sollte ich besser sagen, einer der Helden (denn jeder Schauspieler geht seine Rolle mit großer Heldenhaftigkeit an), erspäht durchs Fenster unerwartet die Dame, der seine Zuneigung gilt und die er, wenn ich recht verstehe, eine lange und qualvolle Zeit nicht gesehen hat. Er ist, was ihre Identität betrifft, offensichtlich ein wenig unsicher, und in diesem erregenden Augenblick nimmt er sehr vorsichtig auf einem Stuhl Platz – er staubt sogar die Sitzfläche ab, bevor er sich hinsetzt. Als er endlich sitzt und einen bestenfalls flüchtigen Blick aus dem Fenster geworfen hat, sagt er mit großer Entschiedenheit und in ausgesprochen sachlichem Ton: ›Das ist – nein, sie ist es nicht – doch, es ist – es ist meine lang vermißte Mary Jane.‹«

Jetzt eilte ich dorthin, wo sich all das zugetragen hatte, zu dem kleinen, symmetrischen Gebäude, das rings von einer weißen Kette umgeben ist, wie man sie auch über Flüsse spannt, um feindliche Schiffe fernzuhalten. Diese Kette sollte wahrscheinlich dem Schutz der Hütte dienen, wirkte aber mehr wie der Versuch, sie gefangenzusetzen; von der Hütte schien zumindest in den Augen der Behörden eine Bedrohung auszugehen. Ich fand den Anblick der Kette ausgesprochen deprimierend, und als ich die Hüttenspitze erreicht hatte, stieg ich zunächst einmal auf den hinter der Hütte gelegenen Hügel, von dem aus man einen Blick auf das Meereis hat. Dort war ein gewaltiges Kreuz errichtet worden im Andenken an George Vince von der *Discovery*, der 1903 verunglückt und im Meer ertrunken war. Die Errichtung des Kreuzes hatte Scott noch persönlich überwacht, bevor er davongesegelt war. Es stand immer noch fest an seinem alten Platz und beeindruckte durch seine Schlichtheit und herausragende Position.

Das Meereis war von den Spuren zahlreicher Wagen zerfurcht, von denen viele zu den Weddellrobbenkolonien gefahren waren, die ein Wissenschaftler von der University of Alaska in einem laufenden Projekt erforschte. Ich sah mir die Spuren auf dem Meereis eine Weile an und ging dann wieder hinunter, stieg über die dicke, weiße Kette und umwanderte einmal die Hütte mit ihrem Holzvorbau. Dann öffnete ich das Vorhängeschloß und ging hinein; die Hütte war vollkommen leer bis auf ein paar alte Kisten. Sie ließ mich völlig kalt. Es steckte nicht mehr Erinnerung in diesem Holzbau als in den Ausstellungsstücken der antarktischen Abteilung des Canterbury-Museums. Wo hatte die Bühne des Königlichen Terror-Theaters gestanden? Wo hatte man die Programme verteilt? Wo waren die »ein oder zwei vereinzelten Hunde, die zur Belebung des Ganzen hereingebracht wurden«, gewesen? Nichts von alledem konnte man noch ahnen, nichts davon riechen, nichts spüren, und die Leere der *Discovery*-Hütte machte mir sowohl körperlich wie auch gefühlsmäßig klar, wie übermächtig McMurdo in Wirklichkeit war, ein Glasbehälter, der der Wildnis aufgepfropft worden war und seine gesamte Umgebung beherrschte. Für McMurdo war fast die ganze Antarktis eine Bühne, auf der es promenierte und sich von einem Souffleur mit lauter Stimme seine Zeilen vorsagen ließ. Ja, genau betrachtet, wäre der Name Königliches Terror-Theater eine treffende Bezeichnung für McMurdo selbst gewesen. Traurig schloß ich die *Discovery*-Hütte wieder ab und brachte den Schlüssel zur NSF-Verwaltung zurück.

Am Abend – immer noch traurig und außerdem frustriert, daß mein freier Tag vorbei war, ging ich noch einmal zur Hüttenspitze. Die Sonne neigte sich sacht ihrem Untergang entgegen – bis zum 23. Oktober verschwand sie noch für ein paar Stunden unter dem Horizont, danach blieb sie vierundzwanzig Stunden am Tag am Himmel –, und eine winzige Wolke saß wie ein Käppchen auf dem Gipfel des Mount Discovery. Am unteren, linken Teil des Hanges sah man einen Kreis von hellem Sonnenlicht, als suche dort ein Raumschiff mit starken Scheinwerfern nach einem geeigneten Landeplatz. Am Fuß des Berges erschien eine Lichtlinie, ein Lichtfluß, und auch auf dem oberen rechten Teil des Hanges erstrahlte das Eis. Die einzelnen Lichterscheinungen waren jedoch deutlich voneinander geschieden, und es war unvorstellbar, daß sie miteinander verschmelzen würden, genausowenig wie mir das bei dem Wolkenkäppchen und dem Scheinwerfer des Raumschiffes denkbar erschienen wäre. Jenseits des Berges glühte eine Eisfläche in einem orangefarbenen Licht, das fast schon phosphoreszierendes Gelb war, während ein wenig weiter nördlich, in den Royal Society Mountains, ein riesiger Gletscher ein sehr reines Licht auf das Meereis zu verströmen schien. Zu beiden Seiten des Gletschers und auch oberhalb davon, auf dem Berg, lagen wie die Wände einer Burg gewaltige Schneemauern. Die Wolken über dem Gipfel zerrissen und gaben über der Burg einen türkisblauen Himmel frei, auf dem kleine Wolkenhaufen in strenger Formation wie Wattebäuschchen dahinsegelten.

Mein Gott, wie schön es hier war! Ich vergaß McMurdo, ließ es hinter mir, und setzte mich eine Weile an das Kreuz, um die sich ständig wandelnden Lichteffekte zu bestaunen. Ein Baldachin dunkler Wolken bewegte sich auf mich zu und verwandelte die Landschaft in ein Diorama. Wenn ich jetzt zum Mount Discovery hinüberschaute, sah es so aus, als liefen alle Wagenspuren auf dem Meereis direkt auf diesen Berg zu. Es war nur eine Illusion, aber sie war ungeheuer stark, und nach einer Weile hatte ich den Eindruck, als wären die Spuren fast so etwas wie eine Art Kielwasser, das der Berg selbst auf seinem Weg hinterlassen hatte. Die verschiedenen Lichtflecken, die so weit voneinander entfernt waren und die ich doch alle auf einen Blick wahrnehmen konnte, wirkten wie unzählige Gemälde. Der Mount Discovery gleißte vor Energie. Dies war ein echtes Diorama. Ich saß noch sehr lange an der Hüttenspitze – ich wußte, die Zeit würde kommen, da ich, Kaiser hin, Kaiser her, zu dem Berg hingehen würde.

Klub der Entdecker

Ungefähr eine Woche später lernte ich Harry Jameson kennen, nicht in meinem Bus wie so viele andere, sondern in der winzigen, marineeigenen Bibliothek, deren Bestände über die Antarktis ich mir gern ansehen wollte. Der Marineoffizier saß auf einem der Tische und las *Der Untergang der Dynastien* – ein doppelt merkwürdiger Zufall, daß es dieses Buch, das ich mir extra mitgebracht hatte, hier gab und daß dieser Marineoffizier gerade jetzt darin las. Als er nun aufschaute und meinen Blick auffing, lächelte ich ihn an, und er erwiderte mein Lächeln; wir mochten einander vom ersten Augenblick an. Er hatte ein eigenartiges Gesicht mit einer Stupsnase, einem kleinen Kinn, breiten Wangenknochen und elfenartigen Ohren – Ohren, die jedesmal, wenn ich ihn sah, noch spitzer zu sein schienen als beim letzten Mal – und freundliche, fragende Augen, die nun ebenso lächelten wie sein Mund, als ich sagte: »Das ist ein tolles Buch, nicht wahr? Zeigt einem wirklich das ganze Spektrum.«

»Harold«, sagte er. »Lieutenant Harold Jameson. Meine Freunde nennen mich Harold, aber meine wirklichen Freunde nennen mich Harry.«

»Morgan Lamont.«

»Ein schöner, alter, schottischer Name. Morgan heißt ›Frau vom Meer‹. Lieben Sie das Meer? Bestimmt. Sie stehen ja praktisch drauf.«

»Ich habe noch nie viel Zeit in der Nähe des Meeres verbracht.«

»Sie sehen so aus wie eine von diesen Wissenschaftlerinnen.«

»Nein, ich bin bloß Fahrerin. Für das Unternehmen Pinguin.«

»Fahrerin? Warum um Himmels willen machen Sie so etwas?«

»Ich habe mir fast mein ganzes Leben lang gewünscht, hierherzukommen«, erwiderte ich.

»Aber doch nicht hierher. Sie können sich doch unmöglich gewünscht haben, genau hierherzukommen.«

»Nein, nein. Ich wollte in die Antarktis. Und in den letzten Jahren vor allem zur *Terra-Nova*-Hütte.«

»Hm, oh. Großes Neinneinnein. Der Kaiser, Gott schütze ihn, haßt Kap Evans.«

»Wie meinen Sie das, er haßt Kap Evans?«

»Er haßt es«, sagte Harry. »Er haßt es absolut. Kommen Sie, zischen wir ab, und gehen wir irgendwohin, wo ich Ihnen das alles erzählen kann.«

»Zum Beispiel?«

»Wie wär's mit der Bowlingbahn? Schön laut da. Sie spielen Doris, ich bin Al, und wir können ein paar Kegel umnieten.«

Harry legte wirklich ein atemberaubendes Tempo vor, aber ich folgte ihm brav zur Bowlingbahn. Ich hatte noch nie in meinem Leben gekegelt, und wäre Harry nicht gewesen, hätte ich es auch weiterhin nicht getan, aber kurz darauf fand ich mich auf einer Bowlingbahn wieder und zog mir die Turnschuhe an. Harry ging zu einem kleinen Tisch und schrieb sorgfältig und in Großbuchstaben DORIS auf meinen Punktezettel und AL auf seinen.

»Ich weiß nicht, ob ich wirklich Doris sein möchte«, meinte ich.

»Sehen Sie mal, Doris. Sie sind doch anpassungsfähig, oder? Einer der Gründe, warum ich Berufsoffizier geworden bin, war, daß ich dafür sorgen wollte, daß der Rest des Landes nicht so leben muß wie ich. Wenn ich mich dem Leben in einer ungeheuer autoritären Struktur anpassen konnte, um die Verfassung der Vereinigten Staaten vor allen Feinden, seien es innere oder äußere, zu schützen, dann können Sie einen Abend lang Doris sein, um einem tapferen Soldaten einen Gefallen zu tun, nicht wahr?«

»Was meinen Sie mit inneren und äußeren Feinden?« fragte ich.

»Das haut Sie um, was? ›Und im wahren Glauben daran und demselben in Treue ergeben den Befehlen derer gehorchen, die zu meinen Vorgesetzten bestimmt sind.‹«

»Also, irgendwie kann ich das nicht richtig glauben«, sagte ich.

»Na ja, Sie haben recht. Sie hätten mal meine letzte Beurteilung sehen sollen. ›Lieutenant Jameson neigt häufig zum Widerspruch in bezug auf die ihm gestellten Aufgaben.‹ Meine erste echte Schlacht in zwölf Jahren habe ich mit dem Boß ausgefochten. Es will mir einfach nicht gelingen, mit Psychopathen zusammenzuarbeiten.«

»Zwölf Jahre? Sie sind seit zwölf Jahren bei der Marine?«

»Erstaunlich, was? Ich hoffe immer noch auf einen Krieg. Ich möchte ein Krieger sein und darf nur Knöpfe drüken.«

»Sie können gar nicht so versessen darauf sein, Krieger zu werden, sonst wären Sie nicht in die Antarktis gekommen«, wandte ich ein.

»Wie wahr, wie wahr. Nun, sagen wir, ich bin in dieser Hinsicht ein wenig zwiespältig, Doris.«

»Wo arbeiten Sie?«

»Nachrichtenzentrale in Mac Center«, sagte er. »Nervenzentrum des Weißen Hauses, Gebäude Nr. 165. Wußten Sie, daß auf jeder Marinebasis der Welt der Ort, wo der SK lebt, Weißes Haus genannt wird?«

»Wer ist der SK?«

»Standortkommandant.«

»Aber dieses Haus hier ist nicht weiß.«

»Nein, das ist es nicht. Es hat allerdings einen weißen Ball auf dem Dach. Wo wir gerade davon sprechen – wollen wir jetzt kegeln oder nicht?«

»Ich habe noch nie gekegelt.«

»Noch nie gekegelt! Doris!«

»Außerdem hatten Sie versprochen, mir zu erzählen, warum der Kaiser Kap Evans haßt.«

»Ach ja, das habe ich, nicht wahr? Unser höchsteigener Psychopath, extra für uns importiert. Sein Motto: ›Nieder mit allen Ideen, vor allem mit den kreativen.‹ Seit der letzten Saison hat er es auf mich abgesehen, fürchte ich. Ich habe ihm während dieser Auf-Scotts-Spuren-Geschichte mächtig auf die Zehen getreten.«

»Scott?« fragte ich.

»Jawoll. Private britische Expedition. Sie werden bisher noch nichts davon gehört haben, weil der Kaiser es geschafft hat, den Überwinterern fürchterliche Angst einzujagen. Wer bis zum Ablauf seines Vertrages hierbleiben wollte, mußte eine Erklärung unterzeichnen, daß er sich mit den drei Leuten, die immer noch auf Kap Evans leben, nicht verbrüdern wird. Wer sich weigerte, zu unterschreiben, dem drohte die sofortige Rückführung. Und in der letzten Saison, am Ende dieses Fiaskos, wurde ein Rundschreiben herausgeschickt, das alle ANS-Leute davon in Kenntnis setzte, daß eine Verbrüderung ›ihrer zukünftigen Anstellung in der Antarktis‹ abträglich sein würde. Nett, was?«

»Ich kann immer noch nicht fassen, daß mir niemand davon erzählt hat.«

»Aber genau das war der Sinn der Übung. Hören Sie, wollen wir nun kegeln oder nicht?«

»Wollen wir nicht. Sie werden mir statt dessen die ganze Geschichte erzählen.«

»Aber erst kegeln wir.« Daraufhin mußte ich mir eine Kugel aussuchen und drei Finger in drei Löcher stecken und versuchen, sie die Bahn hinunter auf die dort stehenden Kegel zuzurollen; erst als ich zehn Kugeln in die Rinne gerollt hatte, fand er sich mit einem theatralischen Achselzucken bereit zuzugeben, daß es vielleicht doch zu spät für mich sei, diese Sache noch richtig zu lernen. Er versuchte mir zu zeigen, wie man das Bein zurückstoßen und den Rücken verdrehen muß, zeigte mir, wie ich meinen Arm nach vorn schwingen sollte und so weiter, aber die Sache war einfach hoffnungslos, und es dauerte nicht lange, bis Harry das einsah. Also führte er mich wieder an unseren Tisch, wo er mit einem übertrieben unglücklichen Seufzer meinen Punktezettel ausfüllte. Dann holte er uns Bier in langhalsigen Flaschen, und als er zurückkehrte, sah ich ihn bedeutungsvoll an.

»Nun?«

»Warum wollen Sie überhaupt nach Kap Evans?«

»Das werde ich Ihnen erzählen, nachdem Sie mir von den drei Leuten erzählt haben, die dort draußen leben.«

»Na schön. Also, da waren diese Briten, müssen Sie wissen, die im Januar 85 mit ihrem Schiff, der *Southern Quest*, im McMurdo-Sund vor Anker gingen. Sie bauten sich auf Kap Evans eine kleine Hütte, ungefähr einen Kilometer von Scotts *Terra-Nova*-Hütte entfernt, nannten sie Jack-Hayward-Station, aus einem Grund, der sich meiner Kenntnis entzieht, und nahmen während des Winters dort Quartier. Manchmal kamen sie in dieser Zeit nach McMurdo, und jedesmal gab es irgendwo eine Party. Dann, im Oktober vor einem Jahr, ungefähr zu der Zeit, als der Kaiser zurückkehrte, fuhren drei von ihnen auf Skiern durch Mac Town, hinaus zum Willie Field, und von da aus quer über das Ross-Schelfeis. Ein paar von unseren Paläobotanikern haben sie auf dem Beardmore gesehen – sie hatten kein Funkgerät dabei, keinen

SAR-Sender, überhaupt keine Kommunikationsausrüstung. Na, jedenfalls tauchten sie eines Tages in der Südpolstation auf. Hier unten hatte die *Southern Quest* unterdessen eine Cessna herbeigeschafft, die zum Pol fliegen und die Leute dort abholen sollte, aber als das Schiff ungefähr drei Zentimeter von hier entfernt sank, ging die Sache plötzlich total daneben.«

»Es sank! Warum?«

»Weiß man nicht. Marinehubschrauber haben die Mannschaft aus dem Wasser gefischt. Schöne, saubere Rettungsaktion. Carnady mußte die Leute samt und sonders in McMurdo unterbringen. Er beschloß, die Expedition dafür zu bestrafen, daß sie ihr Schiff in seinen Gewässern versenkt hatten, direkt vor seinem Kontinent. Also sorgte er dafür, daß keine verdammten kleinen Cessnas mehr in seinem Luftraum flogen. Die ganze Funkausrüstung der Expedition war mit dem Schiff versunken, so daß die Leute hier keine Möglichkeit hatten, mit den dreien am Pol, die darauf warteten, daß man sie abholte, in Kontakt zu treten.«

»Nun, jetzt verstehe ich, warum er Sie haßt. Weil Sie in Mac Center arbeiten und in bezug auf die Ihnen erteilten Aufgaben zum Widerspruch neigen.«

»Jawohl, Doris«, sagte Harry. »Dieser Mann mag mich einfach nicht. Er unterband jeden Funkkontakt und hat den Spuren-Leuten an beiden Enden verboten, die amerikanischen Kommunikationssysteme zu benutzen. Ich habe versucht, den drei Leuten am Pol eine Nachricht zukommen zu lassen. Der Kaiser hat mich erwischt. Ich glaube, er hätte mich erschossen, wenn er damit davongekommen wäre. Wie die Dinge lagen, schaffte er es, dafür zu sorgen, daß die Expedition mit einer Hercules abtransportiert wurde. Es gehörte zu seinem Plan, das Ganze so hinzustellen, als seien private Expeditionen grundsätzlich nichts als eine Belastung für den Steuerzahler.«

»Aber es handelte sich doch um eine britische Expedition. Gibt es denn keine Gastfreundschaft Ausländern gegenüber?«

»Doch. Sie wurden ja alle eingeladen, einen Flug zurück nach Christchurch zu buchen, für fünfundzwanzigtausend Dollar und unter der Bedingung, daß sie das Eis auf der Stelle verließen, und ich meine wirklich auf der Stelle. Das war im Februar, in der letzten Saison. Die Expeditionsteilnehmer bedankten sich – was hätten sie auch sonst tun sollen? –, sagten aber, sie brauchten Zeit, um die Jack-Hayward-Station zu sichern, bevor sie aufbrächen, sonst werde der ganze Bau einschließlich der Cessna wie ein Haufen Streichhölzer über die Antarktis verstreut. ›Na und?‹ fragte der Kaiser. ›Uns interessieren keine Streichhölzer. Uns interessiert nur die Wissenschaft. In der Antarktis gibt es keinen Platz für private Expeditionen, und wir wollen dieser blöden Idee ein für allemal den Garaus machen, bevor sie sich weiter ausbreitet. Die Hercules wird morgen starten, mit Ihnen oder ohne Sie.‹«

»Ich glaube, er war vielleicht doch ein Axtmörder«, sagte ich.

»Zweifellos. Wenn sie also nicht wollten, daß Kap Evans zur Müllkippe wurde, konnten die Leute letzten Februar unmöglich weggehen; deshalb haben drei von ihnen dort überwintert, darunter einer der Männer, die am Pol waren. Sie sind immer noch in ihrer Station und warten darauf, daß jemand sie aufliest. Ich habe gehört, eine gewisse Dr. Monica Kristensen, eine norwegische Glaziologin, habe sich mit Hunden auf den Weg nach Süden gemacht, um zu versuchen, auf Amundsens Route von der Walfischbucht aus zum Südpol zu gelangen. Sie hat sich erboten, die Spurenleute mitsamt ihrer Ausrüstung auf ihrem Schiff mit zurückzubringen, aber dieser Gedanke gefällt dem guten, alten John Messer nicht besonders. Er will sie bald hier weg haben. Seiner Meinung nach sind diese Leute ein Virus, und da er ein Psychopath ist, fürchtet er sich vor Ansteckung. Er weiß, daß die Organisation sich nicht anpassen kann, wenn sich die Umgebung ändert.«

»Ich verstehe immer noch nicht, warum diese Leute ›auf den Spuren von Scott‹ genannt werden«, sagte ich.

»Weil sie die ersten sind, die die Scott-Expedition jemals nachvollzogen haben.«

»Aber genau das haben sie doch nicht getan.«

»O doch, das haben sie. Sie wurden von einem Spinner geführt, der von Scott besessen war.«

»Das mag ja sein. Ich bin übrigens auch von ihm besessen. Aber sie haben seine Expedition nicht nachvollzogen. Nicht, wenn sie nur zu dritt waren. Nicht, wenn sie zurückgeflogen wurden. Nicht, wenn sie nicht Depots angelegt und keine Hunde mitgenommen haben.«

»Was sind Sie, eine Expertin?« fragte Harry. »Ich habe nichts übrig für Experten.«

»Ich auch nicht. Aber ich weiß, wovon ich rede. Denn eines Tages möchte ich selbst die *Terra-Nova*-Expedition nachvollziehen. Und das geht nicht, wenn man vom Pol zurückfliegt, nicht mal, wenn man es mit einer Cessna tut.«

»Doris, Ihnen geht es schlechter, als man Ihnen ansieht. Bei Lichte betrachtet sehen Sie überhaupt nicht krank aus. Das zeigt mal wieder, was hinter der lächelnden Maske der Realität alles lauern kann. Sie haben sich da einen gewaltigen Brocken vorgenommen. Hier gilt ein Haufen Spielregeln, die allesamt privaten Expeditionen gegenüber ein wenig feindlich ausgerichtet sind. Immerhin ist das hier bloß ein ganzer Kontinent, nur ein klein bißchen größer als Nordamerika, und hier leben doch schon ein paar tausend große Zweifüßer und einige halbtote Hausfliegen, die irgend jemand in seiner Segeltuchtasche eingeschleppt hat. Wenn da nun noch zwei Leute auftauchten! Wohin mit denen? Jedenfalls ist das hier ein geschlossener Klub. Neue Mitglieder unerwünscht.«

»Aber das hier ist die Antarktis.«

»Oh, das haben Sie gemerkt, ja? Haben Sie in letzter Zeit mal den Wetterdienst in McMurdo angerufen? Diese Warnung, die am Anfang vom Band kommt, daß der Wetterbericht eine offizielle Information ist? Klassifizierte amerikanische Geheimnisse, der Windkältefaktor, die Windgeschwindigkeit, die Sicht. Schrecklich gastfreundliche Nation, dieses Amerika. Und was eine warme Mahlzeit in der Südpolstation betrifft, können Sie das nach der Spuren-Expedition vergessen. Wenn man eine private Expedition durchfüttert, müßte man sie ja alle durchfüttern.«

»Das ist mir egal. Ich will keine warme Mahlzeit in der Südpolstation«, erwiderte ich. »Und außerdem, das Ganze ist doch wohl absurd, oder? Vielleicht kommt alle vierundzwanzig Monate einmal eine Expedition zum Pol.«

»Natürlich ist es absurd. Aber die Dominotheorie des Lebens macht sich schon seit langer Zeit in den Gehirnzellen dieser Typen breit. Wo käme man denn hin, wenn plötzlich jeden Tag Leute in der Südpolstation auftauchten? Man könnte ihnen ja nicht einmal mehr einen Kaffee anbieten. Und deswegen sind sie ja vermutlich überhaupt nur hergekommen. Warum sonst sollten sie neunhundert Meilen mit einem dreihundert Pfund schweren Schlitten im Schlepptau durch diese unwirtlichste Gegend der Erde marschiert sein? Es sei denn, sie wollen etwas. Es sei denn, sie versuchten, sich eine Tasse Kaffee zu erschleichen – offiziellen, heißen, amerikanischen Kaffee in einem offiziellen Pappbecher, und das ausgerechnet in der – unnötig zu sagen – natürlich gänzlich unpolitischen Südpolstation.«

Ich war vom ersten Abend an völlig hingerissen von Harry. Es tat mir gut, ihn in der Nähe zu wissen, denn es tut einem immer gut, jemanden zu haben, der einem bestätigen kann, daß irgend etwas Seltsames im Gang ist. Er wollte mit mir schlafen und gab sich alle Mühe, sein Ziel zu erreichen, aber als ich mich beharrlich weigerte, wurde er trotz allem mein bester Freund in McMurdo. Er hatte, wie sich herausstellte, einen Abschluß in Geschichte gemacht und eigentlich beabsichtigt, noch ein Graduiertenstudium dranzuhängen. Statt dessen war er zur Marine gegangen, hatte die Offiziersakademie besucht und war anschließend zu seinem eigenen Erstaunen Berufsoffizier geworden. Wir gingen nie wieder zusammen zum Kegeln, aber wir fuhren miteinander Ski, wir sahen uns Filme an, und häufig aßen wir zusammen in der Offiziersmesse. Wir unterhielten uns oft über die Spuren-Expedition; ich berichtete ihm in allen Einzelheiten von der Idee, die mir in der Antarktisabteilung des Canterbury-Museums gekommen war, von meiner Idee, die britische Antarktis-Expedition von 1910 nachzuvollziehen. Harry erzählte mir – und er hatte vollkommen recht damit –, daß die meisten Leute in McMurdo mich für verrückt halten würden, denn man war in Mac Town allgemein fest davon überzeugt, daß Scott ein größenwahnsinniger Idiot gewesen war. Ich ging dieser Sache nach und fragte einige Leute vom Unternehmen Pinguin nach Scott. Ein Bauarbeiter sagte: »Na, er ist tot, oder? Er war ein Idiot, hab ich gehört.« Ein Niemand von der National Science Foundation meinte: »Mein Gott, er war halt ein Verlierer.« Ein Wissenschaftler, der sich über die Sache offensichtlich ein wenig mehr Gedanken gemacht hatte, stellte fest: »Vielleicht hielt er sich für sehr innovativ. Aber unter Umständen kann es einfach idiotisch sein, ein solches Risiko einzugehen.«

Mir schien das alles ziemlich absurd, auf gewisse Weise genauso absurd wie im Jahre 1913 die britische Reaktion auf die Nachricht von Scotts Tod es gewesen war. Aber Harry sah das anders. Harry meinte, das sei geradezu typisch für McMurdo; die Briten hätten eben Angst vor Feiglingen gehabt, und die Amerikaner hatten Angst vor Verlierern. Er meinte, die Amerikaner wüchsen eben auf mit dem entsetzlichen Unsinn über ihre tapferen Vorfahren, die alle so tapfer zu neuen Ufern aufgebrochen waren, vor Jahrhunderten, als Nordamerika noch eine einzige, große Wildnis gewesen war. Es sei immer nur vom Mut dieser Leute die Rede und von ihrer Kühnheit, von ihrem Einfallsreichtum, mit dem sie sich in diesem neuen Land durchschlugen. Aber in Wirklichkeit waren sie allesamt elende Versager, meinte Harry. Wo auch immer sie herkamen – aus Schottland oder Irland, aus Deutschland oder Polen –, sie hatten zu Hause versagt und nichts mehr zu verlieren gehabt. Sie hatten nur die Kleider, die sie am Leibe trugen, eine Kartoffel und ein Taschentuch. Wenn sie geblieben wären, wo sie waren, wären sie binnen kurzem draufgegangen. Daher gingen sie, voller Angst und mit schlotternden Knien, an Bord irgendeines Schiffes und fuhren in irgendein Land, vor dem sie sich fürchteten. Sobald sie dort ankamen, fanden sie eine riesige Wildnis vor, die ihre schlimmsten Alpträume noch weit übertraf.

Und da war es nun, dieses Ungeheuer, das in unseren Hinterköpfen lauerte, oder zumindest in den Hinterköpfen der meisten Amerikaner. Ein riesiger Versager-Genpool, und wenn man diese Gene auch noch nicht entschlüsselt hatte, so waren sie dennoch existent, und wir alle hatten sie in uns. Ein Amerikaner würde sich mit beinahe allem abfinden, um nur ja nicht als Versager zu gelten. »Die einzige amerikanische Sünde ist die Niederlage.« Die Amerikaner erinnerten sich nur allzugut an das Taschentuch und die Kartoffel. Sie erinnerten sich an die entsetzliche Wildnis, in der man so leicht zugrunde ging, das alles saß ihnen noch tief in den Knochen, und ein Tod in der Wildnis war von allen grauenvollen Möglichkeiten für einen Amerikaner immer noch die grauenvollste. Das war der Grund, warum McMurdo so ein elendes Loch war, meinte Harry. Genaugenommen sei es nicht einmal John Brutus Carnadys Schuld. Und es war nur schwer vorstellbar, wie man diesen Ort hätte in Ordnung bringen sollen, ohne vorher die ganze Kultur, die ihn produziert hatte, in Ordnung zu bringen.

Und das war auch der Grund, warum im Vorjahr, als die Spuren-Expedition startete, eine Menge Leute in McMurdo einfach nicht verstehen konnten, was das Ganze sollte. Warum sollte irgend jemand freiwillig in Scotts Fußstapfen treten und zum Südpol marschieren? Schließlich war der Bursche da draußen gestorben, nicht wahr? Tod in der Wildnis. Das absolute Scheitern für einen amerikanischen Cowboy. Und als die *Southern Quest* sank, war es, als würde, ach und oh, das alles wieder von vorne anfangen. Könnte man einen Amerikaner, so fragte mich Harry, an einen schlimmeren Ort schicken als in diese letzte Wildnis, die es auf der Erde noch gab? Denn hier draußen mußte einfach jeder scheitern – das ist eine Überraschung, nicht? Aber während die Kiwis das Ganze mit einem lässigen »Gar kein Problem, Kumpel« sehr locker nahmen, machten die Amerikaner einen Mordswirbel darum. Und zu den Absurditäten des ganzes Programms gehörte der vorprogrammierte Konflikt zwischen den konkreten Aufgaben und der Art, wie die NSF sie zu bewältigen versuchte. Man wußte dort schon vor dem Beginn einer Saison, daß der größte Teil der Pläne nicht in die Tat würde umgesetzt werden können – die Pläne würden einfach scheitern, die Kommunikation nicht funktionieren, und das Wetter würde ihnen überhaupt einen Strich durch die Rechnung ziehen. Aber das hielt die NSF nicht davon ab, ausschließlich solchen Projektvorschlägen zuzustimmen, in denen nicht nur für jeden Tag, sondern auch für jede einzelne Stunde ein detailliertes Programm ausgearbeitet worden war. So machte man das eben in Amerika.

Das alles ergab für mich durchaus einen Sinn. Die Marine, die jeden für einen Idioten hielt und versuchte, diese Idioten einzuschüchtern; die NSF, die niemandem erlaubte, einfach nur zum Spaß McMurdo zu verlassen; die ständige Drohung, jeden sofort nach Hause zu schicken, der Autoritäten hinterfragte; die endlose Wiederholung des Refrains: »Wir mögen keine Überraschungen« – Amerikaner fanden sich tatsächlich mit allem ab, um nur ja nicht zu scheitern, um nur den Tod in der Wildnis zu vermeiden –, selbst wenn sie dazu mehr oder weniger jeden unabhängigen Gedanken ausschalten mußten. In gewisser Hinsicht war die Wildnis gleichbedeutend mit unabhängigem Denken, und das war der Grund dafür, daß trotz der vielen intelligenten Leute, die hier arbeiteten, eine allgemeine Unwissenheit über das Wesen McMurdos herrschte, die auf seltsame Weise typisch amerikanisch war. Eines Tages beim Mittagessen hörte ich eine Ankündigung über Lautsprecher. »Das ist also eintausendvierhundert Uhr für alle Seeleute da draußen. Um zwei Uhr nachmittags für die von euch, die über eine normale Intelligenz verfügen. Für die Wissenschaftler ist es soweit, wenn der große Zeiger auf der Zwölf steht und der kleine auf der Zwei.« Alle lachten, vor allem die Wissenschaftler, obwohl sie es überhaupt nicht komisch fanden, denn sie hatten es mehr als satt, innerhalb einer dermaßen antiintellektuellen Kultur funktionieren zu müssen, und sie konnten genausowenig glauben wie ich, daß McMurdo, dieses Treibhaus mitten in der Wildnis, die Cowboymentalität nicht etwas gezähmt, sondern wie eine Sammellinse noch vergrößert hatte.

Und vielleicht war das der Grund, warum die Leute sich derart begeistert der Idee verschrieben hatten, Scott als einen »Idioten« und »Verlierer« zu betrachten. Denn in McMurdo wurde die Cowboymentalität, die darin bestand, daß man seinen Job machte, sich auf niemanden verließ und niemanden in seine Nähe ließ, jeden Tag ad absurdum geführt. Aber solange sich diese Mentalität durchsetzen konnte, war es schön, jemanden zu haben, auf den man herunterschauen konnte. Ob man Wissenschaftler war, der sich blöd vorkam, weil er nicht wußte, wie er sich eine Antenne für sein Funkgerät anfertigen sollte, ein Marinepilot, der so tun mußte, als wisse er über die Arbeit von Paläobotanikern Bescheid, ein Bürokrat, der, selbst wenn sein Leben davon abhinge, nicht in der Lage wäre, Salz aus Salzwasser zu extrahieren, oder ein Maschinist, der noch nie von SCALOP, dem Ständigen Komitee Antarktischer Logistischer Operationen, gehört hatte – eines jedenfalls hatten sie alle gemeinsam: Es tat ihnen gut, über Scott lachen zu können, diesen Idioten, der, genau betrachtet, jeder dieser vier in einer Person gewesen war. Er war ein Mann des Militärs, aber auch ein bißchen Wissenschaftler, ein bißchen Techniker und ein bißchen Bürokrat, und wohin hatte ihn das gebracht? Geradewegs zum Tod in der Wildnis. Also war es wohl das beste, man hielt sich an seinesgleichen, kümmerte sich um sein Fachgebiet, seinen eigenen Staat, sein eigenes kleines Stückchen Land. Alles andere könnte sich als abträglich für die zukünftige geistige Gesundheit erweisen.

Nachdem ich Harry kennengelernt hatte, verbrachte ich weniger Zeit mit Winnie. Ich stellte die beiden natürlich einander vor und hoffte, sie würden miteinander auskommen, aber sie mochten sich einfach nicht, aus welchem Grund auch immer. Es wurde November, und die Hysterie, die zu Anfang der Saison geherrscht hatte, legte sich langsam, während ein Forschungstrupp nach dem anderen zu Feldstudien aufbrach. Ich hatte über eine Woche nicht mit Winnie gesprochen, als ich sie eines Abends nach der Arbeit zufällig auf der Straße traf und bemerkte, daß sie ziemlich unglücklich aussah. Als ich sie fragte, ob irgend etwas nicht in Ordnung sei, brach sie in Tränen aus. Ich hatte sie noch nie zuvor weinen sehen, und als ich sie fragte, was denn passiert sei, sagte sie: »Ach Morgan, das ist eine lange Geschichte.«

»Sollen wir irgendwo hingehen, wo es ruhig ist?«

»Und wohin, bitte?«

»In die Kapelle?«

»Die ist wahrscheinlich abgeschlossen.«

Aber sie war nicht abgeschlossen, wir hatten sie ganz für uns allein. Von der hintersten Bank aus starrten wir durchs Fenster, sahen ein paar Weddellrobben zu, die über das Meereis rutschten, und schließlich kramte Winnie ein Taschentuch hervor und putzte sich die Nase.

»Es geht um meinen Chef drüben am Berg Field Center. Danny. Was für ein unschuldiger Name für einen so abscheulichen Menschen.«

»Was hat er getan?«

»Es geht nicht darum, was er getan hat. Es geht um das, was er ist. Ich bin immer gut mit diesen Leuten zurechtgekommen. Sie waren für mich wie Moskitos; man zerquetscht sie, und weg sind sie. Aber er kommt mir jetzt vor wie ein Pterodaktylus. Ich habe heute das Schneemobil gefahren, und plötzlich blieb der Motor stehen. Und Danny kam extra zu mir zurück und rief: ›Na toll. Noch so ein bescheuertes Weibsbild, das nicht fahren kann.‹ Und das war nicht das erste Mal. Ich weiß, daß er wahrscheinlich einfach nur eifersüchtig ist, aber jetzt habe ich es endlich begriffen. Was ich nicht glauben kann, ist, daß ich um die halbe Welt gefahren bin, nur um einen neuen Klub der Entdecker zu finden.«

»Einen Klub der Entdecker?«

»Hab ich dir noch nie davon erzählt? Das ist der Grund, warum ich mit Tennis Schluß gemacht habe. Er kam aus einer reichen Familie, war auf dem College, und seine Familie besaß ein Bürogebäude in Seattle. Nachdem ich zum ersten Mal das Iditarod gewonnen hatte, gab ich das Geld sofort aus – für eine neue Ausrüstung, neue Zwinger, neue Welpen. Aber nachdem ich es zum zweiten Mal gewonnen hatte, fühlte ich mich reich, und ich wollte etwas wirklich Irres tun. Als Tennis also vorschlug, wir sollten eine Reise durch die achtundvierzig südlichen Staaten unternehmen, war ich sofort einverstanden, und wir nahmen die Binnenpassage. Wir wollten die ganze Westküste abklappern, bis hinunter nach Kalifornien. Zuerst waren wir in Victoria, in British Columbia, und das hat mir gut gefallen; es war eine sehr altmodische Welt, sehr britisch, mit diesen großen Gärten überall. Außerdem gab es dort Scones und Pfannkuchen und Tee, und in einem Laden in der Innenstadt verkauften sie nichts außer Schokoladenpralinen, und in einem anderen nur Tabak und Pfeifen. Ich fragte nach Kautabak, aber den führten sie nicht, und aus irgendeinem Grund zischte Tennis mich wütend an, weil ich danach gefragt hatte. Er schien sich, je näher wir seiner Heimatstadt kamen, immer mehr zu verändern.

Im Anschluß an Victoria nahmen wir das Schiff nach Seattle, eine viel größere Stadt, so groß wie Anchorage vielleicht, viel größer jedenfalls als alles, was ich kannte. Tennis meinte, wir sollten uns irgendwo im Zentrum einquartieren, es sei wunderbar dort, und sein Vater sei Mitglied in einem Klub. Dort könnten wir ein Zimmer bekommen, im Herzen des ganzen Getriebes.

Der Klub hieß, wie Tennis mir sagte, der ›Klub der Entdecker‹. Ich war begeistert. Schließlich war ich jetzt eine Berühmtheit. Ich hatte das Iditarod gewonnen und so weiter, und was hätte da passender sein können als der Klub der Entdecker? Ich sah schon jede Menge Holzfäller aus dem Norden vor mir, Elchköpfe an den Wänden oder riesige Wapitis und große Kamine, in denen Tag und Nacht ein Feuer brannte. Also stimmte ich zu. Aber als das Taxi uns vom Schiff zum Klubgebäude fuhr, bekam ich plötzlich ein ganz merkwürdiges Gefühl. Ich fühlte mich diesem Gebäude mit seiner Granitfassade und den großen Marmorsäulen nicht gewachsen. Ich trug Jeans und einen Pulli und eine graue Wolljacke und dazu Turnschuhe, und vor diesem Gebäude stand ein livrierter Portier; Tennis winkte dem Portier zu und nannte ihn beim Vornamen, und der Typ stürzte die Treppe herunter, um uns zu helfen. Wirklich, unser Gepäck bestand aus zwei Rucksäcken, und Tennis ließ sie diesen Portier tatsächlich tragen. Wir folgten ihm die Treppe hinauf und kamen dann durch diese riesigen Glastüren, die sich mit einem sanften Zischen hinter uns schlossen.

Meine Güte, war das still da drin. Ich meine wirklich still. Überall lagen dicke, orientalische Teppiche, und ich konnte gleich sehen, daß in diesem Haus kein einziger Elch an der Wand hängen würde. Tennis ging an die Rezeption, um sich einen Schlüssel geben zu lassen und irgendwas zu unterschreiben, und während er das tat, schlenderte ich ein wenig umher und betrachtete diesen ganzen Wohlstand. Ich hatte mich noch kurze Zeit zuvor mit meinen Renngewinnen so reich gefühlt, aber jetzt ...

Ich wußte nicht, was die Leute, die zu diesem Klub gehörten, eigentlich entdeckt hatten, aber es schien offensichtlich, daß sie unter anderem auch einen Banktresor entdeckt haben mußten. An jeder Ecke stolperte man über Messing und poliertes Silber und orientalische Teppiche und holzgerahmte Spiegel. Ich schaute in einige Räume hinein, ein Raucherzimmer und einen Salon und einen Speisesaal. Dann erspähte ich eine geschlossene Tür, auf der ›Bibliothek‹ stand. Ich hatte schon immer was übrig für Bibliotheken, also ging ich hinein. So viele Bücher, so viele Tische, soviel Gelehrsamkeit.

Diese Bibliothek jagte mir allerdings eine Gänsehaut über den Rükken. Die Bücherregale reichten bis hinauf an die Decke. Und die Bücher lehnten schwer aneinander, als hätte sie seit Ewigkeiten niemand mehr angefaßt. Ja, sie wirkten beinahe kosmetisch, ein dekorativer Touch für diesen Raum, der so still war – irgendwie kein Zeichen von Gelehrsamkeit, sondern eher von Geld. Ich fühlte mich wie ein Kind, das seine Hand in die Plätzchendose steckt, denn diese Bibliothek vermittelte den Eindruck, einzig und allein für Männer eingerichtet worden zu sein. Ja, ich wäre nicht überrascht gewesen, wenn ich die erste Frau war, die sie je betreten hatte. Das war tatsächlich der Klub der Entdecker, und ich war die Entdeckerin. Der erste Mensch sozusagen, der die Quelle des Amazonas zu Gesicht bekam.

Ich sah zu, daß ich schleunigst wieder da rauskam. Der Mann an der Rezeption erzählte mir, daß Tennis hinaufgegangen sei, um unser Zimmer zu inspizieren, und gleich wieder herunterkommen würde, falls er es zufriedenstellend fand. Um irgend etwas zu tun, sah ich mir die Notizen an dem Schwarzen Brett an, das an der Wand hing; da waren lauter komische Ankündigungen über Gastdozenten, die kommen würden, und darüber, wer gerade aus Bongo Bongo zurückgekehrt war.

Während ich also diese Ankündigungen durchlas, stieß ich auf ein maschinengeschriebenes Blatt Papier, das erst kurze Zeit dort zu hängen schien. Es war sauber und glänzte. Seine Überschrift lautete ERINNERUNG AN ALLE KLUBMITGLIEDER. Diese Erinnerung lautete, daß ›Damen‹ – ja wirklich, ›Damen‹ – selbstverständlich nur in den Schlafzimmern und im Frühstücksraum zugelassen waren, nicht aber im Raucherzimmer, nicht im Salon oder in der Bibliothek.

Es gibt Augenblicke im Leben, da weiß man, man ist an einem Wendepunkt angelangt, und wenn man auch vielleicht nicht genau weiß, wem oder was man sich zuwendet, so weiß man doch, daß man keine Wahl hat, weil es kein Zurück gibt. Man muß einfach weiter, ganz gleichgültig, wohin diese Wende einen führen mag. Das war einer dieser Augenblicke.

Ich starrte auf das Blatt und war wie vor den Kopf geschlagen. Ich konnte kaum noch atmen, und der ganze Raum wurde plötzlich sehr hell. Mir war schwindelig, und in meiner Kehle saß ein Kloß, der so weh tat, daß ich das Gefühl hatte, er würde mir die Luft abschnüren. Ich fühlte mich genau so, wie ich mich mit ungefähr zehn Jahren einmal gefühlt hatte, als das Mädchen, das ich für meine beste Freundin auf der Welt gehalten hatte, einfach an mir vorbeiging, ohne Hallo oder sonst etwas zu sagen, und ich versuchte, weder zu weinen noch mir anmerken zu lassen, wie sehr mich das getroffen hatte. Aber in Wirklichkeit war ich einfach überrascht gewesen und mir sehr töricht und viel zu vertrauensselig vorgekommen. Jetzt stand ich vor diesem Schwarzen Brett, und all diese Gedanken kamen wieder in mir hoch. Ich sah mich am siebten Tag des Iditarod mit den Hundeschlitten: Ich war so müde, daß ich mich kaum auf den Beinen halten konnte, und machte mir Sorgen um Nanushka, die irgend etwas im Auge hatte. Ich hatte mehrere Meilen Vorsprung, aber ich wollte anhalten und die ganze Sache abblasen; ich hatte einen meiner Überhandschuhe verloren und bereits das Gefühl, daß mir die Hand bald abfröre. Aber als ich Nanushka fragte, wie sie dazu stünde, wedelte sie nur mit dem Schwanz. Dann sah ich plötzlich ein anderes Bild vor mir, das Bild von der Ziellinie. Die Hunde sahen glücklich aus, so glücklich. Sie hatten es geschafft. Sie waren angekommen, und auf dem Schlitten hatten sie den Mond mitgebracht.

Als Tennis wieder herunterkam, zeigte ich ihm die Notiz. Er meinte nur: ›Na ja, das ist doch okay; dann brauchst du dich nicht umzuziehen, oder?‹ Ich traute meinen Ohren nicht, aber er kapierte es nicht, Morgan, er kapierte es einfach nicht. Ich hatte immer gedacht: Na ja, das gehört wohl alles dazu, wenn man ein Cowboy ist. Aber plötzlich wollte ich kein Cowboy mehr sein. Also habe ich mich von Tennis getrennt und bin um die halbe Welt zur Station McMurdo gefahren.«

Winnie verfiel in Schweigen, und in dem Schweigen hörte ich ihre letzten Worte noch einmal; plötzlich fanden wir alles sehr komisch und fingen an zu lachen, wir lachten und lachten, bis uns die Tränen kamen. Aber während ich mir die Tränen aus den Augen wischte, sagte Winnie, immer noch lachend: »Nein, nein, es war dumm. Aber ich muß mich nicht damit abfinden. Ich glaube, ich werde kündigen und zurück zu meinen Hunden fahren, Morgan.«

Zuerst dachte ich, sie mache einen Witz. Dann spürte ich, daß sie es ernst meinte. Und wenn sie sich erst einmal entschlossen hatte, war nicht mehr mit ihr zu reden. Sie kündigte noch am selben Abend.

Zwei Tage später stieg sie ins Flugzeug. Ich fuhr nach Williams Field, um mich von ihr zu verabschieden, und dort, unter dem antarktischen Himmel, hielt ich sie lange an mich gedrückt.

»Ich wünschte, du würdest nicht weggehen«, sagte ich. »Ich würde ja mit dir kommen, aber ich kann nicht. Ich muß erst versuchen, nach Kap Evans zu kommen.«

»Ich weiß. Du mußt bleiben; ich muß gehen. Vielleicht solltest du versuchen, meinen Job zu kriegen. Wenn du beim BFC arbeiten würdest, könntest du vielleicht ganz *legal* nach Kap Evans kommen.«

»Vielleicht«, sagte ich. »Und vielleicht werden wir eines Tages gemeinsam zurückkehren.«

»Nicht nach McMurdo.«

»Nein, nicht nach McMurdo.«

Dann war sie fort, und ich wartete nur einen Tag, bevor ich versuchte, ihren Job zu bekommen. Ich ging zuerst zu meinem Chef und dann zum Stationsdirektor und zum ANS-Chef. Keiner von ihnen konnte mir große Hoffnung machen – so funktionierten die Dinge hier nicht, alles wurde über die Staaten geregelt, es war zu spät in der Saison, außerdem war so etwas noch nie vorgekommen. Das letzte Wort würde natürlich der Kaiser haben. Letzten Endes hing alles von ihm ab, also sollte ich wahrscheinlich am besten direkt zu ihm gehen, bevor ich noch mehr

Zeit verschwendete. Vielleicht erwischte ich ihn ja bei guter Laune, meinte der ANS-Direktor hoffnungsvoll.

Ich erwischte ihn nicht bei guter Laune. Ich glaube nicht, daß John Brutus Carnady jemals gute Laune hatte, auch nur ein einziges Mal in seinem ganzen Leben. Ich fuhr zu seinem Chalet, als ich wußte, daß ich ihn dort antreffen würde, und klopfte an die Tür zu seinem Büro voller funkelndem Chrom und schwarzem Leder; die Tür stand halb offen, und Carnady saß über seine Arbeit gebeugt an seinem Schreibtisch. Auf mein Klopfen hin fuhr sein Kopf in die Höhe, und diese strahlend blauen Augen musterten mich von oben bis unten, bevor sie auf der Türschwelle verharrten.

»Was wollen Sie?« fragte er. »Ich arbeite.« Ich war sicher, daß er keine Ahnung hatte, wer ich war, also sagte ich es ihm, worauf er meinte: »Ja und, und, und?«

»Darf ich hereinkommen?«

»Nein. Bleiben sie da. Machen Sie's kurz.«

Ich machte es kurz. Den Klub der Entdecker ließ ich aus. Ich erklärte ihm, daß Winnie gekündigt hatte und ihre Stelle frei geworden sei und daß ich sowohl in den Colorado Rockies als auch in den Tetons Erfahrung hatte. Während ich meine Bitte vortrug – und ich beeilte mich –, wurde Carnady immer ärgerlicher, und zwischendurch hob er seinen Blick sogar bis hinauf zu meinem Kinn.

Als ich fertig war, zupfte er an seinem Bart, betrachtete seine Fingerknöchel und sagte: »Nein. Und jetzt gehen Sie.«

»Nein?« wiederholte ich. »Aber warum denn nicht?«

»Es gibt kein warum nicht. Es heißt nein, weil ich nein sage.« Damit war die Sache erledigt, nur daß ich genau dasselbe empfand, was Winnie empfunden hatte – sich mit so etwas abzufinden paßte nicht unbedingt zu einem Cowboy. Ich wandte mich zum Gehen, aber der Kaiser entschloß sich noch zu einer Zugabe, da ich seine Morgenarbeit so fürchterlich gestört hatte.

»Warum rufen Sie nicht zu Hause an und beschweren sich?« fragte er. Und als ich ihn ansah, wie er da mit höhnischem Blick zur Decke starrte, wäre ich um ein Haar Winnies Beispiel gefolgt und ins nächste Flugzeug gestiegen – aber eben nur um ein Haar. Nicht, bevor ich erledigt hatte, wozu ich hierhergekommen war. Wenn er nicht solche Macht besessen hätte, wäre Carnady einfach bemitleidenswert gewesen, wirklich eine perfekte Verkörperung von Harrys Theorien über Angst und schlotternde Knie, die unbekannte Wildnis, den Genpool des Scheiterns. Aber die Mächtigen wirken nur selten mitleiderregend, und dieser Mann erinnerte mich an Dr. Jim. Er erinnerte mich ganz stark an Dr. Jim. Sie waren beide Gründungsmitglieder des Klubs der Entdekker.

Danach war es nur noch eine Frage der Zeit, bis der Tag kam, an dem ich meinen Ausbruch wagte und McMurdo und seine Ideologien hinter mir ließ. Ich hatte mehr Grund dazu denn je, seit ich von Harry erfahren hatte, daß sich auf Kap Evans nicht nur die *Terra-Nova*-Hütte befand, sondern auch drei Mitglieder der Auf-den-Spuren-von-Scott-Expedition. Wenn ich dort hingelangen konnte, gleichgültig, was danach kam, konnte ich wenigstens mit diesen Männern reden, von denen einer den Marsch zum Pol unternommen hatte. Was für eine Fülle von guten Ratschlägen er mir würde geben können, was für einen Reichtum an Erfahrung, und wie hilfreich es für mich sein würde, falls ich je die Chance bekäme, selbst eine solche Expedition zu unternehmen.

Ich machte mich daran, meinen Aufbruch zu planen. Es gab zwei verschiedene Möglichkeiten, an die Sache heranzugehen. Ich konnte es so anstellen, daß ich auf jeden Fall erwischt werden mußte oder nur vielleicht. Ich schwankte zwischen diesen beiden Möglichkeiten, besprach mich mit Harry, der mehr als glücklich war, mir helfen zu können, und der mit mir gekommen wäre, wenn ihm das möglich gewesen wäre. Aber wenn er das getan hätte und man hätte ihn erwischt, wäre das mindeste, was ihm bevorstände, nie wieder befördert zu werden, und das schlimmste, daß man ihn vor ein Kriegsgericht stellte. Tara wäre vielleicht auch mitgekommen, aber ich fragte sie nicht, denn sie gehörte zu den Überwinterern, und wenn sie ihren Job verloren hätte, hätte sie das Einkommen eines ganzen Jahres verloren. Ich war jedoch entschlossen, ihnen beiden mitzuteilen, wann ich gehen würde, denn ich wollte auf keinen Fall eine großangelegte Such- und Rettungsaktion auslösen, falls ich es nicht schaffen sollte, in der geplanten Zeit zurückzukehren. Nach Harrys Auffassung würde man von dem Augenblick an, in dem mein Verschwinden zum ersten Mal bemerkt wurde, mindestens siebenundzwanzig Stunden verstreichen lassen, bevor man eine Suche auslöste; auf diese Weise hatte ich mindestens drei Tage für meine Unternehmung, jedenfalls wenn es mir nichts ausmachte, danach augenblicklich entlassen zu werden.

Ich konnte natürlich auch versuchen, ungeschoren davonzukommen. Das war nicht ganz so lächerlich, wie es auf den ersten Blick vielleicht erscheinen mochte. Ich hatte ohnehin einen freien Tag pro Woche und konnte mich am Tag davor krank melden, was mir achtundvierzig Stunden Zeit gäbe, nach Kap Evans zu kommen, es zu besichtigen und wieder zurückzukehren. Eine Weile favorisierte ich diesen zweiten Plan – den Versuch, gänzlich unentdeckt zu bleiben –, ohne mich indes auf der Stelle an seine Durchführung zu machen. Ich mußte ohnehin zuerst meine Ausrüstung zusammenstellen, ich brauchte eine Karte, und vor allem mußte ich eine einigermaßen sichere Wetterlage abwarten. Wenn ich allein über dreißig Kilometer auf Skiern über das Meereis zurücklegen wollte, war es nur vernünftig, auf den Sommer zu warten, das heißt bis Dezember, den Monat des mildesten Wetters auf der Ross-Insel; gerade war die dritte Novemberwoche angebrochen, und während die Saison voranschritt, wurde es langsam wärmer. Manchmal kletterte die Temperatur sogar schon über den Gefrierpunkt. Der scharfe Wind durch die Schlucht ließ niemals lange nach, aber an manchen der warmen Tage war es zumindest vorübergehend windstill, und in der Wärme und Stille konnte man spüren, wie ein antarktischer Sommer außerhalb des Gefängnisses McMurdo sein mochte. Ich beschloß, in der ersten Dezemberwoche aufzubrechen, und sobald ich diesen Entschluß gefaßt hatte, gefiel mir McMurdo besser denn je.

Kurz darauf bemerkte ich etwas sehr Seltsames. Nachdem die Mehrheit der Wissenschaftler zu ihren Feldlagern aufgebrochen war, unterhielt ich mich ausgesprochen gern mit denen, die in McMurdo zurückgeblieben waren. Es waren überwiegend Ozeanographen und Biologen, die sich mit den Weddellrobben oder mit Einzellern beschäftigten. Aber auch einige wenige Geologen und Geophysiker – wie etwa Gary Meekins, den ich aus der Messe kannte – hatten ihre Einsatzorte in der Nähe von McMurdo. Bei ihren Projekten handelte es sich zum Teil um solare und heliosphärische Forschungen; sie beobachteten die kosmische Strahlung in der Antarktis und maßen die Magnetpulse der hohen Breiten. Teilweise ging es auch um vulkanologische Studien. Garys Team beschäftigte sich mit der Ausgasung und der Kristallisation von anorthoklasischen phonolitischen Magmen des Erebus. Gary hatte regelmäßig oben am Kraterrand des Erebus zu tun. Ich unterhielt mich sooft wie möglich mit ihm über die Fortschritte seines Projektes. Er und sein Team nahmen Rauchproben und bestimmten die flüchtigen Gase und Spurenmetalle darin, und wenn wir beim Essen zusammensaßen, klang das Ganze aus seinem Mund so faszinierend, daß ich wünschte, ich könnte mit ihm gehen und an seinen Experimenten teilhaben. Zu meinem Erstaunen wurden wir Freunde. Gary war mit Sicherheit der erste Wissenschaftler in meinem Leben, den ich wirklich als Freund bezeichnen konnte.

Aber selbst ohne die erfreulichen Abende mit Gary und anderen Wissenschaftlern wäre ich froh gewesen, bis Dezember gewartet zu haben, um nach Kap Evans zu gehen, denn Ende November gab es plötzlich seltsame kleine Stürme. Sie kamen und gingen, und sie wirkten furchtbar wild. Ich versuchte, mir die Fähigkeit anzueignen, sie vorherzusagen. Jeden Abend, bevor ich schlafen ging, machte ich einen Spaziergang und schaute zum Mount Discovery hinüber. Indem ich zu beurteilen versuchte, wie weit der Berg entfernt schien und wie klar die Luft war, konnte ich für gewöhnlich einen Rückschluß darauf ziehen, wie wahrscheinlich es war, daß der Wind bald wieder auffrischte. An sehr windigen Abenden konnte Williams Field vielleicht einschneien, und möglicherweise würden die für den folgenden Morgen angesetzten Flüge nicht starten können. An sehr windigen Abenden bestand Absturzgefahr für die Hubschrauber. Und die Musik von McMurdo klang an solchen Abenden sehr gedämpft.

Trotz der kleinen Stürme war dies für gewöhnlich die beste Zeit für die Transportabteilung. Aber in diesem Jahr schien die USAP bei vielen Flügen Probleme zu haben, da die Flugzeuge plötzlich noch mehr als sonst unter ihrem Alter litten, so daß Landungen auf dem Eis eine gewisse Ähnlichkeit mit einer Fahrt durch ein Feld mit Findlingen haben konnten. Erst blieb eine Maschine liegen, dann die nächste, und schließlich gerieten die Flugpläne total durcheinander. Die Leute in McMurdo, die nach Hause wollten, kamen nicht weg und versuchten nun alle, zu Hause anzurufen. Dem war natürlich das Telefonnetz nicht gewachsen. Ich versuchte es ebenfalls, denn seit der Kaiser mir seine

Herausforderung hingeknallt hatte, hatte ich mir mehr als alles andere gewünscht, mit meiner Mutter in Quarry zu sprechen.

Selbst zu den besten Zeiten war ein Anruf vom Eis aus nicht einfach. Es gab nur eine einzige Telefonverbindung nach draußen, die für die Benutzung des Fußvolks und der einfachen Marinesoldaten freigegeben war. Sie führte über einen geostationären Satelliten über dem Äquator. Jeden Tag beschrieb dieser Satellit eine Präzessionsbewegung von vier Bogenminuten, und wenn er nach Norden taumelte, war er in der Antarktis nicht erreichbar – sechs Stunden am Tag. Im Augenblick lag dieses Sechs-Stunden-Fenster zwischen zehn und sechzehn Uhr. Die einzige Möglichkeit, von der Antarktis aus in die Staaten zu telefonieren – zumindest, wenn es im Duplexbetrieb sein sollte – bestand darin, zur Scott-Station zu gehen und dort anzufragen, ob man bitte deren Telefonsystem benutzen dürfe. Die Telecon, das neuseeländische Telefonsystem, unterhielt schon seit langer Zeit eine Funkverbindung mit der Antarktis – um des Glücks und der geistigen Gesundheit der dort tätigen Neuseeländer willen – und war so großzügig, jedem in McMurdo zu gestatten, diese Leitungen zu benutzen, so daß ein stetiger Strom von Amerikanern zu der winzigen Station Neuseelands hinüberpilgerte, um zu telefonieren.

Als ich jedoch den Postmeister der Scott-Station anrief, erfuhr ich, daß auch die Neuseeländer bereits eine dermaßen lange Liste von Anmeldungen hatten, daß er mir frühestens in zwei Wochen einen Termin geben konnte; und damit, so dachte ich, war diese Sache eigentlich erledigt. In zwei Wochen würde ich schon auf dem Weg nach Kap Evans sein, also bis zu meiner Rückkehr warten müssen, wenn ich meine Mutter anrufen wollte. An diesem Abend nahm ich einen Drink mit Harry, und als ich ihm von dem Telefonstau erzählte, sagte er: »Vielleicht kann ich im Mac Center ein Telefongespräch für dich durchkriegen.«

»Würden die mich denn reinlassen?«

»Ich würde dich reinlassen. Meine Vorgesetzte ist eine ausgesprochen nette Dame. Sie führt schrecklich gern Leute herum, alle VIPs bekommen eine Führung von ihr.«

»Aber ich bin wohl kaum ein VIP.«

»Na und? Sie ist kein Snob. Und ich erzähle ihr, du wärst meine Cousine zweiten Grades, Doris. Was für ein Zufall, daß wir uns hier unten getroffen haben.«

Und Harry bekam es tatsächlich hin. Er klärte die Sache mit dem Standortkommandanten und mit seiner Vorgesetzten, Fregattenkapitän Kumoto; wir setzten die Führung für meinen nächsten freien Tag an, und als ich im Gebäude Nr. 165, dem Weißen Haus, auftauchte, führte Harry mich in das Privatbüro der Frau, die für die Nachrichtenzentrale zuständig war. Sie war Asiatin, sehr klein und mit sehr großer Brille und einem Lächeln, das buchstäblich von einem Ohr bis zum anderen reichte. Während der ganzen Zeit, die sie mich in Mac Center herumführte, hörte sie keinen Augenblick auf zu lächeln. Sie schenkte mir mehr als zwei Stunden ihrer Zeit, und obwohl ich diese Prozedur eigentlich nur auf mich genommen hatte, um am Ende an Harrys Schreibtisch an ein Telefon zu gelangen, war ich doch absolut fasziniert von allem, was sie mir zeigte, und genoß die Führung so sehr, als wäre ich zu keinem anderen Zweck nach Mac Center gekommen. Ich bekam das Wetterzentrum zu sehen, den Raum mit der Elektronik, die Nachrichtenzentrale und Mac Sideband, einen kleinen Funkraum direkt neben der Nachrichtenzentrale. Dort spieen Drucker lange Papierbahnen aus, wurden Computer bedient, klingelten Telefone, und alle wühlten sich durch Berge schriftlicher Nachrichten und Mitteilungen. In Mac Sideband dagegen standen alte Funkgeräte mit ganzen Batterien von Drehknöpfen und Skalen, und ein paar Schreibtische, die mit dem allerersten Schiff in McMurdo eingetroffen sein mußten; Churchill, dachte ich, könnte hier gesessen und ein Gespräch angemeldet haben, um sich mit Präsident Roosevelt zu beraten.

»Was für ein großartiger Raum«, sagte ich. »Man kommt sich vor wie in einer Zeitmaschine.« Einer der Funker lächelte mir zu, wandte sich aber sofort wieder seinem Funkgerät zu, aus dem plötzlich eine Stimme quakte:

»Mac Sideband, Mac Sideband, hier ist Lake Vanda. Wo bleibt unser Flugzeug?«

»Irgendeine Verspätung mit den Helikoptern heute morgen. Wir haben Sie auf dem Plan.«

»Vergessen Sie unser Gemüse nicht!«

»Roger. Over and out.«

»Over and out.«

Dann hörte man einen Augenblick lang nur Rauschen.

»Das hier sind die Hochfrequenzgeräte«, erklärte Fregattenkapitän

Kumoto. »Die Marine hat ein Faible für Hochfrequenz, weil wir ja immer an einen Kriegsfall denken müssen. Im Krieg besteht die Gefahr, daß die Kommunikationssatelliten abgeschossen werden, und eine Hochfrequenz-Aussendung wird eben nicht von Satelliten, sondern von der Ionosphäre zur Erde zurückgeworfen. Hier in der Antarktis ist das natürlich nicht unproblematisch, denn wenn es Störungen wegen Sonnenflecken gibt, können wir nicht auf einen Satelliten als Ersatz ausweichen. Und für eine effiziente Satellitenkommunikation innerhalb der Antarktis müßte man mindestens sechs Satelliten im niedrigen Orbit haben.«

»Letztes Jahr hatten wir einen Magnetsturm«, sagte der freundliche Funker. »Neun Tage ohne jede Verbindung hätten um ein Haar das ganze Programm torpediert. War trotzdem ganz lustig. Wie damals, als wir Kinder waren und unterm Tisch Zelt gespielt haben.«

»Ach, Johnson, Sie kann man aber auch leicht glücklich machen«, sagte Fregattenkapitän Kumoto. Und als wir aufbrachen, knisterte es von neuem in dem Gerät, und eine andere Stimme drang von einem weit entfernten Zeltlager über Funk zu uns herüber.

Nach der Führung wurde ich zu Harry zurückgebracht. Ich bedankte mich bei Fregattenkapitän Kumoto und bekam die Erlaubnis, an Harrys Schreibtisch Platz zu nehmen und die Aktivitäten des Kommunikationszentrums zu beobachten. Es standen zwei Stühle bereit, und ich nahm auf einem davon Platz.

»Und, wie hat es dir gefallen?« fragte Harry. »Cool hier, was? Wenn ich nicht in Mac Center arbeiten würde, wäre ich ganz verrückt danach, hierherzukommen. Das hier ist der einzige Lichtblick in einer verrückten Welt. So, jetzt wollen wir versuchen, dein Telefongespräch anzumelden, und sehen, ob wir deine Mutter auftreiben können.«

Aber als er es versuchte, stellte sich heraus, daß der Satellit für die nächste Stunde nicht erreichbar sein würde. Er hatte mir das gerade erzählt und zuckte hilflos mit den Achseln, als ein Telefongespräch für ihn durchkam. Es war ein Gespräch von der australischen Antarktisstation, und irgend jemand am anderen Ende hörte sich ziemlich verzweifelt an.

»McMurdo, wir brauchen Notfallbeistand. Können Sie uns einen Rettungsflug rüberschicken? Wir haben hier einen verbrannten Ösophagus. Muß sofort nach Neuseeland geschafft werden.«

»Roger, ich habe Sie gehört«, erwiderte Harry. »Ich werde Sie mit Carnady verbinden müssen. Bleiben Sie dran, ich leg Sie aufs Chalet.« Nachdem er ein paar Tricks mit den Knöpfen vollführt hatte, sagte er: »John? Da ist ein Notruf für Sie.« Er legte den Hörer auf und drückte den Halten-Knopf; nach einer kürzeren Zeit, als ich es je für möglich gehalten hätte, blinkte ein Licht auf, und das Gespräch mit der australischen Station war zu Ende.

Jetzt war Carnady wieder in der Leitung, und er brüllte so laut, daß ich jedes Wort verstehen konnte.

»Jameson? Ich will auf der Stelle eine Konferenzschaltung. Holen Sie mir das ganze Planungskomitee an die Strippe.«

»Roger«, sagte Harry, und nachdem er munter weiter auf seinen Knöpfen herumgespielt hatte, hatte er den Einsatzleiter der Scott-Station in der Leitung und außerdem den Standortkommandanten und zwei weitere hochrangige Marineoffiziere. Über den Lautsprecher auf Harrys Schreibtisch konnte ich jedes einzelne Wort mithören.

»Alle da?« sagte Carnady. »Gut. Noch ein Notfall. Irgendein Idiot in der australischen Station hat sich zuviel Wodka gegönnt, der vorher vierundzwanzig Stunden in einem ungeheizten Zelt gelegen hat. Sie wollen einen Rettungsflug. Ich bin dagegen. Was haben wir im Augenblick an Flugzeugen verfügbar?«

»Gerade hat ein Flugzeug nicht weit von Christchurch wieder kehrtgemacht«, sagte eine Stimme. »Die Maschine, die unseren neuen Motor an Bord hat. Ausfall des Radarsystems. Man weiß nicht, wann sie wieder startklar sein wird.«

»Bei der Marine beginnt morgen eine Flugpause zur Sicherheitsüberprüfung«, sagte eine andere Stimme. »Was immer Sie tun wollen, sollten Sie jedenfalls schnell tun.«

»Die Mannschaft in Christchurch ist schon zu lange auf den Beinen, um heute noch zu starten.«

»Wie wär's mit dem Flugzeug, das Benzin nach Marie-Byrd-Land fliegt?« schlug irgend jemand vor.

»Das Flugzeug war um elfhundert Uhr auf der Rollbahn und hat dort wegen eines Treibstofflecks wieder kehrtgemacht. Dann stellten sich um elf null fünf Schneeverwehungen ein bei Winden quer zur Piste. Die Maschine ist immer noch am Boden.«

»Sind andere Flugzeuge einsatzbereit?«

»Nur die Maschine zum Südpol. Und da brauchen sie uns wirklich. Wir haben jetzt seit sechs Tagen keine Maschine mehr zum Südpol gebracht.«

»Na toll«, sagte der Kaiser, »wirklich toll. Was haben wir also, einen fünftägigen Rückstand bei den planmäßigen Flügen? Und jetzt müssen wir auch noch eine Maschine für mindestens vierundzwanzig Stunden abzweigen, weil irgendein Arschloch minus dreißig Grad kalten Wodka trinken mußte. Stellen die sich eigentlich vor, daß die Vereinigten Staaten nichts Besseres zu tun haben, als für einen Haufen Idioten Krankenschwester zu spielen? Warum zum Teufel haben sie keine eigenen Flugzeuge hier? Ist denn Amerika für die Probleme der ganzen Welt verantwortlich?«

»Die Frage ist, ob wir einen Flug umleiten können«, sagte jemand. »Wenn ja, meine ich, sollte es die Maschine nach Marie-Byrd-Land sein.«

»Aber dort operieren sie mit Twin Otters«, wandte jemand anders ein. »Und sie schreien schon seit einer Woche nach Benzin.«

»Dabei geht es aber nur um Wissenschaft«, sagte eine Stimme, die, wie Harry mir zu verstehen gab, dem Einsatzleiter der Scott-Station gehörte. »Hier geht es um Menschenleben. Und um internationale Verständigung.«

»Das ist aber nicht unser Auftrag«, sagte Carnady. »Niemand hat uns mit internationaler Verständigung beauftragt. Und Sie erinnern sich vielleicht noch an diesen Italiener mit seinen Verbrennungen, den wir vor zwei Jahren aufgelesen haben. Auf halbem Weg nach Christchurch ist er uns unter den Händen weggestorben. Was zum Teufel soll das für einen Sinn haben?«

»Die Entscheidung liegt bei Ihnen, John«, sagte eine andere Stimme.

»Erinnern Sie sich an diese verdammte Spuren-Expedition? Genau das passiert, wenn man fremden Nationalitäten unter die Arme greift.«

»Williams Field meldet startbereit. Werden Sie dieses Flugzeug zur Verfügung stellen?« fragte der Standortkommandant jetzt.

»Scheiße«, sagte Carnady. »Na gut. Neues Ziel. Schicken Sie das Flugzeug.«

Alle legten auf, und für eine Weile herrschte Schweigen an Harrys

Schreibtisch, bevor die Leute die Köpfe schüttelten und sich wieder an ihre Arbeit machten. Mir tat Carnady allerdings für einen Augenblick leid, nachdem ich dieses Konferenzgespräch mit angehört hatte. Wie ungehobelt er sich auch benommen hatte, am Ende hatte er ein Flugzeug hergegeben. Und ich mußte ihm zustimmen, daß es ziemlich blöd war, minus dreißig Grad kalten Wodka zu trinken, ohne zu überlegen, ob er einem vielleicht die Kehle ausbrennt. Trotzdem hatte ich das Gefühl, daß ich persönlich so ziemlich alles tun würde, wenn ich irgendwo da draußen in der Antarktis wäre, um im Notfall unter keinen Umständen in McMurdo um Hilfe nachsuchen zu müssen.

Harry schien weit weniger Mitleid mit Carnady aufzubringen.

»Der Kaiser in Aktion«, sagte er. »Im alten Athen, übrigens einer ebenfalls extrem paranoiden Gesellschaft, hätten sie gewußt, wie man mit dem Typ fertig wird.«

»Du hast dich mit der Antike beschäftigt?«

»Ein bißchen. Ich erinnere mich an das Scherbengericht. Einmal im Jahr hat sich die ganze Polis versammelt, um zu entscheiden, ob jemand verbannt werden sollte oder nicht. Irgend jemand. Wenn das Votum ja lautete, dann schrieb jeder Bürger von Athen auf eine Scherbe, wen er gern ausgeschlossen sehen würde. Wenn sechstausend Stimmen zusammengekommen waren, dann mußte derjenige, dessen Name am häufigsten vorkam, unter Hinterlassung all seiner Habe innerhalb von zehn Tagen Attika verlassen und zehn Jahre in der Verbannung verbringen. Es war eine Art Sicherheitsventil, eine Methode, um mit Männern fertigzuwerden, die zu mächtig geworden waren und die jedermann fürchtete. Wie Cäsar; sechzig Senatoren auf einmal mußten ihn töten, weil keiner es allein wagte.«

»Ich verstehe, worauf du hinauswillst. Tausend Scherben mit dem Namen ›John B. Carnady‹ darauf.«

»Genau«, sagte Harry.

»Ich erinnere mich, daß eine Freundin – meine zweite Mutter, um genau zu sein – mir einmal von dieser Sache in Athen erzählt hat, die sie *andrapodismos* nannten.«

»Ja, davon habe ich auch gehört. Im Grunde genommen Genozid als Instrument der Politik. Nun, sollen wir jetzt versuchen, das Gespräch zu deiner ersten Mutter durchzukriegen?«

Diesmal kam das Gespräch zu meiner Freude und meinem Erstaunen tatsächlich durch. Als ich die Stimme meiner Mutter hörte, hätte ich um ein Haar laut aufgeschrien.

»Hallo?«

»Hallo Mutter? Hier ist Morgan! Wir müssen immer ein paar Sekunden warten, damit wir nicht gleichzeitig reden!«

»Morgan? Wo steckst du?«

»Ich bin in der Antarktis!«

»In der Antarktis? Aber du kannst mich doch unmöglich von der Antarktis aus anrufen, oder?«

»Doch! Aber es ist nicht so einfach! Und wir können nicht lange reden!«

»Morgan? Ich kann es nicht glauben.«

»Wie *geht* es dir?«

»Oh, mir geht es gut. Jim wird bald weggehen.«

»Wohin denn?«

»Ich weiß es nicht. Aber laß uns nicht davon reden. Hast du Scott schon gesehen?«

»Scott gesehen? Wie meinst du das?«

»Nun, hast du ihn gefunden?«

»Er ist tot, Mutter. Wie könnte ich ihn da finden?«

Es entstand eine kurze Pause, und dann sagte sie: »Natürlich ist er das. Ich scheine noch halb zu schlafen. Hier ist jetzt Nacht. Nun, wie gefällt dir dein Job?«

»Mein Job ist scheußlich!« sagte ich fröhlich. »Aber es ist interessant hier draußen, mit so vielen verschiedenen Leuten. Es gibt Matrosen und Offiziere und natürlich die Zivilisten, die Arbeiter, und dann sind da noch die Wissenschaftler und die Bürokraten. Es ist wie eine Welt im kleinen, nur daß man eben jeden, der dazugehört, kennenlernt.«

»Ach, wirklich?«

»Und ich habe mich mit jemandem angefreundet, der Wissenschaftler ist, Mutter.«

»Tatsächlich?« fragte sie zurück. »Aber du magst doch keine Wissenschaftler.«

»Ich hatte ja noch nie einen kennengelernt. Und ich habe mich mit einem Marineoffizier angefreundet.«

»Einem Marineoffizier? Ich habe selbst mal ein paar Jungs von der Marine gekannt. Vor langer Zeit, als ich den Atlantik überquerte. Du bist doch nicht in Gefahr, oder, Morgan? Ich möchte nicht, daß du in Gefahr gerätst!«

»O ja, ich bin in Sicherheit, viel zu sehr in Sicherheit, um genau zu sein.«

»Weil nämlich dein Großvater William ...«

Aber an dieser Stelle zeigte Harry auf die Uhr. Er hatte mich darauf hingewiesen, daß ich es kurz machen müsse.

»Mutter«, unterbrach ich sie. »Ich muß jetzt aufhören.«

»Na gut. Es war jedenfalls wunderbar, deine Stimme zu hören. Komm bald heim«, sagte sie. Selbst über diese große Entfernung glaubte ich, einen sehnsüchtigen Klang in ihrer Stimme ausmachen zu können.

»Vielleicht tue ich das«, sagte ich. »Vielleicht. Aber für den Augenblick erst einmal auf Wiedersehen!«

»Auf Wiedersehen. Ich hab dich lieb«, sagte meine Mutter.

»Ich hab dich auch lieb.« Als ich den Hörer auflegte, war ich vor Freude und Aufregung ganz rot im Gesicht.

»Das war herrlich, Harry. Ich danke dir so sehr«, sagte ich.

»War mir ein Vergnügen. Jetzt solltest du aber besser gehen. Ich muß noch arbeiten.« Also ging ich und machte einen langen Spaziergang um McMurdo herum. Es war ein prächtiger Spätnachmittag, und ich war so glücklich darüber, mit meiner Mutter gesprochen zu haben, daß ich ganz überwältigt davon war. Aber ich war eindeutig glücklich, ob ich es glaubte oder nicht. Sie war nun mal meine Mutter und ich ihre Tochter, und ich war jetzt, nachdem ich mit ihr geredet hatte, wieder ein wenig mehr ich selbst. Ich ging immer weiter, und dann sah ich jenseits von Kap Royds eine Fata Morgana. So etwas hatte ich schon einmal erlebt, aber nie am späten Nachmittag, da solche Phänomene normalerweise nur dann auftraten, wenn die Sonne dem Horizont nahe ist. Fata Morganas werden hervorgerufen durch warme Luftschichten, die sich über Wasserpfützen bilden, und sie reflektieren und vergrößern kleine Unregelmäßigkeiten im Eis. In Wirklichkeit sah ich nur das ferne Packeis, aber in Form hoch aufragender Klippen aus weißem Stein. Am Fuß dieser Klippen lag blaues Wasser in langgestreckten Seen, und über ihnen schienen Moscheen und Schlösser aufzutauchen mit goldschimmernden Minaretten und Kuppeln, von denen einige mit bunten Bildern bemalt waren.

Es war herrlich anzusehen und ein wenig wundersam, denn es war ja alles nur eine Reflexion. Reflexion und Refraktion, Moscheen und Schlösser aus Eis geschaffen, von der Atmosphäre zurückgeworfen wegen der dort herrschenden Inversionslage. Das ganze Bild entstand aus dem Wechselspiel seiner Teile, doch es wurde mehr als das, mehr als man sich je hätte ausmalen können, ja, es erlangte eine eigene Identität, die nichts mehr mit dem Eis zu tun hatte. Es war wie der Ort, an dem ich mich befand – McMurdo, die kleine Welt. Man brauchte immer etwas, das die von einem ausgesandten Signale reflektierte – die Ionosphäre, Satelliten oder eine Inversionsschicht. Man konnte nicht lange existieren, ohne zu sich selbst zurückzukehren. Die Leute versuchten verzweifelt, nach Hause zu telefonieren. Es gab einen gewaltigen Telefonrückstand, weil die Duplexverbindung so wichtig war. Mac Sideband: »Hier ist Lake Vanda. Vergessen Sie unser Gemüse nicht.« Die australische Station rief an und bat um Notfallhilfe. Den Kaiser hätte jeder, dem man die Chance dazu und eine Keramikscherbe gegeben hätte, verbannt, denn wenn einem seine Signale von *ihm* zurückgeworfen wurden, dann befand man sich plötzlich in einer Art Magnetsturm. Ich brauchte Harry mit seiner Theorie über die Versagergene, um mir das zu erklären, was um mich herum geschah. Ich brauchte Gary Meekins, um sagen zu können: »Ich hatte nie einen Wissenschaftler kennengelernt.« Und seit ganz kurzer Zeit, seit heute, um genau zu sein, brauchte ich meine Mutter – die mir sagte, ich solle auf mich aufpassen, die mir sagte, daß sie mich liebhatte, die mich daran erinnerte, daß ich Scott bisher noch nicht gesehen hatte und daß es an der Zeit sei, mich endlich auf die Suche nach ihm zu begeben.

Aber ich konnte in der folgenden Woche nicht nach Kap Evans aufbrechen. Kurz bevor ich McMurdo verlassen wollte, kam ein Sommersturm auf, so daß ich meinen Abmarsch um weitere sieben Tage verschieben mußte, doch das war mir egal. Nach dem Gespräch mit meiner Mutter befand ich mich in einem Zustand permanenter Glückseligkeit, und allein das Zusammenstellen der Ausrüstung, die ich benötigen würde, machte mir große Freude. Harry beschaffte mir eine Rauchbombe für den Fall, daß ich mich verletzen sollte, da so etwas zu dieser Jahreszeit die einzig vernünftige Möglichkeit war, einen Notfall zu signalisieren, und er besorgte mir auch ein Zelt aus dem Berg Field Center – falls es, während ich mich auf dem Meereis befand, stürmisch werden sollte, würde ich keine Möglichkeit haben, mir anderweitig eine Schutzmöglichkeit zu bauen. Ich besaß meinen eigenen Schlafsack, darüber hinaus ein Öfchen, und ich hatte die Absicht, vier Liter Wasser mitzunehmen, ein Paar zusätzliche Socken und Stiefeleinsätze und natürlich extra warme Unterwäsche. Außerdem würde ich etwas zu essen mitnehmen, ein gutes Paar Skier und ein hervorragendes Paar Steigeisen. All diese Dinge packte ich in einer Ecke meines Schlafzimmers zusammen und bewunderte sie jeden Tag, wenn ich von der Arbeit zurückkehrte, aufs neue. Von meinen Zimmergefährtinnen wußte nur Tara Crane, wofür diese Dinge bestimmt waren.

Ich erzählte sowohl Tara als auch Harry genau, wann ich losmarschieren würde, wann ich voraussichtlich Kap Evans erreichen und wie lange ich dort bleiben würde, und ich gab ihnen beiden Anweisung, falls ich in drei Tagen nicht zurück sein sollte, Mac Center zu informieren. An den beiden Tagen vor meiner geplanten Abreise beobachtete ich ängstlich das Wetter – und am zweiten Tag war es dann sonnig, windstill und klar. Nach dem Abendessen rief ich meinen Chef an und erzählte ihm, ich sei krank und würde am folgenden Morgen nicht zur Arbeit kommen können. Obwohl es ein wenig ungewöhnlich war, am Vorabend anzurufen, schien er keinen Verdacht zu schöpfen. Ich hatte beschlossen, McMurdo um halb drei Uhr morgens zu verlassen, wenn die meisten Leute schliefen oder zumindest im Haus waren, so daß ich bessere Chancen hatte, ungesehen wegzukommen.

Jetzt wartete ich darauf, daß meine Zimmerkameradinnen einschliefen, und als sie endlich schnarchten, nahm ich meinen Rucksack und meine Skier aus der Ecke, wo ich sie aufbewahrt hatte, und ging quer durch den Schlafsaal zur Tür. In dem vier Monate währenden antarktischen Sommer hat man keine Chance, irgend etwas »im Schutz der Dunkelheit« zu tun, und so fühlte ich mich ein wenig unwohl, als ich in den grellen südlichen Sonnenschein hinaustrat. Ich ging zur Winterlagerbucht und wollte dort aufs Meereis hinaus. Es wäre einfacher gewesen, die tief zerfurchte Straße zu nehmen, die am Hubschrauberstartplatz auf der anderen Seite von McMurdo ihren Anfang nahm. Aber dann hätte die Möglichkeit bestanden, daß man mich vom Fenster der Wetterstation aus sehen konnte. Also mußte ich mich für die Straße entscheiden, die zur Hüttenspitze und zur *Discovery*-Hütte führte, eine lange Straße, eine, die mir das peinliche Gefühl gab, mich auf einem Präsentierteller zu bewegen. Ich war in ständiger Angst, irgend jemand könne mich beobachten. Daran ließ sich jedoch nichts ändern, also hastete ich weiter und sagte mir immer wieder, daß ich lediglich an der typischen McMurdo-Paranoia litt und daß ich auf jeden Fall in Sicherheit sein würde, wenn ich erst einmal die Hüttenspitze hinter mir hatte.

Als ich das Meereis endlich erreichte, sah ich zum ersten Mal, wie übel die Gezeiten dem Eis mitgespielt hatten. Eisspalten und -risse im Dezember waren sowohl dynamisch als auch gefährlich. So gern ich direkt quer über die Winterlagerbucht marschiert wäre – ich wagte es nicht, sondern suchte mir mit äußerster Sorgfalt meinen Weg durch die Übergangszone. An Kap Armitage, Kap Evans und der Hüttenspitze gab es immer Preßeisspalten, weil diese Landspitzen weit in den Gezeitenbereich hineinragten, aber die Preßeisrücken waren deutlich zu erkennen, und die geraden Risse waren ziemlich problemlos; in acht nehmen mußte ich mich dagegen vor den aktiven Rissen, Stellen, an denen das

Eis gebrochen, auseinandergedriftet und dann wieder überfroren war. Der mittlere Bereich konnte sehr dünn sein, und oft hatte man keine Chance, herauszufinden, wie breit dieser dünne Teil war, ohne ihn anzubohren. Wenn das Eis gut und kräftig war, reichten zehn Zentimeter ohne weiteres aus, um einen Fußgänger zu tragen, und dreizehn Zentimeter hätten sogar für ein Schneemobil gereicht.

Im Augenblick jedoch, im Dezember, war das Eis mit Meerwasser gesättigt, ziemlich sumpfig und nirgendwo wirklich fest. Trotzdem wäre ich einfach nur glücklich gewesen, endlich dort zu sein, wenn ich nicht von McMurdo aus noch gesehen werden konnte, bis ich an der Hüttenspitze vorbei war. Außerdem fand ich es ein wenig entnervend, meinen Weg mit solcher Sorgfalt wählen zu müssen und meine Skier noch nicht gebrauchen zu können. Aber ich bewältigte sowohl die Gezeitenrisse als auch die Übergangszone, und so befand ich mich tatsächlich – keine Stunde nach meinem Aufbruch – auf dem McMurdo-Sund. Ich probierte meine Skier aus, aber die Bedingungen waren immer noch nicht so, wie ich sie mir wünschte. Zum einen war das Eis zu glatt, zum anderen an der Oberfläche zu wellig. Ich fand, daß es wenig Sinn hätte, die Skier mitzunehmen, und daß sie mich nur behindern würden; also stellte ich sie an der Straße ab, die zu den Beobachtungshütten für die Weddellrobben führte. Dann ging ich weiter, dankbar für meine Steigeisen, die es mir ermöglichten, auf dem glatten Eis ziemlich schnell vorwärtszukommen. Das einzige Problem war, daß ich jetzt gar nicht mehr schnell vorwärtskommen wollte.

Nein, ich wollte langsam gehen, ganz langsam. Als ich fünf Kilometer von McMurdo entfernt war, war die Paranoia, die dort in der Luft lag und alles wie ein Leichentuch einhüllte, plötzlich wie weggewischt, und ich hatte wieder dasselbe Gefühl wie in Neuseeland, das Gefühl, aus einem Gürtel giftigen Gases in die Atmosphäre reinen Sauerstoffs gelangt zu sein. Ich war jetzt seit zwei Monaten in McMurdo, und doch hatte ich binnen nur einer Stunde das Gefühl, als hätte es diese Zeit nie gegeben. Ich hatte das nur geträumt. Ich hatte von diesem Ort, an dem jeder vor irgend etwas Angst hatte, nur geträumt. Jetzt war der Traum vorbei, und ich war zu einem neuen Tag erwacht und fand mich im Land der Antarktis wieder.

Die Antarktis war wunderschön. Ich hatte sie aus dem Flugzeug von oben gesehen, und jetzt sah ich sie wieder, eine neu geschaffene Welt.

und wieder hatte ich das Gefühl, daß ich diese Welt mit den Augen eines Kindes sah. Alles um mich herum schien meinen Blick auf sich zu ziehen. Also ging ich ein Stückchen und blieb dann stehen. Ich stand da und lächelte, mitten auf dem Meereis, und ließ die Minuten verstreichen. Irgendwann wurde mir dann klar, daß ich weitergehen sollte, und ich machte mich schnell wieder auf den Weg, zumindest für eine Weile, bis ich irgendwann erneut stehenblieb, nachdem ich die Hüttenspitze hinter mir hatte. Der Erebus zeigte sich mir aus einem ganz neuen Blickwinkel; seine Hänge – ganz weißes Licht – schienen sich bis auf das Meereis zu erstrecken. Er war der schönste Berg der Welt, und ich konnte meinen Blick nicht von ihm abwenden, wie er sich da dem Himmel entgegenhob und dabei dennoch so sanft war, so bescheiden, so einladend. Um überhaupt weitergehen zu können und nicht durch die Welt um mich herum in staunende Reglosigkeit zu verfallen, blieb mir nichts anderes übrig, als mich auf meine eigenen Bewegungen zu konzentrieren, meinem rechten Bein das Weitergehen zu befehlen, dann meinem linken und schließlich wieder dem rechten. Nach einer Weile brauchte ich meine Bewegungen jedoch nicht mehr bewußt zu steuern und verfiel – mittlerweile hatte ich auch meine Steigeisen abgenommen – in einen weit ausholenden Marschschritt, begleitet nur vom Knarzen meiner Stiefel auf dem Eis.

Warum hatte ich das nicht schon lange vorher getan? fragte ich mich immer wieder. Warum hatte ich so lange gewartet, bevor ich hier herauskam, hierher, wo die Welt die Welt war und das Eis einfach Eis, das mich schon so lange rief? Das Sonnenlicht glitzerte auf dem Meereis wie auf Goldpapier, die Eiswellen klebten wie Stuck auf dem Planeten, und das Gerippel des Eises war das Funkeln der wahren Kerzen dieser Erde. In der Ferne lagen einige Weddellrobben, aber ich wußte, daß es bei Kap Evans noch mehr von ihnen geben würde, also kümmerte ich mich nicht weiter um sie und ging einfach weiter, immer weiter auf die Gletscherzunge des Erebus zu. Irgendwann machte ich kurz halt, um zu frühstücken, später, um etwas zu Mittag zu essen; bei diesen Gelegenheiten setzte ich mich auf meinen Rucksack und aß Käse und Cracker, und die ganze Zeit hüllte mich diese gewaltige Stille ein. Ich hatte ein Gefühl, vertraut und uralt, daß jetzt alles möglich war, daß ich wanderte und die Welt weiß war, daß ich Morgan war und die Welt ein Teil von mir.

Ich erinnerte mich daran, dieses Gefühl schon einmal gehabt zu haben. Und zwar damals, bei meiner zweiten Geburt. Ich hatte am Fenster gesessen und zugesehen, wie es draußen in den Vorbergen von Quarry schneite. Dann war ich plötzlich erwacht und hatte festgestellt, daß ich sprechen konnte; ich hatte zu meiner Mutter gesagt, daß ich nach draußen wolle. Den Schnee hatte es zur Erde gezogen, als hätte er dort etwas ganz Wichtiges zu tun, und als meine Mutter mir in meinen Schneeanzug geholfen, mir meine roten Stiefel angezogen und die Tür geöffnet hatte, war ich wie ein Champion in die Welt hinausgegangen, dorthin, wo der Wind war. Ich hatte, wie mir damals klar wurde, zu lange geschlafen. Jetzt hatte ich dasselbe Gefühl wieder. Ich konnte weitergehen und mein Leben finden. Irgendwo da draußen wartete es auf mich.

Aber zwischen heute und damals gab es doch einen wesentlichen Unterschied, denn ich hatte jetzt gleichzeitig das Gefühl, wieder auf meinem Felsen zu sitzen, dem Felsen, den ich das erste Mal entdeckt hatte, als mein Vater uns verlassen hatte und ich in den feuchten Tag hinausgelaufen war und den Sitzplatz auf dem Findling gefunden hatte. Seither war ich immer, wenn mich irgend etwas verletzt hatte, dorthin gegangen, hatte mich ganz allein auf den Fels gesetzt und gedacht, der Fels sei ich und ich der Fels – dann hatte ich jedesmal gesehen, daß alle Sorgen vergingen und daß jenseits von ihnen etwas existierte, das ewig und unvergänglich war. Das war das Reich des Inneren, in dem ich eins war mit dem Universum; und jetzt war das Meereis auf dem McMurdo-Sund für mich der Fels.

Und deshalb wollte ich weiterlaufen, weil jetzt alles möglich schien. Ich war ein Champion in dieser Welt plötzlichen Staunens. Und ich wollte da sitzen bleiben, wo ich war, sitzen bleiben, weil die ganze Antarktis jetzt dieser Fels war. Wandernd und verharrend kam ich schließlich zur Gletscherzunge des Erebus, einem langen Gletscherfinger, der von der Ross-Insel in den Ozean hineinragt und den ich entweder umrunden oder überklettern mußte. Bevor ich jedoch das eine oder andere tat, wollte ich die »Eishöhlen« erkunden, diese Spalten im Gletscher, von denen ich durch Harry erfahren hatte, der sie bei einer eigens für Marineoffiziere veranstalteten Exkursion gesehen hatte. An einigen Stellen waren Handseile befestigt worden, damit die Besucher leichter in die Höhlen hineinklettern konnten. Da ich meine Steigeisen dabeihatte, brauchte ich die Seile nicht unbedingt, aber sie waren trotzdem sehr nützlich. Ich ließ meinen Rucksack zurück, stieg den kleinen Eishügel vor dem Eingang hinauf, ließ mich dann in die Höhle hinab und fand mich an einem seltsam unheimlichen Ort wieder. Er war erfüllt von blauem Licht, sehr düster und wahrscheinlich ganz anders als das Blau, das man sich vorstellt.

In dem Licht waren zugleich ein Hauch von Purpur und ein Hauch von Grün und Grau. Als ich zum Grund der Gletscherspalte beziehungsweise Höhle hinunterglitt, dachte ich anfangs, ich sei in völlige Finsternis geraten. Das Sonnenlicht draußen auf dem Eis glich einer Fünfhundert-Watt-Birne. Dagegen war das hier nur eine Fünf-Watt-Birne. Und dennoch sah ich alles, was es zu sehen gab, nachdem sich meine Augen erst einmal an die Dunkelheit gewöhnt hatten. Ich befand mich in einem Labyrinth von Höhlen und Passagen und Katakomben. Das Eis, das sich über mir etwa fünfzehn Meter hoch auftürmte, formte sich innen zu einer Reihe asymmetrischer, höhlenartiger Räume. Es gab Stalaktiten und Stalagmiten, allesamt aus Eis. In einer der Kammern entdeckte ich ein Atemloch der Robben. Dort tauchte nun auch tatsächlich eine Robbe auf, die sich mit der Nase voran mir entgegenschob. Ihre Augen waren lange auf mich gerichtet, keine Spur von Angst darin, sondern lediglich Überraschung. Die Robbe atmete tief ein und verschwand dann wieder. Das Geräusch, mit dem sie an die Oberfläche gekommen war, klang wie ein Schnaufen oder Japsen, begleitet von einem Spritzen, das durch die engen Wände viel lauter schien, als es in Wirklichkeit gewesen sein konnte. Als sie wieder abtauchte, blieben nur ein Kräuseln des Wassers und absolute Stille zurück.

Das purpurgrüne Licht und die Kälte hielten die Stille fest. Ich war wie verzaubert von den Eishöhlen, die so wundersam glatt und auf magische Weise erleuchtet waren. Andererseits fürchtete ich mich jetzt auch ein wenig, weil ich allein war. Wenn man unangeseilt in eine Gletscherspalte stürzte, den Sturz überlebte, aber nicht gerettet wurde, dann würde man allein sterben, nicht einmal mit Robben als Gesellschaft. Ich glaube, ich hatte keine bösen Befürchtungen, aber an diesem Tag fühlte ich mich so voller Leben, daß selbst die leiseste Erinnerung an den Tod mehr war, als ich ertragen konnte, und schon kurze Zeit später war ich wieder draußen im Sonnenlicht. Dort schien es mir beinahe zu warm. Ich nahm meinen Rucksack, überquerte die Gletscherzunge und gelangte wieder aufs Meereis. Der Türkenkopf sowie die

Große und die Kleine Finnwalinsel waren jetzt deutlich auszumachen.

Ja, ich konnte sogar, obwohl ich das damals noch nicht wußte, die Spitze von Kap Evans sehen – noch weit entfernt, aber ich kam ihr mit jedem Schritt näher. Und mich trieb nach den Eishöhlen ein Gefühl verstärkter Dringlichkeit voran, das Gefühl, mich schneller bewegen zu müssen, damit ich Kap Evans früher erreichte. Außerdem wurde mir jetzt, da ich auf der anderen Seite der Gletscherzunge war, schlagartig bewußt, daß hier, jawohl, genau hier auch die *Terra-Nova*-Schlittentrupps vorbeigekommen sein mußten. Genau hier, in der Nähe von Tryggves Spitze, war Scott damals zum Südpol aufgebrochen. Und von hier war der Suchtrupp losmarschiert, hierher war er später mit Scotts Tagebüchern zurückgekehrt, aus dem Nichts geschleudert wie Queequegs Sarg, bis hierher hatten sie die fünfunddreißig Pfund Gestein geschleppt, die Wilson am Beardmore aufgesammelt hatte, weil sie versteinerte Blätter einer farnartigen Pflanze enthielten, von der er wußte, daß sie seit etwa zweihundert Millionen Jahren ausgestorben war.

Genau hier. Das alles hatte sich genau hier ereignet. Immer wieder sah ich mich um und dachte *genau hier*, und auch *da oben irgendwo*, die Spuren-Expedition, die *Terra-Nova*-Hütte. Es wäre schön, den Mann kennenzulernen, der am Pol gewesen war, aber was ich im Augenblick an dieser Stelle – genau hier genau hier genau hier – wirklich wollte, war einfach nur, schnell in die Hütte zu kommen. Seit ich *Sledging into History* gelesen hatte, hatte ich mich nach diesem Augenblick gesehnt, und jetzt war er fast gekommen; er lag direkt vor mir. Lauf weiter, Morgan, sagte ich mir. Geh dorthin. Finde Scott. Dann sah ich aus den Augenwinkeln etwas auf dem Eis, das dort nicht hingehörte. Es war schwarz und weiß und seltsam geformt, und zuerst hielt ich es für einen Felsblock. Aber auf dem Meereis gab es natürlich keine Steine. Das Ding war gedrungen und eckig und völlig reglos, und als ich stehenblieb, um es anzustarren, dachte ich zuerst, es könnte sich vielleicht um eine ganz winzige Milchkuh handeln. Jetzt allerdings nahm ich eine leise Bewegung wahr, ein vorsichtiges Sich-Rühren und etwas, das so aussah wie Flügel, die zur Seite geschoben wurden, während eine Bewegung am anderen Ende vielleicht an den Kopf eines Vogels denken ließ. Was für eine Art Vogel war schwarz? Ein schwarzweißer Vogel. Ich sprach es beinahe laut aus, bevor mir klar wurde, daß ich da einen Pinguin vor mir hatte.

Das ist es, was mich an der Antarktis fesselt. Neue Augen für eine neue Welt. Wenn dieser Pinguin von der Brutkolonie auf Kap Royds kam, fünfzig Kilometer von hier, war er eindeutig in der falschen Richtung unterwegs. Es gab kein offenes Wasser hier, wohl aber einige große, offene Rinnen bei Kap Evans, wie ich bald herausfinden sollte. Aber so groß sie auch sein mochten, sie reichten sicher nicht als Fischgrund für Pinguine. Dieser Pinguin hatte fünfzig Kilometer in die falsche Richtung zurückgelegt, ohne zwischendurch fischen zu können, und doch wirkte er in diesem Augenblick, als er seine Flossen ausstreckte, als könne ihn nichts auf der ganzen Welt bekümmern.

Während ich ihn beobachtete, vergaß ich die Hütte abermals. Ich lief direkt auf den Pinguin zu – doch ich verlangsamte meinen Schritt, als ich mir klar machte, daß ich ihn vielleicht erschrecken könnte. Aber er bemerkte mich kaum. Er blieb einfach liegen, drehte den Kopf von einer Seite zur anderen und hob die Flossen hoch über die Schultern, so als wolle er sich die Achseln kühlen. Dann faltete er die Flossen vor der Brust zusammen und ließ sich wieder aufs Eis plumpsen. Er sah mich ohne jede Neugier an und wandte den Blick dann wieder nach Norden. Er drückte seine Brust in den Schnee und machte ein kleines Nest, in dem er bequem liegen konnte. Dann streckte er seine rosafarbenen Füße hinter sich aus, wodurch er sich zwei, drei Zentimeter nach vorn schob. Danach wackelte er mit seinen langen Frackspitzen und heftete seine Augen auf den Horizont.

Seine Augen waren weiß gerändert und sahen auf eigenartige Weise lernbegierig aus. Als ich nur noch etwa anderthalb Meter entfernt war und in die Knie gegangen war, um meinen ersten antarktischen Pinguin besser betrachten zu können, sprang das Tier plötzlich auf die Füße, faltete seine Arme vor der Brust und warf sie dann erst in die Höhe und anschließend nach hinten. Dann rannte er plötzlich wie um sein Leben. Er stürzte davon und lief so schnell, wie man das mit fünfzehn Zentimeter langen Beinen eben kann. Seine Flossen vollführten kleine, propellerartige Kreisbewegungen, den Kopf hielt er leicht vorgebeugt, und seine Füße klatschten aufs Eis. Dann warf er sich ohne Vorwarnung auf den Bauch.

Jetzt glitt er auf der Brust durch den Schnee, und ich rannte hinter ihm her, weil ich glaubte, ihn aufhalten zu müssen, glaubte, daß er diese Art von Schwung nicht würde beibehalten können. Ich hielt diese

Rutschpartie übers Eis für eine Art Ruheposition und war der Meinung, ihr würde ein neuer Spurt folgen. Aber das war ein Irrtum. Der Pinguin benutzte seine Beine, um sich auf dem Eis abzustoßen. Er schob sich mit dem linken Fuß weiter, dann mit dem rechten, dann wieder mit dem linken und schließlich wieder mit dem rechten. Er glitt auf der Brust übers Eis und bewegte sich so schneller als im aufrechten Zustand. Während ich hinter ihm herlief, folgte ich den hübschen kleinen Spuren, die seine Füße hinterließen. Sie schienen eine Sorglosigkeit zu verkörpern, wie sie ganz und gar dem Charakter des Pinguins entsprach.

Während ich nun so hinter ihm herlief, hinter diesem einzigen Pinguin, der auf dem Weg nach Norden war, war ich sicher, daß er plötzlich beschlossen haben mußte, sich wieder auf offenes Wasser zuzubewegen. Aber in Wirklichkeit beeilte er sich, wie ich schon bald feststellte, nur deshalb so, um sich einem Trupp weiterer Pinguine anzuschließen, ein paar schwarzen Pünktchen weit vor uns, die nun jedoch langsam näher kamen. Wahrhaftig! Sie kamen sogar schnell näher, denn sie alle glitten auf ihren Bäuchen übers Eis, genau wie mein Pinguin; und jetzt beschloß mein kleiner Freund, dort, wo er war, haltzumachen und auf seine Kameraden zu warten. Die Pinguine wurden allmählich größer und machten dann eine lange Pause, blieben etwa dreißig Meter von mir entfernt auf ihren Bäuchen liegen, bis sie sich auf irgendein für mich nicht erkennbares Signal hin wieder erhoben.

Jetzt jedoch hatte die große Gruppe beschlossen, nicht weiter bäuchlings übers Eis zu rutschen, sondern die Füße zu benutzen, bis einige der Tiere sich wieder der alten Fortbewegungsart zuwandten, so daß immer einige von ihnen rutschten, während andere mit ihren rosafarbenen Füßen über sie hinwegstampften. Da die Rutschenden sehr viel schneller vorwärtskamen als die Fußläufer, besannen sich letztere schnell eines Besseren. Dann ließen sie sich wieder bäuchlings aufs Eis fallen – oft genug auf ihre bereits am Boden liegenden Kameraden.

Die Getroffenen sprangen dann auf und ließen ihre Flossen durch die Luft kreisen, als wollten sie gleich abheben. Schon aus der Ferne wirkte die Gruppe ziemlich komisch, und aus der Nähe war sie geradezu zum Totlachen. Von Zeit zu Zeit hielt der ganze Trupp abrupt an, und mit tiefernster Miene diskutierten die Pinguine die Sache unter sich, als machten sie sich langsam Sorgen, in welche Richtung sie eigentlich laufen sollten. Sie hatten wohl gehört, daß im Süden offenes Wasser zu finden sein sollte. War das vielleicht nur ein Gerücht? War es möglich, daß sie nicht die Visionäre waren, für die sie sich hielten? Ja, alle anderen waren gerade in diesem Augenblick auf dem Weg nach Norden. Aber warum sollten sie sich dazu herablassen, davon Notiz zu nehmen? Und doch . . . und doch . . . wo war dieses offene Wasser jetzt?

Aufrecht stehend, mit entspannt herabhängenden Flossen, blickten sie übrigens alle in verschiedene Richtungen. Einige schauten ihren Kameraden über die Schulter. Einer kletterte sogar auf einen kleinen Eishügel, so als würde ihm eine bessere Aussicht helfen, sein Problem zu lösen. Das war gar nicht so einfach – für jemanden, dessen Beine nur fünfzehn Zentimeter lang waren, war der Eishügel ein mittelhoher Berg –, aber er schaffte es bis auf den Gipfel, beugte sich dann nach vorne und spähte in alle Richtungen. Als er jedoch begriff, daß er das Problem auf diese Weise auch nicht würde lösen können, beschloß er, sich statt dessen ein wenig zu amüsieren. Er ließ sich auf den Bauch fallen und rutschte auf der anderen Seite des Eishügels hinunter, eilte dann um den Hügel herum und rutschte ihn nur so zum Spaß ein zweites Mal hinunter. Nun bemerkten auch einige andere Pinguine, unter ihnen mein ursprünglicher Freund, das muntere Treiben ihres Kameraden und drängten sich um ihn, um es ihm gleichzutun.

Mittlerweile war die Frage der Navigation vergessen. Wen kümmerte es schon, wo sie waren, wenn sie hier so wunderbar spielen konnten? Und sie spielten und spielten, während ich auf dem Eis kniete und zusah und lauthals lachte. Eine Gruppe von vier Tieren löste sich schließlich von den anderen und versammelte sich zu einer ernsthaften Beratung, bevor sie sich auf den Weg machten. Die anderen ließen sie einfach stehen.

Und diese Vierergruppe marschierte nun weder nach Norden noch nach Süden, sondern nach Westen, auf die Royal-Society-Kette zu. Sie bewegte sich im Gänsemarsch – das wirkte im Kontrast zu den noch immer in ihr Spiel versunkenen Tieren sehr nüchtern. Da hielten die verspielteren Pinguine inne und spähten dieser entschlossen abmarschierenden Formation hinterher. Also wirklich, die schienen ja zu wissen, wo es langging, diese vier, die nach Westen liefen. Und es stimmte, diese vier waren immer schrecklich klug gewesen. Es wäre dumm, einfach hier zurückzubleiben, beschlossen die anderen alle plötzlich und beeilten sich, hinter den ersten vieren herzulaufen. Kurze Zeit später hatten alle etwa zwanzig Tiere eine schnurgerade Linie gebildet und marschierten in relativ gemächlichem Tempo davon, alle aufrecht, alle völlig gelassen. Sie waren auf ihrem Weg, wie es schien, so als hätten sie nie auch nur den geringsten Zweifel daran gehabt, in welche Richtung sie gehen wollten. Sie stapften ungerührt vor sich hin und nickten dabei immer wieder würdevoll mit den Köpfen. Sie waren Gelehrte auf einem Ausflug in die Berge. Vielleicht Geologen. Nein, wohl eher Glaziologen.

Mit einer Mischung aus Bedauern und Freude sah ich den davonstapfenden Pinguinen nach und machte mich dann daran, meinen Weg nach Kap Evans fortzusetzen. Ich hatte die Pinguine über eine Stunde lang beobachtet und beinahe vergessen, daß ich ja in Eile sein könnte. Jetzt war es schon Spätnachmittag, beinahe Zeit fürs Abendessen. Ich war müde, und ich fror, und ich hatte Hunger, aber all das bedeutete nichts, denn ich war *dort*, draußen in der Antarktis, und ich hatte Pinguine gesehen, und neben mir streckte sich ein aquamarinblauer Gletscher dem Meer entgegen. Vor mir konnte ich ungefähr anderthalb Kilometer vom Nordkap und vom Weststrand entfernt Inaccessible Island sehen und darum herum in der Südbucht Eisberge, die sich vom Barnegletscher gelöst hatten. Sie waren im vergangenen April im Meereis festgefroren. Wind und Meer waren über sie hingestrichen, hatten sie gedreht und gewendet und ihre Oberfläche geglättet.

Während ich Kap Evans immer näher kam, sah ich riesige Skuas am Himmel mit ihrem Gefieder in erdfarbenen Brauntönen. Sie kamen ganz in meine Nähe und betrachteten mich mit leuchtenden Augen, segelten dann um die Eisberge herum und waren wieder verschwunden zu ihren Nestern und ihren Gefährten. Ich hatte jetzt den Wind im Rücken, was mir sehr zugute kam, weil ich, wie schon gesagt, langsam müde wurde; ich überlegte schon, ob ich eine Pause einlegen sollte, um mir auf dem Kocher etwas Heißes zu trinken zu machen, aber ich war dem Ziel jetzt wirklich ganz nah, und außerdem sah ich gerade in diesem Augenblick die Weddellrobbenkolonie. Ich hatte zwar schon früher aus der Entfernung Robben gesehen, aber noch nie so nah und ganz bestimmt nie in dieser Anzahl. Hier waren dreißig oder vierzig Robben aus einer riesigen offenen Wasserrinne geklettert und sonnten sich jetzt auf dem Eis. Einige von ihnen waren noch Babys und lagen ganz in der Nähe ihrer Mütter, einige schienen Bullen zu sein und waren sehr groß. Aber sie alle blieben vollkommen ungerührt liegen, während ich näher kam und mich auf das Eis kniete.

Einige der Tiere öffneten die großen Augen, schlossen sie dann aber wieder, nachdem sie mich mit einer Art müßigen Staunens zur Kenntnis genommen hatten. Ihre Lider mit den langen Wimpern hoben und senkten sich wieder, während sie die Köpfe von neuem niederlegten und ihr Gesicht abermals glückselig der Sonne entgegenstreckten. Wie die Pinguine, so hatten auch die Weddellrobben auf der vereisten Oberfläche des Meeres keine Feinde, nur die Killerwale im Wasser, so daß ich, was ich auch sein mochte, keine Bedrohung für sie darstellte. Außerdem waren sie im Augenblick viel zu glücklich und zufrieden, um aufzustehen und mich näher in Augenschein zu nehmen. Während die Pinguine mich mit ihrer extremen Hingabe an die Welt bezaubert hatten, mit ihrer Aufmerksamkeit, ihren Versuchen, Lösungen und Antworten zu finden, entzückten mich die Robben, weil es ihnen vollkommen fernzuliegen schien, an irgend etwas anderes zu denken als an ihre reine, sinnliche Zufriedenheit. Alles an den Pinguinen hatte auf einen präzise arbeitenden Intellekt hingedeutet – »Was, was, was? Warum, warum, warum? Wo, wo, wo?« sagten sie –, während die Robben den Eindruck machten, als interessiere sie nichts anderes als der Gedanke, wie schön und behaglich die Welt doch war. Meine Güte, wie behaglich, einfach auf der Seite zu liegen und den Kopf zu heben und mit großen, feuchten Augen diese aufrecht gehende Kreatur vor einem zu betrachten. Meine Güte, wie behaglich, den Kopf wieder aufs Eis zu legen und dann eine große Hand zu heben, die sanft in ihrem sorgsam zugeschnittenen, schwarzen Samthandschuh ruhte.

Ja, bei den Robben und den Pinguinen hatte man die beiden grundlegenden Aspekte des Lebens überhaupt vor sich, diejenigen Seinsweisen, zwischen denen ich den ganzen Tag über hin- und herpendelte – Verlangen und Tat auf der einen, Kontemplation auf der anderen Seite. Damals, beim Großen Abenteuer, als ich drei Tage ganz allein im winterlichen Wald verbrachte, hatte ich herausgefunden, daß mein Leben, das menschliche Leben und vielleicht überhaupt alles Leben zwischen diesen beiden grundlegenden Zuständen hin- und herpendelt, zwischen diesen beiden grundlegenden Instinkten, den grundlegenden Arten des

Seins, und ich hatte diese Dinge Verlangen und Vision genannt. Später hatte ich Schopenhauer gelesen, der sie Wille und Vorstellung nannte. Wille oder Verlangen, wie man es auch nennen mochte, wohnten im Innersten alles Lebendigen, all dessen, was wuchs. Sie an erster Stelle hatten mich ins Eis gebracht, mich nach Kap Evans getrieben, und sie ließen die Pinguine den Bergen zustreben wie eine Schar ungeduldig auf und ab hüpfender Gelehrter. Sie veranlaßten auch John Brutus Carnady dazu, seine Herrschaft auf alles auszudehnen, was er in die Hände bekommen konnte, und sie hatten die alten Athener dazu gebracht, *andrapodismos* zu begehen.

Wie konnte man überhaupt *andrapodismos* und *arete* in ein und demselben Kosmos unterbringen? Nun, ein Verlangen konnte gut oder schlecht sein; ein Wille wild oder einfühlsam; bei der Vision dagegen gab es diesen Zwiespalt nicht. Im übrigen bedeutete Vision etwas anderes als das, was Schopenhauer »Vorstellung« nannte, da er in bezug auf erkenntnistheoretische Fragen eher skeptisch war. Er glaubte, daß wir nicht wissen konnten, daß es wirklich Robben gab, wo wir sie sahen; wir konnten nur wissen, daß wir sie dort sahen. Vision bedeutete weit mehr: Die ursprüngliche Wahrnehmung der Einheit, die es jenseits der vom Verlangen erzeugten Unterscheidung gab, und während ich die Weddellrobben beim Sonnenbad beobachtete, schien mir, als hätte ich die einfachen Freuden der Vision, des Da-Seins, noch nie deutlicher ausgedrückt gesehen. So wie die Pinguine mit ihrer rastlosen Suche, diesem endlosen Fluß, dieser Veränderung, die niemals zufrieden ist, den Willen ausdrückten, das ewige Werden, so drückten die Robben das ewige Sein aus, die Konstante innerhalb des Wandels, während sie in der Sonne lagen, als wüßten sie, was die Sonne wirklich war. Ihre Kontemplation war unmittelbar und vollständig zufrieden im einfachen Akt des Bewußtseins, des Loslassens, des Verschmelzens mit ihrer eigenen Landschaft. Wenn ich sie betrachtete, konnte ich mir wahrhaftig vorstellen, wie es sein mußte, zu empfinden, was sie empfanden; ich ging näher an eine Robbe heran, ein goldbraun gefärbtes junges Weibchen ohne Junges.

Eine Weile fühlte ich mich so wie diese Robbe, fühlte mein Herz so behaglich schlagen, fühlte, wie mein Pelz die lange Tranunterwäsche umschloß. Ich war so warm, so herrlich warm, ja, mir war richtig heiß, und ich hatte Fische, jede Menge Fische zum Mittagessen an diesem

Tag, und mein Bauch war voll, und ich rülpste einen kleinen Fischrülpser, um meine totale Zufriedenheit mit diesem Zustand auszudrücken. Als ich jedoch aus dem Meer herausgekommen und übers Eis geschlittert war, bis ich den perfekten Platz gefunden hatte, um meinen Körper auszustrecken, da hatte ich ganz vergessen, daß auch das Salz auf meiner Haut trocknen würde, sobald mein Fell trocken war, und jetzt verspürte ich einen winzigen Juckreiz. Ich sollte mich wohl kratzen, überlegte ich, und obwohl es natürlich keine Eile hatte, schien da – da – doch eine Stelle zu sein. Nein, da. Nein, da war sie. Die Stelle, die juckte. Aber jetzt juckte sie nicht mehr, weil mein Nagel so lang war, daß er genau durch meinen Pelzmantel hindurchging, um das Salz abzukratzen. Mein Nagel bohrte sich ins Fell, löste diesen kleinen Salzkristall, und jetzt massierte ich die Poren meiner Haut mit meinem Nagel, herrlich. Ich war jetzt noch zufriedener als vorher und öffnete die Augen, um noch einmal diese Kreatur zu betrachten, die jetzt schon fast eine halbe Stunde lang neben mir saß.

Eine halbe Stunde? Ich sah auf meine Uhr. Ja, ich hatte jetzt eine halbe Stunde hier gehockt, und meine Beine fühlten sich schon ganz taub an. Ich sollte aufbrechen. Ich hatte Kap Evans und die *Terra-Nova*-Hütte ganz vergessen, genauso wie die Spuren-Expedition. Und wenn ich auch keine zwei Kilometer mehr vom Nordkap entfernt war, so mußte ich diese Strecke doch noch hinter mich bringen.

Wenn ich dort ankam, würde ich erst einmal eine Kleinigkeit essen, dachte ich, und etwas Heißes trinken, bevor ich zur Hütte weiterging, die ich von den Ställen aus betreten würde. Dann würde ich mir die Hütte ansehen, wenn es heute abend auch nur noch für einen kurzen Blick reichen würde. Ich würde einen kleinen Rundgang in der Hütte machen, mir ansehen, wo Robert Falcon Scott sein Tagebuch geführt hatte, wo Cherry-Garrard und Birdie gewohnt hatten, auf welcher Koje Oates gelegen und über die Ansprüche und Gewohnheiten der sibirischen Ponys gelesen hatte. Ich würde mir auch die Kombüse mit dem Herd anschauen, wo Clissold sein wunderbares Brot gebacken hatte. Die ganze Hütte würde mir gehören, dieser Platz, an dem sie verweilt hatten; morgen würde ich den ganzen Tag dort verbringen.

Ich war jetzt erst einen einzigen Tag fort von McMurdo und hatte schon ganz vergessen, wie ich mich dort gefühlt hatte, so, als wären die zwei Monate, die ich dort aufgehalten worden war, lediglich eine überlange Wartezeit auf einem stadtartigen Flughafen gewesen; wenn man es erst einmal hinter sich hatte, war es vorbei. Was vor mir lag, dachte ich, war dagegen alles. Und die Zeit war gekommen, mich wieder auf den Weg zu machen. Also stand ich auf, lockerte meine Beine und griff nach meinem Rucksack, während ich noch immer die Robbe betrachtete, die ihren Körper jetzt vorne und hinten vom Eis hochgebogen hatte. Meine Bewegung schien sie mehr zu überraschen, als ich erwartet hatte, und sogar ein wenig zu erschrecken. Jetzt hob sie ihre langen Wimpern dem Himmel entgegen. Und sie schaute so ernst hinauf, daß auch ich den Blick hob, aber außer dem Azurblau des Himmels war nichts zu sehen. Allerdings hörte ich etwas – es war ein Grummeln, kein zufriedenes, sondern eher ein zorniges, wie von einem Insekt, das zwischen zwei Glasscheiben festsitzt.

Ich brauchte einen Augenblick, um das Geräusch zu identifizieren. Dann wußte ich, daß es sich um einen Hubschrauber handeln mußte, der noch ein gutes Stück entfernt war, irgendwo hoch über mir. Ich wußte, daß die Hueys ziemlich häufig von McMurdo zu den Trockentälern flogen – zum Vandasee, von wo ich auf Mac Sideband den Funkspruch gehört hatte. Genau dort wollte dieser Huey jetzt sicher hin, zu den Trockentälern, die direkt auf der anderen Seite des Sundes lagen. Ich schaute auf und sah ihn, leuchtend orange und – im Sinkflug. Ich starrte den Helikopter an. Ich traute meinen Augen nicht, als ich sah, daß er sich tatsächlich neigte, kehrtmachte und sich offensichtlich, ach, allzu offensichtlich der Stelle näherte, an der ich stand. Ich wäre am liebsten weggelaufen, einfach losgestürmt Richtung Kap Evans, als wäre das mein Schlagmal. Aber es hatte keinen Sinn; der Huey kam jetzt herunter wie eine Wespe, die gegen eine Fensterscheibe geflogen ist und danach zornig geworden und nun genau in der richtigen Stimmung ist, jemanden zu stechen. Und als ich den Hubschrauber landen sah und wußte, daß er gekommen war, um mich zu holen, und mich, weil ich die Regeln gebrochen hatte, aus der Antarktis herauszuschaffen, als ich wußte, daß ich nichts zu meiner Verteidigung vorzubringen hatte, da spürte ich einen lauten, heißen Schluchzer des Zorns in mir aufsteigen und den Impuls, den

Helikopter und die Mannschaft, die ihn flog, tätlich anzugreifen. Nein, ich wollte sie nicht nur angreifen, ich wollte sie zerstören und mit ihnen den Ort, von dem sie gekommen waren, und das ganze amerikanische Programm und den Standort namens McMurdo. Ich wünschte, daß jemand mir half, irgend jemand, aber es war niemand da, nur die Robben, und die hatten schon genug eigene Probleme mit dem Wind, den die Rotoren erzeugten.

Im Hubschrauber saß John Brutus Carnady höchstpersönlich. Johnson hatte mich um halb drei Uhr morgens gesehen. Er war einer der Matrosen, die während meines Rundganges dort in der Funkstation in Mac Sideband Dienst gehabt hatten – derjenige, der mir zugelächelt und mir erzählt hatte, daß einmal ein neuntägiger Blackout das ganze Programm um ein Haar zunichte gemacht und er das Ganze damals ziemlich komisch gefunden habe, als würde man unter einem Tisch Zelt spielen. Anscheinend hatte er jemanden nach meinem Namen gefragt, nachdem ich gegangen war. Als er mich dann wiedergesehen hatte, mitten in der Nacht mit einem Rucksack auf dem Rücken unterwegs in den Straßen von McMurdo, war ihm das merkwürdig erschienen und gleichzeitig interessant, und er hatte es irgend jemandem gegenüber erwähnt, der es jemand anderem gegenüber erwähnt hatte, und um zehn Uhr am nächsten Morgen war die Geschichte dem Kaiser zu Ohren gekommen. Als dieser davon hörte, erinnerte er sich ebenfalls an mich. Ich war die Frau, die in sein Büro gekommen war und ihm den Vormittag verdorben hatte, die Frau, die ihn mit ihren großen Augen beinahe aus der Fassung gebracht hatte.

Wo war ich hingegangen? überlegte er argwöhnisch, und er überlegte angestrengt genug, um meinen Boß anzurufen, der ihm erzählte, ich hätte mich am Vorabend krank gemeldet. Also hatte er jemanden mit einem Schneemobil hinaus aufs Meereis geschickt, und diese Person hatte meine am Straßenrand versteckten Skier gefunden. Der Mann hatte daraufhin Carnady Bericht erstattet, der seinerseits zu dem Schluß gekommen war, daß mein Ziel Kap Evans sei. So wie er das sah, mußte jeder, der irgendwo hinging, versuchen, das zu tun, was am strengsten verboten war, und eine Verbrüderung mit der Spuren-Expedition war das, was er unbedingt vermeiden wollte. Als dann alle Hubschrauber nach verrichtetem Tagewerk zurückgekehrt waren, hatte er dafür gesorgt, daß einer sich auf die Suche nach mir machte. Er war selbst an Bord gegangen, und als der Helikopter jetzt fünfzehn Meter von der Robbenkolonie entfernt landete, war er derjenige, der heraussprang.

Und als er auf mich zurannte, wobei er in seinem Übereifer beinahe gestolpert wäre, wußte ich, warum Harry gesagt hatte, Carnady hätte ihn im vergangenen Jahr am liebsten für seinen Ungehorsam erschossen, wenn es eine Chance gegeben hätte, damit davonzukommen. Er war erfüllt von einer Grausamkeit, die sowohl heiß als auch kalt war, und schlimmer als alles, was ich seit dem Tag, an dem ich mit Dr. Jim und meiner Mutter im Zirkus gewesen war, erlebt hatte. Dr. Jim hatte mich am Arm gepackt und gesagt: »Halt die Klappe, du idiotisches Kind du.« Jetzt stellte sich heraus, daß Carnady, obwohl nicht viel größer als ich, doch deutlich stärker war. Er schleppte mich buchstäblich zum Hubschrauber hinüber und sagte wieder und wieder: »Sie werden nie wieder zurück in die Antarktis kommen. Sie werden diesen Platz nie wiedersehen. Verabschieden Sie sich davon.« Er zerrte mich unter die sich noch immer drehenden Rotoren und stieß mich so rüde in den Hubschrauber hinein, daß ich mir beinahe die Stirn an den metallenen Bodenbrettern aufgeschlagen hätte; der Pilot und der Kopilot drehten sich um, und einer von ihnen half mir hinein, indem er an meinem Rucksack zog.

Dann legte Carnady noch mal los, warf mir einen Helm zu, wies mich an, den Sicherheitsgurt anzulegen, und befahl mir, nur ja den Mund zu halten. Ich zog meine Handschuhe aus und grub meine Fingernägel in meine Handflächen, so tief ich konnte, so daß der Schmerz mich am Weinen hinderte; ich setzte den Helm auf und hörte Rauschen aus dem Funkgerät, als der Pilot die Maschinen auf Hochtouren brachte, um zu starten. Ich hörte ihn sagen, zu irgend jemandem in Mac Sideband, wie ich vermutete: »Vier Mann an Bord, heben jetzt in der Nähe von Inaccessible Island ab.« Nach dieser Feststellung hörte man ein langes Rauschen, der Hubschrauber hob ab, schwenkte um und schoß dann wie ein Torpedo auf McMurdo zu.

In dieser Nacht kam ein schwerer Sturm auf, so daß es drei Tage dauerte, bis ich in ein Flugzeug nach Norden verfrachtet werden konnte, und das war ein Umstand, der den Kaiser fast um den Verstand brachte, weil es kein Gefängnis gab, in das er mich hätte stecken können, keine Isolierstation, in deren Tür er den Schlüssel hinter mir umdrehen konnte. Er glaubte, daß ich einen tödlichen Virus hatte, und solange er nicht wußte, wie der hieß, solange glaubte er nur zweierlei: Daß er ausgesprochen ansteckend sein mußte und absolut tödlich. Der Kaiser mußte mich wegschaffen, hinaus aus McMurdo, aus der Antarktis, mußte um jeden Preis verhindern, daß ich den Virus weitergab, aber wegen des Wetters ging das nicht so einfach, und so kam es, daß ich mich noch von Tara und Gary Meekins und Susan Reynolds verabschieden konnte, die inzwischen mit ihrem Gravimeter aus Marie-Byrd-Land zurückgekehrt war. Ich konnte mich sogar, und das ziemlich ausführlich, von Harry verabschieden, der mich, so gut er konnte, tröstete und zum Durchhalten aufforderte. »Diese Typen halten sich ja nicht ewig«, sagte er. »Hab ein wenig Vertrauen in die gute Seite der Demokratie. Sie hat im Laufe der Menschheitsgeschichte schon viele Tyranneien zu Fall gebracht. Erinnere dich an das eiserne Gesetz der Oligarchie. Wenn die Umgebung sich ändert, kann die Organisation sich nicht anpassen – und die Umgebung wird sich schon bald ändern, verlaß dich drauf. Wußtest du, daß die Spurenleute gerade mit einer Twin Otter abgeflogen sind? Ein kanadischer Buschpilot ist von Punta Arenas rübergekommen und hat sie geholt. Sie übergeben die Jack-Hayward-Station an Greenpeace.«

»An Greenpeace?«

»Als Gegenleistung dafür, daß Greenpeace ihren Müll wegschafft. Die *Gondwana* wird in wenigen Monaten im McMurdo-Sund erwartet. Sie werden eine Station in Kap Evans errichten, und zwar unter dem Namen Antarctica World Park Headquarters.«

»Mein Gott«, sagte ich.

»Jawoll, und der Kaiser ist natürlich nicht besonders glücklich darüber. Überhaupt nicht glücklich. Er fürchtet, daß ihre winzig kleine Station eine weite Bresche in den amerikanischen Gulag sprengen wird; er fürchtet, daß McMurdo ein großes Leck bekommen wird, ein Informationsleck inmitten seines Informationsstaus, ein solches Riesenleck, daß die Lecks der Ölpipelines im Vergleich dazu wie ein unbedeutendes, kleines Tröpfeln aussehen werden. Die Greenpeace-Leute werden Erdproben nehmen und Wasserproben und Luftproben. Das Ganze wird den Kaiser zur Verzweiflung treiben, keine Sorge.«

»Harry, du bist einfach Spitze.«

»Immer gut im Überbringen guter Neuigkeiten«, sagte er.

Und als Carnady mich am 17. Dezember in ein Flugzeug setzte, kam Harry hinaus aufs Williams Field, um sich von mir zu verabschieden.

»Du kommst schon klar«, sagte er. »Und immerhin hast du das Eis wenigstens gesehen, nicht wahr? Du bist zwar nicht so weit gekommen, wie du wolltest. Aber ein Stückchen war es immerhin.«

»Wir bleiben in Kontakt?«

»Du weißt ja, wo du mich findest. Ruf einfach 1-800-USA. NAVY.«

Aber trotzdem, trotz all seiner Freundlichkeit, mußte ich während der Flugeinweisung in der PAX mit den Tränen kämpfen, und als ich an Bord der Hercules kletterte, weinte ich, weinte, während der Pilot den Start vorbereitete, ich weinte, während ich meinen Sicherheitsgurt anlegte und durch die schmutzige Scheibe nach draußen schaute, ich weinte und weinte. Dort lag der Erebus, der Berg war wunderschön, und es war vielleicht das letzte Mal in meinem Leben, daß ich ihn sah. Als das Flugzeug schließlich über die Piste rollte, hörte ich auf zu weinen, und als es mit einem gewaltigen Dröhnen abhob, fing ich wieder damit an, und irgendwie weinte ich um hundert Dinge gleichzeitig. Um die Tatsache, daß ich stehengeblieben war und die Eishöhlen erkundet hatte, daß ich bei den Pinguinen geblieben war, daß ich die Weddellrobbenkolonie beobachtet hatte, statt so schnell wie möglich nach Kap Evans zu laufen, wo ich mich in der Hütte hätte verstecken können. Um die Tatsache, daß der Kaiser mich, wenn ich mich nicht um meinen Job im Berg Field Center beworben hätte, wahrscheinlich nicht einmal gekannt hätte und nicht gar so entschlossen gewesen wäre, mich zu finden, als mein Verschwinden entdeckt wurde. Und Mac Center – wenn ich nicht nach Mac Center gegangen wäre, um meine Mutter anzurufen, weil Harry mir seine Hilfe angeboten hatte, und wenn Fregattenkapitän Kumoto mich nicht auf so eine lange Führung mitgenommen hätte, wäre ich nie nach Mac Sideband gekommen. Dann hätte der Matrose, der mich nach Mitternacht auf der Straße gesehen hatte, nicht gewußt, wer ich war, und hätte keinen Bericht erstattet. Es schien mir so schrecklich, daß meine eigenen guten Impulse und Ideen und die anderer Menschen zu meiner Niederlage geführt haben sollten.

Darum konnte ich nicht anders als weinen, nicht nur, weil ich die

Antarktis verlassen mußte, sondern auch wegen der traurigen Tatsache, daß eigentlich Gutes zu so schlechten Ergebnissen führen konnte. Die anderen Passagiere oder zumindest einige von ihnen taten, was ich getan hatte, sie warfen durch die kleinen Fenster einen letzten Blick auf die Antarktis. Aber sobald wir in der Luft waren, hatte ich keine Lust mehr, mich selbst zu quälen. Ich hatte schon genug damit zu tun, mich mit der Vision des Strandes zu quälen, auf dem ich nie gestanden hatte, dieser Hütte, die ich nie gesehen hatte, dem Tisch in der Offiziersmesse, an dem ich nie gesessen und nachgedacht hatte.

Der Flug nach Norden verlief glatt und ohne Komplikationen ebenso wie die Landung und mein Rücktransport überhaupt. Ich bekam sogar einen Anstecker mit dem Aufdruck *United States Antarctic Program*. Und in Neuseeland war gerade Hochsommer, die Luft war warm und berauschend und voller Blumenduft, so daß es anstrengend gewesen wäre, dort lange unglücklich zu bleiben, und wenn ich es mir hätte leisten können, wäre ich noch wochenlang in Neuseeland geblieben, denn wenn ich auch die Antarktis geliebt hatte, so liebte ich doch auch Neuseeland. Aber ich konnte nicht bleiben, denn ich hatte auf Brocks Anraten einen Kredit auf meinen ANS-Vertrag aufgenommen, und jetzt, da ich das Eis drei Monate zu früh verlassen hatte, waren alle Ersparnisse, mit denen ich gerechnet hatte, dahin. Außerdem fand ich in Neuseeland Briefe von Brock, Wilbur und Iris vor, und diese Briefe lenkten meine Gedanken wieder nach Hause, genauso wie ein Brief von meiner Mutter, den sie geschrieben hatte, bevor ich sie von McMurdo aus anrief.

»Liebe Morgan«, schrieb sie. »Ich hoffe, Scott ist so nett, wie Du erwartet hast, netter als Dr. Jim. Dr. Jim ist ein sehr strenger Mann.

Im Augenblick, ich weiß eigentlich gar nicht, warum genau, bin ich ein ziemlich wendiger Flieger, ein *Flexible Flyer.* Wie Dein Schlitten, erinnerst Du Dich an Deinen Schlitten? Ich habe letzthin viel an diese Zeit gedacht. Als Colin noch bei uns war, und als Du so klein und fein warst.«

Klein und fein, wie nett, daß sie das sagte. Ich glaubte nicht, daß sie fein im Sinne von »ordentlich« meinte, sondern mehr im Sinne von »kompakt und gut beisammen«; und ich war begeistert, daß sie überhaupt so etwas sagte, genauso, wie es mich begeistert hatte, als sie mir in ihrem letzten Brief schrieb, daß ich mich als Kind niemals hatte überwinden können, Schneekristalle um meiner Schönheit willen zu opfern. Der Brief brachte mich – zusammen mit dem Telefongespräch – auf den Gedanken, daß ich vielleicht am besten sofort nach Hause fliegen sollte. Ich konnte es noch rechtzeitig zu Weihnachten schaffen. Iris und Wilbur wollten die Weihnachtstage in San Francisco verbringen; Brock war immer noch oben in Jackson Hole. In seinen Briefen ging es überwiegend um die Elchherde im Jackson-Hole-Tal. Wenn ich jetzt aufbrach, konnte ich die Weihnachtszeit mit meiner Mutter verbringen. Also rief ich sie von Neuseeland aus an, sobald »Unternehmen Tiefkühltruhe« meinen Flug gebucht hatte. Und sie schien so glücklich über meinen Anruf zu sein, daß Dr. Jim unmöglich im selben Zimmer sein konnte.

Ich stellte ihr eine Frage in dieser Richtung, und sie antwortete:

»O nein. Dr. Jim ist nicht hier. Er ist schon vor Tagen abgefahren.«

»Aber wohin denn?« fragte ich.

»Ich weiß es nicht. Ich glaube, zu irgendeiner Konferenz in Denver.«

»Aber er wird doch sicher bis Weihnachten zurück sein, oder?«

»Ich . . . nein, ich glaube nicht. Ich glaube, er hat mir gesagt . . . was war das noch, was er mir gesagt hat? Ach ja, da ist es, er hat es aufgeschrieben. ›Werde rechtzeitig zu Semesterbeginn zurück sein.‹ Weißt du, wann das ist?«

»Wahrscheinlich Mitte Januar«, erwiderte ich.

Ich war ziemlich beunruhigt – das alles kam mir sehr merkwürdig vor –, gab meiner Mutter aber die notwendigen Informationen über meinen Flug und bat sie, mich vom Flugplatz in Denver abzuholen. Sie versprach mir, dort zu sein, falls sie sich nicht verirrte – »ich verirre mich jetzt oft, weißt du. Nein, nein, ich verspreche es, Morgan. Ich verspreche es. Du kannst dich auf mich verlassen.«

Also bedankte ich mich, und wir verabschiedeten uns, und dann hatte ich noch drei Tage Zeit, durch Christchurch zu wandern und mich meines Lebens zu freuen. Ich ging in die Gärten und besuchte auch noch einmal das Canterbury-Museum und die Springbrunnen im Zentrum, und selbst abends hatte ich keine Lust, ins Hotel zu gehen, so daß ich bis spät in der Nacht draußen blieb. Eines Abends, als ich durch den Victoria-Park schlenderte, sah ich eine kleine Ansammlung frohgemuter

Nikoläuse, bekleidet mit leichten Baumwollanzügen, die eine starke Ähnlichkeit mit hellroten Pyjamas hatten. Auf ihren Köpfen thronten kleine Mützen mit Bommeln, aber die Männer trugen keine Bärte, und sie hatten sich auch die Mützen in den Nacken geschoben, so daß sie in dem warmen Wetter nicht ins Schwitzen gerieten. Nächte – wieder Nächte zu haben, selbst wenn es sich um Sommernächte handelte, das war gleichzeitig verunsichernd und tröstlich. Ich vermißte das unglaubliche Hochgefühl des vierundzwanzig Stunden anhaltenden Tageslichtes, und doch, während die Nacht nun mit ihrer Zärtlichkeit und ihren Schatten und ihrer Sommerwärme hereinbrach, wurde mir plötzlich klar, daß man ohne Nächte am Ende vielleicht verrückt werden würde.

Wie der Flug von McMurdo nach Neuseeland so verliefen auch die Flüge zurück nach Kalifornien ohne Komplikationen, bei klarem Wetter und hervorragenden Windbedingungen. Es gab ein kleines Problem in Los Angeles, als sich der Flug, der mich von dort nach Denver bringen sollte, als nicht existent erwies, und ich verlor einen Tag, den ich in meinem Schlafsack auf dem Fußboden des Flughafens verbrachte. Noch eine weitere Verzögerung, und dann konnte ich um elf Uhr am Weihnachtsabend endlich nach Denver fliegen; in einem Flugzeug für zweihundert Passagiere saßen nur fünfzehn Leute. Die Stewardeß machte uns einen Irish Coffee und holte uns alle in den vorderen Teil des Flugzeugs; die nun folgende Party übertraf alles, was ich bisher in der Luft erlebt hatte. Als ich vor fünf Monaten nach Neuseeland aufgebrochen war, hatte ich noch Angst vor dem Fliegen gehabt, aber damit war es jetzt vorbei; um mich herum sangen die Leute Weihnachtslieder, und unter mir stellte die Menschheit ihre Lichter zur Schau wie an einem einzigen, großen Weihnachtsbaum.

Ich war bester Stimmung und auf seltsame Weise hoffnungsvoll. Glücklich, zu meiner Mutter nach Hause zu kommen, glücklich, mit den anderen Passagieren zusammenzusein, mit all diesen Leuten, die zu einer Zeit reisten, da sonst niemand reiste. Das brachte uns einander näher, so daß ich mich noch heute an ihre Gesichter erinnern kann, an den Computerverkäufer, an das Model, den Studenten, den Mann, der aussah, als gehöre er zur CIA. Wir alle bestaunten die Lichter unter uns – sie waren so klar, weil die Luft in jener Nacht so klar war –, und wir alle spürten, daß wir, wo immer wir herkamen und wo immer wir hinwollten, in diesem Augenblick Brüder und Schwestern waren, fünfzehn Menschen, die am Weihnachtsabend im Flugzeug saßen. Was mich betraf, so war diese Erfahrung, glaube ich, ganz besonders wunderbar. Denn während man in einer Hercules oder in den Hueys kaum reden, ja kaum denken konnte und alle an Bord in ihrer eigenen Identität völlig isoliert waren, konnten wir uns hier miteinander unterhalten, konnten reden, singen und lachen, und genau das war es, dachte ich, genau das war der Sinn des Miteinanders, zu reden und zu reden und dann zusammen in Denver zu landen.

Meine Mutter wartete im Terminal auf mich, eingewickelt in einen Steppmantel, der ihr fast bis zu den Knöcheln reichte, und mit einem dieser Hüte mit Ohrenschützern, die beinahe das Kinn bedecken. Sie sah zerbrechlich aus und etwas verrückt. Sie lief auf mich zu und klammerte sich sekundenlang an mich, lachte und rief: »Morgan, ich bin ja so froh, dich zu sehen!« Und zu meiner Überraschung war ich genauso froh, sie zu sehen, als wäre sie immer die beste Mutter gewesen, die ich mir hätte wünschen können. Als ich von McMurdo aus angerufen hatte, da war es so gewesen, als habe sie mir von der anderen Seite der Welt aus die Hand aufgelegt und mich geheilt. Auch wenn ich es nicht geschafft hatte, in die Hütte zu kommen, das jedenfalls hatte ich während meiner Zeit in der Antarktis gefunden.

»Ich freue mich auch sehr, dich zu sehen«, sagte ich.

Und dann gingen wir los, um mein Gepäck zu suchen. Während wir die langen Flure entlangwanderten, keuchte meine Mutter jedoch plötzlich auf und sagte: »Meine Handtasche! Wo ist meine Handtasche? Ich habe sie verloren!« Aber sie beruhigte sich sofort wieder, als ich sie darauf hinwies, daß die Tasche nach wie vor an ihrer Schulter hing. Es war eine kleine Lederhandtasche, die ungefähr die Form eines Sattels hatte. »Ach ja«, sagte sie lachend. »Da ist sie ja. Wie dumm von mir. Es ist nur so, daß ich fürchtete . . . ach, egal, erzähl mir jetzt lieber von dir, Morgan.« Arm in Arm gingen wir nun auf das Gepäckkarussell zu, große Stahlplatten, die immer wieder aneinanderstießen und dann funkelnd weiterglitten. Schließlich hatte ich meine Segeltuchtaschen und meinen Rucksack ergattert, und wir traten durch die Automatiktüren in die bitterkalte Nachtluft von Denver. Die Temperatur lag bei fast minus dreißig Grad; es war also weit kälter, als ich es in der Antarktis je erlebt hatte. Meine Mutter hatte einige Schwierigkeiten, den Wagen wiederzufinden.

»Es ist so kalt«, sagte sie. »Irgendwie fällt es mir in dieser Kälte schwer zu denken. Ich bin nicht sicher, wo der Wagen steht, hier vielleicht? Oder da? Wie dumm.« Wir liefen eine Weile umher. Langsam machte ich mir Sorgen, daß meine Mutter möglicherweise leichte Erfrierungen davontragen könnte, da ihre Nase im Licht der Bogenlampen seltsam weiß wirkte. Nach einer Weile fanden wir den Wagen jedoch, und er sprang sofort an und wurde rasch warm. Ich lehnte mich auf dem Beifahrersitz zurück, als wäre ich wieder ein Kind. Was für eine Erleichterung, zu Hause zu sein, weit weg von McMurdo und der ständigen Gefahr, dort als Spion oder Betrüger entlarvt zu werden; was für eine Erleichterung, zu Hause zu sein und weit weg von der Paranoia, die der Wind vom Königlichen Terror-Theater herüberwehte. Wenn ich an die Hütte dachte, wie nah ich daran gewesen war, sie zu sehen, stieg zwar wieder ein Gefühl der Hilflosigkeit und Wut in mir hoch, aber ich hatte immerhin diesen einen Tag auf dem Eis gehabt, und ich hatte Pinguine und Robben gesehen und den Felsen der Antarktis; und auch jetzt noch trug ich meine Hundemarken unter dem Hemd wie eine Ehrenmedaille, denn ich hatte McMurdo und alles, was dazugehörte, überlebt.

Zweimal verfuhren wir uns, noch bevor wir den Flugplatz verlassen hatten, und dann verfuhren wir uns noch einmal, bevor wir uns schließlich in Richtung Westen orientierten, und jedesmal quittierte meine Mutter ihren Irrtum mit einem ausgesprochen sorglosen Lachen.

»Ich hatte noch nie einen besonders guten Orientierungssinn. Aber es ist schlimmer geworden, findest du nicht auch?«

»Soll ich fahren?« fragte ich, obwohl ich jetzt gern ein Nickerchen gemacht hätte, denn auch wenn es jetzt in Neuseeland Tag war, so hatte ich in letzter Zeit doch nicht viel geschlafen.

»O nein. Nein«, erwiderte meine Mutter. »Ich komme schon zurecht.«

»Ach, Mutter! Ich habe deinen Stein vergessen! Den weißen Stein, den du dir gewünscht hast!«

»Mach dir nichts draus. Das ist nicht schlimm«, sagte sie und machte ein verwirrtes Gesicht, als wir uns einer Ausfahrt näherten, die sie schon mindestens zweihundertmal in ihrem Leben benutzt hatte. Wir waren schon fast daran vorbei, als ich sagte: »Die Ausfahrt!« Daraufhin trat sie so heftig auf die Bremse, daß die Reifen quietschten.

»Whoww!« sagte ich. »Ganz schön wild.«

»Ich bin jetzt eine wilde Frau.« Meine Mutter lachte noch einmal ihr kehliges Lachen. Ein wenig später sagte sie dann: »Also, zurück zu deinem Flug. Deinem Piloten. War er ein Mensch?«

»Ein Mensch?« fragte ich. »Das will ich doch hoffen!« Und wieder lachte meine Mutter, obwohl ich diesmal das Gefühl hatte, daß sie nicht so recht wußte, worüber sie eigentlich lachte. Und während wir uns den Vorhügeln von Quarry näherten und langsam die Straße, die nach Hause führte, hinaufkrochen, kurbelte sie das Fenster des Wagens ein kleines Stück herunter und atmete die nach Fichten duftende Luft ein. Dann sagte sie in verwundertem Tonfall: »All diese Bäume, und keiner ist drin.« Daraufhin verfiel sie in Schweigen, so als frage sie sich, wo all die Baumleute wohl geblieben sein mochten.

Die Fahrt dauerte nun nicht mehr lange, und wir waren zu Hause. Zu Hause, daheim, am Haus und der Scheune und dem Studio und dem Teich, der hell im Mondlicht funkelte. Als wir in die Einfahrt einbogen, befreite ich mich aus meinem Sicherheitsgurt, weil ich davon ausging, daß meine Mutter im Schuppen parken würde, aber statt dessen fuhr sie den Wagen bis fast vor die Tür. Dort schaltete sie versehentlich statt des Leerlaufs den dritten Gang ein, der Wagen machte einen Satz nach vorn und blieb dann stehen, aber nicht ohne mich beinahe mit dem Kopf durch die Windschutzscheibe zu schleudern. Meine Mutter merkte jedoch nichts davon. Sie griff nach ihrer Handtasche, stieg hastig aus dem Wagen und lief auf die Haustür zu, die nicht abgeschlossen war.

Sie ging ins Haus und schaltete einige Lichter ein. Es war eine ganze Weile her, seit ich zum letzten Mal eine Nacht unter diesem Dach verbracht hatte. Als ich nun das Haus betrat, wirkte es seltsam fremd, beinahe bis zur Unkenntlichkeit verändert. Zum einen schien es völlig überfüllt. Zum anderen hing ein seltsamer Geruch darin. Zum dritten schienen Dr. Jims Schilder sich dermaßen ausgebreitet zu haben, daß sie jetzt beinahe überall hingen. Auf einem Schild direkt neben der Haustür stand SCHLIESS DIE TÜR, ein Schild, dem ich gehorchte, während meine Mutter wieder auftauchte und schnurstracks auf ein Schild zulief, auf dem stand ZIEH DEINEN MANTEL AUS.

Zufälligerweise hatte sie den Mantel bereits ausgezogen. Jetzt bückte sie sich, um ihre Stiefel auszuziehen, um sie dann sorgsam nebeneinander auf den Tisch im Flur zu stellen. Auf diesem Tisch stand auch eine

Vase mit Seidenblumen, und sie beugte sich darüber, um an ihnen zu riechen: »Sind sie nicht wunderschön?« Und jetzt, da sie den Mantel ausgezogen hatte, sah ich, daß sie ihr Kleid verkehrt herum trug, so daß die Knöpfe vorne saßen und die Träger ihres Unterrocks an den Seiten hervorlugten. In diesem Augenblick erst fiel es mir wie Schuppen von den Augen – warum erst jetzt, kann ich nicht sagen.

Meine Mutter war krank, und Dr. Jim hatte sie im Stich gelassen.

Während sie mir ein Glas Wein anbot und strahlend in die Küche voranging, wobei sie nur einen Augenblick zögerte, um sich zu vergewissern, daß ihre Handtasche immer noch über ihrer Schulter hing, sah ich das Haus, sah seine Überladenheit und die Schilder mit Augen, die gerade erst für etwas geöffnet worden waren, das ich in Wirklichkeit schon lange gewußt haben mußte. In der Küche waren überall Dr. Jims Schilder – auf jedem Schrank, an jedem Haushaltsgerät und auf jeder Arbeitsfläche klebte ein von ihm beschriebener Zettel. Während meine Mutter einen Krug Rotwein holte und dann auf der Suche nach Gläsern drei oder vier Schränke öffnete, redete sie ununterbrochen, und ich betrachtete derweil die handgeschriebenen Ermahnungen. SCHIEB NUR EINE SCHEIBE BROT IN EINEN TOASTERSCHLITZ. LASS DAS WASSER NICHT LAUFEN, NUR WEIL ES SO HÜBSCH FUNKELT. BENUTZE AUF KEINEN FALL DEN OFEN. Dies waren die Botschaften auf den Schildern, und in ihrem Tonfall schwang ganz eindeutig Verzweiflung mit. Meine Mutter goß den Wein schließlich in zwei Whiskygläser, wobei sie sich dermaßen ungeschickt anstellte, daß die Gläser beinahe überliefen, und als sie mir dann eines in die Hand drückte, lächelte sie freundlich und sagte: »Weißt du, ich glaube nicht, daß Jim wieder nach Hause kommt.«

Ich wußte es, aber ich wußte nicht, was ich darauf antworten sollte. Wir gingen ins Wohnzimmer, und obwohl es schon nach vier Uhr morgens war, bestand meine Mutter darauf, daß sie nicht müde war. Sie schlug vor, daß ich ein Feuer im Kamin machen solle, was ich auch tat – VOR DEM ANZÜNDEN KAMINKLAPPE ÖFFNEN –, und nach einer Weile stieg der Rauch langsam und bedächtig im Kamin auf. Wir saßen vor dem Feuer auf dem Teppich, tranken Rotwein und warteten auf die Morgendämmerung, warteten auf Weihnachten, und irgendwann stellte meine Mutter Musik an. Während wir zuhörten, lehnte ich mich zurück und dachte über das nach, wovon ich jetzt felsenfest überzeugt war – daß etwas mit dem Gehirn meiner Mutter nicht stimmte und daß das schon seit Jahren der Fall war. Ich hatte das Ganze irgendwie nicht mitgekriegt, und doch schienen alle anderen genau Bescheid zu wissen, als wäre es eine einfache Tatsache – »die Sommersonne spendet Wärme«; »alles, was lebt, muß sterben«; »Josephine Lamont Rankin hat eine degenerative Gehirnerkrankung«. Ja, meine Mutter war ganz eindeutig krank. Und wie lange hatte ich das schon gewußt? Ich hatte es schon immer gewußt. Schon immer. Ich hatte nur nicht gewußt, daß ich es wußte. Ich sah zu meiner Mutter hinüber, deren Wangen jetzt vom Wein und von der Wärme gerötet waren und deren Körper sich im Takt der Musik wiegte, so daß sie wie ein Kind aussah, das zum ersten Mal in seinem Leben Beethoven hört. War es möglich, schien sie zu sagen, daß etwas so Bemerkenswertes existiert haben konnte, und ich habe bis zu diesem Augenblick nichts davon gewußt? Und ich schaute durch das Wohnzimmerfenster in die dunkle Nacht und sah dort im Fenster den Widerschein des Feuers im Kamin. Ich erinnerte mich an den Sommer nach Colins Tod, als meine Mutter so getan hatte, als sei alles in schönster Ordnung, und ich war so wütend auf sie gewesen, weil sie die Realität geleugnet hatte, die Tatsache, daß ich meinen Vater verloren hatte. Eine geradezu mörderische Wut hatte mich gepackt, weil sie einfach nur den Kopf zur Seite neigte und versuchte, Erinnerungen zu verscheuchen. Ich hatte angenommen, sie hätte das Leugnen zu einer Kunstform erhoben.

Aber ich hatte mich geirrt, ich hatte mich total geirrt. Ihre ganze Vergeßlichkeit war nie freiwillig gewesen. Nein, sie war genausowenig freiwillig gewesen wie ein rasches Blinzeln, wenn einem Staub ins Auge gerät, und wieder fragte ich mich, wann dies alles eigentlich begonnen hatte. Konnte es in jener Zeit angefangen haben, als ich sechs Jahre alt war und sie Colin erklärte, sie liebe ihn nicht mehr? Sie hatte gesagt, er habe ihr ein Gefühl der »Leere« gegeben, und vielleicht hatte er das auch getan, aber vielleicht war das der Anfang einer Entwicklung gewesen, die jetzt endlich für alle offenkundig war. Mein Vater war kein sehr starker Mann gewesen, ganz bestimmt kein Mann, der in der Lage gewesen wäre, diese Woge der Furcht in meiner Mutter aufzuhalten, falls ihr Gehirn tatsächlich plötzlich den Dienst versagt hätte. Dr. Jim dagegen war dazu fähig gewesen, konnte ihr Leben für sie führen, alle Entscheidungen treffen, und wenn sie tatsächlich Angst um das gehabt hatte, was sie da verlor, könnte Dr. Jim durchaus das Ergebnis ihrer Angst gewesen sein. Und doch schien das alles, während wir beieinander saßen und Wein tranken, Beethoven hörten und im Feuer herumstocherten, letzten Endes gar nicht so wichtig zu sein.

Wichtig war, daß die Dinge sich jetzt änderten. Es war so seltsam, aber ich saß neben meiner Mutter und fühlte mich, als hätte ich sie seit meinen frühen Kindertagen nicht mehr gesehen. Aber jetzt war sie nicht nur da, sondern fand das Ganze auch noch viel aufregender, als sie es seit Ewigkeiten getan hatte, und für mich war das eine gleichermaßen schreckliche wie wunderbare Erfahrung. Während Teile ihres Geistes einfach verschwunden waren wie Sandkörner, die im Wasser davontrieben, hatte der Rest eine neue Form angenommen und lange vergrabene Geheimnisse an die Oberfläche geholt. Seit Jahren schon hatte ich meine Mutter kindisch gefunden. Ich war der Meinung gewesen, daß sie jeder Verantwortung aus dem Weg ging, daß sie unangenehme Dinge einfach ignorierte und Dr. Jim grundsätzlich für sich entscheiden ließ. Jetzt erschien sie mir kindlich, voller Hingabe an das Leben und den Augenblick, wieder ganz eins geworden mit der Welt, die sie einst zur Künstlerin hatte werden lassen.

Und dieser Weihnachtstag war einer der schönsten, die wir je miteinander verlebten. Fast so gut wie der mit dem Fallschirm, als wir auf den Gipfel des Horseshoe Hill gestiegen waren und ich mit dem Fallschirm geflogen war. Wir tranken Wein und hörten Musik, und als die Sonne über der Wüste aufging, siedelten wir in die Küche um und machten uns ein Frühstück. Dann gingen wir ins Bett, schliefen bis zwei Uhr nachmittags, zogen uns dann wieder an und brachen zu einem Spaziergang durch den Schnee auf. Die Luft war wärmer als am Vortag, und es war windstill, so daß wir Wapitis und Springböcke sahen und Schneehasen, die auf ihren langen Paddelpfoten über den verharschten Schnee hoppelten.

In den nächsten zehn Tagen spielten wir miteinander, nicht heimlich, sondern offen und von ganzem Herzen, wir entschädigten uns für ein ganzes Leben der Trennung und des Versteckspiels. Dr. Jim rief einmal an, und sie sprach mit ihm; hinterher berichtete sie mir, er habe gesagt, er wolle am 10. Januar zurückkommen; zumindest glaubte sie, er habe vom 10. gesprochen. Außerdem habe er gesagt: »Wir müssen reden.«

»Also, was kann er damit wohl gemeint haben?« fragte sie mich. »Wir haben doch schon geredet, und damals meinte er, er müsse gehen. Vielleicht will er mir ja nur irgend etwas erzählen.« Ihr Scharfblick in dieser Hinsicht überraschte mich. Ja, sie überraschte mich ständig mit plötzlichen Einsichten ebenso wie mit Erinnerungen und Gefühlsäußerungen.

Und so war es tatsächlich. Jeder Schritt in Richtung Verwirrung entsprach einem in Richtung Klarheit. Für jedes Wort, das sie falsch benutzte, gab es eins, das sie recht gut zu benutzen verstand. Und für jede ihrer Bemerkungen, die keinen Sinn ergab, gab es eine, die gleichermaßen vernünftig wie einfühlsam war. Eines Tages entschuldigte sie sich sogar bei mir dafür, daß sie Dr. Jim geheiratet hatte.

»Ich habe gesehen, wie er dich behandelt hat«, sagte sie. »Ich meine hinterher. Ich hätte ihn verlassen sollen, das weiß ich jetzt. Aber ich brauchte jemanden, der auf mich aufpaßte, und ich wollte nicht zurück zu deinem Großvater.«

»Zu meinem Großvater?« wiederholte ich erstaunt.

»Nun ja, ich habe ihn geliebt, das habe ich ihm zwar nie erzählt, aber er war wirklich wundervoll.«

»Mein Großvater?« fragte ich noch einmal.

»An jenem Tag, als ich vom Schiff kam, sah er so groß und so hübsch aus. Ich habe ihm kürzlich geschrieben, als die Sache mit Jim langsam entgleiste. Er hat mir sogar geantwortet.«

»Mein Großvater hat dir geantwortet?«

»Ja, er hat mir einen sehr netten Brief geschrieben. Er war immer ein netter Mann. Schroff, aber nicht böse. Er hat mich gebeten, ihm ein Bild von dir zu schicken.«

»Und hast du das getan?«

»Ja, natürlich.«

»Welches?«

»Es war ein Bild von dir und Wilbur am Teich. Ich habe ihm allerdings geschrieben, du wärest im Augenblick in der Antarktis.«

»Also hat er dir auf diesen Brief noch nicht geantwortet.«

»Noch nicht. Aber es ist auch noch nicht lange her. Außerdem weiß er ja, daß du in der Antarktis warst. Übrigens, wie war es in der Antarktis?«

Also erzählte ich ihr davon. Versuchte, ihr davon zu erzählen. Ich erzählte ihr von meinen Eindrücken, als ich den Kontinent vom Flugzeug aus das erste Mal sah und in Gedanken immer versuchte, dieses Land mit irgend etwas zu vergleichen, das ich kannte. Ich erzählte ihr von den Pinguinen und den Robben, von Wille und Vorstellung, und ich erzählte ihr von Harry, der das Land gegen innere wie äußere Feinde verteidigte. Von dem *andrapodismos* und dem Scherbengericht im alten Athen. Ich erklärte ihr, daß ich in Wirklichkeit noch kaum in der Antarktis gewesen war, daß der Ort, an dem ich gewesen war, eine Art Kolonie sei, beherrscht von einem Kaiser; ich versuchte ihr das alles so zu erklären, daß sie auf keinen Fall den unvermeidlichen Vergleich mit Dr. Jim anstellte. Aber sie tat es trotzdem, und sie sah mich dabei so düster an, daß ich auf der Stelle das Thema wechselte und versuchte, ihr die komischen Seiten der Standardoperationen des Militärs nahezubringen. Ich hatte jedoch einige Schwierigkeiten, mich an den komischen Aspekt zu halten, und erzählte ihr am Ende von den tausend Grad Celsius und von meinen Hundemarken, die jetzt am Spiegel in meinem Zimmer hingen.

»Du hattest Hundemarken?« erkundigte sie sich mit großem Interesse. »Darf ich sie sehen?«

»Natürlich. Ich hole sie.« Ich brachte sie ins Wohnzimmer und legte sie, wie sie waren, mitsamt der Kette meiner Mutter in die Hand, und sie ließ sie nachdenklich von ihren Fingern baumeln, bevor sie sagte: »Aber sie sind ja so leicht.« Dann betrachtete sie sie eingehend und mit offenbar sehr wachem Interesse.

»Sie sehen genauso aus«, rief sie schließlich, während sie mit den Fingerspitzen über die erhabenen Lettern strich.

»Genauso wie was?«

»Wie die Marken, die die Soldaten auf meinem Schiff getragen haben. Nachdem meine Eltern tot waren und ich mit dem Konvoi nach Amerika geschickt wurde. Es ist die Blindenschrift«, fügte sie hinzu und strich abermals über die Buchstaben. »Diese erhabenen Buchstaben, genau wie in der Blindenschrift. Ich war noch so jung, und die Soldaten erschienen mir so alt. Aber sie waren sehr kinderlieb und versuchten immer, mit uns zu spielen. Sie beugten sich über die kleinen Babys und klimperten mit ihren Hundemarken, als wären es Juwelen, und die Babys streckten ihre Hände nach ihnen aus und zogen und zogen, wie Babys das eben tun. Ich erinnere mich noch immer an die Gesichter der

Jungs. Sie waren ganz überrascht, daß Babys so stark sein konnten, und sie waren so sanft, wenn sie dem Zug der kleinen Händchen nachgaben.«

»Aber du warst kein Baby.«

»Nein, ich war . . . sieben? Aber ich habe mir alles genau angesehen, und eines Tages erlaubte mir einer der Soldaten, seine Hundemarke in die Hand zu nehmen. Sie klimperte so hübsch und war so leicht. Ich dachte, sie würde eine hübsche Kette abgeben. Aber er konnte sie mir natürlich nicht schenken.«

»Nein.«

»Also habe ich sie ihm zurückgegeben. Das hatte ich schon ganz vergessen. Es muß Jahre her sein, seit ich das letzte Mal an diese Seereise gedacht habe.«

Ich bat meine Mutter, mir noch mehr zu erzählen, und sie gab mir die Hundemarken zurück. Wie war das mit den Bombenangriffen gewesen? Was für Menschen waren ihre Eltern gewesen? Wie waren sie zu Tode gekommen? War sie dabeigewesen? Hatte sie sie gesehen? Aber an all diese Dinge konnte sie sich im Augenblick nicht erinnern. Ja, sie war ein Kind gewesen, und ja, ihre Eltern waren von einer Bombe getötet worden. Aber im Augenblick schien all das Teil eines mittlerweile verblichenen Filmes zu sein.

Für mich war die Zufälligkeit ihrer Erinnerungen erschreckend. Diese Zufälligkeit verlieh allem, was sie sagte, etwas über sich selbst Hinausweisendes; alles war ein Hinweis darauf, daß da mehr vor sich ging, als mit bloßem Auge wahrnehmbar war. Als sie weinte und mir erzählte, daß Dr. Jim sie einmal geschlagen habe, vermochte ich nicht zu entscheiden, ob das der Wahrheit entsprach oder nicht, oder ob es nur ein Versuch war, Kummer und Angst einen gewissen Nachdruck zu verleihen. Wenn sie in der Öffentlichkeit ihren verrutschten BH geraderückte oder ihr Kleid hochhob, um ihren Schlüpfer zurechtzuziehen, dann wußte ich nicht, ob ihr endlich klargeworden war, daß man Herr über sein eigenes Leben war, oder ob sie lediglich den Blick dafür verloren hatte, daß ein solches Benehmen in der Öffentlichkeit nicht auf Billigung stößt. Fest stand, daß sie langsam ihre Hemmungen verlor. Obwohl mir das manchmal peinlich war, inspirierte es mich auch oft. Es war einerseits offensichtlich, daß meine Mutter ein anderer Mensch war als der, der sie in der Zeit vor Dr. Jim gewesen war. Andererseits erlebte sie zumindest endlich wieder eine Flut von kreativer Phantasie und Zuversicht. Sie interessierte sich wieder für das Leben, für ihr eigenes und das Leben um sie herum und auch für die unwichtigen Dinge. Die Dinge, die Dr. Jim so wichtig fand, daß er für jedes von ihnen ein spezielles Schild entworfen hatte, konnten sie in einer Welt, die so ungeheuer beredt war, nicht mehr fesseln.

Und Beredtheit schien genau das zu sein, was sie in dieser Welt gefunden hatte. Wenn sie einen Sonnenuntergang beobachtete, streckte sie die Arme aus, um die Sonne zu umarmen. Wenn sie einen Wapiti auf dem Gipfel des Horseshoe Hill sah, dessen Geweih den Himmel zu berühren schien, versuchte sie auf ihn zuzulaufen und rief: »Warte, warte«, und war überrascht, wenn der Hirsch geräuschlos und flink das Weite suchte. Einmal schürfte sie sich bei einem Sturz das Knie auf und schluchzte und schluchzte, während ich sie in den Armen hielt. Schluchzend und voller Mitleid starrte sie auf ihr aufgeschürftes Fleisch. Ein andermal war sie so versessen darauf, ins Freie zu gelangen, daß sie gegen eine Tür lief, und zwar so heftig, daß sie eine dicke Beule auf der Stirn davontrug, aber davon keine Notiz nahm, so begeistert war sie, daß es schneite. Wenn es draußen fror, verließ sie oft das Haus, ohne auch nur einen Mantel anzuziehen. Dann mußte ich sie zurückrufen oder mit ihrem Mantel und Handschuhen hinter ihr herlaufen und ihr dann hineinhelfen, als sei sie wirklich ein Kind – und sie lachte nur, voller Bedauern, schien mir, ihre Gedanken auch an solche Dinge verschwenden zu müssen. In der Welt der alltäglichen Dinge zählte jetzt nur noch eins für sie, und das war die kleine lederne Handtasche, die die Form eines Miniatursattels hatte.

Diese Handtasche nahm sie überallhin mit. Darin befanden sich ein kleines Notizbuch mit ihrem Namen, ihrer Adresse und ihrer Telefonnummer sowie eine Brieftasche mit etwas Geld, ihrem Führerschein und ihren Kreditkarten. Als ich sie fragte, warum sie die Tasche immer bei sich haben wollte, antwortete sie:

»Ach, na ja, ich weiß, es ist töricht, aber ich habe Angst zu vergessen, wer ich bin.«

»Zu vergessen, wer du *bist?*«

»Ja, ich habe Angst, daß ich irgendwo sein könnte und einfach meinen Namen und alles andere vergesse. Ich weiß, daß ich langsam verrückt werde. Wenn irgend jemand vor mir stünde und fragte: ›Wer sind Sie?‹, und ich hätte meine Handtasche nicht dabei und müßte den Fragesteller ansehen und antworten: ›Tja, um genau zu sein, ich weiß es nicht‹, so wäre das für mich ziemlich traurig, verstehst du?«

»Aber, Mutter«, sagte ich. »Das wird nicht geschehen.«

»Doch, es könnte.«

Und sie hatte recht, es könnte. Nicht in allernächster Zeit, aber eines Tages, und dieser Gedanke versetzte mir einen Stich. In diesem Augenblick schien es, als sei dies irgendwie das ganze Geheimnis des Lebens, offen zu bleiben für Wachstum und Wandel, während man sich gleichzeitig an seiner Identität festklammerte, seinen eigenen Namen im Gedächtnis behält, um jedem auf der Welt sagen zu können, daß man auf seinen eigenen Füßen steht; ich ging aus der Küche, wo wir gesessen hatten, in mein Schlafzimmer, wo ich zum zweiten Mal die Hundemarken vom Spiegel nahm. Ich schloß noch einmal meine Hand um sie und nahm sie mit zu meiner Mutter.

»Hier, Mutter«, sagte ich. »Die möchte ich dir schenken.«

»Deine Hundemarken?«

»Ja. Ich möchte, daß sie jetzt dir gehören.«

»O Morgan«, sagte sie, und auf ihrem Gesicht leuchtete vollkommenes Glück. Dann nahm sie die Marken, immer noch lächelnd, in die Hand und sagte: »Oh. Die Kette fühlte sich so kalt an. Sieh, jetzt wird sie wärmer, ist das nicht komisch? Morgan, ich danke dir. Ich hätte nie gedacht, daß ich sie eines Tages bekommen würde. Meine eigenen Hundemarken. Unsere eigenen, besser gesagt.« Sie nahm die Marken zwischen beide Hände und bewegte dann ihre Daumen zur Seite, gerade genug, um ein kleines Stückchen von den Marken sehen zu können.

Iris und Wilbur waren damals immer noch in Kalifornien und wußten nicht einmal, daß ich wieder zu Hause war. Brock war nach wie vor in Wyoming. Ich fuhr mehrfach zur Coville Ranch, um mir ein paar Sachen zu holen, aber abends kam ich immer wieder zurück und schlief im Haus meiner Mutter. Neujahr kam und ging und genauso die erste Januarwoche. Meine Mutter und ich spielten immer noch, bauten Schneemänner, buken Plätzchen, redeten. Von Zeit zu Zeit brachte meine Mutter das Gespräch auf die Antarktis, da meine Bemerkung, ich hätte das Gefühl, überhaupt nicht dort gewesen zu sein, sie verwirrt habe.

»Aber du warst doch in der Antarktis, oder?« fragte sie manchmal.

»Ja, ich war da. Aber nur in McMurdo. Die richtige Antarktis habe ich nur aus der Luft gesehen und dann an dem Tag, als ich auf das Meereis hinausging.«

»Also warst du dort.«

»Ja, das war ich.«

»Und möchtest du nicht wieder hin?«

»Ich würde schrecklich gern wieder hinfahren. Ich weiß nur nicht, wie ich das anstellen soll. Es ist sehr teuer.«

Daraufhin sah sie mich nachdenklich an und sagte zaghaft: »Vielleicht ...«

»Vielleicht was?«

»Jetzt werd bitte nicht böse. Ich dachte nur an deinen Großvater. Das habe ich auch falsch gemacht. Ich hätte dafür sorgen müssen, daß du ihn kennenlernst.«

»Vergiß William«, sagte ich. »Ich will nichts mit ihm zu tun haben. Er ist genauso wie alle anderen, da bin ich mir sicher. Schlimmer. Er ist nicht mal zu Colins Beerdigung gekommen.«

»Ja, das stimmt. Ich wünschte, er hätte mir geantwortet.«

»Ich nicht. Er hat seine Farbfabrik; soll er sie doch behalten.«

»Ich wußte, du würdest böse werden.«

»Ich bin nicht böse. Wirklich, ich möchte nur einfach nicht darüber reden.«

Und das tat ich auch nicht. Ich wollte damals nichts als glücklich sein. Nicht einmal einen Augenblick lang an die Zukunft denken, die mir sehr düster erschien, und ich wollte auch nicht an die Vergangenheit denken. Ich wollte Ski fahren und kochen und essen und abends Filme ausleihen und anschauen. Wir liehen uns damals ziemlich viele Filme aus, denn Dr. Jim hatte vor einiger Zeit einen Videorecorder angeschafft. Wir liehen *Lawrence von Arabien, Die Brücke am Kwai, Gallipoli, Rambo, Die Hölle auf Erden* aus – zu meiner Überraschung schien meine Mutter Heldengeschichten ganz besonders zu lieben. Ich dachte, das sei mein Geschmack, und tatsächlich war es das auch immer gewesen, aber jetzt, da sie wieder in ihre Kindheit zurückgefallen war, schien meine Mutter die Dinge anders zu sehen als früher. Einmal sagte sie: »Das hätte William gefallen. Zu den Dingen, die ich an ihm so besonders mochte, gehörte, daß er weinen konnte, weißt du.« Mehr noch als die Kriegsgeschichten liebte meine Mutter jedoch Science-fiction-Filme. Wir liehen *Alien* und den *Terminator* und *Die Körperfresser kommen* und *Blade Runner* aus; am Ende von *Blade Runner* schluchzte sie herzerweichend, als der Replikant starb, und sagte: »All diese verlorenen Erinnerungen.«

Und eines Abends, als wir in die Videothek in Quarry gingen und sie wieder einmal vor dem Science-fiction-Regal stand, zog sie das *Ding aus einer anderen Welt* heraus und sagte: »Das sieht gut aus. Komm, den leihen wir uns aus.« Ich war einverstanden. Ich wußte nichts von diesem Film. Aber als wir ihn zur Kasse brachten, warf ich einen flüchtigen Blick darauf und sah, daß er in einer Forschungsstation in der Antarktis spielte. Ich sah genauer hin und stellte fest, daß es sich um ein Remake eines anderen Filmes handelte, der ebenfalls den Namen *Das Ding aus einer anderen Welt* trug und bereits in den fünfziger Jahren verfilmt worden war. Diese Aufnahme basierte auf John Campbells Erzählung »Wer geht dorthin?«, einer Erzählung, die ich gelesen hatte und von der ich nicht sonderlich begeistert gewesen war.

Ich war jedoch bereit, mir das *Ding aus einer anderen Welt* anzusehen, nicht nur, um meiner Mutter einen Gefallen zu tun, sondern auch, weil ich neugierig war zu sehen, wie das Eis im Film wirken würde. Wir nahmen den Film mit nach Hause, und ich machte uns ein frühes Abendessen zurecht; anschließend gingen wir ins Wohnzimmer, zündeten ein Feuer an und ließen uns vor dem Fernseher nieder. Meine Mutter schaltete fast alle Lampen aus, und ich legte die Kassette in den Videoapparat.

Langsame Einblendung einer Landschaft, die nicht die geringste Ähnlichkeit mit der Antarktis hatte. Überall tiefer Pulverschnee. Die kleinen Berge im Hintergrund sahen aus wie die Hügel von Vermont. Ich wies meine Mutter darauf hin, und sie sagte: »Ach, na ja, der Film ist wahrscheinlich in Kanada aufgenommen worden«, und diese Bemerkung war so vernünftig und klarsichtig, daß ich beschloß, den Film auf jeden Fall zu genießen.

Das war nicht weiter schwierig, denn jetzt erblickte ich auf dem Fernsehschirm einen absolut prachtvollen Husky. Der Hund war nicht nur schön, sondern er hatte auch Augen, die vor Intelligenz funkelten, und diese Augen sahen nun direkt in die Kamera. Dann rannte der Hund durch den Schnee, lief, als gelte es sein Leben, und als er einen Augenblick innehielt, blickte er neugierig, wachsam, und das ganze Tier war einfach atemberaubend. Vor dem unglaublich weißen Hintergrund wirkten die Farben seines Fells sehr fein, wie die Farben einer Skua. Jetzt sah ich, daß er von einem Hubschrauber verfolgt wurde. Der Hubschrauber war nicht orangefarben, sondern von einem stumpfen Grün, und doch schlug mir auf einmal das Herz im Halse, als ich sah, wie der Hund rannte und der Hubschrauber ihn verfolgte. Das war ja noch schlimmer als meine eigene Flucht, denn in diesem Hubschrauber saß ein Scharfschütze. Er trug eine Montur, die ihn vor Kälte schützen sollte, und zielte mit einem Hochleistungsgewehr auf den Kopf des Huskies. Der Hund blieb stehen, und die Kugeln schlugen überall um ihn herum im Schnee ein, woraufhin er sich wieder in Bewegung setzte und immer schneller lief. Seine großen Pfoten flogen durch den Pulverschnee. *Bambam. Bambam, bambam.* Die Schüsse verfehlten ihn nach wie vor, und da schlug er plötzlich einen Haken im Schnee.

Nun tauchte vor ihm, vor dem Hintergrund der Hügel, ein kleines Lager auf. Der Scharfschütze legte sein Gewehr weg und machte ein paar Sprengladungen fertig. Diese warf er dann hinunter in den Schnee, wo sie mit gedämpftem Dröhnen in die Luft gingen, während sich in der Forschungsstation ein Stück weiter vorne eine Menschenansammlung bildete. Eine Reihe von Leuten stand draußen vor den Gebäuden und sah, wie der Hund auf sie zulief und der Hubschrauber schlingernd hinter ihm herflog und Sprengkörper abwarf. Als der Hund sich dem Lager näherte, hörte der Mann in dem Hubschrauber nicht auf zu feuern, sondern verdoppelte zum Entsetzen der Männer auf dem Boden nur noch seine Bemühungen.

Daraufhin liefen sie in das Haus, um ihre eigenen Waffen zu holen. Natürlich sind Waffen in der Antarktis verboten, aber man konnte Campbell diese kleine Ungenauigkeit in seiner Geschichte kaum verübeln, da er »Wer geht dorthin?« in den dreißiger Jahren geschrieben hatte. Sie holten also ihre Waffen, und während die Bomben immer näher kamen, schossen sie auf den Hubschrauberpiloten, und der Hubschrauber stürzte in einem Feuerball zu Boden, so daß alle, die darin gesessen hatten, zu Tode kamen. Bevor er jedoch abstürzte, versuchte der Pilot noch, eine Botschaft zu übermitteln. *»Das Ding! Das Ding!«* rief er wieder und wieder mit hysterisch sich überschlagender Stimme, was aber völlig nutzlos war, da der Hubschrauber ohnehin abstürzte und der Hund weiter auf die Forschungsstation zurannte. Die verkohlten Trümmer des Hubschraubers und die Leichen seiner Passagiere ergaben keinen Hinweis auf die Motive der Männer, die in ihm gestorben waren.

Das einzige, was die Amerikaner – es handelte sich um eine amerikanische Forschungsstation – erfuhren, war, daß der Hubschrauber und seine Passagiere aus Norwegen gekommen waren. Ich fand, das war eine hübsche Idee. Die Amerikaner streichelten den Hund, den sie gerettet hatten und der jetzt von einem Mann zum anderen lief, nach seiner anstrengenden Flucht immer noch keuchend und hechelnd. Er folgte den Männern ins Innere des Gebäudes, legte sich unter den Tisch, an dem sie saßen, und ließ seinen Kopf auf den Pfoten ruhen. Die amerikanischen Wissenschaftler hatten ihn sofort vergessen, als sie an Bord ihres eigenen Hubschraubers gingen. Der Pilot war ein Mann namens McGrady, der mitten in einem heftigen Sturm startete, um seine Mannschaft zu der norwegischen Forschungsstation zu bringen.

Dort fanden sie weitere verkohlte Leichen und in dem Hauptlaboratorium außerdem einen schmelzenden Eisblock. Daraus schlossen sie, daß die Norweger etwas ausgegraben haben mußten. Aber was? Und wenn irgend etwas dort war, worum handelte es sich dann? Die Amerikaner flogen verwirrt in ihr eigenes Lager zurück, und dort begann das Grauen, als sie herausfanden, was »das Ding« war. Der Hund war, wie sich herausstellte, überhaupt kein Hund, sondern ein Ding aus einer anderen Galaxis, ein Ding, das vor fünf Millionen Jahren einen Zusammenstoß mit der Antarktis überlebt hatte und seither eingefroren war. Nachdem die Norweger es ausgegraben hatten, war es in der Wärme ihres Laboratoriums wieder zum Leben erwacht. Und nun kannte es nur noch ein Ziel: es wollte sich vermehren. Es hatte die Fähigkeit, in die Zellen jeder lebenden Kreatur einzudringen und sie zu seinen Zwecken zu nutzen.

Also hatte es von einigen norwegischen Wissenschaftlern Besitz ergriffen, die daraufhin von ihren Kollegen umgebracht worden waren, bevor sich diese selbst töteten. Aber das Ding war trotzdem entkommen, und zwar in Gestalt eines Hundes, und jetzt war es bei den Amerikanern. Viele Hunde waren tot, und es sah so aus, als würde das Ding diesmal bei seinen Versuchen, sich fortzupflanzen, Erfolg haben.

Bevor die Amerikaner wußten, wie ihnen geschah, war das Ding wirklich und wahrhaftig unter ihnen; nachdem es alle Hunde durch hatte, machte es sich über die Menschen her. Aber – und das war das eigentlich Grauenvolle – die Männer, von denen es Besitz ergriff, wußten selber nicht, daß sie nicht mehr die waren, die sie zu sein glaubten; sie wußten es nicht, weil das Ding der perfekte Imitator war und ihre Gedanken, Gefühle und Erinnerungen unversehrt ließ. Alles, was ihnen fehlte, nachdem das Ding sie übernommen hatte, war ihre Fähigkeit, ihre eigenen Entscheidungen zu treffen – aber sie hatten keine Möglichkeit herauszufinden, daß die Wahl, die sie trafen, nicht ihre eigene war. Schließlich ersannen die Wissenschaftler, tüchtig, wie sie waren, einen Test, um herauszufinden, wer noch Mensch und wer bereits – ohne es zu wissen – zu dem Ding geworden war. Da das Ding auf zellulärer Ebene arbeitete und da man es einzig mit Hitze töten könnte, hatte jemand die Idee, das Hämoglobin zu testen. Jedermann wurde gezwungen, eine Blutprobe abzugeben, die in eine Petrischale gegeben und mit einem elektrischen Draht in Berührung gebracht wurde. Das menschliche Blut zischte und blieb dann einfach in der Schale liegen, aber das Blut des Dings zog sich zusammen und versuchte, der tödlichen Berührung durch den elektrischen Draht zu entgehen.

Am Ende lebten nur noch zwei Männer, und das Ding selbst hatte mit Hilfe der Zellen der Männer und Hunde, von denen es Besitz ergriffen hatte, eine gewaltige Verwandlung erfahren. Mittlerweile hatte es anscheinend wieder seine ursprüngliche Gestalt angenommen, war zu einer zuckenden Masse mächtiger Fangarme geworden und in der Station allgegenwärtig, unter allen Böden und in allen Wänden, wie es schien. McGrady, der Held der Geschichte, tat das einzige, was er in dieser Situation tun konnte, um die Erde zu retten, auf die das Ding sonst losgegangen wäre; er bereitete sich darauf vor, die gesamte Forschungsstation in die Luft zu sprengen. Er verband einige Dynamitstangen mit Draht und zog dann Zündschnüre durch den Schnee. Dann plazierte er vor jedem der Gebäude ein wenig Plastiksprengstoff und machte alles bereit für eine letzte, gewaltige Explosion. Er wußte, daß er sterben würde, wenn die Station nicht mehr da war, und tatsächlich war er schon halb erfroren, aber das war unwichtig, er tat, was getan werden mußte. Denn wenn das Ding auf die Welt losgelassen würde, würde es nicht nur die menschliche Spezies auslöschen. Es würde auch Wale und Seeotter vernichten, genauso wie Pinguine, Hunde, Pferde, Spinnen und die Haie. Es würde die Skuas und die Weddellrobben ausrotten und die Blaufußtölpel auf den Galapagosinseln. Es würde das Leben selbst vernichten in seiner unendlichen Vielfalt. Das Ding konnte jede denkbare Gestalt annehmen und würde alles töten, es würde alles Lebendige mißbrauchen, um seine Homogenität auf dem Planeten zu verbreiten. Es war monolithisch und ganz seinen eigenen Zwängen unterworfen.

Wenn dieses Wesen freikäme, wäre das das Ende von allem, ein blaugrüner Planet, umschlungen von mächtigen Fangarmen. Meine Mutter und ich sahen atemlos vor Aufregung zu, wie McGrady – mittlerweile hatte sich die Nacht über die Antarktis gesenkt – daranging, seine eigene Art weißen Lichtes herzustellen. Die ganze Forschungsstation war wie zu einer gigantischen Bombe verdrahtet, und es war furchtbar kalt draußen, mindestens vierzig Grad unter Null; die Schatten waren purpurfarben, der Frost atemweiß. Und als McGrady fertig war, drückte er einen einzigen Zündkolben herunter, und das ganze Lager flog in mehreren aufeinanderfolgenden Wellen in die Luft. Und jede Zelle des Dings, die in der Station lebte, verbrannte zu dem Kohlenstoff, aus dem sie entstanden war. McGrady lag im Schnee, und seine Haut wurde immer weißer, bis er schließlich erfror. Aber man konnte sehen, daß er glücklich starb. Er hatte sein Leben gegeben, um das Leben zu retten. Für ihn war der Tod nur ein kleiner Preis gewesen, der Preis für die Möglichkeit, seine eigene Wahl zu treffen.

Als der Film zu Ende war, saßen meine Mutter und ich noch eine Weile schweigend vor dem Fernseher. Dann stellte ich den Apparat ab, und meine Mutter sagte: »Oh, was für ein Held.«

»Er mußte es tun.«

»Ja, das mußte er, nicht wahr? Jeder Mensch sollte anders sein. Sein eigenes Leben leben. Und ich bin so froh, daß er's getan hat. So froh«, sagte meine Mutter.

Zwei Tage später, kurz bevor meine Mutter Dr. Jim zurückerwartete, kam es zu einem plötzlichen Wetterwechsel, und es wurde ziemlich warm. Wenn sich die Luft während des Winters in Colorado erwärmt, bringt sie immer einen wunderbaren Duft mit sich. Wir wurden von diesem Duft schon geweckt, und meine Mutter schlug ein Picknick vor.

»Genauso, wie wir es gemacht haben, als du noch klein warst.«

»Du meinst damals zu Weihnachten?«

»Ja, an dem Weihnachtsfest mit dem Fallschirm.«

»Na gut, dann laß uns ein Picknick machen.« Wir machten etwas zu essen zurecht und marschierten los, ich trug den Rucksack, und meine Mutter trug wie immer ihre Handtasche. Es war nicht nur warm an diesem Tag, sondern sogar herrlich sonnig, und wir stapften durch den mittlerweile aufgeweichtem Schnee bergauf. Die Wangen meiner Mutter wurden so rot wie große Beeren, und wenn wir einen Augenblick Rast machten, schnaufte sie atemlos. Schnauf, schnauf – sie wirkte wie ein Blasebalg, der versuchte, seiner Arbeit nachzukommen, wie es sich gehörte, aber immer wenn ich sie fragte, ob sie müde sei, sagte sie: »Aber überhaupt nicht«, und dann setzte sie auf der Stelle, wenn auch weiterhin schnaufend, ihren Weg fort. Ich mußte sie zum Stehenbleiben und Ausruhen regelrecht zwingen, so sehr brannte sie darauf, endlich den Gipfel zu erreichen. Als wir schließlich oben ankamen, wurden wir wunderbar belohnt.

Keine Wolke verhüllte die Sonne, und tief unter uns erstreckte sich die Welt mit Wolkenflecken, die wild, dunkel und wie Perlmutt schimmernd in der Ferne schwebten. Ich breitete die Decke, die ich mitgebracht hatte, auf dem Schnee aus, direkt neben dem Felsen, wo wir an jenem Weihnachtstag mit Colin gepicknickt hatten. Das war jedoch so lange her, daß mich seine Abwesenheit nicht mehr traurig stimmte. Wir lehnten uns mit dem Rücken an den Felsen, während wir den Picknickkorb auspackten. Dann aßen wir in hungrigem Schweigen, beide erhitzt, mit roten Wangen und glücklich, und tranken hastig unseren schnell abkühlenden Kakao. Nach dem Essen unterhielten wir uns; meine Mutter wirkte an diesem Tag ungewöhnlich klar.

Irgendwann fragte ich meine Mutter schließlich, ob sie glaubte, daß sie sich wieder ihrer Bildhauerei zuwenden würde. Sie verneinte.

»Weißt du, es wird jetzt immer schlimmer mit mir. Es fällt mir schwer, etwas anzufangen und es zu Ende zu führen. Alles mögliche lenkt mich ab. Und wenn das so weitergeht, weiß ich nicht, wo es enden wird; ich weiß es wirklich nicht. Ich möchte niemandem zur Last fallen. Ich möchte nicht, daß du am Ende für mich sorgen mußt.«

Ich lächelte unglücklich und sagte: »Ich wüßte nicht, was ich sonst tun sollte.«

»Nein, nein, du hast noch dein ganzes Leben vor dir. Ich werde nicht zulassen, daß du es wegwirfst. Du mußt zurück in die Antarktis. Du mußt dafür sorgen, daß die da unten nicht irgendwo dieses Ding wieder ausgraben.«

Sie lachte, während sie das sagte. Dann fragte sie: »Schlägt das Wetter um?« Und es schien tatsächlich, als käme von Norden her ein Sturm auf. Da die nördlichen Stürme immer besonders schlimm waren und die Luft kälter wurde, beschlossen wir, unser Picknick zu beenden. Es war selten, aber durchaus schon dagewesen, daß ein Chinook im Handumdrehen der Vergangenheit angehörte und ein Schneesturm ihm auf dem Fuße folgte.

Wir machten uns an den Abstieg. Meine Mutter nahm die Decke und ich den Rucksack, und wir hielten uns an den Händen und sahen zu, wie die ersten Schneeflocken fielen. Nach einer Weile ließ meine Mutter mich los, um mit ausgestreckter Zunge hinter den Flocken herzujagen. Sie strauchelte, stürzte jedoch nicht und jauchzte vor Vergnügen, als eine kleine Flocke genau da landete, wo sie sie haben wollte. Als wir schließlich zu Hause ankamen, schneite es bereits sehr heftig, und wir waren beide vollkommen durchgefroren. Diese Sache entwickelte sich zu einem richtiggehenden Schneesturm, wie sie Quarry jeden Winter ein- oder zweimal heimsuchten, und schon vor fünf Uhr setzte rapide die Dämmerung ein. Der Wind drosch mittlerweile auf das Haus ein wie eine gewaltige Hand, die ihm Ohrfeigen versetzte. Ich machte auf Wunsch meiner Mutter Feuer, setzte mich aber nicht mit ihr vor den Kamin, sondern ging nach oben, um ein warmes Bad zu nehmen.

Nachdem ich mich hinreichend im warmen Wasser geaalt hatte, stieg ich aus der Wanne und zog mich an, um mich zu meiner Mutter ins Wohnzimmer zu setzen. Das Feuer schlug hohe Flammen, weil heftiger Durchzug herrschte. Meine Mutter aber war nirgends zu sehen. Da der Zug unter anderem aus dem Hausflur zu kommen schien, ging ich der Sache nach und stellte fest, daß die Haustür sperrangelweit offenstand. Draußen sah ich Fußspuren, die jetzt beinahe zur Gänze von frischem Schnee bedeckt waren, Fußspuren, die die Treppe hinunter und durch den Garten führten. Meine Mutter war nach draußen gegangen. Hatte sie vorher ihren Mantel angezogen? Nein, und ihre Jacke anscheinend auch nicht. Beide Kleidungsstücke hingen noch immer an der Garderobe. Jetzt machte ich mir wirklich Sorgen, denn draußen war es kalt. Deutlich unter dem Gefrierpunkt, und die Temperatur fiel immer weiter. Ich zog mir meine Jacke an und griff nach meinen Handschuhen, dann zog ich mir eine Mütze über die Ohren und nahm auch den Mantel meiner Mutter mit. Als ich mir die Taschenlampe aus der Schublade holte, sah ich, daß meine Mutter zumindest Licht haben mußte, da die große Taschenlampe fehlte. Mit hastigen Schritten kämpfte ich mich durch den schneidenden Wind zum Südeingang des Ateliers. Dort brannte Licht, und es herrschte eine ziemliche Unordnung.

Aber keine Spur von meiner Mutter. Ich hatte plötzlich eine seltsame Ahnung, die danach drängte, sich in Angst zu verwandeln oder lieber gleich in Panik. Panik würde mir jedoch nicht helfen; das einzige, was mir helfen konnte, war der Versuch herauszufinden, wohin sie gegangen sein könnte, ihr dann zu folgen, sie zu finden und wieder nach Hause zu bringen. Aber ich konnte nicht denken, konnte keinen klaren Gedanken fassen, und je angestrengter ich es versuchte, um so sinnloser wurden meine Gedanken. Ich dachte an das White-out, das sich so plötzlich eingestellt hatte, als ich nach McMurdo geflogen war, daran, wie regelrechte Wellen den Boden des Flugzeugs durchlaufen hatten;

ich dachte an das Ding unter den Fußbodenbrettern, das drauf und dran war, sich zu befreien und McGrady zu töten, um dann seine Fangarme um alles Lebendige zu schlingen.

Außerdem dachte ich an meine Mutter, wie sie da am Flughafen von Denver gestanden hatte, bleich, mit ihrem Steppmantel, der ihr bis an die Knöchel reichte, und den Ohrschützern über den Wangen. Sie hatte sich an ihre Handtasche geklammert wie an einen Rettungsanker. Ihre Handtasche. Das war es, ihre Handtasche! Wir hatten sie auf dem Felsen liegengelassen, oben auf dem Gipfel des Horseshoe Hills; obwohl es nichts half, in Panik zu geraten, tat ich es dennoch, als mir klar wurde, daß sie genau in diesem Augenblick auf dem Weg dorthin sein mußte, um ihre Handtasche zu holen. Ohne auch nur die Tür hinter mir zu schließen, rannte ich aus dem Atelier, und während das Licht der Taschenlampe vor mir seinen unvernünftig hopsenden Tanz vollführte, fand ich die Fußspuren meiner Mutter, und ja, tatsächlich, sie führten zum Horseshoe Hill, und sie hatte mindestens eine halbe Stunde Vorsprung. Wie sollte ich sie einholen? Bei diesem Wind und diesem Schneetreiben, das um mich herumwirbelte . . . Ich versuchte mich an den Tag zu erinnern, als ich selbst einen Berg hinaufgestolpert war, damals, nachdem ich mit meinem Schlitten nach Quarry hinuntergefahren war, und dann, meinen Schlitten im Schlepptau, mich wieder hinaufquälen mußte. Meine Mutter war sicher in Panik geraten, als sie feststellte, daß ihre fünf Jahre alte Tochter im Schneesturm verschwunden war, aber sie hatte trotzdem nicht den Kopf verloren. Da ich ihn auch nicht verloren hatte, war uns beiden nichts passiert, und vielleicht würde es diesmal wieder so sein, wenn ich nur direkt zu dem Felsen hinaufstieg und dort ankam, bevor meine Mutter sich wieder an den Abstieg machte. Ich glaubte nicht, daß wir es hinunter schaffen würden, aber ich wußte, wie man eine Schneehöhle grub, und wenn ich sie nur finden konnte, würden wir beide die Nacht wohl lebendig überstehen. Aber es fiel mir schon schwer genug, auch nur zu atmen, vor allem, weil ich pausenlos schrie, so laut ich nur konnte: »Mutter! Mutter! Hörst du mich?«

Der Wind wurde stärker, und das Schneetreiben wurde immer dichter. Während ich mich den Berg hinaufmühte, wurde mein Atem immer dünner und ging schließlich nur noch stoßweise. Und das Licht der Taschenlampe verschwand einfach, es vermischte sich mit den

Schneepünktchen um mich herum; diese Pünktchen sahen aus wie Sterne, die sich wie im Zeitraffer eines Science-fiction-Films plötzlich zusammenzogen. Ich kletterte und kletterte, wurde aber immer langsamer, bis schließlich der Augenblick kam, in dem ich wußte, ich würde nicht weitergehen können, wenn ich nicht erfrieren wollte. Meine Zehen waren taub, und meine Hände hatten sich zu großen Eisblöcken verwandelt. Wenn ich nicht kehrtmachte und dem Bachlauf, der zu unserem Teich führte, folgte, würde ich mich in diesem Sturm verirren, in dem sich meine Mutter bereits verirrt haben mußte. Sie lief ohne Mantel durch diesen unbarmherzigen Januarsturm und suchte nach einer Handtasche, in der sie den Wächter ihres Selbst sah, und das Schlimmste war, daß sie sie niemals finden würde. Und doch war diese Handtasche der einzige Gegenstand, der ihr etwas bedeutete, der einzige Gegenstand, der sie davor bewahrte, zu tief in die Leere des Hier und Jetzt zu stürzen, der unaufhörlich wachsenden Gegenwart.

Zumindest war sie glücklich, dessen war ich mir sicher. Sie zwang sich durch den Blizzard, um zu dem einen Ort zu gelangen, den sie vor ihrem inneren Auge sah, einem Hügel mit einem Felsen, und auf dem Felsen ein winziger Sattel. Nichts war so wichtig, wie diesen winzigen Sattel wiederzufinden, auf dem sie reiten konnte. Und sie war stolz auf sich und sehr zufrieden mit ihrer Entscheidungsfreude und ihrem Selbstvertrauen. Sie brauchte mich nicht, damit ich ihre Tasche holte, und sie brauchte ganz bestimmt Dr. Jim nicht, da sie sich selbst hatte, und dieses Selbst war und würde immer Josephine sein. Dieses Selbst konnte aus den unergründlichsten Geheimnissen schlau werden, wie zum Beispiel der Frage, wo ihre Handtasche war und wo der Fels und wo der Hügel, ja sogar, wo der Planet war, der all diese Geheimnisse und Wunder in sich barg.

Nein, ich bin sicher, daß sie keine Angst hatte, und ich bin sicher, daß sie auch nicht fror, während sie ihre Expedition nach Norden unternahm, ihre Gralssuche. Sie mußte ihren Schatz zurückerobern, den Schatz des Gewesenseins, des Wissens, wer sie gewesen war, bevor sie hinausgegangen war. Ich hatte Angst, und ich fror, weil ich, als ich den Bach entlang talabwärts lief, wußte, daß ich meine Mutter nie mehr wiedersehen würde. Sie war damals ein dunkles Geweih vor meinem dunklen Himmel, aber ein leuchtend heller Feuerstrahl in ihren eigenen Augen. Sie unternahm eine Heldentat, sie besiegte den Raum, sie war endlich wieder Künstlerin. Etwas war so bedeutungsvoll und es wiederzuerlangen so wichtig, daß sie alles dafür aufs Spiel setzte.

Als ich am Teich ankam, konnte ich kaum noch die Hand vor Augen sehen und nur mit Hilfe der Taschenlampe das Atelier finden. Es schneite mittlerweile so heftig, daß selbst das Licht, das aus den Fenstern drang, wieder auf sich selbst zurückgeworfen wurde wie das Licht eines kollabierenden Sterns. Durch die Tür, die ich offengelassen hatte, war Schnee in gewaltigen Mengen hereingetrieben, den ich jetzt wegzuschieben versuchte, bevor ich die Tür hinter mir schloß. Aber letztlich war mir das zu mühsam, und während der folgenden Nacht, die ich im Atelier verbrachte, wurde der Schnee langsam zu Wasser. Mich erfüllte das höchst merkwürdige Gefühl, daß meine Mutter bei mir war, denn ich spürte ihre Gegenwart sehr deutlich. Sie stand an einer Staffelei und sagte: »Psst, Morgan. Du solltest es eigentlich besser wissen. Nicht reden, während ich arbeite!« Sie arbeitete mit Stecheisen und Schlegel an einem Holzstück, oder sie durchstöberte die Bücher, die auf einem Regal lagen und suchte *Kapitän Scott: Letzte Fahrt* heraus. Wir sahen uns zusammen die Bilder von Lady Scott und ihrem kleinen Sohn Peter an, die aus ihrem Rahmen heraus in die Kamera schauten wie aus einem Fenster der Hütte, die ich nicht erreicht hatte. Wir sahen uns *Das Ding aus einer anderen Welt* an, und meine Mutter sagte: »Oh, was für ein Held.« Und dann: »Aber trotzdem, ich bin so froh, daß er es getan hat. So froh.«

Später, als der Sturm sich legte – und er wütete die ganze Nacht hindurch –, stieg die Sonne wie eine Rakete am Himmel auf, versprühte Feuer über den Schnee und ließ die ganze Welt wie Diamanten glitzern. Ich trank etwas Wasser, zog meinen Mantel wieder an und kletterte dann den Horseshoe Hill hinauf, und ich fand meine Mutter dort im Windschatten des Felsens. Sie hatte es geschafft, sie war ans Ziel gelangt, und die Handtasche hatte auf sie gewartet. Jetzt hielt sie sie wie ein Kind an ihre Brust gepreßt, umklammerte sie mit den Händen, die um ihren Schatz festgefroren waren. Sie war keine kleine Frau, obwohl sie kleiner war als ich, aber im Tod schien ihre Größe weniger von Bedeutung zu sein als vielmehr die Art, in der ihr Körper den Raum ausfüllte: Sie hatte die Knie hochgezogen, ihre Hände über der Brust gekreuzt und ihr Kinn auf die Brust gelegt, um sich vor dem Wind zu schützen.

Ich liebte sie so sehr. Ich ließ mich neben ihr in den Schnee sinken und beugte mich über sie. Ich konnte ihre Hand nicht halten, weil sie blau und steifgefroren war und weil sie außerdem schon etwas anderes umschlossen hielt. Ihre Pose, steinhart jetzt, war ihre letzte Skulptur – *das Reich ist im Innern*, eines Tages wirst du es wissen, hatte sie gesagt –, und während die Dämmerung dem Morgen wich und der Morgen seinen Lauf nahm, verharrte ich dort. Ich bewegte mich kaum, dachte nur an meine Mutter, gab mich meinen Gefühlen hin, ließ meine Erinnerungen kommen. Ich war drei Jahre alt und trug einen dunkelblauen Schneeanzug. Sie drückte mit ihren Händen von unten gegen meine Stiefel. Ich war fünf und zog meinen Schlitten, und sie erschien vor mir auf der Straße. Ich war sechs, und ich träumte, und in meinem Traum gab es fünf schwarze Gestalten, von denen eine immer tiefer herunterstieg, bis sie direkt vor mir stand und mich anschaute, ein Mann mit vereistem Bart. Es war der Tag, an dem Colin uns verließ, und ich dachte: Ja, ich bin wirklich der Fels. Ich beobachtete Pippin mit ihrem gebrochenen Flügel, wie sie endlos im Kreis lief und auf den Gnadenstoß wartete. Der Baum im Wald stürzte um, und Wilbur sagte: »Es ist doch alles gleichzeitig passiert. Ich glaube, es hat etwas zu bedeuten.« Oder später, als mein Vater auf der marmornen Schwelle stand, mit seinem Lederkoffer, den Mantel bis zum Hals zugeknöpft. Sein Haus hinter ihm brannte bereits. Ich war mit Thaw zusammen am Green River, und er schlug vor, die Bulldozer zu zerstören, und ich stimmte ihm zu, ja, wir wollten die Furchtbaren vernichten. Jetzt war ich auf dem Ross-Schelfeis und blickte zum Erebus, eine große Tasse Kakao voller Wärme in der Hand. Ich war mit Harry zusammen, der sagte: »Äußere und innere Feinde.« Wir kegelten. »Sieh mal, Doris. Du bist doch flexibel, oder? Wahre Intelligenz ist die Fähigkeit, aus Erfahrung zu lernen.« Irgend etwas, und ich konnte mich nicht daran erinnern, was es war, würde meiner zukünftigen Anstellung in der Antarktis im Wege stehen.

Später, viel später vielleicht, war ich auf dem Meereis, die Gletscherzunge des Erebus lag hinter mir, und vor mir lagen die Weddellrobben, die nach Fisch rochen und leise grunzten. Ihre Flossen wirkten wie Hände mit langen Nägeln, Hände, die in schwarzen Samthandschuhen steckten. Der Helikopter senkte sich immer tiefer, ein Scharfschütze beugte sich heraus und zielte mit seinem Gewehr. Der Hund rannte, ich rannte, aber es hatte keinen Sinn. Überall um uns herum gingen Bomben nieder, Wasserbomben; sie implodierten. John Brutus Carnady sagte: »Sie werden nie wieder in die Antarktis zurückkehren. Sie werden diesen Ort nie wiedersehen. Verabschieden Sie sich von ihm.« Wahrscheinlich kam mir genau in diesem Augenblick die Idee, daß ich, falls ich je wieder ins Eis gehen sollte, den Thronsaal des Kaisers in die Luft sprengen würde, so wie McGrady seine Forschungsstation gesprengt hatte, und genauso wie er aus gutem Grund. Aber als ich darüber nachdachte, war der Gedanke schon wieder verschwunden, denn da waren noch so viele andere Gedanken, die an die Oberfläche drängten, noch mehr Gefühle, die gefühlt werden wollten, bevor ich mich auf meinen langen Weg zurück in die Zukunft machte.

Aber trotzdem, sobald ich diesen Gedanken gehabt hatte, sobald ich über das Ding nachgedacht hatte, dachte ich auch wieder an meine Mutter, die sagte: »Oh, was für ein Held ...«, und dann dachte ich an unser Picknick. Erst gestern hatten wir hier gesessen, erst gestern, und sie hatte gesagt: »Ich möchte nicht, daß du für mich sorgen mußt.« Sie hatte gesagt: »... Du hast noch dein ganzes Leben vor dir.« Aber das hier konnte meine Mutter nicht gewollt haben. Sie war wegen ihrer Handtasche hergekommen und wegen der Identität, die sie enthielt. Als sie mir geschrieben hatte, sie fühle sich wie eine zitternde Sklavin, war sie bereits auf dem Weg hierher gewesen, hatte bereits begonnen, diesen Berg zu ersteigen. Sie hatte die Welt betrachtet und gesehen, daß sie schön war, sie hatte sie voller Ehrfurcht bestaunt. Aber sie war ins Trudeln geraten, und sie wußte es, sie war das lange Ufer der Zeit hinuntergeschlittert. Allerdings war sie nicht kampflos über den Rand gerutscht. Dafür liebte ich sie um so mehr. Und dafür, daß der Tod in der Wildnis ihr als ein kleiner Preis erschienen war – ein geringer Preis für die Fähigkeit, ihre eigenen Entscheidungen zu treffen.

Und sie hatte es nicht nur für sich getan, sondern vielleicht auch für mich. Ja, vielleicht auch für mich. Das war eine Tatsache, vor der ich meine Augen nicht verschließen konnte. Seit ich ein Kind gewesen war und von Robert Falcon Scott gelesen hatte, hatte ich tief in meinem Inneren geglaubt, daß dies die Art war, wie ich sterben würde. Es war fast so, als hätte meine Mutter das gewußt und daran gedacht, als sie gestern nacht diesen Berg hinaufgestiegen war, um nach ihrer Handtasche zu suchen, nach ihrem Namen, ihren Erinnerungen, den Dingen, die ihrem Leben Bedeutung verliehen hatten. Sie hatte diesen Tod für mich auf sich genommen, damit ich mein Leben leben konnte. Sie war auf den Berg gestiegen und hatte ihren eigenen Tod in ihn hineingemeißelt. Einem plötzlichen Impuls folgend, streckte ich meine Hand aus und fand, was ich erwartet hatte. Bevor sie aus dem Haus gerannt war, die Tür offenstehen lassen, ihren Mantel, ihren Hut und ihre Handschuhe zurückgelassen und sich damit gegen all die Dinge entschieden hatte, die sie in der langen Nacht, die vor ihr lag, hätten retten können – vorher war sie noch in ihr Schlafzimmer gegangen und hatte von ihrem Spiegel ein leichtes, klimperndes Halsband abgenommen. Sie hatte es sich über den Kopf gezogen.

Und sie trug meine Hundemarken immer noch.

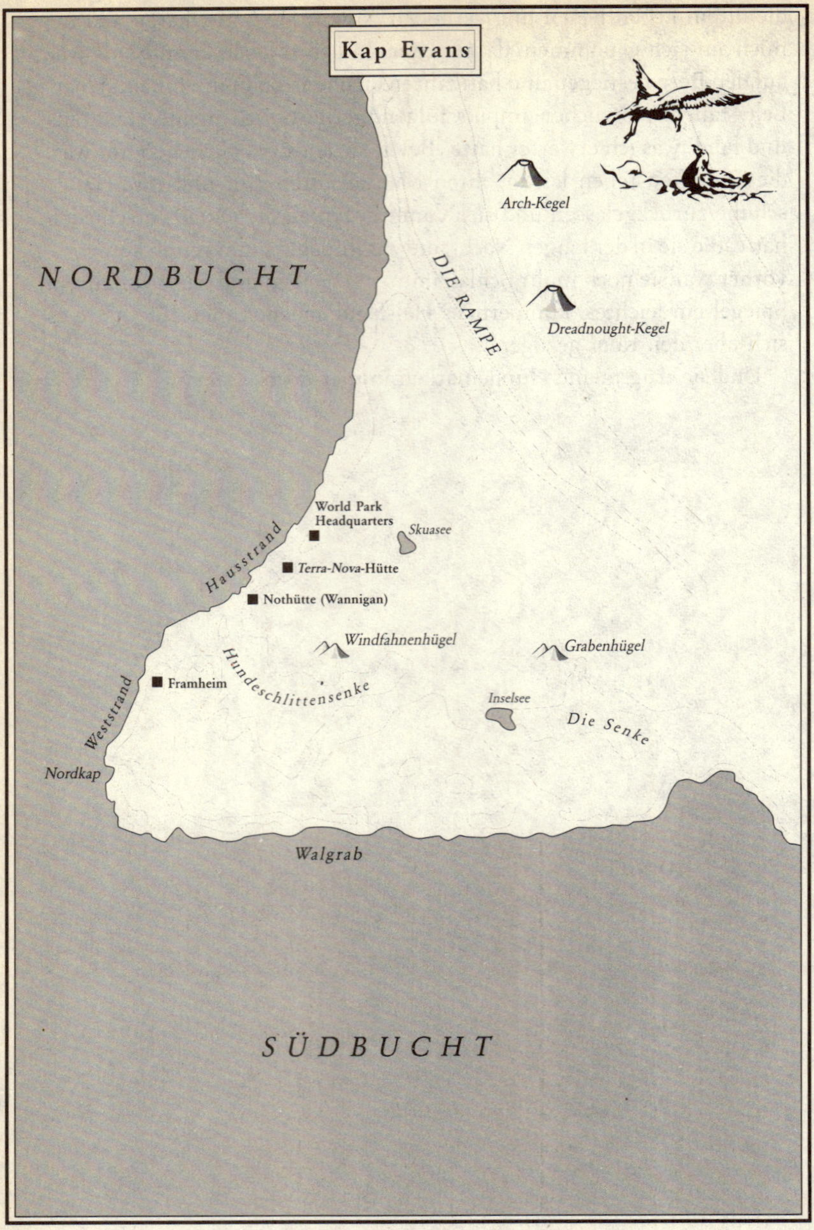

Kap Evans
NORDBUCHT
Arch-Kegel
DIE RAMPE
Dreadnought-Kegel
World Park
Headquarters
Skuasee
Hausstrand
Terra-Nova-Hütte
Nothütte (Wannigan)
Windfahnenhügel
Grabenhügel
Weststrand
Framheim
Hundeschlittensenke
Inselsee
Die Senke
Nordkap
Walgrab
SÜDBUCHT

Die Zeit verging. Meine Mutter wurde eingeäschert. Dr. Jim arrangierte die Beerdigung, und ich muß sagen, daß er ehrlich zu trauern schien. Iris und Wilbur kamen rechtzeitig aus Kalifornien zurück, um der Zeremonie beizuwohnen. Als Brock meinen Brief erhielt, in dem ich ihm mitteilte, was geschehen war, rief er mich sofort an; er wollte seine Stelle in Jackson Hole aufgeben und nach Quarry zurückkehren, aber ich sagte ihm, daß er das nicht tun solle, denn meiner Meinung nach hätte das die Dinge noch schlimmer gemacht. Ich selbst hatte ja keinen Job und kein Geld, und ihn in dieselbe Lage zu bringen, hätte keinem von uns geholfen. Ich vermißte ihn allerdings sehr und sagte ihm das auch. Auch Thaw schrieb mir einen Brief, und zwar aus Elk City, wo er damals arbeitete. Er lud mich zu sich ein, aber ich brachte kaum die Energie auf, von meinem Schuppen zum Wohnhaus der Coville-Ranch hinüberzugehen. Winnie war bereits in Alaska, bei ihren Hunden.

Der einzige Mensch, dessen Gegenwart ich in dieser Zeit ertrug, war ohnehin Wilbur. Es war ein kalter Januar. Gelegentlich kam Wilbur zu mir in den Schuppen, und wir machten uns Kakao. Manchmal unterhielten wir uns. Manchmal gingen wir im Vorgebirge spazieren. Ich erzählte ihm von der Handtasche, von dem Felsen und den Hundemarken. Bei ihm konnte ich sicher sein, daß er mich nicht hetzen wollte, daß er nicht die Absicht hatte, mich weiterzutreiben, wo auch immer mein Leben mich hinführen mochte. Offenbar fand er, daß allein mein erst so kürzlich stattgefundener Aufenthalt in der Antarktis Grund genug zum Ausruhen war. Wenn man dazu noch den Tod meiner Mutter nahm – »und die Tatsache, daß sie erfroren ist, Morgan« –, nun, dann schien es ihm nicht weiter verwunderlich, daß ich nicht die Kraft hatte, über meine nächsten Schritte nachzudenken.

Und das konnte ich tatsächlich nicht. Meine Mutter hatte kein Testament hinterlassen. Sie hatte das wohl nicht für nötig gehalten, da sie kein Geld besaß, das sie hätte vererben können. Was das Haus betraf, so hatte sie dafür vor einigen Jahren Dr. Jim als Miteigentümer eingesetzt, so daß es jetzt ausschließlich ihm gehörte, und ich hatte nichts dagegen. Es war ohnehin schon seit Jahren nicht mehr mein Zuhause gewesen. Sollte Dr. Jim es doch behalten, zusammen mit den Erinnerungen, die für ihn daran hingen. So hatte ich keinerlei Pflichten. Er wickelte alles ab, er war der Hausbesitzer, und er ging die Sachen meiner Mutter ohne meine Hilfe durch. Etwa zwei Wochen nach der Beerdigung schickte er mir die Kleider meiner Mutter und ihren Schmuck, zusammen mit ihren Briefen, Papieren und einigen verblaßten Erinnerungsstücken. Außerdem bekam ich von ihm eine Holzkiste, die einige ihrer kleineren Skulpturen enthielt, und er teilte mir in knappen, dürren Worten mit, daß er mir jederzeit und mit Freuden auch alle größeren Skulpturen übergeben würde, wann immer ich sie haben wollte. Ich war ihm dankbar dafür und schrieb ihm zurück, daß ich sie für den Augenblick gern lassen würde, wo sie waren.

Ich weinte damals sehr viel, und das war weiß Gott ein Segen. Es fiel mir leicht, ehrlich um meine Mutter zu trauern. Nach dem Tod meines Vaters war es mir schlechtgegangen, ich war deprimiert gewesen, monatelang außerstande, zu weinen und zu verstehen, was mein Vater getan hatte. Am Ende schien das Leben keine Bedeutung mehr für ihn gehabt zu haben. Bei meiner Mutter lag der Fall ganz anders. Sie hatte mir alles gesagt, was ich so dringend hören mußte: daß sie mich liebte, daß es ihr leid tat, daß das Leben wunderbar sei und daß ich den größten Teil meines Lebens noch vor mir hatte. Jenseits meiner Trauer empfand ich Dankbarkeit, weil ich davon überzeugt war – und es heute noch bin –, daß meine Mutter genau wußte, was sie tat.

Eines Tages in der dritten Januarwoche, als ich wieder einmal weinte, während mir all diese Dinge durch den Kopf gingen, hatte ich plötzlich das Gefühl, die Zeit sei gekommen, die Sachen meiner Mutter durchzusehen. Ihren Kleidern haftete noch immer ihr Geruch an; deswegen ließ ich sie zunächst beiseite. Doch ich sah die Kiste mit den Skulpturen durch und fand *Gehirne ganz allein* und *Reinigen auf eigene Gefahr*. Zu den Erinnerungsstücken gehörte eine trockene, halb zerfallene Blume, ein Programm aus einem Theater von Denver und der Gipsabdruck einer Kinderhand. Auf die Rückseite dieses Abdrucks hatte meine

Mutter geschrieben: »Morgan. Ihre Hand. 1965.« Ich legte meine Hand über den kleinen Abdruck und staunte darüber, daß ich einmal so winzig hatte sein können. Dann legte ich den Gipsbrocken weg und widmete mich wieder den übrigen Schachteln. Als nächste kam die mit den Papieren an die Reihe, zu denen neben alten Briefen auch ein neuerer gehörte, der an meine Mutter adressiert und noch ungeöffnet war.

Ich warf einen Blick auf den Absender und stellte fest, daß der Brief aus Boston gekommen war. Der Poststempel stammte vom Tag der Beerdigung; der Brief mußte angekommen sein, als Dr. Jim gerade diese Schachteln zusammenpackte. Einen Augenblick erwog ich, ihn ungeöffnet zurückzuschicken, dann aber schob ich meinen Finger vorsichtig unter den Klebestreifen und öffnete das Kuvert. Ein einzelner Bogen Papier befand sich darin; das Schreiben war auf Lamont-Paints-Briefpapier getippt. Es war die Antwort meines Großvaters auf einen Brief meiner Mutter, und sie lautete folgendermaßen:

Liebe Josephine,
vielen Dank für das Foto von meiner Enkelin. Ist eine hübsche Frau. Sieht mir ein wenig ähnlich, meinst Du nicht auch? Diese Augen und die Haut, unverkennbar Lamont-Blut. Am Ende zählt doch immer das Blut, obwohl man vielleicht lange darauf warten muß. Ich wünschte, Colin hätte etwas vom Lamont-Erbe gehabt. Aber Dich – Dich kann ich in Morgan nicht entdecken. Erinnere mich so deutlich an den Tag, als Du vom Schiff kamst. Sieben Jahre alt, haselnußbraunes Haar, das Dir glatt über die Schultern fiel. Du warst doch damals sieben Jahre alt, oder? 1941, wenn ich mich recht erinnere. Amerika war noch nicht im Krieg, das weiß ich bestimmt. Du hattest Ausstrahlung – Du warst nicht groß, aber mit allen Sinnen da. Sehr lieb zu mir, sehr anschmiegsam von Anfang an. Hast immer auf meinem Schoß gesessen, und ich habe Dir vorgelesen. Und dann, als Du angefangen hast zu malen, hast Du Dir immer die Zunge zwischen die Zähne geklemmt und darauf herumgekaut. Das hat mir gefallen. Entschlossenheit. Aber niemals unweiblich, überhaupt nicht. Und Du hattest schon immer so etwas Erwachsenes an Dir.

Wenn ich jetzt zurückblicke, scheint mir, ich hätte es doch anders machen sollen. Hätte Colin am liebsten umgebracht, als er sich mit Dir verlobte. Hätte ich wahrscheinlich auch tun sollen; verstehe immer noch nicht, was Du an ihm fandest. Er war mir immer zu gescheit, ohne den gesunden Menschenverstand, den die meisten Leute schon von Geburt an haben. Hatte eine Art chinesischer Pagode im Kopf, allen möglichen Firlefanz. Aber wie dem auch sei, jetzt ist es ja ohnehin zu spät.

Was würde der Altersunterschied zwischen Dir und mir jetzt noch für eine Rolle spielen? Wenn man alt ist, was machen da schon zwanzig, fünfundzwanzig Jahre aus? Damals schien es so wichtig. Hatte das Gefühl, fair sein zu müssen, Dich nicht ausnützen zu dürfen. Du hattest schließlich keinen Vater. Und wenn ich mit Dir sprach, hast Du immer zugehört. Natürlich hast Du das. Du warst eine Waise. Aber ich kann einfach nicht vergessen, daß Du, als Du sechzehn Jahre alt warst und ich Dich adoptieren wollte, das nicht zugelassen hast. Jetzt mache ich mir da so meine Gedanken. War der Grund dafür, daß Du, na ja, Du weißt schon, daß Du dachtest, man könne nicht seinen eigenen Vater heiraten?

Nun ja, vielen Dank jedenfalls für das Foto. Ich würde das Mädchen gern irgendwann mal sehen. Laß es mich wissen, wenn sie aus der Antarktis zurückkehrt. Vielleicht komme ich ja mal nach Colorado. Wird nicht leicht sein für mich; schlimme Arthritis. Aber ich denke, ich bin es Dir schuldig nach all den Jahren.

Der Brief war unterzeichnet mit den Worten: »Mit freundlichsten Grüßen.«

Ich las den Brief mehrmals hintereinander, und mit jedem Mal wurde ich wütender. Vielen Dank für das Foto von *meiner* Enkelin, hieß es da. *Meine* Enkelin schrieb dieser Mann, der *mir* nie im Leben auch nur eine Zeile geschrieben hatte. Und außerdem nannte er mich ein »Mädchen«. Ich war kein Mädchen; ich war fast fünfundzwanzig Jahre alt und in der Antarktis gewesen, und zu meinem Abschluß in Geschichte fehlte mir nur noch die Magisterarbeit. Außerdem drehte sich mir der Magen herum, wenn ich mir vorstellte, daß dieser Mann, der alt genug war, ihr Vater zu sein, der sogar ihr Vater gewesen war, daß dieser Mann meine Mutter immer mit geheimer Begierde betrachtet hatte, selbst als sie noch ein Kind gewesen war. Wahrscheinlich war ich einfach eifersüchtig; mir wurde vermutlich klar, daß mir eine Menge Elend erspart geblieben wäre, wenn Dr. Jim auch nur die Spur eines solchen Gefühles für mich entwickelt hätte. Und welches Recht hatte dieser alte Mann, meinen Vater zu beleidigen? Diese Bemerkung über die chinesische Pagode – von einem Mann, der anscheinend nicht einmal in der Lage war, einen einzigen vollständigen englischen Satz zu Papier zu bringen! Man sollte doch meinen, daß dieser, also, dieser Geschäftsmann zumindest so viel Anstand hätte aufbringen können, Colin wenigstens jetzt zu lieben. Es begann mit einem schwachen Glühen und mündete in weißglühenden Zorn.

Ich schrieb einen Brief folgenden Inhalts: »Lieber Mr. Lamont, es tut mir leid, Sie davon in Kenntnis setzen zu müssen, daß Ihre Pflegetochter Josephine Lamont-Rankin kürzlich verstorben ist. Ich sende Ihnen beiliegend Ihren Brief zurück, den sie nicht mehr erhalten hat. Hochachtungsvoll, Ihre Morgan Lamont.« Ich schickte den Brief ab, bevor ich Zeit hatte, noch einmal darüber nachzudenken.

Später vergaß ich die Sache, soweit mir das möglich war. Es war mittlerweile Anfang Februar, doch die Kälte hielt an, und ich verbrachte viel Zeit im Wohnhaus der Ranch, das wärmer war als mein Schuppen. Eines Abends saß ich gerade mit Wilbur und Iris sowie zwei der Cowboys, die für sie arbeiteten, im Wohnzimmer, als das Telefon im Flur klingelte. Iris nahm den Anruf entgegen, rief aber kurze Zeit später mich an den Apparat. Mit undurchdringlichem Gesichtsausdruck reichte sie mir den Hörer. Ich nahm ihn und sprach in die Muschel: »Hallo?«

Eine Männerstimme antwortete mir, kräftig und energisch, aber mit einem leisen Zittern darin, das Ausdruck sowohl von Reizbarkeit als auch von Nervosität sein konnte.

»Morgan Lamont? Hier spricht dein Großvater.«

»Mein Großvater?« fragte ich töricht zurück.

»Ja. Habe deinen Brief bekommen. Tut mir leid wegen deiner Mutter. Stand nicht drin, woran sie gestorben ist. Krebs?«

»Nein, sie ist nicht an Krebs gestorben«, erwiderte ich. Am liebsten hätte ich geschrien: »Geh zum Teufel, du alter Scheißkerl!« Der Drang, ihm genau das entgegenzuschleudern, war so stark, daß ich, als William insistierte: »Kein Krebs. Was dann?«, kaum wagte, meinen Mund aufzumachen. So knapp wie möglich antwortete ich: »Unfall.«

»Unfall?« fragte die leicht zitternde Stimme. »Frage mich, ob du vielleicht herkommen möchtest, um mir davon zu erzählen. Komm nach Boston. Bleib eine Weile bei mir.«

»Nein danke«, hörte ich mich sagen. »Ich glaube nicht, daß ich das möchte, Mr. Lamont.«

Daraufhin entstand ein sehr langes Schweigen, bis William mit angespannter Stimme sagte:

»Du klingst genauso wie ich. Stur wie ein Maultier. Na ja! Hätte wohl damit rechnen müssen.«

»Also«, sagte ich. »Ich muß jetzt Schluß machen.«

»Ja, ja, mach nur Schluß, mach nur Schluß«, sagte William. »Aber glaub nicht, daß du mich so leicht loswirst. Du hörst noch von mir. Auf Wiedersehen, für den Augenblick.«

»Auf Wiedersehen«, sagte ich.

Als ich den Hörer wieder auf die Gabel legte, zitterte ich am ganzen Leib. Mein Herz hämmerte und schien nicht in meiner Brust, sondern irgendwo unten in meinen Knien zu sitzen, und meine Kehle war wie zugeschnürt. In Iris' Flur stand ein großer Tisch mit einer Lampe darauf und einem Stapel Bücher und Zeitschriften. Auf diesen Tisch ging ich jetzt zu, ballte meine rechte Hand zur Faust und spannte meinen Arm zu einem Rammbock, um die Bücher auf den Boden zu fegen. In der Stille des Hauses machte das einen ungeheuren Lärm, und Iris kam augenblicklich in den Flur gerannt. Sie sah erst mich an, dann die Bücher und streckte mir die Arme entgegen, bevor sie sagte: »Ja. Ja. Aber er hat angerufen. Das ist doch immerhin etwas.«

»Das ist überhaupt nichts!« schrie ich sie an. »Dieser alte Dreckskerl! Was bildet er sich ein? Denkt er, ich spiele jetzt plötzlich seine Lieblingsenkelin?«

»Wahrscheinlich denkt er überhaupt nicht. Wenn er je nachgedacht hätte, hätte er deinen Vater und deine Mutter nie im Stich gelassen. Jetzt möchtest du dasselbe mit ihm machen.«

»O nein, das stimmt nicht. Das wäre noch viel zu gut für ihn.«

Iris bückte sich, um die Bücher aufzuheben, ihr grauer Pferdeschwanz fiel ihr über die Schulter nach vorn, und ich bückte mich ebenfalls, beschämt über mich selbst, um ihr zu helfen.

Sein Brief kam vier Tage später.

Liebe Morgan,

mache Dir keinen Vorwurf, daß Du böse auf mich bist. Bin selber böse auf mich, ich war ein Idiot. Aber es ist nie zu spät, um sich zu ändern. Sinnlos, nur herumzusitzen, selbst wenn man an einen Rollstuhl gebunden ist. Komisch, habe den größten Teil der letzten fünfundzwanzig Jahre damit zugebracht, mir selber vorzugaukeln, ich hätte alles richtig gemacht. Jetzt kann ich das nicht mehr. Glaube nicht, daß ich Deinen Vater je getäuscht habe, die ganze Sache mit seinem Geschichtsstudium, daß ich das nicht guthieß.

Hatte damals im Prinzip überhaupt keine konkrete Meinung zur Geschichte. War ganz mit den Farben beschäftigt. Das war Anfang der Fünfziger. Amerikanische Waren eroberten ausländische Märkte. Hätte blind, taub und blöd sein müssen, wenn ich da nicht mein zweites Vermögen gemacht hätte. Schien an nichts anderes als an Farbe denken zu können. Finde immer noch, daß Farbe wichtig ist. Wenn sie tut, wofür sie bestimmt ist, läuft alles viel glatter und hält länger. Ich bin 1910 geboren und habe eine Menge Veränderungen miterlebt. Farben sind jetzt viel besser als zu der Zeit, als ich geboren wurde. Finde es faszinierend, sogar nach all dieser Zeit noch – ein fester Farbstoff, vermischt mit einem flüssigen Medium und dann wieder aufgetragen als etwas Festes. Kann man auf jede starre Oberfläche auftragen.

Und Lamont hat immer noch die Nase vorn. In den letzten Jahren haben wir neue Chemieingenieure eingestellt. Die besten ihres Faches, die unsere Produktion überwachen. Ölfarben geben Kohlenwasserstoffe an die Atmosphäre ab, und was Latex betrifft, das enthält Fungizide, die ins Grundwasser gehen. Ich weiß, ich bin in vieler Hinsicht ein Mistkerl, aber ich war immer in der Lage dazuzulernen, und während der vergangenen fünf Jahre habe ich eine Menge über diesen Treibhauseffekt gelernt. Lamont hat seine Ölfarbenproduktion stark zurückgefahren, und wir versuchen ein Verfahren zu entwickeln, bei dem keine giftigen Abwässer entstehen. Bis zum Jahr 1996 werden alle Farben von Lamont Paints in wiederverwertbaren Polyäthylenflaschen abgepackt sein.

Hatte eigentlich gar nicht vor, so viel über Lamont zu sprechen. Aber wir arbeiten jetzt an einer Farbe, die bis in alle Ewigkeit hält. Warum soll man's nicht wenigstens versuchen? Und an einer Farbe, die bei jeder Temperatur gelagert werden kann. Aber das alles interessiert Dich natürlich nicht – warum sollte es auch? Ich würde gern erfahren, wofür Du Dich interessierst. Schreib mir. Wenn Du's nicht tust, überrasche ich Dich vielleicht. Du würdest doch einem mitleiderregenden alten Mann in einem Rollstuhl nicht die Tür weisen, oder?

Dein Großvater William.

Als ich den Brief gelesen hatte, lief ich wutschnaubend damit hinüber zu Iris, und da sie gerade erst aus dem College nach Hause gekommen war, saß sie in ihrem Arbeitszimmer und packte ihre Büchertasche aus. Sie schaute überrascht auf, und ich warf ihr den Brief hin.

»Lies das. Das muß man wirklich gelesen haben! Kannst du das fassen?«

Iris las den Brief.

»Ich finde, er hört sich wie ein ganz netter alter Mistkerl an.«

»Und was diese ganze Sache mit dem Rollstuhl betrifft, davon glaube ich kein Wort; warum sollte er im Rollstuhl sitzen?«

»Warum sollte er nicht?« entgegnete Iris.

»Na schön. Meinetwegen. Meinetwegen soll er ruhig.«

Ich versuchte, den Brief zu vergessen, aber ich grübelte viel darüber nach. Ich hielt mich die meiste Zeit in meinem Schuppen auf, machte ein Feuer an und ging nur zu den Mahlzeiten zur Ranch hinüber. Mein Großvater William war jedoch – wie ich schon bald herausfinden sollte – nicht der Typ, der herumsaß und grübelte, und noch in der gleichen Woche traf er Vorbereitungen für einen Flug nach Colorado. Er ließ sich eine Hotelsuite in Quarry reservieren, und zwar in einem der großen alten Hotels, die noch aus den Tagen des Goldrausches übriggeblieben waren, als Quarry den Goldsuchern, die in Richtung Rockies unterwegs waren, als Ausgangsbasis gedient hatte. Dieses Hotel nannte sich das Quarry Grand und war erst vor kurzem renoviert und neu ausgestattet worden, so daß es jetzt nicht nur komfortabel, sondern geradezu luxuriös war und auf beinahe absurde Weise viktorianisch wirkte. Mein Vater hätte es gehaßt. In der Lobby im Erdgeschoß zum Beispiel standen Recamieren, und große Volieren reichten vom Fußboden bis fast zur Decke. In diesen Käfigen saßen farbenprächtige Finken, und die Tapete an der Wand hinter ihnen war mit erhabenen Goldmustern gestreift. Ich war früher schon einmal in dieser Lobby gewesen, gerade lange genug, um das alles zur Kenntnis zu nehmen. Besonders aufgefallen waren mir die S-förmigen Zweiersofas, auf denen ein Paar einander gegenübersitzen konnte, und der dicke, rote Teppich, der wie ein Bogen Löschpapier im Erdgeschoß auf dem Boden lag.

In dieser Lobby lernte ich meinen Großvater kennen. Am 13. Februar bekam ich einen Anruf von der Empfangsdame des Quarry Grand. Sie sagte, sie habe gerade einen Herrn in die Gästeliste des Hotels eingetragen, und dieser Gast säße jetzt in der Lobby und habe sie gebeten, mich telefonisch zum Dinner einzuladen. Der Empfangsdame schien das Ganze höchst peinlich zu sein, und sie bat mich, sie wissen zu lassen, ob ich kommen wollte oder nicht. Der Speisesaal des Hotels sei an diesem Abend nahezu ausgebucht, und Mr. Lamont habe gesagt, er werde sein Abendessen auf seinem Zimmer einnehmen, falls ich nicht käme. Deshalb müsse sie wissen, wie ich mich entschied.

Wieder einmal stand ich also in Iris' Flur und betrachtete den Tisch, von dem ich vor einiger Zeit die Bücher heruntergeschleudert hatte. Ich dachte: O Mann, das muß ein Witz sein. Er kann doch unmöglich die weite Reise auf sich genommen haben, ohne vorher festzustellen, ob ich bereit sein würde, mich mit ihm zu treffen.

Aber während ich noch die mittlerweile säuberlich wieder aufgestapelten Bücher betrachtete, wurde mir immer klarer, daß es genau so war. Und statt wütend zu sein, fühlte ich mich geschmeichelt, so geschmeichelt, daß mein erster Gedanke war: »Ein Dinner im Grand! Was soll ich bloß anziehen?«

Keine Stunde später war ich da, nachdem ich beschlossen hatte, anzuziehen, was ich bei den seltenen Gelegenheiten, zu denen ich mich gut anziehen mußte, immer trug – eine schwarze Baumwollhose, ein weißes Smokinghemd und eine schwarzweiß gestreifte Weste mit einer Schnalle im Rücken. Außerdem trug ich eine Silbernadel mit einem Amethyst, die meiner Mutter gehört und die Dr. Jim mir in derselben Schachtel geschickt hatte, in der auch Williams erster Brief gekommen war. Darüber trug ich einen nicht übermäßig sauberen, silberweißen Daunenparka, weil ich sonst nichts hatte. Mein Haar war übrigens auch nicht frisch gewaschen. Aber ich mußte feststellen, daß ich mir auch so schon ziemliche Mühe gegeben hatte, meinen Großvater zu beeindrukken. Ich hoffte nur, daß ich ihn erkennen würde.

Als ich jedoch im Quarry Grand ankam und durch die großen Glastüren in die Lobby trat, stand mitten auf dem Löschpapierteppich ein Rollstuhl, und der Mann, der darin saß, starrte mich bei meinem Eintreten unverwandt an; es stand außer Frage, daß ich William vor mir hatte, denn er sah genauso aus wie ich. Die Ähnlichkeit war unverkennbar. Zum einen schien er, obwohl er im Rollstuhl saß, sehr groß zu sein, ganz bestimmt über eins achtzig. Er hatte breite Schultern, und sein Haar war zwar mittlerweile ergraut, aber immer noch gelockt. Sein Kinn war quadratisch, und seine großen Augen standen weit auseinander, so als hätten sie ursprünglich in verschiedene Richtungen geblickt. Jetzt sah er mich mit allen beiden an, und ich ging auf ihn zu.

Wieder einmal schlug mein Herz ziemlich schnell. Ich fragte: »William Lamont?«, woraufhin William antwortete: »Ich schätze, ja.«

»Du sitzt also wirklich im Rollstuhl.«

»Welche Fehler ich auch sonst haben mag, ein Lügner bin ich nicht.« Seine Hände waren zu einem gewaltigen Fingerknoten ineinandergeschlungen, den er jetzt löste. Mit ernster Miene bot er mir die rechte Hand zum Gruß. Während er das tat, bemerkte ich, daß er Abendkleidung trug. Und er hatte ein Buch im Rollstuhl liegen, das er mit dem Rücken nach oben hinter das Kissen gesteckt hatte. All das nahm ich mit einem einzigen Blick wahr, bevor ich mich erneut mit seinem Gesicht beschäftigte. Seine Hand fühlte sich gut an, warm und trocken. Auch sein Gesichtsausdruck gefiel mir; er zeigte trotz der tiefen Falten und Furchen eine Wachsamkeit, die das Alter und den Gesundheitszustand des Mannes Lügen strafte.

»Also, was meinst du?« sagte William, der seine Hand, die ich mittlerweile losgelassen hatte, zurückzog.

»Ich freue mich, dich kennenzulernen. Was ist das für ein Buch?«

»Rosenthal. *Die Charakterfabrik.* Ganz anders, als ich es mir vorgestellt hatte. Buch über Baden-Powell, die Anfänge der Pfadfinderbewegung.«

»Und du hast etwas anderes erwartet?«

»Oh, das habe ich durchaus nicht. Aber was ich wirklich nicht erwartet habe, war so ein wilder Angriff. So, jetzt aber in den Speisesaal mit uns. Tisch reserviert, und wir sind schon spät dran.«

Mein Großvater hatte offenbar die Angewohnheit, in Stakkatosätzen zu reden, die mit nichts als Punkten dazwischen verbunden waren. Man könnte auch sagen, er bellte, aber das trifft es nicht ganz. Manchmal bellte er, manchmal brachte er seine Sätze auch nur mit großer Endgültigkeit vor. Doch so endgültig sie auch sein mochten, stets hatte er zugleich schon die nächste Feststellung im Sinn, die für eine kurze Zeit dann ebenso endgültig sein würde. Das Ungewöhnliche daran war die Geschwindigkeit, mit der er seine Pausen setzte. Ich brauchte eine ganze Weile, um ein Gefühl dafür zu entwickeln, wann eine Feststellung wirklich beendet war.

Ich war kein bißchen hungrig. Ich hatte an diesem Tag spät zu Mittag gegessen. Außerdem hätte mir die Aufregung der Begegnung mit William jetzt ohnehin den Appetit verschlagen. Ich ging trotzdem mit ihm in den Speisesaal. Da ich noch nie mit einem Rollstuhlfahrer zusammengewesen war, hatte ich keine Vorstellung, wie man sich dabei benahm. Sollte ich anbieten, seinen Stuhl zu schieben? Aber er drückte auf einen Bedienungsknopf, ließ den Stuhl herumwirbeln und nickte dann, um mir zu bedeuten, daß ich ihm folgen solle.

Ich weiß, daß wir an diesem Abend irgend etwas zu essen bestellt haben. Ich bin sicher, daß wir Wein getrunken haben. Wahrscheinlich hat William sich auch einen Scotch bestellt, wie er das immer tat. Aber an all das erinnere ich mich nicht mehr. Ich erinnere mich nur an ein Gefühl, das im Laufe des Abends immer stärker wurde, an dieses Gefühl, mein ganzes Leben unter freundlichen Fremden verbracht zu haben und jetzt endlich einem Mitglied meiner eigenen Spezies gegenüberzustehen. Ich kann das Gefühl nicht mit dem der Verliebtheit vergleichen, nicht im mindesten, da ich am liebsten jeder einzelnen von Williams Feststellungen widersprochen hätte. Seine Vorurteile und seine allwissende Art brachten mich auf die Palme. Auch ein bestimmter Blick, den er mir relativ oft zuwarf, störte mich, der Blick eines Mannes, der zu seiner Verblüffung feststellt, daß er mit einer Wahnsinnigen redet: Ob er eine Zwangsjacke für mich ordern sollte? Ein schweres Betäubungsmittel? In diesen Augenblicken starrten wir einander in feindseligem Schweigen an, bis William sich seines eigentlichen Zieles entsann, das mit seiner Befürchtung, bald sterben zu müssen, zusammenhing, sowie mit der Tatsache, daß ich seine ihm für so lange Zeit verlorene Enkelin war.

Er hatte überhaupt keinen vernünftigen Grund, zu glauben, daß er bald sterben müsse, außer daß er seit zehn Monaten gezwungen war, den größten Teil seiner Zeit im Rollstuhl zuzubringen – er hatte eine schwere Arthritis, hauptsächlich in den Beinen; seine Hände und Arme waren glücklicherweise noch nicht so stark betroffen –, aber auf mich machte er trotz alledem den Eindruck, von ungeheurer Energie erfüllt zu sein. Sein Blick war direkt, sein Händedruck kräftig und sein Verstand so klar, daß ich von Anfang an nicht glaubte, daß er wirklich bald sterben würde. An diesem Abend sprach er viel über das Buch, das er gerade las.

»Ich war selber mal Pfadfinder, mußt du wissen. Als Junge. 1910 geboren. Habe ich dir, glaub ich, geschrieben. Bewegung 1910 oder so in Amerika gegründet. Ein bißchen früher in Großbritannien. Ich bin direkt nach dem Krieg beigetreten. Eltern haben mich beitreten lassen. Neun Jahre alt und der glücklichste Tag meines Lebens.

Ich fand es herrlich. Habe die Pfadfinder geliebt. Habe die Regeln geliebt und die Spiele und Abzeichen. Etwas Sinnvolles zu tun zu haben, das Gefühl, irgendwo hinzugehen. Aber dieser Mann – Jude, glaube ich, Rosenthal – hat kein gutes Wort dafür. Hat sich total verrannt, wenn du mich fragst.«

»Was meinst du mit ›Jude, glaube ich‹?« unterbrach ich ihn.

»Unterbrich mich nicht. Rosenthal. Wahrscheinlich jüdisch. Oh, er ist klug, sehr klug, das muß man ihm lassen.«

»Er würde dein Urteil sicher sehr zu schätzen wissen.«

»Loses Mundwerk haben die jungen Frauen heutzutage. Nicht sehr weiblich, finde ich. Na ja, andere Generation. Willst du etwas über das Buch hören oder nicht?«

Das war Williams Art, Frieden zu schließen – »Na ja, andere Generation« –, wann immer er das Gefühl hatte, das Gespräch könne sonst zu einem abrupten Ende kommen. Die Bemerkung kam mindestens einmal am Tag während jener Monate, die er sich in Quarry aufhielt, und immer ging ihm der Satz voran: »Nicht sehr weiblich, finde ich.« Nach einer Weile hätte ich es fast im Duett mit ihm sagen können. Er begutachtete jedes Kleidungsstück, das ich trug, die Art, wie ich mich bewegte, jede Feststellung, die ich bezüglich seines Industriellenlebens gemacht hatte. Er sagte dann: »Das sieht aus wie ein alter Kartoffelsack«, oder »Du gehst, als wolltest du Holzpfosten einrammen«, oder »Kein Respekt für die alte Generation«, und zwischen den Sätzen machte er kurze Pausen, gerade lange genug, um mir Zeit zu geben, in seinen Singsang einzufallen, wenn er sagte: »Nicht sehr weiblich, finde ich«, was ihm ein Lächeln entlockte, bevor er fortfuhr: »Na ja, andere Generation.« An jenem ersten Abend aber wußte ich noch nichts von dem, was vor uns lag, und ich ärgerte mich maßlos, sowohl über seine Bemerkung wie auch über seine Entschuldigung.

Dennoch sagte ich ja, ich wolle mehr über das Buch erfahren, und er erzählte mir mehr über seine eigenen, ihm sehr teuren Erinnerungen an die Pfadfinder. Er war der Auffassung, daß die Pfadfinder der einzige Grund dafür waren, daß er ein Vermögen gemacht hatte, da sie ihn zu einem körperlich starken und moralisch aufrichtigen Erwachsenen gemacht hätten.

»Haben uns damals natürlich noch nicht ›Teenager‹ genannt. Blödes Wort, finde ich. Das war in den Zwanzigern. Epoche von großer Laxheit, Zusammenbruch der gesellschaftlichen Grundfesten. Wollte nach dem Krieg keiner mehr was von wissen. Hätte ohne die Pfadfinder ein totaler Versager werden können. Habe alle Auszeichnungen bekommen, alle Abzeichen, war vorbildlicher Pfadpfinder. Gott und Vaterland.

Außerdem natürlich körperliche Ertüchtigung. Andere Jungen, schmalbrüstig, mit hängenden Schultern. Haben Zigaretten geraucht, hatten krumme Beine. Dieser Mann, Rosenthal. Meint, es hätte solche Jungen überhaupt nicht gegeben. Er war schließlich nicht dabei, oder woher will er das wissen? Und was ist während der Wirtschaftskrise aus diesen Jungen geworden? Alle gestorben. Wahrscheinlich verhungert. Ich bin immer reicher geworden. Das zeigt ja den Unterschied. Unterordnung und Disziplin tun jungen Menschen gut.

Der Autor zitiert Baden-Powell, obersten Pfadfinder, der gesagt hat« – an dieser Stelle schlug er das Buch auf und las – »›Unsere Aufgabe besteht nicht nur darin, tüchtige Gardeeinheiten aufzustellen, sondern so viele Jungen wie möglich in unserer Charakterfabrik zu schulen. Und je länger wir sie schleifen, um so bessere Männer werden sie später werden.‹ Gute Idee, meiner Meinung nach. Er sagt, daß Fabriken nur gleichförmige Produkte hervorbringen können. Genaue Vorgaben. Eingeschränkter Verwendungszweck. Manipulierbare Bürger. In diesem Falle für das Empire, Großbritannien. In Amerika war das etwas anders. Aber überall bedingungsloser Gehorsam gegenüber einer entsprechend auftretenden Autorität.«

»Du willst doch nicht behaupten, daß du das für eine gute Sache hältst?«

»Absolut. Verlaß dich drauf.«

»Warum dreht sich immer alles um den Krieg? Warum muß alles militärisch sein?«

»Du und dieser Rosenthal, ihr würdet euch gut verstehen. Er hat genauso unpraktische Ideen. Aber ich muß ihm lassen, er beweist recht ordentlich, daß Baden-Powell vielleicht doch kein militärisches Genie war, doch nicht der ›Held von Mafeking‹. Belagerung im Burenkrieg, du weißt schon. Weißt du es?«

»Ich hab's in Geschichte bis zum AAD geschafft.«

»Klingt wie ein neuer Virus.«

»Alles außer Dissertation.«

»Man kriegt einen Titel dafür, daß man etwas noch nicht hat?«

»Die Leute gehen davon aus, daß man es am Ende fertigbringt.«

»Und wirst du's fertigbringen?«

»Ich weiß nicht. Ich bezweifle es.«

»Warum nicht?«

»Weil ich nicht sehe, daß es irgend jemandem nutzen könnte.«

»Hmm. Darauf kommen wir später zurück. Wir haben von diesem Buch gesprochen. Der Autor sagt, Baden-Powell habe einen ziemlichen Bock geschossen, als er beschloß, seine Truppen in Mafeking festzulegen, um seinen Nachschub dort zu bewachen. Hätte wohl seine Einheiten mobil halten sollen. Na ja, das ergibt wohl einen Sinn. Aber der Rest – der Autor hat sich wahrhaftig verrannt.«

»Schämst du dich eigentlich nicht?«

»Weshalb?«

»Weil du meinem Vater gesagt hast, du hättest ihn enterbt, weil er Geschichte studieren wollte?«

»Sehe nicht, wieso das heute noch von Bedeutung sein soll. Aber wenn du es wissen willst, ja, ich schäme mich. Hätte ihm die Wahrheit sagen sollen. Ich versuche, jetzt nicht mehr zu lügen, außer wenn ich einer Frau sage, sie sei schön. Ach übrigens, warum trägst du ein Smokinghemd? Nicht sehr weiblich, finde ich.« Da ich mich an diesem Abend mit besonderer Sorgfalt angezogen hatte, traf mich diese Bemerkung tief.

William schien das bemerkt zu haben, denn er fügte schnell hinzu: »Na ja, andere Generation. Und Weiß steht dir gut«, aber es war zu spät; zu meinem größten Entsetzen stiegen mir die Tränen in die

Augen. Ich stand vom Tisch auf und sagte: »Entschuldige mich«, und William erwiderte: »Geh nicht weg. Es tut mir leid. Du siehst sehr nett aus, Morgan.« In Anbetracht dessen, was er gerade zum Thema Lügen gegenüber Frauen gesagt hatte, hatte diese letzte Bemerkung weniger Überzeugungskraft, als sie sonst vielleicht besessen hätte, aber die Tatsache, daß er mich »Morgan« nannte, rührte mich. Trotzdem floh ich aus dem Speisesaal zur Damentoilette, wo ich in Ruhe weinen konnte. Ich blieb ziemlich lange dort. Sehr lange.

Aber William wartete auf mich.

Als ich zurückkehrte, schien seine Stimmung sich total geändert zu haben; er sprach jetzt weniger kritisch als vielmehr beschwichtigend; er schien weniger daran interessiert, ein Wortgefecht mit mir zu gewinnen, als daran, mich für sich zu gewinnen. Auf eine Weise, die ich nicht erklären konnte, wirkte er plötzlich ein wenig schwächer und ein wenig älter als vor meinem Gang zur Toilette, und jetzt weihte er mich auch zum ersten Mal in das Grundthema ein, das seine Stimmung prägte – daß er in Kürze sterben würde. Ja, er wisse es, er wisse natürlich, daß man diese Dinge nie wissen könne, und die Ärzte würden seinen schlimmen Verdacht auch nicht bestätigen, aber er hatte das Gefühl, die Zeit sei gekommen, Vorkehrungen für diesen Fall zu treffen und vor allem natürlich dafür zu sorgen, daß Lamont Paints in gute Hände kam. Er hatte einen Neffen, der zufällig schon für die Firma arbeitete, aber dieser Neffe war bereits in den Fünfzigern, und es schien unvernünftig, davon auszugehen, daß er William lange genug überleben könne, um die Sache wirklich in den Griff zu bekommen. William war sicher, der Neffe würde enttäuscht sein, da er schon seit langem gewisse Erwartungen hege, aber so sei das Leben eben. Es sei hart, und die Starken und Schnellen würden immer das Rennen machen, sagte er. Ich sei erst vierundzwanzig, und wenn es auch schade sei, daß ich ein Mädchen war, so könne er damit doch wohl leben. Immerhin würden in diesem Falle der Vorzug meiner Jugend und meine mutmaßliche Vitalität dieses Handicap wettmachen, vor allem, wenn er den Rest seines Lebens – so wenig das auch sein mochte – damit zubrachte, mir alles beizubringen, was er über freies Unternehmertum und Kapitalismus wußte.

Er unterbreitete mir seine Vorstellungen nach und nach, begleitet vom gewohnten Bellen und den winzigen Pausen. Je weiter das Gespräch gedieh, um so mehr verlor ich meine Fassung und um so mehr brachte mich die offenkundige Absicht meines Großvaters in Rage. Da ich nichts vom Geschäft verstand und nichts von meinem Großvater, hatte ich keine Ahnung, wovon er eigentlich sprach, aber es schien darauf hinauszulaufen, daß er mehr oder weniger ausschließlich mit der Absicht nach Quarry gekommen war, festzustellen, ob ich mich für die Übernahme seiner Farbenfabrik eignete.

»Du mußt Witze machen«, sagte ich.

»Nein. Warum sollte ich?«

»Weil ich Farben hasse«, versetzte ich, da ich in der Hitze des Gefechts nicht die richtigen Worte fand.

»Du haßt Farben? Wie kann man Farben hassen? Farbe ist Farbe.«

»Das Geschäft. Ich hasse die geschäftliche Seite.«

Das konnte mein Großvater noch viel weniger verstehen als irgend etwas sonst, und so war es jetzt an ihm, fassungslos zu sein, und er sagte: »Amerikas Geschäft ist das Geschäft.«

»Ich hasse Amerika! Ich will in Neuseeland leben! Ich werde jedenfalls ganz bestimmt nicht hierbleiben und lernen, wie man eine Farbenfabrik betreibt!« Und dann überraschte mein Großvater mich, und ich fing an, ihn als ein menschliches Wesen zu mögen, denn statt eine bissige Bemerkung zu machen und das Gespräch, das Abendessen und die Beziehung zu mir zu beenden, sah er mich nur nachdenklich an, als wäre ich nichts weiter als ein beruflicher Konkurrent für ihn. Keine Spur mehr von Schwäche, und seiner Miene glaubte ich ablesen zu können, daß er versuchen würde, mich irgendwie für ein Gemeinschaftsunternehmen zu gewinnen. Außerdem machte er den Eindruck, als seien ihm in seinem langen Leben als Firmenchef schon Tausende von meiner Sorte begegnet und als wisse er besser mit mir umzugehen, als ich ahnte.

Während er uns beiden noch etwas Wein nachschenkte, sagte er: »Du haßt Amerika? Und warum, bitte?« In diesem Zusammenhang, im Zusammenhang mit einem Abkommen, konnte ihn nichts überraschen.

»Hast du ein oder zwei Jahre Zeit?« fragte ich neunmalklug.

»Alle Zeit, die nötig ist. Das Geschäft meines Lebens, Morgan.«

Das war das zweite Mal, daß er meinen Namen ausgesprochen hatte, und selbst, als wir einander schon sehr viel besser kannten, benutzte er ihn nur selten – und wenn er es tat, war ich jedesmal Wachs in seinen Händen; William schien das instinktiv zu spüren und sparte sich meinen Namen deshalb für Gelegenheiten auf, bei denen er ihm einen wirklichen Vorteil brachte.

Diesmal hatte er mich immerhin so weichgeklopft, daß ich über McMurdo redete und über meine dortigen Erfahrungen und Beobachtungen. Ich erklärte ihm, daß ich erst bei meinem Aufenthalt in der Antarktis den amerikanischen Charakter in seinem tiefsten Wesen begriffen hätte, nachdem ich ihn dort in destillierter, transplantierter und kondensierter Form erlebt hatte. Ohne jegliche Beschönigung erzählte ich meinem Großvater von der Paranoia und der Gier, die in den achtziger Jahren allenthalben offensichtlich geworden waren; möglicherweise habe ich sogar etwas gesagt wie: »Geld regiert den bürgerlichen Staat, und die sogenannte Demokratie ist eine Fiktion, die man den Gutgläubigen auftischt.« Ganz bestimmt aber habe ich gesagt, daß das wirkliche Problem in diesem Land meiner Meinung nach die allgemeine Tendenz der Amerikaner sei, sich selbst auf die Schulter zu klopfen und ihr wunderbares »System« in den Himmel zu heben. Und obwohl ich damals noch nicht die geringste Ahnung davon hatte, was für ein amerikanischer Patriot William war, beeindruckte mich dennoch die Ruhe, mit der er mir zuhörte, nickte und gelegentlich mißbilligend die Stirn runzelte. Er war natürlich immer noch in »Verhandlungsstimmung« und sah mich über sein Weinglas hinweg aufmerksam an, bevor er den Kellner herbeirief, um unsere Bestellung aufzugeben. Er wartete, bis der Salat serviert wurde, und sagte dann, während seine Gabel über dem Grünzeug schwebte:

»Diese Sache mit Amerika. Was wirst du dagegen unternehmen?«

»Unternehmen?«

»Ja, was willst du da unternehmen? Mußt doch ein paar Ideen haben.«

»Zum Beispiel?«

»Es wird ohne dich weitergehen oder mit dir. Also, was hast du vor? Dich auf deinen Lorbeeren ausruhen?«

»Ich würde gern wieder in die Antarktis zurückkehren. Und zwar diesmal nicht mit dem US-Programm, sondern auf eigene Faust.«

»Auf eigene Faust?«

»Mit einer Expedition.«

»Einer Expedition zu welchem Zweck?«

»Zu dem Zweck, den Südpol zu erreichen, wenn du es genau wissen willst.«

»Hmm. Ich hatte immer schon was übrig für die Antarktis. Hab dir doch erzählt, daß ich 1910 geboren bin, oder?«

»Ja. Das hast du mir schon erzählt.«

»Na ja, war damals noch zu jung, aber fand später heraus, daß Robert Falcon Scott im selben Jahr England verlassen hat und nach Süden gefahren ist. Habe mich immer gefragt, ob er nicht vielleicht so eine Art entfernter Verwandter ist. Der Name Lamont, Schotten, wirklich ein großer Clan.«

»Du weißt von Robert Falcon Scott?«

»Du nicht?«

»Das ist etwas anderes.«

»Wieso? Meinst du, bloß weil ich alt bin und damals zufällig da war, würde ich so etwas vergessen? Außerdem hat dieser Amundsen ja dauernd damit angegeben.«

»Ach, Amundsen«, sagte ich.

»Stimmt. Gefühl der Verbundenheit mit Scott. Da waren seine Tagebücher. Und Briefe. Ich schreibe auch Briefe. Amundsen hat keine Briefe geschrieben. Zu sehr damit beschäftigt, Hunde zu töten.«

Ich hatte bereits bei der Reaktion meines Großvaters auf meine Schmährede über die Vereinigten Staaten und die Situation in McMurdo begonnen, ihn ein wenig zu mögen, aber als er diese Bemerkung über Scotts Schriften machte und darüber, daß dieser Mann keine Hunde hatte töten wollen, da hatte ich das Gefühl, ja, doch, wir hatten wirklich etwas gemeinsam. Und ich redete wie ein Wasserfall über die Idee, die mir im Canterbury Museum gekommen war, nämlich die, noch einmal eine klassische Polexpedition durchzuführen und so der Welt zu beweisen, daß es möglich war, den Südpol zu erreichen, genau wie Scott es vorgehabt hatte, und zwar ohne daß irgend jemand bei der Expedition ums Leben kam. Ich redete über Scott, darüber, warum ich ihn mochte, warum ich sie alle mochte, diese Edwardianer, die sich auf einen so leidenschaftlichen Wettbewerb eingelassen hatten, um an einen Ort zu gelangen, an dem es keinen Wettbewerb gab. Noch während ich das erklärte, wurde mir klar, daß William es natürlich auch irgendwie als persönlichen Angriff auffassen konnte, daß es diese Männer vor allem ins Eis gezogen hatte, dahin, wo es nichts zu erforschen und nichts zu erobern gab – weil William, soweit ich ihn bisher kennengelernt hatte, in einer Welt lebte, in der die Starken das Rennen machten, in der die Männer mit der breitesten Brust das größte Vermögen machten und die Idee einer Charakter-»Fabrik« nichts Widersinniges hatte.

Nun, wenn an diesen Dingen sein Herz hing, dann würde er in dem, was ich als eine Art Kunst, als so etwas wie »Performance Art« betrachtete, keinen Sinn sehen. Aber noch während ich sprach, wußte ich, daß ich ihm sagen mußte, wie ich über die Dinge dachte und worüber ich mir Gedanken gemacht hatte, und zwar nicht deshalb, weil William offensichtlich reich genug war, um die Expedition Neunzig Süd zu finanzieren, wenn er wollte. Nein, das mag zwar eine Rolle gespielt haben, viel wichtiger aber war, daß er mein Großvater war, und wenn er und ich Freunde werden wollten, mußten wir ehrlich miteinander sein. Als mir schließlich während des Desserts die Luft ausging, fragte William mich: »Wieviel würde deine Expedition kosten, was glaubst du?«, und meine zaghafte Sympathie für ihn verwandelte sich in echte Zuneigung. Nicht etwa, wie man sich vielleicht vorstellen könnte, weil er mich ernst nahm, sondern weil er meine ganze geschwollene Rhetorik mit einem Satz auf das brachte, was er für den Kern der Sache hielt. Ich hatte kaum eine Vorstellung davon, was ein Schiff kosten würde oder mit was für einer Summe eine Station auf Kap Evans zu Buche schlagen würde, aber ich glaubte eine grobe Schätzung wagen zu können und sagte: »Ungefähr zehn Millionen Dollar.«

Statt sich an seinem Dessert zu verschlucken, sagte William: »Hm, zehn Millionen. Und wofür, sagtest du? Für ›Performance Art‹?«

»Eher eine Demonstration.«

»Performance Art, noch nie gehört, diesen Ausdruck. Na ja, dann steht dir ja ein gutes Stück Arbeit bevor. Wie willst du so viel Geld auftreiben?«

»Ich glaube nicht, daß ich es schaffe. Aber du hast mich gefragt, also habe ich es dir gesagt.« Und trotz dieser kleinen Arglist, mit der unser erster Abend endete, rüstete sich mein Großvater für seine eigene Belagerung von Mafeking, das wußte ich. Sein Plan bestand darin, mich für Lamont Paints zu gewinnen, und er würde mir als Belohnung das Geld in Aussicht stellen, mit dem ich meine Expedition finanzieren konnte. Natürlich sprach er das nicht laut aus, genausowenig wie ich, aber wir beide wußten, was los war, als William abschließend sagte: »Ich glaube, ich werde eine Weile hierbleiben. Will dich besser kennenlernen. Ein bißchen was von Colorado sehen. Hast du Zeit, mich ein wenig durch die Gegend zu fahren?«

Also rüsteten wir uns für die Belagerung, und plötzlich schien mir die Vergangenheit deutlich weniger wichtig als die Zukunft.

Als ich ihn besser kennenlernte, bestätigten sich meine ersten Eindrücke. Mein Großvater war ein Rassist, ein Sexist und ein Imperialist. Aber, wie Thaw es formulierte, als er ihn kennenlernte: »Na ja, wessen Großvater ist das nicht? Und was das betrifft, wessen Großmutter nicht auch? Ich mag den Burschen.« Und auch ich mochte den Burschen. Ich konnte nicht dagegen an. Er hatte nicht nur den weiten Weg nach Colorado auf sich genommen, um mich kennenzulernen, nachdem ich mich geweigert hatte, nach Massachusetts zu kommen, sondern blieb auch den ganzen Frühling in Quarry und betrieb seine Geschäfte per Telefon und Faxgerät von seiner Hotelsuite aus. Er hatte einen Krankenpfleger namens Johnny bei sich und einen Sekretär, den er Mr. T. nannte, dessen wirklicher Name aber Carroll Henry lautete; anscheinend hatte William ihm gesagt, daß Carroll ein »Weibername« sei, woraufhin der Mann sarkastisch vorgeschlagen hatte, William könne ihn ja »Mr. T.« nennen, nach der Fernsehfigur. Mein Großvater nahm seinen Vorschlag an, ohne ihn je zu hinterfragen, und es erfüllte seinen Sekretär mit diebischem Vergnügen, wenn William ihn mit steinerner Miene Mr. T. nannte und jedesmal nach dieser Eröffnung eine winzig kleine Pause machte. Mr. T. war etwa vierzig, ein kleiner, zierlicher Mann mit einem langen Gesicht und langen, zierlichen Händen, die jeden Computer bedienen konnten. Der Mann war die personifizierte Ironie, und der ernsthafte – und korpulente – Krankenpfleger gab Mr. T. fast genausooft Anlaß zum Schmunzeln wie mein Großvater.

Weshalb also mochte ich meinen Großvater eigentlich? Weil dieser Mr. T. sein Sekretär war und sich über meinen Großvater lustig machte und mein Großvater das wissen mußte. Weil er nach Quarry gekommen war und den ganzen Frühling dort blieb. Weil er die *Charakterfabrik* gelesen hatte, auch wenn sie ihm nicht gefallen hatte. Wie sich herausstellte, hatte William neben seinen Geschäften noch zwei weitere Interessen. Er las die seltsamsten Bücher, und er sah sich sentimentale Fernsehsendungen an. Er haßte jede Form von Gewalt und stellte den Fernseher augenblicklich ab, wenn er auch nur die leiseste Befürchtung haben mußte, es könne zu einer Autojagd oder einem Schußwechsel kommen. Ihm gefielen Geschichten von Patrioten, die »für ihre Überzeugung einstanden«, oder von Müttern, die darum kämpften, ihre Kinder zu retten. Diese Sendungen rührten ihn zu Tränen; er saß in seinem Rollstuhl am Fenster, den Blick auf den Breitwandfernseher geheftet, den das Hotel für ihn hatte anschaffen müssen. Auf dem Tisch stand immer ein großer Kasten mit Papiertaschentüchern bereit – riesige Industrietücher, die er wahrscheinlich über die Farbenfabrik bezogen hatte –, und schon lange bevor der Augenblick gekommen war, in dem er es brauchen würde, zog er sich vorsichtig eines dieser Tücher aus der riesigen Box heraus.

Mit dem Papiertaschentuch wie eine Serviette auf den Knien sah er dann zu, wie die Mutter sich dem Vergewaltiger in den Weg stellte oder dem bösen Vater oder dem gesichtslosen Bürokraten, und seine Mundwinkel zuckten, während seine Augen sich mit Tränen füllten und ich schließlich ein leises Schniefen vernahm. Oder er sah sich an, wie der Patriot verkündete, daß er »an die Werte unseres Landes« glaube und dies unter Beweis stellte, indem er sich oder seine Frau oder sein riesiges Vermögen opferte. Dann nahm William das Taschentuch von seinem Schoß und tupfte sich mit einem Zipfel davon die Augen ab, so daß der Rest des Taschentuchs sein Gesicht verdeckte, wie bei einem Gesetzlosen, der sich auf diese Weise maskierte. Manchmal fand er auch Gefallen an Cowboys und Indianern, aber nie konnte ich vorhersehen, welche Sendung ihm gefallen und welche er angewidert abstellen würde. Wenn wir uns zusammen einen Film ansahen, der mich bewegte, ihn aber kaltließ, warf er mir diese Blicke zu, wie ich sie schon aus unseren Gesprächen kannte. Mit diesen Blicken brachte er klar und deutlich zum Ausdruck, daß ich seiner Meinung nach in den letzten dreißig Sekunden verrückt geworden sein müsse und daß er ernsthaft darüber nachdachte, nach einer Zwangsjacke für mich zu schicken. Er war grenzenlos intolerant und schien auch nicht ansatzweise in der Lage zu sein, ein Gefühl nachzuempfinden, das ihn nicht selbst erfüllte.

In bezug auf Bücher war er ebenfalls vollkommen intolerant, wenn auch auf andere Art und Weise. Wenn er ein Buch zur Hand nahm, ging er grundsätzlich davon aus, daß »der Autor sich verrannt hatte«. Niemals hätte er Romane gelesen, die einen »übertriebenen, unrealistischen« Zug hatten; in den meisten Romanen würde die Unwahrscheinlichkeit der Ereignisse nur noch durch die Verlogenheit des Romanschlusses übertroffen. Aber er las Bücher aus den Bereichen Philosophie und Wissenschaft ebenso wie die Biographien berühmter Leute und manchmal auch Wirtschaftstexte oder Analysen wirtschaftlicher Entwicklungen. Über die Bücher der letzten Kategorie sprach er nie, bevor er sie nicht zu Ende gelesen hatte. Andere dagegen verriß er schon vom allerersten Satz an. Er schien zu glauben, daß ein Buch eine Auseinandersetzung zwischen Autor und Leser (das heißt ihm) sei und daß er seine Sache verteidigen müsse, indem er keinen einzigen Satz als gegeben hinnahm. Dabei spielte es keine Rolle, ob das Buch erst vor einer Woche erschienen war oder der Autor schon vor mehreren Jahrhunderten das Zeitliche gesegnet hatte.

Ja, tot oder lebendig, der Autor »hatte sich verrannt«. Außerdem war er natürlich ein Jude oder ein Schwarzer, eine Frau oder ein Deutscher, ein Franzmann oder ein Vertreter einer der unzähligen anderen Gruppen, denen mein Großvater voreingenommen gegenübertrat. Wenn er Brite, Schotte oder Ire war, war die Sache in Ordnung, und wenn er gar Amerikaner war, wurden ihm seine anderen Sünden oder sogar einer Frau ihr Geschlecht vergeben, denn William glaubte an Amerika, glaubte mit einem naiven Gefühl der Verehrung an dieses Land. Das erzürnte mich, und dieser Impuls, den ich bei unserem ersten Telefonat im Flur der Covilles gehabt hatte, dieser Impuls, »Du Mistkerl!« zu rufen, überkam mich sehr oft, wenn ich mit meinem unausstehlichen Großvater zu tun hatte, und manchmal gab ich ihm sogar nach. Hinterher bedauerte ich es allerdings immer, denn er sah dann so verletzt und überrascht aus, senkte den Blick und murmelte vor sich hin: »Nicht sehr weiblich, finde ich«, woraufhin ich mich jedesmal entschuldigte – was eine solche Selbstzufriedenheit bei ihm bewirkte, daß ich ihn am liebsten gleich wieder angefaucht hätte.

Ich sollte wohl erwähnen, daß Brock während dieser ganzen Zeit in Jackson Hole blieb; als ich ihn nach meiner Rückkehr aus dem Eis angerufen hatte, hatte er mich geradeheraus gefragt, ob ich dort eine Affäre gehabt habe. Als ich das verneinte, schien das für ihn zu bedeuten, daß ich seinen halb ausgesprochenen Antrag angenommen hatte und er deshalb ruhig in Wyoming bleiben konnte, bis sein Vertrag auslief. Ich hatte seinen Antrag jedoch nicht angenommen und hatte auch keine Ahnung, ob ich das je tun würde. Eines wußte ich jedenfalls ganz genau: Ich wollte nicht werden wie meine Mutter. Sie hatte sich mit einem Geringeren als dem, den sie wirklich wollte, zufriedengegeben, und das war nicht gut für sie gewesen. Und da der Mann, den meine Mutter in Wirklichkeit gewollt hatte, mein Großvater William war, den ich jetzt täglich sah, brauchte ich nicht allzuviel an Brock zu denken. William absorbierte meine Gedanken vollkommen. Er und ich waren in eine Art komplexes Balzritual verstrickt, ein Ritual, das weder Vergnügen noch Fortpflanzung zum Zweck hatte, sondern einzig die Anerkennung des anderen als der eigenen Sippe zugehörig. Wie bei den meisten Balzritualen auf der Welt war auch diesem sein Ausgang vorherbestimmt, aber das tat der Befriedigung, darin verstrickt zu sein, keinen Abbruch.

Also genossen wir beide diese Wochen, die William in Quarry zubrachte, und manchmal, wenn es warm genug und nicht so viel Neuschnee gefallen war, gingen wir zusammen spazieren. Ein häufiges Ziel war der Stadtpark am Fluß mit seinen großen Grünflächen und den vielen Wegen, die von der Stadt regelmäßig geräumt wurden. In diesem Park hatten auch Brock und ich unser erstes Gespräch geführt, ganz in der Nähe des Quarry Rivers. Wir hatten Cola getrunken und unsere Schuhe ausgezogen, um die Füße ins Wasser halten zu können. Jetzt, im Februar, war der Fluß bis auf einige offene Stellen zugefroren. Aus diesen Löchern sahen mein Großvater und ich Dampf aufsteigen, während wir dasaßen und uns unterhielten.

Wenn wir einen Tag im Park verbringen wollten, ging ich vorher ins Hotel, und William gab Johnny mehrere Stunden frei. Mr. T. arbeitete am Computer und nickte mir bei meiner Ankunft sardonisch zu, als wolle er mich daran erinnern, daß auch er wisse, worauf dieses Balzritual hinauslief. Dann wurde sein Lächeln weicher, und er wünschte uns viel Spaß, während Johnny meinen Großvater in einen Büffelfellmantel hüllte, den ich zutiefst mißbilligte.

»Es ist Zufall, daß die Büffel noch nicht ausgestorben sind. Hast du die Fotos von Büffelknochen gesehen? Es gibt Gebirge davon.«

»Ja«, erwiderte William, während er sich vorbeugte, um seinen Mantel noch enger um sich zu ziehen.

»Na und?«

»Dieser Büffel hier ist bereits tot. Wüßte nicht, was es ihm jetzt noch helfen würde, wenn ich den Mantel ausrangierte. Wie willst du dieses Problem übrigens bei deiner Expedition lösen? Schlafsäcke aus Rentierfell, hast du mir doch erzählt?«

»Pelzimitate würden's vielleicht auch tun.«

»Pelzimitate. Klingt vernünftig. Aber sind die nicht aus Kunststoff, also letzen Endes aus Erdöl?«

»Nein«, sagte ich, obwohl ich überhaupt keine Ahnung hatte. Ich wollte dem Gespräch nur möglichst schnell ein Ende bereiten, während ich meinen Großvater den Flur hinunter zum Aufzug schob. Er winkte Johnny über die Schulter hinweg noch kurz zu und warf dann dem Liftboy, der sich erkundigte, ob er Hilfe brauche, ein überlegenes Lächeln zu.

»Meine Enkeltochter ist bei mir. Trotzdem danke.«

Dann fuhren wir hinunter in die Lobby, wo wir kurz stehenblieben und die mit Finken gefüllten Käfige betrachteten. Während er unser Gespräch fortsetzte, warf William den Vögeln kritische Blicke zu.

»Na ja, aber Pelzimitate! Hast du mir nicht erzählt, daß eines ihrer Probleme darin bestanden hat, daß sich Haare aus dem Pelz lösten und in ihre Speisen gelangten? Wie willst du dieses Mißgeschick arrangieren, wenn dein Pelz nicht echt ist?«

»Ach komm schon, William, woher soll ich das wissen? Ich habe gerade erst angefangen, darüber nachzudenken.«

»Oh. Dachte, du wärst ein Denker. Hättest die Absicht, Rodin Modell zu sitzen. Na schön, das kann warten. Jetzt weiter.« Und ich rollte ihn gehorsam durch die Doppeltüren hinaus auf den Gehsteig.

Es machte mir großen Spaß, William in seinem Rollstuhl herumzuschieben. Es verschaffte mir ein Gefühl von Macht, das ich sehr angenehm fand. Der Rollstuhl war zwar motorisiert, aber man konnte ihn auf manuelle Bedienung umstellen. Es war nicht nur Macht, sondern auch Kreativität, was ich empfand, wenn ich ihn vor mir herschob und mich auf meine eigene Körperkraft verließ. »Muskelarbeit«, nannte er das. »Komm schon, Morgan, benutz deine Muskeln«, woraufhin wir dem Stadtpark entgegeneilten. Dort angekommen, gingen wir immer zuerst den Weg, der am Fluß entlangführte und leicht abschüssig war, so daß ich dort sehr vorsichtig sein mußte. Manchmal waren vereiste Stellen zu umgehen oder, je nach Situation, zu überqueren. Ich dirigierte die Räder, als spielte ich ein Musikinstrument, und benutzte die Bremse nur selten, obwohl ich für ihre Existenz sehr dankbar war. Wenn ich außer Atem war, benutzte ich sie gelegentlich, um den Rollstuhl auf einem Hügel anzuhalten und mich auszuruhen.

In solchen Augenblicken war es Williams größtes Vergnügen zu sagen: »Weshalb bleibst du stehen? Schlappschwanz? Müde? Verstehe nicht, wie du so den Weg bis zum Pol schaffen willst.« Aber ich machte mir nichts daraus; mir gefiel es, weitergetrieben zu werden, und ich wußte, wir würden schließlich in den französischen Gärten enden, die in England oder noch weiter östlich vielleicht ein Witz gewesen wären, die in Colorado aber etwas wirklich Besonderes darstellten. Dort durfte ich mich endlich hinsetzen, nachdem ich Williams Rollstuhl gesichert hatte, und dort würden wir ohne jede Ablenkung reden.

Wenn es kalt war, konnte man natürlich nicht lange bleiben, aber in diesem März war es in Quarry ziemlich warm, und den größten Teil unserer besten wie auch einige unserer längsten Gespräche hatten wir auf einer von sorgfältig gestutzten Rosenbüschen umgebenen Steinbank. Ich erzählte William von mir, und er erzählte mir von sich, obwohl es viele Abschnitte seines Lebens gab, bei denen seine Schilderungen ziemlich vage blieben. Wenn ich ihn nach der Wirtschaftskrise, dem Zweiten Weltkrieg, den Fünfzigern und Sechzigern fragte, hatte ich oft den Eindruck, als habe er das alles überhaupt nicht miterlebt.

»Aber du warst acht Jahre alt, als der Erste Weltkrieg endete. Du mußt dich doch an irgend etwas erinnern.«

»Ja, ich bin den Pfadfindern beigetreten. Hab ich dir schon erzählt.«

»Was ist mit der Wirtschaftskrise? Der großen Dürre im Mittelwesten? Warst du bei den Armenspeisungen dabei?«

»Bei den Armenspeisungen? Was glaubst du, was ich bin, ein Bettler? Ich habe damals schon Farben hergestellt, bin neunundzwanzig von der High School abgegangen, vor dem Börsenkrach. College interessierte mich nicht. Zwei Jahre später hatte ich eine kleine Fabrik außerhalb von Newark. Bin dann nach Boston gezogen. Neununddreißig den Farbenvertrag mit der Navy abgeschlossen.«

»Also bist du während des Krieges in Boston geblieben?«

»Deine Mutter war auch da, wie du weißt.«

»Was ist mit McCarthy?«

»War nicht mein Ding. Fand es übertrieben.«

»Das Raumfahrtprogramm?«

»Oh, das fand ich faszinierend. Fanden wir alle. Verdammt faszinierend. Erster Schritt zu den Sternen. Tolle Sache.« Die Wahrheit war, daß William sich für diese Dinge kaum interessierte. Seiner Meinung nach waren sie jetzt »aus und vorbei«. In dem, was mein Vater über Williams Meinung zur Geschichte gesagt hatte, lag ein Körnchen Wahrheit. Auf jeden Fall interessierte er sich viel mehr für die Gegenwart als für die Vergangenheit und bedauerte in bezug auf sein eigenes Leben nur wenig, einzig die Tatsache vielleicht, daß er manchmal gern Wissenschaftler gewesen wäre.

»Wissenschaftler?« fragte ich.

»Wieso findest du das merkwürdig? Habe die naturwissenschaftlichen Fächer in der Schule immer gemocht, mich ganz gut darin geschlagen. Hat mir eine Menge geholfen, diese ganze Chemie. Farbe ist schließlich nichts als Chemie. Man muß etwas von dem verstehen, was man verkauft, wenn man es verkaufen will.«

»Aber Chemie!« sagte ich.

»Nicht Chemie, nicht unbedingt. Mochte all diese Fächer, waren damals alle etwas Neues. Zumindest für mich.«

»Ich finde Physik irgendwie ganz interessant«, sagte ich. Und so sprachen wir eine Weile über Physik, zumindest sprach ich darüber, während William mich immer wieder unterbrach. Ich erzählte ihm ein wenig von den Physikern, die ich in McMurdo kennengelernt hatte, aber meistenteils sprach ich über den Kurs in Michigan, den Dr. Sloane mit einer Diskussion über die Theorie der rechten und linken Gehirnhälften begonnen hatte. Ich erzählte William alles, woran ich mich noch erinnern konnte, daß nämlich die Großhirnrinde zwei Hirnlappen hatte: den linken, in dem Logik und Sprache verankert waren, und den rechten, der Intuition und Kreativität steuerte. Nach Dr. Sloane gab es ein großes Netzwerk von Neuronen, das auf beiden Seiten des Gehirns ständig arbeitete, und alles, was wir wußten, war in diesen hundert Milliarden Zellen enthalten.

»Hundert Milliarden!« rief William. »Woher wissen die das?«

»Woher soll ich das wissen? Dr. Sloane hat außerdem gesagt, Gedanken hätten eine meßbare physikalische Realität. Die Großhirnrinde sei mit tiefen Furchen durchzogen; auf diese Weise habe sie eine größere Oberfläche, auf der mehr Neuronen Platz fänden. Diese wiederum beherbergten die Gedanken und Erinnerungen, Klänge und Sprache. In der Großhirnrinde werde Materie in Gedanken verwandelt.« Von da aus ging ich dann zu gequantelten Oszillatoren weiter, zu Einsteins Photonen, der Unbestimmtheitsrelation, der Dualität Welle–Partikel und den Doppelschlitzexperimenten, zu der Behauptung, die Unterscheidung zwischen Organischem und Anorganischem sei lediglich ein konzeptuelles Vorurteil, und zu dem Gedanken, daß subatomare Partikel nicht nur aufgrund der ihnen verfügbaren Informationen Entscheidungen treffen könnten, sondern daß es auch den Anschein hätte, als könnten sie Entscheidungen in Abhängigkeit von den Bewegungen von Partikeln am anderen Ende des Universums treffen.

William wäre natürlich nicht William gewesen, hätte er einen solchen Vortrag über sich ergehen lassen, ohne jede Menge Fragen zu stellen. Er fragte, wie man ein Photon »abfeuerte«. Ich wußte es nicht. Er fragte, was mit den Elektronen geschähe, nachdem sie von glänzenden Metallen abgespalten worden waren. Ich wußte es nicht. Verfingen sie sich vielleicht in den Bäumen, oder was? Er fragte, was Interferenz sei. Das zumindest konnte ich ihm sagen. Und er sah mich beinahe stolz an, vielleicht weil er sich darüber freute, mit mir verwandt zu sein, da ihm zu guter Letzt der Gedanke gekommen war, daß irgendwo zwischen meinen wirren Theorien ein Körnchen Wahrheit stecken könnte. Und als ich weiter ausführte, daß zu den merkwürdigsten Dingen in diesem Jahrhundert die Tatsache zählte, daß die Quantenmechanik und die spezielle Relativitätstheorie nicht alles verändert hatten, war er durchaus bereit, mir zuzuhören. Vor Planck, vor Einstein und vor Heisenberg war es vielleicht nicht ganz so merkwürdig gewesen, daß die Menschen ein Schwarzweißbild von der Realität hatten, daß sie in Kategorien wie ich und der andere, Mensch und Tier, überlegen und unterlegen dachten, als gäbe es dafür wirklich eine Rechtfertigung. In gewisser Weise war dieses schmalspurige Denken lediglich die logische Verlängerung des klassischen kausalen Denkens, aber jetzt begriffen wir, daß etwas so Grundlegendes wie das Licht entweder ein Partikel oder eine Welle sein konnte, je nach dem, wie man es betrachtete.

Also, sagte ich, sei es wirklich höchst erstaunlich, daß der Entweder-oder-Klub immer noch überall seine Anhänger hatte. Er hatte sie im

Klub der Entdecker, er hatte sie auf der Station McMurdo. William war ungewöhnlich geduldig gewesen, aber jetzt sagte er: »Vergiß diese ganze McMurdo-Geschichte. Menschen sind Menschen. Aber für mich hört sich das Ganze so an, als könntest du etwas aus dir machen, wenn du nur wolltest.«

An anderen Tagen kam William zur Coville-Ranch herüber. Das gestaltete sich wegen seines Rollstuhls etwas schwieriger. Er hatte sich jedoch direkt nach seiner Ankunft in Quarry einen Lieferwagen mit einem Rollstuhllift gemietet und sich damit eine gewisse Bewegungsfreiheit verschafft; wenn er kam, brachte William auch Johnny und Mr. T. mit. Letzteren hauptsächlich deshalb, weil Mr. T. Abstand vom Hotelleben und Hotelessen brauchte und – nicht zuletzt – von meinem Großvater. Wenn er die Ranch besuchte, wo er an und für sich in der Nähe bleiben sollte für den Fall, daß William plötzlich etwas für ihn zu tun hatte, stromerte er zu der runden Steinscheune hinüber und sah sich die Ohnmachtsschafe und die Lamas an. Sein langes Gesicht, seine langen Finger und seine ironische Miene schienen nicht so recht zu dieser Scheune zu passen, und es war irgendwie nett, daß er sich weigerte, die Schafe zu ängstigen, damit sie für ihn in Ohnmacht fielen. Als er das erste Mal zu den Tieren ging, begleitete Wilbur ihn, um ihm die Ohnmachtsschafe zu demonstrieren, aber Mr. T. dankte höflich und sagte, er zöge es vor, die Schafe in aufrechtem Zustand zu sehen. Dann saß er manchmal stundenlang einfach nur da, weit weg von seinem Computer und seinem Telefon, und atmete den Duft des Heus, des Mistes und der frisch gelegten Eier. Für mich war das ein Grund mehr, den Mann zu mögen, aber William schnaubte immer nur verächtlich, wenn Mr. T. zur Scheune hinüberschlenderte, und meinte, wenn er gewußt hätte, daß er ihn dafür bezahlen würde, auf einem Melkschemel zu sitzen, hätte er ihm schon in Boston einen Melkschemel gekauft.

Iris und William verstanden sich prächtig. Bei ihrer ersten Begegnung waren sie in einen heftigen Streit geraten, der sozusagen das Eis gebrochen hatte und sie später Freunde werden ließ. Sie hatte ihn mitsamt seinem Gefolge zum Abendessen eingeladen, ungefähr eine Woche nach seiner Ankunft in Quarry, und sie hatte ihn gebeten, sich ungezwungen zu kleiden und ihr nichts mitzubringen. Nach Williams Maßstäben war seine Kleidung auch tatsächlich ungezwungen gewesen, ein Sportjackett mit einer schmalen Krawatte, aber für Iris, die grundsätzlich Jeans und ein Baumwollhemd trug, für Iris, die sich das Haar grundsätzlich einfach nur zurückkämmte, war seine Kleidung genauso zwanglos wie der Dom Pérignon, den er ihr mitbrachte. Aber in Wirklichkeit diente ihr das alles nur als Vorwand, um ihm endlich einmal sagen zu können, was sie von ihm hielt. Was sie von einem Mann hielt, der seine eigenen Kinder im Stich gelassen und enterbt hatte.

Sie hatte wohl auch ein wenig Angst, William könne Wilbur verachten und ihn das auch spüren lassen. Sie hatte zwar schon vor langer Zeit aufgehört, gegenüber irgend jemandem Erklärungen über Wilbur abzugeben – falls sie das überhaupt je getan hatte. Doch nach allem, was sie über William gehört hatte, traute sie ihm wohl zu, rüde Fragen zu stellen, ohne auch nur mit der Wimper zu zucken. Wahrscheinlich hatte ich ihr ein falsches Bild von ihm vermittelt; zwar war er mir gegenüber rüde, aber das lag daran, daß ich seine Enkelin war; bei Fremden war er die Höflichkeit in Person, zumindest die ersten paar Stunden lang.

Bei seinem ersten Besuch auf der Ranch kam er mit seinem Troß etwa gegen Einbruch der Dunkelheit an. Wilbur und ich waren im Haus damit beschäftigt, den Tisch zu decken. Auch ich machte mir ein bißchen Sorgen darüber, wie William auf Wilbur reagieren würde, denn mir war klar, daß ich es meinem Großvater nie verzieh, wenn er auf Wilbur herabschaute. Aber in dem Balzritual, in das wir verstrickt waren, dem Ritual, dessen Ausgang feststand – oder beinahe feststand, denn es könnte ja noch eine dramatische Wende eintreten –, gab es gewisse Regeln, und eine dieser Regeln, die, wie ich annehme, für uns beide galten, besagte, daß wir einander nicht zu irgendwelchen Reaktionen drängen durften, daß wir nicht mogeln durften. Ich durfte ihm nicht vorweg sagen, daß er, wenn er meine Liebe gewinnen wollte, gut beraten wäre, nett zu Wilbur zu sein.

Was eigentlich nicht schwierig sein sollte, wie ich fand. Wilbur sah an diesem Abend einfach wunderbar aus. Er trug einen dicken grauen Pullover, der bis zu den Hosentaschen reichte und dessen Rollkragen ihm bis unters Kinn ging, dazu eine braune Segeltuchhose und ein Paar Schnallenstiefel. Seit kurzem ließ er sich auch einen Bart stehen, der an diesem Abend ziemlich stoppelig war und ihm das Aussehen eines Matrosen verlieh. Als ich den Wagen vorfahren hörte und ihn ansah, dachte ich plötzlich, daß er irgendwie älter wirkte, reifer und selbstbewußter, als ich ihn bisher erlebt hatte. Ja, er schien sich seit meiner Antarktisreise überhaupt irgendwie verändert zu haben. Aber jetzt gingen wir hinaus, um zuzusehen, wie Mr. T. am Auto die Rampe mit dem Rollstuhl herunterließ.

Iris war bereits draußen. Und sie stürzte sich augenblicklich in einen Streit mit meinem Großvater.

»So, so«, sagte sie. »Sie haben sich in Schale geworfen, Sie bringen mir Champagner mit, und Sie glauben, damit können Sie mich beeindrucken? Da haben Sie sich geirrt, aber gründlich.«

Die Bezeichnung Streit war vielleicht nicht ganz zutreffend, da mein Großvater, statt sie anzublaffen, lediglich höflich, oder doch zumindest nicht rüde, bemerkte: »Ich habe mich noch nie besonders genau an Befehle gehalten.«

»Nein, das sehe ich. Sie geben lieber selber Befehle, wie?«

William, der noch immer die Champagnerflasche auf seinem Schoß hielt, sah Iris an und brach in lautes Gelächter aus. Er schnaubte und kicherte.

»Jetzt begreife ich, wer wirklich Morgans Mutter war«, sagte er.

Auch Iris mußte darüber lächeln – sie konnte nichts dagegen tun. Und jetzt ging Wilbur auf den Rollstuhl zu; er schien ein wenig verwirrt zu sein. Er war so groß, fast einen Meter neunzig, und William saß in seinem Rollstuhl so weit unter ihm, daß Wilbur nicht wußte, wie er sich ihm gegenüber verhalten sollte. Nach einem kurzen Zögern sagte er: »Hallo, Mr. Lamont«, und ging auf die Knie wie ein Verehrer oder ein Ritter in einer alten Ballade. Er senkte den Kopf und umfaßte ganz sanft und mit beiden Händen eine von Williams Händen, während er sagte: »Ich freue mich sehr, Sie kennenzulernen.«

William, da bin ich mir sicher, war noch nie in seinem Leben auf diese Art und Weise begrüßt worden, und als er Wilbur ansah, nahm ich in seinen Augen das Glitzern von Tränen wahr. Wilbur lächelte sein typisches breites, freundliches Lächeln, und als auch er das Glitzern der Tränen bemerkte, drehte er die Hand, die er noch immer festhielt, herum, so daß er ihre Innenfläche streicheln konnte. Wenn ich in diesem Augenblick dazugekommen wäre und diese Szene erlebt hätte, ohne die beiden Männer zu kennen, wäre ich davon überzeugt gewesen, daß sie einander ihr ganzes Leben lang gekannt und gerade nach einer langen und schwierigen Trennung wiedergesehen hatten.

»Bitte«, sagte William. »Nenn mich Großvater. Du würdest mich sehr glücklich machen.«

»Gut«, sagte Wilbur. »Großvater.« Dann erhob er sich zu seiner vollen Größe, und mit seiner instinktiven Freundlichkeit, die ihn nie im Stich ließ, bot er sich an, den Rollstuhl ins Haus zu schieben. Der Rest des Abends erschien mir wie ein Traum; ich sah die beiden Hälften meiner kleinen Familie vereint – zueinander hingezogen wie Magnete. Und an diesem Abend erfuhr ich endlich von einem der Gründe, die dazu geführt hatten, daß Wilbur sich verändert zu haben schien, seit ich in die Antarktis aufgebrochen war; er war in Kalifornien bei einer Hundepsychologin in die Lehre gegangen.

Diese Neuigkeit erstaunte mich in vieler Hinsicht. Zum einen wunderte ich mich darüber, daß ich nichts davon gewußt hatte. Während all der Zeit, die seit der Beerdigung vergangen war, hatte Wilbur es mit keiner Silbe erwähnt. Ein anderer Grund für mein Staunen lag darin, daß Wilbur dermaßen vernünftig über seine Erfahrung sprach, daß man hätte denken können, er sei immer so vernünftig gewesen. Am meisten aber erstaunte mich die Einstellung meines Großvaters zu Wilburs Geschichte, zur Hundepsychologie und zu Wilburs Versicherung, daß er sich nun völlig sicher sei, die Gedanken von Hunden lesen zu können. William war an diesem Abend sehr offen, sehr ruhig und interessiert, also vollkommen anders als sonst. Er schien seine Skepsis draußen im Wagen zurückgelassen zu haben, zusammen mit seinem Büffelumhang.

Vor dem Abendessen tranken wir im Wohnzimmer vor dem Kamin ein Glas Wein. Zu unseren Füßen lagen drei der Ranchhunde, um sich an dem Feuer zu wärmen.

»Ich höre, du verdienst mit der Ausbildung von Hunden deinen Lebensunterhalt«, sagte mein Großvater. »Liebe selber Hunde. Konnte sie nie ausbilden. Wie machst du das?«

»Ich lese nur ihre Gedanken«, erwiderte Wilbur.

»Ihre Gedanken lesen, was? Was denken sie denn so?«

»Bei meinem ersten Hund – ich war damals noch ein Kind – war es so: Ich ging zu einem anderen Jungen nach Hause. Dessen Welpe zitterte am ganzen Leib. Er lag in seiner Kiste und zitterte, und neben ihm in der Kiste lag ein roter Ball. In meinem Kopf sah ich eine Art Bild.«

»Eine Art Bild von was?«

»Von einem großen Ball wie einem Basketball, von dem der Welpe, als er erst vier Wochen alt war, aus Versehen getroffen worden war. Jetzt hatte es große Angst vor Bällen. Der Hund glaubte, sie würden einfach in die Höhe springen und ihn treffen. Ich habe den Ball aus der Kiste genommen, und der Welpe hörte auf zu zittern.«

Mein Großvater nickte nur und nahm noch einen Schluck Wein.

»Funktioniert das immer so?«

»Sozusagen. Mein nächster Hund war depressiv. Er hatte Krebs und mußte bald sterben. Die Frau, der er gehörte, war sehr unglücklich, weil er den ganzen Tag nur in seinem Korb lag. Als ich zu ihm ging, hatte ich plötzlich wieder so ein Bild vor Augen. Zwei Frauen unterhielten sich. Eine war die Besitzerin. Die andere Frau sagte: ›Wirst du dir einen neuen Hund kaufen?‹ Und die Besitzerin des kranken Tieres antwortete: ›Ich denke schon.‹ Ich habe ihr gesagt, darin liege das Problem, der Hund sei traurig, weil er glaubte, sie würde ihn nicht einmal vermissen. Also erzählte sie ihm, daß sie es nicht so gemeint und daß sie das nur gesagt habe, weil diese andere Frau so verrückt nach Hunden sei. Daraufhin wurde ihr Hund munterer und war, solange er noch lebte, wieder glücklich.«

»Ich verstehe immer noch nicht, wie es in ihren Köpfen aussieht«, meinte William nun.

»Na ja, ich kann natürlich nicht alles sehen, was in ihnen vorgeht. Diese Dinge kommen in Bildern, sehr deutlichen Bildern, aber sie sind wie Schnappschüsse. Hunde haben Worte in ihren Gehirnen, aber ihre Erinnerung funktioniert anders – sie läuft ausschließlich in Bildern ab. Und die Hunde behalten auch nicht alles im Gedächtnis. Nur die Dinge, die sie überraschen, ihnen Freude machen oder sie ängstigen.«

»Aber Wilbur«, sagte ich. »Davon hast du mir ja nie erzählt!«

»Ich wußte es auch nicht, bis ich diese Frau in Kalifornien kennenlernte. Sie macht dasselbe wie ich; wir konnten darüber reden.«

»Ist es wie ein Film?« erkundigte sich William.

»Nicht direkt. Eher wie ein Fotoalbum, nur daß die Hunde es natürlich nicht richtig sortieren können. Menschen können zu der Überzeugung gelangen, daß etwas geschehen ist, auch wenn es in Wirklichkeit gar nicht der Fall war. Das können Hunde nicht. Sie stapeln ihre Erinnerungen einfach zu einem großen Haufen auf. Wenn man in ihre

Köpfe sieht, blättert man diese Aktenordner voller Bilder durch. Man sucht nach dem Bild, das für das augenblickliche Problem die größte Bedeutung hat. Man sucht nach einem besonders klaren Bild, das klarer ist als die übrigen. Furchterregende Dinge haben verzerrte Gestalten. Etwas, das weh tut, ist sehr groß.«

»Klingt vernünftig«, sagte William.

Ich kam aus dem Staunen nicht heraus, und das aus zwei Gründen: Zu erleben, wie mein Großvater in aller Seelenruhe das Thema Gedankenlesen bei Hunden verfolgte, war an sich schon unheimlich genug. Noch unheimlicher war es jedoch, so präzise Antworten von Wilbur zu bekommen; was um alles in der Welt war mit ihm passiert in Kalifornien oder sonstwo, das ihm diese plötzliche Redegewandtheit beschert hatte?

Nach dem Essen begleitete ich William zurück nach Quarry und bis in sein Hotelzimmer. Ich wollte unter vier Augen mit ihm reden.

»Ich hatte den Eindruck, daß du ihn mochtest«, sagte ich. »Und die beiden mochten dich.«

»Natürlich mochte ich sie. Wunderbare Leute. Wilbur ist ein prächtiger Junge. Könnte außerdem bei den Hunden von großem Nutzen sein, falls du diese Expedition tatsächlich machst. Nicht, daß du das wirklich tun wirst, aber ich meine, nur so für den Fall. Und habe nachgedacht über das, was du gesagt hast. Neulich im Park, über die subatomaren Partikel, die Entscheidungen treffen. Schätze, wir alle treffen jede Menge Entscheidungen, ohne es überhaupt zu merken. Das Leben ist eine Art Doppelschlitzexperiment, nicht wahr?«

Ungefähr Mitte März schrieb ich Brock von William und Wilbur. Ich berichtete ihm, wie sehr ich meinen Großvater mochte und wie gut die Dinge sich entwickelten. Dabei fiel mir plötzlich ein, daß weniger als zwei Fahrstunden Brock in Jackson Hole von Thaw in Elk City trennten. Sie hatten sich nie kennengelernt, aber das lag keineswegs an mangelnder Neugier auf beiden Seiten; es lag an meiner Furcht, sie könnten einander nicht mögen. Thaw war nach wie vor sehr wichtig für mich, nicht nur als Mentor und Freund, sondern in hohem Maße auch wegen seines klaren politischen Urteils. Ich hatte ihn von Herzen gern, und wenn er und Brock nicht miteinander zurechtkämen, würde Brock in meiner Wertschätzung sinken und nicht Thaw. Jetzt dachte ich plötzlich: Na gut, sollen sie sich doch kennenlernen, aber ohne mich. Wenn es schiefgeht, werde ich es zumindest nicht mitbekommen. Irgendwie hatte ich das Gefühl, es müsse jetzt oder nie geschehen, da sich in Quarry etwas zusammenbraute und es wohl nicht mehr allzu lange dauern würde, bis die Sache ihren kritischen Punkt erreichte. Irgendwann in der nächsten Zeit würde William sicher nach Boston zurückkehren müssen, und bevor er das tat, würde er eine Entscheidung treffen, die unser aller Zukunft betraf. Also fügte ich in meinem Brief an Brock hinzu, er solle an einem der nächsten Wochenenden nach Elk City fahren, um Thaw zu besuchen.

Es dauerte dann eine Weile, bis ich wieder von ihm hörte. Meine Beziehung zu William entwickelte sich unterdessen unserem Ritual entsprechend weiter. Er machte mit mir und Wilbur nicht denselben Fehler, den er bei meiner Mutter und Colin gemacht hatte. Im Grunde genommen hatte er seinen Sohn in dem Augenblick verstoßen, als jemand auf der Bildfläche erschien, der ihm reiner und liebenswerter vorkam. Jetzt schenkte er Wilbur dieselbe Art von Zuneigung, die er wahrscheinlich meiner Mutter geschenkt hatte, ohne mir jedoch gleichzeitig seine Aufmerksamkeit zu entziehen. Immerhin war er ja meinetwegen nach Colorado gekommen und versuchte, mit mir zu streiten, von mir zu lernen und mich herumzukommandieren. Ob er mich liebte oder nicht, darauf kam es William eigentlich gar nicht an. Nein, ihm ging es eigentlich nur darum, ob ich seiner würdig war oder nicht. Dieser Umstand erschien mir abwechselnd kränkend und zutiefst sympathisch, da die Maßnahmen, die er ergriff, um meinen Wert abzuschätzen, so exzentrisch waren und so typisch für ihn. Wurde ich aus den richtigen Anlässen wütend? Weinte ich über dieselben Dinge, die ihm die Tränen in die Augen trieben? Würde ich in der Lage sein, andere herumzukommandieren, falls sich die Notwendigkeit dazu ergab?

Der März verstrich, und mein Geburtstag kam und ging. Kurz danach hielt endlich der Frühling in Quarry Einzug – oder schickte mit einem Chinook Anfang April zumindest seinen ersten Vorboten. Am ersten Morgen des Chinook erschien Wilbur um sieben Uhr morgens, als es gerade hell wurde, in meinem Schuppen. Er riß die Tür weit auf, so daß der Wind von den Bergen hineinfahren konnte. Dieser Wind brachte einen Hauch von Hoffnung, er brachte den Duft von Frühling und den Geruch großer Ereignisse mit sich. Er sagte mir, daß sich der Teich schon bald wieder mit Wasser füllen und das Gras grün werden würde, daß die Bäche zu Tal strömen, die Biber ihre Dämme bauen, die Elche ihre Jungen großziehen, die Espen knospen und die Enten Eier legen würden.

Es war herrlich, alles war herrlich, der Duft und der Wind und die Tatsache, daß Wilbur dort war, meine Tür öffnete und sagte: »Es ist Frühling, Morgan, es ist Frühling!« Ich wachte auf und sprang aus dem Bett, umarmte Wilbur und lief dann zum Fenster, um die Vorhänge zurückzuziehen. Da standen wir, schauten zu den Rockies hinüber und freuten uns, und dann sagte Wilbur plötzlich und mit hörbarer Schüchternheit: »Morgan, da ist etwas, das ich dir sagen möchte. Ich wollte nicht mit dir darüber sprechen, solange du noch so traurig warst. Wegen deiner Mutter. Und dann kam dein Großvater. Aber jetzt kann ich es dir sagen.«

Und er sagte es mir. Es war während meiner Abwesenheit geschehen. Brock und ich waren im Juli nach Neuseeland aufgebrochen, und

Wilbur hatte mich mehr als gewöhnlich vermißt, denn er wußte, daß sechs Monate vergehen würden, bevor er mich wiedersah. Es war August und sehr heiß in Quarry, und er bildete ein Paar ausgewachsener dänischer Doggen aus, ein Männchen und ein Weibchen, die als zwei Monate alte Welpen auf einer Schafranch ausgesetzt worden waren. Er hatte große Schwierigkeiten mit ihnen, denn die Doggen hatten Angst vor dem Himmel und schienen zu glauben, daß der Himmel persönlich die Schuld daran trug, daß sie als Welpen ausgesetzt worden waren. Es waren große, wunderschöne Tiere, und doch zogen sie, sobald sie nach draußen kamen, den Schwanz ein. Im Haus benahmen sie sich ganz normal. Was immer Wilbur auch tat, er konnte sie nicht dazu bewegen, sich im Freien hocherhobenen Hauptes zu bewegen. Sie schlichen wie Kojoten umher, und so machte Wilbur sich daran, ihre Erinnerungen durchzublättern und ihre Archive zu durchstöbern.

Er fand auch dies und das, verwarf es jedoch wieder. In ihren Erinnerungen gab es Verwirrung und sehr viel Schmerz. Schließlich wußte er, daß er in ihren Gehirnen auf das richtige Bild gestoßen war. In unmittelbarer Nähe der Stelle, wo sie in der Wüste ausgesetzt worden waren, war ein totes Schaf verwest, und je hungriger die Welpen wurden, desto stärker fühlten sie sich von dem Kadaver angezogen. Sie waren es natürlich nicht gewöhnt, so etwas als Nahrungsquelle in Betracht zu ziehen, aber ihre Situation war verzweifelt. Die Welpen waren zwar für ihr Alter schon groß und stark, aber im großen Plan der natürlichen Raubtiere bedeutete das nicht viel. Ein unglücklicher Zufall wollte es, daß ein Kojote den Schafskadaver vor ihnen erreichte, ein Kojote, der nicht die geringste Lust hatte, seine Mahlzeit mit den Doggen zu teilen, die ihm ein oder zwei Tage später vielleicht selbst als Speise dienen konnten.

Während sie näherkrochen, ja beinahe auf ihren Bäuchen auf den Kadaver zurobbten und sich dabei so klein und unauffällig wie möglich machten, flog nun außerdem noch ein Geier über ihre Köpfe hinweg, dem sich schon bald mehrere andere zugesellten; die ganze Truppe landete schließlich etwa drei Meter von dem Kadaver entfernt auf dem Boden. Die Welpen hatten noch nie zuvor Geier gesehen, und kein natürlicher Instinkt warnte sie vor ihnen, aber irgendwie gefielen ihnen diese Vögel nicht besonders, und sie hielten Distanz. Auch die Geier hielten Distanz, bis der Kojote gesättigt war und von dem Kadaver abließ, woraufhin die Geier sich den Überresten des Schafes näherten. Die dänischen Doggen mit ihren noch winzigen Welpenzähnen versuchten sie mit einem warnenden Fauchen zu verscheuchen, was zur Folge hatte, daß einer der Vögel hoch in die Luft stieg und sich mit ausgebreiteten Flügeln wieder herabstürzte. Sie schlugen über den kleinen Hunden zusammen wie die Tragflächen eines riesigen Kampfflugzeuges, die Flügelspitzen trafen sie, so daß sie aufheulten, voller Entsetzen die Flucht ergriffen und es fortan nicht mehr wagten, sich dem Schafskadaver zu nähern.

Sie waren nahe daran zu erfrieren, als endlich jemand vorbeikam und sie fand. All das hatte sich in ihre Erinnerung eingeprägt, und weite, offene Räume verbanden sich in ihren Köpfen nun mit Angriff und Entsetzen. Als Wilbur das begriffen hatte, hatte er, wie er meinte, eine gute Idee. Er würde einen Zimmermann bitten, eine Hundehütte zu konstruieren, mit einem Dach, das durch herausnehmbare Bretter nach und nach immer durchsichtiger gemacht werden konnte. Es sollte nach dem gleichen Prinzip funktionieren wie Stützräder an einem Fahrrad; durch dieses Dach würden sie sich mit der Zeit an offene Räume gewöhnen; schließlich sollte es nur noch aus Glas bestehen, über dem der freie Himmel zu sehen war, und wenn es soweit war, würden die beiden Hunde endlich begreifen, daß der Himmel an sich keine Gefahr darstellte.

Gegen die Idee war im Prinzip nichts einzuwenden. Aber Wilbur selbst war leider nicht in der Lage, sie in die Tat umzusetzen. Dazu brauchte er einen Zimmermann, und wenn Iris einmal einen Zimmermann brauchte, wandte sie sich an Gronya Hellyers Vater, der acht Kilometer von der Coville-Ranch entfernt wohnte. Als nun Wilbur selbst jemanden brauchte, dachte er natürlich sofort an Mr. Hellyer und machte sich sogleich auf den Weg. Mr. Hellyer war zu Hause, und Gronya ebenfalls; Gronya lebte nach wie vor bei ihrem Vater und war immer noch genauso wortkarg und zurückhaltend wie früher. Ja, genaugenommen machte sie überhaupt nur unter Ausnahmebedingungen den Mund auf. Das hatte traurige Folgen. Denn sie war zwar eine Schönheit, hatte immer noch ihre langen, blonden Haare, ihre helle, weiße Haut, auf der sich nur vereinzelt Sommersprossen zeigten, und ihre knochigen, ringlosen Finger. Aber sie war immer noch unverheiratet und hatte keinen Freund. Und zwar, wie ich später erfuhr, schon seit Jahren nicht. Denn als sie in der High School noch sehr beliebt gewesen war, weil sie beinahe in jeder Hinsicht diskretes Schweigen bewahren konnte, als ihre Schweigsamkeit also noch ein Pluspunkt gewesen war, hatte ihr Vater ihr nicht gestattet, sich mit Jungen zu verabreden. Jetzt, da sie älter war und ihr Vater keine solchen Regeln mehr für sie aufstellte, schien es, daß die meisten Männer von einer Frau, mit der sie ihre Zeit verbrachten, zumindest erwarteten, daß sie mit ihnen über das reden konnte, was sie interessierte.

Gronya war dazu jedoch nicht in der Lage. Außerdem interessierte sie sich fast ausschließlich für Lagerhaltung, ein Thema, das sie noch immer genauso faszinierte wie zu der Zeit, als sie bei meiner Mutter geputzt hatte. Mittlerweile war sie seit einigen Jahren Leiterin eines Büroartikelgeschäftes in Quarry, und sie glaubte, nicht glücklicher sein zu können, als sie es jetzt war. Natürlich war sie alles andere als glücklich über den Zustand ihres Elternhauses, das trotz der jahrelangen Versprechungen ihres Vaters immer noch nicht fertig war. Noch immer offene Regale an Stelle von Schränken und Vorhänge an Stelle von Türen – aber Gronya sparte ihr Gehalt und hatte jetzt fast genug Geld zusammen, um sich ein eigenes Haus zu kaufen, das sie sich einrichten konnte, wie es ihr gefiel. Als nun Wilbur kam, um mit ihrem Vater über seine bewegliche Hundehütte zu reden, interessierte sie sich wahrscheinlich nicht sofort für ihn.

Ich denke, sie hatte sich schon vor langer Zeit damit abgefunden, daß sie dazu verdammt war, allein zu bleiben, und daß sie daran kaum etwas ändern konnte. Was sie jedoch sofort interessierte, war das Problem, das Wilbur Mr. Hellyer auseinandersetzte. Wilbur schien eine Art verstellbaren Schildkrötenpanzer zu beschreiben, und ein Schildkrötenpanzer war ihr immer als das hervorragendste natürliche Aufbewahrungssystem erschienen; wo auch immer eine Schildkröte hinging, sie war nie in Gefahr, schutzlos einem allzu aufregenden oder allzu beängstigenden Universum ausgeliefert zu sein.

Daher war es nicht weiter überraschend, daß Gronya der Unterhaltung mit großem Interesse folgte, während Wilbur mühsam versuchte, ihrem Vater zu erklären, was er wollte.

»Die Bretter müssen sich ganz allmählich verändern, so daß die

Hunde nichts davon merken. Die ganze Sache funktioniert so wie die Stützräder an einem Fahrrad.«

»Wie die Stützräder eines Fahrrades. Ich verstehe«, sagte Mr. Hellyer.

Natürlich verstand er gar nichts, aber Gronya begriff es sofort und erklärte ihrem Vater, daß sie in seine Werkstatt gehen würde, um mit Wilbur eine Skizze zu zeichnen, nach der Mr. Hellyer dann arbeiten konnte. Also gingen die beiden hinüber in den Werkzeugschuppen und setzten sich an die Werkbank, auf der die Skizzenblöcke und Zeichengeräte lagen. Gronya nahm einen Bleistift zur Hand, sah Wilbur an und stellte dann eine naheliegende Frage: »Aber was bezweckst du damit eigentlich? Warum glaubst du, daß es den Hunden gefallen wird?«

So einfach diese Frage auch war, Wilbur wußte keine Antwort darauf, denn obwohl ihm völlig klar war, wozu er die veränderbare Hundehütte brauchte, hatte er doch noch nie zuvor versucht zu erklären, was er in den Gedanken eines Hundes las, und zu diesem Zeitpunkt hatte er auch seine Arbeit bei der Hundepsychologin in Kalifornien noch nicht aufgenommen. Er saß Gronya gegenüber und dachte über die dänischen Doggen nach und darüber, wie gern er den Tieren über ihr frühes Trauma hinweghelfen wollte. Er dachte über ihre Kraft nach und die Schönheit ihrer großen Körper, über ihren stolzen Gang. Außerdem ging ihm durch den Kopf, daß sie sich, sobald sie sich in einem geschlossenen Raum befanden, genauso prächtig hielten, wie es zu ihnen paßte. Nur draußen zitterten sie und krochen auf ihren Bäuchen umher. Und während ihm all dies durch den Sinn ging, sah er Gronya an. Seine Gefühle für die dänischen Doggen schienen sich plötzlich in etwas ganz anderes zu verwandeln. Sehr bewußt nahm er plötzlich Gronya wahr, ihre Stirn und die straffe Haltung ihrer Schultern, ihre langen, blonden Zöpfe und ihren fragenden Blick.

Und plötzlich wurde sich Wilbur auch seines eigenen Körpers bewußt, der kräftigen Oberschenkel, die er unter die Werkbank geschoben hatte, seiner Hände, die auf der Tischplatte lagen, seines Kopfes, den er beim Nachdenken gesenkt hatte, und seines Bauches, der so flach war wie eines der Bretter, die über seinem Kopf trockneten. Er wurde sich auch eines seltsam schmerzenden Gefühls bewußt, das er schon früher erfahren, aber noch nie gemocht hatte, denn er hatte bisher nie gewußt, wie er damit umgehen sollte. Das Gefühl wurde jetzt stärker, während er nach den richtigen Worten rang, um Gronya sein Bild von den Geiern und dem Kojoten zu schildern.

Aber seltsamerweise hatte er, je mehr er nach Worten suchte, um Gronya von seiner Vision zu berichten, immer mehr das überwältigende Gefühl, etwas tun zu müssen. Nur, was genau das sein sollte, wußte er nicht. Gronya sah ihn immer fragender an, und die Art, wie sie ihm gegenübersaß, bekam etwas Entschlossenes.

Schließlich stand Wilbur auf, ging um die Werkbank herum zu Gronya, setzte sich schüchtern neben sie und schob seine Füße unter den Stuhl. Sie hatte noch immer den Bleistift in der Hand und sagte jetzt: »Willst du es mir zeigen?« Dann reichte sie ihm den Stift, den er ohne zu zögern entgegennahm.

Und als er das tat, berührte seine Hand Gronyas Hand, die Spitze ihres Zopfes strich über seine Fingerknöchel, und das schmerzende Gefühl wurde stärker und immer unangenehmer. Schließlich war es so unangenehm, daß Wilbur laut aufstöhnte, als täte ihm etwas weh, und dann versuchte er mit dem Bleistift ein Zeichen auf das Papier zu malen.

Gronya, die damals bereits lange Zeit allein gewesen war, hatte dennoch sehr viel mehr Erfahrung in diesen Dingen als Wilbur, legte ihre Hand auf seine und ließ sie dann ganz sanft zu seinem Ellbogen hinaufwandern, woraufhin Wilbur seinen Versuch, eine Skizze zu entwerfen, aufgab und den Bleistift fallen ließ. Er konnte sich nicht mehr auf die Doggen konzentrieren. Wenn er versuchte, sie in Gedanken vor sich zu sehen, sah er überhaupt nichts, nur Gronya, die neben ihm saß. Er streckte die Hand aus und legte sie auf ihre Stirn, bevor er sagte: »Das ist wirklich seltsam. Ist es nicht seltsam?«

Aber Gronya sagte nur: »Nein. Wir mögen einander. Daran ist nichts Seltsames.«

»Nein, es ist nicht seltsam. Du hast recht.«

Danach war es wohl nur noch eine Frage der Zeit, bevor Wilbur endlich zum ersten Mal mit einer Frau schlief; jetzt, acht Monate später, war er lange genug mit Gronya zusammen gewesen, um das alles ganz natürlich und logisch zu finden – und es verlieh ihm großes Selbstbewußtsein. Er traf sich drei- oder viermal pro Woche mit Gronya, und er war in sie verliebt; so einfach war das. Er schien sehr erleichtert darüber zu sein, dieses Geheimnis endlich mit mir geteilt zu haben, und ich freute mich für ihn und gratulierte ihm aus ganzem Herzen.

Eines Samstags, als Gronya nicht arbeiten mußte, rief Wilbur sie an, und sie kam mit ihrem kleinen japanischen Wagen zu uns herübergefahren. Ich telefonierte mit meinem Großvater und erzählte ihm, daß Wilbur, Gronya und ich den Tag zusammen verbringen wollten. Dann machte ich mich daran, ein Picknick vorzubereiten, und wollte auch noch mit Iris sprechen – die dieses Geheimnis ebenfalls hatte bewahren müssen und die nun sehr erleichtert war, daß die Geheimniskrämerei ein Ende hatte –, und sie erzählte mir, wie sehr sie Gronya mochte und was für ein wunderbares Paar die beiden abgäben und wie froh sie für ihren Sohn sei, der diese Art von Glück genausosehr verdiene wie jeder andere.

Als Gronya auf der Ranch ankam, nahm ich sie in der Küche in Empfang und bemerkte, daß sie genauso aussah, wie ich sie in Erinnerung hatte – vielleicht war sie sogar noch hübscher geworden, und außerdem strahlte sie eine Würde aus, die sehr gut zu ihrer Anmut paßte. Es stimmte; die beiden waren ein wunderschönes Paar. Er dunkel, sie golden und alle beide umgeben von einer Aura der Zufriedenheit. Wenn Wilbur Gronyas Wange sanft mit seinem Finger berührte, beugte sie sich graziös vor und küßte ihn. Ihr Zopf fiel über seinen Hals, und er hob die Hand und hielt ihn einen langen Augenblick fest, während sie sich weiter vorbeugte, um ihm den Zopf nicht zu entziehen. Das Ganze wirkte wie ein Gebet.

Und von diesem Augenblick an schien mir ganz klar zu sein, daß Wilbur in Gronya die Quelle von allem gefunden hatte, die Quelle der süßen Düfte, die ihn fast sein ganzes Leben lang angezogen hatten. Wenn er Gronya umschlungen hielt, wirkte es, als sei er endlich nach Hause gekommen, und an diesem Tag, als ich die beiden das erste Mal zusammen sah, waren sie, obwohl sie einander nur selten berührten, doch eine unauflösbare Einheit, und ich hatte das Gefühl, für die beiden kaum zu existieren. Wilbur mußte das gespürt haben, denn als wir so dasaßen, die Berge betrachteten und den Geruch des Frühlings einatmeten, der von Westen herüberwehte, drehte er sich plötzlich zu mir um und sagte: »Sind die Berge in der Antarktis so ähnlich wie unsere Berge hier, Morgan?« Ich verneinte, sie seien ein bißchen größer oder wirkten zumindest größer nach allem, was ich von ihnen gesehen hätte. Woraufhin Wilbur meinte: »Aber leuchten sie? Sind es leuchtende Berge? Ich würde sie gern einmal sehen.«

Und ich sagte: »Ja, sie leuchten tatsächlich. Und ich glaube, du wirst sie vielleicht eines Tages sehen. Du und Gronya.«

Dieser Frühling war der Frühling schlechthin. Es war der frühlingshafteste Frühling, an den ich mich überhaupt erinnern konnte, und je länger er anhielt, um so zufriedener war ich mit der Welt. Wir machten alles mögliche, William, ich und Iris, Wilbur und Gronya, außerdem Johnny und Mr. T. – wir machten alles mögliche, was uns Spaß machte. Wir sahen uns eine Schafschur an, nur um festzustellen, ob es dabei genauso zuging wie bei der Schafschur, die Brock und ich in Neuseeland gesehen hatten. Wir besuchten eine Zuchtschau für Hunde, damit Wilbur uns seine Fähigkeit des Gedankenlesens demonstrieren konnte. Wir fuhren zu einer Zweigstelle von Lamont Paints in Denver, um William die Gelegenheit zum Angeben zu bieten. Als in Denver ein neues Wissenschaftsmuseum eröffnet wurde, gingen wir alle zusammen hin und drückten, nachdem wir herausgefunden hatten, daß die Ausstellung interaktiv war, auf alle Knöpfe und gingen durch sämtliche Organe des Körpers. Einmal besuchten wir auch die Oper und ein andermal eine Aufführung von Gilberts und Sullivans *The Pirates of Penzance*, die besonders Wilbur sehr gut gefiel; hinterher lernte er die meisten Arien daraus auswendig. Eines Abends fuhren wir hinauf nach Aspen, einem Ort, den wir alle mit gleicher Inbrunst haßten – außer Gronya, die dort einen Laden entdeckte, in dem nichts anderes verkauft wurde als winzige Holzschächtelchen.

In dieser Zeit hörte ich auch wieder von Brock. Er hatte auf meinen Vorschlag hin Thaw besucht, und sie schienen großen Gefallen aneinander gefunden zu haben. Thaw hatte bald Brocks Interesse an Kuriositäten bemerkt, an Schwärmen und Stürzen, beides Formen der Migration, und ihm ein Buch aus der kleinen Sammlung geliehen, die er in seiner Hütte hatte. Es hieß »Migration: Wege durch Raum und Zeit« und stammte aus der Feder des britischen Ethologen Robin Baker.

Brock war von der Lektüre so gefesselt, daß er dem Buch einen guten Teil seines Briefes widmete – praktisch eine Zusammenfassung, soweit er es bereits gelesen hatte.

Er erzählte mir, daß es in dem Buch darum gehe, wie Tiere – in diesem Falle Vögel – ihren Verstand benutzten, um sich im Raum zu orientieren. Die alte Theorie der behavioristischen Verhaltenslehre hatte angenommen, daß der Vogelzug durch einen instinktiven Mechanismus gesteuert wird, der wie eine Kombination aus Uhr und Kompaß funktioniert. Die Vögel waren wie alle nichtmenschlichen Wesen als Automaten betrachtet worden, als Bündelungen von Reflexen und unabänderlichen Instinkten. Man hielt sie für unfähig, zu denken – durch Gebrauch des Verstandes aus ihrer Umgebung zu lernen. Statt dessen hatten sie als eine Art Automat gegolten; wenn man an einem Ende einen Reiz auslöste, bekam man am anderen ein vorher berechenbares Ergebnis. Wenn Tiere überhaupt in der Lage waren, etwas zu lernen, dann entweder durch Prägung oder durch Konditionierung.

Die meisten Ethologen glaubten jetzt jedoch – etwas, das jedem, der jemals einen Hund besessen hat, völlig klar sein sollte –, daß alle Tiere zwischen verschiedenen Handlungsweisen wählen könnten, unter verschiedenen, wie die Wissenschaftler gern sagen, »Strategien«. Sie treffen ihre Entscheidungen in einem Prozeß aus Abschätzung und Urteil, also genauso wie wir. Sie haben gewisse angeborene Prädispositionen, aber sie verfügen auch über individuelle Erfahrung. Nach Robin Baker sind die beiden wichtigsten Faktoren, die das Verhalten eines Tieres bestimmen, der Raum, der das Tier umgibt, und die Ereignisse aus seiner eigenen Vergangenheit. Und von allen Problemen, die sich einem Lebewesen, angefangen vom Menschen bis hin zu den Wirbellosen, stellen, ist eines der wichtigsten das des Habitats. Im Falle des Menschen stellt sich dieses Problem in Form der Frage: »Soll ich in Colorado bleiben? Soll ich nach Vermont ziehen? Soll ich in die Antarktis gehen?« Für einen Pinguin stellt sich das Problem in Form von anderen Fragen: »Soll ich zur Abwechslung mal nach Süden gehen? Feststellen, ob es dort irgendwo offenes Wasser gibt?« Und für einen Vogel, der flugfähig ist, wirft dieses Problem Fragen auf wie: »Wo soll ich diesen Sommer nisten? Und wie komme ich dahin, auf dem alten Weg oder auf irgendeinem neuen?«

Brock sagte, Baker habe festgestellt, daß Vögel aus Erfahrung lernen, im allgemeinen genau an den Punkt zurückzukehren, von dem sie aufgebrochen sind. Das hatte er aus räumlichen Tests mit Vögeln geschlossen, zu denen er Formen verschiedener Farben und Größen benutzte, die ihm zu beweisen schienen, daß die Vögel zwischen unterschiedlichen Umgebungen unterscheiden konnten, wenn sie sie nur ein einziges Mal gesehen hatten. Mit anderen Worten, sie hatten einen zerebralen Ortssinn und fanden sich mit Hilfe einer Landkarte in ihrem räumlichen Gedächtnis zurecht; im Laufe ihres Lebens bildeten sie bei ihren vielen Flügen so etwas heraus wie einen »Lebenspfad«, eine Art gigantischer Landkarte, auf der die Spur aller ihrer Ortsbewegungen als Linien zu erkennen waren. Und nicht nur die Vögel, sondern auch alle anderen Tiere verfuhren so, und um die Bewegungen wirklich genau abbilden zu können, mußte der Pfad sowohl räumlich als auch chronologisch gegliedert sein. Jedes menschliche oder nichtmenschliche Lebewesen bewegte sich an jedem Tag gewöhnlich nur innerhalb eines sehr kleinen, überschaubaren Bereiches, und die meisten Tiere folgten einem täglichen Zyklus von Bewegung und Rückkehr.

Aber manchmal legte ein Tier auch große Strecken zurück. Dehnte den »ihm vertrauten Bereich« aus. Unternahm etwas, das »eine Erkundungswanderung« genannt wurde. Sich mit den Wanderungsbewegungen zu beschäftigen, hieß zu untersuchen, wie die Tiere ihr Verhältnis zum Raum und zu ihrem Wohnplatz bestimmen. Der »vertraute Bereich« umfaßte das Revier, das das Tier durchstreift, aber auch andere Gebiete, von denen es nur gehört hat. Und für einen Menschen umfaßte der »vertraute Bereich« alle Orte, von denen er gelesen, gehört oder Bilder gesehen hat. Alle Tiere fällten Urteile darüber, welches für sie der beste Ort ist, und wahrscheinlich lösten alle Tiere die Raumprobleme sowohl auf bewußter als auch auf unbewußter Ebene.

Das galt natürlich auch umgekehrt. Alle Tiere einschließlich des Menschen lösten die räumlichen Probleme wahrscheinlich ebensogut auf unbewußter Ebene wie auf bewußter. Und Baker versuchte im Verlaufe seiner Arbeit mit den Vögeln zu entscheiden, ob *Homo sapiens* nicht auch über irgendwelche instinktiven Orientierungsfähigkeiten verfügte. Die Menschen hatten Tauben immer schon um ihres »Heimkehrinstinktes« willen geschätzt, die Fähigkeiten der Fledermäuse bewundert und waren angesichts des Heimfindevermögens der Lachse sogar poetisch geworden. Augenscheinlich hatte sich der Mensch seit langem damit abgefunden, daß es eines gab, das fast alle anderen Tiere besser konnten als er selbst – sich im Raum zu orientieren.

Wenn aber die Tiere ihren Verstand nutzten, um ihren Instinkten zu dienen, konnte dann nicht vielleicht der Mensch sich seine Instinkte dienstbar machen, um seinem Verstand weiterzuhelfen? Mit Gruppen von Freiwilligen von der Manchester University testete Baker diese Theorie; er verband den Studenten die Augen und verfrachtete sie in einen Wagen. Er folgte einer Route stadtauswärts, die mit Kreiseln, plötzlichen scharfen Kehren und anderen Schikanen nur so gespickt war. Er tat alles, was in seiner Macht stand, um jeden visuellen und gestischen Hinweis darauf zu vermeiden, wo er die Studenten schließlich hinschaffte. Damit verhinderte er, daß sich jemand während der Fahrt den Weg auch nur annäherungsweise merkte. Dann wurden die Versuchspersonen auf einem freien Feld ohne jegliche markanten Orientierungspunkte ausgesetzt. Aber es stellte sich heraus, daß trotzdem eine erstaunlich große Zahl der Studenten die Richtung, aus der sie gekommen waren, genau bezeichnen konnte. Diese Anzahl war statistisch signifikant, ganz gleich, ob gerade die Sonne schien oder nicht, und Baker begann sich zu fragen, worum es sich bei diesem Instinkt wohl handeln mochte.

Denn das Verhalten der Studenten schien nahezulegen, daß sie sich mit Hilfe eines Mechanismus zum Punkt ihrer Abfahrt hin orientierten, der mit einer Art von natürlichem Magnet arbeitete und sich am Magnetfeld der Erde ausrichtete. Um diese Theorie zu überprüfen, führte Baker ein weiteres Experiment durch. Er teilte die Gruppe in zwei Untergruppen ein. Den Mitgliedern der einen wurden am Hinterkopf Stabmagneten befestigt, denen der Kontrollgruppe statt dessen Messingstäbe. Aber alle Studenten glaubten, Magnete am Hinterkopf zu tragen, und wieder wurden sie alle auf einer verwirrenden Route aus der Stadt gefahren und auf einem Feld ausgesetzt. Diesmal war das Ergebnis anders als zuvor. Die Kontrollgruppe zeigte weiterhin eine starke statistische Fähigkeit, die Richtung zu bestimmen, aus der sie gekommen war. Bei der Gruppe mit den Magneten dagegen fiel die Wahl der Richtung vollkommen zufällig aus.

Dies stand nicht alles in Brocks Brief. Ich habe einiges ergänzt, das er mir erst später erklärte. Aber Brock hatte mir immerhin genug davon geschrieben, daß ich verstehen konnte, warum ihn diese Sache so sehr fesselte. Wir wissen inzwischen, daß sich im Körper der meisten Vögel tatsächlich Magnetit befindet – ein weit verbreitetes, schwarzes Eisenoxid, das von Magneten stark angezogen wird – und vielleicht ebenso im Körper des Menschen, so daß es wahrscheinlich absurder denn je ist, Wanderung als »Instinkt« zu bezeichnen, es sei denn, man wäre willens, zu den Lehrsätzen der Teleologie zurückzukehren.

Was Brock betraf, so erinnerte er sich natürlich auch an die schiefe Welt. Und nachdem ihm das nun wieder eingefallen war, erinnerte er sich auch noch an etwas anderes, nämlich daran, auf welche Weise ich dort zu seiner großen Überraschung in sein Leben getreten war. Nun fand er, die Zeit für eine Überraschung seinerseits sei gekommen. Etwa eine Woche nach seinem Brief kam er persönlich; es war ein warmer Tag, und William, Wilbur, Gronya und ich saßen am Teich der Coville-Ranch.

Mr. T. und Johnny waren nicht da. Sie hatten ihren freien Tag und waren nach Denver gefahren, und Iris unterrichtete, so daß wir nur zu viert waren. William nahm mich wegen irgendeiner Sache ins Kreuzverhör – oh, ich glaube, es waren die Ponys, ja, es war die Ponyfrage. Er war entschlossen, uns das Geld für die Expedition verdienen zu lassen, und das hieß, daß wir darüber nachdenken sollten, welchen Zweck die Expedition eigentlich erfüllen sollte; William hatte sofort begriffen, daß Scotts Kritiker ihm vor allem zum Vorwurf gemacht hatten, daß er Ponys mit nach Süden genommen hatte. Shackleton war mit den vier Ponys, die er auf die *Nimrod*-Expedition mitgenommen hatte, zwar relativ erfolgreich gewesen – Betonung auf »relativ«, denn alle vier Ponys waren verendet, als letztes der berühmte Socks, der auf dem Beardmore in eine Gletscherspalte stürzte. Ohne dieses Unglück wären Shackleton und seine drei Kameraden 1909 vielleicht als erste zum Südpol gelangt. Da Socks aber starb, hatte Shackleton einhundertsechsundfünfzig Kilometer vor dem Ziel umkehren müssen.

Shackletons Erfahrung mit den Ponys hatte Scott nichtsdestoweniger in seinem Glauben bestärkt, die Tiere könnten in der Antarktis nutzbringend eingesetzt werden, und das wiederum bedeutete für ihn gleichzeitig, daß kein Hund geopfert werden mußte. Auf der *Discovery*-Expedition hatte die Ernährung der Hunde Schwierigkeiten bereitet, aber das hatte für ihn eine kleinere Rolle gespielt als das Umbringen der Tiere, und er glaubte nun einmal, daß sich Ponys für diese Art von Arbeit besser eigneten.

Wenn Scott also – und darauf zielte die Frage meines Großvaters ab – bei seinem Weg über das Ross-Schelfeis fünfzehn Ponys mitgenommen hatte, mußten wir das dann nicht ebenfalls tun, wenn wir seine Reise nachvollziehen wollten? Und wie sollten wir Nahrung für die Hunde und die Expeditionsmitglieder beschaffen, wenn wir das »Tor« erreichten, ohne dafür die Ponys zu töten, wie Scott es getan hatte? Wenn wir sie nicht töteten, würden wir sie den ganzen Weg nach Kap Evans zurückbringen müssen. Dann aber hätte es überhaupt keinen Sinn, Ponys mitzunehmen, da sie in diesem Fall lediglich ihr eigenes Futter ziehen könnten. William schien unendlich viele solcher Fragen auf Lager zu haben. Natürlich würden wir keine Ponys mitnehmen. William hatte das bereits gewußt, bevor er seine Frage stellte, und zwar nicht nur, weil es keine Möglichkeit gab, sie auf der Barriere einzusetzen, ohne sie hinterher zu töten, sondern auch, weil die Ponys, falls auf dem Schelfeis frischer Schnee liegen sollte, dort nicht zurechtkommen würden. Scott hatte mit den Ponys eindeutig eine Fehlentscheidung getroffen, nicht nur, weil sie seinen Transportplan durcheinanderbrachten, wie seine Kritiker meinten, sondern auch, weil sie sich viel weniger für diese Arbeit eigneten als gut gefütterte Hunde.

Nun, wie sollten wir sie also ersetzen? Das war der Punkt, um den es meinem Großvater ging. Mehr Hunde? Aber würden wir damit die Sache nicht zu sehr verändern? Mehr Schneefahrzeuge – aber wäre das nicht eine noch größere Veränderung? Ich erklärte William, daß der Sinn darin liege, die Expedition in ihren wesentlichen Teilen und nicht in jeder Einzelheit nachzuvollziehen, und zugleich sah ich, daß er sich schon zur nächsten Runde von Fragen rüstete.

Ich war deshalb zutiefst erleichtert, als ich einen Wagen in der Einfahrt hörte. Der Motor hatte einen bestimmten Klang, der mir vertraut schien, und als ich mich aufsetzte und lauschte, wurde mir klar, daß es eigentlich nur Thaws uralter VW sein konnte. Es schien ausgeschlossen, daß es in einem Land zwei Autos dieser Art geben konnte. Also sprang ich mit einem plötzlichen Gefühl freudiger Erwartung auf, erklärte William, ich müsse nachsehen, wer da käme, und lief zum Haupthof. Und obwohl der Wagen staubig, schlammig, ja, unter dem Schmutz der Straße, den er magisch angezogen zu haben schien, kaum noch zu erkennen war, identifizierte ich ihn tatsächlich als Thaws VW-Bus, der offenbar den ganzen Weg von Wyoming hierher überstanden hatte. Ich war irgendwie weniger überrascht, als ich es hätte sein sollen. Unbewußt hatte ich wohl die ganze Zeit zumindest auf Brock gewartet. Thaw war eine Zugabe.

Ich rief und winkte. Aus dem Wagen erwiderten zwei Männer mein Winken, und jetzt öffneten sie die Türen und kletterten heraus. Wie ich bald feststellen sollte, hatten sie eine merkwürdige, geradezu komische Wirkung aufeinander. Jetzt liefen sie wie kopflos umher und waren anscheinend außerstande zu entscheiden, was sie mit ihren Füßen anfangen sollten, beinahe so, als seien sie in eine Parodie von Männlichkeit verfallen.

Damals mußte mein letztes Zusammentreffen mit John Thaw etwa zwei Jahre zurückliegen, aber er sah genauso aus, wie ich ihn in Erinnerung hatte. Er trug eine Baseballmütze aus Kunststoff, und sein Kopf war so groß, daß die Mütze ziemlich klein wirkte. Sein Gesicht war schmutzig, genauso wie das von Brock; beide waren über und über mit Straßenstaub bedeckt, der die Risse in Thaws Wagen mühelos durchdrungen hatte. Es war wunderbar, sie beide wiederzusehen, aber besonders wunderbar war das Wiedersehen mit Brock, und er sah keineswegs so aus wie früher, sondern ganz anders als das letzte Mal, als ich ihn gesehen hatte. Damals hatten wir auf dem Flugplatz von Christchurch gestanden und waren unter dem Druck des Abschieds beide sehr kleinlaut gewesen. Heute schien er vor Gesundheit nur so zu strotzen und hatte allem Anschein nach sein ziemlich maßloses Selbstbewußtsein wiedergefunden. Auf seinem Gesicht lag ein seltsames, halbes Lächeln, und er war nach einem Winter voller Skiausflüge sonnengebräunt; außerdem schlank, locker, gelenkig und sehr sexy.

»Hallo«, sagte ich.

»Hallo.«

»Hey, Morgan«, sagte Thaw. »Wir haben unsere Jobs aufgegeben. Mir persönlich hat der ganze Forstzirkus sowieso gestunken. Brock konnte keine Touristen mehr sehen, und wir wollten den amerikanischen Farbenkönig kennenlernen.«

»Ich freue mich so, euch wiederzusehen«, sagte ich und umarmte zuerst Thaw, weil das einfacher war. Anschließend wandte ich mich Brock zu, der direkt neben ihm stand.

»Macht es dir was aus, daß ich mitgekommen bin?« fragte er.

»Aber natürlich nicht.« Und dann umarmten wir uns, wenn auch sehr zurückhaltend. Wir waren beide vorsichtig und wünschten dennoch, wir wären allein.

Dann gingen wir hinüber zum Teich, wo William, Wilbur und Gronya uns erwarteten. Thaw hatte Iris und Wilbur ja schon kennengelernt, aber weder Thaw noch Brock waren je Gronya begegnet, und in Thaws Augen flackerte deutliches Interesse auf, als er dieser hübschen, blonden Frau vorgestellt wurde. Das Flackern erlosch jedoch sehr bald wieder, als deutlich wurde, daß Wilbur und Gronya ein Paar waren, und Thaw wandte sein ganzes Interesse meinem Großvater zu. Und was Brock betraf, so war einer der Gründe, warum ich ihn viele Jahre lang liebte, der, daß er niemals auch nur das geringste Interesse an einer anderen Frau zeigte – dem zu widerstehen, dieser Art von Sicherheit, das war wahrhaftig nicht leicht. Für mich selbst war es damals viel wichtiger, daß Thaw und Brock William kennenlernten, der wie immer in seinem Rollstuhl saß, eine Navajodecke, die ich ihm geschenkt hatte, über den Knien. William stand so gut wie nie auf, da das größte Schmerzen verursachen konnte, aber als er uns kommen sah, hatte er sich mit Wilburs Hilfe erhoben. Es folgte langes Händeschütteln, und dann setzte sich William mit Wilburs Hilfe wieder in seinen Rollstuhl, während wir anderen uns auf verschiedenen Stühlen und Bänken niederließen.

Die folgende Unterhaltung unterschied sich von allem, was ich bis dahin erlebt hatte. William und Thaw. Sie legten sofort los. Nicht nur, als hätten sie einander schon seit Jahren gekannt, sondern vielmehr, als seien sie seit langem in einen Streit verstrickt, und jetzt, da sie wieder zusammen waren, wollten sie den Streit genau an der Stelle, wo sie ihn unterbrochen hatten, wieder aufnehmen. Manchmal begegnen sich verwandte Geister, und obwohl sie keineswegs den gleichen Diskussionsstil hatten, stellte sich heraus, daß William und Thaw über ganz ähnliche Denkstrukturen verfügten. Dieselben eisern beherrschten, explosiven Emotionen zeichneten sie aus, dieselbe Art, Informationen zu verarbeiten, die – gleichgültig, worum es sich handelte – immer zuerst in ihre Köpfe wanderten, wie sie sich einbildeten, und erst nach Genehmigung durch ihr Denkzentrum in die übrigen Teile ihres Geistes und Körpers strömten. In gewisser Weise machten sie sich natürlich etwas vor, wenn sie glaubten, zutiefst rationale Wesen zu sein, aber das wußten sie nicht, und keiner von ihnen vermochte es beim anderen wahrzunehmen, ebensowenig wie bei sich selbst. Sie schienen geborene Gegner zu sein, und während mein Großvater mich pausenlos drängen mußte – und mich zum Beispiel nach den Ponys fragte, nur um herauszufinden, daß ich lieber erst später darüber reden würde –, gab es bei Thaw dieses Problem nicht. Er stellte sich jeder Herausforderung, wie auch immer sie aussehen mochte. An jenem ersten Tag stürzte er sich in das Gespräch, ohne sich vorher auch nur eine Sekunde von der Fahrt zu erholen.

Da saßen wir nun also, Brock und Thaw noch immer völlig verdreckt. Brock und ich wären gern allein gewesen, wären, um es auf den Punkt zu bringen, gern miteinander ins Bett gegangen. Und Thaw stürzte sich in eine Diskussion über den amerikanischen Kapitalismus, die im Grunde das gesamte Konzept der Wachstumsökonomien zum Gegenstand hatte; innerhalb von zehn Minuten hatte er Marx mitsamt dem *Kapital* aufs Tapet gebracht. Er und William unterhielten sich eine Weile über Warenwirtschaft, Thaw mit seinen gewohnten, eloquenten Satzkonstruktionen und, wie üblich, scheinbar ohne Luft zu holen. William bellte und stockte wie gewöhnlich, und gemeinsam beackerten sie in ziemlich kurzer Zeit ein ziemlich weites Feld. Obwohl ich gern mit Brock allein gewesen wäre, verfolgte ich interessiert ihr Gespräch. Zum einen waren Thaw und William zusammen einfach ein Phänomen. Zum anderen hatte ich mich, als ich plante, die »Unbestimmtheitsrelationen« zu schreiben, viel mit Marx beschäftigt und überlegt, wie Scott wohl über ihn gedacht hätte. Marx' Theorien hätten ihn sicher interessiert, daran zweifelte ich nicht. Schließlich hatte Scotts Vater seine Familie nach seinem Tod völlig mittellos zurückgelassen, nachdem er, ohne ein Wort zu sagen, sein ganzes Vermögen verpulvert hatte, und Scott war sein ganzes Leben lang arm gewesen und erfüllt von Ängsten um seine finanzielle Zukunft. Zu Anfang seiner Militärzeit hatte Scott, obwohl sein Sold nicht mehr als zweihundert Pfund im Jahr betrug, siebzig Pfund davon seiner Mutter geschickt, wodurch er, wie er es ausdrückte, ständig in »finanzieller Not« steckte. Er hätte sich nicht einmal ein Glas Sherry in der Offiziersmesse leisten können oder einen Theaterbesuch, und eine Frau zum Abendessen auszuführen wäre unmöglich gewesen. Später wurden die Dinge ein wenig leichter für ihn, aber um die *Terra-Nova*-Expedition zu finanzieren, hatte er seinen gesamten Besitz beleihen müssen, und daher lauteten seine letzten Worte auch: »Sorgt um Gottes willen für unsere Angehörigen.«

Ich hatte also schon einmal über Marx nachgedacht und über die Frage, wie Scott auf seine Theorien reagiert hätte – Scott, der auf der *Britannia* unter Leutnants gedient hatte, die diamantenbesetzte Krawattennadeln trugen –, und mir war damals der Gedanke gekommen, daß er an der Antarktis vor allem geschätzt haben muß, daß sie soweit als möglich ein Utopia darstellte. Dort wurden keine Waren produziert, dort gab es keine Eingeborenen, die als Arbeitskräfte dienten; in der Antarktis hatte jeder genau das, was er dorthin mitnahm. Hinzu kam, daß zu Scotts Zeit jeder Mann jeden anderen dort persönlich kannte. Ich versuchte diesen Gesichtspunkt in die Diskussion einzuwerfen, aber sowohl William als auch Thaw sahen mich nur ausdruckslos an und setzten ihre Erörterungen dann an der Stelle fort, an der ich sie unterbrochen hatte.

Thaw hatte einen kleinen Exkurs zum Thema indianischer Geschenkökonomien unternommen und erklärte William gerade, was er auch mir einmal erklärt hatte. Ungerührt von Williams schroffen Einwürfen erläuterte er, daß die Indianer deshalb erwarteten, daß man ihnen für ihre Geschenke etwas zurückgab, weil sie begriffen hatten, daß Geschenke in Bewegung bleiben müssen. Solange man nicht versuchte, Geschenke anzuhäufen, würde es immer genügend davon geben. Der »große Mann« oder die »große Frau« war die Person, durch die die meisten Geschenke im Fluß blieben, und ein Geschenk schuf im Gegensatz zu einer Handelsware ein gefühlsmäßiges Band zwischen den Menschen. Die Zerstörung der Biosphäre war seiner Meinung nach absolut und direkt verbunden mit dem Konzept des Kapitalismus.

Das Faszinierende war, daß wir miterlebten, wie Thaw jemandem direkt an die Kehle gehen konnte, ohne daß es kränkend gewirkt hätte. Denn William war nicht gekränkt. Im Gegenteil, er war ausgesprochen begeistert. Er hatte bisher überhaupt nicht gewußt, was für ein Schurke er war. Wirklich, wenn man Thaw zuhörte, hätte er, William, eine Gestalt aus einem Roman von Dickens sein können! Er hatte den Kreislauf der Waren zum Erliegen gebracht, nicht wahr? Plünderte er nicht die Erde mit seinen Farbenfabriken? Er erzählte Thaw von seinen Chemikern, die gerade in diesem Augenblick versuchten, eine Farbe zu entwickeln, die tausend Jahre halten würde. Außerdem erzählte er ihm von seinem neuen Produktionsverfahren, das keine giftigen Abwässer verursachte und keine Biozide ins Grundwasser leitete. Thaw war sehr beeindruckt und sprach William munter seine Komplimente aus. Trotzdem stand für ihn fest, daß William, wenn er ein Vermögen besaß, dieses nicht in die Aufrechterhaltung des Status quo, sondern lieber in Firmen investieren sollte, die saubere, erneuerbare Energieträger entwickelten, in Bürgerinitiativen, die sich für Umweltschutz engagierten, und vielleicht sogar in eine Experimentalkommune, die sich selbst versorgte und ihr Wachstum selbst kontrollierte. Er sollte versuchen, die Dinge zu ändern.

Das sollte er, so, so? sagte William. Und wer würde ihn dazu bringen? Doch nicht Mr. Marx. Nein, natürlich nicht Marx, erwiderte Thaw, und an dieser Stelle begaben sie sich auf ein fußballfeldgroßes Diskussionsgebiet. Keiner von beiden hatte auch nur die leiseste Sympathie für Marx' naiven Idealismus oder für seine Überzeugung, daß sowohl das wissenschaftliche als auch das historische Gesetz von sich aus dafür sorgen würden, daß die Welt eines Tages zu dem würde, was sie sein sollte. Unter Bezugnahme auf vergangene Ereignisse – auf die Stammesökonomien, von denen Thaw gesprochen hatte, auf die Entwicklungen der Geldökonomien, die zum Zunftwesen und zum Feudalismus geführt hatten und schließlich zum Entstehen der kapitalistischen Ökonomien während der industriellen Revolution – hatte Marx geglaubt, es sei möglich, die Zukunft vorherzusehen. Aus den »Widersprüchen des Kapitalismus«, die er als unumstößliche Tatsache betrachtete, mußten laut Marx die gerechten und harmonischen Verhältnisse des Sozialismus entstehen, in denen alle Menschen für das Gemeinwohl arbeiten würden, für einen Zustand also, in dem niemand Hunger leiden müßte, in dem für alle genug da wäre, in dem es keine Ausbeutung und keinen Zwang mehr gäbe. Papperlapapp, sagte William. Was für ein ach so wunderbares Zusammentreffen, daß die Welt, wie sie Marx vorschwebte, das Ergebnis des historischen Gesetzes war und damit gleichzeitig genau das, was die Idealisten sich ohnehin wünschten.

Ungefähr an dieser Stelle hatten wir anderen die Nase voll. Wilbur und Gronya standen auf, und Brock und ich nutzten die Gelegenheit, uns ebenfalls davonzustehlen. Wir überließen William und Thaw ihrer erhitzten Debatte und gingen zu meinem Schuppen; mittlerweile war mein Verlangen nach Brocks Körper so heftig geworden, daß ich kaum an etwas anderes denken konnte, und ich konnte mir kaum noch vorstellen, wie ich sechseinhalb Monate ohne ihn überlebt hatte. Fast von einem Augenblick zum nächsten waren wir nackt und im Bett. Kurz darauf stöhnte ich nur noch. Seltsam, das klingt oft nach Schmerz. Aber es war kein Schmerz, nicht an diesem Tag, nicht im geringsten, Brocks Körper auf meinem zu fühlen, die intensive Wärme seiner Haut zu spüren und diesen verführerischen Duft, den sein Körper immer dann verströmte, wenn er braun war. Es war kein Schmerz, obwohl ich einmal so laut aufschrie, daß Brock mir seine Hand auf den Mund legte. Danach, als ich meinen Mund wieder freibekam, lachte ich, und Brock sagte: »Schhh, schhh, schhh.« Das klang sehr merkwürdig, und wir kicherten wie alberne Kinder.

Als wir wieder ruhiger geworden waren, lagen wir nebeneinander und schauten zur Decke. Wir konnten Thaw und William hören, die noch immer am Teich saßen und sich unterhielten. An der Wand vor uns hingen Poster von der Antarktis.

»Also, wie war es da oben wirklich?« fragte Brock. »Ich meine nicht McMurdo, ich meine das Eis.«

»Unbeschreiblich«, sagte ich. »So als würde man alles von Anfang an tun. Als würde man beim Beginn des Universums anfangen und geradewegs bis an sein Ende gehen.«

Dann verfielen wir wieder in Schweigen und umarmten einander. Schließlich fragte Brock mich sanft: »Vermißt du deine Mutter sehr, Morgan?«

»Ich weiß es nicht«, antwortete ich. »Ich glaube nicht. Ich hatte sie ohnehin schon vor langer Zeit verloren. An Dr. Jim und an diese Krankheit, von der ich nicht wußte, daß sie sie hatte. Ich habe meine Mutter zurückbekommen, und das war das Wichtigste. Daß sie zu mir zurückfand, bevor sie starb. Daß sie zu sich selbst zurückfand.«

Brock erwiderte nichts, sondern nickte nur und wandte sich von mir ab, als denke er darüber nach, was ich gesagt hatte, und bereite sich auf etwas vor, das er mir in Kürze eröffnen wollte. Dann erzählte er mir, daß es ihm gelungen sei, Sarah aufzuspüren, und daß er herausgefunden habe, daß sie sich schon vor drei Jahren von ihm habe scheiden lassen. Sie lebte jetzt in Kalifornien – und er war frei. Nach einer Weile fragte er: »Wirst du mich eines Tages heiraten?«, und obwohl ich gewußt hatte, daß diese Frage irgendwann kommen konnte, war ich nicht darauf vorbereitet, daß er sie in dieser Form stellen würde, mit diesem »eines Tages«, das da so arglos in der Mitte stand. Keine Forderungen, keine Zeitpläne, nur eine Hoffnung, daß die Wege unseres Lebens, unsere Lebenspfade, sich schließlich treffen würden – in einem Augenblick an einem Ort, wo es nur uns beide geben würde. Nur die Hoffnung, daß das goldene Zeitalter, an das Marx geglaubt hatte, eines Tages Wirklichkeit werden würde, Wirklichkeit für uns, weil uns Instinkt und Vernunft ihm entgegentrieben. Wie hätte ich in diesem Augenblick, in diesem Bett, etwas anderes sagen können als: »Ja«, wo ich doch glaubte, so gern glauben wollte, daß diese beiden Dinge eins werden konnten, so wie Zeit und Raum eine Einheit waren. Ich konnte es nicht, und Brock schloß überglücklich die Augen; auch mich durchströmte ein warmes Glücksgefühl, obwohl mir flüchtig ein seltsamer Gedanke kam: Wenn genau in diesem Augenblick, während wir da in meinem Schuppen nebeneinander lagen, ein Meteorit einschlagen würde, dann wäre es vielleicht am besten so, zumindest für einen von uns. Ich war mir allerdings nicht sicher, für wen, schob den Gedanken hastig wieder weg und lauschte den Stimmen, die von draußen zu uns herüberklangen.

Es geschah fünf Tage später an einem wunderschönen Frühlingsabend, als wir alle zusammen in einem japanischen Restaurant in Quarry zu Abend aßen. Wir aßen Sashimi, Misosuppe und Nudeln, und die ganze Mahlzeit war von einer gewissen Spannung überschattet, denn William hatte an eben diesem Nachmittag angekündigt, daß er in Kürze nach Boston zurückkehren wolle. Er und Thaw hatten wieder einmal die Köpfe zusammengesteckt, als William plötzlich auffuhr, Thaw lange und intensiv ins Gesicht starrte und dann nickte, als hätte er dort etwas gefunden, das ihm gefiel. Anschließend sagte er zu mir: »Morgan, war jetzt lange genug hier, finde ich. Führe euch zum Essen aus, alle wie ihr da seid. Dann zurück zu Lamont, muß mich um die Firma kümmern.«

William wartete jedoch bis nach den Tempura, bevor er uns seine zweite Eröffnung machte. Eine Eröffnung, auf die ich seit unserer ersten Begegnung gewartet hatte, seit jenem Abend im Quarry Grand, als er mir von Baden-Powell erzählt hatte, der seine Truppen demobilisiert hatte, um sein Kriegsmaterial in Mafeking zu bewachen, und der daraufhin belagert wurde, obwohl das vermeidbar gewesen wäre; dies war der Augenblick, den ich erwartet hatte, seit wir beide begriffen hatten, daß wir, Farben hin, Farben her, aus dem gleichen Holz geschnitzt waren; der Augenblick, der vorprogrammiert war, seit William sich nach seinem ersten Besuch bei den Covilles noch einmal zu mir umgedreht und gesagt hatte: »Das Leben ist eine Art Doppelschlitzexperiment, nicht wahr?« Jetzt also platzte er fast vor Erregung, hob sein winziges Sakeglas und bat um Ruhe. Er hatte offensichtlich eine Rede vorbereitet, und ich glaubte, jetzt sei der Augenblick gekommen, daß er sie halten wolle. Statt dessen sagte William jedoch: »Vergeßt die Rede. Einen Toast auf die Expedition Neunzig Süd. Möge der Wind euch sicher nach Nimmerland und wieder zurück nach Hause tragen!«

Wie auf Kommando sprang Wilbur, der die ganze Zeit schon kaum hatte an sich halten können und der, wie ich später erfuhr, in dieser Sache Williams Vertrauter gewesen war, auf die Füße und spurtete zum Kopfende des Tisches. Er beugte sich herab, umarmte William und rief: »Großvater! Du hast Morgan so glücklich gemacht!«

»Sie sieht aber gar nicht glücklich aus«, brummelte William, während er sich aus Wilburs Umarmung löste.

Und ich habe wohl wirklich nicht besonders glücklich ausgesehen, denn ich hatte damit gerechnet, eine ganze Rede anzuhören und mir währenddessen die Antwort zurechtzulegen, die jetzt plötzlich auf der Stelle von mir erwartet wurde. Obwohl ich mit diesem Vorschlag gerechnet hatte, war ich jetzt, da es geschehen war, doch vollkommen verwirrt. William würde eine größere Expedition finanzieren, und ich sollte die Führerin sein. Ich würde nicht nur wieder in die Antarktis zurückkehren, sondern Gronya und Wilbur, Thaw und Brock würden mich begleiten, und wir fünf, die wir jetzt um diesen Tisch versammelt saßen, würden vielleicht zusammen zum Südpol gehen. Wilbur ließ von William ab und kam zu mir herübergerannt; er zog mich von meinem Stuhl hoch und nahm mich ebenfalls in die Arme. Daraufhin erhoben sich auch die anderen und fielen einander um den Hals.

Für eine Weile herrschte ein ziemliches Chaos in dem Restaurant, weil wir alle ausgelassen um den Tisch herumliefen. Ich erinnere mich daran, daß ich irgendwann in meiner Glückseligkeit Mr. T.s Hand ergriff, um sie enthusiastisch immer wieder zu schütteln, während er ironisch dazu bemerkte: »Vielen Dank, Morgan. Ich bin dir ja so dankbar.« Aber es war William, bei dem ich schließlich landete; ich setzte mich auf einen Stuhl neben ihn, der inzwischen leer geworden war, und sagte: »Großvater, ich ...« Doch er unterbrach mich: »Spar dir die Worte. Deine Mutter hätte es so gewollt.«

Das war also geklärt. Wir legten los. Mein Großvater stand zu seinem Wort. Er richtete bei der größten internationalen Bank in Denver ein Konto für uns ein und bestand darauf, daß Thaw offiziell zum stellvertretenden Leiter der Expedition ernannt wurde, so daß er und ich berechtigt waren, von dem Expeditionskonto Geld abzuheben. Dieses Konto hatte ein Kreditlimit von zehn Millionen Dollar, und das einzige, was William von uns verlangte, war, daß wir ihm regelmäßig Berichte über die Verwendung des Geldes nach Boston schickten. Wenn wir ein Flugzeug kaufen wollten, kein Problem, solange es ein billiges Flugzeug war, oder ein Schiff, und in diesem Falle konnten wir für das gleiche Geld ein besseres Schiff bekommen. Was alles andere betraf, waren wir überaus reich. Wir brauchten an nichts zu sparen, weder an Essen noch an Ausrüstung, und wir konnten sogar meinem Traum von einer nicht nur funktionalen, sondern auch schönen Station nachgeben.

Die Planung einer größeren Expedition ist selbst dann sehr zeitraubend, wenn man genau weiß, was man will. Jeden Tag müssen Entscheidungen getroffen werden, und für jede Entscheidung braucht man länger als vorgesehen, und wenn sie dann endlich getroffen ist, wird man dennoch immer wieder darüber nachdenken, und sie wird immer neue Fragen aufwerfen. Die ganze Geschichte ist wie das Zusammensetzen eines großen Puzzlespiels, nur daß wir es in unserem Fall mit ausschließlich weißen Puzzleteilen zu tun hatten. Niemand hatte je zuvor etwas in der Art unternommen, wie wir es jetzt vorhatten, und so mußten wir uns das Ganze mehr oder weniger selbst ausdenken. Während wir begannen, die einzelnen Teile zusammenzusetzen und sie zu diesem Zweck an die ihnen zukommende Stelle schoben, entwarfen wir ein Bild unserer Ziele und Träume und versuchten zu entscheiden, worum es bei diesem Schneetanz eigentlich gehen sollte.

Lange Zeit bestand das Planungskomitee aus uns fünfen – Thaw, Gronya, Wilbur, Brock und mir –, und Thaw war als Stellvertreter die perfekte Besetzung: Er ließ keine Einzelheit außer acht, und er verfügte über ein großes Wissen. Er war in der Lage, Probleme vorherzusehen, und schämte sich nicht, sich zu wiederholen, wodurch er regelmäßig kritische Punkte zur Sprache brachte. Gronya war natürlich die Lagerhalterin der Expedition, und noch nie war jemand einer Aufgabe besser gewachsen gewesen als sie. Sie hatte das letzte Wort in fast allen Dingen, die unsere Ausrüstung betrafen, ob für die Station oder für die Schlittenreise. Wilbur sollte der Wetterexperte der Expedition sein und gleichzeitig einer der Hundeführer, so daß seine Aufgabe in diesem frühen Stadium der Planung mehr oder weniger darin bestand, uns anderen zur Hand zu gehen. Was Brock betraf, so war er der Navigator der Expedition; nach »Migration: Wege durch Raum und Zeit« war das wohl nur folgerichtig gewesen. Er wollte uns auch bei dem Schiff helfen. Ich glaube, er sah das Schiff mit seinen Navigationsvorrichtungen, seinen magnetischen Instrumenten und seiner Abhängigkeit von Bewegungen als einen verwandten Geist mit einem sehr empfindlichen Innenohr. Er machte einen Intensivkurs über Navigation zu Lande und einen weniger intensiven Lehrgang über Schiffsnavigation und Schiffstechnik mit. Es war wunderbar zu sehen, wie er diese Dinge in den Griff bekam und wie glücklich er dabei war.

Was mich betraf, die Führerin der Expedition, so galt meine erste Sorge der Expeditionstruppe. Wen sollten wir mitnehmen, und wie sollten wir die Leute finden? Wir brauchten fünfundzwanzig Teilnehmer für den Landtrupp – die Zahl der Männer, die 1911 in der *Terra-Nova*-Hütte überwintert hatten –, und diese Leute wollten wir natürlich nicht per Annonce suchen, da wir keine Lust hatten, uns durch achttausend Bewerbungsschreiben zu kämpfen, wie Shackleton das bei seiner Zusammenstellung der Trans-Antarktis-Expedition getan hatte. Ich muß zugeben, daß die Auswahl unserer Leute am Ende dennoch ganz eindeutig mehr dem Shackletonschen Muster folgte als dem von Scott. Shackleton hatte seine Leute nach einem Gespräch von wenigen Minuten ausgewählt, ohne sich groß um ihre Eignung für die Antarktis zu scheren. Als er die Mannschaft für die *Endurance* zusammenstellte, ließ er sich von Launen leiten, die vielen, die ihn dabei erlebten, ausgesprochen kapriziös erschienen. So entschied er sich zum Beispiel für Leonard Hussey als Meteorologen, obwohl der Mann von Meteorologie überhaupt keine Ahnung hatte. Meinte dazu, er »sähe komisch aus«, was seinen Sinn für Humor anzusprechen schien, ebenso wie die Tatsache, daß Hussey gerade eben vom Äquator zurückgekehrt war. Dr. Alexander Macklin, einer der beiden Ärzte der *Endurance*, verdankte seine Einstellung seiner Antwort auf die Frage, warum er eine Brille trage: »Manch kluges Gesicht sähe ohne Brille ziemlich töricht aus.«

Ich tat gewiß nichts, was so widersinnig gewesen wäre wie die Einstellung eines Meteorologen, der keine Ahnung von Meteorologie hatte. Ich verließ mich gleichwohl manchmal eher auf Intuition als auf Logik. Ich suchte meine Leute unter den Freunden meiner Freunde sowie bei meinen eigenen Bekannten, wobei ich mich nur an eine einzige, von mir selbst aufgestellte Regel hielt, daß nämlich ein Drittel unserer Truppe aus Frauen bestehen sollte. Irgendwie hatte ich das Gefühl, daß sich im Falle eines Verhältnisses eins zu eins während der zwei

Jahre in Kap Evans möglicherweise eine Pattsituation ergeben und daß das der Expedition abträglich sein könnte – nicht die Pattsituation an sich, sondern das, was geschehen würde, wenn – was unvermeidlich war – jemand außen vor bliebe. Rückblickend denke ich, daß mich die ungleiche Geschlechterverteilung in McMurdo, die bei zehn zu eins lag, mehr beeinflußt hatte, als mir damals klar wurde. Bei einer Antarktisexpedition mit fünfundzwanzig Personen erschien mir eine Beteiligung von neun Frauen schon wie eine radikale Neuerung.

Bevor wir jedoch überhaupt soweit waren, die Truppe zusammenzustellen, mußten wir eine Entscheidung treffen, die, weil sie einen ganzen Rattenschwanz von Fragen nach sich zog, erheblich mehr Zeit in Anspruch nahm, als wir auf den ersten Blick vermutet hätten. Wir mußten entscheiden, ob wir die Mitglieder der Expedition bezahlen wollten. Und wenn ja, wieviel sie bekommen sollten. William, der wenige Tage nach seiner Ankündigung, unsere Expedition zu finanzieren, zurück nach Boston gefahren war, meinte am Telefon, daß er diese Entscheidung mir überlassen wolle. Wir müßten mit diesen Fragen jetzt selbst fertig werden. Er sagte: »Dollars. Du hast jetzt die Dollars. Erster Schritt, ein universales Wertemaß. Die Dollars richtig einzusetzen – das wird das Schwierigste sein.« Allein mit dieser Frage, die wir von allen Seiten gründlich beleuchteten, schlugen wir uns tagelang herum. Wir waren uns weitgehend einig darüber, daß wir eine Truppe von Leuten wollten, die es aus Liebe zum Eis in die Antarktis zog. Gleichzeitig schien es uns jedoch unvernünftig, jemanden zu bitten, zwei Jahre seines Lebens herzugeben und die Gefahr einzugehen, es dabei zu verlieren, und gleichzeitig von ihm zu erwarten, daß er das ohne jegliche finanzielle Entschädigung tun sollte. Schließlich entschieden wir uns für eine Art Abfindung für jeden Expeditionsteilnehmer: zehntausend Dollar als Überbrückungshilfe, um im Anschluß an die Expedition wieder Fuß zu fassen.

Nachdem diese Entscheidung getroffen war, machten wir uns ans Werk. Ich stellte eine Liste der Jobs auf, für die wir Leute finden mußten. Wir brauchten Köche, und zwar mindestens zwei, überlegte ich mir; wir brauchten einen Mechaniker, einen Arzt und schließlich jemanden, der mit der Ski- und Schlittenausrüstung umgehen konnte – der sie reparieren und, wenn nötig, erneuern konnte. Wir brauchten einen Zimmermann und für die Arbeit in der Station ein Mädchen für alles. Wir brauchten einen Kommunikationsexperten, und zwar aus tausend Gründen; auf der eigentlichen Polreise würden wir zwar ohne drahtlose Kommunikation auskommen, aber bei allen anderen Expeditionen im Eis würden wir tragbare Funkgeräte benutzen. Wir brauchten jemanden, der etwas von diesen Geräten verstand und sie reparieren konnte, jemanden, der einen Transmitter in Betrieb nehmen, mit einem Receiver umgehen und einen Computer mit den Funkgeräten verbinden konnte. Meine Erfahrungen in McMurdo hatten mich gelehrt, daß man nichts damit erreichte, wenn man am Ende des zwanzigsten Jahrhunderts die Menschen auf einer Antarktisstation zu größerer Isolation zwang, als unbedingt nötig war. Und wenn auch nicht damit zu rechnen war, daß Nachrichtenteams zu uns herüberfliegen würden, um über unsere Fortschritte zu berichten, so schien es doch sinnvoll, daß wir für eine Möglichkeit sorgten, mittels regelmäßiger Bulletins Neuigkeiten von der Expedition an die Außenwelt zu übermitteln.

An diesem Punkt meiner Überlegungen wurde mir klar, daß wir wahrscheinlich eine Bürokraft benötigen würden, die alle notwendigen Sekretariatsarbeiten übernehmen konnte. Es würde mit Sicherheit jede Menge Papierkram geben. Einen Navigator hatten wir schon und ebenfalls einen Hundeführer. Der zweite Hundeführer würde natürlich Winnie sein. Sie war der allererste Mensch, den ich anrief; sie war damals gerade in Alaska, und ich telefonierte schon am Tag nach Williams Zusage mit ihr. Sie sagte: »O Morgan, wie wunderbar. Und der Kaiser wird ganz schön staunen, was? Ich glaube, ›niemals‹ dauert heute auch nicht mehr so lange wie früher, nicht wahr?« Und neben all diesen Leuten für die praktischen Jobs wollte ich mindestens sechs Wissenschaftler mitnehmen, sieben sogar, wenn möglich, weil Scott auf seiner *Terra-Nova*-Expedition ebenfalls sieben Wissenschaftler dabeigehabt hatte. Die Wissenschaftler, die wir mitnehmen wollten, sollten Leute sein, die kaum je in den Genuß eines Stipendiums von der NSF kommen würden, denn für einen modernen Wissenschaftler sind zwei Jahre ohne ein nach dem neuesten Stand der Technik eingerichtetes Labor eine lange Zeit. Wir würden natürlich ein Laboratorium in unserer Station haben, aber es würde wohl kaum dem letzten Stand entsprechen. Bei den Wissenschaftlern hatte ich das Gefühl, daß ich nur das Beste hoffen konnte.

Trotzdem fing ich mit den Wissenschaftlern an. Ich fragte Gary Meekins, den Geophysiker mit dem Erebus-Projekt, den ich in McMurdo kennengelernt hatte. Er war zu dieser Zeit wieder in den Staaten, an der Universität von Washington, und vollauf begeistert von der Möglichkeit, sich wieder für zwei Jahre aus dem Staub zu machen; der Erebus würde ihm schließlich nicht weglaufen. Dann hatte Iris einen Freund am Quarry College, Michael De Long, der von Beruf Meteorologe war und sich einige Zeit mit der Chaostheorie beschäftigt hatte. Er brüllte vor Freude, als ich ihn fragte. James Pell war ein Geologe von der University of Wyoming, den Thaw schon seit Jahren kannte, weil er am Wind River eine Forschungsstation betrieb. Paula Langlois, ebenfalls Geologin, war eine Freundin von James Pell. Keiner aus unserem Planungskomitee kannte sie persönlich, als wir erfuhren, daß sie noch über ein weiteres Talent verfügte; sie war Aquarellmalerin. Uns allen gefiel der Gedanke, eine Künstler-Wissenschaftlerin mitzunehmen. Edward Wilson war schließlich auch etwas in dieser Art gewesen.

Jetzt fand ich es sinnvoll, mich wieder meinen Joblisten zuzuwenden. Ich hatte gehört, daß Teresa Allen, mit der ich damals auf dem Weg nach Westen das Präriehunddorf besucht und die sechsbeinige Kuh gesehen hatte, noch immer als Küchenchefin in einem Restaurant in Ann Arbor arbeitete. Sie sollte einer unserer zwei Köche sein. Ihre Kinder würden solange bei ihren Großeltern in Colorado bleiben. Tara Crane, meine Zimmergefährtin aus McMurdo, war immer noch im Eis; sie gehörte dort zur Überwinterungsmannschaft. Ich schickte ihr ein MARSGRAM, eine schriftliche Nachricht, die an die Funkstation in McMurdo ging, und sie nahm mein Angebot sofort an. Sie sollte die offizielle Expeditionssekretärin sein. Unser Zimmermann war Andrew Burke, der bei Gronyas Vater in die Lehre gegangen war. Er war eine gelungene Besetzung; ein bärtiger Mann, der wie ein Heiliger aussah und im Umgang mit Holz und Metall tatsächlich von einer Geduld beseelt war, die einem Heiligen alle Ehre gemacht hätte. Damit waren wir jetzt dreizehn Leute, es fehlten also noch zwölf weitere für die Landabteilung. Und ich fand, es sei an der Zeit, unserer Truppe einen internationalen Touch zu geben.

Scott hatte schließlich einen Norweger und zwei Russen in seiner ansonsten überwiegend britischen Mannschaft gehabt. Wir als überwiegend amerikanische Truppe würden nicht nur Russen und einen Norweger mitnehmen, sondern auch Kiwis und Briten. Die Frage, wer unser Arzt werden sollte, lag mir ziemlich auf der Seele, bis mir plötzlich Guy Random einfiel, der sich in Neuseeland um mich gekümmert und mir erzählt hatte, daß seine Viren nicht bösartig seien. Ich rief ihn in seiner Praxis an, und da war kein Zögern in seiner Stimme, als er sagte: »Wo seid ihr eigentlich mein ganzes Leben lang gewesen, ihr Yankee-Eisvögel?« Mark Tyner sollte unser Mechaniker werden und sich um die Schneemobile und die Generatoren kümmern; ein Kiwi, den Brock und ich bei unserer Klettertour auf dem Mount Cook kennengelernt hatten. Er war Bergsteiger und arbeitete für eine Spedition in Dunedin. Kenneth Hunter, unser Chefkoch, kam aus Großbritannien, war in der Nähe von London aufgewachsen und hatte seine Ausbildung in Paris gemacht. Aber er war nach Neuseeland gezogen, wo er jetzt Küchenchef eines der besten Restaurants in Queenstown war; dort hatten Brock und ich ihn kennengelernt.

Und was den Norweger betraf, so hatten wir Tryggve Olsen, und erfreulicherweise – ein wunderbares Zusammentreffen – war er genau wie der ursprüngliche Tryggve (Gran) verantwortlich für die Ski- und Schlittenausrüstung. Er war ein Freund von Winnie, die ihn in Alaska als Teilnehmer am Iditarod kennengelernt hatte. Die Sache mit den zwei Russen war schon heikler, da keiner von uns persönlich einen Russen kannte; Scotts zwei Russen hatten ihm bei den Hunden und den Ponys geholfen, aber ich fand es irgendwie passender und letzten Endes auch einfacher, russische Wissenschaftler zu engagieren. Schließlich fanden wir sie mit Hilfe einer E-Mail-Anfrage nach Wostok. Wir bekamen acht Bewerbungen und entschieden uns für die zwei Männer, die am besten Englisch sprachen, was unfair sein mochte, uns aber notwendig erschien. Anton Chebutikin war klein und sehr nett, ein Ethologe, der die Beziehungen zwischen Pinguinen und Skuas erforschen wollte und am Ende eine Menge Ausflüge nach Kap Royds unternahm. Leonid Lopahin war ziemlich kräftig und beschäftigte sich mit einzelligen Meerestieren, den Foraminifera. Die Laborausrüstung, die er dafür benötigte, war ziemlich unkompliziert.

Unser letzter nichtamerikanischer Expeditonsteilnehmer war ein Schauspieler aus Südafrika, ein Mann, den Thaw in Kansas bei der Beratung von Wehrdienstverweigerern kennengelernt hatte. Todd Tullis hatte Theaterwissenschaften studiert und Thaws Arbeit unterstützt, indem er als Freiwilliger beim Guerilla-Theater mitgemacht hatte. In den vergangenen Jahren war er Mitglied einer Tourneetruppe gewesen, die im ganzen Land Gastspiele gab. Thaw hatte ihn vor kurzem bei einer Aufführung in Laramie gesehen, und wir kamen überein, daß es schön wäre, einen Schauspieler dabeizuhaben; vielleicht konnte er in unserer Station ein paar Sketche und Parodien und – falls wir die Gelegenheit dazu finden sollten – in McMurdo Guerilla-Theateraufführungen organisieren.

Jetzt mußten wir nur noch fünf Leute anwerben, und wenn ich mich an meine ursprüngliche Idee halten wollte, mußten drei von ihnen Frauen sein. Ich dachte an Shannon Burch, mit der ich in Michigan zusammengewohnt hatte und die eine hervorragende Bergsteigerin war. Außerdem war sie Anthropologin, vertrat also eine »soziale Wissenschaft«. Wenn sie mitkäme, dachte ich mir, konnten wir sie als unsere siebte Wissenschaftlerin zählen. Und da sie ihre Abschlußarbeit über das Leben im Stadtzentrum geschrieben hatte, würde sie sich vielleicht für die Eigendynamik von McMurdo interessieren. Sie wollte tatsächlich gern mitkommen. Dann stellte sich heraus, daß Gronya eine Freundin namens Linda Walls hatte, die Bergsteigerin, Skifahrerin und Höhlenforscherin war und darüber hinaus über eine extrem attraktive Qualifikation verfügte; sie war nämlich Zahnärztin. Wir nahmen sie auf der Stelle unter Vertrag, und später stellte sich heraus, daß es einfach toll war, sie dabeizuhaben. Aber unser absoluter Geniestreich war das Engagement von Jerilyn Chandler als unserer offiziellen Fotografin. Sie war das einzige Mitglied unserer Truppe, das schon vor unserer Expedition berühmt war. Diese Frau, die zu den besten Fotografen der westlichen Welt zählte, hatte bisher vorwiegend in Schwarzweiß gearbeitet, und nachdem sie sich uns angeschlossen hatte, hatten wir nun unseren eigenen Ponting.

Neben einem offiziellen Fotografen wollte ich einen offiziellen Expeditionshistoriker, und nachdem ich erst über Shannon nachgedacht hatte, fiel mir nun Clint Wiseman ein. Wir waren in Michigan zusammen Ski gelaufen; er hatte inzwischen sein Studium beendet, aber da er noch immer keine Dozentenstelle bekommen hatte, war er frei. Schließlich brauchten wir noch einen Nachrichtentechniker. Brock erzählte mir von David Landrock, den er in Jackson Hole kennengelernt hatte. David hatte sowohl für IBM als auch für Bell Laboratories gearbeitet; im Augenblick war er bei AT&T beschäftigt, aber da seine große

Liebe dem Schnee und den verschneiten Ländern galt, war er mit Freuden bereit, seinen Job an den Nagel zu hängen und uns als Kommunikationsexperte zu begleiten.

Später stellte sich heraus, daß wir David nicht gar so dringend brauchten, wie wir uns das vorgestellt hatten, da wir das inzwischen in Kap Evans errichtete Satellitensystem von Greenpeace International benutzen durften. In diesem Sommer hörten wir in Quarry die ersten Berichte aus Neuseeland und der Antarktis über World Park Headquarters, das Greenpeace dort unterhielt. Im Februar 1987 hatte Greenpeace die *Gondwana* von Auckland aus ins Rossmeer geschickt – wie Harry es mir prophezeit hatte – und jetzt ungefähr fünfhundert Meter von der *Terra-Nova*-Hütte entfernt eine kleine Station eingerichtet. Sie lag ungefähr an der Stelle, wo die Spuren-Hütte gestanden hatte; die Idee dahinter war die, daß dieser Teil des Hausstrandes ohnehin bereits aus seinem natürlichen Gleichgewicht gebracht worden war. Denn die Spuren-Leute hatten zwar versucht, die Natur so wenig wie möglich zu beeinträchtigen, doch sie hatten nun mal Steine von einer Stelle zur anderen geschafft und Abwasser ins Meer geleitet. So kam es, daß die Jack-Hayward-Station schließlich in den winzigen Gebäudekomplex von Greenpeace integriert wurde.

Thaw und ich waren überglücklich, als wir davon erfuhren. Und das aus nicht ganz uneigennützigen Gründen. Es gab uns eine größere Handlungsfreiheit, daß Greenpeace im Eis war. Die Greenpeace-Leute waren für das, was sie taten, perfekt ausgerüstet und hatten das erklärte Ziel, USAP in der Antarktis zum Umdenken zu zwingen. Als wir schließlich selbst nach Kap Evans kamen, wurde das amerikanische Programm gerade einer radikalen Revision unterzogen, nachdem der Kongreß sechzig Millionen Dollar für eine großangelegte Initiative zu den Punkten Sicherheit, Umwelt und Gesundheit lockergemacht hatte. Die undichten Pipelines wurden durch solche ersetzt, die mit weit weniger Verbindungsstücken auskamen, und der Giftmüll wurde eingesammelt, um entsorgt zu werden. Sogar mit der Wiederverwertung von Abfallstoffen hatte man begonnen – nicht in der Polstation, aber in McMurdo, wo jetzt in allen Gebäuden Mülltonnen standen. Sogar die Müllkippe war eingezäunt und aufgeräumt worden.

Aber ich frage mich, ob ohne das Eingreifen von Greenpeace auf der Ross-Insel im Jahre 1987 irgend etwas von all dem passiert wäre.

Greenpeace war gleich von der ersten Saison an ein gewaltiger Stachel im Fleisch der USAP und hatte bereits in jenem ersten Oktober zu einer denkwürdigen Protestaktion ausgeholt. Damals wurde der Müll, weil der Zaun um die Müllkippe von McMurdo viel zu mickrig war, regelmäßig quer über die Insel geweht und eines Tages bis in die dreißig Kilometer entfernte Satellitenschüssel von Greenpeace. Dieser Müll brachte die Verbindung von Greenpeace zur Außenwelt für geschlagene achtundvierzig Stunden zum Erliegen, und es war eine ausgesprochen gefährliche Angelegenheit, auf die Antennenschüssel zu klettern, um ihn herauszuholen. Nachdem die Säuberungsaktion beendet war, stopfte das Greenpeace-Team den ganzen Müll in Tüten und beförderte ihn dann auf Schlitten über das Meereis zurück nach McMurdo, wo er hergekommen war. Die NSF hielt gerade eine Konferenz im Chalet ab, als das Greenpeace-Team mit den Mülltüten hereinstürmte und deren Inhalt der USAP vor die Füße kippte. Der Leiter der Greenpeace-Mannschaft in jener Saison war ein Deutscher, der es sich nicht nehmen ließ, in seiner Muttersprache kräftig und wortgewaltig zu fluchen, während er den Müll ausbreitete, damit man ihn besser sehen konnte. Er wußte nicht, daß einer der NSF-Bosse, die eigens zu dieser Konferenz angereist waren, ebenfalls Deutsch sprach und jedes Wort verstand.

Als ich davon erfuhr, fand ich das Ganze sehr komisch. Unglücklicherweise führte dieser Zwischenfall jedoch nicht nur zur stabileren Einzäunung der Müllkippe, sondern auch zu einem Einfrieren der Beziehungen zwischen McMurdo und Greenpeace. Ja, sogar noch nach zweieinhalb Jahren, als die Expedition Neunzig Süd auf der Ross-Insel eintraf, galt in McMurdo der Befehl, niemandem Unterstützung zu gewähren. Dem amerikanischen Personal war es grundsätzlich verboten, nach Kap Evans zu gehen, mit Ausnahme natürlich der ranghöchsten Mitglieder der NSF oder der NSFA. Im Falle der Spuren-Expedition war die Verweigerung von Unterstützung unfreundlich und dumm gewesen, aber für Greenpeace bedeutete sie darüber hinaus eine ernsthafte Beeinträchtigung der Arbeitsmöglichkeiten – und genau das war natürlich beabsichtigt. Die Greenpeace-Leute entwickelten jedoch schon bald einen Plan, um dieses Handikap zumindest teilweise zu überwinden. Sie stellten an der Straße nach Williams Field eine kuppelförmige rote Bude auf, auch »Tomate« genannt. Leute, die unterwegs zum Flugfeld waren, blieben stehen, sahen neugierig hinein und fanden dort kostenlose Literatur über das United States Antarctic Program vor. Außerdem stießen sie dort häufig auf Greenpeace-Mitglieder, die ein- oder zweimal im Monat in der Tomate saßen, und auf diese Weise entstand so manch nützliche, wenn auch heimliche Freundschaft. Die Greenpeace-Leute amüsierten sich köstlich darüber, daß sie jedesmal, wenn sie in die Schutzkuppel zurückkehrten, dort etwas vorfanden, das sie als »Strafzettel« bezeichneten: »Sie stellen eine ernsthafte Beeinträchtigung der amerikanischen Aktivitäten in der Antarktis dar.«

Nun, da standen wir also in Quarry, im Sommer und Herbst 1987, und hörten die ersten Berichte vom World Park Headquarters. Diese Berichte erleichterten unsere Arbeit beträchtlich, da wir uns ganz auf die Expedition konzentrieren konnten und nicht allzu viele Gedanken auf die Ereignisse in McMurdo verschwenden mußten. Als wir von dem Müllzwischenfall erfuhren, erzählte ich Thaw in einem unbedachten Augenblick, daß ich einmal drauf und dran gewesen war, das ganze Chalet in die Luft zu sprengen. Ich erzählte ihm davon, um ihm das Ausmaß der Feindseligkeit deutlich zu machen, das an diesem Ort entstehen konnte, aber zu meinem Erstaunen nahm er die Idee ernst und fand sie ausgesprochen anregend. »Hurra, Morgan, das wär doch mal echte Sabotage!« sagte er. Zu dieser Zeit war die *Rainbow Warrior* bereits von französischen Agenten vor Neuseeland versenkt worden, so daß die ganze Auseinandersetzung inzwischen einen gewalttätigen Anstrich bekommen hatte. Als ich Thaw sagte, er solle nicht so dumm sein, es sei doch nur ein flüchtiger Gedanke gewesen, da meinte er: »Vielleicht nicht gar so flüchtig.«

»Flüchtig«, widersprach ich.

Aber das eigentlich Tolle an der Greenpeace-Station war für uns die Tatsache, daß Greenpeace International bereit war, seine Erfahrungen mit uns zu teilen; die Leute hatten bei der Einrichtung ihres Hauptquartiers eine Menge gelernt und gaben uns eine Reihe von Hinweisen, die sich bei der Errichtung unserer eigenen Station, die übrigens den Namen Framheim erhielt, als sehr wertvoll erwiesen. Jetzt, da wir unsere Truppe zusammengestellt und auch eine Reserveliste von fünf Leuten hatten – das schien nur vernünftig in Anbetracht der Zeit, die bis zu unserer Abreise noch vergehen würde –, konnten wir uns daranmachen, endlich unsere Station zu planen, denn inzwischen wußten wir, wer genau darin leben würde, wie viele Männer und wie viele Frauen, und wie deren Interessen und Bedürfnisse aussahen. Ich wußte im Prinzip, was wir wollten, denn ich wußte ja, was wir *nicht* wollten, nämlich ein häßliches, zugiges, keimverseuchtes Gebäude ohne Fenster. Ich wußte, daß wir keine Station wollten, die aussah, als wäre sie für jemanden entworfen worden, der blind durchs Leben stapfte, und ich wußte, daß wir kein Gebäude wollten, das meilenweit nach Institution roch. Wir wollten nicht nur eine Unterbringung, die umweltverträglich war, wir wollten auch ein Haus, das ein Zuhause sein konnte. Alle Zimmer sollten Fenster haben, und wir wollten ein Gewächshaus sowie eine Küche, in der wir zusammenkommen konnten.

Aber trotz allem gab es immer noch viele Unbekannte. So mußten wir zum Beispiel die Frage der Schlafplätze klären. Sollten wir in einem Schlafsaal mit Trennwänden zusammenleben, so wie die Teilnehmer der *Terra-Nova*-Expedition es getan hatten? Die bitterste Klage, die ich in McMurdo gehört hatte, ob von Wissenschaftlern oder vom Fußvolk, war die, daß sie keine eigenen Zimmer hatten und es nicht einmal Doppelzimmer gab. Bei der Greenpeace-Station in Kap Evans hatte man sich dafür entschieden, jedem ein Einzelzimmer zu geben; nur waren vier Einzelzimmer leichter zu realisieren als fünfundzwanzig. Aber schließlich waren wir auch keine Matrosen. Im Gegensatz zu den Leuten von der *Terra-Nova*-Mannschaft hatte niemand von uns Erfahrung mit dem engen Zusammenleben auf See. Und es schien unvernünftig zu erwarten, daß wir ein lebenslängliches Training in einzelgängerischer Ungestörtheit so ohne weiteres beiseite schieben konnten, sosehr wir das auch versuchen mochten. Wenn irgend etwas die Expedition gefährden konnte, dann Reibereien unter den Teilnehmern. Aber fünfundzwanzig Zimmer erschienen mir dennoch etwas viel.

Auf der anderen Seite, falls wir uns für Doppelzimmer entschieden, war da die Sache mit dem Sex – was war mit den Leuten, die ihren Partner mit auf die Expedition nahmen und dann feststellen mußten, daß sie ihr Zimmer mit jemand anderem teilen sollten? In der Antarktis konnte man sich nicht irgendwie behelfen, indem man etwa draußen ein Zelt aufschlug. Sogar auf Kap Evans konnte es im Winter fünfzig bis sechzig Grad kalt werden. Wir würden also ein paar Einzelzimmer benötigen, und eine Weile spielten wir mit dem Gedanken, den Frauen Einzelzimmer und den Männern Doppelzimmer zu geben, aber damit hätten wir wahrscheinlich auch nur Zwietracht gesät. Am Ende entschieden wir uns für sieben Einzelzimmer, neun Doppelzimmer und mehrmalige Wechsel der Zimmergenossen. Mit dieser Entscheidung konnten wir uns endlich auf die Suche nach einem Architekten machen.

Wir unterhielten uns mit mehreren, bevor wir uns für Jake Thomas entschieden. Er war ein wildentschlossener Visionär aus Denver, und ich glaube, er hätte liebend gern das echte Raumschiff *Enterprise* für die NASA entworfen; jedenfalls war er von unserem Kap-Evans-Projekt mit all seinen besonderen Herausforderungen und Erfordernissen sehr angetan. Da wir sechzehn Schlafzimmer von verschiedener Größe benötigten, entschied Jake sich für zwei Flügel mit Schlafräumen zu beiden Seiten eines zentralen Kerngebäudes. Das Kerngebäude sollte zwei Stockwerke haben, die Flügel mit ihren jeweils acht Zimmern aber nur ein Stockwerk hoch sein. Immer hübsch symmetrisch. Das war sein Ausgangspunkt, aber er hatte noch jede Menge Fragen, auf die er Antworten brauchte. Wieviel Schnee fiel in Kap Evans? Welchen Neigungswinkel sollte das Dach haben, oder sollte es vielleicht flach sein, damit sich Schnee darauf ansammeln konnte? Was die Mahlzeiten betraf, würden wir in Schichten essen oder alle zusammen? In Schichten eingenommene Mahlzeiten würden Platz im Speisesaal sparen, aber sie würden möglicherweise auch zu einer Spaltung der Truppe führen. Er wußte, daß wir ein Gewächshaus wollten, aber in welche Richtung mußte ein Gewächshaus in der Antarktis ausgerichtet sein? Und wie sah es mit einem Sonnenstudio aus oder mit einem Sportraum oder vielleicht mit beidem? Was war mit den Laboratorien? Wollten wir eine eigene Bibliothek, oder sollte die Bibliothek in den Aufenthaltsraum integriert werden? All diese Dinge mußten entschieden werden, eines nach dem anderen.

Der Vollständigkeit halber berichte ich, wie wir schließlich im einzelnen verfahren wollten. Das Gewächshaus sollte nach Westen gehen, als Teil des Speisesaals im zweiten Stock. Die Küche lag direkt neben diesem Bereich, und in ihrer Mitte standen einige Hocker um eine Arbeitsfläche herum. Ebenfalls im zweiten Stock befand sich ein kleiner Fitneßraum mit Sonnenbänken und im Erdgeschoß der Aufenthaltsraum, in den die Bibliothek integriert war. Ein Breitwandfernseher und ein Videorecorder waren ebenso wie eine Videothek in einem separaten

Zimmer ebenfalls im Erdgeschoß untergebracht. Außerdem lagen in dieser Kernsektion ein Gemeinschaftslabor für die Wissenschaftler sowie ein großes Badezimmer mit mehreren Duschen. Jeder Wohnflügel verfügte über kompostierende Toiletten, getrennt von den Duschen. Der Generatorraum lag im hinteren Teil des Gebäudes in einem schalldichten Anbau. Nun stellten sich noch die Fragen der Nahrungsmittellagerung und der Unterbringung der Hunde. Im Interesse der Sicherheit sollten die Nahrungsvorräte vollständig in einem eigenen Gebäude untergebracht werden. Ich hatte in McMurdo gesehen, daß die größte Gefahr für eine Antarktisstation Feuer war, das alles vernichten konnte. Da unsere Station so sicher wie möglich sein sollte, mußten wir uns gegen diesen schlimmsten aller Fälle wappnen, und daher sollten in dem Lagergebäude nicht nur die Gefriertruhen und der größte Teil der Nahrungsmittel untergebracht sein, sondern auch alle nichtentzündlichen Vorräte. In diesem Gebäude würden wir auch den Ersatzgenerator unterbringen und jede Menge Scottzelte und Nissenhütten für den Fall, daß wir auf diese Dinge würden zurückgreifen müssen. Im Verlauf der Planung unserer Expedition wuchs dieses Lagergebäude immer mehr, und es war Gronya, die sich immer engagierter um dessen innere Organisation kümmerte.

Was sollte nun mit den Hunden geschehen? Die Station sollte in einem einzigen Gebäude untergebracht und das Lagerhaus etwa hundert Meter davon entfernt errichtet werden. Sollten die Hunde ebenfalls abseits der Station Quartier beziehen oder doch lieber in einem Anbau? Wenn ja, würden sie uns nachts möglicherweise häufig mit ihrem Gebell wecken. Zur Klärung dieser Frage rief ich Winnie in Alaska an und gab den Hörer schließlich an Wilbur weiter. Sie waren diejenigen, die die größte Verantwortung für das Wohlergehen der Hunde trugen, und daher mußten letzten Endes sie die Entscheidung treffen. Sie sprachen recht lange miteinander, und obwohl ich nur Wilburs Beiträge zu der Diskussion hörte, konnte ich mir zusammenreimen, wie ihre Entscheidung ausfallen würde. Die Hunde sollten in einem Anbau untergebracht werden, der entweder an der Ost- oder an der Rückfront des Hauses errichtet werden sollte. Denn die Tiere würden sich sonst zurückgesetzt und einsam fühlen, »nicht gleichberechtigt behandelt«, wie Wilbur es ausdrückte. Und Winnie, die ihre Schlittenhunde mit ins Haus genommen hatte, um ihnen reihum – in Schichten – die Möglichkeit zu geben, mit ihr in einem Zimmer zu schlafen, plädierte dafür, daß die Hunde, die wir mit in die Antarktis nehmen wollten, ebenfalls wie Familienmitglieder behandelt würden.

Den Rest übernahm Wilbur, indem er sich mit Jake über die Hundequartiere beriet; er wollte dicke Schlafmatten für jeden Hund und Regale mit mehreren übereinanderliegenden Fächern, in die sie hineinklettern konnten. Die Hunde sollten je zu zweit untergebracht werden, und da wir dreißig Tiere mitnehmen wollten, bedeutete das fünfzehn Hundehütten, an denen Wilbur hingebungsvoll arbeitete. Um die Fäkalien der Hunde zu kompostieren, mußten wir uns eine vernünftige Möglichkeit einfallen lassen, sie zu sammeln. Wir verfielen schließlich auf eine abschüssige Rinne mit einem Eimer am unteren Ende, der in die Erde eingelassen wurde. Den Urin der Hunde konnten wir nicht sammeln, da sie, außer im tiefsten Winter, jeden Tag zum Training im Freien sein würden.

Wir waren gleichwohl entschlossen, Framheim so weit wie möglich zu der umweltverträglichsten Station zu machen, die es je in der Antarktis gegeben hatte. Zu unserer Enttäuschung wurde uns jedoch bald klar, daß wir nicht auf Dieselgeneratoren würden verzichten können. Es gab einfach noch keine Technologie, die dazu eine Alternative geboten hätte. Wir würden die Sonnenstrahlung sowohl direkt als auch indirekt nutzen, aber wir konnten auf diese Weise unmöglich genügend Energie speichern, daß sie über den Winter reichte. Als unsere Ölfässer zwei Jahre später am Weststrand aufgestapelt lagen, wirkten sie tatsächlich wie ein krasser Eingriff in die freundliche Umgebung Framheims.

Freundlich aber sollte es auf jeden Fall sein. Es war herrlich, reich zu sein, reich genug, um diese Station so zu gestalten, daß man ihr das Attribut der Schönheit – *arete* – zuerkennen konnte. Die spitzen Dächer und die Anordnung der Fenster harmonierten miteinander, und unser Architekt sorgte dafür, daß die Effizienz der Brennstoffnutzung nicht darunter zu leiden hatte. Und damit nicht genug, hatte er sich zum Ziel gesetzt, die Station so energiesparend wie möglich auszulegen. Das Glykolkühlsystem für den Generator heizte gleichzeitig den Schneeschmelzer. Die Solarkollektoren waren so ausgerichtet, daß sie ein Maximum an Sonnenlicht einfingen. Mit einem Luftfiltersystem lösten wir das Problem der Kondensation. Als der Entwurf für Framheim fertig war, glaubte ich, daß sogar mein Vater Gefallen daran gefunden hätte.

Während dieser ganzen Zeit blieben wir in Quarry. Thaw hatte sich dort eine Wohnung gemietet, und Brock hauste noch immer in seiner Hütte draußen im Quarry Canyon. Jetzt machten wir uns bereit, nach San Francisco umzuziehen, da wir beschlossen hatten, einen Eisbrecher zu kaufen, den wir in den Staaten ausrüsten lassen wollten, bevor wir ihn mit einem großen Teil unserer Vorräte an Bord von der Westküste aus nach Neuseeland in Bewegung setzten. Die restlichen Vorräte wollten wir in Neuseeland kaufen, wo wir auch das Stationsgebäude aufbauen und, sobald das Team vollständig versammelt war, in den Bergen trainieren wollten. Im Frühling 1988 war alles erledigt, was wir von Quarry aus tun konnten. Unsere Station war entworfen und Baupläne auf dem Weg nach Neuseeland, wo ein Team von Kiwi-Architekten das Projekt übernehmen würde. Wir hatten so viele Leute, wie wir brauchten, und wir hatten detaillierte Pläne für den Polmarsch sowie für die Depotreisen, die zu dessen Vorbereitung notwendig waren. Den größten Teil der Vorräte für die eigentliche Polexpedition wollten wir in Neuseeland kaufen, weil wir glaubten, dort leichter etwas zu bekommen, das dem ähnelte, was die britische Antarktisexpedition mit ins Eis genommen hatte. Alle anderen Vorräte wollten wir in Kalifornien erstehen. Thaw, der immer noch seinen alten Wagen fuhr, hatte in der Vorbereitungsphase eine Fahrt nach San Francisco unternommen und ein herrliches, altes viktorianisches Haus in der Nähe des Hafens für uns gemietet.

Wir waren also bereit zum Aufbruch. Bevor wir jedoch abfuhren, ging ich noch einmal ins Quarry Grand. Ich spazierte durch die Lobby mit den Finken und den viktorianischen Sofas und durch den Speisesaal, in dem William und ich unser erstes Gespräch geführt hatten. Ich ging hinaus in den Park, setzte mich auf die Steinbank in den französischen Gärten, betrachtete die Rosen, die gerade knospten – es war Mai –, und sah hinüber zum Fluß, der im Sonnenlicht funkelnd über die Steine plätscherte. Abschnitt eins der Expedition war abgeschlossen. Abschnitt zwei würde in Kürze beginnen, und danach kam dann Neuseeland, Stadium drei, und dann Stadium vier, das Eis. Und alles hatten wir meinem Großvater zu verdanken, William, der uns zehn Millionen Dollar geschenkt hatte – *zehn Millionen Dollar* – und darauf vertraute, daß wir sie sinnvoll verwendeten. Ich hatte ihm erzählt, daß ich Farben haßte, daß ich das ganze Geschäftsleben haßte, daß ich Amerika haßte, und ich fragte mich auch jetzt noch, was er für sein Geld wohl bekommen würde. Erster Schritt, hatte er gesagt, ein universales Wertemaß – das waren die Dollars. Eine Konstante, mit der man alle Variablen messen konnte. Aber in diesem Falle war die eigentliche Konstante die Antarktis. In der Tat, alles, was wir getan hatten, kreiste um die Antarktis, um die Frage, was gut oder schlecht für sie war, um die Frage, was dort machbar war, wer es zu schätzen wissen und wozu es nütze sein würde. Und das war merkwürdig, denn die Antarktis war die Antarktis. Ich war über diesen Kontinent geflogen und hatte gesehen, wie gigantisch er war, ja, daß er so riesig und so alt war, daß dort niemals irgend etwas schiefgehen konnte, zumindest nicht so, daß jemand es bemerken würde. Die Antarktis hatte eine eigene Logik, gegen die alle menschlichen Aktivitäten zur Unsichtbarkeit verblaßten. Sie strahlte etwas von Ewigkeit aus und von Unvergänglichkeit.

Vielleicht war es darum so wichtig, wie wir uns ihr stellten.

Ich weiß, ich habe schon mehrfach von der Demontage des klassischen kausalen Denkens gesprochen, zu der es kam, als die Physiker uns zum ersten Mal seit den Griechen, seit Aristoteles, unsere Freiheit zurückgaben. Ich glaube aber nicht, daß ich schon von den »Wahrscheinlichkeitswellen« gesprochen habe, die eine neue Version des alten aristotelischen Konzeptes der »potentia« waren – keine Wirklichkeit, sondern eine Tendenz zu etwas, eine seltsame Art von Realität, die in einer Nimmerwelt zwischen dem Möglichen und dem Realen steht. Ich erwähne das, weil ich das Gefühl hatte, daß um mich herum Wahrscheinlichkeitswellen wirksam waren, daß alles, was mit der Expedition Neunzig Süd zusammenhing, Realisierungen des Wahrscheinlichen waren. Und das seit Williams Ankunft in Quarry, ganz bestimmt aber von dem Augenblick an, da er auf die Expedition anstieß mit den Worten: »Möge der Wind euch sicher nach Nimmerland und wieder zurück nach Hause tragen!« Fast alles, was geschah, stellt sich im Rückblick als unvermeidlich dar. Eine dieser Tendenzen zur Realisierung trat zutage, als Winnie – die während des gesamten Vorjahres in Alaska gewesen war – nach San Francisco kam, um sich für eine Weile an der Planung zu beteiligen. Sie hatte bereits damit begonnen, die Hundeteams zusammenzustellen und zu trainieren. Sie hatte beschlossen, sechzig Hunde zu kaufen und dann die dreißig auszuwählen, die den größten Eifer, die größte Zähigkeit und den größten Mut zeigten. Sie würde keinen ihrer eigenen Hunde mitnehmen, da sie diese für Rennen ausgewählt und trainiert hatte, und in der Antarktis würden wir schwere Hunde brauchen, große Tier, von denen jedes einhundertundzehn Pfund wog.

Wie ich schon sagte, hatten wir zu der Zeit, als wir Quarry verließen, bereits detaillierte Pläne für den Polmarsch ausgearbeitet. Diese Pläne konnten wir jedoch erst dann endgültig abschließen, wenn wir wußten, wie weit die Hunde die Schlitten an einem Tag ziehen konnten, wieviel sie ziehen konnten, wieviel Hundefutter nötig war und wieviel es wiegen würde. Bei einer klassischen Polexpedition legte man seine Depots »pyramidenförmig« an, verteilte also große Vorräte an Proviant und Ausrüstung auf zum Ziel hin immer kleiner werdende Lager. Die Hunde würden dabei eine wesentliche Rolle spielen, und Winnie mußte uns bald möglichst genaue Angaben über Gewicht und Menge der Vorräte machen. Es war ein wunderschöner Tag, als sie herübergeflogen kam, und ich holte sie am Flughafen von San Francisco ab. Sie sah aus wie immer: Da waren diese beiden hellroten Flecke auf den Wangen, die sie bei jedem Wetter hatte. Das Haar trug sie etwas kürzer als früher, und sie war noch magerer als in der Antarktis. Sie trug ein T-Shirt mit Pinguinen drauf, und sie kam aus dem Jet beinahe im Laufschritt auf mich zugestürmt.

»Oh, Morgan«, sagte sie. »Du siehst wunderbar aus. Es scheint dir wirklich gut zu bekommen, reich zu sein! Oder ist es nicht Reichtum, sondern Macht? Oder liegt es nur daran, daß du wieder ins Eis kannst? Ich stelle mir immer das Gesicht des Kaisers vor in dem Augenblick, wenn er davon erfährt. Vielleicht wird er sich selbst zerstören, einfach in die Luft fliegen vor lauter Wut. Hör mal, ich hatte eine Idee für eine Flagge. Wir brauchen eine Expeditionsflagge. Ich dachte an eine Pinguinflagge, mit lauter Kaiserpinguinen drauf. Das würde so etwas bedeuten wie: ›Wir bevölkern seit vierzig Millionen Jahren die Erde; was bedeutet für uns Pinguine schon der Fortschritt?‹ Außerdem müssen bei den Kaiserpinguinen die Männchen auf den Eiern sitzen, weißt du. Sie sitzen im Winter auf ihren Eiern, während die Weibchen den Winter oben im Norden im Sonnenschein verbringen! Abgesehen davon würde diese Flagge jedem klarmachen, was ein echter Kaiser ist!«

Es war einfach herrlich, Winnie wiederzusehen, und als ich sie jetzt fest an mich drückte, wurde mir klar, wie sehr ich sie vermißt hatte. Ich wollte mich vergewissern – so wie ich es jetzt tat –, daß die schwere Zeit, die wir in der Vergangenheit gemeinsam hatten durchstehen müssen, sie nicht verändert hatte. Während ich sie in den Armen hielt und an mich zog und sie dann wieder von mir wegschob, um ihr in die Augen zu sehen, mußte ich nicht nur an den Klub der Entdecker denken, sondern, was viel wichtiger war, an die Adeliepinguine, die ich an jenem

Tag, da ich nach Kap Evans unterwegs gewesen war, draußen auf dem Eis gesehen hatte; sie waren so ernst gewesen, hatten so angestrengt versucht, Klarheit zu gewinnen: Sollten sie nach Norden, nach Süden oder nach Westen oder vielleicht nach Osten gehen, sollten sie ans Meer oder in die Berge ziehen? Und doch hatte es sie so sehr danach verlangt, zu spielen, ihre rosafarbenen Zehen zuerst in diese und dann in jene Richtung zu schieben, und auf einen Eisberg zu klettern, damit sie ihn herunterrutschen konnten. Jetzt würden Winnie und ich wieder dorthin zurückkehren, und diesmal würden wir, wenn wir wollten, nicht nur einen Tag, sondern zwei ganze Jahre Zeit haben, die Pinguine zu beobachten.

»Gute Idee. Eine Pinguinflagge!« sagte ich. »Kannst du es fassen, daß wir wirklich zurückkehren?«

»Ich weiß«, sagte Winnie. »Ich weiß. Und die Hunde wissen es auch. Es sind gute Hunde, voll dabei.« Wir holten ihr Gepäck, und dann fuhr ich Winnie zu unserem Haus, in unser Zuhause, das gleichzeitig das Hauptquartier der Expedition war und einen Schreibtisch sowie ein Couchbett für sie bereithielt. Ich stellte sie Wilbur und Gronya vor, die gerade im Haus arbeiteten. Dann machte ich ihr ein großes Käseomelett, wir setzten uns an den Küchentisch, und sie aß. Winnie war hungrig – sie ging schließlich zu englischen Muffins mit Marmelade über – und sprach lebhaft von der Frauengruppe, die sie kürzlich in Nome gegründet hatte. Sie war der Meinung, daß Frauen dazu erzogen werden mußten, sich selbst als Feministinnen zu sehen. »Sie haben ein schmutziges Wort daraus gemacht, Morgan, Carnady und seine Jungs, und wir müssen das Wort wieder schön machen, damit es wieder ein Banner wird.« Da kehrten Brock und Thaw von einem enttäuschenden Tag am Hafen zurück, wo sie sich wieder einmal ein Wrack angesehen hatten, das irgend jemand uns andrehen wollte. Brock grunzte ein Hallo, als er hereinkam, begrüßte Winnie kurz und ging, offenbar halb verhungert, direkt zum Kühlschrank.

Thaw aber rührte sich nicht. Er stand einfach nur da und blickte Winnie mit diesem interessierten Funkeln in den Augen an, das typisch für ihn war, wenn er eine Frau kennenlernte. Diesmal sah er jedoch so interessiert aus, daß man seinen Blick geradezu hätte fieberhaft nennen können. Winnie stand auf und schob ihren Stuhl unter den Tisch. In den sieben Jahren, seit ich ihn kannte, hatte Thaw nie eine Freundin gehabt, und was Winnie betraf, so hatte sie den Männern abgeschworen – obwohl das nur ein vorübergehender Zustand sein konnte, weil Winnie Männer denn doch zu sehr mochte, um sie wirklich aufgeben zu können. Ich muß sagen, daß es Thaw war, der mich überraschte, und zwar ungefähr auf dieselbe Art und Weise, wie er mich überrascht hatte, als er meinen Großvater kennenlernte. Er sagte: »Nein, nein, nein, setz dich«, zog Winnies Stuhl galant wieder unter dem Tisch hervor und setzte sich dann auf einen anderen. Nachdem auch sie wieder Platz genommen hatte, unterhielten sie sich, und ich sah ihnen zu: Erst steckten sie die Köpfe zusammen, zogen sich dann wieder voneinander zurück und schlugen sich mit den Händen auf die Schenkel. Es war unverkennbar, daß diese beiden Menschen sich früher oder später hatten begegnen müssen, wahrscheinlich seit sie als Kinder zum ersten Mal den Mund aufgemacht hatten. Selbst das Timbre ihrer Stimmen ähnelte einander.

Für Brock und mich war es wie das Erlebnis eines Vulkanausbruchs. Zuerst die Warnung durch das Austreten von Dampf. Dann der Ausstoß von Geröll. Und schließlich fliegt dann der ganze Berggipfel in die Luft. Wenn man Glück hat, steht man weit genug entfernt, um das Ereignis mehr ehrfurchtgebietend als fatal zu finden. Selbst Brock – der, wie ich schon sagte, hungrig war und die Neigung hatte, kaum etwas von seiner Umwelt wahrzunehmen, wenn er Hunger hatte – hob die Augenbrauen und sah mich bedeutungsvoll an, während er ein Sandwich mit Erdnußbutter und Gelee bestrich. Dann lächelte er und schüttelte verwundert den Kopf. Nach einer Weile verließen wir das Zimmer; Winnie und Thaw saßen nach wie vor am Tisch.

»Meine Güte«, sagte Brock. »Und ich dachte immer, Thaw wäre so ein stoischer Brocken. Was deine Freundin Winnie betrifft, so habe ich mich übrigens gefreut, sie endlich mal kennenzulernen. Vielleicht sehe ich sie ja nächstes Jahr wieder; was meinst du, ob sie bis dahin wieder frei ist?«

Das also war eine der Wahrscheinlichkeitswellen, die über uns hinwegschwappten. Jetzt bestand das Planungskomitee aus drei Paaren, und das erschien mir ein attraktives und stabiles Arrangement zu sein, obwohl es durch Zufall entstanden war. Eine andere Wahrscheinlichkeitswelle bescherte uns Catherine Brass. Nach zwei Monaten war es uns immer noch nicht gelungen, ein Schiff zu finden, und wir kamen zu dem Schluß, daß wir vor allem einen Kapitän brauchten. Wenn wir den erst mal hatten, konnte er ein Schiff finden und dann auch die Schiffsmannschaft zusammenstellen – wozu wir anderen wahrhaftig nicht in der Lage waren. Also inserierten wir in allen Zeitungen von San Francisco, und als unser Kapitän schließlich auftauchte – der fünfte, den wir uns ansahen –, war es kein »er« sondern, wie es sich herausstellte, eine »sie«.

Catherine war klein, viel kleiner als ich, mit braunem, ziemlich kurzgeschnittenem Haar und einem großen, goldenen Ohrring in ihrem rechten Ohr, wie ein Pirat. Sie trug auch piratenhafte Kleider, strahlend bunte Taillenschärpen und Hosen, die ihr gerade bis zu den Waden reichten, dazu große, bauschige Hemden mit Unmengen von Biesen. Sie war auf dem Kahn ihres Vaters aufgewachsen und arbeitete jetzt seit zehn Jahren bei der Handelsflotte. Während sie unter normalen Umständen – an Land – eine freundliche, wohltönende Stimme hatte, fing sie, sobald sie ein Schiff betrat, sofort an zu bellen. Zu hören, wie sie die Schauerleute anschrie, die die Fracht auf- oder abluden, war wirklich ein Erlebnis – man hatte immer den Eindruck, jemanden zu hören, der kurz davorstand, körperliche Gewalt anzuwenden. Und schon bald hatten wir die Gelegenheit, diese Stimme sehr oft zu hören. Zwei Wochen, nachdem wir sie als Kapitän verpflichtet hatten, bekam ich einen Anruf von Catherine: »Ich habe ihn gefunden, Kindchen.«

»Ach, hast du?«

»Er ist ein wunderbares Schiff, einfach vollkommen. Ein hübscher kleiner Eisbrecher, der ursprünglich in Murmansk eingesetzt wurde. Ein klein wenig teurer, als ihr gehofft habt, aber er ist es wert. Ihr müßt herkommen und ihn euch sofort ansehen.«

Wir kauften ihn. Wir nannten ihn *Endurance*.

San Francisco schien mir ziemlich feucht, aber ich lebte sehr gern in der Nähe des Meeres. Wilbur fühlte sich ebenfalls zutiefst vom Meer angezogen, und abends fuhren wir oft hinaus zum Strand und sahen uns den Sonnenuntergang an. Wir saßen in absolutem Schweigen dort, beobachteten das Feuer der Sonne, das sich langsam ausbreitete, bis es den ganzen Horizont zu verbrennen schien, bis es schließlich so aussah, als würde die Kuppel des Himmels das Feuer löschen. Das Licht leistete noch eine Weile Widerstand, konnte jedoch das Fenster, durch das es schien, nicht offenhalten. Die Wellen plätscherten leise und unspektakulär ans Ufer, und das Wasser schimmerte noch lange, nachdem das Rot des Himmels längst erloschen war. Ich dachte an diesen Abenden oft an jenen Tag, an dem ich das Tor des Apollotempels gesehen und dasselbe Schauspiel erlebt hatte. Jetzt waren wir beide älter und klüger – zumindest galt das für Wilbur –, und in gewisser Weise waren wir dem Schwur, den ich in jener Nacht abgelegt hatte, nähergekommen. Nach den Hündchen und dem Müll und der Verschwendung von Leben hatte ich geschworen, daß die Welt, die ich eines Tages verließ, nicht die Welt sein würde, in die ich hineingeboren worden war. Scott jedoch stand noch immer auf der anderen Seite der Zeltklappe, auf der anderen Seite des Morgen, und wartete vielleicht immer noch darauf, daß jemand ihn heraustrug.

Aber, wie ich schon sagte, während ich mir, was mich selbst betraf, nicht ganz sicher war, so gab es jedenfalls gar keine Frage, daß Wilbur älter geworden war. Er war weit weg von zu Hause – weit weg von Iris –, und das zum ersten Mal in seinem Leben. Und er schien sie nicht zu vermissen, genausowenig wie er Quarry übermäßig zu vermissen schien, und ich glaube, er war sehr verliebt in Gronya. Fest stand, daß sie ihm guttat, zum Teil deshalb, weil sie selbst so zurückhaltend war. Wenn die beiden zusammen waren, schien Wilbur regelrecht aufzublühen. Er betrachtete es als seine Aufgabe, ihrer beider Standpunkt anderen Menschen klarzumachen, und er hatte es sich angewöhnt, gen Himmel zu schauen, während er seine Gedanken formulierte, vor allem, wenn es sich um komplizierte, langfristige Pläne handelte. Ja, je weiter das Thema, um das es sich drehte, in der Zukunft lag, um so höher hob er den Blick, als könne er selbst an strahlend hellen Tagen jenseits des Lichtes in die Dunkelheit spähen, eine Dunkelheit, die voller Sterne war. Diese Sterne malten richtiggehende Schriftzüge, eine Pointillistenschrift, auf die Kuppel aus schwarzem Samt. Wenn er eins der unzähligen ethischen Themen, die uns während dieser Phase beschäftigten, erörterte, hob er den Blick so hoch in den Himmel, daß er, hätte die Sonne an ihrem sommerlichen Höhepunkt gestanden, direkt in ihre blendende Fusion geschaut hätte.

Während unserer Zeit in San Francisco kam William uns nur zweimal besuchen. Er sagte, er wolle sich so wenig wie möglich in die Expedition einmischen. Ich aber hatte den starken Eindruck, daß sein

Gesundheitszustand sich immer weiter verschlechterte. Außerdem war San Francisco für einen Rollstuhlfahrer ein unangenehmes Pflaster, da es dort immer steil bergauf oder bergab ging. Wenn ich seinen Rollstuhl schob, hatte ich immer große Angst, die Kontrolle darüber zu verlieren und ihn wie eine führerlose Lok einen Hügel hinunterschießen zu sehen. So kam es, daß ihn bei seinen Besuchen meistens Wilbur oder Thaw schoben, die beide sehr viel stärker waren als ich und in dieser Hinsicht auch mehr Selbstvertrauen hatten. William liebte Wilbur nach wie vor, und die Freundschaft, die ihn mit Thaw verband, blühte und gedieh ebenfalls. Wann immer sie zusammen waren, überfiel Thaw etwas, das er als »Hauch von Wahnsinn« bezeichnete, und er hielt William langatmige Vorträge; langsam aber sicher indoktrinierte er den einzig wirklich reichen Mann, den er je gekannt hatte, und machte ihm klar, wie ein riesiges Vermögen richtig und ethisch vertretbar zu verwenden sei. William widersprach ihm natürlich und brummelte Bemerkungen vor sich hin wie: »Wer, bitte schön, hat das Geld denn verdient?«, woraufhin Thaw gnadenlos erwiderte: »Sie jedenfalls nicht, soviel steht fest.« Das Ganze erheiterte William ungemein, und er kicherte über die unverfrorenen Bemerkungen des jungen Mannes, nahm sie sich auch zu Herzen, mochte aber auf jeden Fall Thaw immer mehr.

Brock dagegen schätzte er nicht besonders. Er hatte ihn schon bei ihrer ersten Begegnung nicht gemocht, und wenn es um seine Sympathien und Antipathien ging, ließ er sich von einer einmal gefaßten Meinung nicht mehr abbringen. Er drängte mich regelmäßig, Brock loszuwerden, solange ich noch die Gelegenheit dazu hatte.

»Ein Mann, das ist ganz in Ordnung«, pflegte er zu sagen, wenn wir allein waren. »Aber du könntest was Besseres kriegen. Warum nicht? Was hindert dich? Prachtexemplar, das du bist. Scharfer Verstand, gutes Aussehen. Brock ist ein gesunder Nichtsnutz. Ein Nichtsnutz, wüßte nicht, wie ich es sonst nennen sollte. Der Mann hat seine Kinder im Stich gelassen, mehr braucht man nicht zu wissen, denke ich.«

»Und was ist mit dir? Du hast doch deine Kinder auch mehr oder weniger im Stich gelassen, nicht wahr?«

»Überhaupt nicht zu vergleichen«, sagte William. Aber offensichtlich war es das doch, und wahrscheinlich lag da auch das ganze Problem. Aus welchen Gründen auch immer, es störte mich, daß mein Großvater

Brock nicht mochte, und ich war erleichtert, als er seine Sachen packte und nach Boston zurückfuhr.

Es schmerzte mich wahrscheinlich vor allem deswegen, weil ich den Eindruck hatte, daß Brock sich veränderte. Er hatte sich verändert mit dem Beschluß, mich zu heiraten, und jetzt, angespornt durch mein »Ja« und mehr noch durch die Eigendynamik der Expedition, veränderte er sich abermals. Die zärtliche Fürsorge, die ich erlebt hatte, als wir in Neuseeland gewesen waren, wurde jetzt intensiver und umfaßte nicht nur einen Menschen, sondern die ganze Mannschaft der Expedition Neunzig Süd; so war es zum Beispiel Brock, der meinte, wir sollten darauf bestehen, daß alle Expeditionsmitglieder vor ihrem Aufbruch nach Neuseeland medizinisch und zahnärztlich gründlich untersucht wurden. Als ich dagegen protestierte, weil mir die Untersuchungen, wie ich sie erlebt hatte, ausgesprochen faschistisch erschienen waren, wandte er ein, daß wir die Untersuchungen ja nicht so unflexibel handhaben müßten wie USAP. Wir konnten die Leute trotzdem mitnehmen, aber wäre es nicht gut, zu wissen, worauf wir uns einzustellen hatten, und worauf unsere Ärzte sich einzustellen hatten, falls es gesundheitliche Risiken gab? Brock hatte in der Vergangenheit die Erfahrung gemacht, plötzlich die Eigenwahrnehmung zu verlieren und davon überzeugt zu sein, daß sein eigenes Bein künstlich an seinem Hüftgelenk befestigt worden war. Er erinnerte sich außerdem an die Kohlenmonoxydvergiftung und daran, wie er entdeckt hatte, daß unter der Oberfläche des Normalen jederzeit das Abseitige lauern konnte. Ja, auch wenn es nicht im geringsten danach aussehen mochte, bestand immer die Möglichkeit, daß etwas Überraschendes passierte.

Er glaubte, daß er zum ersten Mal bei seiner Geburt – ausgerechnet auf Long Island – mit dem Problem des Unwahrscheinlichen konfrontiert worden war, seiner Geburt als Sohn einer Krankenschwester und eines Polizisten. Er glaubte, diese Fügung des Schicksals habe ihn während seiner Kindheit verfolgt, als er in einer Gruppe von geselligen Menschen ein Einzelgänger gewesen war und ein Träumer in einer Gemeinschaft, die von praktischen Erwägungen gesteuert wurde. Als Meßdiener in seiner Kirche St. Mary hatte er seine Kerzen tapfer vor sich hergetragen, hatte sie kühn ausgelöscht und von dem Ort geträumt, an den die Kerzenflammen sich zurückzogen. Als Junge im Beichtstuhl hatte er geglaubt, diese Gedanken beichten zu müssen oder auch beichten zu müssen, daß er sich nicht wie ein Junge fühlte oder jedenfalls nicht wie der Junge, der er sein sollte. Aber als Erwachsener – und jetzt spreche ich nicht von Brock als dem Mann, der die Fügungen des Schicksals kannte, sondern von dem, der mit mir in die Antarktis ging – war er viel deutlicher geprägt von dieser Krankenschwestermutter und diesem Polizistenvater, als er es je hätte für möglich halten oder erkennen können. Da war etwas in den Fasern seines Wesens, das sagte: »Halte dich an die Regeln.« Beschütze die anderen, wie eine Krankenschwester es tun würde, ahne Krankheiten voraus, triff die notwendigen Vorkehrungen, bevor der Virus sich ausbreiten kann; beschütze sie außerdem, wie ein Polizist es tun würde, halte einen zu schnell fahrenden Wagen auf dem Highway an und schreib nicht nur einen Strafzettel, sondern bewahre den Fahrer vor einem Unfall. Und dann war da noch der Priester, diese katholische Gestalt aus seiner Kindheit, die seinerzeit so wild entschlossen schien, die tiefsten Geheimnisse des Lebens zu ignorieren. Ein Priester verbündet sich jedoch mit Gott, um sich für seine fehlgeleiteten Schäfchen einzusetzen. Diese drei Einflüsse zusammen waren zu stark für ihn.

Zu stark für uns alle sogar. Denn Brock setzte sich in dieser Frage durch, und wir baten alle Expeditionsteilnehmer, sich medizinischen und zahnärztlichen Untersuchungen zu unterziehen. Wir stellten keine Regeln dafür auf, was einen Teilnehmer disqualifizieren würde und was nicht, und am Ende waren Gott sei dank alle weitgehend gesund. Aber plötzlich hatte ich auf Brocks Drängen hin eine Vision von den beiden Jahren an den Küsten von Kap Evans: Das Schiff konnte uns nicht erreichen, wir waren abgeschnitten, und einer von uns lag in Framheim krank darnieder, vielleicht sogar im Sterben. Es war eine große Verantwortung, daran gab es keinen Zweifel, und plötzlich wurde mir das klar, jetzt, da die Macht, die früher anderen vorbehalten gewesen war, in meinen Händen lag – es war eine große Verantwortung, das Leben anderer Menschen anvertraut zu bekommen und mit dem Risiko zu leben, jemanden in dem kalten Eis des antarktischen Kontinents begraben zu müssen. Was mich selbst betraf, so war dieses Risiko kein Problem. Für einen selbst ist das nie ein Problem. Aber für andere? Da lagen die Dinge ganz anders. Es war merkwürdig, daß die Rotationssymmetrie nicht auf Emotionen anwendbar war. Wie man eine Sache empfand, hing davon ab, aus welchem Blickwinkel man sie betrachtete.

Nun, Brock veränderte sich jedenfalls, und ich war froh, ihn als unseren Navigator dabeizuhaben. Mittlerweile hatte er den besten Navigationskurs abgeschlossen, den er hatte finden können. »Navigator«, das war seine offizielle Bezeichnung, und er nahm diesen Titel sehr ernst, da er glaubte, seine Aufgabe bestehe darin, uns heil durch alle Gefahren zu führen. Er würde die Expedition Neunzig Süd an Untiefen vorbeiführen, an Felsen und an windgepeitschten Orten, und er würde jeden, der mitkam, in eine schützende Decke hüllen. Was Thaw betraf, theoretisierte er immer noch über alles. Das heißt, außer über Winnie Blaise. Wenn sie nicht dabei war und ihr Name im Gespräch fiel, scharrte er mit seinen Stiefelspitzen über den Boden und grinste. Bei diesen Gelegenheiten schaute er recht einfältig aus der Wäsche, denn irgendwie machte es ihn verlegen, daß eine Frau wie Winnie nicht nur existierte, sondern beschlossen hatte, sich selbst mit ihm zu teilen. Als sie wieder nach Alaska zurückkehrte, war er jämmerlich einsam und telefonierte in seinem Elend ziemlich oft mit ihr, von San Francisco nach Nome. Sie stieß dann wieder zu uns, als sich im Januar 1989 unsere Zeit in San Francisco ihrem Ende näherte und wir uns zu unserem Aufbruch nach Neuseeland rüsteten.

Mittlerweile war alles, was wir in den Vereinigten Staaten hatten tun können, erledigt. Wir hatten größere Vorräte gekauft, als ich es je für möglich gehalten hätte. Mehr Generatoren und mehr medizinische Vorräte, mehr Nahrungsmittel, mehr Kleider und mehr Kletterausrüstungen, als wir meiner Meinung nach für eine kleine Armee benötigt hätten. Uns blieben elf Monate in Neuseeland, bevor wir weiter nach Süden fahren wollten, und in diesen Monaten würden wir die Mannschaft ausbilden und unsere letzten Vorbereitungen für die eigentliche Polexpedition treffen müssen. Obwohl wir schon vieles für diese Expedition beschafft hatten, fehlte doch noch etliches, das eigens für uns angefertigt werden mußte oder in Neuseeland leichter zu beschaffen war. Immerhin hatten wir schon das gesamte Hundefutter beisammen – Science Diet, wie Winnie uns geraten hatte –, und man kann sich gar nicht vorstellen, wieviel Platz das Hundefutter unter Deck einnahm. Die *Endurance* wurde mir langsam immer vertrauter, und ich sah sie mir ein letztes Mal an, um die Quartiere und die Hundehütten zu inspizieren.

Winnie war bei mir, und ihr gefiel einfach alles. Sie würde nach

Alaska zurückkehren, um das Training mit den Hunden fortzusetzen, und sie würde sie dortbehalten, bis die Expedition in die Antarktis aufbrach; wir konnten sie nicht mit nach Neuseeland nehmen, das hätten die Quarantänebestimmungen nicht gestattet, und außerdem wäre es für sie dort im Sommer viel zu warm gewesen. Winnie wollte versuchen, die Hunde während der ganzen Monate Juli und August auf dem Schnee zu halten, obwohl sie hoffte, uns mehrmals in Neuseeland besuchen zu können, bevor sie endgültig mit den Hunden zu uns stieß. Vor allem wollte sie natürlich Thaw sehen, und während wir die Hundehütten auf der *Endurance* inspizierten, bat sie mich, in der Zeit ihrer Abwesenheit auf ihn achtzugeben.

»Weißt du, er tut immer so groß und so tapfer, aber das ist er eigentlich gar nicht, und er braucht jemanden, der sich um ihn kümmert. Du wirst für mich auf ihn aufpassen, nicht war, Morgan?«

»Ich versuch's. Aber es ist nicht einfach, auf so einen Mann aufzupassen.«

»Laß nur einfach nicht zu, daß er etwas Dummes tut.«

»Na schön«, sagte ich und fragte mich, wie ich das anstellen sollte. Am nächsten Tag würde das Planungskomitee San Francisco per Flugzeug verlassen, da wir beschlossen hatten, nicht mit dem Schiff gen Süden zu fahren, sondern dafür zu sorgen, daß wir vor der *Endurance* dort waren, um alles für ihre Ankunft bereitzumachen. Meine letzte Tat in Kalifornien waren zwei Anrufe, von denen einer Iris, der andere William galt. Iris war gerade dabei, kurz vor Semesterbeginn ihre Kurse vorzubereiten, so daß sie nicht viel mehr sagte als: »Ruf mich regelmäßig an.« William dagegen redete und redete, so lange, bis ich schließlich sagte: »Nun, ich glaube, ich sollte jetzt besser zu Bett gehen.« Woraufhin er meinte: »Dann sehe ich dich also in zehn Monaten.« Er hatte versprochen, nach Christchurch zu kommen, um der Abfahrt der *Endurance* beizuwohnen, wenn sie von Lyttelton ablegte, und das würde ungefähr Anfang Dezember passieren. Nachdem ich den Hörer aufgelegt hatte, fiel mir jedoch ein, daß ich ihm noch gar nichts von der Pinguinflagge erzählt hatte, dem Symbol unserer Expedition, das Winnie vorgeschlagen und Gronya bereits entworfen hatte. Also rief ich ihn noch einmal an und erzählte ihm von dieser Flagge, mit der wir unsere Vorratslager kennzeichnen und die wir auf dem Südpol aufpflanzen würden, wenn wir es bis dorthin schafften.

»Eine Pinguinflagge?« sagte er. »Komische kleine Vögel, wie? Nicht übermäßig klug, schätze ich, und geschickte Diebe, nach allem, was ich weiß. Stehlen gern anderen Vögeln die Steine, oder? Zu faul, selber welche zu sammeln, um sich ein Nest zu bauen.«

»Das tun nur ein paar von ihnen«, erwiderte ich.

»Oh. Na gut. Schick mir eine. Flagge, meine ich. Und denk dran, mach dich auf alles gefaßt, auch wenn es dir nicht gefällt. Mach dich auf alles gefaßt, halt dir den Rücken frei, verlaß dich in erster Linie auf dich selbst und erst dann auf andere. Lamont-Regel. Das Leben ist nicht fair, und darüber solltest du froh sein. Du hast Glück, ich hoffe, du weißt das. Wie viele Menschen können sich ihren Herzenswunsch erfüllen? Übrigens, hätte ich nicht diese verdammte Arthritis, würde ich dir wie ein Albatros am Hals hängen. Na ja, so ist das eben. Paß auf dich auf. Pinguinflagge, also wirklich! Früher sind die Piraten doch unter dem Zeichen des Totenkopfes gefahren!«

»Ich hab dich lieb«, sagte ich. Es war das erste Mal, daß er das von mir hörte.

Unter der Pinguinflagge

Wir flogen am nächsten Tag nach Auckland und erledigten dort die Zoll- und Einreiseformalitäten, bevor es weiterging nach Christchurch. Für mich, und ich nehme an, auch für Brock war es eine ungeheure Freude, nach Neuseeland zurückzukehren, in die südliche Hemisphäre auf der Oberseite der Erde. Als ich das erstemal hierhergekommen war, hatten wir Winter gehabt, und jetzt war Hochsommer; die Blumen blühten, und die Sonne brannte vom Himmel – aber es war trotzdem dasselbe herrliche Land, und ich war im gleichen Augenblick glücklich, da meine Füße neuseeländischen Boden berührten. Alles war mir so vertraut, die Sauberkeit, die Schilder mit der Aufschrift KEINE TRINKGELDER, die Tonnen für landwirtschaftliche Abfälle, die uns den Rat gaben, Knochen und Federn in sie hineinzuwerfen, und die uns ferner sagten, daß, sofern wir das taten, alles andere vergeben und vergessen sei, die genaue, aber höfliche Frage nach unseren Schuhen, ob sie über Boden gewandert seien, auf dem Schafe und Rinder sich tummelten. Wir waren wieder in Neuseeland. Wieder in Neuseeland!

Wir wurden vom Zoll abgefertigt, was kein Problem war, da der größte Teil unserer Ausrüstung mit dem Schiff kommen würde, und dann von der Einwanderungsbehörde. Da wir vorhatten, elf Monate in Neuseeland zu bleiben, brauchten wir spezielle Visa, die uns gestatteten, länger als sechs Monate zu bleiben. Und als man unsere Visa genauso wie uns unter die Lupe nahm, erlebten wir zum ersten Mal die Reaktionen der Kiwis auf unsere Pläne, in die Antarktis zu gehen: Jeder, den wir in Neuseeland trafen, war von dem Expeditionsvorhaben begeistert, und niemand wunderte sich, daß wir die *Terra-Nova*-Reise nachexerzieren wollten; der Mann von der Einwanderungsbehörde hielt uns mindestens zehn Minunten lang an seinem

Schalter auf, um sich mit uns zu unterhalten, während sich hinter uns eine Schlange von Menschen bildete, die geduldig auf die Abfertigung warteten.

Als wir – noch am selben Tag – nach Christchurch kamen, erwarteten wir eigentlich, daß Guy Random, unser Arzt, uns am Flughafen abholen würde, denn er hatte auf dem Land ein Haus für uns gemietet. Es lag ungefähr zwanzig Minuten vom Stadtzentrum entfernt, und das bedeutete in Canterbury: außerhalb der Stadtgrenzen, an einem Ort, von dem aus wir die Berge sehen konnten. Guy konnte jedoch nicht kommen. Es hatte einen Notfall in Queenstown gegeben, und er hatte daher den Hausbesitzer gebeten, uns an seiner Stelle abzuholen, so daß wir, als wir aus dem kleinen Flugzeug der Air New Zealand stiegen, einen schüchternen, sonnengebräunten Mann trafen, der dort auf uns wartete.

»Hallo. Ich bin Brian Anderson«, sagte der Mann, dem der Hut bis über die Ohren reichte. »Mir gehört die Farm, auf der Sie ein Haus gemietet haben. Guy hat mich gebeten, Sie abzuholen.« Er nickte und strahlte uns freundlich an, und dann half er uns, unser Gepäck einzusammeln, und führte uns zu einem Truck, der auf dem Parkplatz bereitstand.

Es war ein Farmtruck für den Transport von Schafen, und genau das war damit zuvor wohl auch getan worden, so daß unsere sauberen Schuhe ihre erste Berührung mit der Erde von Neuseeland machten; unser Gepäck wurde in der Fahrerkabine aufgestapelt, wo es sauber bleiben würde, während wir fünf nach hinten kletterten, wo Brian Holzkisten aufgestellt hatte, auf denen wir Platz nehmen konnten. Dann erwachte mit einem lauten Knall der Motor zum Leben, und wir hoppelten davon. Ungefähr zehn Minuten außerhalb von Christchurch trafen wir mitten auf der Straße auf eine Schafherde; Brian fuhr den Truck an den Straßenrand und stellte den Motor ab.

»Schafe sind draußen«, sagte er. »Der Zaun ist umgeknickt, ich repariere ihn.« Als wir das hörten, sprangen wir vom Wagen, um ihm zu helfen, und trugen damit nur zur allgemeinen Verwirrung bei. Die Schafe – und es waren Hunderte! – waren gemächlich die Straße hinuntergetrottet, nachdem sie über einen Zaun, den einige von ihnen flachgetrampelt hatten, entkommen waren. Jetzt, als wir auf der Bildfläche erschienen, bekamen sie es plötzlich mit der Angst und stoben bald in diese, bald in jene Richtung davon oder galoppierten in kleinen Trupps mit einem irren Ausdruck in den Augen davon. Wir schienen die Sache nicht gerade besser zu machen, und schließlich sagte Brian, daß es vielleicht am sinnvollsten wäre, wenn wir ihm das überließen. Und sobald wir wieder im Truck saßen, schien Brian mit wenigen Handbewegungen dreihundert Schafe dazu bewegen zu können, auf das Feld, von dem sie gekommen waren, zurückzuströmen. Nachdem sie wieder sicher auf der ihnen zustehenden Weide standen und zufrieden vor sich hin kauten, holte Brian seinen Werkzeugkasten aus der Fahrerkabine und reparierte den Zaun. Das dauerte ungefähr fünfzehn Minuten. Aber die Sonne schien so warm, und das Licht, das durch das Blätterwerk fiel, war so golden und der Geruch des Grases, der Schafe, der dunklen Erde und des Geißblatts so berauschend, daß ich den ganzen Tag über auf Brian hätte warten können, ohne ungeduldig zu werden.

Aber es dauerte, wie gesagt, nur fünfzehn Minuten, dann kletterte Brian mit seinem Werkzeugkasten wieder zurück in den Truck.

»Wem gehört die Farm?« fragte Thaw, bevor er die Wagentür schloß.

»Keine Ahnung«, erwiderte Brian. »Na ja, dann fahren wir mal weiter.« Und wieder gab es einen lauten Knall und einen Hopser, und wir fuhren weiter, einem neuen Leben entgegen.

Ich wünschte, ich könnte über unsere elf Monate in Neuseeland so schreiben, wie ich das gern täte und wie ich es empfunden habe – die Warmherzigkeit der Menschen, die Schönheit des Landes, das Gefühl von Freiheit. Genauso wie bei meiner ersten Reise über die Südinsel gab es nichts, was mir dort nicht gefallen hätte, außer den Viren, die uns abwechselnd wenigstens zweimal während des Winters befielen. Ich mochte Brian so sehr, daß ich annehme, daß ich ihn wirklich geliebt habe, und wann immer ich konnte, sah ich ihm bei der Arbeit zu: wie er das Heu aufstapelte, die Schafe schor und sie von einem Feld auf das andere trieb. Wenn ich mich recht erinnere, hatte er ungefähr zweihundert Hektar Land. Das Haupthaus stand in der Nähe der Schuppen und der Koppeln; unser Haus war für die Feldarbeiter gebaut worden und lag etwa anderthalb Kilometer vom Haupthaus entfernt. Doch mochte es auch für die Arbeiter errichtet worden sein, war es doch wunderschön: Im Vorgarten wuchsen Rosenbüsche und Geißblatt, die Räume waren groß und hoch, mit Fenstern, die bis auf den Boden reichten. Wir hatten unseren eigenen Schuppen – einen ehemaligen, sehr großen Schafstall, um genau zu sein –, in dem wir unsere Ausrüstung unterbringen konnten. Außerdem hatte unser Haus fünf Schlafzimmer, so daß jeder sein eigenes Zimmer haben konnte, wenn er das wollte. Mark Tyner, Kenneth Hunter und Guy Random kamen ziemlich oft und kümmerten sich um die Dinge, die in ihr Spezialgebiet fielen. Wir fragten sie mit einer Regelmäßigkeit, die ihnen auf die Nerven gegangen sein muß, ob sie eigentlich wüßten, welches Glück sie hätten, in Neuseeland leben zu dürfen, woraufhin sie uns jedesmal fröhlich und ohne das geringste Anzeichen von Ungeduld versicherten, das sei ihnen sehr wohl bewußt.

Nein, ich kann über die Zeit in Neuseeland nicht so schreiben, wie ich es gern täte, weil ich dann noch so unglaublich viel zu erzählen hätte; deshalb kann ich diese Phase, die zu den besten meines Lebens gehört, lediglich zusammenfassen. Wir waren beschäftigt, aber ganz bestimmt nicht zu beschäftigt. Wir hatten immer noch jede Menge Zeit, uns an dem Land und seinen Bewohnern zu erfreuen. Wir hatten jede Menge Zeit, einfach nur zwischen den Schafen umherzulaufen, hinauf in die Berge zu wandern, uns auf Felsblöcke zu setzen und auf einen dahinströmenden Fluß zu starren. Wir hatten außerdem jede Menge Zeit zum Nachdenken. Zu den Dingen, über die ich einigermaßen regelmäßig nachdachte, gehörte die letzte Bemerkung, die William vor unserer Abreise aus Kalifornien gemacht hatte.

Ich glaubte nicht, daß er diese Worte nur so dahingesagt hatte. »Früher sind die Piraten doch unter dem Zeichen des Totenkopfes gefahren!« Es hatte sich so angehört, als sei ihm das schon lange im Kopf herumgegangen. Betrachtete er uns als Gesetzlose? Wir waren keine Gesetzlosen, und wenn wir es gewesen wären, hätte das bedeutet, daß wir auf jeden Fall ehrliche Gesetzlose hätten sein müssen. Schließlich war das doch die eigentliche Bedeutung des Totenkopfes gewesen, nicht wahr? Selbst ein Pirat ließ seinen möglichen Opfern eine faire Warnung zukommen. Er hißte den Totenkopf auf seinem Mast, so daß man ihn bis zum Horizont sehen konnte. Dann hatten die anderen Schiffe eine Chance zu fliehen und konnten alles Tuch setzen, das sie hatten. Wenn sie schnell genug waren, um zu entkommen, dann hatte der Pirat selbst ihnen die Chance gegeben. Wenn nicht, na ja, dann hatten sie eben Pech gehabt. Aber was hatte das mit der Expedition Neunzig Süd zu tun, die unter dem Zeichen der Pinguinflagge fahren würde? Glaubte William, die Flagge sei nicht ehrlich, weil Pinguine seiner Meinung nach nicht ehrlich waren, da sie einander gelegentlich die Steine für ihre Nester stahlen?

Aber wie dem auch sei, William irrte sich. Wenn es auch einige wenige Räuber unter ihnen gab, so waren die meisten Pinguine doch kluge, neugierige und glückliche Geschöpfe. Sie waren gute Eltern, gute Gefährten, gut im Zusammenleben, gut, wenn es darum ging, in überfüllten Brutkolonien miteinander auszukommen und mit dem zufrieden zu sein, was sie hatten. Und vor allem die Kaiserpinguine waren wirklich bewundernswerte, ungewöhnliche Geschöpfe, wenn auch einige Menschen sie für arrogant hielten. Während alle anderen Pinguine nach Norden gingen – wobei sie den Bus nahmen, wie Anton Chebutikin es später ausdrückte, oder per Anhalter auf einem Eisberg in wärmere Gefilde reisten –, blieben die Kaiserpinguine, zumindest die Männchen, auch im Winter in der Antarktis und brüteten ihre Eier aus, aus denen dann irgendwann mitten in der Südnacht Junge schlüpften.

Was hatte das aber für uns zu bedeuten? Ich liebte unsere Pinguinflagge, aber mir war zu dieser Zeit noch nicht ganz klar, welchen Sinn sie eigentlich hatte. In Neuseeland, wo Näherinnen sie in großer Menge für uns herstellten, stieß sie durchweg auf großen Anklang. Die Flagge war himmelblau mit Pinguinen in Schwarz, Gold und Weiß. Einer von ihnen hütete ein Junges, und einer war selbst noch ein Jungtier, während ein dritter neugierig zum Horizont sah; eines Tages fragte ich einmal einen Neuseeländer, der die Flagge bewunderte, was ihm an ihr besonders gefalle, und er antwortete: »Na ja, er ist ein flugunfähiger Vogel, der Pinguin. Die Kiwis sind auch flugunfähig.« Plötzlich wurde mir klar, daß sie tatsächlich flugunfähige Vögel waren, und in der Evolution dieser Tiere – seien es Kiwis oder Pinguine oder auch Merry und Pippin – gibt es etwas sehr Interessantes. Merry und Pippin konnten nicht fliegen, weil die Menschen sie so gezüchtet hatten, aber Kiwis und Pinguine hatten keine Flügel, weil sie sie nicht brauchten. Sie hatten das Fliegen aufgegeben. Und im Falle der Pinguine lag das jetzt vierzig Millionen Jahre zurück. Sie hatten eine andere Art des

Fliegens erlernt, die beinahe so flink war wie das Fliegen durch die Luft.

Beinahe so flink und für sie viel nützlicher. Sie sprangen wie Delphine, flogen durchs Wasser, sprangen hinein und wieder hinaus, und wenn sie vollkommen untergetaucht waren, schossen sie mit ausgestreckten Flügeln dahin. Die Verwandlung vom flugfähigen Geschöpf zum flugunfähigen hatte ihnen eine vollkommen neue, eine ganz wunderbare Dimension erschlossen. Den Schritt aus der Luft ins Wasser, nur eine von vielen Spezies auf Erden, dazu eine der ältesten Spezies, die obendrein besonders widerstandsfähig war – die Pinguine –, hatten ihn getan, und jetzt taten wir, die Menschen, ihn ebenfalls. Wir nahmen das Risiko auf uns und bewegten uns einer seltsamen, neuen Zukunft entgegen. Und das ist es, was die Flagge schließlich für mich bedeutete: Daß wir Menschen unsere Flügel riskieren mußten, daß wir das Scheitern lernen mußten nach dem Vorbild der Pinguine, die am Fliegen gescheitert waren; wir mußten in all den Dingen scheitern, die für uns – die wir keine Piraten waren – keine wirkliche Rechtsgrundlage hatten, aber so gängig waren, daß niemand auch nur entfernt daran dachte, die Totenkopfflagge dabei zu hissen. Wir konnten es tun, also taten wir es. Alle anderen taten es auch. Viel zu viele Kinder bekommen, viel zu viele Maschinen bauen. Das Ökosystem umkrempeln, die Wälder abholzen, Städte bauen an Orten, an denen früher Wälder gestanden hatten. Wir mußten diese Dinge loslassen, so wie die Pinguine ihre Flügel losgelassen hatten. Wir mußten in eine Art goldenes Zeitalter des Scheiterns eintreten. Wenn wir das nicht taten, würden wir alles verlieren und keine Chance auf vierzig Millionen Jahre haben. Wir würden es verlieren ohne die Aussicht darauf, wieder auf die Erde zurückkehren und herausfinden zu dürfen, wie schön das Wasser war. Wenn wir nicht auf unsere Flügel verzichteten, und das sehr bald, dann konnten wir lediglich noch darauf hoffen, daß die Pinguine unser Dahinscheiden überleben würden.

Als mir das klargeworden war, liebte ich unsere Flagge mit dem flugunfähigen Vogel noch mehr als vorher. Und doch blieb sie eine Flagge, ein traditionelles Symbol der Eroberung. Es hatte eine Zeit in der menschlichen Geschichte gegeben, da das Aufstellen einer Flagge die Übernahme eines Kontinents bedeutete, da es bedeutete, daß man nicht nur seine persönliche Herrschaft erklärte, sondern die Herrschaft seines Monarchen. War es nicht in gewisser Weise ein Betrug an den Pinguinen, wenn ich es zuließ, daß sie auf einer Flagge erschienen? Wenn ich darüber hinaus zuließ, daß John Thaw sich mit dem Plan trug, nach der Polfahrt das Chalet in McMurdo zu zerstören? Er würde sich nicht so leicht davon abbringen lassen. Ich wußte ja bereits, daß er ein Saboteur war, aber er hatte doch noch viel mehr von einem Wilden, als ich geahnt hatte. Nach unserer Ankunft in Neuseeland suchte Thaw ernsthaft nach einer Quelle für Dynamit und Plastiksprengstoffe, um sie, wenn die Zeit kam, mit in die Antarktis zu nehmen. Während er einerseits die gewaltlose Arbeit von Greenpeace sehr schätzte, hatte er andererseits auch das Gefühl, daß jede große Ära historischen Wandels ihre radikale Randgruppe brauchte.

»Paß auf«, sagte er eines Tages in unserem Haus in Canterbury zu mir. »Ich sehe die Überschriften schon vor mir. ZUERST EIS, DANN FEUER. Die Medien werden schier ausrasten. ÖKOTERRORISTEN SCHLAGEN AUF AMERIKAS ENTLEGENSTEM AUSSENPOSTEN ZU. DIE EXPEDITION NEUNZIG SÜD SAGT: YANKEES RAUS. Es ist eine zu gute Gelegenheit, kapierst du das nicht? Was für ein krönender Abschluß das sein würde? Wenn wir wirklich tun, wozu wir aufbrechen, dann wäre das wirklich das I-Tüpfelchen. Außerdem würde dieser Hurensohn John Brutus Carnady doch bestimmt gefeuert, wenn während seiner Amtszeit so etwas passierte, oder? Und natürlich würde niemand dabei verletzt. Nichts und niemand würde zu Schaden kommen, außer einem kleinen, häßlichen Gebäude. Wir können es so hinkriegen, daß das Gebäude um zwei Uhr morgens in die Luft fliegt. Und wenn wir es im März machen, nach unserer Rückkehr nach Kap Evans, wenn der Kutter der Küstenwacht bis auf die Überwinterer bereits alle fortgebracht hat, dann können wir ziemlich sicher sein, daß das Ganze keine Menschenleben fordern wird. Was für eine unglaubliche Symbolkraft das haben würde. Die Leute, die die Scott-Expedition nachvollzogen haben, sprengen die Kathedrale des amerikanischen Imperialismus in der Antarktis in die Luft. Jawohl! Mir läuft es heiß und kalt über den Rücken, wenn ich nur daran denke.«

»Thaw«, sagte ich, »vergiß es.« Aber ich stellte fest, daß es mir schwerfiel, mehr zu sagen als das.

Wissen Sie, wie es ist, wenn man eine Idee hat, einfach nur eine dumme Idee, und man erzählt jemandem davon, und der andere scheint sie aufzusaugen, sie zu übernehmen und zu seinem Eigentum zu machen? Selbst wenn man weiß, daß es von Anfang an eine dumme Idee war, ist man doch in einer viel schwächeren Position, als es der Fall wäre, wenn man diese verdammte Sache nicht selbst aufgebracht hätte. Bei uns kam noch hinzu, daß Thaw dreizehn Jahre älter war als ich und in gewisser Weise immer noch mein Mentor, und William hatte ihn höchstpersönlich zu meinem Stellvertreter erkoren. Ich hatte das Gefühl, nicht genug moralische Autorität zu besitzen, um Thaw vorzuschreiben, was er tun durfte und was nicht. Außerdem hatte ich ja selbst meine Ressentiments gegen den Thronsaal des Kaisers. Nachdem ich also gesagt hatte: »Thaw, vergiß es«, fügte ich noch hinzu: »Ich meine, ich kann es dir nicht verbieten. Aber bitte erzähl mir nichts davon, wenn du irgendwelches Dynamit kaufst.« Und er erzählte es mir tatsächlich nicht, kaufte aber die Sprengstoffe, was mir klar wurde, als ich eines Tages sah, wie er sich heimlich mit Gronya besprach, die natürlich davon wissen mußte, wenn gefährliche Dinge in ihrem Lager auftauchten.

Also zählten jetzt jede Menge Pinguinflaggen und außerdem eine Kiste mit Dynamit zu unserer Ausrüstung, und es stand außer Frage, daß darin eine gewisse Ironie lag. Aber ich dachte damals mehr über unsere sonstigen Vorräte nach und darüber, wie wir in der Antarktis mit ihnen verfahren würden. In San Francisco war derweil unsere moderne Schlittenausrüstung zusammengestellt worden, die mit der *Endurance* ankommen würde. Fiberglasschlitten, Troll-Schlittengeschirre, Kuppelzelte, Schneeschaufeln aus Metall und Kunststoff, Fiberglasski, Salewa-Steigeisen, Chouinard-Eispickel, Schlafsäcke mit Daunen- und Holofill-Fütterung, MSR-Brenner, Motorola-Funkgeräte und synthetische Kleidung aller Art. Wir schafften es zum Beispiel, die Prototypen von Patagonias neuer elastischer Synchilla-Unterwäsche zu bekommen, und die ersten Felderfahrungen damit waren ein voller Erfolg. Außerdem hatten wir wunderbare, von North Face für uns gefertigte Overalls und alle möglichen neuen Stiefel und neuen Socken, die in den letzten zehn Jahren entwickelt worden waren. Was die Nahrungsmittel betraf – die Nahrungsmittel, die für die anderen Expeditionen und nicht für die Polexpedition selbst bestimmt waren –, so hatten wir eine Schlittenration, die fünftausendachthundert Kalorien pro Tag und Person umfaßte und eine exzellente Versorgung mit Vitaminen und Mineralien bot, die jede Gefahr von Skorbut von vornherein ausschaltete.

Aber all das war nur für die Fahrten gedacht, auf denen wir die Depots anlegen wollten, und für weitere Exkursionen, die die Mitglieder unserer Truppe möglicherweise unternehmen würden, angefangen von Skiausflügen hinauf nach Kap Royds bis hin zu größeren Rucksacktouren in die Trockentäler. Jetzt bestand eine unserer Hauptaufgaben in Neuseeland darin, die Nahrungsmittel und die Ausrüstung zusammenzustellen, die wir für die knapp zweitausendneunhundert Kilometer von Kap Evans zum Südpol und zurück brauchten, zweitausendneunhundert Kilometer, die wir ganz im Stil der *Terra Nova* bewältigen wollten. In vieler Hinsicht waren wir noch unsicher. Eines aber stand fest: Daß es nämlich keinen Sinn hatte, überhaupt loszufahren, wenn wir nicht die gleiche Ausrüstung und die gleichen Nahrungsmittel mitnehmen würden wie Scotts Truppe 1910. Nur auf diese Weise konnten wir beweisen – wenn wir Erfolg hatten –, daß auch Scott die Reise geschafft hätte, wenn die Wetterbedingungen besser gewesen wären.

Aber trotzdem, wie um alles in der Welt hatten sie damals mit dieser Ration überleben können? Als ich in die Antarktisabteilung des Canterbury Museums ging, um mir dort alles noch einmal anzusehen, überwältigte mich wieder dieses Gefühl: Es war unmöglich, und doch hatten sie es geschafft, und wenn sie es geschafft hatten, dann konnten wir das auch. Wir ließen uns Trockenobst dörren und Schiffszwieback backen; es gab exakte Unterlagen über die Zusammensetzung der Schlittenrationen der britischen Antarktisexpedition. Was die Butter betraf, so kauften wir sie in Neuseeland, genau wie Scotts Leute es damals getan hatten. Wir kauften holländischen Kakao und Zucker aus Westindien. Wir kauften auch indischen Tee und Lyle's Golden Sirup. Wir besorgten uns Nansenschlitten, die noch heute, achtzig Jahre später, genauso gefertigt werden wie damals. Wir kauften sie in verschiedenen Längen und Größen, aber alle hatten sie gebogene Eschenholzrahmen und glatte Eschenholzkufen mit Laschings, die dafür sorgten, daß das Holz selbst bei größter Kälte nicht splitterte. Heutzutage wurden die Nansenschlitten überwiegend benutzt, um Lasten hinter Schneemobilen herzuziehen. Wir selbst würden sie während unserer Depotreisen genauso einsetzen, aber wir hatten sie so ausgerüstet, daß wir sie auch selbst ziehen konnten, was wir während der Polreise in Vierergespannen zu tun gedachten. Ich fand die Schlitten ausgesprochen beeindrukkend und obendrein sehr schön, wie sie da in dem Schafstall hinter unserem Haus standen, dicht an dicht aufgereiht, mit neuem, goldfarbenem Tauwerk. Es war außerdem ein leichtes, Primuskocher zu besorgen, die immer noch in Schweden hergestellt wurden und genauso funktionierten wie diejenigen aus Scotts Tagen. Immer noch wurden sie mit etwas betrieben, das schlicht und einfach »Öl« hieß. Wir ließen unsere jedoch von einer einheimischen Metallverarbeitungswerkstatt nach den Spezifikationen in den Tagebüchern Frank Debenhams zu Nansenkochern umrüsten.

Auch die Kilometerzähler für die Schlitten waren immer noch zu haben. Wir kauften Scott-Zelte aus England. Die größten Schwierigkeiten ergaben sich bei den Skiern und Skistöcken sowie bei der Kleidung für den Polmarsch. Die Herstellung der Skier klappte nicht auf Anhieb, da der damit beauftragte Schreiner zunächst nicht ausreichend trockenes Holz verwendet hatte, so daß die Skier, kaum daß sie fertig waren, schon wieder rissig wurden. Die Originalskier, nach denen er arbeitete, waren fast zwei Meter fünfundsiebzig lang gewesen und zweieinhalb Zentimeter dick, und am Ende waren seine Kopien den Originalen verblüffend ähnlich. Wir beauftragten einen ortsansässigen Sattler damit, uns nach historischem Vorbild Bindungen anzufertigen, und bestellten aus Norwegen Stiefel aus Rentierpelz sowie Blasenseggen. Die Rentierstiefel waren aus Kunstpelz, genauso wie unsere Handschuhe und unsere Schlafsäcke.

Glücklicherweise war, abgesehen von den Handschuhen, den Stiefeln und den Schlafsäcken, nichts von der ursprünglichen Schlittenausrüstung oder den Kleidern aus Pelz gewesen, bei keiner von den britischen Expeditionen und ganz bestimmt nicht bei der von Scott. Wenn wir die Schlitten selber zogen, würde Pelzkleidung zu warm werden und sich außerdem zu schnell mit Schweiß vollsaugen, was in der Antarktis binnen weniger Stunden den Tod bedeuten konnte. Amundsen, der sich gegen das Selberziehen der Schlitten entschieden hatte, nahm Eskimokleidung mit und wurde dafür noch heute von jenen Historikern gepriesen, die Scott dafür kritisierten, daß er sich gegen Eskimokleidung entschieden hatte. Aber genau das war in Wirklichkeit eine absolut vernünftige Entscheidung gewesen, jedenfalls in Anbetracht der Alternative, die ihm 1910 offenstand: Kleidungsstücke mitzunehmen, die überwiegend aus Wolle bestanden, und darüber etwas »Winddichtes« zu tragen.

Die winddichten Kleidungsstücke bestanden aus einer Art Segeltuch, das sehr fest gewebt und sehr widerstandsfähig war, und während wir in Christchurch mit Näherinnen arbeiteten, wurden wir sehr vertraut mit diesem Stoff. Jane und Annie – jung und mit Leib und Seele bei der Sache – schneiderten uns lange, winddichte »Blusen«, und zwar nicht nur nach Skizzen und alten Fotografien, sondern auch direkt nach Museumsstücken, die derzeit nicht ausgestellt waren, zu denen sie sich aber Zugang verschafft hatten. An viele der winddichten Blusen wurden winddichte »Helme« genäht, in die Kupferdraht eingearbeitet war, der sowohl steif als auch beweglich genug war, um die Helme jede Gestalt annehmen zu lassen. Diese Helme mit Kupferdraht hatte Scott persönlich für die *Discovery*-Expedition entworfen. Man konnte sich damit vor Wind aus jeder Richtung schützen; unten an die Helme waren Schürzen angenäht, die unter die »Blusen« gesteckt wurden und die Winddichtigkeit noch erhöhten.

Ob nun die Helme an den Blusen festgenäht wurden oder nicht, man konnte den Kragen der Bluse jedenfalls zuziehen und dann mit einem Stück Lampendocht, der eigentlich für die Kerosinlampen bestimmt war, schließen. Dieser Lampendocht war für unsere Montur sehr wichtig, da auch die Handschuhe an solchen Dochten um unseren Hals hängen sollten – das heißt, sie wurden an einer Schnur befestigt, die ihrerseits an einem Schultergurt hing. Auf diese Weise konnten wir die Handschuhe auch im heftigsten Sturm nicht verlieren.

Für die Wollkleidung waren wir in Neuseeland am richtigen Platz. Wir kauften Wollmützen, die wir unter unseren winddichten Helmen tragen wollten. Außerdem erstanden wir lange Unterhosen in verschiedenen Stärken und verschiedenen Wollmischungen, deckten uns mit Unmengen von Socken aus reiner Wolle ein und kauften alle möglichen Wollpullover, Wolljacken und Wollhosen. Jane und Annie stellten einen Großteil der Kleidung für uns her, und sie waren es auch, die die Blasenseggen auftrieben und sich königlich amüsierten, wenn sie uns damit aufziehen konnten, daß wir Heu aus Norwegen kommen ließen, um unsere Stiefel damit auszustopfen.

Anfang April waren wir in punkto klassischer Ausrüstung schon ziemlich weit vorangekommen. Wir hatten langsam auch eine hervorragende Bibliothek beisammen, wobei jeder von uns fünfen für einen anderen Bereich zuständig war. Wilburs Aufgabe war es zum Beispiel, Bücher über das Wetter anzuschaffen. Er hatte bereits verschiedene Titel besorgt: *A Field Guide to the Atmosphere, Weather for the Mariner, Instant Weather Forecasting, World Weather Guide, Principles of Meteorological Analysis, The Weather Wizard's Cloud Book* und *Weather and Forecasting.* Noch in den USA hatten wir eine Ausrüstung angeschafft für Wettervorhersagen, eine digitale Wetterstation, die man über die Erweiterungsschnittstelle mit unserem Computer verbinden konnte und zu der ein Windrichtungs- sowie ein Windgeschwindigkeitsmesser mit – wegen der extrem salzhaltigen Luft auf Kap Evans – eingekapselten Kugellagern gehörte. Das Ganze konnten wir so programmieren, daß wir ständig aktuelle Wetterinformationen bekamen; außerdem wollten wir natürlich McMurdo anzapfen – David Landrock hatte uns versichert, er sei in der Lage, uns in das dortige Telefonnetz einzuklinken –, um großräumigere Wetterberichte zu bekommen. Wilbur genau wie wir übrigen war sehr zufrieden mit seiner Bibliothek. Thaw stellte die Abteilung für politische Wissenschaften zusammen, ich kümmerte mich um den historischen Fachbereich und Brock um die Bereiche Wissenschaft und Navigation.

Wir waren alle glücklich mit unseren Fortschritten, als wir eines Abends Anfang April in unserem Wohnzimmer vor dem Fernseher saßen und uns die Nachrichten ansahen. Im ersten Programm wurde ein Bild gezeigt, die Luftaufnahme eines Meeres. Zuerst dachte ich, es handele sich um die Tasmansee. Aber dann sahen wir, daß es ein Film von CBS war, aus Amerika. Dan Rather berichtete, daß die *Exxon Valdez*, ein Öltanker mit einfacher Wandung, im Prince-William-Sund im Golf von Alaska auf Grund gelaufen war. Was wir sahen, war ein Ölteppich, der schon mehrere Meilen breit war und sich weiter ausdehnte. Dan Rather spekulierte sowohl über die aktuellen als auch über die länger zurückliegenden Ursachen des Unglücks. Schon zu diesem Zeitpunkt stand fest, daß der Ausbreitung des Ölteppichs kein Einhalt geboten werden konnte; schon zu diesem Zeitpunkt stand fest, daß Tausende von Tieren sterben würden.

Und es war zu diesem Zeitpunkt auch schon klar, daß ein ganzes Ökosystem einen Schaden davontragen würde, von dem es sich vermutlich zu unseren Lebzeiten nicht wieder erholen würde. Bis zum 18. April hatte der Ölteppich einen Durchmesser von sechstausendsiebenhundert Quadratkilometern erreicht. Flüge über den Sund zeigten eine tote Umwelt. Weder über noch unter Wasser regte sich noch Leben. Nicht einmal die Flüsse, die sich in den Sund ergossen, boten den Tieren Zuflucht. Und an den Stränden fand man tote oder sterbende Geschöpfe: erfrorene Seeotter, ertrunkene Seevögel, ein Sterben unfaßbaren Ausmaßes. Winnie war damals natürlich wieder in Alaska; wir telefonierten fast jeden Abend mit ihr, und sie war diejenige, die mir die Bedeutung dieser Sache wirklich nahebrachte.

Denn, mein Gott, ich erinnerte mich so lebhaft an diesen heißen, trockenen Sommer, als ich auf der Ranch gearbeitet und dort Winnie wiedergetroffen hatte, nachdem wir uns jahrelang nicht gesehen hatten. Sie hatte mir von ihrem Leben seit unserer ersten Begegnung erzählt, als sie noch mit Grant zusammengewesen war, und sie hatte mir vom Prince-William-Sund erzählt, den sie einen Sommer lang mit einem winzigen Faltboot, einem zusammenklappbaren Kajak, befahren hatte. Vor diesem Sommer hatte sie das Meer nicht gekannt, und für einen Cowboy aus Colorado erschien es ihr wie das Paradies, so wie das bei mir mit Neuseeland der Fall gewesen war. Colorado war der Inbegriff von Kargheit gewesen und Alaska voller Reichtum. Winnie hatte gesagt, sie habe das Meer wie eine unendliche Quelle erlebt, eine Quelle, die sich in sich selbst befand. Als sie diese Geschöpfe im Sund sah – so neugierig, wie sie sagte, so freundlich und vorsichtig –, da hatte sie das Gefühl durchströmt, daß alles in Ordnung und die Welt noch immer im Gleichgewicht sei. Solange es Alaska gab, diesen sicheren Flecken Erde, so lange würden wir alles irgendwie hinkriegen. Sie hatte gesagt, daß im Sund jedes Säugetier und jeder Vogel Freunde zu sein schienen, da sie alle Fischliebhaber waren. »Das ganze Land ist wie ein einziger, riesiger Club von Fischliebhabern. Einmal ist direkt neben mir ein Seelöwe aufgetaucht. Er hatte einen riesigen Schnurrbart und hielt einen Fisch im Maul, so groß wie ein Schulranzen.« Jetzt jedenfalls weinte Winnie. Sie weinte um ihre toten Freunde, all die Seelöwen mit ihren großen Schnurrbärten, die Seeotter, die Seevögel. Die Kormorane, die ihre Flügel in den Baumwipfeln trockneten, die Dreizehenmöwen, die in großen Schwärmen am Himmel kreisten und riesige Wolken bildeten. Sie weinte um all das Leben, das jetzt ausgelöscht worden war. Sie gehörte nicht zu diesen Leuten – und davon gab es in Alaska eine ganze Menge –, die Kapitän Hazelwood für das, was er getan hatte, am liebsten gelyncht hätten. Sie glaubte nicht, daß Kapitän Hazelwood wirklich die Verantwortung dafür trug. Nein, sie war der Meinung, daß die Suche nach der Verantwortung für diesen schrecklichen Augenblick geradewegs zur North-Slope-Pipeline führte und an ihr entlang geradewegs ins Zentrum der Ölgier, der die Pipeline ihre Entstehung verdankte.

Und wiewohl es Winnies sehnlichster Wunsch war, den Tierrettungszentren in Valdez ihre Hilfe anzubieten – war es für sie unmöglich. Sie hatte sechzig Hunde zu Hause, um die sie sich kümmern mußte. Sie fuhr jedoch am 9. April nach Anchorage, als eine Mahnwache abgehalten wurde, bei der neben dem Requiem von Mozart auch Walgesänge gespielt wurden. Am 23. fuhr sie dann noch einmal hin, um an einem Gedenkgottesdienst teilzunehmen, der im Westen der Stadt in der Lagune stattfand. Zu dessen Verlauf gehörten fünf Schweigeminuten, während derer die Teilnehmer den verstummten Stimmen im Sund lauschen sollten, den Kormoranen und Dreizehenmöwen und Robben und Ottern, die für immer zum Schweigen gebracht worden waren. Als ich mit Winnie am Telefon darüber sprach, erzählte sie:

»Es war . . . als wären nur Menschen dagewesen. Wir waren Menschen, alle, wie wir da waren. Ich meine, es waren keine Möwen bei dem Gottesdienst. Und mir wurde plötzlich klar, daß nicht viele Tiere auf der Erde gemeinsam trauern. Vielleicht tun es die Elefanten und vielleicht auch Wale und Delphine, aber die meisten Geschöpfe ziehen sich, wenn sie einen Partner oder ein Kind verlieren, in sich zurück und trauern ganz allein, bis sie vielleicht sogar daran sterben. An Kummer sterben. Aber diese Art des gemeinsamen Trauerns, dieser allumfassende Kummer eines lebenden Organismus, der aus vielen verschiedenen Individuen besteht, die alle dazu beitragen . . . das ist eine sehr menschliche Sache, eins der Dinge, die wir ziemlich gut machen, schätze ich. Und da waren wir nun, Tausende von Menschen, nicht nur in der Lagune, sondern überall in Alaska, überall auf der Welt. Und wir alle fühlten dasselbe, taten alle dasselbe und nur das – wir erinnerten uns an die

Geschöpfe, an das klare Wasser und die saubere Luft. Wir erinnerten uns daran, wie die Flut kam und ging und die Tiere auf dem Wasser trieben, weil es ihre Mutter war. Wir erinnerten uns daran, wie es gewesen war, eine letzte große Wildnis zu besitzen. Nicht wie die Antarktis, nein, eine Wildnis mit üppigem Leben darin, und wir hatten es getötet, einfach so, weil wir einer Spezies angehörten, die das Öl für einen Gott hält, den man anbeten muß. Und wir trauerten um den Sund und um das Leben, das aus dem Sund ein Zuhause gemacht hatte, aber wir trauerten auch wegen unserer eigenen unglaublichen Dummheit und unserer Trägheit, die uns gebremst hatten, als wir hätten sagen müssen:

›KEINE NORTH-SLOPE-PIPELINE!‹, oder vielleicht: ›KEINE ÖLTANKER MIT EINFACHER WANDUNG!‹, oder: ›KEINE CAPTAIN HAZELWOODS!‹ oder irgend etwas in der Art. Aber das hatten wir nicht getan. Wir hatten einfach unser Leben gelebt. Und man kann nicht einfach sein Leben leben, wie es scheint. Jede Stunde unseres Lebens ist in Wirklichkeit politisch. Wir haben das in McMurdo entdeckt; vielleicht wird einem das, je älter man wird, immer klarer. Das einzig Gute an der Sache war, daß ich gemerkt habe, ich bin nicht allein. Überall auf der Welt empfinden Menschen dasselbe. Sogar aus Rußland schicken die Leute Geld nach Alaska, Morgan. Ich habe gehört, daß der Gouverneur Telegramme aus Thailand bekommen hat, und aus Indien, wo die Leute auf der Straße schlafen und wo sie alle verhungern. Aber trotzdem sagen sie nun, vielleicht waren wir dumm, unsere Bevölkerung nicht zu begrenzen, aber dieses Töten brauchen wir nicht. Wir sind nicht allein, Morgan.«

Also betrachtete ich viele dieser Dinge durch Winnies Augen, genauso wie Thaw, der darin einen Beweis sah, daß seine geplante »Aktion« in McMurdo tatsächlich notwendig war. Zu diesem Zeitpunkt stimmte ich ihm halbwegs zu. Jede Maßnahme schien gerechtfertigt, um sicherzugehen, daß die Antarktis niemals eine ähnliche Umwelttragödie erlebte. Und jeder in Neuseeland empfand diesen Unfall als Tragödie. Wir waren fast eine halbe Welt von Alaska entfernt, und doch hatte der Öltanker, der die Fluten des Prince-William-Sunds verklebt hatte, auch den Milford-Sund berührt. Er berührte das tasmanische Meer und den antarktischen Ozean, und obwohl wir so weit vom Geschehen entfernt waren, hörten wir das knirschende Geräusch des

Rumpfes der *Exxon Valdez*, der wie ein Ei barst, aber keinen Vogel aus seinem Inneren entließ, sondern ein tödliches Gift. Es gab eine Zeit, und sie ist noch immer nicht vorbei, glaube ich, da hätten Menschen auf der ganzen Welt alles dafür gegeben, die Totenkopfflagge vom Mast herunterzureißen.

Im Mai ging die *Endurance* in Lyttelton vor Anker. Von da an hatten wir alle Hände voll zu tun. Hunderte von Dingen mußten erledigt werden, angefangen von Genehmigungen und Zöllen bis hin zur Auswahl der einheimischen Firmen, deren Hilfe wir benötigten. Wir ließen den größten Teil unserer Ausrüstung auf dem Schiff, aber der Teil der Station, der in den Vereinigten Staaten vorgefertigt worden war, wurde abgeladen. Wir hatten am Ort bereits ein Architekturbüro und einen hervorragenden Bauunternehmer für die Vormontage der Station gefunden. Wir mußten die Heiz- und Belüftungssysteme testen und uns vergewissern, daß wir das Problem der Kondensierung gelöst hatten, aber vor allem mußten wir sicherstellen, daß wir in der Lage waren, die Station sehr schnell aufzubauen. Wenn wir erst einmal im McMurdo-Sund waren, würden wir nicht mehr viel Zeit haben, und wenn eine Panne passierte, dann war es uns jedenfalls lieber, wenn das in Neuseeland geschah.

Von Ende Juni bis Anfang Juli fanden sich auch die übrigen Expeditionsmitglieder ein. Anton Chebutikin und Leonid Lopahin kamen mit dem Flugzeug aus Rußland. Tryggve Olsen, der zwischenzeitlich nach Norwegen zurückgekehrt war, brachte aus seinem Heimatland letzte Anweisungen für die Skiausrüstung mit. Todd Tullis kam aus Los Angeles, wo er gearbeitet hatte. Kenneth Hunter kündigte seinen Job in Queenstown und kam nach Canterbury zu uns aufs Land. Mark Tyner, der sein eigenes Haus in Rangiora hatte, blieb einfach dort. Guy Random hatte noch immer seine Praxis in Queenstown, so daß er erst eine ganze Weile später zu uns stoßen konnte. Bis dahin nahm er sich immer frei, wenn wir zum Training in die Berge gingen. Die anderen zwölf Amerikaner kamen aus verschiedenen Teilen der Staaten angereist, und Winnie verbrachte die Monate Juni bis August, den neuseeländischen

Winter also, ebenfalls mit uns zusammen. Im September würde sie nach Alaska zurückkehren müssen. Ich war sehr froh, sie wiederzusehen, obwohl sie älter und trauriger aussah als früher. Jerilyn Chandler, unsere offizielle Expeditionsfotografin, kam ebenfalls etwa zu dieser Zeit an, und auf ihren Fotos ist Winnies Traurigkeit deutlich erkennbar.

Von da an waren wir sehr beschäftigt. Im August trainierten wir in den Bergen. Im September bauten wir die Station auf. Im Oktober bauten wir sie wieder ab und packten die Fracht zusammen. Im November beluden wir das Schiff, vervollständigten unsere Reisepläne und trafen uns mehrfach zu ausgedehnten Beratungsgesprächen mit Greenpeace-Leuten. Deren Schiff, die *Gondwana*, machte sich ebenfalls für die Abfahrt ins Rossmeer bereit. Sie wollten ihre Station Mitte Januar mit neuen Vorräten ausrüsten, und da sie drei Hubschrauber besaßen, konnten sie, falls nötig, ihre Vorräte auf dem Luftweg ergänzen; außerdem verfügten sie über jede Menge Zodiacs – kräftige Schlauchboote –, so daß sie, falls der McMurdo-Sund vorzeitig aufbrach, diese Boote für ihre Operation einsetzen konnten. Wir selbst hatten keine Hubschrauber und mußten unser Schiff entweder mit Hilfe eines Zodiacs oder über das Meereis entladen, also per Schlitten und Schneemobil. Es schien uns daher sinnvoll, später zur Ross-Insel aufzubrechen als die *Gondwana*, um möglichst sicherzugehen, daß das Wasser frei sein würde und wir die Zodiacs einsetzen konnten. Andererseits durften wir nicht so spät fahren wie die Spuren-Expedition, die Kap Evans Anfang Februar bei fast gänzlich eisfreiem Sund erreicht hatte. Die Spuren-Leute hatten nicht noch den Herbst nutzen müssen, um Vorratslager auf dem Ross-Schelfeis anzulegen. Als leichte Expedition – drei Männer und ihre drei vollbeladenen Schlitten – hatten sie den Winter einfach abgewartet und waren bei Frühlingsbeginn zum Pol aufgebrochen. Unsere Aufgabe war weit komplizierter, da wir im Februar und März unsere Depots bis hin zum Ein-Tonnen-Lager anlegen und unter unsicheren Meeres- beziehungsweise Eisbedingungen nach Kap Evans zurückkehren mußten.

Wir glaubten, daß allein das Entladen des Schiffes Wochen dauern würde. Und das trotz der vielen Leute, die dabei helfen würden, und trotz der Tatsache, daß alles unter Gronyas Aufsicht bestens verpackt und verstaut war. Wir durften während der kurzen Monate des antarktischen Sommers keine Zeit verschwenden, und so beabsichtigten wir, so bald wie möglich aufzubrechen. Die *Terra Nova* war im November aufgebrochen – am 26. November 1910 –, aber das erschien uns ein wenig zu früh, da die *Endurance* ja kein umgebauter Walfänger war und nicht mit Kohle befeuert wurde. Selbst wenn wir den Weg durch das Packeis nahmen, konnten wir schneller sein als die *Terra Nova*, so daß wir unsere Abreise für den 10. Dezember planten. Winnie und die Hunde sollten am 7. Dezember ankommen, und ich hoffte, daß William etwa zehn Tage früher zu uns stoßen würde. Es gab so viel, was ich ihm zeigen wollte.

Bis zu diesem Zeitpunkt hatten wir es sorgsam vermieden, die amerikanischen Behörden in unsere Pläne einzuweihen. Bevor wir aufbrachen, hatten wir vor, Mac Center zu telegrafieren: »Erlauben uns, Ihnen mitzuteilen, daß die *Endurance* nach Süden läuft.« Aus Höflichkeit hatte ich den Leiter der Scott-Station schon vor langer Zeit ausführlich über unsere Expedition informiert, und es war klar, daß er die Informationen an McMurdo weitergegeben hatte. Die Neuseeländer in der Scott-Station waren darauf angewiesen, sich mit den Amerikanern gutzustellen, und das trotz der Tatsache, daß die Amerikaner die Kiwi-Station als eine Art Provisorium betrachteten. Schon lange vor dieser Zeit hatten also Carnady und seine Jungs alles über uns gewußt, und zweifellos kannten sie auch bereits den Zweck der Expedition, die Zahl der Teilnehmer und den Namen der Expeditionsleiterin. Ich fragte mich, ob Carnady wußte, daß ich dieselbe Morgan Lamont war, die er mit den Worten: »Sie werden nie wieder zurück in die Antarktis kommen« in den Hubschrauber gestoßen hatte.

Es war also alles soweit fertig, und wir machten uns bereit für Thanksgiving – das in Neuseeland zwar nicht gefeiert wird, an dem wir aber trotzdem eine kleine Feier veranstalteten. An Thanksgiving rief ich William an. Ich hatte erwartet, daß er mir bei dieser Gelegenheit seine endgültigen Reisepläne mitteilen würde. Statt dessen erzählte er mir, daß seine Arthritis sich derart verschlimmert habe, daß er die Reise nicht würde antreten können. Zuerst glaubte ich ihm nicht. Ich hatte keinen Augenblick daran gezweifelt, daß er kommen würde, da er die Vorbereitungen jetzt über zweieinhalb Jahre hinweg mit dem größten Interesse und echtem Vergnügen verfolgt hatte. Er hatte vorgehabt, sich ein Boot zu leihen und dann der *Endurance* so weit wie möglich in den offenen Ozean hinaus zu folgen; beim Aufbruch der *Terra Nova* hatten das viele Schiffe getan. Jetzt sagte er, er müsse Tabletten einnehmen, die seinen Gleichgewichtssinn empfindlich störten, und daß es ihm unmöglich sei zu fliegen, geschweige denn, eine Schiffsfahrt zu unternehmen.

»Ich wollte es dir erst im allerletzten Moment sagen. Fühlt sich an, als wäre ich betrunken, manchmal sogar dann, wenn ich im Bett liege. Schaue aus dem Fenster, und der Mond scheint draußen herumzuhüpfen.«

»Aber William, wir würden dich alle gern wiedersehen!«

»Hat keinen Zweck. Kann nicht kommen. Sehr schade.«

»Aber William«, sagte ich, und mir versagte fast die Stimme. »Du hast es versprochen.« Ich konnte hören, wie die Stimme am anderen Ende der Leitung, so weit, weit weg irgendwo in Boston, viele Satellitenverbindungen entfernt, weicher wurde, als er sagte: »Hat keinen Zweck«, und dann: »Ich kann nichts dagegen machen, Morgan.«

Wie ich schon sagte, ich hatte immer das Gefühl, daß er mich nur dann beim Vornamen nannte, wenn er etwas bei mir erreichen wollte, etwas herausschinden, aber diesmal, sagte mir mein Gefühl, war es anders. Diesmal hatte ich das Gefühl, daß er mich ganz einfach darum bat, ihn nicht weiter zu drängen, weil er sich wie ein Schlappschwanz vorgekommen wäre, wenn er weiter darüber gesprochen hätte. Wenn wir auf unseren Spaziergängen im Park am Quarry River stehenblieben, hatte mein Großvater mich oft angeblafft: »Weshalb bleiben wir stehen? Schlappschwanz? Müde?« Und selbst in diesem Stadium seines bewegten Lebens hing William immer noch an den Auffassungen, die er, 1910 geboren, als Junge bei den Pfadfindern verinnerlicht hatte. Es wäre grausam gewesen, weiter in ihn zu dringen, um das Ausmaß seiner Beschwerden zu erfahren. Schließlich war er ein Mann, der immer noch glaubte, der Grund für seinen Erfolg als Industriekapitän seien die Größe und der Umfang seines Brustkorbs gewesen. Und doch war es furchtbar für mich, nicht mehr zu wissen. Ich mußte das Schlimmste befürchten.

Ich fing an zu weinen. Daraufhin hörte ich meinen Großvater aus weiter Ferne sagen: »Also, werd jetzt ja nicht sentimental. Alles schön und gut für normale Frauen. Aber du gehst zum Südpol. Kannst nicht wimmern und jammern und dich an den Dingen festbeißen.«

»Na gut. Kommst du wieder in Ordnung?«

Am anderen Ende der Leitung war ein trockenes Kichern zu hören. »Bezweifle es. Unwahrscheinlich in meinem Alter.«

»Was ich meine, ist – wirst du für eine *Weile* wieder in Ordnung kommen? Wenigstens, bis ich zurück bin?«

»Weiß nicht. Hoffe es.«

»Aber William! Ich komme sofort zu dir.«

»Nein, tust du nicht. Du bleibst bei dieser Expedition, die du da ins Leben gerufen hast. Du kannst unmöglich im letzten Augenblick abspringen.«

»Versprichst du mir, daß du dasein wirst, wenn ich zurückkehre?«

»Kann ich nicht versprechen. Das weißt du. Ich versuch's.« Mehr war aus William nicht herauszuholen, und ich fand es damals richtig gemein von ihm, daß er mir nicht einmal das einfache Versprechen geben konnte, am Leben zu bleiben.

Aber ich flog nicht zu ihm nach Boston, weil ich das Gefühl hatte, wenn ich jetzt Neuseeland verließ, so kurz vor unserem Aufbruch, würde das ausgesprochen kontraproduktiv wirken. Statt dessen rief ich ihn zweimal pro Woche an, so daß er mir noch seine Ermahnungen mit auf den Weg geben konnte, gesammelte Erfahrungen aus einem ganzen Leben, die sogenannten Lamont-Regeln. Zu diesen Regeln gehörte zum Beispiel: »Kürzeste Strecke zwischen zwei Punkten ist nicht immer eine gerade Linie«, oder: »Erkenne deine Feinde. Schau jeden Morgen in den Spiegel«. Außerdem erinnerte er mich an unsere Gespräche über Physik und sagte: »Denk dran, was du mir erzählt hast. Später – früher – gleichzeitig. Bedeutungslose Ausdrücke, es sei denn, du gibst ihnen einen bestimmten Bezugsrahmen.« Als ich ihn fragte, was er damit meinte, sagte er: »Find's raus. Benutz deine Muskeln. Gehirn oder Muskeln? Gehirnmuskeln, das ist das beste.«

Nun verging die Zeit viel zu schnell, und plötzlich war der 7. Dezember da, und Winnie kam mit dreißig Hunden aus Alaska – alles Weibchen übrigens, da Winnie nicht wollte, daß in der Antarktis Welpen geboren wurden. Außerdem wollte sie keine Kämpfe, die unvermeidlich wären, wenn sie auch männliche Tiere mitnähme. Thaw wollte sie abholen und dabei in Absprache mit den neuseeländischen Behörden einen einheimischen Quarantänetruck benutzen, um die Hunde vom Flugplatz zum

Eisbrecher zu bringen. Dort standen die Hundequartiere bereit, genau so, wie Winnie und ich sie vor einem Jahr in San Francisco inspiziert hatten. Wir hatten dreißig Hunde, weil genau so viele Tiere noch am Leben gewesen waren, als die britische Antarktisexpedition zu ihrer Polfahrt aufbrach. Mehrere Hunde waren auf See verlorengegangen oder gestorben, aber Winnie sagte, daß sie, wenn sie mit dreißig Hunden loszog, auch mit dreißig Hunden zurückkehren würde, es sei denn, sie bekäme es mit Erdbeben oder Vulkanausbrüchen zu tun.

Jetzt waren die Hunde auf dem Schiff. Auch die Schiffsmannschaft war an Bord, und die Expeditionstruppe räumte das Haus in Canterbury. Wenn die *Endurance* aus dem Rossmeer zurückkehrte, würde die Schiffsmannschaft das Haus beziehen und darin wohnen, bis die Zeit gekommen war, in der nächsten Saison erneut in die Antarktis aufzubrechen. Wie die britische Antarktisexpedition hatten wir genügend Vorräte für zwei Jahre für den Fall, daß die Eisverhältnisse im nächsten Jahr eine Rückkehr des Schiffes nach Kap Evans ausschlossen. Aber genau wie die britische Expedition hatten wir für den folgenden Sommer eine Nachschublieferung geplant, die Menschen und Hunden die Möglichkeit geben sollte, aus der Antarktis wegzukommen, falls sie aus Krankheits- oder aus anderen Gründen dazu gezwungen waren.

Der 10. Dezember war ein herrlicher Tag. Der Himmel strahlte azurblau, das Wasser funkelte wie tausend Saphire, die Wellen plätscherten klein und lebhaft, mit Krönchen aus weißer Gischt, und die Boote, die im Hafen von Lyttelton auf und ab schaukelten, schienen höchst aufgeregt. Viele Menschen waren eigens hergekommen, um uns auslaufen zu sehen, denn wie ich bereits berichtet habe, ist die Antarktis in Neuseeland immer und zu jeder Zeit eine Nachricht wert, anders als in den Vereinigten Staaten, wo man kaum jemals etwas von ihr hört. Und jetzt, im Dezember 1989, war sie häufiger denn je in den Nachrichten, und zwar wegen CRAMRA, der Convention on the Regulation of Mineral Resources in Antarctica (Übereinkunft zu Regelungen über Bodenschätze in der Antarktis), auch bekannt unter dem Namen Wellington-Konvention. Im Jahre 1972 hatte Neuseeland ein neues Abkommen über den Bergbau in der Antarktis vorgeschlagen, und die Übereinkunft war in Wellington verhandelt worden.

Jetzt erst, viele Jahre später, war der Vertrag endlich unterschriftsreif, aber er war vor allem deshalb immer wieder in den Nachrichten, weil Neuseeland kurz davor stand, sich von dem Vertragswerk zu distanzieren und seine Unterschrift zu verweigern. Im Oktober, also vor zwei Monaten, waren neununddreißig Unterzeichnerstaaten des Antarktisvertrages in Paris zusammengekommen, und eine Delegation unter Führung von Jaques Cousteau hatte Australien und Frankreich bewogen, von CRAMRA Abstand zu nehmen. Der Vertrag hätte in seiner endgültigen Fassung vorgesehen, kontrollierten Bergbau und die kontrollierte Nutzung von Ölreserven zuzulassen. Denn zu jener Zeit waren viele Vertragspartner ernsthaft davon überzeugt, daß angesichts der Umstände eine »kontrollierte Ausbeutung« das Beste war, worauf die Antarktis hoffen durfte. Die vorherrschende Meinung war, daß dies immerhin besser sei als »unkontrollierte Ausbeutung«. Die Amerikaner stellten sich, was niemanden überraschte, auf den Standpunkt, daß ein »globaler Mangel« die Ausbeutung des Kontinents möglicherweise »zwingend« machen könne.

Die Amerikaner gingen einfach davon aus, daß die Antarktis wahrscheinlich über Gold- und Platinvorkommen verfügte sowie über andere strategisch wichtige Mineralien, zu denen eben auch Milliarden Tonnen Öl und andere Kohlenwasserstoffe gehörten. Natürlich mußten diese Bodenschätze ausgebeutet werden. Andere Länder, die CRAMRA unterstützten, fanden, daß seine strengen Umweltschutzbedingungen das Eis vielleicht vor uns bewahren würde. So unglaublich das klingt, es geschah nur einhundertachtzig Tage, nachdem der Rumpf der *Exxon Valdez* geborsten war; außerdem war der Ölteppich im Prince-William-Sund nicht einmal die einzige Umweltkatastrophe im vergangenen Jahr gewesen. Die *Bahía Paraiso*, ein argentinisches Versorgungsschiff, war im Januar vor der Antarktischen Halbinsel auf der anderen Seite des Kontinents auf Grund gelaufen. Als die Versammlung in Paris stattfand, sickerte immer noch giftiges Benzin aus dem Schiff, nur wenige Meilen von den Forschungsstationen der Halbinsel entfernt. Greenpeace war mit einer starken Gruppe in Paris gewesen und hatte versucht, die Unterzeichnerstaaten davon zu überzeugen, daß ein Weltpark oder eine globale Umweltregion der einzig passende Status für die Antarktis sei. Wer sollte schließlich sonst – selbst wenn man sich auf »Standards« der »Ausbeutung« einigte, was ein Widerspruch in sich zu sein schien – deren Einhaltung auf einem Kontinent, der niemandem gehörte, kontrollieren?

Jetzt, im Herbst 1989, gerieten Australien und Frankreich stark unter Druck, weil sie nicht bereit waren, CRAMRA auf der Stelle zu unterzeichnen. Wieder und wieder hieß es, ihre Haltung ziele lediglich auf »Publicity« ab, und ihr Benehmen, wie einige es ausdrückten, sei nur eine Geste, und zwar eine »gefährliche«. Nach den Berichten, die aus all jenen Ländern kamen, denen daran gelegen war, den Status quo in bezug auf die Kohlenwasserstoffe zu bewahren, war sie gefährlich, weil – das war die Logik – die Verhandlungen für CRAMRA sechs Jahre gedauert hatten und es daher noch weitere sechs Jahre unkontrollierten Bergbaus geben würde, bevor ein anderer Vertrag zustande kommen konnte. Unterzeichnet um Himmels willen auf der Stelle CRAMRA, rief die US-Presse Frankreich und Australien zu.

Und natürlich auch Neuseeland. Denn Neuseeland dachte ebenfalls daran, sich von eben jenem Vertrag zurückzuziehen, an dessen Entwicklung es so intensiv mitgewirkt hatte. Neuseeland stand kurz davor, sich als flexibel genug zu erweisen, auf die sich rapide verändernden Bedingungen und Möglichkeiten zu reagieren, eine Haltung, die für Amerika nicht in Frage zu kommen schien. Ein Grund dafür mochte darin gelegen haben, daß Neuseeland dieser Tage einen neuen Anlaß hatte, sich über den Zustand des Planeten zu sorgen. Das berühmte Ozonloch, das vier Jahre zuvor über der Antarktis entdeckt worden war, lag schließlich nicht über Amerika, dem Land, das die größte Verantwortung dafür trug. Das kontinentgroße Loch war mittlerweile nach Norden gewandert und lag direkt über Neuseeland; überall im Land trugen die Leute jetzt Hüte, was sie vorher nie getan hatten, und »Maximale Sonnenbestrahlung vierzehn Minuten« war zu einem typischen Bestandteil des abendlichen Wetterberichtes geworden.

Neuseeland zog sich dann auch tatsächlich von CRAMRA zurück, und zwar nachdem die Expedition Neunzig Süd in die Antarktis aufgebrochen war. Es zog sich nicht nur zurück, sondern machte auch anderen Staaten den Weg frei, dasselbe zu tun. Das Ergebnis war, daß weniger als zwei Jahre später ein Vertrag zustande kam, der sich für die nächsten fünfzig Jahre gegen jegliche Öl- und Mineralienausbeutung in der Antarktis aussprach. Wenn nicht George Bush gewesen wäre, der selbsternannte »Umweltpräsident«, wäre diese Absage an die Ausbeutung im wesentlichen unbefristet ausgefallen. Im ursprünglichen Wortlaut des neuen Vertrages war vorgesehen, daß diese Absage auch nach

Ablauf der fünfzig Jahre nicht ohne Zustimmung der fünfundzwanzig anderen Vertragspartner aufgehoben werden konnte. Jetzt aber schlug die Delegation der Vereinigten Staaten in letzter Minute eine Änderung vor, die jedem Land gestattete, im Jahre 2056 einseitig von der Absage zurückzutreten. Und selbst nach dieser Änderung, also noch einen Tag vor der Unterschriftszeremonie, weigerte sich unser »Umweltpräsident«, den Verzicht auf Rohstoffabbau überhaupt hinzunehmen. Überflüssig zu sagen, daß Neuseeland, Frankreich, Australien und über zweihundert Umweltverbände in Washington ihr möglichstes taten, um die USA doch noch zur Unterschrift zu bewegen. Höchst widerstrebend, mit dem Hintertürchen der einseitigen Kündigung, unterzeichnete der Präsident schließlich – um Amerikas willen.

Neuseeland war außer sich vor Freude. Wir waren nicht da, aber wir hörten davon. Es war außerdem auch ein klein wenig außer sich an dem Tag, als die *Endurance* Lyttelton verließ. Wie ich schon sagte, es waren eine Menge Leute gekommen, um uns auslaufen zu sehen, wenn es natürlich auch nicht so viele waren wie bei der Verabschiedung der *Terra Nova*. Cherry-Garrard schrieb, daß sie »Telegramme« aus allen Teilen der Welt erhalten hätten, daß die Leute mit Sonderzügen gekommen seien, daß über die Toppen geflaggte Schiffe sie begleitet hätten, die Dampfer vorweg, und daß es ein riesiges Spektakel gewesen sei. Aber auch uns wünschten viele Menschen Glück, da die Expedition Neunzig Süd in der Presse von Neuseeland durchaus Beachtung gefunden hatte, und der 10. Dezember war so ein schöner Tag, daß viele Menschen mit kleinen Booten froh waren, einen Vorwand zu haben, sie zu benutzen. Fast alle, die wir persönlich kannten, waren gekommen. Unsere Architekten, unser Bauunternehmer, alle, von denen wir Vorräte gekauft hatten, Marks und Guys Verwandte, Jane und Annie, unsere beiden Näherinnen. Annie hatte eine kleine Band mitgebracht, die von ihrem Bruder angeführt wurde; diese Band stand auf dem Kai und gab der Feier ein besonderes Flair; sie spielten jede Menge Stücke von Sousa und auch von Gilbert und Sullivan und endeten dann auf Wilburs Wunsch mit dem Lied des Piratenkönigs aus *The Pirates of Penzance*.

Es war großartig und aufregend, und als das Schiff die Leinen losmachte und Kurs aufs offene Meer nahm, hatte es einen langen Schwanz kleinerer Boote in seinem Kielwasser. Eins davon war der Dampfschlepper *Lyttelton*, ein sehr alter Schlepper, der schon die *Terra*

Nova eskortiert hatte. Er führte uns aus dem Hafen von Lyttelton heraus, wobei er eine beeindruckende schwarze Dampfwolke ausstieß und sein Horn erklingen ließ, eins dieser wunderbaren Tuut-tuut-Hörner aus alter Zeit. Ich betrachtete das kleine Boot, das neben uns herschwamm, und hatte das Gefühl, ja, tatsächlich, es war wirklich und wahrhaftig erst gestern.

Es war 1910, das Jahr, in dem William in Boston geboren wurde.

Und jetzt ging die Reise erst richtig los. Was soll ich sagen? Peter Scott, glaube ich, hätte es besonders gut gefallen. Als Ornithologe hätte er jede Minute unserer Reise genossen, denn wir wurden begleitet von einem Schwarm von Seevögeln. Wir sahen viele verschiedene Arten von Albatrossen, den Rußalbatros, den Wanderalbatros und den Königsalbatros. Außerdem konnten wir Schneesturmvögel bewundern, die weiß und beinahe durchscheinend waren. Wilson hatte in den *Discovery Natural History Reports* folgendes über diese Vögel geschrieben: »Sie flogen hierhin und dorthin, unabhängig voneinander, in komplizierten Mustern, und glitzerten am blauen Himmel wie eine Schar weißer Motten oder funkelnder Schneeflocken.« Cherry-Garrard hatte von ihnen gesagt: »Sie kommen den Feen näher als irgend etwas sonst auf Erden.« Auch mir erschienen sie magisch und ätherisch. Außerdem sahen wir viele Riesensturmvögel, deren Farbspektrum von Weiß bis Braun reichte, Kapsturmvögel und Bulleralbatrosse. Sie kreisten dicht über den Wellen und schienen auf dem Horizont zu reiten.

Wir ließen uns auf unserer Reise in den Süden Zeit. Ein Schiff kann heutzutage leicht in einer Woche von Lyttelton ins Rossmeer kommen – aber wir wollten langsamer reisen, da wir das Leben auf dem Meer beobachten wollten. Und Seevögel und Meeressäuger fühlen sich zu langsam fahrenden Schiffen eher hingezogen. Das einzige Schiff, auf dem ich bisher gereist war, war vor Jahren eine Fähre in der Ägäis gewesen, und ich fand es jetzt einfach herrlich zu sehen, wie neugierig die Geschöpfe des Meeres auf die merkwürdige Form und die seltsamen Geräusche des Schiffes waren. Und ihre Neugier ließ sich nicht leicht befriedigen. Am dritten Tag unserer Reise landete ein Rußalbatros mitten auf dem Deck der *Endurance* und stolzierte über die Planken, als hätte er vor, sich dort niederzulassen und inspiziere sein künftiges Quartier, um sicherzugehen, daß es ihm zusagte. Die Rußalbatrosse haben weiße Ringe um die Augen, und ein purpurfarbener Streifen zieht sich seitlich an ihrem Unterschnabel entlang, aber sonst sind sie schwarz – pechschwarzer Kopf, dunkelgrauer Rumpf. Dieser Rußalbatros sah die Menschen, die ihn betrachteten, mit geradezu königlicher Herablassung an.

Unsere erste Skua sahen wir auf dreiundfünfzig Grad Süd, wo die wärmeren nördlichen Gewässer und die kälteren südlichen des antarktischen Ozeans ineinanderströmen. Ich war so froh darüber, sie zu sehen mit ihrem kleinen, braunen Rumpf – klein im Vergleich zu den Albatrossen, an die wir mittlerweile gewöhnt waren –, ihren klugen, braunen Augen und vollendet gerundeten Schwingen. In McMurdo hatten die Leute immer gesagt, die Skuas seien häßliche, gierige Aasfresser, genauso wie sie die Weddellrobben als »Nacktschnecken« bezeichnet hatten. Ich aber hatte eine gewisse Zuneigung zu ihnen gefaßt, ich mochte ihre gewaltigen, trotzigen Persönlichkeiten, und in Kap Evans wurden sie sogar meine Lieblingsvögel. Sie stellen sich nahezu jeder Herausforderung. Sie sind kühn und tapfer und argwöhnisch und ganz erfüllt vom Stolz des wahren Überlebenden. Dieser ersten Skua, die wir da sichteten, sollten noch viele weitere folgen, und sie alle zogen nach Süden, in dieselbe Richtung wie wir.

Brock war beinahe seit dem Ablegen im Hafen von Lyttelton seekrank. Er hatte das mit einer solchen Gewißheit vorausgesehen, daß wir uns mit großen Mengen von Medikamenten gegen Seekrankheit eingedeckt hatten. Außerdem hatten wir uns Armbänder gekauft, die angeblich die Akupressurpunkte am Handgelenk aktivierten. Aber weder die Medikamente noch die Armbänder nutzten in Brocks Fall irgend etwas. Wir hatten bis dahin noch keine wirklich rauhe See erlebt; das Schiff lag zwar nicht völlig regungslos auf einem spiegelglatten Meer, aber seine Bewegungen hielten sich doch sehr in Grenzen und waren für alle an Bord gut erträglich – außer für Brock, der nicht mehr aus seiner Kabine kam. Und das war wirklich schade. Denn das Wetter war, bis wir die antarktische Konvergenz passiert hatten, wunderbar, meistens jedenfalls, und ich fühlte die ganze Zeit, daß ich immer entspannter wurde. Jetzt, da wir auf dem Meer waren und die Planung für die Expedition hinter uns lag, konnte ich es mir erlauben, mich einfach zu freuen, die antarktischen Gewässer zu befahren, und ließ meine Gedanken in einer Art Meeresmeditation schweifen.

Als wir schließlich die antarktische Konvergenz passierten, lag die Wassertemperatur bei einem Grad über Null, und es begann zu schneien. Wir sahen unseren ersten Eisberg. Dann bekamen wir immer mehr davon zu Gesicht, riesige, tafelförmige Eisinseln, von denen einige mehrere Meilen lang waren und fast bis aufs I-Tüpfelchen jenen glichen, die ich gesehen hatte, als ich vom Cockpit der Hercules aus hinuntergeschaut hatte. Und gleichzeitig mit dem Erscheinen dieser ersten Vorboten des Packeises begann auch der Wind stark aufzufrischen und wirbelte den Schnee dermaßen auf, daß wir von einer Minute zur nächsten die Hand kaum noch vor Augen sahen. Uns stand ein größerer Sturm bevor, vermutete ich, als Wilbur auch schon zu mir kam und sagte: »Morgan, wir kommen in einen Sturm. Ich meine, in einen *richtigen* Sturm.«

»Sag es Catherine.«

»Das hab ich schon.«

»Na, dann sag es Winnie.«

Aber Wilbur hatte es auch Winnie schon gesagt, und jetzt beeilte er sich, ihr zu helfen, die Hunde für das rauhe Wetter sicher unterzubringen. Ich warnte Brock, der ohnehin schon ganz grün im Gesicht war – mittlerweile ein Dauerzustand bei ihm. Ich fühlte mich auf seltsame, ja bizarre Weise erregt. Der Wind und das Meer wurden immer wilder, und noch vor Einbruch der Nacht ging die See höher, als ich es je erlebt oder in Filmen gesehen hatte. Ich stand in meinem Ölzeug auf Deck, spähte in die Düsternis des grollenden Ozeans und sah Wellentäler von der Größe der *Endurance*. Der Sturm toste mittlerweile so laut, daß ich nicht hörte, wie jemand meinen Namen schrie, bis ich mich umdrehte und unseren Kapitän sah, der mich anbrüllte: »Unter Deck mit dir, du Idiot!« Ich wollte nicht unter Deck. Etwas an der Wildheit dieser Welt war mehr als nur aufregend. Aber ich gehorchte Catherines Befehl; die Lufttemperatur war abrupt gesunken, und als der Sturm sich legte und der Morgen dämmerte, waren die Aufbauten des Schiffs mit einer dikken Eisschicht überzogen.

Das war dann offenbar auch die einzige wesentliche Auswirkung des Sturms gewesen. Sämtliche Hunde waren während des Unwetters seekrank geworden, genauso wie ein Großteil der menschlichen Besatzung, aber binnen weniger Stunden waren wir alle wieder auf den Beinen. Unseren Eismantel allerdings trugen wir bis ans Ende der Reise, bis in den McMurdo-Sund hinein, wo er schließlich schmolz. Es sah ziemlich unheimlich aus, fast wie eine Illustration zu einer viktorianischen Horrorgeschichte. Trotzdem fand ich die Tatsache erhebend, daß wir auf dem Weg zu etwas, das man vielleicht das große Eis nennen könnte, unser eigenes kleines Eis bei uns hatten. Und jetzt waren wir im Packeis und bewegten uns langsam Richtung Süden, während das Packeis Richtung Norden wanderte – irgendwann würde ein großer Teil davon in wärmeren Gewässern schmelzen. Die Tafelberge freilich waren so groß, daß sie vielleicht den ganzen Weg bis nach Kap Hoorn unbeschadet zurücklegen konnten.

Die Luft wurde trocken, und die Sonne schien wieder, so daß diese Tage im Packeis zu den schönsten zählten, die ich je erlebt hatte; die Sonne spiegelte sich auf den Eisblöcken, die auf dem blauen Meer trieben. Außerdem gab es von dem Augenblick an, da wir das dicke Packeis erreichten, überall Adeliepinguine, die sich stets bemühten, das Schiff anzusteuern, damit sie feststellen konnten, was es damit auf sich hatte. Adelies machen ein seltsames Geräusch. Es hört sich an wie ein leises Bellen: »Aark, aark, aark«, und die Adelies stürmten über die Eisschollen, auf denen sie per Anhalter mitfuhren, auf uns zu, um möglichst nahe an das Schiff heranzukommen. Sie bellten und starrten uns an, legten ihre Köpfe schräg und überlegten, was sie als nächstes tun sollten – ins Wasser springen und schwimmen? Das war immer eine große und wichtige Entscheidung für sie, da es in diesen Gewässern Seeleoparden gab – nicht viele, aber genug, um uns recht häufig dieses seltsame, lächerlich scheinende Verhalten vor Augen zu führen, mit dem eine Gruppe von Adelies an den Rand einer Eisscholle trat und sich dort zusammenkauerte, da keiner aus der Gruppe der erste sein wollte, der ins Wasser sprang. Sie schoben einander so lange hin und her, bis schließlich einer von ihnen über Bord ging, entweder absichtlich oder versehentlich von den anderen ins Wasser geschubst. Die übrigen Pinguine blieben dann auf der Eisscholle stehen, beugten sich vor und spähten mit geradezu wissenschaftlich anmutender Neugier ins Wasser. Wurde ihr Kamerad gefressen oder nicht? Ihm ging es gut! Also hinterher! Und wenn dieser Entschluß einmal gefaßt war, stürzten sie sich ebenfalls ins Wasser.

Sie ließen sich dann durchs Wasser treiben, bis sie die nächste einigermaßen große Eisscholle erreichten, dann stürzten sie sich darauf und liefen eilig auf die andere Seite hinüber. Schließlich begann das Ganze wieder von vorn: Das Zusammenkauern, das Spähen, das Herumschubsen und schließlich der absichtlich unbeabsichtigte Stoß, der einen von ihnen ins Wasser beförderte. Wir sahen tatsächlich ein paarmal, wie Seeleoparden Adeliepinguine töteten, aber glücklicherweise waren wir jedesmal weit genug entfernt, um das Ereignis nicht in seinen Einzelheiten beobachten zu müssen. Die Seeleoparden, die wir aus der Nähe sahen, ritten in schlangenartigen Bewegungen auf unserer Bugwelle und gehörten ganz eindeutig zu den einschüchterndsten Geschöpfen, die ich in meinem Leben je gesehen hatte. Sie hatten solche Zähne, daß das ganze Tier nur aus Zähnen zu bestehen schien, und ihr Fell hatte eine grünliche Färbung. Ich freute mich darauf, die Weddellrobben wiederzusehen mit ihren kurzen Stummelzähnen und ihren großen, liebevollen Augen. In diesen Gewässern gab es ein paar Krabbenfresser, aber keine Weddellrobben.

Nach einer Weile, als wir direkt durch das Packeis fuhren, sahen wir den ersten Blauwal. Er war dreißig Meter lang, und sein Blast bildete eine fünf Meter hohe Säule kondensierter Feuchtigkeit. Dann waren wir wieder im offenen Meer, und vor uns erstreckten sich breite, schwarze, eisfreie Streifen bis hin zur Ross-Insel, wie es schien, oder zumindest dachten wir das, bis wir das Phänomen erlebten, das unter dem Namen Eisblink bekannt ist. Bei einem Eisblink scheint die See bis zum Horizont klar zu sein. Aber der weißgraue Himmel – keine Wolken, sondern einfach nur Weißheit – bedeutet, daß sich dieser Himmel über einer Eisdecke wölbt, und die Bezeichnung Eisblink ist wahrhaftig sehr passend für den Anblick des Himmels, in dem das Licht sich ständig zu bewegen scheint. Das weit vor einem liegende Eis bewegt sich ständig auf der Oberfläche des Meeres, und wenn von der Eisoberfläche das Licht zum Himmel zurückgeworfen wird, hat man den Eindruck, als würde jemand mit einer Lichtwand eine codierte Nachricht übermitteln. Nur weiß man in diesem Falle nicht, welcher Code benutzt wird. Es ist, als gäbe jemand von einem weit enfernten Fenster aus Signale, und man weiß, daß das Signal für Augen bestimmt ist, die es lesen können, und man wünscht sich, es ebenfalls lesen zu können. Man hat zwar sein eigenes Codebuch und zieht es auch zu Rate, aber irgendwie scheint es eine Diskrepanz zu geben zwischen ihm und dem Signalgeber. Die Nachricht könnte zum Beispiel ganz einfach lauten: »Eis voraus. Ihr seid noch nicht ganz durch.« Andererseits könnte es auch eine kompliziertere Botschaft sein, die eine nicht ganz verständliche Warnung enthält. Man zieht vielleicht die erste Botschaft vor, und wenn man das Eis schließlich erreicht, ist man sehr erleichtert, weil tatsächlich Eis voraus war, und jetzt sieht man es und weiß, warum der Himmel zu einem gesprochen hat. Aber man denkt trotzdem weiter über die mögliche Warnung nach und die Signale, die man nicht recht verstehen konnte, und der Gedanke drängt sich auf, daß das Eis eine ganze Menge verschiedenster Nachrichten zu übermitteln haben könnte.

Auf der anderen Seite des Packeises – und zumindest schien absolut klar zu sein, daß wir die andere Seite erreicht und somit dreihundertfünfzig Meilen Eisberge hinter uns gebracht hatten – befanden wir uns auf dem einundsiebzigsten Grad südlicher Breite, glaube ich, und Catherine klärte uns darüber auf, daß wir noch dreihundert Meilen vor uns hatten, bis wir den McMurdo-Sund erreichten und feststellen konnten, welche Eisverhältnisse dort herrschten. Die ersten drei Dezemberwochen waren vorüber. Wir hatten allen Grund anzunehmen, daß der größte Teil des Sundes zugefroren sein würde, und daher nicht die geringste Veranlassung, die letzten dreihundert Meilen überstürzt bewältigen zu wollen.

So kam es, daß wir am Heiligabend, einem stillen und wunderschönen Tag, als das Eis auf den Aufbauten der *Endurance* endlich zu schmelzen begann, vor Anker lagen. Das Schiff wirkte dadurch wie erlöst, und die Wärme der Sonne hatte etwas Belebendes, während es in der Luft von allem Getier wimmelte, das es in der Antarktis überhaupt gab.

Wir veranstalteten Rennen und Spiele auf Deck, wir gönnten uns ein Festmahl, und am Abend gab es sogar eine Tanzparty. Und jetzt, so nahe der Ross-Insel und Ende Dezember, dem Höhepunkt des Sommers, schien vierundzwanzig Stunden am Tag die Sonne, so daß auch die Tanzparty bei Sonnenschein stattfand. Ich war noch nie eine große Tänzerin gewesen. Aber diesen Tanzabend an Deck der *Endurance*, als die Umstände allesamt wie verdreht schienen – wir trugen schwere Kleider, es gab keinen Schatten und kein gedämpftes Licht, und das Deck schwankte leise unter unseren Füßen –, fand ich einfach herrlich. Ich stand ein wenig angeheitert an der Reling. Wir hatten unsere Champagnervorräte geplündert und mit dem Trinkspruch der *Terra*

Nova auf Weihnachten angestoßen: »Auf die Freunde, die nicht bei uns sind!« Anschließend hatten wir Seemannslieder gesungen, und zwar so schief, daß ich mich an etwas erinnerte, das Scott einmal geschrieben hatte: »Es ist wirklich unglaublich, daß eine so unmusikalische Gruppe so aufs Singen versessen sein kann.«

Das Ganze machte großen Spaß. Die Seeleute, die wir dabeihatten, kannten jede Menge Lieder, und Catherine führte sie mit ihrem lautstarken Organ an. Wir anderen fielen ein, wenn sie den Refrain sangen. Ich war high und auch ein wenig heiser, beugte mich über die Reling, lauschte der Musik – als der Tanz begann und das Geschepper des Kassettenrecorders die lebendigen Stimmen ablöste. Mein Gott, dachte ich, wir sind jetzt so nah. Am Rande des Eises. Am Rande der Welt. Noch ein paar Tage, und wir werden den Mount Erebus sehen. Und plötzlich tanzte ich, zuerst in einer Gruppe und später mit verschiedenen Partnern, darunter auch Thaw, der auf dem Tanzboden genauso wild war wie sonst auch. Ich tanzte und tanzte und tanzte, verlor mich in den Rhythmen, und der Augenblick schien ewig zu dauern. Wenn ich beim Tanzen überhaupt irgend etwas dachte, dann sicher so etwas wie: »Von all diesen Leuten sind nur ein paar bisher im Eis gewesen. Die anderen werden in wenigen Tagen das größte Geschenk ihres Lebens erhalten.« Und ich freute mich darüber wie jemand, der sich zu seinem Glauben bekennt oder anderen von einem Wunder erzählen kann oder auch nur eine wissenschaftliche Entdeckung gemacht hat, die er der Welt mitteilen will. Wir tanzten bis in den Morgen hinein, und schließlich fiel ich erschöpft ins Bett in dem Bewußtsein, daß die nächste Etappe unserer Reise die Ross-Insel sein würde.

Drei Tage später sichteten wir den Mount Erebus. Er war noch immer einhundertzwanzig Meilen entfernt, doch wirkte er so nah, als sei es nur eine kurze Segelpartie von uns aus bis zu seinem Gipfel. Und dieser Gipfel schien bis hoch in die Atmosphäre aufzuragen, eine optische Täuschung, die durch die besondere Brechung des Lichtes in der Wüstenluft entstand. »Der ist ja riesig!« lautete die allgemeine Reaktion darauf. Ich versuchte, den anderen zu erklären, daß dies eine Illusion und der Mount Erebus in Wirklichkeit ein sehr freundlicher Berg war, ein Berg, bei dem, wie Cherry-Garrard einst geschrieben hatte, die Horizontale wichtiger war als die Vertikale. Der Himmel dahinter war rosig und der Gipfel in Wolken eingehüllt wie in die Schwingen eines

Schneesturmvogels. Winnie und ich standen in diesem Augenblick nebeneinander, und wir legten einander die Arme um die Schultern und schauten dem Ort entgegen, an den wir nun – gegen alle Wahrscheinlichkeit – zurückkehren würden.

Etwas später riß die Wolkendecke auf und gab den Blick auf den Gipfel frei. Und kurz darauf sahen wir eine Fata Morgana. Viele Meilen vor uns stand ein Eisberg. Einige Adelies saßen darauf und fuhren gen Norden, auf uns zu. Sie waren immer noch weit weg, zu weit, um sie mit bloßem Auge erkennen zu können, aber trotzdem waren sie plötzlich da, ein riesiger Eisberg mit riesigen Adelies, die sich wie über den Himmel zu bewegen schienen. Als Wilbur einen leisen, erstaunten Aufschrei von sich gab, sagte ich: »Das ist eine Fata Morgana«, und er erwiderte: »Eine Fata Morgana! Also wirklich, da steckt ja dein Name drin, Morgan!« Es war komisch, aber mir selbst war das noch nie aufgefallen. Ich sah ihn an, erfreut über seine Beobachtung, aber seine Gedanken hatten plötzlich eine neue Richtung genommen, und er sprach von den Adelies und der Art, wie sie anscheinend gern reisten.

»Sie sind genauso wie Menschen. Wandern hierhin und dann dorthin. Wie wir, zuerst nach Kalifornien und dann nach Neuseeland. Und jetzt . . . oh, wohin gehen wir eigentlich von *hier* aus, Morgan?«

Nun, diese Frage war leicht zu beantworten. Von hier aus dampften wir, wie die Dinge lagen, in kürzester Zeit zum Kap Crozier, nicht direkt nach Kap Evans. Ich wollte sehen, wie das Ross-Schelfeis vom offenen Meer aus aussah, ich wollte diesen vierhundert Meilen breiten, schwimmenden Gletscher sehen, den wir im folgenden Sommer überqueren würden. Außerdem hoffte ich auf eine Gelegenheit, die Brutstätte der Kaiserpinguine auf Kap Crozier zu sehen, denn wenn wir erst einmal in Kap Evans waren, gab es keine Garantie, daß uns das noch gelingen würde, zumindest nicht in diesem Herbst. Wir würden zu beschäftigt sein mit dem Aufbau der Station und dem Anlegen der Depots. Ich glaubte nicht, daß wir im Winter Gelegenheit zum Reisen haben würden. Wilson, Bowers und Cherry-Garrard waren seinerzeit bei einem derartigen Versuch beinahe umgekommen, und obwohl einige Mitglieder der Spuren-Expedition es ebenfalls getan hatten, war es auch für sie nicht leicht gewesen, wohlbehalten zurückzukommen. Warum also sollten wir uns die Brutplätze nicht jetzt ansehen, von einem Schiff aus, das uns sicher dort hinbringen konnte?

Wir mußten uns jedoch mit einem Blick aus der Ferne begnügen. Hier am Rande der Eisbarriere, wo der große Gletscher auf die Insel traf, ließ eine Dünung aus Ost-Nordost jeden Versuch, in den Zodiacs zu landen, unklug erscheinen. Wir holten unsere Ferngläser heraus; zu dieser Zeit, also Anfang des Sommers, hatten die Adelies Junge, die jetzt noch winzig klein waren, und einige der erwachsenen Tiere saßen noch immer auf ihren Eiern, während die Kaiserpinguine, die im Winter gebrütet hatten, bereits halb ausgewachsene Junge hatten; gut gewachsene Jungtiere mit dieser lächerlich plumpen, unförmigen Gestalt, die allen Pinguinen eigen ist, bevor sich die Federn des Alterskleides entwickelt haben. Sie sahen aus wie übergroße Kegelpuppen, mit winzigen Füßen und winzigen Schwänzen, und sie waren am ganzen Körper braun und befanden sich in einem traurigen Zwischenstadium der Mauser.

Während die anderen hauptsächlich die Pinguine beobachteten, fühlte ich mich stärker von den Klippen angezogen – prachtvolle, hoch aufsteigende Klippen, die ins Meer hineinragten –, und natürlich interessierte mich die Barriere, die an dieser Stelle, wo sie endete, nicht mehr als fünfzehn bis zwanzig Meter dick war. Vom Schiff aus konnte man deutlich sehen, wie sie von ihrem Rand aus, wo sie am dünnsten war, in Richtung Kontinent ganz sacht anstieg. Als Atkinson und seine Mannschaft im November 1912 Scotts Zelt entdeckten und darin neben den Leichen die Steine, die Tagebücher und die persönlichen Besitztümer, kam es keinem von ihnen in den Sinn, die Leichen zu bergen; sie schlossen die Zeltklappen wieder und überließen sie der Antarktis. Es war nur ein flüchtiges und zugleich ein seltsames Gedankenspiel an diesem strahlend schönen Morgen, daß wohl wirklich einmal der Tag kommen würde, an dem die Bewegungen des Gletschers die Stelle, die einst achtzehn Kilometer vom Ein-Tonnen-Depot entfernt gewesen war, hierher an diesen Eisabhang befördern würden. Eines Tages würden die Leichen von Oates, Scott, Bowers und Wilson bis hierher an diese dünne Kante wandern, und das Meer würde ihre letzte Ruhestätte werden.

Wir hielten uns etwa eine Stunde lang in der Nähe der Barriere auf, dann setzte Catherine die *Endurance* wieder in Marsch, und wir umfuhren die Nordseite der Insel. Wir passierten Kap Bird mit seiner enormen Skuakolonie, und die Skuas flogen uns entgegen, kurvten und wendeten und kreisten in der Luft. Einen kurzen Augenblick lang versperrte der Gipfel des Mount Bird die Sicht auf den Erebus, dann hatten wir die Spitze der Insel umfahren und waren im McMurdo-Sund. In der Nähe der Adeliekolonie auf Kap Bird sahen wir sogar Killerwale. Sie waren auf der Jagd, diese kleinen, kompakten und glänzenden Tiere.

Dann stießen wir auf weiteres Eis. Wie weit es sich nach Süden erstreckte, konnten wir nicht sehen. Es handelte sich um Treibeis, durchmischt mit Eistrümmern. Wir hatten eine halbe Stunde Zeit, uns zu überlegen, was wir tun würden, falls dieses Treibeis sich bis Kap Evans erstreckte. Es war schon schwer, das Schiff hindurchzusteuern, und es war mit Sicherheit nicht begehbar, ganz zu schweigen davon, sich mit schweren Schlittenladungen darauf zu wagen oder in Zodiacs hindurchzufahren. Aber ein kleines Stückchen weiter südlich sahen wir, daß vor Kap Royds das Wasser fast offen war, obwohl es auch dort ein paar Stellen mit Eisbergen gab, kleinen, grünen Eisbergen, durchscheinend, fast unsichtbar – und sehr gefährlich.

Schon Scott hatte einst geschrieben: »Diese Aufgabe hält immer wieder Überraschungen bereit.« In unserem Fall bestand die Überraschung darin, daß wir, als wir an Kap Royds vorbei waren, fast bis nach Kap Armitage offenes Wasser vorfanden. Aber obwohl das Wasser im Hauptkanal des Sundes frei war, waren die Nordbucht, die Südbucht und die Erebusbucht noch von festen Eisdecken überzogen. Vor der Küste lag Packeis, das sich als begehbar erwies und außerdem, Wunder über Wunder, fest genug war, um Schlittenlasten zu tragen. Das einzige, was noch idealer hätte sein können, wäre offenes Wasser bis zum Weststrand hin gewesen.

Als wir nun in den McMurdo-Sund einfuhren, vorbei an Kap Royds und in Richtung Kap Evans, konnte ich die Schwarze Insel sehen, die Braune Halbinsel, den Mount Discovery und westlich davon natürlich die ganze Royal-Society-Kette mit ihrem herrlichen Panorama aus Licht und Schatten. Als ich diesen Teil des Universums zum ersten Mal gesehen hatte, war alles neu für mich gewesen, wunderbar und elektrisierend. Jetzt war es wie ein Heimkehren, wie die Ankunft an einem geliebten, vertrauten Ort, an dem alles ist, wie man es zurückgelassen hat, die Klänge, Gerüche und Farben. Das Licht war genauso herrlich, die Schatten genauso dunkel, die Gestalt der Landschaft genauso faszinierend wie damals. Aber nun war mir das alles vertraut, es war etwas, woran ich mich erinnerte, etwas, das weniger ernste Würde als vielmehr frohes Lachen ausstrahlte. Es war nicht der Umstand, daß diesmal John Brutus Carnady keine Macht mehr über mich hatte und daß es keinen ANS mehr gab, dem ich Rede und Antwort stehen mußte; es lag nicht einmal daran, daß ich entgegen aller Wahrscheinlichkeit dennoch zurückgekehrt war, denn das war nicht mein Verdienst. Nein, der Spender dieser Freuden war William, und die *Endurance* war Williams Schiff; er war ihr Besitzer, und er war ihr – abwesender – Kapitän. Es war nichts von alledem. Es war die Tatsache, daß ich wieder zu Hause war. Wieder zu Hause. So einfach war das.

Andererseits war ich natürlich nicht wieder zu Hause. Ich war zum ersten Mal zu Hause. Als ich das erstemal hier gewesen war, hatte das Ganze mehr Ähnlichkeit mit einer Fahrt in einem Greyhoundbus gehabt. Ich war gefahren und gefahren, monatelang, wie es schien, und dann hatte ich durchs Fenster mein Heim erspäht und gerufen: »Anhalten, bitte anhalten! Das ist mein Zuhause! Ich will aussteigen!« Aber der Fahrer war taub gewesen oder hatte Anweisung gehabt, mich zu ignorieren, und die Straße hatte mir mein Zuhause wieder genommen. Diesmal war alles anders. Diesmal war ich wirklich hier. Und diesmal war ich auch nicht allein.

Nein, Brock und Thaw, Wilbur, Gronya und Winnie waren bei mir. Alle außer Winnie sahen die Antarktis zum ersten Mal. Nicht nur meine Freunde, sondern auch der Rest der Truppe, von denen mir viele mittlerweile sehr nahestanden, waren an Deck, als das Schiff die Antarktis erreichte. Auch die Hunde waren an Deck, die Winnie zur Feier des Tages alle gleichzeitig aus ihren Quartieren herausgelassen hatte und die genauso glücklich waren wie wir Menschen, als sie ihre großen Tatzen auf die Reling legten und endlich wieder Land sahen. Hunde haben nicht viel übrig für Seereisen, und obwohl Winnie und Wilbur sie regelmäßig hatten laufen lassen, war es doch offensichtlich, daß sie nicht eher wirklich zufrieden sein würden, bis sie wieder Land unter den Pfoten hatten. Jetzt wären sie am liebsten mit einem Satz auf die Ross-Insel hinübergesprungen. Sie hatten die Ohren aufgestellt, und ihre Nasen zuckten, und sie schienen sicher zu sein, daß ihre Welt bald wieder in Ordnung kommen würde. So standen wir alle an der Reling, Hunde und Menschen, als wir um Kap Royds herum und dann auf Kap Evans zufuhren, und wir sahen den Barnegletscher am Horizont, der wie ein himmelblauer, von Rissen durchzogener Dauerlutscher wirkte.

Jetzt konnten wir das ganze Kap sehen mit seinem sanft abfallenden, schneefreien Strand und den Flanken des Erebus, die sich direkt darüber erhoben. Ja, mehr noch, wir konnten die Rampe sehen und südlich davon den Windfahnenhügel und den Grabenhügel und all die anderen landschaftlichen Besonderheiten von Kap Evans. Ich selbst jedoch war in diesem Augenblick nur von einem absorbiert, und das war der Hausstrand mit seinem tiefschwarzen Sand. Zum ersten Mal sah ich die verwitterte graue Hütte, die mitten darauf stand, keine zehn Meter von der Eiskante entfernt; sie sah aus wie ein einsames Buch auf der riesigen Fläche eines Bibliothekstisches.

Wir waren noch immer eine Meile vom Land entfernt, und so konnte ich in diesem Augenblick lediglich die entfernte Ähnlichkeit dieses Gebildes mit einer Hütte wahrnehmen, dann waren wir schon wieder vorbei und strebten der eigentlichen Landspitze von Kap Evans entgegen. Thaw, Brock und ich hatten nach gründlichem Studium von Landkarten und Luftaufnahmen und nach Beratungen mit Greenpeace beschlossen, daß der Weststrand der einzig vernünftige Platz für Framheim war. Wir wußten von Mitarbeitern des New Zealand Antarctic Research Program (NZARP), daß die Kiwis dort im Moment zwei Notunterkünfte oder Wannigans stehen hatten, aber bevor wir Neuseeland verließen, hatten wir von NZARP die Erlaubnis bekommen, die Notunterkünfte zu verlegen, so daß sie uns bei der Errichtung unserer Station nicht im Wege waren. Wir hatten versprochen, sie wieder an Ort und Stelle aufzubauen, wenn wir unsere eigene Station entfernten, aber in der Zwischenzeit würden wir sie in der Hundeschlittensenke oder an einem anderen Ort unterbringen. In den Hütten waren Überlebensausrüstungen und Nahrungsmittelvorräte untergebracht, so daß jemand, der auf Kap Evans strandete, nicht in der *Terra-Nova-* Hütte würde Zuflucht nehmen müssen.

Bei unserer Ankunft überlegten Catherine und Thaw gemeinsam, wie die Landung vonstatten gehen sollte und wie nah wir dem festen Eis kommen konnten oder sollten. Als die *Terra Nova* in einer ähnlichen Position gewesen war und genauso wie wir jetzt noch eine Meile Eis vor sich gehabt hatte, hatte Scott das Schiff sich einfach mit dem Bug hineinrammen lassen. Catherine fand diese Idee sehr gut und meinte, so würde sie uns auch das Entladen des Schiffes erheblich erleichtern; also ließ sie das Schiff Anlauf nehmen und warnte uns vor dem Aufprall, aber der war weit harmloser, als ich gedacht hatte, und der Bug der *Endurance* krachte schließlich in das feste Eis, das sich von Kap Evans löste. Plötzlich waren wir an drei Seiten von Eis umgeben. Die Maschine wurde abgestellt und gab keinen Laut mehr von sich. Auch wir waren eine Minute wie erstarrt, bevor wir in lauten Jubel ausbrachen.

Wegen unseres plötzlichen Gebrülls und des unvermittelten Verstummens der Schiffsdiesel hatten Winnie und Wilbur alle Hände voll zu tun, die Hunde daran zu hindern, von Bord zu springen. Einer hätte es fast geschafft; er hing schon über der Reling und trat mit allen vier Pfoten um sich, bevor Thaw ihn wieder heraufziehen konnte. Mir war klar, daß wir die Hunde entweder wieder in ihre Hütten unter Deck bringen oder sie augenblicklich aufs Eis lassen mußten und daß die zweite Möglichkeit den Hunden sicherlich weit besser gefallen würde. Also trafen wir die notwendigen Vorkehrungen, um ihnen mit Hilfe einer Schlingenkonstruktion, die eigentlich für das Löschen der Ladung gedacht war, vom Schiff hinunterzuhelfen. Einige der Tiere wehrten sich, als sie hineingelegt wurden, aber die meisten von ihnen hörten sofort auf zu bellen und ließen sich einfach schlaff hängen. Sie schienen so begierig darauf zu sein, wieder an Land zu kommen, daß sie die Sache auch nicht einen einzigen Augenblick verzögern wollten.

Sobald sie frei waren, flitzten sie los, sprangen in die Luft, rollten sich auf den Rücken und wälzten sich im Schnee, bis lauter winzige Eisbröckchen in ihrem Fell hingen; danach rannten sie wieder los, rammten ihre Pfoten in die rauhe Oberfläche des Eises und vollführten wilde Rutschpartien, wenn sie über eine besonders glatte Stelle liefen. Die ganze Zeit über bellten sie, als hätten sie gerade erst entdeckt, wofür ihre Stimmbänder gut waren, und mehrere Hunde setzten sich auf die Hinterbeine und heulten. Andere wiederum fanden diesen Lärm bei dem hellen, strahlenden Sonnenschein offensichtlich unpassend. Sie saßen einfach nur da und lauschten mit schief gelegten Köpfen und gespitzten Ohren in die Stille.

Thaw dirigierte das Löschen der Ladung, und Brock, der Gronya geholfen hatte, das Schiff zu beladen, unterstützte ihn dabei. Am Ende schien es jedoch Gronya zu sein, die das Ganze organisierte, denn sie hatte ein sehr gutes Gedächtnis und wußte noch genau, wo sich jedes Ding an Bord befand. Mehr noch, sie wußte nicht nur, was wo untergebracht war, sondern auch, was als erstes benötigt werden würde und was erst später, und als erstes schaffte sie etwas Hundefutter und die Hundegeschirre aufs Eis. Winnie und Wilbur bauten dort ein Zelt auf, die dreißig Hunde wurden für die Nacht angeleint, und dann gingen wir nach einem opulenten Abendessen zu Bett und schoben das weitere Entladen des Schiffes auf; das hatte Zeit bis zum Morgen.

In dieser Nacht schliefen Brock und ich miteinander. Er hatte während der Reise nach Süden seine eigene Kabine gehabt, da er schon im voraus gewußt hatte, daß er wahrscheinlich während der ganzen Seefahrt krank sein würde. Jetzt, da das Schiff sich ins Eis gerammt hatte, lag es vollkommen ruhig, und zum ersten Mal seit Wochen war Brock wieder ein Mensch und kam mit in meine Kabine. Da ich nur eine Einzelkoje hatte, wurde es reichlich eng, aber wir schafften es, obwohl ich nicht glaube, daß wir in dieser Nacht viel Schlaf bekamen. Ich redete mir ein, daß die Größe der Koje dafür verantwortlich war, daß es mir so merkwürdig erschien, mit Brock zu schlafen, hier in der Antarktis, wo alles neu geschaffen werden sollte.

Am nächsten Morgen waren wir schon früh auf den Beinen. Es gab Tausende von Dingen, die getan werden mußten, und das sofort. Ein paar von uns machten sich daran, auf dem Eis einen Weg zum Weststrand zu sichern. Alle sechs bis acht Meter rammten sie einen Eisbohrer ins Eis, um sicherzugehen, daß es keine verborgenen Risse gab – das heißt, keine noch arbeitenden Risse, die sich wieder geschlossen hatten. Wir brauchten Eis, das mindestens einen Meter dick war, da die Schneemobile schwere Lasten hinter sich herziehen würden. Den gefährlichsten Bereich konnten wir jedoch leider nicht umgehen. Das war die Übergangszone, dort, wo das feste Eis auf den Strand traf. Dort schien die Sonne auf den Sand, und sie erwärmte das Land stärker als das Meer, so daß ich plötzlich darüber nachdachte, ob es nicht vielleicht doch einfacher gewesen wäre, wenn wir in Zodiacs gelandet wären. Der Bohrtrupp fand jedoch starkes Eis vor, und während er noch den Weg kennzeichnete, beschäftigten wir anderen uns damit, die Ladung auf Deck zu schaffen.

Wie ich schon sagte, war Gronya das reinste Wunder. Sie wußte, wie viele Nahrungsmittel wir sofort an Land bringen mußten und wo die großen Leinwandzelte waren, in denen wir leben würden, bis die Station aufgebaut war. Sie hatte die Rationen für diese Zwischenphase eingeteilt, vier Wochen Nahrungsmittel für jede Person, in getrennten Frachtkisten, und zehn von diesen Kisten sollten mit der ersten Schneemobilfracht ans Ufer gebracht werden. Dasselbe galt für das Kochzelt, die Kerosinheizer und die Campingkocher, während die Schlafsäcke, die Kopfkissen und die übrige persönliche Campingausrüstung beiseite gelegt wurden für die ersten Ladungen, die von den Hunden gezogen werden sollten. Winnie wollte die Tiere mit leichtem Gewicht anfangen lassen, da sie nach der Seefahrt noch nicht wieder zu ihrer gewohnten Kondition zurückgefunden hatten und ihre Fußballen möglicherweise noch eine Weile schmerzen würden nach der Wärme und den Annehmlichkeiten der Hundehütten auf der *Endurance*. Ich half überall aus, aber ich war für nichts selbst verantwortlich. Ich verbrachte viel Zeit damit, abwechselnd Anweisungen auszuführen oder müßigzugehen und den Erebus anzustarren. Die anderen schienen sich besser auf ihre Aufgaben konzentrieren zu können als ich und genossen offenbar jetzt nach der erzwungenen Inaktivität auf dem Schiff ihre Arbeit.

Ich glaube nicht, daß ich schon davon gesprochen habe, daß Scott sich für seine Expedition auf vier Transportmethoden festgelegt hatte. Die Schlitten wurden von den Männern selbst gezogen, außerdem von Hunden und von Ponys, aber er hatte auch drei »Motorschlitten« dabei, frühe Prototypen des heutigen Schneemobils, die zu seiner Zeit eine radikale Neuerung darstellten. Scott glaubte, daß diese Motorschlitten »eines Tages den Polartransport revolutionieren« würden, und damit behielt er vollkommen recht, obwohl er es selbst nicht mehr erlebte. Außerdem ließen ihn zu seinem Verdruß seine Maschinen ziemlich früh im Stich; die erste versank bereits beim Entladen des Schiffes in der Nordbucht. Achtzig Jahre später hatten wir jedoch schon lange zuvor beschlossen, statt der Ponys Schneemobile genau so weit mitzunehmen, wie die Ponys gekommen waren – und das heißt bis zum Gateway, dem »Tor« am Fuß des Beardmoregletschers –, und so hatten wir zehn schwere Schneemobile dabei, mit denen wir die Anlandung unserer Fracht, zu der auch die gesamte Station mitsamt allen Zusatzteilen, dem Öl und den Generatoren gehörte, effektiver gestalten wollten.

Ich hatte noch nie im Leben ein Schneemobil gefahren, und vielen von uns erging es nicht anders, so daß Mark Tyner uns am ersten Tag nach unserer Landung zunächst einmal Fahrstunden erteilte. Es hatte schon etwas Beängstigendes, diese Woge von Ekstase, die die meisten von uns erfaßte, wenn wir den Daumen auf die Handgassteuerung der Maschinen legten und dann vorwärtsschossen. Auch ich gehörte zu denjenigen, die dieses plötzliche Gefühl von Macht überaus erregend fanden – es erinnerte mich ein wenig daran, wie ich mich gefühlt hatte, als ich mit Tiny umhergefahren war. Damals hatte ich immer mit einer Art nervöser Inbrunst auf das Gaspedal getreten und hatte mir vorgestellt, das sei ein Ausdruck meines Wunsches, ans Ziel zu gelangen. Hier hatte das Gefühl eindeutig etwas mit dem Rausch der Geschwindigkeit zu tun.

Trotzdem war es nicht das, was mich während jener ersten Tage an der Küste von Kap Evans am meisten faszinierte, während die Hunde eine Ladung nach der anderen an den Strand zogen, während wir die Zelte auf dem Weststrand aufbauten und lernten, wie man den Skuas auswich, die diese plötzliche Störung inmitten ihrer Brutsaison ausgesprochen beunruhigend fanden. Nein, was mich am meisten faszinierte, war der Gedanke an die *Terra-Nova*-Hütte auf der anderen Seite des Kaps, weniger als anderthalb Kilometer entfernt. Diese Hütte schien förmlich auf mich zu warten. Ich hatte ja schon vom Meer aus einen kurzen Blick darauf werfen können und war jetzt neuerlich von dem Verlangen erfüllt, endlich hinzugehen und sie mir anzusehen; und in dieses Verlangen mischte sich das Gefühl, daß all die Warterei sich wirklich gelohnt hatte. Aber auch wenn jetzt Thaw und Gronya das Kommando hatten, so hatten wir doch alle viel zuviel zu tun, als daß ich es hätte rechtfertigen können, über die Hügel zum Hausstrand zu wandern und dort einen Tag zuzubringen. Wie gern ich genau das getan hätte! Es war beinahe, nein es war tatsächlich ein körperlicher Schmerz für mich, und ich glaube, das erklärt auch, warum ich die Geschwindigkeit der Schneemobile so zu schätzen wußte, da diese mein Verlangen nach der Hütte zumindest zum Teil zu ersticken vermochten.

Ja, es schien, als sei all die Sehnsucht, die ich mein Leben lang nach dem Eis verspürt hatte, diese Sehnsucht, die ihren Anfang genommen hatte, als ich noch in der Gebärmutter lag – zumindest dachte ich mir das so –, als sei diese Sehnsucht reduziert und geläutert worden, bis sie sich jetzt auf einen neuen Ort richtete, und das war die Hütte oder eben *Die Hütte*, wie ich sie in Gedanken nannte. In dem Tagebuch, das ich damals führte, schrieb ich immer beide Worte groß, und tagelang standen alle Einträge ganz im Banne Der Hütte. »Ich möchte das alles schnell hinter mich bringen; ich möchte einen Tag in Der Hütte verbringen . . . Ich möchte die Sache mit Der Hütte nicht überstürzen und doch wünsche ich mir so sehr, endlich dort zu sein.«

Aber in der Zwischenzeit war einfach zuviel zu tun. Es dauerte zehn Tage, bis das Schiff endlich ganz entladen war, und wir beobachteten das Eis jeden Tag mit einer geradezu andächtigen Aufmerksamkeit. Es hätte jederzeit aufbrechen können, aber das passierte nicht, und wir konnten die ganze Ladung löschen, ohne die Zodiacs benutzen zu müssen. Die Wannigans der Kiwis wurden verlegt und der Sandgrund für die Holzfundamente unseres Baus teilweise eingeebnet. Glücklicherweise nisteten dort, wo wir bauen wollten, keine Skuas, sondern nur direkt oberhalb dieser Stelle, und schon denen gefiel unser Erscheinen überhaupt nicht. Ganz im Gegensatz zu den Greenpeace-Leuten. Sie hatten zu viert überwintert und warteten auf die Ablösung, die die *Gondwana* nun jederzeit bringen mußte, doch das Schiff hatte Verspätung. An unserem zweiten Schlittentag kamen sie heraus, und sie waren ausgesprochen höflich – ein internationales Team, das aus einem Amerikaner, einem Schweizer, einem Italiener und einem Österreicher bestand. Doch sie hatten selbst genug zu tun, da sie ihre Station soweit auf Vordermann bringen mußten, daß sie sie dem neuen Team übergeben konnten. Wir luden sie zu einem Festmahl auf der *Endurance* ein. Nachdem sie dann ihrerseits uns eingeladen hatten, sie zu besuchen, wann immer uns der Sinn danach stand, gingen sie zurück zu ihrer eigenen Station, um ihren Müll für die Rückführung nach Neuseeland bereitzumachen; außerdem hatten sie noch allerhand Papierkram zu erledigen und noch einiges an Reparaturen in ihrer Station vor sich, so daß wir sie kaum noch zu Gesicht bekamen, nicht einmal von weitem.

Wir brachten alles an Land. Dann machten wir uns daran, die Station aufzubauen. Die Balken wurden ausgelegt, die Wände aufgestellt. Die Dachbalken waren bald an ihrem Platz; wir bauten alles mit erstaunlicher Leichtigkeit und verblüffend schnell auf. Immerhin arbeiteten fünfzig Leute daran, der Landtrupp sowie die Schiffsmannschaft, und alle hatten wir einige Erfahrung für diese Aufgabe. Die vielen Monate der Planung trugen ihre Früchte – alle Probleme, die wir im voraus bedacht und gelöst hatten, bereiteten uns jetzt keine Schwierigkeiten mehr, sondern waren nur noch Prozeduren, die durchgeführt werden mußten. Ich fand jetzt, daß Scott ganz zu Recht gesagt hatte, der härteste Teil der Expedition sei vorüber gewesen, als sie das Planungsstadium hinter sich hatten. Während der Bauarbeiten holten wir unser Wasser aus dem Skuasee, und das war wahrscheinlich die schwierigste Aufgabe, die wir zu bewältigen hatten, das Herbeischaffen vieler Gallonen Wasser täglich aus einem See, der fast einen Kilometer von uns entfernt lag.

Während dieser Zeit legte auch die *Gondwana* im McMurdo-Sund an. Das World Park Headquarters wurde vom Schiff aus per Hubschrauber versorgt, so daß auf der gegenüberliegenden Seite des Kaps fast ununterbrochen drei Hubschrauber zugange waren. In der Nacht zum 25. Januar verschwand das Eis aus der Nordbucht, und die *Endurance* ging weiter draußen vor Anker, während wir unsere Zodiacs ans Ufer brachten. Am 2. Februar war die ganze Ladung gelöscht und die Station ebenso wie das Vorratsgebäude fertig; zur Taufe ließen wir am Vordereingang der Station eine Flasche Champagner zerschellen. Es war schon lange beschlossene Sache, daß wir die Station Framheim nennen würden, nach dem Namen von Amundsens Station in der Walfischbucht, denn eins stand wirklich fest: die Expedition Neunzig Süd war durch und durch eklektizistisch. Wir hatten unser Schiff nach einem der Schiffe Shackletons benannt, und wir hatten die Absicht, eine Expedition von Scott noch einmal durchzuführen; also schien es nur höflich, auch Amundsen irgendwie in die Sache einzubeziehen. Die *Fram* war das beste und stärkste Schiff, das je für die Erkundung polarer Gewässer gebaut worden war. Als wir die Champagnerflasche zerschmetterten und feierlich verkündeten: »Wir taufen dich auf den Namen Framheim!«, schien uns das wirklich ein geeigneter Name zu sein.

Die Station verkörperte alles, was ich mir von ihr erhofft hatte, sie war anmutig mit ihren zwei Gebäudeflügeln und dem zentralen Atrium, schön anzusehen mit ihrer Klinkerbeplankung und den wohlbemessenen Fenstern. Ich hielt es für das bestgeplante Gebäude, das je in der Antarktis aufgebaut worden war, ein Gebäude, das sich perfekt in die Landschaft aus Schnee und Eis einfügte. An diesem Abend brachten wir unsere persönlichen Dinge hinein und schliefen in behaglicher Wärme, nachdem wir die Generatoren angeworfen hatten. Bevor ich schlafen ging, klopfte Wilbur noch einmal an die Tür meines

Zimmers. Ich öffnete, und da stand er vor mir in seinem Baumwollpyjama.

»Morgan«, sagte er, »erinnerst du dich daran, daß ich einmal sagte, man müsse Dinge bauen, die Wurzeln haben? Ich glaube, genau das haben wir getan.«

»Ja, das glaube ich auch«, sagte ich.

Ich liebte unsere Station von dieser ersten Nacht an, und ich glaube nicht, daß es auch nur einem von uns anders erging. Doch zu diesem Zeitpunkt im Spätsommer hatte ich zu wenig Zeit, um mich lange über unseren Bau zu freuen. Zwölf von uns würden schon bald aufbrechen müssen, um die Barrieredepots anzulegen; Scotts Schlittenmannschaft hatte sich am 25. Januar auf den Weg gemacht. Trotzdem war ihr Zeitplan sehr knapp gewesen. Das Eis war wenige Tage, nachdem sie es überquert hatten, aus der Südbucht verschwunden. Und wir schrieben jetzt schon den 3. Februar. Die Nordbucht war eisfrei, und obwohl die Südbucht viel geschützter lag, was die Hauptwindrichtung und die Gezeiten betraf, so konnte jetzt auch dort das Eis jederzeit aufbrechen.

Falls es zum Schlimmsten kommen und die Südbucht aufbrechen sollte, bevor wir losgingen, hatten wir natürlich immer noch die *Endurance*, die uns bis zur Hüttenspitze bringen konnte. Trotzdem hielten wir es für eine gute Idee, uns unverzüglich in Bewegung zu setzen, und wir legten das Datum unseres Abmarsches auf den 7. Februar fest. Die Ladungen, die wir in die Depots bringen sollten, waren alle schon in San Francisco beziehungsweise in Neuseeland fertig gepackt worden. Da Gronya das besorgt hatte, mußte Gronya auf jeden Fall mitkommen, und natürlich würden Winnie und Wilbur sich um die Hundeteams kümmern. Auch Tryggve Olsen begleitete uns, für den Fall, daß wir Schwierigkeiten mit den Skiern oder Schlitten bekommen sollten, und Mark Tyner kam mit, um die Schneemobile zu warten. Teresa Allen, die Hilfsköchin der Expedition, würde uns ebenfalls begleiten, während Kenneth Hunter bei der Mannschaft in Framheim blieb. Jerilyn begleitete uns mit ihren Kameras, um die Schlittenfahrt aufzuzeichnen, und auch Gary Meekins mochte sich als hilfreich erweisen, falls wir nämlich irgendwelchen Leuten aus McMurdo über den Weg laufen sollten.

Thaw konnte als mein Stellvertreter kaum zurückbleiben, und Clint Wisemann, der Expeditionshistoriker, mußte ebenfalls mit von der Partie sein. Schließlich würde auch Brock mitkommen, da er uns auf der Wanderung zum Pol als Navigator dienen würde – zwar brauchten wir ihn noch nicht, solange wir uns in der Nähe sichtbarer Landmarken aufhielten, doch ihm konnte etwas Übung nicht schaden. Also machten wir zwölf uns bereit; wir hatten vor, neun Schneemobile und alle drei Hundeteams mitzunehmen.

Und ich hatte es immer noch nicht geschafft, die Hütte zu besuchen. Ein paar andere Mitglieder unserer Expedition waren indes schon dort gewesen, und zwar am Abend nach getaner Arbeit. Wir hatten vor unserem Aufbruch in Lyttelton noch erfahren, daß die Hütte verschlossen war, und zwar mit einem gewaltigen Vorhängeschloß vor einer schweren Tür, und daß der Schlüssel dazu in der Scott-Station aufbewahrt wurde. Wenn jemand aus McMurdo in die Hütte wollte, mußte er sich den Schlüssel aus Neuseeland borgen; ein Freund von uns arbeitete für die NZARP und hatte uns ein Duplikat besorgt. Alle Teilnehmer an der Expedition Neunzig Süd waren gehalten, mit diesem Schlüssel sehr diskret umzugehen, zumindest so lange, bis die Verantwortlichen in der Scott-Station und in McMurdo für den Winter aus der Antarktis verschwunden waren.

Wir hatten den Schlüssel in die Küche gehängt, und mehrere von uns hatten ihn bereits benutzt. Nach ihrer Rückkehr hatten sie jeweils Bericht erstattet. Gary Meekins hatte gesagt, er würde dort nicht gern übernachten. Kenneth Hunters Worte waren gewesen: »Es ist erstaunlich, wieviel eßbare Nahrung noch übrig ist.« Gronya meinte, die Hütte müsse unbedingt einmal saubergemacht werden, während Wilbur fand: »O Morgan, die Hütte riecht so wunderbar. Die Dinge darin ... Sie riechen wie die Dinge in deinem eigenen Haus, nicht wie Dinge in einem Museum.« Ich hatte all das begierig angehört, und jetzt endlich war ich an der Reihe, da ich entschlossen war, die Hütte zu besuchen, bevor wir uns auf die Reise machten, um unsere Depots anzulegen. Und ich wollte nicht nur einen Abend. Ich beanspruchte einen ganzen Tag für mich, packte mir etwas zum Mittagessen ein, eine Thermoskanne mit heißem Kaffee, ein Notizbuch und eine Kamera und zog meinen wärmsten Parka an. Es war ein wunderschöner, sonniger Tag im Spätsommer, aber es wehte ein scharfer Wind aus Südwesten, wie das auf

Kap Evans oft der Fall ist. Ein Jahr später hätte mir ein solcher Wind nichts mehr ausgemacht, aber an jenem Tag, zu einer Zeit, da ich mich noch nicht vollständig in der Antarktis akklimatisiert hatte, empfand ich den Wind doch als sehr kalt, und ich zog mir die Kapuze über.

Ich machte mich also auf den Weg. Zu diesem Zeitpunkt, einen Monat nach unserer Ankunft in Kap Evans, war ich nicht nur immer noch nicht in der Hütte gewesen, sondern hatte auch kaum eine Minute allein zugebracht, war kaum aus Framheim herausgekommen. Jetzt, da ich auf den Hausstrand zulief, konnte ich erst wirklich sehen, wie vielgestaltig die Landschaft war. Sie bestand aus einem komplexen Muster aus Senken, kleinen Hügeln und Fingerhalbinseln, die sich seewärts verjüngten; das Kap selbst sah wie eine Serie dreikantiger Windkanäle aus, die von den der Schwerkraft gehorchenden Fallwinden von der Eiskuppe des Polplateaus in Jahrtausenden geformt worden waren.

Während eines teilweisen white-outs im Herbst konnte man das sogar noch deutlicher sehen als an dem Tag, an dem ich das Kap überquerte. In einem white-out erheben sich Erdinseln durch die weißen Schatten, die sie umgeben. Sie sind plötzlich da und verlangen volle Aufmerksamkeit. Soweit man es nicht bereits getan hatte, zwingen sie einen, zur Kenntnis zu nehmen, daß die natürliche Welt eine Art Tendenz zu asymmetrischer Symmetrie aufzuweisen scheint. Ohne vollkommenes Muster, ohne streng lineare Entwicklung, aber immer wieder diese Erdinseln, langgestreckte Dreiecke, die seewärts zeigten.

Nach dieser Erkenntnis stellte ich am Kap eine weitere Merkwürdigkeit fest. Zwar wirkte der ganze Ort wie eine Serie gigantischer Glyptolithe, aber trotzdem gab es in Wirklichkeit keinen einzigen davon – keinen einzigen dreieckigen, vom Wind geformten Felsen – nirgends. Auf Kap Royds fanden wir sie später in großen Mengen, und dort gab es auch Granite und andere metamorphe Gesteinsbrocken, die durch irgendeinen Gletscher früher einmal dorthin verfrachtet worden waren. Aber auf Kap Evans gab es keinen Granit, keinen Schiefer, nichts. Es gab nichts außer Kenyt, einem olivinhaltigen, photolitischen Trachyt, einer Art Bimsstein. Er kam hier in allen Formen und Größen vor, vom Staubkorn über Sandkorngröße bis hin zu Gesteinsbrocken und großen Felsblöcken. Der Kenyt war ursprünglich aus dem Krater des Erebus herausgeschleudert worden. Es handelte sich um ein Eruptivgestein, das der Geologe nach seiner Größe klassifizieren würde. Teilchen mit kleinerem Durchmesser als zwei Millimeter würden Asche genannt werden, Steine unter sechs Zentimetern Durchmesser Lapilli, das lateinische Wort für »kleine Steine«; die größeren Stücke würden auch weiter unterteilt werden, und innerhalb dieser grundsätzlichen Kategorisierung würden alle Eruptivgesteine durch ihre Textur näher beschrieben werden. Und normalerweise würde, ganz gleich zu welcher speziellen Kategorie ein Stein zählte, eine chemische Analyse nötig sein. Was an Kap Evans so ungewöhnlich war und das Fehlen von Glyptolithen erklärte, war der Umstand, daß hier alles Gestein, angefangen von der Asche bis hin zu den großen Felsblöcken, die gleiche chemische Struktur aufwies.

Cherry-Garrard war, wie ich mich erinnerte, der Auffassung gewesen, dieser Umstand mache das Kap »geologisch langweilig«. Ich sah das anders. Ich fand, es machte das Kap zu etwas ganz Besonderem. Kap Evans war, was es war: Kenyt, und seine Zusammensetzung war durch die enorme Geschwindigkeit der Abkühlung sehr heißen Magmas beeinflußt worden, das schlagartig antarktischen Temperaturen ausgesetzt gewesen war. Im Gegensatz zu hawaianischem Bimsstein, der aus einem Magma voller Luft besteht, ist Kenyt schwer; er liegt schwer in der Hand. Und im Gegensatz zu hawaianischem Bimsstein ist er so schnell abgekühlt und metamorphosiert, daß in seinem Innern diamantförmige Kristalle eingebettet sind, die wie Augen aussehen. Ohne Lider, aber leuchtend blicken sie einen aus dem rauhen Bimsstein an, der sie eng umschließt. Sie sind weich und flach und haben große Ähnlichkeit mit Mandeln aus Obsidian. Ich ging über das Kap und sammelte dabei immer wieder kleine Kenytbröckchen auf, und jedesmal entdeckte ich ein Auge in ihnen, ein Auge, das mich anzusehen schien; das erschien mir eigenartig und zugleich seltsam vertraut, denn seit meinem ersten Spaziergang am Kap hatte ich das Gefühl gehabt, daß der Stein dort auf merkwürdige Weise lebendig war.

Das zu beschreiben ist sehr schwierig. Schwieriger vielleicht als alles andere. Viele Steinzeitkulturen müssen dasselbe Gefühl gehabt haben. In die Steine ihrer heiligen Zirkel hatten sie oft lidlose, mandelförmige Augen eingeschnitzt, vielleicht stellvertretend für etwas, das einige die »Augengöttin« nennen, aber vielleicht taten sie nur für den Stein, was der Stein nicht für sich selbst tun konnte, etwas, das der Kenyt in Kap Evans vermocht hatte – sie gaben ihm Augen, durch die er sehen konnte, denn wenn man das Gefühl hat, daß ein Fels lebt, dann will man auch spüren, daß er in der Lage ist, das Universum zu erschauen. In meinem Falle, als ich über das Kap wanderte und Kenytbröckchen aufsammelte und ihre Augen betrachtete, wurde mir nur um so bewußter, daß Kap Evans ein magischer Ort war und daß das an den Steinen lag, die das Kap bildeten; alles ein und dieselbe Substanz, in tausenderlei Gestalt. Der Stein war schwarz, und das machte einen Teil seiner Magie aus, denn während Weiß eine sehr komplexe Farbe ist, die alle Wellenlängen des Spektrums enthält, enthält Schwarz nur wenige Wellenlängen; es ist die Grundfarbe der Bedeutung, die offenbarte Seele aller Körperlichkeit. Wichtig war auch, daß hier aller Stein aus Kenyt bestand. Dieser Umstand machte Kap Evans zu etwas Übersinnlichem, etwas Verzaubertem, etwas Psychokinetischem. Der Stein schien die Grundsubstanz, die *sthula sharira* des physischen Universums zu sein, der Uranfang, der Grundbaustein von allem, das überhaupt entstehen kann. Er war wie das Rohmaterial der gesamten Erde.

Und dieses Rohmaterial war lebendig. Es schien zu leben. Es fühlte sich lebendig an. Scott beschrieb einen Sturm auf Kap Evans: »Ein wäßriger Mond scheint durch eine dünne Schicht von Zirrostratus, ein geisterhaftes Licht und zerrissene Wolken von fliegendem Schnee, ein Anblick, der eine faszinierende Einsamkeit ausstrahlt. Ein reißender, tobender Sturm könnte sich nicht besser in Szene setzen.« Und doch war es nicht so sehr der Wind, der hier sichtbar wurde oder sich in Szene setzte, als vielmehr die Kraft, die ihn antrieb und ihn auf seine Sturmfahrt um den Planeten schickte, die Kraft, die auch in jedem einzelnen Stück Kenyt eingeschlossen war. Kap Evans wurde für mich tatsächlich, ganz gleich ob im Sturm oder im klaren Sonnenschein, zur Rechtfertigung einer vitalistischen Philosophie, denn dort schien es oft völlig gleichgültig, ob es wissenschaftliche Erklärungen für eine Erscheinung gab oder nicht. Was bedeuteten schon wissenschaftliche Erklärungen für das Schwarz des Gesteins, für seine Gleichartigkeit, für die Fallwinde, die darüber hinwegtobten? Es waren höchstens Erklärungen für die verschiedenen Formen, die das Verlangen annahm. Aber das Verlangen selbst war rein und unerklärbar; es war der Kern von allem, das im Universum existiert, von allem Lebendigen, angefangen von den Felsen über die Berge bis zu den Wirbelstürmen. Alles hatte seine Sehnsucht, und die Sehnsucht war alles. Sie hatte die Rocky Mountains hervorgebracht und das transantarktische Gebirge und die Insel Naxos. Sie hatte das Rossmeer und die blaue Ägäis und den Skuasee geschaffen. Durch den Menschen ließ sie sowohl gute als auch schlechte Kunst, gute wie auch schlechte Wissenschaft, gute wie auch schlechte Architektur entstehen. Sie brachte Liebe und Krieg zustande, Demokratie und Tyrannei, und hier, hier in der Antarktis, hier hatte sie ihren Ursprung.

Während ich dies schreibe, begreife ich auch, daß es nicht weiter verwunderlich ist, daß ich mich während meiner Zeit auf Kap Evans gleich zweimal verliebte, einmal in die *Terra-Nova*-Hütte und dann in einen Mann – und daß meine Gefühle für die Hütte und für den Mann nicht so unterschiedlich waren, wie man sich vorstellen könnte. Sie wurzelten beide im Kenyt und in den Winden und Stürmen und ebenso im Feuer und im Eis dieses Ortes, im heißen Dom des Erebus und in dem kalten Land, das der Erebus geschaffen hatte. Die absolute Verschmelzung zweier entgegengesetzter Kräfte ist die Liebe, ist Vereinigung und gleichzeitig Verlangen; Vereinigung bringt aber keine Befriedigung für immer, denn die Sehnsucht des Magma nach Luft kann niemals endgültig befriedigt werden. Das Magma bleibt vielleicht untätig, so wie das Magma des Erebus für zwanzigtausend Jahre oder mehr, und trotzdem wird es eines Tages wieder ausbrechen, und alles wird vor ihm zurückweichen.

Dieser Tag war der Tag der *Terra-Nova*-Hütte. Mein Herz hämmerte, als ich über die Kuppe des Windfahnenhügels kam. Oben stand ein Kreuz, errichtet im Gedenken nicht an Scotts Polmannschaft, sondern an einige Mitglieder der *Aurora*-Expedition, die den Tod gefunden hatten, nachdem sie hier gestrandet waren. Ich war mir dieses Kreuzes überdeutlich bewußt, als ich den Hügel erklomm, und ich hatte das Gefühl, wenn ich es erreichte, würde ich stehenbleiben und ihm meinen Respekt zollen müssen. Aber als ich oben angekommen war, vergaß ich das Kreuz mitsamt dem Hügel, auf dem es stand. Ich sah nur noch die Hütte, die jetzt ein paar hundert Meter unter mir lag. Und wenn ich auch niemanden davon überzeugen will, daß die *Terra-Nova*-Hütte das schönste Gebäude der Welt ist, das herrlichste, das je gebaut wurde, so traf diese Einschätzung aus meiner persönlichen Sicht dennoch zu. Die Hütte war genauso, wie ich sie mir vorgestellt hatte. Nur, daß sie jetzt nicht mehr meiner Phantasie angehörte, sondern real war. Sie werden wissen, wie ich mich gefühlt habe, wenn Sie sich an ein Buch erinnern, das Ihnen, als Sie noch ein kleines Kind waren, besonders teuer gewesen ist. Das Buch könnte *Der Wind in den Weiden* oder *Pu der Bär* oder *The Secret Garden* gewesen sein. Erinnern Sie sich noch, wie es Sie danach verlangte, in das Buch hineinzuhuschen, mitten zwischen seine Buchdeckel? Dann stellen Sie sich vor, es sei Ihnen schließlich gelungen.

Nun, genauso fühlte ich mich auf Kap Evans, als ich hinunter auf die Hütte schaute, mein Lieblingsbuch. Diese Wände, dieses Dach, dieser Anbau, für mich ein funkelndes Schloß im Herzen eines herrlichen Märchens. Ich war schon einmal hierhergekommen ins Eis, und jetzt kam ich ein zweites Mal heim, um etwas Menschlicheres zu sehen, und Tränen des Glücks traten mir in die Augen. Dies war eine Geschichte, die ich mir selbst so oft erzählt hatte, diese Ankunft in der Hütte der britischen Antarktisexpedition. Bis zu diesem Augenblick war ich mir immer der Möglichkeit bewußt gewesen, daß es mir nicht gelingen könnte. Jetzt, als ich über den schwarzen Kenyt lief, fühlte ich mich plötzlich zu voller Lebendigkeit erwacht, denn dort lag es, ein anmutiges Gebäude, das 1911 in nur drei Wochen errichtet worden war. Es hatte ein neues Dach und ein paar neue Wandbretter, und die Fenster waren versiegelt worden. Bevor die Quartermain-Truppe es in den sechziger Jahren wiederhergestellt hatte, war das Innere der Hütte beinahe zur Gänze vereist gewesen. Und da stand sie nun, eine Hütte, von deren Erbauern keiner es sich hätte träumen lassen, daß sie achtzig Jahre in der Antarktis überstehen würde, und doch hatte sie genau das getan.

Ich ging nicht hinein, nicht sofort. Ich ging darum herum und schaute mir an, was es ringsum an den Wänden zu sehen ab. Entlang der westlichen Wand des Anbaus lagen Heuballen. Der Wind hatte achtzig Jahre lang an ihnen gezerrt, so daß sie wie Brotlaibe aussahen, und in gewisser Weise waren sie ja auch Brotlaibe gewesen, Brot für die Ponys. An der Südwand lehnten Schlittenkufen. Sie waren schon lange von ihren verlorenen Schlitten getrennt, aber sie standen bereit, so als könnten die Schlitten jederzeit zu ihnen zurückkehren. Auch ein Ofenrohr stand da für den Herd und wartete darauf, benutzt zu werden. Und dann die Skier, lange und dicke Skier, genau wie unsere. Dann streifte mein Blick Kisten und Leitern, Benzinkanister und Axtstiele, das ganze Sammelsurium des Lebens.

An einer Seite der Hütte befand sich ein Schild. NZARP hatte es dort aufgehängt, und seine Aufschrift lautete: »Diese Hütte wurde erbaut von Mitgliedern der britischen Antarktisexpedition von 1910 bis 1913 unter Kapitän R. Scott. Die Hütte wurde 1960 so weit wie möglich wieder in den Zustand gebracht, in dem sie sich zur Zeit ihrer Benutzung befand. Besucher werden gebeten, zu beachten, daß dieses Gebäude eine historische Gedenkstätte und mit allem, was sich darin befindet, unersetzlich ist. Bitte fassen sie in dieser Hütte nichts an.«

Ich las das Schild und mußte lächeln. Dann öffnete ich das Vorhängeschloß an der Tür, die in den Anbau führte, drückte die Tür auf, stellte sie mit einem Axtstiel fest und hängte das Schloß wieder an seinen Beschlag. Ich trat über die hohe Türschwelle in den Anbau ein; ein ganz bestimmter Geruch schlug mir entgegen, der Geruch eines großen Stückes Seehundfett, Fett, das die *Aurora*-Truppe für ihre Lampen und Öfen und vielleicht auch als Nahrung eingelagert hatte. Sie war gerettet worden, bevor sie Gelegenheit hatte, alles zu verbrauchen, so daß das Fett jetzt seit fünfundsiebzig Jahren dort lag und sich an den Rändern schon ein wenig auflöste. Sonst war es aber noch vollkommen unversehrt und keineswegs verfault. Ich sog den warmen, köstlichen Duft tief ein – einen Duft, den ich später lieben lernte –, während ich mir das Durcheinander, das in dem Anbau herrschte, ansah. Dann machte ich einen Schritt auf die Innentür zu, ging die Stufen hinauf und legte meine Hand auf den Riegel. Dieser Riegel war mit einem Tau verbunden, dessen Ende ein Matrose der britischen Marine kunstvoll zu einer »Affenfaust« geknüpft hatte. Ich zog an diesem Knauf, der Riegel hob sich, die Tür sprang auf, dahinter Dunkelheit. Jetzt schlug mir aus der Hütte ein Geruch von Holzrauch entgegen, wie um mich zu begrüßen.

Holzrauch! Und das nach all den Jahren. Er lag immer noch in den Räumen der Hütte, genauso wie das Sonnenlicht nach wie vor fröhlich durch die Fenster im Westen fiel. Das Sonnenlicht wirkte sonderbar – es schwebte kein Staub darin –, aber es sah warm aus und fiel auch durch die Ostfenster, so daß die Sonnenstrahlen aus beiden Richtungen einander beinahe kreuzten. Selbst an diesem hellen Tag im Spätsommer war die Hütte ziemlich finster, aber es war doch hell genug, um etwas erkennen zu können, und ich schloß die Tür hinter mir und zog meinen Parka aus. Ich hängte ihn an einen Nagel an der Wand zu meiner Linken und sah mich noch einmal in der Hütte um, bevor ich sagte: »Hallo Jungs.« Alle nickten mir freundlich zu.

Aber sie sagten nichts. Das war auch nicht nötig, soweit es sie betraf. Immerhin war ich nur fünf oder zehn Minuten draußen gewesen, um irgend etwas am Strand zu erledigen. Und sie waren alle sehr beschäftigt in ihren kleinen, eigenen Bereichen. In der offenstehenden Tür zur Dunkelkammer stand Ponting. Debenham schliff auf dem Tisch in der Mitte der Hütte Steine. Clissold knetete Brot in der Kombüse. Bowers stand auf einem Hocker vor seiner Koje und schrieb einen Brief an seine Mutter in England. Oates war nicht da, und ich stellte mir vor, daß er nur kurz rausgegangen war, um im Stall nach den Ponys zu sehen. Auf der anderen Seite der Hütte, östlich von Pontings Dunkelkammer und hinter dem Pianola, hielt Atkinson eine Laborflasche mit Parasiten in die Höhe. Scott konnte ich im Augenblick nicht sehen, aber vielleicht war er in seinem Schapp direkt hinter den »Wohnblocks«. Oder vielleicht war auch er gerade rausgegangen.

Als ich sprach, hallten meine Worte nicht wider, wie das in einem verlassenen Gebäude hätte der Fall sein müssen. Sie wurden von der Hütte absorbiert, von ihrer Einrichtung und ihren Bewohnern. Ich ging zurück zum Eingang, um mich davon zu überzeugen, daß meine Stiefel sauber waren, und dann sah ich mich nach einem Besen um, um den Sand wegzufegen, denn ich erinnerte mich plötzlich daran, wie wir uns bemüht hatten zu verhindern, daß der Vulkanstaub unser Linoleum ruinierte. Ich fand einen modernen Besen direkt neben zwei modernen Feuerlöschern und benutzte ihn, dann stellte ich ihn ordentlich wieder dorthin, wo er vorher gelehnt hatte, und durchquerte die Hütte. Ich hatte die Berichte von anderen Besuchern gelesen und von ihrem seltsamen Gefühl, daß sie nicht die Ruhe der Toten, sondern die der Lebenden störten und daß die rechtmäßigen Bewohner der Hütte jeden Augenblick zurückkehren und sie dort antreffen könnten. Auch ich hatte befürchtet, etwas Derartiges zu empfinden, aber statt dessen spürte ich schlicht und einfach, daß ich einer der Bewohner der Hütte war, spürte, daß ich die Hütte so gut kannte, als hätte ich früher einmal hier gelebt.

Ich habe nie zu den Leuten gehört, die an ein früheres Leben glauben – obwohl ich wünschte, ich könnte es –, aber in der Hütte war ich plötzlich kurz davor. All meine Sinne vermittelten mir dieselbe Information. Sie sagten mir, daß ich diesen Ort genauso gut kannte oder sogar noch besser als meinen eigenen Körper. Ich verspürte den beinahe überwältigenden Wunsch, den Ofen anzumachen, die Hütte zu heizen und dann ein bißchen aufzuräumen. Ich wollte die Lederstiefel, die von Atkinsons Koje in den »Wohnblocks« herabhingen, herunternehmen. Keiner von uns hängte seine Stiefel an den Etagenbetten auf. Und auf Atkinsons Tisch in der Ecke der Physiker herrschte totales Durcheinander. Es lagen sogar zerbrochene Flaschen darauf herum. Und die Kojen von Nelson und Day waren früher einmal ein Musterbeispiel an Sauberkeit gewesen. Gewiß hätten beide nichts dagegen, wenn ich ihr Reich ein bißchen auf Vordermann brächte? Aber na ja, es spielte keine große Rolle. Im großen und ganzen war das meiste unverändert geblieben, und in der kurzen Zeit, seit ich und die anderen weg waren, hatte sich nur sehr wenig verändert.

Lassen Sie es mich erklären oder eine Erklärung wenigstens versuchen. Alle meine Sinne, ja eine ganze Flut von Eindrücken, die ich über Augen, Nase und Ohren wahrnahm, sagten mir, daß ich nicht nur früher einmal hier gewesen war, sondern daß erst kürzlich, höchstens vor ein paar Jahren, jemand hier gelebt haben mußte. Sie kennen das sicher, daß man in einem bis vor kurzem bewohnten Zimmer die Präsenz von etwas Lebendigem spürt. In der Hütte gab es eine solche Präsenz. Ich nehme mir keine dichterische Freiheit heraus und erzähle hier nichts, was ich nicht wirklich so empfand. Soweit ich dieses überwältigende Gefühl einer Gegenwart überhaupt erklären kann, muß ich auf organische Energiemuster zurückgreifen. Wir alle bestehen aus solchen Mustern, die von uns ausgehen, und es muß möglich sein, daß sie sich unter bestimmten Umständen in unserer Umgebung einnisten. In der Antarktis bleiben sie vielleicht länger erhalten als irgendwo sonst auf der Erde, weil unter den dortigen Bedingungen viele Dinge lange konserviert werden. Wo es keine Bakterien gibt, zersetzt sich auch nichts so, wie wir es gewohnt sind. Es gibt auf diesem Kontinent keine Mäuse, die die Krümel der Vergangenheit annagen könnten, und keine Würmer, die sich durch sie hindurchfressen. Nichts verwest, alles bleibt, und die Kälte konserviert die Dinge in einer Frische, die den Weg ins Eis zur Zeitreise macht – die einzige, die uns Menschen bisher möglich ist.

Das Bemerkenswerte an dem Erlebnis mit der Hütte war nun nicht einfach, daß ihre Bewohner gerade für einen Moment hinausgegangen zu sein schienen. Es war auch nicht allein der Umstand, daß die Hütte mir persönlich so vertraut war, als hätte ich darin gelebt. Am erstaunlichsten war vielmehr, daß das Gebäude selbst gleichsam in Zeitlupe existierte. Es war 1911 errichtet worden, und seither war der Erste Weltkrieg entfesselt worden, waren Stellungs- und Grabenkrieg feste Begriffe geworden, waren die alten Dynastien gestürzt. Obwohl eine halbe Million Soldaten gefallen waren, hatte man heute die Schlachten von Paschendaele und von Ypres beinahe vergessen. Der Zar und seine Familie waren in einem Keller abgeschlachtet, die Sowjetunion war aufgebaut worden, mit echtem Idealismus anfangs, dann war Stalin an die Macht gelangt und hatte alle Hoffnungen zunichte gemacht. Deutschland, Italien und Spanien hatten das Entstehen des Faschismus erlebt, das Dritte Reich war ungehindert nach Polen einmarschiert. Die deutschen Bombenangriffe hatten London beinahe zerstört, die Normandie hatte die Invasion der Alliierten gesehen, die Todeslager waren entdeckt worden, das grausame Ausmaß des Holocaust. In Japan hatte die nationalistische Bewegung zu Pearl Harbour und den Kamikaze-Piloten geführt, dazu, daß Frauen mit Holzschwertern trainiert wurden, um ihre Heimat gegen die Invasion zu verteidigen; aber statt dessen waren dann Nagasaki und Hiroshima zerstört worden, und die Welt hatte ein neues, furchtbares Licht erblickt, das den Himmel überstrahlte und eine pilzförmige Wolke aufsteigen ließ. Einstein hatte das Atomzeitalter noch erlebt. Er hatte dagegen angekämpft, daß sein Genie im Dienste der Zerstörung mißbraucht wurde, in Fabriken, die die glänzenden, neuen Flugkörper produzierten. In den fünfziger Jahren unseres Jahrhunderts verfielen die Vereinigten Staaten in einen Zustand von derartiger Unterdrückung, daß es unausweichlich schien, daß die sechziger Jahre zu dem wurden, was sie waren. Und dann hatte schließlich für die, die daran beteiligt waren, der Vietnamkrieg alle Schrecken noch einmal neu erfunden; für Bürger anderer Länder hatte der Schrecken andere Gesichter. Pol Pot in Kambodscha. Die Verschwundenen in Argentinien. Die Intifada in Palästina. Der ewige Krieg in Irland. All das ereignete sich nach der Niederlage des Kolonialismus und Imperialismus und zeigte aufs neue, wie sehr in der Politik der Schein trügen kann.

Aber die Hütte, in der ich jetzt stand, wußte von alledem nichts. Sie war nicht dabeigewesen. Sie hatte das zwanzigste Jahrhundert verpaßt. Sie war gewissermaßen im zweiten Jahrzehnt des Jahrhunderts stehengeblieben. Sie hatte natürlich auch die guten Dinge des Jahrhunderts verpaßt, die Bilder unseres Globus vom Weltraum aus, die Bilder, die uns die Schönheit und Zerbrechlichkeit unseres Planeten gezeigt hatten. Computer hatten das Kommunikationswesen revolutioniert, Satelliten waren in den Himmel geschossen worden, und ganz zaghaft hatte sich der Gedanke von der Welt als globalem Dorf im menschlichen Denken breitgemacht. Die Menschen wußten jetzt, daß es im Himmel keine Schranken gab, daß das Verhalten eines einzelnen weitreichende Konsequenzen haben konnte und daß wir, wo wir auch herkommen mochten, alle in dieselbe Richtung steuerten. Aber während Neonationalismus und Neofaschismus so manches Land in ihren Fängen hielten, veränderten sich Luft und Wasser, die wir doch alle teilten, und die Biosphäre, in der wir gleichermaßen lebten, tagtäglich durch das Handeln unserer eigenen Spezies. Jetzt, da wir am Rand des nächsten Jahrhunderts standen, standen wir zugleich vor einer Entscheidung, und die stand auf des Messers Schneide.

Doch all das wußte die Hütte nicht.

Was hatte mein Großvater gesagt, bevor ich aufgebrochen war? »Denk dran, was du mir erzählt hast. Später – früher – gleichzeitig. Bedeutungslose Ausdrücke, es sei denn, du gibst ihnen einen bestimmten Bezugsrahmen.« Als ich ihn gefragt hatte, was er damit meinte, hatte er geantwortet: »Find's raus. Benutze dein Gehirn dafür. Gehirn oder Muskeln? Gehirnmuskeln, das wäre das beste.« Außerdem hatte er gesagt: »Du kannst von Glück sagen, ich hoffe, du weißt das.« Und er hatte recht gehabt, sowohl, was die Relativität der Zeit betraf, als auch, was mein Glück betraf. Da befand ich mich also plötzlich im Jahre 1911. Mein Herzenswunsch war erfüllt worden, obwohl ich bisher gar nicht gewußt hatte, was es eigentlich war, das ich mir von Herzen wünschte. Zurückzukehren in eine Zeit, bevor meine Sehnsucht ihren Anfang genommen hatte, zu sehen, wie die Welt ohne mich damals gewesen war, wie wir von dort, wo wir herkamen, dorthin gelangt waren, wo wir gerade gingen.

Das war der Grund, warum ich in die Antarktis gekommen war. Und jetzt machte ich mich ans Werk. Ich spazierte behutsam durch die Kombüse und betrachtete die Nahrungsmittel auf den Regalen und in den Kisten. Da war das vielfotografierte Regal, auf dem die Verdauungskekse von Hunter and Palmer standen und Flaschen mit Heinz Tomatenketchup, der Malz-Tafelessig, Coleman's Senf und Fry's Kakao. Das da, in dem runden Metallbehälter, war der feinste Holländerkäse. Auf einem Kasten mit der Aufschrift LANDUNGSTRUPPE, WÜRFELZUCKER befand sich noch immer in Papier eingewickelter Zucker. Dann gab es zwei Arten von Eipulver: VOGELEIPULVER, GARANTIERT OHNE EIER und ECHTEI, KEIN ERSATZ SONDERN EIER OHNE SCHALEN UND FEUCHTIGKEIT. Ein weiteres großes Käserad kaum aus Neuseeland – KÄSE AUS GERALDINES SAHNEFABRIK. Dann gab es einige würfelförmige Behälter mit Hunter's berühmter Hafergrütze, außerdem Lipton's besten Kaffee mit Zichorie, Bush's schwarzes Johannisbeergelee und französischen Kaffee in roten, weißen und blauen Dosen. Mockturtle-Suppe und Baked Beans von Heinz. Symingtons goldmedaillenhochdruckdampfpräpariertes Erbsenpulver. »Für die Zubereitung einer köstlichen, nahrhaften Suppe in einer Minute.« Instantsuppe! »Sie ist leicht verdaulich, sehr gesund, ist rasch gekocht, ergibt eine Tasse köstlicher Suppe und verursacht niemals Magen- oder Darmbeschwerden.« Fast food, übertriebene Reklame und die unberechenbare Wirkung mancher Gemüse auf den menschlichen Organismus waren, wie es schien, schon lange vor meiner Zeit bekannt.

Es gab noch weitere Nahrungsmittel. Geröstetes Kalbfleisch in Dosen und Schinkenbraten, ebenfalls in Dosen. Idealmilch (»sterilisiert, ungesüßt«), konservierter Kohl, schottischer Grünkohl und eingelegte Zwiebeln. Anchovis, französische Kaiserpflaumen und Saucen von John Burgess und Sohn. Einige Kartons, in denen diese Dinge lagerten, waren als Schlittenrationen gekennzeichnet, obwohl es sich eindeutig nicht um Schlittenrationen handelte. Andere Kisten trugen die Aufschrift LYTTELTON, und auf einigen war in der Mitte ein kleines, schwarzes Dreieck mit den Buchstaben BAE eingestanzt. In den Kartons, die direkt neben Clissolds Ofen standen, befanden sich viele Flaschen mit BESTEM SPEISESALZ MARKE MARMOSET EIGENS FÜR DEN EXPORT PRODUZIERT, wunderbare Glasflaschen, versiegelt mit einem Korken und mit einem Glasstöpsel. Ich starrte sie an und versuchte mir vorzustellen, warum sie wohl soviel Salz gebraucht hatten, bis mir plötzlich die Erklärung einfiel. Das Salz war nicht für das Essen gedacht, sondern zur Konservierung der biologischen Präparate.

Die Nahrungsmittel selbst hatten keiner Konservierung bedurft. Es hatte nichts weiter gebraucht als die antarktische Kälte und die antarktische Luft. Die meisten Vorräte waren noch zu benutzen, das heißt, immer noch eßbar. Ein paar Dinge wie der Käse aus Holland und Neuseeland mochten zwar im Laufe der Jahre ungenießbar geworden sein, aber der Kakao, der Zucker, das Milch- und das Eipulver, all das hätte man noch gut verzehren können. Diese Empfindung hatte etwas schrecklich Intimes, denn von allen Dingen in der Hütte waren die Nahrungsmittel die, mit deren Verwendung ich am besten vertraut war und die ich im Ernstfall am dringendsten benötigen würde. Ich würde sie natürlich nicht wirklich benötigen, aber wenn Framheim und Greenpeace und die Wannigans plötzlich verschwinden würden und ich wie ein Mitglied der *Aurora*-Mannschaft gestrandet wäre, dann hätte ich in diese Hütte kommen und Monat um Monat von dem Proviant leben können, der seit achtzig Jahren dort gewartet hatte. Ich hätte die Nahrungsmittel kochen können, genau die gleichen, die Scott gegessen hatte, und dann hätte ich einige der Kerzen anzünden können, genau die gleichen Kerzen wie die, in deren Schein Scott gelesen hatte. Die Kerzen befanden sich ebenfalls in der Kombüse, Hunderte und Aberhunderte unbenutzter, weißer Kerzen, deren Aufschrift mich darüber informierte, daß es sich um Kerzen aus speziellem Paraffinwachs handelte, mit einem Zusatz, der ihre Benutzung selbst in einem heißen Klima ermöglicht hätte. Ich nahm eine der Kerzen in die Hand und spürte ihr Gewicht, die wächserne Oberfläche, betrachtete den langen, weißen Docht und legte die Kerze dann zurück.

Ferner fand ich einige Stücke Sunlicht-Seife, gekauft in London im Jahre 1909, und ein jedes noch eingewickelt in zartes Pergamentpapier. Auf dem Papier stand: SUNLICHTSEIFE MACHT HARTE ARBEIT LEICHTER. SPENDET ÜPPIGEN SCHAUM IN HARTEM WIE IN WEICHEM WASSER. Ich konnte die abgearbeiteten Hände der Frauen der Londoner Seifenfabrik vor mir sehen, die die Seifenstücke eingewickelt hatten. Ihre Kleider reichten ihnen bis zu den Knöcheln, ihre Gesichter waren rußgeschwärzt, und sie packten jedes Stück Seife von Hand ordentlich ein, eins nach dem anderen. Jetzt lebten ihre Urgroßenkel in London, aber keiner von ihnen hatte dieses schier unglaubliche Glück, das ich gehabt hatte, nämlich ein Stück von dieser Seife in der Hand halten zu dürfen, nur ein paar Jahre nachdem sie sie eingepackt hatten.

Hinter der Kombüse lag der größere Teil der Hütte, und jetzt ging ich dort auf und ab und stellte fest, daß Wilbur recht gehabt hatte. Die

Dinge in der Hütte rochen wunderbar, ganz wie die Dinge, die man selbst zu Hause hatte, nicht wie Ausstellungsstücke in einem Museum. Ja, sie waren den Ausstellungsstücken in der Antarktisabteilung des Canterbury Museums so wenig ähnlich, daß sie etwas vollkommen anderes zu sein schienen. Im Museum waren Rentierschlafsäcke ausgestellt, Primuskocher und Fausthandschuhe, Essensproben und fotografische sowie wissenschaftliche Ausrüstungsgegenstände. All diese Dinge kamen aus eben dieser Hütte, soviel stand fest, und doch waren sie von ihrem Ursprung abgeschnitten, von ihrer Umgebung, und so waren sie auch von ihrer Bedeutung abgeschnitten, so daß sie schließlich nichts anderes mehr waren als beinahe beliebige Gegenstände hinter Glas. Sie waren mir nicht viel interessanter vorgekommen als die absurden Löffelidole, die aus der Erde von Naxos ausgegraben und dann auf Regale gehäuft worden waren, auf denen sie keinerlei Bedeutung mehr hatten. Aber hier, an dem einzigen Ort auf der Welt, an dem man vielleicht wirklich durch die Zeit reisen konnte, hier waren die Gegenstände in der Hütte keine Schaustücke, keine Museumsexponate, ebensowenig wie der schreckliche Begriff »Eigentum« zu ihnen paßte. Die Gegenstände in der Hütte waren Besitztümer, das war das einzig passende Wort für sie; sie waren noch immer im Besitz der Männer, die sie ausgewählt und benutzt und später dort zurückgelassen hatten, obwohl sie sie bis heute immer wieder mit sanfter Berührung streiften.

Und ich war, wie es schien, nicht der einzige Mensch, der so empfand. Ja, dieses Schild an der Wand der Hütte, das die Leute ermahnte, nichts anzufassen, schien überflüssig, denn in dieser Hütte war mir sofort aufgefallen, daß sie den Menschen, die sie betraten, Respekt einflößte. An einem anderen Ort, an jedem anderen derart unbewachten Ort, wäre es für Besucher ein leichtes gewesen, die vielen hundert Kerzen und die vielen hundert Seifenstücke als »Souvenirs« zu betrachten. Allzuleicht für Leute, die sich gern mit dem Gedanken beruhigen, daß sie ja »nur eins« mitnehmen. Hier war das nie geschehen, dessen war ich mir sicher. Anstatt irgend etwas aus der Hütte mitzunehmen, brachten die Menschen offensichtlich eher noch Dinge mit hinein, Dinge, die Jahrzehnte am Strand begraben gewesen und jetzt wieder aufgetaucht waren. Auf dem Tisch in der Nähe des Eingangs lag ein kleiner Haufen mit Gegenständen, an denen noch immer Sand klebte. Auf einigen dieser Dinge klebten Etiketten, oder es lagen Notizzettel daneben, auf denen der Name des Finders und das Datum des Fundes vermerkt waren.

Ich werde später noch einmal in die Hütte zurückkehren. Denn wo ich heute auch hinschaue, ich finde die Hütte wie einen Ort, der in einer Kristallkugel aufsteigt, wann immer man seine Hände darübergleiten läßt. Ich kehrte im kommenden Winter häufig in die Hütte zurück, und wann immer jemand anderes zur Hütte kam, war ich bereits da, freute mich darüber, Besuch zu bekommen, und sprang auf, um ihn zu begrüßen. Dann wurde mir mit einem Anflug von Trauer klar, daß ich den Ofen nicht anheizen konnte, daß ich keinen heißen Tee und keine Kekse anzubieten hatte, daß ich nicht so gastfreundlich sein konnte, wie ich es gern gewesen wäre. Ich fühlte mich immer wie einer der Bewohner der Hütte oder vielleicht sogar wie eines ihrer Besitztümer, so daß es mir stets schwerfiel, mich daran zu erinnern, welches Jahr wir schrieben. Ich verspürte ein leidenschaftliches und absolutes Vergnügen, wenn ich das tröstliche Geräusch des Windes auf dem Dach hörte, das dem Stöhnen der Ponys im Laderaum der *Terra Nova* glich; die armen, geduldigen Tiere standen nebenan im Stallanbau, während ich am Tisch saß, in der Achterwache, und lauschte. Ich hörte das anheimelnde Stampfen ihrer Füße auf der Vulkanasche. Der Atem aus ihren Nüstern war in der kalten Luft zu sehen, und Oates fütterte sie mit dampfendem Brei, den sie völlig auffraßen, bevor sie stehend und ein wenig schwankend einschliefen. Das dezente Knistern in der Hütte war angenehm, die leisen, knackenden Geräusche, wenn sie sich von Zeit zu Zeit bequem zurechtrückte. Ich führte lange Gespräche mit den Männern, vor allem mit Cherry-Garrard – was mich zu Anfang ziemlich überraschte, da er nicht besonders viel für Frauen übrig hatte.

Aber als ich dort war, war ich keine Frau. Ich war auch kein Mann. Ich war ein menschliches Wesen, genauso wie sie. Ich war einer von ihnen. Der Vorteil einer durch und durch männlichen Truppe in diesem Zeitalter, das sie in die Antarktis geführt hatte, hatte darin gelegen, daß die Männer sich so wie menschliche Wesen hatten benehmen können. Also unterhielten wir uns viel; ich erzählte ihnen von den Aktivitäten in Framheim, von den Hunden und wie wir mit unseren Schlitten zurechtkamen. Ich erzählte ihnen nach der Rückkehr von der Herbstfahrt von unserer Depotreise. Sie erzählten mir von ihren Schlittenfahrten und rieten mir, vorsichtig zu sein. Sie fragten sich, ob ich wohl wisse, was ich da tat. Sie meinten sogar, daß sie, wenn sie es noch einmal zu tun hätten, überhaupt nicht zum Südpol gehen würden. Denn der sei nur ein riesiges, flaches, kaltes, weißes Nichts. Scott war übrigens nie dort in der Hütte. Alle anderen, nur Scott nicht. Ich konnte ihn niemals spüren, niemals sehen, nie mit ihm reden.

Darüber dachte ich ab und zu verwundert nach, während ich dem Wind lauschte, der nach Norden hin über mich hinwegfegte.

Wir brachen wie geplant am 7. Februar zu zwölft zum Ross-Schelfeis auf – die übrigen dreizehn blieben in Framheim –, und ich war froh, daß die Südbucht noch nicht aufgebrochen war, so daß wir die ersten zweiunddreißig Kilometer der Wanderung zur Hüttenspitze auf dem Meereis zurücklegen konnten. Am Tag vor der Schlittenfahrt gab es noch jede Menge zu tun, aber ich schaffte es dennoch, mich noch einmal auf Kap Evans umzuschauen und die Skuas zu beobachten, die bei unserer Rückkehr schon Richtung Norden abgezogen sein würden.

Ich mochte die Skuas wirklich sehr. Sie erschienen mir stark, schön und furchtlos, obwohl ich wußte, daß sie zu den bösartigsten Vögeln der Erde zählen. Selbst Wilbur fand, daß sie zu leicht die Geduld verloren, und erzählte mir, daß er manchmal davon träume, sie würden auf ihn zufliegen, auf die Höhe seines Gesichts heruntergehen und ihn mit ihren Flügeln schlagen. Das taten sie übrigens tatsächlich. Während der Wochen, in denen wir Framheim aufgebaut hatten, wurden die meisten von uns angegriffen. Manche waren auf dem Weg zum Skuasee oder die Rampe hinauf attackiert worden, andere am Barnegletscher, und alle gewöhnten sich an, Skistöcke mitzunehmen, um die Angriffe der Skuas abzuwehren. Wer keine Skistöcke dabeihatte, hielt sich die Arme über den Kopf, so daß er wie ein Gefangener der Vögel aussah, die über ihm in der Luft flogen.

Ich selbst wurde in dieser Jahreszeit kein einziges Mal von einer Raubmöwe angegriffen. Im Gegenteil, mit einer von ihnen freundete ich mich fast an; sie hatte ihr Nest direkt oberhalb des Weststrandes, und als ich sie das erstemal sah, lag sie brüstlings, den Kopf landeinwärts gerichtet, im Sand. Es war ein Männchen. Ich nahm an, daß es nach seiner Partnerin Ausschau hielt, konnte diese aber nirgends entdecken. Also hielt ich mich an dieses Tier, betrachtete die erdbraunen

Farben seines Gefieders, den schwarzen Schnabel, die schwarzen Füße und die großen Schwingen. Es stand auf, legte sich wieder hin und stand dann abermals auf. Es machte leise *miep-miep*, regelmäßig, aber nicht monoton, und als ich näher trat, um mir sein Gefieder anzusehen – die dunkel cremefarbene Brust mit den braunen Flecken –, da stand es wieder auf. Ich blieb stehen. Der Skua legte sich wieder hin. Die Art, wie er das tat, erinnerte mich stark an eine Ente, wirkte jedoch entschiedener. Er schien sehr sorgsam einen Fuß hierhin zu setzen, den anderen dorthin, und dann zu sich selbst sagen: »Also gut, jetzt lege ich mich hin.« Als erstes berührte dann seine Brust den Boden und anschließend, mit behaglich schaukelnden Bewegungen, seine übrige Unterseite. Dieser Vogel war eine Persönlichkeit.

Wenn ich mich allerdings auch nur rührte, sah der Vogel mich schon zweifelnd an. Schließlich entdeckte ich auch das Weibchen, das sich sein Nest in einem Seehundkadaver gebaut hatte, dessen braune Flossen so zusammengefaltet waren, daß sie einen behaglichen Raum bildeten. Das Nest war nicht nur in sich geschlossen und auf diese Weise geschützt, sondern durch die weißen Knochen, die braunen Flossen und den schwarzen Sand auch wirkungsvoll getarnt. Selbst als ich ganz nah heranging, konnte ich das Weibchen mit seinen winzigen Küken kaum sehen, aber als es dann anfing, sich lautstark zu ereifern, trat ich hastig wieder zurück. Als das Männchen das Gezeter hörte, sprang es auf die Füße, erhob sich in die Luft und segelte auf mich zu. Es berührte mich jedoch nicht, sondern blieb in der Luft vor mir stehen, ließ sich von einem Aufwind emportragen und breitete seine Flügel weit aus. Die Augen des Vogels hefteten sich auf mein Gesicht, und als ich vor ihm zurückwich, starrte er mich etwa eine Minute lang an, bevor er zu seinem Weibchen zurückkehrte, um sich auf die Suche nach Futter für es zu machen.

Jetzt, am letzten Tag vor unserer Schlittenfahrt, beendete ich meine Wanderung um das Kap herum mit einem Besuch bei eben dieser Skua. Wieder lag der Vogel auf seiner Brust im Sand, und wieder sah er mich zweifelnd an, aber als ich mich ein gutes Stück von ihm entfernt auf einem Stein niederließ, schien er meine Gegenwart nach einer Weile beinahe zu vergessen. Außerdem befand sich in der Nähe auch eine geschmolzene Eispfütze, die er mit wachsendem Interesse beäugte, und irgendwann kam er zu dem Schluß, daß die geschmolzene Pfütze interessanter sei als ich. Er erhob sich und ging auf die Pfütze zu, watschelte schließllich hinein, um ein erfrischendes Bad zu nehmen, und schüttelte sich danach mit großem Eifer das Wasser aus dem Gefieder. Dabei wirkte er wie ein Singvogel, nur daß er ungefähr zehnmal größer war. Als er sein Bad beendet hatte, schlug er heftig mit den Flügeln, um sie zu trocknen. Dann legte er sie wieder zusammen und stolzierte zurück zu seinem Wachtposten, von wo aus er sich mit diesen ehrlich dreinschauenden Augen umsah. Die leicht zerzausten Federn auf seinem Kopf sahen beinah wie die Daunenfedern eines Kükens aus. Und dann war da noch diese schwarze Linie von Federn, die von seinem Auge herunterlief.

Das verlieh ihm ein wildes Aussehen – und er war ja auch wild, ein wenig piratenhaft. Ein Fresser von Pinguineiern und Pinguinjungen – wenn er sie kriegen konnte. Aber jetzt schloß er die Augen und schien zu schlafen, während ich noch ein paar Minuten sitzen blieb und ihn beobachtete und darüber nachdachte, was für erstaunliche Tiere diese Skuas doch waren. Sie gehörten zu den wenigen Spezies, mit denen wir uns Kap Evans teilten, und sie waren die einzige andere Spezies, die so weit gereist war wie wir, um hierherzukommen – ja, sogar noch weiter: Die Raubmöwen waren aus Kanada gekommen. Ich fragte mich, wann ihnen zum ersten Mal die Idee mit der Wanderschaft gekommen sein mochte, wer sie gehabt hatte und wie er die anderen wohl dazu überredet hatte, um die ganze Welt bis zum unteren Teil des Globus zu fliegen, nur um dort zu nisten. Dort hatten sie also gehaust, in Britisch-Columbia, und das üppige, maritime Leben genossen, Gründungsmitglieder, wie Winnie es ausdrückte, des Klubs der Fischliebhaber, bis irgend jemandem der Gedanke kam, in die Antarktis zu fliegen, um dort einen zweiten Sommer zu verleben. Natürlich konnte dieser zweite Sommer in der Antarktis ziemlich kühl ausfallen, und die Futtersuche auf der Ross-Insel gestaltete sich schwieriger als im nördlichen Pazifik. Aber der große Vorteil der Ross-Insel lag darin, daß sie sich wunderbar dazu eignete, junge Skuas großzuziehen. Weiter im Norden waren sie den kahlköpfigen, goldenen Adlern ausgeliefert, den Habichten und Steinadlern und allen anderen Raubvögeln, die an einer frisch geschlüpften Skua Geschmack finden konnten. Hier unten jedoch konnte ihren Jungen so etwas nicht passieren, und die Skuas waren stolz darauf, ihre Jungen in Sicherheit gebracht zu haben. Sie wußten genau, warum sie nach Süden geflogen waren und warum sie schon bald wieder nach Norden ziehen würden. Ich glaubte, daß auch ich wußte, warum ich gekommen war. Ich hoffte nur, daß ich mich als ein genauso guter Antarktiker erweisen würde wie die Skuas.

Am nächsten Tag standen wir in Framheim sehr früh auf, machten die Fracht fertig und zogen unsere Spezialkleidung an. Wie ich schon sagte, sollte diese Depotreise in keiner Hinsicht eine Wiederholung der Depotreise der *Terra Nova* werden; wir wollten lediglich die Vorräte auf die Strecke bringen, und das in so effizienter Weise wie möglich. Ja, diese Reise, die Scott vom 25. Januar bis zum 5. März in Atem gehalten und ihm große Schwierigkeiten, ja, Tragödien mit den Ponys beschert hatte, diese Reise würde uns mit drei Hundeteams und neun Schneemobilen weniger als zwei Wochen kosten. Das Ein-Tonnen-Depot sollte einhundertdreißig Seemeilen von der Hüttenspitze entfernt liegen, genau wie Scotts Ein-Tonnen-Depot. Neben dem Ein-Tonnen-Depot würden wir drei weitere Depots anlegen, nämlich das Sicherheitslager, das Ecklager und das Bluff-Depot. Alle Vorräte dafür hatten wir schon lange im voraus eingeteilt und separat verpackt, so daß wir sie jetzt lediglich aufladen, damit auf das Ross-Schelfeis fahren, sie dort abladen und gut kenntlich machen mußten.

Gegen neun Uhr früh brachen wir in bester Laune auf, nachdem wir uns von der Mannschaft der *Endurance* verabschiedet hatten. Irgendwann in der nächsten Woche, während wir nach Süden fuhren, würde Catherine mit dem Schiff Kurs nach Norden nehmen. Sie würde zurück durchs Packeis fahren und weiter nach Lyttelton, wo das Schiff den Winter über festmachen würde, während die Mannschaft unser Haus in Canterbury wieder in Besitz nahm und dort wohnte, bis es Zeit wurde, erneut Richtung Süden auszulaufen. Die *Endurance* sollte im nächsten Jahr Kap Evans wieder genauso früh erreichen wie dieses Jahr. Dann konnte Framheim mit neuen Vorräten versorgt werden, während unsere Truppe sich noch immer am Pol befand oder gerade den Rückmarsch angetreten hätte. Wenn sich unser Zeitplan realisieren ließ, würden wir, die Polmannschaft, Catherine und den Rest der Schiffsbesatzung erst im Februar 1992, also von jetzt an gerechnet in zwei Jahren, wiedersehen.

Wir verabschiedeten uns ausgiebig, und Thaw und ich gaben Catherine Anweisungen für jede denkbare Eventualität. Das war bei Lichte betrachtet völlig überflüssig, denn schon in wenigen Tagen würde David Landrock, unser Kommunikationsspezialist, Framheim mit der Satellitenschüssel von Greenpeace verbinden. Das hatten wir schon frühzeitig vereinbart, weil wir fanden, daß es eine Verschwendung wäre, selbst eine Ausrüstung dieser Größenordnung in die Antarktis zu schaffen, wenn etwas Gleichwertiges auf Kap Evans bereits vorhanden war. Wenn wir zurückkehrten und alles gut lief, konnten wir wahrscheinlich einfach zum Telefon greifen und Catherine in Neuseeland oder William in Boston anrufen.

Trotzdem zauderten wir und gaben immer weitere Anweisungen, so daß es schließlich neun Uhr wurde, ein wenig später als geplant, bis wir endlich fertig waren und auf dem Meereis am Ende der Hundeschlittensenke standen. Von hier aus konnten wir die ganze Südbucht überblikken. Im Vordergrund lagen einige Eisberge, die in der vergangenen Saison dort festgefroren waren und schon vorher durch teilweises Schmelzen und Wiedergefrieren phantastische Formen angenommen hatten. Außerdem sahen wir auch die Weddellrobbenkolonie, die das letzte war, was ich zu Gesicht bekommen hatte, bevor John Brutus Carnady mit seinem Hubschrauber erschienen war. Das schien lange her zu sein, jetzt, da Framheim aufgebaut war und ich die *Terra-Nova*-Hütte gesehen hatte, und der Kaiser war zu einer sehr verschwommenen Erinnerung geworden. Wir würden ziemlich nah an McMurdo vorbeikommen, aber wir würden es nicht durchqueren, da wir die Absicht hatten, hinter dem Burgfelsen auf das Ross-Schelfeis zu wechseln. Der größte Teil der Mannschaft der *Endurance*, ebenso wie diejenigen von uns, die in Framheim blieben, waren bis zum Ende der Senke mit uns gekommen, um uns nachzuwinken, und als Winnie, Wilbur und Tryggve, die drei Führer der Hundegespanne, die Tiere fertig machten, warfen wir Fahrer die Motoren unserer Schneemobile an. Am Vortag hatten wir den Weg zur Erebus-Gletscherzunge getestet, um sicherzugehen, daß er in Ordnung war und wir wirklich nur einfach loszuziehen brauchten. Wir winkten den anderen zum Abschied zu, jagten die Motoren hoch, und los ging's. Es war ein schöner Tag, fünfzehn Grad unter Null und relativ windstill, aber sobald wir unterwegs waren, spürte ich die Kälte, die einem bei der Fahrt mit dem Schneemobil eben um den Kopf weht.

Trotzdem legten wir eine beachtliche Geschwindigkeit vor. Die Hunde waren glücklich, sich nach den langen Monaten des Stillsitzens zuerst auf dem Schiff und dann in Kap Evans endlich wieder so richtig austoben zu können, und obwohl es sie ein wenig zu den Weddellrobben hinzog und sie ab und zu stehenblieben, um sich vorüberlaufende Adelies anzusehen, stand doch außer Frage, daß Winnie ein Meisterwerk vollbracht hatte, was die Ausbildung der Tiere betraf. Die Schneemobile funktionierten perfekt – wir folgten den Hundeteams und überließen es ihnen, die Geschwindigkeit zu bestimmen –, und wir erreichten die Erebus-Gletscherzunge in einer guten Stunde. Wir brauchten sie nicht zu überqueren, sondern konnten sie umfahren. Auf der anderen Seite, wo ich die Eishöhlen erkundet hatte, blieben wir stehen, aber es war eindeutig zu spät im Jahr, um noch hineinzusteigen. Wie sich später zeigte, war es klug gewesen, darauf zu verzichten: Denn noch während wir auf der Barriere waren, brach ein riesiger Brocken aus der Zunge heraus und trieb davon. So etwas war seit neunundsiebzig Jahren nicht mehr geschehen – seit März 1911, als Scott und seine Männer auf ihrer Depotreise waren.

Wir passierten die Huttonfelsen und die Schildkröteninsel und hielten weiter auf die Hüttenspitze und auf den Burgfelsen zu, wobei wir nur kurz haltmachten, um nach einer Stelle zu suchen, an der wir die Halbinsel überqueren konnten. Wir entdeckten, daß die Leute von der Scott-Station eine Route abgesteckt hatten, die genau dorthin führte, wo wir hinwollten. Diese Route war eigentlich mehr für Skifahrer und weniger für Schneemobile gedacht und ganz bestimmt nicht für Hundegespanne. Nichtsdestoweniger bewältigten die Tiere unter Winnies Führung den Weg mühelos, und die Schneemobile folgten ihnen; wir kamen schließlich zur Hügelkuppe in der Nähe des Burgfelsens und schauten hinunter auf das Ross-Schelfeis. Viele von uns sahen das alles zum ersten Mal: den Erebus aus diesem neuen Blickwinkel, die Schwarze Insel, die Weiße Insel, Minna Bluff und die merkwürdige Fehleinschätzung der Entfernungen in der Antarktis. Vielleicht dachten sie an die Eisspalten, die noch auf uns warteten, oder an die Reise, die wir im kommenden Frühjahr unternehmen wollten. Mir erging es jedoch anders, denn direkt vor uns erstreckte sich die Straße, die ich so viele Male Richtung Williams Field gefahren war. Die Flugzeuge dort, vier LC-130, standen in Reih und Glied; daneben lagen die kleinen, rechteckigen Gebäude, die auf Kufen montiert waren, so daß sie ohne Schwierigkeiten an einen anderen Platz gezogen werden konnten. Da waren sie, die Flugzeuge und Hütten von Williams Field, und die Fahnen, die die in alle Himmelsrichtungen führenden Straßen kennzeichneten. Mir erschien das alles jetzt viel kleiner als früher, nicht nur nach Größe und Statur, sondern auch von seiner Bedeutung her. Ich hatte nicht direkt Mitleid mit diesen wackligen menschlichen Bauten und Maschinen, die da unsicher auf der Großen Barriere kauerten, aber ich war doch weit, weit von den Gefühlen entfernt, die sie einst in mir geweckt hatten.

Als wir daher jetzt eine Gruppe von Skifahrern von der Straße zu uns heraufklettern sahen, freute ich mich auf das Treffen mit ihnen und eine kleine Plauderei. Es waren größtenteils Neuseeländer von der Scott-Station, aber auch ein paar Amerikaner, und sie waren ganz erfüllt von den jüngsten Ereignissen in McMurdo. John Brutus Carnady war gefeuert worden. Gefeuert! Vor drei Tagen, und er würde mit dem nächsten Flugzeug, das nach Norden flog, verschwinden. Winnie legte die Hunde ab, und wir standen im kalten Wind und lauschten dieser unglaublichen Geschichte. Wir erfuhren, daß es im Oktober vergangenen Jahres, während wir in Canterbury gewesen waren und die Nachrichten zum Vertrag von Wellington verfolgt hatten, hier in Williams Field ein größeres Benzinleck gegeben hatte. Der Beginn des Winters war in jenem Jahr sehr kalt gewesen, mit schlechtem Wetter und Temperaturen bis zu vierzig Grad unter Null. Bei dieser Kälte waren an die einhundertneunzig Kubikmeter Benzin, die in gummierten Blasen lagerten und von Deichen aus Eis umgeben waren, ausgelaufen. Das Benzin war bis zu zehn Meter tief in das Eis eingesickert und bildete nun im Eis eine hundert Meter lange Blase. Daran hatte sich bis jetzt nichts geändert. Und damit nicht genug, mitten im Winter, Ende Juli oder Anfang August, hatte es auch an der Südpolstation ein größeres Benzinleck gegeben.

Dort hatten die zwanzig überwinternden Wissenschaftler und Techniker entdeckt, daß der Benzinpegel in den Tanks, die die Generatoren speisten, sehr viel schneller sank, als es unter normalen Umständen hätte der Fall sein dürfen. Sie hatten vier geschlagene Wochen gebraucht, um das Leck aufzuspüren. Nach offizieller Verlautbarung waren nur fünftausend Gallonen Benzin ausgelaufen, aber die Gerüchte, die vom Südpol kamen, wollten wissen, daß die Zahl wahrscheinlich eher bei fünfzigtausend liege. Jetzt saß das Benzin jedenfalls fest, ungefähr fünfzig Meter unterhalb der Oberfläche, wo es auch für alle Zeiten bleiben würde. Das Benzin im Ross-Schelfeis aber würde irgendwann einmal das Meer erreichen.

Nun wäre natürlich niemand auf den Gedanken gekommen, Carnady für Mängel in einer Ausrüstung verantwortlich zu machen, die schon lange vor seiner Machtübernahme installiert worden war. Aber er selbst war so paranoid, so besessen von seinen Versagensängsten, daß er sich anscheinend eingebildet hatte, daß man unweigerlich ihm die Schuld daran in die Schuhe schieben würde, und entsprechend hatte er sich – immer der Auffassung, Angriff sei die beste Verteidigung – dann benommen. Er hatte den wichtigsten Zeitungen und Zeitschriften in der Welt Interviews gegeben und behauptet, daß er guten Grund habe zu glauben, zumindest das Leck in McMurdo sei das Ergebnis eines Sabotageakts einer »größeren sogenannten Umweltorganisation ... Diese Idioten würden vor nichts zurückschrecken«, hatte er gesagt, »nicht einmal davor, ihre kostbare Umwelt zu verschmutzen, nur um das Antarktisprogramm der Vereinigten Staaten in Mißkredit zu bringen.«

Doch diesmal war er wirklich zu weit gegangen. Selbst die paranoidesten Bürokraten des USAP konnten nicht glauben, daß Greenpeace absichtlich fünfzigtausend Gallonen Benzin in die antarktische Umwelt leiten würde. Im Gegenteil, in nur drei Jahren war es dem winzigen World Park Headquarters gelungen, dem USAP in einem Maße Veränderungen aufzuzwingen, das ich wirklich verblüffend fand. Erst vor drei Wochen hatte die National Sience Foundation in Washington Einzelheiten umfassender Maßnahmen bekanntgegeben, deren Ziel es war, die amerikanischen Antarktisstationen zu säubern. Am Beispiel der alten Müllkippe an der Winterlagerbucht sollte in einer großangelegten Studie die Beeinträchtigung der Umwelt untersucht werden, und in der nächsten Saison würde die NSF dann entscheiden, ob dort ausgebaggert werden sollte. Eine neue Anlage zur Müllentsorgung sollte unverzüglich errichtet werden. Man sprach sogar davon, Spezialeinrichtungen zu installieren, um die Folgen von Treibstoffaustritten rückgängig zu machen. Bei der Abteilung für das Antarktisprogramm war alles anders geworden. Das neue Motto lautete: »Wir können nicht so weitermachen wie bisher. Nicht nur die Augen der Welt, sondern auch die Augen des Kongresses der Vereinigten Staaten ruhen auf der Antarktis.« Und Carnady war offenbar ohne jede Vorwarnung zum alten Eisen geworfen worden.

Es war unglaublich. Ich konnte es kaum fassen. Andere Dinge veränderten sich ebenfalls mit ähnlicher Geschwindigkeit. In Neuseeland gab es eine neue Antarktiszentrale. Und jetzt hatte das USAP sich darangemacht, eine neue Südpolstation und neue Stationen im Inneren der Antarktis zu entwerfen. Um diese Stationen möglichst autark und umweltverträglich zu machen, beriet sich das USAP mit der NASA. Eine Möglichkeit etwa war, die neuen Stationen nach dem Modell von Raumstationen zu erbauen. Anscheinend sprach man darüber, die Wissenschaft für eine Weile ganz außen vor zu lassen. Einige Leute innerhalb der Organisation plädierten dafür, daß man während der nächsten zwei oder drei Jahre das gesamte USAP-Budget dafür ausgeben sollte, die bisher im Eis angerichteten Schäden zu beseitigen. Man hatte neues Sicherheitspersonal und Leute für den Umweltschutz eingestellt, und in der folgenden Saison, im Herbst 1990, sollte ein Umwelterziehungsprogramm in Kraft treten.

Die Kiwis berichteten jedoch auch, daß mit dieser veränderten Einstellung zur Umwelt leider keine veränderte Einstellung zu den Menschen einhergegangen sei. Das Fußvolk in McMurdo war noch genauso machtlos wie früher, und die Nachwirkungen der Spuren-Expedition waren immer noch spürbar; es war einfach furchtbar, wie die Internationale Transantarktis-Expedition von seiten der Südpolstation behandelt wurde. Diese Expedition, von der wir natürlich wußten, hatte den Südpol im Dezember erreicht und Order gehabt, ihr Lager außerhalb des Hauptgebäudes aufzuschlagen. Man hatte die Männer zwar kurz durch die Südpolstation geführt, doch hatten sie dort weder duschen noch eine warme Mahlzeit einnehmen dürfen, und ein NSF-Vertreter hatte sie fast die ganze Zeit über bewacht. In der Scott-Station ging das Gerücht, ein paar geistig gesunde Amerikaner hätten die Männer in ihren USAP-Parkas hereingeschmuggelt. Dennoch herrschte in der Südpolstation und in McMurdo tiefste Beschämung über die schändliche Behandlung der Expedition, deren Ziel ein Marsch von sechstausendvierhundert Kilometern quer über den Kontinent war, die längste Landexpedition, die in der Geschichte der Antarktis bisher unternommen worden war, und ihre sechs Mitglieder kamen aus sechs verschiedenen Ländern: China, Japan, Frankreich, Amerika, der Sowjetunion und Großbritannien. Einige von ihnen waren offizielle Repräsentanten ihrer Regierungen. Trotzdem hatte sich das USAP an seine eingefahrene Politik gehalten. Die Kiwis wollten uns darauf vorbereiten, daß die Expedition Neunzig Süd ebenfalls kein freundliches Willkommen in der Südpolstation erwartete. Sie erzählten uns, daß Jean-Louis Etienne, das französische Mitglied der Transantarktis-Expedition, darum gebeten habe, daß die amerikanische Flagge vom Südpol entfernt werde, wenn die Expedition dort ihr Foto machte. Er hatte gesagt: »Es tut mir leid, aber die Welt dreht sich nicht um die Vereinigten Staaten.« Die Flagge war nicht entfernt worden.

Nicht alle von uns, die da standen und sich unterhielten, waren an diesen Neuigkeiten gleichermaßen interessiert. Winnie und ich interessierten uns natürlich dafür, und dasselbe galt für Thaw und Jerilyn. Thaws Reaktion auf das kleine Stückchen McMurdo, das wir überhaupt zu Gesicht bekamen, war ausgesprochen negativ – er hatte eine zerdrückte Cola-Dose am Straßenrand entdeckt, hatte sie aufgehoben und auf einen unserer Schlitten geworfen. Brock aber schien der Geopolitik des Eises gegenüber eher gleichgültig, so gleichgültig, daß seine Haltung eindeutig an seine alte Streitlust erinnerte. Teresa Allen streichelte die Hunde, während Wilbur sie mit Keksen fütterte. Clint Wiseman aber, unser Expeditionshistoriker, versuchte sogar, sich Notizen zu machen. Immer wieder murmelte er vor sich hin: »Ich muß das für die *South Polar Times* aufschreiben«, während er seinen Stift schüttelte, damit die Tinte in die Spitze laufen konnte. Eine von Clints Aufgaben in diesem Winter war die Herausgabe unserer Stationszeitung. Eine *South Polar Times* war zum ersten Mal auf der *Discovery*-Expedition gedruckt worden – Shackleton war ihr erster Herausgeber gewesen –, und sie war bei jeder späteren britischen Expedition wieder erschienen. Clint würde einige Artikel schreiben, aber es war vorgesehen, daß auch jeder von uns einen Beitrag zu der Zeitung leisten sollte, oder zumindest jeder, der daran interessiert war, und Paula Langlois, unsere Geologin/Künstlerin, sollte die Illustrationen liefern.

Wir hatten uns bestimmt eine Stunde lang mit den Kiwis unterhalten, und nun war es höchste Zeit weiterzumarschieren, da die Hunde unruhig wurden, und es war nicht gut, sie in ihren Geschirren so lange stilliegen zu lassen. Wir hatten zwar nur ungefähr minus fünfzehn

Grad und befanden uns auch an einer windgeschützten Stelle. Aber auf der Barriere würden wir den Wind wieder deutlich zu spüren bekommen. Wir mußten Williams Field passieren und irgendwo diesseits der Weißen Insel, bevor wir für die Nacht Rast machten, unser erstes Lager, das Sicherheitslager, aufbauen. Es mußte nicht genau an derselben Stelle stehen, an der sich das ursprüngliche Sicherheitslager befunden hatte, aber wir wollten irgendwo dort in der Nähe Vorräte einlagern, die uns für die letzte Etappe unserer Rückkehr vom Pol im folgenden Herbst ausreichen würden. Wenn wir bei unserer Rückkehr vom Pol Kap Armitage erreichten und das Meer dort offen war, so daß wir keine Möglichkeit haben würden, nach Framheim zu gelangen, dann würden wir Nahrung und andere Vorräte für ganze zwei Monate brauchen. Aber immerhin wären wir dann auch nur zu fünft, und so brauchten wir nur ein vergleichsweise kleines Lager.

Wir gingen also acht Kilometer weiter, gerade weit genug, um aus der Flugschneise der Hercules herauszukommen. Dann schlugen wir unser Lager auf und befreiten die Hunde von ihren Leinen. Obwohl es für Hundeverhältnisse nicht besonders kalt war, sorgte ich mich doch ein wenig, denn es würde ihre erste Nacht draußen in der Antarktis sein. Aber nach einem gewaltigen und anscheinend sättigenden Mahl machten sie sich alle an die wichtige Aufgabe, sich Löcher oder zumindest Mulden im Schnee zu graben. Hier auf dem Ross-Schelfeis hatte es in jüngster Zeit nicht mehr geschneit; die Eisoberfläche war sehr hart und die Arbeit der Hunde demzufolge nicht leicht, aber sie machten dennoch gute Fortschritte, und als sie fertig waren, blickten sie uns hechelnd, aber höchst zufrieden an. Dann schliefen sie ein, wobei sie ihre Köpfe zwischen den Tatzen vergruben und Dampf ausstießen wie eine Schar kleiner Vulkane.

Ich hatte das Gefühl ... nun, ich weiß nicht, welche Empfindungen die Kündigung von John Brutus Carnady in mir eigentlich wachrief. Ich freute mich natürlich darüber, daß er auf dem Eis keine Schwierigkeiten mehr machen konnte, und ich freute mich außerdem darüber, daß die Zeit anscheinend gekommen war, da sich Veränderungen im System anbahnten, das den Kaiser überhaupt hervorgebracht und in seiner Macht bestätigt hatte. Aber jetzt, da er nicht länger ein Symbol für all das war, was mit McMurdo nicht stimmte oder jedenfalls nicht gestimmt hatte, als ich dort beim ANS gewesen war, tat der Mann mir irgendwie auch leid, so wie ich schon damals Mitleid mit ihm empfunden hatte, an jenem Tag, als ich sein Konferenzgespräch in Mac Center mitbekommen hatte. Man hatte mehr von ihm verlangt, als er zu geben vermochte. Er war gezwungen gewesen, sich größer zu machen, als er war. Daß er öffentlich behauptete, Greenpeace habe vorsätzlich fünfzigtausend Gallonen Benzin in die antarktische Umwelt fließen lassen – das klang so absurd, so verzweifelt, daß es auf seine ganz eigene Art und Weise traurig war. Jetzt war der Kaiser derjenige, der nie wieder in die Antarktis zurückkehren würde.

Ich erinnerte mich plötzlich daran, wie ich als Kind meinen ersten größeren Stromausfall erlebt hatte. In ganz Quarry und Umgebung war für die Dauer von mehreren Tagen die gesamte Elektrizität ausgefallen. Das E-Werk versuchte, den Schaden zu beheben, aber man konnte nicht herausfinden, wo das Problem lag, und die Stromkunden verloren die Geduld und fragten, wieso zum Teufel das Ganze so lange dauere. Man hatte alles untersucht. Alle Hauptleitungen, alle Haupttransformatoren. Dann fand irgend jemand heraus, daß eine Maus sich in einem der Hauptgeneratoren ihr Nest gebaut hatte. Hier in der Antarktis war Neuseeland die Maus, die Transantarktis-Expedition war die Maus, ebenso Greenpeace World Park Headquarters: All diese Mäuse hatten es gemeinsam geschafft, das, was Carnady offenbar für ein über jeden Angriff erhabenes E-Werk gehalten hatte, zum Einsturz zu bringen. Es war fast wie eine Warnung an mich und meine Truppe, die besagte, daß diese Eisrollbahn namens Antarktis ein sehr glattes Pflaster war. Jedes Jahr an warmen Tagen schmolz sie oberflächlich für kurze Zeit, jedes Jahr an kalten Tagen verzog sie sich, und mit jeder Stunde, jeder Minute, jeder Sekunde bewegte sie sich seewärts.

Am dritten Tag unserer Reise fing es an zu schneien, nachdem das Wetter zwei Tage lang ruhig und klar gewesen war und wir uns beim Anlegen des Sicherheitslagers und dem weiteren Weg zum Ecklager ziemlich viel Zeit gelassen hatten. Der einzig heikle Teil dieser Depotreise war die Strecke zwischen den beiden größten Feldern mit Rissen und Spalten, von denen eines von der Weißen Insel in Richtung Südwesten verlief und das andere von Kap Crozier aus nach Nordosten. Winnie und ich erinnerten uns deutlich daran, was 1986 geschehen war, als die Schneeraupen beim Transport von Sprengstoffen zum Lager der Geologen auf dem Ross-Schelfeis der Weißen Insel zu nahe gekommen waren. Es schien ein vermeidbarer Fehler zu sein, und doch mußten wir höllisch aufpassen, damit wir ihn nicht wiederholten; Brock hatte mittlerweile die Regie komplett übernommen, was die Navigation betraf. Da noch reichlich Landmarken zu sehen waren, brauchte er lediglich eine Landkarte und einen Kompaß, aber er nahm seine Aufgabe sehr ernst, denn er schien zu glauben, daß wir, wenn wir ihn nicht hätten, in einem Umkreis von dreißig Kilometern von Kap Armitage hilflos herumirren würden. Was mich betraf, so hatte ich nichts gegen seine Art der Arbeit, denn mir war lieber, daß er seine Aufgaben als Expeditionsnavigator zu ernst nahm als zu leicht. Und schließlich hatte die britische Antarktisexpedition die schlimmsten Unfälle und schrecklichsten Erlebnisse auf ihrer Depotreise gehabt. Auf ihrem Rückweg über das Meereis nach Kap Evans war die ganze Bucht unter ihnen aufgebrochen, und sie hatten zwei Ponys an Killerwale verloren.

Uns konnte nichts dergleichen passieren, und zwar nicht nur, weil wir keine Ponys dabeihatten, sondern auch, weil wir quer über die Halbinsel zurückkehren würden, statt sie zu umrunden. Trotzdem schien es mir selbst zu diesem Zeitpunkt geraten, eher etwas zuviel Vorsicht walten zu lassen, als mit übergroßem Selbstvertrauen an die Sache heranzugehen, und obwohl wir dadurch langsamer wurden, ließen wir uns von Brock beinahe exakt Richtung Osten führen. Erst als wir ein gutes Stück von der Weißen Insel entfernt waren, taten wir, was die *Terra-Nova*-Expedition getan hatte: Wir legten das Ecklager an und wandten uns dann wieder nach Süden.

Das Anlegen der Depots machte großen Spaß, nicht nur, weil einem das Aufhäufen von Proviant und Vorräten immer das Gefühl gibt, sehr vorausschauend und weise zu sein, sondern auch, weil dies für uns die erste Gelegenheit war, die Pinguinflagge im Einsatz zu sehen: Jedes Vorratslager wurde mit Schneeblöcken und Stecken gesichert und dann das Banner der Expedition Neunzig Süd gehißt. Wir wußten natürlich, daß die Flaggen dem Wind des kommenden Winters nicht würden standhalten können, aber jetzt waren sie da und würden noch eine Weile zu sehen sein. Es gefiel mir zuzusehen, wie die Pinguine im Wind flatterten, und als es im Ecklager zu schneien begann, sah ich begeistert zu, wie der Schnee um sie herum immer höher wurde.

Als wir am Morgen erwachten, herrschte dichtes Schneetreiben. Von da an war die Reise beschwerlicher, da wir uns im Gebiet von Preßrükken befanden, wo es selbst im günstigsten Falle äußerst schwierig war, herauszufinden, ob eine Schneefläche flach war oder nicht. In dem zarten, locker dahinwehenden Schnee – der so fein war, daß er in unsere Kapuzen und sogar bis in unsere Reißverschlüsse drang – wurden wir beträchtlich langsamer, und die Sicht lag unter tausend Metern. Wir waren zwar nicht ganz zum Stillstand gezwungen, aber der Sturm war für die Weiterfahrt mit den Schneemobilen sehr hinderlich. Die Hunde hatten keine Probleme, da Winnie sie in tiefem Pulverschnee ausgebildet hatte, und sie schienen jetzt, da sie auf ein wenig Widerstand stießen, gewissermaßen zur Höchstform aufzulaufen.

Insgesamt gesehen aber verlief die Reise weitgehend ohne Zwischenfälle. Wir legten das Bluff-Depot an und hatten schließlich noch soviel Benzin übrig, daß wir beschlossen, mehr Nahrungsmittel im Ein-Tonnen-Lager einzulagern als ursprünglich geplant. Wir hatten die Zeit dazu und die Gelegenheit, warum also nicht? Warum sollten wir unsere Vorräte nicht so weit wie möglich nach Süden bringen? Die klassische Polexpedition, die wir nachempfanden, hing an der Theorie der bis zum Ziel hin pyramidenförmig immer kleineren Menge von Marschierern und eingelagerten Vorräten. Und als ich noch für die ANS gearbeitet hatte, hatten die Leute in McMurdo wie ein Mantra den NSF-Refrain wiederholt: »In der Antarktika gilt es, drei Dinge zu beachten. Das erste ist die Logistik, das zweite ist die Logistik, und das dritte ist die Logistik.« Jetzt, da ich selbst Schlitten fuhr, begriff ich zum ersten Mal, was hinter diesem klugen Spruch steckte. Es wäre zuviel gesagt, daß ich plötzlich mit dem Terminaldienst oder den Leuten auf Hill Cargo sympathisierte oder daß ich urplötzlich die Logik der unerreichbaren »Nottaschen« eingesehen hätte, aber jetzt, da ich mit Unterstützung von Thaw selbst die Verantwortung für die Bewegungen von Menschen und Materialien hatte, verstand ich immerhin, daß man von Gewichten und Maßen und dem Verhältnis von Zugkraft zu Transportgewicht vollkommen besessen sein konnte. Wenn Sturm und Schnee einem ums Gesicht peitschen und man zusätzliche zweihundert Pfund Käse transportiert, von denen man weiß, daß sie vierhunderttausend Kalorien enthalten, dann kann man irgendwie nicht anders als auszurechnen, daß dieser Käse für die gesamte Truppe von fünfundzwanzig Leuten je sechzehntausend zusätzliche Kalorien bedeutete. Ja, ich ging sogar noch weiter: Bei einer Mindest-Überlebensration von zweitausendfünfhundert Kalorien pro Tag und Person würde dieser Käse ganz allein der gesamten Mannschaft sechs komma vier zusätzliche Tage des Überlebens schenken.

Es war komisch. Es war beinahe eine Einengung der Wahrnehmung, eine Art von Automatismus, wie er in den Gehirnen von Armeegeneralen herrschen muß. Wenn man einen so großen Teil seiner Energie auf die schlichte Aufgabe verwendet, Menschen und Dinge dorthin zu befördern, wo man sie haben will, bleibt nicht mehr viel übrig, um über andere Dinge nachzudenken. Abgesehen von der Logistik ist die Antarktis gewiß ein Ort, an dem es besonders leicht ist zu vergessen, warum man hergekommen ist und was man dort tut und worin der Sinn der ganzen Aktion besteht. Auf der Depotreise war es übrigens im Vergleich zum Polmarsch selbst – den wir Anfang des folgenden Oktobers antraten – noch relativ einfach, all diese Dinge im Kopf zu behalten. Trotzdem waren die anderen, während ich mich wie besessen mit Käse und Schlittengewichten und dergleichen beschäftigte, auf Dinge fixiert, die möglicherweise noch absonderlicher waren. Ich erinnere mich noch, daß ich eines Nachts – schon jenseits von Minna Bluff – Mark Tyner und Teresa Allen sich in einem anderen Zelt ausgerechnet über den Postdienst der Vereinigten Staaten streiten hörte. Schließlich rief Thaw ihnen zu, sie sollten still sein, es sei denn, sie rechneten jetzt und hier damit, Post zu bekommen. Und das war nicht das einzige Mal, daß so etwas passierte. An einem anderen Abend gab es einen großen Streit über Golfbälle und die Frage, warum sie auf ihrer Oberfläche diese kleinen, runden Vertiefungen haben.

Aber wie dem auch sei, im Prinzip lief alles sehr gut, und am 1. März waren wir wieder an der Hüttenspitze, alle Depots waren angelegt, und alle waren gesund und munter und bei bester Laune. Zu unserer Freude stellten wir fest, daß die *Endurance* noch nicht nach Neuseeland gefahren war, sondern vor der Ankunftshöhe auf uns wartete. Catherine Brass hatte von sich aus beschlossen, mit dem Schiff im McMurdo-Sund zu bleiben, da es nur einen Tag, nachdem wir die Südbucht durchquert hatten, direkt vor Kap Armitage einen größeren Eisaufbruch gegeben hatte. Unter den gegebenen Umständen und eingedenk der Tatsache, daß Scott und seine Mannschaft im März und April lange durch offenes Wasser aufgehalten worden waren, hatte sie beschlossen, die Rückkehr des Schiffs nach Neuseeland so lange wie möglich hinauszuzögern. Tatsächlich sah einer unserer Katastrophenpläne vor, daß man uns mit Zodiacs an der Hüttenspitze abholen sollte, falls das notwendig wurde; aber mit der *Endurance* selbst war der Transport schneller und sicherer. Da wir es nicht wagten, den Eiskai der US Navy in der Winterlagerbucht zu benutzen, mußten wir die Hunde und die Schneemobile aber trotzdem erst auf Zodiacs verladen und von dort aus aufs Schiff hieven. Das hieß, daß wir einige sehr heikle Manöver hinter uns bringen mußten, bevor wir wieder in Framheim waren.

Sofort nach unserer Rückkehr nach Kap Evans arbeitete Thaw eine Expedition in die Trockentäler auf dem gegenüberliegenden Ufer des Sundes aus, zu der er gern aufbrechen wollte, bevor der Sund ganz zufror. Die *Endurance* sollte ihn und einige Begleiter auf dem Weg aus dem Sund heraus in Kap Bernacchi absetzen, und es fiel ihm nicht schwer, Brock und Gronya zu überreden, ihn zu begleiten. Gronya erwies sich als begeisterte Polarreisende, mit einer Zähigkeit und Entschlossenheit, die ich gar nicht bei ihr vermutet hätte. Sie kannte das wichtigste Polargeheimnis, das darin bestand, daß man jede Bewegung zählen mußte. Wilbur wollte sich nicht für so lange Zeit von den Hunden trennen – der Marsch in die Trockentäler konnte bis zu acht Wochen dauern –, doch hätte er nie versucht, Gronya aufzuhalten, genausowenig wie es mir in den Sinn gekommen wäre, Brock zu bitten, in Framheim zu bleiben.

Ich war glücklich, endlich wieder in Kap Evans zu sein, in Framheim und in der Nähe der Hütte. Nichts konnte mich daher vor dem Probemarsch, den wir für Anfang Oktober angesetzt hatten, dazu bewegen, dort freiwillig wieder wegzugehen. Ich half Brock bei seinen Vorbereitungen, und wir, die Zurückbleibenden, winkten der *Endurance* am 10. März nach. Inzwischen wurde es langsam kälter, die Temperaturen hielten sich beharrlich um minus achtzehn Grad Celsius, und der 10. März war ein windstiller Tag; ohne Wind konnte der Sund fast über Nacht zufrieren. Im Herbst des Jahres 1911 hatte sich am 15. März frisches Eis gebildet, war aber bis zum 20. wieder vollständig weggeblasen worden. In der Antarktis war jedoch jedes Jahr anders als alle vorherigen, und so froh ich gewesen war, daß die *Endurance* auf uns gewartet hatte, so froh war ich auch, daß sie jetzt die Anker lichtete und auslief. Mehrere Schiffe, darunter auch die *Discovery* und die *Aurora*, hatten mindestens eine Saison eingeschlossen im Eis des McMurdo-Sunds verbracht, und wir hatten nicht den Ehrgeiz, die *Endurance* dieser Liste hinzuzufügen, vor allem in Anbetracht des Malheurs nicht, das der alten *Endurance* in dieser Situation passiert war. Aber wenn ich auch einerseits froh war, daß das Schiff endlich unterwegs nach Neuseeland war, so fiel es mir andererseits schwer, mich von Brock, Thaw und Gronya und den drei anderen, die mit ihnen in die Trockentäler gingen, verabschieden zu müssen.

Was sie vorhatten, entsprach genau der Vorstellung der Amerikaner von einem törichten und indiskutablen Risiko, auch wenn eine Rucksackwanderung durch die Trockentäler im März keine Idiotie war. Sie würden mit Hilfe unserer hervorragenden HF-Funkgeräte, deren Akkus sich über Solarzellen aufluden, mit Framheim in Kontakt bleiben. Sowohl Thaw als auch Brock waren ziemlich übermütig und hatten ihren typischen Machoblick aufgesetzt, als sie über ihr Vorhaben sprachen, den ganzen Weg bis hinauf zum Wright Valley zurückzulegen; zu dieser Jahreszeit waren alle Wissenschaftler und geologischen Erkundungsteams der USA bereits heimgekehrt, und sie würden das ganze Tal für sich haben.

Aber nach meiner Einschätzung bestand tatsächlich die Gefahr, daß das Meereis vor ihrer geplanten Rückkehr Mitte April noch nicht richtig zugefroren oder aber vom Wind wieder auseinandergerissen worden war oder daß es möglicherweise, wie das früher schon einmal der Fall gewesen war, aufbrechen würde, während sie es überquerten. Im Mai 1916 waren zwei Männer auf diese Weise ums Leben gekommen. Das Kreuz auf dem Windfahnenhügel unweit unserer Station war zum Gedenken an Aeneas MacIntosh und Vince Hayward aufgestellt worden, den beiden Männern von der *Aurora,* die so ungeduldig gewesen waren, wieder nach Kap Evans zu kommen, daß sie den Gang übers Eis zu einem Zeitpunkt riskiert hatten, zu dem sie das besser nicht getan hätten.

Aber da war nichts zu machen. Thaw war entschlossen, den Marsch zu unternehmen, und er wollte auch im Vandasee einige Wasserproben entnehmen, falls er ihn erreichte. Das war eine Aufgabe, die er in den Wind River Mountains häufig übernommen hatte, wo er das Wasser auf seinen Säuregehalt untersucht hatte, etwas, das – zumindest zu diesem Zeitpunkt – in der Antarktis noch nicht nötig war. Er wußte gar nicht, wonach er eigentlich suchte. Er drückte es so aus: »Ich bin sicher, daß diese Hurensöhne drüben in McMordor« – er nannte die Stadt immer McMordor (in Anspielung auf Mordor, das dunkle Land und Quelle des Bösen in dem Roman *Der Herr der Ringe*) – »das Seensystem hier verunreinigen.«

Brock seinerseits war erstens begierig darauf, seine navigatorischen Fähigkeiten unter Beweis zu stellen, zum anderen war er am Ende der Depotreise ziemlich frustriert gewesen, da er ein Mann war, der sich mitten in die körperliche Welt um ihn herum stürzen mußte, um seine brennende Energie zu verzehren. Tryggve, den das Eis ebenfalls ungeheuer faszinierte, gehörte zu den zähesten von uns. Anton Chebutikin wollte die Robbenkadaver in den Trockentälern sehen, und James Pell, einer unserer Geologen, wollte genauer kennenlernen, was als »die Antarktis mit abgezogener Haut« bezeichnet wurde. Alle fünf und Gronya würden zumindest einen Monat lang unterwegs sein, je nach den Verhältnissen auf dem Eis, und sie nahmen Nahrungsmittel für zwei Monate mit, für den Fall, daß sie auf der Rückkehr in Schwierigkeiten geraten sollten. Ich bestand darauf, daß sie das Satellitennavigationsgerät mitnahmen, das wir zum Pol nicht mitnehmen würden, das wir aber dennoch gekauft hatten, weil wir es uns leisten konnten und weil es einfach ein faszinierendes Stück moderner Technologie war. Es war klein, wie ein Funkgerät mit einer großen Antenne, und es bestimmte seine Position überall auf der Erde mit einer Genauigkeit von dreißig Metern, und zwar mittels Berechnung der unterschiedlichen Signallaufzeiten der gleichzeitig ausgesandten Kennungen mindestens dreier eigens dazu bestimmter Satelliten.

Dann waren sie fort. Auch das Schiff der USAP-Küstenwache war fort. Die *Gondwana* war schon vor Wochen aufgebrochen. Keine Flugzeuge flogen nach McMurdo hin oder von dort weg. Bis Ende August würde jeder, der hier war, auch hier bleiben, und wer nicht hier war, würde auch nicht herkommen, was immer auch geschehen mochte.

Während unserer Depotreise hatten unsere Kameraden in Framheim letzte Hand an die Station gelegt und sie zu einem gemütlichen Zuhause gemacht. Außerdem hatten sie Hydrokulturen angelegt, und die ersten Salatköpfe und Schößlinge waren fast erntereif. Mittlerweile hatte Kenneth Hunter auch ein gewisses System für seine Bäckerei entwickelt. Er buk alle vier Tage, und da wir sechs riesengroße Gefriertruhen hatten, fror er die Brotrationen für die folgenden drei Tage ein. Das Ergebnis war, daß wir jeden Tag frisches Brot, frische Muffins und frische Brötchen hatten. David Landrock hatte während unserer Abwesenheit das Kommunikationssystem perfektioniert – mit Hilfe von Greenpeace –, so daß wir jetzt in der ganzen Welt herumtelefonieren konnten, falls uns der Sinn danach stand. Jedem Expeditionsmitglied standen fünfundzwanzig Telefonminuten pro Monat zu. Wer mehr telefonieren wollte, dem wurde etwas vom Betrag abgezogen, den er nach Ende der Expedition ausgezahlt bekommen sollte. Das war eine notwendige Maßnahme, da wir mit Greenpeace vereinbart hatten, fünfzehn Dollar pro Minute für die Benutzung ihrer INMARSAT-Leitung zu bezahlen. Anscheinend waren wir dazu gezwungen – wie wir während der Expedition immer wieder feststellten –, Entscheidungen zu treffen, die den Entscheidungen der USAP ähnelten.

Aber wenn wir auch das freie Kontingent unserer Telefonzeit beschränken mußten, so gab es wenigsten uneingeschränkten Zugang zu Informationen aus der Außenwelt; David hatte auch den Computer mit dem Satelliten verbunden. Wir bekamen jetzt täglich E-Mail-Nachrichten aus der ganzen Welt, und wenn sie kamen, wurden sie an ein schwarzes Brett direkt neben der Tür zum Speisesaal gehängt, wo jeder sie lesen konnte. Ich erinnerte mich noch gut an das unangenehme Gefühl in McMurdo, daß alle Informationen gefiltert wurden, und ich wollte alles daransetzen, daß niemand in Framheim ein ähnliches Gefühl entwickelte.

Während unserer Abwesenheit war auf Kap Evans ziemlich viel Schnee gefallen, und was noch besser war, vom Barnegletscher her waren ein paar Eisbrocken auf den Weststrand geweht worden, so daß wir jetzt unseren Schneeschmelzer aktivieren konnten, und jeden Tag hatte ein anderes Expeditionsmitglied die Aufgabe, ihn zu füllen. Als ich an der Reihe war, fiel es mir schwerer, als ich gedacht hatte, auf die Rampe zu klettern, die zu dem Teil des Daches führte, von dem aus man Zugang zu dem riesigen Stahltank hatte, der bis zum Rand gefüllt werden mußte. Ein Wärmeaustauschgerät, das mit den Dieselgeneratoren verbunden war und die Glykolkühlflüssigkeit enthielt, würde sofort beginnen, die unterste Schneeschicht zu schmelzen. Außerdem stand ein Hilfswasserheizgerät für den Fall zur Verfügung, daß der Wärmeaustauscher ausfiel. Wenn der Schnee und das Eis im oberen Tank geschmolzen waren, lief das Schmelzwasser in einen weiteren Tank direkt neben der Küche, wurde gefiltert und dann durch ein sehr feines Gittersieb geleitet. Das letzte Stadium der Verwandlung von Schnee in Wasser spielte sich in einer ultravioletten Röhre ab, wo alle Bakterien getötet wurden, bevor das Wasser in die Küche und ins Bad floß.

Ich konnte mich für diese Dinge begeistern: die Solarzellen auf dem Dach, die so wunderbar funktionierten, das Gewächshaus neben dem Speisezimmer, den Filter unter den Duschabflüssen, wo sich die Körperfette sammelten, die Aufbereitung der Abwässer, bevor wir sie ins Meer leiteten, und die Fitneßräume mit den Solarbänken für den Winter. Nach dem Abmarsch der Trockentalabteilung war ich eine Woche lang damit beschäftigt, jeden Winkel unserer Station zu erforschen und mich in meiner kleinen Kabine einzurichten. Sie war genau zwei Komma vier mal drei Meter groß, und neben der Koje blieb gerade genug Platz für die Einbauschränke und den Schreibtisch. Es gab ein kleines, quadratisches Fenster mit Blick auf den Erebus, einen dicken Teppich und weiß getünchte Wände. Ich bewohnte eines der Einzelzimmer im Südflügel, das genauso aussah wie alle anderen. Aber für mich wurde es, nachdem ich ein paar Tage dort zugebracht hatte, fast zum schönsten kleinen Zimmer auf der Welt, weil ich meine Reproduktionen von historischen Landkarten der Antarktis aufgehängt hatte und auch ein in Schönschrift beschriebenes Schild mit der Nachricht: »Erlaube mir, Ihnen mitzuteilen, daß die *Endurance* nach Süden läuft.« Außerdem hatte ich meine Sammlung von Büchern über die Antarktis vollständig auf dem Schreibtisch aufgebaut und ein paar dicke Aktenordner mit den Expeditionsplänen. Es war also geschehen. Es war wirklich wahr geworden. Ich konnte in meiner Koje liegen, den Blick nach Osten wenden und den Erebus ansehen, ein Lächeln auf meinem Gesicht, ein Buch müßig in Händen, keine Gedanken im Kopf. Zufriedenheit.

Nach etwa einer Woche hatte sich jedoch das erste Staunen gelegt, und ich war bereit, die Umgebung von Framheim genauer zu erkunden. Ich wollte vor allem dem Greenpeace-Team einen Besuch abstatten, wie es alle anderen Mitglieder unserer Expedition bereits getan hatten; das neue Team, von dem ich noch niemanden kannte, bestand aus einem Schweden, einem Deutschen, einer Dänin und einem Argentinier – drei Männern und einer Frau. Ich zog mich warm an, denn die Temperatur lag bei minus fünfundzwanzig Grad und der Windkältefaktor bei minus fünfundvierzig. Dann sagte ich Wilbur, der im Aufenthaltsraum saß und mit einigen anderen zu Mittag aß, daß ich hinüber zum World Park Headquarters wolle und wahrscheinlich den größten Teil des Nachmittags dort bleiben würde. Natürlich bin ich vor Einbruch der Dunkelheit zurück, sagte ich. Wir hatten seit dem 21. Februar wieder Nächte. Jetzt, einen Monat später, waren die Nächte bereits fast zwölf Stunden lang, und nach einem weiteren Monat, am 22. April, würde die Sonne zum letzten Mal untergehen und bis zum 21. August unter dem Horizont bleiben. Im Mai und Juni würde dann ein langes, dämmeriges Zwielicht herrschen.

Als ich durch die Vordertür von Framheim ins Freie trat, wehte der Wind wie immer aus Südosten, durch die Hundeschlittensenke. Ich ließ mir bei meinem Gang über den Hausstrand viel Zeit, obwohl der Tag bitterkalt war. In der Nähe der *Terra-Nova*-Hütte blieb ich am Strand stehen und betrachtete den riesigen *Aurora*-Anker, der noch immer im Sand vergraben lag, wo er steckengeblieben war, als sich das Schiff eines Nachts losgerissen hatte – der Anker war übers Eis zum Strand getragen worden, das heißt, genaugenommen hatte man ihn mit einer Winde dorthin gezogen, nachdem die *Aurora* im Sund festgefroren war, und wider alles Erwarten war das Eis im Sund dann in derselben Saison noch einmal aufgebrochen. Und mit dem Eis war die *Aurora* dann zehn Monate lang nach Norden getrieben. Die Größe und Schwere des Ankers waren ein gewichtiger Beweis – falls es noch eines Beweises bedurfte – für die gewaltigen Kräfte, die das Eis entwickelte, wenn es sich in Bewegung setzte.

Von meinem Platz in der Nähe des Ankers aus konnte ich das Greenpeace World Park Headquarters sehen, dessen größter Teil wie ein Wohnwagen aussah, hellgrün, mit dem Schriftzug GREENPEACE in dunkelgrünen Lettern auf der Seite. Am Nordende schloß sich rechtwinklig ein zweiter, ganz anders gearteter, aber ebenfalls grüner Gebäudeteil an. Die Satelittenschüssel und die Antennen befanden sich auf der Südseite des »L«, und dahinter waren Treibstoffässer gestapelt. Als ich daraufzuging, war mir zuerst nicht klar, wie man überhaupt in den Bau hineingelangte, da nirgends irgendwelche Aktivitäten erkennbar waren. In dem dunkelgrünen Gebäude, dem kleinen Schenkel des »L«, von dem ich annahm, daß es sich um die Hütte handelte, die die Spuren-Expedition Greenpeace gespendet hatte, befand sich jedoch eine große Tür, zu der eine Rampe hinaufführte; also spazierte ich über diese Rampe und klopfte an. Als von der anderen Seite keine Reaktion kam, drückte ich die Klinke hinunter, die Tür öffnete sich, und ich stand in einer Art Autowerkstatt; in der Mitte befand sich ein Schneemobil – auf Blöcken aufgebockt und anscheinend in Reparatur –, jede Menge Werkzeug hing an den Wänden, auf dem Sperrholzboden konnte ich Ölflecken entdekken, und auch in der Luft hing ein Geruch von Öl. An den Deckenbalken waren Kleider zum Trocknen aufgehängt.

Ich fühlte mich auf wunderbare Weise in eine andere Welt versetzt. Schon jetzt war mir klar, daß Greenpeace sich von McMurdo wie auch von Framheim deutlich unterschied. Das freundliche, alternative Durcheinander, das diese Reparaturwerkstatt beherrschte, die, wie ich später herausfand, SVS genannt wurde, als Abkürzung von »auf den Spuren von Scott« – dieses Durcheinander war genau das Chaos, das man in einer Reparaturwerkstatt eben erwartet. Ja, das SVS *war* eine Reparaturwerkstatt. Ich zog meine Überkleider aus und hängte sie an einige Nägel in den Wänden. Ich war mir noch nicht ganz im klaren darüber, ob ich auch meine Stiefel ausziehen sollte. In Framheim hielten wir es so, daß jeder am Eingang sofort seine Stiefel auszog, damit wir möglichst keine Vulkanasche in unser Haus trugen.

Vorläufig behielt ich meine Stiefel an und ging zum anderen Ende des SVS. Hier entdeckte ich einen kurzen Flur mit zwei Türen, an denen Schilder hingen; auf dem einen stand »Dunkelkammer« und auf dem anderen »Laboratorium«. Die Tür zur Dunkelkammer war geschlossen, aber ich konnte einen Blick in das Laboratorium auf der linken Seite des Korridors werfen und entdeckte ein Mikroskop auf einem Tisch sowie an der Wand darüber ein Greenpeace-Poster. Darauf war ein Wal abgebildet, und darunter stand: »Wenn der letzte Baum gefällt, der letzte Fluß vergiftet und der letzte Fisch gestorben ist, dann werdet ihr feststellen, daß man Geld nicht essen kann.«

In dem winzigen Labor hingen auch ein Barometer und eine Windkältetabelle an der Wand, und mehrere Bücher standen herum, die wissenschaftlichen Inhalts zu sein schienen und in spanischer Sprache verfaßt waren. Ich ging bis ans andere Ende des Korridors weiter, aber langsam war mir ein wenig unwohl, denn ich fühlte mich wie ein Eindringling, wie jemand, der die Grenze zur Traumlandschaft eines anderen Menschen überschritten hatte. Eine weitere Tür führte zu einem Flur, den ich für den eigentlichen Eingang der Station hielt, da der Boden hier ordentlich mit Gummimatten ausgelegt war. Jetzt beschloß ich, meine Stiefel doch auszuziehen, und ich kämpfte gerade mit dem zweiten und lehnte mich zu diesem Zweck an die Wand, als ich direkt neben mir eine volltönende, freundliche, fremdländische Stimme vernahm.

»Hallo! Herzlich willkommen bei Greenpeace.«

Ich wäre fast über meinen eigenen Fuß gestolpert und konnte mich gerade noch mit einer Hand abstützen, als ich, immer noch mit meinem Stiefel beschäftigt, zu dem Sprecher aufschaute. Er trug einen orangefarbenen Overall über einem weißen Duofoldhemd und hatte eine hell magentarote Flauschmütze auf dem Kopf. An einem Band hing ihm eine kleine, dunkle Schutzbrille um den Hals, die Ähnlichkeit mit einer Taucherbrille hatte. Er trug seine Stiefel in einer Hand und seinen Parka in der anderen und war eindeutig gerade auf dem Weg zum SVS gewesen, um das Gebäude zu verlassen. Ein lockiger, schwarzer Bart reichte ihm bis zum Schlüsselbein, und das Gesicht über dem Bart war rosig, die olivfarbene Haut satt gebräunt. Es war jedoch sein Blick, der mich mit einer solchen Wucht traf, daß ich all die anderen Einzelheiten wahrscheinlich doch erst später bemerkt habe. Ich kenne nur wenige Menschen, deren Augen wirklich funkeln und glitzern. Diese Augen hier schienen von hundert Seiten zugleich Licht zu reflektieren; ihr Blick war unglaublich durchdringend und sehr fragend, dabei aber freundlich und warm und persönlich, und all das erfaßte ich in der Sekunde, da ich seine Worte hörte: »Herzlich willkommen bei Greenpeace.«

Ich weiß nicht, möglicherweise war es der fremdländische Akzent, der mir diese Worte so stark in den Ohren klingen ließ. Es war so, als böte der Mann, der sie sprach, mir eine nahrhafte Mahlzeit an, als dränge er mich zum Essen und als fände er, ich sähe so ausgehungert aus, als brauche ich dringend eine Stärkung. Nur daß das nahrhafte Mahl diesmal nicht aus Tomaten, Kartoffeln und Sellerie bestand, sondern etwas enthielt, das man Frieden nennt. Green Peace – grüner Friede – hier ist eine Speise, tue dich gütlich daran.

Ich stellte mich ein wenig verlegen vor, und schließlich gelang es mir auch, mitten im Fluß meiner Erklärungen meinen zweiten Stiefel loszuwerden.

»Das habe ich mir gedacht. Ich bin Fidel Acosta. Du mußt hineingehen. Ich habe viel zu tun. Ich komme später zurück. Direkt da durch, du kannst einfach weitergehen.« Er zeigte auf den Flur hinter sich und lächelte mir ermutigend zu, als sei ich ein Unfallopfer, das gerade wieder laufen lernte, und als sei dies meine Therapiestunde. Ich konnte es schaffen, da war er sich sicher, nur zehn Schritte diesen Flur hinunter, und dann würde ich ganz in den Genuß der sportlichen Übungen und des nahrhaften Essens kommen. Ich bedankte mich bei ihm, und er zog seinen Parka aus, bevor er leichtfüßig zum SVS lief, während ich den Flur in die andere Richtung hinunterging, auf drei Türen zu. Mittlerweile war ich völlig eingetaucht ins Wunderland – welche der drei Türen sollte ich wählen? –, und die Tür zu meiner Rechten schien mir dann die passende zu sein. Ich öffnete sie, um mich in einem weiteren Vorraum wiederzufinden, wo mich eine junge Robbe von einer weiteren Tür aus flehentlich ansah.

An diese Tür klopfte ich, und drei Stimmen sprachen gleichzeitig.

»Herein.«

»Herein?«

»Herein! Ziehen Sie die Stiefel aus!« Die erste Stimme gehörte Ingrid, der Dänin, die zweite Janson, dem Schweizer, und die dritte Wilhelm, dem Deutschen. Ich öffnete die Tür, um genau dies zu entdecken.

Was ich im Laufe des kommenden Winters etwas langsamer herausfand, war die Tatsache, daß Ingrid praktisch veranlagt, geradlinig und sehr zuverlässig war. Außerdem war sie freundlich und vereinte eine realistische Einstellung zum Leben mit einem stark ausgeprägten Sinn für Teamwork in allen Bereichen. Sie hatte kurzes, blondes Haar und blaue Augen. In ihrer Heimat war sie Krankenschwester, aber hier war sie für die drei, die sie ihre »Teamgefährten« nannte, die Ärztin. Je besser ich sie kennenlernte, desto klarer wurde mir, wie schade es war, daß sie nicht zu unserer Polmannschaft gehörte.

Janson war der Kommunikationsexperte von Greenpeace, und aufgrund dieser Tatsache hätte man normalerweise angenommen, daß er ein Pragmatiker sein müsse. Aber nein, er war ein Träumer mit wüster Frisur, den alles und jedes überraschte und entzückte und der immer eifrig darauf bedacht war, einen in ein Gespräch zu verwickeln. Als ich damals zum ersten Mal in die Station kam, trug er eine Garnitur langer Unterwäsche aus blauem Polypropylen, sonst nichts, nur Socken und ein Taschentuch, das er sich um die Stirn geschlungen hatte. Später stellte sich heraus, daß dies im Haus seine normale Uniform war, und daß er außerdem viel seltener nach draußen ging als die anderen. Das Haar fiel ihm locker über die Ohren und reichte bis zu den Schulterblättern, und es lag wegen des Taschentuches dicht an seinem Kopf an. Er hatte einen angedeuteten Mongolenschnurrbart, und sein Gesicht verriet unablässiges Staunen. Wie ich später herausfand, überraschten seine Kochkünste ihn selbst noch weit mehr als seine Teamgefährten.

Was Wilhelm betraf, so hatte er eine gewisse Ähnlichkeit mit Thaw. Er sah zwar nicht so aus wie Thaw und klang auch nicht so, aber nachdem ich Wilhelm kennengelernt hatte, kam ich auf den Gedanken, daß Thaws Vorfahren Deutsche gewesen sein könnten, weil beide Männer von einem Fanatismus besessen waren, der es ihnen fast unmöglich machte, über unwichtige Dinge zu plaudern. Wilhelm war der offizielle Leiter des Antarktikteams von Greenpeace, und er nahm seine Verantwortung sehr ernst. Bei meinem ersten Besuch im World Park Headquarters versuchte er, mir ein Videoband von einer jüngeren Greenpeace-Aktion vorzuführen, die sie in der Station Dumont D'Urville organisiert hatten. Dort bauten die Franzosen eine befestigte Allwetterlandepiste für ihre Wissenschaftler, was eine massive Beeinträchtigung einer Pinguinkolonie bedeutete. Ich wollte das Video damals gar nicht sehen, aber er überredete mich schließlich doch dazu und war offensichtlich sehr stolz auf die Bilder von den Greenpeace-Aktivisten, die sich zwischen den Pinguinen und den Bulldozern postiert hatten. Er verstand im allgemeinen durchaus Spaß, ja er hatte einen sehr ausgeprägten Sinn für Humor – zumindest in bezug auf alles, was nicht mit Greenpeace zu tun hatte –, aber als ich darüber lachte, wie konzentriert er das Video anschaute, war er ziemlich beleidigt. Ich muß ihn recht oft frustriert haben, diesen leidenschaftlichen Kreuzfahrer und Reformer, der ein ganzes Jahr an einem Ort zubrachte, an dem er nur den ohnehin schon Überzeugten predigen konnte.

An jenem ersten Tag blieb ich mehrere Stunden dort, trank Tee und unterhielt mich mit Wilhelm, Janson und Ingrid. Da sie in ihrer Gruppe zu viert waren, war ihr Arbeitsplan auf eine Vier-Tages-Rotation angelegt. Alle vier Tage mußte einer von ihnen das Putzen, Kochen und alle anderen Gemeinschaftspflichten übernehmen. Bei meinem Besuch hatte Fidel Dienst und war draußen mit dem Schneeschmelzer beschäftigt – wir hörten ihn auf dem Dach über uns – und außerdem mit den Treibstoffässern, die gesäubert werden mußten, wenn sie leer waren, so daß man bis zum folgenden Januar den Müll darin lagern konnte. Später würde die *Gondwana* sie aus der Antarktis herausbringen. Wir arbeiteten mit demselben System – dies war eines der Dinge, die wir nach Beratungen mit den Greenpeace-Leuten in Auckland übernommen hatten. Als ich schließlich das Gefühl hatte, aufbrechen zu müssen, war Fidel immer noch nicht zu uns gestoßen. Ich sah ihn draußen, als er das gereinigte Abwasser auskippte.

»Ach, du gehst schon?« sagte er.

»Ich muß langsam los. Ich habe gesagt, ich würde vor Einbruch der Dunkelheit zurück sein.«

»Wir könnten über Funk Bescheid sagen, daß du bei uns zu Abend ißt.«

Ich war verwirrt. Sollte ich zum Abendessen bleiben?

»Ach, vielen Dank, aber ich kann wirklich nicht.«

»Ich finde, du solltest noch mal drüber nachdenken. Heute abend bin ich dran mit kochen.«

»Ich … na ja … vielleicht ein andermal.«

Wir standen noch eine Weile herum und sahen abwechselnd aufs Meer und in den Himmel, während Fidel sich mit nachdenklichem Gesicht über den Bart strich. Ich vergaß zu erwähnen, daß er für einen Mann eher klein war, knapp einen Meter fünfundsiebzig, und ich bin einen Meter fünfundachtzig groß; die meisten Männer, die kleiner sind als ich, haben es irgendwie geschafft, mich das fühlen zu lassen. Aber Fidel schien das überhaupt nicht wahrzunehmen. Wir standen nebeneinander, und es gab keinen Zweifel, daß er das Gefühl hatte, genauso groß zu sein, wie es für diese Gelegenheit nötig war.

»Ja«, sagte er schließlich. »Ein andermal.«

»Das würde mich freuen.«

»Mich auch«, erwiderte er.

Dann entstand wieder ein kurzes Schweigen, während wir den Himmel beobachteten, und mir wurde kalt.

»Es ist schön, auf einem freien Kontinent zu sein«, sagte Fidel. »Mir gefällt es hier sehr gut. Und ich glaube, es ist von großer Bedeutung für viele Beziehungen.«

»Beziehungen?«

»Zwischen Ländern. Zwischen Menschen. Zwischen Geschlechtern. In den meisten Kulturen wird die Natur von alters her als Frau betrachtet. Aber da die meisten Kulturen mindestens seit einem Jahrtausend die Natur angreifen, so wie es zum Beispiel die Spanier getan haben, als sie Südamerika eroberten, scheint das gleichzeitig zu bedeuten, daß es natürlich ist, Frauen zu unterdrücken. Männer wollten schon immer sowohl Frauen als auch Land beherrschen.«

Wir schauten uns noch ein wenig länger den Himmel an, und ich hatte das Gefühl, daß ich eigentlich etwas sagen müßte, aber da ich nicht wußte, was, schwieg ich.

»Ich glaube, es würde den Frauen auf der ganzen Welt ein wenig helfen, wenn wir dafür sorgen könnten, daß die Antarktis für immer frei bleibt«, fügte Fidel hinzu.

Dann griff er nach dem Eimer, den er vor einer Weile abgestellt hatte, und sagte: »Nun, ich muß weitermachen«, woraufhin wir beide losgehen wollten – als westlich von uns am Himmel plötzlich etwas passierte. Dort über der Royal-Society-Kette ballte sich ein dunkles Wolkenband zusammen; die Sonne ging im Norden unter und stand jetzt direkt über dem Horizont. Noch während wir zusahen, schien sich das dunkle Wolkenband in drei verschiedene Bänder zu teilen, ein braunes, ein graues und ein perlmuttfarbenes. Und von unten durchdrangen senkrechte Lichtstrahlen sanft diese horizontalen Bänder, senkrechte Strahlen von abwechselnd rosenroter und gelborangener Farbe. Das alles verschmolz miteinander und schuf ein Gemälde, das von einem Impressionisten hätte stammen können. Wir sahen voller Entzücken zu, bis die Wolkendecke plötzlich in der Mitte aufriß. Zumindest denke ich, daß es sich so abgespielt haben muß. Drei Wolkenschichten rissen zu gleicher Zeit auf, um den blauen Himmel über sich freizugeben. Aber das Ganze sah aus wie ein Bogen aus Licht, der aus dem Nichts geboren war und der sich von hier bis in die Ewigkeit spannte. Dieser Anblick war so atemberaubend wie der Anblick eines Nachthimmels voller Sterne, wenn plötzlich ein Meteor auftaucht und durch das Sternenmeer schießt; genauso raubte uns dieser Lichtbogen den Atem, während wir seinem Verlauf bis dahin folgten, wo sich der Himmel weit über uns in der Unendlichkeit verlor. Der Bogen schien so greifbar, so real zu sein, daß es den Anschein hatte, als könne man seinen Ausgangspunkt erreichen, wenn man die Bucht durchquerte, ihn dann erklimmen und über ihn die andere Seite der Milchstraße erreichen.

»Er scheint sich bis in die Unendlichkeit zu erstreken«, sagte Fidel. »Ich glaube, das ist der Bogen der Unendlichkeit.«

Ich hatte nie zuvor einen Mann kennengelernt, der feministischer war als die meisten Frauen. Der begriff, daß alles – zumindest teilweise – die Beziehung der Geschlechter zueinander widerspiegelt. Und ich hatte ganz bestimmt noch nie einen Mann kennengelernt, der fast ausschließlich in Metaphern und Symbolen dachte, oder besser gesagt, der in Metaphern und Symbolen *fühlte*. Thaw konnte beim Schreiben seiner Gedichte Landschaften zu Gleichnissen des menschlichen Körpers machen. Aber bei Fidel war der Prozeß noch viel umfassender. Er bediente sich des physischen Universums, um alle Daseinszustände zu beschreiben, und er löschte die Geist-Körper-Dichotomie der westlichen Zivilisation binnen einer Millisekunde aus. Fidel kam aus Argentinien, und er war in dieser Saison der Wissenschaftler von Greenpeace. Sein Spezialgebiet war die Geomorphologie, ein Seitenzweig der Geologie, von dem ich, bevor ich Fidel kennenlernte, nie gehört hatte. Fidel war die perfekte Besetzung für seine Rolle, da seine Aufgabe darin bestand, im Geiste Landschaften zu rekonstruieren, die schon seit vielen Jahrtausenden ausgelöscht waren. Er verglich seine Arbeit mit der eines Archäologen, dem man ein paar Tonscherben gibt, um damit zu arbeiten, und vielleicht ein paar Meter einer Steinmauer. Nur daß es in seinem Falle keinen Künstler gegeben hatte, keinen Menschen, der die Keramik gefertigt hatte, keinen Steinmetz, der die Mauer zusammengesetzt hatte.

Nein, wenn Fidel eine Landschaft neu schuf, so schuf er die Kräfte neu, die auf sie eingewirkt hatten, und die Art, wie ihre Teile möglicherweise darauf reagiert haben könnten. Und er liebte Kap Evans genauso wie ich und aus demselben Grund, denn Kap Evans war so einfach, und die Steine dort schienen auf so eigenartige Weise lebendig zu sein.

»Kap Evans nimmt dich, wie ein Kind dich nehmen würde«, sagte er. »Es erwartet wenig von dir. Nur dies, daß du Dinge wahrnimmst, die nicht wahrzunehmen du blind sein müßtest, blind und ohne Verstand. Es ist keine aggressive Umgebung. Wir haben die Begriffe machtvoll und aggressiv durcheinandergebracht. Kap Evans ist wie ein Gedankenkinderzimmer für Menschenbabys.«

Außerdem liebte er auch die Ross-Insel, und in diesem Falle lag es am Erebus und an der gewaltigen Kraft, die die Evolution der Insel bewirkt hatte. Was immer man hier nicht auf den Erebus zurückführen konnte, was immer hier nicht von dem Vulkan kam, war relativ unwichtig, und das machte die Insel erst wirklich zum Vulkan. Fidel sagte, die beherrschende Form jedes Vulkans sei der Kreis, denn wenn man sich einen Krater anschaue, so erkenne man stets eine gleichmäßige Form rund um die Ausbruchstelle. Er sagte, daß die Menschen irgendwann im Laufe der Jahrhunderte in eine falsche Richtung gedacht hätten, zu dem Zeitpunkt nämlich, da sie das Bild des Kreises in Kunst und Religion gegen das Bild der Geraden eingetauscht hätten.

»Die Gerade, die Klinge, die Invasion, diese Dinge gehören zusammen. Wir müssen unsere Liebe für das Runde wiederfinden, denn von Dingen, die rund sind, erwarten wir nicht, daß sie weiterwachsen. Das wäre ganz unnatürlich. Das Runde ist vollkommen.«

Doch all dies kam erst im Laufe der Zeit, einer Zeit, die ganz von Fidel erfüllt war. Ich sah ihn bald fast täglich. Seine Aufgaben führten ihn auf Kap Evans fast überall hin. Er mußte die Instrumente überprüfen, Dialysemembranen plazieren und, sobald die Bucht zugefroren war, aufs Eis hinausgehen. Er arbeitete an einem Großversuch zum Salzgehalt des Eises, den Greenpeace verfolgte, seit die Organisation in der Antarktis präsent war. Mit diesem Experiment wollte man die Wirkung des Ozonlochs auf die Mikroorganismen des südlichen Ozeans erforschen. Das Sonnenlicht erreichte die Antarktis jetzt für einen Teil des Jahres durch eine reduzierte Ozonschicht, wenn nämlich das Ozonloch von Neuseeland aus zurückwanderte und über der Antarktis lag. Infolgedessen war die UV-Strahlung höher denn je. Möglicherweise verursachte das auch Schwankungen im Salzgehalt des Meerwassers, und wenn durch eine zu starke Änderung desselben die Mikroorganismen in Mitleidenschaft gezogen werden sollten, würde es auch weniger Krill geben. Und wenn der Krill, das erste Glied in der Nahrungskette der

Ozeane, knapp würde, dann geschähe dasselbe auch mit allen anderen Lebewesen in allen anderen Ökosystemen der Erde, denn alles lastete auf dem Krill wie das Heu auf dem Heuwagen.

Da Fidel an so vielen Projekten gleichzeitig arbeitete, war es leicht, ihm zufällig – absichtlich – über den Weg zu laufen, und wir gewöhnten uns an, bei gutem Wetter gemeinsame Spaziergänge zu machen. Wir erkundeten, wo die Meteorologen der *Terra-Nova*-Expedition ihre Windmeßinstrumente aufgestellt hatten, die sie Alpha, Bertram und Clarence getauft hatten. Alpha stand oben auf der Rampe, einen beträchtlichen Klettermarsch vom Hausstrand entfernt, und Bertram und Clarence waren zwei weitere Punkte eines gewaltigen Dreiecks. Sobald Fidel erfahren hatte, daß er in die Antarktis gehen sollte, hatte er sich alle Bücher über jene britischen Expeditionen besorgt, denen Kap Evans als Ausgangsbasis gedient hatte. Als Argentinier hatte er den nicht lange zurückliegenden Falklandkrieg natürlich noch nicht vergessen, hatte nicht vergessen, daß Großbritannien etwas gestohlen hatte, von dem alle Argentinier mit gutem Grund glaubten, es sei ein Teil ihrer Heimat. Aber als Mensch und Wissenschaftler, der für Greenpeace arbeitete, glaubte er nicht, daß vergangene Kriege der Freundschaft und dem Verständnis zwischen Völkern im Weg stehen sollten.

»Man kann unmöglich die Erde lieben und zugleich Kriege gutheißen«, meinte er. »Jeder Krieg tut der Erde weh. Die Menschen, die auf dieser Erde leben, erholen sich vielleicht schneller davon als das Land selbst. Die Römer haben seinerzeit Salz auf die Felder der Völker gestreut, die sie eroberten, um sie noch nachhaltiger zu unterwerfen. Napalm war da nur eine noch effektivere Möglichkeit, etwas zu tun, was die Menschen schon immer getan haben.«

Solche Gespräche führten wir, während wir auf Kap Evans umherstreiften. Wir gingen spazieren, und wir unterhielten uns, und wir wußten von dem unvermeidlichen Ende. Wir wußten nur nicht, wann und wie es uns einholen würde. Nachdem das ungefähr zehn Tage lang so gegangen war, begann ich zu zittern, sobald ich neben Fidel stand, selbst wenn es draußen nicht kälter war als in dieser Jahreszeit üblich. Gegen den Wind konnte ich mich wappnen, indem ich mehrere Kleidungsstücke übereinanderzog, aber dieses Zittern kam aus meinen Knochen, und dagegen konnte ich nichts unternehmen, gar nichts, mit einer Ausnahme. Das aber war mit einer praktischen Schwierigkeit verbunden, um die wir beide wußten, ohne je darüber gesprochen zu haben. Das Greenpeace World Park Headquarters war zu klein. Es wäre für die anderen, für die die Station ihr Zuhause war, eine Zumutung gewesen. Framheim dagegen mochte groß genug sein, ich aber war fest entschlossen, niemanden von der Expedition Neunzig Süd wissen zu lassen, wie ich zu Fidel stand, nicht, wenn ich es irgendwie verhindern konnte. Ich weiß, Sie werden denken, daß ich vor allem an Brock dachte, und ich wünschte, es wäre so gewesen. Aber in Wirklichkeit verhielt es sich anders. Brock war zu diesem Zeitpunkt in den Trockentälern. Ich wollte natürlich nicht, daß er etwas davon erfuhr. Aber das galt für alle anderen genauso. Diese Sache gehörte mir. Und sie war etwas, das man nur einmal im Leben erlebt.

Einmal im Leben? Ja, das stand außer Frage. Im nächsten Oktober, also in sieben kurzen Monaten, würde ich über die Große Barriere zum Südpol wandern. Im nächsten Januar, also noch während ich auf dem Marsch war, würde die *Gondwana* ein neues Greenpeace-Team hierher- und Fidel nach Auckland zurückbringen. Von dort würde er in das große, windige Land heimkehren, in dem er geboren war. Vielleicht würde er auch nach Europa gehen oder in den Nahen Osten oder in ein anderes entlegenes Land. Wo immer er auch hingehen mochte, zum Zeitpunkt meiner Rückkehr würde er die Ross-Insel jedenfalls verlassen haben. Uns blieben sieben Monate und nur sieben Monate.

Und so schien plötzlich, während die antarktische Nacht hereinbrach, nichts auf der Welt dringlicher zu sein, als daß Fidel und ich einen Platz fanden, an dem wir zusammensein konnten. Eines Tages, als ich mir sicher war, daß niemand mich beobachtete, nahm ich einen Kerosinheizer aus Framheim mit und trug ihn dorthin, wo wir die Wannigans der Kiwis wieder aufgebaut hatten. Diese Hütten, deren Boden aus je zwei Sperrholzplatten bestand, maßen genau zwei Meter vierzig im Quadrat. Sie waren giftgrün gestrichen und mit kräftigen Ketten im Sand verankert. Wir hatten sie, soweit es ging, so wieder aufgestellt, wie sie vorher gestanden hatten – die Eingänge einander gegenüber.

Ich war bisher nur ein einziges Mal in den Wannigans gewesen, nämlich bei ihrer Verlegung, aber ich sollte sie noch sehr gut kennenlernen. Eines der Wannigans war eine Schlafbaracke mit einem Etagenbett darin und Bänken an den Wänden. Das Etagenbett hatte einen Rahmen aus Metall sowie oben und unten eine Matratze, die jeweils mit einer dicken Plastikfolie überzogen waren, damit sie sich nicht mit Feuchtigkeit vollsaugten. Wenn man sich auf eine der Matratzen legte, schepperten die Metallrahmen; es schien unmöglich, dort Schlaf zu finden. In dem anderen Wannigan befand sich nur ein Einzelbett, während eine kleine Küche den größten Teil des Raums einnahm. Auf einem langen Regal standen ein Primuskocher und Öl, Töpfe, Pfannen, Schalen und diverse Messer. Außerdem lagen ein Gästebuch bereit, Streichhölzer und ein kleiner Erste-Hilfe-Kasten. Auf dem Fußboden befanden sich einige Kisten mit Notrationen. Draußen lagerten in einer großen, mit einem Bleisiegel verschlossenen Seekiste weitere Vorräte; die Kiste war versiegelt, damit die Kiwis gleich merkten, wenn sich jemand daran vergriffen hatte.

Während ich nun auf diese Nothütten zumarschierte, wußte ich, daß man mich vom Greenpeace-Quartier aus sehen konnte, aber nur dann, wenn zufällig jemand gerade in diesem Augenblick aus dem Fenster sah. Ich drückte die Tür des Küchenwannigans auf. Der Wind schlug sie sofort mit einem lauten Knall gegen die Wand und fuhr in das Innere der Hütte Ich hatte einige Mühe, den Kerosinheizer über die Türschwelle zu heben, und die Tür wieder zu schließen. Plötzlich umgab mich tiefe Stille. Ich zog das Heizgerät weiter ins Innere des Raumes und setzte mich dann auf das Bett zu meiner Rechten. Es gab unter mir nach, und der Metallrahmen quietschte, wenn auch nicht ganz so laut wie der des Bettes in dem anderen Wannigan. Sowohl die Matratze als auch das Kissen waren mit Plastik überzogen. Am Fuß des Bettes hing ein riesiger Seesack aus Nylon, der einen nicht minder riesigen Daunenschlafsack enthielt. Diesen breitete ich auf dem Bett aus, zog dann meine Eskimostiefel aus, schlüpfte hinein und legte meinen Kopf aufs Kissen.

Das war bequem, sehr bequem. Das quietschende Metallbett schien einen wunderschönen Kontrast zum Rest der Ausrüstung in der Hütte zu bilden. Es schien überall hinzugehören, nur nicht in die Antarktis. Vielleicht in ein Hotel der Jahrhundertwende in den Adirondacks oder vielleicht in ein Schweizer Nervensanatorium. Ich lag auf dem Bett und dachte darüber nach, woher es wohl gekommen sein mochte – Lyttelton, nahm ich an – und wer früher darauf geschlafen haben mochte. Direkt über meinem Kopf befand sich ein Belüftungsschacht, den man öffnen konnte, wenn man den Primuskocher benutzte. Das Fenster in der Wand gegenüber ließ sich dagegen nicht öffnen, es war einfach eine doppelte Glasscheibe. Ich hoffte, das Loch würde ausreichen, um mit dem Qualm des Kerosinheizers fertig zu werden.

Während ich über das kleine Heizgerät nachdachte, fiel mir plötzlich auf, daß ich es noch gar nicht in Gang gesetzt hatte, und so warf ich den großen Daunenschlafsack zurück, schwang meine Beine aus dem Bett und schlüpfte wieder in die Stiefel. Ich hatte gerade die Streichhölzer auf dem Regal gefunden, als ich draußen ein Knirschen hörte, das mir verriet, daß jemand durch die Vulkanasche stapfte – ein Geräusch, das man sogar durch das Heulen des Windes hören konnte. Es entstand eine kurze Pause, während die Schritte verhielten, und dann klopfte es an der Tür. An der Art des Klopfens erkannte ich, wer es war, so schien mir. Mein Herz klopfte wie wild. Ich räumte den Schlafsack hastig zur Seite und fragte ziemlich atemlos: »Ja?«, worauf Fidel antwortete: »Ich bin's.«

Ich öffnete die Tür, und Fidel stand vor mir. Er hatte seine kleine Schutzbrille aufgesetzt, trug dicke Handschuhe, und die Kapuze seines Parkas umschmeichelte seine schönen Wangen.

»Darf ich hineinkommen?«

»Ja, ja, komm nur.« Also hob er seine Füße hoch und klopfte sich die Asche von den Schuhen. Dann trat er ein und schloß die Tür hinter sich. Ganz langsam streifte er seine Kapuze herunter, zog sich die Handschuhe aus, nahm die Brille ab und legte alles auf das Regal, bevor er den Reißverschluß seines Parkas aufzog. Dann verstaute er auch die Mütze ordentlich im Herdregal. Er hatte sein langes Haar mit einem Gummiband im Nacken zusammengebunden, und jetzt schüttelte er es, für den Fall, daß sich Eiskristalle darin festgesetzt hatten.

»Ich habe dich hier hergehen sehen«, sagte er. »Ich war auf der Rampe. Ich gehe wieder, wenn du allein sein möchtest.«

»Nein, bleib. Ich mache uns Tee. Ich muß nur den Primuskocher anwerfen.« Ich machte einen Schritt auf das Regal zu, um den Ölbehälter zu überprüfen, und Fidel stand neben mir, als ich den Behälter schüttelte. Ich vermute, er beobachtete meine Hände, die sichtbar zitterten. Seit dem Augenblick, in dem ich den Schlafsack zurückgeschoben hatte, oder vielleicht war es auch der Augenblick gewesen, in dem Fidel das Wannigan betreten hatte, fror ich wieder. Ich wünschte, ich hätte gleich zu Anfang den Kerosinheizer angemacht.

»Du zitterst ja«, sagte Fidel.

»Ja«, erwiderte ich. »Mir ist kalt.«

»Nun, dagegen kann man etwas unternehmen. Du mußt in den Schlafsack kriechen. Ich mache den Tee. Das ist ein Heizgerät? Ich werde es anmachen, dann wird dir warm.«

Er nahm mir den Kocher aus der Hand, und unsere Finger berührten sich.

Die Berührung seiner Hand. Ich weiß nicht, wie ich sie beschreiben soll. Fidel würde mich wahrscheinlich schon für den bloßen Versuch auslachen. »Das Wort ist sehr heilig, Morganna, aber es ist schwierig, Gedichte zu schreiben.« Ich weiß nicht, ob das Poesie ist, aber ich weiß, daß ich, als ich an jenem Tag nach Framheim zurückkehrte und ein Haar aus Fidels Bart auf meinem Hemd fand, es gut verwahrte. Ich steckte es in einen Umschlag, ein einzelnes, krauses Haar, so schwarz wie der Erebus. Und wann immer ich nicht bei ihm war und mich nach ihm sehnte, nahm ich das Haar heraus und hielt es in meiner Hand. Es genügte mir, es zwischen meinen Fingerspitzen zu spüren, während ich den Berg anschaute. Ich fühlte mich Fidel dann so nah, daß ich begriff, warum man früher in einigen Kulturen die Haare eines Menschen benutzt hatte, um ihn zu verfluchen oder zu segnen.

Jetzt aber ging ich hinüber zum Bett und rückte das Kissen wieder zurecht, bevor ich mich, anstatt mich auf das Bett zu legen – darauf setzte. Ich zog den Schlafsack bis zu meinen Knien hoch und schob auch meine Hände darunter. Draußen hatte es wieder angefangen zu schneien. Das Fenster des Wannigans war in die Südwand eingelassen, hoch oben in der linken Ecke, so hoch, daß man von Kap Evans nicht viel sah. Man konnte jedoch die Spitze von Inaccessible Island, der »unerreichbaren Insel« sehen, die überhaupt nicht unerreichbar war, sondern der Person, die ihr diesen Namen gegeben hatte, nur einen Augenblick lang so erschienen war.

Fidel entzündete mit einfachen, langsamen Bewegungen Kerosinheizer und Primuskocher. Er verschwendete keine Kraft, und er ließ sich Zeit. Es gab kein Wasser in der Hütte, also ging er mit einem Topf nach draußen, um ein wenig Schnee zu sammeln. Der Wind wehte die Tür auf und dann wieder zu, und Fidel war draußen. Die Plötzlichkeit, mit der der Wind hier aufkam, und die absolute Stille, die er zurückließ, wenn er sich legte, erstaunten mich jedesmal aufs neue, wenn wir uns in dem Wannigan aufhielten. Jetzt kehrte Fidel zurück, und der Schnee zischte in dem Topf leise vor sich hin, während ich zusah, wie es draußen schneite und ein Teil des Schnees durch den Belüftungsschacht im Dach rieselte. Fidel ging mehrfach hinaus, um den Topf von neuem zu füllen und genügend Wasser für den Tee zusammenzubekommen. In dem Wannigan lagerten unter anderem auch Teebeutel. Es dauerte keine Viertelstunde, bis die Hütte so warm war, daß Fidel das Heizgerät ausstellte, gerade in dem Augenblick, als das Wasser für den Tee fertig war.

»Ich hätte hier Zitronentee«, sagte er. »Oder indischen Tee. Welchen möchtest du?«

»Egal«, sagte ich und wiederholte dann: »Egal.« Fidel sah mich an, und sein Blick hielt den meinen lange fest. Dann reichte er mir vorsichtig einen Becher Zitronentee.

Anschließend nahm er sich selbst einen Becher davon. Die Hütte war so warm geworden, daß er seinen Parka ausgezogen hatte, so daß er jetzt in Unterhemd und Overall vor mir saß. Er saß auf der Bettkante, nippte an seinem Tee und wartete darauf, daß ich etwas sagte – jedenfalls befürchtete ich das. Aber ich konnte nicht sprechen. Konzentriert nippte ich an meinem Tee, und Fidel sah mich an, als warte er darauf, daß ich etwas täte. Einen von schierer Panik erfüllten Augenblick lang stellte ich mir vor, daß es in Argentinien vielleicht ein spezielles Zeichen gab, mit dem die Frauen in solchen Situationen Männern irgend etwas signalisierten. Wenn ja, so kannte ich es nicht, und ich würde es wohl auch nicht herausfinden, indem ich herumprobierte, also konnte ich nur den Blick dieser strahlenden, fragenden Augen erwidern. Ich hatte mich nie in meinem Leben ähnlich gefühlt. Weder mit Brock noch mit einem anderen Mann. Mein ganzer Körper war so in Aufruhr, daß ich das Gefühl hatte, mich auf gar keinen Fall bewegen zu dürfen, weil ich fürchtete, dadurch etwas zu zerstören. Das galt nicht nur für meine Gliedmaßen, sondern auch für meine Muskeln und Knochen. Alles schien in Gefahr zu sein. Ich starrte erst Fidels Hände an, dann seine Lippen, die voll und rot waren. Ich wünschte mir so sehr, sie zu küssen, daß ich glaubte, ich würde sterben, falls es nicht auf der Stelle geschah.

Und es geschah nicht auf der Stelle.

Wir unterhielten uns über das Eis, darüber, daß das Eis in der Nordbucht immer noch nicht zu einer geschlossenen Fläche gefroren war, darüber, daß sich, wenn es tatsächlich soweit wäre, auf der Oberfläche des Wassers für eine Weile kleine Schlieren bilden, die wie Eisfäden aussehen. Wir unterhielten uns darüber, wie diese Schlieren zusammenliefen und sich, allerdings nur, wenn der Wind günstig steht, zu einem Teppich der Kälte miteinander verweben. Wenn das erst einmal geschehen ist, lassen sie sich kaum noch trennen. Nur der Wind bringt das noch fertig, innerhalb einer Stunde, wenn er stark genug und aus der richtigen Richtung weht. Wir unterhielten uns über die Besonderheit eines Ortes, an dem man während der Hälfte des Jahres auf dem Meer laufen kann, in der Dunkelheit zumeist. Außerdem unterhielten wir uns über den Mond, wie er zur Wintersonnenwende auf der Nordhalbkugel scheint und wie bei Neumond seine dunkle Fläche das Licht der Antarktis reflektiert.

Wir redeten und redeten, aber das Gespräch verlief immer schleppender, und es entstanden zahlreiche Pausen, in denen wir uns einfach nur ansahen. Ja, ich suchte in Fidels Augen, wie ich noch nie zuvor in den Augen eines anderen Menschen gesucht hatte, und er suchte in den meinen, und keiner von uns beiden wußte so recht, wonach er eigentlich suchte. Die ganze Zeit über wehte ein wenig Schnee um uns herum, der glitzernd durch den Luftschacht fiel, und schließlich stand ich auf und suchte einen Lappen, mit dem ich das Loch zustopfen konnte. Da weder Heizgerät noch Primus liefen, war das kein Problem, und außerdem durchnäßte der Schnee den Schlafsack bereits an einigen Stellen. Um an den Luftschacht in der Decke heranzureichen, mußte ich mich auf die Matratze stellen. Also stieg ich vorsichtig hinauf, während die Matratze sich unter mir leicht bewegte.

Als ich mich nach oben streckte, einen Arm über den Kopf gehoben und mit leicht wippenden Füßen, um auf der Matratze Halt zu finden, da streckte Fidel seine Arme aus und legte seine Hände in meinen Rükken und eine Wange mitten auf meinem Bauch. Ich stand da, meine Hand zur Decke gestreckt, und spürte die Wärme seines Gesichtes auf mir, und als ich hinunterschaute, konnte ich seinen gelockten Haarschopf sehen. Mit meiner freien Hand berührte ich seinen Kopf, und er stöhnte leise und ohne Schmerz; es war vielmehr wie ein erleichterter Seufzer am Ende eines Stöhnens. Dann gaben meine Beine unter mir nach. Meine Knie versagten einfach ihren Dienst, und ich ließ mich fallen. Noch bevor ich ganz auf dem Bett lag, küßte Fidel mich bereits, und als wir uns aufeinander zubewegten, rutschte mein Kopf von dem Kissen herunter und schlug gegen das metallene Kopfende, daß es knallte. Das ganze Bett zitterte, und das Metall klirrte, so daß Fidel heftig erschrak, obwohl ich kaum etwas davon gemerkt hatte. Er legte die Hand hinter meinen Kopf und zog ihn an sich, um nach möglichen Verletzungen zu suchen, die es natürlich nicht gab, zumindest keine Schnitte oder irgend etwas in der Art. Die Beule kam erst später.

»Es tut überhaupt nicht weh«, sagte ich.

»Das glaubst du, weil du jetzt erregt bist. Wenn man erregt ist, spürt man keinen Schmerz. Der Schmerz kommt später.«

»Soll er«, sagte ich. »Bitte, küß mich.«

»Ja, ich werde dich küssen, Morganna. Ich werde dich die ganze Nacht lang küssen, die uns bald wie ein Gewand einhüllen wird.«

Ich berührte sein Gesicht, und wir zogen einander mit großer Sanftheit aus. Wir lachten über die Schwierigkeiten, die wir dabei hatten wegen all der Kleiderschichten und der Knöpfe, mit denen wir es aufnehmen mußten, und unter uns die Kälte des Plastiks. Schließlich breiteten wir den Schlafsack ganz aus und legten ihn dann wieder zusammen, so daß er unter uns und über uns gleichzeitig lag, und dann liebten wir uns. Das Gedicht dieses Liebens werde ich niemals schreiben. Während das Unwetter anhielt und die Sonne im Norden unterging, schalteten wir das Heizgerät wieder an und entzündeten dann mehrere Kerzen, die wir mit Wachstropfen auf dem Holzregal festklebten. Die Kerzen brannten herunter, das Fenster beschlug, und wir lagen ineinander verschlungen im Schlafsack und sahen einander immer noch in die Augen. Immer noch suchend.

»Es ist wie die unerreichbare Insel«, sagte Fidel. »Sie war so nahe, und sie schien so weit weg. Irgendwann hat irgend jemand geglaubt, daß er sie nicht erreichen würde, nicht erreichen könne. Später haben sich die Dinge so gut für ihn entwickelt.«

»Für sie.«

»Und doch ist das keineswegs sicher. Manchmal kann es immer noch schwer sein, dorthin zu gelangen.«

»Aber jetzt weißt du, wie du hinkommst. Das ist es, was zählt«, sagte ich.

Wir verabredeten uns noch oft. Auf dem Kap, bei Greenpeace und in den Wannigans. Wie ich schon sagte, bei Fidel brauchte die Geist-Körper-Dichotomie nicht erst durch komplizierte Gedankenakrobatik aufgelöst zu werden. Denn sie fußt auf einer Wahrnehmung des Universums, die auf Trennung von anderen Wesen beruht und damit auf der Trennung von einem selbst – und bei Fidel war die Wahrnehmung der Einheit alles. Nichts, was wir miteinander taten, brachte mich je in Verlegenheit. Es würde mich allenfalls verlegen machen, jetzt davon zu schreiben. Ich lag oft in dem Wannigan und wartete auf ihn, und mein Körper schmerzte buchstäblich vor Verlangen. Während ich wartete, dachte ich beinahe nüchtern darüber nach, daß ich mich, falls er mich verlassen sollte, umbringen würde, aber sobald er da war und seinen Parka öffnete, wußte ich, daß meine Befürchtungen grundlos waren. Er konnte mich nicht verlassen, nicht in dem Sinne, in dem ich es fürchtete, genausowenig, wie ich mich zu früh auf die Matratze legen oder aufstehen und fortgehen konnte, bevor er kam. Manchmal war er es, der dort auf mich wartete, vor allem, nachdem Brock, Thaw und die anderen aus den Trockentälern zurückgekehrt waren. Von da an mußte ich vorsichtiger sein, wenn ich Framheim verließ. Aber es gefiel mir besser, auf Fidel zu warten, als ihn dort vorzufinden, und manchmal sang ich während des Wartens leise vor mich hin. Dabei griff ich oft auf die Lieder meiner Kindheit zurück, zu denen auch ein Kanon gehörte, der mit der Zeile endet: »Das Leben ist nur ein Traum.«

Einmal, als ich dieses Lied gerade sang, kam Fidel unbemerkt herein, und er sah mich verwirrt an, als er Mütze, Handschuhe und Parka ablegte.

»Kennst du dieses Lied?« fragte ich.

»Nein, ich kenne es nicht. Aber es stimmt nicht, wir träumen nicht. Wir sind wach«, sagte er und zog sich aus.

Wir waren wach. Immer wach. Obwohl wir während des Wachens manchmal auch schliefen, aneinandergeschmiegt unter dem Schlafsack in dem Wannigan. Wenn wir zu lange damit warteten, unser Heizöfchen anzuzünden, dann konnte es ziemlich kalt werden, und wenn wir zu faul waren, aufzustehen, waren unsere Gesichter manchmal fast taub, und das noch vor dem eigentlichen Winteranfang.

»Hier in der Hütte herrscht eine gute Kälte, die Kälte der Antarktis ohne Wind. Nur wenn es draußen kalt ist, kann man es wirklich warm haben«, sagte Fidel. »Man muß sich der Kälte bewußt sein, denke ich, dieser Kälte, die ins Fleisch schneidet, um sich seines Glückes bewußt sein zu können.« Einmal, wir hatten uns gerade geliebt, und es war warm in der Hütte, und Fidel hatte sich gerade aus mir zurückgezogen, da sahen wir beide, daß sein Penis mit einer dünnen Blutschicht überzogen war. Einen Augenblick starrten wir ihn beide verblüfft an, bis wir begriffen, daß ich gerade meine Menstruation bekommen hatte, und Fidel lachte dieses warme, lebensfrohe Lachen, das ihm eigen war. Dann tauchte er seine Finger in das Blut, die vier Finger seiner rechten Hand und den Daumen, und zeichnete je fünf Striche auf seine Wangen, wie ein Sioux.

»Frauen haben Magie«, sagte er. »Sie bluten, ohne sich verletzt zu haben. Und sie verletzen, ohne daß es blutet. Willst du deine Magie mit mir teilen, Morganna?« Und dann liebten wir uns wieder, bis der ganze Schlafsack blutverschmiert war.

Ich weiß nicht, vielleicht lag es an der Verschiedenartigkeit der Kulturen, an meinem unzerstörbaren Bewußtsein, daß Fidel Argentinier war mit spanischen Vorfahren. Ich glaube, auch er staunte immer über meine Fremdartigkeit. Ich war die erste Nordamerikanerin, mit der er geschlafen hatte, und noch dazu eine, die schottisches, englisches und rumänisches Blut in ihren Adern hatte. Aber vielleicht waren es auch die Parallelen, die uns zueinander hinzogen. Wir kamen beide aus Cowboykulturen, aus Colorado und Patagonien, wir kamen beide aus Ländern, in denen die Berge in den Himmel ragen und von Gauchos durchstreift werden. Was es auch sein mochte, es gestattete uns jedenfalls eine Hemmungslosigkeit, die ihren Ursprung in der Wildheit der Antartkis hatte, in diesem einzig freien Kontinent der Erde, der nie beansprucht, nie beherrscht, nie erobert worden war. Und während wir diese Wildheit empfanden, war unsere Liebe gleichzeitig von großer Sanftheit geprägt; Fidel war sanfter als irgendein Mann, den ich je gekannt hatte. Nur Wilbur verfügte über dieselbe Eigenschaft, aber das hier war mehr, das hier beruhte auf dem Wissen vom Körper. Das war Fidels Ausdruck: »Das Wissen vom Körper.«

»Habt ihr diesen Ausdruck im Englischen nicht? Das Wissen vom Körper?«

»Möglicherweise. Aber selbst wenn – ich habe nie davon gehört.«

»Wie traurig«, sagte Fidel. »Wie schrecklich. Man braucht die richtigen Worte, um Dinge auszudrücken. In der Bibel heißt es: ›Am Anfang war das Wort.‹«

»Du kennst die Bibel?«

»Ich habe sie gelesen. Ein seltsames Buch, aber voller Poesie. Das Wort war bei Gott und das Wort war Gott. Nur daß es andersherum geschrieben stehen sollte.«

»Gott war das Wort«, sagte ich.

»Ja. Ich finde, wenn sie es so ausgedrückt hätten, das wäre besser gewesen, besser für alle Zeiten danach. Klarer.«

Darüber unterhielten wir uns dann. Einige Male sprachen wir auch über das Empire und darüber, wie es sich anfühlte, die Kinder der beiden größten Erobervölker dieser Welt zu sein, der Conquistadoren und der britischen Invasoren. Manchmal, wenn es draußen dunkel war, lagen wir einfach schweigend nebeneinander im Bett und beobachteten das Polarlicht durch das Fenster in der Südmauer. Das Fenster beschlug mit der Zeit natürlich vollkommen, und manchmal fror es auch zu, weil es nur aus simplem Doppelglas bestand, aber wir machten uns so lange daran zu schaffen, bis es wieder frei war und wir im Bett liegen und das Südlicht beobachten konnten. Die Kerzen im Wannigan waren heruntergebrannt, und es blieb einzig tiefe Dunkelheit.

Wenn Sie diese Lichterscheinungen auch nie gesehen haben, so haben Sie doch wahrscheinlich Beschreibungen davon gelesen, und die haben sich vielleicht sehr technisch angehört. Immer wieder Blitzen, Flackern, kreisende Lichtsäulen und Vorhänge, die einmal hierhin, einmal dorthin wallen. Das Ganze hat vielleicht wie die Beschreibung einer High-Tech-Lichtshow geklungen. Nun, mir sind solche Dinge nie in den Sinn gekommen, als ich das Südlicht mit eigenen Augen sah. Ich fand, daß es mit irgend etwas Ähnlichkeit hatte, mit einem Scheinwerfer, einem Blitzlicht, einer grünen Säule. Mir fiel auch auf, daß es rote oder gelbe oder blaue Lichter sind und daß sie – bei einer winzigen Spur von Symmetrie – doch im wesentlichen asymmetrisch sind. Aber irgendwie scheint dieses Schauspiel am Himmel so wirklich, so echt zu sein, daß die Frage, die sich stellt, nicht die nach dem Warum, sondern die nach dem Warum nicht ist. Am liebsten mochte ich die Lichtvorhänge, die über den südlichen Himmel wallten, rot oder grün waren und aussahen, als würden sie sich kräuseln. Ich stellte mir immer vor, daß dieses Kräuseln von den Solarwinden verursacht wurde, und manchmal dachte ich, das Leuchten des Himmels sei sichtbar gemachte kosmische Strahlung, kosmische Strahlung als Sinkmasse des Zerfalls weit entfernter Sterne. Die Beobachtung der Südlichter glich einer Beobachtung der Bewegungen des Universums, und zwar auf der denkbar elementarsten Ebene – nämlich der des Atoms –, und das Außergewöhnliche an dieser Bewegung war die Entschiedenheit, mit der sie plötzlich umschlagen konnte, erst dies tat und dann das.

Aber all das erlebten wir erst später, im Winter. Jetzt hatten wir Ende März, und es war ein Tag wie viele andere – minus dreiundzwanzig Grad, etwas Wind, im Norden ein paar Wolken, und sowohl die Nord- als auch die Südbucht waren noch offen. An diesem Morgen hatten wir in Framheim Funkkontakt mit unseren Freunden in den Trockentälern, und Thaw hatte berichtet, alle sechs seien wohlauf. Ich ging kurz an den Apparat, weil Brock nach mir fragte, und fühlte mich seltsam dabei, nicht wirklich schuldig, sondern vielmehr so, als sei da zwischen uns etwas, das zu mächtig war, um sich jemals ganz wieder in Nichts aufzulösen. Aber so richtig merkwürdig fühlte ich mich erst, als Brock, während er das Funkgerät schon an Thaw zurückgab, sagte: »Na ja, ich wollte dir eigentlich auch nur alles Gute zum Geburtstag wünschen«, und mir plötzlich klar wurde, daß ich vergessen hatte, welcher Tag heute war – der 29. März, mein achtundzwanzigster Geburtstag. Und es war der Tag, an dem Scott vor siebenundachtzig Jahren den letzten Eintrag in sein Schlittentagebuch geschrieben hatte.

Ich erzählte Fidel davon, als wir uns später im Wannigan trafen, und er sagte nur: »Nun, natürlich ist das nicht wichtig für dich.« Trotzdem fügte er hinzu: »Herzlichen Glückwunsch zum Geburtstag, Morganna.« Und: »Leg deine Hände hierhin.« Dann fragte er: »Wie groß ist dein Verlangen?«

»Sehr groß«, sagte ich. »Sehr groß. Groß wie der Erntemond. Der Vollmond im Herbst. Es hängt direkt über dem Horizont. Es ist eine leuchtende Orange.«

Er lachte und erwiderte: »Diesen Mond werden wir bald zu Gesicht bekommen. Wir nennen ihn übrigens den Jägermond. Vielleicht weil wir in Patagonien nicht viel zu ernten haben.«

»Dann laß uns auf die Jagd gehen«, sagte ich, und damit verging dann der Rest meines achtundzwanzigsten Geburtstages.

Ein paar Tage später, Anfang April, unterhielten wir uns über den bevorstehenden Tag der Erde, der am 22. desselben Monats gefeiert werden sollte und dessen Feier sich in diesem Jahr zum zwanzigsten Mal jährte. Auf der ganzen Welt bereiteten die Menschen einen besonderen Festakt vor, und das Greenpeace World Park Headquarters in der Antarktis bildete da keine Ausnahme. Die Mitarbeiter planten, einen Iglu zu bauen und die Nacht darin zu verbringen, um wieder mit dem in Berührung zu kommen, was Wilhelm »die echte Antarktis« nannte. Sie hatten vor, wenn es das Eis erlaubte, in der Nordbucht schwimmen zu gehen, und sie machten ein Spruchband für ihre Station, auf dem es hieß: EINE ERDE, EINE CHANCE. Zufällig würde dieser Tag der Erde auf Kap Evans der letzte Tag sein, an dem die Sonne über den Horizont stieg. Mittlerweile ging sie im Norden unter, über dem Barnegletscher, und wir beide hatten den starken Verdacht, daß wir die Sonne an diesem Tag überhaupt nicht zu sehen bekommen würden, es sei denn, wir kletterten auf einen Hügel.

Also überlegten wir, ob wir nicht auf den Gletscher steigen und zusehen wollten, wie die Sonne das letztemal vor der antarktischen Nacht unterging. Ich weiß nicht mehr, wer den Vorschlag machte, aber einer von uns erwähnte jedenfalls den Erebus und die Tatsache, daß Roger Mear am 5. Juni den Erebus ganz allein bestiegen hatte. Wenn er das mitten im Winter konnte, dann würden wir es ganz bestimmt im April fertigbringen – wenn auch nicht ausgerechnet am 22. April, wie wir nach gründlicher Überlegung beschlossen. Denn diesen Tag würde Fidel mit seinen Teamgefährten verbringen müssen, und ich erwartete die Rückkehr der Trockentalabteilung irgendwann in dieser Woche, bevor die Sonne unterging. Wir beschlossen also, den Erebus in der darauffolgenden Woche zu besteigen, und dann sagte Fidel mir, ich solle mich auf den Rücken legen, und ließ seine Hände über meinen Körper gleiten.

»Du bist so groß«, sagte er. »Selbst wenn du ein Mann wärest. Für eine Frau bist du geradezu riesig. Sieh dir diese Hände an. Die Kniescheiben. Fühl mal die Wadenmuskeln.« Meine Augen waren geschlossen, aber ich spürte, wie seine Hände innehielten, als sie meine Knöchel erreicht hatten, und dann hob er meine Füße ein wenig hoch und legte meine beiden Knöchel nebeneinander.

»Morganna. Deine Beine sind verschieden lang.«

»Nur ein bißchen«, erwiderte ich.

»Nur ein bißchen?«

»Ich trage Einlagen.«

»Einlagen? Du trägst Einlagen? Aber dann ist es doch wirklich seltsam, Morganna, daß du zum Südpol laufen willst. Selbst für Menschen, deren Beine gleich lang sind, ist das ein gewisses Risiko.«

»Aber ich will doch gar nicht zum Südpol laufen.«

»Nein?«

»Ich möchte für alle Ewigkeit hier bei dir bleiben.«

»Dann mußt du dir aber etwas ausdenken. So, und jetzt werde ich dich von unten bis oben abküssen.« Hätten seine Küsse mich nicht dermaßen verzaubert, diese Küsse, mit denen er an meinen Zehenspitzen begann – jeder einzelne Zeh bekam seinen Kuß –, dann hätte ich vielleicht über seine Worte nachgedacht, so aber kam mir das natürlich gar nicht in den Sinn.

Es war auch das letzte, wofür ich mich interessierte, als wir in der folgenden Woche tatsächlich den Erebus bestiegen, nur wir beide. Die Kletterpartie war anstrengend und hart, denn wir hatten inzwischen recht lange auf Meereshöhe gelebt. Als wir uns schließlich dem Gipfel näherten, waren wir verschwitzt und völlig außer Atem. Aber direkt unterhalb des Gipfels befand sich eine große, flache Ebene, die nach dem Rückzug des Kraters zurückgeblieben war. Gut einen Kilometer dahinter erblickten wir den Kegel des Gipfels, und zwischen ihm und der Stelle, an der wir standen und uns langsam von dem Kraftakt erholten, befanden sich einige etwa drei bis sechs Meter hohe Schneetürme. Es waren vulkanische Rauchschlote, und bei genauer Betrachtung des nächstgelegenen konnten wir beobachten, wie er eine Rauchwolke in die klare Luft abgab.

Eine Stunde später hatten wir den Gipfel erreicht und spazierten dort im Mondlicht am Rand des aktiven Kraters umher. In dem fahlen Licht wirkte der mit Geröll übersäte Boden wie eine Mondlandschaft. Ich klammerte mich an Fidels Hand, und wir suchten uns einen sicheren Platz hinter einem Felsbrocken, von dem aus wir in die Tiefen des Vulkans hinunterspähen konnten. Es war schwer, etwas zu erkennen, da die Dampfwolken, die aus ihm herauswallten, den größten Teil des Kraters verhüllten. Als sie sich aber für einen Augenblick hoben, konnten wir ein weiches, orangefarbenes Glühen ausmachen; es war nicht rot, wie ich erwartet hatte.

Der Schwefelgeruch war so stark, daß uns das Atmen schwerfiel, und wir mußten Mund und Nase mit unseren Halstüchern bedecken. Belohnt wurden wir dann mit einem einzigen, klaren Blick auf das Magma, etwa dreihundert Meter unter uns. Ich fand es wunderschön.

Aber die Höhe machte uns zu schaffen, und nach einer weiteren Minute in der Nähe des Kraters schlug Fidel vor, den Abstieg anzutreten, und wir machten uns auf den Weg. Ich nahm jedoch das Bild von dem Feuersee im Inneren des Erebus mit mir, dieses Feuersees, der das Potential hatte, jederzeit auszubrechen. Dante hatte geglaubt, daß die Fumarolen der Toskana den Eingang zur Hölle markierten; Aristoteles hatte geglaubt, die Vulkane seien Krankheiten der Erde. Dieser kurze Blick aber, den ich in das Innere eines aktiven Vulkans hatte werfen dürfen, enthüllte ihn mir als den Kontrapunkt zu allem anderen Verlangen: Orangegelb war der Vulkan der heiße Teil des Raumes, der geduldig auf den kalten Augenblick wartete.

Das war einer der Tage, die ich mit Fidel verbrachte. In diesem Monat gab es noch viele weitere. Als die sechs aus den Trockentälern zurückkehrten, am 21. April, kurz vor Beginn des Winters, fiel es mir erstaunlich leicht, mich über das Wiedersehen mit Thaw, Brock, Gronya, Tryggve, Anton und James zu freuen. Sie waren mager, abgehärmt und sonnengebräunt und hatten neue Linien in ihren Gesichtern, wie es Menschen wohl zusteht, die die Trockentäler, den Grand Canyon der Antarktis, gesehen haben. Ihre Wanderung hatte offensichtlich ein starkes Band zwischen ihnen geschmiedet, und diese Tatsache ließ sie alle gleichzeitig verstummen, als die Wärme und das Licht und die Sauberkeit von Framheim sie jetzt umfingen. Brock duschte und rasierte sich, zog sich dann frische Kleider an, klopfte an die Tür meines Zimmer, wo ich in mein Tagebuch vertieft auf ihn wartete.

»Hallo«, sagte er.

»Hallo. Du siehst mager aus.«

»Ich bin mager.« Dann schwieg er und lächelte mich an, ein langes, träges Lächeln, das mich gleichzeitig mit Liebe und Mitleid für ihn erfüllte. Ich liebte ihn für das, was er fühlte, und hatte Mitleid mit ihm für das, was er nicht sagte. Nach Fidel erschien mir Brocks relative Sprachlosigkeit zum ersten Mal als eine Wunde. Ein Beweis dafür, daß ihm außer seinem Bein – damals, als er aus dem Bett gefallen war –

noch etwas anderes verlorengegangen war, das er eigentlich hätte haben müssen. Das Gefühl, in der Falle zu sitzen, mußte schrecklich für ihn sein; ich verspürte den Wunsch, ihn über seinen Verlust hinwegzutrösten, ihn zu trösten, weil er etwas hätte besitzen sollen, das ihm fehlte. Also tröstete ich ihn, so gut ich konnte, und nachher wußte ich, daß alles gut werden würde. Ich konnte Brock weiterhin lieben, ohne meinen Geliebten zu verlieren. Ich liebte ihn wirklich genauso wie früher; ich hatte jetzt nur einfach eine noch größere Liebe, die meine Gefühle für ihn beinahe zu einer Erinnerung verblassen ließen. Aber das mußte Brock ja nicht wissen, nicht jetzt auf der Ross-Insel, genausowenig wie er von jener anderen Insel wissen mußte, zu der Fidel und ich immer hinüberschwammen.

Fidel und ich trafen uns den ganzen Winter hindurch. Manchmal gingen wir unter dem Sternenhimmel spazieren, betrachteten die Aurora borealis oder den Mond, die Sternbilder Skorpion und Orion. Wenn es windstill und warm genug war, kletterten wir manchmal auf die Rampe oder gingen durch die Senke, um uns die vollkommene Form des südlichen Kreuzes und der anderen pulsierenden Sterne anzusehen. Sie pulsierten übrigens wirklich, jeder einzelne, und flimmerten nicht nur. Außerdem sahen wir etwas, das – wie wir schließlich herausfanden – Sternennebel genannt wurde. Das waren Galaxien, deren Wirbel sich vor unseren Augen drehten, die sich in riesige Spiralen streckten und auf diese Weise das Universum nach außen explodieren ließen. Die Sterne veränderten auch ihre Farbe; so konnte zum Beispiel einer von Grün nach Blau wechseln und von da nach Gelb oder Rot und dann nach Orange und dann wieder zurück nach Grün; diese Farbwechsel hatten mit dem Südlicht nichts zu tun, das selbst in der Antarktis eine Seltenheit war. Die Sterne dagegen änderten in jeder wolkenlosen Nacht ihre Farbe.

Und die Umrisse des Landes, die im Sommer weiß erschienen, wurden im Winter schwarz – und flach. Im Sommer erschien alles in weiter Entfernung nah, ohne daß man hätte erkennen können, was eigentlich weit und was noch weiter entfernt war. Im Winter wurde die Welt kleiner und vertrauter, denn alles, was wir um uns herum sehen konnten, schien die gleiche Entfernung zu unserem Standort zu haben. Der Erebus, Inaccessible Island, die Royal-Society-Kette, das Nordkap, die Rampe oder die Senke, alles wirkte wie ein schwarzer Scherenschnitt. Und wir befanden uns immer inmitten des Kreises, den sie bildeten, wir waren der Punkt im Zentrum des Kompasses. Bei Mondschein konnten wir von einem höhergelegenen Punkt auf dem Kap bis Minna

Bluff sehen. Auch dieses Vorgebirge schien ganz nahe zu sein, ein ausgeschnittenes Stück Papier, der schwarzen Teerpappe, die uns umgab, als Krönung obenaufgesetzt. Als es wieder heller wurde, waren wir geradezu desorientiert, weil die Welt wieder wuchs und größer wurde.

Ich liebte den antarktischen Winter, und ich fand Gefallen daran, wie mein Körper auf die schwächsten Sinneseindrücke reagierte, wenn ich draußen ohne Lampe unterwegs war. Außer bei Mondlicht konnte man die Erdoberfläche nicht klar erkennen, trotz der zarten Beleuchtung durch die Sterne. Infolgedessen lernten wir die Entfernung unserer Füße zum Boden einzuschätzen, indem wir darauf achteten, wie sich die Luft anfühlte, wenn wir den Stiefel auf die Vulkanasche des Bodens zubewegten. Ich nehme an, daß das die gleiche Art von Sensibilität ist, wie sie auch Blinde entwickeln.

Selbst im tiefsten Winter erschien alle vierundzwanzig Stunden im äußersten Norden eine halbe Stunde lang ein Schimmer am Himmel, eine Ahnung des Sonnenlichts unter dem Horizont. Abgesehen davon aber gewöhnte ich mich daran, daß das Licht in sich selbst zurückgeworfen wurde, so daß der Winter mir tatsächlich wie eine einzige lange Nacht vorkam. Eines gefiel mir sehr: Nachdem sich das Meereis erst einmal endgültig geschlossen hatte – von Ende Mai an blieb das Meer zugefroren –, konnten wir beobachten, daß die Risse in der Übergangszone sich jedesmal bei der Geburt eines neuen Mondes zu weiten schienen. Fidel meinte, das sei nicht weiter verwunderlich, da die Gezeiten der Anziehungskraft des Mondes unterworfen seien und daß sich dadurch die Spalten natürlicherweise weiten mußten. Was er aber überraschend fand, war die Wetteränderung, die oft mit dem Neumond einherging. Wilbur war übrigens in seiner Vorhersage von Wetterumschwüngen so zuverlässig geworden, daß nicht nur Greenpeace, sondern auch die Scott-Station immer öfter über Funk seine Einschätzung erfahren wollte.

Fidel und ich trafen uns also den ganzen Winter hindurch in dem Wannigan unter den Sternen, ein- oder zweimal bei Greenpeace, nie aber in Framheim. Wir gingen auch gelegentlich in die *Terra-Nova*-Hütte, aber im Winter war es dort recht unheimlich und nicht sehr einladend. Im Winter schienen die Schatten mehr Substanz zu haben. Außerdem respektierte Fidel zwar die *Terra-Nova*-Hütte und auch meine Gefühle für sie, aber er liebte sie nun einmal nicht – die Geister, die sie bewohnten, waren nicht seine Geister. Aber manchmal, wenn Fidel drüben bei Greenpeace war, hatte er den Eindruck, daß jemand an sein Fenster klopfte, und er war dann immer ganz sicher, daß es sich um Edward Wilson handelte, der gekommen war, um sich etwas Farbe zu borgen.

»Meiner Meinung nach war Wilson der beste von ihnen«, sagte er. »Ich würde mich glücklich schätzen, ihm etwas Farbe borgen zu können. Aber wenn ich ans Fenster gehe und hinausschaue, ist niemand da.«

Er sagte auch, daß er manchmal in dunklen Nächten mit abnehmendem Mond eine Aura von Elektrizität um die *Terra-Nova*-Hütte wahrnehmen könne. Ich selbst habe das nie erlebt. Für ihn aber war das, wie er sagte, nichts Besonderes, da er auch häufig die Aura von Menschen oder Tieren sehen könne.

»Aber bei lebendigen Geschöpfen erscheint die Aura in vielen Farben, und sie wird sowohl von der Stimmung wie auch von den Jahreszeiten beeinflußt. Die Hütte ist immer blau. Eine Art Stahlblau. Das ist übrigens etwas, das ich in meinen monatlichen Berichten an Greenpeace International nie erwähne!«

Das war komisch; zu den Aufgaben, die die Mitglieder des Greenpeace-Teams übernommen hatten, als sie in die Antarktis kamen, gehörte Monat für Monat das Ausfüllen eines psychologischen Fragebogens. Diesen Bericht schickten sie dann per E-Mail nach Neuseeland. Alle fanden diese Psychoreports ziemlich lächerlich, da sie, wie es schien, für ein anderes Greenpeace-Team entworfen worden waren, das Äonen zuvor seine Arbeit getan hatte. Bei meinen Besuchen bei Greenpeace lud Fidel mich einmal in sein kleines Zimmer ein, wo er mir das Formular zeigte, das er ausfüllen sollte.

Eine Frage hieß: »Wie kommen Sie mit den französischen Technikern aus?« Und eine andere: »Fühlen Sie sich in Gegenwart von Mitgliedern des anderen Geschlechtes schüchtern oder nervös?« Eine Frage, die alle besonders lächerlich fanden, hieß: »Was tun Sie, wenn Sie sich langweilen?« Die Erfordernisse der Station hielten alle vier fast rund um die Uhr in Atem.

Auch ich lachte über diese dumme Frage und sagte dann zu Fidel: »Was tust du denn, wenn du dich langweilst?« Und Fidel nahm mir den

Bericht aus der Hand und schob ihn wieder in die Schublade. Dann legte er beide Hände auf meinen Kopf, ließ seine Finger zärtlich durch mein Haar gleiten und küßte mich ganz sanft auf die Lippen, bevor er mir ins Ohr flüsterte: »Was könnte ich denn tun? Wie du weißt, bin ich ja so schüchtern und ängstlich.«

In Framheim hatten wir uns schon lange vor diesem Zeitpunkt an eine Arbeitsteilung gewöhnt, die darauf beruhte, daß jeder tat, was er am besten konnte. Wir führten verschiedene Abendveranstaltungen durch, genauso, wie die britische Antarktisexpedition es getan hatte; es gab Vorträge, Diashows und Diskussionen, die von einem Moderator geleitet wurden. Todd Tullis trug häufig Monologe aus afrikanischen Theaterstücken oder von Shakespeare vor. Außerdem organisierte er von Zeit zu Zeit Stegreifaufführungen. Manchmal sah sich der eine oder andere in dem Raum, in dem diese Vorstellungen sonst stattfanden, ein Video an. Wir hatten eine ganze Reihe von Filmen mitgebracht, und jetzt gehörten *Das Reich der Sonne, Die Brücke am Kwai, Blade Runner* und *Lawrence von Arabien* zu unseren Lieblingsfilmen. Ich fand sie sehr interessant, weil diese Filme zwar vom Krieg handelten, in Wirklichkeit aber vor allem davon, wie einzelne Menschen im Krieg die Parteien wechseln.

So hatte sich also ein täglicher Trott eingespielt. Die meisten trieben etwa dreimal in der Woche Sport, wobei sie die Sportgeräte und die Sonnenbänke in der kleinen Gymnastikhalle benutzten. Kenneth und Teresa arbeiteten härter als alle anderen, da sie für fünfundzwanzig Leute kochen mußten, ein köstliches Mahl nach dem anderen. Was den Speisesaal von Framheim betraf, konnte sich bestimmt niemand beklagen. Die Wissenschaftler waren sehr aktiv, Leonid beschäftigte sich mit seinen Foraminifera, James und Paula mit Mineralien, Michael mit dem Wind, Garry mit dem Erebus. Shannon Burch studierte nicht McMurdo, sondern führte statt dessen wöchentliche Interviews mit allen Expeditionsmitgliedern durch, und sie tippte auch – für spätere Studienzwecke – die Gespräche ab, die beim Essen geführt wurden. Und Jerilyn machte von jedem Mitglied der Expedition Neunzig Süd einmal in der Woche Fotos, und zwar immer in etwa derselben Pose und am selben Ort. Später würde sie die besten von ihnen zu Sequenzen zusammenstellen, um die Veränderungen zu dokumentieren, die wir durchmachen, ohne sie wahrzunehmen. Der menschliche Organismus, erklärte sie, ist darauf eingerichtet, schnelle Veränderungen wahrzunehmen, denn diese sind oft lebensbedrohlich. Für die Wahrnehmung derjenigen Veränderungen aber, die sich sehr allmählich vollziehen und sich im Endeffekt als gefährlicher erweisen können, müssen wir uns erst sensibilisieren.

Über einige der Veränderungen, die sich in Framheim vollzogen, wurde auch in der *South Polar Times* berichtet, die zweimal monatlich erschien und zu der mehr oder weniger jeder beitrug. Shackleton war während der *Discovery*-Expedition als Herausgeber seiner jungfräulichen *South Polar Times* hinsichtlich der Beiträge ziemlich wählerisch gewesen. Infolgedessen hatten schließlich die kleineren Leuchten, vor allem unter den Mannschaftsdienstgraden, ihre eigene Zeitung – *The Blizzard* – gemacht. In Framheim sahen wir keine Notwendigkeit, ähnlich kleinlich zu sein, da jeder von uns über andere und durchweg interessante Talente verfügte. Unsere *South Polar Times* brachte wissenschaftliche Artikel ebenso wie unwissenschaftliche, spekulative und erzählende, Anekdoten und Sketche über das Leben in der Station ebenso wie Aquarelle und Fotografien. Clint Wiseman nahm seinen Job als Herausgeber so ernst, daß er jeden Tag die meiste Zeit damit zubrachte. Manchmal hatte ich das Gefühl, das einzige Expeditionsmitglied ohne Vollzeitjob zu sein.

David Landrock, glaube ich, fand seine Arbeit langsam frustrierend, da er nichts zu tun hatte, als das Kommunikationssystem zu betreiben, obwohl das auch bedeutete, daß er es warten mußte. Aber er war mehr Erfinder als Techniker, und so vergnügte er sich schließlich damit, aus diversen Ersatzteilen Handfunkgeräte zu bauen. Winnie, Wilbur und Gronya hatten – nach den Köchen – fraglos im Winter am meisten von uns allen zu tun. Gronya war als Lagerverwalterin der Expedition stets damit zugange, Vorräte herauszusuchen, umzuräumen und zu inventarisieren, und Winnie und Wilbur mußten sich um dreißig Hunde kümmern, die täglich Auslauf brauchten. Ich muß sagen, daß die vier Monate dauernde Nacht auf die Hunde eine größere Wirkung hatte als auf die Menschen, vielleicht deshalb, weil sie nicht wußten, daß es sich lediglich um eine vorübergehende Erscheinung handelte. Für die Hunde war die Sonne möglicherweise für alle Zeit untergegangen, und sie hatten vielleicht das Gefühl, einer endlosen Nacht an einem ausgesprochen kalten Ort entgegenzugehen. Zuerst waren sie bereit, das hinzunehmen, so wie sie bereit waren, beinahe alles hinzunehmen, aber nach etwa sechs Wochen schien die ganze Sache sie doch ziemlich zu deprimieren. Sie hatten die Sonne gemocht, diesen Feuerball am Himmel. Manchmal, wenn sie in ihrem Geschirr liefen, hatten sie sich vorgestellt, sie sei ein Teil der Last, die sie hinter sich herzogen. Die baumlose Landschaft schlug ihnen nicht aufs Gemüt, da sie den größten Teil ihres Lebens in einer solchen Landschaft zugebracht hatten, und ihr Fressen war toll, und selbst die Kälte war ihnen nicht zu viel. Aber die Sache mit der Sonne ... Manchmal, wenn sie draußen auf dem Meereis waren, legten sie ihre Köpfe auf die Pfoten, schauten nach Norden und machten den Eindruck, als wollten sie kraft reinen Willens versuchen, die Sonne wieder zum Aufgehen zu zwingen.

Zu unseren winterlichen Aktivitäten in Framheim gehörten auch regelmäßige Partys – zu denen übrigens in Sechsergruppen immer auch die Hunde eingeladen wurden – und daneben natürlich die monatlichen oder zweimonatlichen Telefongespräche mit Verwandten oder Freunden daheim. Im Juni hatten wir einen genauen Plan für die Telefonzeiten ausgearbeitet. Bei einer so großen Gruppe wie der unseren war das nur vernünftig, aber es bescherte mir bei meinen Telefongesprächen mit William ein sehr merkwürdiges Gefühl. Ich rief ihn einmal im Monat an, am ersten, und oft verbrauchte ich nicht einmal die ganze Telefonzeit, die mir als Expeditionsmitglied zustand. Ein Teil meiner Verlegenheit rührte daher, daß ich jetzt oft in meinem Leben vor allen Leuten, mit denen ich hier zusammenlebte, geheimhielt, und obwohl William sich bestimmt sehr darüber gefreut hätte, daß ich mich mit jemand anderem traf als mit Brock, hinderte mich ein Gefühl tiefer Loyalität der Expedition gegenüber, ihm davon zu erzählen. Außerdem klang William am Telefon manchmal erschreckend schwach, selbst wenn man die Entfernung und die Satellitenverbindung in Rechnung stellte. Er schien leicht zu ermüden, und unser kurzes Gespräch am 1. Juli war typisch für jene Zeit.

»Macht's Spaß?« blaffte William, und seine Stimme klang zittrig. »Freunde gefunden? Was ist mit McMordor?« Er hatte diesen Namen bei einem Telefongespräch mit Thaw aufgeschnappt und offensichtlich Gefallen daran gefunden.

»Wir fahren nie rüber nach McMordor. Aber ja, wir haben viel Spaß hier.«

»Freunde?«

»Neue Freunde, ja. Ein paar, bei Greenpeace.«

»Alles bereit für den Pol?«

»Noch nicht ganz. Aber wenn die Zeit kommt, ist sicher alles fertig.«

»Gut. Und was ist mit eurer Pinguinflagge? Schon irgendwelche Kaiser auf ihren Eiern sitzen sehen?«

»Die Kaiserpinguine sind auf Kap Crozier. Aber vor Wintereinbruch haben wir ein paar gesehen, ja.«

»Na schön. Ruf mich wieder an.«

»Wie geht es dir?«

»Ganz gut. Werd langsam alt.«

»Ich danke dir für alles, Großvater.«

Und tatsächlich hatte ich meinem Großvater viel zu verdanken, so viel, daß ich es nicht aufzuzählen vermag, und wenn ich ihn nicht oft erwähnt habe, so heißt das nicht, daß ich nicht an ihn gedacht hätte. Ich habe oft an ihn gedacht, jedesmal, wenn ich nach Framheim kam, oft, wenn ich zum Kap ging, und manchmal auf dem Weg zum Wannigan. Nichts von alledem wäre ohne William je möglich gewesen.

Aber trotzdem war er jetzt weit weg, und ich wußte, was auch immer geschah, daß ich ihn erst in zwei Jahren wiedersehen würde. Bei meinem Aufenthalt in McMurdo hatte ich mit einer Frau gesprochen, deren Vater während eines antarktischen Winters gestorben war, so daß sie nicht einmal zu seiner Beerdigung hatte kommen können. Auch ich mußte mich auf etwas Derartiges gefaßt machen. William konnte jederzeit sterben, das stimmte, und so war die Distanz, mit der ich ihm jetzt gegenübertrat, zum Teil reiner Selbstschutz. Ich glaube, einigen der anderen Expeditionsmitgliedern ging es ähnlich; sie riefen ihre Familien im Laufe der Zeit immer seltener an, denn die Gespräche konnten ihnen nichts geben, ohne ihnen gleichzeitig auch ihre Isolation bewußt zu machen.

Das Bewußtsein der Isolation ereilte uns ohnehin täglich, wenn die Nachrichten via E-Mail unseren Computer erreichten und auf dem Schwarzen Brett vorm Speisesaal aufgehängt wurden, wo sie allen zugänglich waren. Was auch in der Welt vorging, es war von gewaltiger Kraft und Klarheit für uns, und doch waren wir völlig machtlos, was den

Ausgang der Dinge betraf, ob sie nun bedeutungslos oder von größter Wichtigkeit waren. Uns ging es gut in Framheim; draußen in der Welt jedoch waren die Dinge außer Kontrolle geraten, und als wir am 1. August hörten, daß der Irak Kuwait besetzt hatte, traf uns diese Nachricht wie ein Schlag. In der Antarktis schien es so klar, daß das Universum sich noch im Werden befand. Um so unfaßbarer wirkte es auf uns, daß in der menschlichen Sphäre nichts Neues geschah, sondern daß es immer wieder nur um die gleiche, alte Gewalt ging. Dann, später im Monat, als wir hörten, daß die Vereinigten Staaten eine gewaltige Truppenmobilisierung in Saudi-Arabien in Gang gesetzt hatten, verbreitete sich diese Nachricht wie ein Lauffeuer in Framheim: Das mußte ein Witz sein, das war unsere erste Reaktion, und es fiel uns schwer, etwas anderes zu glauben.

Denn ich muß Ihnen sagen, daß nur wenige Leute in Framheim oder sogar in McMurdo glaubten, daß Amerika angreifen würde – bis es dann tatsächlich passierte. Die meisten von uns, zumindest in Framheim, waren zu jung, um sich an Vietnam zu erinnern. Solange wir lebten, hatte es so etwas wie eine Mobilisierung nie gegeben. Für uns, die wir dort lebten, klang angesichts der Schönheit und der Einfachheit des Ortes, an dem wir uns befanden, angesichts unseres Gefühls, von dem wir ganz durchdrungen waren, nämlich für eine neue Art von Welt zu arbeiten, für uns klang die Nachricht von einer Mobilisierung von fünfhunderttausend Menschen wie eine Nachrichtensendung aus längst vergangener Geschichte. In der Welt, in der wir lebten oder in der wir zumindest zu leben glaubten, brauchte man nicht mehr um Öl Krieg zu führen, und man eroberte auch keine anderen Länder, um sich ihre natürlichen Ressourcen zu sichern.

Daher glaubten nur wenige von uns, daß aus der Sache mehr werden würde als eine »Anwesenheit« – eine massive Anwesenheit der USA im Nahen Osten, so wie es eine weniger massive Anwesenheit der USA in der Antarktis gab. Nur Winnie und Thaw glaubten wirklich, daß die Mobilmachung in einen Krieg münden könne. Winnie hatte mit dem *Exxon-Valdez*-Unglück die Macht des Öls aus nächster Nähe kennengelernt und erlebt, wozu die Menschen in seinem Dienste fähig sind. Was Thaw betrifft, so hatte er Vietnam miterlebt, und er glaubte nicht, daß Amerika sich je davon erholt hatte. Ja, er war der Ansicht, daß Amerika etwas beweisen wollte.

»Ihr könnt es mir glauben«, sagte er. »Es passiert. Wenn man so viele Soldaten mit so vielen Waffen an einen Ort bringt, der einfach die Hölle ist, dann werden sie nicht herumsitzen und darauf warten, daß irgendwelche Sanktionen greifen. Nein, sie polieren ihre Waffen und legen schon mal probehalber den Finger an den Abzug. Sie schreiben auf ihre Raketen: ›Die ist für dich, Saddam.‹ Sie werden selber den Krieg anfangen, wenn es sei muß und wenn niemand anderes es für sie tut. Aber da wird sich schon jemand finden. Sie brauchen sich keine Sekunde lang Sorgen zu machen. George Bush ist ein Mann, dessen Penis kaum kleiner sein kann als sein Gehirn, und er wähnt sich immer noch mit dem Fallschirm über dem Südpazifik. Dieser Krieg wird Wirklichkeit. Saddam ist nämlich auch kein Schlappschwanz.«

Aber wir anderen interessierten uns damals, was die Operation Wüstenschild betraf – abgesehen von Spekulationen darüber, wer im Pentagon einfallsreich genug gewesen war, sich diesen Namen auszudenken –, viel mehr dafür, was die Mobilmachung für das USAP bedeutete, da, wie immer Ende August, Winflug bevorstand. Ab Ende September würden dann mit großer Regelmäßigkeit Flugzeuge nach McMurdo kommen, bis der Saisonbetrieb voll im Gang war, und viele dieser Flugzeuge waren C-140s und C-5s, große Frachtflugzeuge, die man sich von der Air Force lieh. Ohne diese Flugzeuge, die die alternden LC-130s unterstützten, konnte und würde es kein amerikanisches Antarktisprogramm mehr geben – aber die Frachtflugzeuge wurden jetzt zwischen Kalifornien und Saudi-Arabien eingesetzt.

Von der Scott-Station hörte man in diesem Frühling ein paar Wochen lang, daß im Falle eines Krieges im Nahen Osten sogar die Naval Support Force Antarctica für einen Kriegseinsatz in Frage käme – was für diese Saison das Ende des Programms bedeuten würde. Aber es stellte sich heraus, daß nichts dergleichen geschehen würde, und was das Gerücht betraf, daß die NSFA in den Krieg hineingezogen werden könnte und die VXE-6-Piloten nach Saudi-Arabien versetzt werden würden, so trat an dessen Stelle schon bald die Neuigkeit, daß auf die Piloten nur dann zurückgegriffen werden würde, wenn »der Krieg globale Ausmaße annimmt« – wahrscheinlich, damit sie sich an der Zerstörung der Erde beteiligten.

All das geschah von August bis Anfang September, während der Frühling auf die Ross-Insel zurückkehrte. Am 23. August ging zum ersten Mal seit vier Monaten die Sonne auf. Trotz der Nachrichten aus dem Nahen Osten war das ein glückliches und aufregendes Ereignis für uns, da mit dem Licht auch unsere Tatkraft zurückkehrte und wir bald unsere geplante zweiwöchige Probefahrt in Angriff nehmen konnten. Wir wollten unsere Ausrüstung testen und uns für die Fahrt zum Pol in Form bringen. Die Nachrichten aus der Welt hatten in etwa dieselbe Bedeutung für uns wie ein besonders lebhafter Traum. Es war unser Traum, und er hatte etwas zu bedeuten, aber das Leben war wichtiger. Und was mich betraf, so waren trotz aller Aktivitäten, Veränderungen und Pläne die wichtigsten Dinge in meinem Leben immer noch die *Terra-Nova*-Hütte und Fidel Acosta.

Mein Gott, wie schön Fidel war. Und wie sanft. Immer wieder versicherte er mir, daß nicht nur mein Land dafür verantwortlich sei, wenn es zum Krieg käme.

»Obwohl es schon sehr traurig ist, daß die Menschen nichts dazulernen. Kriege führen immer nur zu neuen Kriegen, Gewalt verursacht immer noch mehr Gewalt. Und wenn irgend jemand diese Ölquellen anzündet, wäre das die größte Umweltkatastrophe in der Geschichte.«

»Die Ölquellen anzünden?« fragte ich. Ich lag dicht neben ihm, und er ließ seine Finger über meine Rippen gleiten. Mein Kopf ruhte an seiner Schulter, und ich fühlte mich schläfrig und friedlich. Ich hatte das Gefühl, daß ich hier mehr als an irgendeinem anderen Ort auf der Welt völlig geschützt war, und es schien unmöglich, daß irgend jemand irgendwo Ölquellen anzünden könnte. Das hörte Fidel aus meiner Stimme heraus.

»O ja, Morganna, wenn Menschen einander hassen, dann hassen sie auch die Erde, auf der ihre Feinde gehen. Diese beiden Dinge gehören zusammen. Man kann nichts dagegen tun.«

»Aber sie müßten doch einsehen, daß eine brennende Ölquelle für alle gleichermaßen eine Katastrophe wäre.«

»Ich habe nie an einem Krieg teilgenommen. Aber ich glaube, daß die Leute im Krieg nicht viel sehen. Und Sandstürme können die Menschen immer blind machen.«

Ich habe Fidel übrigens nie gesagt, daß ich ihn liebte. Ich hatte das

Gefühl, diese Worte seien sowohl in der spanischen wie auch in der englischen Sprache schon viel zu oft benutzt worden, in anderen Zusammenhängen. Wenn wir gemeinsam zur unerreichbaren Insel schwammen und wenn wir die Pinguinflagge über unserem Wannigan hißten, dann wollten wir in einer neuen Sprache sprechen. Spanisch schien eine schöne, reiche Sprache zu sein, und Fidel hatte viele Dinge in ihr zu sagen, die er mir leise und lächelnd übersetzte: *»Tu eres la hija de mis entrañas«* war eine Zärtlichkeit, die ich besonders liebte, da sie sich auf spanisch so wunderbar anhörte und bedeutete: »Du bist die Tochter meiner Gedärme.« Aber sosehr ich mich auch bemühte, ich konnte nichts dergleichen im Englischen finden und wünschte, ich könnte, wie Wilbur es tat, neue Worte erfinden für die Dinge, für die es noch keine gab. Statt dessen erzählte ich Fidel von meinem Leben und entdeckte dabei viele Metaphern, die ich benutzte, um diese Geschichte zu erzählen.

Eine dieser Metaphern war die Bezeichnung »Nimmerland« für die Antarktis. Fidel hatte noch nie von Nimmerland gehört.

»Du nennst Antarktis Nimmerland? Was für ein schöner Name.«

»Ja, aber er ist nicht von mir. Er stammt aus einer Geschichte von Scotts Freund J. M. Barry. Peter Pan ist ein Junge, der nie erwachsen wird, weil er an einem Ort lebt, an dem die Zeit stehengeblieben ist.«

»Er wird nie erwachsen? Und das gefällt ihm? Also ich finde das merkwürdig. In Argentinien wollen alle Jungen Männer werden.« Auf seine Bitte hin erzählte ich ihm dann die ganze Geschichte, doch seine Reaktion darauf blieb die gleiche.

»Aber diese andere Sache, das mit Nimmerland, das gefällt mir. Ein Ort, den man mit Navigationsinstrumenten nicht erreichen kann. Und ein Ort ohne Landkarten. Landkarten waren immer das erste Handwerkszeug der Eroberung. Wenn man exakte Landkarten vom Gebiet eines Volkes hat, dann kann man es erobern.«

Ich hatte das Gefühl, daß ich Fidel den Geist der Erzählung nicht richtig wiedergegeben hatte, und beschloß daher, ihm den Nimmerland-Song aus der Musicalversion vorzusingen. Als ich schon sang, fiel mir plötzlich auf, daß ich mich geirrt hatte, als ich Fidel erzählte, Peter Pan sei nie erwachsen geworden. Ich hatte zwar keine Ausgabe des Buches bei mir, aber in dem Lied wird Peter Pan einfach nie alt – was für ein Unterschied! Ich wies Fidel darauf hin und erzählte ihm auch, daß

Peter Pan bei den Theateraufführungen auf den Londoner Bühnen von Anfang an von Frauen gespielt worden war.

»Von Frauen!« rief er. »Dieser Junge wird von Frauen gespielt? Dann sieht die Sache natürlich ganz anders aus. Es geht nicht um Jungen, die Kinder bleiben wollen. Es geht um Männer, die wissen, daß sie an ihrem Machismo sterben werden, wenn es ihnen nicht gelingt, dem weiblichen Anteil in ihnen Ausdruck zu verleihen. Kein Wunder, daß dein Scott und seine Edwardianer sich diese Geschichte zu eigen gemacht haben; sie gestattete ihnen, dort hinzugehen, wo man sonst nur mit Hilfe des Herzens hinkommt. Die ganze Welt muß wie Nimmerland werden, meinst du nicht auch, Morganna?«

Ja, das meinte ich. Wenn ich mit Fidel zusammen war, dachte ich viele Dinge, die mir früher niemals möglich erschienen waren – wie zum Beispiel dies, daß die Welt eines Tages die Wiedervereinigung des Rationalen mit dem Intuitiven erleben würde. Es war unwahrscheinlich, gewiß, aber auch nicht unwahrscheinlicher, als daß er und ich hier waren, im Herzen der antarktischen Nacht, nackt und warm nebeneinanderlagen in unserem Wannigan. Fidel war ein unendlich einfallsreicher Liebhaber; seine Phantasie wuchs aus seiner Überzeugung, daß die körperliche Liebe das höchste aller Sakramente sei und ein Zeichen all dessen, wessen man sich überhaupt bewußt werden kann. Nur eine Sache aus unserer Vergangenheit ließen wir so gut wie unberührt, und das waren die Männer bzw. Frauen, die wir früher geliebt hatten, obwohl ich ihm einmal erzählte, daß mein erster Mann ein amerikanischer Indianer gewesen war.

»Man nennt sie aber jetzt nicht mehr amerikanische Indianer«, wandte Fidel ein.

»Nein. Aber amerikanische Ureinwohner klingt so blöd. Die Frage ist, wie haben sie sich selbst genannt?« überlegte ich.

»Ich denke, sie nannten sich einfach ›das Volk‹. Oder ›die Menschen‹. So bezeichnen sich die Menschen immer selbst, Morganna. Wir, der Stamm, sind ›die Menschen‹, und alle anderen Stämme sind immer ›die Barbaren‹.«

»Ist das wahr?«

»Ich glaube ja.«

»Wie deprimierend.«

»Von welchem Stamm kam er denn?«

»Er war ein Navajo. Ich habe ihn nie wiedergesehen, aber ich erinnere mich noch immer ganz deutlich an ihn.«

»Wie hieß er?«

»Robert Louis. Mir gefällt dein Name viel besser.«

»Die Chinesen sagen, der Beginn der Weisheit sei die Fähigkeit, die Dinge bei ihrem richtigen Namen zu nennen«, meinte Fidel.

Die zweite Sache, die mich während dieser Zeit beschäftigte, war die *Terra-Nova*-Hütte. Jetzt, da es wieder hell wurde und wir wieder richtige Tage hatten, wurden mir meine Besuche dort immer wichtiger. Meistens ging ich allein hin, gelegentlich begleitete mich Wilbur, denn er war der einzige in Framheim, zu dem die Hütte ebenfalls sprach. Wenn ich jetzt darüber nachdenke, scheint mir, ich hätte, als ich am Hausstrand ankam, als ich auf die Hütte zuging und ihre Seiten aufblätterte, plötzlich und nach einem ganzen Leben die Welt endlich so gesehen, wie Wilbur sie schon immer wahrgenommen haben mußte. Während unserer Kindheit in Quarry hatte Wilbur nie sonderliches Interesse an den Dingen gezeigt, die man uns in der Schule beibrachte; zu diesen Dingen gehörten Reflexion und Abstraktion, und beides fand er immer sehr unrealistisch in einer Welt so voller reicher Düfte, die ihn geradezu ansprangen und seine Aufmerksamkeit fesselten. Die herrliche Welt der Dinge gegen eine Welt der Kategorien, des Unsichtbaren und des Ungesehenen einzutauschen, das erschien ihm schlicht und einfach dumm. Deshalb hatte er sich auch, als die Schulpsychologin ihn bat, die Ähnlichkeiten zwischen zwei verschiedenen Gegenständen zu nennen, in seinen Geruchserinnerungen verloren. Er wollte nicht über Ähnlichkeiten reden, er wollte Unterschiede beschreiben. Ja, er verstand vollkommen, daß das Leben sich in den Einzelheiten abspielt, in der Tatsache etwa, daß jede einzelne Schneeflocke einzigartig ist. Wilbur also begleitete mich manchmal, aber meistens ging ich allein hin und nahm die Wirklichkeit wahr, wie Wilbur sie immer wahrgenommen hatte. Ohne Abwehrmechanismen, ohne Abgrenzung gegen diese Welt und mit dem Gefühl, genau dorthin zu gehören, in diese Hütte. Jedesmal, wenn ich durch die Tür trat, den Riegel mit der Affenfaust hochzog, den abgestandenen Geruch des Seehundtrans im Anbau einsog und dann in der Hütte selbst den Holzrauch wahrnahm, der dort noch immer in der Luft hing, hatte ich stets aufs neue das Gefühl, nach Hause zu kommen. Ich hatte selbst in dieser Hütte gelebt, und das vor gar nicht allzu langer Zeit, und die Männer, die dort waren, kannten mich noch. »Hallo Jungs«, sagte ich immer, wenn ich die Asche von meinen Füßen schüttelte. »Wie sieht's aus?« Dann griff ich nach dem Besen und kehrte die Asche aus dem Haus, und wenn es warm genug war, zog ich meinen Parka aus und hängte ihn an einen Nagel.

Dann stand ich oft eine Weile einfach nur da und betrachtete den langen Holztisch mit den fünf Stühlen, der in der Mitte der Hütte stand. Der Tisch der Männer, der früher jeden begrüßt hätte, der durch diese Tür trat, war zur Seite geschoben worden, so daß der Weg zur Offiziersmesse frei war. Von der Schottwand aus Vorräten, die ursprünglich mehr oder weniger als Trennwand gedient hatte – und damit eine Klassentrennung ermöglicht hatte, die Mannschaften auf der einen Seite, die Offiziere und Wissenschaftler auf der anderen –, von dieser Schottwand aus Vorräten war jetzt nur noch die Hälfte übrig, weil der größte Teil der von der *Terra-Nova*-Expedition zurückgelassenen Nahrungsmittel von der hier gestrandeten Mannschaft der *Aurora* verzehrt worden war. Das war nicht das einzige, was sich seit Scotts Tagen verändert hatte. Ich nahm an, daß auch die Schwärzung eines großen Teiles der kuppelartigen Decke auf die *Aurora*-Mannschaft zurückging. Die Leute von der *Aurora* hatten Tranlampen benutzt, als ihre Ölvorräte zur Neige gegangen waren. Der Geruch nach Holzrauch, der nach so vielen Jahren noch immer deutlich wahrzunehmen war, rührte also wahrscheinlich vor allem von den *Aurora*-Leuten her, denn die *Terra-Nova*-Expedition hatte Kohle benutzt. Und außerhalb der Hütte lag das Skelett eines Hundes, dessen Hals noch immer in einer Kette steckte – in einer Kette, die an der Südmauer befestigt war, dem Meer zugewandt. Nach den Berichten eines Überlebenden der *Aurora* war der Hund eines Nachts an einer Krankheit gestorben und an Ort und Stelle festgefroren, so daß sie ihn nicht hatten wegbringen können. Er wurde von einem Blizzard begraben. Es tat mir weh, ihn so zu sehen, ganz starr und bedauernswert, so als hätte man ihn dort im Stich gelassen; einige Besucher der Hütte hatten gewiß falsche Schlüsse daraus gezogen.

Ich aber wollte in bezug auf alles, was die Hütte anging, die richtigen

Schlüsse ziehen. Obwohl »Schlüsse« möglicherweise ein zu hartes Wort ist. Ich wollte die Besitztümer der Männer kennenlernen, die Dinge, die sie einmal berührt hatten, ja, die sie noch immer berührten; ich wollte diese Dinge kennenlernen, als gehörten sie in Wirklichkeit mir. Diese Besitztümer würden mich mit einer Welt verbinden, die trotz allen Schreckens, den sie erlebt hatte, zumindest an die Vervollkommnung der menschlichen Spezies geglaubt hatte, so wie ich es auch gern täte. Die Menschen leben historisch; wir sind uns des fortgesetzten Werdens bewußt und das heißt, auch des fortgesetzten Dahinschwindens allen Lebens. Und wenn das menschliche Begehren irgendwo zwischen dem Wissen um das Chaos und dem Wunsch, es zu formen, angesiedelt ist, dann ist es einfach lebenswichtig, sich zu erinnern, zu fühlen und zu beobachten. Während ich mich in der Hütte aufhielt, formulierte ich keine komplexen Theorien, ersann keine neuen, intellektuellen Konstrukte. Ich war an einem Ort, an dem das Gefühl vorherrschte, an dem Freude und Erinnerung wichtiger waren als Schmerz und Vergessenheit. An einem Ort, an dem meine Schlüsse zu guter Letzt sehr einfach waren. Vielleicht könnte das auch das Wesen der Religion sein, solange sie noch lebt, solange sie frisch ist und wächst. Vielleicht haben die Reliquien von Heiligen und Märtyrern vor Jahrhunderten den Menschen dasselbe Gefühl vermittelt. Ja, ich erlebte die Hütte auch als eine Art Reliquie, denn wenn man sich auf diese unmittelbare, gewissermaßen aus dem Bauch kommende Art und Weise an die Vergangenheit erinnerte, so war das mehr als nur eine Zeitreise. Es war auch das Begreifen der Vergangenheit als etwas mit der Gegenwart Verbundenem, als ein Faden, der nicht zerrissen war, eine zarte Seidenschnur. Meine Aufenthalte in der Hütte machten mir klar, daß nichts je verlorenging, solange der Faden des Gefühls, der uns mit der Vergangenheit verbindet, nicht zerrissen und mit dem rohen Leim der Gedanken unzureichend wieder aneinandergefügt wird.

Nur ein Gefühl ist mächtiger als das Gefühl der Verbundenheit, und dieses Gefühl ist die Angst – die Angst in all ihren verschiedenen Gestalten. Und die Angst der westlichen Kultur im allgemeinen war, dachte ich, die Angst davor, eines Tages nichts mehr zu besitzen; der Fall konnte tatsächlich eintreten, wenn man nicht immer wieder neue Dinge herstellte. Denn es war klar, daß die alten Dinge irgendwann verbraucht sein würden. Natürlich konnte man Dinge verbrauchen.

Man konnte das Öl verbrauchen, das Wasser, die Luft; man konnte das ganze organische Leben auf dem Planeten verbrauchen, wenn man sich nur genug Mühe gab. Aber wenn man etwas vernünftig benutzte statt unvernünftig, dann konnte es nahezu ewig halten, und man brauchte sich wirklich keine Sorgen über den Verlust zu machen. Aber wir Menschen hatten solche Angst vor dem Verlust, vor dem Verlieren, vor dem Tod, für den das alles stand, daß wir genau die Bedingungen schufen, die wir am meisten fürchteten. An jedem anderen Ort der Welt hätte man die Besitztümer der Hütte weggeschafft, um sie »in Sicherheit« zu bringen, und hätten sie erst ihre Landschaft, ihre Umgebung, ja die Energielinien verloren, denen sie unter anderem ihre Existenz verdankten, dann hätten sie auch alles verloren, das zählte, alles, das sie zu dem machte, was sie waren. Hinter Glas mußten die Wellen der Zeit absterben. Am Glas bricht sich selbst das Licht. Wo wäre dann die Vergangenheit geblieben? Sie wäre einfach ausgelöscht worden. Aber in der Hütte – diesem vielleicht einzigartigen Ort auf der Welt – hatte sich niemand eingemischt; niemand hatte Angst gehabt. Die Hütte war übergangen worden. Und so kam es, daß sie immer noch hier war mit all ihren Schwingungen.

Ich wanderte einfach in der Hütte herum und studierte sie sehr genau. An einem Tag nahm ich mir zum Beispiel die Nordwestecke vor, wo Wilson und Evans geschlafen hatten und wo Scotts kleiner Verschlag lag. Allein für diesen kleinen Raum – drei mal drei Meter sechzig – brauchte ich mehrere Stunden; ich nahm irgendwelche Gegenstände in die Hand, schaute sie an und legte sie wieder zurück. Zu den Freuden dieser Erfahrung gehörten viele unerwartete Entdeckungen: obwohl die Säuberungsmannschaft ihr Bestes getan hatte, die Dinge dorthin zu legen, wo sie vermutlich hingehört hatten, bevor man sie von ihrer Eiskruste befreit hatte, waren wohl doch keine Perfektionisten am Werk gewesen, und oft waren die Sachen einfach irgendwo abgelegt worden. Zum Beispiel waren einige der fotografischen Chemikalien zwischen die medizinischen Vorräte auf Wilsons Regal geraten.

Auf diesem Regal befanden sich auch große Mullbinden, Verbände, die aussahen wie kleine Ballen Baumwollwatte, in Wirklichkeit aber richtige, fünfzehn Zentimeter breite Verbände waren, eingewickelt in dunkelblaues Papier. Auch ein paar andere Dinge dort verwirrten mich ein wenig. Eine Rolle von etwas, das aussah, als könne es sich um Klebeband handeln, genausogut aber für eine Art altertümliches Pflaster hätte durchgehen können. Viele Dinge befanden sich in Flaschen oder Glasröhrchen, die Reagenzgläser ähnelten. Bei diesen Glasröhrchen verspürte ich den starken Wunsch, ihre Korken oder Deckel zu öffnen und ihren Inhalt zu kosten oder daran zu riechen. Ich entdeckte eine große Flasche mit Äther und auch eine mit Chloroform, und auf beiden Flaschen stand die deutliche Warnung GIFT, aber trotzdem dachte ich: Na ja, was kann es schon schaden, wenn ich mal kurz dran rieche? Nur um festzustellen, ob der Inhalt noch gut war, und weil ich so neugierig war, da ich noch nie Äther oder Chloroform gerochen hatte. Auf dem unteren Regal standen zwei durchsichtige Glasflaschen, so sauber und leuchtend und mit einem so frischen Wattepfropfen darin, als habe jemand sie erst gestern in einer Apotheke in Lyttelton erstanden. In diesen Flaschen schienen sich Zuckerpillen zu befinden, obwohl ich es unwahrscheinlich fand, daß Wilson Placebos mit auf die britische Antarktisexpedition genommen hatte. Diese Pillen waren jedoch immer eine große Versuchung für mich, und da das Wort GIFT auf diesen Flaschen fehlte, beschloß ich eines Tages, eine dieser Pillen zu probieren, nur mit der Zungenspitze. Zu meinem Glück saßen die Korken so fest, daß ich die Süßigkeiten ungekostet wieder wegstellen mußte.

Ebenfalls in Wilsons Ecke, auf demselben Regal, auf dem auch die Süßigkeiten standen, befand sich eine kleine, bernsteinfarbene, würfelförmige Flasche, deren Stopfen nicht aus Kork, sondern aus Gummi war. Die Flasche war mit winzig kleinen, braunen Pillen gefüllt, die Seetangtabletten hätten sein können – so sahen sie aus –, und auf der Flasche stand in Großbuchstaben TABLOID BRAND. Sonst nichts. Diese Tabletten beschäftigten mich sehr, und jedesmal, wenn ich sie sah, war ich sicher, daß ich dringend etwas Jod bräuchte, aber da der Rest des Etiketts unleserlich war und TABLOID BRAND sowohl medizinische als auch fotografische Essenzen herstellte, wagte ich mich auch an diese Pillen nicht heran, ebensowenig wie ich das einzige probierte, was wohl nicht weiter gefährlich gewesen wäre, nämlich Burroughs Welcomb and Company Kepplers Malzextrakt – eine Lösung von Kabeljauleberöl und Malzextrakt. Das *British Medical Journal* hatte sich lobend dazu geäußert, und die Fabrik hatte dieses Lob auf das Etikett drucken lassen: »Der Geschmack des Öls ist angenehm kaschiert, seine nahrhaften Qualitäten stark erhöht, und es ist leicht verdaulich.« Aber ich verspürte dann doch nicht den Drang, dieses wunderbare Heilmittel zu kosten. Ich fühlte mich zu geheimnisvolleren Dingen hingezogen.

Eine Flasche auf Wilsons Regalen war für mich das Schönste in der ganzen Hütte überhaupt; die Aufschrift lautete »Geläuterte Kampferblüten«. Die Flasche selbst war etwa zwanzig Zentimeter hoch, hatte einen Korkstopfen, und ihr Glas war über und über mit einem zarten Gewebe von Rissen bedeckt. Es sah aus, als enthalte sie Eisschnee. Dieser Eisschnee bildete Blumen, und ich hätte die Flasche am liebsten vom Regal genommen, meinen Finger hineingeschoben und die Kristalle berührt, so wie ich als kleines Kind Schneekristalle berührt hatte. Aber die Flasche schien ein solches Kunstwerk zu sein, daß ich sie nie anrührte, sondern nur aus der Ferne bewunderte, während ich andere Dinge begutachtete. Eines Tages fand sich etwas, das aussah wie eine Flasche mit Wachs- oder eher Fettstiften, die kürzer waren, als Wachsstifte es normalerweise sind. Wozu dienten sie bloß? Ich nahm die Flasche in die Hand und drehte sie hin und her. Schließlich begriff ich, daß es sich um Zäpfchen handelte, die aus einfachem Paraffin hergestellt waren.

Ich fand es herrlich, solche Dinge herauszufinden. Über Evans' Bett zum Beispiel hing ein Windsack, und ich war so darauf bedacht, die Dinge einfach nur anzuschauen, daß ich mich eine gute halbe Minute lang fragte, wofür man auf einer Antarktisexpedition wohl ein Schmetterlingsnetz benötigt haben konnte. Genauso erging es mir mit der Kuchenbüchse, die ich im Mannschaftsquartier am anderen Ende der Hütte fand. Ich begutachtete sie von allen Seiten, bevor ich begriff, was sie einst enthalten hatte, nämlich meteorologische Instrumente. Sobald ich das herausgefunden hatte, ging ich zurück nach Framheim und entdeckte, daß mehrere meiner Bücher ein Bild von diesem Ding enthielten, und daß es sich um Alpha, Bertram oder Clarence handeln mußte.

In diesem Teil der Hütte war der Tisch der Männer an die Wand geschoben worden, und darauf lag eine Ausgabe des *Daily Mirror* vom 21. Februar 1908. Auf der Seite, auf der die Zeitung aufgeschlagen war, stand oben ein Artikel, bei dem es sich um etwas Literarisches zu handeln schien und der den Titel »Ein Dieb im Paradies« trug. Aus irgendeinem Grund schaffte ich es nie, auch nur bis zum Ende der ersten Spalte zu lesen. Aber unten auf derselben Seite fand ich etwas sehr Interessantes – diese Technik wurde nach wie vor bei Annoncen verwendet, die Verbindung von einem scheinbar echten Artikel mit der Werbung für ein Produkt. Der »Artikel« trug die Überschrift ALARMIERENDE ZUNAHME VON GRIPPEKRANKHEITEN, und rechts davon befand sich eine Annonce für Angiers Emulsion, ein Medikament, das NACH EINER GRIPPEERKRANKUNG angewendet werden sollte.

Das Ganze erfüllte mich mit Heiterkeit. Es schien, als sei die Werbung seit 1908 eher zurückhaltender geworden. »Das ist Grippewetter«, hieß es in dem Artikel, »und da Grippe eine ansteckende Krankheit ist, müssen wir stets zwei wichtige Dinge im Kopf behalten: Erstens, wie wir uns gegen eine Erkrankung wappnen können, und zweitens, wie wir uns nach einer Erkrankung schnell und vollkommen erholen . . . Dem ersten Zwecke dient nichts mehr als Halls Wein, das wunderbare Stärkungsmittel. Ein Weinglas voll dreimal täglich bietet den bestmöglichen Schutz gegen eine Grippeerkrankung . . . Halls Wein ist ein hervorragender Trunk, um Muskeln und Nervenkraft aufzubauen. Dieser Trunk von größtmöglichem medizinischen Wert reichert das Blut an und stärkt die Nerven.« Angeblich machte er den Körper »keimdicht«, und mehrere Frauen wurden zitiert, die beteuerten, ihre Männer hätten »größten Nutzen« aus Halls Wein gezogen, und ihre Söhne »lobten ihn in den höchsten Tönen«. Während der Wein wahrscheinlich einfach nur Wein war, war Angiers Emulsion »Petroleum mit Hypophosphaten«, und ich las, daß sie »unschätzbar war im Kampf gegen die Nachwirkungen einer Grippeerkrankung. Sie läßt nicht nur den hartnäckigsten Husten abklingen und vermindert das Brennen in Kehle und Lungen, sondern behebt auch die Darmprobleme, die ein so häufiges Symptom darstellen. Außerdem helfen die stärkenden Substanzen der Emulsion, die nervöse Depression und Erschöpfung, die einer akuten Erkrankung folgen, schnell zu überwinden. Nichts kann nach einer Grippe das befallene Gewebe so schnell und sicher heilen, den verlorengegangenen Appetit wiederherstellen und dem geschwächten Leib neue Kraft geben.« Daneben fand sich ein Gutschein für eine kostenlose Probe.

Neben dem *Daily Mirror* lagen auf dem Tisch schwarze Bindfäden und eine große Metallschüssel voller Werkzeuge – eine Säge, eine Klemme, Meißel, Axtstiele. An der Wand daneben hingen Fellstiefel und Schlafsäcke, und ein paar Stöcke mit den Überresten von Flaggen lehnten daneben. Dahinter befanden sich einige Regale, auf denen Flaschen standen, deren Etiketten durch die Feuchtigkeit unleserlich geworden waren, und nachdem ich eine Weile darüber nachgedacht hatte, kam ich darauf, daß diese spezielle Stelle neben dem Westfenster vor der Restaurierung besonders viel Schnee und Eis abbekommen haben mußte. Vielleicht war das Fenster irgendwann zu Bruch gegangen.

Hinter dem Mannschaftstisch und dem mittlerweile reparierten Fenster befand sich die Vorratswand oder zumindest das, was davon übriggeblieben war, und auf dem Boden standen einige Körbe mit Ponyschneeschuhen darin. Sie waren klein, leicht und kompakt, gut fünf Zentimeter breiter als der Fuß eines Ponys. Weiter schlossen sich zur Linken die »Wohnblöcke« an, fünf dicht an dicht gebaute Kojen, zuerst zwei übereinander, dann eine ohne Unterbett und dann wieder zwei übereinander. Sie standen so dicht nebeneinander, daß ich sie, als ich mich zwischen ihnen hindurchzwängte, zu beiden Seiten mit den Schultern berührte. In dem oberen Etagenbett auf der linken Seite hatte Bowers geschlafen, darunter Cherry-Garrard, und auf der rechten Seite waren die Betten von Meares und Atkinson. In dem mittleren Bett hatte Oates geschlafen, und zwar oben – ein Einzelgänger, wie er im Buche stand, aber einer, der seiner Vorliebe für das Alleinsein nicht oft nachgegeben haben konnte, nicht in diesem überfüllten kleinen Haus. Über seinem Bett befand sich ein Wirrwarr aus Ledergeschirren und riesigen Bauchgurten, die eigentlich in den Stall gehört hätten, und jemand hatte vor langer Zeit dort Fotos von Rassehunden aufgehängt. Ich glaube nicht, daß es Oates gewesen ist. Vielleicht jemand von der *Aurora*-Expedition. Von Atkinsons Bett hingen ein paar Stiefel herunter.

Ich war der Meinung, daß die »Wohnblöcke« trotz der Enge freundlich und gemütlich wirkten, und man hatte dort gutes Licht vom Fenster gleich daneben – im Gegensatz zu dem Schlafbereich, der auf der anderen Seite lag, gegenüber dem Messetisch der Offiziere, der Bereich, den Gran, Taylor und Debenham bewohnt hatten. Tryggve Gran war der norwegische Skiexperte, Taylor und Debenham aber Geologen, so daß zwischen den Etagenbetten ein kleiner Tisch stand, den die Wissenschaftler zum Ausbreiten ihrer Proben benutzt hatten. Auf diesem Tisch hatte Debenham auch seine Tagebücher aufbewahrt, aus denen er später Bücher machte, aber jetzt war der Tisch bis auf einen Primuskocher leer. Ohne die Acetylenlampen, die diesen Bereich einst erleuchtet hatten, war es hier sehr dunkel, und ich ging meistens sofort weiter in den dahinterliegenden Bereich.

Dort in der Nordostecke befanden sich die Laboratorien der Biologen und der Physiker und außerdem auch die Betten von Nelson, Day, Wright und Simpson. Nelson war Biologe und Day Mechaniker, und ihre Betten hatten ordentliche kleine Bettpfosten sowie große Schubladen darunter und das volle Licht des östlichen Fensters. Wenn sie im Bett lagen, konnten sie zu diesem Fenster hinausschauen und den Erebus sehen – so wie ich ihn aus meinem Zimmer sehen konnte. Nelson brauchte nur seine Beine vom Bett zu schwingen und stand sofort an seinem Arbeitsplatz, da das, was er »die Biologenecke« nannte – in Wirklichkeit nur ein weiterer Tisch – sich direkt neben seinem Schlafbereich befand. Nichts auf dem Biologentisch unterschied ihn in besonderer Weise von dem Tisch der Physiker und dem der Parasitologen – es standen Bunsenbrenner darauf, Petrischalen und ein paar Kanister mit Schraubverschlüssen.

Die Wissenschaftlerecke liebte ich besonders, ich verbrachte dort mehr Zeit als in irgendeinem anderen Teil der Hütte, abgesehen von der Kombüse und Wilsons Ecke. Auf einem Regal lag Kohlepapier – in rauhen Mengen –, das immer noch brauchbar war, oder zumindest nahm ich das an, auch wenn ich es nicht ausprobierte. Ein Stapel Papieretiketten, numeriert von neunundachtzig bis achthundertneunundsechzig, lag direkt daneben und muß zur Beschriftung der Flaschen benutzt worden sein. Auf dem Boden darunter, in der Nähe des Physikertisches, standen an die hundert brandneue Glasbehälter, die wahrscheinlich für die Sammlung von Material für die parasitologischen Studien benutzt werden sollten. Es standen auch große und kleine Bechergläser bereit, von denen einige mit einer klaren Flüssigkeit gefüllt waren, bei der es sich offensichtlich nicht um Wasser handelte, da sie nicht gefroren war. Wieder einmal war ich versucht, daran zu schnuppern, aber ich bekam den Korken nicht ab. Was konnte das sein? Sogar Äthylalkohol gefriert, wenn die Temperaturen niedrig genug sind. Und schließlich waren da noch riesige Flaschen mit Chemikalien in verschiedenen Farben, aber deren Etiketten waren leider unleserlich.

Ich war auch gern in der Dunkelkammer, die über ein eigenes Dach sowie über vier stabile, mit einer sehr dicken und sehr schwarzen Teerpappe beklebte Wände verfügte. Selbst an den hellsten Tagen brauchte ich eine Lampe, wenn ich dort hineinging, obwohl sich in der vorderen Wand ein Fenster befand, das einst innen mit Öltuch überzogen war.

Wenn früher in der Hütte die Acetylenlampen bebrannt hatten, war es in diesem abgeteilten Raum bei unverdecktem Zwischenfenster wahrscheinlich so hell gewesen, daß keine zusätzliche Beleuchtung mehr nötig war. In der Dunkelkammer befanden sich wiederum viele Chemikalien, deren Verwendungszweck mir unbekannt war.

Ich fand übrigens Scotts kleines Kämmerchen nicht viel interessanter als irgendeinen anderen Teil der Hütte. Eher uninteressanter, muß ich zugeben. Diesem Bereich schien irgend etwas zu fehlen, und der ausgestopfte Kaiserpinguin, der da auf dem Zeichentisch lag, gehörte, was auch immer man sonst über ihn sagen mochte, ganz bestimmt nicht dorthin. Einmal setzte ich mich an den Zeichentisch und versuchte zu schreiben, wie Scott es getan hatte, aber ich stellte fest, daß ich in der Nähe dieses ausgestopften Pinguins wenig zu sagen hatte. Dieser Platz am Tisch lenkte jedoch meinen Blick auf die fünf weißen Quadrate an der Wand über mir. Die Tatsache, daß diese Quadrate immer noch weiß waren, schien dafür zu sprechen, daß die Bilder, die einst dort gehangen hatten, die Bilder, die mich als Kind so traurig gestimmt hatten, dort viele Jahre lang gehangen haben mußten. So lange vielleicht, bis Peter Scott selbst nach Kap Evans gekommen war und sie abgenommen hatte. Ich hatte mir früher vorgestellt, daß die fünf Fotos, die Peter Scott mitgenommen hatte – von sich als kleinem Jungen in den Armen seiner Mutter – fünf Fenster gewesen waren, durch die Lady Scott ihren Mann angeschaut hatte. Ich hatte mir vorgestellt, daß die Frau sagte: »Sieh uns an! Sieh deinen Sohn an. Ist er wirklich Peter Pan?« Jetzt wußte ich, daß es ihr nicht schwergefallen wäre, hier Scotts Aufmerksamkeit zu erregen.

Und wenn ich auch an dem Zeichentisch in Scotts Kämmerchen nicht gern schrieb, so schrieb ich an anderen Stellen in der Hütte um so lieber und saß in der Mannschaftsmesse in der Nähe des Ofens, dort, wo früher einmal Meares das Pianola gespielt hatte. Wenn Wilbur mich in die Hütte begleitete, saß er ebenfalls gern am Tisch im Mannschaftsquartier und dachte nach. Er dachte nach, und ich schrieb, und wir beide schwiegen. Die Hütte selbst jedoch war nur selten von Stille erfüllt – wenn der Wind wehte, dann quietschte und murmelte sie oft, so daß Wilbur und ich einander ansahen und lächelten. Das Zusammensein mit Wilbur in der Hütte veränderte niemals meine Reaktion auf sie, und das zeigte mir, daß er und ich hier tatsächlich auf gleiche Weise auf etwas reagierten. Normalerweise neigte ich dazu, mir ein Bild zu machen und es in ein Konzept zu verwandeln, das dann die große Gefahr in sich barg, mir die Fähigkeit zu nehmen, auf meine Umgebung zu reagieren. Hier in der Hütte aber war alles Bild für mich – wenn wir dieses Wort einmal für alle Sinne gelten lassen –, und wenn Wilburs besondere Fähigkeit darin bestand, zu begreifen, wie die Dinge sich anfühlten, so war er mir hier in keiner Weise überlegen.

Nein, ich wußte, wie die Dinge in der Hütte sich anfühlten. Sie fühlten sich gut an. Es gab keinen Schatten, der hinter ihnen lauerte. Sie waren, was sie waren, die Sache an sich, kein eingebildetes Noumenon. In gewisser Weise erlebte ich hier, was Wilbur schon immer empfunden hatte: So wie für ihn der Geruchssinn der magischste aller Sinne war, weil man einen Duft nie von dem Gegenstand trennen kann, der ihn verströmt, so begriff ich jetzt, daß Bedeutung – dieser Duft des Universums – nie von der spezifischen Umgebung getrennt werden kann, die sie einhüllt und schafft. Blitz und Licht lassen sich nicht voneinander trennen. Sie gehören zusammen. Und so lassen sich auch der Windsack und sein Bestimmungszweck, der Hund und seine Todesursache nicht voneinander trennen. Die Energie in der Hütte bewegte sich nicht. Energie verursachte hier nichts. Energie war. Und Energie war Materie, soviel stand fest.

Dasselbe galt für meine Freunde, die Männer, mit denen ich mich unterhielt und mit denen ich jetzt auf du und du stand – Birdie und Frank und Cherry und Titus. Sie waren keine Gespenster, sie waren immer noch Menschen; wenn ich ihre Besitztümer berührte und sah, wozu sie sie benutzt hatten, dann war es, als würde ich sie berühren, die Männer, die einst hiergewesen waren. Wahrscheinlich war die Hütte meine eigene, persönliche schiefe Welt, in der meine Reaktionen nicht mehr wie gewöhnlich funktionierten. Die Schwerkraft war hier unverändert, und ich fühlte mich auch nicht krank – ganz im Gegenteil. All das verkörperte Gesundheit für mich. Aber genauso, wie nicht alle Menschen die schiefe Welt so empfunden hätten wie Brock, genauso hätten nicht alle Menschen die Hütte empfunden, wie ich sie empfand, da nicht jeder meine persönliche Geschichte hatte. Ich hatte die Briefe gelesen, die Tagebücher und die Bücher vieler der Männer, die dort gelebt hatten, die Berichte darüber, wie erregt sie angesichts ihrer Entdeckungen waren. Ich hatte ihre Gedichte gelesen und ihre Skizzen betrachtet, Pontings Fotografien und die Landkarten, mit denen sie gearbeitet hatten. Ich wußte, was dieses Zuhause für sie einst bedeutet hatte, was zu schaffen es ihnen im Dienste ihres Glaubens ermöglicht hatte – und wegen all dessen war die Hütte für mich ein Kunstwerk. Es war eine Kunst von absoluter Präzision, denn sie ermöglichte es mir, in den Geist anderer Menschen einzutreten und sie kennenzulernen, und sie war einfach wunderschön. Aber Kunst war es vor allem deshalb, weil das Gefühl, das sie weckte, wie aus einem Guß war, es war rund, und seine Wellen bewegten sich von der Gegenwart direkt bis in die Ewigkeit.

Ich erinnere mich vor allem an einen Tag in der Hütte. Es war Ende September oder Anfang Oktober, und draußen schneite es, wunderschön und wild. Ich war allein, schrieb und saß dabei an meinem Stammplatz neben dem Ofen, der zwischen dem Offizierstisch und der Dunkelkammer stand. An beiden Enden der Hütte gab es einen Ofen, aber der einzige Abzug im Dach befand sich in der Mitte zwischen ihnen; es war ein kleines Loch direkt über dem Tisch. Ich verstand erst nach mehreren Besuchen in der Hütte, daß dieser Abzug für beide Herde benutzt worden sein mußte. Als ich darüber nachdachte, wurde mir klar, daß auf diese Weise soviel Wärme wie möglich in der Hütte blieb, bevor sie zusammen mit dem Rauch nach draußen entwich. Später fand ich eine Bemerkung darüber in einem der Tagebücher und fühlte mich absurderweise geschmeichelt, weil ich selbst zu dieser Schlußfolgerung gelangt war, auf der Grundlage pysikalischen Wissens und durch Kombination.

Nun, jetzt jedenfalls saß ich an dem Tisch in der Nähe des Ofens und schrieb über den Erebus: »In der klassischen Mythologie war Erebus der Ort, den die Seelen der Toten auf dem Weg zum Hades passierten. Warum hat man diesem wunderschönen Berg den Namen Erebus gegeben? Was haben die Seelen der Toten damit zu tun?« Ich hielt inne, legte meinen Stift weg und schaute zu dem Rauchabzugsloch auf. Meine Füße waren ein wenig kalt, und ich fragte mich, wie ich sie am besten wärmen könnte. Ich beugte mich schließlich vor, zog meine Stiefel aus und schob meine Füße näher an den Ofen heran. Ich wußte, daß im Ofen kein Feuer brannte, gar nicht brennen konnte. Aber der Impuls war unwiderstehlich, und ich schob auch die Stiefel näher an den Ofen, damit sie ebenfalls warm wurden. Ich rückte sie sorgsam zurecht, so daß sie nicht an den Spitzen verkohlten. Ich schob meine Füße in eine meiner Jacken und drehte den Stuhl herum, zur Wärme hin. Dann lehnte ich mich zufrieden zurück, und meine Füße wärmten sich an einem Feuer, das in diesem Ofen zum letzten Mal von fünfundsiebzig Jahren gebrannt hatte.

Wie ich schon sagte, herrschte draußen ein heftiger Schneesturm, und der Schnee häufte sich vor den Fenstern auf, so daß das Licht, das durch das Ostfenster fiel, schwächer war als gewöhnlich. Die ganze Hütte war jedoch wärmer, als meine Füße das vermuten ließen, jetzt, da der Frühlingsschnee wie eine Isolationsschicht wirkte, und insgesamt war es ein wunderschöner Tag. Ich dachte darüber nach, daß dies möglicherweise für Monate eine der letzten Gelegenheiten war, in solchem Luxus zu schwelgen, als ich plötzlich ein Knarren auf dem Dach über mir hörte, wo sich der weiche Schnee auftürmen mußte. Es lief die Wände herunter und machte ein Geräusch wie zwei Stiefel, die ein oder zwei Meter hinter mir auf dem Fußboden landen, so daß ich einen Augenblick lang sicher war, nicht allein in der Hütte zu sein. Ich dachte, Frank Debenham sei möglicherweise gekommen, und schloß die Augen. Frank war drei Jahre vor meiner Geburt gestorben. Er war sehr jung gewesen, als er zum ersten Mal ins Eis kam, und jetzt war er wieder da. Ich war so fest davon überzeugt, daß er dort in der Hütte bei mir war, daß ich ihn laut fragte, was er glaube, warum der Vulkan Erebus heiße. Und ich hörte ihn ganz deutlich antworten: »Die Seelen der Toten sind immer bei uns. Vor allem, wenn wir uns an dem Ort befinden, den wir Heimat nennen.«

Die gedankliche Behendigkeit hinter dieser Antwort überraschte mich, und ich drehte mich zu ihm um. Frank war Geologe, und ich hatte einen solchen Scharfblick nicht von ihm erwartet. Aber als ich mich umdrehte, war schließlich doch niemand da. Nur der Schnee draußen vor dem Fenster, nur meine Füße am Ofen, nur der Erebus, der jetzt unsichtbar über mir in die Wolken ragte. Glaubte ich wirklich, daß Frank da war? Da, in dieser eingeschneiten Hütte, in diesem sanften Sturm auf der Ross-Insel, in der Antarktis, auf dem Planeten, den wir Erde nennen und der sich irgendwo im Raum dreht? Ja, ich glaubte wirklich, daß Frank hier war. Einen kurzen Augenblick lang spürte ich, daß nichts je verlorengeht, daß alles von Dauer ist. Ich spürte, daß die Zeit erlösend und voller poetischer Mythen ist und daß sie uns nicht verletzen, sondern nur heilen kann. Einen kurzen Augenblick lang.

Einen Augenblick, der Ewigkeit war.

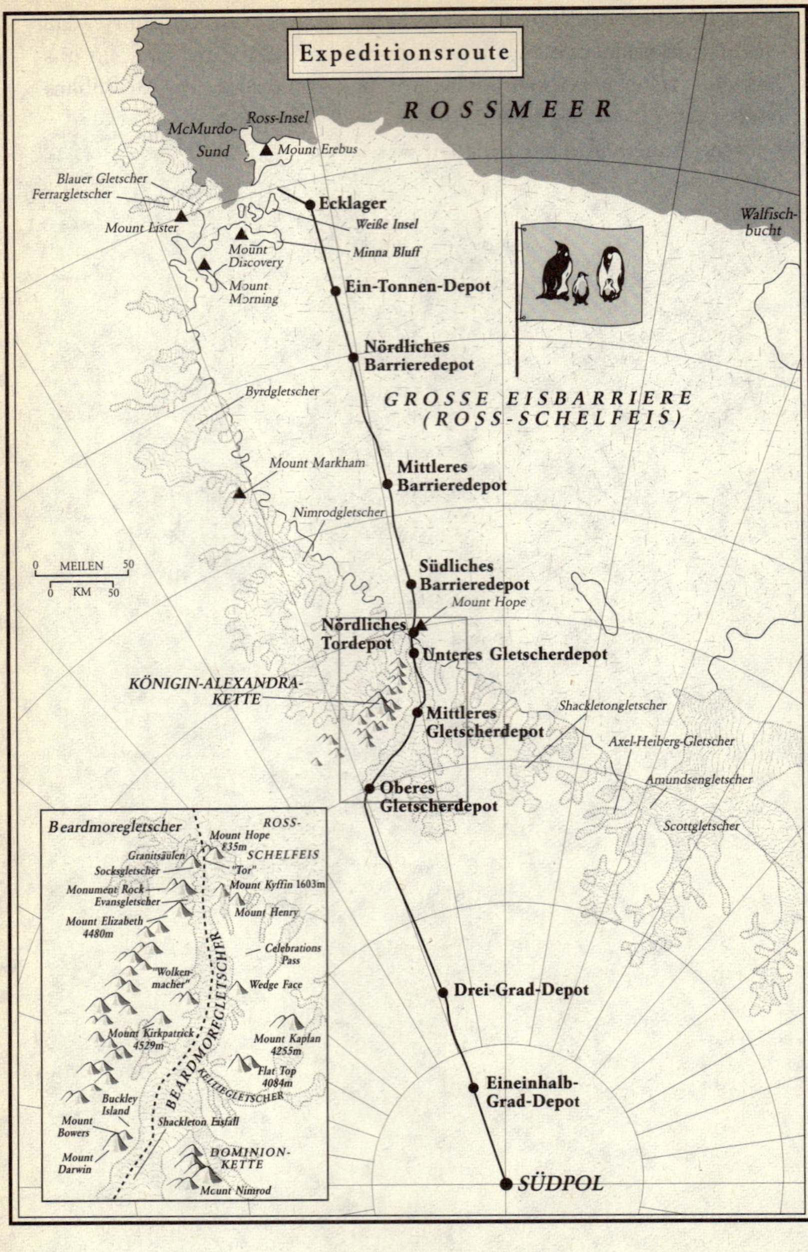

Expeditionsroute
ROSSMEER
McMurdo-Sund
Ross-Insel
Mount Erebus
Blauer Gletscher
Ferrargletscher
Mount Lister
Ecklager
Weiße Insel
Mount Discovery
Minna Bluff
Mount Morning
Walfischbucht
Ein-Tonnen-Depot
Nördliches Barrieredepot
Byrdgletscher
GROSSE EISBARRIERE (ROSS-SCHELFEIS)
Mount Markham
Mittleres Barrieredepot
Nimrodgletscher
0 MEILEN 50
0 KM 50
Südliches Barrieredepot
Mount Hope
Nördliches Tordepot
Unteres Gletscherdepot
KÖNIGIN-ALEXANDRA-KETTE
Mittleres Gletscherdepot
Shackletongletscher
Axel-Heiberg-Gletscher
Amundsengletscher
Oberes Gletscherdepot
Scottgletscher
Beardmoregletscher
ROSS-SCHELFEIS
Mount Hope 835m
Granitsäulen
Socksgletscher
"Tor"
Monument Rock
Mount Kyffin 1603m
Evansgletscher
Mount Henry
Mount Elizabeth 4480m
Celebrations Pass
"Wolkenmacher"
Wedge Face
BEARDMOREGLETSCHER
Mount Kirkpatrick 4529m
Mount Kaplan 4255m
Flat Top 4084m
KELTIEGLETSCHER
Buckley Island
Mount Bowers
Shackleton Eisfall
Mount Darwin
DOMINION-KETTE
Mount Nimrod
Drei-Grad-Depot
Eineinhalb-Grad-Depot
SÜDPOL

TERRA NOVA

Die Expedition Neunzig Süd

Landabteilung, Allgemeiner Stab
Morgan Lamont, Expeditionsleiterin
John Thaw, Stellvertretender Expeditionsleiter
Winnie Blaise, Erste Hundeführerin
Wilbur Coville, Wettervorhersage, Hundeführer
Gronya Hellyer, Lagerhaltung
Brock Callahan, Navigator
Guy Random, Arzt
Clint Wiseman, Expeditionshistoriker
Jerilyn Chandler, Expeditionsfotografin
Mark Tyner, Kraftfahrzeugmechaniker
Tryggve Olsen, Schlittenausrüstung/Skier
Kenneth Hunter, Chefkoch
Teresa Allen, Köchin
Tara Crane, Sekretärin
Andrew Burke, Zimmermann
David Landrock, Nachrichtentechnik
Todd Tullis, Schauspieler
Linda Walls, Zahnärztin

Landabteilung, Wissenschaftlicher Stab
Gary Meekins, Geophysiker
Shannon Burch, Anthropologin
Anton Chebutikin, Verhaltensforscher
Leonid Lopahin, Biologe
Michael De Long, Meteorologe
James Pell, Geologe
Paula Langlois, Geologin

Jetzt, da es soweit war und wir zum Pol aufbrechen wollten, stellte ich fest, daß ich mich kaum noch daran erinnern konnte, warum wir das eigentlich tun wollten. Ich hatte in der Antarktisabteilung des Canterbury Museum gestanden und geglaubt, daß ich vielleicht die Geschichte wiederentdecken konnte – daß ich in der Zeit einen Schritt zurückgehen und herausfinden konnte, wie Scott sich gefühlt und was er gedacht hatte –, indem ich die *Terra-Nova*-Expedition nachvollzog. Da ich inzwischen die Hütte gefunden hatte, erschien mir die ganze Aktion ziemlich unnötig, denn die Hütte hatte mich der Welt von 1910 viel nähergebracht, als eine Polexpedition das je tun konnte; die Verhältnisse in der Hütte waren stabil. Dort hatte ich begriffen, daß die Bedeutung, dieser Duft des Universums, sich nie von der spezifischen Umgebung trennen läßt, in der sie entstanden ist. Auf dem Eis herrschte ständige Veränderung, wirkten Faktoren, die sich meiner Kontrolle entzogen, allen voran das Wetter und die Eisverhältnisse. Aber auch das Ozonloch würde uns beeinflussen und die Stimmung der Hunde, die sich geändert hatte, seit die Sonne wieder schien, und außerdem bestand die Möglichkeit, auf einen Exkursionstrupp von McMurdo zu treffen. Es konnte alle möglichen Ausfälle bei der Ausrüstung geben. Menschen oder Hunde konnten krank werden oder sich verletzen. Bei keiner größeren Expedition ins Innere der Antarktis war es möglich, alle jene Faktoren auszuschließen, die Scott Schwierigkeiten bereitet hatten und auch uns auf die eine oder andere Weise zu schaffen machen konnten.

Das war mir jetzt so klar, daß ich es kaum fassen konnte, wieso ich nicht früher zu dieser Erkenntnis gelangt war. Natürlich war es nicht dieses Motiv allein gewesen, der Wunsch, etwas zu lernen, das mich zur Expedition Neunzig Süd bewogen hatte; schon von Anfang an hatte ich auch etwas beweisen wollen. Dieser zweite Grund für die Reise war es, der den größten Teil meiner Gefährten immer besonders interessiert hatte – die Chance, selbst zu einer lebendigen Demonstration der Tatsache zu werden, daß Menschen eine Wahl haben. Menschen können entscheiden, was sie in dieser Welt eigentlich sein wollen. Wenn wir wollen, dann können wir wie Pinguine unsere Flügel in Schwimmflossen verwandeln. Wenn wir wollen, dann können wir zu Fuß zum Südpol gehen, statt dorthin zu fliegen. Wenn wir wollen, dann können wir statt Hunde zu töten selber unsere Schlitten ziehen, und statt die Erde zu verwüsten können wir mit leichtem Schritt über ihr Antlitz wandern; wenn wir wollen, können wir den Verlauf der Zukunft ändern. Ich hatte diese Expedition früher als eine Art Hypothese angesehen, daß die Geschichte dieses Jahrhunderts zumindest ein wenig anders ausgefallen wäre, wenn Scott es geschafft hätte. Etwas mehr Kiwi – die Art, die noch lebte – und etwas weniger Moa – die für immer ausgerottete Art; so habe ich früher über diesen Schneetanz gedacht. Wenn Scott mehr Glück mit dem Wetter gehabt hätte, dann hätte er es vielleicht geschafft, und wenn er es geschafft hätte, dann hätte der Rest der Welt begriffen, daß die Menschen besser ihre Schlitten selber zogen, statt Hunde dafür abzuschlachten. So einfach war das. Jetzt aber schien mir nicht einmal mehr das einfach zu sein.

Denn die Wahrheit war, daß nicht ein einzelner Faktor zu Scotts Tod geführt hatte und zu dem seiner Begleiter. Eine Vielzahl von Faktoren hatte eine Rolle gespielt, von denen das Wetter nur einer war; Scotts Entscheidung, keine Hunde zu töten, war ein zweiter und die mysteriösen Petroleumverluste in den Depots ein dritter. Ein vierter entscheidender Fehler war die langfristig unzureichende Ernährung der Polabteilung gewesen. Ihre Nahrung war nach den damals neuesten und fundiertesten wissenschaftlichen Erkenntnissen zusammengestellt worden, aber die Männer hatten auf dem Beardmore nur viertausendzweihundertvierzig und auf dem Plateau nur viertausendfünfhundertneunzig Kalorien pro Tag zur Verfügung gehabt; für die Rückreise liegen uns keine genauen Zahlen vor. Da die Vorräte sehr knapp geworden waren, lag die tägliche Kalorienzufuhr wahrscheinlich unter viertausend. Zweiundzwanzig Prozent der Kost hatten aus Protein bestanden, sechsunddreißig Prozent aus Fett und zweiundvierzig Prozent waren Kohlehydrate gewesen; ich kannte diese Zahlen gut, weil wir sie ebenfalls zugrunde gelegt hatten, um unsere Schlittenrationen für die Depots zusammenzustellen.

Als jetzt also der Zeitpunkt gekommen war, tatsächlich zum Pol aufzubrechen, schien selbst der demonstrative Zweck unseres Marsches plötzlich in Gefahr zu geraten. Das einzige, was nicht einmal Scotts gnadenloseste Kritiker bestritten, war seine kompromißlos wissenschaftliche Vorbereitung und Durchführung der Expedition. Als Wissenschaftler und als moderner Mensch würde er sich heute, das schien plötzlich ganz klar, für eine andere Tagesration entscheiden. Seiner Zusammenstellung hatte es an den Vitaminen B und C gemangelt, sie hatte ein Übermaß an Eiweißen enthalten und zu wenig Fett – das aber unter extremen Bedingungen der beste Kraftstoff für den menschlichen Körper ist. Er hatte davon gelebt, sie alle hatten eine recht lange Zeit davon gelebt, also mußte es wohl möglich sein. Aber es war für sein Unternehmen ganz bestimmt nicht günstig gewesen und würde es auch für unseres nicht sein.

Trotzdem war es viel zu spät, um die Rahmenbedingungen für die Expedition noch zu ändern, und mir blieb nur der unerfüllbare Wunsch: Hätten wir uns doch etwas anderes vorgenommen! Außerdem hoffte ich stark, daß unser Aufbruch von Kap Evans nicht von Neuigkeiten über die amerikanische Mobilmachung in Saudi-Arabien beeinträchtigt werden würde. Als wir das erste Mal davon hörten, hatten wir sie – bis auf Thaw und Winnie – lediglich für eine Machtdemonstration gehalten, die aber weder echte Konsequenzen haben noch Gewalt nach sich ziehen würde. Jetzt aber, da der Oktober schon recht weit fortgeschritten war, wurden immer mehr Truppen und Schiffe und Flugzeuge zusammengezogen, und die Aktion Wüstenschild nahm in unseren Gedanken immer größeren Raum ein. Es bestand wohl wirklich die Möglichkeit, daß die Alliierten, während wir unterwegs zum Pol waren, den Krieg erklärten und wir es nicht einmal erfuhren. Das Ganze würde ohne uns geschehen – hinter unserem Rücken. Und wenn es dazu kam, dann würde nicht nur unsere Mission ziemlich nutzlos scheinen, sondern es würde auch bedeuten, daß die Welt, in die wir nach unserer Polreise zurückkehrten, uns fremd geworden sein würde. Ja, die größte Ironie wäre dann wirklich nicht mehr, daß ich bereits vor dem Aufbruch zum Pol gefunden hatte, was ich im Eis suchte, sondern vielmehr, daß ich durch eine Tat, von der ich einst geglaubt hatte, sie würde ein anderes Zeitalter neu erstehen lassen, lediglich die Geschichte meines eigenen verpaßte.

Als nun die Zeit gekommen war, zum Südpol aufzubrechen, widerstrebte mir das Ganze plötzlich, denn ich war mir meiner Gründe nicht mehr sicher. Außerdem hatten sowohl Fidel als auch die Hütte auf mich die vorher unabsehbare Wirkung gehabt, daß ich mich jetzt viel körperlicher fühlte als je zuvor. Damals, in Kansas, beim Anblick der sechsbeinigen Kuh, hatte ich gedacht, ich verstünde das Wesen der Körperlichkeit nicht, ich würde wohl nie ein Gleichgewicht zwischen Geist und Körper finden, ich zöge immer, was den Körper betraf, die falschen Schlüsse. Dann hatte ich Brock gefunden, und das hatte mir sehr geholfen, aber vor meiner Zeit auf Kap Evans hatte ich niemals wirklich das Gefühl gehabt, in der körperlichen Welt so verankert zu sein wie in der Welt der Gedanken. Nachdem ich nun entdeckt hatte, wie real und lebendig die körperliche Welt ist, begriff ich auch, daß die Kehrseite dieser Entdeckung das Bewußtsein von Gefahr war. Alles lebt, hatte Edward Wilson einst geschrieben – es gebe nur einfach weniger Leben in einem Stein als in einer Knospe. Aber er hatte sich keine Gedanken über den Tod gemacht, weil er an die Unsterblichkeit geglaubt hatte. Mir fehlte dieser Glaube, der mir Kraft gegeben hätte, und jetzt, da ich die Herrlichkeit des Körperlichen entdeckt hatte, mußte ich feststellen, daß die Fähigkeit, Dinge übermäßig zu lieben, mit der übermäßigen Furcht einhergeht, sie zu verlieren.

Ja, ich glaubte, daß ich jetzt vielleicht die Furcht vor dem Verlust, die die westliche Kultur beherrschte, begriffen hatte, jetzt, da mir persönlich der Verlust Fidels bevorstand, der Verlust der Hütte, der Verlust von Kap Evans. Ich wollte nicht weg, darauf lief es hinaus. Aber glücklicherweise war ich das einzige Mitglied unserer Expedition, dem es so ging. Alle anderen brannten darauf, endlich loszumarschieren. Das Sonnenlicht war zurückgekehrt, und Sonnenlicht ist ein höchst stimulierender Nährstoff, wenn man genug davon bekommt. Es hatte Frühjahrsstürme gegeben, aber wir hatten auch das herrliche Frühjahrswetter genossen, und eines Tages wurde es so warm, daß das Eis zu schmelzen begann. Zum ersten Mal seit sieben Monaten hörten wir das Geräusch fließenden Wassers, und es erfüllte mich mit einer Art Frühlingsfieber. Wir hatten es im Winter ruhig angehen lassen, und jetzt machten sich alle mit Feuereifer daran, die Projekte, mit denen sie sich während der Monate der Dunkelheit beschäftigt hatten, zu Ende zu bringen und die letzten Vorbereitungen für die Polreise zu treffen.

Es gab noch eine Menge Dinge, die besprochen werden mußten. Es scheint vielleicht seltsam, daß nach drei Jahren Planung immer noch Entscheidungen zu treffen waren, aber so war es eben. Und die erste Entscheidung, mit der wir uns beschäftigen mußten, war die Frage, wer eigentlich alles mitkommen sollte. Die Anzahl lag bereits fest. Nur fünf von uns würden zum Pol gehen und wieder zurück, mit keinen anderen Hilfsmitteln als den vorher angelegten Depots. Wir wußten weiterhin – oder glaubten zu wissen –, an welchen Stellen die verschiedenen Hilfsmannschaften umkehren sollten und daß wir insgesamt mit sechzehn Personen von Kap Evans aus auf das Ross-Schelfeis ziehen würden – weil es bei der *Terra-Nova*-Expedition genauso gewesen war. Vier Mann waren damals für die beiden verbliebenen Motorschlitten zuständig gewesen und die anderen zwölf für die Ponys und Hundegespanne. Einige von ihnen zogen von Anfang an selbst ihre Schlitten, und als die Motorschlitten ihren Dienst versagten, spannten sich die vier Männer von der Motormannschaft ebenfalls vor einen Nansenschlitten. Thaw und Brock hatten in San Francisco ausgerechnet, daß sechs Schneemobile die Zugkraft von zehn Ponys haben mußten, und daher würden wir sechs Schneemobile und drei Hundegespanne mitnehmen.

Das bedeutete, daß Winnie, Wilbur und Tryggve als Hundeführer auf jeden Fall mitkommen würden, genauso wie Mark Tyner, unser Maschinist. Thaw und Brock und ich gingen ebenfalls mit, außerdem Jerilyn und Clint. Die übrigen sieben auszuwählen war allerdings sehr schwierig, denn alle wollten gern mitkommen, zumindest bis Minna Bluff. Am Ende beschlossen Thaw und ich, Shannon ihrer Bergerfahrung wegen mitzunehmen und auch Gronya, die den anderen zumindest die Expedition in die Trockentäler voraushatte. Michael De Long, unser Meteorologe, schien ebenfalls eine vernünftige Wahl zu sein, da er zäh war und sich auf seine Arbeit bestens verstand. Dann fragten wir noch Anton Chebutikin, der auch mit in den Trockentälern gewesen war. Tara, meine Zimmergefährtin aus McMurdo, hatte die Depotreise verpaßt, und es schien mir daher nur fair, ihr die Chance zu geben, das Ross-Schelfeis jetzt endlich mit eigenen Augen zu sehen. Guy Random, unser Arzt, sollte natürlich ebenfalls so weit wie möglich mitkommen, dafür plädierte wenigstens ich. Jetzt, da ich mir meines Körpers und damit auch meiner Verletzlichkeit so bewußt war, schien ein Arzt das mindeste an notwendigem Schutz. Damit war also nur noch ein einziger Platz frei, und Thaw und ich entschieden uns schließlich für Todd Tullis, den Weggefährten Thaws aus alten Zeiten, der sich im Laufe des Winters mit Shannon liiert hatte.

Damit war diese Sache zunächst einmal erledigt. Wir gaben unsere Entscheidung bekannt, mit der die neun, die nicht mitkommen konnten, sehr gut zurechtkamen. Sie waren natürlich enttäuscht, taten aber ihr Bestes, das nicht zu zeigen. Die sechzehn Männer und Frauen der Polabteilung trafen sich an mehreren Abenden im Aufenthaltsraum von Framheim; wir wollten uns endgültig über die Ziele und Zwecke der Expedition zum Pol klarwerden. Das war vor allem deshalb wichtig, weil das Wetter sich während der ersten Oktoberwoche verschlechtert und dadurch unsere geplante Generalprobe für den Polmarsch zunichte gemacht hatte. Wir hatten eigentlich vorgehabt, auf dem Meereis nach Kap Royds zu gehen, um unsere Ausrüstung zu testen und festzustellen, wie gut wir mit den von jeweils vier Leuten gezogenen Nansenschlitten fertig wurden. Jetzt hatte das Wetter uns einen Strich durch die Rechnung gemacht, und die Polreise selbst würde die Generalprobe sein, die Strecke bis zum Ein-Tonnen-Depot, das Basislager einer langen Reihe zum Pol hin immer kleineren Proviant- und Materialdepots auf dem Eis, wo wir die nicht unbedingt benötigten Vorräte zurücklassen wollten.

Also würde unsere Reise zum Südpol sozusagen ein Kaltstart sein, und es war daher um so wichtiger, daß wir uns vor dem Aufbruch sowohl über die Ziele als auch über die Methoden absolut einig waren. Es stellte sich heraus, daß das bei den Zielen nicht weiter schwierig war; letzten Endes stand die Pinguinflagge für das, was wir anstrebten. Hinsichtlich unserer Methoden gab es dagegen ein breites Meinungsspektrum. Einige von uns hegten mittlerweile Zweifel, ob es klug sei, auf Funkgeräte und ein GPS-Gerät, wie Brock es in den Trockentälern benutzt hatte, zu verzichten. Vielleicht fühlten sie sich auch ein wenig verletzlich und gefährdet, vielleicht hatten aber auch die Nachrichten über die Operation Wüstenschild eine größere Wirkung auf uns, als wir ahnten. Jedenfalls wurde gesagt, das GPS sei lediglich eine modernere Version von Landkarte und Kompaß, und die bloße Mitnahme von Funkgeräten sei allein ja auch noch keine Hilfe von außen und müsse daher statthaft sein. Aber diese Argumente waren einfach nicht stichhaltig. Das GPS arbeitete mit Satellitensignalen; und das bedeutete, wie fern die Satelliten auch sein mochten, ganz bestimmt eine Form von Kontakt mit oder Unterstützung durch die Außenwelt. Wir wollten aber eine Expedition ohne Unterstützung durchführen. Was die Funkgeräte betraf, so konnte man sie als emotionale Unterstützung betrachten – oder auch als emotionale Störung. Wenn wir in einer schwierigen Situation in Framheim anriefen und die Leute uns unterstützten oder uns Informationen über das Wetter durchgaben, konnte sich dadurch unsere Lage gewaltig ändern. Und genau das war Scott, Wilson, Oates, Evans und Bowers nicht möglich gewesen. Und wenn uns aus Framheim schlechte Nachrichten erreichten? Das wäre genau die Art von Störung, die zusätzliche Schwierigkeiten schaffen konnte.

Während unserer Diskussionen behielt ich meine Meinung möglichst für mich, denn ich fürchtete, daß ich mich, sobald ich den Mund aufmachte, nicht mehr würde zurückhalten können, da mir plötzlich die Gefährlichkeit unseres Vorhabens klargeworden war. Da diese Erkenntnis jedoch in die Kategorie des allzu Offensichtlichen fiel, hätte ich mich damit möglicherweise, so dachte ich, nur zum Narren gemacht. Natürlich war das, was wir taten, gefährlich. Es war gefährlich gewesen, als Scott es 1910 getan hatte, und es war jetzt gefährlich, und es würde immer gefährlich sein; schließlich war die Antarktis ein gefährlicher Ort, das höchste, trockenste und kälteste Gebiet der Erde und eine Wüste, gegen die alle anderen Wüsten vergleichsweise harmlos erschienen. Ob wir Funkgeräte mitnahmen oder nicht, ob wir ein GPS-Gerät mitnahmen oder nicht, ob wir zusätzliche Kalorien oder zusätzliches Fett mitnahmen, all das konnte an der Gefahr, in die wir uns begaben, grundsätzlich nichts ändern. Und ich wußte im Augenblick selbst nicht recht, ob ich die Dinge wirklich klar sehen konnte, da ich mit dem Näherrücken des 26. Oktober, des Tages, an dem wir aufbrechen würden, immer unglücklicher wurde bei dem Gedanken an die Trennung von Fidel.

Gronya rüstete uns in jenen Tagen Mitte Oktober mit warmer Unterwäsche, winddichter Kleidung und Fellstiefeln aus ebenso wie mit Schlafsäcken aus Kunstpelz und Handschuhen. Wir probierten alles an und testeten die Bekleidung im Gelände, auf dem Meereis, wo wir uns in Vierergespannen mit dem Ziehen der Nansenschlitten vertraut machten. Zu Anfang war es für uns alle recht schwierig, aber es sah so aus, als könnten wir uns daran ebenso wie an die wollene Unterwäsche und die altertümlichen Schutzbrillen gewöhnen. Ich nutzte jede Gelegenheit, um zum Wannigan zu gehen, um Fidel zu treffen, der ebenfalls sehr viel zu tun hatte, da er, Ingrid und Wilhelm eine größere Expedition in die Trockentäler planten. Außerdem schrieb er an den Berichten über seine wissenschaftlichen Winterprojekte und bereitete seine Proben und anderes Material für den Abtransport mit der *Gondwana* vor. Dennoch fanden wir Zeit, uns zu treffen, und wir sagten uns mehrfach lange und ausführlich Lebewohl, bis unser Lebewohl eines Tages das letzte war.

Es war einen Tag vor dem Aufbruch der Expedition Neunzig Süd. Alles war vorbereitet. Scott hatte oft geschrieben: »Jedes Detail der Planung war perfekt.« Auch in unserem Fall war die Planung so perfekt wie möglich, aber genauso wie bei Scott gab es ein paar Kleinigkeiten, die ich nicht vorausgesehen hatte, und dazu gehörten die Hütte und Fidel und die Tatsache, daß ich, als es endlich soweit war, überhaupt nicht mehr zum Pol gehen wollte. Ich weinte Rotz und Wasser an jenem Tag im Wannigan und sagte Fidel, daß ich es einfach nicht ertragen könne, daß ich eigentlich noch immer zurück könne und auch zurück wolle, genau dort bleiben wolle, wo ich war, nämlich auf Kap Evans und bei ihm. Er erwiderte, es stünde mir natürlich frei, der Stimme meines Herzens zu folgen, er glaube aber, ich würde es später vielleicht bereuen, wenn ich nach all den Mühen meine Träume doch nicht verwirklicht hätte. Er sagte, ich irrte mich, wenn ich glaubte, die Polreise sei nicht mehr notwendig. Vielleicht gab es doch noch etwas zu lernen, etwas, das ich mir jetzt noch nicht recht vorstellen konnte.

»Aber du wirst nicht mehr hier sein, wenn ich zurückkomme.«

»Das stimmt. Aber ich werde irgendwo sein. Und wo auch immer, du bist mir jederzeit willkommen.«

Ich schluchzte noch ein bißchen mehr, fühlte mich aber schon besser. Bis zu diesem Augenblick hatten Fidel und ich nicht darüber gesprochen, daß wir uns jemals wiedersehen könnten; ich wußte ja nicht einmal, ob er in Argentinien eine Frau hatte. Er dagegen wußte von Brock – ich hatte es ihm erzählt –, aber wir hatten unsere Zeit wie eingehüllt in einen Umhang aus Dunkelheit verlebt, und jetzt war dieser Umhang zurückgeworfen worden, und überall um uns herum war es hell. Wenn es eine Zukunft gab, in der wir uns wiedersehen konnten, dann war jetzt der Zeitpunkt gekommen, es herauszufinden. Und während ich zum vielleicht letzten Mal in Fidels Armen lag, formte ich eine Vision von unserem Wiedersehen, die ich wie einen Talisman auf die Polreise mitnehmen wollte. Fidel würde nach Patagonien zurückkehren, und ich würde viele Meilen zurücklegen müssen, um ihn zu finden. Ich würde weite spanische Reithosen tragen und staubige Reitstiefel und einem gewaltigen, schattenspendenden Baum entgegenreiten. Dort würde ich absteigen und mein Pferd grasen lassen, während ich Quellwasser trank und über die Ebene Ausschau hielt. In der Ferne würde eine Gestalt am Horizont auftauchen, ein Mann auf einem Pferd, der langsam näher kam. Auch er trug spanische Reithosen, ein Gauchohemd und einen Cowboyhut, den er tief in die Stirn gezogen hatte. Ich würde mir nicht ganz sicher sein, wen ich da vor mir hatte, obwohl er mir gesagt hatte, daß er mich dort abholen würde. Erst wenn er das Pferd neben mir zügeln, seinen Hut zurückschieben und sich über den Bart streichen würde, würde ich wissen, wer er war.

Dann würde ich ihn sehen. Fidel. Er würde lächeln, und seine roten, weichen, wunderschönen Lippen würden die Worte formen: »Du bist es, Morganna. Und ich bin Fidel.« Dann würde er sein Bein rückwärts über den Sattel schwingen und sich auf den staubigen Boden gleiten lassen, und er würde meine rechte Wange mit der Spitze seines rechten Zeigefingers berühren. Wir würden uns nicht sofort umarmen. Statt dessen würde er auf sein Pferd zeigen, und ich würde die Zügel meines Tieres in die Hand nehmen und in den Sattel steigen. Er würde hinter mir aufsitzen und einen Arm um meine Taille legen, und ich würde mich zurücklehnen, bis sein Gesicht in meinem Haar vergraben lag. Und dann ... und dann ... Patagonien. Was für ein Land war dieses Patagonien eigentlich? In meinen Gedanken sah es ein wenig wie eine gebirgige Mondlandschaft aus.

Wir trennten uns. Die Zeit des Aufbruchs war gekommen, für ihn wie für mich, er mußte in die Trockentäler und ich zum Pol, und wir konnten uns einander nicht einmal zum Abschied das Geleit geben. Ich schlief in jener Nacht kaum. Es war die Nacht zum 25. Oktober. Ich lag auf meinem Bett und betrachtete den Erebus, der in der Sonne lächelte. Zu meiner Traurigkeit gesellte sich nun noch die Wehmut, mich vom Erebus trennen zu müssen, den Fidel und ich gemeinsam bestiegen hatten und über den ich mit Frank gesprochen hatte, an jenem Tag in der Hütte, als er gesagt hatte: »Die Seelen der Toten sind immer bei uns.« Ein Vulkan – ich hatte nie geglaubt, jemals einen Vulkan lieben zu können, aber genau das war passiert, ich liebte den südlichsten noch aktiven Vulkan auf unserem Planeten. Wie Cherry-Garrard fühlte ich mich zutiefst zu ihm hingezogen. Bei dem Gedanken an Cherry-Garrard – da ich sowieso nicht einschlafen konnte – holte ich mir *The Worst Journey in the World* hervor und blätterte das Buch durch. Schließlich stieß ich auf folgende Passage: »Bei gleicher Konstitution hielten sich die Männer mit dem größten Reservoir an nervöser Energie während dieser Expedition am besten. Da sie mehr Phantasie hatten, hatten sie es schwerer als ihre phlegmatischeren Kameraden, aber sie kamen dennoch zurande. Und als es zum Schlimmsten kam, triumphierte ihre Geistesstärke über die Schwäche ihres Körpers. Wenn Sie einen guten Polarreisenden suchen, nehmen Sie einen Mann mit nicht allzuviel Muskeln, einen Mann, der in guter körperlicher Verfassung ist, und sehen Sie zu, daß seine Nerven aus Stahl sind. Wenn Sie nicht beides bekommen können, dann verzichten Sie auf Körperkraft und setzen Sie auf den Willen.« Früher hatte ich gedacht, ich hätte Nerven wie Drahtseile und mein Wille sei unbezwingbar. Jetzt fürchtete ich, daß mir die für den Polmarsch nötigen Eigenschaften fehlten – weil meine Sehnsucht gestillt war. Als ich schließlich doch noch ein paar Stunden Schlaf fand, hörte ich im Traum Atkins rufen: »Cherry, sie sind da!« Ich wachte mit hämmerndem Herzen auf, nur um festzustellen, daß sie doch nicht da waren.

Am Morgen brauchten wir eine Weile, um uns zu organisieren. Winnie, Wilbur und Tryggve waren mit den Hunden beschäftigt, die vor Freude fast gesungen hätten. Sie wollten einfach nicht stillsitzen, um sich ihre Geschirre anlegen zu lassen, so daß diese Prozedur länger dauerte als erwartet. Aber um elf Uhr war alles fertig, und die ganze Expedition sammelte sich am Ende der Hundeschlittensenke. Diesmal würde alles ganz anders sein als bei der Depotreise, da wir seinerzeit alle entweder auf Schneemobilen oder Hundeschlitten gesessen hatten. Jetzt dagegen würden wir genauso losziehen, wie die Reise auch später vonstatten gehen würde, und das hieß im Schrittempo. Außer den Fahrern der Schneemobile waren alle, auch die Hundeführer, zu Fuß; die

Hundelasten waren auch ohne das zusätzliche Gewicht eines Menschen auf den Schlitten schwer genug.

Die neun Mitglieder der Landabteilung, die in Framheim zurückblieben, verabschiedeten uns in der Hundeschlittensenke. Wir bildeten Gespanne, die jeweils gemeinsam einen Schlitten zogen, und zwar zunächst nur ein Dreier- und ein Vierergespann. Ich zog mit Anton, Todd und Shannon, mit denen ich auf dem Meereis trainiert hatte, zusammen einen Schlitten, und am Anfang dachte ich – wie schon früher –, ich würde diese Sache bald in den Griff bekommen. Wir sagten Lebewohl und brachen auf; an der Spitze die Hundeschlitten, danach die von uns selbst gezogenen Schlitten und als Nachhut die Schneemobile, deren Abgase wir in dieser Marschfolge nicht einatmen mußten. Wir zogen los, und nach sechs oder sieben Stunden begann ich mich zu fragen, ob ich mich nicht doch getäuscht hatte. So ein Vierergespann und ein Nansenschlitten schienen sich nur schwer aneinander gewöhnen zu können. Selbst mit einem leicht beladenenen Schlitten war es schwer, vom Fleck zu kommen. Wir zogen nur hundertachtzig Kilo, extrem wenig für einen Polarschlitten. Normalerweise rechneten die britischen Expeditionen mit neunzig Kilo pro Person, und Shackleton und seine drei Kameraden von der *Nimrod*-Expedition hatten zusammen einen Vierhundertfünfzig-Kilo-Schlitten bewältigt. Es war daher seltsam, daß es uns so schwerfiel, eine so leichte Ladung über die glatte Oberfläche des Meereises zu ziehen. Es machte die Sache nicht besser, sich der Tatsache bewußt zu sein, daß wir später das doppelte Gewicht auf unseren Schlitten ziehen mußten. Und zwar genau von dem Punkt an, an dem unser Anstieg über den Beardmoregletscher begann; dort erwarteten uns tiefere Temperaturen als auf dem Schelfeis, wir würden weniger Sauerstoff bekommen und mußten auf dem Gletscher überdies mit Schwierigkeiten wegen der Eisverhältnisse und der zahlreichen Spalten rechnen. Bevor wir an unserem zweiten Tag die Hüttenspitze auch nur annähernd erreicht hatten, fragte ich mich schon, ob das alles überhaupt machbar war. Und als wir dann auf dem Ross-Schelfeis waren, kamen mir die Fiberglasschlitten in den Sinn, die wir letzten Herbst im Ein-Tonnen-Depot eingelagert hatten.

Aber die Mannschaft war wegen des schönen Wetters und des lebenspendenden Sonnenscheins überwiegend guter Laune – und nicht zuletzt auch wegen der Verspieltheit der Hunde, deren Stimmung die der

Menschen sogar noch übertraf. Es fiel ihnen nicht ganz leicht, sich daran zu gewöhnen, daß die verkrustete Oberfläche manchmal unter ihnen nachgab und einen Zentimeter oder mehr einbrach, gerade dann, wenn sie es am wenigsten erwarteten. Bei solchen Gelegenheiten schienen sie zu glauben, daß sie doch noch Kaninchen in der Antarktis gefunden hatten, und sie fingen sofort an zu suchen, wo sie die Bauten vermuteten.

Nach dem Ecklager jedoch frischte der Wind auf. Wilbur hatte den sich ankündigenden Sturm in der Nacht zuvor schon gespürt, meinte aber, wir könnten möglicherweise verschont bleiben. Aber dieses Glück hatten wir nicht. Es wurde wieder einmal einer dieser Stürme, wie wir sie auf der Depotreise erlebt hatten. Der Schnee war so aufdringlich, daß er sich in alle Poren setzte wie der feinste Talkumpuder und sich in den Kleidern, im Zelt und im Essen in immer größeren Mengen ansammelte. Wir konnten zwar weitermarschieren, aber schon bald lagen fünfzehn Zentimeter Neuschnee auf der Barriere, dann achtzehn Zentimeter, und der Sturm und das Schneetreiben hielten zwei Tage lang an. Wenn es vorher schon nicht leicht gewesen war, die Schlitten zu ziehen, so war es jetzt unendlich schwer. Um einen Schlitten zu ziehen, muß das Gespann eine vollkommene Harmonie entwickeln, und jede Unregelmäßigkeit der Oberfläche kann diese Harmonie beeinträchtigen. Wir waren immer noch ein gutes Stück vom Bluffdepot entfernt – das Ein-Tonnen-Depot mit den Fiberglasschlitten war erst unsere übernächste Station –, und ich ertappte mich dabei, daß ich mit jedem Tag, der verging, immer häufiger an diese Schlitten dachte.

Außerdem mußte ich immer häufiger an den Proviant dort denken. Das heißt, an den *zusätzlichen* Proviant, den Käse und die Erdnußbutter, die wir dort für den Notfall zurückgelassen hatten. Jetzt lebten wir von Scotts Schlittendiät, viertausendzweihundertvierzig Kalorien am Tag. Ich wußte nicht, wie es den anderen ging, aber ich fand diese Diät nicht sehr hilfreich. Bevor wir Framheim verlassen hatten, war ich der Meinung gewesen, es sei zu spät, um noch etwas an den Bedingungen, unter denen wir unseren Polmarsch absolvierten, zu ändern, und hatte mich aus den Diskussionen über Funkgeräte herausgehalten, weil ich mir selbst nicht über den Weg traute. Jetzt ging mir durch den Kopf, daß wir bis zu unserem Abmarsch vom Ein-Tonnen-Depot praktisch noch alles ändern konnten, weil wir uns mit den gewaltigen Vorräten dort vollkommen neu ausrüsten konnten, wenn uns der Sinn danach stand.

Natürlich würden wir das nicht tun. Aber das Ziehen der Schlitten war bei dieser mageren Kost wirklich sehr anstrengend. Jetzt, nach einer Pause, fürchtete ich fast den Augenblick, in dem Brock, der für die Einhaltung unseres Zeitplanes verantwortlich war, rufen würde: »Zeit zum Aufbruch!« In unserem Vierergespann gingen Anton und Todd voran, da wir festgestellt hatten, daß man die stärksten Zugkräfte am besten vorn laufen ließ. Shannon und ich gingen hinter ihnen her. Nach einer Pause standen wir also alle auf, atmeten tief durch und warteten darauf, daß Todd das Signal gab. Auf das Kommando »eins, zwei, drei, fertig und LOS!« zogen wir mit aller Kraft den Schlitten an. Vor dem Neuschnee hatte das stets gereicht, um mit dem Schlitten in Gang zu kommen, aber jetzt konnte davon kaum noch die Rede sein. Der mit knapp über hundertachtzig Kilo beladene Schlitten wollte sich bei fünfzehn Zentimetern Schnee einfach nicht von der Stelle bewegen. Genauso erfolglos wie wir waren manchmal auch die Hunde bei ihrem ersten Versuch, aber sie ließen sich weniger leicht entmutigen. Wir zogen und zogen. Und dann gaben wir auf, standen erhitzt und müde da und waren einer auf den anderen wütend, bis wir von anderer Seite Verstärkung erhielten – für gewöhnlich von Wilbur. »Los!« sagte er dann, stellte sich hinter den Schlitten und schob, und mit seiner Hilfe war es uns dann möglich, den Reibungswiderstand der Schlittenkufen zu überwinden und loszukommen. Danach saß uns dann die Angst im Nacken, ja nicht wieder stehenzubleiben. Daß während des Marsches unsere Augenlider gefroren und unsere Nasen trieften, hob unsere Stimmung auch nicht gerade, genausowenig wie die rauhe Kleidung, die ständig auf der Haut scheuerte.

Als wir das Bluffdepot hinter uns hatten und uns schließlich dem Ein-Tonnen-Depot näherten, zweihundertzehn Kilometer von der Hüttenspitze entfernt, hatte ich wieder einmal meine Meinung geändert. Ich war jetzt davon überzeugt, daß es einfach unmöglich war, einen Nansenschlitten den ganzen Weg bis zum Südpol zu ziehen. Unmöglich. Ich wußte nicht, ob den anderen das auch schon klargeworden war, genausowenig wie ich wußte, was sie zu unserer Kost meinten, und als ich noch einmal über unser Vorhaben nachdachte, fühlte ich mich zum ersten Mal wirklich als Expeditionsführer. Ich ganz allein trug die Verantwortung dafür, daß wir alle hier waren, auf der Großen Barriere, und ich war dafür verantwortlich, daß wir alle auch wieder von hier fortkamen. Keiner von den anderen wußte so gut wie ich, was uns bevorstand, denn keiner hatte die Berichte der *Terra-Nova*-Expedition so sorgfältig gelesen wie ich. Und ich hatte die Pflicht, eine mögliche Katastrophe abzuwenden, falls ich sie kommen sah, und das war jetzt der Fall.

Ich wartete, bis wir das Ein-Tonnen-Depot erreicht, die Zelte aufgestellt und allesamt gegessen hatten, einschließlich der Hunde, die sich danach in ihren Schneemulden zusammenrollten. Dann rief ich die Mannschaft zusammen, und ich war so sehr von dem Gedanken beherrscht, daß dies meine erste Aktion als »Führerin« war, daß ich törichter- und taktloserweise vergaß, vorher mit Thaw zu sprechen. Als wir alle in das Messezelt strömten – das wir am nächsten Tag hier zurücklassen würden –, herrschte ein ziemliches Gedränge, aber wir kamen alle unter, und sobald alle still waren, ließ ich die Bombe platzen. Ich sagte, daß diejenigen von uns, die die Schlitten gezogen hätten, das als ungeheure Anstrengung empfunden hätten. Ich schlug vor, die Nansenschlitten im Ein-Tonnen-Lager zurückzulassen und statt dessen die North-Face- und Kaybo-Kevlar-Schlitten mitzunehmen. Außerdem regte ich an, darüber nachzudenken, zusätzlichen Proviant mitzunehmen. Wir hatten hier Käse und Erdnußbutter eingelagert und konnten auf diese Weise unserer täglichen Kost achthundert Kalorien hinzufügen, und zwar in Form von Fett, das uns, wie ich glaubte, von besonderem Nutzen sein würde.

Nun, es wurde ein denkwürdiger Abend. Wie durch eine absurde Verschwörung des Schicksals spaltete sich die ganze Abteilung in zwei gleiche Lager. Sieben stimmten von ganzem Herzen und mit Beifall für meinen Vorschlag, acht lauthals dagegen. Alle waren sehr fest von ihrem jeweiligen Standpunkt überzeugt, und unglücklicherweise war Thaw einer von denen, die der Meinung waren, daß wir genausogut gleich nach Kap Evans zurückkehren konnten, wenn wir nicht bei den Nansenschlitten und den Scott-Schlittenrationen blieben. Er und die sieben ihm Gleichgesinnten meinten, die ganze Expedition verlöre ihren Sinn, wenn wir ihre Rahmenbedingungen so radikal veränderten. Dieselben Leute waren bereit gewesen, sich die Funkgerätediskussion anzuhören, ohne dabei übermäßig in Erregung zu geraten, weil sie wußten, daß ohnehin nichts daraus werden würde. Aber jetzt, hier draußen auf der Barriere, war die Situation eine andere – nicht zuletzt deshalb, weil der umstürzlerische Vorschlag diesmal von mir kam, der vermeintlichen Leiterin der Expedition. Todd, Shannon, Brock, Wilbur, Winnie, Guy Random und Mark Tyner waren auf meiner Seite. Thaw, Gronya, Anton, Clint, Michael, Jerilyn und Tryggve bildeten die Gegenpartei. Vor allem Tryggve entsetzte die Vorstellung, daß wir die Nansenschlitten zurücklassen wollten, geradezu; Fridtjof Nansen, der sie entworfen hatte, war schließlich nicht nur einer der größten Polarforscher der Geschichte gewesen, sondern auch einer der größten Norweger, ein Mann, der den Nobelpreis gewonnen hatte. Und Tryggve selbst hatte lange und hart gearbeitet, um die Kufen zu wachsen, und sich mit Skiern und Schlitten wahrhaft abgequält.

»Tryggve, das hat nichts mit deiner Arbeit zu tun. Deine Arbeit war vollkommen in Ordnung«, sagte ich.

»Oh!« Er war so erregt, daß er die schlimmste Beleidigung hervorstieß, die ihm einfiel: »Ihr Amerikaner!« Damit verließ er das Zelt. Nachdem er gegangen war, und das auf dem Höhepunkt der noch immer hitzig geführten Debatte, beugte Thaw sich vor und fragte mich, ob er mich kurz unter vier Augen sprechen könne. Ich willigte ein, und wir beide folgten Tryggve hinaus auf das Ross-Schelfeis.

Dort fragte Thaw, was zum Teufel ich mir dabei gedacht habe, ein so brisantes Thema öffentlich zur Sprache zu bringen, statt mich in einer so wichtigen Angelegenheit zuerst mit ihm, meinem Stellvertreter, zu beraten. Er meinte, daß ich in Zukunft gut daran täte, mich zu verhalten, wie man es in einer solchen Situation von einem Anführer erwarten dürfe, und das hieß, daß ich mich zunächst mit meinen vertrauten Gefährten beriet. Außerdem wies er mich darauf hin, daß die ganze Expedition im Prinzip meine Idee gewesen sei und daß er und die anderen gewußt hätten, daß die Reise gefährlich und schwer werde. Wenn mir das jetzt erst aufgefallen sei, dann frage er sich, wo ich in den vergangenen vier Jahren meinen Kopf gehabt hätte. Falls wir uns für die von mir vorgeschlagenen dramatischen Änderungen entschieden, meinte er außerdem, werde am Ende niemand akzeptieren, daß wir die *Terra-Nova*-Expedition nachvollzogen hätten, nicht einmal, wenn wir es bis zum Pol und wieder zurück geschafft haben würden. Schon die Tatsache, daß wir auf die Ponys verzichtet hatten, sei schlimm genug gewesen. Wenn wir fünftausend Kalorien pro Tag zu uns nähmen und uns außerdem für Fiberglasschlitten entschieden, dann könnten wir genausogut moderne Kleidung tragen und eine moderne Ausrüstung mitnehmen. Ja, so betrachtet, warum flogen wir nicht einfach hin? Er hatte gerade an diesem Morgen eine Hercules gesehen. Vielleicht konnten wir eins der Flugzeuge vom amerikanischen Programm herunterwinken und uns mitnehmen lassen. Aber warum sollten wir uns solche Mühe überhaupt machen? Warum gingen wir nicht gleich zurück nach Kap Evans und erholten uns dort, genehmigten uns eine schöne heiße Dusche und ein Bier und ein paar Köpfe Salat aus dem kleinen Gewächshaus?

Da ich genau das in gewisser Weise am liebsten getan hätte, trafen mich Thaws Worte besonders hart, und es fiel mir schwer, eine Antwort darauf zu finden, vor allem, als er seine Einwände in sanfterem Tonfall mit den Worten beendete: »Ich hoffe, du weißt, was du tust, Morgan.« Das gab mir die Hoffnung, daß er mich unterstützen würde, falls ich auf meiner Meinung bestand, und so ging ich meine Punkte einen nach dem anderen bedachtsam noch einmal durch. Erstens, ich konnte keinen Nansenschlitten ziehen, jedenfalls nicht, wenn er voll beladen war. Zweitens, die anderen konnten es ebensowenig, obwohl ihnen das vielleicht noch nicht klar war. Drittens mußten wir die Expedition natürlich fortsetzen. Viertens hätte ich auf jeden Fall mit Thaw reden müssen, bevor ich die Sache vor versammelter Mannschaft zur Sprache brachte. Fünftens versprach ich, daß ich so etwas nie wieder tun würde. Aber sechstens, wenn er nicht meiner Meinung sei und darauf bestehen wolle, daß wir die Nansenschlitten zogen, dann konnte er niemand anderem als sich selbst die Schuld geben, falls wir es nicht einmal bis zum Pol schafften, geschweige denn wieder zurück. Und siebtens tat es mir leid, aber eigentlich mußte er wissen, daß wir wirklich zusätzliches Fett brauchten, und wer hätte jetzt zu sagen gewagt, wie dieses Wissen uns auf subtile Weise später beeinflussen würde?

Thaw hörte mich nicht nur an, ohne mich zu unterbrechen, sondern dachte auch über alles nach, bevor er wieder das Wort ergriff. Er stand schweigend eine Weile im Wind, dann sah er mich an und sagte schließlich: »Morgan, ich werde dem nur deshalb zustimmen, weil ich mit deinem Großvater gesprochen habe, bevor wir Kap Evans verlassen haben. Und er hat mir das Versprechen abgenommen, auf dich aufzupassen. Ich sehe, daß du dringend jemanden brauchst, der auf dich aufpaßt.«

Damit war diese Sache erst mal erledigt. Wir gingen zurück ins Zelt, und Thaw verkündete, daß er seine Meinung geändert habe und jetzt Teil der Mehrheit sei, die glaube, daß wir hinsichtlich der Expedition einige Veränderungen vornehmen sollten. Wir würden die Fiberglasschlitten mitnehmen, genauso wie den Käse, die Erdnußbutter und die Würste. Einige wollten außerdem Polypropylen-Unterwäsche mitnehmen, und es schien unsinnig, ihnen diesen Wunsch abzuschlagen, wenn man die Bedeutung der anderen Veränderungen betrachtete. Ich war etwas verlegen und fühlte mich wie der Idiot, als den Dr. Jim mich immer beschimpft hatte, aber ich hatte nicht den geringsten Wunsch, meine Meinung zu ändern. Denn mittlerweile hatten sich alle fünf, die wahrscheinlich zu der eigentlichen Polabteilung gehören würden, für die Veränderungen ausgesprochen. Und immerhin waren unsere Vorbilder damals *gestorben*. Die Männer waren *gestorben*, und genau das war der Punkt. Das wichtigste überhaupt war, daß wir nicht auch starben. Und ich glaubte, daß wir mit Thaw, der sich wirklich nobel verhalten hatte, mit dem Essen, das uns zusätzliche Kalorien verschaffen würde, und mit den Fiberglasschlitten, die schöne, breite Kufen hatten, ein zusätzliches Maß an Sicherheit erreicht hatten. Unsere eigene Art von Schild gegen die Wüste, jene Wüste, die so trocken war, daß alle anderen dagegen feuchte Oasen sind – und dabei hatten wir bisher noch nicht einmal den kleinsten Teil davon gesehen.

Den ganzen nächsten Tag verbrachten wir damit, unsere Pläne zu überarbeiten und unsere Ladungen nach neuen Vorgaben umzupacken. Das war ein komplexes, zeitraubendes Unterfangen, komplex sowohl geistig als auch körperlich. Wären Gronya und Thaw nicht gewesen, hätten wir ganz bestimmt noch einen Tag länger gebraucht, aber obwohl beide zu den Gegnern meines Vorschlages gehört hatten, setzten sie sich doch dafür ein, die Reorganisation so schnell wie möglich hinter sich zu bringen. Thaw und Gronya hatten bereits auf Kap Evans harmonisch zusammengearbeitet, und jetzt, auf der Polreise, klappte ihr Zusammenspiel noch besser. Für die vor uns liegende Aufgabe eignete sich Gronya, weil sie wußte, wo und wie alles verpackt und gelagert war, und Thaw, weil er für jeden Notfall Lösungen zu improvisieren verstand. Die Schlittenrationen waren in Einheiten verpackt, die für zwei, drei oder vier Personen bestimmt waren, und die Rationen für die Polmannschaft in Einheiten für fünf Personen; dies hatte zu einer der meistdiskutierten Fragen während unserer Vorbereitungen gehört, da Scott alle seine Rationen von vornherein für vier Leute gepackt hatte. Als er in letzter Minute beschlossen hatte, einen zusätzlichen Mann zum Pol mitzunehmen, mußten die Proviantpakete geteilt werden. Aber wir hatten beschlossen, unsere Pakete so zu packen, wie sie wahrscheinlich benötigt werden würden, und keiner von uns hatte auch nur den geringsten Wunsch, jetzt die Proviantpäckchen aufzumachen und neu zu portionieren.

Trotzdem änderte allein die Notwendigkeit, unseren wohlberechneten Ladungen zusätzliche Nahrungsmittel hinzuzufügen, die ganze Sache von Grund auf. Es war gar nicht so leicht für Thaw, die Gewichte neu zu berechnen, vor allem für den Abschnitt des Marsches jenseits des Beardmoregletschers, den wir ohne die Hunde und Schneemobile bewältigen mußten. Wir hatten im Ein-Tonnen-Depot zehn Fiberglasschlitten eingelagert, ein ausgesprochen glücklicher Umstand, da wir nach dem Gateway, dem »Tor«, alle zehn brauchen würden; im Augenblick dagegen benötigten wir nur sieben, einen für jeden »Selbstzieher« der ursprünglichen Gespanne für die beiden Nansenschlitten. Aber trotzdem war das Ganze eine ziemlich heikle Sache, da die Nansenschlitten natürlich viel größer waren als die leichten Einzelschlitten, die wir jetzt benutzen wollten. Einige der Ladungen mußten umgepackt werden, damit sie auf den kleineren Schlitten untergebracht werden konnten, obwohl sich auch dieses Problem erst nach dem »Tor« richtig zuspitzen würde. Wir hatten vorgehabt, mit den Hunden und den Schneemobilen das sechshundertfünfzig Kilometer breite Schelfeis zu überqueren und sie dann zurückzuschicken, um von da an unsere Lasten allein zu ziehen, ohne die Hilfe von Tieren oder Maschinen, genauso wie Scott es getan hatte. Bis dahin hatten wir viele verschiedene Möglichkeiten, aber danach blieben uns nur noch wenige Alternativen, und wir waren gut beraten, die Dinge jetzt zu überdenken und nicht erst später.

Thaw war an diesem Tag sehr nett zu mir. So als hätte er sich damit abgefunden, daß die Expedition ihre ursprünglichen Ziele nicht erreichen konnte. Diese Sache war für ihn gelaufen. Die Ziele waren jetzt andere, und es wäre einfach unvernünftig gewesen, weiterhin dem Gedanken an das »Nachvollziehen« der *Terra-Nova*-Expedition nachzuhängen. Na und? Wir waren immer noch da, immer noch in der Antarktis. Und darin lagen ungeahnte Möglichkeiten, wie er fand. Also machten er und Gronya ihre Arbeit, und am Ende des Tages war alles bereit zum Aufbruch am nächsten Morgen.

Ich sollte übrigens noch erwähnen, daß Brock über die Änderung unserer Pläne nicht hätte glücklicher sein können. Er hatte zu diesem Zeitpunkt bereits einige Tage lang den anderen Nansenschlitten gezogen. Und als Navigator und selbsternannter Hüter der gesamten Expedition hatte er die Vier-Mann-Schlitten bereits als unnötige Gefahr erkannt. Genauso wie er seinerzeit in San Francisco auf medizinische Untersuchungen für die ganze Truppe gedrängt hatte, hätte er, wenn er auch nur die geringste Chance auf Erfolg darin gesehen hätte, für einen Wechsel der Schlitten plädiert. Er war überrascht und überglücklich, daß ein anderer diese Sache für ihn zur Sprache gebracht hatte und daß wir damit eine Untiefe beziehungsweise einen Felsen sicher umschifft hatten. Auch unseren veränderten Kostplan konnte er nur begrüßen, und er machte nach diesem Tag den Eindruck, als sei ihm ein Stein vom Herzen gefallen. Mir war vorher gar nicht aufgefallen, daß ihn irgend etwas bedrückte, aber an seiner Stimmung, als wir an diesem Abend ins Zelt gingen, bemerkte ich deutlich, daß ihm eine große Last von der Seele genommen war.

Und an eben diesem Abend schien Brock, der sonst Witze riß und die Leute scherzhaft in die Seite stieß, noch über etwas anderem zu brüten. Nachdem das Zelt für die Nacht geschlossen worden war – ich schlief in einem Zelt mit Brock, Wilbur und Gronya –, ging er seine Landkarten, Tabellen und Navigationsunterlagen durch. Einen Augenblick lang schien ihn etwas zu beunruhigen, als hätte er irgend etwas verloren, aber dann fand er offenbar, was er gesucht hatte. Als ich ihn fragte, was es für ein Problem gebe, tat er so, als wisse er nicht, wovon ich sprach. Aber er benahm sich so geheimnisvoll dabei, daß er unübersehbar etwas vor mir verbarg. Er lächelte mich beinahe schelmisch an, und einen Augenblick lang war ich sehr traurig und fühlte mich schuldig, weil ich wünschte, daß das, was ich vor ihm verbarg, nicht mehr Bedeutung gehabt hätte als das, was er vor mir verbarg.

Der nächste Morgen war herrlich, recht warm und windstill, und das ganze Land war wie in Sonnenlicht getaucht. Um neun Uhr brachen wir auf. Und gleich nach unserem Abmarsch wußte ich, daß von jetzt an alles besser werden würde, weil es herrlich war, meinen eigenen Schlitten allein hinter mir herzuziehen, herrlich, mich nicht dem Rhythmus von drei anderen Leuten anpassen zu müssen, herrlich, keinen Nansenschlitten hinter mir herziehen zu müssen. Brock ging voran, und wir übrigen sechs, die wir je einen Schlitten zogen, folgten ihm im Gänsemarsch, einer in der Spur des anderen. Hinter uns kamen die Hundegespanne mit Winnie, Wilbur und Tryggve. Das Schlußlicht bildeten die sechs Schneemobile mit ihren extrem schweren Lasten. Sie bewegten sich mit einem lauten, sonoren Rumpeln, dessen Tonlage variierte. Mir wäre es anfangs lieber gewesen, ohne diese Geräuschkulisse auf unseren Skiern durch die Stille zu gleiten, aber im Laufe des Tages stellte ich fest, daß ich das tiefe Grollen immer weniger wahrnahm. Wir marschierten drei Stunden lang, machten dann eine Pause, zogen dann für weitere drei Stunden wieder los, machten eine zweite Pause und setzten uns dann zum letzten Mal für diesen Tag in Bewegung; zu diesem Zeitpunkt war ich bereits angenehm müde und ein kleines Stück zurückgefallen. Ich liebte den Rhythmus der Skier unter meinen Füßen, das Gefühl der Sonnenstrahlen auf meinem Gesicht, die erstaunliche Wärme des Tages bei etwa minus sieben Grad Celsius. Mir war warm, und ich hatte meine Kapuze zurückgestreift, so daß ich, wenn ich hinter mich schaute, die Hunde über den Schnee laufen sah wie Tänzer beim Spitzentanz. Ja, das kam meinen Vorstellungen schon näher, das war es, ja, ich hatte meine Willenskraft wieder, die Willenskraft, die ich schon verloren geglaubt hatte, nachdem ich die Hütte und Fidel und das Gestein von Kap Evans gefunden hatte. Stoßen, gleiten, stoßen, gleiten, das Eis glitzerte, die Sonne schien, und ich war auf dem Weg nach Süden. Wieder auf dem Weg nach Süden, wieder mit einem Schlitten unterwegs, nur ich und der Schlitten.

Da sah ich, daß Brock, der nach wie vor an der Spitze ging, stehengeblieben war und die anderen Skifahrer nun ebenfalls angehalten hatten. Auch ich blieb überrascht stehen. Es war noch zu früh, um für die Nacht haltzumachen; wir hatten noch fast zwei Stunden vor uns, bevor der Tag zu Ende war und wir die Zelte aufstellen, uns das Abendessen bereiten und die Hunde füttern würden. Brock hatte einen genauen Zeitplan aufgestellt. Die Hundeschlitten und die Schneemobile kamen ebenfalls heran und machten halt, die Motoren der Schneemobile erstarben. Alle bis auf die Hunde waren still, aber ich verstand immer noch nicht, was hier vorging.

»Was ist los?« fragte ich.

»Das ist der Punkt, soweit ich das beurteilen kann jedenfalls«, meinte Brock.

Ich sah ihn verwirrt an. Der Punkt? Was für ein Punkt? Als ich diesen Satz hörte, fiel mir lediglich eine Episode aus der *Schatzinsel* ein. Ich mußte an die *Admiral Benbow* denken, am Meer gelegen, an den Schwarzen Hund und den alten »Käpt'n«, wie die Leute ihn nannten, einen Mann, der nichts kannte außer Rum und Angst und der auf das Schicksal wartete, von dem er wußte, daß es ihn ereilen würde. Und es kam, der schwarze Punkt, ein rundes, vorderseits schwarzes Stück Papier, das ihm in die Hand gedrückt wurde und auf dessen Rückseite der Zeitpunkt seines Todes geschrieben stand. Dann wurde mir plötzlich klar, wovon Brock sprach, von dem Punkt, der Stelle, an der man das

Zelt gefunden hatte. Achtzehn Kilometer hinter dem Ein-Tonnen-Depot. Ja, natürlich. Wir waren eine Tagesreise vom Ein-Tonnen-Depot entfernt, und ich hatte mir überhaupt nicht klargemacht, daß dies der Tag sein würde, an dem wir diesen Punkt erreichen würden.

Bemerkenswert, daß ich das so vollkommen vergessen hatte. Ich starrte Brock an, murmelte ein paar anerkennende Worte, war aber außerstande, etwas zu tun oder zu sagen. Ich war so besessen gewesen von meiner Aufgabe, so in Anspruch genommen von der Reorganisation unserer Expedition, daß ich einfach zu viele andere Dinge im Kopf gehabt hatte. Die Erkenntnis, wo wir uns befanden, überrollte mich mitsamt einer Woge von Gefühlen – ich spürte plötzlich, daß dieser Punkt die Rechtfertigung für die neue Ausrichtung der Expedition Neunzig Süd war. Die letzten drei Männer, die am Ende noch lebten, Scott, Wilson und Bowers, waren verhungert. Am Ende waren sie verhungert. Hier, wo wir standen, waren sie alle gestorben, hatten ihre Leichname im Zelt zusammengelegen. Das Innenzelt war während des Winters zusammengebrochen, aber ein Teil der äußeren Zeltwand war schneefrei geblieben, und im November hatte Atkinson den Suchtrupp von Kap Evans aus hierhergeführt. Keiner von den Männern des Suchtrupps hatte gewußt, ob das Zelt überhaupt existierte, wie oder wo die Polmannschaft zu Tode gekommen war und ob sie sie überhaupt finden würden. Sie wußten nur, daß sie sich nach Kräften bemühen mußten. Cherry-Garrard schrieb: »Das erste Ziel der Expedition war der Pol gewesen. Wenn wir nicht irgendwelche Unterlagen finden, wird die Frage, ob sie Erfolg hatten oder nicht, für alle Zeit unbeantwortet bleiben.«

Aber selbst Cherry-Garrard bezweifelte, daß sie die Männer finden würden. Über den Augenblick der Entdeckung schrieb er: »Diese Szene werde ich nie vergessen, solange ich lebe. Wir, die wir die Hunde führten, hatten gesehen, wie Wright ganz allein vom Weg abwich, und die Männer mit den Mauleseln schwenkten vor uns nach rechts ab. Wright hatte etwas gesehen, das er für einen Steinhaufen hielt, und dann etwas, das von der Seite aus schwarz aussah. Ein vages Gefühl der Verwunderung machte langsam echter Sorge Platz. Wir erreichten die anderen und blieben stehen. Wright kam zu uns herüber. Er sagte: ›Es ist das Zelt.‹ Mir war nicht klar, woher er das wußte. Das hier war nur eine Wüste aus Schnee; zu unserer Rechten sahen wir die Überreste eines im letzten Jahr aufgeworfenen Steinhaufens, nichts als ein Hügel; außerdem ragte ein ein Meter langer Bambusstock einsam aus dem Schnee heraus; dann ein weiterer Hügel aus Schnee, etwas spitzer vielleicht. Wir gingen darauf zu. Ich glaube nicht, daß sie es sofort begriffen – nicht sofort –, aber irgend jemand ging auf einen der Schneehügel zu und fegte etwas davon beiseite. Darunter kam die grüne Lüftungsklappe des Zeltes zum Vorschein, und wir wußten, daß unter uns der Eingang lag. Zwei von uns zwängten sich durch den Eingangsschlauch des Außenzeltes und durch die Bambusstöcke, an denen das Innenzelt hing. Zwischen Außen- und Innenzelt lag etwas Schnee – nicht viel allerdings. Aber im Innern des Zeltes konnten wir nichts sehen – die Schneeschicht darüber ließ kein Licht hinein. Es blieb uns also nichts anderes übrig, als das Zelt auszugraben. Schon bald konnten wir die Umrisse erkennen. Es waren drei Leichen.«

Drei Leichen. Genau hier. Genau hier. Aber ich hatte nicht das Gefühl, daß es genau hier gewesen war, und vielleicht lag das daran, daß es auch wirklich nicht genau hier gewesen war. Das Ross-Schelfeis hatte sich seit dem Tod dieser Männer viele Meilen zum Meer hin bewegt, und ihr eigentliches Grab lag weit von uns entfernt, an einer Stelle, die nie bekannt werden und die niemand je wiederfinden würde. Wo immer sie sich auch befanden, sie waren begraben worden, wie sie gestorben waren. Bowers und Wilson lagen in ihren Schlafsäcken, während Scott seinen Schlafsack ein Stück zurückgeworfen und seinen Arm um Wilson gelegt hatte, seinen besten Freund. Unter dem Kopfstück von Scotts Schlafsack lag die Tasche, in der die Suchmannschaft seine Tagebücher fand, und neben ihm auf dem Boden lagen alle Briefe. Atkinson sichtete die gesamte Ausrüstung und stellte jedes Stückchen Papier im Zelt sicher, die Tagebücher, eine Flagge, einen Brief von Amundsen an König Haakon. Amundsen hatte ihn am Pol zurückgelassen und Scott gebeten, ihn mit nach Norwegen zurückzunehmen für den Fall, daß die *Fram*-Expedition nicht wieder aus der Walfischbucht zurückkehren sollte. Bowers' meteorologische Aufzeichnungen und die geologischen Proben wurden ebenfalls gerettet, und Atkinson befolgte die Anweisungen auf dem Umschlagblatt von Scotts Tagebüchern. Er nahm sie mit in sein eigenes Zelt, um sie zu lesen. Er verbrachte viele Stunden damit und kehrte dann zurück, um den Suchtrupp zusammenzurufen und Scotts Botschaft öffentlich zu verlesen. Er las den anderen auch die Geschichte von Oates' Tod vor, etwas, worum Scott ausdrücklich gebeten hatte.

Die Geschichte war mittlerweile berühmt. Aber der Suchtrupp hatte sie genau hier, wo wir gerade standen, zum ersten Mal gehört. Atkinson hatte im Wind gestanden und laut vorgelesen: »Sollte dieses mein Tagebuch gefunden werden, so bitte ich um die Bekanntgabe folgender Tatsachen: Oates' letzte Gedanken galten seiner Mutter; unmittelbar vorher sprach er mit Stolz davon, daß sein Regiment sich über den Mut freuen würde, mit dem er dem Tod entgegengehe. Wir drei können seine Tapferkeit bezeugen. Wochenlang hat er unaussprechliche Schmerzen klaglos ertragen und war tätig und hilfsbereit bis zum letzten Augenblick. Bis zum Schluß hat er die Hoffnung nicht aufgegeben – nicht aufgeben wollen. Er war eine tapfere Seele, und dies war sein Ende: Er schlief die vorletzte Nacht ein in der Hoffnung, nicht wieder zu erwachen; aber er erwachte doch am Morgen – gestern! Draußen tobte ein Orkan.

›Ich will einmal hinausgehen‹, sagte er, ›und bleibe vielleicht eine Weile draußen.‹

Dann ging er in den Orkan hinaus – und wir haben ihn nicht wiedergesehen.«

Nachdem Atkinson dies verlesen hatte, wurden die Bambusstöcke aus dem Zelt entfernt, und die Männer errichteten über den Leichen einen Steinhaufen. Als das getan war, wurde ein Gottesdienst für die Toten gehalten; Atkinson las den Abschnitt für die Totenmesse aus dem Korintherbrief. Cherry schrieb: »Vielleicht wurden diese Sätze nie in einer prachtvolleren Kathedrale gelesen und unter beeindruckenderen Umständen – denn dies ist ein Grab, das selbst Könige mit Neid erfüllen müßte . . . Ich weiß nicht, wie lange wir dort waren, aber als alles fertig und das Kapitel aus dem Korintherbrief vorgelesen worden war, war es Mitternacht, Mitternacht an irgendeinem Tag. Die Sonne näherte sich dem Horizont über dem Pol, die Barriere lag beinahe im Dunkeln. Und der Himmel brannte – er stand voll leuchtender Wolken. Der Steinhaufen und das Kreuz hoben sich dunkel gegen eine Pracht funkelnden Goldes ab . . . Ich glaube nicht, daß irgend etwas versäumt wurde, um diesen drei großen Männern – denn groß waren sie tatsächlich – ein würdiges Grab zu verschaffen.«

Jetzt wurde Brock plötzlich klar, daß ich für diesen Augenblick, da wir den geographischen Punkt des Grabes erreichten, keine Rede vorbereitet hatte, und er zog aus der Tasche seiner winddichten Jacke ein zusammengefaltetes Blatt Papier hervor, das er nun bedachtsam glättete, bevor er seinen Wollhelm abnahm und unter den Arm klemmte. Wir waren jetzt vollzählig versammelt und verhielten uns vollkommen still. Nur die Hunde wußten nicht, daß etwas Besonderes vor sich ging, und tollten herum oder bellten oder säuberten ihre Pfoten. Ich sah Brock bei seiner Vorbereitung auf die Rede zu. Dies war seine Überraschung, die er in der vergangenen Nacht so geheimnisvoll vorbereitet hatte. Er stand da in seiner weißen, winddichten Jacke mit zurückgezogener Kapuze, die Handschuhe baumelten herab, und als ich ihn so sah, den Kopf über das Blatt Papier in seinen Händen gebeugt, da sah ich plötzlich einen anderen Brock neben diesem erwachsenen Mann. Er war ein kleiner Meßdiener und stand in der Kirche in seiner Heimatstadt auf Long Island, eingehüllt in eine schwarze Robe mit einem weißen Chorhemd, in der Hand einen Kerzenlöscher. Er stand dort und grübelte angesichts all der Geheimnisse um ihn herum ausgerechnet darüber nach, wo das Kerzenlicht blieb, wenn es ausgelöscht wurde.

Da war wieder dieser kleiner Junge. Und als er zu lesen begann, verlas er eben jene Stelle aus der Totenmesse aus dem Korintherbrief. Ich war so gerührt und erstaunt, daß mir ein großer Teil des Textes entging; ich spürte lediglich eine überwältigende Woge der Liebe für Brock, der dies für mich tat, für mich allein. Er hatte sich weit entfernt von dem Mann, der in meinen Pickup gestiegen war. Er hatte sich in diesen Mann verwandelt, der dort stand und mitten auf der Großen Eisbarriere aus der Bibel las. Früher hatte er überhaupt kein Interesse an der Antarktis gehabt, hatte in ihr nichts Besonderes gesehen. Jetzt hatte er Feuer gefangen, hatte sich die Barriere zu eigen gemacht, das Eis, das Zelt und die Botschaften, die dort auf uns warteten. Wann hatte ich das letzte Mal eine so tiefe Liebe zu ihm empfunden? Es mußte, wenn ich mich recht erinnerte, an jenem Tag in Quarry gewesen sein, als er mich bat, ihn zu heiraten. Keine Forderungen, keine Zeitpläne, nur die Hoffnung, daß die Pfade unseres Lebens, unsere Lebensbahnen, sich schließlich treffen würden, zu irgendeinem Zeitpunkt an irgendeinem Ort, wo nur wir zwei sein würden. Wie konnte ich in jenem Augenblick in jenem Bett irgend etwas anderes gesagt haben als »ja«, wenn ich glaubte – glauben wollte –, daß Zeit und Raum eine Einheit waren? Und wie konnte ich jetzt, während ich Brock zuhörte, etwas anderes empfinden als Liebe – und Schuldbewußtsein, weil ich mich auch daran erinnerte, daß ich damals gedacht hatte, für uns wäre es vielleicht das beste, wenn ein Meteor auf uns herabstürzte?

Er las weiter. Ich stellte fest, daß ich weinte, als er zum Ende des Kapitels kam und ich endlich in der Lage war zu hören, was er vorlas: »Das sage ich aber, liebe Brüder, daß Fleisch und Blut das Reich Gottes nicht ererben können; auch wird das Verwesliche nicht erben die Unverweslichkeit. Siehe, ich sage euch ein Geheimnis: Wir werden nicht alle entschlafen, wir werden aber alle verwandelt werden; und das plötzlich, in einem Augenblick, zur Zeit der letzten Posaune. Denn es wird die Posaune erschallen, und die Toten werden auferstehen unverweslich, und wir werden verwandelt werden. Denn dies Verwesliche muß anziehen die Unverweslichkeit, und dies Sterbliche muß anziehen die Unsterblichkeit. Wenn aber dies Verwesliche anziehen wird die Unverweslichkeit und dies Sterbliche anziehen die Unsterblichkeit, dann wird erfüllt werden das Wort, das geschrieben steht: *Der Tod ist verschlungen vom Sieg.*«

An dieser Stelle hielt Brock inne, ein paar Verse vor dem Ende des Kapitels. Jetzt flossen mir die Tränen über die Wangen. Sie gefroren nicht in meinen Augen, denn der Tag war warm. Ich konnte nicht sehen, ob noch irgend jemand weinte. Als Brock meine Tränen bemerkte, kam er jedenfalls zu mir herüber, legte seine Arme um mich und zog mich zärtlich an sich. Ich klammerte mich an ihn, zitterte und weinte. Die anderen wandten sich ab, um uns, soweit das möglich war, miteinander allein zu lassen. Brock glaubte, daß ich über Scotts Tod weinte, aber das stimmte nicht: Ich weinte um meine Schuld und um die Last, die ich den ganzen Weg zum Pol und zurück mit mir tragen würde. Solange wir in Framheim gewesen waren, war es mir viel leichter gefallen, mein Geheimnis für mich zu behalten, weil Fidel in meiner Nähe gewesen war und weil ich keine andere Wahl zu haben schien. Jetzt, auf dem Marsch, sah ich plötzlich, was ich da angerichtet hatte – daß ich Brock in gewisser Weise eine falsche Erfahrung aufgezwungen hatte. Wenn er von Fidel gewußt hätte, hätte er niemals eine Bibel beschafft, niemals das Kapitel aus dem Korintherbrief herausgesucht und abgeschrieben. Er wäre jetzt nicht einmal hier gewesen. Er wäre in Framheim geblieben, um auf die *Endurance* zu warten, und hätte der

Antarktis den Rücken gekehrt, bevor ich den Pol erreichte; er hätte die Expedition nicht als unser Navigator mitgemacht, da er niemals, nicht in einer Million Jahren, mitgekommen wäre, wenn er gewußt hätte, daß ich ihn betrogen hatte.

Betrogen. Ja, ich hatte ihn betrogen. So hatte ich das bis zu diesem Augenblick noch nie gesehen; irgendwie war es mir einfach nicht so vorgekommen. Jetzt hatte ich das Gefühl, daß ich die Erde, auf der ich stand, nicht wert war, daß ich die Loyalität meiner Freunde, die Loyalität Thaws und Brocks, nicht wert war, die ihre eigenen Instinkte geopfert hatten, um meinen nachzugeben, und die nicht einmal einen Dank dafür erwarteten. Ich dachte an Oates und das, was er getan hatte, daß er in den Schneesturm hinausgelaufen war, um seine Freunde zu retten, indem er sein Leben für sie opferte. Ich zweifelte nicht daran, daß Brock unter denselben und sogar unter anderen Umständen dasselbe tun würde, obwohl er genausowenig an die persönliche Unsterblichkeit glaubte wie ich. Soweit ich wußte, war ihm nicht einmal eine Erfahrung zuteil geworden, wie ich sie in der Hütte gehabt hatte, aber dennoch hatte er gesagt: »Der Tod ist verschlungen vom Sieg.« Als glaube er daran.

Nach einer Weile trocknete ich meine Tränen, Brock ließ mich los, und wir zogen weiter, bis es Zeit war, das Nachtlager aufzuschlagen. Die Hunde waren bereits unruhig geworden und wollten weiter, die Motoren der Schneemobile heulten auf, und Brock nahm seinen Platz an der Spitze der Mannschaft wieder ein. Aber während ich bis dahin so gedankenlos gewesen war, so glücklich mit meinem leichten Schlitten, mit dem Sonnenschein, mit der Aussicht auf eine zusätzliche Scheibe Käse zum Abendessen, stellte ich jetzt fest, daß ich wie besessen über den schwarzen Punkt nachdachte, über die Mitteilung, die der alte Käpt'n in der *Schatzinsel* bezüglich seines nahen Todes erhalten hatte. Das erinnerte mich an Williams Worte: »Piraten sind früher doch unter dem Zeichen des Totenkopfes gefahren«, daran, was es bedeutete, daß man als Pirat den anderen zumindest eine faire Warnung zukommen ließ. Man hißte den Totenkopf auf seinem Mast, so daß er bis zum Horizont sichtbar war; wenn andere Schiffe schnell genug waren zu fliehen, dann hatten sie eine Chance. Piraten waren ehrlich. Selbst der alte Pew in der *Schatzinsel* hatte begriffen, daß es nicht fair gewesen wäre, den Käpt'n zu töten, ohne ihn vorher zu warnen – und das trotz der Tatsache, daß dieser Käpt'n, Flints erster Maat, ihn betrogen hatte.

Betrogen. Auch hier schien es um Betrug zu gehen, um die Wahl zwischen Betrug und Loyalität einem Freund gegenüber; Scott und Wilson und Bowers hätten Oates im Stich lassen können, aber das hatten sie nicht getan. Billy Bones hatte seine Freunde für Gold betrogen. Ich hatte Brock betrogen, weil ich ihn belogen hatte, und selbst ein Pirat hätte ihn fairerweise gewarnt, anders, als ich es getan hatte. Mir war schrecklich zumute; und wir hatten noch über zweitausendfünfhundert Kilometer vor uns. Genug Zeit und Raum, um mir meine Vorladung auszuhändigen.

Von diesem Abend an versuchte ich, Brock besser zu behandeln – nicht, weil ich mich wegen meines Betruges so schrecklich fühlte, sondern weil er etwas getan hatte, um dessentwillen ich ihn liebte. Ich setzte mich beim Abendessen dicht neben ihn, teilte etwas Wurst und Käse mit ihm und machte ihm eine zusätzliche Tasse Kakao. Als er seinen Wollhelm abnahm, strich ich ihm übers Haar. Er sah mich verwundert und dankbar zugleich an, und das machte die Sache für mich nur noch schlimmer, da es mir gnadenlos klarmachte, daß er zwar nichts von Fidel gewußt, aber trotzdem gespürt hatte, wie weit ich in Framheim von ihm weggedriftet war. Vielleicht hatte er den Grund dafür in der Expedition gesucht, der bevorstehenden Polreise, bei der ich mich – wer konnte das wissen? – möglicherweise als echte Führerin würde beweisen müssen. Welchen Grund dafür er auch vermutet haben mochte, er hatte meine Distanzierung jedenfalls gespürt, und doch hatte er nie ein Wort darüber verloren, aus Liebe zu mir. Wie um alles in der Welt sollte ich es ihm jemals erklären?

Wegen all dessen, was bisher geschehen war – der Veränderungen, zu denen wir uns entschlossen hatten, und der Sorgen, die mich gequält hatten –, war ich froh, daß der nächste Teil unserer Reise sich ziemlich monoton gestaltete. Wir alle genossen drei Wochen lang die beruhigende Wirkung einfacher Wiederholung; ein Tag verlief fast wie der andere. Scott und seinen Kameraden von der *Terra-Nova*-Expedition war es auf der Barriere ganz anders ergangen, weil damals das Wetter ständig umgeschlagen war. Scotts Tagebuch ist voll von Notizen wie: »Dicht wie eine Hecke, so schneit es, und der Schnee wirbelt durch die

Luft. Heute nicht weitergekommen.« Oder: »Heute morgen sind wir inmitten eines tobenden, heulenden Schneesturms aufgewacht.« Wir aber erlebten nach jenem ersten Schneesturm jenseits der Weißen Insel nur kurze Schneefälle, und auch die nur selten. Die Sonne lachte, das Wetter war uns wohlgesonnen, und wir kamen gut und stetig voran. Als wir das mittlere Barrieredepot erreichten, auf einundachtzig Grad sechsunddreißig Minuten südlicher Breite, überlegten wir, ob wir nicht zwei von uns zurückschicken sollten, da an dieser Stelle Scott mit Hooper und Day den ersten Teil seiner Mannschaft hatte zurückkehren lassen. Aber zu diesem Zeitpunkt ging es allen so gut, und wir alle genossen die Reise so sehr, daß es uns kleinlich erschienen wäre, uns ohne triftigen Grund sklavisch an unseren Rückkehrplan zu halten.

Also verfielen wir, da wir nicht von Stürmen geplagt wurden und alle wesentlichen Entscheidungen getroffen waren, in einen gleichförmigen täglichen Rhythmus. Wir marschierten neun Stunden lang, jeweils drei mal drei Stunden mit zwei halbstündigen Pausen. Brock, der immer vorausging, blieb grundsätzlich nach genau drei Stunden stehen und rief: »Halt!«, und wir übrigen leisteten seinem Befehl sofort Folge. Während der Pausen aßen und tranken wir, und manchmal schmolzen wir noch ein wenig mehr Schnee, um Trinkwasser zu gewinnen, und saßen mit dem Rücken zum Wind auf den Schlitten. Wir waren zehn Stunden unterwegs von einem Lager zum nächsten und brauchten immer zwei Stunden, um das Lager morgens abzubrechen. Da wir versuchten, neun Stunden zu schlafen, blieben uns abends drei Stunden, um die Zelte aufzubauen, das Abendessen zuzubereiten, uns zu unterhalten oder unsere Tagebücher zu führen. Unsere Tage waren sehr ausgefüllt; einen davon werde ich jetzt ausführlich beschreiben.

Um sieben Uhr abends hieß es »Halt!«, und damit stand unser Lagerplatz fest, eine Stelle wie jede andere auf der Großen Barriere. Die Motoren der Schneemobile erstarben, die Hunde wurden von ihren Leinen gelassen und liefen umher, schnupperten unaufhörlich im Schnee herum und suchten immer noch nach Kaninchen. Jeder Hund hatte sein eigenes Nylongeschirr, das er während der ganzen Reise anbehielt. Jeden Abend überprüften Winnie oder Wilbur diese Geschirre; falls sich unter einem davon Eis gebildet hatte, es zu eng geworden war oder dem Hund zu sehr auf der Haut scheuerte, verbrachten wir einen Teil des Abends damit, es wieder in Ordnung zu bringen. Weil die

Hunde so froh darüber waren, frei im Lager herumlaufen zu dürfen, war es manchmal schwierig, die Geschirre ordentlich zu überprüfen, so daß wir alle dabei helfen mußten. Die Hunde genossen die Aufmerksamkeit, die ihnen zuteil wurde, tollten herum, legten sich auf den Rücken oder sprangen hoch in die Luft. Sie hielten jedoch inne, sobald ihr Futter bereitstand, eine Mischung aus Dosen- und Trockenfutter, die Winnie zum Iditarod für ihre eigenen Hunde zusammengestellt hatte. Die Hälfte dessen, was die Hunde zogen, war ihr eigenes Futter für die Reise.

Dann wandten wir uns grüppchenweise unseren anderen abendlichen Aufgaben zu. Die Zelte wurden aufgebaut, die Schneemobile vollgetankt, die Schlitten abgeladen und die Kocher in Gang gesetzt. Ich gehörte zu der Gruppe, die sich um die Schlitten kümmerte und den Teil der Ladung, der jeweils benötigt wurde, in die vier Zelte schaffte, die mittlerweile in einem Halbkreis mit Blick auf die Berge aufgestellt worden waren. Wir versuchten gelegentlich, unsere Zeltpartner zu wechseln, aber meistens schliefen wir doch immer in denselben Zelten, und ich teilte mir während des größten Teils der Expedition ein Zelt mit Wilbur, Brock und Gronya.

Mir gefiel diese Zeltbesetzung sehr gut. Zum einen war Gronya klein und mager, was in einem so engen Quartier für uns alle von großem Vorteil war. Zum anderen war sie sehr geschickt, was uns beim Aufräumen und Kochen zugute kam. In anderen Zelten ereigneten sich regelmäßig kleinere Unfälle. Nachdem die Hunde gefüttert und für die Nacht untergebracht worden waren, gingen wir in unsere Zelte und bereiteten dort unsere Mahlzeit zu – jede Zeltbesatzung für sich, da wir kein Kochzelt dabeihatten. Ich war häufig die letzte, die ins Zelt kam, weil ich jeden Abend die Landkarte studierte, auch wenn darauf oft nicht mehr zu erkennen war als die Richtung, in die wir gingen. Dann faltete ich die Karte zusammen, schob sie in eine Tasche, kroch ins Zelt und schnürte die Öffnung zu. Das war viel komplizierter, als einfach nur einen Reißverschluß in einem Nylonzelt zuzuziehen. Gronya hatte inzwischen den Kocher angezündet, der das Zelt wärmte und mit seinem typischen Blubbern erfüllte. Dann beherrschte für eine Weile nur noch das Essen unsere Gedanken.

Wir kochten abwechselnd; ich war immer froh, wenn jemand anders an der Reihe war. Dann lehnte ich mich gegen die Nahrungsmittelkiste, zog mein Tagebuch und die Tabellen heraus, überprüfte manchmal den Stand unserer Vorräte oder versenkte mich einfach in Scotts Tagebuch. »Wann wird dieser Schneesturm vorübergehen?« schrieb er. »Unser Pech mit dem Wetter ist schon grotesk ... Der Sturm tobt mit unverminderter Gewalt ... Das Ganze ist einfach zu niederschmetternd.« Das Wetter war immer Scotts großes Problem, und wenn ich mich abends über seine Tagebücher beugte, erfüllte mich jedesmal große Dankbarkeit dafür, daß wir solches Glück hatten.

Dann aßen wir. Mein Gott, wie wir aßen. Suppe und Pemmikan – wir nannten es »unseren Brei« – und geschmolzenen Käse auf Zwiebäcken, eine Art abendliches Fondue. Würstchen, die auf dem Nansenkocher heiß gemacht wurden, und Kakao. Wir aßen zuerst schnell und wie ausgehungert, dann langsamer, bedächtiger.

Wenn die Mahlzeit vorbei war, brachte für gewöhnlich Wilbur die Schalen nach draußen und spülte sie ein- oder zweimal mit einer Handvoll Schnee aus. Dann machte ich mich an meine abendliche Hauptarbeit. Ich schmolz Wasser für die Thermosflaschen, aus denen wir nachts tranken, und legte Schneeblöcke für den nächsten Morgen bereit. Diese Aufgaben erschienen mir meditativ und sehr beruhigend, vor allem das Schmelzen des Wassers – die Verwandlung einer festen Substanz in eine flüssige hatte eine Art fundamentaler Magie.

Während ich den Schnee schmolz, gingen die anderen draußen ihren Tätigkeiten nach. Wilbur versorgte zusammen mit Winnie die Hunde für die Nacht, Brock führte Messungen mit dem Sextanten aus, und Gronya überprüfte, ob Schlitten und Ladungen ausreichend gesichert waren, um auch einem gewaltigen Schneesturm standhalten zu können, der ja jederzeit über uns hereinbrechen konnte. Wenn wir alle wieder im Zelt waren, machten wir uns für die Nacht zurecht. Das bedeutete immer einiges sanfte Geschiebe und Geschubse, während wir uns bis auf unsere wollene Unterwäsche auszogen, die wir während der gesamten viereinhalb Monate der Polreise anbehielten. Die letzten beiden Schichten Socken ließen wir ebenfalls an, außerdem eine Mütze und Handschuhe, und dann schoben wir vorsichtig unsere Fellstiefel unten in unsere Schlafsäcke. Anschließend brachten wir, je nach individueller Toleranzschwelle, noch andere Dinge in unseren Schlafsäcken unter – Kleidung, Thermosflaschen, Urinflaschen, Parkas und so weiter.

Ich nahm immer meine Thermosflasche mit und meinen Parka sowie etwas Ersatzkleidung, verzichtete aber auf die Urinflasche, die ich im Schlafsack ohnehin nicht benutzen konnte. Ich beneidete Brock und Wilbur, die es da besser hatten, und betete jede Nacht, daß ich nicht würde pinkeln müssen, aber leider wurden meine Gebete nie erhört. Um drei Uhr nachts wachte ich regelmäßig auf, meine Blase platzte fast, und ich mußte weit genug aus meinem Schlafsack herauskrabbeln, um meine Flasche benutzen zu können. Jetzt aber lagen zunächst alle ruhig in ihren Schlafsäcken, es war still und wie immer hell draußen, ich setzte also meine Schlafbrille auf und war schon bald eingeschlafen. Es dauerte nicht lange, und ich mußte meine Flasche benutzen, und kurz darauf war es Morgen. Gelegentlich wachte ich auch ein zweites Mal in der Nacht auf, wenn nämlich der Wind sich plötzlich drehte. Ich erwachte meist in der Windstille, die ganz kurz herrschte, bevor der Wind wieder aus einer anderen Richtung zu wehen begann. Ich horchte auf diese Stille und schlief dann sofort wieder ein.

Um sieben Uhr morgens ertönte dann mein Wecker im Verein mit den Weckern von Wilbur und Brock. Gronya hatte keinen. Keiner von uns sprang direkt auf, wenn er den Wecker hörte. Es war so angenehm, einfach liegenzubleiben und darüber zu spekulieren, wer sich als erstes bewegen würde. Am Ende war es immer derselbe, nämlich Brock; noch eingehüllt in die Wärme seines Schlafsacks streckte er die Hand nach dem Kocher aus. Dieser stand in einer Pappschachtel auf Höhe seines Kopfes, und er entzündete ihn mit Händen, die keine Kälte zu kennen schienen.

Jetzt war ich an der Reihe, und ich mußte mir immer einen Ruck geben, um das Zelt zu öffnen und die Schneeblöcke hereinzuholen, die ich davor bereitgelegt hatte. Ich gab sie an Brock weiter, der den Schnee in die Töpfe legte, den Kocher schloß und sich dann langsam anzog, während wir anderen noch liegenblieben. Dann setzte sich Wilbur ganz plötzlich und wie verwirrt auf und sagte: »Ist mit den Hunden alles in Ordnung?« Anschließend stürzte er quer durchs Zelt, streckte den Kopf zur Klappe hinaus und blickte umher. Wenn es ein schöner Tag war, teilte er uns anderen das mit, aber seine größte Sorge galt den Hunden, die sich genau in diesem Augenblick aus ihren Schneenestern herauswühlten. Sie hatten immer ein wenig Schnee in den Gesichtern, hoben die weißen Köpfe, öffneten die Schnauzen und schnupperten die Morgenluft. Wilbur zog sich dann schnell an und lief noch vor dem

Frühstück aus dem Zelt, um Winnie bei der Vorbereitung des Hundefutters zu helfen. Wenn er draußen war, stand Gronya auf, um sich sorgfältig anzuziehen und dann das Öfchen von Brock zu übernehmen, der es ihr für eine Weile überließ, während er sich anzog. Gronya machte immer das Frühstück.

Daraufhin zog ich mich ebenfalls an und sah zu, wie Brock – ein unangenehmer Augenblick, auch für ihn selbst – sich daran machte, die leeren Schlafsäcke zusammenzurollen. Das war der schlimmste Augenblick des Tages. Solange die Schlafsäcke noch dalagen, bestand theoretisch die Möglichkeit, daß wir das Lager nicht abbrechen würden, sondern einfach blieben, wo wir waren. Waren sie jedoch erst einmal verpackt, dann war klar, wie der Rest des Tages unvermeidlich ablaufen würde. Brock erledigte diese Aufgabe so schnell wie möglich, um es hinter sich zu bringen. Wenn das Wasser dann kochte – später auf dem Hochplateau kochte es schneller –, stellte Gronya die Becher in einer Viererreihe auf und krümelte Haferflocken hinein. Anschließend gab sie noch etwas Butter und braunen Zucker hinzu, der in dem kochenden Wasser zu Sirup werden würde; dann goß sie das Wasser in die Becher und rührte um, während ich mich beeilte, meine persönlichen Sachen zusammenzupacken, bevor das Frühstück fertig und Wilbur zurückgekehrt war. Während wir aßen, übernahm ich den Kocher von Gronya, um die warme Suppe zuzubereiten, die wir während unserer Mittagspause verzehrten, und um Gronya die Gelegenheit zu geben, ebenfalls ihre persönliche Habe zusammenzupacken. Dann kroch Brock aus dem Zelt heraus, und wir reichten ihm die Ausrüstung hinaus, die er zu den Schlitten brachte. Dann packten wir den Kocher zusammen, schraubten die Thermosflaschen zu, folgten ihm hinaus in die Kälte und zogen die Zeltleinen heraus. Alles lief wie am Schnürchen.

Das Zelt wurde abgebaut und verpackt, mit allem anderen auf die Schlitten geladen, festgezurrt und abgedeckt. Unsere Latrine lag hinter einer Persenning, die zuletzt abgebaut wurde. Es galt dann, die wichtige Entscheidung zu treffen, welche Überbekleidung sich für die vor uns liegende Wegstrecke am besten eignete. Die Schneemobilfahrer trugen nahezu alles am Leibe, was sie bei sich hatten. Diejenigen von uns, die auf Skiern liefen oder die Hundeschlitten führten, zogen viel weniger an. Man konnte sich nie so warm anziehen, wie man es im Moment gern getan hätte, denn wenn man das versuchte, wäre man nach zehn

Minuten schweißgebadet gewesen. Andererseits war es auch keine gute Idee, sich zu leicht zu kleiden. Ich selbst trug zwei wollene Unterhemden, einen Pullover, eine Wolljacke und meinen winddichten Anorak mit Kapuze.

Das war es dann. Wir waren startklar. Brock nahm seinen Platz an der Spitze ein und rief: »Antreten!« Also stellten wir uns hinter ihm auf, die Skifahrer, die Hunde, ganz hinten die Schneemobile. Ein Blick auf unsere Armbanduhren: Neun Uhr morgens – wir würden also gegen Mittag wieder haltmachen. Drei Stunden durchzuhalten war für die Schneemobilfahrer schwieriger als für uns andere. Sie machten gelegentlich eine Pause, schüttelten sich, stampften mit den Füßen auf und hüpften herum, bevor sie die Motoren wieder anließen und uns bald einholten. Bei mir hieß es wieder stoßen, gleiten, stoßen, gleiten; ich versank in meine eigene Welt, und viele Dinge gingen mir durch den Kopf, schöne und traurige. Ich dachte zum Beispiel an meinen Vater oder an Kathleen Scott. Außerdem dachte ich natürlich an Fidel und fragte mich, was er wohl gerade tun mochte. Ich dachte über Brock nach und darüber, wie ich ihm beibringen sollte, daß ich ihn belogen hatte. Ich dachte an den schwarzen Punkt und an Billy Bones, der ihn in seiner Hand gefunden hatte. Manchmal dachte ich auch an Titus Oates, der zu Scott, Wilson und Bowers gesagt hatte: »Ich gehe nach draußen.« Und ich dachte auch an meine Mutter und daran, daß ich ihr den weißen Stein, um den sie gebeten hatte, nicht mitgebracht hatte. Aber sie hatte meine Hundemarken mitgenommen, bevor sie in den Sturm hinausmarschiert war.

Ich kann nicht mehr genau sagen, wann, aber irgendwo auf der Barriere mußte ich meine innere Distanz gegenüber diesem Abenteuer, auf das ich mich da eingelassen hatte, endgültig aufgeben. An einem dieser ansonsten so gleichförmigen Tage, die nahtlos ineinander übergingen und mich so in ihrem Bann hielten, entschloß ich mich plötzlich, Fidel und die Hütte für den Augenblick zu vergessen. Ich war mit größtem Widerwillen zu einer Expedition aufgebrochen, die mir nicht länger notwendig erschienen war, und hatte ihr dann durch drastische Änderungen auch noch den letzten Sinn geraubt. Zwei Wochen später hatte ich noch mehr von meinem Glauben oder meiner Willenskraft eingebüßt, als wir nämlich den Zeltstandort erreichten, jenen Punkt, wo Scott begraben worden war, und ich plötzlich das Ausmaß meines eigenen Betrugs begriff. Aber wenn ich weiter nach Süden marschieren wollte, durfte ich mir diese Gefühle nicht länger gestatten – zumindest durften sie nicht mehr mein Denken beherrschen. Und es gelang mir; ich dachte wieder, daß ich natürlich genau dort sein wollte, wo wir uns befanden, auf dem Weg zum Pol, zusammen mit meinen Freunden und unterstützt von meinem Großvater.

In diesem Stadium der Reise war es übrigens beinahe warm. Mehrere Tage lang war es windstill bei minus sieben Grad Celsius. Infolgedessen war der Widerschein auf dem Eis extrem grell. Die Sastrugi dagegen, vereiste vom Wind verwehte Schneewehen, waren keineswegs besonders schlimm, und wir konnten den größten Teil des Marsches über das Ross-Schelfeis auf Skiern zurücklegen. Als schließlich etwa zweihundertfünfzig Kilometer vor uns die Berge in Sicht kamen, hatten wir das Gefühl, daß alles sehr viel besser lief als erwartet. Das Wetter war hervorragend. Es hatte bisher noch keinen einzigen Unfall gegeben, weder mit den Hunden noch den Menschen oder den Maschinen. Und unseren

Zeitplan hatten wir im wesentlichen eingehalten. Scott, Wilson, Bowers, Oates und Evans hatten den Pol am 17. Januar erreicht, und wir wollten, wenn möglich, früher da sein, nicht später jedenfalls, das stand fest. Unsere Route von Kap Evans bis zum Pol war etwa tausendvierhundert Kilometer lang, und mit dem Ross-Schelfeis würden etwa sechshundertvierzig Kilometer davon hinter uns liegen. Das hieß, daß uns dann noch siebenhundertsechzig Kilometer bevorstanden. Wenn wir zum Beispiel am 1. Dezember den Fuß des Beardmore erreichten, blieben uns noch achtundvierzig Tage für siebenhundertsechzig Kilometer. Das sollte im Prinzip kein Problem sein, aber es war nicht gesagt, daß wir sechzehn Kilometer am Tag schaffen würden – immerhin konnte etwas mit dem Wetter schiefgehen oder mit unserer Gesundheit oder der Ausrüstung.

Es wäre nicht gut gewesen, sich schon in Siegesgewißheit zu wiegen, und das taten wir auch nicht, obwohl ich durchaus steigendes Selbstbewußtsein entwickelte. Die Berge begleiteten uns jetzt, standen direkt vor uns am Horizont, und Tag für Tag erschienen sie ein wenig größer, einladender und schöner. Und während wir immer näher an sie herankamen, stellte ich fest, daß mit meinem steigenden Selbstbewußtsein auch mein Schatten, der vor mir durch den Schnee stapfte, wuchs und größer wurde. Er war nur zu sehen, wenn es fast Mittag war und die Sonne sich hinter mir im Norden ihrem Zenit näherte. Dazu mußte es natürlich sonnig sein, und das war es die ganze Zeit – also lief diese massige Gestalt vor mir auf Skiern durch den Schnee. Sie bewegte sich rhythmisch, genauso wie ich, und ein Teil von ihr hing mit mir zusammen, aber der Rest war mir immer ein Stückchen voraus, riesengroß, größer, als ich es mir je vorgestellt hätte. Durch meine Schutzbrille mit den roten Gläsern sah diese Gestalt wie rot überhaucht aus, ein roter Riese. Ein roter Riese ging mit mir nach Süden. Und ich begann, über diesen Ausdruck nachzudenken – »roter Riese« –, dachte immer und immer wieder darüber nach, so als wäre dieser Gedanke mein Futter und ich eine Kuh, die es wiederkäute.

Roter Riese, ging es mir durch den Kopf. Ein roter Riese. Und dann die Frage: Was ist ein roter Riese eigentlich? Und weiter: Ein roter Riese ist ein Stern, und so weiter. In einem mittleren Abschnitt seiner Entwicklung, in der Mitte seines Lebens, er zeichnet sich aus durch niedrige Oberflächentemperatur, großes Volumen, rötliche Tönung der

Energie, die er verströmt. Alle Sterne werden zu roten Riesen bevor sie kollabieren. Danach werden sie zu weißen Zwergen oder Neutronensternen oder schwarzen Löchern. Wenn sie zu Neutronensternen werden, ziehen sie sich in einer endlosen Spirale zusammen, und wenn sie zu schwarzen Löchern werden, hält die Schwerkraft selbst das Licht in ihnen gefangen. Aber wie auch immer sie enden, dieses Stadium eines roten Riesen durchlaufen sie alle. Und während ich über das Ross-Schelfeis zog und meinen eigenen roten Riesen vor mir beobachtete, fand ich das alles merkwürdig und wunderbar und irgendwie auch sehr bedeutungsvoll. Es sah so aus, als würden die Dinge klein anfangen und dann größer werden, bis sie schließlich wieder kleiner wurden, und das traf auf alle Dinge zu. Wir alle begannen mit einem einzigen Atom, einem Samenkorn oder einer Zelle. Dann vervielfachte sich das Samenkorn oder die Zelle, und wir wurden groß, bis wir hinterher wieder schrumpften. Ich umkreiste diese Idee in Gedanken, denn wenn man Stunde um Stunde auf Skiern vorwärtszieht, wenn alle Bewegungen auf ein einziges Ziel ausgerichtet sind, ist es schwer, seine Gedanken abzuschütteln, sie davon abzuhalten, einem stur zu folgen. Man schiebt sie sozusagen vor sich her, dann holt man sie ein und schiebt sie wieder ein Stück weiter. Auf einer Polarexpedition können sie einen zur Verzweiflung treiben. Es gibt Berichte von Menschen, die in dieser Wüste wochenlang ein und demselben Gedanken nachhingen.

Beim mir wurde es nicht ganz so schlimm. Aber ich beschäftigte mich zwei Tage lang mit meinem roten Riesen und sehnte mich langsam danach, an etwas anderes denken zu können. Zum Glück wurde mein Gedankengang in einer Mittagspause von Thaw unterbrochen, der sich nach dem Essen an einen Schlitten lehnte und davon sprach, was ihn in letzter Zeit umgetrieben hatte. Er begann seine Rede mit den Worten, daß es – jawohl, hipp hipp hurra! – schön sei, wieder festes Land in der Nähe zu haben – wir waren jetzt vielleicht zweiundvierzig Kilometer vom Gateway, dem »Tor«, entfernt –, und daß es für ihn, den Mann aus dem Westen, eine verdammt irre Schau gewesen sei, mitten über das Ross-Schelfeis zu spazieren. Zum ersten Mal in seinem Leben hatte er, dem die Berge und Canyons im Blut lagen, sich an einem Ort aufgehalten, der flacher war als Kansas – und schon dort hatte er befürchtet, den Verstand zu verlieren. Zum ersten Mal hatte er ansatzweise den Sinn der Euklidschen Geometrie begriffen und damit auch das klassische Gittermuster der Landvermessung, das auf einem schön flachen Stückchen Erde wunderbar funktioniert. Jetzt konnte er sich gut vorstellen, wie diese Sektionen von je einer Meile im Quadrat sich vom Mississippi bis hinauf in die Rocky Mountains ausgebreitet hatten. Was man auch sonst über das Flachland sagen mochte, es war auf jeden Fall leicht zu bewältigen, denn es stellte keine hohen Anforderungen an die Navigationskunst. Nichts gegen Brock, aber die Einfachheit dieses Landes war so verblüffend, daß sich einem der Eindruck aufdrängte, alles könne so sein, so leicht zu bewältigen.

Der Tag war zwar fast windstill, aber eine leichte Brise ging doch. Deswegen bestand Thaws Publikum zwangsläufig nur aus denen, die dicht bei ihm saßen und ihn hören konnten. Davon waren allerdings die meisten in glückliche Unaufmerksamkeit versunken, aßen und tranken, spielten mit den Hunden oder dösten vor sich hin. Einige von uns hörten immerhin zu, ich selbst sogar ziemlich konzentriert, denn ich wußte, daß mich eigentlich nur Thaw aus meinen gleichförmigen Gedanken würde herausreißen können. Er fuhr mit der Bemerkung fort, eben diese Einfachheit mache den Krieg am Persischen Golf so unvermeidbar; er habe jetzt seit Tagen darüber nachgedacht. Seit Monaten sogar schon. Es war eindeutig, daß die Wüste im Nahen Osten genau der Vorstellung des Pentagons von einem idealen Schlachtfeld entsprach – keine Bäume, kein Gebüsch, keine Berge – und daß es sich diese Chance, seine Waffen, seine Taktiken und Strategien auszuprobieren, bestimmt nicht entgehen ließe.

Denn das war die Lektion von Vietnam. Die wirkliche Lektion von Vietnam, jedenfalls für Scheibenweltler, die geprägt sind von ihrem Scheibenweltdenken. Die Lektion lautete nicht, sich doch verdammt noch mal aus den Konflikten anderer Völker herauszuhalten, sie lautete nicht, nie mehr dem Irrglauben zu verfallen, mehr zu wissen, als man tatsächlich wußte; die Lektion lautete, in Zukunft zu vermeiden, einen Krieg im Dschungel auszutragen, denn ein Dschungelkrieg war ein Guerillakrieg. Und ein Guerillakrieg im Dschungel konnte nicht, wie sie es immer ausdrückten, auf dem Boden gewonnen werden. In Vietnam hatte man alle zwei Minuten ein Flugzeug oder einen Hubschrauber aufsteigen lassen können, doch auch das hatte nichts geholfen, gar nichts, da jeder Zentimeter des Landes feindlich gewesen war, und ganz gleich, wieviel davon man durchkämmt hatte, wieviel davon hinter einem lag: man verbesserte dadurch seine Position so gut wie gar nicht. Bei der Invasion der Normandie hatten die Männer, die erst einmal den Strand und die ersten Befestigungen hinter sich hatten, Grund zu der Annahme, daß ihre Überlebenschancen gestiegen waren, und wirklich, je näher sie Berlin rückten, je mehr Boden sie gewinnen und verteidigen konnten, um so realistischer wurde die Möglichkeit, wieder nach Hause zu kommen, den Krieg zu beenden und zu gewinnen.

Aber die vietnamesische Landschaft war anders gewesen. Es war ein gespenstisches Land, ein Land, in dem man seine Landkarten genausogut zerreißen und verbrennen konnte. Im Hochland von Vietnam, aus dem die Berge wie Knöchel emporragen, haben die Hände tausend Finger. Und das Land war mit dichten, tödlichen Bäumen bedeckt – eine furchteinflößende Landschaft, vor allem für amerikanische Jungs, großgeworden in einem Land, das auf beinahe fünftausend Quadratkilometern gerodet war. Ihre Vorfahren waren nach Amerika gekommen und hatten den nordamerikanischen Kontinent »gewonnen«, indem sie den größten Teil seiner Bäume gefällt hatten, aber in Vietnam hätten sie bis nach China laufen können und immer noch nichts erreicht. Vietnam konnte nicht räumlich erobert werden, aber genau das war die amerikanische Kampfweise. Amerika kämpfte einen Frontkrieg, mit Leichenzählungen, eroberte Territorium mittels Vorstößen, und das Oberkommando schien nie zu begreifen, nicht einmal ganz zum Schluß, welch ein Unsinn das war. Die einfachen Soldaten begriffen es, na schön, und als Thaw in Kansas Kriegsdienstverweigerer beraten hatte, hatte er auch mit ein paar Veteranen gesprochen. Und er erinnerte sich daran, was sie gesagt hatten: »Als meine Zeit um war . . .« oder »Ich habe die Tage gezählt, bis meine Zeit um war.« Wenn man in Vietnam war, lautete die erste Frage stets: »Wie lange mußt du noch?« oder »Wieviel hast du noch vor dir?«

Ja, die einfachen Soldaten sahen die Wahrheit. Sie wußten, daß Zeit alles war und daß dieser Krieg mit Raum überhaupt nichts zu tun hatte. Überall las man den Satz DIE ZEIT IST AUF UNSERER SEITE, auf Helmen, auf Rucksäcken, auf den Schutzwesten, und die Männer dort hatten Strichlisten für ihre Einsatzdauer. Jeder Tag, den sie durchstreichen konnten, war ein Tag, der sie dem Überleben näher brachte, dem Entkommen aus diesem Augenblick, in dem sie jetzt gefangen waren und der sich wie eine Ewigkeit auszudehnen schien. Die einfachen Soldaten begriffen, was die Kommandanten nicht begreifen konnten, daß nämlich dieser Krieg auf dem Boden niemals gewonnen werden würde und daß man bestenfalls darauf hoffen konnte, das Ende seiner Strichliste zu erreichen. Und eigentlich, so meinte Thaw weiter, sollte man doch glauben, daß nach dem Ende des Krieges all das Wissen all dieser Männer etwas bedeutet und zu unserem nationalen Bewußtsein beigetragen hätte. Es wäre naheliegend, sich klarzumachen, daß es Dinge gibt, die man nicht im Raum gewinnen kann, daß sie einem immer entgleiten werden, wenn man sie mit Händen greifen will. Daher bleiben zwei Alternativen. Man kann die Dinge auslöschen und wird sie so auf jeden Fall verlieren. Oder man kann sie in dem Gedankenort, den wir Zeit nennen, erhalten. Die Zeit ist die vierte Dimension, aber unglücklicherweise ist sie diejenige, die man weder sehen noch riechen kann.

Und das ist der Grund, warum der Krieg im Nahen Osten einfach kommen mußte. Nicht nur weil die Wüste schön und flach ist, ein perfektes Schlachtfeld, sondern weil die Zeit dort für die Amerikaner noch weniger sichtbar ist als in Nordamerika. Wer kennt schon die Geschichte des Nahen Ostens, wer weiß schon etwas über das Zweistromland, wer kennt Uruk oder Sumer oder Bagdad? Er natürlich und ich – deswegen nickte er mir kurz zu –, aber das lag daran, daß wir Geschichte studiert hatten. Ein Geschichtsstudium sollte für alle Offiziere obligatorisch sein. Oder, wenn das zuviel verlangt war, dann sollte wenigstens jeder Offizier einmal hierher in die Antarktis kommen, sagte Thaw. Obwohl dies hier auch eine Wüste war, eine Kristallwüste, war sie doch insofern etwas Besonderes, als die Spezies Mensch hier niemals gelebt, diesen Kontinent niemals besiedelt hatte. Und in der Antarktis, und nicht allein auf der Großen Eisbarriere, konnte man seine eigene Bedeutungslosigkeit einfach keinen Augenblick übersehen. Aber andererseits übte man hier als ein Wesen, das in der Zeit existierte, einen geradezu überwältigenden Einfluß aus. Im Raum nur ein winziges Pünktchen, in der Zeit ein Gigant. Irgendwie konnte die Antarktis jedem, meinte Thaw, die Erkenntnis vermitteln, daß man vielleicht ein Mitglied der größten und durchsetzungsfähigsten Spezies war, die es auf Erden gab, daß dieser Umstand aber keinerlei Bedeutung hatte. Ein Mitglied der langlebigsten Spezies zu sein – wie es die Pinguine waren –, das wäre etwas ganz anderes. Damit würde man schon etwas Beachtung verdienen.

An Brocks Unruhe konnte ich erkennen, daß für Thaw selbst die Zeit ablief – wir hielten uns sklavisch an unseren Zeitplan, denn das war das einzige, worüber wir wirklich Kontrolle hatten. Thaw merkte es offensichtlich auch, denn er begann plötzlich sehr schnell zu sprechen, um an sein eigentliches Ziel zu gelangen, bevor wir weitergingen. Er sagte, die Wahrheit sei, daß nicht nur jeder Militäroffizier, sondern auch jeder Amerikaner diesen Ort sehen sollte, diesen Kontinent, den man das Land der gefrorenen Zeit nannte – weil ein Blick auf diese Landschaft einen lehrte, daß hier kein Organismus lange überleben konnte, und daß hier, mochte es auch Bewegung im Raum geben, die Bewegung in der Zeit das einzig wirklich Wichtige war. Selbst wir markierten die Tage auf unseren Kalendern, zeichneten unseren Fortschritt auf. Ohne Zeitmaß konnte man hier einfach nicht existieren, und es gab kein anderes Gebiet auf der Erde, wo das genauso galt. Wer hätte wissen können, daß die Menschen so dumm waren? Vietnam allein hätte reichen müssen, uns zu lehren, daß man zeitlich, nicht räumlich denken mußte, wenn es ums Überleben geht. Aber es hatte offenbar nicht gereicht. Auch jetzt noch würden es die Amerikaner eher zulassen, daß Zehntausende getötet wurden, wenn mit ihrem Tod ein eindeutiges räumliches Ziel erreicht würde – selbst wenn es nur darum ging, einen einzigen Hügel »einzunehmen« –, als zehn Menschen durch einen Akt »willkürlicher Gewalt« umkommen zu lassen. Und aus diesem Grunde glaubte er . . . Aber jetzt mußte er aufhören, denn Brock rief »Es ist Zeit!«, und alle sprangen auf und machten sich für die Weiterfahrt bereit.

Und als wir wieder weitermarschierten, stellte ich dankbar fest, daß die roten Riesen verschwunden waren, obwohl der Schatten selbst immer noch da war; jetzt mußte ich an den Krieg in Vietnam denken, von dem ich, da ich damals noch zu jung gewesen war, nicht viel mitbekommen hatte. Ich mußte auch wieder an die Mobilmachung im Nahen Osten denken und fragte mich, ob die Welt, in die wir nach der Expedition zurückkehrten, wohl eine neue und fremde sein würde. Oder eine neue und fremdere, denn fremd genug war sie eigentlich vorher schon gewesen. Wir hatten schon viel Zeit gehabt zu lernen, daß wir uns und unsere Art, die Dinge zu sehen, und auch unsere Handlungsweise ändern mußten. Aber manchmal schien es, als hätten wir in Millionen Jahren menschlicher Evolution nichts dazugelernt und als wäre es, wenn wir dann endlich doch etwas lernten, unweigerlich zu spät. Ich wollte diesen Gedanken nicht länger nachhängen, denn ich mußte mich der Expedition widmen, mußte mir eine Art Glauben daran bewahren, um den Glauben an mich selbst nicht zu verlieren. Ich verbannte das Thema aus meinen Gedanken und dachte statt dessen eine Weile an den Beardmoregletscher, über den wir in das transantarktische Gebirge aufsteigen würden, sobald wir die große Eisbarriere hinter uns gelassen hatten.

Das Wetter war immer noch wunderbar, und wir kamen an diesem Tag und an den beiden nächsten hervorragend voran. Als wir am 28. November unser Lager aufschlugen, waren wir nur noch sechzehn Kilometer vom »Tor« entfernt. Am nächsten Morgen wollten wir das nördliche Tordepot anlegen. Hinter dem Ein-Tonnen-Depot hatten wir im Norden der Eisbarriere bei achtzig Grad zweiunddreißig Minuten, im mittleren Bereich bei einundachtzig Grad fünfundachtzig Minuten und auf dem Südteil der Barriere bei zweiundachtzig Grad siebenundvierzig Minuten Vorratslager angelegt. Diese Lager enthielten jetzt alles an Nahrungsmitteln und Brennstoffen, was wir für den Rückmarsch zur Ross-Insel benötigten, und sie enthielten auch unsere ursprünglichen Rationskisten ebenso wie große Mengen zusätzlicher Nahrungsmittel.

Ich war mir noch am Abend des 28. November unsicher über die am kommenden Morgen fälligen Entscheidungen. Denn das nördliche Tordepot am Mount Hope würde auch ziemlich groß werden; wir wollten dort die Fracht – Proviant und Ausrüstung – für den Teil der Mannschaft einlagern, der jetzt, da die Zeit gekommen war, die Schneemobile nach Framheim zurückzuschicken, den Rückweg antreten sollte.

Vier von uns würden gehen müssen. Das hatten wir natürlich immer schon gewußt, aber bisher noch nicht entschieden, wer das sein sollte. Es war geplant, daß die Rückkehrer die sechs Schneemobile heimbringen sollten, daß also zwei der Maschinen zwei andere zogen und die beiden restlichen, die mit fast leeren Schlitten fuhren, den Müll in den am Wege liegenden Depots einsammelten. Es stand fest, daß Mark Tyner dabei sein mußte, da er der einzige war, der die Schneemobile reparieren konnte. Auch Jerilyn Chandler würde jetzt mit zurückfahren, da sie Probleme mit einem ihrer Zähne hatte. Ich meinte, daß wir außerdem Tara heimschicken sollten, die kaum über Gletschererfahrung verfügte, und ebenso Clint Wiseman, für den dasselbe galt –

obwohl es mir zutiefst widerstrebte, mich von unserem Expeditionshistoriker zu trennen. Ich sprach mit Thaw, und er hatte gegen meine Auswahl nichts einzuwenden. Dann redeten wir mit den vieren, die sich alle als sehr zugänglich erwiesen und etwas Derartiges ohnehin schon erwartet zu haben schienen.

Ich hatte trotzdem Angst. Zum Teil lag das daran, daß ich noch am Nachmittag mit Winnie über die Hunde gesprochen hatte, die ebenfalls würden zurückkehren müssen, bevor der eigentliche Aufstieg über den Beardmoregletscher begann. Scott hatte seine Hunde mitgenommen, aber nur für zwei Tage, und es hatte sich als keine gute Idee erwiesen. Zu meiner Überraschung und Bestürzung hatte Winnie mir gesagt, sie wolle die Hunde selbst nach Framheim zurückbringen. Ich war immer davon ausgegangen, daß Winnie mit uns zum Pol gehen würde. Sie hatte zwar in der Vergangenheit mehrfach gesagt, daß sie sich nicht sonderlich für den Pol interessiere, doch ich hatte kaum darauf geachtet. An diesem Nachmittag nun hatte sie mir dasselbe noch einmal gesagt, und außerdem hatte sie mir klargemacht, daß sie die Hunde niemandem sonst anvertrauen wolle. Sie sagte, wenn es soweit sei, solle am besten Tryggve mit ihr gehen, damit Wilbur bei uns bleiben könne.

Als ich an diesem Abend ins Zelt kroch, gingen mir all diese Dinge durch den Kopf – rote Riesen, Thaws Vortrag über Zeit und Raum, Winnies Entschluß, nach Framheim zurückzukehren – und der Beardmore. Jetzt, kurz vor dem Anstieg, fragte ich mich, wie wir mit dem zusätzlichen Gewicht des Proviants fertig werden sollten, den wir in letzter Minute mitgenommen hatten. Ich schlief sehr unruhig. Um drei Uhr wachte ich auf, weil meine Blase mich quälte, und ich merkte, daß der Wind während der letzten fünf Stunden zugenommen hatte. Wirklich zugenommen, meine ich. Es hörte sich ganz so an, als käme ein Sturm auf. Ich öffnete die Zeltklappe und versuchte hinauszuspähen, aber die Sicht war sehr schlecht. Es herrschte dichtes Schneetreiben, und von dem »Tor«, das wir seit einer Woche deutlich vor Augen gehabt hatten, war nichts mehr zu sehen. Als ich die Zeltklappe wieder zuschnürte, bewegte sich Wilbur auf der anderen Seite des Zeltes und setzte sich auf.

»Ich hatte befürchtet, daß das kommen würde«, sagte er. »Aber ich wollte nichts sagen. Wir können dieses Wetter gerade jetzt schlecht brauchen, nicht wahr? Ich glaube, es wird sich ein paar Tage halten.«

Ein paar Tage! Im Augenblick waren wir noch genau in unserem Plan. Wenn wir hier ein paar Tage aufgehalten wurden, würden wir uns anstrengen müssen, um unsere Verspätung auf dem Beardmore wieder aufzuholen. Das würde nicht leicht sein. Ich lag eine Stunde lang wach, hörte dem Sturm zu und fiel dann in einen unruhigen Schlaf, in dem mich ein schier endloser, schrecklicher Traum quälte, den ich nicht abschütteln und aus dem ich auch nicht erwachen konnte. Ich träumte, daß um mich herum ein Krieg tobte, an einem weißen, weißen Ort, wo alle Menschen weiße Tarnkleidung trugen wie die Gebirgstruppen im Zweiten Weltkrieg. Diese Tarnung war so wirkungsvoll, daß ich den Feind, wo auch immer er sein mochte, nicht sehen konnte. An diesem weißen, weißen Ort schneite es leicht, und man konnte nur die Augen der Menschen wirklich sehen. Der Boden wurde durch den Schnee so glatt, daß die Soldaten auf die Knie stürzten. Sie fielen jedoch mühelos, wie in Zeitlupe, sahen aus wie Tänzer oder wie Menschen, die sich im schwerelosen Raum bewegten. Brock, Thaw, Wilbur und Winnie waren bei mir, und ich streckte immer wieder meine Hand nach ihnen aus.

Bis auf Winnie schoben sie alle meine Hand weg. »Mach uns Platz!« riefen sie. »Willst du uns umbringen?« Winnie drückte meine Hand und sagte: »Morgan, ich komme mit dir.« Ich versuchte auf sie zuzugehen, mein Herz schlug unglaublich schnell, aber obwohl sie nur ein paar Meter von mir entfernt war, verblaßte sie plötzlich, genauso wie die anderen. Voller Panik rannte ich auf sie zu und bemerkte, daß jetzt auch meine eigenen Füße verschwanden, so wie das in einem White-out der Fall ist.

Dann veränderte sich der Traum, und ich lag auf dem Bauch. Ich feuerte aus einer knochenweißen Maschinenpistole, und die einzige Farbe war das rote Mündungsfeuer meiner Waffe. Vor mir erhob sich ein Hügel, auf dessen Gipfel ein schwarzes Steingebäude stand, und ich war froh, daß ich in dieser Landschaft etwas hatte, auf das ich mich konzentrieren konnte. Ich wußte, wenn ich dieses Gebäude erreichte, würde ich in Sicherheit sein, also robbte ich bäuchlings Zentimeter um Zentimeter vorwärts, und als ich fast da war, waren Thaw und Wilbur, Brock und Winnie wieder neben mir. Wir nickten und lächelten einander zu, voller Erleichterung darüber, daß jetzt alles gut werden würde; unser Ziel lag vor uns, und wir konnten es erreichen. Dann sahen wir, wie das schwarze steinerne Gebäude in die Luft flog. Die Explosion glich einem Vulkanausbruch. Die Steinbrocken waren so heiß, daß sie Feuer fingen und durch die Luft schossen – brennende Projektile. Sie fielen um uns herum zu Boden, umgaben uns mit ungeheurer Hitze und versengten uns sogar. Ich dachte: O Gott, ich habe mir gar nicht überlegt, daß das Haus brennen könnte, und dann wachte ich auf, als ein lautes Schrillen das Gewebe des Traums zerriß. Mein Wecker hatte geklingelt.

Ich war unglaublich erleichtert, wieder wach zu sein, bebte aber innerlich immer noch unter den Nachwehen des Traumes. Es war sehr warm im Zelt; ich schwitzte, öffnete den oberen Teil meines Schlafsacks, horchte auf die Geräusche, die von draußen kamen. Es schneite offenbar immer noch, und der Grund für die ungewöhnliche Wärme im Zelt war der Schnee, der sich während der Nacht aufgetürmt hatte und wie eine Isolierung um das Zelt lag, das nun zu einer Art Schneehöhle geworden war. Alle wachten auf, und alle lauschten, und dann öffnete Brock das Zelt, und wir spähten hinaus. Es war klar, daß wir uns nicht würden vom Fleck bewegen können, solange dieser Sturm anhielt: Brock machte den Kocher an, und Wilbur holte die Schneeblöcke herein, während ich einfach nur in meinem Schlafsack lag und mich weigerte zu glauben, was ich doch mit eigenen Augen sah. Wenn es hier schneite, schneite es im unteren Teil des Beardmore auch – und genau das war auch der *Terra-Nova*-Expedition widerfahren. Sie hatten zu dieser Jahreszeit unten auf dem Beardmoregletscher frischen Schnee vorgefunden, zu einer Zeit, als dort nichts als Eis hätte sein dürfen, und sie waren dadurch fast zwei Wochen lang nur noch im Schneckentempo vorangekommen. Am selben Ort und zur gleichen Jahreszeit hatte Shackleton während der *Nimrod*-Expedition hartes blaues Eis angetroffen, und er war den Gletscher enorm schnell hinaufgekommen. Scotts Truppe dagegen hatte sich durch knietiefen Schnee gequält; ich erinnerte mich lebhaft an die Beschreibung ihrer Reise. Und ich hatte mir schon vor dem Schneefall wegen unserer zusätzlichen Schlittenlasten Sorgen gemacht.

Man wird es beim besten Willen schnell leid, tagelang im Schneesturm in einem Zelt festzusitzen. Etwa sechs Stunden lang kommt es einem wie ein ungeheurer Luxus vor, nicht den ganzen Tag vorwärtstrotten zu müssen, und man schwelgt in dem Gefühl, daß man im Schlafsack liegenbleiben darf. Aber spätestens nach dem Mittagessen ändert sich das. Es verlangt einen danach, seine Glieder auszustrecken, sich zu bewegen und einen Fetzen blauen Himmels zu sehen. Wenn man das nicht kann, dann ist man spätestens abends völlig frustriert und schlechter Laune. Man freut sich auf den kommenden Tag, darauf, aus dem Zelt zu kriechen und die verdammten Zeltleinen endlich loszumachen, aber wenn der zweite Tag dann genauso ist wie der erste, wird man leicht ziemlich reizbar. Alles geht einem auf die Nerven: die Art, wie der eine kaut oder der andere seine Knie oder Ellbogen bewegt. Am dritten Tag würde man die Zeltgenossen am liebsten ermorden. Am vierten Tag möchte man sich selbst umbringen.

Wir saßen fünf lange Tage in der Nähe des »Tors« in unseren Zelten fest.

Zwischendurch hörte es manchmal auf zu schneien. Ja, nach dem zweiten Tag dachte ich, was wir draußen sahen, sei größtenteils das Umhertreiben des Schnees, der bereits gefallen war. Nur der Wind legte sich kein einziges Mal. Sein Pfeifen und Heulen schlug ständig auf die weiße Wand eingebildeten Schweigens. Alfred Lansing schrieb in seinem Buch *Endurance* auch über die Amenonmania oder den Windwahnsinn, einen Zustand, in dem man »eine morbide Angst vor dem Wind« entwickelt und »pausenlos darüber reden muß«. In meinem Zelt war Gronya als einzige frei davon. Wir anderen konnten kaum einen Augenblick über etwas anderes reden als über den Wind. Änderte er vielleicht gerade die Richtung? Schien es draußen jetzt nicht ein bißchen stiller zu werden? Vor allem Wilbur war wie besessen und schien in seine Kindheit zurückversetzt zu sein. Er entschuldigte sich ständig.

Nach einer Weile ging mir auch das auf die Nerven. Ich lag stundenlang in meinem Schlafsack und ärgerte mich über den Wind, über Brock und Wilbur. Es war schwer, sich über Gronya zu ärgern, da sie kaum etwas sagte und sich wenig bewegte, so daß ich mir keinen angenehmeren Zeltgefährten als sie hätte wünschen können. Aber andererseits – ich glaube, es war am vierten Tag – ging mir das plötzlich noch mehr auf die Nerven als alles andere. Man konnte doch erwarten, daß sie wenigstens ab und zu etwas sagte, oder? Was war sie überhaupt für ein Wesen, ein Android?

Gott sei Dank legte sich der Wind am fünften Tag, und wir konnten damit anfangen, das Zelt auszugraben. Es war der 3. Dezember, und mich beherrschte ein fast hysterischer Drang weiterzugehen, und zwar so schnell wie möglich. Wir hatten noch immer siebenhundertachtzig Kilometer vor uns, und wir würden auf dem unteren Teil des Gletschers in weichen Schnee geraten. Und das war ohnehin der schwierigste und am stärksten mit Gletscherspalten durchsetzte Teil des gesamten Beardmore. Außerdem mußten wir immer noch das nördliche Tordepot anlegen und die Schneemobile und zwei Tage später auch die Hundegespanne auf den Heimweg schicken. Ich schoß also aus dem Zelt und begann wie eine Wahnsinnige zu graben, rannte dann herum, die anderen anzutreiben, und während ich das tat, nahm ich kaum wahr, wie schön die Welt jetzt nach dem Sturm aussah. Alles glitzerte im tiefen, frischen Schnee, und silberne Schneenadeln funkelten im Sonnenlicht, Schneekristalle ritten und tanzten durch die stille Luft und funkelten auf eine Weise, wie man sich Feenstaub vorstellen mag. Doch wenn jetzt jemand zu mir gesagt hätte: »Morgan, das sieht aus wie Feenstaub« – hätte ich nur geschnaubt und erwidert: »Ja, ja. Hast du den Schlitten schon gepackt?« Ich hätte gut daran getan, mir die Landschaft anzusehen und sie zu genießen und daran zu denken, daß ein roter Riese kollabiert und möglicherweise zu einem weißen Zwerg wird.

Am nächsten Tag fuhren wir zum letzten Mal mit den Schneemobilen los, und ich war froh, daß sie bald umkehren würden. Durch den tiefen Schnee schafften sie kaum die sechzehn Kilometer bis zum »Tor«, und sie entließen Unmengen von Abgasen in die unberührte Luft der Antarktis. Das »Tor«, eine Art Seiteneingang in die Berge, liegt zwischen dem Mount Hope auf der einen und der Hauptkette des Gebirges auf der anderen Seite. Es ist nicht sehr breit, aber steil und bedeutete für uns die erste Kletterpartie auf unserer Expedition. Statt die Schneemobile sich ebenfalls hinaufquälen zu lassen, legten wir das nördliche Tordepot lieber am Fuß des Mount Hope an und verabschiedeten uns dort von Mark, Jerilyn, Clint und Tara, die mit den sechs Schneemobilen zurückkehren sollten. In weniger als einer Woche waren sie vielleicht schon wieder in Kap Evans. Das war tatsächlich ein merkwürdiger Gedanke, ebenso wie die Vorstellung, daß an der Stelle, an der wir uns von ihnen verabschiedeten, die *Terra-Nova*-Mannschaft ihre letzten Ponys getötet hatte. Schlachthauslager hatten sie diesen Ort genannt – wie war ihnen wohl zumute gewesen, als sie nach ihrer schrecklichen Arbeit weiterzogen?

Nachdem die Schneemobilfahrer die Motoren angelassen und sich auf die Heimreise gemacht hatten, fiel es mir schwer, an etwas anderes zu denken als an die vor uns liegende Aufgabe. Einige von uns hatten zwischen dem Ein-Tonnen-Lager und dem »Tor« leichte Schlitten gezogen, aber diese Schlitten waren so leicht gewesen, daß sie ebensogut hätten leer gewesen sein können. Jetzt aber, bei unserem Aufstieg in die Berge, sollte jeder Fiberglasschlitten mit hundertfünfunddreißig Kilo beladen werden. Wir verbrachten am Fuß des Mount Hope noch einen Tag damit, das Depot anzulegen, es zu kennzeichnen und unsere Schlitten zu beladen. Es tat mir leid um diesen Tag, aber es ließ sich nicht anders machen. Am folgenden Tag begannen wir in tiefem Schnee den Aufstieg durch das Tal, das uns direkt zum Fuß des Beardmore führen würde. Wegen des Schnees und der uns noch unvertrauten Schlitten brauchten wir fast einen ganzen Tag, um die fünf Kilometer des »Tors« zu überwinden. Ständig blieb jemand stehen, um irgend etwas zurechtzurücken; neun von uns zogen jetzt selbst einen Schlitten, und jeder mußte für sich sehen, daß er mit den langen Skiern und dem schweren Gewicht zurechtkam. Wenn man jedoch erst einmal seinen Rhythmus gefunden hatte, war das Klettern eine berauschende Erfahrung. Es war einfach gigantisch, die Barriere endlich hinter sich zu haben. Den Hunden schien es auch zu gefallen. Mit freudigem Bellen begrüßten sie den anstrengenden Aufstieg, und wenn sie von der Leine gelassen wurden, stürzten sie sich ausgelassen in die Schneewehen.

In der Führung beim Marsch durch das »Tor« wechselten wir einander ab. Anders als auf dem Ross-Schelfeis war es nicht mehr nötig, daß Brock immer voranging; hier auf dem Beardmore konnten ihm andere diese Aufgabe abnehmen. Ich sollte vielleicht erwähnen, daß wir natürlich topographische Karten dabeihatten, aber sie waren nicht im entferntesten genau genug, um unsere Route über den Gletscher festzulegen. Und selbst wenn der Maßstab der Karten größer gewesen wäre, hätte man davon ausgehen müssen, daß das Eis sich seit seiner Kartierung stark verändert hatte. Für diesen Abschnitt unseres Weges sollten unsere besten und erfahrensten Bergsteiger – Brock, Thaw, Shannon, Tryggve und bis zu einem gewissen Grad auch Anton – abwechselnd die Führung übernehmen. Wenn wir nach ungefähr neunzig Kilometern das obere Ende des Beardmoregletschers erreicht hatten, auf dem Polplateau, würde Brock seinen Dienst als Navigator wieder aufnehmen. Jetzt aber befanden wir uns in einer Phase der Expedition, in der wir alle gemeinsam versuchen mußten, den richtigen Weg zu finden.

Langsam, aber mit einer immer besseren Schlittentechnik, passierten wir das »Tor« und gelangten an einen Ort von unvergleichlicher Schönheit, von dem aus man den unteren Teil des Gletschers und den Kyffin, der gut dreißig Kilometer vor uns lag, überblicken konnte. Mittlerweile hatten wir den 6. Dezember, und als wir an diesem Abend unser Lager aufschlugen, mußte ich unwillkürlich daran denken, daß die *Terra-Nova*-Leute am 10. Dezember etwa an dieser Stelle gewesen waren. Das hätte mich eigentlich beruhigen sollen, führte aber im Gegenteil dazu, daß ich mir Sorgen machte – weil wir unseren noch vor kurzem bestehenden zeitlichen Spielraum so schnell eingebüßt hatten. Als das Lager stand und wir zu Abend gegessen hatten, versammelten sich die Bergsteiger, um die Landkarte und den Gletscher in Augenschein zu nehmen und den weiteren Verlauf unserer Marschroute zu diskutieren. Ich war dabei, versuchte aber, mich nach Möglichkeit herauszuhalten, da meine Gebirgserfahrung sehr begrenzt war. Genaugenommen hatten alle meine Unternehmungen in dieser Richtung lediglich der Vorbereitung des Polmarsches gedient.

Was ich allerdings beisteuern konnte, war das Wissen, daß sowohl Scott als auch Shackleton viel Zeit damit verloren hatten, am Fuß des Beardmore nach einem leichten Durchgang zu suchen. Da wir bereits fünf Tage verloren hatten, war es wichtig, weitere Verzögerungen möglichst zu vermeiden und sich jetzt für eine Route zu entscheiden und dann an dieser Entscheidung festzuhalten. Man mußte ja davon ausgehen, daß die Gletscherspalten, die man gerade zu bewältigen hatte, stets schlimmer erschienen als alle anderen, und gerade deshalb durfte man diesem äußeren Anschein nicht trauen. Nach einer ausgedehnten und sehr lebhaften Diskussion beschlossen wir, so direkt wie möglich auf den Berg zuzumarschieren, dem Shackleton den Namen Cloudmaker, »Wolkenmacher«, gegeben hatte.

Der Wolkenmacher war ungefähr achtzig Kilometer von unserem damaligen Lager entfernt. Er wirkte natürlich viel näher in dieser antarktischen Wüste. Wir wollten die direkte Route ausprobieren, um es mit einem Bergsteigerausdruck zu fassen – wir gingen davon aus, daß Probleme vor uns lagen, daß wir sie aber würden meistern können. Es war fast Mitternacht, als diese Entscheidung endlich fiel, und Brock und ich gingen in unser Zelt, wo Wilbur und Gronya schon schliefen. Brock ging sofort hinein, während ich noch eine Weile dastand und den Gletscher betrachtete. Er war mit einer dicken Schicht Neuschnee überzogen; ich konnte die Preßrücken zwar noch darunter erkennen, aber sie wirkten seltsam abstrakt. Es war schon merkwürdig, daß der Schnee trotz der ungeheuren Schwierigkeiten, die er uns bereiten konnte, geradezu einladend wirkte. Die Hunde schienen ähnlich zu denken, denn sie hatten im Schlaf ihre Gesichter dem Gletscher zugewandt. Vielleicht sollten wir die Hunde doch noch ein kleines Stück weiter mitnehmen, statt sie am nächsten Tag wie beabsichtigt zurückzuschicken. Scott hatte *seine* Hunde mit auf den Gletscher genommen, wenigstens für zwei Tage, und so schwer es auch gewesen war, hatten sie es dadurch geschafft, das untere Gletscherdepot viel weiter oben anzulegen, als es ihnen sonst möglich gewesen wäre. Warum sollten wir das nicht auch tun? Wir würden dadurch etwas von der verlorenen Zeit wieder wettmachen. Und die Hunde waren in Hochform – in absoluter Bestform, soweit ich das beurteilen konnte.

Ich kroch also am nächsten Morgen, nachdem mein Wecker geklingelt hatte, hinter Wilbur aus dem Zelt und ging zu Winnie, die gerade das Frühstück für die Hunde zubereitete.

Ich dachte, es wäre ein leichtes, sie dazu zu überreden, noch ein paar Tage länger mit uns zu gehen. Warum sollte sie nicht auch ein wenig von dem Gletscher zu sehen bekommen? Warum sollten die Hunde, die sich so gut auf ihre Arbeit verstanden, nicht noch ein bißchen weitermachen? Und warum sollte sie sich von Thaw früher trennen als notwendig? Ich hatte mir das alles bestens zurechtgelegt und präsentierte ihr meine Idee, während ich ihr und Wilbur dabei half, die Hunde zu füttern. Was hielt sie davon? War das nicht ein guter Vorschlag? Und es könnte wichtig für uns werden.

»Ich weiß nicht, Morgan«, meinte sie. »Ich glaube, wir sollten jetzt den Rückweg antreten. Es scheint dumm zu sein, die Hunde im unteren Teil des Gletschers in Gefahr zu bringen. Hast du mir nicht gesagt, daß sich in diesem Teil die meisten Spalten befinden? Und was Thaw betrifft: Ehrlich gesagt wäre ich ganz froh, ihn für eine Weile loszusein. Irgendwie geht er mir in letzter Zeit auf die Nerven, ich weiß nicht, wieso. Er kommt mir so anders vor, irgendwie arroganter. Vielleicht war unsere Pinguinflagge eine schlechte Idee. Diese Kaiserpinguine sind ziemlich arrogante Vögel, weißt du. Sie lassen sich mit den Adelies nicht ein, denn das sind für sie nur gewöhnliche Bauernpinguine. Ich habe in letzter Zeit den Eindruck, daß Thaw mich auch als so einen Bauern ansieht. Und es kommt mir vor, als hätte er ein großes Geheimnis oder so etwas. Ich weiß nicht, was es ist, aber ich kann dir versichern, daß es mir nicht gefällt.«

»Aber die Hunde«, wandte ich ein. »Sie würden bestimmt gerne weitergehen, oder?«

»O ja, sie würden gerne weitergehen, das ist der Grund, warum ich sie ausgesucht habe; diese Hunde geben alles, sie sind anpassungsfähig, sie sind enthusiastisch und all das. Sie ziehen gerne.«

»Also, was spricht dagegen? Sie würden natürlich das Schlußlicht bilden.«

»Ich weiß nicht. Ich hätte einfach ein schlechtes Gefühl dabei. Dieser Neuschnee sieht so hübsch aus, irgendwie kosmetisch. Ich glaube, mir wäre das harte, blaue Eis lieber.«

»Wir könnten die Sache von Tag zu Tag entscheiden«, sagte ich. Während unseres Gespräches bellten die Hunde in Erwartung ihres Frühstücks.

Winnie sah mich jetzt müde an, müde und immer noch voller Zweifel, dann schlug sie die Hände zusammen, um sich die Finger zu wärmen, und sagte: »Na gut, Morgan. Aber wir müssen vorsichtig sein. Meine Hunde sind keine Menschen, weißt du.«

»Ja, ich verstehe. Also, die Sache wäre geklärt. Bis nachher.« Damit trennten wir uns, um selbst zu frühstücken und unsere morgendlichen Aufgaben zu erledigen.

Der Start an diesem Morgen war aufregend. Vorn gingen die Menschen und dahinter die Hunde; Shannon war unsere erste Führerin auf dieser Strecke über den größten Eisfluß des Planeten. Binnen fünfzehn Minuten legte sich die Aufregung jedoch ein wenig, da wir dem ersten großen Problem unseres Marsches begegneten: den Gletscherspalten, die sowohl Scott als auch Shackleton große Schwierigkeiten bereitet hatten. Diese Gletscherspalten hatten Shackleton in die »Granitsäulen« gezwungen und Scott in den tiefen Schnee. Allerdings würden wir im Tiefschnee weit weniger Probleme haben als die *Terra-Nova*-Expedition mit ihren schweren, sperrigen Nansenschlitten, die es notwendig gemacht hatten, daß jeweils vier Männer sich mit ihren Bewegungen gut aufeinander einstellten. Wir hatten leichte Schlitten und brauchten auf dem Marsch auf niemanden Rücksicht zu nehmen. Trotzdem machten wir nicht gerade atemberaubende Fortschritte, während Shannon den Weg sondierte und durch Stecken markierte, sondierte und wieder markierte und eine Route festlegte, die trotz ihrer Bemühungen am Ende über viele Umwege führte. Wir schafften in den ersten beiden Stunden vielleicht anderthalb Kilometer, und obwohl ich Shannon für ein wenig übervorsichtig hielt, konnte ich sie, nachdem ich sie einmal als Führerin für diesen Tag bestimmt hatte, kaum ihrer Aufgabe entheben.

Also krochen wir mühsam auf den Wolkenmacher zu, obwohl unser unmittelbares Interesse dem Kyffin galt, und zwar deshalb, weil der Gletscher direkt an seinem Fuß einen großen Bogen beschrieb. Nach einer Weile erreichten wir ein Gebiet, in dem weniger Neuschnee lag. Aber hier stießen wir auf gleichsam gefrorene Wellen aus schierem Eis, und wir mußten mit größter Vorsicht einige Gletscherspalten überqueren und einige andere umgehen. Für den Rest des Nachmittags marschierten wir dann auf sichererem Terrain. Aber als wir am Abend unser Lager aufschlugen, hatten wir nur acht Kilometer zurückgelegt.

Es war schwierig, genau festzustellen, wo wir uns befanden, aber als ich an diesem Abend mit Thaws und Brocks Hilfe unsere Karten und Tabellen studierte, schien es, als hätten wir bereits den halben Weg zur Einmündung des Socksgletschers geschafft. Das war ein kleiner Nebengletscher, der sich von Westen her in den Beardmore hineinschob und nach dem Pony benannt war, das Shackleton auf seiner *Nimrod*-Expedition bei sich gehabt hatte. Socks war nicht weit von uns entfernt in eine Gletscherspalte gestürzt – »in den Fußstapfen von Socks«, wer hatte das gesagt? –, und wir wollten das untere Gletscherdepot so weit wie möglich hinter der Mündung dieses Gletscher anlegen. Aber wir mußten von morgen an schneller sein, und ich schlug Thaw vor, er solle für eine Weile die Führung übernehmen, da er kühner war als Shannon, wie ich glaubte – oder einfach nur arroganter, wie Winnie behauptet hatte.

Aber wie auch immer, er übernahm die Aufgabe mit Begeisterung, denn für ihn war der Aufenthalt in den Bergen das reinste Vergnügen. Am nächsten Tag kamen wir wesentlich schneller voran, entweder weil Thaw die Führung übernommen hatte oder weil die Bedingungen einfach besser waren. Der Schnee lag nicht so hoch, und der Luftdruck war weniger unangenehm. Das Wetter war wieder warm und sonnig, aber nicht so sonnig, daß der Schnee zu schmelzen begann, so daß seine Oberfläche für Skier und die Schlittenkufen genau richtig war. Am Ende des Tages hatten wir die Einmündung des Socksgletschers hinter uns und lagerten zum ersten Mal seit dem Sturm auf einer verharschten Schneefläche. Weil alles so gut gelaufen war, bat ich Thaw, auch am nächsten Tag wieder die Führung zu übernehmen, und er willigte geradezu enthusiastisch ein.

An diesem Abend kam Shannon zu mir. Ihrer Meinung nach hatte Thaw einige Gletscherspalten übersehen. Sie war sich sicher, daß wir einige überquert hatten, die nicht ordnungsgemäß überprüft und abgesteckt worden waren. Da die Schneeverhältnisse jetzt weniger einheitlich waren, konnte es schwierig werden herauszufinden, woran man war, und weil die Eispressungen in beide Richtungen verliefen, hielt sie es für besser, alles abzustecken. Ich hörte mir an, was sie zu sagen hatte, und ihre Argumente waren auch wirklich gut, aber ich wies sie darauf hin, daß wir ja in Seilschaften zu je dreien gingen, daß jeder von uns die Ausrüstung hatte, um im Notfall aus einer Gletscherspalte herausklettern zu können, und daß die Hundegespanne immer nur dort fuhren, wo vorher neun Leute mit Schlitten sicher durchgekommen waren. Selbst wenn Thaw ein oder zwei Gletscherspalten übersehen sollte, waren wir schließlich auf diese Situation vorbereitet, und wir konnten kaum erwarten, den oberen Bereich des Beardmore ohne kleinere Schwierigkeiten zu erreichen. Am nächsten Tag flogen wir zu meiner großen Befriedigung geradezu übers Eis. Wir kamen den Gletscher sechzehn Kilometer weiter hinauf, und es sah so aus, als läge der Wolkenmacher direkt um die Ecke. An diesem Morgen legten wir das untere Gletscherdepot an, weil mir plötzlich klar wurde, daß wir unsere Vorräte nicht zu weit nach oben bringen durften, wenn wir nicht unseren ganzen Plan für den Rückweg über den Haufen werfen wollten.

Jetzt lagerten wir auf halbem Wege zwischen dem Evans- und dem Alicegletscher. Der gewaltige Gipfel des Mount Elizabeth direkt über uns versteckte sich in einer Schicht schimmernder, sich pausenlos verändernder, linsenförmiger Wolken. Es war ein schöner Platz, und die Hunde schienen genauso glücklich zu sein wie wir, obwohl sie in diesen Nächten auf dem Gletscher angeleint blieben, damit sie nicht davonstromern und irgendwo in eine Gletscherspalte stürzen konnten. Nach dem Abendessen suchte ich noch einmal Winnie auf. Jetzt, da das untere Gletscherdepot angelegt war, gab es keinen Grund mehr, die Hunde am nächsten Morgen nicht umkehren zu lassen. Mir schien gleichwohl, als wären wir vor allem deshalb so schnell vorangekommen, weil die Hunde den Proviant gezogen hatten, und daß es vielleicht noch schneller vorwärts gehen konnte, wenn sie jetzt einen Teil unserer Schlittenlasten übernähmen. Wir hatten von der Zeit, die wir auf der Barriere verloren hatten, noch keinen einzigen Tag wieder aufgeholt. Ich fragte also Winnie, ob die Hunde nicht noch einen Tag mit uns richtig Tempo machen könnten – nur noch einen einzigen Tag, sagte ich.

Winnie wirkte seltsam niedergeschlagen und zuckte auf eine Art mit den Achseln, die ihr überhaupt nicht ähnlich sah, doch sie willigte ein. Da Thaw so gute Arbeit geleistet hatte, übernahm er auch am nächsten Tag wieder die Führung, aber irgendwie schien er langsam müde zu werden und hätte wohl abgelöst werden müssen. Es wurde jetzt kälter – empfindlich kälter –, je mehr wir uns dem Plateau näherten. Ich glaube, es war der erste Tag, an dem die Temperatur auf minus achtzehn Grad Celsius sank. Der verharschte Schnee hatte sich teilweise in Firn verwandelt, und wir kamen jetzt in die mittlere Gletscherregion, die Mitte jenes fünfundsechzig Kilometer breiten und zweihundert Kilometer langen Eisflusses. Auf den etwa einhundertsechzig Kilometern zwischen dem Ross-Schelfeis, von dem aus wir unsere Kletterpartie begonnen hatten, und dem Polplateau, wo wir sie beenden würden, hatten wir etwa zweitausendfünfhundert Meter Höhenunterschied zu bewältigen. Wir stiegen über gigantische Stufen hinauf, die für Riesen gemacht und quer mit Preßrücken und Gletscherspalten durchsetzt waren. Im Laufe unseres Aufstiegs würde sich der verharschte Schnee, der zuerst zu Firn geworden war, in festes Eis verwandeln, und auf dem oberen Teil des Gletschers würde dieses Eis grün sein – kieferngrün.

Jedenfalls hatten wir an jenem Tag, dem 10. Dezember, etwa minus achtzehn Grad Kälte bei frischem, beständigem Wind; dieser Wetterumschwung war aber Wilbur zufolge nur der Vorbote kommender Ereignisse. Wir kamen vormittags gut voran und erreichten unmittelbar nach unserer zweiten Pause einen Bereich mit unangenehmen Gletscherspalten, der uns wieder zu einem Aufenthalt zwang. Während Thaw sich mit Shannon beriet – er ging mit ihr und Anton an einem Drei-Personen-Seil –, nahm ich mein Fernglas, um mir die Pressungen genauer anzusehen. Die Sache gefiel mir nicht; ich setzte das Fernglas ab und schaute wieder zu Winnie und den drei Hundegespannen hinüber. Winnie belohnte die Hunde, die harte Arbeit geleistet hatten, gerade mit Hundekuchen, und Wilbur half ihr dabei. Ich weiß noch, daß ich in diesem Augenblick dachte: Wir sollten die Hunde jetzt zurückschicken, bevor wir durch dieses Gewirr hindurchmüssen. Wir haben unser Glück ohnehin schon hart auf die Probe gestellt. Dann überlegte ich, daß wir, wenn wir jetzt haltmachten, bevor der Tag vorüber war, vermutlich den Vorsprung verlieren würden, den die Hunde uns eingebracht hatten.

Wieder nahm ich mein Fernglas zur Hand und sah mir die Pressungen noch einmal an. Nun, vielleicht hatte ich mich ja geirrt. Und Thaw schien ganz zuversichtlich zu sein, während er sich mit seiner Seilschaft wieder in Bewegung setzte. Wenn sie ein gutes Stück voraus waren und soviel Abstand voneinander hatten, daß ihr Seil seinem Zweck gerecht werden konnte, falls einer von ihnen in eine Gletscherspalte stürzte, folgte die Dreierseilschaft, die ich im Augenblick anführte. Ich ging zusammen mit Guy und Michael, und hinter uns kamen Brock, Gronya und Todd. Erst wenn das Gebiet gründlich sondiert und abgesteckt war und wir alle es anstandslos durchquert hatten, kamen Tryggve, Wilbur und Winnie mit den drei Hundegespannen nach. Das hatte sich bisher als eine vernünftige Regelung erwiesen, die das Risiko für die Hunde so gering wie möglich hielt.

Außerdem waren wir jetzt in Marsch. Unser Vorwärtsdrang ließ sich kaum bremsen – schon gar nicht von einer vagen Sorge, die offensichtlich nur mich befallen hatte. Außerdem schien Thaw die Schwierigkeit des Geländes durchaus ernstzunehmen; zumindest ging er jetzt sehr langsam und beriet sich sogar mit Shannon, wenn er an eine besonders unangenehme Stelle kam. Als er und Shannon wieder einmal miteinander redeten und auf einen vor uns liegenden Punkt zeigten, blieben wir stehen, und ich nahm die Gelegenheit wahr, mich nach den anderen umzuschauen. Aus irgendeinem Grund erinnerte ich mich beim Anblick dieser Kette von Menschen und Hunden, die alle irgendwie aneinandergeseilt waren, an den Tag im Zirkus. Mit wachsendem Entsetzen hatte ich zusehen müssen, wie Mädchen an Seilen hinaufgeklettert, Löwen durch Feuerringe gesprungen und am Ende Elefanten in langer Reihe einherstolziert waren. Jeder Elefant hatte mit seinem Rüssel am Schwanz des Elefanten vor ihm gehangen, außerstande, sich zu befreien, niedergeschlagen und freudlos. Ich hatte die kleinen, traurigen Augen gesehen, Brunnen tiefer Weisheit in runzligen Gesichtern, und da die Elefanten sich so langsam bewegt hatten, schien es klar, daß ihnen das Ganze keine Freude machte. Ich hatte, so laut ich konnte, dagegen protestiert, aber die Elefanten waren trotzdem nicht freigekommen. Jetzt hingen wir selbst genauso aneinander wie damals die Elefanten und trotteten hintereinander her.

Brrr. Der Wind war kalt. Wenn es so kalt blieb, würde es eine ganz andere Expedition werden. Ich setzte mein Fernglas wieder ab und versuchte, die Erinnerung an den Zirkus abzuschütteln, während Thaw und Shannon wieder ihre Positionen einnahmen und weitermarschierten. Ihre Beratung – die bloße Tatsache, daß es eine solche gegeben hatte – schien zu bedeuten, daß es in diesem Gebiet wahrscheinlich viele überschneite Gletscherspalten gab. Obwohl es erst Nachmittag war, wechselte jetzt das Licht, und die linsenförmigen Wolken über dem Wolkenmacher zogen sich immer mehr in die Länge. Es sah nicht nach einem Sturm aus, aber das Licht schien alles zu durchschimmern und machte es schwer, die Tiefe einzuschätzen oder die Inkonsistenzen des Schnees zu erkennen.

Ich hatte plötzlich ein ganz schlechtes Gefühl bei der Sache. Ein *wirklich* schlechtes Gefühl. Aber ich hing in einer langen Reihe von Menschen fest, in der jede Kommunikation schwierig war. Wieder blieb Thaw stehen. Wir alle blieben stehen. Ich schaute zurück und sah Winnie auf Skiern hinter dem ersten Hundegespann und dessen ungeheuer schweren Schlitten herfahren. Sie hielt die Leinen in der Hand, und die Hunde gingen in einer ziemlich geschlossenen Formation, dicht nebeneinander, so daß sie ein Maximum an Zugkraft entfalteten. Plötzlich, wie auf ein Signal hin, teilte sich das Gespann von zehn Hunden zu beiden Seiten, und die Tiere strebten so weit auseinander, wie ihre Leinen das zuließen. Sie bäumten sich wild auf, ohne zu bellen, ohne überhaupt irgendein Geräusch von sich zu geben, sondern einfach nur verzweifelt und, wie es schien, darauf bedacht, voneinander wegzukommen. Während ich zusah – das Ganze passierte so schnell, daß ich wie angewurzelt stehenblieb –, erinnerte ich mich plötzlich an eine Stelle aus einem Antarktistagebuch, wo es geheißen hatte, daß die Hunde es spüren, wenn sie auf eine Schneebrücke geraten, die zu dünn ist, um sie zu tragen, und daß sie in diesem Fall danach streben, ihr Gewicht so weit wie möglich zu verteilen. Sie zerrten an ihren Leinen, um sich zu befreien, und plötzlich stürmte Winnie nach vorn, um gleich wieder stehenzubleiben, während die mittleren sechs Hunde des Gespanns verschwanden

Einfach verschwanden. Im einen Augenblick waren sie noch dagewesen, im nächsten nicht mehr, und dort, wo sie vorher gewesen waren, hatte sich jetzt ein schwarzes Loch im Eis aufgetan. Aber die beiden führenden Hunde und die beiden letzten des Gespanns waren immer noch zu sehen, am Rande des Abgrunds. Die ersten beiden Hunde, Bear und Ginger, strampelten verzweifelt, um Halt zu finden, und versuchten das Gewicht ihrer sechs Freunde allein zu tragen. Wenn Bear und Ginger ebenfalls abstürzten, dann würden die sechs Hunde, die da bereits in ihren Geschirren hingen, ebenso wie das letzte Hundepaar, samt und sonders an ihren Leinen in der Spalte baumeln. Ihre Geschirre würden sie nicht mehr halten, und sie würden in die Gletscherspalte stürzen, unweit der Stelle, an der Socks verunglückt war. Bear und Ginger schienen das zu wissen. Sie wußten, daß sie um ihr Leben und um das Leben der Hunde hinter ihnen kämpften. Ich hätte es nicht für möglich gehalten, was sie da leisteten, nicht, wenn ich es nicht mit eigenen Augen gesehen hätte. Es war so, als hätten diese zwei Hunde plötzlich die Kraft von zehnen.

Sie konnten das jedoch nicht lange durchhalten. Jemand mußte ihnen helfen, und das konnte im Augenblick nicht Winnie sein. Nachdem sie die Hunde hatte stürzen sehen, war sie zurück zum Schlitten gerannt, hatte sich daraufgeworfen und mit einer Hand einen Eispickel aus der Ladung gezerrt, den sie jetzt im Schnee zu verankern versuchte, um sich zusätzlichen Halt zu verschaffen. Allein der Schlitten bewahrte die beiden letzten Hunde davor, ebenfalls abzustürzen, und es war daher von äußerster Wichtigkeit, daß er sich keinen Zentimeter vom Fleck bewegte.

Winnie schrie: »Hilfe! Irgend jemand muß Bear und Ginger helfen!« Wir waren längst alle in Bewegung. Einige von uns machten sich von ihren Seilen los – eine Torheit zwar unter diesen Umständen, aber doch auch wieder die einzige Möglichkeit, sich schnell zu bewegen. Auch ich machte mich los. Wilbur aber war schneller als wir anderen. Er ließ die Leinen seines Gespannes fallen und rannte los. Während er ebenso wie ich über den Schnee rannte, überfiel mich eine weitere Erinnerung wie ein Bild, das sich bruchstückhaft in einem Spiegel zeigt. Nicht angeseilt stürzte er nach vorn und rannte durch den Schnee auf den Abgrund zu, der sich aufgetan hatte. Ich sah ihn rennen, und ich sah einen kleinen Jungen rennen; wir waren Kinder und lagen auf dem großen Felsblock, und ich erzählte Wilbur eine Geschichte von einem Armeearzt. Dancer war irgendwo unter uns, und Pippin lief immerzu im Kreis herum, und Wilbur rannte und rannte, als hinge sein Leben davon ab. In einem verzweifelten Spurt versuchte er weiterzukommen, als seine kurzen Beine ihn tragen konnten, und seine Beine rutschten unter ihm weg, und als ich ihn erreichte, weinte er. Jetzt tat er dasselbe wieder, doch diesmal ging es darum, die Hunde zu retten, nicht darum, sie aufzuhalten, wie er damals versucht hatte, Dancer aufzuhalten. Und diesmal versagten ihm seine Beine nicht den Dienst. Er war zwanzig Jahre älter und rannte, rannte, rannte, und dann sprang er mit einem Satz über den Abgrund und landete bäuchlings im Schnee. Bear und Ginger kämpften immer noch, und er warf sich über sie und packte sie mit beiden Händen, der Schild, der den Schwertarm schützt, der Baum, der den Blitz ableitet.

Er lag da, hielt die beiden fest, die leise wimmerten und weiter um Halt rangen. Die Seilschaft hinter mir hatte sich nun ebenfalls gelöst. Brock und Gronya erreichten Wilbur gleichzeitig, und Brock lief ein Stückchen zur Seite, um eine feste Verankerung auf dem Eis anzulegen. Währenddessen gelang es Gronya, Wilbur anzuseilen und ebenfalls Bear und Ginger. Der dritte Mann aus ihrer Seilschaft, Todd, lief um den Abgrund herum, statt ihn zu überspringen, dorthin, wo Winnie sich noch immer verzweifelt an den Hundeschlitten klammerte. Mit unglaublicher Anstrengung zurrte er den Schlitten fest und belegte ihn an einem Schneeanker, und Winnie, die jetzt endlich frei war, griff nach einem Seil und rannte los; ich sah, wie sie auf Wilburs Hundeschlitten zeigte, und hörte, daß sie Todd etwas zurief. Todd rannte zurück und begann die Ladung des Schlittens in den Schnee zu werfen. Ich konnte noch immer nicht klar denken, aber ich begriff, daß Winnie den zweiten Hundeschlitten als Brücke benutzen wollte, um ihn über die offene Gletscherspalte zu werfen. Also rannte ich jetzt ebenfalls um den Abgrund herum, um Todd beim Entladen des Schlittens zu helfen und ihn dann zusammen mit ihm an die Unfallstelle zu ziehen.

Dort hoben Todd, Winnie und ich den Schlitten an und warfen ihn quer über den Abgrund, und wie durch ein Wunder landete der vordere Teil genau da, wo wir es gehofft hatten. Er verkeilte sich in der Schneewächte, und Winnie kroch hinauf, noch bevor er richtig festgemacht war. Als sie ungefähr seine Mitte erreicht hatte, konnte sie hinuntergreifen und ein Ende des Seils, das sie mitgebracht hatte, durch die Geschirre der Hunde ziehen. Dann zog sie das Seil zurück und befestigte es am mittleren Teil des Schlittens, der dem Gewicht glücklicherweise standhielt. Als sie damit fertig war, rief sie Wilbur und Gronya etwas zu, und Gronya schnitt daraufhin die Geschirre durch, die Bear und Ginger an die übrigen Hunde gefesselt hatten. Wilbur hielt die beiden Hunde währenddessen fest und zog sie dann auf sicheren Schneegrund; jetzt hingen also noch sechs Hunde in der Spalte, zwischen ihren eigenen Schlitten und der Schlittenbrücke.

Irgendwann, als ich gerade nicht hinsah, waren die beiden Hunde, die das Schlußlicht gebildet hatten, von ihren Leinen gelassen worden und liefen jetzt frei umher. Während wir noch verzweifelt versuchten, alles für die Rettung der sechs Hunde bereitzumachen, die noch in der Gletscherspalte hingen, rutschten zwei von ihnen aus ihren Geschirren und fielen auf eine ungefähr drei Meter tieferliegende Schneebrücke. Wir hörten ihr klägliches Heulen, das Schmerz und Angst verriet. Die vier übrigen Hunde, die noch in ihren Geschirren hingen, hatte der Sturz ihrer Kameraden noch mehr verschreckt, als das ohnehin schon der Fall gewesen war, und sie bellten jämmerlich. Immer wenn sie gegeneinander baumelten, versuchten sie den Hund, mit dem sie zusammengestoßen waren, zu beißen. Es war wie ein Zwang, als müßten sie einfach irgend etwas beißen, egal, was.

Von Winnie kamen jetzt knappe Kommandos. »Jemand muß da runter«, sagte sie, »sofort. Ich bin nicht stark genug. Wer kann das übernehmen?«

»Ich«, sagte Wilbur und tat es. Nachdem er Brock gebeten hatte, ihn zu sichern, kletterte er über den Rand in die Gletscherspalte hinein, dorthin, wo die Hunde baumelten. Dann hielt er sie von unten hoch, während Winnie, Gronya und Todd von oben nach ihnen griffen und sie auf den Schlitten setzten, auf dem sich die Hunde vorsichtig vorwärts schoben. Sobald sie auf der anderen Seite der Gletscherspalte wieder festen Grund unter den Pfoten hatten, legten sie sich hin, zitternd, in einem Zustand des Schocks und immer noch in Todesangst. Einer von ihnen blutete; es war Kellog, einer der scheuen, kleinen Hunde.

Bis zu diesem Zeitpunkt war ich wenig hilfreich gewesen, da die ganze Situation mich völlig verwirrt hatte. Denn ich hatte sie kommen sehen und nichts dagegen unternommen, und ich war außerdem verwirrt darüber, daß die Hunde plötzlich in Gefahr waren und daß alle anderen in der Lage zu sein schienen, in diesem Notfall schneller und vernünftiger zu reagieren als ich. Jetzt stieg Wilbur noch tiefer in die

Gletscherspalte hinein bis zu der Schneebrücke, auf der die beiden aus ihrem Geschirr gerutschten Hunde gelandet waren. Da die anderen ganz darauf konzentriert waren, ihm zu helfen, glaubte ich, ich könne mich am ehesten nützlich machen, wenn ich Kellogs Blutung stillte.

Also hob ich dem zitternden und winselnden Hund die Hinterpfote hoch, um zu sehen, wie schlimm der Schnitt war, aber als ich den Geschirriemen bewegte, sprudelte das Blut zu meinem Entsetzen in gewaltigen Stößen darunter hervor. Eine Arterie war durchtrennt, und das Geschirr hatte wie ein Preßverband gewirkt. Jetzt drückte es nicht länger auf die Wunde, und obwohl ich versuchte, den Riemen wieder zurechtzuschieben, ließ sich der vorherige Druck nicht wiederherstellen. Ich zog meine Handschuhe aus und preßte meine Hände auf den Schnitt, so fest ich nur konnte, aber plötzlich überkam mich entsetzliche, würgende Angst. Mein Gott, wenn Kellog sterben sollte ... Er könnte jeden Augenblick verbluten. Ich krächzte mit letzter Kraft: »Ich brauche eine Aderpresse.«

Glücklicherweise hörte mich Guy Random. Er gehörte zu meiner Seilschaft, war also nicht weit von mir entfernt. Jetzt stöberte er auf seinem Schlitten herum und rief zu mir herüber, ich solle nur ja nicht loslassen, was ich auch nicht tat. Ich drückte mit aller Kraft, um das Fleisch auf den Knochen zu pressen. Immer noch konnte ich spüren, wie das Blut in der Arterie pulsierte. Es war wie bei dem Hirsch, dessen Puls ich in seinem Geweih unter meinen Händen gespürt hatte. Ich keuchte und würgte, schluchzte beinahe und hatte alle Mühe weiterzuatmen, aber ich hielt den Druck auf Kellogs Bein aufrecht, als ginge es um mein Leben. Ja, mir schien tatsächlich, daß unsere Herzen eins waren, da ich mein eigenes jetzt in meiner Kehle spürte, und so wie bei dem Hirsch schienen unsere beiden Herzen im gleichen Takt zu schlagen. Weiterdrücken, weiterdrücken, sagte ich mir und vergaß alles andere – nur das Gefühl, das alles schon einmal erlebt zu haben, blieb. Damals allerdings hatte es sich um Liebe gehandelt, und jetzt war es Verzweiflung. Wie war ich überhaupt von dort aus hierhergelangt? Es war meine Schuld, daß die Hunde verletzt waren, meine Schuld, wenn die Hunde starben.

Es war verrückt gewesen, die Hunde so weit mit auf den Gletscher zu nehmen – nein, nicht verrückt, in diesem Ausdruck schwang zuviel Nachsicht mir selbst gegenüber mit, dachte ich. Es war blind und egoistisch gewesen, und ich konnte gar nicht glauben, daß ich es wirklich getan hatte, daß ich vergessen hatte, worin der eigentliche Sinn der Expedition Neunzig Süd lag, nämlich darin, sie zu bewältigen, ohne daß ein Mensch oder ein Tier dabei zu Tode kam. Das war der ganze Sinn dieser Expedition, daß wir sie genauso durchführten wie einst Scott, ohne dabei irgendwelche Opfer beklagen zu müssen, seien es menschliche oder nichtmenschliche. Was um alles in der Welt hatte ich mir nur dabei gedacht? Oder nicht gedacht, wäre wohl die bessere Frage. Ich hatte nur unseren Zeitplan im Kopf gehabt und war für alles andere blind gewesen.

Als Guy endlich mit der Aderpresse kam, sagte er: »Du mußt sie regelmäßig wieder losdrehen, sonst wird Kellog das Bein verlieren. Ich komme wieder, sobald ich mich um die anderen gekümmert habe.« Ich kniete also im Schnee, drehte die Aderpresse abwechselnd zu und wieder auf und weinte vor Erleichterung. Um mich herum herrschte immer noch rege Betriebsamkeit, und ich sah, daß Thaw und Shannon jetzt ein Gelände absteckten, auf dem wir unser Lager aufschlagen konnten, direkt an Ort und Stelle, zwischen all diesen Gletscherspalten. Von allen Lagerplätzen der Welt wünschte man sich bestimmt diesen am wenigsten. Aber es blieb uns nichts anderes übrig, da wir die Hunde in ein Zelt schaffen und aufwärmen und ihnen so bald wie möglich etwas zu trinken geben mußten. Ich drehte die Aderpresse abwechselnd stramm und wieder lose, und die Blutung ließ schließlich nach, denn das Blut war entweder gefroren oder geronnen. Meine Hände waren jetzt vollkommen taub. Ich hatte überhaupt kein Gefühl mehr in ihnen. Und sie waren weiß, sehr weiß, so weiß wie der Schnee.

Die Dinge entspannten sich. Die Zelte wurden aufgestellt, die Kocher angezündet. Es gab etwas Heißes zu trinken. Guy Random bemerkte meine Hände und schob sie Todd Tullis unter die Achseln. Meine Hände waren so weiß, und Todds Haut war so braun und so warm, daß es zwar eine Phase qualvollen Schmerzes gab, als sie wieder zum Leben erwachten, aber auch ein wunderbares Gefühl war, meine Hände so sicher beschützt zu wissen. Und jetzt waren alle Hunde in unserem sogenannten Arztzelt und tranken ein wenig, während Guy ihnen intravenös Salzlösung spritzte. Die sichtbaren Wunden waren verbunden worden, obwohl es wahrscheinlich schien, daß zumindest einige bei ihnen von ihrem Sturz innere Verletzungen davongetragen haben mußten. Einer der Hunde hatte sogar etwas Blut gespuckt, aber das hatte inzwischen aufgehört. Ich saß ebenfalls im Arztzelt, bis der Schmerz in meinen Händen nachließ, ein Schmerz, der zwar einerseits qualvoll war, andererseits aber auch beruhigend. Er bedeutete, daß die Erfrierungen nicht allzu tief gegangen waren und keinen dauerhaften Schaden hinterlassen würden, wofür ich trotz meiner Schuldgefühle sehr dankbar war.

In gewisser Weise wäre es wohl einfacher gewesen, wenn Winnie mir die Schuld an diesem Unglück gegeben hätte. Wenn sie wütend auf mich gewesen wäre, ja, mich für meinen Egoismus gehaßt hätte. Aber das tat sie nicht. Sie sagte lediglich, daß sie es hätte besser wissen müssen, daß es vor allem ihre Schuld sei. Sie schien auch Thaw Vorwürfe zu machen und erzählte mir davon, bevor wir an diesem Abend ins Bett gingen. Sie und Guy schliefen im Arztzelt, damit sie sich falls nötig sofort um die Hunde kümmern konnten, und obwohl Thaw ihr seine Hilfe angeboten hatte, hatte sie ihn zurückgewiesen. Nachdem er gegangen war, sagte sie zu mir: »Er hält sich wohl für unverwundbar oder so was, Morgan. Ich weiß nicht, aber vielleicht denkt er, er sei Amundsen. Shannon hat mir erzählt, sie habe ihm gesagt, daß sie dieses ganze Gebiet für zu gefährlich hält. Aber nein, Thaw wollte natürlich nicht darauf hören. Manchmal habe ich das Gefühl, daß ich ihn überhaupt nicht mehr kenne. Und wie er sich Gronya gegenüber benimmt. Hast du das bemerkt? Seit den Trockentälern? Nicht? Nun, er meint, sie sei so aristokratisch. Diese langen Finger und dieses lange Gesicht, und ich bin so rund, du weißt schon. Und ich rede viel, zuviel für Thaw offenbar. Gronya sagt nie etwas; sie läßt ihn reden. Das gibt ihm ein gutes Gefühl. Und er hat sich nicht einmal entschuldigt für das, was er heute getan hat.«

»Es war meine Schuld, Winnie«, sagte ich. »Ich bin diejenige, die diesen Vorschlag gemacht hat.«

»Oh, ich weiß, ich weiß, aber du hast uns schließlich nicht direkt auf eine Schneebrücke geführt, oder?«

»Das hätte mir aber genausogut passieren können.«

»Ich will einfach weg«, sagte sie. »Je früher wir nach Framheim aufbrechen, um so besser. Guy sagt, daß wir erst morgen wissen werden, welche Hunde selbst laufen können und welche gezogen werden müssen. Ich möchte, daß Guy mit mir zurückkommt.«

»Guy?«

»Ja, Guy. Ich muß doch irgend jemanden mitnehmen. Eigentlich sollte ja Tryggve mitkommen, aber er kann den Hunden nicht viel helfen. Ich weiß, daß Wilbur mitkommen würde, aber ich glaube, in diesem Fall ist es wichtiger, den Blutdruck der Hunde messen als ihre Gedanken lesen zu können. Savannah hat innere Verletzungen, und alle Tiere haben Schmerzen, und Guy glaubt, daß die meisten von ihnen sich die Rippen oder etwas anderes gebrochen haben. Er kann ihnen unterwegs Morphin geben und Penicillin und so weiter, und wenn wir uns beeilen, müßten wir eigentlich bis Framheim durchhalten.«

»Aber Guy ist unser einziger Arzt«, wandte ich ein.

»Natürlich«, erwiderte Winnie. »Darum geht es ja. Glaubst du, ich wollte Guy mitnehmen, wenn er sich nicht um die Verletzten kümmern könnte? Das ist doch der Sinn.«

Und noch während sie sprach, begriff ich, daß sie recht hatte, daß das der Sinn war und daß der Preis, den wir für meine Dummheit würden zahlen müssen, der war, daß unser einziger Arzt, der uns bisher im Herzen der Antarktis begleitet hatte, uns verlassen würde. Ich hatte von Anfang an den Gedanken gehabt, daß Guy, wenn alles gut lief und er sich als ein starker und tüchtiger Polreisender erwies, wie es den Anschein hatte, uns bis zum Pol begleiten könnte. Vielleicht würde jemand abspringen, dann könnte er den freigewordenen Platz einnehmen. Auf jeden Fall hatte ich die Absicht gehabt, ihn bis zum Plateau mitzunehmen und im Zweifelsfalle erst mit der letzten Gruppe zurückzuschikken. Wenn er jetzt zurückkehrte, mußten wir die letzte Strecke von noch tausend Kilometern ohne Arzt zurücklegen. Und obwohl ich wußte, daß das gefährlich war oder zumindest gefährlich werden konnte, wußte ich auch, daß ich dem Plan zustimmen mußte. Es war meine Schuld und nur meine, daß Guy sich jetzt von uns trennen würde, obwohl auf diese Weise möglicherweise auch noch andere außer mir in Gefahr gerieten. Aber trotz meiner Besorgnis mußte ich einsehen, daß Dinge, die vielleicht passieren konnten, eben nur vielleicht passierten. Was geschehen war, war geschehen, und damit mußten wir fertig werden. Und während wir Menschen die Risiken der Polexpedition kannten, hatten die Hunde keine andere Wahl gehabt, als uns zu folgen.

»Gut«, sagte ich zu Winnie. »Du hast natürlich recht. Du wirst Guy brauchen.« Und ich war stolz darauf, daß niemand Einwände erhob, als wir unsere Entscheidung bekanntgaben.

In dieser Nacht warf ich, bevor ich schlafen ging, ja, bevor ich überhaupt ins Zelt ging, noch einen letzten Blick auf das Gletscherspaltenfeld, auf dem wir kampierten. Dabei ergriff mich das ganz seltsame Gefühl, daß die Ereignisse des Tages unausweichlich gewesen waren, daß alles – wie einst bei Thaw und Winnie – zwangsläufig darauf zugesteuert war. Die Saat für den Unfall war schon vor langer Zeit gelegt worden, schon vor unserem Aufbruch aus Framheim, als mir klargeworden war, daß meine persönlichen Gründe für die Expedition nicht mehr existierten. Mein Gefühl, mich in Gefahr zu bringen, und meine Verantwortung für die Expedition, der zusätzliche Proviant, den wir mitgenommen hatten, das zusätzliche Gewicht, der Sturm nach mehreren Wochen schönen Wetters – all das hatte seinen Anteil gehabt an dem Augenblick, in dem der Abgrund sich auftat und die Hunde hinunterstürzten und wir um ein Haar ein ganzes Hundegespann verloren hätten. Da war etwas ... es war wie ein Strudel. »Nun stürzten wir in die Umarmung des Kataraktes, in dem sich ein Spalt auftat, um uns zu empfangen.« Ja, so war es. Und vor uns war eine verhüllte menschliche Gestalt aufgetaucht – die Farbe ihrer Haut war das makellose Weiß des Schnees gewesen.

Am nächsten Morgen fiel es mir sehr schwer, Lebewohl zu sagen. Alle Hunde hatten dank Guys und Winnies Anstrengungen die Nacht überlebt. Aber sie sahen schwach aus, ihre Augen waren glasig, und sie zitterten immer noch, wenn sie sich bewegen mußten – und sie mußten sich ziemlich viel bewegen, da wir sie auf die Schlitten luden. Die beiden Gespanne, denen nichts passiert war, sollten die sechs Hunde ziehen, jeweils drei auf einem Schlitten, und die anderen vier Hunde aus dem ersten Gespann sollten eigenständig, aber ohne Last nach Hause laufen. Sobald sie vom Beardmore herunter waren, wollte Winnie nach Möglichkeit die Schlittenlasten anders verteilen, so daß sie und Guy fahren konnten und sie alle auf diese Weise Kap Evans schneller erreichten. Da es ein bitterkalter Morgen war, der kälteste bisher auf unserer Reise, beeilten wir uns, die Hundegespanne startklar zu machen, und Guy sah hastig noch einmal unsere medizinischen Vorräte durch und nahm mit, was er für den Heimweg benötigen würde.

Endlich jedoch war alles fertig. Ich bedankte mich bei Guy und sagte ihm, es täte mir leid, daß er nicht weiter mit uns käme. Ganz abgesehen von der Tatsache, daß er Arzt sei, würde ich ihn persönlich vermissen, weil er der letzte Neuseeländer in unserer Marschkolonne war. Mit seinem Akzent, seinem fröhlichen Lächeln und seinem »kein Problem« würden wir auch die letzte schwache Verbindung mit einem der wenigen geistig gesunden Länder des Planeten verlieren. Ich verabschiedete mich, und dann umarmte ich Winnie; es war eine kräftige und lange Umarmung, und schließlich sagte ich noch einmal: »Es tut mir leid.« Sie zuckte die Achseln und erwiderte düster: »Du solltest Thaw im Auge behalten.« Danach teilte sich die Gruppe – zwei Menschen mit dreißig Hunden zogen zurück nach Norden, und zehn gingen, ganz auf sich gestellt, ohne Hunde und ohne Schneemobile weiter nach Süden.

Jeder von der verbliebenen Polabteilung mußte jetzt einhundertfünfzig Kilogramm auf seinem Schlitten ziehen, und das so lange, bis wir das mittlere Gletscherdepot angelegt hatten. Trotz des Gewichts dieser Ladungen erschien uns die vor uns liegende Aufgabe in gewisser Weise leicht. Nach dem Unfall mit den Hunden begriff ich besser denn je, was Scott gemeint hatte, als er seine berühmten Worte über das hohe Ideal schrieb, das realisiert wird, wenn Menschen aus eigener Kraft voranstreben. Es war in jeder Hinsicht eine Erleichterung, daß wir jetzt auf uns selbst gestellt waren, daß wir allein waren mit unseren Schlitten und der Last, die wir darauf hinter uns herziehen konnten.

Außerdem war jetzt, da wir unsere Schlitten selber zogen, zum ersten Mal seit Beginn unserer Reise unser Marschpensum wirklich an dem von Scott und Shackleton meßbar; wir zogen ja jetzt nicht nur, genau wie sie es getan hatten, unsere Schlitten selber, sondern taten es auch im selben Monat und im selben Bereich des Gletschers. Vielleicht sollte ich nicht von »meßbar« sprechen. Das Wort erinnert sehr an einen Wettbewerb, und mir war seit dem Unfall ganz und gar nicht mehr nach Wettbewerben zumute. »Vergleichbar« wäre ein angemessener Ausdruck. Es war sehr spannend, genau festzustellen, wo wir im Vergleich zu anderen Polreisenden vor uns gerade standen.

An diesem Tag kamen wir hervorragend voran. Wir schafften in neun Stunden fast sechsundzwanzig Kilometer, bei weitem die längste Strecke, die wir auf dem Beardmore an einem Tag zurückgelegt hatten; am Ende dieses Tages konnten wir dann das mittlere Gletscherdepot anlegen, da wir dem »Wolkenmacher« jetzt bereits sehr nahe waren. Dadurch verkleinerten sich unsere Schlittenlasten um je fünfzig Pfund, denn wir ließen fünfhundert Pfund an Vorräten hier zurück. Als wir weitergingen, spürten wir den Unterschied deutlich. Nach ein oder zwei weiteren Tagen waren wir auf eintausendfünfhundert Meter gestiegen und bewegten uns nun fast durchweg auf hartem Eis. Wegen des Eises benutzten wir jetzt unsere Steigeisen und kamen ohne größere Schwierigkeiten über den tief zerfurchten mittleren Gletscher hinweg. Bald erreichten wir den oberen Gletscher, eine Landschaft von atemberaubender Schönheit, ein flaches, glaziales, von Bergen umgebenes Bassin. Im Osten waren die Gipfel der Dominion-Kette zu sehen und im Westen die Adams- und Marshall-Berge – letztere geradezu dramatisch gezackt –, und schon kam auch Buckley Island in Sicht, das aber noch über einen Tagesmarsch von uns entfernt; hinter Buckley Island begann das Polplateau.

Zwischen uns und dem Rand des Plateaus lag jedoch noch Shackletons Eisfall, der einem Überlauf über einen großen Damm glich, ein Überlauf aus Eis. Shackleton und seine drei Mann starke Truppe hatten diesen Eisfall 1908 auf den ersten Blick für unüberwindbar gehalten – bis sie ihn dann bewältigten. Scott hatte mehr oder weniger dasselbe gedacht, obwohl er von Shackletons Erfolg wußte, und gewiß war der Eisfall für Shackleton und Scott die anstrengendste und gefährlichste Etappe ihrer Reise gewesen. Steigeisen und andere Ausrüstungsgegenstände waren dabei verlorengegangen, und die Männer Shackletons hatten bei kleineren Unfällen »jede Menge Schrammen« davongetragen.

Ich war daher ziemlich ängstlich, als wir in diesen Bereich des Gletschers kamen, obwohl wir hervorragende Steigeisen und leichte, manövrierfähige Schlitten hatten. Wären wir mit den antiken Steigeisen der britischen Expeditionen ausgestattet gewesen oder mit den klobigen Nansenschlitten, mit denen sie sich hatten herumschlagen müssen, dann hätten wir es nie geschafft, das steht für mich außer Frage. Denn trotz der modernen Ausrüstung stürzten auch wir sehr oft. Aus der Nähe war der Fuß des Eisfalls furchteinflößend, eine zerklüftete Wand aus Schnee und Eis, wie die Wand einer Gletscherspalte. Wie unsere Vorgänger stellten auch wir fest, daß sich nur an einer einzigen Stelle ein gangbarer Aufstieg erahnen ließ – eine schmale und anscheinend von Gletscherspalten freie Gasse aus steilem, blauem Eis.

Diese Passage und der Hang, den sie hinaufführte, war viel steiler als alles, was wir bisher erklettert hatten, und weil es auf diesem Weg keine Stelle gab, wo man haltmachen konnte, mußten wir ihn in einem einzigen langen Anlauf nehmen. Anton und Shannon gingen ohne Schlitten voran und schnitten Stufen ins Eis – jeweils zwei Stufen mit etwas Platz dazwischen auf gleicher Höhe, so daß eine Doppeltreppe mit einer schiefen Ebene in ihrer Mitte entstand, auf der wir zu zweit unsere Schlitten hochziehen konnten. Ich nehme an, daß es durchaus möglich gewesen sein könnte, einen zweihundertfünfzig Pfund schweren Schlitten allein diesen Hang hinaufzuziehen, ohne sich selbst oder andere dabei umzubringen, bloß *schien* es keinem von uns möglich, als wir am Fuß des Hanges standen und hinaufschauten, und keiner von uns war erpicht darauf, es auszuprobieren. Wir entschieden uns dafür, den Aufstieg paarweise zu machen und jedesmal einen Schlitten hinaufzuziehen.

Mir war Brock als Partner zugeteilt, und wir spannten uns zuerst vor seinen Schlitten. Brock war leistungsfähiger, als ich ihn je erlebt hatte, und ich war froh, daß ich diese Aufgabe, die mich einigermaßen bedenklich stimmte, mit ihm zusammen angehen konnte. Seit dem Erlebnis am Ort von Scotts Tod und meiner Erkenntnis, daß Brock von meiner Affäre mit Fidel nichts ahnte, hatte ich versucht, nett zu ihm zu sein und so liebevoll, wie das unter den gegebenen Umständen möglich war. Aber es war schwer gewesen, denn alles andere war ebenfalls schwer, angefangen vom Kochen bis hin zum Schlafen, vom Aufstehen bis zum Ziehen der Schlitten. Es blieb kaum noch Energie übrig für Dinge, die nicht absolut lebensnotwendig waren. Das galt auch jetzt, und so lächelte ich ihn nur von der Seite an, als er zu mir sagte: »Versuchen wir's?«

Dann machten wir uns daran, den Hang hinaufzusteigen, wobei Brock seinen Teil des Gewichts mühelos zog und das Ganze wie ein Kinderspiel erscheinen ließ. Wir stiegen höher und höher. Als wir keine sechs Meter mehr vor uns hatten, sagte Brock: »Halt«, krümmte sich zusammen und würgte. Er hieb seinen Eispickel in den Hang, und ich tat es ihm nach, damit wir Halt hatten. Die Plötzlichkeit, mit der dieser Anfall ihn gepackt hatte, war erschreckend.

»Mein Gott, Brock, was ist mit dir?«

»Laß uns erst hochgehen.« Das taten wir, und oben angelangt, ließ Brock die Zugleine los und fiel auf das Eis. Er preßte die Hände auf den Leib, rollte sich auf den Rücken und stöhnte dabei, als litte er schreckliche Schmerzen, und ich war mir fast augenblicklich sicher, was mit ihm los war. Wir befanden uns jetzt in beinahe zweitausendeinhundert Meter Höhe, in Colorado hätte das weniger ausgemacht, aber hier in der Antarktis lagen die Dinge anders. Brock mußte plötzlich einen Anfall von Höhenkrankheit bekommen haben – ein Lungen- oder zerebrales Ödem als Folge der Höhe –, und wenn wir nicht sofort wieder abstiegen, konnte beides tödlich sein. Das untrüglichste Zeichen für Höhenkrankheit ist plötzliches, unkontrolliertes Erbrechen, und jetzt übergab Brock sich tatsächlich, nachdem er vorher nur gewürgt hatte.

»Wir müssen dich sofort hinunterschaffen«, sagte ich. »Ich werde dich sichern, du mußt dich bloß mit dem Seil einhaken.«

Brock biß die Zähne zusammen und stöhnte, aber dann schüttelte er den Kopf.

»Das ist keine Höhenkrankheit«, sagte er.

»Woher willst du das wissen? Das kannst du gar nicht wissen.«

»O doch, ich kann. Ich habe das schon mal gehabt. Es ist keine Bergkrankheit.«

»Aber was ist es dann?«

»Ich weiß es nicht. Ich glaube, es ist mein Innenohr. Es ist nicht das erste Mal, daß das passiert. Es ist gleich vorbei.« Und er behielt recht.

Trotzdem gefiel mir die Sache nicht, und ich versuchte, Brock zu bewegen, mir zu erklären, was er zu haben glaubte und was wir dagegen unternehmen sollten. Er meinte, er müsse erst nachdenken, würde mich aber sofort ins Bild setzen, wenn die Sache schlimmer würde oder wenn er glaubte, daß ihm ernstlich irgend etwas fehle. Dann holten wir meinen Schlitten herauf. Die anderen bewältigten ihren Aufstieg ohne besondere Vorkommnisse, und so hatten wir einen weiteren Teil des Beardmore ohne größere Katastrophe bewältigt.

Am nächsten Tag gingen wir nach Südwesten, da wir noch nicht den direkten Kurs zum Pol einschlagen konnten, denn der Eisfall hatte es auch weiter oberhalb noch ziemlich in sich. Wir hatten nicht die geringste Lust, uns blindlings in die Gefahren zu stürzen, die dort auf uns warteten, und einfach das Beste zu hoffen, so wie wir es am Fuß des Gletschers getan hatten. Shackleton und seine Männer waren hier in ernste Schwierigkeiten geraten. Aus seinen schrecklichen Erfahrungen wußten wir genau, was wir vermeiden mußten, nämlich einen gut erkennbaren Bruch in dem Eisfall, wo eine Schneerampe einladend bergan führte. Nach einigen Meilen auf dieser Schneerampe war Shackleton in ein wahres Labyrinth von Gletscherspalten geraten, das ihn viele, viele Tage lang aufgehalten hatte. Später schrieb er, daß der Boden so trügerisch gewesen sei, daß an einem einzigen Tag ein Mitglied der Truppe zehnmal hintereinander in eine Gletscherspalte gestürzt sei und wieder herausgezogen werden mußte. Drei Jahre später, als Scott dieselbe Stelle erreichte, folgte er dieser verführerischen Schneestraße gar nicht erst, sondern versuchte den Eisfall komplett zu umgehen, mußte jedoch feststellen, daß das unmöglich war. Wir hatten den Vorteil zu wissen, was wir nicht tun durften, und so blieb uns als einziges, den besten Weg zu wählen, den wir finden konnten, und dabei nicht zu vergessen, daß es auf jeden Fall schwer werden würde.

Und das wurde es auch. Für viele Meilen ging es in zwei Dreier- und einer Viererseilschaft, die von Shannon geführt wurde, über eine Gletscherspalte nach der anderen. Shannon fiel in zwei davon, Thaw und Anton in jeweils eine, und trotzdem hatten wir das Gefühl, ganz gut zurechtzukommen. Brock jedoch wurde wieder krank, und zwar während des zweiten schwierigen Aufstiegs, und sosehr er darauf beharrte, daß es sich nicht um Höhenkrankheit handelte – ich machte mir doch große Sorgen deswegen. Er versuchte zu scherzen und mir weiszumachen, er habe die Grippe, und wir hätten besser Angiers Emulsion mitnehmen sollen, aber ich bestand darauf, eine ehrliche Antwort zu bekommen, bevor wir weitergingen.

»Was soll ich dir sagen? Es ist eine Art Schwindelanfall.«

»Ein Schwindelanfall?«

»Wie das, was in der schiefen Welt passiert ist.«

»Aber warum sollte es hier passieren?«

»Wenn du die Wahrheit wissen willst, ich glaube, ich spüre die Auswirkungen der Magnetachse der Erde.«

»Was?«

»Die schiefe Welt war eine Kopie. Das hier ist das Original. Der Magnetpol liegt nordwestlich von uns. Ich spüre es seit ungefähr zehn Tagen, seit wir auf dem Beardmore sind, und das Unheimliche daran ist, daß es mir, solange ich meinem Körper eine feste Ausrichtung gebe, nichts ausmacht. Ich meine, wenn ich eine Weile in eine Richtung gehe, paßt mein Körper sich an, so wie er sich an die Höhe anpaßt, aber wenn ich vom Kurs abweiche, wird mir plötzlich übel. Erinnerst du dich an *Wege durch Raum und Zeit*? Daß man die Orientierung eines Menschen stört, wenn man einen Magneten an seinen Hinterkopf heftet? Das hier ist das genaue Gegenteil. Mein Orientierungssinn ist ziemlich scharf geworden, glaube ich.«

Ich kann nicht sagen, daß er mich vollkommen überzeugt hätte, aber es war nicht der geeignete Zeitpunkt für eine lange Diskussion, und wir stiegen also weiter dem Gipfel des Eisfalls entgegen, Meile um Meile.

Jeder hatte sein Messer griffbereit am Gürtel hängen, so daß wir, falls unsere Schlitten in eine Gletscherspalte stürzten, uns schnell genug befreien konnten, um nicht mit hinuntergerissen zu werden. Und dann, als wir schon glaubten, der Fall würde niemals enden, fanden wir endlich einen Durchgang durch den Preßeisrücken. Dahinter ging es tatsächlich hinunter in ein Tal, das auf der anderen Seite des Eisfalls lag. Aber wir konnten davon plötzlich nichts mehr sehen, weil vom Plateau her ein Sturm aufkam. Glücklicherweise war es kein ganz heftiger Sturm, der uns da von Süden her um die Ohren pfiff, so daß wir unser Lager trotzdem aufschlagen konnten. Es war allerdings eine Enttäuschung, daß wir endlich an die Stelle gekommen waren, die man »den Gipfel« nennen konnte, und nicht weiter als achthundert Meter sehen konnten. Das war vor allem deshalb bedauerlich, weil es für den Teil der Mannschaft, der nicht mit zum Pol gehen würde, der letzte Abend war, bevor der Abstieg begann, und wir hatten eine kleine Feier geplant. An dieser Stelle waren bei der *Terra-Nova*-Expedition vier Mann zurückgekehrt – Atkinson, Keohane, Wright und Cherry-Garrard. Wir würden nur zwei unserer Kameraden zurückschicken, weil wir wegen der Veränderungen in unserem Transportplan mit den Schneemobilen bereits vier nach Hause geschickt hatten. Scott hatte am »Tor« nur zwei Mann zurück nach Norden gehen lassen, Meares und Dimitri, die die Hunde nach Kap Evans zurückbringen sollten, denn es waren keine Ponys mehr übrig gewesen. Für unseren dritten Rückkehrtrupp würde die schwierige Route ein Problem sein. Wenigstens einer von den beiden mußte ein hervorragender Bergsteiger sein; eine Zweierseilschaft auf dem Beardmore war eine heikle Angelegenheit.

Wenn er nicht unser einziger ausgebildeter Navigator gewesen wäre, hätte ich versucht, Brock zur Rückkehr zu bewegen, aber er sollte uns ja zum Südpol führen. Falls er nicht krank war . . . Und so unheimlich seine Geschichte von Magnetpol und Innenohr mir anfangs vorkam, irgendwie veranlaßte mich die Kälte, in der wir jetzt lebten, dazu, ihm doch zu glauben. Früher, als ich noch klein gewesen war und mir meine eigene Geburt vorgestellt hatte, hatte ich geglaubt, die Kälte ganz zum Schluß müsse eine Erleichterung gewesen sein. Jetzt dagegen erlebte ich, daß Kälte eben Kälte war und daß wir, die wir in ihr lebten, höflich zueinander sein mußten, um die Sichtweise der anderen wertschätzen zu können. Davon abgesehen kannte ich Brock, und ich wußte: Wenn er sagte, er sei nicht krank, dann war er auch davon überzeugt. Er fühlte sich für die Sicherheit aller viel zu verantwortlich, um die Expedition leichtfertig zu gefährden, indem er etwa weiterging, obwohl er beispielsweise glaubte, ein Ödem zu haben.

Also schlug ich Shannon vor zurückzukehren. Sie war die beste Bergsteigerin, die wir hatten, und hatte nie ausdrücklich den Wunsch geäußert, zum Südpol zu gehen. Sie war einverstanden, und als ihr Begleiter meldete sich Todd freiwillig. Das war also erledigt. Trotz des schlechten Wetters gaben wir eine Party für Todd und Shannon. Wir quetschten uns zu zehnt in ein Zelt, machten uns ein herrliches Abendessen und tranken etwas Whisky, den wir für besondere Gelegenheiten aufgehoben hatten. Wir blieben lange auf, und wir spürten schon vor dem Schlafengehen, daß der Sturm auffrischte. Ich schätzte, daß die Temperatur bei etwa minus zwanzig Grad lag.

Vielleicht waren Brock, Gronya, Wilbur und ich ein wenig betrunken, als wir in unser Zelt zurückkehrten, jedenfalls krochen wir in die erstbesten Schlafsäcke, die uns in den Weg kamen, und ich fand mich neben Wilbur wieder statt wie gewohnt neben Brock. Brock und Gronya schliefen auf der anderen Seite des Zeltes sofort ein, aber Wilbur warf sich neben mir von einer Seite auf die andere und gab Laute von sich, die gedämpfte Trauer verrieten.

»Wilbur, stimmt etwas nicht?«

»O Morgan, ich wollte dich nicht wecken.«

»Das hast du auch nicht. Ich habe noch nicht geschlafen.«

»Ja, es stimmt etwas nicht, nur eine Kleinigkeit. Mein Geruchssinn scheint blockiert zu sein. Ich habe noch nicht einmal gewußt, daß dieser kleine Sturm kommen würde. In der Antarktis gibt es ohnehin so wenig zu riechen, und jetzt, da wir in diese Höhe gekommen sind und es so kalt ist, kann ich so gut wie gar nichts mehr riechen. Abends im Zelt ist es besser, weil ich dann Menschen riechen kann und mich selbst, ein bißchen jedenfalls. Aber tagsüber ist mir fast so, als hätte ich mein Augenlicht verloren.«

»Das tut mir leid. Das muß schrecklich für dich sein. Kannst du denn etwas dagegen tun?«

»Ich habe an diese Nasenstöpsel gedacht, die meine Mutter mir gegeben hat, als ich in die Grundschule ging. Vielleicht gibt es eine Art Nasen-ent-stöpsler.«

»Ein Nasen-ent-stöpsler?«

»Ich weiß, es klingt verrückt. Aber ich habe mir schon überlegt, ob ich mir nicht ein Stück Käse nehme und in einem Säckchen um den Hals hänge.«

Verrückt? Es klang überhaupt nicht verrückt. Es klang – lächerlich. Ich prustete vor Lachen, prustete und prustete immer lauter, je länger ich darüber nachdachte. Ich war wahrscheinlich ein bißchen benebelt, nicht nur wegen des Whiskys, sondern auch von der Höhe, der dünnen Luft – und aus Erleichterung darüber, Shackletons Eisfall überwunden zu haben. Es war seltsam, mich selbst lachen zu hören, und mir wurde klar, daß ich wochenlang nicht gelacht hatte. Ich lachte immer mehr, einfach, weil das Lachen mir Spaß machte.

»Aber Wilbur, das würde dir doch deinen Geruchssinn nicht zurückgeben! Es würde lediglich alles nach Käse riechen lassen! Du wärest den Geruch nach Käse im Handumdrehen leid.«

»Vielleicht hast du recht.« Wilbur lächelte, und doch sah er so jämmerlich aus, als er an den Käsebeutel dachte. Mein Lachen erstarb, und an seine Stelle trat eine gewisse Traurigkeit über den Verlauf unserer Expedition. Heute abend hatten wir eine großartige Party gefeiert, und ich hatte zum ersten Mal seit Wochen gelacht, aber warum mußten eigentlich mehrere Wochen vergehen von einem Lachen bis zum nächsten? Wir waren so verschieden, und doch löschte die Reise unsere Verschiedenartigkeit aus, machte uns einander ähnlicher, als wir je gewesen waren oder hätten sein wollen. Ich mußte an meinen Großvater in Quarry denken, der von den Pfadfindern gesprochen hatte, von Baden-Powell und von der Idee, daß die Pfadfinder eine Art Charakterfabrik seien. Gleichförmige Produkte. Nach genauen Anforderungen. Für besondere Verwendung. Brauchbare Bürger. Je länger wir sie schleifen, um so besser werden sie am Ende sein, das hatte der oberste Pfadfinder gesagt. Auf seine Weise war das Innere der Antarktis eine wirkungsvollere Charakterfabrik, als er sie sich je hätte ausdenken können. Die Kälte war kalt, die Kilometer lang, und es gab zuwenig Lachen.

Am nächsten Tag war die Sicht noch immer sehr schlecht, aber sie reichte, um eine Stelle nur zwei oder drei Kilometer südlich von hier zu erreichen, wo wir unser nächstes Depot anlegen wollten. Scott hatte sein oberes Gletscherdepot neun Kilometer südlich vom Mount Darwin angelegt, aber uns leuchtete das nicht ein, und es hätte bestimmt keinen

Sinn gehabt, Todd und Shannon weiter mitzunehmen. Alle hatten, wie sich herausstellte, unter der Kälte der Nacht gelitten, vor allem Todd, und Shannon wollte ihn unbedingt so schnell wie möglich in tiefere Lagen bringen, so daß wir die Schlittenlasten abermals umverteilten und das Vorratslager auf einem Felsvorsprung nördlich des Mount Darwin errichteten. Als das Depot zugedeckt und markiert war und eine Pinguinflagge darüber wehte, verabschiedeten wir uns von Shannon und Todd, die sich wieder in Richtung Eisfall aufmachten.

Jetzt waren wir nur noch zu acht. Ich, Thaw, Wilbur, Gronya und Brock, die wir wahrscheinlich bis zum Pol gehen würden, und Anton, Michael und Tryggve, die voraussichtlich die letzte Rückkehrtruppe bilden würden. Wir setzten zu der letzten Kletterpartie an, die uns auf das Plateau bringen sollte. Unsere Schlitten waren wieder sehr schwer, und sobald Todd und Shannon außer Sicht waren und wir aufbrachen, rissen die Wolken plötzlich auf, es wurde klar, und die Sicht verbesserte sich, bis die Sonne wie ein sichtbar gewordener Donnerschlag am Himmel brannte. In diesem Augenblick kamen wir auf eine Ebene, über die der Schatten des Mount Darwin fiel wie ein Schal aus blauer Seide auf den weißen Schultern des Transantarktischen Gebirges. Wir blieben stehen, nahmen unsere Schlittengeschirre ab und schauten noch einmal zurück auf den Gletscher, der jetzt unter uns lag. Er erstreckte sich über hundertsechzig Kilometer und schien nach unten hin immer schmaler zu werden – doch wir wußten, daß das nur eine optische Täuschung war. Schmaler und schmaler, bis fast nichts mehr übrig war, dort, wo das »Tor« golden aufleuchtete. Die Große Barriere dahinter glich einem Nebel aus funkelndem Weiß. Wir schauten ziemlich lange hinunter, aber der Wind wehte, und es war kalt, und schließlich spannten wir uns wieder vor unsere Schlitten und machten uns auf den Weg nach Süden. Von hier an waren die Landkarten weiß, da südlich von uns kein Land mehr aus dem allgegenwärtigen Eis hervorragte.

Wir hatten die Stelle erreicht, von der es früher hieß: »Hier ist das Gebiet der Ungeheuer.«

Als wir an diesem Nachmittag den Marsch über das eigentliche Polplateau antraten, begriff ich zum ersten Mal, daß diese Ebene wider Erwarten keine zweite Eisbarriere war, keine riesige, flache Weite mit ihrer ganz eigenen Art von enormer, flacher Schönheit. Vielmehr war das Plateau hier am Rande voller Rücken und Senken, und selbst nachdem wir die ersten knapp fünfzig Kilometer hinter uns hatten und kaum noch mehr als vierhundertachtzig Kilometer vom Südpol entfernt waren, gab es hier noch immer lange Aufs und Abs. Im Gegensatz zur Barriere, auf der wir auch relativ windstille Tage erlebt hatten, ließ hier der von Scott als »durchdringend« beschriebene Fallwind niemals nach. Mir erschien der Ausdruck »durchdringend« für diesen Wind sehr euphemistisch. Dieser Wind lief Amok. Er stürmte dem Norden entgegen, und von seinem Ursprungsort aus betrachtet war Norden überall. Überflüssig zu sagen, daß dies unseren Marsch weniger erfreulich gestaltete, als er es sonst hätte sein können, unter anderem auch deshalb, weil wir uns nur noch mit zugezogenen Kapuzen und den Wollhelmen über dem Gesicht bewegen konnten.

Das wiederum verschlimmerte die Sache mit der Eisbildung, die uns von Anfang an Probleme bereitet hatte. Jetzt trieb sie uns fast zum Wahnsinn. Selbst wenn wir unsere Schals bis zur Nase hinaufzogen, konnten wir nicht verhindern, daß unsere Gesichter, unsere Wangen und Nasen vereisten oder daß die Wimpern festfroren, wenn wir haltmachten und die Augen auch nur für eine Sekunde schlossen. Bald hatten wir wegen des Windes und unserer Körperfeuchtigkeit alle aufgesprungene, blutige Lippen. Außerdem war es unter diesen Bedingungen, bei ungefähr minus zwanzig Grad und scharfem Wind, nur allzu leicht, sich Frostbeulen im Gesicht zu holen. Das war eine allgegenwärtige Gefahr. »Deine Wangen sind weiß.« – »Paß auf deine Nase auf!«

Diese kurzen Sätze wiederholten sich in unseren seltenen Gesprächen ständig. Der Wind machte es zu mühsam, mehr zu sagen. Und unsere Köpfe waren jetzt derartig vermummt, daß auch unser Blick auf das Plateau und den Himmel eingeengt war; das trug auch nicht gerade dazu bei, uns das Gelände sympathisch zu machen. Vielmehr empfanden wir vom ersten Tag an – und nicht nur, weil jeder von uns zu sehr eingeschnürt war in seine Kleider, in seine eigene Welt – das Plateau als unheimlich. Es zeigte uns eine unendliche Vielfalt unterschiedlicher Schneestrukturen und einen absoluten Mangel an Abwechslung in den Wolkenformationen. Es gab ständig sehr gleichförmige Haufenwolken über der Dominion-Kette und niedrige Streifen von Federwolken direkt über uns.

Im Süden war der Himmel gewöhnlich klar und blau. Mein Verstand sagte mir, daß wir selbst an der höchsten Stelle des Plateaus nur dreitausend Meter hoch sein würden, aber der unheimliche Schnee und der unheimliche Himmel gaben mir das Gefühl, mich in viel größeren Höhen zu befinden. Ja, ich hatte das Gefühl, mich direkt unter dem Dach des Himmels zu bewegen. Das Licht war grell, aber auch dünn, und die Sonne kreiste endlos am Himmel, und je näher wir dem Pol kamen, um so monotoner schienen ihre Bewegungen.

Obwohl wir geradeaus gingen, schien es manchmal, als bewegten wir uns unfreiwillig im Kreis, was jedoch nicht der Fall war. Nachdem wir aus den Bergen heraus waren und auch den Mount Darwin hinter uns gelassen hatten, der dreihundertsiebzig Kilometer vom Pol entfernt lag, hatte Brock wieder die Navigation übernommen. Er benutzte einen prismatischen Kompaß und peilte damit tagsüber weit entfernte Sastrugi, und morgens und abends überprüfte er mit Hilfe eines Sextanten unsere Position. Auf dem Plateau gab es keine Gletscherspalten und auch sonst keine wie auch immer gearteten Hindernisse, bis auf den Wind, und wir gewannen an Tempo. Wie auf dem Ross-Schelfeis marschierten wir drei Stunden, ohne stehenzubleiben, aßen dann, gingen drei weitere Stunden und aßen wieder. Noch drei Stunden, und wir schlugen unser Lager auf, das jetzt nur noch aus zwei Zelten bestand. Während der Pausen wirkte Brock sehr glücklich, und die mysteriöse Krankheit, die ihn auf dem Beardmore befallen hatte, schien verschwunden oder auskuriert zu sein.

Während dieser ersten Tage auf dem Plateau sprachen wir wenig, aber eines Abends nach dem Essen machte ich eine Bemerkung darüber, wie wunderbar Brock uns unserem Ziel entgegenzubringen schien. Ich wußte aus eigener Erfahrung, daß es nicht einfach ist, einen geraden Kurs auf ein entferntes Ziel hin einzuhalten, und ich fand Brocks Fähigkeiten in dieser Hinsicht wirklich erstaunlich. Wir lagen gut gewärmt in unseren Schlafsäcken, während der Wind gegen das Zelt anstürmte. Gronya las, und Wilbur flickte mit einem dicken Faden seine Fellstiefel; sie hatten in letzter Zeit durch das Eis ziemlich gelitten. Brock brachte seine Karten auf den neuesten Stand, und als ich ihm mein Kompliment machte, sah er mich an, als überlege er, ob er mir etwas sagen solle. Dann meinte er, daß er jetzt sicher sei, daß er sich bezüglich seiner Übelkeit auf Beardmore nicht geirrt habe und tatsächlich auf die Magnetachse der Erde »ausgerichtet« sei. In den Bergen habe sie ihm wirklich Schmerzen bereitet, weil er dauernd die Richtung habe ändern müssen, um dem Lauf des Gletscherflusses zu folgen und die Gletscherspalten zu umgehen. Sobald wir die Berge hinter uns hatten und auf das Plateau kamen, hatte er sich dem Kraftfluß anpassen können, der immer aus derselben Richtung kam. Er konnte jetzt allein dadurch, daß er vermied, daß ihm schwindlig wurde, auf Kurs halten. Er hatte das immer wieder überprüft. Er hatte herausgefunden, daß es viel einfacher war, geradewegs nach Süden zu gehen, wenn er seinen prismatischen Kompaß überhaupt nicht mehr benutzte.

»Willst du damit sagen, du orientierst dich allein mit Hilfe deines Instinktes?«

»Im Prinzip schon. Ich überprüfe unseren Kurs natürlich. Aber im wesentlichen gehe ich immer nur der Nase nach.«

Brock folgte auch weiterhin seiner Nase, und wir anderen folgten ihm. Tagelang war es auf und ab gegangen, auf und ab, eine endlose Folge von Höhenrücken, auf deren Grat wir jedesmal zerborstenes weißes Eis vorfanden, Eis, dem über Jahrmillionen dieser von der Schwerkraft gespeiste Wind zugesetzt hatte, das unter seinem Ansturm zerborsten war, so daß es jetzt wie gesprungenes Porzellan aussah. Auf dem Eis lag ein Schnee, der so fein und pudrig war, daß er wie Kalkstaub wirkte, wenn man mit dem Handschuh darüberstrich. Dieser Kalkstaub machte noch den leisesten Lufthauch sichtbar, wenn er in Schlangenlinien über die Oberfläche der Ebene getrieben wurde. Der Schnee trieb uns immer entgegen, immer in Richtung Norden, um unsere Füße, um unsere Schlitten bis zur Höhe unserer Knie war eine ständige Bewegung. Die Spuren, die wir hinterließen, wurden davon ausgefüllt und ebenso die Fußspuren, die vor uns lagen, so daß wir auf unserem Weg nach Süden ständig durch eine unberührte Ödnis zu gehen schienen, inmitten eines unheimlichen, tückischen Schneetreibens.

Selbst jetzt, nachdem wir die schlimmsten An- und Abstiege hinter uns und einen vergleichsweise flachen Abschnitt des Plateaus erreicht hatten, begleitete uns das Schneetreiben weiter, und inmitten des unablässigen, durchdringenden Windes, des dünnen Lichtes und der Unheimlichkeit des Schneetreibens fühlte ich mich von vielen Dingen gepeinigt: Meine Lippen bluteten seit einiger Zeit; ich bestrich sie zwar bei jeder Rast sowohl vor als auch nach dem Essen dick mit Salbe, aber das schien vergebens zu sein. Das Fett verschwand einfach. In der Antarktis verschlingt der Körper einfach jede Art von Feuchtigkeit, die man ihm anbietet, weil er sie so verzweifelt braucht. Auch der Rest meines Gesichtes war ausgetrocknet, und meine Augen taten manchmal weh, obwohl das Wetter ziemlich gut blieb und die Temperaturen etwa bei minus zwanzig bis minus fünfundzwanzig Grad lagen. Wir kamen sehr gut voran, bis zu neunundzwanzig Kilometer am Tag, legten das Drei-Grad-Depot an und gingen in dem Bewußtsein weiter, daß das nächste, das Anderthalb-Grad-Depot, unser letztes sein würde. Alles lief bestens; seit dem »Tor« hatten wir keine richtigen Stürme mehr gehabt, und mit welchen Wehwehchen wir uns auch immer herumschlagen mußten – es waren nur Kleinigkeiten im Vergleich zu dem, was uns alles hätte passieren können. Wir aßen gut und schliefen gut und konnten uns nachts warm halten. Allerdings bestand jetzt wieder, wie auf der Barriere, die Gefahr, in tiefe Tagträumereien zu versinken.

Und zumindest für mich war es schwierig, wieder aus diesen Träumereien herauszufinden, von meinen Gedanken wieder loszukommen. Es gab einfach nichts anderes zu tun. Selbst während der Pausen redeten wir kaum. Die Anstrengung war einfach zu groß. Wir aßen unseren Käse, die Cracker und Würste und tranken unsere Suppe in fast vollkommenem Schweigen. Dann rief Brock irgendwann »Auf!«, und wir standen auf und schlüpften wieder in unsere Geschirre. Ich dachte ständig nach. Und das, was mich während dieser Zeit so in Anspruch nahm, war der Gedanke, daß wir schon bald den südlichen Pol der Erde erreichen würden, den Südpol! Er lag direkt vor uns. Er war immer dort gewesen, schon immer, seit er ... erfunden worden war. Warum benutzte ich das Wort »erfunden«? Nun, der Südpunkt war kein realer Ort, oder? Na ja, natürlich war er ein realer Ort. Und ich hatte immer geglaubt, es müsse wundervoll sein, auf der Achse der Erde zu stehen. An den beiden Polen dreht der Planet sich schneller als irgendwo sonst auf der Erde. Er dreht sich wie ein riesiger Diskus, und ich hatte geglaubt, daß ich, wenn ich dort am Pol stünde, vielleicht ein Gefühl von Kraft empfinden würde, dieses gewaltigen Schwungs, der der Ursprung von allem war. Die Erdkugel hatte kein Oben und kein Unten, es gab keine Hand Gottes, in der sie ruhte, ebensowenig wie es eine große Schildkröte gab oder einen mächtigen Helden, der sie trug. Wenn ich dort auf dem südlichen Pol stand, stünde ich auf dem Punkt des Ursprungs – nicht oben, nicht unten, sondern am Anfang.

Der Anfang. Ja. Und auch das Ende. Denn irgendwann würde das Universum zugrunde gehen, ob es in sich selbst kollabierte oder in einer eisigen Entropie erlosch. Und eines Tages würde die Erde, unser wunderschöner Planet, einfach ein gefrorener Felsblock sein, der durch den Raum driftete, nicht einmal gefroren, weil es keine Feuchtigkeit mehr auf ihm geben würde. Seine Achsen würden nicht mehr von Bedeutung sein, weil es keine Rotation mehr gäbe, die ihnen Bedeutung verlieh, keine Tage, keine Jahreszeiten, kein Hier, kein Dort, kein Niemals oder Immer. Wenn ich auf dem südlichen Pol der Erde stand, würde ich auf dem Endpunkt stehen, denn irgendwann würde der Südpol der Ort sein, an dem die Erde aufhören würde, sich zu drehen.

Das war ein schrecklicher, ein entsetzlicher Gedanke. So betrachtet, war der Gang zum Pol wie der Gang zum Grab eines Menschen, der noch gar nicht gestorben war. Es wäre eine Anmaßung, dort zu stehen und darüber nachzudenken, daß alles Leben, alle Wahrnehmung, aller Sinn, daß alles so oder so irgendwann ein Ende finden würde. Brock hatte einst diese Einstellung gehabt – daß das Leben sinnlos war –, aber er hatte schon vor langem eine andere Art von Energie gefunden. Und da lief er jetzt mit seinem ganz speziellen Wahrnehmungssinn leichtfüßig uns anderen voraus, dem Punkt entgegen, der unser Ziel war. Warum nur hatte ich ihn gebeten, mich dorthin zu führen, wenn es doch ein Ende und kein Anfang war?

Und was würde mit uns geschehen, wenn wir dort ankamen? Was würde mit mir geschehen, wenn ich an diesem Südpol stand? Vielleicht gab es ihn gar nicht, und damit wäre das Problem gelöst. Gab es ihn? Ich hatte Bilder von dieser blödsinnigen rot-weißen Stange gesehen, die die USAP dort aufgestellt hatte, und von der Kuppel mit der amerikanischen Flagge darauf. Es gab ihn nicht! Natürlich gab es ihn. Und außerdem mußte ich sowieso dorthin. Es war ein Punkt auf dem Gitternetz. Ein Punkt auf einem Gitternetz ist eine mathematische Abstraktion, und in einem mathematischen System ist jeder Punkt von wesentlicher Bedeutung für alle anderen. Im *Gallischen Krieg* hatte Julius Caesar gesagt: »Es war nicht sicher, daß Britannien existierte, bis ich hinging«, aber das war etwas anderes gewesen, Großbritannien war keine mathematische Größe. Brrr, was für ein furchterregender Satz! Die Verkörperung der Kultur, die wir loswerden wollten, der Kultur der »Entdeckung«, einer Kultur, für die »Entdeckung« zwangsläufig Eroberung nach sich zog. Nochmals Brrr. Verschont mich bitte mit Julius Caesar, Und doch . . . und doch . . . na ja, natürlich war ich sicher, daß der Südpol existierte. Scott war dort gewesen, und er hatte gesagt: »Großer Gott, ist dies ein entsetzlicher Ort.«

Das war die Richtung meiner Gedanken. Mal hierhin, mal dorthin, und im Zentrum stand immer ein und dieselbe Sache, nämlich der Südpol, die ultimative Erfahrung, der Punkt, auf dem die Zukunft der Welt auf des Messers Schneide stand. Die äußeren Grenzen. Als Kind hatte ich die Wiederholung einer Science-fiction-Serie mit diesem Titel gesehen, und bei der Vorstellung der äußeren Grenzen mußte ich jetzt daran denken. An eine Episode erinnere ich mich besonders; Außerirdische schafften eine ganze kalifornische Kleinstadt von der Erde auf ihren Heimatplaneten. Die Außerirdischen holten sich die Stadt mitsamt ihrer Erde und ihrem Wasser und ihrer Atmosphäre, mitsamt ihren Häusern, Bäumen, Menschen und Tieren. Sie hatten für ihre Untersuchungen eine Probe der Erde genommen. Und am Morgen, als die Einwohner der Stadt erwachten, hatten sie keine Ahnung, was geschehen war. Sie wußten nicht, daß ihr Stückchen Erde jetzt auf einem fernen Planeten lag, bis ein Mann auf dem Weg zur Arbeit eine Straße entlangfuhr, in eine Art dichten Nebel geriet und an den Rand seiner Welt gelangte, die jetzt wie ein Kuchen auf einem Kuchenblech lag.

Wenn ich mich recht erinnerte, wuchsen ihm und den anderen, die wie er so unsanft von den Außerirdischen eingesammelt worden waren, silberne Bläschen auf der Haut, als fliegende Organismen in ihre Erdatmosphäre eindrangen. Die Außerirdischen waren keine großen Wissenschaftler gewesen, denn sie hatten nicht daran gedacht, daß ihre Probe verschmutzt werden würde, wenn sie sie aus der Biosphäre, in die sie hineingehörte, herauslösten. Wie schrecklich diese Silberbläschen mir als Kind erschienen waren! Denn am Ende sahen die Erdlinge und ihre Bewacher genau gleich aus. Aber auch der Nebel hatte mir angst gemacht, der Nebel, in den dieser Mann hineingefahren war, und die Art, wie die Erde darin plötzlich aufgehört hatte, sich zu drehen.

Ich hatte manchmal genau dieselbe Erfahrung gemacht, wenn ich nachts in Colorado allein durch die Wüste oder das Vorgebirge einen Hügel hinauffuhr und ich mir nicht klarmachte, wie schnell ich fuhr oder wie steil das Gefälle jenseits der Kuppe sein konnte. Mir schlug dann das Herz bis zum Hals, mein Atem ging stoßweise, sobald ich über die Höhe fuhr und der jähen Abfahrt entgegensah. Ich hatte das Gefühl, daß die Straße verschwand, daß sie ohne Vorwarnung unter mir zu Ende war und ich über den Rand der Erde hinausfahren würde. Meine Reifen würden keinen Halt mehr finden, und ich würde einfach durch die Luft fliegen, weil jemand beschlossen hatte, mir einen Streich zu spielen. Sie hatten eine Straße gebaut, die ins Nichts führte, und hatten nicht einmal eine Warnung aufgestellt. Sie hätten zumindest ein Schild aufstellen können mit der Aufschrift STRASSE ENDET. KEINE STRASSE. KEINE WELT. FAHREN SIE SOFORT DORTHIN ZURÜCK, WOHER SIE GEKOMMEN SIND.

Dieser Gedanke kreiste pausenlos in meinem Kopf. Die Tage gingen dahin, wir erreichten siebenundachtzig Grad, zweiunddreißig Minuten und verabschiedeten uns von Tryggve, Michael und Anton, denn an dieser Stelle waren Lashly, Crean und Evans zurückgekehrt. Danach erfüllte mich der Gedanke an den Nebel in »Die äußeren Grenzen« mit einem Gefühl, das an Panik grenzte, und ich fragte mich, welchen Streich die kosmischen Ingenieure uns wohl spielen würden. Ich glitt auf meinen Skiern dahin, hinter mir den Schlitten, und irgendwo vor mir zog Brock seine Bahn. Ab und zu war der Wind so heftig, daß die Schneeverwehungen ihn meinem Blick entzogen. Dann dachte ich: Er hat die Grenze erreicht. Er ist über den Rand gefallen. Für einen langen Augenblick glaubte ich das wirklich, obwohl ein anderer Teil meines Verstandes mir natürlich sagte, daß es einfach lächerlich war. Natürlich gab es den Südpol. Als Scott dort angekommen war, hatte er eine schwarze, an einem Schlittenständer befestigte Fahne vorgefunden, in der Nähe einen verlassenen Lagerplatz, Schlitten- und Skispuren und die deutlich erkennbaren Eindrücke vieler Hundepfoten. Scott hatte geschrieben: »Das sagt alles! Die Norweger sind uns zuvorgekommen – Amundsen ist der erste am Pol. Eine furchtbare Enttäuschung! Aber nichts tut mir dabei so weh wie der Anblick meiner armen, treuen Gefährten ... Morgen müssen wir zum Pol – und dann mit der äußersten Schnelligkeit, die wir unseren Kräften abpressen können, zurück! Mit all den Tagträumen muß es jetzt ein Ende haben; es wird ein mühseliger Rückweg werden!« Später hatte er das Zelt der Norweger gefunden, mit einer Notiz von Amundsen und dem Brief an König Haakon; noch später ließen er und seine Kameraden sich neben der norwegischen Flagge fotografieren. Schlimm genug, daß sie nicht als erste den Pol erreicht hatten, noch schlimmer aber wäre es gewesen, wenn sie dorthin gelangt wären und niemand hätte ihnen geglaubt. Eine Erfahrung war keine Erfahrung ohne eine Art Gültigkeitsbeweis.

Oder doch? Und war Julius Caesar, so fragte ich mich, tatsächlich glücklich gewesen, als er herausfand, daß die Gerüchte stimmten und dieses liebliche, neblige Königreich Großbritannien wirklich existierte? Was für ein schönes Land war es gewesen, bevor er es gefunden hatte, ein Land, in dem alles geschehen konnte und auch alles geschah, aber als er hinkam, war es nur voller Pikten und Druiden gewesen. Und die Matrosen, die vor langer Zeit über den weiten, weißen Ozean gefahren waren und ständig Ausschau gehalten hatten nach Meerjungfrauen, Kraken und Drachen und all den anderen Ungeheuern, die inzwischen längst verschwunden waren, wären sie glücklich, wenn sie wüßten, daß heute jeder Winkel des Globus bekannt war? Es mochte beängstigend sein, irgendwo über den Rand zu fallen, aber der Gedanke hatte auch etwas Wunderbares, weil er bedeutete, daß es noch glutheiße Zonen gab, wie sie auf altertümlichen Landkarten verzeichnet sind. Nachdem wir unser letztes Depot angelegt hatten, etwa hundertvierzig Kilometer vom Pol entfernt, veränderte sich die endlose Wiederholung dieser Gedanken. Plötzlich begriff ich, daß das einzige, was ich wirklich wollte, der Nebel aus den äußeren Grenzen war, in den ich hineinlaufen konnte. Ich wollte keine silbernen Bläschen auf meiner Haut, sondern lediglich eine kosmische Art von Ablenkung, die mich davor bewahrte, wirklich neben dieser rotweißen Stange mit all den Flaggen darum herum stehen zu müssen. Im Vergleich zu den Mythen, im Vergleich zu der Kraft und der Phantasie, war die Realität sehr blaß. Sie war sehr leicht zu durchlöchern, und wenn sie erst einmal durchlöchert war, war sie nicht mehr vorhanden. Jetzt, da es zu spät war, um noch etwas zu ändern, war mir das plötzlich klar. Ja, wo waren die Ungeheuer? Ich wollte Ungeheuer, gebt mir die Ungeheuer, und laßt mich nach Norden flüchten, mit dem Wind im Rücken und dem Schneetreiben auf den Fersen.

Und tatsächlich, jetzt war ich da, hatte ihn fast erreicht – den Ort, von dem ich zum ersten Mal mit sechs Jahren geträumt hatte, als ich an einem Fallschirm in einer großen Leere gebaumelt und mir vorgestellt hatte, die Welt habe eine Unterseite. Jetzt, angekommen, fand ich hier tatsächlich alles so vor, wie ich es mir damals schon gedacht hatte – auf seine Essenz reduziert, auf die Geometrie der Vollendung, eine Art vereinheitlichte Feldtheorie. Wissen wächst in der Leere, die mit Licht gefüllt ist. Aber dieses Wissen war nicht das, was ich erwartet hatte, denn der menschliche Geist ist nicht rotationssymmetrisch. Die Prinzipien, die ihn beherrschen, sind veränderbar, abhängig vom Blickwinkel. Nein, alles war kompliziert, moralisch verwickelt und ständiger Änderung unterworfen, und obwohl man hier einer Reduktion auf ein einfaches Ja oder Nein näher war als irgendwo sonst, war doch die Fahrt zum Pol eine lebendige Nachstellung von Zenos Paradox. Ganz gleich, wie ich zog, ganz gleich, wieviel Gewicht ich zog, der Ort, von dem ich geträumt hatte, der Ort, den zu finden ich herbeisehnte, würde nicht dort sein, wenn ich ihn erreichte. Irgend etwas würde dort sein, aber es würde nicht mehr mein Ort sein. Das »dort« zeichnete sich gerade dadurch aus, daß seine Grenzen stets verblaßten.

Über uns leuchtete die Sonne. Die Kilometer flogen nur so dahin, und eines Abends sagte uns Brock, es seien nur noch achtundvierzig Kilometer bis zum Pol. Wir quetschten uns zu fünft in das Zelt, seit die letzten Rückkehrer uns verlassen hatten. Aber wir vier alten Zeltbewohner waren so aneinander gewöhnt und so wenig an Thaw, daß seine Anwesenheit eine radikale Veränderung bedeutete. Thaw redete mehr als wir, und da wir vier schon vor längerer Zeit in ziemlich hartnäckiges Schweigen verfallen waren, wirkte die plötzliche Störung durch Thaws Stimme und seinen Körper in unserem Zelt sehr anregend. Jetzt, als Brock uns über unsere Position informierte, begann Thaw darüber zu reden, was uns wohl an der Südpolstation erwarten mochte, was wir vom USAP zu erwarten hätten und was wir tun wollten, wenn wir dort ankamen. Würden die Leute dort uns genauso behandeln wie die internationale Transantarktisexpedition? Nach unseren Quellen aus McMurdo hatte man Will Steger und seine Gefährten empfangen, als seien sie eigens zum Südpol gekommen, um dort etwas zu stehlen. Aber denselben Quellen zufolge hatte jemand sie in die geodätische Kuppel hineingeschmuggelt, indem er ihnen rote USAP-Parkas geliehen hatte, so daß der Leiter der Forschungsstation ein Auge zudrücken konnte.

Was würde uns dort erwarten? Hatten die Piloten der Hercules, die öfter über uns hinweggeflogen waren, von unseren Fortschritten berichtet? Hatte sich die offizielle Politik der Vereinigten Staaten gegenüber privaten Expeditionen geändert? Was sollten wir tun, wenn sie herauskämen und uns eine warme Mahlzeit oder eine Dusche anböten? Oder eine Nacht in der Wärme der Südpolstation? Sollten wir ihre Gastfreundschaft annehmen oder lieber nicht? Wenn ja, so glaubte Thaw, würden wir damit einen Präzedenzfall schaffen, aber da es sich vielleicht negativ auf unsere Rückkehr auswirken würde, sollten wir lieber draußen bleiben.

Wir hörten uns das alles an und dachten darüber nach. Ich selbst glaubte, daß Thaw sich für nichts und wieder nichts Gedanken machte und daß die Wahrscheinlichkeit nicht sehr groß war, daß man uns am Südpol gastfreundlich empfangen würde. Aber als ich das sagte, regte sich ausgerechnet Gronya auf. Sie wurde – für ihre Verhältnisse – extrem redselig und schien Thaw verteidigen zu wollen, indem sie sagte, ihrer Meinung nach seien diese Dinge wichtig. Erst an diesem Abend begriff ich, daß zwischen Thaw und Gronya irgend etwas im Gange war. Winnie hatte es am Fuß des Beardmore schon gespürt, und sie hatte recht gehabt. Ich selbst hätte es schon lange bemerken können, wenn ich darauf geachtet hätte. Ich wußte längst, daß Gronya und Thaw gut zusammenarbeiteten, aber jetzt sah ich auch, daß sie sich zueinander hingezogen fühlten. Solange sie in verschiedenen Zelten kampiert hatten, hatte daraus nicht viel werden können. Jetzt aber schliefen sie seit mehr als einer Woche im selben Zelt, und genauso, wie die Gedanken in der Antarktis sich wiederholen können, wie sie größer und größer werden können, weil sie immer weitergehen, genauso können dort auch Gefühle gewaltig werden; in welche Richtung man sich auch emotional bewegt, stets wird man von einer großen Schwungkraft angetrieben. Es ist, als würde man einen Kieselstein in einem Vakuum bewegen. Der Kieselstein mag klein sein, aber er bewegt sich einfach immer weiter, ohne daß dazu noch Kraft aufgewendet werden müßte. Nachdem also Thaw und Gronya ein erstes Interesse füreinander gespürt hatten, würde sich daran nicht so schnell etwas ändern.

Das beunruhigte mich jetzt, nachdem es mir aufgefallen war. Nicht wegen der Expedition an sich, sondern wegen Wilbur, der sein Leben lang auf Gronya gewartet hatte. Gronya gehörte ihm, so jedenfalls sah er das, nicht in dem Sinne, daß er sie wirklich besaß oder einen Anspruch auf sie hatte, sondern in dem Sinne, daß sie wie sein Schatten war, wie ein Teil von ihm, der neben ihm herging. Die dänischen Doggen, die die beiden zusammengeführt hatten, waren vor dem Himmel in Deckung gegangen, und Wilbur hatte gewußt, daß sie vor allem eins brauchten, nämlich Sicherheit – sie waren Wilbur seitdem nicht mehr aus dem Sinn gegangen. Sie waren zwei Hunde gewesen und zwei Menschen, und ihm war es sehr bedeutungsvoll erschienen, daß sie alle Schutz brauchten. Jetzt mußte Wilbur langsam begreifen, was hier vor sich ging, daß nämlich Gronya aus dem sicheren Hafen auslief. Und die Antarktis, das Polplateau, war kein guter Ort dafür, nirgendwo auf dem ganzen Planeten war man ungeschützter als hier.

Wilbur und Gronya gegenüber erwähnte ich natürlich nichts dergleichen. Wir unterhielten uns über Thaws Ideen. Wir stimmten darin überein, daß es schön wäre, in der Südpolstation freundlich empfangen zu werden. Es ging uns nicht um die Dusche oder um die warme Mahlzeit oder um eine Tasse Kaffee, sondern darum, daß wir nach dieser endlosen Wildnis wieder andere Menschen sehen würden. Und Menschen zu sehen, andere Lebewesen als uns selbst zu sehen – dieser Gedanke war besonders aufregend, weil es in der Antarktis und vor allem in ihrem Inneren so gut wie keine Lebensformen gab. In diesem Teil der Antarktis, wo nur Mikroben und Menschen existieren, begreift man wirklich, was das Aussterben der Arten bedeutet, dort, wo die Steine, die die urzeitliche Geschichte der großen Katastrophe erzählen, einige tausend Meter tief im Eis begraben liegen. Und die Antarktis scheint in ihrem Inneren ein Ort zu sein, an dem es nie wieder Leben wird geben können, nicht so ohne weiteres jedenfalls, so daß jeder lebende Organismus, den man dort findet, an sich schon der Liebe und der Rettung würdig ist. Menschen, denen das Verständnis dafür fehlt, wie die Welt ohne die Vielfalt des Lebens aussehen würde, sollten ein paar Stunden im Wind auf dem hohen antarktischen Plateau verbringen.

Aber sosehr wir uns natürlich über eine freundliche Aufnahme in der Südpolstation gefreut hätten – ich rechnete nicht wirklich damit. Außerdem lautete die Hauptfrage, die wir uns nur selbst beantworten konnten, ob wir, falls man uns dazu aufforderte, die Kuppel betreten wollten oder nicht. Das war ein Dilemma. Auf der einen Seite konnte man argumentieren, daß frisches Essen und eine kurze Pause in unserem ständigen Überlebenskampf sich auf unseren Rückmarsch günstig auswirken würden. Genausogut konnte man jedoch argumentieren, daß es, da wir ja umkehren und die dreizehnhundert Kilometer zurück nach Kap Evans bewältigen mußten, am besten wäre, unsere Kondition nicht zu gefährden. Wir diskutierten die Sache hin und her, und am Ende beschlossen wir, daß wir, selbst wenn man uns dazu aufforderte, uns nicht in der Südpolstation aufhalten, ja sie überhaupt nicht betreten wollten. Wir wollten an dem festhalten, woran wir uns bereits gewöhnt hatten; das war angesichts dessen, was uns noch bevorstanden, das Wichtigste.

Nachdem wir diese Entscheidung getroffen hatten, gingen wir schlafen. Es war die Nacht des 13. Januar, und wenn das Wetter sich hielt, würden wir übermorgen am späten Nachmittag am Pol ankommen. Die *Terra-Nova*-Expedition war einige Tage später dort angekommen, am 17. Januar, aber es versteht sich von selbst, daß wir keine Lust hatten, deshalb herumzutrödeln und zu warten. Da wir unserem Ziel so nah waren, würden wir auf jeden Fall so schnell wie möglich zum Pol gehen und dann den Rückweg antreten.

Aber in dieser Nacht erhob sich ein weiterer Sturm, kein besonders schlimmer zwar, aber doch heftig genug, um die Frage aufzuwerfen, ob wir am nächsten Tag überhaupt weitergehen konnten. Der Sturm kam sehr schnell auf. Die anderen schliefen trotzdem sofort ein, ich aber lag nach der Diskussion dieses Abends wach. Nach einer Weile kroch ich hinüber zur Zeltöffnung und zog die Schnüre auf, so daß ich meinen Kopf hinausstrecken konnte. Man konnte so gut wie nichts sehen – das war zu erwarten gewesen –, aber es schien wärmer zu werden. Das war seltsam, und noch seltsamer war, daß richtiger Schnee fiel, Neuschnee, wenn auch weniger, als wir das in niedrigeren Höhen erlebt hatten. Natürlich schien die Sonne nicht, nicht wirklich, aber die Dunkelheit, die einem schweren Schneesturm für gewöhnlich vorangeht, stellte sich auch nicht ein, und die Luft schien zu leuchten. Es war, als verbreite eine Taschenlampe ihr Licht in alle Richtungen, in einer Wolke aus weißen Flocken. Außerdem hatte ich das Gefühl, daß der Schneesturm nur in der niedrigsten Luftschicht tobte. Daß er in ungefähr zehn Metern Höhe aufhörte, und wenn ich eine Leiter gehabt hätte, hätte ich hinaufklettern und den Sturm unter mir lassen können.

Endlich schlief ich auch ein, aber ich erwachte, bevor der Wecker klingelte. Brock, Wilbur, Gronya und Thaw schliefen noch. Zum ersten Mal seit Wochen schien es draußen überhaupt keinen Wind zu geben. Alles war still und gedämpft, irgendwie einladend. Ich zog Pullover und Weste an, die winddichte Jacke und meine Fellstiefel und trat hinaus in den Sonnenschein und in die atemberaubende Stille. Die Temperatur lag wahrscheinlich bei minus fünfundzwanzig Grad Celsius, aber mir kam es sehr warm vor, vor allem, weil kein Wind wehte. Es war herrlich. Warm und hell und sehr still.

Ich ging etwa vierhundert Meter weit, gerade weit genug, um ein gutes Stück vom Zelt wegzukommen und von denen, die dort schliefen. Dann setzte ich mich in den weichen Schnee und spürte, wie er sich nach mir ausstreckte, um mich zu umfangen. Ich genoß das Gefühl in meinem Hinterteil, als die Kälte durch meine Kleidung drang und sie erfaßte. Es hielt sie fest. Es war, als greife der Schnee mit kalten Händen nach mir. Schneekristalle stiegen empor und senkten sich wieder in der stillen Luft, und eines fiel auf meine Wange. Es schmolz sofort und fühlte sich an wie eine einzelne Träne, eine glückliche und sehr unerwartete. Ich saß so still wie möglich und horchte auf das Schweigen, dieses tiefste Schweigen auf der ganzen Welt – das Schweigen des Eises. Es schien ein spezifisches Gewicht zu haben, das ich auf meinem Körper ganz leicht spüren konnte, und wenn ich ein Bein bewegte oder auch nur hörbar einatmete, würde es durchbrochen. Ich versuchte so leise wie möglich zu atmen und wurde mir nach einer Weile in diesem absoluten Schweigen des Pulsierens meines eigenen Herzens bewußt und der Bewegungen meiner Lungen. Ich glaubte sogar, mein eigenes Blut rauschen zu hören, als es wie in einem Hochgeschwindigkeitssupraleiter durch meine Venen raste. Er war herrlich, der Klang meines eigenen Blutes. Der Sturm hatte geschafft, was ich allein nicht hätte bewirken können. Zumindest für den Augenblick hatte er das endlose Kreisen meiner Gedanken durchbrochen.

Ich saß dort, ohne zu frieren, mindestens zehn Minuten lang, und im Zelt rührte sich immer noch nichts. Es war erst halb sieben Uhr morgens. Ich schaute nach Süden und sah einen ungewöhnlichen Lichteffekt. Ich war mittlerweile an die Nebensonnen gewöhnt, die durch Reflexion an den ungezählten, winzigen, vielfacettigen Eiskristallen entstanden. Aber dieser Sonnenhof war anders, er war wunderschön und ein wenig wie der, den ich gesehen hatte, als ich in die Antarktis geflogen war und aus der Hercules auf die Vollkommenheit eines vollkommenen Kontinents herabgeblickt hatte. Es begann als einfacher Ring um die Sonne, verwandelte sich dann aber in einen kreisförmigen Regenbogen, von dem nach außen weitere Bögen abzweigten. An seiner Unterseite, direkt am Horizont, sah man eine Flammenkugel und ein Zepter. Das Ganze sah aus wie ein typisches Südpolbild.

Und ich hatte das Gefühl, an dem Ort angelangt zu sein, den ich gesucht hatte, seit ich als kleines Kind zum ersten Mal in einen Schneesturm geraten war. Ich hatte die Absicht gehabt, eine gewaltige Reise zu unternehmen, von dem Zeitpunkt an, als ich erwachte und mich umsah und das Universum erblickte. Jetzt war ich wider Erwarten hier; ich war dort angekommen, wohin ich unterwegs gewesen war, und es war ein Ort, an dem zumindest für den Augenblick alles vollkommen war. Alles war lebendig, und alles war schön, und Vergangenheit und Zukunft verschmolzen zur Gegenwart.

Hier an diesem Ort, wo ich jetzt saß, wußte ich, was ich während der letzten fünfhundert Kilometer nicht gewußt hatte, daß nämlich meine Ankunft am Südpol den Pol nicht für mich zerstören würde. Denn Mythen waren beständig, weil ihre Wurzeln so tief hinabreichten, bis hinein in die Substanz, aus der das Universum besteht. Das erste Atom und das erste Molekül waren alle aus *Sehnsucht* geboren, und wenn die Sehnsucht für einen Augenblick aufhörte und mich das Schweigen fühlen ließ, brauchte ich mir keine Sorgen zu machen; ich würde die Richtung in meinem Leben nicht verlieren. Framheim, die Hütte, Fidel, die Expedition Neunzig Süd, sie alle waren eins; Orte zählten nicht mehr.

Und wenn ich meinen südlichsten Punkt erreicht hatte, würde es augenblicklich nur noch eine Richtung geben: Norden.

Wir gingen schließlich doch noch weiter an diesem Tag. Nach etwa einer Stunde Marsch frischte der Wind wieder auf, und es wurde kälter. Es waren jetzt ungefähr achtundzwanzig Grad minus, eine typische Hochsommertemperatur am Südpol, die uns ohne Wind auch keine besonderen Probleme bereitet hätte. Die kurze Atempause, die der Wind uns gelassen hatte, war eine solche Erleichterung gewesen, daß es uns jetzt noch schwerer fiel als am Vortag, ihn zu ertragen. Das bestätigte mich darin, daß unsere Entscheidung, die Südpolstation nicht zu betreten, richtig gewesen war, denn wir waren ohnehin schon ziemlich erschöpft. Selbst wenn wir am Südpol gleich wieder kehrtmachten und auf dem Rückweg nichts schiefging, würden wir mindestens noch zwei Monate bis Framheim unterwegs sein. Wir waren jetzt abgehärtete Polreisende, aber trotzdem konnte jederzeit irgend etwas passieren, das die ganze Expedition ernsthaft gefährdete. Ausrüstungsteile konnten ihren Dienst versagen, aus kleinen Wehwehchen konnten ernste Probleme entstehen. Zu keinem Zeitpunkt hätte ich der bei der USAP vorherrschenden Auffassung, daß man in der Antarktis nichts so wenig gebrauchen konnte wie Überraschungen, inbrünstiger zustimmen können. Mein Bedarf an Überraschungen für diese Expedition war gedeckt, seit die Hunde auf dem Beardmore in die Gletscherspalte gestürzt waren.

Das war also durchaus in Ordnung. Keine Überraschungen am Südpol, hoffte ich. Keine Speisen, die unsere Verdauung durcheinanderbringen konnten, keine Leute, die uns mit irgendwelchen Bazillen anstecken konnten, die sie sich in einer Hercules gefangen hatten. Keine südlichen Viren und keine nördlichen, keine plötzlichen Veränderungen, was die Reaktion unserer Haut auf die Kälte betraf. Wir sollten einfach weitermachen und so schnell wie möglich zurück nach Norden gehen. Wir brachten den Tag hinter uns und schlugen unser Lager auf.

Vom Pol trennten uns noch dreizehn Kilometer. Am nächsten Morgen, dem 15. Januar, blies der Wind direkt aus Süden, und da der Neuschnee weggeweht worden war, lag eine wunderbare Eisfläche vor uns. Es gab jetzt nur noch sehr wenige Sastrugi und kein Glatteis mehr. Wir müßten eigentlich hervorragend vorankommen und hatten sogar die Chance, den Pol vor der ersten Pause dieses Tages zu erreichen.

Wir bauten das Zelt ab. Dann wurden die Schlitten gepackt und überdeckt. Jeder traf noch seine eigenen kleinen Vorbereitungen, um es sich für unterwegs so bequem wie möglich zu machen. Brock nahm noch eine letzte Peilung mit dem Sextanten. Aber auch ohne die Instrumente konnten wir spüren, wie nahe der Pol jetzt war, weil die Sonne über unseren Köpfen nur noch kleine Kreise vollzog. Sie schien an diesem Tag mit freundschaftlicher Neugier auf uns herabzuleuchten, als gäbe es außer uns nichts Interessantes auf der Welt. Als ich meine Skistöcke ergriff, spürte ich wachsende Nervosität.

Dann zogen wir los, Brock wie gewöhnlich an der Spitze, gefolgt von Thaw, Gronya und Wilbur. Ich war das Schlußlicht, wie so oft, seit wir das Plateau erreicht hatten. Zuerst hatte ich mich dafür entschieden, weil es mir die Illusion vermittelte, daß die anderen vier den Wind abschwächten, bevor er mich erreichte. Danach, weil mir die Bewegungen der anderen vor mir eine gewisse Ermutigung und Perspektive schenkten. Jetzt hatte ich einen anderen Grund, denn ich wollte auf keinen Fall die erste sein. Es passierte wirklich, wir näherten uns dem Pol, zwei Tage vor Scott und neunundsiebzig Jahre später.

Sosehr ich wünschte, sagen zu können, es sei ein wunderschöner Tag gewesen – aber dazu war es zu kalt, und der Wind machte die Kälte noch kälter. Trotzdem konnte man um die echte Sonne herum mehrere Nebensonnen sehen, und die Luft war erfüllt vom Glitzern der Eispartikel. Außerdem umgab die Sonne ein großer Halo, so riesig, daß sein unterer Teil den Horizont vor uns berührte. Stoßen, gleiten, und wir liefen weiter, stoßen, gleiten, wir kamen näher. Wir gingen zum Südpol, und niemand konnte uns aufhalten.

Niemand konnte uns aufhalten? Natürlich konnte uns niemand aufhalten. Dies war der freie Kontinent, internationales Territorium, der einzige Teil der Erde, wo kein Quadratzentimeter Land jemandem gehörte. Aber obwohl niemand uns aufhalten konnte, machten wir halt, als wir einige Kilometer nördlich von der Südpolstation auf einen Instrumententurm stießen. Dieses Ding war irgendwie ein Schock. Wir hätten es wahrscheinlich schon aus einer größeren Entfernung gesehen, hätte es nicht ein kleiner Hügel vor unseren Blicken verborgen, bis wir nur noch vierhundert Meter davon entfernt waren. Da stand er unerwartet, schwarz und rechteckig und wenigstens sieben Meter hoch, sah dem Monolithen in *2001 – Odyssee im Weltraum* ziemlich ähnlich, stand sanft und verwirrend in dieser Landschaft. Als wir näher kamen, konnten wir sehen, daß am Turm einige automatische Sensoren angebracht waren, die sicher ständig die Windgeschwindigkeit, die Zusammensetzung der Luft und die Lichtdiffusion maßen, aber zuerst sah das Ding einfach nur primitiv, seltsam und senkrecht aus. In dem Film *2001* hatten Außerirdische den Monolithen zur Erde gebracht, und er verfügte über seltsame Kräfte, die unsere Menschenaffenvorfahren von Sammlern zu Jägern und dann zu Benutzern von Werkzeugen hatten werden lassen. Selbst wenn ich den Film nie gesehen hätte, wäre mir die Gestalt des Instrumententurms beunruhigend erschienen. Er war das erste von Menschen gefertigte Objekt, das ich – abgesehen von unserer eigenen Ausrüstung – in den über zehn Wochen, seit wir McMurdo hinter uns gelassen hatten, gesehen hatte. Sein starres Emporragen hatte etwas Erschreckendes. Er sah aus wie ein Grabstein für einen Riesen oder vielleicht wie der »dunkle Turm«, ein Vorposten jenes Ortes, den Thaw McMordor nannte.

Wie gesagt, an dieser Stelle waren wir immer noch einige Kilometer von der Südpolstation entfernt, aber hinter dem Instrumententurm befand sich eine Reihe grüner Flaggen an Bambusstäben. Da diese nach Süden führten, hatten wir keine andere Wahl, als ihnen zu folgen. Instinktiv warteten Brock, Thaw und die anderen auf mich, bis wir alle eine geschlossene Gruppe bildeten. Wir betraten fremdes Territorium, und obwohl wir es nicht so geplant hatten, war klar, daß wir kurz vor dem Ziel Seite an Seite weitergehen wollten. Ja, nicht nur ich, wir alle fühlten uns durch die Nähe des Turms verunsichert und dann durch die geodätische Kuppel, die jetzt ebenfalls in Sicht kam, ein graues Etwas gegen den Himmel. Für mich war dieses Erlebnis vielleicht am intensivsten, das plötzliche Gefühl, daß das Risiko, vor dem ich mich bei unserem Aufbruch in Framheim gefürchtet hatte, hier liegen konnte, genau hier, denn ich hatte Erinnerungen an McMurdo, welche die anderen nicht hatten: VERLASSEN SIE MCMURDO NICHT. ERBITTEN SIE

KEINE INFORMATIONEN. KRITISIEREN SIE NICHT DIE ART, WIE DIE DINGE HIER GEHANDHABT WERDEN. Für lange Zeit war die einzige Autorität, der wir uns unterworfen hatten – wir alle –, die Autorität der Antarktis. Jetzt begegneten wir einer größeren Macht, der Macht der menschlichen Spezies, einer Macht, die selbst ein so gewaltiges Gebiet wie die Antarktis für sich beanspruchen und es bedrohen konnte.

Ich versuchte, vernünftig zu sein und mir zu sagen, daß der Instrumententurm und die geodätische Kuppel an und für sich dem Kontinent natürlich keinen Schaden zufügten. Aber irgend etwas an ihrer Geometrie wirkte hier schrecklich. Ich kannte H. P. Lovecrafts Geschichte »Berge des Wahnsinns« schon lange, eine Ich-Erzählung, in der ein Mann sagt, man habe ihn »zum Sprechen gezwungen«, und er müsse jetzt erzählen, was er im Hochland des gefrorenen Kontinents gesehen habe. Die Geschichte stammte aus dem Jahre 1931 und ist zum ersten Mal, glaube ich, in den *Weird Tales* veröffentlicht worden. In gewisser Weise ahnt sie die Zukunft voraus, denn die Berge des Wahnsinns liegen in der Antarktis. Der Erzähler macht sich große Sorgen, denn »Männer der Wissenschaft« haben sich geweigert, seinem Rat Folge zu leisten. Er hat sie davor gewarnt, sich in das Herz der Antarktis vorzuwagen – denn falls sie das täten, würden sie »etwas entdecken, das das Ende der Welt bedeuten könnte«. Er ist gegen diese »beabsichtigte Invasion der Antarktis«, gegen »das Abschmelzen der urzeitlichen Eiskappen« und die »Fossiljagd«, und zwar der Dinge wegen, die *er* auf dem Kontinent entdeckt hatte. Das war etwas so Schreckliches, daß es seinen einzigen Gefährten in den Wahnsinn getrieben und daß er selbst nur deshalb nicht den Verstand verloren hatte, weil er, als es direkt vor ihm lag, nicht hingeschaut hatte.

Der Erzähler verrät uns, soviel er kann. Auf der gleichen Route, die Pym gewählt haben würde, wenn er so weit gekommen wäre, hatte er die Berge des Wahnsinns überquert und war auf das Dach der Landmasse gelangt, auf der John Cleves Symmes einst den Eingang ins Erdinnere vermutet hatte. Dort hatte er die Stadt der Alten gefunden, ein »namenloses Steinlabyrinth . . . zusammengesetzt zumeist aus riesigen, urzeitlichen Schiefer- und Sandsteinblöcken . . . Die Gestalt der Bauwerke war im allgemeinen konisch, pyramiden- oder terrassenförmig; es gab aber auch zahlreiche regelmäßige Zylinder, Quader, Gruppen von Quadern und andere rechteckig begrenzte Gebilde, außerdem merkwürdig verstreute, winklige Gebäude, deren fünfeckiger Grundriß entfernt an moderne Befestigungsanlagen erinnerte.«

All dies hatte dem Erzähler zufolge eine »zutiefst finstere Ausstrahlung«, und verschiedene geometrische Formen beschrieb er als »ominös« oder »monströs« oder sogar als »blasphemisch«. Lovecraft neigt zwar dazu, fluchbeladene Dinge zu beschreiben und unaussprechliche Schrecken darzustellen, aber selbst für seine Verhältnisse schienen mir die »provokativen Disproportionen« und die »wahnsinnige Groteskheit« der Stadt der Alten immer als reichlich exzentrisch. Erst jetzt, während der letzten Meilen unserer Fahrt nach Süden, beim Anblick des Instrumententurms und der geodätischen Kuppel auf dem antarktischen Hochland, glaubte ich endlich zu begreifen, was Lovecraft angetrieben hatte: Daß nämlich von all den Dingen, die unsere Spezies von anderen unterscheiden könnten, es aber nicht tun, nur eine einzige von Gewicht ist, und zwar die, daß die Menschen der Versuchung symmetrischer physischer und geistiger Konstruktion nicht widerstehen können. Vielleicht spielen deshalb in alten Science-fiction-Geschichten Bienen oft eine so große Rolle. Riesengroße Bienen, Menschen mit Bienenköpfen, Bienen von anderen Sternen, die unseren Planeten erobern – sie geistern seit Mitte dieses Jahrhunderts durch unsere Trivialliteratur. Und das zweifellos deshalb, weil wir wissen, daß die Bienen diese spezielle Eigenschaft mit uns teilen, wenigstens in ihrer physischen Ausprägung. Vielleicht liegt etwas Erschreckendes in dem Gedanken, daß unser nächster Verwandter in Sachen Symmetrie ein Insekt ist. Aber diese Liebe zur Symmetrie kann nicht nur unserer Tradition entspringen, sie muß ihre Wurzeln in uns selbst haben. Wie sonst hätte Pythagoras viele Jahrhunderte lang triumphieren können? Pythagoras meinte, daß die mathematische Harmonie die gesamte Natur beherrsche, daß sich die Welt aus reinem Denken ableiten lasse, und die ganzen Zahlen bedeuteten ihm so viel, daß er aus dem Dodekaeder ein Objekt der Verehrung machte. Seine Nachfolger gingen so weit, die Quadratwurzel von zwei für unzulässig zu erklären, weil sie irrationale Zahlen nicht mochten – »irrational« bezieht sich ursprünglich nur auf eine Zahl, die nicht als das Verhältnis zweier ganzer Zahlen ausgedrückt werden kann.

Auch Plato hatte leichtes Spiel, als er die Tradition begründete, die schließlich fünfzehn Jahrhunderte lang gelten sollte und an Pythagoras insofern anknüpfte, als auch er nichts von der Beobachtung der wirklichen Welt hielt. Platos Vorstellung von platonischer Perfektion begründete nicht nur die Möglichkeit einer intellektuellen Rechtfertigung der Sklavenwirtschaft und führte nicht nur zum goldenen Schnitt in der Architektur, sondern war auch für die Trennung von Denken und Sein verantwortlich. Wie hatten Pythagoras und Plato das erreichen können – die Lehren des Demokrit zu unterdrücken, der daran glaubte, daß Welten entstehen und vergehen und daß überall Asymmetrie herrscht –, wenn es die Menschen nicht so gewollt hätten? Sie wollten die Uhr und die Richtschnur, die seit langem eine Welt beherrschten, die viel größer war als der lächerliche Machtbereich von Dr. Jim. Selbst Thaw hatte in »Klare Sicht«, dem Essay, nach dessen Lektüre ich ihm zum ersten Mal geschrieben hatte, behauptet, daß ihn bei einer Fahrt durch Wyoming die Kegel, Kugeln und Pyramiden »anzuspringen« schienen. Auch ich liebte zum Beispiel Framheim, weil dessen zwei Flügel so vollkommen im Gleichgewicht waren, weil sie aus unserer Unterkunft ein ehrliches Haus machten, fast so ehrlich wie die *Terra-Nova*-Hütte.

Die Entscheidung, symmetrische oder geometrische Formen als etwas Häßliches, Abstoßendes oder Entsetzliches zu betrachten, ist ein Schritt, mit dem man sich fast außerhalb der Schranken des menschlichen Wesens begibt, denke ich. Aber wenn man siebzig Tage in der Wildnis zugebracht hat, können sich in den Gedanken merkwürdige Dinge abspielen, und in meinem Kopf tummelten sich tatsächlich Merkwürdigkeiten, als wir die Stadt der Alten zum ersten Mal sahen. Wir marschierten jedoch weiter. Wir konnten jetzt nicht haltmachen, nur weil wir uns auf seltsame Weise unwohl fühlten. Also liefen wir zu fünft nebeneinander her, eine Reihe von Menschen, hinter uns die Schlitten.

Dann waren wir dort angekommen, nur wenige hundert Meter von der Silberkuppel und dem orangefarbenen Beobachtungsturm entfernt, der daneben errichtet worden und, wie es schien, nur vom Innern der Kuppel aus erreichbar war. Auf der Kuppel wehte die amerikanische Flagge, und um die Kuppel herum befanden sich eine Anzahl von Masten mit Antennen, außerdem weitere Flaggen, mit denen diese oder jene Route irgendwohin abgesteckt war. Über dem Eingang der Kuppel standen die Worte: DIE VEREINIGTEN STAATEN VON AMERIKA HEISSEN

SIE AM SÜDPOL WILLKOMMEN. In unserer Nähe befand sich ein Schild mit ungefähr derselben Aussage. Außerdem sahen wir das Logo des USAP und dann, vor einem grünen Hintergrund, die Worte Vereinigte Staaten von Amerika, Südpol. Ich habe ein Foto von mir neben diesem Schild.

Was mich an dem Bild am meisten verblüfft, ist die Tatsache, daß das Gesicht der Frau dort ein Gesicht ist, das ich häufig auf Schwarzweißfotografien gesehen habe. Und auf dem anderen Bild, das uns fünf zeigt, wie wir die Pinguinflagge festhalten, da tragen wir fünf dieselbe Last der Natur oder der Geschichte. Wir stehen nebeneinander, unsere Schlitten sind irgendwo hinter uns, unsere Wollhelme gerade eben über die Brauen hochgeschoben; wir tragen alle unseren Windschutz, haben die Kapuzen heruntergezogen, und alle haben wir unser aus Lampendocht gefertigtes Geschirr für die Handschuhe an. Einige von uns tragen Überschuhe, andere nicht, und unsere Füße scheinen auf dem Bild eine Art Eigenleben zu führen. Wilburs Füße stehen zusammen und zeigen direkt in die Kamera. Thaw steht etwas großspurig, ein Fuß quer zum anderen, während Gronyas Haltung eher entspannt wirkt. Ich habe einen Fuß ein winziges Stückchen vom Boden gehoben, so daß mein ganzes Gewicht auf dem anderen, dem kürzeren Bein lastet. Hinter uns flattert die Pinguinfahne im Wind, ein Zipfel davon berührt meinen Kopf, als wolle mich der Pinguin anstupsen und mich an etwas erinnern.

Aber es sind die Gesichter, die mich wirklich erstaunen. Jedes einzelne ist unglaublich wettergegerbt, die Haut von dunklen Flecken überzogen und braun; es ist aber keine Sonnenbräune, sondern eher das Braun von gegerbtem Leder. Und dabei hatten wir gehorsam unsere Sonnenschutzmittel benutzt und an das Ozonloch gedacht. Wir hatten geglaubt, alles richtig gemacht zu haben, auch wenn unsere Wangen sich vielleicht ein wenig abschälten. Natürlich waren unsere Lippen rissig und blutig, und wir hatten auch ein paar Frostbeulen bekommen, aber nie im Leben wäre ich darauf gekommen, daß ich *so* aussah. Ich sah mich immer noch so, wie ich Framheim verlassen hatte, weiße Haut, schwarzes Haar, die Augen weit auseinanderstehend, ohne viele Falten. Wenn ich jetzt die Fotografie betrachte, sehe ich eine völlig andere Person vor mir, eine, die sich für alle Zeit davon verabschiedet hat, eine junge Frau zu sein.

Mein Haar ist auf dem Bild nicht zu sehen, denn zum einen hatte ich es kurz schneiden lassen, bevor wir aufgebrochen waren, und zum anderen wäre jedes Haar, das man der Luft auf dem Plateau aussetzte, auf der Stelle gefroren, und ich hatte es daher unter meine Mütze gepackt. Darum war mein Gesicht nackt und kahl, der Kamera ausgeliefert – wir nahmen für die Fotografie unsere Schutzbrillen ab. Das war nicht weiter schlimm, da die Sonne über uns kreiste, aber trotzdem blinzle ich ein wenig, und das Foto zeigt die Falten, die sich damals um meine Augen gebildet hatten und die nie wieder verschwinden werden. Und doch ähnelt das Gesicht, das ich betrachte, den anderen vier Gesichtern auf dem Foto sehr. Die Ähnlichkeiten sind viel auffälliger als die Unterschiede. Gewiß, zwei von uns sind Frauen, drei Männer, und einige haben lange Gesichter und andere eher kurze, aber es ist so wie auf alten Fotos – auch da muß man manchmal genau hinsehen, um festzustellen, welches Gesicht Scott gehört und welche Evans, Oates, Wilson oder Birdie Bowers. Unsere Gesichter sind glücklicher, als ihre es waren. Wir lächeln, aber alles, was unsere Augen gesehen hatten, ist darin gegenwärtig.

Nun, diese Fotos wurden erst später aufgenommen. Jetzt liefen wir erst zu dem rot-weißen Pfosten hinüber, der von den Flaggen vieler Nationen umringt war. Aber da das Eis sich bewegt und es schwer ist, Pfosten und Fahnenmasten zu bewegen, wurde der eigentliche Pol, der geographische Pol, von einem Kupferrohr markiert, das erst Anfang Januar umgesetzt worden war. Daran war ein Schild befestigt mit der Aufschrift »Geographischer Südpol«. Auf einer Seite sah man das NSF-Logo und auf der anderen das Logo des US Geologic Survey, Hammer gekreuzt mit Picke. Wir stellten eine kleine Pinguinflagge in den Schnee neben das Kupferrohr. Bis zu diesem Zeitpunkt – seit ungefähr fünfzehn Minuten hielten wir uns in unmittelbarer Nähe der Südpolstation auf – war niemand aus der geodätischen Kuppel herausgekommen.

Wenn weiterhin niemand herausgekommen wäre, hätten wir auch nicht hineingeschaut, um zu sehen, ob jemand da war. Wir hätten unsere Fotos gemacht, unsere Flagge aufgestellt und wären umgekehrt, um in Richtung Norden zurückzumarschieren. Aber anscheinend hatte man uns vom Beobachtungsturm aus gesehen, denn jetzt, gerade als wir die Fotos machen wollten, tauchten sieben Personen im Eingang der

Kuppel auf. Sie trugen rote Parkas wie den, den ich als Arbeiterin in McMurdo bekommen hatte. Außerdem trugen sie diese blödsinnigen schwarzen Hosen, die irgend jemand in Gedanken an Nimmerland mit vielen Taschen ausgestattet hatte, und Moonboots, in deren Innenseite Daten und Vertragsnummern eingestanzt waren. Einer hatte seine Parkakapuze heruntergezogen, und ich konnte sehen, daß er ein schwarzrotes Wollhemd trug. Der Anblick dieser vertrauten USAP-Montur, die ich selbst so oft getragen hatte, erfüllte mich, während die Gruppe sich uns näherte, mit einer seltsamen Wärme. Immerhin hatte ich nicht nur schlechte Erinnerungen an McMurdo. Einige meiner Erinnerungen waren ganz gut. Gary Meekins, Tara Crane – und Harry Jameson.

Die sieben Leute, die auf uns zukamen, strahlten etwas Positives aus, und das zeigte sich jetzt auch an ihren Grußworten. »Hallo!« rief einer von ihnen schon von weitem. »Seid ihr die Expedition Neunzig Süd? Wir haben schon seit Tagen mit euch gerechnet; wir wußten, daß ihr kommen würdet. Herzlichen Glückwunsch! Ihr habt's geschafft!« Jetzt gratulierten uns auch die anderen, und einige klatschten sogar Beifall.

»Da drin ist jemand, der euch kennt!« Sie hatten uns jetzt fast erreicht. »Philip Mitchell, den kennt ihr doch aus McMurdo? Er kommt gleich raus; übrigens, wer von euch ist eigentlich Morgan Lamont?« Und jetzt standen sie direkt vor uns, grinsten breit, klatschten und johlten. Ich kannte keinen der sieben, fünf Männer und zwei Frauen, aber das war auch nicht nötig. Wir sahen auch so, daß sie sich wirklich freuten, uns zu sehen. Sie redeten alle gleichzeitig, schwiegen plötzlich und redeten dann wieder, schwiegen und lachten. Sie schienen aufgeregter über unsere Anwesenheit am Pol zu sein als wir selbst. Sie luden uns ein, zu duschen und bei ihnen zu essen; sie würden uns USAP-Kleider leihen, so daß der Stationsdirektor zumindest so tun könnte, als hätte er nicht gewußt, daß wir Zivilisten und Expeditionsteilnehmer sind. Dann erklärten sie uns lebhaft, daß sie es mit der Transantarktisexpedition genauso gemacht hätten. Wenn wir wollten, könnten sie uns vielleicht sogar nach Framheim durchstellen, denn die Verbindungen zur Außenwelt seien hier am Südpol nicht so streng reglementiert wie in McMurdo. Natürlich müßten wir die Sache diskret behandeln, da irgendein großes Tier von der National Science Foundation in ein oder zwei Tagen erwartet wurde – aber das war nur ein Grund mehr, endlich anzufangen! Wir hatten doch wirklich etwas zu feiern, oder? Über eintausendvierhundert Kilometer hatten wir zu Fuß zurückgelegt!

Ihre Begeisterung war so ansteckend, daß man sich ihr unmöglich entziehen konnte. Offensichtlich war der allgemeine Druck, den man in McMurdo allenthalben spürte, in der Südpolstation der Kälte und der Abgeschiedenheit zum Opfer gefallen. Es schien offensichtlich, daß man sich hier auf die wenigen Ereignisse freute, die die Monotonie des Lebens innerhalb der Kuppel durchbrechen konnten – denn wie wir schnell herausbekamen, waren die Einschränkungen der Bewegungsfreiheit außerhalb der Station hier sogar noch strenger als auf Kap Armitage. Nur selten gab es die Erlaubnis für wissenschaftliche Exkursionen oder gar Übernachtungen auf dem Plateau. Im Augenblick befand sich ein acht Mann starkes Kiwi-Team draußen, aber dergleichen war sehr selten – es war erst das dritte Mal jetzt. Das Plateau war einfach viel zu gefährlich, als daß man sich mehr als acht Kilometer von der Station hätte entfernen dürfen.

All das erzählten uns unsere neuen Freunde unter lautem Gelächter, und auch wir mußten lächeln. Wir konnten nicht dagegen an, aber trotz meiner Heiterkeit keimte ein gewisses Mitleid mit diesen Leuten in mir auf. Sie waren noch immer Gefangene in dem Netz exzessiver Vorsicht, das der amerikanischen Angst vor dem Versagen seine Entstehung verdankte und der Vorstellung, die Stadt sei der einzige Schutz gegen die unberechenbare Wildnis. Daß man sich von innen schützen konnte, und zwar mit Hilfe von Wissen, das hatten die Urheber der Regeln für diesen südlichen Vorposten des Königlichen Terror-Theaters bisher noch nicht begriffen. Die Leute aber, die hier vor uns standen, hatten es sehr wohl begriffen und beneideten uns um unsere Freiheit und um die Erfahrung, die wir auf dem antarktischen Kontinent hatten machen dürfen.

»Also?« fragten sie immer wieder, »wie war es denn? Hattet ihr große Schwierigkeiten auf dem Beardmore? Wir haben gehört, daß eure Hunde es zurück nach Framheim geschafft haben. Wann ist eure letzte Hilfsabteilung zurückgekehrt? Hattet ihr mit Stürmen zu kämpfen? Wir hatten vor ein paar Tagen Sturm hier und sogar etwas Neuschnee.« Oder: »Das sind eure Schlitten? Sie sehen toll aus. Wir dachten, ihr wolltet Nansenschlitten mitnehmen. Aber die hier sind viel besser. Und dieser Lampendocht ist einfach fabelhaft. Handschuhe aus Kunstpelz?

Was für Innenhandschuhe habt ihr dafür? Und was ist in den Kapuzen, Kupferdraht?« Aufgeregt plappernd und lachend fragten sie uns aus.

Wir selbst standen einfach nur glücklich da, fühlten uns aber gleichzeitig träge und dumm und schwerfällig. Bis zu diesem Augenblick war mir gar nicht aufgefallen, wie mühsam mir die Worte von den Lippen kamen. Ich hatte gelernt, jede Silbe wohl abzuwägen. Außerdem waren meine Gesichtsmuskeln nicht mehr beweglich genug, um auf jedes Gefühl sofort zu reagieren. Ich schien überhaupt Schwierigkeiten zu haben, mein Gesicht mit meinem Wunsch, einigermaßen hübsch auszusehen, in Einklang zu bringen. Ich war froh, daß wenigstens Thaw selbst unter diesen Umständen noch reden konnte. Er beantwortete alle Fragen, die die anderen stellten. Wir selbst hatten auch einige Fragen gehabt, aber im entscheidenden Augenblick konnte ich mich nicht mehr erinnern, welche das waren. Die Situation hatte mich vollkommen überrascht.

Jetzt stieß Philip Mitchell zu uns. Ich konnte mich zwar nicht mehr an seinen Namen erinnern, wußte aber sofort Bescheid, als ich sein Gesicht sah. Er war der Leiter des Teams der vier Wissenschaftler gewesen, mit dem ich auf der Fahrt nach Williams Field liegengeblieben war. Er hatte mir damals erklärt, daß sein Team seit fast drei Wochen versuche, die Forschungsstation zu erreichen, die etwa vierhundert Kilometer von McMurdo entfernt auf dem Ross-Schelfeis lag. Er war Seismologe und hatte den Ozeanboden unter dem Eis kartographiert. Dazu hatte er Sprengstoffe benötigt, die ihm anscheinend niemand zum Einsatzort schaffen konnte. Die Situation hatte ihn ausgesprochen geärgert – er war wütend auf den Kaiser gewesen, wütend auf die Parteilinie. Es war jemand anders gewesen, der gesagt hatte: »Mangel an Kommunikation ist die elementare Voraussetzung für jedes totalitäre System.« Aber Philip hatte gesagt: »Angeblich geht es hier immer um die Wissenschaft. Aber nur zehn Prozent von dem, was hier läuft, hat wirklich was mit Wissenschaft zu tun. Der ganze Rest dreht sich darum, auf dem Eis präsent zu sein.«

Und hier war er nun, am Südpol. Er sah noch genauso aus, wie ich ihn in Erinnerung hatte, ein kleiner Mann, wild und mit kleinen, schwarzen Augen. Er war hier, und inzwischen waren vier Jahre vergangen, und dabei hätte ich schwören mögen, daß er dem USAP so viele

Schwierigkeiten gemacht hatte, daß sie ihm niemals eine Verlängerung bewilligen würden.

»Hallo«, sagte ich mühsam. »Ich erinnere mich an Sie. Sie haben einen Witz gemacht. Über Socks, Shackletons letztes Pony.«

»Ja, ich weiß. Und Sie wußten, wer Socks war. Darum erinnere ich mich noch an Sie. Und jetzt sind Sie dort gewesen, auf dem Beardmore. Und nach allem, was ich sehe, haben Sie sich gut gehalten.«

»Zumindest auf dem Hinweg«, sagte Brock.

»Wir wollen es lieber nicht besingen, bevor wir auch den Rückweg hinter uns haben«, meinte Thaw.

Aber ich hörte die Bemerkungen meiner Freunde kaum, weil ich immer noch versuchte, mich an diese lange zurückliegende Begegnung in einem Kleinbus in McMurdo zu erinnern. Und ich versuchte jetzt selbst einen Witz zu machen.

»Ich habe mich gewundert, daß man Sie an die Sprengstoffe herangelassen hat«, sagte ich. »Und jetzt sind Sie wieder da.«

»O ja, Philip ist unser höchsteigener Unruhestifter«, sagte jemand.

»Er ist zu klug für sie«, sagte ein anderer. »Seine Vorschläge sind so verdammt brillant, daß sie sich, wenn sie sie abgelehnt hätten, die nächsten zehn Jahre dafür hätten rechtfertigen müssen.«

»Außerdem«, sagte jetzt eine dritte Person, »müssen Sie zugeben, daß die Dinge sich verändern. Also, was ist, kommt ihr jetzt mit in die Kuppel oder nicht?«

In die Kuppel. Es klang so einfach. Wir würden in die Kuppel gehen, duschen und essen und in einem richtigen Bett schlafen. Alle wären nett zu uns, und es würde ein Abend werden, an den wir uns auf unserem langem Rückweg würden erinnern können. Obwohl die fremden Gesichter nett waren, fand ich vertraute noch netter. Ich war mit Mitchell nur einmal und dann auch nur für eine einzige Stunde zusammengewesen. Und ich hatte seither nicht mehr an ihn gedacht. Und doch hatte ich das Gefühl, er sei ein lange verlorener Verwandter, den ich an diesem entlegenen Vorposten des Empires wiedergefunden hatte, ein Mann, den ich jetzt am liebsten in die Arme genommen hätte. Mikroben und Menschen, das war der Gedanke, der mir durch den Kopf ging. Es gibt nur so wenige von uns, hier im Inneren. Warum sollten wir eigentlich nicht in die Kuppel gehen und andere Exemplare unserer eigenen Spezies kennenlernen? Als ich jetzt die Kuppel und den Beobachtungsturm betrachtete und die kleinen Instrumententürme mit ihren Antennen, erschien mir das, was ich vor kurzem noch als eine Kollektion furchterregender Formen erlebt hatte, nurmehr wie eine winzig kleine Niederlassung in der großen, weißen Wüste.

Mittlerweile war wieder ein wenig Wind aufgekommen. Der Himmel konnte sich schon bald bewölken. Unter der silbernen Kuppel befand sich ein riesiger Raum voller Container. Jeder Container war ein Flachdachgebäude, und jeder enthielt künstliche Wärme, die Wärme von Tieren, die Wärme lebender Körper, die Wärme wachsender Lebewesen. Es war eine große Versuchung, und ich konnte sehen, daß es den anderen genauso ging. Es war eine Versuchung. Aber wir wollten uns an das halten, was wir vereinbart hatten, denn die Disziplin des Überlebens ist zerbrechlich, und alles, was sie erschüttert, bedroht sie auch. Widerstrebend erklärten wir unseren neuen Freunden, daß wir wirklich nicht mit ihnen kommen konnten und daß es uns, wenn wir auch nur einen kurzen Blick in die Kuppel werfen würden, vielleicht noch schwerer fallen würde weiterzugehen.

»O nein, das kann doch nicht euer Ernst sein! Es ist doch nicht wegen der Vorschriften, oder? Wir werden uns um alles kümmern. Ich verspreche euch, daß ihr keine Schwierigkeiten haben werdet, solange ich dabei bin.« Diese Feststellung kam von Philip Mitchell.

»Nein, nein, wir müssen weiter. Wir sind jetzt fast vierzig Minuten hier und haben immer noch keine Fotos gemacht.«

»Also kommt ihr nicht mit rein?« Sie konnten es nicht glauben.

»Wir fürchten, es würde unsere Kondition beeinträchtigen. Versucht bitte, das zu verstehen.«

»Na gut. Also dann viel Glück für euch. Ich hoffe, wir sehen uns wieder, wenn ihr nach McMurdo kommt.« Dann erzählten sie uns noch ein paar Neuigkeiten. Alle mochten den Nachfolger des Kaisers, irgendwo war ein Vulkan ausgebrochen, die Vereinten Nationen hatten der Intervention am Persischen Golf zugestimmt. Ich hörte das alles, aber es war zuviel für mich. Ich konnte die Bedeutung dieser letzten Nachricht einfach nicht begreifen. Im Augenblick konnte ich mich kaum daran erinnern, wo der Golf lag.

»Ach, ja?« sagten wir alle oder zumindest etwas in der Art.

»Ja. Schaut doch mal, ob ihr das Forschungcamp der Kiwis findet. Es liegt nicht direkt auf eurer Route, aber auch nicht sehr weit davon entfernt. Dort haben sie vielleicht noch mehr Neuigkeiten für euch. Wir stellen die Berichte durch, die aus der Scott-Station kommen. Aber vielleicht wollt ihr ja gar nichts davon wissen; ich würde euch keinen Vorwurf machen.«

Mein Gehirn fühlte sich an wie in Sirup eingebettet. Ich war sicher, daß all das etwas zu bedeuten hatte, aber ich wußte nicht recht, was. Die Schnelligkeit, mit der diese Leute aus der Kuppel sprachen, setzte eine Gedankenschnelligkeit voraus, die mir abhanden gekommen war.

»Wie kalt ist es?« fragte ich, weil ich annahm, das sei eine vernünftige Antwort.

»Fünfundzwanzig bis dreißig Grad minus, denke ich, es war in letzter Zeit ziemlich warm.«

»Hm. Also ich glaube, wir sollten jetzt aufbrechen.«

»Was ist mit den Fotos?«

Ach ja, die Fotos. Wir posierten also für unsere Fotos und lächelten die Leute an, die uns beobachteten. Dann erlaubten wir ihnen, uns mit ihren eigenen Kameras zu fotografieren, die sie mit herausgebracht hatten. Noch während sie fotografierten, kamen weitere Leute aus der Kuppel heraus, von denen zwei batteriebetriebene Camcorder bei sich hatten, die sie gerade lange genug aus ihren Parkas herauszogen, um uns aufzunehmen, so daß die komplizierten Geräte nicht einfroren. Während sie filmten, legten wir unsere Geschirre wieder an, und da jeder von uns an seinem Schlitten eine kleine Pinguinflagge hatte, kam auch sie jeweils mit auf die Fotos. Eine Frau sagte: »Ich mag eure Flagge. Was bedeutet sie?«

Thaw sagte etwas von Ausdauer. Über die Neueinschätzung der Bedeutung des Fortschritts. Sieg als Überleben. Die Verwandlung von Flügeln in Flossen. Die Frau schien sehr interessiert, und doch marschierten wir los, und sie winkten und klatschten und wünschten uns viel Glück. Wieder liefen wir nebeneinander her, aber schon bald manövrierte Brock sich an die Spitze und warf einen Blick auf den Kompaß, um seinen inneren Magneten zu überprüfen. Nach Norden, wir gingen nach Norden. Der Wind kam von hinten, der Himmel bewölkte sich, und der Südpol lag jetzt hinter uns.

Nach einem knappen Kilometer blickten wir zurück und sahen ein paar Leute in roten Parkas und schwarzen Hosen, die uns immer noch nachschauten. Ich hob meine Hand mit dem Skistock, um ihnen zuzuwinken. Sie winkten zurück, sehnsüchtig, wie mir schien, und seltsamerweise wirkte die Kuppel der kleinen Station jetzt irgendwie tröstlich und fast mittelalterlich. Sie war nicht mehr die Stadt der Alten, voll blasphemischer Formen und verrückter Groteskheit. Es war eine kleine, überwölbte Hütte, Wärme an einem kalten Ort – vielleicht eine andere Stadt der Alten, diesmal der Anasazi, die vor vielen Jahrhunderten im Südwesten in den Canyons gelebt hatten. Die Anasazi hatten behagliche Klippenunterkünfte gebaut, hatten ihre Kornkammern mit frischem Korn gefüllt und komplexe soziale Strukturen aufgebaut. Dann waren sie plötzlich fort gewesen; beinah über Nacht waren sie verschwunden. Jetzt war von ihrer Kultur nichts mehr übrig außer ein paar Keramikscherben. Es machte mich traurig, die Südpolstation verlassen zu müssen, und wieder und wieder drehte ich mich nach ihr um. Bis sie sich meinem Blick schließlich entzog. Wir liefen nach Norden, auf die Wildnis zu, wir hatten noch mindestens zwei Monate vor uns, bevor wir wieder haltmachen konnten, und der Wind wehte.

Großer Gott, dachte ich einen Augenblick lang, was für ein schrecklicher Ort.

An diesem Abend schlugen wir unser Lager an derselben Stelle auf wie am Vorabend, knapp dreizehn Kilometer nördlich vom Südpol. Wir waren ziemlich niedergeschlagen, weil alle so gut zu uns gewesen waren und wir diese netten Leute hatten zurücklassen müssen. Ich jedenfalls fror in der Nacht, und am nächsten Tag, als wir weiter nach Norden liefen, spürte ich die Kälte sehr, obwohl der Wind jetzt von hinten blies. Wir kamen etwas langsamer voran als während der letzten Tage auf dem Weg nach Süden, weil Brock Schwierigkeiten zu haben schien, sich an den Magnetpol zu gewöhnen, der jetzt zu seiner Linken lag. Wir kamen immer wieder vom Weg ab, blieben stehen, gingen weiter und blieben wieder stehen, und als wir am zweiten Abend unser Lager aufschlugen, geschah das an einer Stelle, an der wir mit ziemlicher Sicherheit noch nie zuvor gewesen waren. Brock beschäftigte sich eine Weile mit dem Sextanten und entschied dann, am nächsten Tag auf unsere alte Route zurückzukehren und ihr dann weiterhin zu folgen.

Am nächsten Tag fror ich wieder sehr und bekam obendrein auch noch Probleme mit meinem linken Bein, dem kürzeren. Es wurde plötzlich überempfindlich gegen die Kälte, so als hätte ich dort Erfrierungen. Das war jedoch nicht der Fall – zumindest hatte ich nichts dergleichen gemerkt. Trotzdem war mein linker Fuß an diesem Morgen kälter als der Rest meines Körpers, und das Ergebnis war, daß ich Probleme mit der Balance hatte. Daraus wiederum ergab sich, daß mein Schlitten mir schwerer vorkam als gewöhnlich, und ihn jetzt nach Norden zu ziehen erschien mir anstrengender als es zuvor in südliche Richtung gewesen war. Das war irgendwie seltsam, da der Wind ja jetzt von hinten kam, die ganze Sache uns daher hätte leichter werden und das Gewicht geringer erscheinen sollen. Aber bis auf die Tage auf dem Beardmore und die beiden ersten Wochen der Expedition mit den Nansenschlitten hatte ich mich nie so sehr wie ein Zugtier gefühlt wie jetzt auf dem Weg nach Norden, jetzt, da der Südpol hinter uns lag.

Ich schätze, daran hat es zumindest teilweise gelegen – an der Tatsache, daß der Südpol hinter uns lag und daß wir jetzt zwei Monate anstrengenden Marschierens vor uns hatten, an deren Ende uns nichts Besonderes erwartete. Nur das Nach-Hause-Kommen. Ich glaube, ein Teil meiner Schwierigkeiten an diesem Tag rührte auch daher, daß es der 17. Januar war, der Tag, an dem die *Terra-Nova*-Leute 1912 den Pol erreicht hatten. Das war mir heute morgen bewußt geworden, als ich mein Tagebuch einpackte, nachdem ich am Abend zuvor etwas hineingeschrieben hatte. Scott und seine Gefährten, an die ich seit unserem Aufbruch aus Kap Evans nur noch wenig gedacht hatte, kamen mir wieder in den Sinn. Auf der Barriere und auf dem Beardmore hatte ich noch ab und zu in Scotts Tagebücher geschaut, vor allem, um Vergleiche anzustellen zwischen seinen Fortschritten und unseren, zwischen den Schneeverhältnissen, die er vorgefunden hatte, und denen, mit denen wir es tun hatten. Als wir siebzehn Kilometer hinter dem Ein-Tonnen-Depot haltgemacht hatten, hatte ich mich ebenfalls an ihn erinnert, aber damals hatten Brock und mein Treuebruch, die Schatzinsel und der schwarze Punkt einen größeren Platz in meinen Gedanken eingenommen.

Aber jetzt, mit meinem Schlitten auf dem Weg nach Norden, dachte ich wieder an Scott und sein Abenteuer. Vor allem grübelte ich über die Fragen nach, die ich mir früher schon gestellt hatte, darüber zum Beispiel, warum er nach seinem Tod zu einem solchen Helden geworden war. Der Grund dafür konnte nicht allein darin liegen, daß Scotts Zeitgenossen ihn für einen Helden im traditionellen Sinne gehalten hatten – wie Shackleton einer gewesen war. Nein, sie mußten einen ganz anderen Grund gehabt haben. Ich wußte, warum ich ihn für heldenhaft hielt aber in der Wertschätzung, die sie ihm entgegengebracht hatten, lag etwas viel Tieferes, eine Tiefe versteckter Bedeutung und versteckter Gefühle, auf die ich bisher einfach noch nicht meinen Finger hatte legen können. Was an der Nachricht von Scotts Tod, die das britische Empire ein Jahr vor den Schüssen im August erreichte, hatte den Briten ein solches nach Rückwärts gerichtetes Vergnügen bereitet, solchen bewundernden Jubel ausgelöst? Jetzt, zwei Tage nachdem wir selbst den Pol erreicht hatten, die Leute dort herausgekommen waren und so offensichtliche Sympathie für unsere Expedition gezeigt hatten, für unser Abenteuer, jetzt hatte ich mehr denn je den Eindruck, daß ich die Antwort, ohne es zu wissen, bereits gefunden haben mußte. Immerhin hatten wir den Leuten von der Südpolstation offenbar etwas bedeutet; unsere Leistung würde in ihrem Leben etwas bewirken. Und genau das hatten wir gewollt. Wir hatten uns gewünscht, es für jemanden zu tun, was immer dieses »es« auch sein mochte. Aber wie hätte Scott das gesehen? Was war für ihn wichtig gewesen?

Während ich frierend meinen schweren Schlitten hinter mir herschleifte, den linken Fuß etwas nachzog, erschien immer wieder ein Bild vor meinem geistigen Auge: Fünf Männer, die einen Nansen hinter sich herzogen, fünf Mann vor einem einzigen Schlitten, alle fünf tief vornüber gebeugt, um einem stürmischen Wind standzuhalten. Dieses Bild oder dessen Abwandlungen hatten in meinem Leben oftmals eine Rolle gespielt. Zum ersten Mal war es aufgetaucht, bevor ich das Original überhaupt kannte, nämlich als ich meinen eigenen Schlitten den Quarryberg hinaufzog und fürchtete, ihn zurücklassen zu müssen. Ich hatte es als Foto gesehen, mit sechs Jahren auf dem Fußboden im Atelier meiner Mutter in einem Buch mit Bildern von Scott und Kathleen. Ein Foto von Männern, die wie Hunde vor einen Schlitten geschirrt waren, und irgendwie hatte mich das Bild tief beunruhigt, wegen der Bronzeskulptur des nackten Jünglings mit der Binde über den Augen. Wie er schienen auch die Männer bestraft zu werden. Dann hatte ich im Handschriftenlesesaal des College in der Erstausgabe der *Voyage of the »Discovery«* diesen Schlitten gesehen und diese Männer. Zum ersten Mal in meinem Leben hatte ich wirklich begriffen, daß es von Scotts Zeit bis zu meiner nur ein Wimpernschlag war. In Michigan hatte ich in Gedanken an Scotts Schlitten eine Schlittenfahrt in die Geschichte unternommen und dann noch einmal in der Antarktisabteilung des Museums in Neuseeland, wo mir klargeworden war, daß Scotts Schlittenfahrt eine gewaltige Anstrengung gewesen war und großes Leiden bedeutet hatte.

Und doch hatte ich selbst einmal das, was wir hier auf dem Eis taten, als einen Schneetanz betrachtet, als Performance Art, und ich hatte sogar geglaubt, daß Scott es ebenfalls so gesehen hatte. Daß er eine Idee in einem Kontext demonstrieren wollte. Die Idee war das menschliche Wesen und der Kontext das antarktische Eis. Die Botschaft der Kunst, ihr Thema, bestand darin, daß das Eis obsiegen würde. Das war mir schon mit fünf Jahren, als ich den Quarryberg hinauflief, klargeworden. Es gab Zeit, es gab alle Zeit, es gab nur Zeit, und der Raum war nur etwas, in dem die Zeit ablief, bis sie beide ausgelöscht waren. Als ich älter wurde, sah ich deutlicher und in größerem Zusammenhang, daß eines Tages alles Eis sein würde und meine Spezies das begreifen sollte, bevor es zu spät dafür und nichts mehr zu retten war. Aber jetzt, da ich auf dem Weg nach Norden die Stadt der Alten hinter mir ließ, begriff ich, daß dieses Thema aus meiner eigenen Zeit stammte. In seiner Zeit, vor dem Ersten Weltkrieg, als das britische Empire auf dem Gipfel seiner Macht stand, konnte man noch nicht so weit in das zwanzigste Jahrhundert hineinschauen. Cherry-Garrard hatte so weit gesehen, aber auch erst nach den Toten der *Terra-Nova*-Expedition und dem Krieg, der viele seiner Lieben getötet hatte. Im Jahre 1912 war es unmöglich, das Bild einer Welt in den Schnee zu zeichnen, die noch nicht existierte, die vielmehr noch unter der Oberfläche des Möglichen verborgen lag.

Wer vielleicht das verstanden hatte, aber nichts sonst, gewöhnte es sich womöglich in den letzten Jahren an, aus je eigenen Gründen die britischen Polarforscher als Schurken zu betrachten, ihre Expedition als einen Akt der Dominanz oder der Beherrschung anzusehen, als einen Versuch zu beweisen, daß die ganze Welt vor dem kraftvollen Absatz des britischen Weltreiches zur Machtlosigkeit zusammenschrumpfte. Wenn man die Antarktis kannte, dort gewesen war und wußte, welche Verhältnisse dort herrschten, mußte man dagegen einwenden, daß diese Vorstellung absurd war, weil in der Antarktis eine Eroberung im eigentlichen Sinne schlicht unmöglich war. Aber man kam nicht an der Tatsache vorbei, daß das britische Weltreich durch Kartographie so machtvoll geworden war. Fidel hatte mir einmal erklärt, daß man einen Krieg beginnen und ein Volk versklaven konnte, wenn man nur genaue Karten seines Territoriums besaß. Und bestimmt waren die Briten in den Tagen des Empire geradezu besessene Landvermesser gewesen. Sie hatten mehr als dreißig Jahre darauf verwendet, ganz Indien zu vermessen und zu kartographieren, und als sie damit fertig waren, machten sie im Himalaja weiter. Sie gingen sogar nach Tibet, das keine Ausländer duldete, und vermaßen – als Spione – dessen Grenzen mit Hilfe von Schnüren, die sie in Gebetsmühlen versteckten.

Jenseits aller pragmatischen Gründe, die solche Landvermessung und Kartierung nützlich erscheinen ließen, gab es wahrscheinlich noch einen eher psychologischen Grund. Ich denke, es ist nicht zu weit hergeholt, wenn ich sage, daß die Herren Landvermessergeneräle schon immer den Drang verspürt haben, die Erde in eine Art Zwangsjacke zu stecken. Das hatte Thaw in Kansas an dem Gittersystem der Landaufnahme, das er dort zum ersten Mal kennenlernte, so schrecklich gefunden. Und das war es auch, worüber er an jenem Tag auf dem Ross-Schelfeis redete. Wenn sie eine Linie hier ziehen konnten und eine dort und eine weitere Linie diagonal dazu, dann wäre es den Landvermessergenerälen gelungen, eine Art Käfig für die letzte Wildnis unseres Planeten zu schaffen.

In diesem Zusammenhang könnte man den Versuch der Briten, zum Pol zu gelangen, wirklich als das Bestreben auffassen, den Käfig zu vollenden, das Gitternetz, das den gesamten Planeten umspannte. Und man könnte sogar sagen, daß die Männer, die sich des Unternehmens annahmen und im Jahre 1912 am Südpol standen, einen Nagel in den Fuß der Erde trieben. Das einzige Problem bei dieser Vorstellung war, daß sie auf lächerliche Weise unzutreffend war. Das Ganze hätte bedeutet, die Vergangenheit genauso dümmlich in die Gegenwart zu versetzen, wie ich mit meiner Kunsttheorie versucht hatte, aus der Gegenwart Vergangenheit zu machen. Um wirklich zu verstehen, was die Männer der *Terra-Nova*-Expedition dazu gebracht hatte, ihre Schlitten hinter sich herzuschleppen und wie Sklaven bis zu ihrem Tod zu kämpfen, hätte man sie in ihrer eigenen Zeit sehen müssen. Aber als Individuen, nicht als Typen, und man hätte wissen müssen, wie dieser Kontinent wirklich aussah, als sie hier waren. Ja, sie hatten der elitären Klasse eines gewaltigen Reiches angehört, eines Reiches, das alles versklavt und sich alles einverleibt hatte, dessen es habhaft werden konnte. Sie gehörten zu den privilegierten Vertretern eines der privilegiertesten Völker aller Zeiten. Aber das war es ja gerade: Sie waren, was sie waren, und gingen trotzdem aus irgendeinem Grund in die Antarktis. Sie wetteiferten, wie ich meinem Großvater erzählt hatte, als ich ihn zum ersten Mal traf, mit allem Einsatz darum, an einen Ort zu kommen, an dem es keinen Wettbewerb gab. Viele dieser Männer waren als Wissenschaftler ausgebildet, und die meisten von ihnen waren Angehörige des britischen Militärs. Jeder von ihnen hätte sich leicht entschließen können, einen anderen Weg einzuschlagen und großen Reichtum sowie gewaltige Macht zu erlangen, in Indien, Afrika oder China zum Beispiel. Statt des Eises der Antarktis hätten sie das Gold der anderen Kontinente ausbeuten können, irgendwo, wo es Eingeborene gab, die man den Interessen Großbritanniens gefügig machen konnte. Aber das hatten sie nicht getan. Sie waren in das große Eis gegangen.

Und zwar zu einer Zeit, als es hier noch nichts als das Eis gab. Keine Forschungsstation McMurdo, keine Flugzeuge, keine Telefone, keine Satelliten, keine wie immer geartete Verbindung zur Außenwelt. Keine Südpolstation, keine freundlichen Menschen, die sie begrüßten, wenn sie den neunzigsten Grad südlicher Breite erreichten, keine Forschungscamps, keine Kiwis auf dem Plateau, nur Schnee und Fels. In jenen Tagen in die Antarktis zu kommen, das hieß wahrlich, sich an eine blanke Tafel zu setzen, eine *Tabula rasa*, die so groß war wie Nordamerika. Sie hatten es getan, weil sie etwas Besonderes waren – Menschen ihrer Zeit zwar, die aber über ihre Zeit hinausblickten, wenn auch nicht unbedingt bis 1991, bis in meine eigene Gegenwart hinein. Edward Wilson hatte geschrieben: »Welche gewaltige Verantwortung gehen wir ein, wenn wir Diener für uns arbeiten lassen . . . die ihr Leben hingeben, um einigen wenigen Zeit zu ersparen, und einer nach dem anderen werden wir, die wenigen, vor ihr Angesicht gebracht und gefragt werden, was wir mit unserem Leben getan haben, mit der Zeit, die sie uns gegeben haben, damit wir die Welt besser machen« – Wilson war ein Mann, der über seine Zeit hinausragte. »Als Nation haben wir uns der übelsten Sünden schuldig gemacht, die von jedermann als der Triumph des Imperialismus gepriesen werden«, schrieb er. »Eines Tages wird dieser Teil unserer Geschichte in seinem rechten Licht gesehen werden.«

Sie waren außergewöhnliche Menschen, diese Kinder britischer Privilegien, die sich für die Antarktis statt für Geld und Macht entschieden hatten. Sie wußten, wie einzigartig ihre Stellung war, wie ungerecht das britische Weltreich und wie wichtig es war, daß Britannien den Sprung über dieses Reich hinauswagte. Diesen Männern, die die Wissenschaft liebten und von großer Neugier beseelt waren, war durchaus bewußt gewesen, wie Wissenschaft oft mißbraucht wird. Die Wissenschaftler und die Historiker, die Dichter und die Philosophen jeder Kultur mögen sich durch eine reine Liebe zum Wissen auszeichnen, die

Politiker, die Bürokraten und die Geschäftsleute aber werden sich ihre Leidenschaft immer zunutze machen. Sie werden die Ergebnisse ihrer Arbeit für sich in Besitz nehmen, sie zu ihrem Vorteil ausnutzen und zum großen Nachteil der Mehrheit aller Lebewesen. Vor allem im Westen, denke ich, hat es immer eine erstaunliche Polarität zwischen wahrem Idealismus und unglaublicher Barbarei gegeben. Diese Polarität gerät gewöhnlich zugunsten jener aus dem Gleichgewicht, denen es um Macht und Gewalt geht, und nicht zugunsten derer, die Offenheit und Pluralismus anstreben. Diese herausragenden Männer, die in die Antarktis gekommen waren, bevor es dort die Spur einer Siedlung gab, hatten das getan, weil sie wußten, was die Antarktis eigentlich ist.

Sie konnten nicht völlig von vorn anfangen. Nein, denn ihre Erinnerungen kamen mit ihnen, die Erinnerungen ihrer eigenen Kultur und Geschichte. Sicher war keiner von ihnen im Zweifel darüber, daß es ein Privileg war, hierherzukommen, und daß sie selbst nur deshalb Privilegien genießen konnten, weil sie anderen vorenthalten wurden. Sie brachten die Sünden des Empire mit sich, und obwohl es nicht, nicht im persönlichen Sinne, ihre eigenen waren, so waren die Männer doch Erben einer schweren und grausamen Tradition. Als Mitglieder ihrer Klasse und ihres Landes und ihrer Spezies hatten sie eine Blutschuld abzuarbeiten. Das war die tiefere Bedeutung des Bildes dieser Männer, die vor ihren Schlitten gespannt und vornübergebeugt litten. Anders als die Hunde, Ponys, Pferde, Afrikaner, Inder, Chinesen oder irgendwelche anderen Rassen oder Arten, die ausgebeutet und unterdrückt wurden, seit der barbarische Westen begonnen hatte, seine Herrschaft zu etablieren, hatten diese Männer ihre Last aus eigenem freien Willen gezogen. Die Last war sehr schwer gewesen, und sie sahen aus wie gefangene Elefanten, aber das Gewicht hatte sie nicht traurig gemacht, sondern froh, bis fast zum Ende – bis zum letzten Augenblick. Sie hatten in ihren Briefen und Tagebüchern geschrieben: ». . . Ich bereue diese Fahrt nicht«, und: »Der Tod hat keinen Schrecken mehr. Alles ist gut.«

Und was waren Scotts letzte Worte gewesen? Sie standen auf dem Schild an seiner Statue in Christchurch: »Wir sind schwach, das Schreiben fällt schwer, aber meinetwegen bereue ich diese Reise nicht, die gezeigt hat, daß Engländer Schweres erdulden, einander helfen und dem Tod mit ebenso großer Festigkeit entgegensehen können wie je in vergangenen Zeiten.« Bevor ich es dort am Avon an dem Standbild las, hatte mich dieses Zitat immer geärgert. Selbst damals hatte es mir vor allem deshalb gefallen, weil es so gut dazu zu passen schien, wie ich die Kiwis wahrnahm. Aber jetzt, als ich begriff, was das Schlittenziehen bedeutete, begriff ich auch, daß für ihn »die Vergangenheit« in jenem Satz etwas ganz anderes bedeutet haben mußte, wenn Scotts Gegenwart meine Vergangenheit war. Auf welche Vergangenheit hatte er sich bezogen? Was hatte er mit »wie je in vergangenen Zeiten« gemeint? War es möglich, daß die Vergangenheit, an die er dachte, sich mehrere Jahrhunderte zurück erstreckte? Zurück erstreckte vor das neunzehnte Jahrhundert, zumindest zurück vor jene Zeit, da seine Nation sich selbst ins Unrecht gesetzt hatte, und zwar nicht nur durch die Kolonialisierung Asiens und durch die Überheblichkeit, die diese Kolonialisierung gerechtfertigt hatte? Wenn es das war, was Scott gemeint hatte – und ich spürte, daß es so sein mußte –, dann hatte er bei seinem Tod an lang vergangene Zeiten gedacht, die seiner Geburt weit vorausgingen, in die aber dennoch seine Wurzeln hineinreichten. In jenen Zeiten, wann immer das gewesen sein mochte, war sein Volk – das glaubte und hoffte er wenigstens – noch nicht der Versuchung erlegen, von so vielen in der Welt zu verlangen, für seine Interessen zu sterben.

Jetzt war mir alles klar. Scott und die anderen waren zum Südpol gegangen, zu einem weißen Punkt, und hatten die ganze Last des Empire auf ihren Schlitten hinter sich hergezogen; es war eine schwere Last gewesen, sie hatte sie umgebracht, und dafür hatte ihr Jahrhundert sie belohnt, indem es sie zu nationalen Märtyrern machte. Man hatte sie nationale Helden genannt, aber es waren merkwürdige Helden, die in ihrem Wettlauf mit den Norwegern unterlegen und dabei auch noch umgekommen waren. Merkwürdige Helden, wenn man erwartet, daß Helden etwas gewinnen, ein Leben, ein Land, eine Schlacht, ein Spiel, einen Krieg. Merkwürdige Helden, aber keine merkwürdigen Märtyrer, denn die Aufgabe eines Märtyrers ist eine andere. Die Aufgabe eines Märtyrers ist, die Sünden anderer auf sich zu laden und nach großem Leiden und ohne zu klagen für die anderen zu sterben.

Bis ich mir das alles so zurechtgelegt hatte, war der größte Teil des 17. Januar vorüber, und trotz der Kälte und des Gewichts meines Schlittens fühlte ich mich besser als am Morgen. Es war schön, daß es mir gelungen war, etwas zu begreifen und mich gleichzeitig von dem zweimonatigen Marsch, der noch vor uns lag, abzulenken. Trotzdem sehnte ich den Augenblick herbei, in dem Brock vor mir das Signal geben würde, daß der Tag vorbei war und daß wir jetzt unser Lager aufschlagen konnten. Mein linker Fuß war eiskalt, und ich hatte Hunger. Jetzt, nach zweieinhalb Monaten auf dem Eis, schien unter jedem Hunger immer neuer Hunger zu lauern, so daß man, selbst wenn der Hunger gestillt war, nie satt wurde. Als ich sah, daß Brock stehenblieb, dachte ich, ich hätte es geschafft und die letzte Drei-Stunden-Etappe des Tages läge hinter mir, und ich war so froh, daß ich an Ort und Stelle stehenblieb, obwohl ich einen halben Kilometer hinter Brock zurücklag.

Aber als ich aufblickte und mich umsah, stellte ich fest, daß Brock aus einem anderen Grund stehengeblieben war. Ich hatte so lange vor mir in den Schnee gestarrt, daß ich kaum etwas anderes wahrgenommen hatte. Zu unserer Linken stand eine Nissenhütte, eine kleine zwar, aber eine echte. Es mußte sich um die Hütte der Kiwi-Forscher handeln, von der sie uns in der Südpolstation erzählt hatten. Normalerweise wären wir nie dort vorbeigekommen, aber wegen Brocks Schwierigkeiten mit der magnetischen Anpassung schienen wir ein wenig von unserer alten Route abgekommen zu sein, und da stand die Hütte nun, und die anderen liefen darauf zu. Ich zog meinen Schlitten wieder an und folgte ihnen, so schnell ich konnte. Es bedurfte keiner Diskussion darüber, ob wir hier haltmachen sollten oder nicht. Es wäre unhöflich gewesen, an einem winzigen Lager vorbeizulaufen, ohne wenigstens hallo zu sagen.

Also los. Wir ließen unsere Schlitten stehen und schnallten die Skier ab. Dann klopften wir an die Tür, lächelten einander zu und dachten voller Freude daran, was für eine Überraschung das für die Neuseeländer sein würde. Es dauerte nicht lange, bis jemand die Tür öffnete und hinausschaute, aber die Person, die vor uns stand, war lange nicht so begeistert, wie wir gehofft hatten. Der Mann machte ein seltsam ernstes Gesicht, als er uns hereinbat mit den Worten: »Wir hören gerade Radio. Kommt rein. Das hier sind die ersten Berichte, die Sinn machen.«

»Was?« fragten wir wie aus einem Mund und ziemlich verwirrt.

»Sie stellen gerade einen Bericht von der Südpolstation zu uns durch.« Wir hatten keine Ahnung, wovon er redete, aber wir schlugen den Schnee von unseren Stiefeln und traten in die Hütte.

Drinnen saßen sechs Männer um einen Tisch herum, auf dem inmitten eines Wirrwarrs von Drähten ein Funkgerät stand. Sie grüßten uns mit einem kurzen Hallo und bedeuteten uns, Platz zu nehmen. Gleichzeitig legten sie ihre Finger auf die Lippen, um uns Schweigen zu gebieten. Es war so warm in der Hütte und so stickig, daß ich wahrscheinlich sowieso etwas benebelt gewesen wäre, aber die ernsten Gesichter der Männer und ihr Schweigen benebelten und verwirrten mich noch mehr. Das war nicht die Art Empfang, die man uns auf der Südpolstation bereitet hatte. Dort waren alle so freundlich zu uns gewesen, und ich hoffte, hier würde es genauso sein. Zuerst hatte ich einige Schwierigkeiten, mich auf den Bericht zu konzentrieren, der mit lautem Knistern durchsetzt aus dem Funkgerät kam.

Dann begann der Bericht von neuem, und diesmal gelang es mir, ihn zu verstehen. »Wiederholung. Wir wiederholen. Um sieben Uhr abends am 16. Januar in den Vereinigten Staaten, das heißt am frühen Morgen des 17. in Saudi-Arabien, flogen die alliierten Streitkräfte im Persischen Golf einen massiven Luftangriff auf Ziele im Irak und im besetzten Kuwait. Soweit bekannt wurde, richtete sich die Operation Wüstensturm gegen Munitions- und andere militärische Fabriken, zivile Flughäfen, Flugabwehrstellungen und Nachrichtensender. Es werde versucht, mit der Operation Wüstensturm auf einen Schlag Saddam Husseins gesamtes offensives Potential zu vernichten. Die ersten Berichte deuten an, daß mit der Operation Wüstensturm die vorgesehenen Ziele zu achtzig Prozent getroffen wurden und daß die irakische Verteidigung nur sporadisch und ineffektiv war, vielleicht weil ihre Kommando- und Kontrollzentren bereits am Anfang ausgeschaltet wurden. Die amerikanischen High-Tech-Waffen haben offenbar die irakische Früherkennung unterlaufen, und die alliierten Streitkräfte sind bei ihrem Einsatz nach der Doktrin des überlegenen Kräfteeinsatzes vorgegangen. Es heißt, dies sei ein historischer Augenblick, und die ›intelligenten Bomben‹ erfüllen die in sie gesetzten Erwartungen. Wir werden Sie auf dem laufenden halten. Bleiben Sie auf Empfang.« Es rauschte wieder.

Das Funkgerät wurde abgestellt, und die Männer, die schon länger zugehört hatten als wir, stießen einen Seufzer aus. Wir fünf, die wir hier fremd waren, hatten auch den Atem angehalten und holten jetzt tief Luft. Thaw und Brock sagten etwas, und die Neuseeländer antworteten. Und ich konnte das alles einfach nicht glauben. Es war, als hätte ich die erste Rundfunkausstrahlung des *Kriegs der Welten* mitangehört. Ein paar Leute hatten damals wirklich geglaubt, Marsmenschen seien auf der Erde gelandet, und waren in Panik geraten, aber ich würde nicht zu ihnen gehört haben. Nein, ich würde geglaubt haben, daß es sich um einen Halloweenulk handelte, den Orson Welles sich ausgedacht hatte – in unserem Falle mußten die Techniker der Südpolstation den Schabernack in Szene gesetzt haben. Aber noch während ich versuchte, ein Lächeln über diesen guten Witz zustande zu bringen, begriff ich, daß es sich nicht um einen Scherz handelte. Der Krieg hatte begonnen. Und schon jetzt war er Der Krieg, obwohl er gestern noch gar kein Krieg gewesen war. Oder wenn er es doch gewesen war, dann lediglich ein Krieg, einer von vielen, die Wirklichkeit werden konnten oder nicht. Der unbestimmte Artikel hatte eine verallgemeinernde Kraft, aber das »der« gab dem Ganzen etwas sehr Konkretes. Von Beginn an war Der Krieg eine absolute Größe, und es schien unmöglich, sich an die Zeit zu erinnern, also an gestern, als er noch vermeidbar gewesen war.

Die Neuseeländer luden uns zum Abendessen ein, und wir nahmen ihre Einladung zu unserem späteren Bedauern an; die frischen Nahrungsmittel sollten uns allen Verdauungsprobleme bescheren. Wir unterhielten uns über die Expedition, über ihr Forschungsprojekt, vor allem aber über den Krieg und darüber, wie lange er wohl dauern würde. Die Kiwis waren sehr darauf bedacht, stets nur von den »alliierten Kräften« im Golf zu sprechen und uns klarzumachen, daß die Vereinten Nationen der Gewaltanwendung zugestimmt hatten. Diesmal hatte ich keine Schwierigkeiten, mich daran zu erinnern, was die Vereinten Nationen waren und wo der Persische Golf lag. Die Neuseeländer machten alle möglichen Verrenkungen, um es nicht zu sagen, und wiesen sogar darauf hin, daß selbst Neuseeland Hilfstruppen geschickt hatte – medizinische Hilfstruppen. Dennoch war uns allen vollkommen klar, Amerikanern wie Neuseeländern, daß wir diesen Krieg begonnen hatten, der sich jetzt irgendwo am Rande unseres Blickfelds und in einer anderen Art von Wüste abspielte. Unser Land hatte das Oberkommando. Ein General unserer Armee traf die Entscheidungen. Unser Land hatte die Dinger entwickelt, die man »intelligente Bomben« nannte. Es war nicht direkt die Schuld von uns fünfen, die wir hier in dieser Wellblechhütte saßen, aber trotzdem herrschte eine gewisse Spannung zwischen uns und den Kiwis, und ich war froh, als wir uns schließlich verabschiedet hatten.

Am nächsten Tag gingen wir weiter nach Norden, und wir waren wieder auf dem richtigen Kurs, da Brock es geschafft hatte, seinen inneren Magneten genau zu justieren. Es war ungeheuer wichtig, daß wir auf Kurs blieben, da wir die beiden Depots auf dem Plateau erreichen mußten, das erste anderthalb Grad und das nächste drei Grad nördlich des Pols. Sobald wir wieder auf unsere alte Route zurückgefunden hatten, stellten wir fest, daß man an manchen Stellen unsere eigenen Spuren sehen konnte, die sich zwischenzeitlich mit Schnee gefüllt hatten, dann aber vom Wind wieder freigeweht worden waren. Der Wind hatte sie zu unheimlichen und phantastischen Gestalten bearbeitet, und ihr Anblick bereitete mir Unbehagen.

Während dieser Etappe hingen die Wolken manchmal dicht über uns am Himmel. Meistens aber schien gnadenlos die Sonne, und während sie mich vorher auf unserer Reise nicht gestört hatte, ging sie mir jetzt, da wir uns den Bergen näherten, plötzlich auf die Nerven. Ja, ich betrachtete sie langsam als ein Auge, das auf uns herabschaute, wie das Auge eines großen Raubtiers, das am Himmel außerhalb unserer Sichtweite lauerte und jetzt unsere Witterung aufnahm und uns verfolgte, während wir durch die große, weiße Wüste marschierten, ein Raubtier, das uns nie allein ließ. Als wir weiter nach Norden kamen, gab es auch wieder Schatten, Schatten, die um uns herum auftauchten, aber keinen Schutz gegen das Licht boten, und das Licht war in diesen Tagen etwas, dem ich wirklich gern entkommen wäre. Die Vision meiner Geburt, die ich gehegt hatte, seit ich denken konnte, erschien mir zum ersten Mal als bloße Phantasie. Aus der Wärme des Körpers herausgezwungen zu werden, aus dem wärmenden Ozean hinein in das blendende Licht – kein Entkommen möglich –, warum sollte das etwas anderes sein als schrecklich? Als ich auf meinen Skiern über das flache Plateau lief, schien meine Welt nur noch zwei Dimensionen zu haben, und ich sehnte mich nach einfachen Wänden.

Jetzt war mir auch klar, daß es ein großer Fehler gewesen war, in die Nissenhütte zu gehen und unter einem Dach zu verweilen, lange bevor wir wieder ein eigenes Dach über dem Kopf haben würden. Auf jeden Fall war es ein Fehler gewesen, daß wir uns die Nachrichten angehört hatten, daß wir hier überhaupt Neuigkeiten mitbekommen hatten – vor allem die, daß unser Land am Persischen Golf Krieg führte. Der Gedanke daran machte mich auf eine Art und Weise depressiv, gegen die ich mich nicht wehren konnte, und die Kilometer auf dem Plateau wurden mir sehr lang. Außerdem bekam ich am siebten Tag unseres Weges nach Norden langsam ernsthafte Probleme mit meinem linken Fuß. Er war jetzt wirklich kälteempfindlich, und ich blieb mehrmals täglich weit hinter den anderen zurück, um meine Skier auszuziehen, mich auf meinen Schlitten zu setzen und zu versuchen, den Fuß zu wärmen. Danach mußte ich mich unglaublich anstrengen, um die anderen wieder einzuholen, und manchmal kam ich zu spät, wenn wir Pause machten, und hatte weniger Zeit zum Essen als die anderen. Brock schlug vor, das Tempo zu verlangsamen, aber ich war dagegen. Ich wollte das nicht, ich wollte so schnell wie möglich nach Kap Evans zurück, jetzt mehr denn je. Ich wollte auf keinen Fall, daß wir uns in dieser widerwärtigen Gegend länger aufhielten als nötig, vor allem, da die Temperaturen jetzt regelmäßig auf dreißig bis fünfunddreißig Grad unter Null sanken.

Außerdem war mein Fuß das geringste Problem. Es waren meine Gedanken, die mich wirklich behinderten, weil sie zwanghaft immer wieder zu dem Golfkrieg zurückkehrten. Stoßen, gleiten, stoßen, gleiten, da war es wieder, nur waren es diesmal nicht die äußeren Grenzen, nicht die Silberbläschen, sondern ein Krieg, der um Öl geführt wurde. Ein Krieg um Öl, jene Ware, die auch die Antarktis auseinanderreißen würde, falls es jemals soweit kam – falls das Öl im Eis benötigt werden sollte. Ein Krieg um Öl, und die Marine der Vereinigten Staaten, meine Marine, schwamm jetzt auf den Wassern des Golfes und nahm mit ihren Mannschaften und Raketen die Irakis aufs Korn. Nein, es war nicht *meine* Marine. Ich hatte nichts mit der Marine zu tun. Oder? Nein, ich hatte nichts damit zu tun. Aber allmählich, stoßen, gleiten, fiel es mir ein. Eines Tages wußte ich wieder, daß Lamont Paints früher einmal einen Vertrag mit der Marine hatte. Nein, das stimmte nicht. Doch, natürlich stimmte es.

Natürlich stimmte es. Das wußte ich auch schon seit langer Zeit, seit damals, da ich als kleines Kind begriffen hatte, daß ich irgendwie mit Lamont Paints zusammenhing – wahrscheinlich hatte mir meine Mutter erzählt, daß mein Großvater den größten Teil seines Vermögens im Zweiten Weltkrieg gemacht hatte. Sie hatte es mir erzählt, und später hatte William mir auf seine selbstzufriedene Weise bestätigt, daß »dieser Bastard FDR meine Farbe gekauft und mich reich gemacht hat. Ganz schön komisch, was?« Aber ich hatte nie zuvor wirklich darüber nachgedacht, was das für mich und die Expedition bedeutete. Ich hatte William nie gefragt, ob es diesen Vertrag immer noch gibt.

Und wenn es so wäre? Je mehr ich darüber nachdachte, stoßen, gleiten, um so wahrscheinlicher schien mir, daß Lamont die Marine noch immer mit Farben für ihre Flugzeugträger, Kriegsschiffe und Atom-U-Boote ausstattete und auch all die anderen Schiffe, die sich in dem schönen, blaugrünen Ozean südlich von Kuwait versammelten oder schon versammelt hatten. Da schwammen sie nun auf dem Wasser, ausgerüstet mit Waffen von unbegrenzter Zerstörungskraft, bereit, sofort zuzuschlagen, wenn der Befehl erging. Da waren sie nun mit ihren See-Land-Flugkörpern, ihren Boden-Luft-Raketen und ihren Hightechbombern, und nur Lamont Paints lag zwischen ihnen und dem Salz ihres Untergangs.

Mein Gott, und Lamont war meine Farbfabrik. Sie trug meinen Namen, ich trug ihren Namen, und so war ich für diesen Krieg verantwortlich. Wenn die Farbe auf den Schiffen nicht wäre, könnte die Marine überhaupt nicht dort sein. Es gäbe keinen Krieg, keinen Tod und keine Zerstörung. Na schön, vielleicht gäbe es dort andere Schiffe, aber jedenfalls nicht meine Schiffe. Warum hatte ich darüber nicht nachgedacht, bevor wir nach Süden aufbrachen? Warum hatte ich nicht begriffen, daß jeder Krümel, den wir hier aßen, unser Kakao und unser Pemmikan, die Butter und die Kekse, daß das alles bezahlt wurde durch Arbeit, die der Ausrüstung der United States Navy galt? Es ging nicht nur um einen Krieg für Öl, es ging auch um Farben für die Waffen, um Farben für den Krieg, um Farben für Öl, und, was uns anbelangte, um einen Krieg, damit wir ins Eis konnten. Der Krieg, dem wir hier unseren Proviant und unser Überleben verdankten, der für alles geführt wurde, was wir hier auf diesem letzten, unberührten, freien Kontinent, der Antarktis, taten.

Ich versuchte diese Gedanken abzuschütteln. Es nützte nichts, wenn ich weiter darüber grübelte, hier, an einem Ort, der so weit weg von allem war. Doch wie ich schon sagte, waren Gedanken und Gefühl wie Kieselsteine in einem Vakuum, von einem einzigen Stoß in Bewegung gesetzt und dann kaum noch aufzuhalten, wie sehr man sich auch bemühte. Sobald ich mich in diesen Gedankengang einmal verstrickt hatte, gelang es mir nicht mehr, mich davon zu überzeugen, daß dieser Krieg nicht meine ganz persönliche Schuld war – und natürlich auch Williams Schuld. Ich wollte mit ihm reden. O verdammt, wenn ich doch nur hier wegkäme, vom Plateau weg, vom Schelfeis weg und überhaupt von diesem ganzen Kontinent weg. Wenn ich doch nur irgend etwas tun könnte, um diesem Krieg ein Ende zu machen, bevor er weiterging. Ich dachte an William und sah ihn in seinem Rollstuhl vor mir, wie er in seiner Suite im Quarry Grand saß und den Krieg betrachtete, der auf einem Breitwandfernseher gezeigt wurde. Ich stellte mir vor, wie er eins dieser riesigen Taschentücher hervorzog und es sich übers Gesicht legte, so daß er wie ein Bandit aussah. In diesem Falle tat ich ihm Unrecht, aber das konnte ich nicht wissen. Ich stellte mir nur vor, daß er, wenn ihm diese rührseligen Fernsehfilme über die sogenannten Patrioten schon so gefielen, die Wirklichkeit sicherlich um so höher schätzen würde, lebensechte Patrioten, Kriegsgeschichten, die kaum einen Tag alt waren.

Es war einfach alles zuviel. Ich biß die Zähne zusammen, zog meinen Schlitten, mein linker Fuß war kalt, und gelegentlich bekam ich einen Wadenkrampf im linken Bein. Außerdem waren meine Lippen rissig und blutig, und ich hatte die Gelegenheit für eine Dusche und ein Bett und eine Party in der Südpolstation zurückgewiesen, um irgendeines abstrakten Zieles, während William, mein eigener Großvater, irgendwo warm und sicher saß und bei dem Gedanken an seine patriotische Farbfabrik in ein Taschentuch schluchzte. Ich wollte fliegen. Ich wollte, daß mir Flügel wuchsen. Ich wollte diesem endlosen Kontinent entfliehen, ich wollte in die Welt zurückkehren, wo ich zumindest meinen Protest äußern konnte.

Aber ich konnte nicht zurück in die Welt. Alles, was ich tun konnte, war, marschieren und denken. Und jetzt dachte ich an die Marineleute, die ich in McMurdo kennengelernt hatte. Das war jetzt schon vier Jahre her, und selbst die Piloten, die damals gerade erst zur NSFA versetzt worden waren, hatten ihren Dreijahresturnus dort vor einem Jahr beendet. Einige dieser Piloten – vielleicht sogar der Pilot, der unser Flugzeug in Williams Field mitten in einem lebensgefährlichen Schneesturm sicher gelandet hatte –, einige dieser Piloten waren jetzt sicherlich nach Saudi-Arabien geschickt worden, wo sie von den Flugzeugträgern aus die Bombereinsätze flogen. Und nicht nur die Piloten waren dort. All die einfachen Soldaten, die ich aus der Mannschaftsmesse kannte, und Harry Jameson – er war Fregattenkapitän. Ich konnte mich nicht daran erinnern, wie viele Leute mobilisiert worden waren, aber ich glaubte, es handele sich um eine halbe Million, und in diesem Fall war auch Harry Jameson mit Sicherheit dort. Wenn Harry nun dort war und getötet würde? Sein komisches Gesicht spähte mir vom Plateau aus entgegen, die kleine Nase, das kleine Kinn, die breiten Wangenknochen. Da war er mit seinen elfenhaften Ohren, die spitzer schienen denn je, und er trug einen grünen Parka, keinen roten. Er sagte: »Morgan Lamont ... Morgan bedeutet: ›Frau vom Meer‹. Mögen Sie das Meer? Sie müssen. Sie stehen ja praktisch drauf.«

»Harry, sei vorsichtig«, dachte ich. Und Harry sagte: »Ja, ich bekomme meine Befehle direkt aus dem Weißen Haus.«

»Aus dem Weißen Haus?« fragte ich zurück. »Du meinst Gebäude Nr. 165.«

»Nein, nein, das richtige Weiße Haus in Washington. Muß gehen, muß sterben, muß sterben ... sterben ...«

Er war weg. Das Plateau aber war noch da. Ich hatte keine Halluzinationen, keinen Augenblick lang, aber meine Vorstellungskraft wurde sehr scharf in diesem endlosen Sonnenschein.

Es war so frustrierend, überhaupt nichts tun zu können. Ich wußte nicht, was die Leute in Framheim taten, aber zumindest bekamen sie Nachrichten. Sie konnten E-mails rausschicken, sie konnten mit anderen Leuten telefonieren. Noch nie hatte ich mir so sehr gewünscht, meine Stimme zu erheben, um anderen meine Gefühle mitzuteilen. Jedoch noch nie war meine Lage dafür ungeeigneter gewesen. Warum zum Teufel hatten wir kein Funkgerät mitgenommen? Zumindest hätten wir uns auf diese Weise informieren können. So aber ging meine Phantasie mit mir durch. Am 1. Februar hatte dort der Landkrieg begonnen, und Tausende wurden jeden Tag getötet. Die Säcke mit den Leichen kamen in einem endlosen Strom aus den C-5. Ich konnte das alles so deutlich vor mir sehen, die Frachtflugzeuge, genau die gleichen wie das, mit dem ich geflogen war, die Hubschrauber, eine moderne Version der Hueys. Und die Hundemarken, das Klirren der Hundemarken. Die Katastrophe, für die sie standen. All die einfachen Soldaten, die verächtlich über die Pathologen der Marine dachten. Ich fragte mich, ob sie im Krieg dasselbe taten, über die Anzahl von »Seelen« an Bord berichteten. »Hier spricht Lieutenant Smith auf dem Weg nach Bagdad, wir haben fünf Seelen an Bord.« Auch wir hatten fünf Seelen an Bord! Was für ein Zufall, dachte ich einen Augenblick lang, und vergaß, daß die fünf Seelen nur meiner Phantasie entsprungen waren.

Die Tage vergingen. Wir aßen und schliefen, wir zogen die Schlitten, wir bauten unser Lager auf und wieder ab. Wir erreichten die Stelle auf dem Plateau, von der aus wir wieder die Berge sehen konnten. Es war eine große Erleichterung, endlich wieder etwas zu haben, das man anschauen konnte, um zu wissen, daß wir vorankamen. Aber wir waren immer noch mindestens eine Woche vom Mount Darwin entfernt, und mein Fuß wurde immer häufiger kalt. Mir schien, daß ich sogar anfing zu humpeln. Ganz bestimmt tat jedenfalls mein Bein oft sehr weh, und wenn ich die Ski abgeschnallt hatte, dann kam mir alles schief vor, dann schien alles unter meinen Füßen schräg zu stehen. So wie Brock glaubte auch ich schon lange daran, daß unter der flachen, ebenen Oberfläche der Welt, wo alles gleich weit voneinander entfernt scheint und alles allem anderen ähnlich, eine schiefe Welt des Auges und des Geistes liegt, in der sich gänzlich unerwartete Dinge ereignen können. Und jetzt hatte ich den Eindruck, durch nichts anderes als genau diese antiklinale Welt zu laufen. Und was die außergewöhnlichen Dinge anbelangte, so war »Außergewöhnlichkeit« eine zweischneidige Sache. Es gab viele Überraschungen in dieser Welt, und der Tod war nicht die geringste davon.

Ja, der Tod kam immer überraschend. Wie viel man auch darüber nachdenken mochte, er hatte etwas Bodenloses an sich, das nur darauf wartete, daß man hineinstürzte. Er war die ultimative Gletscherspalte, eine, die sich nicht nur in die Unendlichkeit zu erstrecken schien, sondern es auch wirklich tat; die niemals endete. Und jetzt starben irgendwo in derselben Welt, in der ich lebte, täglich Tausende von Menschen, ihr Leben wurde einfach verkürzt. Verkürzt, wie mein Bein verkürzt worden war – verkürzt, das Wort hatte einen ganz eigenen Klang –, und vor meinem inneren Auge erschienen all die Toten, alle, wie sie da waren. Die irakischen Soldaten und Matrosen, die Kuwaitis, die Amerikaner und die Briten – einige versuchten zu entkommen, flohen in alle Himmelsrichtungen. Aber es hatte keinen Sinn, die intelligenten Bomben waren hinter ihnen her, sie spürten sie auf und töteten sie. Viele von ihnen saßen einfach da und warteten auf den Tod, der vom Himmel fallen würde. Ich hatte zuviel über Kriege gelesen. Ich wußte zuviel über den Großen Krieg, über den Zweiten Weltkrieg. Selbst über Vietnam wußte ich mehr, als Thaw vermutet hätte. Und es stellte sich heraus, daß Thaw recht gehabt hatte: Die Lektion von Vietnam bestand nicht darin, daß man es zu Lande nicht hatte einnehmen können, sondern daß man eben nicht in einem Dschungel Krieg führen sollte. Wüsten waren viel besser. Linearer.

Vor mir lag der Mount Darwin, aber ich sah C-130-Maschinen vor mir, nicht mit Kufen, sondern das Standardmodell. Sie starteten alle zwei Minuten aus dem Saudi-Arabien meiner Phantasie, und in dem Bauch der Kröten, in diesen dämmerigen, grünen Höhlen, waren diesmal Bomben. Die Nottaschen, wo waren sie? Der Lademeister würde keinen Unfug dulden. Er wollte nicht, daß man auch nur in die Nähe seiner Überlebensausrüstung kam. Nein, wenn die Menschen mitsamt den Bomben abstürzten, dann war das eben Pech. Es gab keinen Notausgang, es waren zu viele Bomben da, sie stapelten sich bis zur Decke des Flugzeugs. Neoprenanzüge, natürlich gab es Neoprenanzüge, außerordentlich nützlich in der Wüste, aber es wurde nicht empfohlen, sie zu tragen. Die wichtigsten Regeln waren: Die Netze am nächsten Luftwaffenstützpunkt abliefern. Man kann niemandem trauen. Alle sind Idioten. Die roten Pfeile bezeichnen den Weg zum Ausgang. Wenn das Flugzeug wassern muß, kümmere dich nicht um die Toten. Wende dich den Verwundeten zu. Die Soldaten hatten glasige Augen. Sie warteten darauf, daß der Druck in ihren Ohren nachließ. Sie warteten darauf, daß der Krieg zu Ende ging. Sie warteten darauf, daß jemand sie rettete.

Und jetzt sah ich noch etwas. Ich sah, daß das, was mir zur *Terra-Nova*-Expedition eingefallen war, zu den Sünden des Empire, zu der Buße einer Nation, nicht nur für die Viktorianer galt. Sie, wir, was gab es da für einen Unterschied? Das Empire hatte nicht mehr die gleichen Küsten, und seine Hauptstadt war nicht mehr London, sondern Washington, aber sonst ging das Ganze weiter wie bisher. Der industrielle Kapitalismus war 1910 durch die Ausbeutung der Dritten Welt und der Arbeiterschaft Großbritanniens aufrechterhalten worden. Er war 1910 aufrechterhalten worden durch die Raubgier des Empire und durch die

Zerstörung vieler Ökosysteme des Planeten. Und jetzt, 1991, wurden der industrielle Kapitalismus und das »freie Unternehmertum« durch die gleichen Dinge aufrechterhalten. Durch die arbeitenden Armen in den Vereinigten Staaten von Amerika, durch die Zerstörung der Regenwälder auf der Südhalbkugel, durch diesen Krieg, der dem Westen die kuwaitischen Ölfelder zurückbringen würde. Ein Gedanke wiederholte sich wieder und wieder, daß nämlich das Empire von heute, das Empire des Westens, mein eigenes Empire war. Daran kam ich nicht vorbei. Als seine Erbin im allgemeinen wie auch in einem sehr speziellen Sinne konnte ich dem nicht ausweichen.

Jetzt wußte ich endlich, was ich wirklich hinter mir herzog.

Ich war nicht die einzige, der der Krieg zu schaffen machte und die beträchtliche Wegstrecke, die wir noch zurückzulegen hatten, bevor wir mehr darüber erfahren würden. Brocks Reaktion war allerdings, wie ich später entdecken sollte, ganz anders als meine. Ihn machte die Sache glücklich. Glücklich, weil er nicht dabei war, glücklich, weil er nie in Gefahr geraten war, in dergleichen verwickelt zu werden. Für Vietnam war er zu spät geboren, und als er das kritische Alter erreichte, gab es keine Wehrpflicht mehr. Darum war er ganz einfach glücklich, daß er 1957 in einem Ort namens Long Island im Staat New York zur Welt gekommen war. Er wußte, daß seine Eltern es nicht absichtlich so arrangiert hatten, aber er war ihnen plötzlich so dankbar, als hätten sie es eigens so eingerichtet, daß er zwischen den Kriegen aufwuchs. Während er auf die Berge zulief, den Südpol hinter sich, den Mount Darwin vor sich, dachte er an all die Männer, für die das Leben zu Ende gewesen war, kaum daß sie richtig erwachsen waren, weil man sie in irgendeinen Krieg geschickt hatte.

Ihm aber war es nicht so gegangen, er lebte noch, und er hatte den größten Teil seines Lebens noch vor sich. Von nun an wollte er sein Leben wirklich leben. Und wenn er so darüber nachdachte, fand er, daß die Voraussetzungen dafür eigentlich ganz gut waren, schon seit seiner Zeit als Meßdiener. Damals war es ihm als das Wunderbarste überhaupt erschienen, daß man eine Kerzenflamme nicht zu berühren brauchte, um sie auszulöschen. Man brauchte sie nur von ihrer Sauerstoffzufuhr abzuschneiden, und schon war es geschehen, sie war für immer dahin. Dann hatte er gedacht, daß es vielleicht irgendwo ein anderes Universum gäbe, das die Lichter aufnähme, wenn sie in diesem verlöschten – daß sie in dem Augenblick, wo sie hier verschwänden, woanders wieder auftauchten.

Und jetzt waren gewissermaßen diese Lichter und die Lichter seiner Kindheit, die verloschen waren, als er gerade nicht hingeschaut hatte, in der Antarktis wieder aufgetaucht. Während er uns mit Hilfe der ständigen, merkwürdigen Wahrnehmung seines Gehirnmagneten über die antarktische Hochebene führte, war er wie ein Priester, einer, der wußte, was das wirkliche Mysterium war. Und zwar nicht der Hokuspokus der Patres, denen seine Eltern ihn anvertraut und die geglaubt hatten, man könne sein Leben retten, indem man Ave Marias aufsagte – sondern das Mysterium des Magnetismus, Feldkräfte von bewegter Energie, geschaffen durch die atomare Struktur des Universums. Das war wie ein Wunder; und was noch verwunderlicher war: Er hatte immer noch die Gelegenheit – weil er lebte und nicht tot auf einem Schlachtfeld lag! –, das zu werden, was er werden wollte, Erforscher dieser Mysterien. Man könnte ihn vielleicht einen Hohenpriester der Wissenschaft nennen.

Wenn er über den Krieg nachdachte und all die hochtechnisierten Waffen, die, wie es hieß, »die in sie gesetzten Erwartungen erfüllt hatten«, dann fand er es besonders bizarr, daß die Spezies Mensch, repräsentiert durch die »alliierten Streitkräfte«, so stolz sein konnte auf diese computergesteuerten Organismen. Ein Computer, was war schon ein Computer? Ganz gleich, wie intelligent sie auch sein mochten, diese »intelligenten Bomben«, sie waren unendlich viel dümmer als das dümmste Lebewesen. Nicht nur dümmer als der dümmste Mensch, sondern dümmer als jeder Vogel oder Fisch. Vielleicht sogar dümmer als Wimperntierchen. Brock jedenfalls hatte Computer noch nie leiden können und sich geweigert, den Umgang mit ihnen zu erlernen, vielleicht, weil alle Computer eine binäre Struktur haben. Computer polarisieren alles, es gibt nur zwei mögliche Antworten, Ja oder Nein. Ich komme oder Ich gehe. Das Innenleben eines arbeitenden Computers stellte sich Brock immer wie eine Landschaft ohne jeden markanten Geländepunkt vor, in der sich binäre Systeme müde durch ihre eigenen Gefängnisse schleppen, niemals selbst Bedeutung erlangen, immer Knechte der Bedeutung bleiben. Auf unbestimmte und unbarmherzige Weise zweckhaft, konnten die Bytes in einem Computer nicht wissen, wessen Teil sie waren und welche Rolle sie im großen Plan der Dinge spielten. In gewisser Weise war die Arbeitsweise des Computers für Brock ein Sinnbild für den Zustand eines Menschen, der die Fähigkeit verloren hat zu entscheiden, in welche Richtung er gehen will.

Hochtechnisierte Waffen, intelligente Bomben also. Und die Menschen, die sie abschossen, freuten sich möglicherweise darüber, was sie anrichteten. Sie hatten ihnen einen Namen gegeben, der vernünftig klang, und nach Brocks Lebenserfahrung war niemand selbstzufriedener als der, der glaubte, er habe die Vernunft auf seiner Seite, wie stranguliert auch immer. »Ach, du glaubst den Quatsch doch nicht, oder?« war der ständige Kehrreim all jener gewesen, die er früher in den Bars getroffen hatte und denen er die geheimnisvollen Schwärme oder Stürze zu erklären versucht hatte. Aus Brocks Blickwinkel war es eher die Regel, solche Leute zu treffen als die anderen, die sagten: »Ich glaube das.« Ja, die erste Sorte war in der Mehrheit, und sie definierte Vernunft so eng, daß sie bei der Absurdität einer »intelligenten Bombe« landete.

Für Brock aber war Intelligenz mehr als die Verarbeitung von Fakten – wenn es bei Intelligenz nur um Fakten ginge, dann mußten Computer unschlagbar sein. Nein, Intelligenz, glaubte Brock, bedeutete kreatives Denken und schloß die Bereiche des Fühlens und der Intuition mit ein, genauso den Instinkt, und zwar in der richtigen Mischung und im richtigen Verhältnis. Wenn er das Hochplateau und die Antarktis hinter sich gelassen hatte, dann wollte Brock sich daranmachen, das zu beweisen, oder Forschungen und Experimente durchführen, die den Menschen helfen sollten, es für sich selbst zu erkennen. Er würde sich mit Wanderungen beschäftigen und mit der Verbindung von Verstand und Instinkt, die es Vögeln und anderen Tieren erlaubte, andere Orte aufzusuchen und dennoch wieder heimzufinden. Er würde den Menschen einfach als Tier ansehen und Experimente ersinnen, die auf verschiedene Spezies anwendbar waren und es ihm erlaubten, die unterschiedlichen Ausdrucksformen von Intelligenz zu messen. Er, Brock, war sich inzwischen absolut sicher, daß er über einen »sechsten Sinn« verfügte. Er existierte wirklich, und wenn er ihn hatte, dann besaßen andere Menschen ihn mit Sicherheit auch. Vielleicht verfügte der Mensch in geringerem Grade als andere Tiere über diese Fähigkeit, sonst hätte er nicht Sextanten, Astrolabium und Kompaß entwickeln müssen, um dorthin zu gelangen, wo er hinwollte. Auf jeden Fall würden Wanderungsforschungen eine Möglichkeit sein, das natürliche Spektrum der Intelligenz kennenzulernen, das während des größten Teils der menschlichen Geschichte so traurig mißverstanden und fehlinterpretiert worden war. Das hatte dazu geführt, daß Menschen sich geradezu dazu ermutigt fühlten, andere Geschöpfe zu beherrschen und auszunutzen, weil sie sie für weniger intelligent gehalten hatten. Das war absurd, und er würde versuchen, diese Absurdität nachzuweisen, indem er untersuchte, auf welche Weise alle empfindenden Wesen das Intuitive, das Instinktive und das Autonome mit dem Wissen und den Problemlösungsstrategien der Großhirnrinde kombinierten.

Das also war Brock. Er führte uns voller Energie auf die Berge zu, und seine Energie bezog er zum Teil aus diesen neuen Erkenntnissen. Auch Thaw war voll neuer Ziele, obwohl seine etwas anders geartet waren. Seine Reaktion auf den Krieg war ganz typisch. Gronya und Wilbur, glaube ich, machten einfach weiter. Die Nachrichten über den Krieg bedrückten sie weder so wie mich, noch bezogen sie neue Energie daraus. Aber das hatte auch sein Gutes, denn diese Gemeinsamkeit brachte sie wieder enger zusammen. Nicht, daß diese Sache zwischen Thaw und Gronya aufgehört hätte, wenigstens nicht vollständig. Aber sie verlangsamte sich deutlich. Denn Gronya konnte nicht an der Feststellung vorbeisehen, daß sie in gewisser Hinsicht große Ähnlichkeit mit Wilbur hatte. Beide fanden sie es schwierig, einem Krieg, der so weit entfernt stattfand, Realität zuzuerkennen. Sie waren Menschen, die so sehr im Hier und Jetzt lebten, daß sie natürlicherweise aneinander Trost fanden, während wir anderen haltlos waren.

Wilbur versuchte mir Halt zu geben. Während unserer Pausen und auch abends im Zelt sprach er über William und über Quarry, über das Frühjahr. Er erzählte mir später, daß er an die dänischen Doggen hatte denken müssen, die solche Angst vor dem Himmel hatten, vor großen, offenen Räumen, nur wegen der Geier. Und er glaubte, ich sei auf dem gleichen Wege. Wenn ich zum Himmel hinaufschaute, aus dem die Sonne auf uns herabschien, schien ich zu glauben, daß er, der Himmel, mich anspringen und angreifen könne – und er wußte von den Welpen und von den Bildern, die er in ihrem Geist gesehen hatte, daß die einzige Heilung für diese Furcht eine Art von Schutzbau war. Aber auf der Hochebene gab es keinen Schutzbau, und auch in den Bergen würde es dergleichen nicht geben und ebensowenig auf dem Ross-Schelfeis. Wenn es möglich gewesen wäre, hätte er so etwas wie die Hütte für mich konstruiert, die er zusammen mit Gronya für die dänischen Doggen gebaut hatte, damit sie über ihre Angst hinwegkamen. Aber da das nicht ging und da er verstand, daß mir alles plötzlich sehr merkwürdig vorkam, sprach er von William – den er Großvater nannte – und vom Frühling in Quarry. Er sprach darüber, wie dort Berge und Wüste so schön ineinander übergingen und wie die Wolken über den Himmel stoben wie kleine, weiße Entenküken.

Der gute Wilbur. Er half mir. Er half mir wirklich. Und als wir den Mount Darwin erreichten, Ende der ersten Februarwoche, war das eine echte Erleichterung – und ein Neubeginn. Zum einen mußte es jetzt wärmer werden, und das würde uns sehr helfen – zumindest meinem tauben linken Fuß –, und zum anderen strebten wir dort einem unserer bestausgestatteten Depots entgegen. Und das Wichtigste schließlich war: Es war eine Freude, wieder in eine dreidimensionale Welt zu gelangen mit Bergen und Felsvorsprüngen und einem Gletscher, der nach unten floß. Tatsächlich ähnelte die Aussicht, nach soviel Eis wieder auf Fels zu gehen oder wenigstens Felsen und Gestein in der Nähe zu sehen, der Hoffnung von Seefahrern, nach einer langen Segeltour wieder festes Land unter die Füße zu bekommen.

Tatsächlich war es dann die Größe des oberen Gletscherdepots, die uns Schwierigkeiten bereitete. Wir brauchten fast eine Woche, um alles auf unsere Schlitten zu verladen. Wir konnten nicht einfach irgendwo irgendwelche Sachen zurücklassen, wenigstens nicht, bevor wir wieder unten auf dem Ross-Schelfeis waren, denn wir hatten uns geschworen, bei diesem Marsch keine Spuren zu hinterlassen. Wenn wir etwas zurücklassen mußten, nachdem wir die Barriere erreicht hatten, dann war das nicht so schlimm, da wir im folgenden Frühjahr zurückkommen und mögliche Lagerreste beseitigen konnten. Auf dem Beardmoregletscher war das etwas anderes, da wir dorthin nicht zurückkehren würden, und als wir uns auf den Weg zu Shackletons Eisfällen machten, zogen wir wieder jeder dreihundert Pfund hinter uns her.

Ich wußte nicht, wie es dazu gekommen war, ob wir von Anfang an falsch gerechnet hatten oder ob Michael, Tryggve und Anton weniger Vorräte mit zurückgenommen hatten, als abgemacht gewesen war, jedenfalls war mein Schlitten wieder sehr schwer, als wir uns an den Abstieg machten. Das allein wäre nicht so schlimm gewesen, aber mein Bein, mein verdammter linker Fuß, machte mir jetzt wirklich zu schaffen. Je mehr ich mich um ihn kümmerte und versuchte, ihn warmzuhalten, desto mehr störte er das Gleichgewicht meines Körpers. Zuerst war es nur mein Fuß gewesen, dann waren die Mißempfindungen hinauf in die Wade gewandert, und jetzt war auch noch die Hüfte betroffen. Es war kein Schmerz im eigentlichen Sinne, aber mein Gang war beeinträchtigt, und weiter mußte ich. Schließlich waren wir jetzt auf hartem, grünem Eis angelangt und trugen Steigeisen. Ich humpelte, weil ich versuchte, das Gewicht so zu verlagern, daß erst gar nichts schmerzen konnte.

Und hier auf dem Gletscher, speziell beim Abstieg, machte mich das reizbar und ließ mich jedes Gefälle fürchten. Ich musterte die langen Eisbahnen, die Preßeisrücken mit den versteckten Spalten, und spürte, daß ich unweigerlich fallen und mich verletzen würde. Meine Hoffnung, alles würde besser werden, wenn wir erst die Berge erreicht hätten, war schon am zweiten Tag auf dem Gletscher dahin – ich dachte nicht mehr an den Krieg und beschäftigte mich nicht mehr mit meiner Verantwortung dafür. Ich widmete mich jetzt so ausschließlich meinen Vorsichtsmaßnahmen, daß ich das Marschtempo der Gruppe deutlich verlangsamte. Die anderen nahmen es freundlich hin. Aber in dieser Wildnis war es fast genauso schlimm, langsamer gehen zu müssen, als man wollte, wie schneller gehen zu müssen, als man konnte. Am zweiten Tag auf dem Eisfall schafften wir wegen mir nur acht Kilometer, und am dritten Tag waren es nur noch sechs.

Es war unglaublich: Es gab eigentlich kein richtiges Problem – kein echtes, nur meine persönliche und kulturelle Schuld –, und dennoch schleppte ich mich den Beardmore hinunter wie ein Krüppel und mußte einmal pro Stunde haltmachen, um mein Bein mit den Händen durchzukneten. Am dritten Tag hatte ich bereits ein schlechtes Gewissen, weil ich den Abstieg so verzögerte, und doch brachte ich es nicht fertig, schneller zu gehen, und war außerordentlich erleichtert, als wir wenigstens den ersten Teil von Shackletons Eisfall hinter uns hatten.

Danach ging es etwas schneller, zumindest für einen Tag. Wir liefen wieder auf Skiern, und die Probleme mit meinem Bein schienen weniger akut zu sein, wenn ich Ski lief. Warum auch immer, jedenfalls lief es besser, und ich war entschlossen, die Zeit wieder aufzuholen, die wir inzwischen verloren hatten. Wir liefen in zwei Seilschaften, ich ganz zum Schluß hinter Thaw, die anderen drei führten. Wir hatten gerade eine Pause hinter uns, ich stand schon auf meinen Skiern, den Schlitten hinter mir, und wartete darauf, daß sich bei Thaws Start das Seil straffte. Es war nicht besonders kalt an jenem Tag, aber der Wind blies aus einer merkwürdigen Richtung, und als ich meine Kapuze zurechtrückte, verlor ich dabei die Schutzbrille. Sie fiel hinter mich, und als ich sie aufnehmen wollte, stürzte ich, fiel auf die Brille und zerbrach sie. Unglücklicherweise hatte ich keine Ersatzbrille auf meinem Schlitten.

Und genau in dem Augenblick, als ich mich zu erinnern versuchte, auf wessen Schlitten die Ersatzbrillen lagen, straffte sich das Seil, und Thaw ging mit langen Schritten wieder los. Ich überlegte, ob ich ihm zurufen sollte, noch einmal haltzumachen, aber mir waren meine Schwächen und Wehwehchen mittlerweile so peinlich, daß ich darauf verzichtete. Thaw glaubte ohnehin bereits, ich sei ein Schwächling – das heißt, er hatte jedenfalls nicht vergessen, daß ich darauf bestanden hatte, Extraproviant mitzunehmen und die Nansenschlitten auszurangieren –, und ich wollte ihm keinen weiteren Grund geben, schlecht über mich zu denken. Sicher konnte ich einige Stunden ohne Schutzbrille laufen. Die Sonne schien nicht besonders hell, über uns schwebten relativ niedrige Cirruswolken. Ein weiterer Halt würde uns nur wieder Zeit kosten. Also rieb ich mir noch etwas Gletschercreme zusätzlich über die Augen, zog mir den Wollhelm ins Gesicht und blinzelte dann in dieses merkwürdige Weiß, das den Schnee fast metallisch erscheinen ließ, wie Silber. Der blaue Horizont des Himmels, der durch meine Schutzbrille so schön ausgesehen hatte, war jetzt weiß und dunstig, und nach zwei Stunden taten mir die Augen vom ständigen Blinzeln weh.

Ich wurde erlöst, als Brock nach einer weiteren Stunde »Zeit zum Rasten!« rief. Als ich zu den anderen stieß, die angeseilt blieben, aber zueinander aufgeschlossen waren, fragten mich alle wie aus einem Mund, wo meine Schutzbrille sei. Als ich erklärte, ich hätte sie vor Stunden zerbrochen, sahen sie mich alle dermaßen ungläubig an, als hätte ich das allerdümmste getan, was man sich vorstellen konnte. Und das hatte ich auch, wie ich bald merken sollte. Den ganzen Nachmittag über juckten meine Augen hinter meiner neuen Schutzbrille. Sie waren aber nur ein wenig geschwollen, wie ich feststellte, als ich die Schutzbrille einmal hochschob, um sie zu betasten. Aber als wir zum letzten Mal haltmachten, als das Zelt schließlich aufgestellt und unser Lager vorbereitet war, gab es keinen Zweifel mehr – ich hatte mir eine

Schneeblindheit zugezogen wie aus dem Lehrbuch. Als ich im Zelt die Schneebrille abnahm, sagte Wilbur entsetzt: »O nein, seht euch mal Morgans Augen an!« Gronya suchte in der Proviantkiste sofort nach Teebeuteln; Tannin hilft gegen den Juckreiz. Als ich einschlief, dachte ich, das Schlimmste sei überstanden, es handele sich nur um einen minder schweren Fall, und das Tannin habe ausgereicht, um eine Besserung herbeizuführen.

Als ich aber am Morgen aufwachte, wußte ich sofort, daß meine Hoffnung mich gründlich getrogen hatte. Meine Augen juckten nicht nur und waren geschwollen, sondern schmerzten auch wie verrückt. Wenn ich sie öffnete, hatte ich das Gefühl, als ob mir jemand Sand hineinriebe oder sie mit rotglühenden Nadeln tätowiere. Das Licht selbst griff sie an, jeder Strahl war ein Stich, und ich stöhnte unwillkürlich laut auf. Meine Augen zu schließen war fast so schmerzhaft, wie sie zu öffnen, und bei Berührung schmerzten sie ebenfalls.

Aber auch jetzt blieben die anderen noch sehr freundlich. Ich hatte meinen Zustand meiner eigenen Dummheit zuzuschreiben. Ich hatte uns in diese Lage gebracht, jetzt, da es auf Mitte Februar zuging. In der Antarktis herrscht im Februar noch Sommer, aber der beginnende Herbst macht sich bemerkbar, und vom 23. Februar an geht die Sonne wieder unter. Dann würden wir wieder Nächte haben, richtige Nächte, die sehr schnell länger werden würden. Wir hatten gehofft, bis dahin schon ein gutes Stück der Barriere hinter uns zu haben, hatten vorgehabt, Kap Evans am 10. März wieder zu erreichen. Aber wir hinkten unserem Zeitplan bereits mehrere Tage hinterher, und mit meiner Schneeblindheit konnte es nur noch schlimmer werden. Trotzdem schlugen Brock und Gronya vor, daß wir bleiben sollten, wo wir waren, bis es mir besserging. Sie machten diesen Vorschlag ohne nachzudenken. Aber ich war dagegen. Wenn Wilson mit einem Sack über den Kopf hatte marschieren können, als er sich auf der Expedition mit der *Discovery* die Schneeblindheit zugezogen hatte, dann würde es mir auch gelingen, trotz meines Zustandes weiterzukommen. Nein, ich würde nicht die ganze Gruppe aufhalten. Nur an Skilaufen war natürlich nicht zu denken. Wir würden eine Weile marschieren müssen statt auf Skiern zu fahren.

Also machte Gronya die Teebeutel noch einmal heiß, und während ich sie mir auf die Augen hielt, holte sie das Verbandszeug und schnitt daraus dicke Pflaster für meine Augen zurecht. In die Mitte machte sie schmale Schlitze, und das Ganze wurde nach Entfernung der Teebeutel über meine Augen geklebt. Darüber kam die Schutzbrille. Wir frühstückten und machten uns dann zum Weitermarsch fertig. Es dauerte vierzig Minuten länger als sonst, weil ich beim Packen und Laden nicht helfen konnte. Dann setzten wir unseren Weg gletscherabwärts fort, und ich hatte den Eindruck, daß mich trotz des Mulls und der Schutzbrille das Sonnenlicht geradezu blind machte. Aus Sicherheitsgründen ging ich jetzt in Dreierseilschaft hinter Wilbur und vor Thaw.

Das Spähen durch den Sehschlitz, um zu sehen, wohin ich trat, trieb mich fast zum Wahnsinn. Ich mußte den Augenverband immer wieder mit den Fingern hin und her bewegen, ohne dabei doch allzuviel Licht hineinzulassen, und in meinem damaligen Zustand war das kleinste Lichtquantum schon zuviel, so daß ich den Verband stets gleich wieder zurückschieben mußte. Dazu aber mußte ich meinen Handschuh ausziehen. Irgendwann verlor ich dabei den Handschuh, und bis ich ihn wiedergefunden hatte, hatten sich meine Augenverbände nun wirklich verschoben, und ich sah nichts mehr als weißen Mull, ich war völlig blind. Ich versuchte mich zu erinnern, wie es auf Kap Evans gewesen war, im Winter, als um uns herum alles finster gewesen war und ich mir angewöhnt hatte, beim Gehen auf den Luftdruck unter meinen Stiefelsohlen achtzugeben. Damals war es relativ leicht gewesen, im Dunkeln zurechtzukommen. Aber das hier war eine ganz andere Art von Dunkelheit. Dies war weiße Dunkelheit. Alles strahlte, war aber undurchdringlich, und ich konnte nichts dagegen tun. Es war so oder so gefährlich. Und wir mußten nun durch das letzte große Spaltengebiet auf dem Beardmore, bevor wir den Wolkenmacher passierten.

In der Quantenmechanik – wobei ich in der Zeit, von der ich jetzt berichte, nicht hätte erklären können, was das überhaupt war – lernt man als erstes, daß ein Teilchen von einem Platz zum anderen springen kann, ohne dabei den Raum dazwischen zu durchqueren. Wenn ich das genauso gekonnt hätte, den Gletscher hinunterkommen, ohne mich wirklich durch den Raum zu bewegen . . . Aber der Bereich, in dem ich mich befand, war eine andere Art des sehr Kleinen. Es war die sehr kleine Welt, in der man lebt, wenn man weiß, daß irgend etwas schiefgeht, es verhindern möchte, bevor es passiert, es aber nicht schafft. Um zu gehen, mußte ich mit meinen Füßen fühlen und mußte lernen, darauf zu vertrauen, daß vor mir etwas war, und nach einer Weile gelang mir auch ganz gut. Tatsächlich wurde aus meinem Gehumpel langsam ein Ausschreiten. Das gefiel mir ganz gut, bis ich Thaw hinter mir rufen hörte: »Nein, Morgan!« Und dann: »Halt! Nicht dahin!« Sein Schrei erreichte mich zu spät. Es gab einen langen Augenblick, in dem ich wußte, was geschah. Mein Körper wurde mit Adrenalin durchflutet wie von heißem Blei, von den Fußsohlen bis in die Fingerspitzen.

Und dann verschwand die Erde unter mir. Ich war in eine so breite Spalte hineingetreten, daß meine Freunde gar nicht auf die Idee gekommen waren, daß ich sie hätte übersehen können. Ich war einmal, als ich mit Thaw zusammen in den Tetons kletterte, in eine ähnliche Spalte gestürzt, und es war furchtbar gewesen. Aber wenigstens war dem ein Augenblick der sichtbaren Warnung vorausgegangen, ein Moment, da ich meine Füße hinabgleiten sah. Ich hatte mich damals nicht verletzt. Vielleicht hatte ich schützende Bewegungen gemacht, als ich abstürzte. Diesmal waren diese Ausgleichsbewegungen nicht möglich. Ich konnte ja nicht sehen, wo ich hineinfiel, das heißt, ich ging, stürzte, fiel nach unten und knallte dann gegen irgend etwas. Mein linker Arm baumelte neben mir, und bevor ich es sah wußte ich, daß er gebrochen war. Meine Schutzbrille hatte ich verloren, aber es war trotzdem nicht schwierig, die Augen zu öffnen, weil es in der Spalte dunkel war. Ich war ungefähr sechs Meter tief gestürzt, und mein Schlitten war hinter mir in die Spalte gerutscht, hatte sich aber in einer Verengung verkeilt und bildete nun über der Stelle, wo ich hing, eine Art Dach.

Der Schmerz brauchte eine Weile, bis er über mich kam. Ich spürte den Aufprall und dann noch einmal den Ruck, als sich das Seil straffte, und dann begann ich in dem Dämmerlicht des Eises ringsum etwas zu sehen. Die Farbe des Lichtes kam mir irgendwie vertraut vor, anders als in der Gletscherspalte in den Tetons, eine Art blaues Licht mit Purpur darin, dazu Grün und Grau. Nach dem furchtbaren Licht der Welt, die ich mit meinem Sturz hinter mir gelassen hatte, war dieses Licht zunächst einfach wunderbar. Mir fiel ein, daß es das gleiche Licht war wie in den Eishöhlen am Fuß der Gletscherzunge des Erebus, damals, als ich versucht hatte, von McMurdo aus zur *Terra-Nova*-Hütte zu gelangen. Doch nicht nur das konnte ich sehen. Ich konnte auch einen kurzen Blick auf meinen Arm werfen, bevor der Schmerz mich überwältigte, und obwohl ich natürlich durch die vielen Schichten von Kleidung hindurch den Arm selbst nicht sehen konnte, erkannte ich doch, daß er in einem so verdrehten Winkel hing, daß ich sicher sein konnte, mir einen Doppelbruch zugezogen zu haben.

Und als der Schmerz dann kam, war ich mir dessen nur um so sicherer, denn an einer Stelle war er besonders unerträglich. Es konnte nur daher kommen, daß dort der Knochen herausragte und sich ein Wulst von Fleisch darum immer wieder öffnete und schloß, öffnete und schloß und von den scharfen Kanten des Knochens zerrissen wurde. Als der Schmerz da war, gab es kein Denken und kein Sehen mehr. Ich baumelte am Seil, meine Beine hingen lose unter mir herab, und ich klammerte mich mit meiner rechten Hand an das Geschirr und versuchte zu verhindern, daß ich mich weiter drehte. Thaw hatte sich, als er sah, daß ich in der Spalte verschwand, sofort gesichert, und ich überlegte mir noch, bevor mir schwarz vor Augen wurde, daß er würde bleiben müssen, wo er war: hinter mir. Ich konnte nur hoffen, daß die andere Seilschaft nicht zu weit voraus war, daß sie Thaws Schrei noch gehört hatten, und daß Brock und Gronya inzwischen kehrtgemacht hatten und zu uns unterwegs waren. Dann wurde ich ohnmächtig, und ich wachte erst wieder auf, als Wilbur mich rief.

Ich glaube jedenfalls, daß es Wilburs Stimme war, die mich wieder zurück ins Bewußtsein holte. Ich versuchte nach oben zu sehen, nahm dabei flüchtig ihn und Brock wahr. Sie hatten den Schlitten an den Kufen gefaßt und hievten ihn aus der Spalte heraus. Dadurch wurde es etwas heller, und ich hätte schreien mögen vor Schmerz, als meine Augen kurz der direkten Sonne ausgesetzt waren. Als ich wieder nach unten sah, tanzten mir dann große, schwarze Punkte vor den Augen. Punkte, die nach und nach zu einem einzigen schwarzen Punkt wurden, dem schwarzen Punkt, auf den ich unbewußt gewartet hatte – es war Zeit genug gewesen, mir die Vorladung zu überbringen, und jetzt war es soweit. Meine Schmerzen waren so groß, daß ich am liebsten sofort wieder ohnmächtig geworden wäre, aber andererseits hatte ich Angst, dann nie wieder zu mir zu kommen, und so versuchte ich, bei Bewußtsein zu bleiben. Ausgerechnet in diesem Moment wurde ich dann schläfrig, vermutlich durch die Kälte, denn meine Kerntemperatur sank immer tiefer. Über mir hatte sich das Seil, an dem ich hing, tief in das Eis eingeschnitten, und auch meine vier Gefährten wußten, daß das die

Sache nicht leichter machte. Sobald sie begriffen hatten, daß ich ernsthaft verletzt sein mußte, brach über mir hektische Aktivität aus – es wurde gerufen und geschrien –, und dann stieg jemand zu mir herab. Ich drehte mich hin und her und war kaum noch in der Lage, den Kopf zu heben, so daß ich Brock erst erkannte, als er neben mir war.

Er hatte ein weiteres Seil dabei, und während ich ihm etwas über meinen Schmerz zuzuflüstern versuchte, befestigte er das Ende des Seils an meinem Sitzgeschirr. Das Seil war, wie ich später erfuhr, mit einem Schneeanker gesichert, und mein Schlitten, den sie seitlich auf den Eisrand gestellt hatten, verhinderte, daß es sich weiter ins Eis einschnitt. Als er das Seil befestigt hatte, strich Brock mir übers Gesicht und rieb mir dann mit bloßen Händen kräftig die Wangen.

»Morgan, du mußt wach bleiben. Ich werde uns beide an diesem Seil hier hinaufbringen. Aber du mußt wach bleiben, verstehst du? Okay, also, es wird jetzt weh tun. Dein Arm ist gebrochen, nicht wahr? Ich fürchte, es wird sich nicht ganz verhindern lassen, daß er irgendwo anstößt. Aber wir haben jetzt auch keine Zeit, den Bruch zu schienen, wir müssen so hinauf. Du brauchst nichts zu tun. Du mußt nur wach bleiben und dich an mir festhalten.«

Je mehr er vom Wachbleiben redete, um so schläfriger wurde ich, aber ich murmelte »in Ordnung«, und dann ließ er sich an seinem eigenen Seil hinter mich gleiten. Er hatte eine Reihe von Hilfsmitteln dabei, befestigte unsere Sitzgeschirre mit Karabinerhaken aneinander und begann sich dann langsam hinaufzuarbeiten. Selbst bei seiner Körperkraft und Größe schien das, was er vorhatte, schier unmöglich zu sein, da er uns beide gleichzeitig hochstemmen mußte. Darum war es bei dem Geschrei gegangen. Thaw hatte darauf bestanden, einen Seilzug anzubringen. Aber Brock hatte dagegen angeschrien. Wenn wir mit der klassischen Maßnahme zur Rettung aus Gletscherspalten anfingen, dann würde ich inzwischen das Bewußtsein verlieren, in einen tiefen Schockzustand geraten und erfrieren.

Ich glaubte damals und ich glaube heute noch, daß Brock recht hatte. Er hat mir das Leben gerettet. Die Tatsache, daß er bei mir war, gab mir auf jeden Fall Mut und half mir bei meinen Anstrengungen, nicht bewußtlos zu werden. Stück für Stück ging es aufwärts – wir hatten wohl über dreißig Klimmzüge vor uns. Nachdem ich zwei-, dreimal gespürt hatte, wie sich jeder Muskel von Brocks Körpers anspannte, versuchte ich ihm zu helfen, indem ich mit meiner unversehrten Hand dafür sorgte, daß ich wenigstens nicht allzu wild hin und her pendelte. Zwar schlug dann jedesmal mein gebrochener Arm irgendwo an, aber ich war mir inzwischen sicher, daß ich nicht mehr ohnmächtig werden würde, und biß die Zähne zusammen.

»Morgan, nur noch ein kleines Stückchen. Nur ein kleines Stückchen bis oben. Weiter, Morgan, du machst es toll, wir werden es schaffen. Ja, richtig, jetzt drücken. Gut, jetzt halt dich fest.« Irgendwie schaffte Brock es, trotz aller Anstrengung auch noch mit mir zu reden.

Dann waren wir an der Oberkante der Spalte. Wenn man sich beim Sturz in eine Gletscherspalte verletzt hat und kein Seilzug eingerichtet wurde, ist dies der klassische Augenblick zu sterben, vor den Augen der Rettungsmannschaft, die hilflos über einem steht und zusieht. Aber wegen des Schlittens, den meine Kameraden dort befestigt hatten, konnten wir uns auf gleicher Höhe halten, bis Thaw und Wilbur den Seilzug fertig hatten. Ich begriff das damals nicht: Brock war fast eine halbe Stunde bei mir gewesen, genug Zeit für die anderen, alles vorzubereiten. Jetzt ließen sie ein Seil hinunter, er machte sich von mir los, hakte mich an das Seil und kletterte dann selbst schnell aus der Spalte heraus. Als er oben war, zog Thaw mich hinauf; Wilbur beugte sich mir entgegen, und das Ganze war weniger schmerzhaft, als es hätte sein können; mein Arm schlug nur zweimal gegen die Wand. Die letzten anderthalb Meter hievten Wilbur und Brock mich hinauf. Dann lag ich auf dem Eis, total erledigt, nicht mehr in der Lage zu sprechen. Meine Augen schmerzten, meine Beine schmerzten, meine Brust schmerzte, und mein Arm schmerzte wie bei einem Sprung in so heißes Wasser, daß der Körper es gar nicht mehr als heiß, sondern nur noch als kalt wahrnehmen kann. Als ich auf dem Schnee lag, begannen meine Zähne unkontrolliert zu klappern. Ich hatte das zweite Stadium der Unterkühlung erreicht.

Da lag ich, während meine Kerntemperatur weiter sank. Es herrschten ungefähr minus zwanzig Grad, und es ging ein steifer Wind. Ich hatte einen offenen Bruch und war schneeblind. Es war Spätsommer in der Antarktis, wir waren siebenhundertzwanzig Kilometer von Framheim entfernt, und wir hatten kein Hochfrequenzfunkgerät dabei. Und selbst wenn wir eins gehabt hätten, hätte es für unsere Freunde auf Kap Evans keine Möglichkeit gegeben, uns zu helfen. Ich lag auf der Seite, meine Füße baumelten über dem Rand einer Gletscherspalte, und ich spähte durch zusammengekniffene Augen auf das Eis des größten Gletschers der Welt. Mein Land war in den Krieg gezogen, mein Geliebter hatte die Antarktis verlassen, und mein Leben war gerade von einem Mann gerettet worden, den ich belogen und betrogen hatte. Wenn ich in diesem Moment irgend etwas gedacht habe, dann dies, daß die Windrose zwar viele Richtungen hat, daß es aber im Leben letztlich nur eine Richtung gibt, und zwar abwärts.

Danach ließ ich alles nur noch über mich ergehen; ich tat gar nichts mehr. Ich lag auf der Seite und zitterte, während Brock und Gronya das Zelt aufbauten. Sie überprüften das Eis, steckten eine kleine Fläche direkt neben der offenen Spalte ab und fanden schließlich einen Platz, der ihnen sicher genug erschien – sie wollten das Risiko nicht eingehen, mich zu bewegen, nicht einmal ein paar hundert Meter weit, wenn es sich vermeiden ließ, bevor mein Arm gerichtet war. Während die beiden das Zelt aufbauten, zündete Thaw den Kocher an, und Wilbur schnitt Schnee zum Schmelzen. Sie brachten das Kochgeschirr ins Zelt, die Schlafsäcke, unsere Schlafunterlagen und Kleidung zum Wechseln. Dann wurde ich auf einem Stück Stoff in das angewärmte Zelt gezogen, wo schon das Verbandszeug bereitlag. Die ganze Zeit über – es waren nicht mehr als vielleicht zwanzig Minuten, in denen meine Freunde sich mit großer Geschwindigkeit bewegten und ein enormes Arbeitspensum absolvierten – redeten sie abwechselnd auf mich ein, stupsten mich an, hielten mich wach, bis ich endlich im Zelt lag und ein heißes Getränk bekam. Wilbur stellte sich hinter mich, hielt mir eine Tasse an die Lippen und versuchte mich zu bewegen, Kakao mit einer Extraportion Zucker und Butter darin zu trinken. Ich würgte, aber mit Wilburs Hilfe bekam ich schließlich etwas hinunter und legte mich dann wieder zurück, den Blick auf die Kuppel des Zeltes über mir gerichtet.

Die größte Sorge meiner Freunde galt damals einem möglichen Schock. Wenn sie erst einmal sichergestellt hatten, daß kein Schock eintrat, konnten sie sich um den Arm kümmern. Sie schafften einen zweiten Kocher ins Zelt und heizten so kräftig, daß wir schließlich um die zwanzig Grad gehabt haben müssen. Währenddessen wurden meine Beine hochgelagert, Wilbur versuchte, mir noch etwas heiße Flüssigkeit einzuflößen, und ich selbst tat nichts, als mit einer krankhaften Faszination auf meinen linken Arm zu starren, der immer noch quer über meiner Brust lag, von den vielen Lagen Kleidung noch nicht befreit. Der Schmerz war gräßlich und für mich besonders schwer zu ertragen, weil ich noch nie im Leben solche Schmerzen hatte ausstehen müssen. Noch schlimmer aber war es für mich, verwundet zu sein; ich hatte, was die körperliche Gesundheit angeht, immer großes Glück gehabt und war selbst als Kind kaum jemals krank gewesen. Und nun war mein Arm in zwei Teile gebrochen. Das schien festzustehen. Mittendurch, in zwei Teile. Diese beiden Teile wurden nur durch mein Fleisch zusammengehalten.

Ich konnte auch meine Finger nicht bewegen. Überhaupt nicht, als wenn sie nicht zu mir gehörten. Ich konnte die ganze Hand nicht bewegen. Die Handfläche fühlte sich tot und gummiartig an. Ich berührte die eine Hand mit der anderen, aber es war das gleiche. Die Hand war außerdem kalt, obwohl Blut in ihr floß, und sie sah weiß aus, wie ein lebloses Ding. Und wenn schon das, was ich sah, so seltsam war, wie mußte es dann erst sein, was ich nicht sehen konnte. »Bitte packt ihn aus«, murmelte ich. »Ich will ihn sehen.«

Aber Brock und Thaw, die jetzt das Kommando übernahmen, waren im Augenblick zu beschäftigt. Brock hatte sich sofort daranmachen wollen, meinen Arm freizumachen, so wie er mich sofort hatte aus der Spalte holen wollen, aber Thaw bestand diesmal darauf, daß es auf seine Weise gemacht wurde.

»Brock, ich will, daß jetzt alles lehrbuchmäßig gemacht wird. Wenn es auf unserer Expedition jemals einen Augenblick gegeben hat, in dem es auf absolute Genauigkeit ankommt, dann jetzt, meinst du nicht auch?« Er sagte das sehr freundlich. Alle waren sehr freundlich. Sie flüsterten nur, während sie umherhuschten, die gedämpften Stimmen ein merkwürdiger Kontrast zu den schnellen Bewegungen. Sie führten eine vollständige körperliche Untersuchung durch, erst die eine Seite meines Körpers und dann die andere, überprüften all meine Gelenke, suchten mich nach Schnitten und Prellungen ab. Brock strich mir mit dem Finger durchs Haar, um festzustellen, ob ich Beulen hatte, und er fragte mich: »Wieviel ist sieben und zwölf? Welchen Monat haben wir? Wann bist du geboren?«

Ich beantwortete diese Fragen mit zusammengebissenen Zähnen, aber ich beantwortete sie korrekt, und sie schlossen daraus, daß ich keine Gehirnerschütterung hatte. Sie hatten einen Schock verhindert, ich hatte aufgehört zu zittern und sogar wieder etwas Farbe bekommen, und so entschieden sie, daß die Zeit gekommen war, meinen Arm auszupacken. Thaw nahm die Verbandsschere, und nach kurzer Absprache mit Gronya, die darauf achtete, daß die Kleidung hinterher gut wieder zusammengenäht werden konnte, begann er vom Handgelenk aus in Richtung Schulter zu schneiden.

Beim ersten Durchgang schaffte die Schere nur den Windschutz. Als der bis zur Achsel aufgeschlitzt war, begann Thaw von neuem, zerschnitt den Pullover, das Hemd und dann die lange Unterwäsche. Davon trug ich drei Schichten. Thaw wurde ungeduldig und zerschnitt sie alle drei auf einmal. Ich spürte die Schere kalt auf der Haut. Das fühlte sich angenehm an, bis die Schere in die Nähe der Stelle kam, wo der Knochen aus der Haut herausstand. Ohne daß die Schere die Stelle selbst berührt hätte, explodierte der Schmerz plötzlich mit einer Heftigkeit, daß ich laut aufschreien mußte.

Aber Thaw mußte weiterschneiden, und schließlich war der Arm freigelegt. Die Haut war blutverkrustet. Das Fleisch sah weiß aus, gummiartig, aber das schlimmste von allem war der weiße Knochen mit seinen rosafarbenen Gefäßen und dem bloßliegenden Mark. Ich schrie auf, als ich das sah, ein unartikulierter Schrei, und wollte den Arm von mir weghalten wie ein giftiges Reptil. Im Stehen hätte der Arm herabgebaumelt, die Finger steif und kraftlos, der Unterarm verdreht, so daß er fast nach hinten zeigte. Er sah aus wie das Bein der sechsbeinigen Kuh, dasjenige, das sie wie einen Zaunpfahl hinter sich hergeschleift hatte. Als ich jetzt meinen eigenen Arm sah, wünschte ich mir nur noch, daß er mir aus den Augen käme. Es brachte mir ein Gefühl zurück, das ich vergessen hatte, seit ich Fidel kannte, das Gefühl, daß ich mit Fleisch nicht zurechtkam.

Jetzt, da der Knochen an der Luft war, tat er weh, o Gott, er tat furchtbar weh, aber als ich aufschrie und fieberhaft versuchte, von dem Ding wegzukommen, wichen meine Freunde nicht etwa zurück, sondern wurden auf so planmäßige Weise tätig, als hätten sie das seit Monaten in einer Medizinerausbildung trainiert. Während sie sowenig wie möglich redeten, legten sie Schiene, Verband, Mull und Pflaster, die Polster, das Peroxid und alles, was sonst noch nötig war, bereit. Wilbur blieb hinter mir stehen und hielt meine linke Schulter fest, Gronya meine rechte. Dann nahm Thaw das Peroxid, und während Brock meine Hand festhielt – die linke, diejenige, die an dem gebrochenen Arm hing –, goß Thaw eine Menge Peroxid an die Stelle, wo der Knochen herausragte, und versuchte die Wunde zu reinigen und zu sterilisieren. Das Peroxid verursachte keine besonderen Schmerzen. Während dieser Prozedur war ich noch in der Lage, dem Gespräch zwischen Thaw und Brock zu folgen. Sie waren sich einig, daß der Knochen gerichtet werden mußte. Die normale erste Hilfe hätte lediglich darin bestanden, zu schienen – und den Verletzten dann sofort in ein voll ausgestattetes Krankenhaus zu schaffen.

Aber das war unmöglich, weil wir mindestens fünf Wochen Fußmarsch von Kap Evans entfernt waren und ein Arm, der zugerichtet war wie meiner, höchstens einen Tag oder zwei ohne Behandlung bleiben durfte. Wenn ich mit dem herausstehenden Knochen weiterreiste, würde sich ein Zustand fortwährenden Schocks einstellen, ich würde das ständige Zerreißen des Gewebes am Ende des Knochens nicht überstehen. Und außer Frage war, daß man eine Infektion des ganzen Arms riskierte, falls man den Knochen weiterhin so herausstehen ließ. Weder Thaw noch Brock hatten jemals einen Bruch gerichtet. Glücklicherweise hatten wir in ausreichender Menge Morphin dabei, und sie würden mir eine Spritze geben, meinten sie, bevor sie anfingen.

Also ging Thaw hinaus an die Schlitten und suchte nach dem Paket mit den Medikamenten, das von Guy Random zusammengestellt worden war. Als Guy damals so plötzlich mit den Hunden aufgebrochen war, hatte er die Auswahl sehr eilig getroffen und selbst mitgenommen, was er unterwegs zu benötigen glaubte. Thaw stellte fest, daß die Hälfte des Morphins fehlte, eine ganze Schachtel mit Ampullen. Das bedeutete allerdings, daß eine komplette Schachtel da war, und er glaubte, das würde reichen. Was ihm mehr Gedanken machte, war die Tatsache, daß viele unserer Medikamente unzureichend beschriftet waren. Das Penicillin zum Beispiel war lediglich als »Penicillin« gekennzeichnet.

Aber im Augenblick konnte er sich deswegen keine grauen Haare wachsen lassen. Guy war eben in großer Eile aufgebrochen. Thaw nahm also einfach ein paar Ampullen Morphin, brachte sie mit ins Zelt und teilte Brock mit, daß die Beschriftung der Medikamente unvollständig sei.

»Oh, das ist ja großartig«, sagte Brock. »Woher sollen wir dann wissen, wieviel wir ihr geben sollen?« Und Thaw antwortete etwas, das ich nicht mehr richtig verstand, weil ich alles nur noch wie aus großer Entfernung hörte, wie bei einer schlechten Telefonverbindung. Thaws Worte waren von gewissem Nachdruck, und ich versuchte, hinter ihre Bedeutung zu kommen, aber ich konnte, solange mein Arm mich so anschaute, nicht zwei und zwei zusammenzählen. Nein, es gab keine Bedeutung. Es gab keine Zukunft und nur sehr wenig Vergangenheit, und im Augenblick, da gab es nichts anderes als dieses entsetzliche Ding von Arm. Ich hätte nie gedacht, daß ein menschliches Glied so zerbrechlich ist – ein Sturz, ein Schlag, und es war nur noch ein Stück Knochen mit Fleisch darauf, ja, Fleisch, es sah aus wie etwas, das man allenfalls in Stücke schneidet und kocht. Ich hatte Angst, daß es mir nie gelingen würde – selbst wenn das Ding wieder bedeckt war und ich es nicht mehr ansehen mußte –, diese Vision von meinem eigenen Körper als etwas Schrecklichem loszuwerden. Jetzt verstand ich, worauf Brock hinausgewollt hatte mit seiner Geschichte, wie sein Bein taub geworden und wie er mit dem Gedanken erwacht war, daß es ihm von einem übelmeinenden Fremden angehängt worden sei. Ich sah mich in diesem Augenblick selbst als Fleischklumpen an, der von Fleisch kontrolliert wurde, jedenfalls völlig von der Gnade seiner eigenen Organe abhing.

Thaw gab mir Morphin. Es wirkte sehr schnell, und schon bald fühlte ich mich träge und entrückt, fast glücklich. Ich konnte die Nadel in meinem rechten Arm spüren, dann ein fließendes Strömen, das durch meinen ganzen Körper ging und alles plötzlich sehr leicht erscheinen ließ. Es war leicht, auf meinem Schlafsack zu liegen, die Beine mit schönem Pelzimitat bedeckt, und es war einfach zuzuschauen, wie Thaw und Brock mein Handgelenk und meinen Ellbogen auseinanderzogen. Sie zogen kräftig und fest und ließen nicht locker, bevor nicht das Knochenende vor meinen Augen verschwand und sich die Fleischwülste darüber schlossen. Das schien alle sehr zu erfreuen, aber der Druck mußte nun aufrechterhalten werden. Also half Gronya nach, während Wilbur mir den Kopf kraulte. Brock schüttete noch eine gute Portion Sulfonamidpulver auf die Wunde, bevor er eine sterile Binde darüber legte und mich verband.

Selbst Guy hätte das nicht besser machen können, dachte ich. Auch Wilson nicht. Tatsächlich ergriff mich jetzt, da ich das Morphin im Körper spürte, eine Welle der Liebe und Zuneigung. Die Art und Weise, wie Brock mich aus der Gletscherspalte gerettet hatte und jetzt an meinem verwundeten Glied arbeitete. Wenn man seine Arme und Beine Glieder nannte, dann bedeutete das ja, daß sie Mitglieder eines Vereins waren, vier Vereinsmitglieder, die zu einem gemeinsamen Zweck zusammenkamen, der Bildung eines Körpers in diesem Falle. Brock verband jetzt meinen Arm unterhalb des Ellenbogens. Der weiße Mull diente als Unterlage für die nächste Schicht, und Brock schaffte es, die Binde immer wieder um den Arm zu führen, ohne mir dabei weh zu tun. Was für ein Teufel er war, was für ein Medizinmann! Es war bewundernswert, was er da schaffte – jetzt nahm er eine Drahtschiene und schob sie auseinander; sie wurde zum Schlagnetz, zu einem Schmetterlingsnetz aus Draht. Aber wo waren die Schmetterlinge? Sie flatterten längst nicht mehr, als er den Draht um meinen Arm wickelte, festzurrte und zuband.

Während Brock bei der Arbeit war, gingen ihm die anderen zur Hand, reichten ihm Instrumente, neue Binden oder Pflaster. Brock konzentrierte sich so sehr und es war inzwischen so heiß im Zelt, daß ihm der Schweiß von der Stirn lief. Als er fast fertig war und den letzten Verband verknotete, fiel mein Blick auf den Verband, und ich sah, daß ein Tropfen Blut darauf fiel. Ich blickte auf und sah, daß Brock sich auf die Lippen gebissen hatte, von denen jetzt Blut tropfte. Er hatte sich seine eigene Lippe zerbissen. Ich sah ihn an und dachte, was für ein wunderbarer Mann. Man konnte sich immer auf ihn verlassen.

»O Fidel«, sagte ich. »Vielen, vielen Dank.«

Brock sah mich an, nicht bestürzt, sondern nur verwirrt, so daß ich fortfuhr, immer noch im glücklichen Halbdämmer des Morphins:

»Du sagtest doch, Frauen hätten einen Zauber, weil sie bluten, ohne verletzt zu sein«, und ich nickte lächelnd, den Blick auf das Blut auf dem weißen Verband gerichtet. Brock starrte mich an, sein Gesicht immer noch gezeichnet von intensiver Konzentration, wie er sie kaum je in seinem Leben erlebt hatte.

»Ich habe das gesagt?« sagte er, während er mechanisch den letzten Verband aufrollte und Thaw und Gronya die Instrumente zurückgab, damit sie sie wegpackten. »Wann habe ich das gesagt?«

Da mischte sich plötzlich Wilbur ein, der hinter mir stand: »Ach, egal, das spielt jetzt keine Rolle. Ich meine, Morgan sollte sich jetzt ausruhen, findet ihr nicht auch?« Aber ich konnte mich nicht ausruhen, und ich konnte offenbar auch keine Ruhe geben.

Ich weiß nicht, wie ich es erklären soll. Ich hatte nie zuvor Morphin bekommen, und ich hätte nie gedacht, daß es wie eine Art Wahrheitsdroge wirken kann. Auf eine Weise war ich mir der Tatsache bewußt, daß Brock nicht die Person war, mit der zusammen ich diesen Moment durchlebt hatte, und dennoch waren auf andere Weise die Grenzen der sicheren Erkenntnis auf merkwürdige Weise verschwommen. Und in den Nachwehen des Schreckens, den der Schmerz und der Anblick meines Armes mir bereitet hatten, wollte ich mich an etwas Freundliches erinnern, etwas, das nicht nur freundlich, sondern geradezu wunderbar gewesen war, an die wunderbarste Zeit meines Lebens, und das waren die Erinnerungen, die mein Unbewußtes mir nun bot. Seit wir Framheim verlassen hatten, hatte ich mich bemüht, nicht an Fidel zu denken, denn ich hatte immer befürchtet, ich würde mich selbst dadurch schwächen oder irgendwie langsamer werden; aber jetzt, was machte es da noch aus? Es konnte ja kaum noch schlimmer kommen, als es schon war, ganz gleich, woran ich dachte oder an was ich mich erinnerte.

In gewisser Hinsicht war meine Erinnerung an Fidel das einzig Gesunde in meinem kranken Universum. »In der Notunterkunft«, sagte ich. »Wir haben uns geliebt, und ich fing an zu bluten.«

Während ich das sagte, sah ich, das muß ich zu meiner eigenen Verteidigung anführen, tatsächlich Fidels Gesicht, zwar verschwommen, aber doch ganz eindeutig Fidels Gesicht, auf Brocks Schultern. Mich durchströmten die wärmsten und liebevollsten Gefühle, und ich streckte meine gesunde Hand aus, um ihn zu berühren. Aber meinen Worten folgte nichts als betroffenes Schweigen. Und das Schweigen war so aufgeladen, so elektrisch und so dicht, daß das verschwommene Gesicht verflog und das von Brock wieder zum Vorschein kam. Als ich es genauer betrachtete, konnte ich erkennen, daß ich Brock kaum schlimmer verletzt haben würde, wenn ich ihm einen Eispickel in die Schläfe geschlagen hätte. Ich sah, daß er anfing zu zittern, und dann ballte er seine Hände zu Fäusten, die ebenfalls zitterten. Er hatte immer noch seine Pelzstiefel an, sprang jetzt auf und ließ alles fallen, was er in der Hand hielt. Er stieß den Zelteingang auf und taumelte hinaus auf den Gletscher, wo jetzt – es war ungefähr sechs Uhr abends – die Schatten der Berggipfel länger wurden.

Und weil ich versuche, Brocks Geschichte ebenso zu erzählen wie meine eigene, und weil wir später darüber redeten, deshalb weiß ich, was ihn damals bewegte: Es war das Gefühl, daß endlich das eingetreten war, was er immer gefürchtet hatte, das, von dem er irgendwie immer geglaubt hatte, er verdiene es. Er war von einer Frau verlassen worden, der er sich ganz gegeben und für die er sein Leben geändert hatte. Als er mit Sarah zusammen war und seine Frau plötzlich eine Wildfremde für ihn wurde, da hatte ihn das so erschreckt, daß er darüber sein Mitleid vergessen hatte. Er hatte seine Frau und seine Kinder verlassen. Jetzt war er seinerseits verlassen worden – wenn das keine Gerechtigkeit war, dann hatte es jedenfalls eine eigene Dynamik von Unausweichlichkeit. Fidel, er wußte, wer Fidel war, er hatte ihn einige Male getroffen, er mochte ihn, und er hatte nie Verdacht geschöpft. Was hätte er tun können, um mich davon abzuhalten, ihn Fidels wegen zu verlassen? Nichts, und das war der Witz an der Sache. Was man tat, warf anscheinend lange Schatten voraus. Ein Teil von ihm wollte mich am liebsten nie wiedersehen, etwas anderes in ihm wäre am liebsten zurück ins Zelt gegangen und hätte mir meinen anderen Arm gebrochen. Und wieder etwas anderes in ihm hätte am liebsten den Tag noch einmal durchlebt und jemanden anderes hinunter in die Gletscherspalte steigen lassen, um mein Leben zu retten. Er lief lange auf dem Gletscher herum, eine Stunde, und aus einer Stunde wurden schließlich zwei.

Dann ging Thaw hinaus, um ihn zu suchen. Er sagte Thaw, daß er alles darum geben würde – wirklich alles –, hier so schnell wie möglich wegzukommen, vom Beardmoregletscher hinunter. Hier festzusitzen, mit mir und der Expedition, jetzt, da alles, was ihn hierhergebracht hatte, sich als auf Lügen gebaut erwiesen hatte, das war mehr, als er ertragen konnte. Er sagte Thaw, er hielte es für das beste, wenn er einfach mit seinem Schlitten vorausginge. Er hatte Mumm, er war gut in Form, und wenn er erst einmal die Spalten hinter sich hatte – und im Depot beim Mount Hope lag doch noch ein Zweimannzelt, oder? –, konnte er in einem Rutsch bis nach Kap Evans laufen. Wenn er schnell genug war, konnte er noch die *Endurance* erreichen, bevor das Schiff wieder aus dem McMurdo-Sund auslief, was um den 15. März der Fall sein würde. Wenn er sich echt ins Zeug legte, hieße das. Außerdem konnte er uns dann, wenn er nach Framheim kam, die Hundetrupps schicken, um uns zu holen. Warum nicht? Die Zukunft erschien ihm wieder wie ein Nebel, und Nebel scheinen immer dazu einzuladen, hineinzugehen und sich von ihnen einschließen zu lassen.

»Bist du noch bei Trost?« sagte Thaw brutal. »Ich weiß, wie du dich jetzt fühlst, Brock. Du würdest sie am liebsten umbringen, und ich kann es dir nicht einmal verübeln. Aber zum einen kannst du sie nicht umbringen, und zum anderen werden wir dich brauchen, wenn wir überhaupt eine Chance haben wollen, sie am Leben zu halten. Abgesehen davon wäre es verdammt gefährlich, diesen Trip allein zu unternehmen. Wenn du Selbstmord begehen willst, dann ist das deine Sache. Aber warte bitte damit, bis wir wieder in Framheim sind.«

»Es ist nicht so sehr das, was sie getan hat«, sagte Brock. »Aber daß sie mich jetzt seit, nun, einem Jahr angelogen hat.«

»Vielleicht war es ja kein ganzes Jahr. Vielleicht haben sie es ja nur einmal gemacht oder so. Du weißt es nicht, und bevor du es nicht weißt, kannst du von nichts fest ausgehen. Jedenfalls war es das verdammte Morphin.«

»Das ist mir klar«, sagte Brock. »Ich kann heute nacht nicht im Zelt schlafen. Ich werde draußen auf dem Gletscher schlafen.«

»Wie du meinst«, sagte Thaw. »Nur, sieh zu, daß du nicht in eine Spalte rollst. Und, Brock, denk daran – Morgan ist noch nicht über den Berg.«

Brock kam zurück ins Zelt zum Abendessen, das ich unter der Wirkung des Morphins verschlief, unfähig, Schuld oder auch nur einfache Scham zu empfinden. Danach ging er wieder hinaus, und er schlief tatsächlich auf dem Gletscher bei fast fünfundzwanzig Grad unter Null. Wir hatten immer noch keine dunklen Nächte, aber hier auf dem Beardmore verschwand die Sonne abends hinter den Bergen, so daß er stundenlang im Schatten des Wolkenmachers lag und auf den Eisfluß Richtung Mount Hope starrte. Und in diesen Stunden, den Blick auf das Gateway gerichtet und die große Eisbarriere dahinter, überfiel Brock ein Gefühl der Demut. Angesichts der gewaltigen Größe dieser Welt war er so klein, ein Stäubchen, eine Mikrobe, und was er fühlte oder nicht fühlte, war im Grunde genommen unwesentlich. Er mochte schlimmer verletzt worden sein als je zuvor, aber selbst das war eine Winzigkeit im großen Plan der Dinge. Das einzige, was er tun konnte, war so etwas wie atmen. Einatmen und ausatmen, annehmen und loslassen.

Um zwei Uhr morgens ließ die Wirkung des Morphins nach, und ich wachte auf – kalt und mit Schmerzen. Brock war nicht da, wie ich bald herausfand, denn das erste, was ich nach dem Aufwachen tun wollte, war, mich zu entschuldigen und Brock zu bitten, mich nicht zu verlassen. Aber er war nicht da, sein Platz war leer. Ich geriet durch seine Abwesenheit in Panik und versuchte, mich aufzusetzen, obwohl das mit dem dicken Arm schwierig war. Meine Bewegungen jedenfalls weckten Wilbur auf, und als er fragte: »Ist alles in Ordnung, Morgan?«, begann ich zu zittern. Weinen konnte ich nicht.

Wilbur legte seinen Arm um mich und sagte: »Alles ist gut. Er schläft draußen.«

»Ach Wilbur, wie konnte ich das nur sagen?«

»Du wußtest nicht, was du sagtest.«

»Ich wußte es. In gewisser Weise schon.«

Darauf wußte Wilbur keine Antwort. Er wiederholte immer wieder: »Es wird wieder gut werden. Du wirst schon sehen. Und wir werden für dich sorgen, auch Brock, da bin ich ganz sicher.«

»Warum sollte er?«

»Weil er dich liebt. Man hört nicht auf, jemanden zu lieben, nur weil er einen verletzt hat.« Als er das sagte, warf er einen traurigen Blick auf Gronya.

Ich war zu sehr mit meinen eigenen Problemen beschäftigt, um darauf zu reagieren, und sagte: »Mein Gott, mein Arm, wie soll ich damit Ski fahren?«

»Du wirst gehen müssen. Was machen deine Augen?«

»Sie tun immer noch weh. Aber nicht mehr so stark.«

Nein, meine Augen waren jetzt das geringste Problem. Mein Arm war zu einem gewaltigen Prügel angeschwollen, der quer über meiner Brust lag, wo Thaw ihn mit einem Dreieckstuch fixiert hatte. Er fühlte sich riesig an, er pochte, und er war heiß. Er schien an der Wunde und am Bruch zu jucken. Und der Schmerz – der Schmerz ging einfach nicht zurück. Er war wie ein zweites Wesen in meinem Körper, und ich sehnte mich nach einer weiteren Morphinspritze, aber gleichzeitig, angesichts dessen, was gerade unter dem Einfluß des Morphins geschehen war, konnte ich mir nicht vorstellen, daß es das richtige für mich war. Bestimmt würde ich mich, wenn wir weiter den Gletscher überquerten, mit sehr viel größerer Vorsicht bewegen müssen, als es mir das Morphin gestatten würde. Ich würde es ohne Schmerzmittel schaffen müssen, und damit basta.

Am nächsten Tag blieben wir im Zelt. Es stürmte, und es war Schnee in der Luft. Es war aber kein Sturm, den Wilbur hatte im voraus spüren können – er meinte, wenn wir jetzt wieder von den großen Höhen herunterkämen, würde auch sein Geruchssinn wieder zurückkehren. Wilbur kümmerte sich fast wie eine Krankenschwester um mich. Er half mir bei allem, das sich plötzlich als schwierig erwies, beim Essen, beim Herausklettern aus meinem Schlafsack oder beim Aufsetzen, wenn ich gelegen hatte. Thaw durchdachte derweil alle Möglichkeiten, die uns noch blieben, und besprach sie mit Brock, um ihn davon abzuhalten, weiter in Depressionen zu versinken. Gronya brauchte fast den ganzen Tag, um meine Kleider wieder zusammenzunähen, und zwar so, daß auch mein verletzter Arm etwas geschützt wurde. Ein einziges Mal verließen die drei anderen das Zelt – ich hatte Wilbur gebeten, das zu arrangieren –, und als Brock mit mir allein war, versuchte er ebenfalls zu gehen. Ich flehte ihn an zu bleiben, und er kam zurück. Er setzte sich, den Blick starr auf die Zeltwand gerichtet. Er wollte mir nicht in die Augen schauen, sosehr ich versuchte, ihn dazu zu bringen.

»Es tut mir leid«, sagte ich.

»Da bin ich mir sicher.«

»Ich meine, daß ich es dir nicht erzählt habe. Daß ich es dir hier in aller Öffentlichkeit gesagt habe. Du mußt wissen, ich hatte nie vor, dich zu verletzen.«

»Ah«, sagte Brock. »Ich verstehe.«

»Ich meine es wirklich. Ich liebe dich.«

»Warum hast du dann mit diesem Burschen geschlafen?«

»Weil ich ihn auch liebte.«

»Ich verstehe. Nun, das wär's dann wohl.«

»Nein, das ist es nicht. Nein! O Gott, ich wünschte, ich wäre tot.« Aber als ich meine eigenen Worte hörte, wußte ich, daß sie nicht echt waren. Ich wünschte nicht, daß ich tot wäre, und unter den gegebenen Umständen war es leichtsinnig, so etwas zu sagen. »Nein, ich wünschte es nicht«, sagte ich. »Ich habe es nicht so gemeint.«

»Schau mal, Morgan, das Reden bringt uns nicht weiter. Lassen wir es einfach auf sich beruhen.«

»In Ordnung«, sagte ich. »Wenn du es so willst.« Nach diesem Gespräch fühlte ich mich schlechter als zuvor, und als die anderen wieder hereinkamen, war ich erleichtert, erleichtert auch, als es Nacht wurde und ich wieder schlafen konnte. Bevor ich einschlief, schwor ich mir, daß ich von nun an meine Freunde nur noch bitten würde, das für mich zu tun, was absolut notwendig war. Sie mußten mir bei verschiedenen Dingen helfen, aber ich konnte wenigstens meine Gedanken für mich behalten und versuchen, fröhlich zu sein oder ganz einfach still, wenn mir nichts anderes einfiel. Aus irgendeinem Grund fiel mir Churchills Rede über Blut, Tränen und Schweiß ein, in der er gesagt hatte, daß der Kampf in der Luft, zu Wasser und an den Küsten toben werde. Dies sei Englands größte Stunde, hatte er gesagt, und dann etwas über Agincourt. Männer in England, noch zu Bett, wie ging das noch?

> Und Edelleut' in England, jetzt im Bett,
> Verfluchen einst, daß sie nicht hier gewesen,
> Und werden kleinlaut, wenn nur jemand spricht,
> Der mit uns focht am Sankt-Crispinus-Tag.
> ...
> Wer heut am Leben bleibt und kommt zu Jahren,
> Der gibt ein Fest am heil'gen Abend jährlich
> Und sagt: »Auf Morgen ist Sankt Crispian!«,
> Streift dann die Ärmel auf, zeigt seine Narben
> Und sagt: »An Crispins Tag empfing ich die.«
> ...
> Und nie von heute bis zum Schluß der Welt
> Wird Crispin Crispian vorübergehn,
> Daß man nicht uns dabei erwähnen sollte,
> Uns wen'ge, uns beglücktes Häuflein Brüder.

Hatte Churchill das wirklich gesagt? Oder war es ein anderer König gewesen, ein anderer Krieg von den vielen Kriegen, unter denen man wählen kann? Natürlich, es war aus *Heinrich V.* – gesprochen vom König, der glaubte, mit seinen Männern in eine hoffnungslose Schlacht zu gehen, die nur wenige überleben konnten. Große Worte, wenn man bedenkt, daß es England gewesen war, das ein Heer nach Frankreich geschickt und diesen Krieg angefangen hatte, der nun die Invasoren selbst mit Vernichtung bedrohte. Große Worte, aber doch bedenkenswert, weil der König und die Seinen damals auch gedacht hatten, sie hätten keine Chance, keine Chance gegen die Franzosen, keine Chance gegen die Panzerreiter, keine Chance gegen das Morgen. Und dennoch hatten sie es durchgestanden, hatten die meisten von ihnen überlebt und waren heimgekommen, hatten die Ärmel aufgekrempelt und ihre Narben gezeigt und gesagt: »Dies sind die Wunden ...« Beim Einschlafen hörte ich noch einmal die Worte: »... und nie von heute bis zum Schluß der Welt ... uns wen'ge, uns beglücktes Häuflein Brüder.«

Am nächsten Tage ging es weiter den Gletscher hinab, und ich war mehr auf Hilfe angewiesen, als mir lieb war. Ich brauchte Hilfe beim Ankleiden, beim Essen und um in das Geschirr für den sehr leichten Schlitten zu kommen, den ich nun zu ziehen hatte. Ich bekam Penicillin, aber da die Flasche in der Medizintruhe keine nähere Kennzeichnung hatte, fehlte uns jeder Anhaltspunkt für die Dosierung. Ich hielt angesichts der Reinheit der antarktischen Luft die Gefahr einer Infektion für gering, und nach meiner Erfahrung mit dem Morphin entschied ich mich für eine eher niedrige Dosierung. Also nahm ich lediglich eine Tablette pro Tag, jeden Morgen nach dem Frühstück, und abends nahm ich auch keine Schmerztabletten außer gelegentlich etwas Aspirin. So wurde der Schmerz während des Tages zu meinem ständigen Begleiter. Er war aber noch erträglich und wirkte sich jetzt, beim Abstieg im unteren Drittel des Beardmore, nicht allzusehr auf meine Marschleistung aus.

Jetzt kehrten die Nächte wieder, und der Herbst machte sich bemerkbar. Inzwischen weiß ich, daß mein Arm sich in dieser Zeit entzündete, und der Schmerz, den ich spürte, nicht, wie ich damals dachte, vom Zusammenwachsen der Knochen herrührte. Zusätzlich zu der Kälte und der Anstrengung mußte mein Körper es jetzt noch mit Milliarden von Bakterien aufnehmen, die sich in mir ausbreiteten und meine Abwehr schwächten. Ich hatte diese Bakterien mit ins Eis gebracht, sie waren auf die Oberfläche meiner Haut gelangt, und sie hatten ihre Chance sofort genutzt. Damals ahnte ich das nicht, und hatte nur meinen mir selbst gegenüber geleisteten Schwur im Kopf: Die Wunden, die ich empfangen hatte, nicht noch schmerzhafter werden zu lassen als nötig. Die anderen hatten den größten Teil meiner Last auf ihre Schlitten verteilt, Brock hatte die Bürde auf sich genommen, weiter mit mir zusammenzusein, und mehr konnte ich von ihnen nicht verlangen.

Jedenfalls war es eine merkwürdige Zeit. Merkwürdig, weil es ein eigenartiges Gefühl war, mit einem vor der Brust festgebundenen Arm Ski zu laufen und einen Schlitten zu ziehen, und weil meine Augen und mein Bein mich weiter quälten. Merkwürdig, weil ich früher nie mit Schmerz zu tun gehabt hatte, nicht so wie jetzt jedenfalls. Und merkwürdig, weil ich von einem gewissen Punkt an, obwohl ich nicht mehr genau sagen kann, wann das war, Halluzinationen bekam. Ich sah Gestalten im Schnee herumlaufen. Diese Halluzinationen waren völlig anders als das, was ich auf Kap Evans erlebt hatte. In der Hütte hatte ich niemanden gesehen und hatte dennoch geglaubt, daß Menschen da waren. Auf der Eisbarriere sah ich jetzt wirklich Leute, und trotzdem glaubte ich nie, daß sie tatsächlich da waren. Ich wußte, daß es Hirngespinste waren, die mein Geist produzierte. Der Schnee war so weiß, und er war schon seit so langer Zeit so weiß, und der Schmerz war so schlimm, und die Kälte war so durchdringend, daß sie jede Faser meines Körpers durchdrang. Es war einfacher, irgend etwas vor sich zu sehen, als nichts zu sehen.

Die Tage vergingen. Wir marschierten. Wir kamen an eines der auf dem Hinweg angelegten Depots und verluden es auf unsere Schlitten. Mein Schlitten wurde zwar auch etwas schwerer, aber die anderen mußten nun wegen mir jeder einhundertfünfundsiebzig Kilogramm ziehen. Mit der Zeit schaffte ich immer mehr Dinge selbst, zum Beispiel, mich allein in meinem Schlafsack aufzusetzen oder mit einer Hand zu essen. Mittlerweile hatten wir den Gletscher hinter uns gelassen, das »Tor« passiert und waren wieder auf dem Ross-Schelfeis. Ich nahm an, daß mein Arm heilte, aber da ich mir noch nie einen Knochen gebrochen hatte, fehlte mir die Erfahrung, die mir die genauere Einschätzung meines gegenwärtigen Zustands erlaubt hätte. Ich hatte allerdings den Eindruck, daß der Schmerz mit der Zeit schlimmer und nicht besser wurde – durfte es jetzt überhaupt noch weh tun? Ich wollte das den anderen gegenüber nicht zur Sprache bringen, einmal, weil ich mich so wenig wie möglich beklagen wollte, zum anderen, weil ich nicht wollte, daß mein Arm noch einmal ausgewickelt würde. Es gefiel mir recht gut, daß er jetzt gut vor meinem Blick geschützt in Verbänden versteckt war, und ich hatte nicht vor, das Risiko einzugehen, den Arm wieder zu entblößen.

Ich hätte gleichwohl mittlerweile – wir hatten etwa fünfzig Kilometer auf dem Ross-Schelfeis zurückgelegt – schwören können, daß der Verband sich um meinen Arm herum zusammengezogen haben mußte. Der Arm schmerzte überall, innen und außen, vom Handgelenk bis zur Schulter, und wenn ich mit dem rechten Skistock zu schwungvoll hantierte, dann durchflutete der Schmerz meine gesamte linke Körperseite. Als es immer schlimmer wurde, kam ich darauf, daß die einzige Möglichkeit, damit fertigzuwerden, darin bestand, den Schmerz wie eine fremde Person zu behandeln. Ich nannte die Person den Killer Schmerz oder kurz den Killer. Wenn ich sagte: »Killer, läßt du mich jetzt ein Weilchen in Ruhe?«, dann entfernte er sich vielleicht in den Raum hinein wie ein lenkbares Luftschiff oder ein Astronaut, der in der Schwerelosigkeit am Ende seines Versorgungsschlauches hängt. Er hatte immer noch Verbindung zu mir, natürlich, groß und aufgebläht, wie er war, aber immerhin am anderen Ende des kleinen Raumes, den ich in meiner Vorstellungskraft geschaffen hatte. Wenn er dort draußen war und nicht mehr dicht bei mir, dann konnte ich vielleicht Frieden finden und an etwas anderes denken als an den Arm und das Gefühl, daß der Verband einlief. Er schien immer strammer zu werden.

Auch wenn ich mir dieses bißchen Frieden verschafft hatte, war ich mir noch der Tatsache bewußt, daß ich eine Verletzung hatte, und das ließ meine Gedanken wieder zurück zum Krieg wandern. Ich konnte an nichts anderes denken, außer an das, was ich Brock angetan hatte, und ich zog alles andere einer Beschäftigung damit vor. Also dachte ich an den Krieg, daran, wie viele Menschen an diesem Tag und in dieser Minute genauso verletzt waren wie ich – und wie viele mehr vielleicht starben, wahrscheinlich Tausende von Frauen und Kindern und alten Männern, die auf den Stufen ihrer Häuser saßen und süßen Kaffee tranken. Ich versuchte immer wieder, mir selbst zu sagen, daß das, was ich durchmachte, lächerlich war. Nichts im Vergleich zu dem, was diesen Kriegsopfern geschah. Diese Menschen hatten keine Möglichkeit zu entkommen, diese irakischen Zivilisten, die getötet werden würden, diese irakischen Soldaten, die man zum Wehrdienst gezwungen hatte, die schlecht ausgebildet und völlig unzureichend bewaffnet waren. Auch die US-Soldaten würden sterben, und ich dachte an die Jungs, die ich in McMurdo kennengelernt hatte, die Matrosen, durch deren Quartiere ich jeden Morgen auf dem Weg zur Messe gegangen war. Sie hatten mir zugerufen: »Hallo, wie geht's denn so?«, hatten genickt und mir optimistisch zugelächelt, als hätten sie beweisen wollen, daß sie nach ihrem Dienst beim Militär wieder normale Mitglieder der Gesellschaft werden würden. Sie erinnerten sich vage, wie aus einem anderen Leben, daß nicht alle auf der Welt Befehlen gehorchen mußten, und da niemand ihnen befohlen hatte, mich zu grüßen, hatten sie mit ihrem Gruß gewissermaßen echte Initiative gezeigt. Jetzt waren diese Matrosen und ihre Kameraden vom Heer am Golf, und niemand wußte, ob sie nicht dort bleiben würden.

Aber zumindest lag mein Leben in meinen eigenen Händen. Anders als die irakischen Zivilisten und die Soldaten der USA und des Irak, für die es jetzt kein Entkommen gab, hatte ich nichts anderes zu tun als weiterzumarschieren, wenn ich überleben wollte. Ich würde überleben, genau wie meine Mutter ihren Krieg überlebt hatte. Sie war mit einem Schiff aus England gekommen – ein Schiff, das wahrscheinlich mit Farben von Lamont gestrichen gewesen war –, und es war den Wolfsrudeln, die im Nordatlantik umherstreiften, entkommen.

Komisch, es schien eine Ewigkeit her zu sein, daß ich zuletzt an meine Mutter gedacht hatte. Als wir auf dem Hinweg auf der Großen Eisbarriere gewesen waren, Richtung Süden, da hatte ich ziemlich viel an sie gedacht. Oates und sie waren beide hinaus in den Sturm gegangen, um das Leben der Menschen zu retten, die ihnen nahestanden – sie wollten Leben geben, indem sie Leben opferten, dadurch, daß sie hinausgingen. Aber dann waren andere Dinge passiert, die roten Riesen waren in mein Bewußtsein eingedrungen, es hatte den Sturm am Gateway und auf dem Beardmore gegeben, meine Mutter war immer weiter zurückgewichen, bis sie kaum noch da war. Und jetzt war ich glücklich, daß sie wieder in meinen Gedanken auftauchte. Als ich sie von Mac Center aus angerufen hatte, hatte sie gesagt: »Du bist doch in Sicherheit, oder, Morgan? Ich möchte, daß du in Sicherheit bleibst«, und ich hatte geantwortet, daß ich mich eigentlich in viel zu großer Sicherheit befinde. Sie hatte mich auch gefragt, ob ich Scott schon getroffen hätte, und das war ein erster Hinweis für mich gewesen und zugleich eine Erinnerung daran, daß es notwendig war, McMurdo zu verlassen und dem Klang der Panflöten zu folgen. Ich hatte eine Fata Morgana gesehen, als ich aus dem Weißen Haus kam, ich hatte über Lichtspiegelung und Lichtbrechung nachgedacht und darüber, daß niemand lange existieren konnte ohne Menschen, die seine Signale zurückstrahlen.

Und inzwischen wußte ich, daß William meine Mutter geliebt hatte. Wie alt war sie gewesen, als sie aus England kam, nachdem ihre Eltern von den V1 getötet worden waren, die über Kent hergefallen waren wie eine Heuschreckenplage? Sieben, sie war gerade sieben Jahre alt gewesen, als sie während der Luftangriffe durch London geirrt und dann an Bord eines Schiffes gegangen war, das sie in das große, unbekannte Nordamerika brachte. Wie tapfer von ihr; ich versuchte sie mir vorzustellen. Sie trug, nun, ein Kleid, nehme ich an. Kurz? Alles war knapp wegen des Krieges, auch Stoff. Also würde ihr Kleid wohl kurz gewesen sein und braun, mit weißem Zickzackbesatz um den Kragen. Es reichte ihr auf sehr würdevolle Weise bis knapp über die Knie, und dazu trug sie weiße Socken und braune Oxfords.

Sie hatte natürlich einen Mantel an; es war kalt auf dem Nordatlantik. Jetzt sah ich sogar, daß die Masten und Aufbauten des Schiffs, auf dem sie fuhr, völlig mit Eis überzogen waren. Sie hingen voller Eiszapfen, so wie es auf viktorianischen Darstellungen vom Schiff des »alten Seemanns« von Samuel T. Coleridge zu sehen ist. Ein sehr düsteres Bild des eisüberzogenen Schiffes mit einigen Worten darauf, die in den Himmel geschrieben waren. Eins der Worte war »Entrückung«. Was bedeutete das? Hatte meine Mutter auch so etwas aushalten müssen, zusätzlich zu den U-Booten? Unser eigenes Schiff, die *Endurance*, hatte auch einen Überzug aus Eis gehabt nach dem Unwetter, das uns auf 53 Grad südlicher Breite heimgesucht hatte. Das Eis war geblieben, bis wir in den McMurdo-Sund einfuhren und ich auf Deck getanzt hatte beim Anblick des Eisblinks. Nein, den Eisblink hatte ich schon vorher gesehen, oder nein, danach erst, eine Botschaft, verschlüsselt in einem Geheimcode, vom Himmel übermittelt. Sie wurde von einem weit entfernten Fenster aus gesendet, und ich hatte gewußt, daß das Signal für Augen bestimmt war, die es zu deuten verstanden. Aber ich hatte ein veraltetes Codebuch benutzt und geglaubt, daß der Eisblink bedeutete: »Eis voraus. Du hast es noch nicht hinter dir.«

Meine Mutter hatte mir nie viel vom Krieg erzählt – ich hatte sie auch nie danach gefragt –, doch jetzt erst ging mir auf, daß es für sie etwas Furchtbares gewesen sein mußte. Bomben waren vom Himmel gefallen, deutsche Bomben, und hatten ihre Eltern getötet, meine Großeltern, die ich nie kennengelernt hatte. Vielleicht hatte meine Mutter die Rede von Churchill gehört, in der er über Blut, Boden, Tränen und

Schweiß sprach, davon, daß man sie in der Luft, zu Wasser und zu Lande schlagen müsse; vielleicht hatte sie gehört, wie er sagte, dies sei Englands größte Stunde. Aber nichts von alledem konnte damals für sie einen Sinn ergeben haben. Sie war ein kleines Mädchen gewesen. Und genau jetzt gab es in Bagdad Kinder, die genauso alt waren wie meine Mutter damals. Kleine Mädchen in braunen Kleidern mit weißem Zickzackmuster am Kragen blickten zum Himmel hinauf, der mitten in der Nacht taghell war. Eins der kleinen Mädchen sah ich besonders deutlich vor mir. Es war ein strahlendes kleines Kind mit schwarzem, lockigem Haar und Augen, die zu weit auseinanderzustehen schienen. Ihre Haut war sehr blaß, und sie stand auf dem Dach ihres Hauses, einem Flachdach, ähnlich den Dächern der Unterkünfte in McMurdo. Auf diesem Dach allerdings befand sich ein Geländer, und an diesem Geländer kniete sie zusammengekauert und sah zum hellen Himmel auf. Dort war ein Flugzeug getroffen worden, es war ein Flugzeug von denen, diesen schrecklichen Ungeheuern, diesen bösen Amerikanern, und es explodierte jetzt am Himmel, in einem großen Feuerball.

Hurra! Ein Amerikaner weniger, dachte sie. Und dann klammerte sie sich noch etwas fester ans Geländer, während die Leuchtspurraketen eine nach der anderen in den Himmel schossen. Sie sahen fast aus wie ein Feuerwerk, so hell und strahlend und voller Energie. Und sie sangen; sie sangen die Lieder ihres Volkes. Und ihr Volk kämpfte um sein Überleben. Sie war vielleicht erst sieben, aber sie kannte bereits den Tod, dieses kleine Mädchen. Ihr Name war Aria, nahm ich an, ein Name, so leicht wie die Luft. Sie hatte ihren Vater verloren. Er war vor einem Jahr getötet worden, als sie sechs Jahre alt war, und sie hatte seine Leiche gesehen. Sie hatte ihn auf die Wange küssen wollen, aber das Gesicht war so reglos und so wächsern gewesen, so unnatürlich, daß sie es nur angestarrt und sich dann abgewandt hatte. Ihr linker Fuß hatte ihr ein bißchen weh getan, und ganz zufällig – es war ganz bestimmt keine Absicht gewesen – hatte sie, so fest sie konnte, gegen den Sarg getreten. Danach hatte sie sich geschämt und gerufen: »Vater, geh nicht weg!« Und ihr Vater hatte erwidert: »Deine Mutter will, daß ich jetzt weggehe«, und das kleine Mädchen hatte versucht, das zu glauben. Meine Mutter und ich, wir hatten beide im Alter von sechs Jahren unseren Vater verloren. Das fiel mir erst jetzt auf, ich hatte vorher nie darüber nachgedacht. Und meine Mutter hatte auch gesehen, wie die Bomben fielen.

Das hatte sie für immer verändert. So sehr, daß sie, als sie erwachsen war und mit meinem Vater zusammen in Quarry lebte, eines Tages plötzlich leer war, so leer, daß nur einer diese Leere füllen konnte, und das war Dr. Jim gewesen, der dann zu uns gezogen war. Mein Bein hatte er immer zu kurz gefunden. Er hatte mich angeschaut und gesagt: »Ich bin Dr. Jim. Deine Mutter hat mir von deinem Bein erzählt. Aber ich denke, du wirst es wohl tun müssen.« Das hatte mich völlig verwirrt, und ich hatte überlegt, ob er Arzt war; ich fand erst später heraus, wer er wirklich war. Er war der Mann, der die Bomben baute, der Mann, der sich verifizierbare chemische Reaktionen für das ultimative Reinigungsmittel ausdachte. Diese Bomben, die nun im Irak niedergingen wie Heuschrecken. Kleine Mädchen sahen sie kommen, diese hellen Feuerwerkskörper, und sie und ihre Brüder verstanden nicht, daß sie von diesen Bomben umgebracht werden sollten. Sie sollten getötet werden, weil sie geboren worden waren, mit einer Behinderung geboren, so wie ich. Aber sie waren unschuldig. Mich traf dagegen eine gewisse Schuld. Ich hatte die Hunde mit auf den Gletscher genommen, ich hatte von dem Geld von Lamont Paints schmarotzt, und ich hatte Brock betrogen. Ich hatte sogar überlegt, ob ich das NSF-Chalet in die Luft sprengen solle. Jetzt betrachtete ich mich, die einmal mit solchem Vorhaben schwanger gegangen war, mit großem Schrecken.

Der Gedanke daran war in der Tat so fürchterlich, daß es mich schüttelte, während ich da auf meinen Skiern über das Ross-Schelfeis fuhr. Ich lief und lief, mir war heiß, und dann wurde ich von einem Anfall von Schüttelfrost gepeinigt, während der Killer Schmerz immer noch am Ende des Versorgungsschlauches sein Unwesen trieb. Ich zitterte und zitterte und zitterte, und auch das ließ mich an meine Mutter denken. Sie hatte mir einen Brief geschrieben, den ich noch vor meinem Abflug in die Antarktis erhalten hatte, den mit dem weißen Stein und der zitternden Sklavin, und ich hatte ihn am gleichen Tag gelesen, an dem ich mir angstvoll die Hundemarke um den Hals hatte hängen müssen. Wo war meine Hundemarke überhaupt? Ich griff mir mit meiner guten Hand an den Hals, und als ich dabei gegen meinen gebrochenen Arm stieß, schrie ich vor Schmerzen auf. Nein, natürlich, ich hatte ja gar keine Hundemarke. Nicht mehr. Sie war mit der Leiche meiner

Mutter verbrannt. Beziehungsweise wahrscheinlich nicht verbrannt, sondern mit der Asche zusammen beerdigt worden. Jetzt sah ich meine Mutter auf dem Ross-Schelfeis stehen, nicht sehr weit entfernt. Sie trug einen langen, blauen Kasack, und ihr Haar war so glatt wie ein Brett und fiel ihr auf den Rücken wie ein kastanienbraunes Tuch. Ihre Augen waren wie haselnußblau, jedoch mehr haselnußfarben als blau, und ihre olivfarbene Haut war jetzt sehr weiß, hier auf der Großen Eisbarriere, wo wir beide nebeneinander hergingen. Auch sie zitterte. Ich konnte ihre Zähne klappern hören wie eine altertümliche Morsetastatur, wie ein Marconi. So würde sie es genannt haben, ein Marconi, das war ihr Wort. Ihre Zähne schlugen aufeinander, aber der Takt war nicht zufällig. Punkt Punkt Punkt Strich Strich Strich Punkt Punkt Punkt. Ich hatte diese Sequenz schon einmal irgendwo gehört. Was war es nur? Ach ja, es war das allgemeine Notsignal, SOS, und wir sollten es jetzt sofort aussenden, fand ich, auf allen Frequenzen.

Das hatte auch die *Titanic* getan, in der Nacht, in der der Eisberg ihre Seite gerammt hatte, das Schiff gesunken war und schließlich in die Umarmung des Strudels gesogen wurde. Kathleen Scott, selbst auf der *Aorangi* unterwegs nach Neuseeland, hatte von dem Untergang der *Titanic* gelesen, der größten Katastrophe in der Geschichte der Seefahrt. Irgend jemand hatte per Funk die Nachricht von Scotts Tod durchgegeben, der Kapitän hatte sie in seine Kabine gerufen und ihr mit zitternden Händen das Telegramm gereicht. Zittern. Wir zitterten alle. Wir schüttelten uns alle, weil alles so furchtbar war. Natürlich war es furchtbar, es hieß ja auch das Königliche Terror-Theater, und das Furchtbarste von allem war, daß ich mich nicht mehr erinnern konnte, was als nächstes geschehen würde. Ich brauchte einen Souffleur, einen guten Souffleur mit lauter Stimme, der mir die Verse vorsprach, die der Held eigentlich auswendig kennen sollte. Aber war ich die Heldin? Sollte nicht ein Held erfolgreich sein? Gewinnen?

Ja, das sollte er. Denn ein Held war ein Krieger, und die verließen die Welt nur, um wieder zurückzukehren. Aber viele Krieger kehrten nicht zurück, und nicht nur, weil sie wie Scott statt dessen zu Märtyrern geworden waren. Viele Krieger starben einfach vollkommen vergessen, und auch viele Kinder starben so, wie Aria, das kleine Mädchen, das auf dem Flachdach in Bagdad kauerte und zitterte, während die Bomben fielen. Ich konnte jetzt deutlich erkennen, daß sie meine Mutter war, das rumänische Blut in ihren Wangen deutlich erkennenbar, und in ihren vollen, dunklen Lippen, die so rot waren wie Blut. Ein Tropfen Blut auf den Lippen. Ich fragte mich, wie er dorthin gekommen war. Da war noch ein anderer Tropfen Blut, irgendwo in meiner Vergangenheit. Wo? Waren es Dr. Jims Nadeln? Er hatte niemals eine verloren, wie er sagte. Ich hatte mir die Nadel angeschaut. Aber ich hatte nicht gewagt, sie zu berühren, denn ich dachte an die Geschichte von Dornröschen, der ein einziger Stich und ein einziger Tropfen Blut zum Verhängnis geworden waren. Sie war eine Sklavin des Schlafs geworden, hundert Jahre lang, und wenn die Nadel mich stach und ich jetzt auch eine zitternde Sklavin wurde, dann würde ich vielleicht auch hundert Jahre lang schlafen, vielleicht bis in alle Ewigkeit.

Bis in alle Ewigkeit schlafen! Ich wollte nicht für immer und alle Zeiten schlafen. Das bedeutete Tod, und ich wollte nicht sterben. Ich blickte zu meiner Mutter hinüber, die neben mir herging, und ich dachte, sie würde vielleicht mit mir reden wollen. Sie war noch da, aber sie hatte mich noch nicht gesehen, sie sah jetzt älter aus. Ihr kastanienfarbenes Haar war grau geworden und ihr Gesicht zerfurcht. Doch es war immer noch weiß, das vollkommene Weiß des Schnees. Sie trug etwas, und auf ihrem Gesicht lag ein zärtlicher Ausdruck, der dem galt, das sie in ihren Armen trug, etwas, das sie über ihrer Brust festhielt und das sie wie ein Baby liebkoste. Es war aber kein Baby. Ich versuchte zu erkennen, was es war, und dann sah ich, daß es eine Handtasche war, eine Handtasche in der Form eines Sattels, wie die, die sie damals auf dem Horseshoe Hill hatte liegenlassen. Sie wiegte sie in ihren Armen und summte ihr etwas vor. Zuerst hörte es sich an wie: »Morgan«, aber dann verstand ich, daß sie sang: »Jo. Kleine Jo. Hab keine Angst, ich paß auf dich auf.«

Das traf mich im Innersten, und ich rief: »Mutter! Mutter, ich bin hier!« Da blickte sie verwirrt auf, als hätte sie in weiter Ferne ein Geräusch gehört. Aber als sie dorthin schaute, wo ich auf meinen Skiern lief, blickte sie durch mich hindurch, obwohl ihre Augen angestrengt blinzelten. Dann wandte sie sich wieder der Handtasche zu und sagte leise: »Kleine Josephine. Ich würde dich doch nicht auf einem Felsen liegenlassen. Niemals.«

Ich war ganz außer mir, weil sie mich gar nicht zur Kenntnis nahm, und ich vergaß einen Augenblick lang, was sie am Ende für mich getan hatte und daß sie damit soviel von dem, was vorher gewesen war, wiedergutgemacht hatte. So rief ich aufgeregt: »Aber du hast mich auf einem Felsen liegenlassen! Du hast es getan! Als du Dr. Jim geheiratet hast!«

Jetzt schien sie doch etwas zu sehen. Sie legte ihre Stirn in Falten und starrte angestrengt in meine Richtung.

»Colin?« rief sie. »Bist du das, Colin? Ich habe dich immer geliebt, weißt du, es war alles nur, weil ich krank war. Ich habe gedacht, die Welt sei ein riesengroßes Maul, das mich einfach verschlingen würde. Ich bin ja so froh, dich zu treffen. Ich habe dich vermißt, die ganze Zeit. Wir hatten eine wunderbare Tochter miteinander. Schau mal, Morgan hat mir einen weißen Stein mitgebracht, den ganzen weiten Weg von der Antarktis hierher.«

Ich sah sie an, erstaunt und inzwischen auch beschämt, weil ich sie angeschrien hatte. Sie nahm die sattelförmige Handtasche, öffnete sie vorsichtig und griff hinein. Als sie ihre Hand wieder herauszog, hielt sie einen kleinen weißen Stein darin, einen Granitglyptolithen von Kap Royds. Er war wie eine Pfeilspitze geformt, lang und dünn und dreiekkig und vollkommen.

»Schau, wie hübsch er ist!« rief sie. »War das nicht nett von Morgan? Er ist von dem Strand, an dem Shackleton seine Hütte gebaut hatte. Wußtest du, daß Shackletons Familienmotto ›Durch Standhaftigkeit siegreich‹ war? Und Steine sind standhaft, nicht wahr? Morgan und ich, wir lieben Steine. Ich mache gern Skulpturen daraus, aber ich glaube, Morgan liebt sie so, wie sie sind. Sie hat mir erzählt, daß ihr die Steine auf Kap Evans wie lebendig vorgekommen sind. Was, glaubst du, hat das zu bedeuten, Colin?«

Was hatte das zu bedeuten? Ich wußte es nicht. Ich konnte mich noch daran erinnern, wie schwarz und einfach sie gewesen waren, diese Mandelaugen, die mich aus dem Bimssteingeröll angeschaut hatten, die Seele des Körperlichen. Fidel hatte über Kap Evans mit seinem Kenyt gesagt, es sei wie eine Gedankenkrippe für winzige Menschenbabys. Als ich Kap Evans verlassen hatte, war ich traurig gewesen, von Furcht erfüllt, und ich hatte mir einen Schild gegen die Wüste gewünscht. Dennoch hatte ich geglaubt, daß ich eines Tages dorthin zurückkommen würde. Jetzt wurde mir zum ersten Mal bewußt, daß ich mich vielleicht getäuscht haben könnte, daß ich mich in allem getäuscht haben könnte.

Vielleicht wiederholt sich die Geschichte doch. Die gleichen Mängel, die gleichen Fehler, die gleichen Tode. Wenn es so war, dann war ich vielleicht Evans, der als erster hatte sterben müssen, der auf dem Beardmore in eine Spalte gestürzt war und sich niemals von seiner Verletzung erholt hatte. Zehn Tage hatte er noch gelebt, bevor er ihr erlag.

Evans! Aber wer war Evans? Niemand wußte etwas über ihn, er hatte nichts geschrieben, er war einfach ein Seemann gewesen. Ein einfacher Mann, der mit zum Südpol gefahren und deswegen gestorben war. Scott hatte über seinen Tod geschrieben: »Bei ruhigem Nachdenken zeigt sich, daß dies die beste Lösung war.« Dachten meine Gefährten in meinem Fall das gleiche? Daß sie mit einer kranken Frau belastet inzwischen in einer lebensbedrohlichen Lage waren? Wilson war davon überzeugt, daß Evans sich bei seinem Sturz eine Gehirnverletzung zugezogen haben mußte. War es mir genauso gegangen? War ich deswegen so wirr im Kopf?

Es fiel mir immer schwerer weiterzulaufen, denn diese Ängste begannen mir den Atem abzuschnüren. Oder war bloß mein Arm so angeschwollen, daß er gegen meinen Brustkorb drückte und mir das Luftholen erschwerte, vor allem wenn ich so zitterte? Ich wußte es nicht, und ich blickte mich suchend nach meiner Mutter um. Ich versuchte, ruhig zu atmen und nicht in Panik zu geraten – natürlich wollten sie nicht, daß ich starb, Thaw und Brock und Wilbur und Gronya! –, und da merkte ich, daß Leute auf mich zukamen, den verschneiten Hang hinunter, winzige Pünktchen am Horizont, die langsam größer wurden.

Ich hatte das merkwürdige Gefühl, daß dies alles sich schon einmal ereignet hatte, daß ich es als Kind schon einmal im Traum gesehen hatte. Im Traum hatte ich an einer Stelle gestanden, an der es Eis gab, zerbrochenes Eis, das wie ein Wasserlauf dahinfloß. Ich hatte damals nicht gewußt, daß es ein Eisfall war. Im Traum hatte ich aufgesehen, dorthin, wo Himmel und Erde ineinanderfließen. Es hatte keine Schatten gegeben, kein Licht, nur ein leuchtendes Weiß. Die schwarzen Pünktchen waren zuerst klein und verschwommen gewesen, fünf Stück, soweit ich mich erinnerte, genau wie es jetzt auch fünf waren. Im Traum war der Mann, der den anderen vorausging, den Eisfall herabgeklettert und bis auf vielleicht drei Meter zu mir herangekommen. Er hatte einen Wollhelm getragen, unter dem sein Gesicht nicht zu sehen gewesen war, und er hatte versucht, mir etwas zu sagen. Als ich ihn dann fragen wollte, womit ich dienen könne, waren er und die anderen wie kleine Blasen in der leuchtenden Landschaft geplatzt. Aber diesmal war es anders. Hier war kein Eisfall. Nur der Schnee der großen Eisbarriere, und die fünf kamen immer näher. Bis ich schließlich sehen konnte, wer sie waren.

Zuerst besah ich mir die Gestalt, die am weitesten von mir entfernt war. Es war eine Frau, und sie bildete das Ende der Reihe, die sich jetzt seitwärts verteilt hatte wie ein Fächer oder eine Phalanx – oder wie wir auf unserem Weg zum Pol. Es war Anthea vom Großen Abenteuer. Da war sie, mit ihrem kurzen, schwarzen Haar, mit einem Wirbel am Hinterkopf, die Augen hinter einer Schutzbrille verborgen. Sie bewegte sich mit dem effizienten Gang einer Tänzerin, und sie war für das antarktische Klima zu dünn angezogen: Shorts, ein T-Shirt und sehr leichte Kletterschuhe. Eine Kreidetasche hing von ihrem Gürtel. Sie trug einen Klettergurt quer über der Brust, und sie sah mich ernst an. So schön – bedeutet Anthea nicht »Blume«? Ich hatte jahrelang nicht mehr an sie gedacht, bis zu dieser Expedition. Hier auf der Eisbarriere, auf dem Marsch zum Pol, nach der Sache mit dem schwarzen Fleck, war ich manchmal in Gedanken bei ihr gewesen und hatte daran gedacht, wie sie beim Klettern im Yosemite ums Leben gekommen war.

Jetzt war sie hier. Als nächstes musterte ich die Person, die neben ihr stand. Ich erkannte meinen Vater. Er trug seinen alten Überzieher und hatte einen Lederkoffer in der Hand, den er so hielt, als ob etwas sehr Schweres darin sei. Er stolperte sogar unter seinem Gewicht und blickte mich traurig an, so als ob gerade in diesem Augenblick der Koffer so schwer geworden wäre, daß er ihn nicht länger halten konnte. Er setzte ihn in den Schnee, ließ ihn vielmehr fallen. Der Aufprall war zuviel für die alten Scharniere, der Koffer sprang auf und gab seinen Inhalt frei. Papier, viele, viele Blätter Papier, viele Seiten eines Manuskripts – zehn Jahre Arbeit am »Ehrlichen Haus«. Der Wind, der vom transantarktischen Gebirge herunterwehte, bemächtigte sich ihrer und trug sie auf seinen mächtigen Schwingen davon. Zuerst nur ein paar, dann viele und immer mehr, die von der Erde hochgeweht wurden und himmelwärts flatterten, fort, Richtung Norden. Mein Vater sah dem Schneesturm von Papier nach, dann schloß er den Koffer wieder, nahm ihn und ging mit ihm weiter.

Die dritte in der Reihe war Kathleen Scott. Sie sah so aus, wie ich sie zum ersten Mal gesehen hatte: Ihr schwarzes Haar geflochten, eine Kette mit einer Brosche um den Hals, eine zerknitterte Schleife auf der Brust, in einem sehr eleganten Kleid. Aber als ich ihr Bild zum ersten Mal gesehen hatte, auf dem Boden im Atelier meiner Mutter, war mir ihr Blick streng, sogar hart erschienen, und jetzt sah ich, daß ihr schönes Gesicht mich mit großer Sanftheit anblickte. Kathleen wog mit beiden Händen ein Stück Ton ab – sie wog es, als ob sie Maß nehme.

Dann war noch einmal meine Mutter da. Nicht mehr das kleine Mädchen oder die erwachsene Frau, sondern die Frau, deren Haar mittlerweile ergraut war. Sie trug die Kleider, die sie in der Nacht ihres Todes getragen hatte, keinen Mantel. Nur das Kleid und die Stiefel, mit denen sie in den Sturm hinausgegangen war. Ihr Haar war mit Schnee überfroren und ihr Gesicht sehr weiß. In den Armen trug sie die Handtasche, die wie ein kleiner Sattel aussah, und jetzt öffnete sie die Tasche, so wie sie sie geöffnet hatte, um den Stein herauszuholen. Diesmal aber holte sie ein Foto heraus. Sie hielt es hoch, und ich konnte sehen, daß darauf eine Frau mit einem Kind zu sehen war, ganz ähnlich der Frau mit Kind, die einst von der Wand der *Terra-Nova*-Hütte herabgeschaut hatte. Nur, daß diese Frau meine Mutter war und das Baby ich selbst. Ich schlief friedlich, den Kopf auf die Brust meiner Mutter gelegt, auf die Hundemarke, die sie um den Hals trug.

Schließlich betrachtete ich auch die fünfte Person. Es war ein Mann, und er stand jetzt ganz in meiner Nähe. Es war Robert Falcon Scott, und auch er war weiß, so weiß wie ein Albino. Sein Bart war dunkel, aber sein Gesicht schien völlig blutleer, und während ich das registrierte, fiel mir auf, daß das bei den anderen genauso war. Scott starrte mich an, auf seine Skistöcke gestützt. Ich sah, daß er am Gürtel die Tasche mit seinen Tagebüchern trug. Jetzt klopfte er mit der Hand darauf und sagte:

»Du hast sie viele Male gelesen, aber du hast nie verstanden, wie die letzte Botschaft lautete. Wie die Botschaft an dein Zeitalter und an dich selbst lautete.«

»Was meinst du?« fragte ich.

»Ich meine, daß ich auf dich gewartet habe. Sie haben dir damals in der Hütte versucht zu sagen, daß wir nicht gehen würden, wenn wir noch einmal die Wahl hätten. Erinnerst du dich?«

»Ich erinnere mich. Aber du warst nicht da.«

»Weil ich hier war. Ich wußte, daß du mich brauchen würdest. Du mußt haltmachen und deinen Freunden sagen, daß dein Arm sich entzündet hat. Du mußt ihnen sagen, daß du ihre Hilfe brauchst.«

»Ich habe sie schon genug aufgehalten. Und ich verdiene es nicht – Brock und die Hunde und der Farbenvertrag und der Tod meiner Mutter.«

»Wir sind alle Brüder. Märtyrer, Helden, Kinder, alle.«

»Nein, ich kann es nicht. Ich kann es nicht. Ich habe Angst, Con. Mein Arm sieht aus wie eine Made oder so was, wie ein Tentakel.« Es fiel mir wieder schwer zu atmen, wenn ich an Tentakeln dachte und dann an das Ding, das seine Fangarme um die Welt schlang und sie erstickte. Ich legte mir meine gesunde Hand aufs Herz, und Con blickte mich mit einem flüchtigen Lächeln an, mit seinem typischen, kummervollen Blick. Dann hob er seine rechte Hand, stieß seinen Skistock etwas zur Seite und sagte:

»Vor langer Zeit hast du dich meinem Kommando unterstellt. Und ich befehle dir jetzt anzuhalten. Du brauchst nicht zu sterben, so wie ich, nur weil du weniger weißt als du meinst. Du hattest einmal einen Schlitten, der *Flexible Flyer* hieß, der wendige Flieger. Du mußt eine wendige Fliegerin werden, Morgan. Wenn du es nicht schaffst, dann wird dich der Raum diesmal verschlingen.«

Con hatte recht, und ich machte halt. Ich hatte ihn vor vielen Jahren als meinen Führer gewählt, und jetzt, da er gesprochen hatte, mußte ich ihm gehorchen. Ich hielt an und versuchte die anderen zu rufen, die vor mir gingen, weil ich es so gewollt hatte. Weil ich ihnen gesagt hatte, es sei leichter für mich weiterzugehen, wenn ich sie vor mir sähe. Meine fünf Albinobotschafter zwischen ihnen und mir waren inzwischen verschwunden. Und als ich versuchte zu rufen, war der Schmerz wieder da. Er hatte sich an seiner Versorgungsleine selbst herangezogen und hauste nun in meiner Brust, direkt neben der Lunge. Also mußte ich erst einmal irgendwie weiterlaufen, linker Fuß, rechter Fuß, ich kann laufen, ich kann laufen, ich kann laufen. Das sagte ich mir selbst wieder und wieder. Und dann kam mir das Eis entgegen und versetzte mir einen Schlag.

Ich nehme an, daß ich erneut das Bewußtsein verlor, denn als nächstes sah ich die anderen. Sie umstanden mich mit weißen, langen Gesichtern, ballonartig aufgebläht, und machten sehr besorgte Mienen. Die ganze Szene vom Gletscher wiederholte sich jetzt auf dem Schelfeis, nur daß ich diesmal nicht alles mitbekam. Wieder wurde ein Zelt aufgeschlagen, und Wilbur heizte den Kocher an. Gronya legte das Verbandszeug bereit. Sie diskutierten irgend etwas, das mit meinen Verbänden zu tun hatte. Dann standen Brock an der einen und Thaw an der anderen Seite, und zusammen befreiten sie meinen Arm von Verband und Schiene, schnitten so vorsichtig wie möglich alles auf; Lage um Lage von Mull verschwand. Als die Schere sich langsam dem Fleisch näherte, verbreitete sich ein Geruch im Zelt, der sich grundlegend von den normalen Körpergerüchen unterschied, an die wir uns inzwischen so gewöhnt hatten, daß wir sie gar nicht mehr wahrnahmen. Thaw wickelte den letzten Verband ab, und was darunter zum Vorschein kam, verschlug allen den Atem.

Ich blickte benommen an meinem Arm herunter. Die Wunde hatte sich geschlossen. Wo der Knochen wieder unter der Haut verschwunden war, war eine rote und böse aussehende Bruchlinie zurückgeblieben. Das Rot hatte sich viele Zentimeter um die Wunde herum ausgebreitet. Es war bedeckt von einer glänzenden Feuchtigkeit, von durchgesickertem Eiter, vermute ich. Der Eiter schien meinen ganzen Unterarm anzufüllen, der enorm angeschwollen war. Er sah aus, als hätte ihn jemand mit Luft vollgepumpt, und als Thaw ihn berührte, ein ganzes Stück von der Wunde entfernt, schrie ich laut auf, so hart und gräßlich und schlimm war der Schmerz.

Diesmal war guter Rat teuer. Was tun? Zum einen wußten weder Brock noch Thaw, welche Wirkung ein Opiat in meinem geschwächten Zustand auf mich haben würde. Andererseits schien es auch keine gute Idee zu sein, die Wunde aufzustechen, ohne mir vorher schwere Beruhigungsmittel gegeben zu haben. In unserer Erste-Hilfe-Ausrüstung hatten wir auch Novalgin, und sie beschlossen, mir statt des Morphins eine gute Dosis davon zu geben. Dann legte Gronya mir ein Tuch unter Brustkorb und Arm, und Thaw griff zum Skalpell. Was ihm jetzt bevorstand – in lebendes Fleisch zu schneiden –, hatte er noch nie getan. Dennoch führte er seine Hände mit größter Sicherheit. Zunächst probierte er das Skalpell an einem Stück Käse aus. Wilbur kochte Wasser ab, und im Zelt war es feuchtwarm wie in einem Dampfbad, als sie schließlich alles vorbereitet hatten.

Dann gab Brock mir eine Novalginspritze, so daß mein Arm noch tauber wurde. Gronya stand mit einem Topf in Bereitschaft, um das Blut und den Eiter aufzufangen. Als Thaw dann das Skalpell auf meinem Arm ansetzte und damit schnell und sicher in mein Fleisch schnitt, schrie ich laut auf. Thaw biß die Zähne zusammen und machte noch einen Schnitt, während die anderen mich festhielten, damit ich nicht zappelte oder um mich schlug. Ich weiß gar nicht, ob es wirklich weh tat oder ob nur der Anblick so grauenhaft war. Jedenfalls mußte ich während der ganzen Prozedur ununterbrochen schreien. Überall war Blut, und Thaw brauchte viel heißes Wasser, das sich mit dem Blut und dem Eiter mischte. Ich schrie, und Thaw drückte. Er versuchte den Eiter aus meinem Körper zu treiben, er versuchte das Skalpell in jede harte Schwellung zu treiben, die es gab. Ich weiß nicht, wie die anderen es aushalten konnten, den Gestank des fauligen Fleisches, das Geschrei und das Wissen darum, daß ich durch mein Zuwarten die Dinge nicht besser, sondern schlimmer gemacht hatte.

Nicht daß mich das in dieser Situation gekümmert hätte. Das alles ging mir erst später durch den Sinn, als Thaw mit dem Schneiden und Ausquetschen meines Armes fertig war, mit seinem Versuch, ihn von allem zu säubern, was nicht hineingehörte, und mit der Desinfizierung. Diesmal nahm er kein Wasserstoffsuperoxyd, sondern schüttete Jod in die Wunde, und danach bestreute Thaw alles mit Sulfonamidpulver. Das Jod brannte zwar nicht, weil der Arm durch das Novalgin immer noch taub war. Aber allein vom Anblick dieses dunkelroten Zeugs konnte einem speiübel werden. Ob es nun daran lag oder woran auch immer, jedenfalls zog sich Brock, nachdem Thaw mir das Jod und das Sulfonamidpulver verabreicht hatte, rücklings zum Zelteingang zurück und trat hinaus in den Schnee. Wir hörten, wie er sich dort übergab. Für mich war das eine freundliche Geräuschkulisse, die mich an andere Zeiten und Plätze erinnerte, an die Wüste vor den Toren von Quarry. Ich wurde merkwürdig friedlich, mein Körper war wie vom Gift befreit, mein Geist geläutert und aufnahmebereit, mein Wille hatte seinen Kampf aufgegeben. Gronya und Wilbur beseitigten die Schweinerei im Zelt, und Thaw bandagierte und schiente meinen Arm neu.

Dann gab Thaw mir eine hohe Dosis Penicillin. Er machte sich schwere Vorwürfe, weil er mir nicht schon längst Penicillin gegeben und statt dessen meinen Vorschlag akzeptiert hatte, nur eine Dosis pro Tag zu nehmen. Aber es war nicht sein Fehler. Es war niemandes Fehler – außer meinem, denn ich war verantwortlich dafür, daß wir keinen Arzt mehr dabeihatten, der gewußt hätte, was mit meinem gebrochenen Arm hätte geschehen müssen. Als ich das Thaw sagte, erwiderte er: »Ich weiß, daß es nicht mein Fehler ist, Morgan. Aber ich habe deinem Großvater bei unserem Abschied versprochen, daß ich auf dich aufpassen würde. Und laß dir eins gesagt sein, du machst es mir nicht gerade leicht.«

»William«, sagte ich. »Was, glaubst du, würde er jetzt zu mir sagen? Was ist los mit dir? Schlappschwanz? Müde?« Ich versuchte ein Kichern, aber es ging in einem Hustenanfall unter.

»Versuch, etwas zu schlafen«, sagte Thaw.

»Ja«, sagte ich gehorsam und schloß meine Augen. Aber nun sah ich William in seinem Rollstuhl vor mir, wie er in die Dunkelheit hinaus nach mir Ausschau hielt. Ich hatte schon seit Wochen den Wunsch, mit ihm zu sprechen – seit ich von dem Krieg erfahren hatte. Ich wollte herausfinden, ob Lamont immer noch Verträge mit der Navy hatte, und ihm sagen, was ich davon hielt. Jetzt aber wünschte ich mir nur, daß er hier wäre und mir sagte, daß er mich liebte, daß ich es schaffen würde und daß er zu mir stände, ganz gleich, was geschah.

In jener Nacht schlief ich vermutlich gut, obwohl mir die Begegnung mit meinen fünf Albinobotschaftern einige sehr lebhafte Fieberträume bescherte. Am Morgen war die Wirkung des Novalgins verflogen, und der Schmerz war wieder da, anders als zuvor jedoch und begleitet von einem so heftigen Jucken, daß ich glaubte, verrückt zu werden. Ich wollte mir die Schiene und die Verbände herunterreißen und einfach nur kratzen und kratzen – wenn ich allein gewesen wäre, hätte ich das bestimmt getan –, und deshalb bestand Thaw darauf, mir zusätzlich zu den hohen Penicillin-Dosen noch eine Morphinspritze zu geben. Wir marschierten auch an diesem Tag nicht weiter, obwohl das Wetter sehr schön war. Diesmal sagte ich unter dem Einfluß des Morphins nichts Verletzendes oder Dummes, sondern lag stundenlang in einer glücklichen Benommenheit da. Vielleicht war es gar nicht so schlecht zu sterben, dachte ich. Falls man sich, wenn es denn geschah, so fühlte wie ich jetzt. Überhaupt kein Schmerz, nichts, das einen irgendwie gestört hätte.

Am nächsten Morgen fühlte ich mich erstmals besser als in der ganzen Woche davor. Der Schmerz ließ ein wenig nach, das Jucken wurde erträglicher, und die Schwellung war zurückgegangen. Selbst wenn ich mich nicht so gut gefühlt hätte, hätten wir weitergehen müssen, denn inzwischen war der 23. Februar verstrichen, und bei sechshundert Kilometern Wegstrecke vor uns gab es keine Zeit zu verlieren, bevor die Herbststürme einsetzten. Die anderen nahmen mir meinen Schlitten ab. Sie legten ihn umgekehrt auf Thaws Schlitten, so daß ich mich ganz auf das Skilaufen konzentrieren konnte. Aber es war eigenartig. Während ich vorher trotz des Fiebers, das mich verbrannte, trotz des Schüttelfrosts und der Giftstoffe, die mein Blut krank machten, die Willenskraft aufgebracht hatte weiterzugehen, hatte ich jetzt, da ich mich wahrscheinlich endgültig auf dem Weg der Besserung befand, von dem Augenblick an, da ich mich auf meine Skier stellte, das Gefühl, daß die ganze Sache hoffnungslos sei und daß ich es müde war, mich weiter anzustrengen.

Inzwischen war nichts mehr an mir richtig intakt. Weder Beine noch Füße, weder Arme noch Knochen, weder Blut noch Lippen und auch nicht meine Augen, die immer noch gelegentlich juckten. Mehr als alles andere in der Welt wollte ich jetzt in einem Bett liegen. Einen ganzen Monat wollte ich im Bett liegen, während meine Körperteile ihre normalen Funktionen wiederaufnahmen. Ich war müde, unglaublich müde, des Laufens, des Denkens und Skifahrens. Müde des Aufenthaltes an einem Ort, wo es keine echten Nächte gab, keine Bäume, kein fließendes Wasser. Und jetzt, auf dem Schelfeis, nachdem das transantarktische Gebirge wieder hinter uns lag, sah ich vor mir weit und breit nichts. Ich stand auf einem weißen Teller, ein schwarzer Bissen mitten darauf, wie eine Mahlzeit für die Sonne, die über mir auf ihrer Bahn dahinschlich. Ich versuchte meinen Rhythmus wiederzufinden. Ich versuchte geistig aktiv zu bleiben, meinen Körper in Bewegung zu halten, aber es war mir unmöglich.

Das heißt, ich konnte mich wohl in Bewegung halten, auch wenn ich immer wieder zurückfiel, weil ich so müde war. Aber ich konnte einfach an nichts mehr denken, und das war mir noch nie zuvor passiert. Nicht einmal Gedankenwiederholungen stellten sich ein, nichts. Mein Geist schien sich in eine einzige Wüste verwandelt zu haben, mit der es an Größe nur der antarktische Kontinent aufnehmen konnte. Der einzige Gedanke, der sich in meinem Kopf bewegte, während ich meine Beine abwechselnd nach vorne schob, war der, daß ich sterben würde. Und daß sich daran offensichtlich nichts ändern ließ. Und wenn ich schon sterben mußte, was hatte das hier dann noch für einen Sinn, dieses Weiterdrängen gegen alle Hoffnung? Warum nicht dankbar sein und sagen: »Die Zeit ist gekommen.« Es wäre in mancher Hinsicht eine große Erleichterung gewesen, die Lösung all meiner Probleme und ein würdiges Ende für mein Leben, das gewissermaßen von Anbeginn darauf ausgerichtet gewesen war.

Aber ich wußte, daß ich weiterlaufen mußte. Ich versuchte es, ich versuchte es wirklich, aber am Abend hatten wir gerade neun Kilometer zurückgelegt, was für mich eine Anstrengung bedeutet hatte, die mit der Besteigung der Eiger-Nordwand vergleichbar war. Für die anderen waren es zehn Stunden ununterbrochener Frustration gewesen. Sie wußten, daß wir weiterkommen mußten, vorwärts, wenn wir nicht von den großen Winterstürmen überrascht werden wollten. Ein solcher hatte seinerzeit unsere Vorgänger getötet. Sie hatten alles getan, was sie konnten, außer mich vielleicht auf einen Schlitten zu legen und mich wie ein Gepäckstück hinter sich herzuziehen, und auch das würde uns wahrscheinlich auf lange Sicht nicht weitergebracht haben.

So gingen wir also weiter, so gut wir konnten. Wir mußten auf dem Eisschelf jetzt durch schlimme Sastrugifelder, und wo wir auf unserem Weg nach Süden glatt durchgekommen waren, verstrickten wir uns nun in einen einzigen Kampf mit dem Gelände. Ständig schnallten wir unsere Skier an und wieder ab, versuchten es auf dem blanken Eis mit unseren Steigeisen und mußten dann wieder auf die Skier zurückgreifen, wenn wir an eine Stelle mit Schneeverwehungen kamen. Mir kam es nach einer Weile fast wie pure Grausamkeit vor, daß meine Freunde von mir verlangten weiterzugehen. Wenn ich ohnehin sterben würde, warum ließen sie es nicht einfach zu? Genauso hatte Titus Oates unter diesen Umständen empfunden, und er hatte Scott und Wilson und Bowers gebeten, ihn einfach morgens in seinem Schlafsack zurückzulassen. Sie hatten das abgelehnt und darauf bestanden, weiterzukämpfen, obwohl sie für das, was er fühlte, Verständnis hatten. Schließlich hatte er die Angelegenheit selbst in die Hand genommen und war nachts hinaus in den Sturm gegangen. Er wußte, daß es unmöglich war, ihn wiederzufinden.

Aber um bei der Wahrheit zu bleiben, stand es um mich nicht ganz so schlimm. Ich hatte viel Hoffnung verloren, aber ich war noch nicht total hoffnungslos. Und wir hatten auch keine Stürme; es war weiterhin klar und kalt. Mit dem Wechsel der Jahreszeiten gab es jetzt schöne Wolkenformationen am Himmel, die Farben erstreckten sich weit nach Süden und reichten von Gelborange über Aquamarin bis Zinnoberrot. Diese Farbspiele hätten mich eigentlich bezaubern sollen, aber sie schienen inzwischen nicht nur mich, sondern auch die anderen ziemlich unberührt zu lassen. Wir sprachen auch kaum noch miteinander, jeder von uns gefangen im eigenen Ort des Schmerzes. Inzwischen habe ich erfahren, was einige der anderen damals bewegte.

Selbst für Wilbur war es schwierig, die Einzigartigkeit dieses schönen Geländes zu bestaunen, denn auch er hatte Angst, daß ich sterben würde. Er erzählte mir später, daß er damals die meiste Zeit an Quarry gedacht habe, an zu Hause, an die Ranch, den Teich und an die Abkömmlinge der ersten Generation von Enten, die wir damals dort angesiedelt hatten. Er sagte, daß all das für ihn damals sehr lebendig geworden sei, die Erinnerungen an seine Kindheit, und daß er sogar an mein Elternhaus und meinen Teich und an den Felsblock dahinter gedacht habe. Er hatte noch einmal als Kind auf dem Hügel gelegen, den Duft des Beifußes eingesaugt, mich neben sich, während von Westen her ein Sturm aufkam und die Enten mißtrauisch den Himmel beobachteten. Dann sträubten sich in der auffrischenden Brise Merry und Pippin die Federn, und die Blätter der Zitterpappel fingen an, sich wie Fächer im Wind hin und her zu drehen. Bald würde die Wüste mit Feuchtigkeit durchtränkt sein, die Wüste von Colorado, die verglichen mit der Ödnis des Eises gar keine Wüste war. Nein, wer unsere Heimat eine Wüste genannt hatte, diese hohe Vorgebirgslandschaft von Colorado, der hatte keine Vorstellung, meinte Wilbur, was eine Wüste wirklich war.

So hatte er sich also von der Wüste, die ihn hier umgab, von deren Ödnis und Flachheit und von deren Sastrugi, von ihrer Zweidimensionalität und vom Licht ihres fremdartigen Himmels abgewandt. Statt dessen hatte er Merry und Pippin zugeschaut, die ihre Beine mit den orangefarbenen Schwimmfüßen energisch reckten, ihre Köpfe dabei neigten, um den herannahenden Sturm im Auge zu behalten – und auf die nun plötzlich dicke Regentropfen niederprasselten. Dann rannten sie entrüstet davon, um in ihren Teich zu gelangen, wo sie ihre Köpfe eintauchten und das Wasser von ihrem Gefieder ablaufen ließen.

Wilbur war in seiner Phantasie bei ihnen, unmittelbar bevor der Sturm einsetzte. Er trat zu ihnen, um Merry und Pippin in die Arme zu nehmen. Pippin rannte dann quakend davon, aber Merry ließ es mit sich geschehen und drückte dann seinen weichen Leib gegen Wilburs Brust. Merry blickte ihn mit einem Auge lang und unverwandt an, während Pippin neben ihm auf der Erde kauerte, ihren langen Hals eingezogen wie eine Schildkröte, die Backen aufgeblasen, voller Unzufriedenheit. Dann einige nickende Bewegungen mit dem Hals. »Keine Verbrüderung mit dem Feind!« sagte sie. Denn, wofür auch immer Merry Wilbur halten mochte, eins war völlig klar – das konnte wirklich jeder sehen –, daß nämlich Wilbur keine Ente war. Man brauchte sich ja nur anzuschauen, wie er ging, so aufgerichtet und so unästhetisch, wie die Steifheit seiner Kniegelenke es eben nur zuließ. Enten hatten natürlich auch Knie, aber die waren schön und nicht so steif, und deswegen bewegten sich Enten auch so anmutig mit ihrem flotten Watscheln. Was hatte es schon zu bedeuten, daß sie langsamer waren als die Menschen? Geschwindigkeit bedeutete nicht alles. Ein gewisser Stil war genauso wichtig.

Ein Tag um den anderen verging, und wir schafften acht Kilometer, zwölf Kilometer, elf Kilometer, aber niemals die zwanzig oder vierundzwanzig Kilometer, die wir eigentlich hätten zurücklegen müssen. Wilburs Gedanken an die Enten wurden immer düsterer, und er konnte sich nicht mehr vorstellen, daß sie daheim in Quarry waren, sondern hier bei ihm auf dem Eis der Barriere. Sie begannen den Marsch in Höchstform und mit Entenhöchstgeschwindigkeit. Sie rannten vorwärts und wackelten mit ihren Schwänzen. Sie traten den Schnee mit ihren hellorangefarbenen Füßen, und diese Füße waren das Aufregendste, was im Umkreis von hundertfünfzig Kilometern im Schnee zu sehen war. Mit der Zeit wurden sie langsamer, und Wilbur machte sich plötzlich klar, daß sie dieses Klima nicht würden aushalten können, daß es viel zu kalt war für sie und daß sie sich ihre orangefarbenen Schwimmfüße auf der schartigen Eisoberfläche verletzen würden. Sie hinterließen nach einer Weile eine kleine Blutspur, und Wilbur versuchte in seinen Gedanken verzweifelt, die Enten dorthin zurückzubekommen, wo sie hingehörten, nach Colorado.

Aber es gelang ihm nicht. Er kriegte es nicht hin. Ihr Gang wurde immer unkoordinierter, bis sie schließlich nur noch taumelten. Daraufhin versuchte er, sie aufzunehmen und sie unter seinen Windschutz zu stecken, damit sie es sich dort, vor seinem Herzen, gemütlich machten. Durch all die Wolle hindurch, die er trug, konnte er sie spüren. Er fühlte, wie die winzigen Herzen verzweifelt schlugen, konnte spüren, wie Pippin selbst jetzt noch darum kämpfte freizukommen. Wilbur wünschte von ganzem Herzen, daß die Enten flögen. Daß sie flögen, so wie er selbst das nicht konnte, wie wir alle es nicht konnten, die wir unter der Pinguinflagge reisten. Und manchmal schafften sie es auch, breiteten ihre Schwingen aus, so wie es die wilden Enten taten, und rührten die Luft auf, wenn sie nach Norden schwirrten. Manchmal schafften sie es aber nicht, und dann starben sie dort in Wilburs Armen. Er weinte und konnte nichts tun.

Wir machten weiterhin alle drei Stunden eine Pause, um etwas zu essen, wie wir es schon seit Tagen und Wochen taten, und währenddessen verschwanden Wilburs Visionen von zu Hause. Er unternahm dann jede Anstrengung, um mich aufzumuntern. Er half mir, mich auf meinen Schlitten zu setzen, Gronya gab mir meine Verpflegung und breitete ein purpurfarbenes Taschentuch aus. Das einzig Gute an dem, was geschehen war, bestand darin, daß, was immer zwischen Gronya und Thaw vorgegangen war, nun ein Ende gefunden hatte, und dieser Umstand machte Wilbur glücklich. Gelegentlich sprach Thaw sogar wieder von Winnie, daß er sich darauf freue, sie wiederzusehen. Aber meistens redeten wir nicht viel. Ich jedenfalls nicht.

Das Essen war keine Anstrengung für mich. Wir hatten genug, außerdem soviel Brennstoff, wie wir brauchten, da wir sowohl das nördliche Tordepot als auch das südliche Barrieredepot aufgelöst und auf unsere Schlitten verladen hatten. Brock hielt uns sicher auf Kurs, so wie er es den größten Teil der Reise über getan hatte, aber für ihn war nach meiner Szene auf dem Beardmore alles schwierig geworden. Auf dem Plateau war er noch voller Optimismus gewesen und hatte sich auf eine Zukunft gefreut, in der er sich der Naturwissenschaft widmen wollte und die Geheimnisse des Unbekannten lüften wie eine Art Entdecker. Jetzt dagegen brütete er über der Vergangenheit, und seine Gedanken kreisten immer wieder um eine spezielle Verbindung in seinem Leben, die er eingegangen war auf seinem Weg durch die Vereinigten Staaten von Maine nach Colorado. Er hatte den Wagen beladen und war seiner Familie davongefahren, Richtung Westen, quer über den Kontinent, so schnell er konnte. Und wenn er uns jetzt voranlief, immer an der Spitze, keine Spur vor sich, den Blick unverwandt auf das blanke Leinentuch der Barriere gerichtet, da wünschte er oft, daß irgend etwas diese Monotonie durchbräche. Jetzt fiel ihm wieder ein, daß er auf seinem Weg nach Westen, der ihn von einer Schnellstraße zur anderen geführt hatte, oft von dem Gefühl beherrscht gewesen war, daß er der punktierten gelben Mittellinie der Straße regelrecht körperlich verhaftet war. Das linke Vorderrad schien buchstäblich darauf festzukleben. Sein Wagen war schon älter gewesen, und von Spurtreue konnte bei dem Gefährt keine Rede sein. Er hatte damals in diesen monotonen Stunden der Fahrt gedacht, daß er, obwohl die gelbe Linie nicht wirklich eine Vertiefung war, das Rad nicht von ihr herunterbringen konnte. Ein

Auge auf den Horizont vor ihm gerichtet, wirkte die Linie auf sein anderes Auge wie dreidimensional. Es war vielleicht die gleiche Art von Illusion, die das Vieh dazu bringt, auch eine aufgemalte Umzäunung nicht zu überschreiten. Vielleicht wußten die Kühe genausogut wie Brock, daß dieser neumodische Zaun nur ein Gedankenspiel war. Aber trotzdem wirkte das Ding irgendwie echt – sie konnten sich von dem »Was wäre, wenn?« nicht freimachen –, und auch auf Brock hatte es eine Wirkung. Die gelbe Linie hielt ihn fest. Nachdem er auf stundenlanger Fahrt an dieser Linie geklebt hatte, hatte er das Gefühl, seine Wangen seien von der gewaltigen Mühe und Konzentration eingefallen.

Eines Tages – er war bereits seit acht Uhr unterwegs – hing Brock wieder an dieser gelben Linie fest, als ihm ein Blick auf die Benzinuhr bewußtmachte, daß es Zeit für einen Tankstopp war. Er hatte bereits zweimal angehalten an diesem Tag, aber noch nichts gegessen, und jetzt dachte er: Ach zum Teufel.

Er hatte nicht den geringsten Hunger, aber seine angespannten Hände sagten ihm, daß sein Körper dringend etwas brauchte. Dann sah er ein Schild: BENZIN NÄCHSTE AUSFAHRT und ein anderes, handgeschriebenes darunter, auf dem stand: IMBISS, und Brock fuhr an der nächsten Abfahrt von der Schnellstraße herunter.

Er tankte und sah sich dann nach dem Imbiß um. Schließlich erblickte er etwas, das sich Johnny's Grill nannte, und ging hinein. Er setzte sich, studierte die Karte und entschied sich für ein Thunfisch-Sandwich. Es kam auch gleich ein Junge an seinen Tisch, ein Glas Wasser in der einen Hand und einen feuchten Lappen in der anderen, und Brock wollte schon bestellen: »Ein Thunfisch-Sandwich und eine Cola.«

Aber statt ihn zu fragen, was er essen wolle, sagte das Kind: »Hallo. Bist du zum Rodeo gekommen?« Brock starrte den Jungen an und brachte kein Wort hervor. Da saß er, unrasiert, verschwitzt und schmutzig, seine Kleider klebten ihm vor Hitze am Leibe, und jedesmal, wenn er einen Polizeiwagen sah, bekam er es mit der Angst zu tun: Ob Sarah wohl hinter ihm her war? Er hatte vorgehabt, sein Thunfisch-Sandwich in kürzerer Zeit herunterzuschlingen, als man gewöhnlich dazu braucht, um sich zu schneuzen, und dann hätte sein im Halse schlagendes Herz ihn wieder auf die Straße getrieben. Er hatte geglaubt, daß ihm das auf der Stirn geschrieben stände – DIESER MANN IST EIN EHEMANN UND VATER AUF DER FLUCHT –, aber es war offenbar nicht so. Dieser Junge hier dachte, er treibe sich hier in Iowa herum, um an irgendeinem Rodeo teilzunehmen, von dem er noch nie gehört hatte.

Brock blickte den Jungen ungläubig an. Die Leute in Johnny's Grill schienen keine Ahnung davon zu haben, wie man sich fühlte, wenn man sich für die Straße entschieden hatte und wirklich auf dem Trip war. Dieser Junge zumindest hatte keine Vorstellung. Das war klar, denn er lächelte Brock an und wartete auf eine Antwort, während er immer noch die Theke vor sich abwischte. Er konnte nicht wissen, daß Brock ihn am liebsten angeschrien hätte, daß das Thekengewische Brock verrückt machte, und so riß Brock sich schließlich zusammen, sagte einfach nein und gab seine Bestellung auf. Das Kind lächelte und ging langsam in die Küche, brachte das Sandwich fünf Minuten später, und Brock verschlang es mit sechs oder sieben gewaltigen Bissen.

Der Junge beobachtete ihn und trat wieder zu ihm, offenbar amüsiert. Er sagte: »Das war verdammt schnell. Schätze, Sie sind bloß zum Essen hergekommen, was?« Und als Brock sagte: »Kommen nicht die meisten Leute deswegen her?«, sah der Junge ihn ungläubig an.

»Nein. Das hier ist *Johnny's Grill.* Sie wissen doch. Big Johnny Green.« Da erst begriff Brock, daß dieser Rastplatz, ein beliebiger Rastplatz an der I-80, für das Kind, das im Umkreis von zwanzig Kilometern von hier lebte und sterben würde, das Restaurant seines großen Vorbildes Big Johnny Green war. Und daß jeder, der einfach nur zum Essen hierherkam, das Kind vor ein Rätsel stellte. Und wahrscheinlich wurde der Laden mit dem handgemalten IMBISS-Schild tatsächlich hauptsächlich von Ortsansässigen besucht. Es war bizarr. Brock fragte nach der Rechnung und gab dem Jungen das Geld. Als der ihm das Wechselgeld zurückbrachte, zögerte er, bevor er es auf die Theke legte, und fragte dann: »Nun? Haben Sie sich entschieden? Werden Sie zu dem Rodeo gehen?«

Brock, der jetzt, nachdem er etwas gegessen hatte, etwas ruhiger war, lächelte kurz und sagte dann, daß er auf der I-80 unterwegs sei, daß er nach Westen fahre und überhaupt nicht gewußt habe, daß es hier ein Rodeo gab. Das quittierte der Junge mit einem höchst erstaunten Blick und sagte: »Sie haben nie von unserem Rodeo gehört? Aber Sie sind doch aus Iowa, oder?«

Brock betrachtete das als Kompliment. So als wäre ihm gesagt worden: »Sie sehen aus wie ein normaler Mensch«, aber er erwiderte: »Nein, ich komme aus New York.«

»Aus New York! Das ist ein gutes Stück weg. Dann sollten Sie wirklich zu diesem Rodeo gehen. Es ist ein wirklich großes Rodeo, Mister. Ich meine, sie kommen von überall her.«

»Aus dem ganzen Land?« fragte Brock, dessen Interesse nun doch erwachte.

»Ich glaube nicht aus dem ganzen Land. Aber von überall her aus dem mittleren Iowa!« Das war für den Jungen sehr viel eindrucksvoller, als wenn die Leute eigens vom Mond gekommen wären. Brock verabschiedete sich von ihm und sagte, daß er leider weiter müsse, setzte sich dann wieder in seinen Truck und verspürte den absolut verrückten Impuls – verrückt nach den Maßstäben, nach denen er jetzt lebte –, am Abend zu diesem Rodeo zu gehen. Er würde acht Stunden Fahrzeit verlieren, aber er konnte auf dem Feld hinter dem Restaurant übernachten, und es war vielleicht eine Gaudi, zu sehen, wie die Leute aus ganz Mittel-Iowa zusammenströmten.

Wie auch immer, er fuhr schließlich doch wieder auf die I-80, und jetzt, da er uns über die Barriere führte, keine Spur vor sich, wünschte er sich immer wieder, daß er doch zu dem verdammten Rodeo gegangen wäre. Er hätte einfach haltmachen, seinen Wagen stehenlassen und den Jungen fragen können, ob er ihn nicht hinbrächte. Jetzt hier im Schnee sah er ständig Johnny's Grill vor sich. Den Jungen, das Glas Wasser und den Putzlappen. Das unschuldige Kindergesicht blickte ihn voller Hoffnung und Vertrauen an, und Brock fragte sich, wie wohl sein eigener Sohn inzwischen aussah. Vielleicht genauso? Er war fünf Jahre alt gewesen, als Brock ihn verlassen hatte, und inzwischen waren acht Jahre vergangen. Er mußte ein Teenager sein, und dort draußen im Schnee wartete er auf Brock, mit seinem Block für die Bestellungen. Und wenn Brocks Energie nachließ, nach endlosen Meilen des Schlittenziehens, dann war da dieser Junge, ungefähr tausend Meter vor ihm, und Brock sagte sich: »Ganz recht, du mußt nur dorthin kommen. Und diesmal sagst du dem Jungen: ›Ja, natürlich, ich gehe zum Rodeo.‹ Werde ihn fragen: ›Wo findet es denn statt, Mensch?‹ Werde sagen: ›Bring mich hin.‹« Denn, zum Teufel, das Leben war kurz, und der Schmerz war lang, das wußte er jetzt. Und irgendwo versteckt in seinem Kopf, fast unbemerkt, keimte der Gedanke, daß er, wenn er nur zu dem Rodeo gegangen wäre damals in Iowa, vielleicht doch noch kehrt gemacht hätte und zurück nach Maine gefahren wäre.

Es ging immer weiter. Jeder von uns mit seinen eigenen Gedanken, jeder von uns auf seinen eigenen kleinen Satelliten ausgerichtet, dessen Bahn sich nur gelegentlich und für kurze Augenblicke mit der eines anderen traf. Wir waren Welten voneinander entfernt, so daß Wilbur an Merry und Pippin denken konnte, Brock an den Jungen und das Rodeo und ich nichts anderes wollte, als mich hinlegen und schlafen. Thaw dachte während der ganzen dreihundert Kilometer auf dem Ross-Schelfeis über die »Aktion« nach, die er für das Chalet in McMurdo geplant hatte. Er wollte sich daranmachen, sobald dort die Sommersaison vorüber und nur noch die Kernmannschaft der Überwinternden zurückgeblieben war. Wir hatten seit Ewigkeiten nicht mehr über den Plan geredet, nicht mehr, seit wir Neuseeland verlassen hatten, und ich hatte vermutet, er habe ihn längst aufgegeben. Aber er hatte das Unglück der *Exxon Valdez* nicht vergessen, und der Krieg war für ihn schon vor seinem Beginn viel realer gewesen als für uns andere. Jetzt wußte Thaw oder meinte zu wissen, daß das Ding doch gedreht werden mußte, weil man Feuer eben nur mit Feuer bekämpfen konnte.

Seine Gedanken kreisten um unsere Kultur, die so gewalttätig war, gewalttätig Bäumen, Tieren und anderen Ländern gegenüber, daß es keine andere Möglichkeit gab, Aufmerksamkeit zu erregen, als eben durch einen Akt der Gewalt. Nur das würde eine abgestumpfte Bevölkerung aufhorchen und zur Kenntnis nehmen lassen, was man zu sagen hatte – sonst nämlich würde sie es verschlafen oder überhören, während sie auf ihren Fernsehern von Kanal zu Kanal zappte. Sein Zorn trieb Thaw Meile um Meile voran, zornig darüber, daß alles noch mal von vorn anfing und daß er die ganze Vietnamgeschichte mitgemacht hatte, nur um festzustellen, daß sie inzwischen vergessen war. Er zog seinen Schlitten, und seine Skier glitten über den Schnee, unterwegs nach Framheim, nicht einer heißen Dusche und eines kalten Bieres oder frischen Gemüses wegen, sondern unterwegs nach Framheim zu einer für McMurdo und das Chalet bestimmten Kiste mit Dynamit und Plastiksprengstoff. Sein Zorn trieb ihn vorwärts. Thaw marschierte über die Barriere wie eine Dampfmaschine.

Er war nicht drauf und dran zu sterben, nein, das mochte man wohl glauben. Er würde hier herauskommen und diese Schweine kriegen, die aus der Welt einen Ort gemacht hatten, an dem man Hunderttausende von Menschen umbrachte, nur um die Versorgung des eigenen Landes mit billigem Öl zu sichern, damit der größte Umweltverschmutzer des Planeten weitermachen konnte wie bisher. Er würde hier herauskommen und diese Schweine kriegen, die die Welt so verdreht hatten, daß man ganz nebenbei in Null Komma nichts einen unberührten Kontinent aus dem gleichen faulen Grunde verwüsten konnte. Jetzt war Thaw klargeworden, daß er seine besten Jahre verschwendet hatte, die ganze Zeit, seit er in den sechziger Jahren mit der Beratung von Wehrdienstverweigerern aufgehört hatte. Seither hatte er ständig versucht, sich dem System anzupassen. Er hatte im Forstzirkus mitgemacht, um die Dinge von innen heraus zu ändern, beim verdammten Forstzirkus mit all seinen Scheiß-Abkürzungen. Mit seinen KSAFs und seinen RBs und UGs und diesem ganzen Gitternetz erfundener Ausdrücke, das ihn wieder und wieder ignoriert, immer wieder seine Umweltverträglichkeitsgutachten ignoriert hatte. Konnte er sich vielleicht an ein einziges UG aus seiner Feder erinnern, das nicht zu einem verdammten »Keine signifikanten Auswirkungen festgestellt« geführt hatte? In dem ganzen System war kaum jemand zu finden gewesen, der nicht bereits von ihm korrumpiert war und der nicht schon angesteckt gewesen wäre von den sogenannten wissenschaftlichen Methoden, die nur ein Mittel waren, Entscheidungen aus dem Wege zu gehen. Man fand dort niemanden, der wirklich unabhängig war, genausowenig wie man Elefantenmist auf einer Schaffarm fand oder Bulleneier bei einem Wiesel. Bei diesem Gedanken lächelte er grimmig, während er einen der Sastrugi hinabglitt. Nein, die einzige Möglichkeit, das System zu ändern, bestand darin, sich außerhalb desselben zu stellen. Das bißchen an Sabotage, zu dem er es in seinem Leben bisher gebracht hatte, war einfach nichts, dachte er, verglichen mit dem, was er von hier bewirken würde. Er hatte mir einmal erzählt, daß er die Schlagzeilen schon sehen könne – UMWELTTERRORISTEN SCHLAGEN AUF AMERIKAS ENTLEGENSTEM AUSSENPOSTEN ZU –, und sie hatten ihm gefallen. Aber er hatte über die Bedeutung des Wortes »Terrorist« noch nicht genug nachgedacht. Er war kein Umweltterrorist. Er war ein Umweltkrieger oder würde es bald sein. Die Terroristen waren die Hurensöhne in Washington, die diesen

Krieg nicht nur gegen die Irakis, sondern vor allem gegen den Persischen Golf führten, eins der verwundbarsten Ökosysteme der Welt. Und wer zum Teufel wußte schon, was im Moment dort geschah? Wüsten waren sehr empfindlich – die Antarktis, der Persische Golf, das Canyon-Land. Wüsten waren am empfindlichsten von allen, und in einer Wüste konnte man am einfachsten Krieg führen. Vielleicht waren es auch die Orte, an denen Menschen sich am ehesten überzeugen ließen zu sterben, weil es so wenig Leben dort gab, daß der Tod denen, die die Wüste durchquerten, als ein Teil der natürlichen Ordnung der Dinge erschien.

Aber zur Hölle damit. Die Antarktis war eine Wüste, auf die sie nicht ihre schmutzigen Finger legen würden, diese Mitglieder des Ingenieurkorps der Army. Er, John Thaw, würde ihnen schon zeigen, was »die Furchtbaren« bedeutete.

Auch ich dachte gelegentlich wieder an den Krieg. Es war Ende Februar, und ich hatte natürlich keine Ahnung, daß der Krieg gerade seinem Ende entgegenging. Ich wußte nicht, daß das furchtbare Gemetzel an der Straße des Todes, der Straße Nr. 6, die in den Irak führte, selbst bei den Generälen den Wunsch nach einem Ende des Krieges geweckt hatte. Ich nahm seit acht Tagen hohe Dosen Penicillin, die die erhoffte Wirkung zu haben schienen, denn der Schmerz in meinem Arm war fort, wenn auch das Jucken mich manchmal schier verrückt machte. Ich fühlte mich immer noch schwach, aber wir schafften jetzt jeden Tag einige Kilometer mehr, da ich nach vielen Tagen innerer Leere wieder denken konnte.

Und was ich dachte oder vielmehr fühlte – denn es war ein Gedanke, der in Traurigkeit eingehüllt daherkam –, war, daß alles, ganz gleich, ob ich weiterleben oder sterben würde, in der Hand der Vorsehung lag, wie Scott es formuliert haben würde. Aber was auch geschehen mochte – es blieb ein entsetzlich trauriger Gedanke, daß ich mich auf den Weg in die antarktische Wüste gemacht hatte, während ich dem Krieg möglicherweise hätte Einhalt gebieten können, wenn ich daheim geblieben wäre. Schließlich war ich amerikanische Staatsbürgerin, oder etwa nicht? Eine Wählerin. Und es schien mir unvorstellbar, daß man, wenn ich zu Hause gewesen wäre, diesen Krieg angefangen hätte, ohne mich auch nur zu fragen. Ich weiß, daß das furchtbar überheblich klingt, aber es war mein einfachster, traurigster kleiner Gedanke, wirklich. Wenn ich dort gewesen wäre, in den Vereinigten Staaten, dann hätte man mich zu Rate ziehen müssen, glaubte ich. Ich glaube, daß diese Vorstellung eine Folge unserer Expedition Neunzig Süd war und eine Folge davon, daß wir fünfundzwanzig keine feste Rangordnung hatten und ich, obwohl ich meine Wünsche bezüglich der Nansenschlitten, der Erdnußbutter und des Käses durchgesetzt hatte, seit immerhin einem Jahr in einer Art Bürgergemeinschaft gelebt hatte, in der partizipatorische Demokratie herrschte. Es war ein winziger Staat, genau wie mein Gedanke ein einfacher trauriger Gedanke war. Aber es war ein realer Staat, eine Gemeinschaft, in der jede einzelne Person zählte. Auf unserem Marsch zum Pol und vor allem jetzt war das noch deutlicher geworden. Es kam auf uns alle an.

Und daher machte mich die furchtbare Ironie dieses Krieges besonders traurig, eines Krieges, den der Westen gegen Mesopotamien führte. In Mesopotamien nämlich, dem Land zwischen Tigris und Euphrat, das jetzt Irak hieß, hatten die Stadtstaaten ihren Anfang genommen. Die Griechen hatten es Mesopotamien genannt, Zweistromland, die Irakis nannten es Sumer, und es herrschte allgemeine Übereinstimmung darüber, daß dort mit Uruk eine der ersten Städte der Welt entstanden war. In Uruk waren die Naturwissenschaften, das Gesetz, die Astronomie, die Geometrie, die Kartographie und das Schreiben erfunden worden. Und nicht nur das Schreiben, sondern auch die Literatur. Das Gilgamesch-Epos ist dort verfaßt worden. Es ist die Geschichte eines großen Herrschers von Uruk, dessen letztes, vergebliches Abenteuer dem Streben nach ewigem Leben gegolten hatte. Und die Sumerer hatten, noch bevor Uruk erbaut wurde, das Rad erfunden. Sumer war das gewesen, als was es so oft bezeichnet wurde, die Wiege der Zivilisation. Und die Eroberung der zweiten großen Stadt, Ur, durch die Assyrer war der erste Sieg über einen Stadtstaat in der Geschichte gewesen. Uns sind schriftliche Aufzeichnungen überliefert, aus denen hervorgeht, wie die Menschen es empfanden, daß ihre Stadt erobert wurde. »Die Götter haben uns verlassen«, schrieb jemand, »wie Zugvögel.« Sie beschrieben auch die Brandschatzung ihrer schönen Stadt, die Rauchschwaden, die sich über Mesopotamien legten wie ein Leichentuch. Jetzt, fünftausend Jahre später, legten sich wieder Rauchwolken wie Leichentücher über Himmel und Erde, und der Krieg wurde in der Wüste geführt, die die Städte zurückgelassen hatten.

Bagdad war einst eine der größten Städte der Welt, in der sich ein großer Teil des griechischen Erbes erhalten hatte, und zwar nur in arabischen Texten. Auch Bagdad war schon einmal niedergebrannt worden, als die Mongolen es im 13. Jahrhundert auf ihrem gewaltigen Zug von Osten her erobert und so ihr riesiges Reich weiter vergrößert hatten. Bagdad war fast völlig zerstört worden, seine Tempel, seine Bibliotheken, seine Verwaltungsgebäude. Die Überlebenden beschreiben die Plünderung Bagdads als so furchtbar, daß ihnen die Worte ausgingen. Alles war dem Erdboden gleichgemacht worden, nicht nur die unbezahlbaren Kunstwerke und Bücher, nicht nur die schönen Bauten, sondern auch Straßen und Bewässerungskanäle. Man schrieb, daß Bagdad, selbst wenn es tausend Jahre lang von jedem weiteren Übel verschont bleiben sollte, nicht mehr zu seiner alten Größe würde zurückfinden können. Jetzt waren keine achthundert Jahre vergangen, und das Ganze wiederholte sich, nur daß dieses Mal die mongolischen Horden »intelligente Bomben« genannt wurden.

Es war so traurig. Besonders traurig vielleicht deshalb, weil ich einige der Menschen, die in diesem Krieg kämpften, kennengelernt hatte. Ich kannte sie, weil ich mit ihnen nach McMurdo geflogen war. Und auch sie waren ins Cockpit geklettert, hatten von oben auf den antarktischen Kontinent hinabgeschaut und wie ich gesehen, daß er ein Garten Eden war. Aber wußten diese Lademeister und Piloten, diese Navigatoren und Bordmechaniker, daß die Wüste, über die sie jetzt flogen, einmal fruchtbar gewesen war? Paradiesisch gewesen war, Wiesen und Weiden, der Garten aller menschlichen Sagenwelt? Wußten sie, daß diese Ländereien, die sie dem Erdboden gleichzumachen versuchten, eine eigene und sehr lange Geschichte hatten, die ohne Unterbrechung bis in die zwanziger Jahre unseres Jahrhunderts reicht – bis zur Entdeckung des Öls? Babylon, Ninive, Uruk – auch unsere Wurzeln reichten in diese Städte zurück, denn aus deren Quellen entstand die Zivilisation der Griechen und Römer. Wenn der Westen jetzt den Irak mit Krieg überzog, dann überzog er die direkten Nachkommen seiner eigenen Vorfahren mit Vernichtung. Unsere Vettern. Einige der Männer und Frauen in den amerikanischen Streitkräften wußten das natürlich, eine ganze Menge vielleicht sogar, Harry Jameson zum Beispiel, aber sie würden tun müssen, was sie taten. Sie würden die Schnüre ihrer Fallschirme strammziehen, ihre Hundemarken in die Hemden stecken und sich in die Cockpits ihrer auf den neuesten technischen Stand gebrachten Bomber setzen. Und dann würden sie fliegen müssen, um in dem Land, in dem Abraham dem Untergang von Ur entgangen war, Krieg zu säen und Wüsten zu bombardieren, in denen einst der Garten Eden gelegen hatte. Ein Land, in dem immer noch die Scherben des ersten von Menschen unternommenen Versuches zu finden waren, so etwas wie eine zivilisierte Gesellschaft zu entwickeln.

So ging alles seinen Gang. Ich dachte, ich aß, ich schlief, ich nahm meine Medizin. Die anderen halfen mir, mich zu kleiden und meine Skier anzuschnallen. Ich lief Ski, ich machte halt, ich setzte mich auf einen Schlitten und aß wieder. Solange sie nicht mehr von mir verlangten, konnte ich so weitermachen, den Blick starr auf den Horizont gerichtet. Irgendwo unter diesem Horizont, und zwar nicht sehr weit, wie ich hoffte, lagen die Ross-Insel, der Erebus und Kap Evans. Wenn ich es bloß bis dorthin schaffte ... Wenn ich bloß dorthin käme. Winnie würde dort auf mich warten. Ein Arzt. Eine heiße Dusche. Framheim. Meine eigene Kammer dort und meine eigene Bücherei, meine eigenen Kleider. Außerdem war dort die *Terra-Nova*-Hütte, die ich wieder aufsuchen, mit deren Bewohnern ich wieder reden konnte, deren Habseligkeiten ich betrachten und deren Muster organischer Energie ich auf mich einwirken lassen konnte. Wenn ich es nur bis dorthin schaffte, dann würde alles wieder gut sein. Aber ich hatte oft Angst, es nicht zu schaffen. Ich zählte mir auf, was für meinen Erfolg sprach. Wenigstens war das Wetter immer noch freundlich. Nachts war es kalt, aber tagsüber lagen die Temperaturen nicht allzu niedrig, und wir hatten auf unserer Route jetzt weniger Sastrugi als in der Nähe der Berge. Außerdem war jeder einzelne von uns so tief in seine eigene Welt verstrickt, daß es keine Reibungspunkte mehr gab.

Vielleicht war ich deswegen so schlecht auf das vorbereitet, was eines Tages bei unserer zweiten Eßpause geschah. Als der Wind etwas auffrischte – Thaw und ich waren allein zurückgeblieben, weil die anderen drei sich etwas entfernt hatten, um auszutreten –, wandte Thaw sich plötzlich zu mir um und sagte: »Was meinst du, wann sollten wir die Sache in McMurdo angehen? Es sieht so aus, als wären wir später zurück, als wir gedacht hatten. Aber wir sollten es eigentlich trotzdem hinkriegen, das Ding an deinem Geburtstag hochgehen zu lassen.«

Ich weiß inzwischen – Thaw hat es mir erzählt –, daß er versuchte, mir etwas Hoffnung zu machen. Er wollte mir das Gefühl geben, daß es einen Sinn hatte, so rasch wie möglich nach Kap Evans zurückzukehren. Wir hatten dort etwas zu tun, und der Gedanke daran sollte mir Mut machen, so wie er ihm Mut gemacht hatte. Er wollte mich so wie sich selber mit Leidenschaft erfüllen. Immerhin war er über dreihundert

Kilometer weit nur von dem einen Gedanken beseelt gewesen, daß er in ein neues Stadium seines Lebens eintreten würde, wenn er hier erst einmal heraus war – daß er der Umweltkämpfer würde, der zu werden er sich vorgenommen hatte. Auf mich hatte diese unvermittelte Äußerung die Wirkung eines Überraschungsangriffs aus dem Hinterhalt. Ich fühlte mich so zerbrechlich, so schwer belastet. Wovon sprach Thaw eigentlich? Gewalt anzuwenden in McMurdo, in der *Antarktis*, dem einzigen Teil der Erde, in dem sich das Militär seit jeher nur friedlichen Zwecken widmete? Was hatte er denn damals eigentlich gesagt, als er über Vietnam sprach? Ich hatte ihn so verstanden, daß man ein wirkliches Ziel im Raum nicht erreichen könne, sondern nur in der Zeit. Und wenn man eine Haltung zerstören wollte, dann ging das sicherlich nicht mit Sprengstoff. Es sah so aus, als bemühte sich der Fenriswolf ständig, von der Kette freizukommen, an die die Götter ihn gelegt hatten. Sie bestand einzig aus Einbildung. Ich starrte Thaw an und wollte ihm all das sagen, spürte aber nur mein Herz wild schlagen und brachte kein Wort hervor, denn ich hatte seit mittlerweile einer Woche meinen Mund kaum noch zum Sprechen gebraucht.

Als Thaw mich nach Worten ringen sah, lächelte er mich ermutigend an und sagte: »Jawohl! Es wird wieder genauso wie damals, als wir die Planierraupen außer Betrieb setzten, nicht wahr? Nur daß wir jetzt keinen Sand und kein Carborundum mehr benutzen. Diesmal können sie die Sache nicht den Hippies von Jackson anhängen. Aber vielleicht können wir auch hier die Straßenbauarbeiten ein wenig stören.«

Jetzt gelang es mir endlich, ein Wort herauszubringen. »Nein!« sagte ich. Nur: »Nein!« Und dann: »Du darfst es nicht! Der Krieg!« – plötzlich von der Furcht befallen, daß ich wirklich hier sterben würde, auf der Großen Eisbarriere. Wenn das geschah und Thaw seinen Plan durchführte, dann wäre das Vermächtnis der Expedition Neunzig Süd allein dies – daß sie der Welt, in der es schon genug Explosionen gab, eine weitere Explosion hinzugefügt hatte. Das Gefühl überkam mich so jäh, diese Panik – so würde es kommen –, daß ich mein Adrenalin nicht mehr unter Kontrolle hatte. So wie bei meinem Sturz in die Gletscherspalte durchflutete es jetzt meinen Körper wie heißes Blei und erstickte zunächst einmal, was ich noch hatte sagen wollen.

Aber schließlich bekam ich auch den Rest heraus: »Ich verbiete dir, das zu tun.« Ich sagte es mit dem Gefühl, dies sei der schnellste und wirksamste Weg, eine komplexe Empfindung auszudrücken. Thaw saß ruhig da und aß. Er war ganz zufrieden, verspeiste einen Zwieback mit einem großen Stück Käse darauf, und er hatte natürlich keine Ahnung, was in mir vorging. Als er mich das sagen hörte – »ich verbiete es dir« –, legte er den nächsten Zwieback hin und blickte mich lange und scharf an.

»Du verbietest es mir?« fragte er. »Verbietest es mir?« Er begann zu lachen. »Du und wessen Armee?«

»Ja, Thaw, genau, ich verbiete es dir.« Mehr brachte ich nicht heraus. Obwohl ich wußte, daß meine Äußerung unpassend war, fand ich keine anderen Worte. Aber die Wiederholung dieses Satzes brachte Thaw unter den gegebenen Umständen in eine echte, eisige Wut. Er war immerhin dreizehn Jahre älter als ich und hatte mehr Lebenserfahrung. Er war einmal mein Chef und Vorarbeiter gewesen. Und mehr noch, er war mein Mentor gewesen. Er hatte mir viel über die komplizierte Funktionsweise der Welt beigebracht. Das war die Vergangenheit. Die Gegenwart sah so aus, daß er es war, der meinen Schlitten übernommen hatte, er, der meinen Arm behandelt hatte, er, der mit meinem Eiter und meinem Blut und meinem Geschrei fertiggeworden war. Er war es, der Brock überzeugt hatte, sich nicht von uns zu trennen, er hatte die Seilwinde auf dem Beardmore aufgebaut, während Brock unten in der Spalte bei mir war. Wenn er und die anderen nicht gewesen wären, dann lebte ich gar nicht mehr, und deswegen war es nicht verwunderlich, daß »Ich verbiete es dir« ihm wie eine unglaubliche Undankbarkeit vorkam.

»Bockmist, Morgan«, sagte er. »Du kannst mich nicht aufhalten.«

Er sagte es auf eine Weise, so fest und schnell und sicher, es wirkte wie ein Katalysator, so schnell wie das Phenolphtalein, das Mr. Leopold in meinem dritten Schuljahr in die Natronlauge gegossen hatte. Wie jeder gute Katalysator hatte es die Lösung augenblicklich rot gefärbt, aber diese Vorführung einer chemischen Reaktion war nichts im Vergleich zu der Reaktion, die ich jetzt spürte. Es war, als ob plötzlich eine rote Sturzflut meinen Körper von Kopf bis Fuß übergoß, als ob jede einzelne und kleinste Enttäuschung, die ich auf diesem Marsch zum Pol erlebt hatte, sich nun in einem gewaltigen, atemlosen Augenblick entlud. Dafür hatte ich Fidel verlassen? Dafür hatte ich die Hütte verlassen? Dafür hatte ich mir den Arm gebrochen und dreißig Pfund

Gewicht verloren? Dafür und nur dafür, abgewrackt und schmierig und hilflos mitansehen zu müssen, wie mein Land – ohne mich zu fragen – mit der Verwüstung von Bagdad begann und wie der Freund und Kamerad eines ganzen Jahrzehnts sich von mir abwandte?

Nein, das war einfach zuviel. Mein einfacher, trauriger kleiner Gedanke verwandelte sich jetzt in einen großen, hellen, blutroten Gedanken, der lautete: Wenn ich den Krieg schon nicht verhindern kann, so kann ich doch wenigstens das hier verhindern, kann ich dafür sorgen, daß Thaw nicht das Chalet in McMurdo in die Luft sprengt. Nur wie? Sicher nicht, indem ich einfach abwartete, denn wenn ich starb, dann war ich sicherlich nicht mehr in der Lage, irgend etwas zu verhindern, das sich danach in der Welt ereignete. Aber jetzt lebte ich noch, und da saß Thaw, und schau, hier neben mir lag ein Eispickel auf dem Schlitten, unter dem Tauwerk halb verborgen. Ich griff danach und warf ihn nach Thaw. Trotz meiner Schwäche lag erstaunlich viel Kraft in dem Wurf, und der Pickel, ein schön geschmiedetes Werkzeug, drehte sich um seinen eigenen Schwerpunkt und flog dadurch noch schwungvoller. Er wirbelte herum, sammelte dabei weitere Energie. Während er durch die Luft sauste, hatte ich noch viel Zeit zu bedauern, was ich getan hatte. Mein Gott, wenn er nun Thaw traf? Aber Thaw hatte schon den Kopf eingezogen, und der Eispickel landete anderthalb Meter vor ihm; er blieb mit der Picke im Eis stecken, und wir starrten auf das Ding. Ich atmete wieder, und Thaw sagte lange Zeit gar nichts.

Dafür habe ich ihn immer geliebt. Denn als er den Mund auftat, sagte er: »Oh, ich wußte nicht, daß du so darüber denkst. Volltreffer, Morgan, du hättest mich umbringen können. Warum hast du mich nicht schon vor Jahren in den Tetons von meinem Elend erlöst? Mich hier herunter in die Antarktis zu schleppen und mich dann mit einem Eispickel umzubringen. Erfüllt das nicht den Tatbestand grausamer und abnormer Bestrafung?«

Ich konnte nicht lachen, obwohl ich es gern getan hätte. Ich versuchte zu lächeln, schniefte statt dessen nur, und dann verzerrte sich mein Gesicht. Das dritte Mal auf diesem Marsch weinte ich. Diesmal schämte ich mich so sehr, daß es noch schlimmer war als damals bei Brocks Lesung aus dem Korintherbrief, noch schlimmer als bei dem Sturz der Hunde in die Gletscherspalte des Beardmore. Es war schlimmer als alles andere, an das ich mich erinnern konnte einschließlich der Geschichte mit Mark Manly. Ich hatte ihm damals einen Schlag versetzt, und es war schön gewesen. Ich war jung und hatte eine gute Entschuldigung, weil ich noch nicht gewußt hatte, wozu ich fähig war, und mich daher nicht ausreichend gegen mich selbst hatte wappnen können. Diesmal aber war ich nicht mehr so jung und gerade erst zu dem Schluß gelangt, daß Gewalt nie der richtige Weg ist. Meine Taten waren jetzt die Schatten meiner Gedanken. Als die anderen zu uns stießen, schluchzte ich hemmungslos. Und ich torkelte, versuchte von dem ganzen Krampf, in dem ich steckte, wegzukommen, von den Schlitten, von Thaw, von mir selbst. Wilbur rief ängstlich: »Was ist passiert?« Aber ich gab ihm keine Antwort, sondern stolperte weiter davon, und da ich mir meine gesunde Hand vor's Gesicht hielt, um mir die Tränen aus den Augen zu wischen, sah ich nicht, wohin ich trat. Als ich über das blanke Eis torkelte, war es daher nicht weiter verwunderlich, daß ich stürzte. Wirklich nicht. Aber schlecht war es. Ich knickte mir den linken Fuß um. Glücklicherweise fiel ich nicht auf den gebrochenen Arm. Ich sackte einfach in mich zusammen, und während ich fiel, spürte ich, wie mir der Schmerz in die Bänder schoß.

Wilbur eilte herbei, Gronya gleich hinterdrein, und zusammen halfen sie mir wieder auf. Ich untersuchte mein Fußgelenk und belastete es etwas, aber das ging nicht gut. Ich hüpfte ungefähr drei Meter weit zum nächsten Schlitten und brach dann wieder zusammen. Gronya holte einen Pflasterverband heraus, und Wilbur half mir, meinen Fellstiefel auszuziehen, so daß die beiden meinen Fuß bandagieren konnten. Sie wickelten ihn sehr stramm ein, während ich versuchte, mein Geheule endlich unter Kontrolle zu bekommen, und mir weiter die Augen wischte. Die Tränen gefroren in den Wimpern. Aber plötzlich, die Bandage war noch nicht fertig, hielt Wilbur inne, ließ Gronya weitermachen, stand auf und blickte angespannt nach Süden. Sein Körper war ein einziger straffer Muskel, wie bei einem Hühnerhund, der eine Wachtel entdeckt hat, und so stand er gut zwei Minuten lang stumm da. Gronya versorgte derweil mein Fußgelenk, half mir dann, den Fellstiefel wieder anzuziehen, und als ich mich bei ihr bedanken wollte, brachte mich Wilbur mit merkwürdig zischenden Lauten und strengen Gesten zum Schweigen. Dann schob er Kapuze und Wollhelm zurück.

»Wir müssen uns beeilen«, sagte er. »Stellt das Zelt auf. Von Süden kommt Sturm auf.«

»Sturm?« Das war Thaw. »Ich merke nichts.« Und er hatte recht, denn obwohl im Süden Wolken standen und auch ein frischer Wind ging, unterschied sich der Tag in nichts von allen anderen Tagen, die wir auf dem Ross-Schelfeis bereits hinter uns gebracht hatten. Jedenfalls gab es kein Anzeichen eines Sturms, und Brock pflichtete Thaw bei. Gronya sagte nichts, kaute aber auf den Enden ihres Zopfes, ein Zeichen dafür, daß sie nachdachte. Als Thaw zum zweiten Mal sagte: »Ich merke nichts von einem Sturm«, sagte Gronya zu ihm: »Ich denke, wir sollten auf Wilbur hören.«

Aber Wilbur war es offenbar ziemlich egal, ob irgend jemand seiner Meinung war oder nicht, denn jetzt schrie er: »Keine Widerrede! Stellt das Zelt auf! Wir müssen die Schlitten nicht nur abdecken, sondern auch mit Stöcken kennzeichnen. Sonst werden wir sie nie wiederfinden.«

Selbst ich, die ich ihn von Kindheit an kannte, hatte Wilbur noch nie in einem solchen Zustand gesehen. Er sah aus, als würde er mit seinen Gesichtsmuskeln schwere Gewichte stemmen.

»Macht schnell«, knurrte er jetzt. »Macht schnell.« Und dabei fiel er über die Schlitten her und versuchte das Zelt zu finden. Ich stand auf, um ihm zu helfen, aus meinem Selbstmitleid herausgerissen durch seine Katastrophenstimmung, aber mein Fußgelenk unter mir machte nicht mit. Ich hatte es ganz vergessen. Und Wilbur sagte: »Morgan, setz dich«, und dieser Ausspruch versetzte mich augenblicklich in Bewegungslosigkeit, die anderen aber in rege Tätigkeit.

Die vier hatten in noch nicht einmal fünf Minuten das Zelt aufgestellt. Alle Schlafsäcke und Matten, die Beutel mit den persönlichen Habseligkeiten eines jeden, die Proviantboxen – all das wurde ins Zelt geworfen, zusammen mit dem Nansenkocher, und dann mußten die Schneeklappen des Zeltes beschwert werden. Gewöhnlich ließen wir sie aufstehen, aber auf Wilburs Befehl hin schnitten Thaw und Gronya gewaltige Schneeblöcke, die dafür sorgen sollten, daß das Zelt an seinem Platz blieb, falls der Sturm Orkanstärke erreichte. Brock deckte alle Schlitten ab und markierte ihre Standorte. Ich mußte aufstehen, damit Brock den Schlitten, auf dem ich saß, versorgen konnte.

Währenddessen beobachtete ich, was im Süden geschah. Jetzt kamen rasend schnell Wolken herangestürmt, und der Wind frischte wirklich auf. Schneller, als ich es für möglich gehalten hätte, war unser Lager aufgebaut. Gronya und Thaw waren bereits im Zelt und kümmerten sich um die Raumaufteilung dort. Brock kroch auf allen vieren ebenfalls ins Zelt, und Wilbur war noch ungefähr drei Meter entfernt. Ich war noch einmal drei Meter weiter weg vom Zelt und wollte warten, bis alle anderen drin waren, um dann hinterherzukrabbeln.

Aber während ich noch dort stand, sechs Meter vom Zelt entfernt, den Blick auf Brock geheftet und die Wolken ständig im Auge, erreichte uns der Sturm mit explosionsartiger Heftigkeit. Er schien mit einem Schlage vom Himmel herabzustürzen. Im einen Augenblick war es noch windig, und dann gab es plötzlich nichts mehr außer Sturm und noch mal Sturm. Es war wie . . . nun, ein Dammbruch vielleicht, wenn man sich unterhalb der Staumauer in der Bahn der Wassermassen befindet. Es war die Entdeckung des reinen, unverfälschten Geistes des Sturms. Er warf mich auf den Rücken, dann machte er sich über meinen ganzen Körper her, griff mich persönlich an, knurrte und tobte – so empfand ich es. Die Windgeschwindigkeit mußte hundertsechzig Stundenkilometer betragen, und noch während ich dies schreibe, macht mich die Unzulänglichkeit meiner Worte bei der Beschreibung dieses jähen Sturmausbruchs sehr unzufrieden. Ich stand da und sah Brock zu. Einen Moment später brach um mich herum der Sturm los, ich lag auf dem Boden, konnte nichts mehr sehen und nur noch mit Mühe atmen. Der Wind tastete mich ab wie ein Polizist bei einer brutalen Leibesvisitation. Er hielt mich fest; er griff überall nach mir. Und als ich meinen Mund öffnete, um »Wilbur« oder »Hilfe« oder wer weiß was zu rufen, rammte sich der Sturm in meine Kehle und erledigte mich mit einem Mal.

Ich denke, es wäre jedem anderen in meiner Lage ebenso ergangen: Ich wurde wütend auf diesen Sturm, der versuchte, mich umzubringen. Nicht irgendwann in nächster Zeit, sondern auf der Stelle, in diesem Augenblick, da er seine Nägel in meine Wangen bohrte, sein Eis in meine Augen trieb, die ich deswegen nicht mehr aufmachen konnte. Aber das spielte ohnehin keine Rolle; um mich herum herrschte ein totales White-out, und ich versuchte, mich daran zu orientieren, wo ich Brock zum letzten Mal gesehen hatte. Dann schaffte ich es irgendwie, mich auf den Bauch zu wälzen und die Knie anzuziehen, so daß ich kriechen konnte, auf zwei Knien und einem Arm, dorthin, wo das Zelt stand.

Ich hatte gewaltiges Glück, denn das bedeutete, daß ich direkt gegen den Wind kroch – und ohne etwas, gegen das ich mich stemmen konnte, hätte ich es niemals geschafft. Aber so war etwas da, gegen das ich ankämpfen konnte, und der Wind verhalf mir zu einer sicheren Orientierung, während ich um jeden Zentimeter nach vorn kämpfen mußte. Ich kam mir vor wie ein gestrandeter Wal. Ich spürte bei jedem Schlingern, daß ich nicht mehr weiterkonnte, und wurde von dem Sturm in mich zusammengepreßt, ja der Sturm hielt mich eingezwängt wie zwischen Mauern. Ganz plötzlich eine neue Wahrnehmung, als ich auf einen anderen Körper traf. Es war Wilbur, der auf mich zugekrochen kam und der mich gesucht hatte.

Er brüllte: »Morgan? Alles in Ordnung?« Und ich schrie zurück: »Schnell raus hier«, aber der Wind riß mir die Worte vom Mund und verschluckte sie. Danach schlingerten Wilbur und ich gemeinsam durch den Sturm, zehn Zentimeter, noch einmal zehn Zentimeter und noch einmal, bis wir die Zeltwand spürten, die sich vor uns wölbte. Wir hatten aber nicht den Eingang getroffen, also drückten wir unsere Köpfe so lange gegen die Zeltwand, bis wir sicher sein konnten, daß man drinnen die Bewegung gesehen hatte. Brock, der bisher den Zeltverschluß nur dichtgehalten hatte, schob sich wieder in den Sturm hinaus, bis er Wilburs Fuß in Reichweite hatte und ihm zu verstehen geben konnte, in welche Richtung er sich bewegen mußte. Wilbur seinerseits griff nach meiner Schulter, und dann bewegten wir uns seitwärts dem Zelteingang zu und warfen uns hinein, sobald wir ihn erreicht hatten. Da lagen wir, ein Haufen von menschlichen Gliedern und Rümpfen, während die anderen versuchten, die im Sturm tobende Klappe des Zeltverschlusses zu bändigen und festzuzurren.

Wir lebten noch, alle. Diesmal hatte Wilbur mein Leben gerettet, unser aller Leben. Der Sturm hielt drei Tage lang an, die ersten drei Märztage über, und so lange ließ auch sein Gebrüll nicht nach, das an das eines mittelalterlichen Wahnsinnigen erinnerte. Damals im Mittelalter hatte man die Verrückten in Käfige gesteckt, und dieser Käfig hier war so groß wie die gesamte Antarktis. Aber er war gleichzeitig genauso klein wie das Zelt, in dem wir jetzt als Gefangene festsaßen, und selbst denjenigen unter uns, die noch unversehrt waren, war es unmöglich, es sich bequem zu machen. Das Zelt hatte sich, während Brock sich nach draußen bis zu Wilburs Fußgelenken vorschob und während Wilbur und ich hineinkrochen, mit Schnee gefüllt, und als er jetzt den Brenner anzündete, schmolz dieser Schnee, durchnäßte unsere Kleider und Schlafsäcke und Stiefel, die dann zum Teil vereisten, so daß schließlich alles feucht war. Und wir konnten die ganze Zeit weder miteinander reden noch richtig schlafen. Der Lärm ringsum war einfach ohrenbetäubend. Selbst die einfachsten Lebensfunktionen ließen sich kaum aufrechterhalten, aber wir mußten schließlich essen und trinken – und zwar viel trinken, damit wir nicht austrockneten.

Es war also unmöglich, eine Ordnung im Zelt aufrechtzuerhalten, unmöglich, den Lärm fernzuhalten, und in anderen Gebieten der Erde wäre dies sicherlich der Sturm des Jahrhunderts gewesen. In der Antarktis war es vielleicht der Sturm des Jahrzehnts. Ich hatte davon gelesen. Von Stürmen, die so heftig waren, daß sie ein Zelt mitsamt den Insassen wegblasen konnten. Auch uns wäre es vielleicht so ergangen, wenn wir es nicht vorher beschwert hätten: Der Sturm ging immer weiter, bis zum Abend des dritten Tages, dann hatte der Lärm ein wenig nachgelassen, und wir schöpften Hoffnung, daß dieser mörderische Sturm sich endlich ausgetobt hatte. Zwar stürmte und tobte es immer noch, und es war dunkel, weil mit dem Ablauf jeder Stunde die Nacht immer näher kam, die antarktische Nacht. Ich lag da und versuchte zu schlafen. Ich war inzwischen an so vielen Stellen meines Körpers verletzt und krank, daß ich nicht mehr sagen konnte, welche davon eigentlich am schlimmsten betroffen war.

Gronya schlief bereits. Ihr Gesicht hatte den gleichen ruhigen Ausdruck, den ich kannte, seit wir zusammen in einem Zelt schliefen. Auch Wilbur schlief, den Mund leicht geöffnet, in einer merkwürdig unbeholfenen Körperhaltung. Ob Thaw und Brock schliefen, wußte ich nicht. Es schien klar, daß das Wetter jetzt besser wurde und der nächste Morgen anders aussehen würde. Wir würden weitermarschieren. Ich lag im Dunkeln, blickte hinauf in die Kuppel des Zeltes, wo eine Laterne mit einer Kerze darin an ihrer Schnur wild hin und her schwang, und versuchte wieder an all das zu denken, das auf uns wartete, wenn wir es bis Framheim schafften. Winnie, ein echter Arzt, meine eigenen vier Wände, vielleicht ein Brief von Fidel und Neuigkeiten vom Krieg. Was sagte Fidel zum Aufmarsch des Militärs? »Ich glaube, wenn ringsumher Krieg ist, dann sieht man nicht mehr viel. Sandstürme wie auch Eisstürme können einen blind machen.« Nein, Eisstürme hatte er nicht gesagt, ich war es, die vom Eis blind geworden war. Wie leicht war es, Gewalt im Namen irgendwelcher Prinzipien zu rechtfertigen.

Das war ja eigentlich eine der Tragödien des Krieges, daß immer so viele dabei waren, die glaubten, für etwas Gutes zu kämpfen. Unausweichlich. Selbst im Krieg am Persischen Golf glaubten zweifellos viele, die dort waren, daß er für die Freiheit und die Demokratie geführt würde. Wie sie das glauben konnten, war für mich schwer nachvollziehbar, aber daß sie es glaubten, daran bestand kein Zweifel, denn nur so ein Gedanke konnte dazu führen, daß sie für die Realität des Gemetzels blind wurden. Sonst würden sie erkennen müssen, was alle Krieger schließlich begreifen, daß der Feind ein Vetter ist, eine Schwester, eine Mutter oder ein Bruder.

Und auch das zu erkennen war vielleicht nicht genug. Ich selbst hatte es in einem unbeherrschten Augenblick vergessen, und so ging es vielleicht auch den Völkern, daß sie kollektiv die Beherrschung verloren. Aber was mich persönlich anging, so war ich sehr froh. Ich lebte, ich lebte immer noch, und ich lag in einem Zelt mit vier der besten Menschen, die ich mir nur wünschen konnte. Da war Gronya, die jetzt ein wenig schnarchte; wenn ich sie ansah, mußte ich an alte Zeiten denken, als sie bei uns zu Hause in Quarry saubermachte. Sie und meine Mutter arbeiteten im Wohnzimmer zusammen. Meine Mutter hatte eine Vase mit Stockrosen umgeworfen, damals in Quarry außergewöhnliche Blumen, die sie mit viel Liebe und großem Stolz züchtete. Das Wasser aus der Vase hatte sich über den glänzenden Parkettboden ergossen, nur die Blumen lagen noch auf der Marmorplatte des Couchtisches. Gronya lief zur Küche, um ein Tuch zu holen und das Wasser aufzuwischen, und auf dem Weg dorthin bückte sie sich schnell und nahm sich eine der Blumen. Sie hielt sie einen Moment neben ihren Kopf, den langen Stiel mit dem leuchtenden Kranz von Blütenblättern, als wolle sie überlegen, wie es wohl wäre, eine Blume zu sein. Als fragte sie nicht nur, sondern erwarte von der Blume auch eine Antwort, ein so zartes Flüstern, daß niemand sonst es hören konnte.

Brock war jetzt ganz in seinem Schlafsack verborgen, ein kleiner Hügel, nichts von ihm schaute heraus, und als ich jetzt an ihn dachte, drängte sich mir ein sehr kurzes Bild aus der Vergangenheit auf. Wir saßen in der Cowboybar in Quarry, damals in der Zeit, als wir uns gerade kennengelernt hatten und er seinen großen Zorn noch nicht hinter sich gelassen hatte. Ein Betrunkener hatte ihn bei dem Versuch, den Weg zur Herrentoilette zu finden, angerempelt und dabei sein Bier verschüttet, und im ersten Augenblick war Brock böse geworden; man konnte den Zorn von einer Rötung des Halses her in sein Gesicht fließen sehen. Dann hatte er seine Flasche wieder auf den Tisch gestellt, war aufgestanden, hatte dem Betrunkenen höflich die Hand gereicht und ihn in die richtige Richtung geführt. Der Mann hatte gemurmelt: »Schuldigen Sie bitte«, und Brock hatte erwidert: »Ist schon in Ordnung«, und fertig; Brock hatte sich ein neues Bier bestellt.

Thaw lag jetzt auf dem Rücken, die Hände auf der Brust gefaltet, den Wollhelm tief in die Stirn gezogen. In San Francisco, als wir die *Endurance* ausrüsteten und in der Nähe des Hafens wohnten, waren wir einmal an einem Schild HANDLESERIN vorbeigekommen. Es hing an einer grünen, ziemlich ramponierten Tür, und Thaw hatte das Schild eine Minute lang angestarrt, dann seine Hände umgedreht und die Handflächen betrachtet. Als er merkte, daß ich ihm dabei zusah, steckte er seine Hände in die Taschen, ging weiter und sagte: »Ich frage mich, was für Leute das sind, die daran glauben.«

Mit Wilbur verbanden mich wunderbare Erinnerungen. Wir spielten zusammen in der runden, steinernen Scheune und fanden dort ein Nest von Mäusesäuglingen, völlig unbehaart, fast durchsichtig. Sie waren nicht größer als die Fingerspitzen eines Kindes, und wir waren beide völlig hingerissen und starrten sie voller Bewunderung an, bis plötzlich ihre Mutter zurückkehrte. Sie sah uns, zwei große menschliche Wesen, erfaßte die Situation augenblicklich und beschloß, ihre Familie an einen sichereren Platz zu bringen. Sie ignorierte mich und Wilbur völlig, nahm das erste Baby in die Schnauze und kletterte einen Balken hinauf, huschte über einen Dachsparren und war verschwunden. Dann kam sie zurück, um das nächste Mäusebaby zu holen, verschwand wieder auf gleichem Wege, holte dann die anderen. Als sie das letzte Mal den Balken hinaufkletterte, mit dem fünften Baby in der Schnauze, blieb sie oben stehen und sah uns abschätzend an. Es schien beinahe so, als nickte sie, als wolle sie sagen, daß wir uns im ganzen gut benommen hätten und die Sache besser ausgegangen sei, als sie erwartet hatte. Dann hatte Wilbur seine Hand in die Vertiefung im Stroh gelegt, wo die Mäusebabys geschlafen hatten, und voller Ehrfurcht gesagt: »Es ist immer noch ganz warm, das Stroh.«

Ich glaube, ich habe dann auch an mich selbst gedacht. An das kleine Mädchen, das im Atelier seiner Mutter stand und die Fotografie eines nackten Jungen betrachtete, der eine Binde um die Augen trug. Warum hatte der Bildhauer das getan, fragte ich meine Mutter, den Jungen blind gemacht? »Um ihm zu helfen, nach innen zu sehen. Das Reich liegt im Inneren«, hatte sie gesagt. Welches Reich? hatte ich mich gefragt und selbst meine Augen geschlossen. Das war ich gewesen. Später war ich selbst in die Antarktis gekommen, hatte Kathleen Scott auf der Eisbarriere kennengelernt, die dort als meine Botschafterin erschienen war, mit einem Stück Ton in der Hand. Sie hatte es vor mir gewußt – lange vor meiner Geburt –, daß der Raum hinter den Augen die größte Weite der ganzen Welt umfaßt. Dort ist soviel Platz, daß man niemals darin festsitzen und daß man ihn auch sicher nie ausfüllen kann. Es ist nicht wie ein Bücherregal, das nur eine bestimmte Anzahl von Büchern aufnehmen kann, nicht wie ein Land, das nur Platz bietet für eine bestimmte Anzahl von Menschen. Die physische Welt hat Grenzen, aber der Raum, der hinter den Augen jedes einzelnen liegt, hat keine. Damals im Zelt schien mir das die Lektion der Antarktis zu sein. Der Raum hinter den Augen jedes Menschen ist das Reich, dessen oberster Herrscher von Geburt an man selbst und nur man selbst ist. Niemand sonst kann diesen Raum verschmutzen oder bombardieren. Niemand sonst kann ihn erobern, nicht einmal ein Mann wie Dr. Jim und auch nicht jemand wie der Kaiser, den ich einst für so machtvoll gehalten hatte.

Den Raum hinter meinen Augen, der mir als Kind auf meinem Felsen so furchterregend vorgekommen war – düster und unsicher –, hatte ich in den Jahren seither erleuchtet, und ich hatte etwas von der Weite gesehen, etwas von den Gebieten dort, die sich in alle Unendlichkeit erstreckten. Jetzt, während ich dalag und dem nachlassenden Sturm lauschte, mit meinen schlafenden Freunden um mich herum, dachte ich, daß sie sehr gut seien, diese weiten Felder, und daß ich sie bestellen wollte, solange es meine wären. Ich würde diesen wüsten Ort, die Antarktis, verlassen und das Reich in Besitz nehmen, das rechtmäßig meins war, das Reich der Gedanken, das einzige Reich auf der Welt, das es wirklich wert war, regiert zu werden. Von diesem Reich in unserem Inneren aus war alles möglich. Hier konnten wir alles tun, was getan werden mußte, und alles, was einer Änderung bedurfte, konnte rechtzeitig geändert werden. Wir mochten die Erde an den Rand des Abgrundes gebracht haben, so wie ich meinen eigenen Körper, aber solange wir noch nicht über seine Kante gestürzt waren, gab es etwas, mit dem wir uns retten konnten. Das waren unsere Gedanken und unser Verstand, aber vor allem war es unsere Fähigkeit, uns das Leben anderer Wesen in allen Einzelheiten vorstellen zu können, das Leben anderer Lebewesen und anderer nichtlebendiger Kreaturen. Brock konnte sich in einen Betrunkenen hineinversetzen, Gronya konnte sich das Leben einer Blume vorstellen und Wilbur das Leben von fünf Mäusesäuglingen. Das war es, was die Menschen zu etwas Besonderem machte, nichts sonst, nur das. Daß wir in unseren eigenen Gedanken andere Kreaturen sehen konnten. Wir konnten ihren Schmerz spüren, wir konnten ihre Freude teilen, wir konnten uns die Reisen vorstellen, zu denen sie aufbrachen, die Reisen, die sie niemals beenden würden, die Spuren ihrer Lebensbahnen. Selbst die Jungs mit ihren Hundemarken und ihren intelligenten Bomben, selbst sie konnten entdecken, daß sie ihr eigenes Reich in ihrem Inneren hatten. Sie konnten herausfinden, daß nicht die Fähigkeit zur Macht, sondern zum Verständnis uns zum Menschen macht und daß diese Fähigkeit ein unbegrenzter Reichtum ist, ein Naturschatz, der von jetzt bis zum Ende aller Zeit selbst in den großen, wüsten, hellen Weiten der Antarktis ausgebeutet werden kann.

Während der drei Sturmtage, die wir im Zelt verbrachten, hatte auch Thaw viel Zeit zum Nachdenken, hauptsächlich über das, was geschehen war. Er dachte darüber nach, daß ein Eispickel auf ihn zugeflogen war, und er dachte darüber nach, daß ich unentwegt geschluchzt hatte. Er dachte darüber nach, daß der Sturm so blitzartig über uns gekommen war und Wilbur irgendwie gewußt hatte, daß er bevorstand, er selbst dagegen nicht. Er dachte auch an die Zeit, als er noch jung gewesen war und die Wehrdienstverweigerer beraten hatte. Damals hatte er viel für den Buddhismus übrig gehabt – vielleicht sollte er ihm auch jetzt wieder mehr Zeit und Energie widmen. Denn vielleicht war es letzten Endes doch besser, ein ganz neuer Typ von Krieger zu sein. Der Sturm war so heftig und so gewalttätig und so entnervend, daß er – zumindest, wenn man ihn im Zusammenhang mit den Anfällen von Wahnsinn, die mich jüngst überkommen hatten, sah – der Idee von seiner Aktion in McMurdo allen Reiz nahm. Was Thaw jetzt noch reizte, war, zurück nach Wyoming zu gehen und dort das erste Zen-Meditationszentrum in diesem Staat zu gründen. Als der Sturm vorüber war und wir wieder miteinander sprechen konnten, sagte er zu mir: »Du brauchst dir keine Sorgen zu machen. Ich werde es nicht tun.«

Und als wir nach dem Sturm wieder aufbrachen, machte ich mir tatsächlich keine Sorgen mehr. Wilbur zog mich auf seinem Schlitten. Es gab für mich keine andere Möglichkeit der Fortbewegung mehr. Ich konnte humpeln, aber ich konnte nicht gehen, und auch Skifahren war unmöglich. Thaw zog weiter meinen Schlitten, auf seinen gepackt, hinter sich her. Brock hatte nun wieder dreihundertfünfzig Pfund zu ziehen, Thaw und Gronya fast genausoviel – das gleiche Gewicht, das sie bei unserem Aufbruch von Kap Evans hatten ziehen müssen. Wir wußten nicht, wie groß Wilburs Zuglast war, denn ich hatte soviel Gewicht verloren, daß eine halbwegs verläßliche Schätzung kaum noch möglich war. Sicher war jedenfalls, daß allen vieren eine gewaltige Anstrengung bevorstand. Der Sturm hatte fast einen Meter Neuschnee hinterlassen, und dadurch wurde es selbst für Brock zu schwer, die ganze Führungsarbeit allein zu bewältigen; also wurde zum ersten Mal auf unserem Marsch beim Spurlegen abgewechselt, zumindest bis wir aus dem Gebiet des tiefsten Neuschnees heraus waren.

Am ersten Tag schafften wir acht Kilometer, am zweiten elf, am dritten wieder acht. Wir hätten fünfzehn oder sogar fünfundzwanzig Kilometer am Tag zurücklegen müssen. Aber erst nachdem wir das nördliche Barrieredepot erreicht hatten, ging es etwas leichter und schneller voran, weil wir dort einiges von unserem Gepäck hatten zurücklassen können – wir würden es im folgenden Frühjahr wieder dort abholen. Und da es von dort aus nur noch ungefähr dreihundert Kilometer bis nach Kap Evans waren, glaubten wir alle, daß wir es, wenn uns nicht ein weiterer schwerer Sturm überraschte, schaffen konnten. Für mich war der 15. März, der Todestag von Oates, den auch der Rest der Polmannschaft der *Terra Nova* nur noch um wenige Tage überlebt hatte, von zentraler Bedeutung. Wenn wir den erst einmal überstanden hatten und immer noch lebten, dann, dachte ich, würde auch alles weitere gutgehen. Caesar war an den Iden des März gestorben, aber keiner von uns war Caesar.

Es ging weiter. Die Tage verstrichen einer nach dem anderen. Nachts fiel die Temperatur auf unter minus zwanzig Grad. Tagsüber hatten wir ungefähr fünfzehn Grad minus. Es war sehr schwierig für mich, auf dem Schlitten warm zu bleiben, selbst wenn ich in meinem Schlafsack steckte, weil ich keine Möglichkeit hatte, Wärme zu erzeugen. Ich versuchte meine Muskeln anzuspannen, eine Art Callanetics zu betreiben, aber ich konnte mich nicht so stark bewegen, wie ich es gern getan hätte, ohne zu riskieren, vom Schlitten zu fallen. Dem Augenschein nach war die Große Eisbarriere flach – und sah wunderschön aus nach einem Sturm, keine Sastrugi, kein Eis, nur feiner, zarter Schnee –, aber in Wirklichkeit gab es überall leichte Steigungen und Senkungen, und das Gewicht des Schlittens drückte den Schnee immer etwas ungleichmäßig ein, so daß es immer hier einen kleinen Schlag gab, dort ein Schlingern, und ich ständig leicht durchgeschüttelt wurde.

Aber trotz der Kälte und des Gerüttels, trotz der Taubheit, die sich von meinen Füßen aus breitmachte, und trotz der Unbeweglichkeit, zu der ich auf dem Schlitten stundenlang verurteilt war, war ich glücklich, sehr, sehr glücklich. Das Schlimmste lag zweifellos hinter uns, und was Wilbur tat hatte immerhin antarktische Tradition. Scott und Wilson hatten Shackleton genauso hinter sich hergezogen auf der Expedition mit der *Discovery*, und sie hatten es auch lebend geschafft, alle drei. Bei der *Terra-Nova*-Expedition hatten Lashly und Crean Leutnant Evans hundertfünfzig Kilometer weit über das Ross-Schelfeis ziehen müssen, wenn ich mich recht erinnerte. Crean hatte später den Schiffbruch der *Endurance* überlebt. Er hatte zu denen gehört, die auf dem Beiboot des Schiffes, der *James Caird*, in See gestochen waren. Nachdem sie mit diesem Boot Südgeorgien erreicht hatten, hatte er zusammen mit Worsley und Shackleton den Gebirgsrücken überquert, mit fünfzehn Metern Tau und einer Zimmermannsaxt als einzigen Hilfsmitteln. Der Gedanke an Crean und die Durchquerung Südgeorgiens rief mir auch einen der besten Teile jener Geschichte wieder in Erinnerung, der von den merkwürdigen Sinnestäuschungen handelt, denen alle drei in den Bergen zum Opfer gefallen waren. Wie sie einander nicht gleich, sondern erst später eingestanden, hatten sie während des Marsches über das Gebirge fast die ganze Zeit über geglaubt, ein vierter Mann begleite sie und gehe ein Stück seitwärts von ihnen. Wenn sie zu ihm hinschauten, konnten sie ihn nicht sehen, und sie wußten alle drei, daß sie nur zu dritt waren, aber nichtsdestotrotz gab es ein viertes Wesen, das sie nicht recht dingfest machen konnten. Meine eigene Erfahrung war anders gewesen, denn ich hatte gewußt, daß meine Albinos alle mir gehörten, ich selbst waren, obwohl ich sie so lebendig und klar gesehen hatte.

Während ich jetzt auf dem Schlitten lag wie ein Kind in seinem Wagen, der von einem anderen Kind gezogen wird, machte sich mir jedenfalls kein wie auch immer geartetes Wesen bemerkbar, weder ein unsichtbares noch ein sichtbares. Ich hatte jetzt Ruhe, und für mich waren die Dinge sehr einfach. Was auch immer in meinem Körper passierte – ich hatte das Gefühl, daß meine Füße erfroren, sie wurden jetzt jeden Tag so schnell kalt –, ich lag einfach da und starrte in den Himmel, der so blau war, dann wieder wolkig, dann wieder blau, und der von keinem fliegenden Wesen belebt wurde, weder von Flugzeugen noch von Skuas. In McMurdo war die Saison bereits zu Ende, die ununterbrochenen Versorgungsflüge des antarktischen Sommers waren eingestellt, und ungefähr achthundert Menschen waren vor Einbruch des Südwinters zurück nach Neuseeland gebracht worden. Die Flugzeuge selbst standen jetzt in Christchurch, wo sie während des Winters wieder instandgesetzt wurden, und die Hubschrauber, die auf dem Eis zurückgeblieben waren, wurden nicht benutzt. Die Skuas aber flogen nach Norden, auf den Schwingen des Windes, und gelegentlich stellte ich mir den Sog der geheimnisvollen Kraft vor, der sie in jene Richtung zog – aber dann erinnerte ich mich wieder daran, daß wir ja Pinguine waren, die nicht fliegen konnten. Wir hatten keine Schwingen. Wir konnten nur gehen oder schwimmen oder treiben, entweder auf dem Rücken oder auf dem Bauch.

Treiben, treiben, treiben. Ja, genau das war es, was ich jetzt tat. Zum ersten Mal in meinem Leben. Nichts mehr war von der laserstrahlartigen Zielausrichtung geblieben, die so lange zu mir gehört hatte, die mir sagte, daß ich irgendwohin ging, irgend etwas tat. Vielleicht war es nicht das erste Mal in meinem Leben, aber bestimmt das erste Mal seit meiner Kindheit, seit ich mit meinem Klumpfuß in Gips in meinem Kinderbettchen gelegen hatte. Jetzt konnte ich wieder nichts anderes tun, als mich mitziehen zu lassen und mich mit allem abzufinden, was auf mich zukam. Ich glaube, es war Pascal, der einmal geschrieben hat, es sei das Problem des Westens, daß wir nicht gelernt hätten, in einem leeren Raum zufrieden zu sein. Ich war jetzt in einem leeren Raum, einem sehr großen, und ich lag auf einem eiförmigen Schlitten, der gerade lang und breit genug für mich war. Zwar hatte der Raum einen Himmel über sich, der blau war und blendendes Licht spendete, aber im Augenblick war es ein leerer Himmel, soviel stand fest.

Ich hatte wirklich das Gefühl zu treiben, auf einer Art schwappendem Ozean, der von über dreißig Meter dickem Eis überzogen war.

Treiben, treiben, treiben. Während das kleine Ei unter mir wie ein Kinderschlitten seiner Bahn folgte. Ich war das Nesthäkchen, das Küken, ein ziemlich schmuddeliges, denke ich, jedenfalls feucht und wahrscheinlich erst vor kurzem geschlüpft. Pinguinküken hatten es bestimmt am besten – neugierig, tapfer, gute Eltern und wie dafür geschaffen, mit anderen Pinguinen in großer Harmonie zusammenzuleben, so daß es nur selten zu Meinungsverschiedenheiten oder Geraufe kam. Beim Anblick einer Pinguinkolonie, einer Gemeinschaft so vieler Vögel, sah man gleich, daß dieses zwanghafte Streben der westlichen

Kultur, das Territorium anderer Lebewesen zu erobern, den Pinguinen fremd war.

In ihren Nestern sitzend, die Eier unter ihrem Bauchgefieder geborgen, blickten sie gedankenverloren und sinnend geradeaus, als wüßten sie, daß sie in ihren Kolonien die innere Weite pflegen mußten. Die Kolonien waren sehr begrenzte Welten voller Pinguine, da die Pinguine mit sehr wenig zufrieden waren. Ein paar Steine, ein Ei und du – der Partner, den sie immer wiederfinden, jedes Jahr, wenn sie ihren Schnabel gen Himmel richten und ihr Lobpreis der vollkommenen Pinguinwelt erklingen lassen. In einem leeren Raum zufrieden sein ... vielleicht würde das einem Pinguin, neugierig, wie er auf die Welt war, nicht gefallen – kein Eis, von dem man herunterrutschen, kein Wasser, in dem man sich tummeln konnte –, aber wie ein *rōshi*, ein Zenmeister in der alten chinesischen Tradition des Buddhismus, würde er seine Zeit auch dort in tiefer Versenkung verbringen.

Cherry-Garrard hatte die Pinguine auch geliebt. Er hatte sie erforscht und gut über sie geschrieben. Zusammen mit Wilson und Bowers hatte er im Winter eine Expedition unternommen, um Eier der Kaiserpinguine zu sammeln. Aber nach dem Tod von Scott und den anderen, als nur noch Cherry allein die Geschichte dieser Expedition hatte erzählen können, war er bitter und zynisch geworden, von Trauer erfüllt über das, was in der Welt geschah. Der Erste Weltkrieg hatte so große Änderungen gebracht, daß Cherry es nicht geschafft hatte, sich dem anzupassen. Und er hatte geglaubt, daß nach dem Krieg das »Ende der Geschichte« wartete. Als junger Mann hatte er gedacht, Geschichte sei zielgerichtet, und ein goldenes Zeitalter stehe bevor. Als alter Mann glaubte er, die Welt würde untergehen. »Die menschliche Natur ändert sich nicht«, schrieb er. »Es wird immer gefährlicher. Diejenigen, die heute die Führer der Welt sind, glauben vielleicht, daß sie ihre Sache gut machen. Das haben vielleicht auch die Dodos gedacht. Der Mensch, der schon die Wale vernichtet hat, vernichtet am Ende möglicherweise sich selbst. Und die Pinguine enden vermutlich genau wie die prähistorischen Reptilien, von denen sie abstammen.« Für Cherry war der Tod der besten Menschen, die er gekannt hatte – Scott und Bowers und vor allem Edward Wilson –, so vollkommen sinnlos, daß er schließlich glaubte, der Tod ereile zuerst die Besten, während die Schlechten zu Führern würden, und daß außerdem »der Anstand« aus der Welt verschwinde.

Aber der Anstand, selbst in Cherrys Sinne, war noch nicht ganz aus der Welt verschwunden. Mein eigenes Leben hatte mir das deutlich gezeigt. Ich erinnerte mich, während ich auf dem Eis dahintrieb, all der anständigen Menschen, die mir geholfen hatten. Iris war vielleicht die erste gewesen. Sie hatte mir zwei Enten gegeben, ihre Liebe und ihren Sohn, ganz zu schweigen von den Griechen und einige Lektionen über die Kultur des Westens. Mark Manly, der mir vergeben hatte, daß ich ihn schlug, weil er die Angst, die mich beherrscht hatte, verstand. Schließlich Thaw, der das gleiche zwei Jahrzehnte später tat. Brock, der jetzt einen schweren Schlitten durch tiefen Schnee zog, damit die Frau, die ihn betrogen hatte, lebend aus dem Eis kam. Winnie in Kap Evans, die nur einen einzigen Wunsch gehabt hatte – tut den Hunden nichts zuleide –, aber dann die Schuld dafür, als den Hunden dennoch etwas passiert war, auf sich genommen hatte. Und andere, die ich weniger gut kannte. Die griechische Familie, die das Hotel betrieben hatte, das griechische Ehepaar, das die ausgesetzten Welpen aufgenommen hatte. Den winzigen Welpen so etwas anzutun! Das war ungriechisch, es war einfach unglaublich, und die beiden hatten die Sprachkluft überwunden, um uns das zu sagen. Der Mann, dem das Präriehunddorf gehörte und der täglich mit seiner Schuld gegenüber der sechsbeinigen Kuh lebte, damit es die anderen Tiere bei ihm gut hatten. Philip Mitchell und die anderen am Pol, die bereit gewesen waren, die vom USAP aufgestellten Regeln zu brechen. »Kommt rein, duscht, eßt, wir machen eine Party!« Greenpeace.

Es waren endlos viele. Und viele von ihnen waren nicht nur anständig, sondern sich auch des Umstandes voll bewußt, so wie es Cherry gewesen war, daß die Menschen, wenn sie die Pinguine und die Wale vernichteten, sich am Ende selbst vernichten würden. Cherry war ein Rufer in der Wüste gewesen. Ein Mann, dessen Blick zu weit ging. Jetzt aber war er nicht mehr allein. Die Suche nach Friede auf Erden und für ein Leben, das im Gleichgewicht geführt werden konnte, würde kommen und würde unser Streben, alles zu beherrschen, ablösen.

Ich trieb, trieb, trieb dahin. Schwupp, schwupp, ich traf auf eine Welle. Da war ein Wellental in der offenen See. Aber dann trieb, trieb und trieb ich weiter, und es war März, fast Mitte März. Was für ein schöner Monat der März war. Schön, um geboren zu werden, und schön, um zu sterben. Denn der März konnte uns überraschen, wo immer wir gerade lebten, überall auf dem ganzen Erdenrund und besonders in den hohen nördlichen oder südlichen Breiten. Es war der Monat zwischen den Jahreszeiten, bald warm, bald frostkalt, bald stürmisch und bald sommerlich mild. Der März war der Monat, der einen verstehen ließ, wie unvorhersagbar die Natur war, der einen verstehen ließ, warum die Menschen so sehr darum gekämpft hatten, die Natur zu zähmen. Aber der März war auch der Monat, in dem man dachte: Gut, es ist Zeit, daß sich etwas ändert.

So ging es Tag für Tag, das Treiben, das Ziehen und der Himmel, bis wir das Ein-Tonnen-Depot erreichten und wußten, es war tatsächlich zu schaffen. Das Jahr war weit fortgeschritten, das stimmte wohl, und wir hatten für unsere Rückkehr länger gebraucht, als wir geplant hatten, aber jetzt waren es nur noch zweihundertzehn Kilometer bis zur Hüttenspitze. Zweihundertzehn Kilometer kamen uns vor wie nichts, jetzt, nachdem wir über zweitausendsechshundert Kilometer bewältigt hatten. Wenn wir gut vorwärts kamen – und da wir den Schnee hinter uns hatten, schafften wir fast fünfundzwanzig Kilometer am Tag –, würden wir höchstens noch eine Woche brauchen.

Wir hatten es wirklich geschafft. Ein tolles Gefühl! Wir waren so zuversichtlich, daß wir sogar einen Extratag am Ein-Tonnen-Depot einlegten. Ich humpelte dort ein wenig herum, aber mein Fußgelenk schien nicht von selbst verheilt zu sein, obwohl ich es so lange nicht belastet hatte. Meine Füße wurden regelmäßig taub, aber ich wärmte sie zweimal am Tag auf Wilburs Bauch, und bisher hatten sie nur kleine Frostbeulen. Das heißt, es waren erst zwei Zehen verloren – die kleinen Zehen an beiden Füßen waren ganz schwarz und sahen ziemlich eklig aus, wie aufgeschwollene, purpurfarbene Trauben. Aber zwei Zehen, darauf konnte ich verzichten. Wenn es weiter nichts war! Die anderen aber waren mehr oder weniger gesund. Gronya hatte Darmgrimmen, seit wir das nördliche Barrieredepot passiert hatten; Thaws Haut schälte sich im Gesicht sehr stark, und ich glaubte nicht, daß seine Nase jemals wieder wie früher aussehen würde. Sonst aber machte er einen kräftigen und fidelen Eindruck. Brock ging es bestens. Abgesehen von seinen Lippen war er kerngesund. Wilbur hatte einen Schnitt auf der linken Handfläche. Wir würden es schaffen. Wir saßen am Ein-Tonnen-Depot in unserem Lager und gönnten uns zur Feier des Tages einen wunderbaren antarktischen Muntermacher.

Wir waren schnell betrunken. In diesem Depot hatten wir etwas Whisky gelagert. Er war gefroren, aber wir wärmten ihn auf und tranken gemeinsam die ganze 0,75-Liter-Flasche leer. Und das war nach langer Abstinenz eine ganze Menge. Danach schliefen wir zunächst sehr fest, dann mußten wir dauernd pinkeln, und am Morgen danach waren wir verkatert. Als unsere Wecker losgingen, sahen wir einander an und waren uns ohne große Worte einig: umdrehen, weiterschlafen.

Wir lagen also in unserem Zelt in der Nähe des Depots, als wir um zehn Uhr am Vormittag – es war der 15. März – von einem eigenartigen und wie aus weiter Ferne herüberklingenden Geräusch geweckt wurden. Es hörte sich am ehesten an wie das Kalben eines Eisbergs ins Meer, oder besser gesagt wie die unterirdische Explosion, die diesem Kalben zu folgen scheint. Das zumindest war mein erster Eindruck, als ich aus tiefem Schlaf erwachte. Aber als ich aufmerksamer lauschte, alarmiert durch die Fremdartigkeit der Laute, schienen sie doch eher dem Gebell vieler Hunde zu ähneln. Hunde? Warum Hunde? Brock erhob sich, kroch zur Tür, zog den Zelteingang auf und lugte hinaus.

»Es sind Hunderudel«, sagte er. »Ungefähr anderthalb Kilometer entfernt, schätze ich. Aber die Sichtverhältnisse sind merkwürdig, sie sehen so riesig aus.«

Da änderte sich Wilburs Gesichtsausdruck schlagartig. Er setzte sein Hundegesicht auf, das ich lange nicht mehr gesehen hatte. Sein Ausdruck zeigte die Liebe zu und seine Sehnsucht nach Hunden. »Die Hunde sind hier?« fragte er. »Winnie hat die Hunde hergebracht? Oh, wie wundervoll! Ich muß sofort hin.«

Auch Thaws Gesichtsausdruck veränderte sich, in seinem Falle jedoch nicht der Hunde, sondern Winnies wegen, die er mehr vermißt hatte, als er sich hatte eingestehen wollen. Es war komisch, aber als sich sein Gesicht aufhellte, seine Augen groß wurden und seine Ohren zu zittern schienen, konnte man förmlich sehen, wie die ganze Geschichte mit Gronya in Erinnerung verblaßte. Er wirkte erst überrascht, dann fassungslos und schließlich sehr eilfertig. Sowohl er als auch Wilbur waren im Handumdrehen angekleidet, während Brock sich immer noch eher phlegmatisch mit dem Kocher abmühte. Was in Gronya vorging, konnte ich nicht sagen. Ich glaube, sie freute sich für Wilbur, daß die Hunde hier waren. Aber darüber hinaus waren ihre Gefühle für mich unzugänglich.

Und ich selbst! Ich war überrascht. Weder glücklich noch unglücklich, sondern nur erstaunt ob dieser plötzlichen Wendung der Dinge. Es war nicht geplant gewesen, daß Winnie mit den Hunden zum Ein-Tonnen-Depot kam, obwohl wir uns andererseits auch nicht ausdrücklich gegen diese Idee entschieden hatten. Bei der *Terra-Nova*-Expedition war Cherry mit den Hunden zum Ein-Tonnen-Depot marschiert, und einer der Gründe, denke ich, warum er sich später solche Vorwürfe gemacht hatte, war wahrscheinlich der, daß er nicht bis zum nördlichen Barrieredepot gegangen war, hundertfünfzehn Kilometer weiter nach Süden. Von dort aus hätte er die Polmannschaft vielleicht heil zurückbringen können. Aber das wäre nicht gegangen, ohne Hunde zu töten, und das sollte nach Scotts strikter Anweisung nicht geschehen. Also hatte Cherry einige Tage am Ein-Tonnen-Depot gewartet und war dann am 10. März Richtung Hüttenspitze zurückgewandert. Die Polmannschaft war, streng genommen, noch nicht überfällig gewesen – unsere Polmannschaft war es allerdings. Und Winnie war gekommen. Sie mußte vor einer Woche von Kap Evans aufgebrochen sein.

Ich machte den halbherzigen Versuch, mich anzukleiden, aber plötzlich schossen mir so viele Fragen durch den Kopf, und immer noch war ich genauso perplex wie in dem Augenblick, als ich die Hunde das erste Mal gehört hatte. Wie mochten die Eisverhältnisse auf dem McMurdo-Sund sein, daß es möglich war, die Hunde in dieser Jahreszeit herzubringen? Normalerweise hätte der Sund noch weit offen sein müssen. Die *Terra-Nova*-Mannschaft hatte ja deshalb die Hunde auf der Hüttenspitze gelassen; Winnie dagegen hatte ihre Zeit sicher nicht in der Station McMurdo verbracht. Ich konnte mir gar keinen Reim auf das Ganze machen, und zum ersten Mal merkte ich, wie sehr meine Geisteskräfte in Mitleidenschaft gezogen waren. Während ich mich krampfhaft zu verstehen bemühte, wie Winnie hergekommen war und warum, hätte ich am liebsten vor Enttäuschung geweint, denn jetzt, da sie hier war, war plötzlich alles anders, und darauf war ich nicht vorbereitet. Es war egoistisch von mir, so zu denken, aber ich hatte mich auf ein paar weitere Tage auf meinem kleinen Schlitten gefreut.

Nun, daraus würde nichts werden. Die anderen waren schon fast angezogen und krochen aus dem Zelt, während ich mich aus meinem Schlafsack quälte. Brock bat mich, auf den Kocher zu achten, und dann war auch er fort. Ich blieb mit einem Gefühl von Hilflosigkeit und

Enttäuschung zurück. Nein, ich würde nicht auf den Kocher achtgeben. Ich stellte ihn ab. Dann versuchte ich, mir mit meiner gesunden Hand meine Fellstiefel anzuziehen. Schließlich schaffte ich es auch, kroch zum Zeltausgang, lugte hinaus und sah, daß die Hunde uns inzwischen fast erreicht hatten, daß Thaw und Gronya und Brock und Wilbur allesamt wild winkten und durcheinanderriefen.

Normalerweise brauchte ich Hilfe beim Aufstehen, aber diesmal schaffte ich es allein. Ich riß fast das ganze Zelt nieder, aber ich schaffte es, und ich kam gerade noch rechtzeitig heraus, um zu sehen, wie drei Hundegespanne – wer sie lenkte, konnte ich noch nicht erkennen – ungefähr hundert Meter vor uns entfernt zum Stehen kamen. Jetzt trennte sich einer der Hundeführer von der Gruppe und ging auf Thaw und Brock und die anderen zu, und ich humpelte dieser Person so schnell entgegen, wie ich konnte – denn das war jetzt eindeutig Winnie. Ihr Gang, ihr Gesicht, ihre Schutzbrille – unverkennbar –, und ich war überglücklich, sie zu sehen. Plötzlich umarmten sich alle, Winnie und die anderen, und die beiden anderen Hundeführer, zwei Männer, kamen ebenfalls heran. Einer von ihnen war Tryggve und der andere Guy Random. Winnie hatte uns unseren Arzt zurückgebracht. Wir waren gerettet und daheim. Ich war glücklich.

Endloses Umarmen und Weinen. Viel aufgeregtes Erzählen, alle sprachen durcheinander, es herrschte allgemeiner Aufruhr. Wilburs ganzer Eifer galt den Hunden. Er begrüßte sie alle nacheinander, alle dreißig, und alle dreißig waren gesund. Wenn Wilbur die Pfote eines Hundes ergriff, dann jaulte der Hund vor Freude, daß man sein eigenes Wort nicht mehr verstand, und Winnie versuchte ihn wieder zu beruhigen. Ich humpelte wie in Zeitlupe auf die Gruppe zu, und als ich sie schließlich erreichte, sackte ich in mich zusammen und setzte mich auf den Hintern. Guy Random betrachtete mich mit ernster Miene, kniete neben mir nieder, fühlte meinen Puls, sah mir in die Pupillen und stellte mir einige Fragen. Plötzlich schwiegen alle. Ich erschrak. Was hatte das zu bedeuten? Winnie starrte mich an, als sei ich schwer verwundet.

Dabei fühlte ich mich großartig! Und sie sah großartig aus. Sie trug ihre Schutzbrille und hatte die Kapuze zurückgezogen, so daß ich ihr blondes Haar sehen konnte, das sie zu einem Pferdeschwanz zusammengebunden trug. Sie hatte einen königsblauen Windschutz an, und die Farbe war eine Wucht, das Farbenprächtigste, das ich seit unserem

Besuch der Südpolstation gesehen hatte. Ihre hellrote Mütze hatte sie bis in den Nacken nach hinten geschoben. Eine königsblaue Winnie mit einer roten Flamme auf dem Rücken und zwei roten Flecken auf den Wangen stand vor mir. Sie war so gesund, so jung, so sehr sie selbst, Winnie, die gleiche Winnie, die ich schon gekannt hatte, als sie noch Salzblöcke für das Vieh in die Wüste gebracht hatte.

»Winnie«, sagte ich, immer noch im Schnee sitzend. »Du siehst großartig aus.« Aber meine Stimme hörte sich nicht besonders kräftig an, ich brachte kaum mehr als ein Krächzen zustande.

»Hm, du leider nicht«, sagte sie. »Mein Gott, ich komme mir vor wie bei der Befreiung eines Konzentrationslagers. Du mußt dreißig Pfund verloren haben. Und was ist mit deinem Arm los? Und da wir schon dabei sind, was ist mit deinem Bein?«

Inzwischen war Guy zu seinem Schlitten zurückgegangen, hatte seine Arzttasche herausgeholt, nicht ohne im Vorbeigehen Winnie zuzuraunen: »Ich will sie hier heraushaben.« Er sprach, als sei ich gar nicht dabei, und das traf mich sehr. Schluchzend fragte ich Winnie: »Was hat Guy gemeint?«

»Ich glaube, er meint, daß er dich hier heraushaben will«, sagte Winnie so freundlich wie sie konnte.

»Ja, natürlich komme ich hier heraus. Jetzt mit den Hunden werden wir nur noch vier oder fünf Tage bis nach Hause brauchen, oder?«

»Nein«, sagte Guy, der mit seiner Tasche zurückkam. »Ich meine nicht in vier oder fünf Tagen. Ich meine sofort. Ich meine mit einem Nottransport aus McMurdo.« Und er begann mit einem Stethoskop zu hantieren. Ich stieß ihn kraftlos weg und sagte: »Laß mich in Ruhe! Ich gehe nirgendwohin.«

Jetzt hatte ich Gelegenheit herauszufinden, daß das Treiben auch seine Nachteile hat, denn die anderen sprachen in einer Art von mir – nun, ich will nicht sagen, als wäre ich nicht anwesend, aber doch so, als sei ich mit den Feinheiten der englischen Sprache nicht recht vertraut. Sie meinten offenbar, wenn sie nur schnell und leise genug sprachen, würde ich sie sicher nicht verstehen. Sie redeten, und dann ging Winnie zu ihrem Schlitten, holte ein mobiles Funkgerät hervor und machte sich daran, es in Betrieb zu nehmen. Guy untersuchte inzwischen meine Füße und sagte: »Diese beiden Zehen müssen abgenommen werden«, und dann sagte er: »Ich will sofort eine Röntgenaufnahme von diesem Arm.

Wann, sagtest du, ist es passiert?« Die letzten Worte waren an Thaw gerichtet. »Vor über einem Monat? Es würde an ein Wunder grenzen, wenn er nicht noch einmal gebrochen werden muß.« Dann kam Rauschen aus dem Funkgerät, Wilbur und Thaw taten irgend etwas im Zelt, und Brock saß neben mir, schweigend, und hielt meine gesunde Hand – er berührte mich zum ersten Mal seit dem Unfall auf dem Beardmore.

»O Brock«, sagte ich. »Es tut mir so leid. Du weißt, wie leid es mir tut. Aber laß es nicht zu, laß nicht zu, daß sie McMurdo rufen.«

Brock schüttelte sorgenvoll den Kopf und sagte: »Morgan, wenn sie meinen, daß du hin mußt . . . Wir können die Lage nicht mehr recht überblicken.«

»Doch, wir können. Wir müssen sie ganz klar einschätzen. Ich will diese Sache durchstehen. Bitte, bitte, versprich mir, daß du nicht zuläßt, daß sie McMurdo rufen.«

»Wir haben es schon zu Ende gebracht, Morgan«, sagte er. »Es ist vollbracht. Deswegen ist es jetzt gleichgültig. Und wir sind alle am Ende unserer Kräfte.«

»Aber wir haben die Hunde. Sie können uns nach Hause bringen.«

Dann geschah alles sehr schnell. Winnie baute die Antenne auf und schirmte sie hinter einem Schlitten vor dem Wind ab. Ich saß keine drei Meter von ihr entfernt und konnte das Knistern und Rauschen des Gerätes hören, während die Hochfrequenz ihren Weg über die Ionosphäre nahm.

»Scott Base«, sagte Winnie. »Scott Base, bitte kommen. Hier Expedition Neunzig Süd. Wir sind auf dem Ross-Schelfeis. Scott Base, bitte kommen.«

Nichts. Nur Rauschen. Dann wiederholte Winnie den Ruf, und ich sah einen Hoffnungsschimmer, daß nämlich die Funkverbindung unterbrochen war und alles gut blieb. Winnie hatte den Ruf bereits dreimal wiederholt, und ich war mir schon fast sicher, daß niemand antworten würde, als eine Stimme aus dem Funkgerät kam – aber keine neuseeländische.

»Hallo? Hier ist Mac Sideband«, sagte eine Stimme mit breitem amerikanischen Akzent.

»Mac Sideband?«

»Ja, Scott Base antwortet nicht. Keine Funkbereitschaft, nehme ich an. Können wir euch helfen?«

Winnie schwieg einen Moment, als ob es selbst ihr widerstrebte, McMurdo um Hilfe zu bitten. Dann sagte sie: »Wir haben eine Verletzte. Wenn ihr einen Hubschrauber erübrigen könnt, wäre es gut, wenn er hier herauskommt.«

Wieder Rauschen und dann: »Ihr braucht einen Krankentransport? Roger. Bleibt einen Augenblick dran.«

Stille, dann eine andere Stimme aus dem Funkgerät.

»Neunzig Süd? Hier spricht Leutnant Watkins von Mac Center.«

»Ja«, sagte Winnie. »Wir sind dran.«

»Ihr habt eine Verletzte? Wie ernst ist es? Sollen wir einen Arzt mitschicken?«

Zzzssscchhh. Der Rest verlor sich in Rauschen.

»Wir haben selbst einen Arzt«, sagte Winnie. »Der Zustand der Patientin ist im Augenblick stabil. Der Arzt ist besorgt.«

»Kann ich mit dem Arzt sprechen?« sagte der Leutnant. Winnie gab Guy das Funkgerät, der so schnell etwas hineinsprach, daß ich nur einen Teil davon verstehen konnte.

»Brrmm. Im Blut ... Gas und Elektrolyte. Zzzssscchhh. Flüssigkeitsverlust und Austrocknen. Komplizierter Bruch, schwere Erfrierungen, Sehnenriß, möglicherweise systemische Infektion.«

Weitere Wortfetzen, dann wieder Winnie.

»Also, McMurdo, können wir mit euch rechnen?«

»Sind schon unterwegs. Brauchen etwa eine Stunde. Und übrigens, Leute ... herzlichen Glückwunsch.«

Winnie stellte das Funkgerät ab und verstaute es, während ich vor mich hin schniefte, Brock immer noch an meiner Seite. Jetzt kam Winnie zu uns herüber.

»Schau mal, Morgan, das schulden sie uns«, sagte sie.

»Aber wir haben die Iden des März! Ich wollte es so gern erleben!«

»Natürlich wirst du es erleben.« Thaw trat hinzu. »Du wirst es erleben und morgen früh in einem schönen sauberen Bett in einer schönen sauberen Krankenstation aufwachen. Du bist eine amerikanische Bürgerin, und wenn diese Hurensöhne in McMurdo endlich mal etwas richtig machen wollen, dann laß sie doch. Du sollst ja nicht dort hinziehen; sie werden nur ein klein wenig für dich sorgen. Bis wir mit den Hunden dort sind, hast du einen feinen Gips um deinen Arm, und dein

Kreislauf ist mit einer Menge Salz und Kalium und anderem Zeug aufgefüllt worden. Was soll's also? Was soll daran so schlimm sein? Weißt du übrigens, wie Winnie es geschafft hat, die Hunde herzubringen? Catherine ist immer noch mit der *Endurance* im Sund. Sie ist ein verwegenes Weib und kümmert sich nicht darum, was die US-Küstenwache denkt. Sie wird uns zurück nach Framheim übersetzen, falls der Sund nicht zufriert, bevor wir zur Hüttenspitze kommen. Es ist eine gute Wendung der Dinge, Morgan, keine schlechte. Es ist völlig in Ordnung.«

Winnie fügte hinzu: »Wirklich, Morgan, sie sind wahrscheinlich glücklich, diese Navy-Piloten, daß der Krieg vorbei ist und sie ihn verpaßt haben. Sie werden das hier geradezu gerne machen. Etwas Besseres konnte der Antarktis doch gar nicht passieren, oder?«

»Der Krieg ist *vorbei?*« sagte ich.

»Er war vor wieviel? – vor ungefähr zwei Wochen zu Ende, schätze ich.«

Die Neuigkeit, daß der Krieg zu Ende war, überraschte mich derartig, daß ich Winnie nicht einmal nach Einzelheiten fragte. Ich dachte bloß, zwei Wochen, zwei Wochen, der Krieg war schon vorbei, als ich den Eispickel nach Thaw geworfen habe, er war *vorbei*, als ich im Zelt lag und der Sturm draußen heulte und brüllte, als ich auf dem Schlitten lag, den Wilbur zog. Ich sah, daß auch Thaw überrascht war, obwohl er sich die ironische Bemerkung: »Wer hat gewonnen?« nicht verkneifen konnte. Dann wandte er seine Aufmerksamkeit wieder mir zu und sagte: »Winnie hat recht. Du weißt doch, wie sehr die Amerikaner Katastrophen lieben. Jede Wette, daß sie in Mac Town schon ganz aus dem Häuschen sind wegen dieses Krankentransportes. Gönnst du ihnen das Vergnügen nicht?«

Ich schluchzte zwar immer noch, mußte jetzt aber trotzdem lachen. Der Krankentransport würde stattfinden – »das geschieht jetzt«, so würde Thaw es gesagt haben. Und gut, ich denke, es war in Ordnung. Einmal um die Erde sind es fünfundzwanzigtausend Meilen. Ich hatte mir nie vorstellen können, daß ich die ganze Strecke gehen würde, oder? Da war es auch nicht so schlimm, daß ich die letzten hundertdreißig Meilen flog. Dennoch hatte ich irgendwie Angst vor der Veränderung. Ich hatte schon so lange keine anderen Menschen mehr gesehen, daß selbst Tryggve, Guy und Winnie mir so fremd vorkamen – hinreißend, farbig, interessant, aber fremd. Jetzt würde ich mit völlig unbekannten Menschen konfrontiert werden, und ich würde allein wieder zurück nach McMurdo müssen.

Die anderen machten mein persönliches Gepäck zurecht, und Gronya half mir, mich richtig anzuziehen. Das allerdings war ziemlich hoffnungslos, denn ganz gleich, wie sauber die Kleider waren, die ich anzog, ich blieb verdreckt. Ich humpelte zu den Hunden hinüber, tätschelte Ginger, Kellog und Bear, und mir strömte nichts als Liebe und Wärme entgegen. Brock und Thaw, Wilbur, Gronya und ich hatten immer noch nicht gefrühstückt. Wir holten also, während wir auf den Hubschrauber warteten, den Kocher aus dem Zelt und machten ihn wieder an, um uns etwas zum Essen zu machen. Es war meine letzte Mahlzeit auf dieser Expedition, und sie war köstlich, Haferschleim mit Zucker, Rosinen, Nüssen und Zimt, alles aus dem Ein-Tonnen-Depot.

Wir hatten die Mahlzeit gerade beendet, als wir den Hubschrauber hörten. Chut-chut-chut, er kam herunter, verharrte kurz in der Luft und landete ungefähr zweihundert Meter von uns entfernt. Der Rotor ging whut-whut-whut, wirbelte Schnee auf, dann sprangen die Türen auf, und einige Gestalten in grüner Fliegerkluft kamen heraus. Zwei von ihnen hatten eine Trage zwischen sich und duckten sich damit unter den Rotorblättern hinweg.

Ich starrte wie gebannt auf den orangefarbenen Helikopter. Er war so lang, so ästhetisch ausbalanciert mit seinem orangefarbenen Schwanz, den er nach hinten ausstreckte, und den beiden kleinen Kufen unter seinem Rumpf. Seine Nase hatte einen schwarzen Flecken auf orangefarbenem Untergrund, so als hätte sich die Maschine auf halbem Wege noch einmal besonnen, was für eine Art Vogel sie sein wollte. Dieser Hubschrauber hatte die Nummer fünfzehn – fünfzehn stand auf seiner Seite geschreiben, und heute war der 15. März – welch ein Zufall. Außerdem war auf der Seite des Hubschraubers ein glänzender silberner Stern aufgemalt, an den Seiten zwei kleinere Sterne, und um den Schwanz ringelte sich wie eine Schleife ein gelbes Band. Die Männer in ihren feschen, grünen Fliegeranzügen richteten sich auf, als sie jetzt aus dem Bereich des Rotors traten. Der Rotor mit seinen langen Blechklingen, die die Luft durchschnitten, den Raum zwischen den Atomen durchtrennten, den Raum, der die Leere war, kein Produkt des Geistes, sondern etwas ganz und gar Wirkliches.

Die Männer kamen sofort zu uns herüber; ich saß noch immer neben dem Fiberglasschlitten. Sie stellten die Trage in den Schnee und begrüßten mich, und als sie sahen, daß ich nicht den Eindruck erweckte, als würde ich im nächsten Moment sterben, konnten sie der Versuchung nicht widerstehen, die Hunde zu begrüßen und sie ein wenig zu streicheln.

Dann wandten sie sich mir zu. »Ich bin Fregattenkapitän Franklin«, sagte einer von ihnen, und der andere war Leutnant Everett, und ich war Morgan Lamont – dann halfen sie mir, mich auf die Bahre zu legen, ich wurde darauf festgeschnallt, und alle schauten zu.

»Bis in vier Tagen! Auf Wiedersehen! Bis bald!« sagten alle. Schwupp, wurde ich davongetragen, die Luft um mich her geriet in Bewegung, der Lärm des Hubschraubers wurde stärker. Die Trage wurde hinaufgehoben, im Hubschrauber in eine eigens für sie bestimmte Aussparung geschoben, und dann beugte sich jemand über mich und legte mir lächelnd einen Helm an. Die Fliegeranzüge sprangen hinter mir in den Hubschrauber. Ich war über Mikrophon und Kopfhörer in meinem Helm mit den anderen verbunden. Über Funk wurde McMurdo gerufen – »vier Seelen an Bord«, sagte der Pilot, dann schwoll der Lärm des Motors in einem Crescendo an, und wir erhoben uns in die Luft, schnell, schnell, höher und höher, kreisten und kurvten, und ich konnte noch einmal zurückblicken auf meine Freunde, die unten im Schnee standen und immer kleiner wurden. Dreißig Hunde, drei Nansenschlitten, sieben Menschen, vier kleinere Schlitten. Sie hatten die Hände erhoben, um mir zuzuwinken. Kleiner und kleiner wurden sie, immer dunkler. Das Ross-Schelfeis schien so unendlich groß, gemessen an diesen Pünktchen, aber so viel kleiner, als es mir erschienen war, als ich noch darauf gestanden hatte.

Dann konnte ich wieder das transantarktische Gebirge sehen. Die typischen Landformen, schroff und aufregend überall. Dort der Mount Discovery, Minna Bluff, der Mount Barne und an Steuerbord jetzt der Erebus.

»Wie geht es da hinten?« fragte der Pilot. »Bestens, bestens«, schrie ich fast in mein Mikrophon. Und ich fühlte mich bestens, dieser Energieschub auf dieser schnellen Fahrt nach Norden. Wir ritten auf den Schwingen des Windes, wir wurden vorwärtsgetrieben durch die Kraft des gewaltigen Motors, und wir waren so schnell, daß es mir fast wie ein

Wunder vorkam. Ich war ein Mensch auf dem Heimweg, ich fand es toll, berauschte mich an der Geschwindigkeit. Tatsächlich fand ich es so schön, daß ich, als wir dem Erebus näher kamen und ich die lange Rauchfahne sah, die aus seinem Krater aufstieg, rief: »Ja, ja, Erebus! Suuuper!«

Der Pilot und die Co-Piloten lachten und gingen mit dem Hubschrauber etwas tiefer, so daß ich mir den Krater besser ansehen konnte. Dann machten sie noch einen kleinen Schlenker – der Treibstoff reichte noch –, flogen um den Gipfel des Vulkans herum, und ich konnte seine im Sonnenschein blendendweiß strahlenden Hänge betrachten. Zwanzig Minuten lang, eine halbe Stunde lang fühlte ich mich wie ein echter amerikanischer Cowboy, und es war großartig, ich genoß es – ich hatte es schon immer in mir gehabt, es war immer ein Teil von mir gewesen. Laotse sagt, daß alle Geschöpfe am Ende zu ihren Wurzeln zurückkehren; er nannte es »die Rückkehr zu seiner Bestimmung«. Der Hubschrauber war ein wilder Mustang, und ich ritt darauf, ich würde vielleicht abgeworfen werden oder aber mich auf seinem Rücken halten, bis er des Bockens müde geworden war. Ich war ein Seemann, der sich an der Reling seines Schiffes festhält, den Heimathafen vor Augen, eine jubelnde Menschenmenge am Kai versammelt. Ich war der demobilisierte Soldat, der den Krieg hinter sich hatte. Was immer ich auch war, jedenfalls keine Verräterin mehr wie vor so langer Zeit, als ich mich zu meiner Verfrachtung gemeldet hatte.

Jetzt war ich nur ein Geheimagent, der aus der Kälte kam.

Ich kehrte also nach McMurdo zurück. Ausgerechnet an den Ort, den ich wie keinen anderen zu hassen liebte und zu lieben haßte, den ich nie wiederzusehen geglaubt hatte. Als der Hubschrauber gelandet war und der Rotor stillstand, sah indes alles anders aus, als ich es in Erinnerung hatte. Zum einen hatte hier früher kein Schnee gelegen, und seit meiner Zeit waren ein paar neue Bauwerke errichtet worden. Zum anderen waren offensichtlich viel weniger Menschen und Fahrzeuge hier. Die Gebäude machten einen verlorenen, beinahe verlassenen Eindruck. Da war nichts mehr von der häßlichen Anmaßung, die diese Bauten im Sommer auszeichnete, wenn sie voll besetzt waren. Man könnte fast sagen, daß ich zum ersten Mal an McMurdo Gefallen fand. Ein so winziger Ort, sowohl im Raum als auch in der Zeit – größer als die winzige Stadt der Alten zwar, die ich auf dem Polplateau gesehen hatte, aber was zählte dieser Unterschied schon; es war, als vergliche man die Größe von zwei Staubpartikelchen, die im Wind davontrieben. Und während im Sommer in McMurdo alles nackt und offen zutage lag, bedeckte jetzt Schnee den Boden, machte die Landschaft sanfter und ließ alles enger zusammenrücken.

Am Landeplatz der Hubschrauber wartete ein Krankenwagen. Der Leutnant Everett und Franklin nahmen mir den Helm mit der Sprechverbindung ab, hoben die Trage aus dem Hubschrauber und übergaben sie vorsichtig den beiden Sanitätern, die unten schon warteten. Die Fahrt in dem Wagen war ziemlich kurz und nicht übermäßig unruhig; sie brachte uns rasch zu Haus Nummer 142, das die Apotheke und die Klinik beherbergte. Das Gebäude lag der Messe genau gegenüber – deswegen war ich schon oft daran vorbeigekommen –, aber ich hatte es noch nie zuvor von innen gesehen.

Es war ein wunderbarer Nachmittag, kalt, aber hell und still, und während die Sanitäter mich einige ausgetretene Holzstufen hinauf und durch die Eingangstür in die Klinik trugen, fiel mir als erstes auf, wie merkwürdig es doch war, in Häusern zu leben, die so sonderbar rochen, statt draußen in der guten, sauberen, freien Luft. Der Hubschrauberflug war ein großer Spaß gewesen, aber das hier war etwas anderes. Jetzt war ich zum ersten Mal seit fünf Monaten in einem Gebäude – bis auf die wenigen Stunden in der Nissenhütte der Kiwis –, und während wir den Eingang passierten, schienen die Wände um mich herum immer näher zu rücken. Die Türen waren blaßgrün, und was mich dahinter erwartete, war eine Krankenstation, die so einmalig unmodern wirkte, daß es mich nicht überrascht hätte zu erfahren, daß sich darin seit den frühen sechziger Jahren nichts geändert hatte. Die Rollstühle und fahrbaren Betten waren mit inzwischen rissigem, grünem Plastik bezogen, die Lampen verströmten gelbes Licht und vor allem große Hitze, und in den Schränken lag allerlei medizinisches Zubehör in antikem Weiß. Die Sanis, wie die Sanitäter hier genannt wurden, trugen mich durch die Ambulanz in die Krankenstube mit ihren ungefähr fünfzehn oder zwanzig leeren Betten.

Auf eins dieser Betten wurde ich nun gelegt. Ein schmalgesichtiger Arzt in Zivil – er hatte bestimmt gerade dienstfrei – erschien, um eine kurze Aufnahmeuntersuchung durchzuführen. In Null Komma nichts war meine Marschbekleidung ausgezogen, und ich trug ein khakifarbenes Krankenhausnachthemd. Mein Körper wurde abgeklopft, sondiert, begutachtet und geröntgt. Zum offensichtlichen Erstaunen des Arztes – sein Name war Dr. Miller – und zu meinem höchsten Entzücken hatten Thaw und Brock meinen Arm geradezu fachmännisch gerichtet. Die Röntgenaufnahme zeigte, daß er gut heilte und nicht, wie Guy Random befürchtet hatte, noch einmal gebrochen werden mußte. Es würde wohl auch keine Entzündung mehr geben. Allerdings mußte ich damit rechnen, eine ordentliche Narbe zurückzubehalten an der Stelle, die Thaw mit dem Skalpell bearbeitet hatte – womit ich gut leben konnte, weil der traumhafte Gedanke, den ich in der Nacht nach dem Unglück auf dem Beardmore gehabt hatte, so lebhaft in mir nachhallte. Wer heut am Leben bleibt und heimgelangt, streift seinen Ärmel auf, zeigt seine Narben und sagt, die Wunden hier empfing ich ..., dachte ich.

Nach der Aufnahmeuntersuchung mußte ich eine Erklärung unterzeichnen, bevor der Arzt und die Sanis wirklich anfangen durften, mich zu behandeln, und es kam mir außerordentlich schwierig vor, meinen Namen unten auf die Seite mit den vielen Worten zu setzen, denn es war ja viele Wochen her, seit ich das letzte Mal einen Stift in der Hand gehalten hatte. Und als ich schließlich meine steifen Finger gekrümmt und es geschafft hatte, »Morgan Lamont« an die richtige Stelle zu kritzeln, empfand ich erneut lebhafte Bewunderung für Scott.

Nachdem das Formular unterzeichnet und abgeheftet war, wurde ich gebadet. Eine Schwester beziehungsweise ein weiblicher Sani half mir in eine kleine, tragbare Metallwanne hinein. Dabei wurde ich nicht einmal von einem Gips behindert, da Dr. Miller meinen Arm fürs erste einfach in eine Tuchschlinge gelegt hatte, so daß ich jetzt meine Haare und meinen ganzen Körper zum ersten Mal seit zwanzig Wochen ausgiebig waschen konnte. Ich benutzte einen Waschlappen, und es war unglaublich, wieviel tote Haut sich von allen Teilen meines Körpers löste. Die Sani brachte eine Emailleschüssel, um mir zu helfen, mein Haar zu waschen; ich seifte es mit meiner gesunden Hand ein, und sie wusch den Schaum wieder aus. Es war ein wunderbares Gefühl, wie das Wasser in warmen, seifigen Strömen über mein Gesicht lief, und der Geruch des einfachen, zum militärischem Gebrauch bestimmten Shampoos konnte sich mit dem des feinsten Parfüms messen. Ich war nackt, es war himmlisch. Obwohl meine Füße rissig und geschwollen waren, die Zehen sehr dunkel, die erfrorenen purpurfarben, fand ich sie einfach schön, genau wie meine knochigen Beine und Schenkel und meinen übrigen ausgemergelten, weißen, nackten Körper.

Ich hätte den ganzen Tag und die ganze Nacht in der Wanne bleiben mögen, aber da der Arzt eigentlich keinen Dienst hatte, wollte ich ihn nicht warten lassen. Widerwillig bat ich die Sani, mir beim Aufstehen zu helfen und beim Abtrocknen meines gesäuberten Körpers. Sie registrierte etliche Prellungen und Stellen mit Ausschlag und machte sich dazu Notizen auf einem Klemmblock, während ich mir das Haar abtrocknete, und dann half sie mir wieder in das armeegrüne Krankenhausnachthemd. Die Baumwolle fühlte sich nach dem Bad berauschend an, und selbst die Farbe des Nachthemds erschien mir schön, ein zartes Grün wie das junger Blätter im Frühling. Mir kamen alle Farben in diesem ziemlich grausigen Feldlazarett heller vor, als es die Farben seit Monaten gewesen waren. Es war, als ob die Schichten von Schmutz und Fett, die ich von meinem Körper gewaschen hatte, vorher auch über den

Farben gelegen hätten. Der Baumwollstoff war weich, die Farben rein, und auch Geräusche nahm ich mit einer besonderen Intensität wahr, hier in diesem ersten geschlossenen Raum, in den ich kam, seit wir Framheim verlassen hatten – sie erreichten mich wie in Geschenkpapier eingewickelte Pakete, die mir von der Welt freundlich zugeworfen wurden. Es lag an mir, die ich die Pakete empfing, sie zu öffnen und ihre Botschaften zu entschlüsseln.

Die Gerüche waren einfach umwerfend, jeder Duft, ganz gleich, wie gewöhnlich er war, erschien mir so intensiv wie Moschus oder Kiefernharz oder Essig. Als ich wieder auf meinem Bett lag – dieser harten, kleinen Pritsche in einem Raum voll harter, kleiner Pritschen –, nahm ich die Gerüche der Bettlaken, der Wolldecken und der metallenen Bettgestelle einzeln wahr. Der strahlende Glanz ringsumher blendete mich, und es schien mir plötzlich ganz nebensächlich, daß der nächste Punkt der Tagesordnung darin bestand, meine beiden kleinen Zehen zu amputieren – was nicht sonderlich schwierig sein sollte. Eine örtliche Betäubung, ein Schnitt und noch ein Schnitt, und dann lagen sie in einer weißen Emailleschüssel, während der Arzt mit ein paar Stichen meinen Fuß nähte, da, wo die Zehen gesessen hatten.

Dann wurden die Füße eingewickelt und verbunden, und mein Fußgelenk bekam einen kleinen Gipsverband, da Dr. Miller auf der Röntgenaufnahme einen Haarriß im Gelenk entdeckt hatte. Auch mein Arm wurde in Gips gelegt – beziehungsweise Plastik –, aber auch damit hatte ich offenbar noch nicht alles überstanden. Auf Anweisung des Arztes zapften die Sanis mir jede Menge Blut ab. Früher war ich immer etwas wehleidig gewesen und hatte nie richtig hinsehen können, wenn das Blut durch die Kanüle in die Plastikröhrchen floß, aber jetzt konnte ich meinen Blick gar nicht abwenden und war auf merkwürdige Weise stolz. Das Blut war so dunkel, dunkles Rot, es war soviel davon da, und es war immer noch flüssig, selbst nach so vielen Monaten in der Eiseskälte.

Anschließend wurden die Röhrchen mit dem Blut ins Labor gebracht. Ich wurde in meinem Bett zurechtgelegt und an einen Tropf gehängt, und merkwürdigerweise interessierte es mich nicht im geringsten, was die Flüssigkeit enthielt. Wofür ich mich interessierte – war ein Abendessen. Und jetzt entschloß sich ein Mann, der nur der »Chef« genannt wurde, ein sehr großer Mann mit sehr großem Gesicht und ernsten

Augen, die von der Wichtigkeit seiner Aufgaben vollkommen überzeugt schienen, meine Versorgung persönlich zu übernehmen. Er ging hinüber in die Messe, um mir ein Essen zusammenzustellen, und balancierte das vollgeladene Tablett über den windigen Platz zwischen den beiden Gebäuden in die Krankenstube herüber. Er hatte zwar versucht, es abzuschirmen, aber trotzdem war alles schon ziemlich kalt geworden. Aber das war mir egal, und ich war auch nicht auf den Ratschlag des Chefs angewiesen, ich solle »alles aufessen«. Es gab frischen Salat, den letzten in dieser Saison, Berge von Stampfkartoffeln mit Bratensoße, einen Gemüsetopf, Muscheln, Milch, Jell-O und Schokoladenpudding mit Eis. Ich saß auf meinem Bett, dessen Kopfende hochgestellt war, hatte das Tablett auf dem Schoß und aß, bis ich keinen einzigen Bissen mehr hinunterbekam. Dann schob ich das Tablett bedauernd von mir weg; der Chef kam es abholen und fragte, ob ich wirklich einmal in McMurdo für ANS gearbeitet habe, so wie er es von jemandem gehört hatte.

Als ich bejahte, zeigte er sich außerordentlich erfreut. Offenbar waren die medizinischen Berichte von jedem, der jemals in McMurdo gewesen war, hier in der Ambulanz archiviert. Der Chef machte sich davon, um die Mappe mit meinen Unterlagen herauszusuchen, und brachte sie dann mit geheimnisvollem Gehabe und großem Vergnügen dem Arzt, der sich inzwischen zur Apotheke begeben hatte. Der Chef war einfach glücklich, einen Patienten zu haben, glaube ich – irgendeinen Patienten –, und vor allem war er glücklich über einen Patienten, über den man später vielleicht interessante Geschichten erzählen konnte. Er hielt die Unterlagen im Arm, als wenn sie alles enthüllen würden – meine Bedürfnisse, meine Hoffnungen, meine Befürchtungen –, und obwohl davon natürlich keine Rede sein konnte, verschafften sie dem Arzt doch offensichtlich eine Grundlage für die Einschätzung der laufenden Bluttuntersuchungen.

Wie merkwürdig waren doch die Wege des Schicksals, dachte ich, während ich der Unterhaltung folgte, die im Nachbarzimmer darüber geführt wurde, wie die Dosierung dieses oder jenes Medikamentes, der Vitamine und Mineralstoffe eingestellt werden sollte. Die medizinischen Untersuchungen, denen ich mich damals in Michigan hatte unterziehen müssen und die mir damals als reine Schikane erschienen waren, erwiesen sich jetzt doch noch als sinnvoll – nachdem so viele

Jahre vergangen waren. Nicht genug damit, daß John Brutus Carnady nicht mehr in McMurdo war und daß nicht mehr alles seinen gewohnten Trott ging – zum ersten Mal, seit die Spuren-Leute in der Antarktis gewesen waren, bot das Antarktisprogramm der Vereinigten Staaten einer privaten Expedition seine Hilfe an, bot es mir als einem Mitglied dieser Expedition seine Hilfe an. Das Gefühl der Energie, die mich hier umströmte, die Gesichter des medizinischen Personals – das alles zeigte mir deutlich, daß zumindest im Winter die wenigen nicht das Leben der vielen terrorisierten.

In der ersten Nacht schlief ich nicht viel. Zu sehr mußte ich an all das denken, was sich geändert hatte seit meinem ersten Aufenthalt hier, wie ich mich, wie sich die Welt und das Antarktisprogramm der Vereinigten Staaten geändert hatten. Die letzte Nacht, die ich damals hier verbracht hatte, in den Mauern von McMurdo, hatte ich mich wie im Belagerungszustand gefühlt. Jetzt dagegen erfuhr ich Trost und herzliche Aufnahme. Aber eins hatte sich nicht geändert – der schöne, hohe Singsang von McMurdo, der Singsang, der von all den Motoren und Generatoren und Wasseraufbereitungsanlagen herrührte. Zart und geheimnisvoll verstummte er die ganze Nacht nicht, bis ich schließlich auf meinem Feldbett einschlief, hoch über dem Boden auf dem Rücken liegend, das Gesicht auf die ungewohnte Zimmerdecke gerichtet.

Am nächsten Morgen hatte ich wieder Heißhunger. Der Chef ging wieder hinüber in die Messe, um mir ein Frühstück zu holen, und kam mit allen Köstlichkeiten der Welt zurück, angefangen mit französischem Toast über Haferbrei bis hin zu Käseomeletts. Ich aß alles bis auf ein klebriges Brötchen und trank viel zuviel Orangensaft und Kaffee – viel zuviel, denn es war schwierig, aus dem Bett zu steigen und zum Wasserlassen ins Bad zu gehen. Aber die Schwester half mir aus dem Bett und wieder hinein und besorgte mir im Laufe des Vormittags eine Krücke, auf der selbstverständlich die Worte EIGENTUM DER UNITED STATES NAVY eingraviert waren. Das erinnerte mich an die Netze, mit denen in der Hercules die Fracht gesichert worden war. Nur daß in diesem Falle klar war, daß sich der Besitzanspruch nicht auf mich erstreckte.

Der Arzt bestand darauf, daß ich den Tag im Bett zubrachte. Ich wollte lieber aufstehen, aber ich hing noch am Tropf, über den mir Salzlösung und Kali zugeführt wurde und vieles andere – Dr. Miller nannte es einen medizinischen Cocktail, und ich wußte, daß er mir riesige Mengen Kalzium und immer noch große Dosen Penicillin einflößte, jetzt allerdings hauptsächlich prophylaktisch, nach der Amputation der Zehen. Er untersuchte noch am gleichen Vormittag meine Füße und wechselte die Verbände, aber ich konnte ihm versichern, daß sie kaum schmerzten und daß die Natur bereits das Ihre getan hatte, um die Wunden zu schließen. Ich ließ bereitwillig, fast schon passiv, alles über mich ergehen, was der Arzt mit mir anstellte, und deshalb nannte er mich eine »gute Patientin«. Das war schon komisch – ich eine gute Patientin, die sich der Autorität fügte, ohne etwas zu hinterfragen. Und ich fügte mich tatsächlich, denn in diesem Fall hatte ich den Eindruck, daß der Arzt vermutlich wirklich viel besser als ich wüßte, welche Behandlung er mir angedeihen lassen mußte. Abgesehen davon war es für mich ein Genuß, keine Entscheidungen mehr treffen zu müssen.

Und vielleicht weil ich so kooperativ war, ließ mich der Arzt am dritten Tag, dem 17. März, aufstehen und im Lazarett umherhumpeln, den Tropf im Schlepptau. Am gleichen Nachmittag wurde die Kanüle für die Infusion aus meinem Arm entfernt, und ich bekam statt dessen Medizin zum Einnehmen. Zudem wurde mir meine Tasche mit der Expeditionsausrüstung gebracht, so daß ich darin nach sauberen Kleidern suchen konnte. Die Sanis hatten die Tasche taktvollerweise nicht angerührt – sie roch, wie ich jetzt merkte, ziemlich reif –, mir aber für alle Fälle auch Kleider aus den Beständen des USAP mitgebracht: lange, weiße, wattierte Baumwollunterwäsche, schwarze Hosen mit vielen Taschen, einen roten USAP-Parka, Röhrensocken, ein Hemd aus Wolle und ein Paar Moonboots.

»Vielleicht nehmen Sie besser die hier«, sagte die Sanitäterin, »bis Sie Gelegenheit haben, Ihre Sachen zu waschen.« Ich bedankte mich, sie legte alles auf mein Bett, und ich öffnete meine Segeltuchtasche. Mit meinem gesunden Arm wühlte ich dann darin herum. Viel Wolle. Viel stinkende Wolle. Jede Menge Socken, Pullover und Windschutzanoraks. Stiefel, meine Tagebücher, meine Karten und meine Notizbücher. Eine winzige Erste-Hilfe-Ausrüstung, eine Tasche mit Ersatzteilen und schließlich Waschzeug, alles kaum gebraucht. Aber wenigstens sauber, im Gegensatz zu allem anderen in der Tasche.

Ich nahm die Tasche mit den Ersatzteilen heraus und musterte sie verwundert. Ich hatte sie vor fünf Monaten in Framheim in mein Gepäck geworfen und seither nicht mehr daran gedacht. Es war eine kleine Tuchtasche, die ich jetzt aufklappte und in der sich ein Büchsenöffner, drei Sicherheitsnadeln, eine Rolle Schnur, eine Kerze, eine Schachtel Zündhölzer, zwei Schnürsenkel und – ausgerechnet – ein Kompaß fanden. Warum um alles in der Welt hatte ich das bloß mitgenommen? Ich hatte gewußt, daß Brock unser Navigator sein würde und daß ich selbst unter besten Voraussetzungen kaum in der Lage war, einen Kompaß zu benutzen. Wenn ich mich recht erinnerte, hatte mir irgend etwas im Kopf herumgespukt wie: Man kann nicht ohne Kompaß in die Wildnis gehen. So wie man sich an keinen zivilisierten Ort begibt, ohne ein Portemonnaie oder eine Handtasche dabeizuhaben. Dort draußen in der Welt mochte man Paß oder Ausweis benötigen, bestimmt aber Kreditkarten oder Geld, und all das konnte man sehr schön in einer Brieftasche unterbringen. In der Wildnis, wo es keinen Handel gab und keine Grenzen, gab es auch keine Notwendigkeit, irgend jemandem zu beweisen, wer man war. Aber es bestand dort immer die Möglichkeit, daß man sich verlief. Also hatte ich einen Kompaß in meine Ersatzteiltasche gesteckt und die wiederum in meine Segeltuchtasche.

Ich vermute, daß ich dabei verschiedene Gelegenheiten im Sinn hatte, bei denen ich mich in den Bergen verlaufen hatte. Aber dieser Kompaß war auf unserem Polmarsch kein einziges Mal benutzt worden, und ich hatte nicht ein einziges Mal an seine Existenz gedacht. Ich hatte mich auf Brock verlassen, auf die augenscheinliche Stimmigkeit von Brocks gewöhnlichen wie auch außergewöhnlichen Sinneswahrnehmungen. Jetzt nahm ich den Kompaß in die Hand. Es war ein schönes Ding mit einer Skala zur Messung des horizontalen und des vertikalen Winkels und einem Spiegel und einem Mechanismus, um die Nadel hochzustellen. Er war speziell für den Gebrauch auf der südlichen Erdhalbkugel ausgelegt, und man mußte zur Korrektur der Deklination die Mißweisung zwischen magnetischer und wahrer Südrichtung einstellen. Als ich nun den Kompaß in der Hand hielt, dessen rundes Gehäuse auf eine rechteckige Basis montiert war, bemerkte ich den feststehenden Pfeil auf der Basis mit der Aufschrift »Marschrichtung«. Am Grund des Kompaßgehäuses befand sich ein weiterer Pfeil, der sogar eingeätzt war und nach S für »Süden« zeigte, wie es auf dem äußeren Ring zu lesen stand. Ich hatte nie begriffen, was es auf unseren topographischen Karten mit der Mißweisung auf sich hatte, und ich begriff es immer noch nicht. Aber während ich den Kompaß betrachtete, der so hell und sauber war, wie neu, genau wie ich – beide waren wir wie neu –, drehte ich das Kompaßgehäuse, bis sich die Magnetnadel auf den eingeätzten Pfeil eingespielt hatte. Das nannte man, soviel wußte ich, den Kompaß einrichten. Man tat es, um seine Wanderkarte genau ausrichten zu können, damit man wußte, wo auf der Erde man sich befand und wo einen der Weg hinführen würde. Nun hatte ich es getan. Ich hatte den Kompaß ausgerichtet. Einen Pfeil auf den anderen eingestellt; der Pfeil auf meinem Flexible Flyer war auch der Zeiger eines Kompasses gewesen, und dennoch hatte ich nicht gewußt, wohin ich ging, damals, als ich, eine neue Morgan, den Berg hinuntergerodelt war in eine neue Welt hinein, um Neues zu sehen.

Ich wußte immer noch nicht, wo ich hinging, noch nicht ganz, aber ich hatte jetzt eine Vorstellung, eine bessere Vorstellung als je zuvor, und einen Augenblick lang hatte ich das Gefühl, als hätte ich endgültig die wahre Südrichtung mit der magnetischen Südrichtung übereingebracht, den Pfeil meines Geistes mit dem Pfeil meines Herzens. Und ich war in der Antarktis, die ich liebte, und war doch gleichzeitig genau in diesem Moment in Amerika. Ich legte den Kompaß zurück in die Tuchtasche und bat dann eine der Sanis, mir zu helfen, die USAP-Kleider anzuziehen; ich brachte es nicht fertig, irgend etwas aus meiner Reisetasche zu tragen. Bevor ich mich in den Parka kämpfte, schrieb ich »Lamont, M.« mit Filzstift auf ein Klebeband und klebte es darauf. So konnte ich den Parka wiederfinden, wenn ich ihn in die Garderobe vor der Messe gehängt hatte.

Und dann war ich unterwegs zu meinem ersten Ausflug nach draußen. Mit einer Krücke zu gehen, mit einem lädierten Arm, einem eingegipsten Fußgelenk und dazu einem schweren Parka, der einem die Schultern herabzieht, das gehörte nicht zu meinen leichtesten Übungen, und ich hatte bald den Eindruck, daß ich noch nie in meinem Leben so unsicher auf den Beinen gewesen war. Schon die Stufen vor der Ambudanz hinunterzukommen bedurfte der Hilfe von zwei Sanis, und das Überqueren der windigen Freifläche hinüber zum Haus Nummer 155 war ein Kampf. Aber ich wollte in die Bibliothek, und ich hatte die Erlaubnis des Arztes dazu, also quälte ich mich die Stufen hinauf, diesmal unterstützt von einem Matrosen, der zufällig des Weges kam. Die Bibliothek war immer noch so winzig wie beim letzten Mal, als ich sie gesehen hatte, und genausowenig wie damals konnte von einer vernünftigen Sammlung über die Geschichte der Antarktis die Rede sein.

Und doch schien sie mir jetzt gar nicht so schlecht zu sein. Vertraut und still und von der lebendigen Erinnerung an mein erstes Zusammentreffen mit Harry Jameson erfüllt. »Sehen Sie mal, Doris«, hatte er damals zu mir gesagt, irgendwann an jenem Abend. »Sie sind doch anpassungsfähig, oder? . . . Sie spielen Doris, und ich bin Al, und wir können ein paar Kegel umnieten.« Wenn er den Golfkrieg mitgemacht hatte, dann konnte ich wohl annehmen, daß er gut davongekommen war, denn aller Wahrscheinlichkeit nach würde er auf einem Flugzeugträger eingesetzt worden sein. Sein Gesicht, seine Haltung, seine Augen, all das sah ich deutlich vor mir, und ich vermißte ihn sehr. Auch er war auf dem Polplateau zu mir gekommen, natürlich, hatte aus dem endlosen Weiß heraus Ausschau gehalten und mir gesagt, daß er seine Befehle vom Weißen Haus habe. Hier in der Bibliothek aber war er ganz er selbst, bittersüß, sardonisch, verläßlich, komisch und einer von den Menschen, auf die man zählen konnte, wenn man sie brauchte.

Während ich auf einen Tisch zuhumpelte, kam ein junger Matrose offensichtlich erfreut hinter der Leihtheke hervor und eilte mir zu Hilfe.

»Sie sind die Leiterin der Expedition Neunzig Süd, nicht wahr?« sagte er. »Wir finden es toll, daß Sie es geschafft haben. Sie haben die britische Antarktisexpedition von 1910 tatsächlich noch einmal stattfinden lassen!« Während er mich an den Regalen mit den Taschenbüchern vorbeiführte und mich in einen der Sessel verfrachtete, fragte ich zu meinem eigenen Erstaunen ziemlich töricht: »Haben wir das?«

»Ja, natürlich haben Sie das. Oder etwa nicht?«

»Ich habe es schon lange nicht mehr aus diesem Blickwinkel betrachtet«, sagte ich.

Der Matrose ging zurück an seinen Platz, lächelte, und ich wandte mich dem Bücherregal neben mir zu, einem Regal mit wissenschaftlichen Werken, unter denen auch viele über Vulkane und Vulkanismus waren. Aber die Worte des Mannes gingen mir ständig im Kopf herum. Die *Terra-Nova*-Expedition noch einmal stattfinden lassen? Das hatten wir keineswegs. Wir hatten fast alles anders gemacht, was anders gemacht werden konnte. Wir hatten keine Ponys mitgenommen; statt dessen hatten wir Schneemobile benutzt. Wir hatten uns mit tausend

Kalorien mehr pro Tag ernährt als die Männer von Scotts Expedition, und wir hatten auch einen viel höheren Fettanteil in unserer Nahrung gehabt als sie. Wir hatten Vitamine genommen, um dem Skorbut vorzubeugen, und wir hatten Ein-Mann-Fiberglasschlitten gezogen – statt der schweren, hölzernen Nansenschlitten für jeweils vier Mann – und so unsere Transportkapazität deutlich erhöht. Wir hatten die klassische Expeditionsausrüstung mit einer Vielfalt modernen Geräts angereichert. Nur an den Baumwollzelten, den Fellschlafsäcken und den Nansenkochern hatten wir festgehalten. Diese Änderungen waren mir so wesentlich erschienen, daß ich, seit wir das Ein-Tonnen-Depot Richtung Südpol verlassen hatten, nie mehr den Eindruck gehabt hatte, das zu tun, was wir eigentlich hatten tun wollen. Und wir hatten es auch nicht getan. Wir hatten etwas Neues gemacht. Etwas Neues, das war immer etwas anderes.

Aber es war schön, daß wir wenigstens in den Augen dieses Matrosen etwas Außergewöhnliches geleistet hatten. Es war schön, daß zumindest er, wenn in Zukunft die Sprache auf Robert Falcon Scott kam, an etwas anderes denken würde als an Tod in der Wildnis.

Es fiel mir so schwer, mich zu bewegen, daß ich schließlich mit den Büchern im Regal direkt neben mir vorliebnahm. Ich griff mir *The Edge of Fire, Volcanoes, Volcanoes and the Earth's Interior* und *Volcanoes and the Earth's Awakening* heraus. Der Matrose war so freundlich, mir die Bücher hinüber ins Lazarett zu bringen, und als er sich dort von mir verabschiedete, sagte er, daß seine Freunde bestimmt alle gern einmal mit mir reden würden. Das war sehr schmeichelhaft, aber ich war erschöpfter, als ich es mir nach solch einer geringen Anstrengung vorgestellt hatte, und brachte deswegen den Nachmittag wieder im Bett zu, las etwas über Vulkane und ließ mich vom Chef verwöhnen. Es gab wieder ein üppiges Abendessen, und in der Nacht schlief ich zwölf Stunden wie ein Murmeltier. Das Lazarettpersonal ließ mich schlafen, bis ich von allein aufwachte.

Am 18. war ich wieder so erpicht darauf, aufzustehen und mich zu bewegen, daß der Arzt schließlich sagte, er werde mich aus dem Lazarett entlassen. Ich müsse mich regelmäßig melden, damit ich meine Medikamente bekam, und außerdem könne ich, so sagte der Arzt, noch eine Nacht im Lazarett schlafen, denn meine Expedition werde erst am nächsten Tag zurückerwartet, und es ergebe wenig Sinn, mir für eine Nacht eine andere Unterkunft zuzuweisen. Ich zog mich vorsichtig an, schön warm, und schaffte es dann mit der Hilfe nur eines Sanis die Treppe vor der Apotheke hinunter. Ich war höflich eingeladen worden, mich doch einmal, wenn ich dazu in der Lage war, beim Standortkommandanten der Navy zu melden, der jetzt im Winter, da die NSF-Vertreter nicht da waren, die Station in eigener Verantwortung leitete. Es war ziemlich anstrengend, bis zum Haus Nr. 165 zu kommen, und ich brauchte lange. Es war so unheimlich und zugleich komisch, wieder in McMurdo herumzulaufen; dort war meine Bushaltestelle, da waren die Dieseltanks, hier die Wohnheime, die Funkerbaracke, der Reifenladen, die Werkstatt zur Wartung der Fahrzeuge und die Wasseraufbereitung. Ich erkannte das Pumpenhaus, den Meerwassereinlaß, die Rekompressionskammer und die Ballonfüllstation, die Hydrokulturanlage, das Thiel-Laboratorium für Geowissenschaften und das Berg-Zentrum für Feldforschung. Ein neues Laborgebäude – es würde eine elegante Anlage werden – war noch im Bau, gleich neben dem Eklund-Institut für Biologie, einer Ansammlung winziger, hingeduckter Container.

Es war kalt, und da ich nur langsam vorankam, war ich ziemlich durchgefroren, als ich das Weiße Haus erreichte. Ich stand im Eingang, versuchte mich aufzuwärmen und dachte an Fregattenkapitän Kumoto. Sie hatte mich mit nach Mac Sideband genommen, wo ich einen Matrosen namens Johnson kennengelernt hatte, dem ich gut gefallen und der später Meldung erstattet hatte, als er mich mitten in der Nacht mit einem Rucksack durch McMurdo hatte laufen sehen. Merkwürdigerweise verbinde ich nichts Schlimmes mit Mac Center – trotz des unfreiwilligen Hubschrauberfluges von Kap Evans damals. Von Mac Center aus hatte ich mit meiner Mutter telefoniert, an John Brutus Carnady vorbei. Es war schön, noch einmal hier zu Gast zu sein, und noch schöner war es, daß ich im Büro des Kommandanten feststellen konnte, daß zum ersten Mal in der Geschichte von McMurdo der diensthabende Chef der Wintersaison eine Frau war. Sie hatte nicht die geringste Ähnlichkeit mit Fregattenkapitän Kumoto – sie war schroff und barsch und ziemlich brüsk zu mir –, und dennoch dachte ich, daß Kumoto etwas damit zu tun hatte, daß sie jetzt hier war. Sie gewährte mir ganz offiziell volle Bewegungsfreiheit in der Station.

»Bis Ihre Leute ankommen«, sagte sie. »Fühlen Sie sich wie zu

Hause. Kommen Sie heute abend in die Messe. Es besteht großes Interesse an Ihrer Expedition.«

»Tatsächlich?« sagte ich.

»So scheint es. Die Südpolstation hat von Ihnen berichtet.«

»Wirklich?« Wieder war ich verwundert. Die Vorstellung, daß Menschen über uns gesprochen, an uns gedacht und unsere Fortschritte verfolgt hatten, während wir in unserer eigenen weißen Welt gewesen waren, erschien mir merkwürdig. Es war schwer, diese beiden Dinge zusammenzubringen.

»Natürlich. Nun, das wäre alles. Soviel ich weiß, ist Ihr Schiff noch im Sund. Wenn Sie wollen, lassen Sie es in die Winterlagerbucht einlaufen.«

»Vielen Dank«, sagte ich. »Danke für alles.« Bevor ich Mac Center verließ, schaute ich noch in den Wetterraum und begeisterte mich ein weiteres Mal für die Wetterbilder, diese Karten mit ihren leuchtenden Farben, und die phantasievollen Wetterleute.

Ich wollte eigentlich noch ein wenig in McMurdo herumlaufen, im Thiel-Laboratorium für Geowissenschaften vorbeischauen, im Eklund-Institut für Biologie, aber es war dann doch zu anstrengend mit der Krücke, und ich hielt es in dem bitterkalten Wind auch nicht lange draußen aus. Obwohl es durchaus nicht kälter war als auf dem Ross-Schelfeis. Aber beim anstrengenden Schlittenziehen und auch, als ich in meinem Schlafsack auf Wilburs Schlitten gelegen hatte, war es etwas ganz anderes gewesen, diesen Wind und diese Temperaturen zu ertragen. Jetzt, gebadet, sattgegessen, wieder in der Zivilisation, war es schwieriger, diese Art von Windkälte zu ertragen. Ich verbrachte den Rest des Tages im Lazarett, unterhielt mich mit dem Chef – obwohl ich offiziell nicht mehr seine Patientin war, behandelte der Chef mich weiter als solche –, las meine Vulkanbücher, und am Abend befolgte ich den Rat der Standortkommandantin und des Matrosen aus der Bibliothek und ging selbst zum Dinner in die Messe, statt mir ein Tablett ins Lazarett bringen zu lassen.

In der Messe wurde ich sehr freundlich willkommen geheißen. Man war ganz versessen darauf, mit mir zu reden. Es wurden schließlich eine ganze Reihe von Tischen zusammengestellt, um die sich alle versammelten, während ich von einigen Höhepunkten der Expedition berichtete. Es war das erste Mal, daß ich von unseren Erlebnissen erzählte, und ich hatte das Gefühl, ihnen nicht gerecht zu werden, meinen abwesenden Freunden nicht gerecht zu werden. Und zum ersten Mal, seit ich wieder in McMurdo war, zum ersten Mal, seit ich in den Hubschrauber gelegt worden war, empfand ich die Trennung von der Expedition Neunzig Süd als schmerzhaft. Ich mußte schlucken, während ich zu erzählen versuchte, aber alle, die da waren, hatten Verständnis für meine Gefühle und sagten immer wieder: »Aber ihr habt es getan. Zum ersten Mal seit 1912 habt ihr es geschafft!«

Ich wußte, wie es gemeint war, und war glücklich darüber. Es war, als ob sie in ihrem Innersten erkannt hätten, was Scott erreicht hatte. Wenn der Tod selbst einen zum Verlierer machte, dann war jedes Geschöpf, das jemals gelebt hatte, ein Verlierer, und die Definition erschien plötzlich sehr umfassend, selbst für Amerikaner, die das Verlieren so sehr fürchteten. Die Tatsache, daß der Golfkrieg gerade zu Ende war, daß sie darum herumgekommen und andere gestorben waren, hatte vielleicht ihre Weltsicht geändert; wie glücklich müssen sie sich geschätzt haben, in der Antarktis zu sein und nicht am Golf, als das größte Bombardement der Geschichte stattfand.

Am nächsten Tag, gegen Mittag, als die Expedition Neunzig Süd eintreffen sollte, fuhren die Wissenschaftler und Marineoffiziere, mit denen ich am Abend zuvor zusammengesessen hatte, mit mir hinaus nach Williams Field, um meine Freunde zu begrüßen. Fast die halbe Besatzung der Station kam mit, um die Hundegespanne und die Selbstzieher, die ihnen folgten, willkommen zu heißen. Ein bitterkalter Wind fegte durch die Herbie-Allee; kein Zweifel, daß wir uns im Griff des antarktischen Herbstes befanden, aber das schien an diesem Tag niemandem viel auszumachen, dort auf der Großen Eisbarriere, auf der es für eine Weile keine Barrieren gab.

Es fand eine improvisierte Freistilfete mitten auf dem Eis statt, mit Magnumflaschen Champagner, die die US Navy großzügigerweise stiftete. Später verlagerte sich das lärmende Geschehen nach drinnen, zuerst in den Erebus-Club, dann in die Messe. Nicht nur die Expedition Neunzig Süd, auch die Navy hatte Grund zu feiern. Alle waren fröhlich, und viele sangen. Ich war die meiste Zeit mit Wilbur und Thaw zusammen, die so wundervoll zu mir waren, daß ich es nicht in Worte zu fassen vermag. Brock und Gronya, Winnie und Guy hielten sich mehr an die Navy, und Tryggve schien mit der Standortkommandantin anzubändeln. Es war ein wunderschöner Nachmittag, ein gelungener Ausklang.

Aber wir konnten nicht so lange bleiben, wie wir uns das gewünscht hätten. Winnie hatte über Funk mit Catherine Brass gesprochen, und Catherine war sehr besorgt wegen der Eisverhältnisse im McMurdo-Sund. Sie war mit der *Endurance* schon unterwegs zur Hüttenspitze, wo sie am Eiskai der Küstenwache festmachen wollte, und wir sollten noch am gleichen Tag um sechs Uhr abends dort sein. Die Südbucht war bereits teilweise gefroren gewesen, und Catherine fürchtete, daß der ganze Sund schlagartig zufrieren würde, sobald der Wind nachließ. Ich zog mich also etwas früher von der Party zurück, um meine Habseligkeiten aus dem Lazarett zu holen. Guy Random begleitete mich, um mir zu helfen und um meine weitere Behandlung mit Dr. Miller abzusprechen. Ich bedankte mich beim Chef und beim Arzt und bei allen Sanitätern und bekam einen ganzen Korb von Medikamenten mit auf den Weg, die ich nehmen sollte, bis sie aufgebraucht waren. Die Krücke durfte ich behalten, solange ich sie brauchte, aber ich sollte sie zurückgeben, bevor ich die Antarktis verließ. Im nächsten Frühjahr vielleicht oder wann immer es mir paßte.

Dann war plötzlich alles vorüber. Vielleicht verläßt man McMurdo immer sehr plötzlich. Die Hunde hechelten zur Hüttenspitze hin, und wir Menschen eilten ihnen nach, die meisten zu Fuß. Ich wurde in einem Wagen von Penguin Operations gefahren, den wir zu diesem Zweck mitsamt Fahrer vom USAP ausgeliehen hatten. Der Fahrer fand es toll, daß ich einmal den gleichen Job gemacht hatte wie er. Es wurde gewunken und gerufen: »Besucht uns mal im Winter!« Auch wir winkten und riefen zurück: »Besucht uns in Framheim, jederzeit herzlich willkommen!« So ging es hin und her. »Jederzeit, jederzeit«, und dann erstarben die Rufe, als die Maschinen der *Endurance* hochgefahren wurden und Catherine das Schiff wieder hinaus in den McMurdo-Sund steuerte. Ich stand an der Reling, blickte hinaus auf den Sund und sah jetzt selbst den Grund für Catherines Besorgnis. Über dem Wasser lag Frostrauch, und auf dem Eisfuß bildeten sich Eisblumen. Man konnte sehen, wie sich die Eisnadeln einander entgegenstreckten, aber noch war der Wind zu stark für sie und brach sie immer wieder auseinander.

Wir hatten es geschafft. Jetzt sah ich den Burgfelsen, die Schildkröteninsel, die Gletscherzunge. Dann kam die Zeltinsel in Sicht, das

Nordkap und der Weststrand. Und dann sah ich unser schönes Framheim wieder, vor dem sich die ganze Mannschaft am Strand versammelt hatte; Jerilyn war da, Tara, Shannon und Anton, Leonid und Michael, Todd und Linda, David, Andrew, James und Gary. Alle winkten.

Alle waren da außer Fidel. Fidel war nicht da. Der war jetzt irgendwo anders in der Welt, mit einem neuen Team, und ich wußte nicht, ob ich ihn jemals wiedersehen würde. Deshalb durchströmte mich – in diesem Augenblick großer Erleichterung und großen Glücks, als Catherine die *Endurance* vor Anker legte und wir uns bereitmachten, von Bord zu gehen – eine tiefe Traurigkeit bis ins innerste Mark hinein. Ich hatte meinen Weg durch die gefährlichen Meere der Antarktis ohne ihn gemacht, war sicher heimgekehrt – und empfand jetzt eine quälende Sehnsucht nach Fidel. Ich wollte mit ihm über den Krieg sprechen, der stattgefunden hatte, über die Ölquellen, die angezündet worden waren, wie er es vorausgesagt hatte, darüber, was ich Brock angetan hatte und Thaw. Ich wollte ihm von der Last des Empire erzählen und davon, daß die Expedition von Scott alles andere gewesen war als ein Schneetanz. Ich wollte ihm auch sagen, daß ich jetzt endlich verstanden hätte, daß Kunst und Wissenschaft keine Gegensätze waren. Wissenschaft mußte nur ihren vollen Ausdruck finden, damit sie wie die Kunst sagen konnte: »Das ist die Welt, die ich sehe. Ist sie nicht schön? Ist sie nicht furchtbar? Sollen wir sie lieben, oder sollen wir sie fürchten?« Aber Fidel wußte das natürlich alles. Er hatte mich ja mit hinauf auf den Erebus genommen und dafür gesorgt, daß ich zum ersten Mal in meinem Leben Magma sah und die kochende Hitze, die in der Erde auf den richtigen Augenblick wartet.

Zwielicht, einer Silberspange gleich

Wie komme ich nun zum Ende mit meiner Geschichte? Wo setze ich einen Schlußpunkt? Die Wahrheit ist, daß es niemals einen Schlußpunkt gibt. Nach allem, was ich begriffen habe, läuft es darauf hinaus, daß die großen Geschichten niemals wirklich enden, sondern daß lediglich eine Zeit kommt, da man selbst in ihnen keine Rolle mehr spielt. Robert Falcon Scotts Geschichte geht immer weiter, so daß er auf der Barriere zu mir kommen konnte, um zu sagen: »Vor langer Zeit hast du dich meinem Kommando unterstellt . . . Du mußt nicht sterben, so wie ich gestorben bin, nur weil du weniger weißt, als du dir vorstellen kannst.« Und genauso wird auch meine eigene Geschichte weitergehen, ohne mich, in einer Spirale, die sich in die Zukunft dreht. Ich und die anderen Mitglieder der Expedition Neunzig Süd sind in McMurdo inzwischen zur Legende geworden, nicht so sehr um dessen willen, was wir getan haben, als vielmehr deswegen, was wir nicht getan haben. Wir hatten keine Unterstützung aus der Luft, wir hatten keine Funkgeräte dabei, wir haben die Südpolstation nicht betreten. Sie wissen nicht, daß wir auch den Thronsaal des Kaisers nicht in die Luft gesprengt haben. In McMurdo nennen sie uns die »Neunzig Süd«, so als ob der Pol selbst, ein Punkt auf der Erde, seinen Namen uns überlassen hätte, als wir ihn überquerten. Und mehr haben wir nicht getan. Wir haben keinen Nagel in die Erde getrieben, und wir haben keinen Käfig vollendet, der das Gitternetz des Planeten ist. Wir sind über den Süden hinweggegangen und dann wieder nach Norden.

Und deswegen lieben sie uns. Weil wir in Bewegung geblieben sind. Ich kann nichts daran machen. Ich kann nichts dagegen unternehmen, daß sie uns lieben, weil wir wir selbst sind, weil wir, wenigstens viele von uns, Amerikaner sind, weil wir Menschen sind. Sie machen es, wie sie wollen, und wenn hundert Jahre vergangen sind und es McMurdo immer noch gibt, wie werden sie dann von der Neunzig Süd sprechen? Ich kann es mir nicht vorstellen. Und ich denke, das ist gut so, weil es eine großartige Geschichte ist, diese Geschichte, von der ich ein Teil gewesen bin, diese Geschichte, die in Wahrheit die Geschichte unserer Spezies und der Erde ist. Und sie ist alles andere als vorbei; mag sie noch viele Jahrtausende weitergehen. Aber sie sollte von jetzt an ausgeglichener weitergehen, nach dem Beispiel, das uns die Pinguine geben. Wir Menschen sprechen so unbekümmert von »unseren Kindern« und »unseren Kindeskindern«, aber in Wirklichkeit sind wir die Eltern aller Geschöpfe, die nach uns kommen werden, und nicht nur unserer leiblichen Kinder, auf die, soviel steht fest, viele von uns jetzt verzichten sollten. Wir sind die Eltern der Spezies, die nach uns sein wird, auf eine Art und Weise, die wir uns kaum vorstellen können, da wir die Kinder sind und sie zum Erwachsensein finden müssen. Also werden wir uns alle der gewaltigen, nicht zu bewältigenden Aufgabe annehmen müssen, die Zukunft zu schaffen. Und mit Sicherheit sind wir bereits dabei, als Spezies älter zu werden. Die alten, toten Religionen, die das Göttliche an den Anfang der Dinge stellten, waren die Religionen, die wir als Kinder brauchten. Jetzt, da wir älter werden, müssen wir das Göttliche in der Zukunft sehen. Dort, in der Zeit, die sehr viel dauerhafter als der Raum ist, weniger dem Wechsel unterworfen und vielleicht auch weniger diskontinuierlich, werden wir die Chance bekommen, durch ein Loch im Himmel in die vierte Dimension zu klettern. Und wir werden die Pinguinflagge brauchen, die uns daran erinnert, daß es Zeit ist, die Gelegenheit zu ergreifen, die alle flugunfähigen Vögel ergriffen haben, als sie sich von flugfähigen Geschöpfen wieder in Landwesen verwandelt haben. Wir müssen unsere Schwingen zu starken, schwarzen Flossen machen und eine Möglichkeit finden, da wir nicht schwimmen, über die zerbrechliche Oberfläche der Erde zu gehen, ohne mehr zu hinterlassen als dezente Spuren der Freude.

Aber genausowenig wie das Schaffen eines Künstlers, wie das, was meine Mutter tat, als sie eine wahre Bildhauerin war – genausowenig kann das, was wir als Spezies tun müssen, auf einen formalen Prozeß reduziert werden. Wir müssen sagen, ja, gut, das ist eine Flagge. Aber diese Flagge ist nicht dazu da, ein Territorium zu beanspruchen; diese Flagge ist etwas anderes; wir haben das Symbol neu definiert. Wir tasten uns auf unserem Weg vorwärts, nicht wie der blinde Pew aus der

Schatzinsel von Stevenson in seiner Gier nach dem Schatz, sondern wie Beethoven, als er schon ganz taub war, aber trotzdem seine Sinfonien hörte. Schließ deine Augen, lausche, lausche angestrengt, und du wirst sie hören, Ton für Ton, Takt für Takt, komplex, anschwellend, abklingend.

Ich sagte am Beginn dieser Geschichte, daß die Dinge klein anfangen und größer werden, bis sie am Ende dann wieder klein werden. Das ist so bei allen Dingen, die leben, und bei den meisten Dingen, die nicht leben. Wir alle fangen mit einem einzelnen Atom an, einem Samen oder einer Zelle. Dann wird der Samen oder die Zelle verdoppelt, und auf wunderbare Weise wächst der Organismus. Unlogischerweise erscheint uns die Tatsache, daß er überhaupt da ist, weit weniger wunderbar und rätselhaft. Wir sind begeistert vom Prozeß des Wachstums, weil die westliche Tradition, zu der wir gehören, die Mitte liebt, den Abschnitt, wo die Dinge groß sind. Wir denken nicht gerne an das Kleinsein an den beiden Enden. Aber in vielen anderen Kulturen ist das nicht der Fall. Es trifft nicht zu bei den Navajo, es trifft nicht zu bei den Chinesen oder den Maja. In diesen Kulturen und in allen Stammeskulturen war der Tod ein natürlicher und notwendiger Teil jedes Kreislaufes. Man sprach nicht von »ökonomischem Wachstum« oder von »historischen Zwängen«. Es gab nur das Leben und danach den Tod und dann wieder das Leben. Nur wir in unserer barbarischen westlichen Tradition meinen, daß wir uns mit dem Kleinen an beiden Enden nicht lange auseinandersetzen müssen, und das bringt uns in große Gefahr. Die Kornähre, die im Sommer so groß und plump ist, verwelkt und stirbt ab und verliert sich schließlich in den Mineralpartikeln der Bodenkrume, aus der sie hervorgegangen ist. Der Welpe wird ein alter Hund mit grauem Haar und alten Knochen, die nicht mehr recht wollen. Aus dem Ei wird eine Ente, aber auch die Ente stirbt. Es bleibt eine Handvoll Knochen, später Staub und am Ende Atome. Alles endet so.

Kein Wunder also, daß uns das angenehme Wachsen am besten gefällt.

Kein Wunder. Aber nichtsdestotrotz müssen wir damit Schluß machen. Müssen von anderen Kulturen und anderen Zeiten lernen, uns selbst zu zügeln und mit unseren Taten kurzzutreten. Wir müssen sogar noch weitergehen, über das hinaus, was uns andere Kulturen als Vorbild geben können, und zum ersten Mal in der menschlichen Geschichte lernen, daß da stehenzubleiben, wo man sich befindet, manchmal das Beste ist, was wir erreichen können. Und manchmal wird auch der Rückzug oder das Zurückfallen das Vernünftigste und Ehrenhafteste sein; manchmal wird der Erfolg am preisgegebenen Territorium gemessen werden können. Fortitudine Vincimus – und wenn das Wort »erobern« jetzt einen falschen Beiklang hat, dann ist daran bestimmt etwas Wahres. Um zu erobern, müssen wir uns unsere eigene DNS, den genetischen Code, der in jeder unserer Zellen vorhanden ist, vornehmen und ihn sich mit einer Art Gehirnmuskeln, einer resynthetisierten Intelligenz, unterhalten lassen. Gar nicht so einfach. Sehr, sehr schwierig. Aber die Sache ist es wert, denn die einzige Alternative ist eine alptraumhafte Zukunft – und wir, die Menschen der letzten Dekade des fünften Jahrtausends, seit Uruk in der Wüste entstand, haben eine Möglichkeit, die vor uns niemals Menschen hatten.

Ich muß immer wieder daran denken, daß Robert Falcon Scott, der herausfand, wohin er ging, indem er hinging, in seinen Tagebüchern schrieb: »Jede Einzelheit der Planung war vollkommen.« Fast jede Einzelheit, wie sich herausstellte. Außer zum Beispiel der endlosen Kapazität des Materials der Skier, Feuchtigkeit abzugeben. Außer zum Beispiel der Tatsache, daß die Männer, die über die Große Eisbarriere gingen und die ganze Last ihrer Welt hinter sich herzogen, von Rationen lebten, die zu ihrer Ernährung nicht ausreichten. Planung ist niemals auch nur im entferntesten vollkommen, und unsere Planung als Spezies ist inzwischen so verrottet, daß sich die Erde in fünfzig Jahren um vier Grad erwärmt haben wird, wenn alles so weitergeht wie bisher. Als die Erde noch fünf Grad kälter war, bedeckte ein Eisschild den größten Teil Nordamerikas, so daß man ihn für einen Zwilling der Antarktis halten konnte. Wenn es so weitergeht wie bisher, dann wird genau das Gegenteil eintreten. Kansas, wo man das Rechteckige so hoch schätzt, wird eine Wüste werden. Weil im zentralen Nordamerika Feuer die noch verbliebenen Wälder zerstört haben werden, weil der Klimawechsel so schnell eintreten wird, daß die Bäume absterben werden, ehe sie Zeit haben umzukippen.

Und nicht nur das; die Ozonlöcher, von denen es jetzt zwei gibt, werden den Hautkrebs zur Haupttodesursache junger Menschen werden lassen, in beiden Hemisphären, im Norden und im Süden, die Küstenbereiche ganzer Länder werden überschwemmt sein, es sei denn, man hielte die Meere mit Deichen zurück, denn der Eisschild über der Antarktis wird abschmelzen. Die Amerikaner werden sich wahrscheinlich weiter ins Binnenland zurückziehen, weil die Klimaänderung zu verheerenden Stürmen führen wird, Stürmen, die denjenigen, den wir auf der Eisbarriere erlebt haben, wie einen sanften Zephyr erscheinen lassen werden. Die durchschnittliche Windgeschwindigkeit der uns bevorstehenden Hurrikane wird vierhundert Stundenkilometer betragen, aber die Amerikaner werden zumindest die Möglichkeit haben, weiter ins Binnenland zu gehen. Einwohner anderer Länder haben vielleicht nicht die Möglichkeit. In den Inselstaaten – Neuseeland, Großbritannien – wird es vielleicht keine anderen Rückzugsgebiete als die Gebirge geben und dort möglicherweise keine Lebensräume.

Darüber hinaus werden, wenn alles so weitergeht und die Regenwälder weiter zerstört werden, Hunderttausende Tier- und Pflanzenarten in einem einzigen Jahrhundert aussterben. Und diese Ausrottung ist nicht wieder rückgängig zu machen. Noch nie ist eine ausgestorbene Spezies neu entstanden. Und für uns Menschen bedeutet das, daß wir nie wieder die Möglichkeit haben werden, einem Elefanten ins Auge zu blicken. Diese Augen wird es nicht mehr geben. Nur noch die unserer selbstgemachten Hurrikane. Bereits jetzt, im Jahre 1992, haben Wissenschaftler in der Antarktis Zeichen dafür gefunden, daß sich die Nahrungskette der Erde ändert, daß der Phytoplankton, von dem sich der Krill ernährt, durch die ultraviolette Strahlung, die durch das Ozonloch dringt, verändert wird. Falls sich das bewahrheitet, ist es der Anfang einer Kettenreaktion, die sich durch alle Meere verbreiten wird und die, wie Cherry es vorhergesehen hat, damit enden kann, daß die Wale und Pinguine sterben.

Es ist nämlich so, und das versuchte Jerilyn Chandler ja auch mit ihren Fotoserien von Framheim zu zeigen, daß der Ablauf unserer eigenen Evolution uns nicht besonders gut dafür sensibilisiert hat, Dinge zu bemerken, die sich langsam vollziehen. Wir sehen im Wald den Baum umstürzen, wir hören den Knochen in unserem Arm zerbrechen, und wir sehen die Wasserfluten eines Flusses, wenn der Damm bricht. Aber jenseits dessen täuschen uns unsere Sinne. Unsere einzige Chance besteht darin, eine Art von sechstem Sinn zu entwickeln, der in der Lage ist, Differentialgleichungen aufzulösen und Kohlendioxyd wahrzunehmen. Nachdem Brock vor langer Zeit die Auspuffgase seines Wagens eingeatmet hatte, merkte er glücklicherweise, daß er sich vergiftet hatte, und so konnte er diesen Zustand beenden und überleben. Wir sollten heute alle so umhertorkeln, wie er es damals getan hat. Wir sollten wissen, daß wir uns vergiften. Im Angesicht der Zerstörung sollte uns klar sein, daß wir etwas tun müssen, um zu überleben. Wir sollten den Wunsch haben, das Gift zu erbrechen; wir sollten taumeln, wenn wir die rauchenden Schlote sehen, die stinkenden Flüsse, das Land, das sich in eine Wüste verwandelt. Und wir sollten zu jedem Krieg sagen: Wir wollen keinen Krieg. Denn andere Völker zu hassen bedeutet nichts anderes, als die Erde zu hassen, die uns hervorgebracht hat.

Wir müssen heute tatsächlich so werden wie Wilbur, die Welt hegen, schützen und riechen, uns für jede Ente und für jeden Wind, durch den eine Ente fliegt, verantwortlich fühlen. Wir müssen uns zugleich, so wie früher Winnies Cowboys, mehr um die Taten kümmern, denn die Taten sind es, die von überall herangekrochen kommen, um uns zu töten. Als wir vom Reiten sprachen, bei unserer ersten Begegnung, hatte Winnie einmal gesagt: Die Dinge ereignen sich schnell, und wenn sie erst geschehen sind, dann sind sie geschehen. Und wir brauchen heilsame Infusionen von Phantasie, um die auszehrende Krankheit der globalen Konformität zu bekämpfen.

Nichts von alledem wird leicht sein. Es wird das schwierigste Unterfangen werden, das wir in der langen Geschichte unserer Spezies je begonnen haben. Der Proteststurm, der sich auf die Erstveröffentlichung von *Ursprung der Arten* hin erhob, zeigte deutlich den Widerwillen der Menschen, sich von der Vorstellung zu verabschieden, daß wir in einem besonderen Akt von einem Gott erschaffen wurden und besondere Gaben empfangen haben. Und während selbstverständlich in den meisten Ländern und in den meisten Kulturen Darwins Beweis eines gemeinsamen Ursprungs aller Geschöpfe inzwischen akzeptiert wird, ist der primitive Anthropozentrismus keineswegs ausgestorben, und der Sozialdarwinismus mit all seinen gefährlichen Formen ist im zwanzigsten Jahrhundert eher noch stärker geworden. Er ist mißbraucht worden, um gedankenlose Gewalt jeder Art und ebenso gedankenlose Passivität zu rechtfertigen. Eine verbreitete Annahme scheint zum einen darin zu bestehen, daß, wenn es in der Natur um das »Überleben der Stärksten« geht und wir Menschen weiterhin unsere angeborene Überlegenheit unter Beweis stellen wollen, wir uns der Aufgabe einer endlosen Reproduktion annehmen müssen, daß wir uns also vermehren müssen, bis wir die Erdoberfläche drei Mann hoch überziehen. Und zum anderen scheint es in jedem Land und bei jeder Rasse Ehrensache zu sein, die Greuel, die wir einander antun, durch Rückgriff auf Darwin zu rechtfertigen.

Darwin selbst würde, wie mir bei der Lektüre seiner Bücher während des Studiums klar wurde, diesen Mißbrauch seiner Theorien für einen schlechten Scherz gehalten haben, für den Reduktionismus eines Kindes. Er würde diese Welt nicht wiedererkennen, in der jeder »weiß«, daß es bei der Evolution um das »Überleben der Stärksten« geht, daß die Natur ein Wesen mit ständig blutgefärbten Zähnen und Klauen ist. Er würde entsetzt sein von einer Welt, in der sowohl die kommunistischen als auch die kapitalistischen Wirtschaften den größten Teil des Jahrhunderts damit verbracht haben, in seinem Namen ihre Feindschaft gegenüber der Natur zu rationalisieren. Als er den unterschiedlichen Fortpflanzungserfolg als einen Hauptmechanismus der Evolution identifizierte, vergaß er nicht, darauf hinzuweisen, daß das wahre Maß der Intelligenz, an der nach seiner Auffassung alle Geschöpfe teilhaben, in der Fähigkeit besteht, die Lektionen der Erfahrung zu lernen.

Vielleicht schaffen wir es also. Vielleicht schaffen wir es wirklich, uns eine neue Richtung zu geben, und zwar ganz bewußt. Wir können uns aus dem Griff dieses alten Zwanges befreien, uns selbst zu vermehren und uns in das Territorium anderer hinein zu verbreiten, weil wir die Freiheit dazu haben, genauso wie die Materie selbst, aus der das Universum besteht. Wenn das Licht manchmal die Eigenschaft eines Teilchens und manchmal die einer Welle hat, dann hat sie immer das Potential, entweder stetig oder unstet zu sein, und die Art und Weise, wie wir es betrachten, entscheidet darüber, wie es aussieht. Die Physiker interessiert an den Lichtwellen, wann die Wellenfunktion kollabiert. Das bedeutet, wann kollabieren in einem beobachteten System alle Möglichkeiten bis auf die eine, die sich gerade entwickelt? Wann fängt das, was sein wird, an zu sein? Und der Grund dafür, daß es einen Unterschied gibt zwischen dem potentiellen Verhalten einer Lichtwelle – das eine unzählige Anzahl möglicher Ereignisse in einer Anzahl verschiedener Dimensionen darstellt – und der Art und Weise, wie sie sich in der Welt, die wir wahrnehmen, wirklich verhält, der Grund dafür ist folgender: Man nimmt nämlich, sobald man die Wellenfunktion mißt, eine Messung in der dreidimensionalen Realität vor. Deswegen entsteht das, was sein wird, im Augenblick des Messens, und das bedeutet, daß die Realität wirklich wird, wann immer jemand das System beobachtet. Das heißt gleichzeitig, daß die Wirklichkeit entsteht, wenn man selbst sie beobachtet, ich oder Sie, die Sie dies lesen, wo immer Sie sich im Augenblick auch befinden mögen.

Und das stimmt überein mit der alten Hindu-Theorie, daß jeder und jedes Wahrnehmende, ganz gleich, ob menschlich oder nichtmenschlich, gewissermaßen im Mittelpunkt des Universums steht. Wie auch immer, es kommt darauf an, daß das Photon, das entsteht, oder das Teilchen, das sich aus einer Welle materialisiert, vorher nicht existiert hat. Bevor es nicht auf dem Detektor auftritt, gibt es kein Photon, sagt die Teilchenphysik. Vorher gibt es nur das Potential eines Photons – es existiert weiter nichts als die Tendenz zu etwas, die griechische »potentia«, und genauso verhält es sich mit unseren Taten. Bevor wir sie tun, existieren sie nicht; bevor wir etwas getan haben, können wir uns immer noch dafür entscheiden, es nicht zu tun. Wir haben die Wahl, nicht in den Krieg zu ziehen, keine Kinder zu haben oder die Regenwälder nicht abzuholzen. Worum es sich auch handelt, die Zeiten, da wir unsere Instinkte von unserem Verstand trennen konnten, sind vorüber. Allzu lange haben wir sie in verschiedene Richtungen geschickt, haben sie nach zuviel Ordnung und zuviel Chaos streben lassen. Und vieles ist in dem Abgrund verlorengegangen, der sich zwischen ihnen auftat.

Ich glaube, es ist wichtig, sich immer der Tatsache bewußt zu sein, daß der begreifende Geist nichts ist, das uns Menschen allein auszeichnet, daß wir vielmehr in allen Dingen existieren, bis hinunter auf die Ebene des Subatomaren. Er ist allen Säugetieren in hohem Maß eigen, er ist eine starke Kraft in allen anderen Geschöpfen. Er hat aber auch bei den Pflanzen, im Staub, in Kohlestücken, in den Tiefen der Eisberge seinen Platz. Und gewiß lebt er auch in Felsen, in den schwarzen Steinen, die auf dem Bimsstein von Kap Evans liegen und wie der Elementarleib wirken, wie die *sthula sharira* des gesamten körperlichen Universums. Aber bisher, bis zu diesem Punkt in der Geschichte der westlichen Welt, haben wir diese Tatsache noch nicht in ausreichendem Maße verstanden. Wir haben mit Sicherheit auch die wahre Natur unserer Kraft nicht richtig begriffen. Wir haben geglaubt, daß es ein

Beweis für die Großartigkeit unserer Souveränität sei, die Materie in die Zucht des Geistes zu nehmen, daß dies das einzige auf der Welt sei, was wirklich zähle. Aber jetzt besteht unsere Macht darin, das Universum und unseren Planeten zu formen, indem wir ihn beschreiben. Und wenn wir einen guten Traum träumen, dann werden wir vielleicht schließlich doch noch ein goldenes Zeitalter erleben. Kein Resultat offensichtlicher Schicksalsbestimmung oder historischer Zwänge, sondern das Ergebnis der Macht, die der Vorstellungskraft innewohnt.

Das mag naiv klingen. Aber die Hoffnung auf ein goldenes Zeitalter hat uns immer umgetrieben zwischen unseren Anfällen von Barbarei, und ich glaube, wir sind heute empfänglicher dafür als je zuvor. Trotzdem ist es eine zerbrechliche Hoffnung, die Schneide eines Messers, auf der wir balancieren. Es sind die äußersten Grenzen, an denen wir uns bewegen, und wir müssen, solange es noch nicht zu spät ist, die Entscheidungen treffen, die uns verändern werden. Die nordischen Völker stellten sich die Götterdämmerung als eine Dunkelheit vor, die sich über den Himmel ausbreitete; für uns könnte der Himmel eine andere Art von Dämmerung bereithalten. Alles Leben auf Erden, angefangen von den Mikroben bis hin zu den Walen und Skuas, beruht auf einem genauen Gleichgewicht der Gase in der Atmosphäre. Der gegenwärtige Gehalt an Sauerstoff, einundzwanzig Prozent, ist für alle Lebensformen genau richtig. Wenn es sehr viel mehr Sauerstoff in unserer Umwelt gäbe, würden unablässig Brände wüten, und ein einziger Blitzschlag würde ausreichen, um den ganzen Planeten mit Feuer zu überziehen. Und wenn es weniger Sauerstoff gäbe, als jetzt vorhanden ist, dann würden nur die primitivsten und ältesten Organismen überleben. Menschen, Ponys, Hunde, Skuas und Pinguine würden ersticken.

Ich betone, daß ich in letzter Zeit sehr viel hoffnungsvoller geworden bin, was die Vergangenheit und die Zukunft betrifft – und auch die Gegenwart. Ich möchte mich nun wieder meinen Gefährten von der Expedition Neunzig Süd zuwenden, damit Sie erfahren, wie es ihnen weiter ergangen ist, soviel zumindest, daß Sie ihre Zukunft selbst weiterspinnen können. Als wir im letzten März nach Framheim zurückkehrten, vor ungefähr elf Monaten jetzt, und von Bord der *Endurance* gingen, gaben wir zunächst den Hunden reichlich zu fressen und bezogen dann wieder unsere Quartiere. Catherine hatte bekanntgegeben, daß sie innerhalb von höchstens achtundvierzig Stunden aus dem Sund auslaufen wolle. Sie hatte vorgeschlagen, daß alle, die mit ihr kommen wollten, sich sofort daranmachten, ihre Sachen zu packen. So ergab sich also für uns fünf, die wir am Pol gewesen waren, ganz unerwartet die Möglichkeit, noch in diesem Jahr und nicht erst im nächsten abzufahren. Catherines Vorschlag, schon jetzt nach Neuseeland zu fahren, hatte sich vor allem an mich mit meinem gebrochenen Arm und meiner schlechten körperlichen Verfassung gerichtet.

Ich muß zugeben, daß selbst ich damals, kurz vor der antarktischen Dämmerung, kurz vor dem Zufrieren des Sundes – die Pinguine und Skuas waren fast gänzlich verschwunden – die Sirenengesänge des Nordens hörte. Nachdem die Polreise beendet war, und zwar relativ erfolgreich – darüber waren wir uns inzwischen fast einig –, hatte sich angesichts der an ihren Ankerketten ächzenden *Endurance* ein Gefühl der Unruhe und Rastlosigkeit ausgebreitet. Einige von uns hatten von Anfang an vorgehabt, bei dieser Gelegenheit mitzufahren – Leonid und Anton etwa mußten zurück in die Sowjetunion. Auch Jerilyn Chandler hatte zu Hause Verpflichtungen, und David Landrock war sehr erpicht darauf, wieder in die Staaten zu kommen, damit er wieder etwas Richtiges zu tun bekam. Er wollte vielleicht seine Arbeit bei den Bell Laboratories wieder aufnehmen.

Aber die anderen, die mitfuhren . . . nun, es war frappant. Eine Überraschung, um es milde auszudrücken. Winnie war natürlich von Anfang an der Meinung gewesen, zwei Saisons würden den Hunden schwer werden. Aber wenn es Catherine nicht möglich gewesen wäre, mit dem Schiff im Sund zu bleiben, bis die Polabteilung wieder sicher in Framheim war, würde Winnie nie in Erwägung gezogen haben, mit den Hunden loszufahren, bevor wir sicher wieder zurück waren. Jetzt allerdings konnte sie ruhig Abschied nehmen, und sie hatte allen Grund. In den drei Monaten, seit sie sich auf dem Beardmore von uns getrennt hatte, hatte sie sich in Guy Random verliebt. Als sie uns am Ein-Tonnen-Depot wiedersahen, waren Winnie und der Kiwi-Arzt sich bereits einig zu heiraten – und es war rührend, die beiden miteinander zu sehen. Guy war ein starker und höflicher Mann, und er behandelte Winnie, wie kein anderer Mann sie je behandelt hatte – als sei sie eine wunderschöne Blume, die zufällig etwas rauh war. Anstatt in Guys Wertschätzung zu fallen, wurde sie ihm durch den Umstand, daß sie sowohl strenge Kälte als auch die sengende Hitze des Sommers ertrug, zu der Frau, auf die er immer gewartet hatte.

Und Winnie habe ich nie zuvor so glücklich gesehen. Bevor sie an Bord ging, hatten wir noch ein persönliches Gespräch, und sie sagte: »Ich weiß nicht, Morgan; es ist so, als seien all die anderen, diese Grants und Tennisses und so, nur aus Pappe gewesen. Thaw mag ich immer noch, ich würde ihn auch nicht als Pappe bezeichnen, aber ich habe ihn in den ganzen vier Jahren kein einziges Mal weinen sehen, kannst du dir das vorstellen, in vier Jahren? Außerdem denkt er zu viel. Guy ist Arzt; er möchte den Menschen helfen. Wir werden heiraten und in Neuseeland bleiben. Neuseeland, ist das nicht wunderbar? Ich werde ein Kiwi, Morgan. Ich glaube, ich werde als Kiwi viel besser sein, als ich es als Cowboy jemals war. Die Kiwis kommen mir alle so aufgeweckt vor. Und Guy ist ein Grüner. Er sagt, es sei eine internationale Bewegung. Das einzige Problem sind die Quarantänebestimmungen in Neuseeland. Wegen der Maul- und Klauenseuche müssen meine Hunde für ein ganzes Jahr oder so was in Quarantäne.«

Natürlich wäre Winnie damals nicht gefahren, wenn nicht auch Guy Random zurück nach Neuseeland hätte fahren können. Und ich bin sicher, daß er nicht heimgefahren wäre, wenn wir, die in Framheim zurückblieben, ihm nicht versichert hätten, daß wir schon zurechtkämen, und wenn er nicht gewußt hätte, daß wir für den Notfall Freunde in McMurdo hatten. Aber da uns keine anderen Gefahren drohten als die ganz alltäglichen, mit denen wir uns an jedem anderen Ort auch hätten herumschlagen müssen, meinte Guy, er solle zurück nach Neuseeland zu den Menschen, die ihn wirklich brauchten.

Doch das war nur der Anfang. Dem Exodus schlossen sich alle anderen an, die mit mir zur Polabteilung gehört hatten – Thaw, Brock, Wilbur und Gronya. Sie alle entschieden sich unabhängig voneinander, daß es nun Zeit sei, das Eis zu verlassen. Daß Brock mit von der Partie war, überraschte mich nicht; seit jenem Tag auf dem Gletscher, als ich ihn mit Fidel verwechselt hatte, wußte ich, daß die Kluft zwischen uns nicht mehr zu überbrücken war und daß er nur bei der Expedition geblieben war, weil er keine Wahl gehabt hatte. Solange er geglaubt hatte, daß ich die Intensität und die Art seiner Gefühle für mich voll erwiderte, waren die Opfer, die er gebracht hatte, um mit mir zusammensein zu können, es wert gewesen. Jetzt hatte sich die Situation geändert.

Mit mir zusammenzusein, das hatte für ihn schon immer auch eine gewisse Anstrengung bedeutet, obwohl er mich geliebt hatte. Er hatte sich bemüht, etwas zu tun, für das er weder von seinen Anlagen noch von seiner Erziehung her geschaffen war. Es war daher letzten Endes, denke ich, eine Erleichterung für ihn, sich klar, sauber und endgültig von mir zu trennen.

Bevor Brock Framheim verließ, sprachen wir noch einmal miteinander. Der Kaffee oder etwas anderes – vielleicht auch einfach die Tatsache, daß er bereits wußte, daß er fahren würde – hielt Brock nach unserer Ankunft in Framheim fast die gesamten achtundvierzig Stunden über, die Catherine uns für unsere Entscheidung gelassen hatte, wach. Wir saßen einige Stunden davon in seinem kleinen Zimmerchen, wo der gepackte Seesack mit seiner gesamten Habe auf dem Boden stand. Zunächst sehr widerwillig, dann aber immer ungezwungener erzählte mir Brock von seinen Erfahrungen auf dem Polplateau, auf dem Beardmoregletscher und auf dem Ross-Schelfeis. Er erzählte mir von seinem Entschluß, sein Leben der Erforschung des Unbekannten und Geheimnisvollen zu widmen; über die Gefühle, mit denen er sich hatte auseinandersetzen müssen, nachdem ich ihn auf dem Gletscher Fidel genannt hatte. Daß dies die tiefste Wunde seines Lebens sei und daß er auf diesen Schlag gewartet hätte. Er erzählte mir von dem Rodeo und dem Jungen in Iowa und daß ihm jener Moment in der Rückschau jetzt wie ein Wendepunkt erschien. Er hatte vor, zurück in die Staaten zu gehen und Sarah zu suchen, um seine Kinder kennenzulernen und sich um sie zu kümmern.

Er erzählte mir das alles. Ich wünschte ihm alles Gute bei seinen Forschungen und für seine Familienzusammenführung. Er saß auf dem Teppich, an seine Koje gelehnt, hatte die Knie angezogen und hielt sie mit beiden Händen fest umschlungen. Das finstere Vorsichhinbrüten und die Verachtung, die er ausgestrahlt hatte, als ich ihn kennenlernte – eine Verachtung der Welt und allen Menschen gegenüber –, waren inzwischen verschwunden, einfach weg. Das fiel mir plötzlich auf. Nach dem Marsch zum Pol war ich körperlich völlig ruiniert gewesen, Thaw und Gronya waren dürr geworden, und selbst Wilbur war knochiger, als ich ihn je gesehen hatte. Nur Brock schien noch das gleiche Gewicht zu haben wie bei unserem Abmarsch von Framheim, und seine Muskeln waren kräftiger denn je. Er sah gut aus, er war tapfer und hatte uns zum

Südpol geführt. Er hatte mir das Leben gerettet, und es war unmöglich, daß ich jemals etwas anderes für ihn empfinden sollte als Liebe. Jetzt, da er sich von mir trennte, fühlte sich mein Herz an, als wolle es vor Kummer darüber zerspringen.

Aber er ging. Und genauso Thaw, was eine Überraschung gewesen wäre, wenn Thaw mich überhaupt noch hätte überraschen können. In gewisser Weise war er von allen Teilnehmern der Expedition Neunzig Süd der vollkommenste Amerikaner. Die Widersprüchlichkeiten der amerikanischen Kultur waren zugleich die Widersprüchlichkeiten seines Charakters. Auf der Barriere hatte er sich innerhalb von ein oder zwei Tagen von seinem Traum, das Chalet in die Luft zu sprengen, verabschiedet und sich entschlossen, buddhistischer Mönch zu werden. Inzwischen war er regelrecht besessen von diesem Gedanken und wollte zurück in die Staaten, um in der Nähe von Elk City ein Zen-Kloster zu gründen. Er hatte schon einen Standort dafür im Sinn, der ihm ideal erschien. Mit seiner Abfindung von zehntausend Dollar konnte er das Grundstück anzahlen, und er war sicher, daß sich drei seiner Freunde, die in New Mexico lebten, dazu bereit finden würden, zusammen mit ihm die Stammannschaft des ersten Zen-Klosters in Wyoming zu bilden. Als er mir von seinem Plan erzählte, erwähnte Thaw Winnies Verlobung mit Guy nicht, aber ich bin sicher, daß sie bei seiner Entscheidung ebenfalls eine Rolle gespielt hatte. Am Ende unseres Marsches hatte er sein Interesse an Gronya fast ganz verloren – die Marmorkugel rollte nicht mehr –, und er war so begeistert gewesen, Winnie wiederzusehen, daß man das selbst auf hundert Schritt Entfernung noch merkte. Jetzt wollte er irgendwohin, wo es ihm leichter fallen würde, sie zu vergessen.

Und Wilbur. Mein lieber Wilbur. Auch Wilbur wollte fort, und damit konnte ich mich nach unserem Polmarsch nur schwer abfinden. Aber obwohl niemals ein Wort der Klage über seine Lippen gekommen war, als er seinen Schlitten und mich wie ein Weltmeister durch die Antarktis zog, eröffnete er mir jetzt, daß er seit unserem Abmarsch von Kap Evans immer von Tieren geträumt habe. Von ihnen geträumt, nachts – von Wühlmäusen, Hausmäusen, von Backenhörnchen, von Eichhörnchen, von Murmeltieren und Präriehunden, von Wapitis und Böcken und Hirschen. Nachdem wir uns von den Hunden getrennt hatten, hatte er die Hunde vermißt, und auf der Barriere hatte er ständig an die Enten und all die anderen Geschöpfe gedacht, die es in der Antarktis nicht gab. Ich denke, er hatte nach der Expedition, auf der er mein Schutzschild gewesen war, indem er vor mir über das Eis gelaufen war und mich hinter sich in seinen Schutz genommen hatte, nun all das vollbracht, was sein Vorhaben gewesen war, seit wir uns als Kinder auf dem Schulhof kennengelernt und er zu mir gesagt hatte: »Du riechst am allerbesten. Du hast den schönsten Geruch, den ich jemals bei jemandem gerochen habe.« Von diesem Augenblick an war es sein Wunsch gewesen, so wichtig für mich zu sein, wie ich es für ihn war. Und jetzt, nachdem er mich viele Meilen weit über das Eis hinter sich hergezogen hatte, hatte er wirklich etwas geleistet. Wozu auch immer er in die Antarktis gekommen war, er hatte es erreicht, und jetzt wollte er zurück in eine Welt, in der er den süßen Duft des Universums besser riechen konnte.

Wilbur wollte Feuerwehrmann werden. Das erzählte er mir jedenfalls. Und zwar ein echter Feuerwehrmann. Er erklärte mir, daß er möglicherweise, wenn er die Gedanken von Hunden lesen konnte, auch zu denen von Menschen Zugang hatte, wenigstens ein klein wenig. Das würde genügen, um jemanden in einem brennenden Gebäude zu finden, denn wenn jemand in Gedanken nach Hilfe rief, so sei das sicherlich ein sehr starker Gedanke, meinte er. Außerdem konnte er das Wetter erspüren, das wußte er seit Jahren, und wenn er einen Sturm vorhersehen konnte, warum nicht auch Feuer? In gewisser Weise war ein Haus, das in Brand stand, etwas Ähnliches wie ein Haus, das ein Sturm in die Zange genommen hatte, nur daß es sich beim Feuer um einen Sturm ohne Wasser handelte. Er hatte es noch nie versucht, aber er fragte sich, ob er nicht bei einem Brand Dinge vorhersehen könne. Wann es zu einer Rauchexplosion kommen würde zum Beispiel. Wenn er dazu fähig war und sich ausreichend Praxis erworben hätte, dann würde es ihm vielleicht auch möglich sein, Menschen in einem brennenden Haus aufzuspüren und zu wissen, welche Wege noch sicher waren und welche gefährlich oder unpassierbar. Als er mir das erzählte, sprach er sehr schnell und mit solch einer Leidenschaft und Überzeugung, daß ich mir alles lebhaft vorstellen konnte. Er hatte recht. Wilbur war stark und absolut furchtlos. Er hatte eine gute Intuition, und inzwischen hatte er auch gelernt, wie man mit einem Seil umgeht und einen Hebemechanismus zusammenbaut und dergleichen. Als er damals losgerannt war, um Pippin vor Dancer zu retten, als er losgelaufen war, um die Leben von Bear und Ginger zu retten, und als er in dem gewaltigen Sturm auf mich zugekrochen kam – da hatte ihn der Wille angetrieben, Geschöpfe zu retten und in seine Obhut zu nehmen.

»Du wirst bestimmt ein ganz wunderbarer Feuerwehrmann, Wilbur«, sagte ich. »Aber ich werde dich sehr vermissen.«

»Ich werde dich auch vermissen. Aber ich kann nicht noch ein Jahr bleiben. Ich meine, ich könnte bleiben, wenn ich müßte, aber jetzt, da ich das Schiff nehmen kann ... Es ist auch nicht, weil ich Feuerwehrmann werden will. Aber ich muß zurück dorthin, wo es Tiere gibt.«

»Wilbur«, sagte ich, »ich will dir etwas sagen. Ich glaube nicht, daß ich dir das je deutlich genug gesagt habe. Ich liebe dich sehr. Ich möchte gar nicht daran denken, wie mein Leben ohne dich ausgesehen hätte.« Er strahlte mich an, nahm mich in die Arme und drückte mich fest, und ich sagte ihm, er solle Iris lieb von mir grüßen, und er flüsterte mir noch zu, daß Gronya mit ihm käme und daß er glaube, daß zwischen ihnen wieder alles gut sei.

Wer also blieb in Framheim zurück? Nun, alle übrigen. Neun fuhren mit der *Endurance*, und sechzehn blieben in Framheim, und obwohl der gewaltige Exodus mich fast mitgerissen hätte, entschied ich mich nach einem Telefongespräch mit meinem Großvater, noch ein Jahr auf der Ross-Insel zu bleiben, so wie ich es von Anfang an vorgehabt hatte. Ich hatte mir immer vorgestellt, daß dieses Jahr eine Art Belohnung war, die ich mir selbst gönnte – und das war es dann auch, ein Jahr als Belohnung, ausgefüllt mit viel Nachdenken, mit viel Ruhe und mit der Niederschrift dieser Seiten, mit denen ich nun fast am Ende bin. Nachdem wir wieder in Framheim eingetroffen waren, ging ich, bevor ich meine Sachen auspackte, bevor ich mit Brock sprach, in unsere Funkerstube, um William anzurufen. Beim dritten Versuch kam ich schließlich durch und hörte meinen Großvater mit griesgrämiger Stimme fragen: »Bist du es, Morgan?«

»Großvater!« schrie ich. »Wir haben es geschafft. Wir haben es geschafft. Wir sind lebend zurück.«

»Hab ich mir so vorgestellt«, sagte er. »Was glaubst du, warum ich euch geschickt habe? Um zu sterben? Nicht sehr wahrscheinlich, nicht meine Enkeltochter. Was bist du, ein Schlappschwanz?«

»Ach, es ist so wunderbar, deine Stimme zu hören. Du lebst auch noch.«

»Bis jetzt. Zu angekotzt in letzter Zeit, um zu sterben«, sagte mein Großvater grimmig.

»Angekotzt?«

»Ernsthaft angekotzt. Von diesem Krieg. Du hast Glück, daß du ihn verpaßt hast. Zum ersten Mal in meinem Leben Scham, ein Amerikaner zu sein. Diese T-Shirts, du solltest diese T-Shirts sehen. Operation Wüstensturm steht drauf und ›Wir haben unsere Würde wieder‹ darunter. War aber gar keine Operation, es sei denn so eine, bei der der Patient stirbt. Kann dir gar nicht sagen, was hier in Boston los war. In Boston! Die Linken hier haben mich immer zur Weißglut gebracht. Aber jetzt hat man den Eindruck, als sei die ganze Stadt von Außerirdischen übernommen worden. Wenn man so seine Würde zurückgewinnt, warum geht man dann nicht einfach hin und schlägt ein paar Gürteltiere mit dem Baseballschläger tot? Warum treibt man nicht eine Schildkröte mit Fußtritten vor sich her um einen Häuserblock? Zum Kotzen. Die ganze Sache war einfach zum Kotzen. Das ganze Geseiche von wegen Freiheit und Demokratie. Krieg wurde geführt wegen billigen Öls, um die Gefechtsbereitschaft zu testen, und für das Ego des Präsidenten.

Aber billiges Öl? Nein, das glaube ich nicht. Hab selbst ein paar Berechnungen angestellt, Kosten des Krieges, ganz zu schweigen von den brennenden Ölfeldern. Die Schäden, die im Golf angerichtet wurden. Kommt so was raus wie hundertdreißig Dollar pro Liter für alle auf der ganzen Welt, die Benzin kaufen, ungefähr die nächsten hundert Jahre lang. Rentabel? Auf dem Mars vielleicht. Kann dir gar nicht sagen, was für ein Glück du hast, im Moment nicht hier zu sein. Du würdest cholerische Anfälle kriegen.

Das einzig Gute, freue mich, das sagen zu können, Lamont macht keine Farbengeschäfte mehr mit der Navy. Hab vor fünf Jahren keine neuen Verträge mehr bekommen, als wir uns entschlossen, dieses neue Verfahren anzuwenden, um keine Abwässer mehr zu verschmutzen. Ein bißchen teurer, zu viel für die Regierung offensichtlich. Natürlich die gleiche Regierung, die hundertdreißig Dollar für einen Liter Sprit gibt. Es ist zum Verrücktwerden. Werde ich aber nicht; ich tue etwas dagegen. Versuche, mir in der Sowjetunion einen Markt zu schaffen, zum Beispiel «

»Du klingst, als ob es dir großartig ginge«, sagte ich. »So richtig gut.«

»Ja, nicht übel, gar nicht übel. Wie steht's bei dir und den anderen?«

»Uns geht's blendend. Ich hab mir den Arm gebrochen, sonst ist alles okay.«

»Den Arm gebrochen, hm? Wie ist das passiert?«

»Ich bin in eine Spalte gestürzt. Aber Brock hat mich wieder rausgeholt ... Wir sind übrigens nicht mehr zusammen. Er geht zurück in die Staaten und will seine Kinder suchen.«

»Aha, dafür erst einmal ein Hurra«, sagte William.

»Und Wilbur will Feuerwehrmann werden. Er läßt dich herzlich grüßen. Er sagte: ›Grüß Großvater herzlich von mir.‹«

»Er ist ein feiner Kerl. Wo ist Thaw? Ich habe ein paar Ideen für ihn auf Lager.«

»Er hat sich entschlossen, buddhistischer Mönch zu werden.«

»Buddhistischer Mönch!« schnarrte mein Großvater. »Hol ihn mal an den Apparat, dann werde ich ihm sagen, was ich davon halte.«

»Ich glaube, er packt gerade. Er wird ebenfalls mit dem Schiff nach Norden fahren. Das werden sie alle, außer mir. Auch ich denke darüber nach, nach Hause zu fahren, damit ich dich wiedersehen kann.«

»Wenn du jetzt zurückkommst, dann wirst du mich dafür hassen. Hast es doch nie so vorgehabt, oder?«

»Nein.«

»Gibt's noch etwas, was du da unten tun könntest?«

»Ja.«

»Nun, du bist ja dort. Ich will jedenfalls, daß wenigstens irgend etwas kosteneffizient ist. Verdammte Station kostet mich schließlich ein paar Penny. Sollte also noch für irgend etwas gut sein. Überhaupt, warum laßt ihr sie nicht da? Könnte sie nicht später anderen von Nutzen sein?«

»Ja«, sagte ich. »Ich denke schon.«

»Na bitte. Dann ist ja allerhand zu entscheiden. Und bei mir hier ist es genauso, ich reorganisiere den ganzen Laden. Thaw hatte in vielem recht, was er gesagt hat. Habe es damals nicht gewußt, aber nach diesem Krieg hätte ich mich gerne noch mal mit dem jungen Mann unterhalten, und zwar bald.«

»Junger Mann? Er ist dreiundvierzig oder so was.«

»Jung genug. Sag ihm, er soll mich anrufen, sobald er wieder zurück in den Staaten ist, ja? Nachdem er sich sein T-Shirt besorgt hat. Man muß jetzt ein T-Shirt tragen; sonst wird man auf der Straße von rudelweise marodierenden ›Patrioten‹ belästigt. Mochte die Patrioten immer, fand sie großartig. Aber jetzt hasse ich diese Hurensöhne. Amerika scheint zu einem Land von Feiglingen geworden zu sein. Jeder, der noch ein Gehirn besitzt, hat alle Hände voll zu tun, sich zu rechtfertigen, daß er das Zeug zwischen seinen Ohren frecherweise auch benutzt. Zum Kotzen, wirklich zum Kotzen. Nein, du bleibst, wo du bist. Hier könntest du nichts tun, jedenfalls im Moment nicht.«

»Als wir auf dem Plateau waren, erfuhren wir, daß der Krieg ausgebrochen war«, sagte ich. »Und ich dachte immer wieder, wie konnten sie nur damit anfangen, ohne mich zu fragen?«

»Wie konnten sie damit anfangen, ohne mich zu fragen? Trifft die Sache schon eher«, erwiderte William.

Ich blieb also hier, und die anderen fuhren ab. Am Morgen des 23. März wurde das Schiff beladen – unser Abfall und die leeren Ölfässer waren schon vorher an Bord geschafft worden. Die Hunde waren in ihren Zwingern an Bord sicher untergebracht, unter Deck, worüber sie nicht allzu glücklich waren, und Wilbur und Winnie versuchten, sie dort unten zur Ruhe zu bringen. Für die Hunde war dies der Beginn des langen Rückweges nach Alaska. Winnie würde mit ihnen fahren, um dort eine neue Bleibe für sie zu finden und ihre eigenen Habseligkeiten für die Übersiedlung nach Neuseeland fertigzumachen. Zuvor aber wollten sie mit Guy in Queenstown heiraten, sobald wie möglich, sobald das Schiff in Lyttelton angelegt haben würde. Wenn sie dann von Alaska zurück nach Neuseeland kam, würden ihre eigenen Hunde dort in Quarantäne kommen; sie würde versuchen, sie während dieses langen Jahres so oft wie möglich zu besuchen. Wenn alles gutging, würden Winnie und Guy bei der letzten Fahrt der *Endurance* nach Framheim im Südsommer 1992 noch einmal an Bord sein.

Der Abschied von Winnie fiel mir deshalb nicht so schwer. In elf Monaten würde ich sie wiedersehen, und zwar hier auf Kap Evans. Bei den anderen fiel mir das Abschiednehmen schwerer. Die Vertrautheit der letzten vier Jahre beendet zu sehen, das ganze Planungskomitee der Expedition außer mir das Eis verlassen zu sehen – das wäre auch unter anderen Umständen schwer gewesen. Aber Brock, Wilbur und auch

Thaw Lebewohl zu sagen, das war besonders schmerzhaft, und wir, die wir in Framheim bleiben würden, waren erleichtert, den Abschied schließlich hinter uns gebracht, von der *Endurance* übergesetzt und wieder den festen Grund des Weststrandes unter den Füßen zu haben. Es gab keine Blaskapelle, die der *Endurance* zum Geleit aufspielen konnte, aber es würde ohnehin in einer Stunde dunkel werden, also winkten wir noch eine Weile in den bitterkalten Wind hinein und wandten uns dann der Wärme und dem Licht Framheims zu.

Nach dem Abendessen ging ich hinaus in die Dämmerung. Es blies immer noch ein kalter Wind, aber ich war warm angezogen und hatte inzwischen auch Übung darin, mich mit Hilfe meiner regierungseigenen Krücken fortzubewegen. Ich nutzte sie ziemlich behende, ging jetzt in der Dämmerung zum Nordkap hinüber und schaute auf die Umrisse von Inaccessible Island, die sich gegen den Himmel abzeichneten. Die Dämmerung würde lange anhalten, und ich mußte an eine der schönsten Stellen in Scotts Tagebüchern denken. Als er auf Kap Evans war, hatte er geschrieben: »Nun beginnt das lange, milde Zwielicht, das gleich einer silbernen Spange das Heute mit dem Gestern verbindet – wenn Morgen und Abend Hand in Hand unter dem sternenlosen Himmel der Mitternacht zusammensitzen.« Es war nur ein Fragment in seinem Tagebuch, ein »Eindruck«, wie er es nannte, aber es beschrieb besser als alles andere, was ich fühlte. Das Schiff war fort, der Pol war Vergangenheit, Fidel und Brock nicht mehr da, und ich auf halbem Wege zwischen Gestern und Morgen, das Zwielicht, das sich über Nimmerland gelegt hatte, war ein zartes und mildes Licht. Eine Silberspange, die Vergangenheit und Zukunft gleichermaßen umfaßte. Das Gestern war das Gestern nicht nur meines eigenen Lebens, sondern auch das des Lebens meines Landes und des Lebens der Zivilisation, die uns hervorgebracht hat. Wenn wir es schafften, das Gestern zu verstehen, dann würden wir vielleicht auch reumütig zugeben können, daß wir die Umrisse des Morgen nie richtig gekannt haben. Bis es niedergeschrieben ist, ist nichts unwiderruflich. Aber genauso kann man, wenn man auf der Erde steht, unbestreitbar nur durch eine Luftspiegelung weiter sehen als bis zum Horizont.

Das letzte Jahr habe ich mit der Arbeit an diesem Buch zugebracht. Zu meiner eigenen Überraschung habe ich zehn Monate dazu gebraucht und muß mich nun beeilen, fertigzuwerden, bevor die *Endurance* wiederkommt. Wir schreiben den 28. Februar, den Jahrestag des Kriegsendes, und in genau einem Monat werde ich meinen dreißigsten Geburtstag feiern. Für mich ist es ein schönes Jahr gewesen, nicht nur erfolgreich, sondern auch voll schöner, stiller Augenblicke, ein Jahr, das mir so viel Zeit schenkte, wie ich wollte, um mir die Pinguine und Skuas und Weddellrobben anzuschauen, und alle Zeit der Welt, endlos lange in die pulsierenden Sterne zu schauen und in die farbenprächtigen Vorhänge der *Aurora australis*. Wir haben nur wenige kleine Ausflüge in die Umgebung des Kaps unternommen. Als es mir im Mai wieder gutging, weil Fußgelenk und Arm inzwischen ausgeheilt waren, fuhren wir zu mehreren über das inzwischen ausreichend feste Meereis nach McMurdo, um uns dort für die uns erwiesene Gastfreundschaft zu bedanken und den Überwinteren dort eine gute, fröhliche antarktische Nacht zu wünschen. Wir fuhren auf Skiern hin, im Dunkeln, da die Südnacht sich bereits über das Eis gesenkt hatte, und diesmal erschienen mir die Lichter von McMurdo warm und einladend. Ich gab bei der Gelegenheit auch gleich meine Krücke an die Krankenstation zurück, bedankte mich noch einmal bei Dr. Miller und begrüßte den Chef.

Das war einer von unseren Ausflügen. Wir machten noch zwei weitere. Im Dezember fuhren wir aufs Ross-Schelfeis hinaus, um die Reste unserer Vorratslager dort zu beseitigen, denn bis zum mittleren Barrieredepot hatten wir unsere Lager auf dem Rückweg vom Pol nicht ganz ausgeräumt. Glücklicherweise gelang es uns trotz der schlimmen Stürme, die im Winter getobt hatten, alle Depots wiederzufinden, so daß wir alles, was wir ins Innere der Antarktis mitgebracht hatten, auch wieder entfernten. Für diese Fahrt benutzten wir Schneemobile, die so stanken und lärmten wie je; aus irgendeinem Grund flogen ein paar Skuas mit uns binnenwärts – sie schienen uns als eine Art Schiff zu Lande anzusehen und hielten es wohl für ihre Pflicht, Schiffe zu begleiten, wo immer diese auch hinfahren mochten. Eine von ihnen freundete sich mit mir auf dieser Fahrt an; sie setzte sich auf mein Schneemobil, sobald ich es nicht selbst benutzte. Sie starrte mir fragend entgegen, zuckte nervös mit den Füßen, wenn ich näher kam, und flog davon, lange bevor ich nahe genug herankam, um sie zu berühren.

Die andere Reise lag zeitlich noch vor der zum Ross-Schelfeis, im November. Acht von uns waren auf Skiern nach Kap Royds gefahren, um dabeizusein, wenn die Adeliepinguine in ihrer Brutkolonie eintrafen. Shannon und Todd, die immer noch zusammen sind, waren dabei, Tryggve und Theresa, die sich ebenfalls zusammengefunden hatten, und auch Mark Tyner, der aber zu streitbar ist, vermute ich, um sich mit irgend jemandem zu liieren. Auf diesem kurzen Ausflug schaffte er es, mit Michael einen Streit vom Zaun zu brechen, und zwar ausgerechnet über die Anzahl der Wettbewerbe bei den ersten Olympischen Winterspielen. Auch Paula Langlois war mitgekommen, und es war wunderbar, mit ihnen allen rund um die Spitze des Barnegletschers und dann über Kap Barne zur Hintertürbucht zu fahren. Dort kletterten wir zusammen mit vielen Pinguinen die Flaggenmastspitze hinauf; die Pinguine waren so in ihre Kletterei vertieft, daß sie uns völlig ignorierten. Sie rutschten auf ihren Bäuchen, rappelten sich wieder auf, rannten ein Stück mit seitlich ausgestreckten Flossen und überwanden so ganze Gebirge von Eis und gewaltige Schluchten, die der Frost in bizarrer Weise gebildet hatte. Ihr ganzes Streben galt nur dem einen Zweck, in die Kolonie zu kommen, um ihre Partner zu finden und dann dort ihr winziges Territorium abzustecken. Diejenigen, deren Partner noch nicht eingetroffen waren oder die zum ersten Mal brüteten, standen mit vorgereckten Brüsten und gen Himmel gerichteten Schnäbeln da. Sie ließen ihre Flossen in großen Kreisen rotieren und gaben dabei ein *Gug-gug-gug* von sich; danach verbeugten sie sich tief und senkten den Kopf, so daß ihr Schnabel auf ihre eigene Achselhöhle zeigte. So blieben sie eine Weile reglos stehen. Wir bekamen auch das Kieselritual zu sehen, in dessen Verlauf ein Adelie, wenn es Zeit wird, das Nest zu bauen, Kiesel und kleine Steine sammelt, um daraus eine geeignete

Unterlage für die Eier zu basteln. Einige Adelies entfernten sich bis zu hundert Meter vom Neststandort, um den Stein zu finden, der vollkommen genug war, um ihn ihrer erwartungsvollen Gattin vor die Füße zu legen. Wir sahen auch – wie wir gehofft hatten – diebische Pinguine, die sich nicht erst die Mühe machten, ihre Steine selbst zu holen, sondern sie aus den kurzfristig verwaisten Nestern anderer Pinguine stahlen. Wurden sie auf frischer Tat ertappt, dann setzten sie eine pfiffige Miene auf: »Ich?« schienen sie zu sagen. »Das kann doch nicht dein Ernst sein! Laß dich mal untersuchen. Ich glaube, du leidest unter Wahnvorstellungen.«

Auch hier, auf Kap Evans, sehen wir inzwischen Pinguine; es sind Tiere, die gerade gemausert haben und deshalb ziemlich ramponiert, unglücklich und sogar verfroren wirken. Auch die Skuas haben die Mauser hinter sich, aber sie scheinen besser damit zurechtzukommen und tragen jetzt alle ein satt dunkelbraunes Kleid. Die Weddellrobben sind auch noch hier. Sie liegen auf dem Eis und kratzen sich das Salz von der Haut. In diesem Winter hatte ich ein schönes Erlebnis mit einer Weddellrobbe; ich war aufs Meereis hinausgegangen und hatte mich neben ein Atemloch gelegt, das sich eine von ihnen offenhielt. Ich wollte ins Wasser schauen, das Spuren von Phosphoreszenz aufwies. Ich senkte deshalb mein Gesicht sehr über die Wasseroberfläche. Plötzlich tauchte eine Robbe auf und jagte uns beiden einen gehörigen Schrecken ein. »Huumph!« sagte sie, gab mir aber trotzdem einen Kuß, ich spürte ihren fischigen Atem auf meiner Wange und ihre kalte Nase direkt an meinem Auge.

Was sonst hat sich in diesem Jahr ereignet? Wir bekamen verschiedentlich Besuch aus McMurdo, sogar von der Standortkommandantin. Sie war genauso brüsk und scheinbar unfreundlich wie bei unserem ersten Zusammentreffen, aber sie war hier, und das sagt alles. Sie besuchte uns, die *Terra-Nova*-Hütte und auch Greenpeace. Die Greenpeace-Mannschaft haben wir natürlich öfter zu Gesicht bekommen. Mit ihnen haben wir am 11. Juni anläßlich der totalen Sonnenfinsternis, die uns hier wie ein Witz vorkam, eine Party und etwas später dann die Wintersonnenwende gefeiert. Aber Greenpeace räumt jetzt seinen Stützpunkt. Seine Arbeit ist getan, die Vereinbarung zur Unterlassung der Rohstoffausbeutung unterzeichnet. Das Greenpeace World Park Headquarters wird demontiert. Bald wird alles fort sein – das FOS, der

Container, die Satelittenschüssel – und zurückbleiben werden nur der Hausstrand und die *Terra-Nova*-Hütte, die wie ein einzelnes Buch auf einem Tisch aus schwarzer, vulkanischer Asche steht.

Framheim am Weststrand wird stehenbleiben. William machte diesen Vorschlag bei unserem ersten Gespräch nach unserer Rückkehr vom Pol, und mir schien das vernünftig. Als ich diese Idee den anderen Expeditionsteilnehmern, die einen zweiten Winter hier verbringen wollten, auseinandersetzte, hielten sie sie ebenfalls für gut. Das Haus ist zu schön, um es einfach abzureißen, nachdem wir es so mühsam hierhergeschafft haben, und wir alle waren uns einig, daß es nur einem einzigen Land übereignet werden konnte, und das war Neuseeland. Wenn wir also heimfahren, wird Großvater sich mit der neuseeländischen Regierung in Verbindung setzen und dem Volk von Neuseeland Framheim anbieten. Es ist noch nicht klar, ob sie annehmen werden, aber wenn sie es tun, dann werden vielleicht eines Tages zwei Flaggen mit flugunfähigen Vögeln, die Kiwifahne und die Pinguinfahne, hier auf dem Dach flattern.

William hat mich übrigens in diesem Jahr völlig durcheinandergebracht. Ich berichtete bereits, daß er im letzten Herbst darauf drängte, Thaw solle ihn anrufen, sobald er wieder in den Vereinigten Staaten sei. Thaw hat es getan, und statt in einem Zen-Kloster lebt er jetzt in Lexington, Massachusetts, und ist stellvertretender Vorsitzender von Lamont Paints. Ich habe mich über William ja schon oft gewundert, aber daß Thaw sich zu dieser Sache breitschlagen ließ, hat mich dann doch überrascht, denn ich erinnere mich, früher von ihm gehört zu haben, daß er den Osten der Vereinigten Staaten nicht möge. Er meinte immer, die Luft dort sei voller Partikel, die allem eine Trübheit verliehen, allem. Und er fand, dadurch wirkte alles klein, aufgeteilt und wie in Besitz genommen. Offensichtlich empfindet er es immer noch so, denn er sagt, daß er nicht für immer dortbleiben wolle, aber die Chance, die William ihm bot, sich nicht habe entgehen lassen können. Schon bei ihrem ersten Zusammentreffen hat mein Großvater erkannt, daß Thaw von seinen Theorien über den Kapitalismus geradezu besessen ist, und später erklärte William mir kichernd, wie gut sein Plan funktioniert habe.

»Ist nicht mehr so aufsässig, der junge Mann. Völlig andere Sache, wenn man auf dem Fahrersitz sitzt. Denke, er versteht jetzt, daß eine große Firma wie diese Jobs bedeutet, Leben. Was soll man machen, sie einfach zumachen? Man kann sie nicht einfach zumachen. Man muß sie ändern. Man muß sie sich zunutze machen. Ja, ja, er lernt dazu. Hat viele gute Ideen.«

Ich habe ziemlich viel von William gehört in diesem Jahr. Diese Wüstensturm-T-Shirts scheinen ihn so aufgeputscht zu haben, daß er seine Aktionäre regelrecht in Aufruhr versetzt hat – nicht nur, indem er John Thaw anheuerte. Er krempelt Lamont Paints von Grund auf um, hat eine Lamont-Stiftung gegründet, als philanthropischen Zweig der Farbenfabrik. Thaw ist im Moment hauptsächlich damit beschäftigt, nach einem geeigneten Stück Land entweder in Colorado oder in Wyoming zu suchen, auf dem mein Großvater das Lamont Institute bauen will, seine neueste Idee – ein solargeheizter und nach letztem Stand der Technik auf sparsamen Energieverbrauch optimierter Gebäudekomplex, in dem ein Stab von einhundert – »einhundert«, betonte er stolz – Wissenschaftlern und Forschern arbeiten soll. Sie werden vier oder fünf Forschungsbereiche bilden, und sie werden sich mit allem beschäftigen, angefangen von der globalen Sicherheit bis hin zu regenerativer Landwirtschaft, effizienter Energienutzung und der vollständigen Umstellung der Energiesysteme von Kohlenwasserstoffen auf regenerative Energieträger. Er hat es zu seiner ganz persönlichen Angelegenheit gemacht, die Regierung der Vereinigten Staaten davon zu überzeugen, daß allein die effizientere Ausnutzung von Energie im Verlauf der nächsten zwanzig Jahre Billionen Dollar einsparen kann.

»Wir haben zwanzig Billionen für den kalten Krieg ausgegeben«, erklärte er mir. »Werde diesen Burschen beweisen, ganz gleich, ob es ihnen gefällt oder nicht, daß wir zwölf Billionen einsparen können, allein durch effizientere Nutzung von Energie. Also, die Energie, die jedes Jahr in Amerika verschwendet wird, kostet mehr, als das ganze Defizit des Bundeshaushalts beträgt. Ich frage dich, kann man so vielleicht eine Firma führen, ein Land, meine ich? Wenn wir sparen, dann können wir die Umstellung schaffen. Von den Kohlenwasserstoffen auf Wasserkraft, Sonne, Wind und Gezeitenkraft. Lassen wir doch diese Paletten auf dem Meer schwimmen. Jeder Teil des Landes soll die Energie nutzen, die seine Landschaft ihm bietet. Wind in Nebraska, Sonne im Südwesten, Wasser an den großen Seen. Biomasse als Energieträger, wenn alles andere nicht geht. Thermische Energie, wo es tätige Vulkane gibt. Nicht einfach eine Sache, sondern viele, wir müssen alle Optionen nutzen. Weiß gar nicht, wo die Vorstellung überhaupt herkommt, daß eine Sache besser sein soll als alle anderen. Die Menschen möchten ja auch alle verschieden sein. Thaw meint, das hinge alles mit dem Puritanismus zusammen.«

Und sonst? Nun, Brock. Ich vermisse ihn. Ich habe ihn geliebt, und es ist merkwürdig, daß wir nie wieder zusammensein, daß wir nie heiraten werden. Bei allen Unterschieden hatten wir doch auch viele Gemeinsamkeiten, und ohne ihn fehlt mir etwas. Aber er wohnt jetzt in Kalifornien in der Nähe seiner Kinder, und er hat mich einmal angerufen, um mir zu sagen, wo er steckt und daß er wieder die Schulbank drückt. Er versucht, ein interdisziplinäres Studium zu absolvieren, damit er sich sowohl mit Wanderungsbewegungen als auch mit dem Magnetismus beschäftigen kann, und er hat verschiedene Prüfungen abgelegt, um ein kleines Stipendium zu bekommen. Ich glaube, er trifft sich auch wieder mit Sarah, obwohl er das nicht erzählt hat – er sagte nur: »Sie hat immer noch den silbernen Ohrring, von dem ich dir erzählt habe« –, aber wenn es so ist, dann sollte ich mich eigentlich für die beiden und ihre Kinder freuen. Trotzdem bin ich eifersüchtig. Aber immerhin hat Sarah ältere Rechte.

Wilbur geht es bestens. Ich vermisse auch ihn, jedoch auf ganz andere Weise. Denn ihn werde ich ja wiedersehen, sobald ich zurück in Quarry bin. Er hat sich dort mit Gronya zusammen ein Haus gekauft. Zum ersten Mal in seinem Leben ist Wilbur wirklich selbständig. Gronya arbeitet als Bergführerin. Nach dem Marsch zum Pol empfand sie es als Zumutung, wieder ihre alte Arbeit als Bürovorsteherin aufzunehmen. Sie glaubt immer noch, daß Lagern und Unterbringen etwas sehr Wichtiges ist, sieht es immer noch unter dem moralischen Aspekt, aber sie betrachtet es nicht mehr als Zentrum ihrer Existenz. Wilbur ist, wie er gelobt hat, Feuerwehrmann geworden, trainiert aber weiterhin Hunde, da es in Quarry nur eine freiwillige Feuerwehr und kaum Brände gibt. Dennoch war Wilbur bereits an drei so spektakulären Rettungsaktionen beteiligt, daß jedesmal in der Zeitung von Quarry darüber berichtet wurde. Das finde ich wunderbar, und ich muß oft an unsere Kindheit denken, als wir auf dem Felsen saßen. Wir blickten ins Tal hinunter, sahen die Schafe, die wie helle Tupfer über die Hänge verteilt waren, ich erzählte Wilbur Geschichten von Helden, und er sah mich mit glänzenden Augen an und fragte: »Hat er das wirklich getan, Morgan? Wirklich?«

Winnie ist inzwischen verheiratet. Ich werde sie wiedersehen, wenn das Schiff hier ankommt. Bis wir in Lyttelton einlaufen, wird die Quarantänezeit ihrer Hunde vorüber sein, und sie kann sie mit in das Haus nehmen, das sie zusammen mit Guy außerhalb von Queenstown bewohnt. Sie hat mir schon erzählt, es sei wie aus einem Märchenbuch, sie hätten dort Hecken so dick und hoch, daß sie mit Holztoren versehen sind. Seltene Blumen, die man in Amerika hegen und pflegen muß, wachsen dort wild zu einem Meer von Purpur und Magentarot. Ihre Arbeit als Guys Gehilfin gefällt ihr – »man muß wirklich sehr auf dem Posten sein« –, und sie sagt, sie wolle nie wieder zurück nach Amerika. »Wußtest du, daß Neuseeland das erste Land war, das allererste Land auf der Welt, in dem Frauen wählen durften, Morgan?« Ich beneide sie, und ich bin glücklich für sie, aber mich selbst zieht es auch jetzt, in diesem Augenblick, nach Amerika zurück. Es ist merkwürdig. Das hätte ich mir nie träumen lassen.

Und nachdem ich nun darauf gekommen bin – nachdem ich begriffen habe, daß es mit mir selbst zusammenhängt –, komme ich mir wie ein Holzkopf vor, es nicht schon früher verstanden zu haben. Als wir im letzten Mai nach McMurdo gingen, wurde mir gestattet, einige Bücher aus der Bücherei auszuleihen, und was lud ich mir auf meinen Schlitten und zog damit zurück nach Framheim? Elementare Lehrbücher der Chemie und Physik. Ich nahm auch einige Bücher über Geologie, über Gesteine und Tektonik mit und, was das Wichtigste ist, ich nahm mir noch einmal die Bücher über die Vulkane vor. Seither habe ich in der meisten Zeit, die ich nicht aufs Schreiben verwandte, diese Bücher durchgearbeitet, unterstützt von den Naturwissenschaftlern, die noch hier sind, und ich glaube, daß ich damit den Stand eines Collegeabsolventen in den naturwissenschaftlichen Fächern erreicht habe. Ich habe mich nach Universitäten in den USA erkundigt. Jetzt endlich – endlich, es hat so lange gedauert – habe ich begriffen, daß ich von Anfang an Naturwissenschaftlerin werden wollte.

Vielleicht nicht eigentlich von Anfang an. Vielleicht nicht von dem Augenblick an, da eine Zelle sich mit einer anderen vereint hat und im Leib meiner Mutter ein winziges Potential entstand. Aber bestimmt von dem schwierigen Moment an, da ich mich kopfüber zwischen heißen Wänden vorfand, die sich um mich herum zusammenzogen, ein Stöpsel gezogen wurde und ich mich nach Süden in Bewegung setzte. Es war soweit, es war entschieden, ich konnte nichts dagegen tun, es war mein Anfang, wenn auch nicht der Anfang der Geschichte, und wie Kaptain Guy oder Arthur Gordon Pym wurde ich von Kräften getrieben, die ich weder beherrschte noch verstand. Irgendwo über oder unter mir lag die antarktische Sphinx, und wenn ich nicht auf ihr magnetisches Riff auflaufen wollte, dann mußte ich für mich selbst entdecken, wohin ich unterwegs war und warum ich dorthin ging.

Ja, es war beides dagewesen. Nicht von Anfang an vielleicht. Aber von meiner Geburt an, seit ich mich durch den Geburtskanal zwängte und nicht hatte haltmachen können, nicht um alles in der Welt, weil die Welt sich drehte. Deswegen also kam ich schließlich hierher nach Kap Evans und fand hier, wonach ich gesucht hatte, obwohl ich eigentlich etwas ganz anderes zu suchen geglaubt hatte. Ich hatte gedacht, ich suchte das Eis und den Pol, aber darum ging es in Wirklichkeit gar nicht. Es ging um die Last meines Schicksals, das ich als Kind des Empire hinter mir herzog. Was ich hier fand, waren die Hütte und der Vulkan und Fidel Acosta; ich war zufrieden, als ich den Hausstrand erreichte und entdeckte, daß Geschichte etwas ist, das in uns lebendig wird. Wenn wir aus nichts als unserer eigenen persönlichen Vergangenheit schöpfen könnten, wenn wir nichts anderes auf unseren Schultern tragen könnten, dann gäbe es keine Hoffnung mehr für unsere Spezies, dann wären wir auch nur intelligente Bomben oder, wie Thaw es ausdrückte, belebte Meteoriten. Aber wir besitzen mehr als nur unser eigenes kleines Leben. Wir besitzen eine gemeinsame Geschichte, die einem Sonnenstrahl gleicht, der durch eine Wolke fällt und den man überall spüren kann, nicht nur in der Antarktis.

Ihn spüren, das ist es, worauf es ankommt. Hinter das zu schauen, was man direkt vor sich sieht, hinter den Augenblick der Gegenwart, und das Verwandte in anderen Zeiten und Orten zu suchen. Irgendwo wartet eine Geschichte, die zu einem paßt und an der man wachsen kann. Es muß nicht unbedingt die Geschichte der eigenen leiblichen Vorfahren und der eigenen Kultur sein. Vielleicht spielt sie auf der anderen Seite des Erdballs, vielleicht ist sie schon vierzehnhundert Jahre alt, und man muß vielleicht lange im Raum und in der Zeit suchen, bis man sie findet. Aber wenn man sie findet, wird man sie sofort erkennen, denn sie wird einem deutlich machen, daß es keinen qualitativen Unterschied zwischen Idee und Materie gibt und daß die schöpferische Phantasie besser heilt als jede Medizin. Man darf sich nicht mit der Geschichte eines anderen zufriedengeben. Man muß die eigene finden, eine Wahrheit schaffen, die die eigene Wahrheit ist. Und man darf nie vergessen, daß die Tatsachen zwar immer die gleichen bleiben, daß sich aber die Wahrheit stets verändert.

Und was hatte dieses Jahr nicht alles bewirkt, um uns das deutlich zu machen. Ich spreche von den Ereignissen in der großen Welt, denn es war das Jahr, in dem die Sowjetunion verschwand. Dieses Empire hatten wir alle für unzerstörbar gehalten, hatten es der Kategorie der Osmanen zugeordnet, der Hohenzollern oder derer von Habsburg, eine neue europäische Dynastie, die noch langlebiger sein würde, als es die alten gewesen waren. Aber innerhalb von zwei Monaten war sie plötzlich verschwunden; wir Außenstehenden hatten nicht gewußt, daß Millionen von Menschen, die in diesem Reich lebten, seit siebzig Jahren in aller Stille ihre eigene Wahrheit gesucht und gefunden hatten. Und jetzt sagten sie: »Wir wollen, daß dieser Geschichte, die wir leben, ein neues Kapitel hinzugefügt wird«, und so geschah es, und zwar schneller, als sich die Nordbucht im Herbst mit Eis überzieht. Wir verfolgten in Framheim erstaunt die Nachrichten. Weniger erstaunt gleichwohl, als das andernorts der Fall gewesen wäre. Denn die Antarktis stellt auf ihre Weise die Zeit auch wieder her. Wir sprachen mit Anton und Leonid, die bestätigten, es sei ein harter Winter in Rußland gewesen. Großvater schickt Lebensmittel hin. Als Rechtfertigung dafür führt er an, das werde ihm den Abschluß von Farbkontrakten erleichtern.

Das war ein Jahr! Für mich ein fast vollkommenes Jahr. Ich habe neue Freunde gewonnen, von denen ich hier nicht weiter berichten will. Nur soviel sei gesagt, daß es sich dabei nicht um Fidel handelt, und wenn ich von Fidel zuletzt erzähle, dann mit Sicherheit nicht, weil er in meinem Herzen oder in meinen Gedanken der letzte wäre. Im vergangenen Frühjahr, nach unserer Rückkehr nach Framheim und dem Auslaufen der *Endurance*, machte ich einen Besuch im Greenpeace World Park Headquarters, um die neue Mannschaft kennenzulernen. Sie gaben mir einen Brief, den Fidel für mich hinterlassen hatte, und einen, den sie selbst vor einigen Tagen über E-Mail von Fidel erhalten hatten. Er war im Persischen Golf. Er war als Teil eines Erkundungstrupps dorthin gesandt worden, um eine Abschätzung der Schäden am Ökosystem der Region vorzunehmen. Sogar Fidel, der stets davon ausging, daß auch das Schlimmste nur Vorbote des Besten sei, war so entsetzt über das, was sie dort vorfanden, so daß er kaum darüber schreiben konnte.

»Wie ein Großangriff auf die Erde selbst«, schrieb er seinen Freunden in World Park Headquarters. »Und wo die Ölquellen brennen, ist der Tag so schwarz wie die antarktische Nacht. Tiere sterben zu Tausenden, und der herrliche persische Golf ist bestellt mit der Saat von Angst und Schrecken. Ich glaube, es ist gut, nach der Antarktis hierherzukommen; es ist gut, weil es mich daran erinnert, daß das, was wir dort getan haben und dort noch tun werden, nur ein Symbol ist. Wenn wir einen World Park gründen, ist das wichtig, weil wir etwas bekommen, auf das wir zeigen können und sagen: ›Da. Das kann man schaffen, wenn die Völker zusammenarbeiten.‹ Aber ein Symbol, auch ein wichtiges, rettet nicht die Erde. Einige hier versichern mir, daß die Verdunkelung des Himmels am anderen Ende der Welt möglicherweise dazu führt, daß im nächsten Sommer kein Getreide mehr wächst.«

Der Brief an mich war ganz anders; er hatte ihn ein paar Tage nach Ausbruch des Krieges geschrieben, während er darauf wartete, daß die *Gondwana* ihn mit nach Norden nahm.

»Morganna«, schrieb er. »Ich fahre jetzt. Wir haben von der Scott Base gehört, daß Du mit den vier anderen vor zehn Tagen am Pol warst. Jetzt bist Du also auf dem Rückweg, und so, wie ich Dich kenne, stelle ich mir vor, daß Du jetzt traurig bist, denn Du wirst jetzt endlich erkannt haben, wie traurig die Expedition der *Terra Nova* war. Traurig im gleichen Sinne, in dem unsere ganze Zivilisation traurig ist, verheißungsvoll und zugleich voll verborgenen Verderbens, weil so viel davon auf falschen Annahmen beruht. Ich nehme nicht an, daß Du vom Krieg weißt. Das erwartet Dich, wenn Du zurückkommst, es sei denn, die Kunde davon hat Euch irgendwie bereits erreicht. Ich weiß nicht, wie die Sache ausgehen wird, aber ich habe das Gefühl, daß dieser Krieg vielleicht eine gute Auswirkung haben wird, die nämlich, die Unterzeichnernationen zu zwingen, die Ausbeutung von Rohstoffen in der Antarktis auszusetzen.

Denn wenn die Menschen etwas so Verkehrtes tun, dann versuchen sie zugleich, irgend etwas anderes richtig zu machen, um einen Ausgleich zu schaffen. Allerdings ist dieses Richtige gewöhnlich etwas, das kaum Opfer verlangt. Und da im Augenblick in der Antarktis niemand Rohstoffe abbaut, und da es ohnehin zu teuer wäre, sagt man sich, gut, warum nicht? Vielleicht denken die Regierungen momentan so darüber. Wenn sich für mich die Gelegenheit ergibt, werde ich mit einer Greenpeace-Truppe nach Kuwait gehen, und danach werde ich wahrscheinlich meine Familie in Argentinien besuchen. Ich habe Dich sehr vermißt, seit Du fort bist. Ich habe mir überlegt – und vielleicht hast Du das ja auch getan –, daß unsere Liebe in diesem Winter fast schon zu vollkommen war. Genau wie die Antarktis selbst war sie so weit von allem entfernt, daß man sich nicht vorstellen konnte, sie an einen anderen Platz zu verpflanzen, ohne sie dabei zu beschädigen. Inzwischen frage ich mich, ob das wirklich so ist. Vielleicht ist die Antarktis doch eher wie eine Kriegszone, in der die Gefühle der Menschen füreinander einfach intensiver werden.

Haben nicht in allen vergangenen Zeiten nach dem Ende eines Krieges die Veteranen sich in Friedenszeiten zusammengefunden und versucht, das einzige wiederzubeleben, was gut gewesen war im Krieg, nämlich ihr Gefühl der Liebe zueinander? Für uns sollte das einfacher sein, da nichts zwischen uns steht, das wir bereuen müßten, keine Scham über die Umstände, die uns zusammengebracht haben.

Wir haben uns ja einmal darüber unterhalten, in dem Wannigan, daß wir beide Kinder eines Empire sind; was Spanien Südamerika angetan hat, ist nichts anderes als das, was Britannien mit Nordamerika gemacht hat. Vielleicht ist für uns jetzt die Zeit gekommen, für Argentinier wie Amerikaner, zu sagen: ›Ich will mir meinen Gefährten bei einem fremden Stamme suchen.‹ Das Heiraten untereinander ist immer eine Möglichkeit gewesen, die Animosität verschiedener Kulturen beizulegen.

Nun, all das liegt in der Zukunft. Zunächst hast Du ja noch ein Jahr in Deiner schönen Gedankenwiege auf Kap Evans, wo der Kenyt so unnahbar ist wie je und die Steine Dich anschauen. Ich wünschte, ich könnte auch noch ein Jahr bleiben. Du mußt zusehen, daß Deines für uns beide zählt. Und Du wirst wieder das Gespräch mit den Geistern in Deiner Hütte genießen, da bin ich mir sicher. Was die Skuas anbelangt, die sind immer noch ungeduldig, und ich hatte ganz schön Last mit ihnen, aber Dir werden sie gefallen, wie immer schon, besser als mir.

Dich nicht zwischen den Pinguinen und den Skuas entscheiden zu können – das ist eine der Eigenschaften, die ich an Dir liebe. Ich kann mich entscheiden, und es macht mein Leben etwas leichter.

Einmal in diesem Winter, Morganna, nur ein einziges Mal, geh zu unserem Wannigan, zünde das Öfchen an und die Lampe, und mach Dir etwas Tee. Setz Dich aufs Bett, wickel Dich in den Schlafsack ein, und dann stell Dir vor, daß ich dort bei Dir sei, der Mond ist ein Erntemond, und wir gehen auf gewohnte Weise auf die Jagd. Leg Dich zurück, und richte Deinen Blick auf das Lüftungsloch an der Decke, auf das Fenster nach Süden, durch das Du vielleicht die *Aurora australis* sehen wirst oder die pulsierenden Sterne. Denk ganz fest an mich, und ich werde Dich hören, wo immer ich auch sein werde. Vielleicht werden wir uns wiedertreffen, sowohl körperlich als auch im Geist.«

Fidel Acosta also gehörte nicht zu denen, die diesen letzten Winter auf Kap Evans mit mir verbrachten. Und doch ist er während der langen Nacht und des langen Tages, der ihr folgte, bei mir gewesen. Sein Brief liegt auf meinem Schreibtisch, zweimal gefaltet und versteckt in einem der Bücher, die ich mir aus der Bibliothek in McMurdo ausgeliehen habe, *Die Vulkane der antarktischen Platte und der südlichen Ozeane*. Manchmal nehme ich den Brief heraus und lese ihn ein weiteres Mal, aber meistens ist das gar nicht nötig, und er steckt einfach in diesem sehr technischen, wissenschaftlichen Band aus der Serie Antarctic Research. Fidel würde vergnügt schmunzeln, wenn er wüßte, wo sein Brief ist und daß ich mich entschlossen habe, mich auf die Vulkanologie zu spezialisieren. Er selbst war ja schließlich der Beweis, der mir noch gefehlt hatte, der Beweis dafür, daß ein Wissenschaftler ein Wissenschaftler sein konnte, ohne die geringste Ähnlichkeit mit Dr. Jim zu haben. Er war es, der mir gezeigt hat, daß die Vulkane in Kreisen reden und daß die gerade Linie ihr genaues Gegenteil ist; er war es, mit dem ich zum ersten Mal den Mount Erebus bestieg.

Aber auch ohne Fidel wäre ich zu meiner Entscheidung gelangt, denn ich verdanke der Antarktis neben vielen anderen Geschenken auch dieses: Die Erkenntnis, daß ich eine Wissenschaftlerin bin. Daß wir in Wahrheit alle Wissenschaftler sind, die wir versuchen, unseren Blick auf die Welt zu richten und sie immer neu zu sehen, ohne Vorurteile und ohne Illusionen. In einem absoluten Sinne ist das nicht möglich – immer ist unsere Weltsicht durch den Ausschnitt der Welt geprägt, von dem aus wir zum ersten Mal unsere Blicke schweifen ließen –, aber in einem relativen Sinne ist es möglich, von einer Hercules aus auf das Eis hinabzuschauen – mit den Augen eines Kindes. Als ich den antarktischen Kontinent zum ersten Mal sah und mein Gehirn verzweifelt nach Vergleichen suchte, entdeckte ich die verschüttete Wahrheit wieder, daß die Freude und die Herausforderung des Geistes in dem Zwang besteht, vergangene Erfahrungen mit gegenwärtigen in Übereinklang zu bringen. Aus Vergangenheit und Gegenwart wächst die Zukunft, in der man angekommen ist, wenn es einem schließlich gelingt, die Distanzen in der Antarktis richtig einzuschätzen, eine Luftspiegelung als solche zu erkennen und sich im Dunkeln auf Kap Evans zurechtzufinden. Aber um das wirklich zu erreichen, muß man sich eine Zeitlang umschauen und zugeben, daß man nicht weiß, was man da sieht. In dem Augenblick, da man etwas zugibt, ist man ein Wissenschaftler. Man geht in die *Terra-Nova*-Hütte, in ihre hinterste Ecke, und man findet dort in Wilsons Beständen etwas mit dem Namen »Farmer's Reducer«. Wenn man herausfindet, daß dieses Mittel nicht dazu verwendet wurde, die Bewohner der Hütte zu entschlacken, dann hat man sich schon auf einen wissenschaftlichen Denkvorgang eingelassen. Vielleicht betrachtet man auch die bauliche Anlage der Hütte und das einfache Abzugsloch im Dach, und man denkt, ja, sie haben es eigens so eingerichtet, um die Ofenwärme optimal auszunutzen. Man staunt über die Mengen Tafelsalz, und es geht einem auf, daß es nicht allein dazu bestimmt sein konnte, den Kartoffeln der Expedition die richtige Würze zu geben.

Es war also nicht allein die Antarktis. Es waren auch die Tage, die ich in der Hütte verbracht hatte, und die Faszination, die für mich alles hatte, was sich darin befand, die Habseligkeiten ihrer Bewohner, die mir geholfen haben, herauszufinden, wer die Person ist, die ich immer gewesen bin. Wäre nicht Dr. Jim gewesen und der Reduktionismus seiner Ansichten, die Verkümmerung dessen, was er »Wissenschaft« nannte, zu etwas gleichzeitig Furchtbarem und Armseligem, dann hätte ich mich selbst schon früher gekannt. Denn was er war, das konnte ich nicht sein, und ich wußte damals nicht, daß er nicht das war, was er zu sein vorgab. Nein, ein Wissenschaftler mußte vor allem offenen Auges und freien Sinnes durch die Welt gehen. Er mußte bereit sein, mit einem erstaunten »Ah« zu fragen: »Was ist das wohl? Ist es ein Schmetterlingsnetz oder ein Windstrumpf, ist es eine Kuchendose oder ein

Behälter für Instrumente, und werden dieser Äther und dieses Chloroform mich immer noch bewußtlos machen, obwohl sie schon fast ein Jahrhundert hier stehen?« Diese Fragen stellte ich mir in der Hütte, in den Stunden, die ich dort verbrachte, mich in ihre Welt vertiefte und meine eigenen Schlußfolgerungen zog – das war der eigentliche Anfang der Erkenntnis, daß ich versucht hatte, meiner Berufung zu entfliehen, seit Dr. Jim auf gleichem Feld sein Territorium abgesteckt hatte.

Aber nein, es war nicht sein Territorium gewesen. Nur ein Kind wie ich hatte so denken können. Und jetzt weiß ich auch, daß meine Mutter recht hatte, als sie mir in meiner Vision erschien und sagte: »Morgan und ich, wir lieben die Steine. Ich mache gern Skulpturen daraus, aber ich glaube, Morgan liebt sie um ihrer selbst willen.« In gewisser Weise sind es die Steine, mit denen ich mein Studium der Vulkanologie beginnen will – ein neues Fachgebiet, zu dem Menschen aus den verschiedensten Disziplinen beitragen. Die Chemiker haben etwas dazu zu sagen, die Physiker und die Geomorphologen, und vielleicht wechsle ich ja auch noch zur Physik über, die mich schließlich schon seit mehr als einem Jahrzehnt fasziniert. Aber ich glaube, ich fange zunächst einmal mit der Geologie an, mit den Steinen, und versuche, mir die Sache von da aus zu erarbeiten. Ich fange mit den Steinen an. Ich werde also in gewisser Weise in die Fußstapfen meiner Mutter treten.

Denn auch sie hat mit Farben angefangen, und auch sie fühlte sich dann zum Stein hingezogen. In ihren besten Zeiten, als ich noch klein war, war sie eine Bildhauerin, die große Formen bevorzugte, die sie dem Stein abrang. Das werde ich wohl nicht tun. Der Stein ist da, er ist fertig, und ich will ihm nicht in der körperlichen Welt eine Form geben. Aber wie meine Mutter einst um die Notwendigkeit des negativen Raums für die Kunst wußte, so werde ich den Stein betrachten, um herauszufinden, warum und wie er an die Oberfläche explodiert ist. Denn er kommt durch Explosion herauf, nachdem er ganze Zeitalter lang unter der Oberfläche der Erde lag. Anscheinend schlief er dort, aber in Wirklichkeit wartete er nur auf seine Zeit, bis zum nächsten Vulkanausbruch also. Ein Magmaherd ist wie eine gigantische Rührschüssel, und das rotglühende Magma kristallisiert, wenn es auf das kalte Gestein ringsum stößt. Die schweren Mineralien setzen sich ab, bis sie am Grunde des Herdes auskristallisieren, während der weiße Quarz an die Oberfläche aufsteigt.

Oben, unter dem Dach des Herdes, gibt es einen Bereich geringeren Druckes, und dort bildet das Wasser Blasen, wenn es in die untere Atmosphäre gelangt. Dies ist der Zustand vor einem Ausbruch, und die Gewalt des Ausbruches hängt dann von dem Mischungsverhältnis zwischen Silikaten und Wasser im Magma ab. Abhängig von diesem Mischungsverhältnis ergießt sich das Magma – der geschmolzene Stein – entweder gleichmäßig aus der Erde heraus oder bricht explosionsartig hervor. Es ist, als schüttele man eine Flasche mit kohlensäurehaltiger Flüssigkeit, den Champagner des Erdinneren, und weiß nicht, wie hoch der Korken fliegen wird. Aber wie hoch er auch fliegt, das gashaltige Magma bricht schließlich hervor, und wenn es abkühlt, wird es wieder zu Stein, auf der Erde diesmal, dort, wo es den Himmel sehen und in dem Gefühl ruhen kann, daß seine Sehnsucht befriedigt ist. Befriedigt allerdings nur eine Zeitlang. Die Sehnsucht ist niemals für lange Zeit getilgt, nicht nach dem Kalender der Erdgeschichte, in dem hunderttausend Jahre in der Antarktis nur ein Augenblick sind.

Auf der Insel Hawaii gibt es einen Vulkan mit Namen Kilauea, auf dem sich das älteste vulkanologische Observatorium der Erde befindet. Das klingt beeindruckend, nicht wahr, »das älteste«? Doch wurde es nicht früher als 1912 gegründet, im Januar 1912, zur gleichen Zeit, als Scott, Wilson, Bowers, Oates und Evans am Pol waren. Sie kämpften sich über Sastrugi, mußten Stürmen von Orkanstärke standhalten, sie hatten angefangen, wieder kleiner zu werden, und sie fanden schließlich nichts vor außer den schwarzen Flaggen der Norweger, und sie ließen nichts zurück als die Last der Sünden des Empire. »Großer Gott, ist dies ein entsetzlicher Ort«, schrieb Scott am 17. Januar, und zur gleichen Zeit schrieb ein anderer Mann, Thomas Augustus Jaggar, ein halbes Erdenrund entfernt die Worte: »Der Mensch ist winzig. Aber wenn er genau hinhört, dann kann er dem Herzschlag der Erde lauschen.«

Und Jaggar hatte sein achträumiges Observatorium auf dem Rand der einhundertzwanzig Meter tiefen Caldera des Kilauea errichtet. Wenn er in den Krater hineinblickte, sah er einen runden Lavasee, der von alters her den Namen Halemaumau trug, »das Haus des ewigen Feuers«. Dieser blubbernde und glucksende See von flüssiger Lava, den man damals im Krater beobachten konnte, ist ein seltenes vulkanisches Phänomen. Seine Temperatur betrug fast eintausend Grad Celsius. Gelegentlich stieg der Lavaspiegel des Sees an, dann wieder fiel er, aber immer brodelte und kochte es darin. Es war das Haus des ewigen Feuers, und genau das ist die Erde, die unser Zuhause ist, ebenfalls, zumindest für die nächsten zwei oder drei Milliarden Jahre. Im Innern des festen Eisenkerns unseres Planeten beträgt die Temperatur konstant viertausenddreihundert Grad. Die Erde wird von innen nach außen immer kälter, aber dort, wo das Magma entsteht, ist es immer noch elfhundert Grad heiß.

Es gibt sechshundert tätige Vulkane auf der Erde. Nur sechshundert auf der ganzen Erde, und jeder von ihnen ist eine Besonderheit. Jeder ist anders als die anderen, einzigartig. Jeder bricht auf seine eigene Weise aus, jeder hat ein anderes Zeitgefühl, und jeder von ihnen produziert ein Gestein, das ein fast so sicheres Erkennungsmerkmal ist wie ein Fingerabdruck. Nördlich von Sizilien liegt die Insel Stromboli, auf der es ständig Explosionen gibt; alle paar Minuten kommt es wieder zu einem Ausbruch, und in den letzten zweitausend Jahren sind die Lichter, die dieser Berg in den Himmel schießt, von den Seefahrern des Mittelmeers zur Navigation genutzt worden. Der Mount Masaya in Nicaragua hat eine goldgelbe Lava, so daß Wissenschaftler im sechzehnten Jahrhundert sie für geschmolzenes Gold hielten. Der Kilimandscharo ist ein drei Millionen Jahre alter Schichtvulkan, der seit dem Beginn menschlicher Aufzeichnungen nicht mehr ausgebrochen ist. Und dann der Erebus, der jetzt in der Sonne lächelt. Ich sehe ihn aus dem Fenster meines Zimmers in Framheim, wo um mich herum meine fertig gepackten Seesäcke liegen, meine Bücher in Kisten verstaut und meine Karten zusammengerollt. Nur mein Manuskript muß ich noch einpacken; es liegt unter dem Fenster, durch das ich den Vulkan sehe, der für mich immer der Vulkan schlechthin sein wird. Zwanzigtausend Jahre lang – fünfzehntausend Jahre länger, als die Menschen in Städten leben – war der Erebus es zufrieden, freundlich auf die Ross-Insel hinabzuschauen. Er schaut auf Framheim hinab, auf McMurdo, die Scott Base, das World Park Headquarters und die *Terra-Nova*-Hütte, auf die Pinguine, die Robben und die Skuas.

Aber eines Tages wird er ausbrechen. Eines Tages wird er der Insel neue Grenzen geben, einen neuen Bimsstein, neuen Tuff und neue Lapilli produzieren. Irgendwann werden die Geschöpfe – wenn es dann noch welche gibt – entdecken, daß ein tätiger Vulkan nicht ewig schläft.

Und dann lautet die entscheidende Frage, wie sie stets gelautet hat und immer lauten wird: Ist die Gewalt des Vulkans schön oder schrecklich? Es ist kein Wunder, daß im Laufe der menschlichen Geschichte die Gewalt des Vulkans größtenteils als fruchtbar angesehen wurde, denn Erinnerung ist kurz. Und tätige Vulkane bringen fruchtbaren Boden hervor, den der Mensch gern unter den Pflug nimmt, ohne daran zu denken, welche Gefahren er birgt. Als John Cleves Symmes, der aus Ohio stammte, wo es keine Vulkane gibt, sein Utopia entwarf, spielte das Feuer darin keine Rolle. Vielleicht glaubte er auch, daß es – wenn überhaupt – nur das Feuer des Ptolemäus geben könne – eine heiße Zone voller Ungeheuer, die die unbekannten südlichen Länder von uns trennte. Die südlichen Länder aber waren nach Ptolemäus freundlich und bewohnbar, und das hatte sich Symmes sowohl in seiner Theorie der konzentrischen Sphären zu Herzen genommen wie auch bei seinem Wunschtraum, das Innere der Erde möge freundlich und bewohnbar sein. Wenn wir doch nur durch das Feuer gelangten und auf der anderen Seite heil wieder daraus hervorkämen, dann würden wir das Land erreichen, von dem unsere Vorfahren immer geträumt haben. Wenn wir nur durch das Feuer kämen. Das ist der große Wunsch in der Geschichte der Menschheit. Aber niemand kommt durchs Feuer. Zumindest nicht lebendig. Poes letzte Worte waren »Reynold, o Reynolds!«, als habe er geglaubt, der Mann, der ihn in die Antarktis gebracht hatte, könne ihn auch über die Grenze zwischen Leben und Tod bringen. Als ich in die Antarktis flog, bekam ich Hundemarken von der Navy, die Temperaturen von eintausend Grad Celsius überstehen sollten. In der Antarktis ist die größte Gefahr, die dort jeder menschlichen Siedlung droht, das Feuer. Wilbur wurde ein Feuerwehrmann. Wir tun, was wir können.

Aber am Ende denke ich, ist das Beste das, was Jaggar getan hat. Jaggar, der wenige Wochen nach der Zerstörung von St. Pierre auf der Montagne Pelée war. Er kam zu spät, um Zeuge des zweiten gewaltigen Ausbruches zu werden, der die bereits tote Stadt noch tiefer unter Asche begrub. Er kam auch zu einem Ausbruch des Vesuv zu spät, und er reiste vom Mount Bogoslof drei Wochen zu früh wieder ab. Schließlich beschloß er, daß man einen Vulkan nur kennenlernen könne, wenn man mit ihm lebte. Also ließ er sich auf dem Mount Kilauea nieder und verbrachte dort den Rest seines Lebens, spähte in den Krater hinein und beobachtete den runden Lavasee darin. Da hatte er ihn vor Augen, den

Beweis, daß die Erde eine Kugel von heißem Gestein war, ein gasförmiger, geschmolzener Kern mit einer dünnen, darauf schwimmenden Kruste. Da hatte er sie vor sich, die Tatsache, daß sich die Erde durch Vulkane erneuert und daß es nur eine einzige Verbindung zwischen dem Innen und dem Außen gibt, nämlich das Magma, das an die Oberfläche gelangt. Vulkanausbrüche können ganzen Kontinenten neue Gestalt verleihen, und tief unter dem Meer gibt es ein fünfundsechzigtausend Kilometer langes System von Gebirgsrücken, das von Rissen und Spalten durchzogen ist und ständig Magma abgibt. Die Erde ist wie ein Kunstwerk: Sie wird niemals vollendet sein, und doch scheinen wir das nur in den Momenten zu verstehen, da die Erdkruste reißt und bricht, in Vulkanausbrüchen oder Erdbeben. Der Mensch ist nur Gast in einem Haus ewigen Feuers.

Die Erde braucht uns nicht, um Erde zu sein.

Leinen los

Ich habe bis spät in die Nacht geschrieben. Die Sonne ist langsam versunken und dann wieder aufgegangen, und jetzt haben wir drei Uhr in der Frühe. Ich fühle mich sonderbar wach, und ich glaube nicht, daß ich heute nacht hätte schlafen können. Ich will jede Sekunde auskosten, die mir noch bleibt. Wir erfuhren gestern, daß die *Endurance* bereits den Mount Erebus gesichtet hat. Noch ein Tag oder zwei, dann wird das Schiff hier sein und in der Nordbucht vor Anker gehen – die vor fünf Wochen mit einem gewaltigen, frohen, stöhnenden Geräusch aufgebrochen ist. Die Eisberge stoßen auf ihrem Weg nach Norden aneinander, als könnten sie es nicht erwarten, endlich auszulaufen und die strahlende, gefährliche und stets wechselhafte See zu befahren.

Ich kann es erwarten. Bevor ich mich von hier verabschiede, will ich unsere Station Framheim ein letztes Mal inspizieren. Ich will mich vergewissern, daß alles seine Ordnung hat, daß alles vor den Umtrieben des kommenden Winters sicher ist. Und bevor ich mich verabschiede, will ich noch einmal über Kap Evans gehen, den Steinen, dem Wind und den Weddellrobben Lebewohl sagen, den Adelies, die hierbleiben, und den dunkelbraunen Skuas, die sich hier herumtreiben. Ein Vogel ist in dieser Zeit mein besonderer Freund geworden. Er steht jedesmal neugierig und ohne die geringste Streitlust vor mir in der Luft, wenn ich vom Weststrand zur Hundeschlittensenke gehe. Was für ein Flieger er ist, dieser Vogel, wie er sich die wechselnden Luftströmungen zunutze macht, mit einem Zucken seiner Schwinge, mit einem kleinen Ruck im Anstellwinkel seines Brustbeines. Er hat eine Partnerin und ein Junges, auf das er stolz zu sein scheint; er steht oft da und betrachtet es mit emporgerecktem Kopf. Die Skuas werden bald nach Norden fliegen und zu der Reise aufbrechen, die sie rund um den Erdball führt. Ich frage mich, ob diese Skua genauso an Kap Evans zurückdenken wird wie ich, wenn sie erst einmal fort ist.

Die Skua wird natürlich zurückkommen, im nächsten Jahr, zurück zum Nordkap. Sie wird nach dem antarktischen Winter nur noch Reste ihres Nestes vorfinden. Vielleicht werde auch ich eines Tages wiederkommen, mit der National Science Foundation oder mit Greenpeace, jedoch nie mehr mit der Expedition Neunzig Süd und auch nicht mit unserem Schiff, der *Endurance*. Wir werden das Schiff verkaufen, wenn wir wieder in den USA sind, und wenn ich jemals wiederkommen werde, dann werde ich nicht in Framheim wohnen und nicht auf Kap Evans; ich werde dann wahrscheinlich an dem Ort bleiben, den Thaw immer noch Mc Mordor nennt. Deswegen versuche ich jetzt mit aller Kraft, noch einmal alles in mich aufzunehmen, diesen Ort, der so einzigartig auf der Welt ist – ein letztes Mal seine Landmarken zu sehen und sein Licht auf mich wirken zu lassen, das zu betrachten, was vor mir liegt, und es möglichst deutlich in mich aufzunehmen.

Und ich sehe die lange Zunge des Barnegletschers, der im Licht der schrägstehenden Sonne aussieht wie aus rissigem, blaugrünem Zucker und der das Meer in seiner Hand fest umkrallt hält. Im Meer treiben Trümmer von Eisbergen, der größte Teil von ihnen unter Wasser, die Teile, die über der Oberfläche hinausragen, von phantastischem Aussehen, durch die Wärme der Sonne in eine Pracht von Bildwerken verwandelt. Auf einigen der größeren Eisberge stehen Pinguine, Adelies, die mit ernster Miene ins Wasser starren und zu entscheiden versuchen, ob sie bleiben sollen, wo sie sind, oder hineinspringen. Am Ende springen sie dann – die Gefahr ist für den Augenblick vergessen –, gleiten elegant durchs Wasser, springen in die Luft, tauchen wieder ein und schießen wieder aus dem Wasser heraus in die Luft. Wenn sie müde werden, klettern sie heraus auf den nächsten Eisberg, geben bellende Töne von sich, als wollten sie die Meute vor sich rufen, von der sie zu glauben scheinen, sie wolle die Nachzügler im Stich lassen. Dann verstummen sie, hingerissen von der Bewegung des Eises, die sie vorwärtsbringt, und entzückt vom Anblick ihrer eigenen, rosafarbenen Zehen, die fest auf der weißen Kruste des Eises stehen.

Ich sehe den Eisfuß vor dem Weststrand, ein Wall, geschaffen aus der Gischt, die dort gefriert, und von den Gezeiten, die die Eismasse hinaufdrücken und wieder herablassen, winzige kleine Gezeiten, zweimal am Tag. Der Eisfuß, die Extremität des Kontinents, viele Finger, die sich dem Meer entgegenstrecken, das Wasser fühlen, die Temperatur messen, eine Brücke zwischen den Elementen bauen. An was glaubten die Griechen? An Feuer und Wasser, an Erde und Luft. Damit konnten sie alles erklären. Alles war darin enthalten, und auch hier gibt es keinen Grund, die Dinge komplizierter zu machen. Hier gibt es den Kenyt aus dem Vulkan, den Wind, der vom Plateau weht, die fingerförmigen Halbinseln, die mit ihren Spitzen seewärts zeigen. Das Kap ist wie eine Serie dreieckiger Windkanäle, im Augenblick überpudert mit Schnee, der aber in einigen Stunden, nehme ich an, der Hitze des Tages weichen wird und die Schwärze bloßlegen, die unter ihm verborgen liegt. Auf dem Skuasee liegt nur noch eine dünne Eishaut, aber auch die wird morgen geschmolzen sein, und die Skuas werden in dem seichten Wasser waten und ihre Schwingen baden.

Die Hundeschlittensenke, die Rampe, der Windfahnenhügel, der Dreadnought-Kegel, der Arch-Kegel, der Grabenhügel – sie alle sind da, sie alle tragen Namen, die wir, die sie gesehen haben, ihnen gaben. Namen ändern sich, denn das Wort besteht nicht ewig. Das Wort ist nicht Gott. Es gibt noch etwas dahinter, etwas, das jenseits davon liegt, und wir können, wenn wir möchten, dieses Etwas Antarktis nennen. Oder Antarktikos, das dem Sternbild des Bären Gegenüberliegende, das Ding, der Ort, die Wahrheit, die dem entgegengesetzt ist, das wir kennen oder zu kennen glauben. Antarktikos, ein Bett aus Fels, darunter Magma, mit einer dicken Eisdecke darüber. Ich sehe es mit geschlossenen Augen vor mir, ich sehe es jetzt so, wie ich es zum ersten Mal sah. Ich schaute aus dem Cockpit einer Hercules heraus – Herkules, der Sohn des Zeus und der Alkmene, der seine zwölf Arbeiten ausführte, um Unsterblichkeit zu erlangen, der aber schließlich doch starb. Ich sah Inseln, die aus einem Meer von Wolken emporragten, aber das Weiße waren gar keine Wolken, natürlich nicht, es war Schnee, und es war Eis, und der Fels, das waren keine Inseln, es waren die Spitzen der Berge, die aus dem allgegenwärtigen Eis herausragten. Die Felsen waren messerscharf und warfen dunkle Schatten auf den Schnee. Mein Blick schweifte staunend über sie hinweg, gefangengenommen von der Schönheit, die Licht und Schatten schufen. Als ich über die Antarktis flog und auf sie niedersah, erkannte ich, daß sie vollendet war und daß sie gekrümmt war, genau wie die Erdkugel, auf der sie das Licht der

Welt erblickt hatte. Ich erkannte, daß die Antarktis nicht von dieser Erde war, sondern diese Erde selbst war. Ich sah eine Wolke und einen Berg und einen Sonnenstrahl. Ich sah einen Gletscher und dann noch einen. Einige Eispressungen brachten Gebilde wie Geburtstagstorten hervor, andere wie Fächer, wieder andere wie Füllhörner. Und alle sahen sie wie etwas aus, denn wir sind Wesen, die nach Verstehen suchen.

Sie selbst kommen vielleicht nicht mit dem Flugzeug hierher. Wenn Sie mit dem Schiff kommen, von Land zu Land, aus einem Hafen auslaufen auf der Suche nach dem nächsten, auf den Wellen der Wahrscheinlichkeit gleitend, dann wird Ihnen die Antarktis ganz anders vorkommen als alles, was Sie jemals gesehen haben, aber sie wird Sie an vieles erinnern, von dem Sie geträumt haben. Wenn Sie von einem Garten Eden geträumt haben, dann werden Sie einen Garten Eden finden, einen Eisgarten, in dem Blumen und Früchte vom Frost hervorgebracht werden. Wenn Sie von Utopia geträumt haben, dann werden Sie feststellen, daß Utopia hier liegt. Es existiert – wenn Sie auch nicht hier leben können, da Sie nur ein Mensch sind. Sie werden das Südlicht sehen, wie es sich bricht und wieder sammelt über den Bergen, die nach der britischen Royal Society benannt sind. Sie werden herausfinden, daß es in jenen Bergen ein Tal gibt, das Sie an das Innere eines Ostereies erinnert. Es ist weit entfernt und doch ganz nah, es ist gewunden und von einer einzigartigen Farbenpracht. Das Licht wechselt, und es ist verschwunden, und dann herrscht Dunkelheit, ein Haus des Schrekkens, mit zehn steinernen Stufen und zehn steinernen Griffen. Wo kommen die her? Sie haben sie mitgebracht. Und dennoch waren sie hier, bevor Sie kamen. Es ist alles hier, weil dies die Antarktis ist. Hier gibt es Wind und Schnee, hier gibt es Licht und Dunkelheit, und wenn die Nacht sich senkt, dann strahlen die Sterne in vielen verschiedenen Farben. Das Südlicht, das über den Himmel zieht, ist der Vorhang in diesem Theater. Dahinter spielt das Drama des Universums. Achten Sie auf den Vorhang, passen Sie auf, wenn er hochgeht. Sie werden nicht das Königliche Terror-Theater sehen, sondern wirbelnde Galaxien, die ihre Arme nach der Unendlichkeit strecken.

All das hier ist, für alle Zeiten, dem Ewigen näher als jede andere Materie. All das ist hier, damit es hier bleibt, und es ist für alle von uns hier. Für die Menschen, für die Adelies und für die Skuas, für die

Hunde, die so gern ihre Pfoten auf das Eis stellen und so tun, als sei die Sonne ein Teil der Last, die sie hinter sich herziehen. Es ist hier für die Orcas, die Killerwale, die so sauber dahergeschwommen kommen mit sauberen Zähnen, denn das ist es, was sie tun müssen – fressen –, weil sie keine Wahl haben. Aber ihre Augen blicken in zwei verschiedene Richtungen. Sie stehen so weit auseinander, daß sie niemals nur einen Südpol sehen könnten; für die Wale gäbe es immer mindestens zwei davon. Die Antarktis ist hier auch für die Feldmäuse, die niemals ihre Bauten in Quarry verlassen werden, die aber trotzdem zuweilen Sehnsucht verspüren nach einem Platz, der so sauber, so stark und schön ist. Und was die Ohnmachtschafe in der Scheune der Covilles betrifft, sie würden nicht mehr umkippen, wenn sie hierherkommen dürften. In der freien Luft der Antarktis gibt es nichts, das sie erschrecken könnte. Selbst einer Milchkuh, schwarz und weiß wie ein Pinguin, würde das Eis wie eine Weide vorkommen, eine, die sie an etwas erinnerte – sie würde es sich merken und darüber nachdenken wollen. Nach einem Besuch hier würde sie sich beeilen, wieder zurück auf ihr Grasland zu kommen, aber in ihren Gedanken gäbe es von nun an einen Ort, der wie ein weißer Fleck war, und während sie kaute, würde sie vielleicht denken: Was können wir wohl auf diese Leinwand malen?

Natürlich gibt es auch noch eine andere Antarktis. Die, in die man geht und fast ums Leben kommt. Diejenige, in der man wirklich stirbt, in der Sturm und Gletscherspalten einen verschlingen. Ich glaubte, daß mir das passieren könnte. Lange bevor ich herkam, dachte ich, ich würde hier sterben. Doch ich starb nicht. Ich kam nahe genug heran, um das Eis kennenzulernen, wie es nur wenige kennengelernt haben. Ich lag auf dem Beardmoregletscher; ich hatte einen komplizierten, offenen Bruch und war schwer schneeblind; es war Spätsommer in der Antarktis, und ich war zweihundertvierzig Kilometer von Framheim entfernt. Plötzlich war die Antarktis nicht mehr groß. Sie war klein, ein winziges Gebiet, in der Tat, und ich sah das Stück Eis, auf dem ich lag, wie mit einem Vergrößerungsglas. Es gibt viele Arten Eis in der Antarktis – Eispiedmonts, Eisströme, Eisfälle, Eisschürzen. Aber in meinem Falle hatte das Eis keinen Namen. Es war einfach das Eis, das mich töten würde. Ein kleines Stück nur, ungefähr anderthalb Meter im Quadrat und eine Million Jahre alt. Aber ich machte mir nichts draus, das heißt, ich nahm es dem Eis nicht übel, weil es nicht nur dabei war, mich zu töten, sondern auch, mich zu überdauern, und zwar um Millionen und Abermillionen von Jahren. Das war der Trost des Todes in der Antarktis, das Wissen, daß das Eis mich überleben würde, uns überleben würde, fast alles überleben würde.

Ich hoffe, daß ich eines Tages zurückkomme und alles wiedersehe. Den Mount Erebus, den Mount Discovery, die Weiße und die Schwarze Insel, Kap Royds und Kap Evans, die Royal-Society-Kette. Aber selbst wenn ich in Wirklichkeit nicht hierher zurückkomme, so kann ich doch in meiner Phantasie immer zurückkehren, in dieses grenzenlose Reich, dessen Alleinherrscher jeder selbst ist. Denn ich werde die Antarktis mit mir nehmen, wenn die *Endurance* mich abholt. Genauso wie ich die *Terra-Nova*-Hütte mitnehmen werde, in der ich Zugang zu meiner eigenen Geschichte fand. Ich bin schließlich doch hineingelangt – nicht in das Innere der Erde, das dem Reisenden verschlossen bleibt, sondern in das Innere eines kleinen Platzes in einem großen Land, von dem aus sich ein noch größeres Land in alle Richtungen erstreckt. Ich war gestern in der Hütte. Ich wußte, daß es vielleicht für viele Jahre das letzte Mal sein würde – vielleicht für immer –, und trotzdem konnte ich es einfach nicht glauben, es zumindest nicht schlimm finden. Ich zog wieder an dem Seilzug für den Türöffner, hob den Riegel hoch, klopfte mir an der Tür die Asche von meinen Füßen, ging hinein in die Kombüse und dann in die Apotheke und zur Ecke der Naturwissenschaftler. Ich betrachtete den schlecht präparierten Kaiserpinguin, der auf dem Zeichentisch auf dem Rücken lag, setzte mich an den Tisch der Messe und versuchte wieder einmal erfolglos, *A Thief in Paradise* zu lesen. Dann fegte ich ein letztes Mal den Boden, schaffte es auch, die Asche bis vor die Türschwelle zu bekommen, und das meiste davon hinaus, weg von dem dunkelgrünen Linoleum. Schließlich sagte ich: »Also, Jungs, ich gehe. Ich komme wieder.« Dann schob ich den Riegel wieder vor, ging in den Anbau, nahm noch einmal einen tiefen Zug vom tranigen Geruch des Seehundspecks und schloß die orangefarbene Tür hinter mir.

Ich ging. Ich spazierte den Windfahnenhügel hinauf, die Hütte wurde immer kleiner, bis sie schließlich nicht mehr zu sehen war. Ich blickte nicht zurück und weinte nicht. Es gab keine Veranlassung, denn ich zweifelte nicht daran, daß ich zurückkommen würde, und zwar häufig – wenn nicht körperlich, dann doch gewiß im Geiste. Denn genauso wie ich das Eis und die *Terra-Nova*-Hütte mit mir nach Norden nehme, so lasse ich auch ein Stück meiner selbst hier. Und wenn ich fort bin, wo auch immer, wird es mir immer möglich sein, meine Gedanken nach Süden zu schicken, um sich mit dem Teil von mir, der hiergeblieben ist, zu vereinen. Gedanken zeichnen sich durch eine physische Realität aus, und sie können Quantensprünge machen; meine Gedanken werden im Bruchteil eines Augenblicks die *Terra-Nova*-Hütte erreicht haben. Sie wird da sein, so wie sie jetzt da ist, ein ehrliches Haus, das seine eigene Geschichte enthält. Da wird sie stehen, voller Dinge, die wirklich jemandem gehören, mit Geistern darin, die keine Geister sind, sondern Menschen, meine Freunde. Und wenn ich die Hütte auf diese Weise besuche, dann wird sie mir stets zeigen, daß die Bedeutung der Duft des Universums ist, der nicht getrennt werden darf von dem Besonderen, das ihn hervorbringt. Sie wird mich daran erinnern, daß ein Donner nicht ohne lauten Knall erfolgen, daß ein Blitz niemals dunkel sein kann und daß mein Leben das Land nicht mehr hergibt, das es einmal bereist hat.

Ich hoffe, daß die Hütte unverändert erhalten bleiben wird, solange ich lebe. Mir wird klar, daß ich vielleicht noch viele Jahre zu leben habe. Vielleicht habe ich immer geglaubt, daß ich jung sterben würde, weil ich es endlich hinter mir haben wollte, diese Sache, auf die uns keine noch so umfangreiche Vorbereitung wirklich vorbereiten kann. Aber ich bin nicht jung gestorben – dazu ist es jetzt zu spät –, und ich weiß auch nicht, wohin mich mein Leben noch führen oder was es mir bringen wird – bevor es mich dorthin bringt, wo es heißt: »Ich glaube nicht, daß ich noch weiterschreiben kann.« Wo auch immer ich sein werde, wenn ich diesen Satz hinkritzele, werde ich jedenfalls noch einen Augenblick haben, in dem ich mich entscheiden kann, und ich werde mich dafür entscheiden, hierherzukommen. Meinen Geist noch einmal auf den Flug nach Süden schicken. Wenn ich alt bin, werde ich vielleicht Krebs haben, eine degenerative Erkrankung des Gehirns, eine Arthritis, die mich verkrüppelt, oder eine andere Krankheit, die den lebendigen Leib heimsuchen kann. Aber in der Hütte werde ich noch einmal jung sein, und ich werde die Schwelle schwungvoll überschreiten, durch die Kombüse gehen, wo Clissold Brotteig knetet und dann lächelt. In den »Wohnblocks« ist Oates in seine Lektüre vertieft, Bowers schreibt einen Brief an seine Mutter, und Cherry flickt ein Paar Handschuhe. Ich werde ihnen zunicken, und Cherry wird mich bitten, nach dem Feuer zu schauen. Ich werde also Kohlen zusammensuchen und in den Ofen schaufeln, dessen Tür ich offenlasse. Dann werde ich meine Stiefel ausziehen, damit sie trocknen, und meine Zehen reiben – nur noch acht Zehen jetzt –, während ich mich in Scotts Stuhl zurücklehne und ihn zum Feuer hindrehe. Es sind noch andere Menschen mit mir in der Hütte, nicht nur Birdie, Titus und Frank, sondern auch Winnie und Wilbur und Fidel und alle anderen, für die die Hütte ein Ort der Zuflucht war.

Der Wind wird über das Dach der Hütte fegen. Die Hütte wird knarren, wenn sie sich in den Fundamenten leicht hin und her wiegt. Und wir werden ein Gefühl teilen, das Gefühl des Heimgekehrtseins. Durch das Fenster in der Ostwand der Hütte werde ich den Gipfel des Erebus betrachten, der sich aus Kälte und Dunst erhebt, das Haus des ewigen Feuers im Herzen der Antarktis. Vielleicht geht gerade der junge Mond auf, und die Risse im Meereis werden weiter. Die Steine mit ihren lebendigen Atomen werden pulsieren, die Weddellrobben ihre Fischrülpser prusten und sich mit ihren langen, schwarzen Fingernägeln das Salz aus der Haut kratzen. Eine von ihnen wird in ihrem Atemloch auftauchen und die Luft darüber küssen, so wie sie einst mich geküßt hat – sie wird eine Luftblase ausstoßen, die senkrecht in den Himmel steigen wird.

All das wird der Erebus ganz ruhig betrachten. Er wird noch nicht bereit sein auszubrechen, obwohl sich eines Tages wieder Lava aus dem Vulkan ergießen wird. Und dann wird die Hütte verschwunden sein. Sie wird verbrennen, ein Häufchen Brennholz vor der glühenden Lawine, die den Berg wie ein feuerspeiender Drache heruntergestürzt kommen wird. Aber es wird kein feuerspeiender Drache, es wird das lebendige Blut der Erde sein, vorwärtsgetrieben durch den Puls, den Herzschlag des Planeten. An dem Tag, da die Lava fließt, wird Scotts Schapp verschwinden, Pontings Dunkelkammer wird verdampfen, und die Ecke der Naturwissenschaftler wird im Universum explodieren. Kap Evans wird rot und heiß sein – so heiß, wie alles, was neu ist –, und dann wird es kalt werden, und schwarzer Bimsstein wird aus dem geschmolzenen Magma aushärten. Die Steine werden Augen haben, mandelförmige Augen, die himmelwärts schauen. Diese lidlosen und hellen Augen strahlen die Sehnsucht aus, die im Herzen aller Dinge wohnt – der

Materie, die aus der Bewegung hervorbricht, und der Gedanken, die im Kessel der Gefühle gebraut werden.

Ich bin froh, daß Stein nicht alt wird.

Ich bin froh, daß die Antarktis bestehenbleibt.

Ich bin froh, daß ich hier gewesen bin.

Danksagung

In erster Linie gebührt mein Dank der National Science Foundation, die mir im Rahmen ihres Antarktisprogramms für Künstler und Schriftsteller ein Arbeitsstipendium gewährte. Dieses kleine, nicht mit eigenen Mitteln ausgestattete Programm gibt Künstlern, Schriftstellern, Fotografen und Studenten der Geisteswissenschaften die Möglichkeit, je nach den vor Ort verfügbaren Unterbringungsgelegenheiten die Antarktis zu besuchen. In den siebenunddreißig Jahren seit Bestehen des United States Antarctic Program sind solche Arbeitsstipendien an weniger als dreißig Nichtnaturwissenschaftler vergeben worden. 1990 war ich eine von zwei begünstigten amerikanischen Künstlern bzw. Schriftstellern, denen ein Aufenthalt am McMurdo-Sund und ein Besuch der *Terra-Nova*-Hütte ermöglicht wurde. Ich war sehr glücklich darüber und möchte keinen Augenblick missen, den ich dort verlebt habe.

Ich war mir natürlich darüber im klaren, daß mein Porträt der Station McMurdo in diesem Buch bei der NSF vielleicht zu dem Eindruck führen könnte, ich hätte ihr ihre Bemühungen, mir zu meinem Aufenthalt in der Antarktis zu verhelfen, übel vergolten. Ich kann dazu nur sagen, daß Morgans antarktische Erfahrung als Arbeiterin für die damalige ANS (und jetzige ASA) nicht meine persönliche Erfahrung war, und daß ich zwar nicht absichtlich irgendwelche Tatsachen über die Politik und Praktiken des United States Antarctic Program in der Vergangenheit oder der Gegenwart verzerrt, diese Dinge jedoch aus einem ganz speziellen Blickwinkel, dem von Morgan Lamont, betrachtet habe. Anders als Morgan wurde mir selbst eine Woche vollkommener Bewegungsfreiheit auf Kap Evans gewährt, und da dies mit Sicherheit eine der schönsten Wochen meines Lebens war, wäre es unhöflich, nicht nachdrücklich darauf hinzuweisen, daß die Organisation, über die einige meiner Romanfiguren sich kritisch äußern, die gleiche Organisation ist, der ich dieses einmalige Geschenk verdanke. Und ganz bestimmt war während meiner Zeit auf dem Eis niemand dort, der Ähnlichkeit mit dem Kaiser – John Brutus Carnady – gehabt hätte.

Vielmehr konnte ich mich in der Station McMurdo völlig frei bewegen, durfte überall hingehen und jeden interviewen, den ich interviewen wollte. Und viele Menschen haben sich in McMurdo 1990 trotz eigener drängender Termine die Zeit genommen, entweder mir persönlich bei einer der Entscheidungen oder Probleme zu helfen, vor die man sich in der Antarktis gestellt sieht, oder mir zu gestatten, sie zu interviewen, und mich so mit einer reichen Palette von Wissen und Erfahrung versehen, auf die ich für meinen Roman zurückgreifen konnte. Einiges von dem, was ich auf diese Weise erfuhr, habe ich frei abgewandelt. Zum Beispiel würde niemals eine Telefonkonferenz des Planungskomitees über eine öffentliche Freisprechanlage stattfinden, so wie es im Kapitel »Polarsatelliten« dargestellt wird. Und es ist auch höchst unwahrscheinlich, daß am 15. März noch ein Rettungsflug mit dem Hubschrauber ausgeführt werden könnte, denn zu dieser Jahreszeit haben die Piloten das Eis bereits verlassen. Aber obwohl ich in solchen Fällen gelegentlich Tatsachen, die die Arbeit des USAP in der Antarktis betreffen, frei umgestaltet habe, wäre ich ohne die Hilfe vieler Menschen, die in McMurdo wichtige Positionen innehaben, gar nicht in den Genuß des Privilegs gekommen, dazu die Möglichkeit zu haben.

Mein Dank gilt auch John Alexander, dem Leiter der Scott Base, für den herzlichen Empfang, den er mir im Namen Neuseelands bereitete; Dr. Gary Miller von der University of New Mexico für die Einladung, sein Forschungscamp auf Kap Bird zu besuchen; Dr. Uri ten Brink, zur Zeit beim US Geologic Survey, Quisset Campus, Woods Hole, Massachusetts, für seine freundliche Erlaubnis, seine Exkursion auf das Ross-Schelfeis mitzumachen; Dr. Thomas Taylor von der Ohio State University für seine mir mitgeteilten Einsichten und Geschichten; und Dr. Mark Cooper von der Stanford University für seine schöne Führung durch das Eklund-Institut für Biologie.

Großen Dank schulde ich auch Greenpeace und speziell den vier Greenpeace-Mitarbeitern, die während meines Besuches auf Kap Evans lebten. Ihre Station ist inzwischen abgebaut worden – nach dem Erfolg der Verhandlungen über die Aussetzung des Rohstoffabbaus in der

Antarktis –, aber ich war sehr froh, daß sie im Sommer 1990 noch an Ort und Stelle war. Als ich im Dezember auf Kap Evans eintraf, hatten Marc Defourneaux, Lilian Hansen, Markus Riederer und Ricardo Rouro schon fast ein Jahr im Greenpeace World Park Headquarters auf der Ross-Insel hinter sich. Sie wußten von Dingen zu erzählen und hatten Dinge gesehen, die ich mir einfach nicht hätte vorstellen können, und sie alle haben mich an ihren Erfahrungen großzügig teilhaben lassen.

Anderen bin ich dankbar dafür, daß sie mir geholfen haben, überhaupt erst ins Eis zu kommen. Dr. William Plater, Vizekanzler und Rektor der Indiana University – Purdue University in Indianapolis, schrieb mir nicht nur eine Empfehlung für die National Science Foundation, sondern setzte sich wegen meines Anliegens auch mit jedem in Verbindung, den er kannte und von dem vielleicht Rat zu erwarten war, wie man am besten mit einer großen und – für mich – unbekannten Organisation umgeht. Ich verdanke es auch größtenteils der Fürsprache von Bill Plater, daß ich eine Anstellung an der IU erhielt, und seither hat mir sein Vertrauen in meine Fähigkeiten immer sehr viel bedeutet. Dr. John Barlow, Dekan der School of Liberal Arts, und Dr. Richard Turner, Vorsitzender der Englischabteilung, haben beide eine bewundernswerte Toleranz für meine Bedürfnisse als Schriftstellerin gezeigt und mir jede Unterstützung gewährt, auf die ich hoffen konnte. Dr. Hugh Southern, der geschäftsführende Vorsitzende der Nationalen Kunststiftung (NEA) im Jahre 1989, als ich ein Stipendium der NEA erhielt, nahm sich die Zeit, bei der National Science Foundation um meine Unterstützung zu bitten. Ich weiß zu schätzen, daß auch Nan Talese aus Doubleday mir eine Empfehlung geschrieben hat. Und natürlich bin ich dankbar für das NEA-Stipendium, da ich damit die Ausgaben im Zusammenhang mit meiner Fahrt in die Antarktis bestreiten konnte.

Zahlreich sind die Quellen, die ich für die *Eislandfahrt* benutzt habe. Jeder, der sich für die Zeugnisse der frühen Expeditionen in die Antarktis interessiert, wird ohne Schwierigkeiten neuere Ausgaben davon finden können. Von den modernen Arbeiten, die ich über Scott und die Antarktis gelesen habe, waren einige besonders nützlich. Elspeth Huxleys *Scott of the Antarctic* enthält wesentliche Hintergrundinformationen und erschien mir als die ausgewogenste und daher hilfreichste moderne Biographie Scotts. *A Walk to the Pole: To the Heart of Antarctica in the Footsteps of Scott* von Roger Mear und Robert Swan versetzte mich in die Lage, mir die Route von Kap Evans zum Pol besser vorstellen zu können, als es nach anderen Berichten, mit denen ich arbeitete, der Fall war. Mr. Mear verdanke ich auch die Beschreibung des Beardmoregletschers und eine Reihe von Darstellungen des Lichtes, des Eises, des Eisstaubs und der Sonnenerscheinungen ebenso wie das Bild des Schattens, das ich im Kapitel »Rote Riesen«, und die Beschreibung der Stille auf dem Plateau, die ich in »Die äußeren Grenzen« benutzt habe. Der Vergleich der Gesichter der Polabteilung mit alten Schwarzweißfotografien und der Vergleich des Instrumententurms mit dem Monolithen in *2001*, den ich in »Die Stadt der Alten« gebracht habe, stammt ebenfalls von Mr. Mear. Von diesen Einzelheiten abgesehen, fand ich das Buch von Mear und Swan hilfreich wegen seiner Aufdeckung der Spannungen, die zwischen dem United States Antarctic Program und privaten Expeditionen existiert haben und noch existieren.

Eine sehr nützliche Quelle war auch der *The Reader's Digest Antarctica: Great Stories from the Frozen Continent*; es handelt sich um eine umfassende Sammlung, die jeden Aspekt der antarktischen Geschichte, Geologie und Entdeckungsgeschichte behandelt, und mein Dank gilt allen Autoren, die daran mitgearbeitet haben – es werden dreiundvierzig Autoren längerer Beiträge aufgeführt. Stephen Pynes Buch *The Ice: A Journey to Antarctica* ist ein 1986 – als ich gerade die Arbeit an meinem Roman aufnahm – erschienenes, außerordentlich gelehrtes Werk, das in seiner genauen Darstellung der durch Intellekt und Phantasie geprägten Beziehung der Menschen zum sechsten Kontinent nie die Poesie und die Bedeutung der Antarktis als Emblem außer acht läßt. Michael Parfits Buch *South Light: A Journey to the Last Continent* vermittelte mir nicht nur einen Eindruck davon, wie das United States Antarctic Program aussah, bevor ich es selbst kennenlernte, sondern ermutigte mich auch zu der Hoffnung, daß mir das eines Tages möglich sein könnte.

Verschiedene Werke ohne direkten Bezug zur Antarktis haben sich für die Gesamtkonzeption meines Romans als sehr wertvoll erwiesen. Peter Singers *Die Befreiung der Tiere: Eine neue Ethik zur Behandlung der Tiere* beeinflußte meine Interpretation der Entscheidungen, die Robert Falcon Scott getroffen hatte; ein indirektes, aber nichtsdestoweniger brillantes Licht auf Scotts Leben und Zeitalter wirft *The Character Factory: Baden-Powell and the Origins of the Boy Scout Movement* von Michael Rosenthal. Lewis Hydes *The Gift: Imagination and the Erotic Life of Property* ist ein Werk, das Anthropologie und Literaturkritik zusammenführt und mir half, einige Unterschiede zwischen einer Marktwirtschaft und einer Geschenkwirtschaft zu verstehen. *The Honey and the Hemlock: Democracy and Paranoia in Ancient Athens and Modern America* von Eli Sagan beleuchtet in aller Schärfe eine Verbindung, die ich vorher nur vage geahnt hatte. Und *Die tanzenden Wu-Li Meister: Der östliche Pfad zum Verständnis der modernen Physik – vom Quantensprung zum Schwarzen Loch* von Gary Zukav steuerte nicht nur den größten Teil der Bemerkungen über die Physik in meinem Roman bei, sondern war erleuchtend auch in manch anderer Weise, die in meiner endgültigen Textfassung vielleicht nicht mehr zum Ausdruck kommt.

Weitere Arbeiten, die besondere Erwähnung verdienen, sind *Der Mann, der seine Frau mit einem Hut verwechselte* von Oliver Sacks, das mich zu der Episode inspirierte, in der Brock glaubt, daß Sarah ihm ein Bein ins Bett gelegt habe; Michael Herrs Buch *Dispatches*, aus denen ich das Material für Thaws Vietnamrede auf der Barriere habe; ein reizender Artikel von Gene Logsdon im *Old Farmer's Almanac* von 1987, »Why the Midwest Is Square«, den ich zu Thaws Kansas-Reminiszenzen verarbeitet habe; dann *The Panda's Thumb: More Reflections in Natural History* von Stephen Jay Gould, die mir zusammen mit Peter Kropotkins Buch *Mutual Aid: A Factor of Evolution* zu einem besseren Verständnis Darwins verholfen haben. Außerdem muß ich zwei kleine Serien des PBS erwähnen, die ich zufällig sah, während ich am letzten Entwurf von »Terra Nova« arbeitete. Die eine war *Cosmos* von Carl Sagan und die andere *Legacy*, konzipiert und geschrieben von Michael Woods – ein Überblick über die Wurzeln der westlichen Zivilisation und deren älterer Vorläufer.

Nun zu den persönlichen Danksagungen; sie gehen an Dr. Jay Baird von der Miami University of Oxford, Ohio, der alle Schlachten des Ersten Weltkrieges durchforscht hat, um einen einzigen Satz meines

Romans zu klären; an Baden Norris, den Kurator der Antarktisabteilung des Canterbury Museums in Christchurch, Neuseeland, der mir kurzfristig eine Fotografie eines Ausstellungsstücks beschafft hat; an Barbara und Charles Minor, die mir schon Mitte der achtziger Jahre, als ich davon so gut wie noch nichts wußte, Informationen über das United States Antarctic Program haben zukommen lassen; und an Greg Molatch, der mir jetzt seit fast zwanzig Jahren seine irritierenden und messerscharfen Beobachtungen über die US Navy mitteilt.

Chip Rawlins hat mir in gewissem Sinne bei diesem Buch geholfen, seit ich ihn 1981 kennenlernte. Er arbeitete als Vorarbeiter für den Forstdienst in Wyoming, lud mich ein, bei seinem Trupp mitzumachen, und gestattete mir, mir umfangreiche Notizen über seine Arbeit und seine Ansichten zu machen. Chip ist ein Dichter und Essayist, der Autor von *Sky's Witness: A Year in the Wind River Range*, eines Berichtes über seine Arbeit als Hydrologe. Obwohl er selbst damals an einem zweiten Buch arbeitete, hat Chip das Manuskript meines Romans gelesen und Fehler ausgemerzt, die sonst vielleicht unbemerkt geblieben wären, und hat mich von seinem umfassenden Wissen und seiner kritischen Perspektive profitieren lassen.

Meiner Agentin, Jean Naggar, bin ich zutiefst dankbar für alles, was sie für mich getan hat, seit ich das Glück hatte, sie kennenzulernen. Besonderen Dank möchte ich ihr dafür sagen, daß sie es fertiggebracht hat, die endgültige Bearbeitung meines Buches so zu lesen, als hätte sie niemals einen früheren Entwurf zu Gesicht bekommen – das genaue Gegenteil war natürlich der Fall gewesen. Und dankbar bin ich auch Sonny Mehta, dem Cheflektor von Knopf, der meine Bücher schon herausgebracht hat, als er noch bei Pan in England war, und sich jetzt bereit erklärte, es mit der *Eislandfahrt* zu versuchen, bevor der Roman komplett vorlag.

Meine Dankbarkeit meiner Lektorin Corona Machemer gegenüber kann wahrlich kaum ermessen werden. Corona hat fünf meiner sechs Bücher lektoriert, und ich glaube nicht, daß es auf der Welt viele Lektoren gibt, die so scharfsinnig, sorgfältig und lesebegeistert sind wie sie. Sie hat viel mehr getan, als meine Bücher zu lektorieren; sie war immer da, um sie zu lesen, und hat so die nötigen, gleichbleibenden Voraussetzungen dafür geschaffen, daß ich sie schreiben kann. In gewissem Sinne ist ihr aufmerksamer Geist für mich immer ein Punkt auf der Karte gewesen, an dem ich mich orientieren konnte, seit sie mein erstes Buch, *Island Sojourn*, aus dem Stapel auf ihrem Schreibtisch herausgriff.

Zuletzt komme ich zu meinem Mann, Steven Bauer, der in meinen Gedanken bestimmt nicht an letzter Stelle steht. Als wir heirateten, wußte keiner von uns, daß dieses Buch in unserer beider Zukunft lag. Es hat mich von der Konzeption bis zu den Druckfahnen acht Jahre gekostet, und während all dieser Jahre hat Steven mit der *Eislandfahrt* gelebt. Während ich an dem Buch saß, war ich in jeder Hinsicht schwierig – wie es bei solchen Projekten eben geht –, aber Steven hat weit mehr getan, als sich einfach mit meiner Besessenheit abzufinden. Als Schriftsteller, der er selber ist, und als ein hervorragender Leser und Kritiker war er in der Lage, mich in allen Stadien der Entwicklung des Buches zu unterstützen. Er half mir, intellektuelle Wirrnisse aufzulösen und Kapitel für Kapitel zu klären, worauf ich eigentlich hinauswollte; er schlug auch die zentrale Metapher »die Last des Empire« vor. Er las Entwurf für Entwurf, und als ich glaubte, ich hätte das Buch abgeschlossen, nahm er es sich noch einmal zu einer Wort-für-Wort-Redaktion vor, deren Wert sich als unschätzbar erwies. Aber von all diesen Einzelheiten abgesehen, tat er etwas viel Wichtigeres – er glaubte daran, daß dieses Buch geschrieben werden mußte und daß ich dieses Buch schreiben konnte. Nichts ist mächtiger in der Welt als der Glaube, und deswegen, Steven, danke für alles. Ich habe dir dieses Buch gewidmet, aber du weißt, daß ich dir damit nur zurückgebe, was du mir vorher selbst gegeben hast.

E. A.

Christoph Ransmayr

Die Schrecken des Eises und der Finsternis

Roman

Mit 11 Abbildungen

Band 5419

Im Zentrum dieses faszinierend vielschichtigen Abenteuerromans steht der authentische Bericht über das Schicksal der österreichisch-ungarischen Nordpolexpedition unter Weyprecht und Payer, die im August 1873 nördlich des 79. Breitengrads zur Entdeckung eines unter Gletschern verborgenen Archipels führte, doch dann scheiterte: die »Admiral Tegetthoff« wurde im Packeis eingeschlossen. Simultan dazu wird eine zweite, eine fiktive, Geschichte erzählt: ein junger Italiener namens Josef Mazzini, der sich in Wien mit Gelegenheitsjobs über Wasser hält und ansonsten Tagträumen nachhängt, begeistert sich für die Hinterlassenschaft dieser Expedition, denkt und phantasiert sie nach, bricht schließlich auf, sie in Wirklichkeit nachzuvollziehen: seine Spur verliert sich in den Eislandschaften Spitzbergens. Ransmayr hat die beiden, zeitlich mehr als 100 Jahre auseinanderliegenden Abenteuer kunstvoll zu einer bizarren ›Chronik des Scheiterns‹ verknüpft; sie entlarvt den Entdeckerehrgeiz als Wahn, als unsinnige Jagd nach persönlichem und nationalem Ruhm: Der Nordpol als »Fluchtpunkt der Eitelkeiten«.

Fischer Taschenbuch Verlag

fi 1246 / 3